百·千·万字剧

编剧工作坊学员作品集　上

陆军 主编

上海人民出版社

序

1

年底忙,又加上岁数大了,精力不济,这篇序言,打算偷点懒。能摘就摘,能抄就抄(抄自己的),能略就略,能减就减,好在文无定法嘛!

重启 2019 年的一段美好记忆。如果没有记错的话,早在四年前,我就委托编剧工作坊学员、青年剧作家张燕小朋友编好了这本"国家艺术基金艺术人才培养资助项目"《"百·千·万字剧"编剧工作坊学员作品集》(上、下卷),拖了这么长时间才想到要出版,我的学生们一定心存疑惑:爷爷,这是什么原因啊?

是啊,这是什么原因呢!

哈哈,这一次爷爷先不告诉你们,自己猜!

2

重启 2019 年的一段美好记忆,先要说说工作坊。不过,这个话题每年要重复好多次,多说无益,但考虑到一定有很多朋友第一次听说,那还是再唠叨几句,就从最近一期上海学校"百·千·万字剧"编剧工作坊招生简章中摘一段文字:

> "百·千·万字剧"编剧工作坊,由国家"万人计划"教学名师、第三批"全国黄大年式教师团队"中国编剧学教师团队负责人、上海戏剧学院二级教授陆军创立。该工作坊在总结上海戏剧学院编剧教学传统的基础上,将编剧专业四年本科教学中编剧理论与技法的核心课程浓缩提纯为"百字剧"(戏核)、"千字剧"(戏眼)、"万字剧"(戏骼)剧作法的训练模式,通过培训让学员在短期内把握编剧技术精髓,直接作用于编剧实践,在原有基础上有效提升创作技能、专业水准与人文素养。

作为一种新型的编剧教学法,工作坊自 2016 年至今的八年间在国内外行课近 20 轮(含短训班),受训学生近千人,学员创作百字剧、千字剧、万字剧逾千部。工作坊曾作为上戏与美国哥伦比亚大学联合培养编剧专业研究生教学主干课程,指导哥大研究生创作 12 部作品并全部搬上舞台,被哥大学生认为创造了"一个难以置信的教学项目"。

如果觉得这样的介绍过于空泛,那就再引用一段 2016 年首期"百·千·万字剧"编剧工作坊陕西学员、青年剧作家刘先生的感言:

> 一二三,百千万,
> 这个课程不一般,
> 说是魔鬼来训练,
> 魔鬼一来小半年。
>
> 百字剧,小概全,
> 先从生活找片断。
> 新奇巧绝意在先,
> 然后方有百花艳。
>
> "两只母鸡"命运悬,
> 观微知著不简单。
> 巧思凝聚看大千,
> 慢慢生长成大观。
>
> 千字剧,写场面,
> 又喜又怕真叫难。
> 十万未还又"借钱",
> 你说难办不难办。
>
> "韭菜叶子"牙缝粘,

说与不说真麻烦。
张三李四寻常见，
换你自己就凌乱。

盘腿打坐食难安，
熬更守夜只怕晚。
纸上谈兵还觉浅，
自导自演新空间。

大叔孩子论长短，
直言无忌才是缘。
良师逐个细评点，
字字句句肺腑言。
红楼讨论不算完，
微信群里接着谈。
痛苦欢乐金不换，
只缘身在百千万。

魔鬼训练有真言，
唯在戏核与戏眼。
有核无眼难好看，
有眼无核魂不安。
有感才有表现欲，
有痛才有真情感，
有悟才有哲思传，
有光才有温与暖。

好戏标准有三点，
从此牢牢记心间。
真实永远是关键，

莫存侥幸少偶然。
生动才得观众缘，
否则戏剧为哪般？
独特最是如梦幻，
世间唯有这一款。

一二三，百千万，
得遇明师天地宽。
能力还差八丈远，
眼前有路不孤单。
交流切磋勤实践，
期待来日赋新篇。

或者，再补充一段来自官方的同行评价。

自2016年至今，"百·千·万字剧"编剧工作坊先后获评国家艺术基金人才培养资助项目、全国艺术硕士研究生在线示范课程、上海市文教结合资助项目、上海市高校本科重点教学改革项目、上海市研究生教育综合改革项目、上海市课程思政研究生教育示范课程、上海市课程思政研究生教育示范团队、打响"上海文化"品牌工作创新案例等荣誉与项目。

上述介绍，溢美之词多了些，那就随便打个折，凑合着看吧。

3

重启2019年的一段美好记忆，再说说这个班的情况。

2019年春天，我和我的编剧学教学团队，在上海戏剧学院迎来了28位来自全国各地的青年编剧，国家艺术基金艺术人才培养资助项目"百·千·万字剧"编剧工作坊正式开启。

从工作坊第一次行课至今，我和我的团队在教学过程中积累了不少成功的经验，但这一次的28位学员是历届学员中水平最高的一届，他们大都有着全国各地不同高校的专业学习背景，虽然年轻，但都已经走上了职业化道路，创作方向上也是话剧、戏曲、音乐剧、电视剧、电影各个门类都有涉猎,对于这样一个相对高水平的学员队伍,应该怎么带? 能不能骂? 要不要放水? 不客气地说,对我这个教了三十年编剧的老爷爷而言,这些都不是问题。真正的问题是,一直以来,编剧工作坊主要的教学对象是两类,一类是戏剧学院在读学生(不分专业,不分界别,不分层次);另一类是面向社会,对未写过剧本的人或剧本写作初学者进行培训。"在任何一个城镇的街道,任何一个时间段,从行人中随意截取 10 名、20 名受过中等以上教育的年轻人,进入我的工作坊学习十天半月,我保证他一定能写出戏来,当然,不能保证他能写出好戏。"这段话我在不少场合都说过,虽然有些张扬,但绝没有瞎说。而今天我们所面对的是一群大都受过高等教育专业训练,有较多戏剧创作成果的青年才俊,"百·千·万字剧"编剧工作坊还有用吗?

所幸的是,经过一段时间的磨合,110 天后,每一位学员如期交出了 5个百字剧、3 个千字剧和 1 个万字剧,后来这些作品也大都得到了令人满意的验证。如张丞的小剧场实验昆曲《反求诸己》,张燕的音乐剧《Amanda 的三十八岁生日》(音乐剧《梦想成真》),王娟的儿童剧《让我们荡起双桨》、独幕剧《村长就是一根筋》,王玮的电影《三湾改编》(话剧《井冈山的斗争》),等等,都已经陆续在全国各地上演并得到了业内外的肯定,这也让我和我的教学团队倍感欣慰。

4

重启 2019 年的一段美好记忆,还要说说这个班的教学情况。

与每期工作坊一样,按照我的教学设计,学员先是进入百字剧训练环节。要求每人根据经典作品仿写五个百字剧,之后再原创五个百字剧,然后进行课堂交流。课堂交流有个人自述、同学互评、老师点评三个环节,点评的核心议题是:是不是百字剧? 好还是不好? 为什么不好? 怎样才算好? 怎样才能更好?

"百·千·万字剧"编剧工作坊被戏称为"魔鬼训练营",很大一部分原因是一上来在百字剧训练环节就把绝大多数学员逼得走投无路、怀疑人生(学员语)。因为达标率很低很低、优秀率逼近于零,来自全国各地已经小有成就的青年编剧们也几乎在第一时间就被打得"遍体鳞伤",纷纷怀疑自己是否入错了行！好在,他们熬过来了,最后作为结业作品提交的百字剧相比最初有了明显的进步,而且在整个教学过程中甚至之后,时不时会有学员在微信群里提交百字剧,期待得到来自老师和同学的肯定或者批评。生活是大海,素材堆积如山,百字剧就是鼓励编剧要在大海里捞那根针,要在群山中找那块玉,或许一辈子都捞不到、找不到,但是知道要去找,比找不找得到的结果或许更加重要。

紧接着的第二轮"折磨"是千字剧训练。在这里,怎么选择题材、怎么设置冲突、怎么安排动作、怎么塑造人物、怎么设置场景、怎么系扣解扣,所有属于编剧手艺的核心技巧都需要不断碰撞,不断打磨。

在千字剧的训练环节我设计了命题创作,若干精挑细选的题目对应三种训练目标:"把不可能变为可能,简单问题复杂化,变化才是戏。"

"把不可能变为可能"对应的题目一:《借钱》,张三欠李四 10 万元,10年未还。今天是腊月廿八,说好上门还款。张三提了一只腊猪腿来到李四家,却不是还钱,而是还要开口再借 10 万……题目二:《分手》,张三约见李四,打算今天摊牌:两人分手。而李四蒙在鼓里,一见面就兴冲冲地说,好不容易托人将最合适的婚礼饭店订好了……"简单问题复杂化"对应的题目《流浪狗》《门》和"变化才是戏"对应的题目《互换》……

几乎每一个"命题创作"都是编剧领域的高难度动作,完成好了都可以成为一个有意思的剧本,或者一个有亮点的片段,所以称之为"戏眼"。高难度的题目、高强度的训练、高曝光率的交流分享,加上老师们一针见血的批评和毫无保留的建言献策,一场场实战在没有硝烟的战场频繁上演。希望学员们通过这样的艰苦磨炼来迅速提升技术能力,有效赋能意志品质,在通往合格乃至优秀编剧的成长道路上迈出坚实步伐。

万字剧训练好比南山放马,相比前两个环节要轻松许多,同学们可以自由选择题目进行创作,在两个集中培训阶段中间的一个多月里完成,时间也相对比较充裕。在万字剧的点评环节,我延请了很多业内专家一起参与,每位学员都要阅读其他同学的作品,在专家点评同学作品的时候,学员可以结合自己的阅读感受间接地获益。

"百·千·万字剧"编剧工作坊顾名思义,到万字剧环节结束就该大功告成了。但是,为了让学员们更好地感受舞台艺术的魅力,工作坊还有一个压轴的保留项目,就是让学员把自编的剧本搬上舞台。在结业仪式前一晚,由所有学员自编自导自演的总题为"张三、李四、王五"的汇报演出在上戏新空间隆重上演。这一次,他们不仅是编剧,还是导演、演员、舞美、灯光、服化、舞台监督……会演让学员有机会置身舞台中央,更充分地体验戏剧艺术的魅力,学员之间也通过排戏演戏有了更多的交流,曾经甘苦与共,来日后会有期。这一场汇报演出也可称之为编剧工作坊培养模式的"戏眼"。

5

重启 2019 年的一段美好记忆,还应该说说这本集子中所有作品的来历。

入选的作品中,"百字剧、千字剧合集"全部是课堂作业,或者说全部是"命题创作""同题写作"的产物。"万字剧合集"的情况要复杂些,有些剧本与工作坊直接有关,或构思萌生于此,或剧稿完善于此;有些剧本与工作坊间接有关,或主题开掘得益于此,或人物塑造受力于此。可以肯定地说,这些作品中没有"汰浴蟹"(指将外面捉的蟹放到阳澄湖里浸几天,冒充阳澄湖蟹拿出来卖的蟹)。因为阳澄湖里浸几天的"汰浴蟹",对蟹的生长、形态、品质不可能产生影响,但学员在工作坊期间,师生之间、同学之间,观念碰撞,技术磋商,取长补短,相得益彰,必定对自己的创作都有所影响。何以见得? 再偷一次懒,引用这一期上海学员、青年剧作家张女士的一段感言为证:

> "这个戏人物的动作在哪里?!"
> "这样的构思连常识、常情、常理都不符合。"
> "冲突质量呢?!"
> "为什么你们的壳这么硬!"
> "建议你们将脑海里储存的编剧经验暂时全部清零,我们重新开始!"
> "第一,找戏核;第二,找戏核;第三,还是找戏核! 就算是上当受骗,看在爷爷真诚的面上,你再试试,好吗?"
> "你如果再坚持这样创作下去,即便成功也只是偶然。"

"这个作品没有写好,专家给予高度评价那是客套……"

"你不改变现有的剧作思维惯性,再写30年也是这个水平!"

陆老师在编剧工作坊行课过程中说的这些话,从讲台前"飞"到学生心口,一刀"扎"下去,不可谓不锋利,"魔鬼教头"的名声就是这么来的。但是我与我的伙伴们,几乎是第一时间领会了这个老爷爷的刀子嘴、豆腐心。为了赢得陆老师的一句"有点意思了""还不错""有进步",我们努力走出自己的创作舒适区,不停地尝试,努力地突破,在被陆老师和他的团队否定之前先否定自己。同学们为了赶第二天的作业,常常会写到深更半夜,茶饭不思,备受煎熬。学员之间也是惺惺相惜互相帮助,在共同的磨炼中收获了真挚的友情,当然,还有那一个个越来越精彩的剧本,以及也许会受益一生的戏剧观与剧作思维方式。

事实上,如果你仔细品读这两大本作品集,也一定能在字里行间隐约窥见工作坊教学理念的要义,依稀辨析每一位学员努力攀爬的身影。我相信,在编剧工作坊所经历的这一切,将在一定程度上影响到学员的每一次剧本创作。这也是"汰浴蟹"与"游泳中学会更好地游泳"的区别。

6

年底忙,又加上岁数大了,精力不济,这篇序言,打算偷点懒。能摘就摘,能抄就抄(抄自己的),能略就略,能减就减,好在文无定法嘛……

可是,没想到,重启2019年的一段美好记忆,原准备用一两千字交差的短序,竟又拉拉扯扯写了这么多。

最后想说的是,本书得以出版,一要感谢教学团队的勠力同心;二要感谢全体学员的理解支持;三要特别感谢张燕小朋友的倾情付出!

对了,还有一个遗留问题,这本书为什么要拖这么长时间才出版啊?

哈哈,其实答案就在我开头说的那几句话里。不信,你再去看看。

小朋友,你看到了吗?

陆 军

2024年1月16日于江虹陋室

目　录

上　册

1

2

编剧：付文芯

百字剧四则

父 子

"文革"期间，儿子宣布与父决裂并成为造反猛将。

多年后，儿子身患重疾，想与父亲和好，发现父亲双目失明，生活拮据。

儿子同妻子商量，妻子上门应聘保姆，照顾父亲。

儿子去帮忙，怕父亲听出声音，假装成哑巴。

儿子去世，将眼角膜捐给了父亲。

父亲术后重见光明，但儿媳并未告诉他实情。

多年后，老人安详去世。儿媳将老人与儿子合葬。

漂亮寡妇

不肯改嫁的漂亮寡妇独自一人带着儿子卖菜为生。

隔壁摊的老实男人见她可怜，经常帮忙。

寡妇做好吃的给男人的妻儿以作报答。

男人诱奸了寡妇。

男人酒后对街坊邻居说出了这件事，还添油加醋。

寡妇当着男人的面拿刀阉了一只公鸡。

漂亮寡妇继续独自一人带着儿子卖菜为生。

隔壁摊的老实男人更加老实。

圆　梦

两个没有漂流经验的男人，为圆漂流梦，自制"漂流轮胎"，计划2000多公里，从宜宾沿长江漂流到上海。

二人用了一个月时间在长江水面自我特训，经历种种波折，一切准备就绪。

出发之时，网友众筹，为二人购得漂流专用设备，鼓励二人坚持梦想。

圆梦之旅终于启程。

传　销

青年失业在家没有收入，致富心切，误入传销窝点。

几日之后，青年试图逃跑，被抓获，并被再次没收所有财物。

青年接受了各种关于"迅速致富"理论的"洗脑"，并在"相关负责人"的监督下开始"实践"：发展下线。

青年嘴笨不善言辞，受培训一个月后，没有任何业绩。

青年在传销窝点能吃能睡，饭量惊人，一个月长胖20斤，但传销窝点因粮食成本增加入不敷出。

传销窝点头目带人将青年痛打了一顿，赶出了窝点。

千字剧三则

借　钱

时　间　腊月廿八的晚上
地　点　李四家
人　物　张　三　　男,38岁
　　　　李　四　　男,63岁,张三养父
　　　　赵　六　　女,65岁,李四妻子

[幕启。

[李四和赵六在客厅,李四戴着眼镜,坐在沙发上,用手机打着游戏,赵六来来回回,端出水果、零食等摆放在桌子上。

[赵六摆好桌子上的东西后,又不停地跑到门口张望。

李　四　你歇会儿吧,门是开着的,他来了会自己走进来。

[赵六在沙发上坐了一下,但是很快又站起来。

赵　六　一盘冬枣可能不够,我再去洗点儿,他喜欢吃。

[赵六下。

[李四虽然打着游戏,但是明显心不在焉,眼睛时不时瞅向门口。

[张三拎着一只腊猪腿在门口探头探脑,见李四看到他了,就走进来。

张　三　爸!

3

[李四继续打游戏，不理他。

　　　[张三把腊猪腿放在桌上。

张　三　我今天下午在和记排了好几个小时的队才买到腊猪腿，还
　　　　限购，一人只能买一只。

　　　[李四还是不理他。张三尴尬地坐在沙发上。

张　三　我妈呢？

　　　[李四还是不理他。

张　三　(四处走动)妈！妈！

　　　[赵六赶紧从厨房出来，手里湿漉漉的。

赵　六　回来啦？

张　三　妈！

赵　六　(端过桌上的枣)来，吃枣！你最喜欢的冬枣。

张　三　(抓了一把，大口吃着)真甜。

赵　六　那就多吃点。

张　三　哎。

李　四　哼！

　　　[赵六在桌旁示意儿子。张三马上把枣端过去给李四。

张　三　爸，吃枣。

　　　[李四不理他。张三尴尬地端着枣。

赵　六　(对张三)你多吃点儿，厨房还有，我去拿。

　　　[赵六下。

张　三　(把枣放在桌上)本来想早点回来的，可是年底事情有点多。

　　　[李四不理他。张三默默地吃枣。赵六端着一盘枣上。

赵　六　你那只股票还好吧？

张　三　呃，不要提了。

赵　六　又亏了?

张　三　股市就是这样的嘛,有赚也有亏。

赵　六　你有没有欠债?

张　三　妈,你别担心了,有的话我也会还的。(拿起腊猪腿)你看,我给你们买的腊猪腿,排了好久的队呢。

赵　六　你带回去自己吃吧。

张　三　没关系,我自己想吃再去买。

赵　六　你爸爸血压高,我们已经很久不吃这种东西了,你带回去自己吃。

张　三　哎呀,你就拿着吧!

　　　　[李四始终没有说过话。

张　三　(对李四)爸,你们最近过得怎么样?

　　　　[李四不理他。

赵　六　还那样嘛。

张　三　钱够用吗?

赵　六　够。你爸爸以前买了保险,每个月能领点钱。

　　　　[张三点着头,站起来,打量着房子,若有所思。

张　三　这房子也旧了,该给你们换个新的了。

赵　六　换什么新的,这住得好好的。再说我们也没钱买新的。

张　三　把这套卖了就有了。

赵　六　卖了?

张　三　目前这个地段的房子,差不多快一万元一平方米,我们家这套可以卖到50万。然后再到郊区租一套,每个月只需要花几百块钱,空气什么的还比这里好多了。

李　四　他就是来借钱的,是吧?

［沉默。

李　四　卖房子？这套房子等我死了才能给你！

　　　　［赵六阻止李四。

赵　六　你爸爸的意思是说,你去找个稳定的工作做,不要再炒
　　　　股了。

张　三　这次我已经看准了,这只股票,有内部消息,绝对稳赚不赔。

李　四　内部消息？你哪次不是内部消息？你十年前就有赚钱的内部
　　　　消息,拿走了我们存了一辈子的 10 万块钱,到现在都没有还!

　　　　［沉默。气氛紧张。

张　三　我这次挣了钱就还! 利息一起算上! 还你 15 万够不够?
　　　　20 万?

　　　　［李四冷笑。

李　四　你去年回来拿钱的时候也说,今年腊月廿八连本带利还钱,
　　　　大家一起过个好年。哼,过好年! 这十年来我就没过一个
　　　　好年!

赵　六　(赶紧安抚李四。对张三)我们现在没什么积蓄,就这一个
　　　　房子,想安安静静地住到老。你在外面好好生活,不用管
　　　　我们。

张　三　(对赵六)现在这里的房价正是高的时候,我问过中介,能卖
　　　　个好价钱。先把它卖掉,把钱借给我,等我这次赚钱了,再
　　　　买个新房子,我们一家人一起住。

李　四　卖房? (拿起桌上水果刀,塞到张三手里)来,你拿这把刀,
　　　　割破我的喉咙,我死了你就有房子了,你爱干吗干吗!

张　三　你什么意思？我只是来借钱,你这样做什么意思?

李　四　我什么意思？你来向我们要钱! 你从小就不学好,只知道

向我们要钱!

张　三　这还不是怪你!

李　四　怪我?

张　三　你不要跟我说话!

李　四　我为什么不可以跟你说话!

张　三　你以为我喜欢来这里跟你们借钱啊!我在人生低谷的时候向你们开口借钱,你就这个态度对我!

李　四　你一辈子都是低谷!

张　三　那也是拜你所赐!

李　四　你现在又把事情怪在我的头上?你不学好也是我的事?

张　三　我就是不要学好!当年你把我从我亲生父母身边抱走的时候,有没有问过我的意见?我现在为什么要学好?

李　四　你从小就这样,遇到事情不愿意从自己身上找原因,总是爱找借口,找各种借口,现在还把责任推到我们身上。我们辛辛苦苦挣钱养你,就换来你这样的对待!

张　三　你给我闭嘴!

李　四　(喘气)你不学好,不踏实工作,就幻想着一夜暴富……

张　三　你听懂我说什么了吗?你从来就没有听懂过我说什么!

　　　　〔李四又想开口。

张　三　你闭嘴!闭嘴!闭嘴!

　　　　〔张三把李四推倒在地。

张　三　(大吼)你从来就听不明白我在说什么!

　　　　〔李四安静。赵六把李四扶起来坐在沙发上。

张　三　我今天一定要把话说清楚。我从小被你们带到这里,跟我的亲生父母分开。他们找了我很多年。我的母亲因为我不见了,天天哭,然后去世。现在,我的亲生父亲也死了,我连最后一面都没见到! 是,你们是养了我,让我有一口饭吃,那是因为你们需要一个儿子为你们养老送终! 可是你们为我着想过吗? 是你们让我变成这个样子,是你们毁了我的人生,(激动)是你们杀死了我的亲生父母!

赵　六　不要再说了!

张　三　我这辈子,就像你们一样,躲在这样一个破房子里,等死!

赵　六　(指着张三)你再说,我就打你!

张　三　妈,我今天……

〔赵六举起腊猪腿打张三,打得他到处跑。

〔赵六气喘吁吁停下来,张三也站在一边不说话。

〔沉默。

〔赵六扔掉腊猪腿,进里屋,拿出一件毛衣。

赵　六　我们真的没有钱了。你爸爸上半年住了院,花了很多钱。这件毛衣是我给你织的,天气转凉了,多穿点儿。

〔赵六把毛衣塞到张三手里。

赵　六　你走吧,不要再回来了。

〔张三接过毛衣,里面有一张房产证。

赵　六　上面是你的名字。

〔张三沉默了一下,拿着毛衣下。

〔坐在沙发上的李四突然一下子就倒了下去。赵六哭出声来。

流浪狗

时　间　某日早晨

地　点　张三家
人　物　张　三　女,36岁。离异
　　　　李　四　男,年龄不详,以流浪狗形象出现在人间,职业是
　　　　　　　　死神
　　　　王　五　女,80多岁,张三的奶奶,患有老年痴呆症
　　　　赵　六　男,60多岁,张三的邻居

〔舞台照明光起。

〔张三和王五在沙发上看电视,王五打瞌睡。

〔张三看到奶奶睡着了,将电视机声音调低,给她盖上薄被。

〔王五醒了。

张　三　奶奶你醒了!

〔王五看着张三,神色平静。

张　三　那我去拿个快递,马上就回来。

〔王五眨了下眼。

〔张三关掉电视机,往门外走。

〔王五头转到另外一边,闭上了眼睛。

张　三　(开门)呀!

〔狗叫。

〔一只狗从门外跑进来,脖子上系着一个铃铛。

〔铃铛一直在响。

〔王五突然睁开眼睛。

张　三　谁家的狗呀?

〔张三到门口。

张　三　谁家的狗呀?

〔赵六哼着小曲儿晨练回来。

赵　六　三三,什么事啊?

张　三　赵叔,我刚一开门,就跑进来一只狗。但是我们这层楼没人养狗啊。

〔赵六进屋,伸出手去逗狗,狗不理他。

赵　六　可能是哪家走丢了的,你去物业那里做个登记。(观察狗)不过看这只狗脏兮兮的,怕是流浪狗哦。

张　三　那先让它留在家里。我去物业问问。

赵　六　注意别被它咬了。最好拴起来。

张　三　好的。谢谢赵叔。

赵　六　没事没事。

〔赵六下。

张　三　奶奶,你看这是什么?一只狗。(狗把前爪伸出来跟张三握手示好)你看它多可爱。

〔王五打量着小狗。

张　三　估计是只流浪狗。一会儿我送它去宠物医院检查一下,打了针,洗了澡,再让它跟你玩哦。

〔张三把狗拴到角落里,出门。

〔铃铛响。狗变成一个高大帅气的男人。

李　四　(解开拴住他的绳子)哎哟,勒死我了。(坐到沙发上。看到王五盯着他)你别这么盯着我呀。

〔王五继续盯着,表情迷茫。

李　四　不认识是吧?没关系,马上就认识了。

〔李四凑近王五的脸,摇响铃铛。

〔王五的表情渐渐清晰,她认出了李四。

王　五　你来了。

李　四　来了。时辰到了,跟我走吧。

　　　　　[王五掀开盖在身上的毯子,慢慢站了起来。李四带她往
　　　　　外走。

王　五　(突然想起来什么,停住)等等。

李　四　还需要准备什么?

王　五　我活了八十多岁,一切都准备好了。只是关于死法,我想提
　　　　　一个要求。

李　四　(想了一下)行吧。你这一生表现不错,是个好人,我可以满
　　　　　足你一个要求。

王　五　我想要在孙女面前死去,见上彼此最后一面。但是又不能
　　　　　让她看着我死去,怕她难过。

李　四　你这有点难耶(看着王五期盼的眼神)呃……我想想。

　　　　　[王五看着李四。

李　四　你别这样看着我,会影响我的思路。你……你先去干点儿
　　　　　别的!

王　五　干什么都可以吗?

李　四　可以! 当然,不能干犯法的事啊!

王　五　(想了想)那我帮萌萌把作业写了。三三每天照顾我很辛
　　　　　苦,半夜了还要给萌萌改作业,常常睡不好觉。

李　四　小学生的作业的确很重要,赶快做吧!

　　　　　[王五写作业。李四看电视。但是李四的注意力一会儿就
　　　　　被王五写的作业吸引,饶有兴趣地在王五旁边看。

王　五　5加多少等于10? 5加5等于10。3加6等于多少? 3加6
　　　　　等于10。

李　四　哎哎,你这道题错了,应该等于9。

王	五	没错。等于 10。
李	四	9。
王	五	你是怎么算出来等于 9 的？明明就是 10。
李	四	这还用算吗。
王	五	好吧。

〔王五继续写作业。李四继续看电视,看到喜欢的球队输球了,一生气就不看了,把电视机关掉,过来瞅王五写作业。

李	四	哎哎,你这个也错了。
王	五	又错了?
李	四	6 加 2 等于几?
王	五	10 啊。
李	四	8!
王	五	明明就是 10 嘛!
李	四	(着急地一巴掌拍在了桌子上)8!

〔桌子的一条腿被李四拍坏了。

王	五	(被吓了一大跳)好吧。8 就 8。(嘀咕)凶什么。(委屈)三三从来不会说我是错的。

〔李四也觉得自己不对,赶紧过去扶着桌子腿,以让王五继续写作业。

〔他的态度也变得温和起来。

〔李四一边修理桌子一边指导王五做算数题,王五则按照他的指示在本子上涂涂改改。

李	四	4 加 3……多了多了……少点儿……再少点儿,对了,是 7!
王	五	你的数学一定非常棒。
李	四	(脱口而出)当然,要不怎么算得清楚每天要带走的人数?

（看了一眼王五）对不起。

王　五　　没关系。

〔沉默。

〔王五继续写作业。李四尴尬地坐回沙发，按着遥控器，心不在焉地换着台。

王　五　　写完了。

李　四　　（赶紧）拿来给我检查一下！

〔王五把作业本递给李四，李四认真看。

李　四　　不错不错，非常好。

王　五　　（试探的）想出办法了吗？

李　四　　（故作镇定）当然啦！像我这么聪明，怎么可能没有办法？

王　五　　你是不是还需要点时间？

李　四　　（接过台阶下）既然你都这么说了，那就再需要一点点！（调侃的）让你在人世间多停留一会儿不好吗？

王　五　　我们从出生开始，不过是在人世间流浪，最后还是要跟你走的。尤其我得了这个病以后，不记得事，不认识人，折磨孙女。早点跟你走，三三也能早点儿得到解脱。

李　四　　（感叹的）哎，我不也是一直在流浪吗，日复一日，年复一年，没有住所，没有父母，还没有女朋友！（委屈地哭起来）这种日子，何时是个头啊？

〔王五同情地摸着李四的头，李四也沉浸在王五的怀抱中。几秒后，李四突然意识到二人关系太亲密，马上倔强地躲开她的手，走到一边。

王　五　　（嘟囔）矫情！

〔王五走向柜子，拿出一个红发卡，端详着。

李　四　生不带来死不带去，你还有所留恋？

王　五　这是我留给三三的。她以前可喜欢打扮了，喜欢戴各种各样的发卡。我生病以后，她再也没打扮过，也没戴过发卡。她喜欢红色。我希望她能再戴上发卡，有新的生活。

〔李四拿过发卡，戴在自己的头上，调皮地给王五看。王五笑着打了他一下，把发卡拿了回来。二人看着发卡。

〔张三和赵六的画外音入。

张　三　（画外音）赵叔，出去啊？

赵　六　（画外音）哎，出去一趟。你去物管了吗？

李　四　（轻声的）你孙女儿回来了。你先回去躺好。

〔王五手里拿着红发卡，赶紧躺回沙发椅。李四帮她盖上毯子。王五帮李四系上绳子。

张　三　（画外音）去了，他们那暂时还没有人来报丢狗的消息。不过给我做了登记。

赵　六　（画外音）估计就是流浪狗。扔了得了。

〔李四听到赵六这句话，生气。然后继续偷听。

张　三　（画外音）流浪狗也挺好，留下来给我奶奶做个伴儿。

赵　六　（画外音）你对你奶奶真好。你爸妈要是还在，你也不用那么辛苦。

张　三　（画外音）奶奶把我带大，我照顾她是应该的。回去了啊，叔。

〔李四赶紧回到原来位置，趴下。

〔张三欲开门进屋，赵六突然想起什么，叫住她。

赵　六　（画外音）对了三三，上次跟你说的那个孙七，你要不再考虑一下？你俩真挺合适的，他对你印象很好。

〔李四和王五一听到"孙七",赶紧偏头过去听,动作一致。

张　三　(画外音)谢谢赵叔,还是不用了,我离过婚,配不上人家。

〔李四和王五听到张三这么说,一起失望地叹气。

赵　六　(画外音)你这姑娘,现在是什么年代了,观念怎么还这么陈旧? 赵叔可要好好教育教育你。你呀……

〔赵六声音渐小。

李　四　(轻声地)你见过孙七吗?

王　五　(轻声地)三三给我看过照片。

李　四　(轻声地)怎么样?

王　五　(竖大拇指)好。

李　四　(轻声地)那就行。

王　五　你想出办法了吗?

李　四　暂时没有。大不了我明天再来一趟。

王　五　要是你明天想不出来呢?

李　四　怎么可能! 我可是个神! (不自信的)我明天要是还想不出来,那就后天! 反正哪天想出来了哪天再带你走!

王　五　(自言自语)不用了,就今天吧。

〔张三上。进卧室把快递放好,又拿了一块干净的尿垫出来。

张　三　奶奶,我们到时间换尿布啦。

〔张三掀开毯子,伸手到王五身下摸了一下。但摸到是干的,张三叹了一口气。

张　三　奶奶,你还是不想尿尿的话,那我们就等会儿再换吧。

〔张三把干净的尿垫放了回去。

王　五　三三。

张　三　（惊讶的）奶奶，你是在叫我吗？

王　五　三三，我饿了。

张　三　（惊讶的）奶奶，你说什么？

　　　　〔王五眨眼。

张　三　奶奶，你要吃东西？

王　五　嗯。

张　三　（开心得不行）那我赶紧给你熬鱼汤。

　　　　〔王五轻轻摇头。

张　三　那你想吃什么？厨房里还温着有稀饭，要不要？

　　　　〔王五眨眼。

张　三　我去给你盛。

　　　　〔张三激动地下。

王　五　（对狗轻声的）如果还有下辈子，我愿意拿自己的生命去换
　　　　三三的幸福。

　　　　〔张三端着碗和勺子上。

张　三　奶奶，我喂你。

　　　　〔张三抱着王五坐起来，喂她吃饭。

　　　　〔王五吃了两口停了下来，双眼直勾勾地看着张三。

张　三　奶奶，怎么了，想说什么？

王　五　（眼泪流下来）三三，我爱你。

张　三　（哭了起来）奶奶，我也爱你。

　　　　〔张三放下碗，给王五擦嘴巴，温柔地摸着奶奶的头。

张　三　奶奶，不要哭了，我一切都很好。（给王五擦眼泪）好了不要
　　　　哭了，再吃点儿。

[王五摇摇头,她拿起手里的红发卡,缓缓给张三戴上。

王　五　(仔细看着张三)真好看。戴上就不要再取了。

张　三　(使劲点头)嗯。

[王五微笑着看着张三,眼泪却一直在流。

王　五　三三,给奶奶唱首歌吧。

张　三　好,您想听哪个?

王　五　小时候我常给你唱的那首。

[张三唱起歌谣。

[王五把头靠在张三怀里。

[歌声中,王五慢慢闭上了眼睛。

[李四从狗的外形变了回来,站起来,对着王五摇响手里的铃铛。

[张三继续哼唱,歌声渐弱。

[王五盯着铃铛,站起来,依依不舍地环顾这个家和张三,然后下了决心,跟着李四离开。张三仍在原处,保持着王五在怀里的姿势,哼唱着歌。

[李四带着王五离开。走到门口的时候,王五又一次停下来,回头静静地看着张三,欲伸出手去抚摸她的脸。张三还在哼唱着歌,就像什么也没发生过一样。

[舞台照明光渐收。

[舞台后部的纱幕上,出现一只小狗带着一个老人渐渐远去的影子。

[剧终。

互　换

时　间　春季的一个上午

地　点　某山上一寺庙外

人　物　张　三　男,74岁,退休干部

　　　　李　四　男,17岁,白鹿村村民

　　　　赵　六　男,45岁,驾驶员

　　　　孙　七　男,40岁,白鹿镇派出所民警

　[幕启。

　[李四在场上,往上场口张望。

　[张三、赵六上,有说有笑的。赵六手里拿着车钥匙。

李　四　哎,哎,等一下。

　[张三一行人停下。

张　三　小伙子,有什么事吗?

李　四　(笑嘻嘻的)大爷,你们停了车,要交停车费。

张　三　什么停车费? 我以前来都没有收过啊。

李　四　刚开始执行的。

张　三　这是白鹿寺让你收的,还是你自己在收的?

李　四　这一片地都是我家的,当然是我收停车费啦。

张　三　多少钱?

李　四　10块钱一次,随便停。

张　三　有没有发票?

李　四　发票? 没有。

张　三　白鹿寺属于省级重点文物保护单位,既然你要收费就应该提供发票。

李　四　大爷您这是逗我玩儿呢，这山上，哪里来的发票？您交10块钱，想停多久停多久，还有人帮您看着车，不是很好吗？

张　三　不是这个道理。你这没有政府明确标价的收费公示、没有发票，你也没有佩戴上岗证，那就属于乱收费，是违法的。

李　四　大爷，地是我的，您把车停在这里，霸占了我的地，还不交费，这才是违法！

张　三　你说这地是你的，那你把土地的证件拿出来看看。

李　四　啥证件？

张　三　如果这块地，是你家的宅基地，你就拿宅基地使用证；如果是耕地，你就拿土地承包经营权证。

李　四　什么使用证经营证，我就收个停车费，还搞得这么复杂？行了，钱我不要了，您把车开走吧，停别处去。

张　三　你说让我开走就开走啊！我为什么要开走？

李　四　大爷，停车缴费，这是规矩。您不愿意缴费，就不能停在这儿。

张　三　凭什么不让我停在这儿？

李　四　这是我家的地，您不缴费，就不能停。

张　三　你根本就没有拿出证据来证明是你家的地嘛，哪里来的权利来指挥我不能停车？

赵　六　算了算了，就10块钱，给他呗。出来玩，别影响心情。（拿钱给李四）小伙子，给你，停车费！

李　四　（边收钱边说）对嘛，还是这个大叔通情达理。

张　三　（对赵六）你就不应该给他。你这叫助长违法行为！

　　　　［李四收了钱本来准备离开，一听张三这话就站住了。

李　四　（大声地）什么违法行为？你们来参观寺庙，把车停我这儿。我给你们看着车，打扫你们丢的垃圾，维修被车压坏的路，收点儿费不应该吗？如果停车不给钱，那就跟吃饭不给钱一个道理。你们说，是停车不给钱违法还是我凭劳动挣钱违法？

张　三　你你你，你这是歪理嘛你这是！

赵　六　小伙子，你是个晚辈，怎么能这样跟老年人大吼大叫？

李　四　是你们逼我大吼大叫的！

　　　　［气氛紧张。

赵　六　好了好了，都别说了。（拉张三）我们走吧。

　　　　［张三一行人往庙里走。

张　三　（走了几步，对赵六）不行，我越想这个事情越可笑，怎么可以这样呢，现在是法治社会，怎么还有这种占山为王的人呢，这不乱套了吗？

赵　六　算啦，靠山吃山，靠水吃水，他也不过想挣点儿钱。

张　三　可问题是，他根本就没有资质，属于违规收费啊。这既损害了游客的利益，也给当地的形象抹了黑。我一定要曝光这种违法行为。

　　　　［张三拿出手机拍视频。

　　　　［李四看到张三拍视频，迅速走了过来。

李　四　大爷，你拍什么呢？

张　三　我拍你这停车收费，让网友们来评评理，是不是该收费。

李　四　你拍停车可以，但不能拍我。

张　三　我为什么不能拍你？

李　四　你拍了我就是侵犯我肖像权！

张　三　我不拍你别人怎么知道谁在收费呢？

李　四　总之你就是不能拍我。我还没满18岁！受法律保护！

张　三　（哭笑不得，对赵六）还是个未成年人……

李　四　（去抢张三的手机）把手机拿来。

赵　六　（推开李四的手，挡在张三面前）干什么？

李　四　我不干什么。我就看看视频里有没有我。

赵　六　没有没有，他就拍个风景。一会儿我给它删了。放心吧。

　　　　〔赵六把张三拍视频的手按下来，推张三走。

赵　六　走吧走吧。

李　四　大爷，我就跟你明说了吧，这车，今天你不管停在哪儿，都是要缴费的。你如果不愿意就赶紧离开，反正还有其他车要停。

张　三　我说你这孩子，怎么还蛮横起来了。你这样做你父母知道吗？

李　四　我没有父母！

　　　　〔李四欲离开。

张　三　这什么态度！（对赵六）看看，现在的小孩都被教成什么样了。

李　四　教？从小到大，我就没有人教！

　　　　〔李四离开。

张　三　我就不信这小孩没人能管。

　　　　〔张三翻找手机电话簿。

张　三　（打电话）喂，马书记……你好……我现在在你们市那个白鹿寺，遇到点事儿，你帮我找一下那个村长……镇长？镇长也行……好，你联系好了把电话发给我……

〔李四本来已经走远，听着张三打电话，一直在远处看着，然后脸色变了，跑过去抢手机。

李　四　你居然告状？

〔赵六赶紧阻拦。

〔李四与赵六发生了肢体冲突。

张　三　不许打架！不许打架！

〔张三试图拉架，但却无从下手。拉扯中赵六打了李四一拳。

李　四　（大声呼喊）打人啦！打人啦！快来人啊！

〔李四打赵六。赵六一直属于防护状态，并没有还手。

张　三　怎么能打人呢，不许打人啊！（着急的）你们住手！我报警啦！

〔张三打电话报警。

张　三　别打了！我已经报警了！

〔赵六停了下来，李四还动手动脚的。

张　三　我已经报警了！警察马上就来！

李　四　报警我也不怕，我是未成年人！受法律保护！

张　三　你这孩子……

李　四　哼！

〔李四跑下。

张　三　对不起啊赵师傅，今天租你的车，还害你挨打。一会儿医药费我出，再给你加点工钱。

赵　六　没事，这种人我见得多了。

〔张三看到地上掉了一个手机，捡了起来。

张　三　谁的手机？（问赵六）是不是你的？

赵　六　不是我的。

赵　六　可能是刚才那个小孩的。

张　三　那等警察来了交给警察。

　　　　[李四跑上,左看右看找手机,看到手机在张三手上。

李　四　好哇,你偷我的手机!

　　　　[赵六赶快挡在张三前面。

赵　六　谁偷你手机?你不要乱说。

李　四　(大叫)来人啊!有人偷我手机!

张　三　我没有偷你的手机。这是我刚才在地上捡到的。

李　四　捡?这么好捡,那我怎么从来没捡到过?(奔跑大叫)快来
　　　　人啊!你们快来看啊,光天化日之下,偷我手机!

赵　六　小伙子,你不要这样,有话好好说。

　　　　[赵六想要拉住李四,手还没碰到他,李四马上倒在地上,做
　　　　呻吟状。

李　四　哎哟,你们偷了我的手机,还把我推在地上,好疼。

张　三　哎,你怎么胡说八道?

李　四　你才胡说八道!你偷了我的手机,你就是小偷!

张　三　都跟你说了这手机是我们捡到的!

赵　六　小伙子,你说手机是你的,还给你就是了。你快起来。

张　三　(对王五)不能还给他,交出来一旦被诬陷有口难辩。还是
　　　　等警察来了交给警察。

　　　　[张三把手机收进裤子口袋里。

李　四　你这老头……

　　　　[张三爬起来想动手抢手机,赵六挡在张三前面。双方
　　　　对峙。

〔一名警察上。

〔李四迅速原地躺下紧闭双眼一动不动。

赵　六　（无奈的）你怎么又躺下了？

孙　七　刚才谁报警？

张　三　我报的。刚才他（指着李四）和打他（指着赵六）。

孙　七　（问赵六）是这样的吗？

赵　六　是的。

李　四　哎哟，哎哟，是他们打我，（指着赵六一行人）打得我都爬不起来了。

赵　六　你简直是睁着眼说瞎话。谁打你？我打了你？还是他那个"风一吹就倒"的老年人打了你？

孙　七　起来说话。

〔李四坐起来。

李　四　我受伤了，我要求去医院做检查。

孙　七　你要检查什么？

李　四　我……全身上下，都要检查！

孙　七　你的伤口呢？

李　四　（装模作样）哎哟，我这里好痛……哎哟，我这里也好痛。孙警官，我这是内伤！

张　三　（把手机交给警察）警察同志，我刚才捡到一个手机。

李　四　我的！是我的手机！（指着张三）他偷了我的手机！

张　三　警察同志，我没有偷他的手机，手机是我捡到的。

孙　七　到底是打架，还是偷手机？

李　四　他们打我，还偷我手机！

张　三　警察同志，我们到白鹿寺游玩，他收了我的停车费，打了司

24

机,现在又诬陷我偷手机。

赵　六　　是的,事情是这样的。(给警察看伤口)你看,我这也受伤了。

孙　七　　(严肃地)李四!

李　四　　(弱弱地)孙警官……

孙　七　　他们说的是否属实?

李　四　　(只能点头)可是我刚才也被打了,(指着赵六)就是他打的!

赵　六　　我什么时候打了你?

李　四　　就是刚才,最开始的时候。

张　三　　最开始是你要抢我的手机,赵师傅过来拦着你的。要是没有赵师傅,你打伤了我这个七十多岁的老年人,看你怎么办!

李　四　　反正,就是他打了我,殴打未成年人,就是犯法!

赵　六　　我那是正当防卫!如果你硬要说我打你,行,咱俩单算。但是你收停车费和诬陷老人家偷手机,那又怎么算?

李　四　　(对孙七)孙警官你看,他承认打我!(对赵六)赔医药费!

孙　七　　(对李四)够了!(对张三一行人)对不起,我们的村民给你们添麻烦了。白鹿寺周边停车一律免费,我们也是明确严禁村民非法收停车费的!这件事情我一定严肃处理。(对李四)为什么又来收停车费?

李　四　　(低头,小声地)钱用完了。

孙　七　　你上个月向我保证过什么?

李　四　　我知道。可是我没钱花了。

孙　七　　这才月初,你爸妈给你打的钱呢?

李　四　　(非常小声地)打游戏了。

孙　七　（拍了李四一下）你这孩子！（对张三一行人）对不起几位了，这孩子的父母常年在广州打工，很少回来。我们派出所人手少，管不过来，请你们原谅。

张　三　他不上学吗？

孙　七　不爱学习，去年就退学了。（对李四）把钱还给人家！

　　　　　［李四不情愿地拿钱。

孙　七　快点！

赵　六　算了算了。

　　　　　［李四把钱还给赵六。

孙　七　还有吗？

李　四　（看着孙七）没了，这是今天第一单。

孙　七　好。我信。

　　　　　［李四转身。

孙　七　就这么完了？

李　四　（看了孙七一眼，对张三一行人鞠了一躬）对不起。

　　　　　［李四起身后可怜巴巴地看着孙七。

孙　七　根据《治安管理处罚法》，殴打他人的，处五日以上十日以下拘留，并处二百元以上五百元以下罚款。

李　四　《治安管理处罚法》规定，未成年人从轻或者减轻处罚……

孙　七　哟，背得还挺熟。这样，你再给我背一遍《治安管理处罚法》第二十三条。

李　四　（背诵）《中华人民共和国治安管理处罚法》第二十三条，涉嫌扰乱公共场所秩序，处以行政拘留五日的处罚。

孙　七　这一条是上次对你收停车费的处罚。当时我还说过什么？

李　四　（怯怯的）如果长期收费，并且收费总额巨大，就触犯《刑法》,构成"非法经营罪",会被判刑。

孙　七　记性不错！现在加上你说人家偷了你手机,属于诽谤他人,你自己算算要关多少天?

李　四　饶命啊孙警官。

孙　七　屡教不改,必须严惩!

李　四　关于诽谤,我能不能选另一条路?

孙　七　什么路?

李　四　当事人双方协商解决。

孙　七　(作欲打状)做错事还想讨价还价? 多拘留 5 天!

张　三　算了孙警官,他还是个孩子。

赵　六　是啊孙警官,钱也退给我们了,就算了吧。

孙　七　不可再纵容。(对李四)先边儿上待着,一会儿跟我回所里接受处理。(对张三)老人家,今天这个事情,实在对不住了。以后我们会对村民加强宣传教导,并做好长效管理。(对赵六)您的这个医药费,我私人给您出。

　　　　〔孙警官掏钱。

张　三　(赶紧按住孙所长的手)孙警官,不用了。

赵　六　孙警官,我没事儿,真不用。

张　三　赵师傅是我请来的司机,这个我负责。

　　　　〔双方拉扯。

　　　　〔李四欲悄悄离开。

孙　七　(余光看到李四)站住!

　　　　〔李四低头站在原地。

孙　七　干啥去?

李　四　我得跟奶奶说一声,要关起来的话,好多天都不能回家了。

孙　七　你活该！

张　三　(把孙七拉到旁边,低声地)孙警官,这孩子,以前罚了,今天也罚了。但是以后又该怎么办呢？他才十几岁,人生的路还长着呢。

孙　七　这个问题,我们也很头疼。在农村,这种留守孩子太多,我们根本管不过来。

张　三　可以带我们去这孩子家看看吗？

孙　七　您这是？

张　三　(拿出证件)我是一名退休的公务员,想看看能不能帮点忙。

孙　七　行,走吧。

张　三　(对李四)走,孩子,咱回家。

　　　　[剧终。

万字剧

音乐剧·我的相亲故事

人　物

　　张小午

　　美丽(A)

　　小希(B)

　　双双(C)

　　海伦(D)

　　李娜(E)

　　安安(F)

　　主持人

　　现场点评嘉宾

　　空哥、刘博宇、照片中人——均由同一人扮演

　　父母们、职业红娘、音乐厅观众、路人、演播室工作人员——

　　均由同一批人扮演

[本剧的演出空间从剧场外面开始,完全按照电视台演播室布置,通过舞美布景,营造观众即将进入的是电视台演播室的氛围。剧场里面,也跟电视台相亲节目演播室的布置一样,包括剧场里面的工作人员,都是演播室工作人员的打扮,有导播,有摄像,有拉着喇叭进行现场互动的副导演,有总导演,等等。舞台两旁,也有真实的现场乐队、化妆师等。在演出的过程中,也可能会停下来,如中断录制、嘉宾补妆

等,力求让观众完全将自己融入一个相亲节目现场嘉宾的角色。

[剧场外面,会有假扮成摄像师及记者的工作人员,进行观众采访:如何看待当下越来越多的年轻人单身这一现象?(这些访谈经过剪辑后,在演出之前在剧场内播出)

序

[暗场

[音乐起。

[光起。

[舞台上满是征婚广告。爸爸妈妈们拿着贴有征婚广告的雨伞,推销着自己的儿女。人群中还有几名红娘,拿着写有征婚信息的目录和自制海报,询问着行人。

爸爸妈妈们(唱):

早九晚五,资料齐备。

为了儿女婚姻

相互攀谈,彼此试探,

年龄身高生肖职业收入家境房产都要严格把关。

[父母们互相展示自己儿女的资料、交流。

爸爸一: 我儿子83年的,女方一定是要20到25岁,身高在165以上。个性强不要,心气高不要,心机重不要。我们是高干家庭,有四套房。

妈妈一(对爸爸一):我家女儿有165高,是88年的,你看你们家愿不愿意找一个大一点的?

爸爸一(对妈妈一):不行,年龄太大了。

妈妈一(对爸爸一):我女儿很漂亮的,你看她的照片。

爸爸二:美国户口!哎!93年的女儿!93年的!本科学历!

爸爸一(赶紧找爸爸二):我这有儿子!

妈妈一(不死心):看看嘛,先看看照片嘛!

　　[爸爸一赶紧往爸爸二那边去了。

爸爸三:我儿子今年34岁,从来没谈过女朋友,自主创业,这是他的
　　　　投资盈利情况表。你们看啊,每一笔盈利率几乎都在200%
　　　　以上!

妈妈二:我儿子是未来三到五年都难遇见的优秀单身男士,来相亲
　　　　的女士请抓紧机会啊!

妈妈三:结婚要两个人投缘,缘分的事情没解决,上来就问,房子有
　　　　吧? 汽车有吧? 钱有吧? 卖女儿啊?!

爸爸妈妈们(合唱):

　　　　　荒诞不安,现实残酷,

　　　　　我的儿子/女儿条件那么优秀怎么就是找不到?

　　[张小午走过来。

职业红娘:小伙子,找对象? 我这儿所有信息都有,下到19岁,上到
　　　　55岁,只交100元,提供一年的单身信息!

奶　奶:我孙女儿32岁,是个翻译,也兼职做英语老师,人孝顺听
　　　　话。这是她的微信,你扫一扫,看看合适不合适。

张小午(唱):

　　　　　从前的车马很慢,书信也很远。

众　人(唱):

　　　　　年龄?

张小午(唱):

我们常说一生只够爱一个人。

众　人（唱）：

收入？

张小午（唱）：

如今什么都快，

找个爱人却难。

众　人（唱）：

房产？

张小午（唱）：

不管未来怎么样，

要好好爱自己。

爱情它到底是什么？人海中反复的寻觅。

爱情它到底是什么？让我们都曾经心碎。

爱情它到底是什么？各种条件来相配。

爱情它到底是什么？没运气　那就是命运。

〔父母们跟张小午的一段集体舞。

众　人（唱）：

爱情它到底是什么？先拼条件再匹配。

爱情它到底是什么？我的儿子/女儿绝不屈就。

爱情它到底是什么？不知缘分在哪里。

爱情它到底是什么？养儿百岁忧一生。

爸爸妈妈们：

得帅。

要美。

要研究生。

铁饭碗好。

得有车。

学历要高。

属羊不要。

月薪多少？

医生不要。

房得两套。

我儿子可是金领。

某地姑娘太凶了。

必须是 985 或 211。

您女儿都 34 啦？

外地户口？不要。

您儿子月薪有 5 万吗？

您女儿有 165 吗？

没车不考虑。

不要属羊的。

什么？女博士？

我孩子那么优秀，凭什么要屈就？

你女儿是公务员呀，要不起。

得有车。

某地姑娘太凶了。

要有单位的。

属虎的也不要。

我儿子可是金领。

〔爸爸妈妈们的声音渐出。

第一场　爱情是什么

［灯光和音乐切换到相亲节目现场。

［舞台后方两侧,面对观众各有一排椅子,供女嘉宾入座。男嘉宾、情感专家在舞台靠前的位置。

［现场音乐起。

［画外音:欢迎来到熊猫频道绝不打商业广告的大型婚恋交友节目《恋爱手册》,有请主持人何火,火哥!

［主持人上场。

［现场副导演示意观众配合鼓掌。

主持人: 欢迎大家收看绝不打商业广告的大型婚恋交友节目《恋爱手册》,我是何火。欢迎各位来到现场! 欢迎情感专家××老师! (这里会每天请一位不同的明星客串。)好了,开始今天的节目。有请男嘉宾!

［现场音乐。

［男嘉宾上场。

主持人: 欢迎你!

张小午: 主持人好! 大家好。

主持人: 这位嘉宾,是由我市关爱大龄单身青年协会推荐的。希望你能在这个节目中,找到另一半。

主持人: 让我们请出今天的女嘉宾!

［现场副导演示意观众配合鼓掌。

［灯光变化。

［音乐。

［以下是女嘉宾们的歌舞。

［女嘉宾们的声音渐入。

A：心意。

B：争吵。

C：异地。

D：承诺。

E：前任。

F：遗忘。

女孩们（合唱）：

> 爱情是什么？
>
> 爱情是什么？
>
> 爱情与现实该如何选择？
>
> 无论多大年龄，
>
> 无论身在何处，
>
> 同样的问题都难以避免。

A：两个人快要订婚了，他没买戒指，我没有计较。但当他带我逛了四个小时，当我试了那件270块钱一件的连衣裙，并且他没任何表示的时候；当逛了四个小时我想要一朵5块钱的玫瑰花他都觉得浪费钱的时候……我觉得该分手了。我什么都不缺，有房有车有存款。我自己的衣服都是一千块两千块的。所以差的是心意吧。

A：心意。

B：争吵。

C：异地。

D：承诺。

E：前任。

F：遗忘。

女孩们（合唱）：

　　　　　爱情是什么？

　　　　　爱情是什么？

　　　　　爱情与现实该如何选择？

　　　　　无论多大年龄，

　　　　　无论身在何处，

　　　　　同样的问题都难以避免。

E：当我第三次发现他与前女友藕断丝连、纠缠不清的时候，我把房间里所有能摔的东西都摔坏了，收拾好东西，打了个车，搬到了朋友家。我不知道他俩是什么时候又开始联系上的。先是朋友圈开始互动，还挺频繁，后来突然有一天我就发现了，而他跟我坦白，说跟她约会了！

女孩们（合唱）：

　　　　　爱情是什么？

　　　　　爱情是什么？

　　　　　得不到的永远是最美。

　　　　　捧着红玫瑰，

　　　　　想着白玫瑰，

　　　　　失去了才会知道最珍贵。

B：我从未想过自己会跟他分手。我们在一起已经两年零三个月，从未分开超过二十天。他比我大几岁，从来不包容我，我呢又任性，吵着吵着就吵分了。也许情侣之间的吵架就像是一扇窗户，有了第一个洞之后就会很容易有第二个，第三个。分手十天的时候，他开始见别的女生，分手一个月零十天，他有了新的女朋友。

女孩们(合唱):

> 无论多大年龄,
>
> 无论身在何处,
>
> 同样的问题都难以避免。

F:我和他,开始于5袋牛奶糖。刚认识的时候,我随口提了一句,我喜欢吃牛奶糖。

第二天,他递给我一个袋子,打开一看,里面是5袋不同口味的牛奶糖。他说,昨天你说你喜欢吃这个,我不知道你喜欢的口味,就每种各买了一袋。我随口一提,他就用心一记。就这样,我们在一起了。几年之后,他的记忆力越来越差,关于我的所有事情,他都不记得。一个人只会记得对自己最重要的事,很明显,我已经不重要了。我不羡慕别人,我最羡慕的是,曾经那个从他那里收到5袋牛奶糖的自己。

C:我跟前夫恋爱时分隔两地,相处起来并不是特别顺利,但想着两个人真心相爱,所有的辛苦忍一忍也就过去了,后来我们也得到了父母同意,结了婚,我去了他的城市。可是婚后却被现实生活狠狠地打了一巴掌。于是我离了婚,又回到了父母身边。

C(唱):

> 爱情是什么?

女孩们(合唱):

> 爱情是什么?

C(唱):

> 爱情是什么?

女孩们(合唱):

爱情是什么?

C（唱）：

爱情先让人红了脸。

女孩们（合唱）：

爱情先让人红了脸。

C（唱）：

死生契阔，

女孩们（合唱）：

死生契阔，

C（唱）：

与子成说。

女孩们（合唱）：

与子成说。

C（唱）：

怎会后来让人红了眼?

C（唱）：

爱情是什么?

女孩们（合唱）：

爱情是什么?

C（唱）：

爱情是什么?

女孩们（合唱）：

爱情是什么?

C（唱）：

爱情先让人红了脸。

女孩们（合唱）：

    爱情先让人红了脸。

C（唱）：

    死生契阔，

女孩们（合唱）：

    死生契阔，

C（唱）：

    与子成说。

女孩们（合唱）：

    与子成说。

C（唱）：

    怎会后来让人红了眼？

D：有一次,我哥带他的大学同学回家玩,他第一眼就喜欢上了我。他很会照顾人,我生病了,他会整夜守在我的床边,我说闻不了烟味,他就说会为了我戒掉。有一天,几个朋友聚会,有人递给他一支烟,他夹着烟盯着我,最后还是点燃了,在烟点燃的那一刹那,我起身离开了。从此以后我没有再和他说过话。不是我不能接受烟,而是我不能接受那么容易打破的承诺。

女孩们（合唱）：

    爱情不过是一种疯,
    爱情不过是一种疯,
    爱情是什么?
    爱情是什么?
    爱情是什么?
    爱情是什么?

得不到的永远是最美。

得不到的永远是最美。

捧着红玫瑰，

捧着红玫瑰，

想着白玫瑰，

想着白玫瑰，

失去了才会知道最珍贵。

女孩们（合唱）：

爱情是什么？

爱情是什么？

爱情与现实该如何选择？

无论多大年龄，

无论身在何处，

同样的问题都难以避免。

A：心意。

B：争吵。

C：异地。

D：承诺。

E：前任。

F：遗忘。

[女嘉宾们的声音渐出。

[歌舞结束，女嘉宾们在舞台后方就座。

第二场　美　丽

主持人：男嘉宾，开始你的情况介绍。

张小午：我叫张小午,今年 36 岁,山东人,在药学研究所工作。我希
　　　　望今天遇见的她是一个乐观善良、理解他人的女孩子。我
　　　　谈过几次恋爱。但总是被甩。

　　　　〔舞台前区光起,美丽和张小午各自把自己的椅子带上来放
　　　　到光区中。美丽坐在椅子上,正在看着手机。(美丽由扮演
　　　　A 的演员扮演)

　　　　〔空哥的声音。表示场景已经转换到了飞机上。

　　　　〔张小午衣着很土,拿着机票走进来。

空　哥：欢迎乘坐本次航班!

　　　　〔张小午向空哥点头致意后,找自己的位置。看到自己靠过
　　　　道的位置上有人,又看了看,再仔细对了一下登机牌的
　　　　号码。

张小午：对不起,你这个位置是我的。

　　　　〔美丽抬头。张小午看到美丽,呆住了。他对美丽一见
　　　　钟情。

　　　　〔灯光变化。

张小午(唱):

　　　　　　是她吗?

　　　　　　是这个女孩吗?

　　　　　　如此突然,

　　　　　　突然出现在我的眼前。

　　　　　　眼波流转微笑蔓延,

　　　　　　未曾见过却似相识,

　　　　　　心动只要一瞬间。

　　　　〔灯光恢复正常。

〔美丽看了一下位置号码，马上挪到旁边靠窗位置。

美　丽：哦，不好意思啊。

张小午：没关系。

〔张小午坐下来，假装看窗外风景，偷偷看美丽。

飞机广播：各位乘客，飞机很快就要起飞了，请您在座位上坐好，系好安全带，收起座椅靠背和小桌板。

〔美丽系安全带，看到张小午盯着自己，张小午很尴尬笑了笑。

美　丽：对不起，我的安全带好像被卡在了……

〔张小午转头看自己的座位，用手掏了一下，拉出美丽的安全带。

张小午：对不起，怪不得我坐着不舒服。

〔两个人系好安全带。沉默。

张小午（找话题）：我是去出差的。

美　丽：我也是。

张小午：是吗，你是做什么工作的？

美　丽：我是网站编辑。

张小午：什么网站？

〔美丽拿手机找到网址给张小午看。

张小午："乐（le）·世界"

美　丽：这是"乐（yue）·世界"。

张小午：对不起。

美　丽：没关系。

张小午：这是哪方面的网站？

〔张小午表示出很感兴趣的样子。

美　丽：主要是关于古典音乐和流行音乐。我们的网站……

飞机广播：先生们女士们,飞机就要起飞,为了保障飞机导航及通信
　　　　系统的正常工作,请您关闭手机等电子设备。感谢您搭乘
　　　　熊猫航空公司的航班。祝您旅途愉快。

　　　　［空哥走过来。

空　哥：女士您好,飞机就要起飞了,请您关闭电子设备。

　　　　［两个人只能停止说话,坐好。

　　　　［飞机的起飞声音。

　　　　［两个人的身体随着飞机起飞振动,有了一些触碰。张小午
　　　　很紧张。起飞后,飞机处于平稳状态。张小午看着美丽。

　　　　［灯光切换。舞台上出现两处定点光。张小午和美丽各自
　　　　来到一处定点光下面。

张小午(唱):

　　　　　　人海中,我们彼此相遇,

　　　　　　一切都是天意。

　　　　　　那个清晨,航班数以万计,

　　　　　　我们坐在一起。

　　　　　　命中注定,我们彼此相爱,

　　　　　　拥有的都是最幸运。

　　　　　　爱情开始无须言语,

　　　　　　心动只要一瞬间。

美　丽：我的航班本是九点钟,但就在准备离开酒店的时候,我的耳
　　　　环不见了,找耳环花了整整一个小时,等到我退完房,又打
　　　　不着车,好不容易打到车,已经八点半。最倒霉的是,路上
　　　　居然遇到堵车! 所以我到机场的时候,我的航班刚刚起飞。

只能改到这一趟航班。

张小午(对观众):很快我的生活充满了……(拉过美丽的手)快乐。

　　　　［灯光变化，表示经过了一段时间。

　　　　［户外。两个人手牵手散步。

张小午：美丽，我爱你。

美　丽：我知道。

张小午：那什么时候带我见你的父母?

美　丽：再等等。

张小午：你还在考虑什么?

　　　　［美丽沉默。

张小午：你没有告诉叔叔阿姨我们在一起，对吧?

美　丽：嗯。

张小午：可是你对我说你已经跟他们说过了。

美　丽：我知道，但是……我家庭条件比你好，爸妈一直要我找个门
　　　　当户对的。

张小午：我家的情况就是农村的，我也从来没骗过你。但我还年轻，
　　　　还有的是时间奋斗。

美　丽：别说了! 不行，我不能。

张小午：相信我，等我博士毕业，有了工作，一切都会好起来的。

美　丽：我知道。

　　　　［沉默。

张小午：美丽，告诉我，你爱我吗?

美　丽：是。

张小午：好，那你愿意跟我结婚吗?

　　　　［美丽不语。

张小午：美丽,啊?

　　　　〔美丽沉默。

张小午：愿意跟我结婚吗?

　　　　〔灯光变化。

美　丽(唱):

　　　　　　听妈妈话,

　　　　　　要听妈妈话,

　　　　　　看到生活的本质。

　　　　　　浪漫爱情的真相,是柴米和油盐,

　　　　　　此时此刻,我应何去何从?

　　　　　　人生本是无常,未来也不可知。

　　　　　　听妈妈话,

　　　　　　要听妈妈的话,

　　　　　　只有爱情怎么够?

　　　　　　父母期盼,是我衣食无忧,

　　　　　　是我幸福快乐,

　　　　　　此时此刻,我应何去何从?

　　　　　　爱情若不被家人祝福,

　　　　　　未来漫长的时光,看不到希望。

　　〔美丽走掉。张小午待在那里,看着她走远,非常沮丧。

张小午(唱):

　　　　　　其实,我明白,我一直明白;

　　　　　　我们之间不会有结局;

　　　　　　但我依然心怀希望;

　　　　　　等待着奇迹。

枝头那盛放的花朵也会凋零;

心动只要一瞬间,心碎也只须一转眼。

相遇美,变幻不太美,

我真的无能为力。

往后时光,新的开始,

无论快乐或忧伤。

一个人走,再继续一个人走,

红尘烟火中淡去了痕迹,

心动只要一瞬间,心碎也只需一转眼。

〔灯光变化,回到演播室现场。

主持人：现场的女嘉宾们,对张小午的印象怎样,请考虑。

〔张小午紧张地等待。

〔有人灭灯。

主持人：5号,请问你为什么灭灯?

5　号：我不找凤凰男。我这不是歧视。我一闺蜜她老公就北方农村的,每次闺蜜跟他回家,下了火车,都还要坐好几个小时汽车,到镇上转摩的,再坐到村里,然后还要走好久的山路。都是坑洼不平的土路,晴天风一吹一身土,雨天出门一身泥。最惨的是上厕所,厕所就是猪圈里挖的一个粪坑,没有门,别人什么时候进来都不知道。还有洗澡,隔好几天才洗一次,生火烧水,冬天可遭罪了。

主持人：6号。

6　号：我为他留灯。我们家来自小镇上,也有很多农村的亲戚。北方可能苦一点,南方的农村经济条件都提高了,交通也比我们小时候便利。何况过年就回去几天,就委屈一点点呗。

46

重要的还是要看他的人品。农村的父母淳朴,培养出来的孩子品质都不错。我好几个表兄弟,都非常独立,责任心也比较强。

4 号:男嘉宾,可以问你一个私人问题吗?

张小午:请问。

4 号:你买房了吗?

张小午:买了。

4 号:大家知道现在的房价,一个来自农村的男孩子,父母辛辛苦苦把你供养大,供你上学,还有能力来帮助你买房吗?

张小午:首付的钱是我的博士生导师借给我的,其他的是公积金贷款。

4 号:买了多久了?

张小午:工作之后买的,有三年了。

4 号:也就是说,首付可能还没有还完。

张小午:是的。

4 号:谢谢你的回答!对不起啊。我自己也是背着房贷,所以在选择的时候必须要考虑一下对方的经济基础。(灭灯)

主持人:男嘉宾相当诚实。碰到这种实际问题,很多人其实不太方便说实话。当然,每个人都有自己的困难,是吧?(对观众)现场的观众朋友们,你们有什么看法?

观 众1:我觉得还有双方观念和生活习惯的问题。两人从爱情到结婚,便由两个人世界变成两家人的世界。比方说,孩子在城里工作,父母有时候也会过来住一住,短期的倒还好,要是时间长了,尤其是有孩子了,肯定会产生很多婆媳之间的矛盾,也会影响夫妻感情。

观 众 2：来自农村的大学毕业生，没有社会基础是真的，性格能力全
面也是真的。在城市里，没有什么认识的人，一切要看自己
本事，在城市能够有所建树的农村人，各个方面都是优秀
的，人脉关系可以慢慢建立，坚韧的性格可不是温室里能够
培养出来的。如果你对象是农村出身的男人，能够达到你
的要求，那么他比同样的城里人付出了更多，同时潜力更
大，是可以考虑的。刘强东不也是农村娃吗？

主持人：大家这么激烈的讨论，只能说明我们真正是一个大型生活
服务类的节目，既关注理想，也不忽略现实。X 老师，您怎
么看？

嘉　宾：城市女生和农村男生，确实这是两个不同的群体。生活环
境的不同以及养育人文化修养的不同，会造就两个人或者
两家人生活观、价值观乃至金钱观上很大的差别。但我们
不能仅仅以此来作为两个人是否合适的标准。出生在哪里
不重要，重要的是两个人的学习能力、成长速度和对一些基
本事物的看法是否一致，如果都心胸比较豁达，可以互相商
量一些事情，有着差不多的三观，又同样经受过一些基本教
育，那么其他的困难也应该都是可以克服的。

主持人：两个人走在一起，爱情要有，考虑面包也没错，是穷是富不
要紧，要紧的是那个人有没有给你带来幸福的能力。

张小午：美丽是我的初恋，分手以后，我消沉了好长一段时间。然
后，我认识了小希，90 后，网络服装销售的主播，本地人，
家里有三套房子。最重要的是，她完全不介意我的经济
能力。

第三场 小 希

[舞台前区光启。

[饮品店。张小午和小希坐在椅子上。(小希由扮演 B 的演员扮演)

张小午：你想喝点什么？

小　希：你呢？

张小午：跟你一样。

小　希：我无所谓。

张小午：好吧。

　　　　[两个人沉默。

张小午：那要不要喝点什么东西？

小　希：都可以。

张小午：好吧。

　　　　[两个人沉默。

张小午：你喜欢喝什么？

小　希：我……还是不喝了。

张小午：那……好吧。

　　　　[两个人沉默。

　　　　[舞台前侧定点光起。

主持人：以上是约会的错误示范。正确的场景应该是这样。

　　　　[灯光变化。回到二人约会场景。小希在各种自拍、P 图，
　　　　发朋友圈。

张小午：你平时都喜欢喝什么饮料？

小　希：奶茶。

张小午：你看这里的奶茶有喜欢的吗？

小　希（看菜单）：没有。

张小午：你平时喜欢喝哪家的奶茶？

小　希：拾光奶茶铺、杜小姐奶茶、港真奶茶铺、大宗冰室……

张小午：是吗，我也喜欢大宗冰室，他们家的丝袜奶茶很好喝。

小　希：对呀，味道很纯正，都是用新鲜牛奶加红茶煮出来的……

张小午：那我们一起去大宗冰室？

小　希：好啊，再叫个鸡蛋仔，鸡蛋仔要吃原味的，奶油味的太甜
　　　　了……

　　　　〔灯光变化。

张小午（唱）：

　　　　　　遇见你之后的那个我，

　　　　　　才明白两个人恋爱不都是我的错。

　　　　　　苯氨基丙酸把我牵绊，

　　　　　　我们的世界不保留哪怕一点点。

　　　　〔灯光变化。

　　　　〔场景转换为大宗冰室。两个人喝奶茶。小希自拍、P图，
　　　　发朋友圈。

张小午：你到底喜欢我什么？

小　希：你人很老实，而且，是个博士。我喜欢博士。

张小午（唱）：

　　　　　　装作漫不经心，

　　　　　　眼角余光锁定，

　　　　　　内心不安。

　　　　　　奋力按捺，

初恋感觉。

小　希（唱）：

别再含羞别再闪躲，

勇敢地爱一回。

无论来自农村或城市，

就算你银行账户空空我也不在乎。

我爱淘宝刷剧和卡通，

不超三个月的恋爱魔咒躲不过。

如果无法破解，

我会继续努力。

矜持放开，

邂逅奇妙，

感恩美好。

张小午（唱）：

别再含羞别再闪躲，

勇敢地爱一回。

小　希（唱）：

过去几次短短的恋爱，

怎么感觉都不似童话的香甜？

张小午（唱）：

真实生活本就这样过，

她天真单纯性格活泼很可爱。

小　希（唱）：

眼角余光锁定，

我心小鹿乱撞。

内心不安，

奋力按捺，

初恋感觉。

众　人(合唱)：

别再含羞别再闪躲，

勇敢地爱一回。

别再含羞别再闪躲，

勇敢地爱一回。

别再逃避别再闪躲，

勇敢地爱一回。

〔灯光变化，张小午玩手机，小希喝奶茶。小希手机亮起，赶紧把奶茶递给张小午，回复粉丝。

小　希(声音哑哑地)：帮我拿一下。

〔张小午喝小希的奶茶。

小　希(看了一下，对手机语音回复)：好的，我看到了。我联系店主之后回复你。

小　希(对张小午)：粉丝群里在问我衣服的事情。我回复一下。

〔小希持续在忙。张小午一边刷着自己的手机，把小希的奶茶喝光了。

小　希：(看手机，语音回复)晚点看微淘，待会儿会发给你们，你们自己可以看得到的。

(看手机，语音回复)是的是的，我跟我男朋友约会，谢谢大家的体谅，么么哒。

〔小希放下手机。

小　希：奶茶给我吧。(接过来，发现是空的)你怎么给我喝光了？

52

　　　　　[小希生气打了他一下。

张小午：哎,你打我干什么呀?

小　希：你把我的水喝了。

张小午：喝了就喝了呗。

　　　　　[小希越发生气,又打了一下。

张小午：哎!

小　希：我今天播了一天,嗓子真的很痛。

张小午：痛就不要说话了。

小　希：你买一杯奶茶赔我。

张小午：自己去吧。(拿出钱)来,我给你钱。

小　希：不喝了。

张小午：那行,那就不买了。

　　　　　[张小午把钱收起来。继续玩手机。小希很委屈。

　　　　　[沉默。

小　希：你认为一个人一生只会深爱一个人吗?

张小午(头也不抬)：应该吧。

　　　　　[沉默。

小　希：你以前交过女朋友吗?

张小午(一直在玩手机)：有啊。

小　希：有多少个?

张小午：一个。

　　　　　[沉默。

小　希：你刻骨铭心地爱过她吗?

张小午：是的。

　　　　　[气氛尴尬。

小　希（唱）：

　　　　曾经的沧海会难为水，

　　　　如今的恋爱激情我是看不到。

张小午：小希。

小　希：嗯？

张小午：我们交往也有一段时间了。

小　希：嗯。

张小午：那我们……

　　　　〔张小午想要凑过去吻小希。

小　希（闪躲）：不，不行。

张小午：为什么不行？

小　希：你还没有承认错误。

张小午：承认什么错误？

小　希：你连你犯了什么错误都不知道吗？

张小午：我不知道啊。

小　希：你们这种男人，就是不肯认错！

张小午：我到底错在哪里？我完全不知道啊。

　　　　〔沉默。

小　希：你以前亲过她吗？

张小午：谁？

小　希：你的前女友。

张小午：亲过。

小　希（唱）：

　　　　我只想体贴理解多一些，

　　　　哪怕只有一丝慰问也会很开心。

面包我自己挣，

你给我爱就好。

温暖贴心，疼爱包容，

行动证明。

[小希看着张小午。张小午以为小希默许，想亲她，小希打
了他一耳光，生气走了。

[灯光变化。

张小午：我不明白她为什么突然跑掉，难道是因为我想亲她？那天
晚上，她把我从微信中拉黑了。打电话也不接，发信息也不
回。从此之后再也没有联系过。不过说实话，跟小希在一
起之后，我对服装的品位确实提高了不少。

第四场 双 双

[光启。

[张小午的公寓。张小午的衣着已经有了提升。他坐在电
脑前，翻着资料，在电脑上写着东西。双双拎着大包小包进
来。（双双由扮演 C 的演员扮演）

张小午（对观众）：双双，比我大五岁，做行政工作。她结过一次婚，有
一个四岁的女儿。看看我的房间，是不是很干净？这都是
双双的功劳。（悄悄的）还有，她……

双　双：我的小狼狗，想死你了！你想我了没？（到张小午身边来，
抚摸拥抱亲吻，把张小午扑倒在沙发背后）

张小午（对观众）：她非常的主动……（被按倒）

[灯光闪烁，片刻，二人坐起，整理衣服。张小午继续工作。
双双开始翻买回来的东西。

双　双：你看我今天买了些什么？（拿出东西）这是给妮妮买的毛
　　　　衣，这是她的围巾，小皮靴。对了，你看这条纱裙，粉粉的，
　　　　BLINGBLING，很漂亮吧？我自己也买了一条，我和妮妮要
　　　　穿着一样的裙子去逛街！（满意抚摸着裙子）多好看的裙
　　　　子！（对只顾着自己工作的张小午）难道你不觉得它是天底
　　　　下最好看的裙子吗？
　　　　〔张小午看着裙子。周围暗下来，灯光渐渐聚到裙子上。

双　双（唱）：

　　　　　　　　网纱的朦胧感，如梦似幻。

　　　　　　　　亮片和蝴蝶结，时尚前沿。

　　　　　　　　我的可爱宝贝，肯定喜欢。

　　　　　　　　有你，我的生命晴空万里，

　　　　　　　　我的宝贝。

张小午（唱）：

　　　　　　　　网纱的朦胧感，像床蚊帐。

　　　　　　　　亮片和蝴蝶结，艳俗不堪。

　　　　　　　　整个设计太复杂，像只八哥。

　　　　　　　　可笑，你怎么会看得上它？

　　　　　　　　它多奇怪。

双　双：你不喜欢这条裙子？

张小午：不喜欢。

双　双：它很漂亮。

张小午：它不漂亮。

双　双（把裙子收起来）：你什么都不懂！

张小午：也许吧，但是我知道我看到一条很恐怖的裙子。

〔张小午继续工作。

双　　双：它才不恐怖,你是嫉妒我和妮妮买了一条裙子。

张小午：我只是想告诉你我的感觉。而且我觉得妮妮穿可能也不会
　　　　很好看。

双　　双：好吧,很好。

　　　　〔双双收拾自己的东西。

张小午：好吧,你穿吧,穿上给我看看。

双　　双：穿给你看? 我还能穿吗?

张小午：为什么不能?

双　　双：因为一分钟以前,你说它看起来像只八哥。

　　　　〔灯光变化,双双静止。

张小午(唱):

　　　　　　谎言都很动听,

　　　　　　不辨真伪,

　　　　　　我愿坦诚相待。

双　　双(唱):

　　　　　　让我不快。

张小午/双双(唱):

　　　　　　顾虑她/我的感受,

　　　　　　是否很难?

双　　双(唱):

　　　　　　母亲对女儿的那一颗心,

　　　　　　你不明白。

众　　人(唱):

　　　　　　母亲对女儿的那一颗心,

你不明白。

母亲对女儿的那一颗心,

你不明白。

张小午:双双你别这样,别生气了,你知道我胡说八道。

双　双:不,你没有胡说八道,你根本不喜欢我的裙子!

张小午:我喜欢你买的其他的所有东西。

双　双:那你为什么不能接受这条裙子! 你不接受这条裙子,潜意识里你就是不接受我和妮妮!

　　　　〔双双拎着自己的东西走了出去。

　　　　〔灯光变化。

张小午(对观众):然后,双双和妮妮穿着一样的裙子一起去了欢乐谷,没有我的分儿。我们就这样结束了。

　　　　〔灯光变化。

　　　　〔回到演播室场景。

主持人:看来当时你对于这两段恋爱,有很多不明白的地方。

张小午:吃一堑长一智,恋爱就是谈一次成长一次啊。

　　　　〔音效:灭灯的声音。

　　　　〔灯只剩下一盏,除了6号,其他全部灭掉。

主持人:场上亮灯的只剩下6号了。让我们来看一下男嘉宾的心动女生。5号,李娜,29岁,平面设计师。

主持人:6号。

6　号:我跟男嘉宾有相似的家庭背景和经历,所以能够理解他一个人在这个城市的辛苦。我们之间应该有很多共同的话题。我的父母是非常朴实的人,不会给对方造成负担。我很欣赏他的坦诚,虽然有时候说话可能会让女方生气,但我们可以相互体谅、理解,一起奋斗。

主持人:让我们来看一下 6 号安安的个人资料。安安,32 岁,翻译。男嘉宾,你可以选择 6 号安安,也可以坚持心动女生,但是这样你就会失去这位亮灯的女嘉宾。你有 5 秒钟的考虑时间。

〔倒计时 5 秒。

张小午:我选择 5 号。

〔光收。

〔在这一场之后,演播室的布景撤去。

第五场 李 娜

〔两处定点光。

主持人(唱):

你是否会认为选择冒险,

她对你没兴趣。

张小午(唱):

现在开始我会把握机会,

重拾恋爱的信心。

主持人/张小午(唱):

爱情,多么遥不可及,

当你表明心迹,

一切就开始难以言喻。

〔灯光变化,恢复正常。

〔张小午和李娜在散步。(李娜由扮演 E 的演员扮演)

李 娜:我今天路过迪奥,他们正推出新一季的香水。

张小午：很好啊。

李　娜：我真的好喜欢。

张小午：喜欢你就买呗。

　　　　[李娜看了他一眼，没说话。

　　　　[灯光变化。

张小午（对观众）：我找时间去买下了香水，打算向她表白，请她答应
　　　　做我的女朋友。

　　　　可是这季迪奥推出的主打香水有两种，一种是紫色瓶的，一
　　　　种是绿色瓶的。

　　　　[灯光变化。

　　　　[张小午和李娜在餐馆。张小午把香水拿出来给李娜。

张小午：生日快乐！

李　娜：谢谢！（拆盒子，拿出一瓶绿色的香水，呆了一下，把香水放
　　　　了回去）

张小午：喜欢吗？

李　娜：喜欢。

张小午（对观众）：她说她喜欢，但我从她的表情中看到，我应该选紫
　　　　色的那瓶。

　　　　[两个人继续用餐。刘博宇走了进来。

刘博宇：嘿！

张小午：嘿，你怎么在这里！（对李娜）介绍一下，我的大学校友，刘
　　　　博宇。

李　娜：你好！

张小午：李娜今天过生日。

刘博宇：生日快乐。（对张小午）结账的时候记得跟老板说我的名

字,可以打折哦。

李　　娜：哦,是吗? 为什么?

刘博宇：因为这家餐厅是我设计的。

李　　娜(对张小午):为什么你不读设计专业?

张小午：嗯,我比较喜欢平稳的办公室工作,而且我的专业不用太多
　　　　跟人打交道。

李　　娜：我觉得刘博宇的设计太棒了。

　　　　　[灯光变化。

李　　娜(唱):

　　　　　　　线条巧妙流畅,

　　　　　　　每个细节都值得玩味。

　　　　　　　大厅的文艺风,

　　　　　　　包间的写意性,

　　　　　　　混搭别致,

　　　　　　　出色,不太容易做到。

　　　　　　　我是真的很欣赏,

　　　　　　　你的设计风格。

刘博宇(唱):

　　　　　　　难度,这是必然存在,

　　　　　　　但我喜欢挑战,

　　　　　　　一切就开始变得容易。

李　　娜/刘博宇(唱):

　　　　　　　难度,这是必然存在,

　　　　　　　只要勇敢挑战,

　　　　　　　一切就开始变得容易。

　　　　〔二人对视。

张小午（对李娜）：我们吃完饭去做点别的什么吧。

李　娜：什么？

张小午：看电影？

李　娜（对刘博宇）：我们去喝点儿东西吧。

张小午：现在会不会太晚了。

李　娜（对刘博宇）：你想去喝点儿什么吗？

刘博宇：呃……

李　娜（快速的）：你不可以说不。

刘博宇：OK。

李　娜（笑）：就这样吧，我们去喝点东西。

张小午：我还有新药的研究报告要写。

李　娜：好吧，你先回家写论文，我明天给你打电话。

李　娜（对刘博宇）：我知道兰桂坊有一家很棒的酒吧，你去过猴子酒
　　　　吧吗？

刘博宇：听说过。

李　娜：你会喜欢的。那家酒吧四面都是巨大的涂鸦。

张小午：那么……我晚一点来接你？

李　娜：好吧。别担心，我喝完酒之后给你打电话，好吧？

李　娜（把刘博宇拉走）：对了，刚才我说到……

　　　　〔李娜和刘博宇边聊边离开，张小午尴尬地留在原地。

　　　　〔灯光变化。

张小午（唱）：

　　　　　　淡定，我反复告诉自己，

　　　　　　我一点也不介意，（等电话，一直看着电话）

我绝对不会介意。（忍不住拨打电话,电话声:你拨打的号码暂时无法接通）

放心,我应该感到开心,

我的老友和女神,

相处得如此和谐,（拨打电话,电话声:你拨打的号码暂时无法接通）

非常,非常的和谐。（电话嘟嘟挂掉的声音）

［张小午抱着电话发呆。

［灯光变化。

张小午（对观众）:后来李娜这么解释,他们去了兰桂坊的那家酒吧,在那聊到很晚,她喝了很多酒,然后直接就回家睡了。在这期间她想过给我打电话,但是她不想打扰我。毕竟,我之前说过,我要写研究报告。

主持人:这个解释完全合情合理。

张小午:但是她在说谎。

主持人:后来你跟刘博宇谈过吗?

张小午:没有。

主持人:你好像希望她跟刘博宇发生点什么?

张小午:当然不是。

主持人:那你为什么怀疑她? 或许你想放弃追她?

张小午:什么?

主持人:你是不是没勇气放弃?

张小午:不是。

主持人:我想你是不敢。

张小午:我不想放弃,我想解决问题。

主持人：那么问题是什么？她是没打电话给你，但是她后来跟你解释了。

张小午：好吧，是我错了！我错了！

　　　　［气氛缓和下来。

主持人：你总算知道错了。

张小午（对观众）：我计划了一个完美的约会，我费尽心思在她喜欢的餐厅订到一个靠窗的座位。我还买了两张音乐会的票。我相信，我们将有个愉快的晚上……

　　　　［灯光变换。

　　　　［舞台前区光启。

　　　　［李娜和张小午走在路上。之前饰演演播室工作人员的演员们，此刻扮演路人。

李　娜：你带票了吗？

张小午：没有，你说过你带的。

李　娜：不，我没有票，你让我们听不成音乐会了。

　　　　［李娜生气走在前面。

张小午：我没有，我没带票是因为我以为你带了。因为昨天票是快递到你的公司的。

李　娜：我明明把那两张票给你了。现在好了，我们到了音乐厅门口，却进不去。

张小午：你没有给我票。

李　娜：我给了。

　　　　［李娜从张小午手里抢过她的包。

李　娜：我要回去了！

　　　　［包掉了，东西撒了一地，有演出票，李娜尴尬的夸张的笑。

李　　娜：对不起，我不知道票就在包里。

　　　　　〔张小午沉默了一会儿。

张小午：我受够了！

张小午（唱）：

　　　　　　　　我感觉自己是一坨空气，

　　　　　　　　被她如此忽视。

　　　　　　　　我想要惩罚她假装生气，

　　　　　　　　让她引起重视。

　　　　　　　　冷落，为了保存爱情，

　　　　　　　　多点生气时间，

　　　　　　　　才能让她产生罪恶感。

　　　　　　〔张小午走开。

李　　娜：你要去哪？回来！

　　　　　〔灯光变化。

　　　　　〔舞台上摆放着椅子，表示音乐厅。之前饰演演播室工作人
　　　　　　员的演员们，此刻扮演音乐厅的观众。张小午和李娜坐着，
　　　　　　张小午面无表情。

李　　娜：所以，你是打算原谅我了吗？

　　　　　〔张小午不理睬。

李　　娜：我很珍惜你这个朋友，不管怎样，我们现在应该好好地听音
　　　　　　乐会。

张小午：OK。

张小午（唱）：

　　　　　　　　我们拿出表现，

　　　　　　　　都在努力表演，亲密无间。

生气毫无意义，

感情入黑暗期，相对无言。

[灯光变换，舞台上椅子挪走，两个人在回家的路上。

生气，为了换取爱情，

只是想让她更重视，

但她始终不在意。

李　　娜/张小午(唱)：

　　　　　爱情，出现谈判僵局。

李　　娜(唱)：

　　　　　寻找根本问题。

张小午(唱)：

　　　　　爱情谈判僵局，要求"被爱"。

李　　娜/张小午(唱)：

　　　　　爱情，出现谈判僵局。

张小午(唱)：

　　　　　强迫你来爱我。

李　　娜(唱)：

　　　　　不断威胁伤害。

李　　娜/张小午(唱)：

　　　　　诉求"被爱"。

[灯光变化。

[李娜突然哭了起来。

张小午：你还好吧？

李　　娜：你很好，你是个好人。

张小午：你为什么这么说？

李　娜：因为我爱上刘博宇了。

　　　　〔张小午震惊，呆住。

张小午：你什么意思？

李　娜：我爱上刘博宇了，懂了吗？

张小午：爱上刘博宇是什么意思？你爱上刘博宇？我不敢相信，告诉我你在开玩笑，这是个可怕的玩笑，你爱上刘博宇了？什么时候？你怎么能做出这种事？

李　娜（哽咽）：对不起，我自己也没想到，我真的……对不起。

　　　　〔李娜哭起来。

张小午：别哭，我们好好谈谈。（握着李娜的手）一切都会好起来的。

　　　　〔李娜甩开张小午的手，摇头，离开。

　　　　〔灯光变换。

张小午（唱）：

　　　　　　爱情就像一阵骤然的暴风，

　　　　　　不断撕扯我脆弱的心。

　　　　　　谎言和幻境充满我的人生，

　　　　　　给我带来无尽的伤悲，

　　　　　　幸福的大门究竟在哪里？

　　　　〔光收。

第六场　海　伦

　　　　〔热闹的酒吧。张小午在借酒浇愁。海伦婀娜多姿走进来，吸引大家眼球。（海伦由扮演D的演员扮演）

　　　　〔之前饰演演播室工作人员的演员们，此刻扮演酒吧客人、酒保等。

[伴随着音乐,海伦开始展现舞姿,张小午渐渐被吸引过去,
两个人一起舞蹈,非常的暧昧。

[灯光变换,场景过渡到海伦家,带着醉意的张小午把海伦
按到床上。

[海伦的床头放着一个大画框,里面有一张照片,是一对男
女的双人舞。

张小午:这张照片是?

海　伦:是我和前任参加的舞蹈比赛。

　　　　[张小午继续亲吻海伦。但他突然停止。

　　　　[灯光变化。

张小午(对观众):怎么办? 我集中不了注意力。

　　　　[张小午盯着照片。

张小午(对观众):我尽力了,但我总觉得他在看着我们。

　　　　[灯光变化。

　　　　[照片变成了真人,从相框里走了出来。

照　片:哥们儿,别老是盯着我。

张小午:我也不想。但是我总觉得有一点……

照　片:有点太快了?

张小午:是的。

照　片:有一点太随便了?

张小午:我觉得是。

照　片:那你现在停下来。

张小午:什么?

照　片:停下来,告诉她你现在要回自己家。

张小午:啊? 真的要这样做?

照　　片：当然是真的！这样才是对她表示尊重！

张小午：谢了啊哥们儿！

　　　　〔灯光变化。

　　　　〔海伦坐在梳妆台前化妆。张小午靠在桌边看着海伦。照片已经不见了。

张小午（唱）：

　　　　　　　　我习惯这样静静看你，

　　　　　　　　让自己的心充满安定。

　　　　　　　　前世万次回眸，

　　　　　　　　换取与你相遇。

　　　　　　　　我习惯相处的每个夜晚，

　　　　　　　　和你温柔的表情。

　　　　　　　　真实感受你的气息，

　　　　　　　　默默地陪伴着你。

　　　　　　　　风吹风去带走尘埃和往事，

　　　　　　　　让爱情慢慢飘进你我心里。

　　　　　　　　要珍惜当下牵手的每一分钟，

　　　　　　　　害怕这只是个遥不可及的梦。

海　　伦（唱）：

　　　　　　　　风吹风去带走尘埃和往事，

　　　　　　　　让爱情慢慢飘进你我心里。

　　　　　　　　要珍惜当下牵手的每一分钟，

　　　　　　　　毕竟我们没有来世可以再度厮守。

张小午（唱）：

　　　　　　　　风吹风去带走尘埃和往事，

　　　　　　　让爱情慢慢飘进你我心里。

　　　　　　　要珍惜当下牵手的每一分钟，

　　　　　　　害怕这只是个遥不可及的梦。

海　伦/张小午（唱）：

　　　　　　　风吹风去带走尘埃和往事，

　　　　　　　让爱情慢慢飘进你我心里。

　　　　　　　要珍惜当下牵手的每一分钟，

　　　　　　　全新旅程，

　　　　　　　往幸福飞奔。

　　　　　　　〔海伦从梳妆台前站起来。

张小午：可以走了？

海　伦：可以了。（正准备走）哦，等我一下，我拿个外套。

张小午：好，我去开车。

　　　　　　　〔海伦拿了外套，看到张小午的手机在充电。她拔了插头，

　　　　　　　但看到了一些他跟前任之间的信息。海伦脸色大变。

　　　　　　　〔张小午返回。

张小午：手机没拿。

海　伦：你有没有什么话忘记跟我说的？

张小午：什么话？没有啊。

海　伦：你手机里的信息。

张小午：你看了我手机？你凭什么看我的手机？（抢过手机）

海　伦：我们在一起这么久了，不可以看吗？我的手机你也可以

　　　　　　看啊。

张小午：你没有资格看我的手机！（翻看着自己手机里的东西）

海　伦：今天晚上我们两个要跟我父母一起吃饭，你居然给你的前

女友发信息!

张小午：你懂不懂什么叫尊重别人的隐私？真是过分！

海　伦：那你又懂不懂，你跟我在一起，马上要见我的父母，居然还给你的前女友发信息，你觉得合适吗？

张小午：今天过中秋节，我只是给她发个信息慰问一下，有什么不合适的？

海　伦（唱）：

　　　　　　我永远无法容忍那扇不能开的门，

　　　　　　也不会接受没有忠贞和坦诚。

　　　　　　有了现任面对前任需要有界限，

　　　　　　你的态度会让感情减分，

　　　　　　相守源于信任。

众　人（唱）：

　　　　　　相守源于信任。

海　伦（唱）：

　　　　　　相守源于信任。

众　人（唱）：

　　　　　　相守源于信任。

海　伦（唱）：

　　　　　　请在意身边人。

众　人（唱）：

　　　　　　请在意身边人。

海　伦（唱）：

　　　　　　请在意身边人。

　　　〔海伦请他离开。

[灯光变化。

主持人：所以那个你们已经看过好几次的结局又出现了。

[悲凉的音乐起。张小午孤独地穿行在舞台上。

张小午：现在我才明白，恋爱不是谈多了就有经验的。因为你从上一段分手中学到的恋爱方法技巧，也许在下一段情感中，根本没用。因为，恋爱是两个人的事。

第七场 安 安

[灯光切换。

[音乐。

[场景切换到公园相亲角。舞台上满是征婚广告。爸爸妈妈们拿着贴有征婚广告的雨伞，推销着自己的儿女。人群中还有几名红娘，拿着写有征婚信息的目录和自制海报，询问着行人。

爸爸妈妈们(唱)：

早九晚五，资料齐备。

为了儿女婚姻，

相互攀谈，彼此试探，

年龄身高生肖职业收入家境房产都要严格把关。

[父母们互相展示自己儿女的资料、交流。

爸爸一：我儿子83年的，女方一定是要20到25岁，身高在165以上。个性强不要，心气高不要，心机重不要。我们是高干家庭，有四套房。

妈妈一(对爸爸一)：我家女儿有165高，是88年的，你看你们家愿不愿意找一个大一点的？

爸爸一(对妈妈一):不行,年龄太大了。

妈妈一(对爸爸一):我女儿很漂亮的,你看她的照片。

爸爸二:美国户口! 哎! 93年的女儿! 93年的! 本科学历!

爸爸一(赶紧找爸爸二):我这有儿子!

妈妈一(不死心):看看嘛,先看看照片嘛!

　　[爸爸一赶紧往爸爸二那边去了。

爸爸三:我儿子今年34岁,从来没谈过女朋友,自主创业,这是他的
　　　　投资盈利情况表。你们看啊,每一笔盈利率几乎都在200%
　　　　以上!

妈妈二:我儿子是未来三到五年都难遇见的优秀单身男士,来相亲
　　　　的女士请抓紧机会啊!

妈妈三:结婚要两个人投缘,缘分的事情没解决,上来就问,房子有
　　　　吧? 汽车有吧? 钱有吧? 卖女儿啊?!

爸爸妈妈们(合唱):

　　　　荒诞不安,现实残酷,

　　　　我的儿子/女儿条件那么优秀怎么就是找不到?

　　　　[张小午走过来。

职业红娘:小伙子,找对象? 我这儿所有信息都有,下到19岁,上到
　　　　55岁,只交一百元,提供一年的单身信息!

奶　奶:我孙女儿32岁,是个翻译,也兼职做英语老师,人孝顺听
　　　　话。这是她的微信,你扫一扫,看看合适不合适。

张小午(唱):

　　　　从前的车马很慢,书信也很远,

众　人(唱):

　　　　年龄?

张小午（唱）：

> 我们常说一生只够爱一个人。

众　人（唱）：

> 收入？

张小午（唱）：

> 如今什么都快，
>
> 找个爱人却难。

众　人（唱）：

> 房产？

张小午（唱）：

> 不管未来怎么样，
>
> 要好好爱自己。
>
> 爱情它到底是什么？人海中反复的寻觅。
>
> 爱情它到底是什么？让我们都曾经心碎。
>
> 爱情它到底是什么？各种条件来相配。
>
> 爱情它到底是什么？没运气，那就是命运。

〔父母们跟张小午的一段集体舞。

众　人（唱）：

> 爱情它到底是什么？先拼条件再匹配。
>
> 爱情它到底是什么？我的儿子/女儿绝不屈就。
>
> 爱情它到底是什么？不知缘分在哪里。
>
> 爱情它到底是什么？养儿百岁忧九十九。

爸爸妈妈们：

> 得帅。
>
> 要美。

要研究生。

铁饭碗好。

得有车。

学历要高。

属羊不要。

月薪多少？

医生不要。

房得两套。

我儿子可是金领。

某地姑娘太凶了。

必须是 985 或 211。

您女儿都 34 啦？

外地户口？不要。

您儿子月薪有 5 万吗？

您女儿有 165 吗？

没车不考虑。

不要属羊的。

什么？女博士？

我孩子那么优秀，凭什么要屈就？

你女儿是公务员呀，要不起。

得有车。

某地姑娘太凶了。

要有单位的。

属虎的也不要。

我儿子可是金领。

〔爸爸妈妈们的声音渐出。

〔安安上。由扮演 F 的演员扮演。

安　安（唱）：

　　　　爱情它到底是什么？深藏着父母的担忧。

　　　　爱情它到底是什么？两个人比一个人好。

　　　　爱情它到底是什么？需要用真心付出。

　　　　爱情它到底是什么？缘分来到，幸福就存在。

〔众人的集体舞。

张小午（唱）：

　　　　恋爱？

安　安（唱）：

　　　　恋爱？

张小午（唱）：

　　　　恋爱！

安　安（唱）：

　　　　恋爱！

张小午（唱）：

　　　　我还有爱的勇气吗？

　　　　它带来无数烦恼和痛苦。

安　安（唱）：

　　　　别放弃希望，拿出所有的努力。

张小午（唱）：

　　　　爱情它到底是什么？

　　　　宁可孤独也不要将就。

安　安（唱）：

不要孤独也不要将就。

张小午（唱）：

爱情它到底是什么？

安　安（唱）：

花儿开放的过程，

婚姻才是花朵的果实，

这是真正爱情的意义。

张小午/安安（唱）：

婚姻才是花朵的果实，

这是真正爱情的意义。

张小午：安安？

安　安：张小午？

张小午：好巧。你也在这里。

安　安：是。

　　　　［奶奶走过来。

安　安：奶奶，又乱跑，回家吃饭啦。

奶　奶：小伙子，一起吧。

　　　　［灯光切换。

张小午（唱）：

爱情它到底是什么？

爱情它到底是什么？

安　安（唱）：

它没有答案。

张小午/安安（唱）：

它是个谜，它是个谜。

张小午（唱）：

　　　　它不讲道理不可理喻。

张小午/安安（唱）：

　　　　不断努力，让它更加美好，

　　　　这就是爱情的结局。

　　　[光收。

　　　[剧终。

编剧：甘　婧

百字剧五则

失　忆

你在车祸后苏醒，一自称是你丈夫的男人带你回到家中。那日起你便过上衣食无忧却与世隔绝的生活。某日你从男人忘锁的保险柜中发现了旧日报纸，上面刊登着你车祸失踪的启事。你摸了摸隆起的腹部，锁上了保险柜。

眼镜兔子
（改编自同名绘本）

近视眼兔子丢失了眼镜，与小伙伴们一起寻找。他们先后将猫头鹰的眼睛、萤火虫的光芒、猴子的双腿当成了镜片与镜腿，最后误入了妖怪的洞穴。大家被妖怪吓晕，兔子因为近视看不清躲过一劫。天亮了，怕光的妖怪躲入了山洞，兔子找到眼镜，也理解了妖怪的孤独，和它成了朋友。

扫　墓

因病失明的父亲与县长儿子回乡扫墓。面对父亲对于绿水青山的问询,儿子与村民编谎来为父亲讲述曾经的景象。谎言败露,父亲知道了故乡现代化建设的样貌,儿子也从中感悟到生态建设的重要性。

雪　女

男人离奇死亡,警察调查与男人妻子的证词均将嫌疑指向一神秘女子。女子色诱警察喝下有毒的茶水,却证实了警察的一片真心。女子来自雪女家族,吸食不忠的男人心脏以救助绝症的儿子。争执中雪女被男人妻子点燃,化作一摊清水,救了中毒濒危的警察。

丝路精灵

丝绸之路上,长安商人秦刚一行路遇沙暴与劫匪,皆由九色鹿的帮助才化险为夷。大宛国王后贪恋梦中神鹿的皮毛,下令捕杀九色鹿。受鹿救助的劫匪见利忘义出卖了九色鹿的行踪,秦刚与鹿怒斥劫匪的卑鄙行径,最终善恶有报,九色鹿重返丝绸之路,保来往商队平安出行。

千字剧两则

一只流浪狗

时　间　现代,某个夏日周末
地　点　张三家中
人　物　张　　三　男,20岁左右,科员
　　　　张三女友　女,20岁左右,待业

　　[光启。

　　[张三家。

　　[张三墨镜、防晒衣穿戴齐全,正强行给女友喷防晒喷雾,女
　　友躲避。

张　三　听话,外头太阳可大了,把防晒喷雾喷上,不然晒黑了又得
　　　　怨我。

女　友　你自己去吧,别拉上我。

张　三　快点吧姑奶奶,不使小性子了好不好? 这种好差事,要是让
　　　　别人抢了先,我可不甘心。

女　友　(赌气地)你就忍心让我在毒日头下面晒着? 我还没有一条
　　　　狗金贵了?

张　三　哎哟我的小洁,那是一条狗吗? 那是王处长的心头肉啊。
　　　　丢了一个月了,儿子哭着闹着不上学,女儿又要绝食又要出
　　　　走,王处长的火没处发,这几天净挑我们的茬了。

女　友　再买一只狗不行吗？

张　三　养了那么多年，有感情了嘛。

女　友　单位那么多人，就你最积极。一回来就嚷嚷着找狗，别人怎么都没动静呢？

张　三　(压低声音，神秘地)别人的动静，能让你知道？小刘从没运动的习惯，一个月前开始绕着南湖夜跑，为什么？

女　友　人家为了健康，不行吗？

张　三　还不是因为王处长的狗就是在南湖走丢的。还有，那个资料室新来的小姑娘，一下班就去附近的宠物店转悠，为什么？不都是为了王处长那只狗吗？所以啊小洁，没有硝烟不代表没有战斗，关键时刻咱们可不能掉链子。

女　友　找了一个月了，有什么线索吗？

张　三　(有点泄气)一根狗毛都没找见。

女　友　要我说，你们都是徒劳。最近市里对流浪狗管理那么严，这种家狗哪有什么生存技能，早被打狗队收拾了。再说了，王处长马上搬家，狗就算识途，也物是人非了不是？

张　三　小洁，你这就消极了，(振奋地)希望越是渺茫，寻找越要坚持，功夫不负有心人嘛。

女　友　(无奈妥协)行，行，都听你的。

张　三　(兴高采烈)你得用实际行动支持我的工作嘛。好，咱们这就出发。(拿起防晒喷雾对着女友补喷)别把我的宝贝晒黑了。

女　友　先去市场买点菜，下午咱们包饺子。

〔两人开门，一只脏兮兮的流浪狗出现在门口。

张　三　(惊叫)狗!
女　友

女　友　(嫌弃地)真脏。

张　三　(一脚踢开)指不定有什么传染病。

　　　　[狗被张三踢开,惊恐地跑远。

女　友　(突然想到什么,急切地)等等! (回头对张三)快,快抓住那
　　　　只狗!

　　　　[女友追赶逃跑的流浪狗,狗四处躲闪,女友脱下防晒衣一
　　　　把将狗扑住,狗在女友怀中剧烈挣扎。

女　友　(对张三,焦急地)你傻站着干嘛? 快拿根火腿肠过来。(见
　　　　张三不动,怒)快呀!

　　　　[张三从餐桌上拿起一根火腿肠,两人一起安抚惊慌的流浪
　　　　狗。狗渐渐安静下来,开始吃火腿肠。

女　友　(得意)你呀,就是个缺心眼。有句话怎么说来的? 踏破
　　　　铁鞋无觅处,得来全不费工夫。好好看看,像不像王处长丢
　　　　的那只狗?

张　三　(连连摇头)不像,不像。压根就不是同一只嘛。(仔细端
　　　　详)不过……好像又有点像……(又摇头)不像,不像……

女　友　(迅速接着张三的话)不像,创造条件也要像。

　　　　[女友笑而不语,张三恍然大悟,开始摩拳擦掌。

女　友　先别急,好好端详一下,看看本尊到底什么样子。

　　　　[两人细细观察,狗有些惊慌。

女　友　(惊喜地)你别说,还真像!

张　三　是啊,尤其这对招风耳,简直神似了。

女　友　你们王处长不是最宝贝这对耳朵吗? 说是招财,阔气。

张　三　像是像,不过,(指着狗身上)这个位置,应该有块黑斑。(捏了捏狗,郁闷地)体型么,也太瘦了,王处长那只狗,喂得可富态呢。

女　友　胖瘦这个好说,离家一个月,没人疼没人爱,吃不饱穿不暖,精神上也崩溃了,要你你也瘦。

张　三　黑斑呢?

女　友　(将狗捧在手里反复端详)这个倒也不难,我爸的染发剂还剩半盒,我一会找出来给它涂上,防水防高温,绝对不掉色。

张　三　(兴奋地)这不就妥了?这不就妥了!咱们赶紧收拾一下,给王处长送狗去。

女　友　真是个缺心眼!你忘啦,人家王处长那狗,可是拿过全市天才萌犬大赛亚军的。那个气质,那个智商,是一般狗能比得上的吗?

张　三　(一拍脑门)气质,对,气质很重要。
　　　　〔说话间,狗已经将火腿肠吃了个干干净净,正眼巴巴地看着两人。

女　友　(厌弃地)你看它一副狼吞虎咽的穷酸样,这要拿到王处长那,一下就露馅了。

张　三　高贵,现在首要是培养高贵的气质,先从吃相抓起。

女　友　我记得你说过,王处长家的狗,吃的都是进口的狗粮,(拿起火腿肠的袋子,不屑地扔在地上)像这种玩意儿,根本入不了它的眼。

张　三　这个简单。来,狗狗,看这儿!
　　　　〔张三拿出一根火腿肠,狗扑了上去,用鼻子闻闻,正要张嘴,张三狠狠踹了狗一脚,狗惊,后退。

张　三　（继续用火腿来引诱狗）来，来！

　　　　〔狗再次扑了上来，张三用同样的方式踹开了狗。

　　　　〔张三再次将火腿扔出，这次，狗只是闻闻，并不张嘴。

张　三　（满意地）真乖。（对女友）你看，怎么样？狗是要这么驯的。

女　友　真有你的！可是，（皱眉）你看它，一副畏畏缩缩的样子，哪
　　　　有一点亚军的精气神儿？人家获奖的狗，走起路来都是昂
　　　　首阔步、气宇轩昂的，这狗能与人家比吗？

张　三　（略一思索）嗯……一定是因为紧张、情绪上的高度紧张。
　　　　过惯了风餐露宿的日子，突然锦衣玉食了，肯定不适应。

女　友　（点头）心病还须心药医，咱得给它进行心理疏导和肢体按
　　　　摩，让它彻底放松下来。

张　三　没错。来，放段舒缓的音乐，用一首海顿的《小夜曲》来
　　　　启蒙。

　　　　〔女友打开手机音乐。音乐声起。狗依然警惕地看着二人。

女　友　不喜欢这首？那换德彪西的《月光》。

　　　　〔女友切歌，音乐声起。

张　三　都说了还得配合肢体按摩，不然它肌肉紧张，怎么可能乖乖
　　　　听话？

女　友　对对对。来，搭把手。

　　　　〔两人温柔梳理着狗的背部。狗在二人的抚摸下逐渐安静。

张　三　（惊喜地）嘿，那话怎么说的？音乐是沟通一切的桥梁。瞧
　　　　见没有？真不赖。

女　友　精神安抚算是到位了，让它走两步看看。

　　　　〔二人松开手，狗向前跑去。

张　三　（欣喜地）简直是奇迹，我的妈，这还是刚才那只又土又蠢的

狗吗?

女　友　快,再来一首气势磅礴的,增强它的自信,巩固效果。

张　三　就用贝多芬的《英雄交响乐》!（手机放歌）

　　　　〔音乐声中,两人看着步履稳重的流浪狗,喜极相拥。

张　三　加油,还差一步就大功告成了。

女　友　还有什么?

张　三　也是最重要的,王处长家的狗,会算术。

女　友　（呆住）这个……怕是超纲了吧……

张　三　（神秘一笑）不过,我知道其中的窍道。那次全市萌犬大赛
　　　　啊,早就内定了冠亚军,王处长带着狗只不过走了一遍流
　　　　程。主持人只会问一道题,1加2等于几?那狗就汪汪汪叫
　　　　三声,数学之星的奖杯就收入囊中了。我看那只狗啊,还真
　　　　不如这流浪狗有灵气呢。

女　友　只会1加2等于3啊?

张　三　是啊。

女　友　（清清嗓子）1加2等于几?（用手温柔地摸了摸狗鼻子,学
　　　　着狗叫了三声）

　　　　〔狗并未领会女友意思,怔怔地望着女友。

　　　　〔女友耐心地重复了一遍步骤,狗依然没有回应。

　　　　〔女友怒,踢狗。

女　友　哪来的灵性,还不是一只笨狗!

　　　　〔狗惊吓,溜到墙根,撒尿。

　　　　〔张三突然像发现了什么,疾步走到墙根,将狗一把抓起。
　　　　仔细观察后,张三像泄了气的皮球瘫软在地。狗趁机溜走。

女　友　（着急）快追呀,狗跑了!

张　三　（垂头丧气）别追了。

女　友　怎么啦？

张　三　王处长的狗是母的，这个，是公的。

　　　　［女友呆立原地。

　　　　［剧终。

家庭老师

时　间　某个夏夜

地　点　小学生家中

人　物　大学生　男，20岁左右，某大学大四学生

　　　　弟弟　男，10岁，小学四年级学生

　　　　哥哥　男，12岁，小学六年级学生

　　　　［燥热的夏日傍晚，画外音是大学生打电话。

大学生　（烦躁地）谢谢你了，还替我操着这份闲心……学分修不够
　　　　我不着急吗？我用你来提醒还有一个月就毕业了吗？管好
　　　　你自己的事吧……什么？我态度不好？你一瞪眼我就得跪
　　　　下是不？分手？好，分手！今天我就让你心想事成好不好？
　　　　（挂电话）

　　　　［电话铃响起。大学生暴躁接起。

大学生　有劲吗？闹这么一出……（发觉对方是自己的室友，更加暴
　　　　躁）老三你再催我我就罢工你信不？下一个路口就到。帮
　　　　你干完这一单我就得赶紧补学分了，不然到时候留级都没
　　　　处去。嗯，挂了。

　　　　［光启。

[大学生上,敲门。

[弟弟探出脑袋。

大学生　请问是王小……

　　　　[弟弟一把将大学生拉进门。

大学生　哎,是不是王……

弟　弟　王小强!

大学生　(狐疑地)王小强……

弟　弟　(快乐地)我爸妈都说过了,今天的家教课,李老师有事来不了,换你给我上课。

大学生　(放下心来)没错,就是我。

大学生　你父母呢?

弟　弟　出去了。

大学生　剩你一个人?

弟　弟　(摇头)不是。

大学生　家里还有谁?

弟　弟　王灯泡。

大学生　什么?

弟　弟　我的弟弟王灯泡。

大学生　(张望)在哪儿呢?

弟　弟　(神秘地)他脾气不好,你别叫他。

大学生　王灯泡这名字是你爸还是你妈起的?

弟　弟　是我。

大学生　你才几岁,你就给人起名呢?

弟　弟　我 10 岁了,这名儿是大前年给他取的。

大学生　挺别致。

弟　弟　是因为他的眼睛特别大,像两个灯泡。

大学生　也好,名字这玩意儿就不能起得特复杂。像王灯泡就很形象,还朗朗上口,好记。

弟　弟　老师,你想不想见一眼王灯泡?

大学生　你不是说他脾气不好。

弟　弟　是,凶得很,但他只听我的话,只对我好。有次我爸教训我,被王灯泡看到了,他就尿了一泡尿在我爸的茶杯里。

大学生　你爸品出来没有?

弟　弟　当然没有。我爸要知道了,肯定把王灯泡的腿打断。

大学生　天资聪颖,快叫出来让我瞅瞅。

　　　　[弟弟叫:王灯泡——一只瘦小的吉娃娃犬跑了进来。狗围着大学生四处蹭舔,大学生慌乱躲避,弟弟乐不可支。

　　　　[大学生忍无可忍,将手边钢笔砸中狗头,狗大叫,跑下。

大学生　(吼叫)闹够了没有? 信不信我揍你? 还王灯泡? 我连你王小强一起收拾了!

弟　弟　你这个人一点也不爱护小动物。

大学生　这是你弟弟? 这是一只狗!

弟　弟　我没说它是人啊。

大学生　故意的是吧? 刁难我是吧? (一屁股坐在沙发上)这么热的天,给我拿瓶冰水去。

弟　弟　在冰箱里。

大学生　我让你给我拿。

弟　弟　你是来给我辅导作业的……

大学生　(粗暴打断)你爸要知道他那杯茶怎么来的,你和王灯泡恐

89

怕都不好过。

〔弟弟立即起身去冰箱给大学生拿了一瓶冰饮料,并主动打
开瓶盖。

弟　弟　老师我错了。

大学生　行了,别磨叽了,不是辅导作业吗? 赶紧写啊。

弟　弟　有道题不会。

大学生　等啥呢? 拿来给我看啊!

〔弟弟把作业递给大学生。

大学生　(念)小明参加体育比赛,五项平均成绩是 85 分,如果投掷
成绩不算在内,平均成绩是 83 分,小明投掷成绩是多少分?
(思考)笔呢? 我用脚指甲盖给你写吗?

〔弟弟赶忙递上笔,手却在书桌抽屉里偷偷捏着什么。

大学生　看哪呢? 看这儿!

弟　弟　老师,我想尿尿。

大学生　憋着! 讲完这道题再去。

弟　弟　老师,憋不住了。(站起身)

大学生　(将弟弟压在椅子上)你这路数都是我玩剩下的,乖乖给我
坐着!

弟　弟　(哀求)老师,我真的憋不住了……(哭)

大学生　(半信半疑)真要上厕所? 行,我陪你去。

弟　弟　老师,你就让我自己去吧。

〔弟弟的手背在身后极不自然,大学生一把拉出了弟弟的
手,发现一支笔。

大学生　你尿尿拿根笔干吗?

弟　弟　不干吗。

大学生　好好说话,还想不想留住王灯泡?

弟　弟　(委屈地)这是我同桌给的夜光笔,我想去厕所看看。

大学生　(生气)你要是我儿子我非得抽你! 从我进门到现在,你看

看你写了几个字? 能不能动起来,动起来!

　　　　〔弟弟起身,扭动身体。

大学生　干吗呢?!

弟　弟　老师,你让我动起来。

大学生　动起来,是让你动起笔来!

　　　　〔狗跑了上来,大学生一脚踢开。

弟　弟　(心疼的)灯泡! (泪汪汪地)老师,我错了,我听你的话,你

别踢它,也别告诉我爸,好不好?

大学生　看你表现。

弟　弟　(使劲点头)老师,我一定听你的话。

大学生　行,那接着看题。85分,是包括投掷成绩在内的,先用85乘

以5,是什么?

弟　弟　不知道。

大学生　83分是不包括投掷成绩在内的,用83乘以4,又是什么?

这个该知道吧?

弟　弟　不知道。

大学生　那你上课都听什么?

弟　弟　(机械地回答)不知道。

大学生　(厉声)不知道? 你上课都不知道自己在干吗?

　　　　〔弟弟低头不说话。

大学生　再看一遍题!

　　　　〔弟弟苦着脸看题。

大学生　仔细看！看完给我说你的想法！

弟　弟　看完了。

大学生　说！

弟　弟　(小声地)老师，我有个问题。

大学生　(不耐烦地)说！

弟　弟　小明投掷的是什么东西啊？

大学生　(忍无可忍)这个重要吗？

弟　弟　是铅球还是标枪？我觉得有可能是铁饼。有个同学的爸爸就是体育老师，有一次学生投铁饼差一点被砸中，特别危险……

大学生　你有完没完？我的耐性是有限的，你看看表，几点了？9点我准时拍屁股走人，你作业写不完怎么办？明儿挨骂的是谁？

弟　弟　如果写不完，会扣你的钱。

大学生　(懵)什么？

弟　弟　(肯定地)是的，会扣你钱，因为你没有辅导好我的作业。

大学生　是你不好好写，关我什么事？

弟　弟　所以要请你来辅导我写作业。

大学生　(怒)本来就不关我的事，我就是个代班的。

弟　弟　那就扣李老师的钱，说不定还会开除他。

　　　　[两人沉默。空气间有种紧张的气氛流动着。

大学生　(叹气)不能让老三因为我丢了这挣钱的活儿。行，来吧，抓紧时间。

　　　　[狗再次跑上，大学生强行按捺着厌恶的情绪。

大学生　小强同学，能让你弟弟先回避一下吗？这道题都说了半小

92

时了。

弟　弟　老师,其实这些题都不用你讲。有个App叫"作业帮",里面是个大题库,什么题目都有,我只要把题目拍下来上传,答案马上就搜索出来了。

〔弟弟拿出平板电脑给大学生演示,大学生目瞪口呆。

大学生　所以我算是被小学生碾压了。

〔电话响,大学生接通,女孩的声音清晰传来。

大学生　(低沉地)我在上课,别闹了好吗? 等我晚上回去说。(粗暴挂断)

弟　弟　(试探地)老师,是你女朋友吗? 为什么这么凶啊? 你不喜欢她吗?

大学生　快点写作业,这不是小孩子该管的事。

弟　弟　可是她的声音听起来好温柔啊。

大学生　(叹口气,认真地看着弟弟)是我心情不好,她是很温柔。

弟　弟　她长什么样啊? (急切地)你别说,让我猜猜! 长头发,眼睛很圆对不对,我觉得她一定很漂亮! 老师,我能看她的照片吗?

〔大学生打开手机,正准备给弟弟看照片,突然意识到不太对劲。

大学生　(对观众)我是不是有病? 我为什么要跟一个小屁孩在这讨论我的感情生活? (对弟弟)咱们能写作业了吗?

弟　弟　噢,写呢,写呢。(埋头写,皱眉头)老师,这个作文我不会写。

大学生　我看看。《假如我是(　　)》,哦,你想象一下,你想成为什么人,然后试着想想如果你真变成了他,你会有什么打算呢?

弟　弟　假如我是王灯泡。

大学生　很好,但最好是人。

弟　弟　假如我是爸爸。

大学生　嗯……想象一下,最好是职业。

弟　弟　假如我是校长。

大学生　很好,接着说。

弟　弟　(神秘地)老师你知道我为什么要说校长吗?

大学生　8 点半了。

弟　弟　因为我的舅舅就是校长。

大学生　好的,从生活里找灵感。

弟　弟　他是大学校长! 特别酷! 不是小学的,不是中学的,而是大
　　　　学的!

大学生　还有 26 分钟我就该走了。

弟　弟　他就在西北大学当校长,你过条马路就能看到!

大学生　(惊)西北大学? (自语)这不就是我们学校吗?

弟　弟　对! 西北大学! (骄傲地)是不是很酷?

大学生　校长……(喃喃地,思索,忽而振奋地)小强,我们算是朋友
　　　　了吧?

弟　弟　算是吧。

大学生　很好,那我能不能认识一下你的舅舅?

弟　弟　呃……(疑惑地)为什么要认识他? (雀跃地)你也觉得校长
　　　　这个职业特别酷是不是?

大学生　对!

弟　弟　可我为什么要答应你呢?

大学生　(急切地)这样好不好,我满足你一个愿望,作为回报,你介

绍你的舅舅给我认识。

弟　弟　我想想。

大学生　实际能操作的愿望。

弟　弟　行。你肯定有淘宝吧,你搜一下"天然水晶原石",给我买一套。

大学生　(殷勤地手机操作)销量第一,行不行?

弟　弟　嗯,就是这个,要挑有绿宝石的那种。

大学生　我给你买升级版,398一套的。

弟　弟　(激动地)上次老师说要买,我给妈妈说了,她太忙就没顾上,害我被同学笑话了好几天。(抱住大学生蹦跳)太好了,老师,谢谢你!你知道这是什么石头吗?是天然矿石,水晶石!

大学生　所以说从此以后你就是家里有矿的人。那么现在,能介绍你的舅舅给我认识吗?

弟　弟　好啊,等我爸妈回来我就给他们说。

大学生　不许骗我啊。

　　　　[哥哥推门进。三人互望,惊。

哥　哥　是刘老师吗?

大学生　你是……

哥　哥　我是王小强,妈妈说了今晚换你给我补课。

　　　　[弟弟猫下身子,准备悄悄溜走,被哥哥堵在门口。

哥　哥　王小壮!你又捣什么鬼!(对大学生礼貌地)对不起老师,刚才路上一直堵车,抱歉让你等了这么久,妈妈说了今晚补课的费用一分都不会少。(怒对王小壮)快回房睡觉去,爸爸要知道你在捣乱,又得生气了。

弟　弟　（委屈地）我不要睡觉！

哥　哥　那你想干什么？

弟　弟　（哭喊）我想有人陪着我说话……

　　　　〔弟弟哭声渐大，光暗。

　　　　〔剧终。

万字剧

音乐剧·雪　女

时　间　现代

地　点　西方某座城市

人　物　雪　女　女,永远看上去都是 20 岁左右,肌肤胜雪,冷艳中透着忧愁。追求爱情,遭遇背叛时露出冷酷无情的一面

　　　　警　察　男,20 岁左右,刚进警局的年轻小伙子,一腔热忱,正直正义,在调查过程中爱上雪女,变得纠结又脆弱

　　　　男　人　40 岁左右,衣冠楚楚,谈吐得体,其实懦弱又现实,是个极度自私利己的人

　　　　妻　子　30 岁左右,与男人结婚后便遭遇持久冷暴力,逐渐接受男人不爱自己的现实。一直寻找雪女,将所有怨气发泄在雪女身上

　　　　雪　童　男,5 岁左右,雪女与男人的儿子,惧怕温热,需要男人的心脏入药才能治愈

　　　　歌　队　若干年轻女性,雪女的同类们

第一幕　惊　变

[冬夜。

[纱幕。山中一处小巧的别墅。

[皑皑白雪覆盖了整座大山,夜幕中显得分外肃穆安静,沉

默的土壤中却又仿佛涌动着一股暗流,激烈隐忍。

[雪落无声,大地一片苍茫。

[雪女上。她站在别墅门前,似在思虑。伴随着一声极细微的叹息,雪女叩响了大门。

[门内迟迟没有回应。雪女踟蹰再次敲门,等待片刻后欲转身离开。

[门开了。

[男人衣着整齐,明显精心雕琢过,他静静地注视着雪女。

男　人　刚在洗澡。

雪　女　哦。

男　人　进来说吧。

雪　女　不必。

男　人　我采了山茶花。

雪　女　(沉吟)好吧。

[纱幕起,别墅客厅内。

[舞台正中是一张圆桌,桌上的山茶花开得正盛。雪女盯着花朵。男人走来倒了一杯水,递给雪女。

男　人　我把暖气关掉。

雪　女　不必。(呷了一口茶,略感惊异地)山茶花?

男　人　(关掉暖气)还是关了吧。(触瓶中花)冬天才是它最好的季节。

雪　女　(仔细端详杯中的花瓣)是杜鹃红。

男　人　你的手指比一般女子素白,搭这绯红色的花瓣,好看。

雪　女　(将茶喝完)我来,是要问你一件事。

男　人　你急着走?(看出雪女的迟疑,添满了茶)这是今年的第一场雪,我知道,你该来了。

雪　女　所以,你告诉她了?

男　人　不是全部。

雪　女　你心里只要有了这个打算,就已经违背了当初的承诺。

男　人　当初?(起身走到雪女背后,轻声地)当初你对我可不是这么冷酷。

　　　　　[男人熄了灯,点亮了桌上的烛台。

　　　　　[雪女警觉地站起,又被男人压坐在椅上。男人自背后轻吻雪女的脖颈。雪女想拒绝,却不由自主地迎合。

　　　　　[曲目1《那一夜》。

男　人　(唱)那一夜的风雪夜归人,

　　　　　　　那一夜的纤指叩柴门,

　　　　　　　那一夜的耳鬓厮磨几多疑问,

　　　　　　　那一夜的温柔快活我沉沦至今。

雪　女　(唱)那一夜风雪无处归人,

　　　　　　　那一夜我丢失了灵魂,

　　　　　　　那一夜的耳鬓厮磨我敞开心门,

　　　　　　　那一夜的温柔快活值真情几分?

　　　　　[男人欲与雪女缠绵,手机响起,接通。

男　人　(下意识地整好刚松开的衣领,敷衍着)嗯,我一会就到。

　　　　　[男人挂掉电话,雪女的眼神像刀一般刺向他。

雪　女　(冷冷地)我差点忘了,我是为什么而来的。

男　人　(自顾自地)女人真是世界上最难伺候的生物,贪得无厌又需索无度。节假日要送花,旅个游要送机,雨雪时节要嘘寒问暖,生理期呢,多喝热水。嗯,还得加点红糖。(停顿,对雪女)你说什么？为什么而来？（恼怒地）得了吧！你为什么而来你不知道？

[曲目2《为》。

男　人　（唱）为这床笫的欢愉为这肌肤的相亲，

　　　　　　　　为这指间的摩挲为这香汗的淋漓，

　　　　　　　　为这良辰美景为这春宵不虚，

　　　　　　　　为这俗世之爱为这肮脏的内里。

　　　　　（白）你说你为什么而来？不就为了这些事吗？（突然恶狠

　　　　　　　　狠地）不为这个，难道你要的是……

雪　女　（平静地）对，就是那样。（拿起茶杯，望向窗外）雪越下越

　　　　　大了。

　　　　　[蜡烛熄灭了。

男　人　（周身打了一个哆嗦，有些害怕了）我要把暖气打开！我好

　　　　　冷！（四处找，发狂地）遥控器呢？遥控器呢？我明明放在

　　　　　这里了……

雪　女　别找了。

男　人　（冻得瑟瑟发抖，口齿不清）好冷……好冷……

雪　女　零下23度，和那晚一样。

男　人　（痛哭流涕）求求你，求求你……

雪　女　（喝茶）我早就告诉过你违背承诺的下场。我来，就为问你

　　　　　一件事。

男　人　我知道你要问什么，我只是忘不了你……

雪　女　算了吧，你只不过想用卑劣的求欢来打消我今晚的顾虑。

男　人　她怀孕了……

　　　　　[雪女手中的茶杯滑落在地。她站起身，走向窗边。

雪　女　（难以捉摸的笑）有点难办了呢……

　　　　〔蜡烛亮起。烛光中雪女的脸一片惨白。

雪　女　算啦。

　　　　〔男人披上衣服，颤抖着点烟。因为紧张和寒冷，打火机几
　　　　次都没有点着，男人恼羞成怒将其扔在地上。雪女捡起，为
　　　　他点烟。男人深深吸了一口。

男　人　那么，以后……

雪　女　呵，以后……

男　人　你还会来吗？

雪　女　（盯着男人，冷声）该来的时候，你躲不掉。

男　人　（熄灭了烟头）哦。

雪　女　雪大了，我走了。

男　人　我送你。

雪　女　不必。

　　　　〔男人突然拿起蜡烛扔向雪女。雪女闪身躲过。蜡烛点燃
　　　　了窗帘。

　　　　〔火光中男人面目狰狞。

男　人　既然躲不掉，迟早还会死在你手里，不如今天就合葬在这
　　　　儿吧！

雪　女　（冷冷地）你这个疯子。

　　　　〔雪女站在火焰中，周身苍白，犹如一座冰塑。

　　　　〔男人扬手的姿势定格在原地，仿佛被冰封一般。

　　　　〔火势越来越大，男人痛苦的嘶鸣渐弱至无。光暗。

　　　　〔一束光打在雪童和雪女的身上。雪女冷冷地看着远处的
　　　　火光。

雪　童　妈妈,着火了。

雪　女　是啊。

雪　童　看起来好热。

雪　女　是啊。

雪　童　妈妈,我想回家。

雪　女　好。

　　　　〔雪女牵雪童,身后出现歌队。

　　　　〔曲目 3《她》。

歌　队　(唱)如梦,如幻,

　　　　　　如虚,如烟,

　　　　　　如梨涡里的一声叹,

　　　　　　如秋水般的一漪涟。

　　　　　　如捉影,如捕风,

　　　　　　如大梦初醒恍然隔世间。

　　　　　　如云,如电,

　　　　　　如羽,如愿,

　　　　　　如冬夜里雪花翩然,

　　　　　　如围炉旁如泣似念。

　　　　　　她,寒夜里煨茶推盏,

　　　　　　她,雪落时轻声呢喃。

　　　　　　她,一诺千金将前尘了愿,

　　　　　　她,一尘不染在天地之间。

　　　　　　谁的心里不曾有个她——

纯洁如雪透彻如水的她，

谁不曾在梦里拥有她——

千丝万缕耳鬓厮磨的情话……

她，寒夜里煨茶推盏，

她，雪落时轻声呢喃。

她，一诺千金将前尘了愿，

她，一尘不染在天地之间。

谁的心里不曾有个她——

纯洁如雪透彻如水的她，

谁不曾在梦里拥有她——

千丝万缕耳鬓厮磨的情话……

〔光渐起。

〔冬日午后。虽然有阳光，但是散而寡淡，看上去就格外冷。

〔山上火灾过后别墅的废墟。

〔警察在残垣断壁中穿梭行走，时而停下思考做笔录。

〔曲目4《我是警察》。

警　察　（唱）通情达理不如心怀正义，

蛛丝马迹必然昭示谜底。

困顿重重真相究竟在哪里？

人海茫茫罪恶的人在何处藏匿？

我的天职就是揭开这谜题打碎这疑虑

将真实的无情的残忍的不堪的世界——

撕裂在这里。

我是警察，

追逃抓捕巡逻检查刀光剑影雨雪霜华，

挥汗如雨赤诚满怀铁骨柔情春秋冬夏。

我是警察，

硝烟炮火风卷狂沙惊心动魄摸爬滚打，

抽丝剥茧刺穿虚假揭露真相亮剑天涯。

我是警察，

我是警察，

我的天职就是揭开这谜题打碎这疑虑

将真实的无情的残忍的不堪的世界——

撕裂在这里。

［警察似乎在废墟中发现了什么东西，他捡了起来。

［那是一颗透明的异形晶体，警察将它高高举起，眯眼对着
阳光细细端详。

警　察　（自语）有趣。

［一束光打在雪女及雪童身上。

［雪女拉着雪童站在残壁后，神情恍惚。

［曲目5《火中的心》。

雪　女　（唱）我在寻找什么？

　　　　　　我丢失了什么？

　　　　　　翌日的阳光涤净了暗夜的罪恶，

　　　　　　沉默的白雪将一切苟且的掩没。

只留下——

我火中燃烧的心啊，

只留下——

我火中爆裂的心啊，

只留下——

我破碎了拼好了拼好了破碎了

溃不成军的

心啊——

水晶，琥珀，

都不及它半分透彻；

爱恨，纠葛，

酿出它通身的炽热。

那一夜的大火燃尽了欲念的渴，

那一夜的大火枯竭了眷恋的河。

只留下，

只留下，

只留下这一颗空空荡荡的心啊，

和一副浑浑噩噩的躯壳。

雪　童　妈妈，那儿有人。

警　察　（将晶体迅速藏入包中，警觉地回头）谁？

　　　　　［雪女带着雪童自墙壁后走出。

　　　　　［警察被雪女吸引，一时失语。

雪　童　妈妈，我们找得到吗？

雪　女　试试吧。

警　察　你们在找什么？

雪　童　我们在找……（被雪女打断）

雪　女　无足轻重的小东西。

警　察　你不知道这里是案发现场吗？

雪　女　（点头）火灾。

警　察　有人死了。

雪　女　（笑）死状还很诡异？

警　察　你怎么知道？

雪　女　千奇百怪的事总是传得特别快。

警　察　是怎么说的？

雪　女　明明是火灾，那家的男人却像是被冻死的。

　　　　〔警察不语，雪女观察着他的表情。

警　察　果然啊，千奇百怪的事总是传得特别快。

雪　女　生活这么无趣，猎奇的事嘛，大家总是特别在意。如果再来
　　　　点桃色纠纷和花边新闻，那就更有趣了。（废墟中拨拉了两
　　　　下）监控全部烧毁了，你们可有得忙了。

警　察　你要找的东西，和案情有关吗？

雪　女　（笑，停顿一下）我必须回答吗？

雪　童　（扯扯雪女的衣角）妈妈，热。

雪　女　（抬头）正午了。我们回家。

　　　　〔雪女拉雪童下，警察紧随其后，却又停下了脚步。

　　　　〔警察怔怔望着雪女远去的方向。

　　　　〔光渐暗，纱幕，歌队隐现在舞台后区。

　　　　〔曲目《她（2）》。

歌　队　（唱）如梦，如幻，

如虚，如烟，

如梨涡里的一声叹，

如秋水般的一漪涟。

如捉影，如捕风，

如大梦初醒恍然隔世间。

如云，如电，

如羽，如愿，

如冬夜里雪花翩然，

如围炉旁如泣似念。

［曲目6《她（2）》。

警　察　（唱）她青丝如瀑，

她呵气如兰，

她娇肤胜雪，

她秋水似烟。

她的眼里映着星辰却无半点璀璨，

她的眉间漾起笑意却如寒烟点点。

［雪女的剪影出现在纱幕后。

雪　女　（唱）我的眼里映着星辰却又归于黑暗，

我的眉间漾起笑意只为掩饰难堪。

警　察　（唱）她的气息温柔温婉却又透着危险，

我被什么迷了心窍居然想要试探？

雪　女　（唱）那道目光似要刺穿我的背影阑珊，

他的疑心他的警惕还有一些说不清道不明的迷乱。

警　察　（唱）我的疑心我的警惕还有一些说不清道不明的迷乱。

107

[雪女剪影隐去，警察追到了纱幕后面，定格。

[歌队呈剪影状。

[曲目《她》。

歌　队　（唱）她，寒夜里煨茶推盏，

　　　　　　她，雪落时轻声呢喃。

　　　　　　她，一诺千金将前尘了愿，

　　　　　　她，一尘不染在天地之间。

　　　　　　谁的心里不曾有个她——

　　　　　　纯洁如雪透彻如水的她，

　　　　　　谁不曾在梦里拥有她——

　　　　　　千丝万缕耳鬓厮磨的情话……

[光渐暗，转场。

[光启。夜，一处住宅的客厅内。

[屋内装饰精美，处处透着女性的娇柔与精致。舞台正中是
　一张圆桌，警察与男人妻子围坐桌边，妻子漫不经心地叉着
　水果吃，警察做记录。

妻　子　你看到了，我们已经分居了。他住在山上的那间别墅，我就
　　　　住在这。大家互不打扰，自在快活。

[警察发现角落的婴儿车，走过去左右打量。妻子紧张
　起来。

妻　子　（故作镇定，但仍能听出语气中的警觉）朋友家的，先放
　　　　我这。

警　察　（点头）嗯。能问一下，你们为什么分居吗？（觉出妻子的迟

疑)很抱歉,这是你的私事,但也是我的公事。

妻　子　没什么不能说的,也实在没什么可说的。性格不合、三观不
　　　　符、门第悬殊、年轻冲动、随便吧,如果这些你都不满意,那
　　　　就写上夫妻生活不和谐吧。

警　察　(正色)我没打算开玩笑。

妻　子　你想听什么?

警　察　真话。

妻　子　他不爱我。

警　察　(错愕)嗯?

妻　子　(依旧漫不经心地)他不爱我。或者说,没那么爱我。(指指
　　　　房间四周)这是我们结婚的地方,可是你看看,还剩下些什
　　　　么? 除了一无所获且破破烂烂的回忆,琐碎的仇恨早已把
　　　　我们蚕食得干干净净,什么都没了。

警　察　他不爱你,我是不是可以理解为,他有了外遇?

妻　子　呵,当然没有,他是一个洁身自好的男人。不过——也许只
　　　　是怕麻烦。毕竟外面的姑娘们一旦招惹上,没那么好打发。

警　察　那是因为……(被妻子打断)

妻　子　因为我从一开始就是个错误,一个将就的敷衍的可有可无
　　　　的错误。

　　　　〔曲目7《错误》。

妻　子　(唱)从始至终,我都是一个笑话,

　　　　　　　从无到有,我都是一场闹剧。

　　　　　　　曾以为是情话好话真话床话撩人的话勾魂的话地久天
　　　　　　　长的想法,

　　　　　　　到最后是大话假话谎话空话伤人的话夺魄的话全是扯

109

淡的想法。
他许诺的爱的根芽，
不过是一刹昙花；
他走过的爱的步伐，
落了个满地黄花。

他爱的那个人不是我，
他心里的渴念不是我，
他的眼神扑朔，
他的目光闪躲，
他心里的那个人不是我。

受够了终日里的沉默敷衍，
我也曾夜夜里以泪洗面；
受够了日复一日冷眼相看，
枕边厮缠变成了异梦阑珊。

有谁脱下婚纱便活活守了寡？
有谁大梦初醒却活成个笑话？
多少次我只有一个想法，
一个恶毒的不堪的阴损的难以启齿的想法——
看着他痛苦地狰狞地蜷缩地伏在我的脚下，
呻吟、抓挠、哀求、挣扎，
直到那钻心的疼刺穿他的喉咙他的手臂他的胸脯，
让他面容扭曲四肢断裂再也说不出那骗人的鬼话！

　　　　　　　[妻子因为激动而剧烈起伏的胸口,泪流不止,警察从桌上

　　　　　　　 抽纸给她,她接过。

妻　子　还需要我解释更多吗? 除非你今天是想来看我的笑话。

警　察　我只是公事公办——所以,你是想让他死的,对吧?

妻　子　(冷笑)这些仇恨日夜折磨着我,足以成为我杀他的动机,对

　　　　　　吗? 是啊,我何尝不想亲手杀了他? 他用视而不见的冷暴

　　　　　　力碾碎了我的骄傲和尊严,他给了我一个家,然后又亲自把

　　　　　　那里变成了地狱。我想过一百种方法杀死他,布局,设套,

　　　　　　制造意外,可是思来想去,为这样的人去铤而走险触犯法

　　　　　　律,真的值得吗? (自语)他不配。

警　察　从一开始他就爱着别人,是这样吧?

妻　子　我说得还不够清楚吗?

警　察　那个女人是谁?

　　　　　　　[妻子突然变得焦躁,她一口不停吃完了桌上的水果,站起

　　　　　　 身在房间来回踱步,欲言又止。警察看出了她的犹豫。

警　察　如果你出于安全方面的考虑,那你完全不必担心。

妻　子　(仿佛下了很大的决心)我不确定是不是她。

警　察　(记录)接着说。

妻　子　他只对我说过一次。但那仅有的一次,就足以解释他所有

　　　　　　的冷漠和暴虐了。只那一次,我就知道,这辈子我都将生活

　　　　　　在她的阴影中;而他,我的丈夫,这一生都摆脱不了她。

警　察　她和你的丈夫之间发生了什么?

妻　子　他爱她,最终却抛弃了她。最重要的,他答应她,绝对不会

　　　　　　把这些故事说出去。他失信了。

警　察　他告诉了谁?

妻　子　我。

警　察　什么样的故事？

　　　　　［妻子走向窗边，看着漫天大雪。

　　　　　［曲目8《我所知道的那一夜》。

妻　子　（唱）极寒之日，冰雪之夜，

　　　　　　　那座高山之巅，

　　　　　　　日之将尽，暗夜无边，

　　　　　　　风月场刹那成鬼门之关。

　　　　　　　摇曳生姿，步步生莲，

　　　　　　　转眼间就要你杀人不眨眼。

　　　　　　　我的爱人，沉睡在山谷之间，

　　　　　　　漫天的风雪藏满了危险的香艳。

　　　　　　　冰凉的双臂挽了他交颈而眠，

　　　　　　　热切的亲吻要让他命悬一线。

警　察　（唱）儿时回忆，深深浅浅，

　　　　　　　那座高山之巅，

　　　　　　　邪魅黑暗，善恶一念，

　　　　　　　这场景如此熟悉真假难辨。

　　　　　　　幼年的我，也曾被困暴雪之夜，

　　　　　　　最深的恐惧，此刻交错浮现。

妻　子　（唱）她，在雪之尽头出现，

　　　　　　　她，温软的唇融化了刺骨冰寒。

　　　　　　　我的爱人，苏醒在山谷之间，

　　　　　　　她的体温，绵暖如短暂的春夜。

　　　　　　　这是他们的一夜，

胜过万语和千言;

这是他们的一夜,

刹那漫长的告别。

警　察　(唱)她,在雪之尽头出现,

她,凛冽的脸模糊了记忆章篇。

幼年的我,可曾有过这样的夜晚,

最深的疑惑,此刻交错浮现。

［曲目 9《影子的痛苦》。

妻　子　(唱)我只是她卑微又寂寞的一道影子,

在孤独的欢愉中承受着不甘的相似。

我成了他深沉又薄情的一面镜子,

在自怜的映照下扮演着清醒的傻子。

妻　子　这就是我所知道的全部故事。他爱上了严寒中救他性命的
那个女人,女人却在一夜温存后消失得无影无踪。我的丈
夫曾怀疑这是一场梦,但那个晚上的感受却真实清晰。后
来他就结婚了,新娘就是我,或许是因为我有同样苍白的脸
和冰凉的体温。缠绵的时候他从不叫我的名字,你知道为
什么吗?

［警察很尴尬。

妻　子　(自嘲地)因为他不知道那个女人的名字。他想给她一份尊
重,却并不在乎把我拉进这样无底的深渊。这就是他,她,
他们,给我的最深的耻辱。

警　察　他们后来再见过面吗?

妻　子　我不知道。但上周,我的丈夫很反常,确切地说,是在他临
死的前两天。

113

警　察　（来了兴趣）哦？说说看。

妻　子　他破天荒地来了我的住处，我看出他忧虑重重。但那跟我又有什么关系？既然分居了，我才不在乎他的死活。

警　察　他来找你干什么？

妻　子　我也这么问他。他说，来看看你。我们包了顿饺子，韭菜肉的，他最爱吃的馅儿。天气很阴冷，电视上说一周内会有大雪。

警　察　（若有所思）嗯……

妻　子　他站在窗边，一根接一根地抽烟。我也懒得问他，就是……就是连客套的寒暄都不想张口。呵，夫妻……至亲至疏就是夫妻吧。后来我看天色晚了，就催他回去，他居然不走，还指着窗外问我：你知道那是什么花吗？

　　　　〔妻子走向窗边，推窗。警察跟上，望向窗外。

妻　子　看到了吗？是山茶花，一簇一簇的，像火，又像血，在那个萧瑟的冬日傍晚显得格外醒目。

警　察　（自语）山茶花……

妻　子　他的脸色很难看，就像冻僵的人特有的那种惨白。他就一直望着那簇山茶花，好像在喃喃自语。后来我听清了，他反反复复说的是——

　　　　〔窗外的山茶花突然剧烈地晃动，花丛后一个白色人影倏忽掠过。

警　察　（大喝）谁！（冲出门外）

　　　　〔妻子一动不动地站在窗边，仿佛刚刚那一切从没发生过。

妻　子　（低声，但清晰而一字一句地自语）他反反复复说的是——
要下雪了……

[光渐暗,只留下火红色的山茶花开得热烈。

[转场,夜里的山茶花丛。

[警察气喘吁吁上。

[雪女一袭白衣,手挽花篮站在花丛后,美丽而清冷。

警　察　(诧异)是……你?

[雪女自顾自地采着山茶花。

[警察犹豫着伸出手去,摘下一朵山茶花,放入雪女的花篮。

雪　女　(仰头看天)雪大了。(低头看花篮,莞尔)冬天才是它最好
的季节。

警　察　你为什么在这里?

雪　女　家里来了客人,要用这落满了雪的花瓣入茶。你一定没有
尝过。

警　察　你到底是谁?

雪　女　那雪融了开,化成露水,沁凉却并不冰寒,垂在花瓣的边缘。
无须多余加工,你就将它尽数倾入杯中,你若喜热,就再煨
些姜片;我不爱那口,便等它泡出微香再喝。(将篮子推给
警察)你拿些回去吧。

警　察　我不喝。

雪　女　你不喝,家里的女人们总是爱这个味道的。

警　察　(脸红)我,我是一个人住。

雪　女　喔,一个人……(微笑中带了些许妩媚)这么冷的夜,除了女
人,还有什么能比热茶更暖身的呢?(再次推给警察)你拿
些回去吧。

警　察　(推拒不过,只得捏了两朵花瓣)够了。

雪　女　这么两朵就够了吗？今晚的天色,怕是得十余朵才能蒸腾出香气呢。(塞在警察手里)拿着吧。

警　察　好,好,足够了。(停顿一下,仿佛是在掩饰尴尬)那个,我问你,你要找的东西,最后找到了吗?

雪　女　没有。

警　察　是什么样的东西?

雪　女　(笑)我说过了啊,无足轻重的小东西。

警　察　(有些恼怒,亮出证件)请你配合调查。

雪　女　调查?就因为我恰好两次出现在你的案发现场?得了吧,(略显娇嗔地)我可不吃你这一套。

　　　　[曲目10《无辜路人》。

雪　女　(唱)只是恰好路过,

　　　　　　只是偶尔经过,

　　　　　　只是无辜路人,

　　　　　　何必大动肝火?

警　察　(唱)一切并非巧合,

　　　　　　你也绝非偶然经过。

　　　　　　一切蹊跷成谜,

　　　　　　只待我细细琢磨。

雪　女　(唱)今夜雪落无声,

　　　　　　山茶炽烈如火。

　　　　　　不若放下心结,

　　　　　　捏了我的腕儿,

　　　　　　采撷几多。

警　察　(唱)今夜雪落无声,

山茶炽烈如火。

你的行迹成谜，

我怎能不问不追，

也不说？

[脚步声由远及近。妻子打着手电跑上。

妻　子　警官，是你在那边吗？

[雪女深深望了警察一眼，跑下。

[妻子跑至警察身边，警察看向雪女消失的方向。

[妻子被怒放的山茶花吸引，采了一朵在手间把玩。

妻　子　多美的花……（忽而对警察）警官，山茶花泡的茶，你尝
过吗？

[警察惊异地望向妻子，妻子莞尔一笑。

[光骤暗。依旧只留下火红的山茶花，馥郁盛放。

第二幕　情　殇

[冬日傍晚，天色将黑。

[火灾现场，警察坐在废墟上，一脸颓废。

[曲目11《疑惑》。

警　察　（唱）日复一日的疑惑，

蛛丝马迹的交错。

这废墟下掩埋了怎样的罪恶，

这土壤中汹涌过怎样的烈火？

谁能为我——

拨开这重重的迷雾困惑，

理清这千丝万缕的纠葛？

而我又是为什么困顿呢？

犹如困兽之斗禁锢着疲惫的躯壳。

是这迷离的案情难解的因果，

还是只因她的——触不可及的笑呢？

〔警察拿出晶体，就着将暗的日光，细细看了起来。

〔雪女悄上，看见警察手中的晶体，大惊失色。她平静了一下情绪，走了过去。

雪　女　又见面了警官。

警　察　（慌忙收起晶体）你？你在……你还在找东西？

雪　女　或许找到了。

警　察　或许？

雪　女　（抬头看天）这场雪下了三天了。

警　察　（拉住雪女）你到底是谁？你的身影无处不在，却又无迹可寻，你到底是谁？

雪　女　跟我回家，我就告诉你。

〔警察错愕，呆立在原地。

雪　女　不愿意吗？那——跟我去山茶花开的地方，（贴近警察耳边）我就一字不漏地全告诉你。

〔曲目12《调情》。

〔雪女对警察妩媚相约。

警　察　（唱）谁会拒绝她的邀请？

在那火红的山茶花丛。

温热的呼吸，若有似无的触碰，

她的唇边翕动着万种风情。

雪　女　（唱）所以你还顾虑什么？

　　　　　　　　我的双臂寒冷心却炽热。

　　　　　　　　看我双眸迷离，朱唇微启，

　　　　　　　　要一个两相情愿两心相依。

警　察　（唱）这火焰烧得我心内发慌，

　　　　　　　　这燎原燃尽我所有欲望。

　　　　　　　　她的笑她的吻她的柔娇，

　　　　　　　　撩拨着我的眼我的手我的心我的狂躁。

　　　〔警察焦躁不安地四下奔跑，雪女紧随其后，将他拉入怀中。

雪　女　（唱）所以你还顾虑什么？

　　　　　　　　我的双臂寒冷心却炽热。

　　　　　　　　看我双眸迷离，朱唇微启，

　　　　　　　　要一个两相情愿两心相依。

警　察　（唱）我从未对一个女人如此着迷，

　　　　　　　　这是鬼迷心窍还是宿命难敌？

雪　女　（唱）收起你那端庄老成矜持不语，

　　　　　　　　谁要看你坐怀不乱的廉耻礼仪？

　　　　　　　　这滚烫的肉身媚眼迷离，

　　　　　　　　要一个淋漓酣畅巫山云雨。

　　　〔一束光打在后区歌队身上。

　　　〔曲目《她》选段。

歌　队　（唱）谁的心里不曾有个她——

　　　　　　　　纯洁如雪透彻如水的她，

　　　　　　　　谁不曾在梦里拥有她——

　　　　　　　　千丝万缕耳鬓厮磨的情话……

　　　〔警察万分纠结的舞蹈，最终挣脱雪女的怀抱。

警　察　（唱）我要拒绝她的邀请，

在那火红的山茶花丛。

未解的谜题，诡谲的案情，

这个女人古怪危险纵有万般风情。

〔警察推开了雪女，雪女跌坐在地。

警　察　请你自重！天色晚了，快回家吧。

〔雪女拉住警察纠缠不休。

〔曲目 13《调情 2》。

雪　女　（唱）要么说呢男人不解风情，

要么说呢榆木百无一用。

这天深邃如丝绒，

这地松软如浪涌，

何不半推半就做对快活鸳鸯？

〔曲目《她》选段。

歌　队　（唱）谁的心里不曾有个她——

纯洁如雪透彻如水的她，

谁不曾在梦里拥有她——

千丝万缕耳鬓厮磨的情话……

〔歌队与雪女步步逼近警察。

〔曲目 14《调情 3》。

〔雪女欲脱去外衣。

雪　女　（唱）我的心儿跳得紧张慌乱，

不如你来为我退却衣衫。

未曾羡慕地久天长深情款款，

只要当下风雨雷电倒凤颠鸾。

120

就像天雷勾动地火只在刹那间，

成了今夜露水姻缘贪了一晌之欢。

警　察　（唱）她的气息透着女人的清甜，

她的芬芳沁入我躁动的心间。

可我从来不曾想要将她霸占，

只是想解她眉眼间的忧烦。

她笑靥如花却透着那楚楚的怜，

她云淡风轻却难掩那一声娇叹。

明知她纵有千般神秘万般危险尽在不言之间，

我却只想拭去泪痕拥她在怀间。

[雪女待在原地。

雪　女　（惊讶）你……你不想要我？为什么？男人们都贪恋我这皮相之美，你，又是为什么？

警　察　（替她理好衣衫）我承认对你动了心，或许……或许最初是因为你的美。但更多的，（轻轻点按雪女的眉头）是想解开这里紧锁的愁。

[警察拉起雪女。

警　察　雪大了，我送你回家。

雪　女　回家以后呢？

警　察　你安全就好。

[雪女与警察定格，光暗。

[一束光打在雪女身上，她的背后是歌队。

[曲目15《迟疑》。

歌　队　（唱）你犹豫了吗？

　　　　　　　你迟疑了吗？

　　　　　　　你是要拿回你丢的再吸干他有的，

　　　　　　　还是要心慈手软放过他一马？

雪　女　（欣喜地，唱）你们看到了吗？

　　　　　　　　　　你们听到了吗？

　　　　　　　　　　他不贪我这皮囊这空相

　　　　　　　　　　这诱惑男人的美色无双！

　　　〔歌队如一面白色的人墙，步步逼近雪女。

　　　〔曲目16《想想过去的事吧》。

歌　队　（唱）愚蠢的女人，

　　　　　　　被爱情冲昏头的女人，

　　　　　　　可怜的女人，

　　　　　　　莫非想要重温昨日的伤痕？

　　　〔雪女呆住，步步后退，而歌队步步紧逼。

歌队甲　（唱）有一个男人，

　　　　　　　夺去你羞涩的初吻，

　　　　　　　甜言蜜语花言巧语破了你豆蔻童贞；

雪　女　（唱）爱有多深，恨就有多深；

歌队乙　（唱）有一个男人，

　　　　　　　索去你滚烫的肉身，

　　　　　　　甜言蜜语花言巧语玩弄你爱的天真；

雪　女　（唱）爱有多深，恨就有多深；

歌队丙　（唱）有一个男人，

　　　　　　　骗取你无邪的信任，

　　　　　　　甜言蜜语花言巧语逃出那冰雪城门；

雪　女　（唱）爱有多深,恨就有多深!

歌　队　（齐唱）这个男人碎了你的美梦成真,

　　　　　　　那个男人拿了你的爱与灵魂,

　　　　　　　这个男人贪求你的丝丝余温,

　　　　　　　那个男人撕裂你的一诺千金。

　　　　　　　这个男人,那个男人,

　　　　　　　那个男人,这个男人,

　　　　　　　醒醒吧你这个可怜的女人,

　　　　　　　莫非想要重温昨日的伤痕?

　　　　［曲目17《哪一个》。

雪　女　（唱）哪一个不是满口爱的代价,

　　　　　　　情到浓时我也难辨真假?

　　　　　　　哪一个不是贪我刹那芳华,

　　　　　　　假作真时真心又亦假。

歌　队　（唱）哪一个不是贪你刹那芳华,

　　　　　　　假作真时真心又亦假。

　　　　［歌队手中的心脏散落一地。它们火红而热烈,"怦怦"地跳

　　　　动着,仿佛带着愤怒的力量。

雪　女　（唱）爱有多深,恨就有多深,

　　　　　　　我亲手埋葬他们

　　　　　　　无耻无度无可饶恕的灵魂!

　　　　［雪女瘫坐在心脏之中,整个人已经崩溃。

　　　　［曲目18《取心》。

歌　队　（唱）这薄情的瞬间有什么值得稀罕,

　　　　　　　我们的天性就是冷酷冷漠无羁无绊。

　　　　　　　取回那颗心脏它如琥珀般，

　　　　　　　再将男人吸食个饕餮干净

　　　　　　　当一个佐食小餐！

雪　女　（惊声尖叫）啊！——

歌队甲　你怕是忘了那颗心的用途了。

雪　女　我没忘，我没忘……（痛苦地）那颗心，是给孩子的……

歌队乙　你怕是忘了他的病了。

雪　女　我没忘，我没忘……拿不到那颗心，他就和我一样，永远只

　　　　　能做一个雪中的孤魂野鬼……

　　　　　〔曲目19《孩子的耻辱》。

歌　队　（唱）让他吃下那颗心脏，

　　　　　　　不再惧怕日头骄阳，

　　　　　　　让他吃下那颗心脏，

　　　　　　　一笔勾销往日旧账。

　　　　　　　那一夜的心神荡漾，

　　　　　　　那一夜的月光初上，

　　　　　　　那一夜的微醺初酿，

　　　　　　　那一夜的春情难挡。

　　　　　　　诞下这柔软粉嫩却暗无天日的孽障，

　　　　　　　活该他懵懂天真却惧怕凡间的日光。

　　　　　　　那颗心脏冷漠无情充满阴森森的绝望，

　　　　　　　刚好拿来入药做引剥皮去囊，

　　　　　　　否则他便要背你的罪偿你的愧

做个永远的孤魂野鬼!

[光渐暗。舞台上散落的心脏愈加火红,跳动声愈加清晰响亮。

[画外音起。

警　察　我还能再见到你吗?

雪　女　(沉默良久)明天晚上,山茶花丛。

[光骤收。

[纱幕。夜,山茶花丛。

[雪女幽怨的歌声。

[警察上,听到了雪女的歌唱,被深深吸引,不由自主放慢了脚步。

[曲目20《思归》。

雪　女　(唱)悠悠乡关路,

　　　　　　梦去身不随。

　　　　　　不若黄粱间,

　　　　　　长夜漫且远。

[雪女捧着茶,站在花丛后,苍白的脸愈发醒目。

警　察　你来了。

雪　女　喝了这杯茶吧,你一定没有尝过。

警　察　(一饮而尽)是你杀了那家的男人,对吧。

[雪女不紧不慢地呷着茶,并不抬眼看他。

[警察意外地没有气恼,而是拿出了那颗心。

警　察　你一定是在找它。(仔细端详心脏)你接近我、诱惑我、勾引我的目的,都是为了得到它,对吗?

［雪女叹了口气,将杯中剩余的茶叶倒在了花丛中。

警　察　雪女出,早归家。漫天风雪之时,便是雪女出没的季节。她
　　　　们生性冷酷,索取男人的灵魂和心脏冰冻起来,吸食玩弄。
　　　　你就是雪女,我猜得没错吧?

雪　女　没错,但你漏了一点。

警　察　什么?

雪　女　雪女也是有心的。

警　察　那心,也是冰冷的。

雪　女　(安静地)你错了,雪女的心,和你们一样温热柔软。疼起来
　　　　的时候,也有千军万马汹涌的痛楚,躲不掉的。(转头向警
　　　　察,凌厉地)所以呢,你是要将我绳之以法,还是把那颗心还
　　　　给我?

警　察　你要男人的心脏干什么?

雪　女　我的孩子,需要那颗心脏来救命。

警　察　你的孩子?

雪　女　(点头)他的身上流着那个男人的血液,他是……(哽咽)他
　　　　是……他是我们的孩子……只有父亲的心脏,才能救孩子
　　　　的命。

警　察　所以你杀了他……

雪　女　(愤怒大喊)不! 事情的真相,不是这样。

　　　　［曲目 21《负心》。

雪　女　(唱)若不是他披着深情的外衣,

　　　　　　我怎会付出真心不远万里?

　　　　　　若不是他露出薄情的内里,

　　　　　　我怎会被仇恨蒙蔽了双眼

起了杀机?

　　　　他要了我的热切肉体我的情意,
　　　　他恕了我的不堪过往我的粗鄙,
　　　　他许了我重生的际遇,
　　　　他给了我涅槃的希冀——
　　　　到最后,到最后,
　　　　翻云覆雨情话几句,
　　　　不敌这凡俗世间
　　　　人妖殊途的结局。
　　　　到最后,到最后,
　　　　鱼水之欢意乱情迷,
　　　　不敌他自私自保
　　　　·场大火的心机。

警　察　你错了,他的心里一直都有你。

雪　女　(冷笑)算了吧,他爱的一直都只是自己。我和那个可悲的
　　　　女人,都只不过是他心中爱的幻境,投射在那儿了,便以为
　　　　是爱的真谛,最后连自己都骗过了。别说女人可怜,就算遍
　　　　体鳞伤,起码将这悲欢,尝了个遍,也不枉世上这一遭;要我
　　　　说,真正可怜的是你们这些薄情的男人,什么都不愿义无反
　　　　顾,什么都只想浅尝辄止,活了个薄情寡义,淡如白水,好没
　　　　意思。

警　察　我们? 我也算得那薄情的男人吗?

雪　女　你假意拒绝我的求欢,不就为了今日亲手抓到我吗?

警　察　(摇头)我在你的心里,就是这样的人?

[曲目 22《心语》。

警　察　(唱)我应该如何回答，

　　　　　　她说的倒有几句真话。

　　　　　　曾以为她杀人如麻，

　　　　　　如今才知都是虚假。

　　　　　　都说这妖取人性命眼也不眨，

　　　　　　谁知这人偷心无情负义更加。

　　　　　　妖也讲个相爱厮守天涯，

　　　　　　人却不顾分手青面獠牙。

　　　　　　你们说她风流放荡心肠毒辣，

　　　　　　我却懂她血泪纠缠难舍牵挂。

　　　　　　都只贪她刹那芳华，

　　　　　　哪知她已无处归家。

　　　　　　弹指挥间日月无情只剩下罪之欲加，

　　　　　　永夜无边黑暗无言落得个无牵无挂。

　　　　[雪女怔怔地听着，不觉间泪流满面。

　　　　[警察为她拭泪。

警　察　第一天在废墟上见到你，我就知道，我在劫难逃。

雪　女　情不知所起，

警　察　一往而深。

雪　女　可是，你怎么知道我是雪女？

警　察　说出来你不会相信，我在童年时，应该见过你——或许不是你，是你的同类。她救了快要冻死的我，我的奶奶后来告诉我，那就是雪女。

雪　女　我们是不会伤害孩子的，我们只惩罚那些负心的男人。或

128

者,他们将雪女的秘密告诉了别人,也难逃一死。

警　察　所以,这就是承诺,对吗?

雪　女　对。

警　察　我懂了。

雪　女　雪又下大了。

警　察　天气预报说,明天就会转晴。

雪　女　我该走了。

警　察　去哪里?

雪　女　下一个有雪的地方。可能是更远的北方吧。

警　察　(拿出那颗心)给你。

　　　　〔警察突然腹痛无比。

警　察　我这是……我这是怎么了?

雪　女　那杯花茶。

警　察　你到底,做了什么?

雪　女　我以为,你和那些男人一样……

　　　　〔雪女伏地,将警察抱在怀中。

雪　女　对不起……(流泪)

　　　　〔雪花突然大如鹅毛,纷纷扬扬地飘落在地。

　　　　〔纱幕起,妻子踉跄跑上。

　　　　〔她抽着烟,愤怒地盯着雪女。

妻　子　我找了你整整五年,几乎每次都擦身而过。我知道你周身
　　　　似雪我知道你爱山茶花的香气我知道你是因为他的失信才
　　　　杀了他,我什么都知道,可我也什么都不知道……就像我从
　　　　不知道你是在什么时候就俘获了他的心而他为什么口口声
　　　　声说着爱你最后却像吐一口葡萄皮一样吐了你。

129

雪　女　你这么执着,是为什么呢?

妻　子　我要杀了你。

雪　女　何劳你动手?我早已经是个死人了!在他将我的心碾碎了
　　　　又狠狠扔掉的那一刻,我就已经死了。

妻　子　为什么你反倒做出一副受害者的样子?明明你们杀死的
　　　　人,是我啊!他爱上了你,却又给了我一个家,一份承诺,甚
　　　　至……甚至还有一个腹中的孩子……

雪　女　在他面前,我们都不过是懦弱自私的牺牲品,所以谈什么受
　　　　害者呢?我们是同类啊。你现在向我索要的,不是什么爱
　　　　与失落,而是一个正房大奶奶的自尊和脸面,我说得没
　　　　错吧?

　　　　[妻子浑身发抖。

雪　女　(微微一笑)人类世界的男女规则,我怕是永远学不会了。

　　　　[妻子哆嗦着点燃香烟。

　　　　[曲目 23《玉碎》。

妻　子　(唱)我比意料中的要冷静淡然,

　　　　　　　即便嫉妒已经燃起熊熊火焰。

　　　　　　　她就站在我的面前,

　　　　　　　一如他曾讲得那般美艳又素淡。

　　　　　　　要问的话汹涌心间我无法沉默封缄,

　　　　　　　倒不如落个彼此玉碎体面完全。

　　　　[妻子将未熄灭的打火机扔向山茶花。顿时一片火海。

　　　　[雪女没有躲避,定定地站在花丛后。

妻　子　(惊讶)你要一心求死?

雪　女　(苦笑,向警察的方向)救救他。(伸出手,将男人的心递给

130

妻子)拿着它,会有人来取走。

[妻子接过。

雪　女　这场火,会把我烧得干干净净,只剩一摊清水。用这水,喂
　　　　给他喝,(向警察)他会没事的。

[火势越来越大。雪也越来越大,最终覆盖了一切。

[纱幕,歌队隐现其后。

[曲目《她》。

歌　队　(唱)如梦,如幻,

　　　　　　如虚,如烟,

　　　　　　如梨涡里的一声叹,

　　　　　　如秋水般的一漪涟。

　　　　　　如捉影,如捕风,

　　　　　　如大梦初醒恍然隔世间。

　　　　　　如云,如电,

　　　　　　如羽,如愿,

　　　　　　如冬夜里雪花翩然,

　　　　　　如围炉旁如泣似念。

　　　　　　她,寒夜里煨茶推盏,

　　　　　　她,雪落时轻声呢喃。

　　　　　　她,一诺千金将前尘了愿,

　　　　　　她,一尘不染在天地之间。

谁的心里不曾有个她——
纯洁如雪透彻如水的她，
谁不曾在梦里拥有她——
千丝万缕耳鬓厮磨的情话……
［剧终。

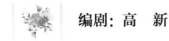

编剧：高　新

百字剧五则

变"形"记

网络红人李小琦为了向军人父亲证明自己的收入来源正当，邀请父亲看自己直播。父亲见儿子描眉画口红怒不可遏。李小琦据理力争。李父看到了观众对李小琦的赞扬和他宣传国货的努力，感叹时代变迁。

借　"梦"

小张跟随拆迁工作组来到某村。动迁户周婆婆向小张"借梦"。为了完成工作，小张将"排演一出自己写的戏"的梦借给了她。两人一起创作一出以周婆婆为原型的戏。小张发现周婆婆早已打算自杀。因为梦，周婆婆重拾希望。

招　聘

老孟诊所繁忙，妻子也不胜其烦，为减轻负担招来老周的侄子帮忙。侄子在诊所工作得心应手，却在生活习惯上引起婶婶的不满。

妻子撺掇老孟辞退了侄子。妻子再次抱怨辛苦要招人,老周说这次只要妻子娘家那头的孩子。

谎　言

丈夫为了弥补长久出差给家庭带来的缺失,积极承担家务。妻子和孩子因习惯使然,并不需要丈夫。丈夫沮丧、妻子不安。妻子和孩子约定故意搞砸一些事情来向丈夫求助。家人就是要互相需要和依靠。

船夫与海

船夫出海遇到风暴流落荒岛,为了找食物决定潜水,无果。再一次下海找到了一块船板,猜测有沉船,摸到了瓷器、金银、珠宝……船夫兴奋地一次次地寻宝,却忘记了寻找食物。船夫抱着财宝却再也没有力气潜水。

千字剧三则

借　钱

时　间　当下,约定还款日中午
地　点　农村,李四家中
人　物　张　三　34岁,孤儿,某公司老总
　　　　李　四　33岁,农民,曾经家境殷实,李四发小
　　　　李　妻　36岁,村妇,粗鄙尖刻

　　　　[幕启。

　　　　[张三衣裳整齐,神情倦怠,拎着一只火腿,敲门。

李　妻　(烦躁)敲敲敲! 一早上催命啊!

　　　　[李四妻开门。

李　妻　(打量张三)找错人了吧?

张　三　(彬彬有礼)不会找错的,我找李四兄弟。

李　妻　李四还没起呢。(嘟囔)你谁啊? (朝里)李四! 李四!

李　四　(伸着懒腰)才十点就叫我? 起得早有饭吃?

李　妻　少吃一顿饿不死你! 有人找。

张　三　李四兄弟,我是张三。

李　妻　(一把抓住张三)张三?! 哪个张三?

李　四　张三! 还能哪个张三,就是那个欠咱10万的张三!

李　妻　快抓住他,别叫他跑了!

李　四　兄弟，你终于回来了！

　　　　〔李四迎上前去。张三以为他要拥抱，张开双手，李四从腋下钻过，一把把门关上，用后背抵住。

李　四　兄弟啊，你终于回来啦！老哥我过得苦啊！

张　三　我怎么会忘记咱们的十年之约？十年之前不是你的那笔钱，我不可能有现在……

李　妻　阿弥陀佛！没忘！没忘！（抢过张三手中的猪腿，指着猪腿，背说）才这么点利息？真是越有钱越抠门！李四，别站着啦！快叫人坐下！我去做饭，哈，今天咱就吃兄弟带来的猪腿！

张　三　嫂子，那个不是……

　　　　〔张三起身欲拦，李四一把拉住。

李　妻　怎么？舍不得？

张　三　（阻拦）这个不是……

李　四　这只腿算我的！我请你！只要你……哈哈……来来，先坐先坐……

李　妻　抠门！（下）

李　四　十年啦！老弟我盼着等着……十年啦！（抹泪）

张　三　十年啦！真是岁月不饶人……

李　四　老天爷还是厚待你，看你好模好样的，我就不行啦，农村，没那个条件！

张　三　想起我们当年，真是历历在目。咱爹临终前……

李　四　把我俩叫到跟前——

张　三　一人 10 万，十年时间——

李　四　看咱们谁更有出息！看来是你赢了。

张　三　我是个孤儿,从小在你家长大……是咱爹的 10 万给了我机会。

李　四　对,我爹那 10 万……

张　三　是我的启动资金,更是我的动力。这些年我几乎不眠不休
　　　　地工作……(掏出一张欠条)虽然当年你不肯要我这张欠
　　　　条,但是我一直把它放在身边……

李　四　(心不在焉)是、是……那钱……

张　三　但是我……

李　四　但是?

张　三　我想……

李　四　哥欸,有话你就说!

张　三　兄弟,你能再借我 10 万吗?

李　四　(跌坐)你破产了?哎呀,我的老天爷哎……我盼星星盼月
　　　　亮,扒着手指头数日子,终于把你盼回来了,你竟然还要跟
　　　　我借钱?!你看看我这屋里,看看我这身上,10 万?我连
　　　　100 块,我、我都掏不出啊!

张　三　(诧异)不能吧……当年你家可是全村最富有的。

李　四　你也说是"当年"!

张　三　这些年,你……

李　四　我……我爸死后,我拿着那 10 万也投资好多回,他们每次
　　　　都说能发财,坐在家里就能数钱!妈的!全是骗子!骗光
　　　　了我的钱……

张　三　那你为什么不出去打工?

李　四　因为你啊!

张　三　我?

李　四　每次我一想到要去毒日头下扛活,我就想到你还拿着我们

家 10 万呢！10 万！可不是一笔小数目！够我吃香喝辣好多年了！（不敢相信）你真的破产了？不能吧……你要真还不上钱，我、我……我可怎么活哟……

[李四瞧见张三手中的欠条，一把抢过。

李 四 有了这！你别想抵赖！你给老子去扛活去！连本带利还给老子！（高声唤李妻）婆娘！别忙活了！这小子不是来还钱的！

张 三 兄弟……

[李妻提着斧头上。

李 妻 谁敢赖账?!

李 四 欠条！这是他的欠条！当年我没要，可把我悔得哟，谁想到今天他又带来了！还叫我给一把抢着了！

[李妻抢过欠条，贴身放好。

李 妻 说！你究竟什么时候还钱？

张 三 我没有破产……

李 四 没破产？

张 三 （指向窗外）看到那辆车没？那是我的。

李 妻 呸！里面坐着人呢！

张 三 那是我的司机……

李 妻 真是有钱人？

李 四 那你还跟我借钱？

李 妻 先把前面欠着的还了！

张 三 其实我已经还了……

李 妻 青天白日、红口白牙地你可别瞎说！

张 三 那只猪腿……

李 妻 我已经炖啦！一整只都给煨上了！

李　四　你个败家娘们！不过啦？

张　三　那是伊比利亚火腿……

李　四　那个是啥？

张　三　50克……也就是一两，(伸出一只手)值这么多。

李　妻　一两,5块钱？这么贵?！那、那也不够你欠的！

张　三　500……

　　　　[李四和李妻跌坐。

李　妻　我去把它捞出来！

李　四　能买得起这么贵的东西,你还借钱？你把我的钱还我！

张　三　钱,我可以还,可是我不能还……

李　妻　他就是想赖！

张　三　这些年,就是这笔债逼着我不断地努力,我现在有公司、有
　　　　房产、有车……可是离我们约定的日子越近我就越慌……

李　妻　你慌什么？

李　四　你别打岔！

张　三　因为我怕我这一直绷着的弦断了,我不知道每天醒来该干
　　　　什么了……我不能还你这笔钱……可是我又心存不安,所
　　　　以我就买了伊比利亚……

李　妻　不行啊！我们不要！我们只要钱！谁知道你那个什么亚是
　　　　不是骗人的！

张　三　(掏口袋)我有购买凭证……李四兄弟……

李　四　你别叫我兄弟……你让我缓缓……这个腿,多少钱？

张　三　12万。

李　四　我还倒欠上了？

张　三　理论上是的。

李　四　(气急)败家娘们！败家娘们！

　　　　〔李四欲揍李妻。

李　妻　你不是送给我们的吗？

张　三　本来是的，可是看到你们的境况，我改变主意了……

李　四　(捧着欠条和购买凭证)我的10万哪……我活着还有什么
　　　　指望哟？

张　三　李四……

李　四　哥欸，你饶了我吧……我怎么还得上……

张　三　(正色)李四，你欠我两万元，限你在一个月内还清。

李　四　一个月？我十年也没挣着这么多啊。

张　三　不然我就将你告上法庭。

李　妻　(撒泼)你丧尽天良啊！没人性啊！要不是我家十年前借你
　　　　的钱，你怎么会有今天？你是要把我家李四往死路上逼
　　　　啊……

　　　　〔张三沉默地看着李四。

李　四　我……

张　三　还记得十年前我们打赌时说的话吗？这场赌我赢得不光
　　　　彩，你根本没有跑，一直都在起点，我们再来一次！

李　四　再来一次？

张　三　是的！再来一次！这次换你来还债！

李　四　我？

张　三　你！

李　四　(咬牙)好！

　　　　〔李四看着手里的欠条和火腿购买凭证，把欠条还给张三、
　　　　自己把凭证收好。

李　四　这是你的欠条,这是我的! 从今天起,我,李四欠你张三
　　　　12万!

张　三　我,张三欠你李四10万!

李四、张三　(异口同声)这债,咱们各论各的!

李　妻　李四……

李　四　闭嘴! 去把那个金贵的腿给老子端上来!

　　　　〔李妻下。

张　三　这两张欠条就是我们哥俩的两根弦! 咱们再打一个赌,看
　　　　在十年里,谁还清的次数多谁就赢!

李　四　好!

　　　　〔李妻端盆上。

　　　　〔张三伸手欲吃。李四阻拦。

李　四　慢着! 这腿花了老子12万! 我是主,你是客。多少年没请
　　　　过客了,让我好好来请一次客! 张三大哥,请!

张　三　哈哈……请!

李　妻　(捞起一块)伊……伊……

张　三　伊比利亚。

李　妻　真是香……

　　　　〔众人哈哈大笑。

　　　　〔剧终。

门

时　间　某工作日早8点

地　点　某厂职工小区1单元9楼过道

人　物　张　三　男,42 岁

　　　　李　四　男,40 岁,张三同事、邻居

　　　　王　五　女,60 岁,楼管大妈,好管闲事

〔幕启。

〔舞台照单元楼样式设两扇门,张三家门半开着。

〔画外音:喂,老李,我上班去了,我家门好像忘锁了,你帮我看下啊……

〔李四开自家门,打着哈欠,迷迷糊糊地上。

李　四　上了一整个大夜班,刚睡着,张三说叫我看一下他家的门……门……人上班去了,觉得门没锁,非叫我看门……门有啥好看的,就是心理有病……搅了我的觉……有病就得治! 门,你看,这不是好好的在这吗……(定睛一看)哟,还真没锁……

〔李四走上前去,准备把张三家门关上,稍有犹豫。

〔一阵穿堂风,"啪嗒"一声,李四的门给关上了,张三家的门给吹得更开。

〔李四醒了大半,转身推自家门。

李　四　哎哎哎!(敲门,拧把手)锁上了?(掏兜)钥匙……没带,手机……也没带,老婆……老婆回娘家去了……糟了糟了,回不了家了,张三! 都怪你! 可把我给害死了!

〔李四下意识回头,连忙把张三家门抵住。

李　四　可不能再关上,这要再关上我就没地儿待了……要不上他家凑合凑合? 先补补觉,(打哈欠,伸手推门,犹豫着缩回了手)没跟人家打招呼,就这么进来,是不是有点……

142

〔李四探进半个身子，又缩了回来，诧异地四处张望。

李　四　这是怎么回事？家里遭贼了？这么乱？

　　〔李四检查门锁。

李　四　没有被撬锁，肯定就是早上那么一会的事情，我接了张三电话又眯着了……会不会就是那么一会，哎呀呀呀，糟了糟了……会不会丢了啥值钱的东西。想起来了！（拍脑门）茶花！他那盆金贵的茶花！花还在不？（探头）没了！（进门查看）真没了！！上周张三还到处炫耀，说有人花20万要买！看！遭贼惦记了吧！20万哪！20万的花丢了，我、我得先保护犯罪现场，小偷肯定有指纹、脚印……

　　〔李四看看自己正攥着门把的手、一只在门内的脚。

李　四　指纹……脚印……指纹！脚印！完了、完了！这下更说不清了！看下门，愣把自己看成犯罪嫌疑人了。

　　〔李四拿袖子擦门把手、用脚蹭掉脚印。

李　四　门啊门……你可要为我作证，我可没、没拿人东西啊！这门……这门本来是啥角度开着的？（拨弄门）30度角？嗯……后来……后来叫风一吹，成了60度……30度还是60度？

　　〔李四手忙脚乱。

　　〔王五上，瞧瞧靠近李四。

王　五　（突然出声）哟，李四兄弟你干吗呢？这不是张三家吗？

李　四　（吓了一跳）没干啥没干啥，门……门脏了，给擦擦。

　　〔李四转身试图打开自己家门。

王　五　（狐疑地）慢着！他家门是你开的？

李　四　（反应激烈）不是我！

王　五　不是你，门还能自己开？

李　四　你说话可是要讲证据的！你看见了？

王　五　看见了啊，亲眼所见——

李　四　你看见什么了？

王　五　门开着，你扒着门。

李　四　门它自己开的！我一来它就是这么开着的！

王　五　你一来就开着？

李　四　是啊。

王　五　谁家人出去把门开着？主动招贼？

李　四　我这刚下了夜班正准备睡觉……

王　五　你……睡觉？

李　四　正睡着呢！我知道张三不在家，我……

王　五　哦……你知道张三不在家……

李　四　嗨！我真是冤枉死了，是张三给我打电话……

王　五　他给你打电话？

李　四　你别老打岔，他说他家门没锁，叫我瞅一眼。

王　五　没锁门？

李　四　门真的开着。

王　五　他让你把门关上。

李　四　是。

王　五　你把门关上了？

李　四　没有……

王　五　(意味深长)没有？为什么不关？

李　四　我……我现在就把门关上。

王　五　(喝止)慢着！

李　四　怎么又不让关了？

王　五　现在可不能关了。你说是张三叫你来瞅一眼？

李　四　是啊……

　　　　〔王五绕着李四，审视。

李　四　你、你干吗？

王　五　你这叫瞅一眼？瞅到要擦门把手？你要擦什么？

李　四　我没想擦……

王　五　我都看见了！（悄声）你是看上人家那盆花了吧？

李　四　你把我想成啥人了?!

王　五　啥人自己心里有数。

李　四　我真没有！

王　五　你有证据吗？

李　四　我……这门！门就是我的证人！

王　五　门？

李　四　嗨！跟你说不清楚！

王　五　那咱报警。

李　四　（有些支吾）报、报！

王　五　李四兄弟，报了警可就难看了。要不你还是还给人家吧！

李　四　还？我还啥？

王　五　唉，门还开着，还叫我撞见了。你们是邻居又是同事，难看……

李　四　难看？（有些生气）南看往北看！我不信还说不清楚了！

王　五　别上火，李四兄弟，我有我的职责，这楼里的事情我都得管。

李　四　（激动）我没做过的事情叫我认啥？再说了，你怎么就知道人家丢东西了？你见我往外搬的？

王　五　你没做,你擦什么?

李　四　(语塞)我……我……我就是来看一下门。我跟你说不清楚了!

　　　　[李四欲走,王五拉着。

王　五　不说清楚可不能走,咱们得保护现场!

　　　　[张三上。

张　三　李四你干吗呢! 电话打了几十个都不接! 王姐……您这?

王　五　你可回来了! 赶紧看看家里。

张　三　拜托你点事,门还开着?

李　四　你……你赶紧回家看看……

张　三　(进门)没什么啊,跟我走的时候一样啊。

王　五　真一样? 看仔细了?

张　三　一样啊!

李　四　没少了啥吧?

王　五　(小声提醒)花……花……

张　三　哦,花啊! 我爸昨天来端走了,老爷子看上了,不给还不行。

　　　　[李四松了一口气。

李　四　你不是要报警吗? 报啊! 报啊!

王　五　(小声嘟囔)那你在那擦什么……你这不招人怀疑么,再说了,大家都知道张三家有个宝贝。

李　四　我……我……我不也是看门开着,怕少了啥说不清楚嘛……

张　三　你们在说什么呢?

李　四　没什么,没什么! 以后啊,你可千万别再叫我给你帮这么个忙了,可把我冤死了! 我刚下夜班,自己家门给关上了……

146

张 三	(推开自己家门)哥,来,来我家睡。
李 四	(心有余悸)我现在看到你家门都心慌……
王 五	李四兄弟,对不住啊!我也是职业习惯,对不住啊……
李 四	大姐,您可真是厉害,服了!(对张三)兄弟,不是我说你,你家怎么乱成这样?我还真以为遭贼了。
张 三	(不好意思)老婆出差了……
王 五	(探头看了一眼)是够乱的,像被贼翻过似的。
李 四	就是!我生怕在"犯罪现场"留下我的痕迹才……
王 五	(恍然大悟)哈!咱俩也算是"不谋而合"了。
张 三	嘿嘿……
李、王	笑啥!就是那个"家贼"给惹的事儿!
	〔造型。剧终。

变"形"记

时 间		当下
地 点		李小琦家,兼直播工作室
人 物		李小琦 28岁,美妆达人,网络直播
		老 李 58岁,李小琦之父,军人

〔幕启。

〔老李拿着一个LV皮包,怒气冲冲上,似乎想到了什么,又有些羞愧。

老 李	难怪小兔崽子给我和他妈买这买那,嗫嗫瑟瑟的!我就寻思着不对劲!昨天又给他妈拿来个包!老伴背去买菜,叫人家看见了,说咱家真真是个豪门,背着几万块的包去买

菜！这普通上班族哪来这么高的收入？这个浑小子！家门不幸，不幸啊！今天老李头我非要"大义灭亲"不可！

　　　　〔老李来到工作室门前，大力敲门。

老　李　开门！开门！

　　　　〔李小琦坐在一个转椅上，头戴大大的耳机，正在直播。

李小琦　(手拿某产品)oh! my god! 买它！实在是太有用了吧！再也没有见过比它遮瑕力更好的产品！宝贝们，还在犹豫什么？赶快下手吧！

　　　　〔网络直播的欢呼声不断："相信小琦的推荐！""完了完了，又要涨价了！""给你！给你！我的钱包都给你！"

老　李　(趴在门上听)开门！老子知道你在家！

　　　　〔李小琦拿着一支口红，继续直播。

李小琦　这支口红是新品哦，颜色真的是绝了！两个字：就是好看！我来帮宝宝们试色哦……(涂口红)

　　　　〔老李继续砸门，李小琦听见动静，摘下耳机。

李小琦　宝宝们，小琦的快递来啦！等会给大家直播开箱！

　　　　〔李小琦开门，老李闯入。

老　李　你在搞什么名堂！(探头看)

李小琦　爸……爸?!

　　　　〔老李回头看见李小琦嘴上的口红，吓退了好几步。

老　李　(怒气冲冲)你脸上这都是什么玩意?!

李小琦　(慌忙抹掉嘴上的口红)我在工作……

老　李　工作?! 什么狗屁工作？叫一个大老爷们往嘴上抹这些？

李小琦　直播……

老　李　混账！你是要气死我吗？(手捂胸口，跌坐)

李小琦　(紧张)爸……爸,您别激动。

老　李　我还能不激动? 你工商局的工作呢? 你怎么不去上班?

李小琦　我……

老　李　(环顾四周)你这堆的都是些什么东西! 我和你妈几个月不来,你怎么把房间搞成这样了? 还有,你给我们花的那些钱,(挥舞着手里的包)你都是哪里来的? 你知道人家都怎么说咱们吗?

李小琦　我管人家怎么说,嘴长人家身上……

老　李　还敢犟嘴! 快交代!

李小琦　说什么……

老　李　先给我说明白,你为什么不去上班!

李小琦　我说……说了您可别着急上火。

老　李　说!

李小琦　我辞职了……

老　李　你小子脑袋被屁崩了? 你把工作辞了?

李小琦　辞了。

老　李　(突然紧张)你……你是不是出什么事了? 是不是叫什么人拿住把柄了?

李小琦　没有……

老　李　(看看手里的名牌包)你这些钱哪来的? 你是不是在做什么违法的事情?(起身到处查看)

李小琦　没有,没有!

老　李　真没有? 你肯定瞒着我干什么犯法的勾当了! 哪个犯罪分子这么容易就坦白的!

李小琦　我怎么就成犯罪分子了? 您不相信您现在就报警,叫警察来查!

老　李　真没违法?

李小琦　真没有!

老　李　没犯法就好,没犯法就好……那你到底在搞什么名堂?

李小琦　您别乱猜了,我就是换了份工作。

老　李　什么工作?(指着李小琦的脸)什么工作叫你搞成这副鬼样子?

李小琦　我在网上直播,做美妆博主……

老　李　(不懂)什么?

李小琦　就是在网上做直播,教别人化妆,推荐好用的化妆产品。您不知道,我在网上粉丝可多了,大家都相信我,说我是良心博主……

老　李　大老爷们,在网上教小姑娘化妆?!

李小琦　是啊,每次我开直播都有几百万人观看……

老　李　还叫那么多人看见了?

李小琦　(得意)是啊!我现在可是美妆圈的头号达人……

老　李　完了完了!我老李家怎么出了这么个玩意!(欲扇李小琦)我这老脸……嗨!(扇了自己一巴掌)

李小琦　爸,这是正当工作,我不丢人。

老　李　你小子知道个屁!男人的脸上只能涂迷彩!那才是爷们!!

李小琦　爸,我……

老　李　老子当年在部队,只有往脸上抹泥巴、抹迷彩,身上沾的红,那都是血染的!(捶胸顿足)你!你这些都是什么啊?!

李小琦　爸……爸……您别气,我给您解释……

老　李　解释?解释个屁!老爷们都你这样,咱们国家还能有指望吗？你不知道，当年在自卫反击战的战场上，多少战友在我眼前受伤，甚至牺牲，但就算是死，我们也没后悔过！为啥？为了国！为了家！为了老婆！为了娃！谁能想到呢，咱们拼死护着的你们，竟然这样糟践自己！搞成这样男不男、女不女的……

李小琦　（大喊）爸！

老　李　喊什么？你还有理了？还不去把脸洗了？还嫌丢人丢得不够？

李小琦　我不洗，这是我的工作！男人的脸上是该抹迷彩，可是我抹了这些，我也不孬！

老　李　我都替你臊得慌！

李小琦　我在网上做直播，虽然是做的美妆，可是我推荐的每一样东西我都真正测评过、使用过，是真正的好货。所有的收入也都是我的劳动所得，我不觉得自己在丢脸。您不能就凭一己偏见，就否定我的所有努力。

老　李　不行！我不准你做这个！你现在就给我回单位上班去！

李小琦　我不回去！我已经辞职了。

老　李　你！

　　〔李小琦拉过老李坐在自己的直播台前。

李小琦　爸，您先看看，您了解了我的工作之后再说好吗？

　　〔直播间画外音："感谢小琦的推荐，治好了我的烂脸。""小琦的推荐真的是物美价廉！""从来没想到我们的国货这么好！""支持小琦！支持国货！""国货之光，李小琦！"……

李小琦　爸，他们都是我的"粉丝"——就是观众。我就是在工商局上班的时候审理了好多假洋货案子，价格高昂不说，还损害了大家的健康,而我们的国货明明有好多物美价廉的产品,却因为缺少宣传而被打得毫无招架之力,所以我才辞职,想真正地为国货、为消费者推荐一些好用又实惠的东西……

〔拿起直播工作台上的商品。

李小琦　爸,您看,这个咱家最熟悉了。

老　李　是"两面针"。

李小琦　这个……

老　李　"黄芪"。

李小琦　这个叫相宜本草、这个是美素,这个……

老　李　这个我知道,百雀羚,你妈用了半辈子了……

李小琦　是啊! 就是这些好东西,市场上都快被洋品牌吞了。因为我的直播,大家开始关注它们,甚至有个产品一夜之间起死回生,卖出了几百万件。您说,我的工作有意义吗?

老　李　那、那你一个老爷们,化成这样……

李小琦　爸,时代在发展,化妆也不是女人的专利,把自己捯饬好了,是对自己的尊重也是对别人的尊重。

老　李　……(茫然跌坐)这包呢? 你这"驴"牌包……

李小琦　这是我美妆大赏的奖品,我才不会买这玩意! 给我妈买菜用,蛮好!

老　李　算了,算了,你还是拿回去吧。现在的社会真是叫人看不懂了……(看看李小琦的脸)嗨……真别扭!

〔剧终。

万字剧

大型新编历史剧·新台殇

时　间　春秋时期

地　点　卫国

人物表　宣　姜　齐国公主,原配于急子,宣公妾

急　子　卫国太子

公子寿　宣公与宣姜长子

公子朔　宣公与宣姜次子

泄如齐　卫臣

宣　公　卫国主公

酒侍、庖人、齐臣、老内侍、小内侍、宫娥小玉、卫国将士

宫娥数人、内侍宦官数人

序幕　纳新

[光启。卫国城郊。

[幕后伴唱:

月光皎皎兮东山初上,

佩玉琼琚兮淇水汤汤。

始建新台兮以聘齐女,

盈盈美目兮衔泪哀伤。

[一红顶马车在诡异而破碎的迎亲曲调中晃晃悠悠越过了

东山、蹚过了淇水。众乐手随后。

〔老内侍、小内侍、酒侍、庖人随车行。

酒　侍　作孽哟!

小内侍　师父,她怎么又哭又笑、又笑又哭、哭哭笑笑、笑笑哭哭?
　　　　(指车内)

酒　侍　(吟唱)卫人知耻乎?

　　　　　　　乱从新台始。

老内侍　嫁人总是要哭上一哭的。

庖　人　放屁,天鹅配蛤蟆,不哭才怪!

老内侍　打嘴!

小内侍　今天不是太子娶妻吗? 卫国太子配不上她齐国公主?

老内侍　又要打嘴,谁说是太子娶妻?

庖　人　太子刚奉国君之命,驻守边防去啦!

小内侍　那……

老内侍　今日乃主公纳妃!

庖　人　怪得了哪个? 谁叫她生得这般貌美,叫本应是她公公的那
　　　　人一眼就看上了!

酒　侍　(吟唱)卫人知耻乎?

　　　　　　　　纳媳作新妃。

　　　　〔车内女声哭泣。

小内侍　那咱们将她送往哪里?

老内侍　自是那新台。

小内侍　新修的太子府邸?

酒　侍　错也,谬也。

庖　人　那里现在是老主公的新椒房!

154

小内侍　你二人怎知？

庖　人　我乃庖丁，哪个宫墙没有庖人？

酒　侍　我乃酒侍，哪个宫殿少得了美酒？

庖　人　往来千年，我俩不知看过多少宫廷秘辛！

酒　侍　（扮宣公）寡人乃卫国之主。

庖　人　（扮泄如齐）我乃卫臣泄如齐。

酒　侍　（扮宣公）寡人有疾，寡人好色。

庖　人　（扮泄如齐）爱美之心，人之常情。

酒　侍　（指着庖人）佞臣！

庖　人　（指着酒侍）昏主！哈哈……

老内侍　打嘴打嘴！（示意噤声）

　　　　［车内凄厉女声哭号"哥哥，我不嫁我不嫁——"

小内侍　聘媳为妃，齐国国主怎肯胞妹受辱？

庖人、酒侍　非也非也。酒宴之上，齐公非但不恼——

庖　人　鹿肉多食了几盘。

酒　侍　酒也多饮了几杯。

小内侍　这是为何？

庖　人　怎奈聘礼加倍。

酒　侍　（吟唱）兴亡更迭新旧替，

　　　　　　　深宫啼笑有谁知？

　　　　［慌乱哭喊嘈杂声四起。奏乐声骤停。

　　　　［画外音：太子之母夷姜夫人投缳自尽了！太子之母夷姜夫

　　　　人投缳自尽了！

　　　　［众人惊愕，长叹一声，乐手继续奏迎亲乐。

老内侍　送入新台！

[幕后伴唱：

　　　　月落东山兮舟覆滔浪，

　　　　燕婉少年兮李代桃僵。

　　　　新台华美兮却为渔网，

　　　　鹊鸟成双兮老朽在旁。

[光渐渐收在车上。骤切。

第一场　纳谗召归

[十六年后。

[童声伴唱：

　　　　鹑之奔奔，鹊之彊彊。

　　　　人之无良，我以为兄。

　　　　鹊之彊彊，鹑之奔奔。

　　　　人之无良，我以为君。

[酒侍、庖人追光上。

酒　侍　宫内又是这番布置，莫非老主公他又要纳妃了？

庖　人　这是第几位夫人？（巴拉手指头）我都数不过来了！

酒　侍　（唱）人之无良，我以为兄。

庖　人　（唱）人之无良，我以为君。（与酒侍下）

[光亮。

[卫国宫中。宫娥歌舞，宣公醉态。

宣　公　（唱）美酒与娇娃，

　　　　　　尽在诸侯家。

　　　　　　生平无憾事，

　　　　　　独爱风流花。

156

赏遍红嫣紫姹，

理甚周礼繁杂。

天下美人，管她是谁，都叫寡人独享！哈哈……可就偏偏有一人，她、她、她——

（接唱）冷冰冰架儿忒大，

意懒懒问也不答。

从来只把风景煞，

偏生得天下之人不及她。

食之无味又难丢下，

莫可奈何难挠难抓。

卫姜卫姜奈若何！不过，幸而有泄大夫不遗余力为寡人网罗天下美人，稍补遗憾，哈哈……

［泄如齐、公子朔上。

泄如齐　（念）常言伴君如伴虎，

为臣一言一步趋。

公子朔　（念）生为幼子多壮志，

伏地静候待良机。

泄如齐　公子朔，请。

公子朔　泄大夫，请。

泄如齐　参见主公。

公子朔　参见君父。

宣　公　泄大夫，寡人纳妃之事可已办妥？

泄如齐　臣正是为此事而来。齐国国君听闻主公纳新，特送来国书。

宣　公　呈上来。（读罢丢下）又是这些又是这些！寡人纳了他姜诸儿的妹妹做妃子，实在是不智之举！每每寡人有点什么，他定要以此为要挟,指责寡人言而无信,无视周礼,好来要这要那,我泱泱卫国,竟成了齐国的附属国不成?!

泄如齐　主公息怒,齐国兵强马壮,一直虎视眈眈,还是忍耐为好。

宣　公　气煞寡人,恨煞寡人!

公子朔　此次君父纳新妃,不若就在新台行礼。

泄如齐　新台? 公子朔,那是姜夫人宫殿,她可是您的母夫人……

公子朔　自古先尊君臣之礼后议母子伦常,他姜诸儿不叫我君父痛快,我便也叫他不痛快!

泄如齐　公子倒是贤明。

宣　公　好! 我儿忠孝无二,就在新台!

泄如齐　恭贺主公! 主公千秋!

　　　　〔二人拜贺。

公子朔　只是……

宣　公　只是什么? 我儿只管言明。

公子朔　只是儿臣听闻,民间似乎多有关乎君父和太子的议论。不知泄大夫可有耳闻?

泄如齐　(旁说)当年是我撺掇主公夺了太子之妻,只怕太子记恨于我,如今主公年老,不若另找靠山……(看向公子朔)让老夫来帮你一帮。

公子朔　泄大夫?

泄如齐　啊啊,整个卫国都是主公的,谁敢多言?

宣　公　哦? 寡人倒也有些耳闻……

泄如齐　(跪)主公恕罪,臣不敢妄言。

宣　公　无妨,如实报来。

泄如齐　有、有首童谣……

宣　公　唱些什么？

泄如齐　臣不敢说。

宣　公　讲。

泄如齐　说太子的母亲夷姜本是您的庶母，您与太子原是兄弟！还说……说您霸占儿媳，逼死了夷姜夫人。说您不遵周礼，不配做一方诸侯，迟早要、要遭天谴！

宣　公　嘟！竟敢诅咒寡人！

公子朔　再者……

宣　公　怎样？

公子朔　太子自请戍守边疆，多年不归，如今手掌边陲三军虎符，民间也早有议论。

宣　公　议论些什么？

泄如齐　太子贤明，戍边有功，胜过其父许多……

宣　公　大逆不道！逆子竟敢蛊惑人心！

泄如齐　（跪）主公息怒。

公子朔　（跪）君父息怒。

宣　公　想那新台，当年还是为逆子娶妻而筑，没想到他竟心怀怨恨、预谋不轨，那便着他回来，也好补上一杯寡人的喜酒！

泄、朔　是。

　　　　〔光渐渐收在泄如齐和公子朔身上，两人对视。

公子朔　泄大夫，好本事，好手段！

泄如齐　老臣辅佐公子，自当尽心。

泄、朔　哈哈……

　　　　〔光转。

　　　　〔内侍画外音：太子回朝！

［列队士兵过场，急子站在车上，银色铠甲，英姿飒爽，百姓
拥戴，争相跟随。

［幕后伴唱

（唱）有子乘车，颜如舜华。

　　将翱将翔，佩玉琼琚。

　　有子乘车，灼灼银铠。

　　将翱将翔，德音不忘。

［庖人、酒侍跟上。

［老内侍上。阻拦车马前行。

老内侍　主公有令，太子虎符交还，解甲觐见！

　　　　［众将士哗然，拔剑欲反抗，急子拦。

卫将士　太子不可！此番解甲释权，贸然觐见恐有性命之虞！

急　子　君命臣，臣不能不听；父命子，子不可不从！此为礼也！

　　　　（跪）儿臣……遵命！

众将士　太子！

众　人　（哀叹）主公无德，太子何辜！（散去）

　　　　［光暗。追光。

庖　人　（念）一转十六载，

酒　侍　（念）太子戍边终回还。

庖　人　（念）野老不堪闻，

酒　侍　（念）宫廷寺人添笑谈。

庖　人　太子终于回来啦？

酒　侍　回来啦，军功震主，太得民心，老主公一声令下不得不回，可
　　　　一回来就被夺了军权。

庖　人　也是可怜，年近三十，还是孤身一人。他老子倒是没闲着！

160

娶了一个又一个,酒席我是做了一拨又一拨。欸? 老酒鬼,
太子至今不娶,莫非……(低声)他还放不下当年之事? 心
中惦记着新台里的那位?

酒　侍　不可说不可说……(二人暗下)

　　　　〔切光。

第二场　始出新台

　　　　〔光启。

　　　　〔新台内,宣姜卧房。

　　　　〔宣姜内唱:

　　　　　　读周礼满篇话敬畏——

小　玉　君夫人!

　　　　〔宣姜上。

宣　姜　(唱)叹世事满眼荒唐任辱摧。

　　　　　　无辜声名秽,

　　　　　　十六载新台锁蛾眉。

小　玉　(夹白)夫人,梳妆罢!

宣　姜　(唱)懒妆铜镜废,

　　　　　　妆奁蛛丝垂。

　　　　　　士为知己者执锐,

　　　　　　女为悦己者描眉。

　　　　　　心死正是我辈,

　　　　　　金砖堆砌成垒。

小　玉　(夹白)夫人不去观礼,只怕主公要怪罪。

宣　姜　(唱)礼崩乐坏伦常悖,

　　　　奉礼者瘦斯人肥。

　　　　这躯壳已是傀儡,

　　　　谁管竖子是喜是悲?

小　玉　夫人,总要想着二位公子……(还欲相劝)

宣　姜　十六年来,昏主迫我生二子,如今又故意羞辱于我,不必
　　　　多说。

小　玉　二位公子生得俊朗,都说像夫人呢!

宣　姜　寿儿仁爱,有君子之风,只是朔儿他……(叹气)

　　　　〔公子寿和公子朔上。

寿、朔　(拜)母夫人!

公子朔　母亲,为何还不梳妆?今日君父纳新妃,命我等速速前去观
　　　　礼。(指责小玉)定是你这奴才办事不力!

公子寿　有悖周礼,不去也罢。

公子朔　子言父过,也是"礼"吗?

公子寿　你!

宣　姜　你二人休要争论。

公子朔　母亲,快些梳妆吧,免得连累儿子遭君父责骂。

宣　姜　责骂?(自嘲)我那齐国主公的哥哥,决计不会轻易叫昏主
　　　　欺侮了我去。

公子朔　您的母国再强大,也没见替我们兄弟争个太子之位。

公子寿　长幼有序!太子并无失德,岂能轻易言废?朔弟慎言。

公子朔　迂腐!母亲,这是在卫国,依我看还是遵君父之令为好!
　　　　(下)

公子寿　母亲,朔弟年幼不明礼数,还请母亲释怀。

宣　姜　礼?(蔑笑)哼……这"礼"还有谁能守?约束的不过是我这

样的无能妇人罢了。

公子寿　儿子今日得见一人,一言一行,恪守周礼,实实的君子风范,风姿绰绰,恍如天人。

宣　姜　哦? 何人?

公子寿　那人么——

(唱)驷马高车灼灼银铠,

丰神俊朗如临蓬莱。

百姓攀车掷瓜膜拜,

庙堂之上细数兴衰。

(夹白)啊呀,我始知兄长——

执缰绳振军威戍守边塞,

武功已立文治张口拈来。

忧社稷患轩辕犯颜直谏,

为苍生无惧赴死泉台。

宣　姜　都说些什么?

公子寿　直谏君父——

(唱)耽于色荒于政,

邻国虎视在外,

民声沸怨言起,

徒惹战火尘埃。

小　玉　(惊叹)好胆色!

宣　姜　(唱)昏主必定出言责怪,

忠言逆耳只怕要受祸灾。

公子寿　(唱)先君臣后父子于礼不怪,

一番话振聋发聩反惹忌猜。

163

君父雷霆之下,撤了急子哥哥军职,命其思过。

宣　姜　（颤抖）你说谁?

公子寿　当今太子,急子。

小　玉　呀! 那可如何是好?

宣　姜　急子、急子……

（旁唱）寿儿他不吝赞美,

　　　　我闻此名思绪飞。

　　　　那年婚约原是他名讳,

　　　　只叹造化弄人命难违。

　　　　也曾口念此名千万遍,

　　　　横竖撇捺刻心扉。

　　　　也曾以指为笔细描绘,

　　　　高矮胖瘦梦中窥。

　　　　十六载岁月悠悠新台锁,

　　　　十六载恍恍惚惚听惊雷。

　　　　经年不见月盈亏,

　　　　何曾管花开花谢为谁。

　　　　恨昏主误我一世暗垂泪,

　　　　叹只叹韶华已逝恐难追。

我锁在新台,还真不知当年的文弱竟成了如今这般,只独独
可惜了我这空耗的十余年。

公子寿　母亲……母亲在想什么,竟入了神?

宣　姜　那人、那……急子后又怎样?

公子寿　唉! 君父大怒,不但解甲释权罢免军职,还命他今日做傧
相,迎新妃入宫,有意折辱于他。

宣　姜	做他的儿子，真是为难了你们。
公子寿	儿子有心与太子结交，只是他言辞之间开罪于君父，只怕君父不喜。
宣　姜	不必管他，我儿自是应该多与高洁之士结交。子不肖乃父，方能宽我心怀。
	［小内侍上。
小内侍	君夫人，主公宣召。
小　玉	夫人，国君之命，您还是去吧。
	［宣姜摇头不语。
小　玉	您的兄长上月方才来信，为了两国相安，还是忍耐些吧……
	［宣姜转头不理。
小　玉	您何苦困着自己这么久……（见宣姜不理会）夫人……唉，公子，您劝劝夫人吧。
公子寿	母亲——
宣　姜	我的寿儿也要劝我前去吗？
公子寿	（摇头）我见母亲神色倦怠，忽而想起方才来的路上，见到城外兰草开出了细细的小花，十分怡人。母亲十几年不出新台、不闻兰草，甚是可惜。
宣　姜	怎么？又到了兰草开花的季节了吗？
公子寿	芳香四溢，儿子想着定与洛神腰间所佩无异。
宣　姜	真是多年不见了，想来还是待字闺中之时，游园作乐，采来兰草编成花环戴上，姐妹们总是闹作一团。
公子寿	母亲展颜一笑，便叫世间花草皆逊色。
宣　姜	说这孩子气的话哄母亲，（笑）为着那兰草，出去瞧瞧吧。
小　玉	（喜笑颜开）是，奴婢这就伺候夫人梳妆！

［宣姜坐于妆台前。

［切光。

第三场　兰亭悲秋

［光启。

［紧接上场。卫国城郊兰亭，急子孑然独立。

急　子　（唱）鹰击长空空惆怅，

　　　　　　　幼果不敌枝头霜。

　　　　　　　十六载边疆驻守自流放，

　　　　　　　回还却人事依旧话凄凉。

　　　　　　　有心凌云起壮志，

　　　　　　　无奈前路一片荒。

　　　　　　　世间有谁能怜我，

　　　　　　　空寄愁绪一段香。

　　　　［酒侍、庖人端酒器上。

酒　侍　太子，饮些酒吧，酒入愁肠，万事皆忘。

　　　　［急子饮酒。

急　子　瞧这兰草几乎要被野草淹没了，要不是有这一缕幽香，还真
　　　　叫人寻不见。

　　　　（唱）昏沉沉引吭欲歌，

　　　　　　　辛酸泪阻塞咽喉。

　　　　　　　登高处见夕阳残破，

　　　　　　　谁怜我壮志难酬。

　　　　　　　君父之命如山重，

　　　　　　　遵礼法解甲释权不敢生怨尤。

　　　　　　为君者枕边不容他人卧，

　　　　　　为父者惯听子孙呼千秋。

　　　　　　幼驹伏枥困在厩，

　　　　　　方能解父烦与忧。

　　　　　　君臣父子莫如是，

　　　　　　只可叹满腔热血付东流。

　　　　〔酒侍捧酒,急子猛饮三杯。

　　　　〔长空大雁飞鸣。

酒　侍　大雁在侧,小雁居中,嬉戏云间,好一幅其乐融融。

　　　　〔突然鸿雁哀鸣。

酒　侍　哎呀,谁人竟挽箭射下一只去,只留一小雁,盘旋不歇、哀鸣
　　　　不已,甚是可怜。

急　子　由喜及悲,转瞬之间。

庖　人　那射雁之人倒是高兴。

急　子　谁管孤雁何等凄凉。

　　　　(吟)鸿雁于飞,肃肃其羽。思及矜人,哀此鳏寡。

　　　　〔酒侍、庖人与急子饮酒。

酒　侍　太子为何经年不言嫁娶?

庖　人　你挑人伤疤作甚?当心太子怪罪。饮酒、饮酒……

急　子　(苦笑)怪罪?尔等何辜?

　　　　(唱)十余载孑然自有缘由,

　　　　　　那旧事是我心中沉疴。

　　　　　　自咽下苦水满腔溢胸臆,

　　　　　　天下人说短长谈笑酒桌。

　　　　　　犹记得,那年婚书我名在左她在右,

167

怎料君父横刀夺。

母亲闻言羞愤去，

独留我伶仃在世自漂泊。

无奈边疆远出走，

黄沙作伴任蹉跎。

寒来暑往淇水脉脉，

洛神从此只在梦中求。

饮酒、饮酒……

[三人抱坛醉卧。

急　子　（接唱）把盏亭台醉卧，

醉眼似见婀娜。

[宫娥随宣姜上。一路欢笑，环佩叮当。

宫　娥　（齐唱）谷风习习，驾驷出游。

兰草萋萋，解我烦忧。

淇水悠悠，逐鹤沙洲。

兰草萦萦，沁我心头。

小　玉　夫人，前方有一亭，正好赏景。

宣　姜　（唱）解禁锢始出新台，

采兰草香汗满腮。

花环青翠头上戴，

笑盈盈欢欣满怀。

今日里重拾女儿姿态，

梦回豆蔻却终究难去阴霾。

[急子醉眼见宣姜。

急　子　兰草香气暗涌，难道是洛神入梦么？珈儿……珈儿……

宣　姜　(暗道)谁人唤我闺名?

小　玉　醉言醉语,哪里是什么洛神,是君夫人到此,还不行礼?

急　子　胡说! 哪里是什么君夫人,明明是洛神!

小　玉　哦? 你那洛神是个什么模样?

急　子　喏喏喏,便是个——

　　　　(吟唱)手如柔荑,肤如凝脂,领如蝤蛴,齿如瓠犀,

　　　　　　螓首蛾眉,巧笑倩兮,美目盼兮。

酒　侍　(旁说)哎呀,怎么唱起了这诗来。

庖　人　(旁说)这诗可不就是说的眼前这位么?

小　玉　嘻嘻……这洛神怎么生得跟君夫人一个样儿。

宣　姜　(暗道)这醉猴儿倒是生得如谪仙一般。侍儿,将他唤醒。

酒　侍　(唤醒急子)太子醒来,太子醒来。

宣　姜　(惊)他就是急子?

急　子　何人唤我?

酒　侍　此乃彼时齐国公主、此时卫姜夫人。

急　子　(转醒,行礼)急子唐突,(艰难)母夫人……恕罪。

　　　　[幕后伴唱

　　　　　　月光皎皎兮东山初上,

　　　　　　佩玉琼琚兮淇水汤汤。

　　　　　　一眼万年兮得见齐女,

　　　　　　鹊鸟成双兮我独徜徉。

　　　　[众人暗下。

　　　　[宣姜、急子内心复杂,行动踟蹰。

宣　姜　(唱)氤氲酒香,

急　子　(唱)羞愧慌张。

169

宣　姜　(唱)无意却相撞，

急　子　(唱)悔言行乖张。

宣　姜　(唱)百闻不如一见，

急　子　(唱)五味杂陈胸膛。

宣　姜　(唱)原来他这般模样，

急　子　(唱)已然是天各一方。

宣　姜　(唱)百感交集如揉如搓，

急　子　(唱)不该相见触我哀伤。

宣　姜　(唱)十六年不归驰骋疆场，

急　子　(唱)十六年不出寒夜未央。

宣　姜　(唱)可怜他失婚丧母独悲怆，

急　子　(唱)可怜她楼台高锁筑心墙。

　　　　　[一阵风起。

宣　姜　(唱)幽幽秋风吹皱心池心波漾，

急　子　(唱)冽冽凉风吹醒混沌掩颓唐。

　　　　　[急子正衣冠，谨守礼法，站立一旁，目不斜视。

宣　姜　你就是急子？

急　子　母夫人，儿臣……

宣　姜　你我本年龄相当，不须如此。

急　子　急子不敢僭越。

宣　姜　依你方才所说，你真的见过我吗？

急　子　那年我去齐国下文定，正在侧室饮茶——

宣　姜　是我躲在屏风后面——

急　子　看到了衣衫影动，人影婆娑，算是见过母……母夫人半面。

宣　姜　君父和哥哥给我定下的亲事，我总是想要自己亲眼瞧瞧。

170

哥哥还笑我心急,说嫁到卫国便日日都要见着的,却不知,这一面迟了十余年,难为你还记得我的闺名。

[宣姜斟酒饮。

宣　姜　没想到我十余年不出新台,今日始出,第一个见到的便是你这个"故人"。

急　子　母夫人……

[宣姜摇头叹息,斟酒再饮。

宣　姜　太子同饮。

急　子　君、君夫人……多饮伤身……

宣　姜　听闻你戍守边境,立了不少军功,针砭时弊,也颇多诤言。朝堂内外,太子博得了不少好名声。

急　子　君夫人怎知?

宣　姜　寿儿提起你来,赞不绝口。

急　子　我与寿弟相交极好,(叹息)却惹得君父不甚欢喜。

宣　姜　他?昏主自然不喜。

急　子　君夫人……

宣　姜　(饮)这酒,今日怎生如此苦涩。

急　子　酒不苦,人自苦。

宣　姜　人自苦……

[急子、宣姜二人饮酒。

宣　姜　你与我的寿儿倒是颇为相像。

急　子　(饮酒)我与寿儿甚是投缘,若我正当年龄的时候成亲,想必儿子也和寿儿一般大了……(意识到自己失言)

宣　姜　(闻言失色,失手打翻酒杯,又哭又笑)哈哈,哈哈……你们本该就是父子的啊!

171

〔急子闻言大惊,跪拜于地。

急　子　母夫人慎言!慎言!母夫人恕罪!请恕急子妄言之罪!

〔宣姜迫使急子与其四目相对,宣姜多年的压抑爆发,一步步紧逼、宣泄。

宣　姜　难道我说错了?何不……何不反了他?!

急　子　反?

宣　姜　你母亲夷姜原本是你祖父的宫女,难道你不知?而我原本是聘给你的,难道你也不知?这天下迟早都是你的,何必还要忍受昏主?!迟一时不如早一时,更能救卫国于倾颓、救百姓于水火、救我出新台!

急　子　不可不可!万万不可!

宣　姜　(唱)人非蜉蝣不知日明月朗。

急　子　(唱)韬光避世消磨春秋漫长。

宣　姜　(唱)亲父子不敌大权在旁,

急　子　(唱)因果有轮回父过子偿。

宣　姜　(唱)我命由我不由天掌,

急　子　(唱)人无敬畏如马脱缰。

宣　姜　(唱)流言如刀多诽谤,

急　子　(唱)礼崩乐坏雪上霜。

宣　姜　(唱)身虽在魂已丧,

急　子　(唱)宁舍我安家邦。

宣　姜　(唱)这苦酒是谁酿?

急　子　(唱)这苦果我来偿。

宣　姜　(白)你道如何偿?

急　子　我、我、我……

〔幕后伴唱

　　　　眼前人相望，

　　　　语噎倍凄凉。

宣　姜　（唱）胸中顿起万重浪，

　　　　为饱一人欲众人遭祸殃。

急　子　（唱）匡扶礼法是正当，

　　　　举身赴死我亦慨当以慷。

宣　姜　（唱）难道此生就此作罢？

　　　　难道眼看国破人亡？

　　　　只落得——

　　　　父不成父，

急　子　（唱）行有法章。

宣　姜　（唱）君枉为君，

急　子　（唱）规矩有方。

宣　姜　（唱）何不反抗？

急　子　（唱）恪守伦常。

宣　姜　（唱）前路宽广，

急　子　（唱）自毁自戕。

宣　姜　（唱）莫道不是天将大任于斯降？

急　子　（唱）为儿为臣纵遭天谴替父受过也无惧身死尸僵！（跪）

宣　姜　（后跌几步）为着何来？

急　子　克己复礼。

宣　姜　礼？哈哈……礼？

　　　　〔泄如齐引公子朔上，二人手持弓箭，在一旁窥视。

宣　姜　罢了罢了……（苦笑）你跟我的寿儿果然更为相像……

173

〔宣姜失魂落魄下。急子呆跪。

〔光渐渐收在公子朔和泄如齐身上，二人神情诡谲。

〔光切。

楔子 诬 告

〔光启。

〔卫宫内。

〔泄如齐并公子朔同上。

泄如齐 （念）翻手为云覆手雨，

公子朔 （念）一山只能容一虎，

泄如齐 （念）是非黑白全颠覆。

公子朔 （念）休怪无毒不丈夫。

泄如齐 （哭天抢地）主公明鉴，太子无道，卫国危矣！

宣 公 泄大夫，慢慢道来。

泄如齐 我与公子朔城郊猎雁，撞见了……

宣 公 撞见何事？

泄如齐 撞见那太子与卫姜夫人……

宣 公 他二人？ 他二人正在作甚？

泄如齐 他二人正在密谋！

公子朔 母夫人定是被急子胁迫，望君父明察！

宣 公 他二人难道还对那旧事心怀怨恨？

泄如齐 太子既恨主公十六年前夺妻，又恨主公十六年后夺权！

宣 公 他他他，他便怎样？

泄如齐 太子口出狂言，欲谋不轨！

宣 公 都说些什么？

174

泄如齐　指责主公昏聩,治理卫国不力!

公子朔　诽谤朝政,便是不忠!

泄如齐　待得他日,定要再娶卫姜夫人!

公子朔　觊觎庶母,便是不仁!

泄如齐　这卫国迟早是他急子的卫国!

公子朔　诅咒君父,便是不孝!

泄如齐　迟一时不如早一时! 不若取而代之!

公子朔　逆天而行,此乃不义!

泄如齐　公子寿的父亲——不该是主公,应是他急子!

公子朔　侮辱兄弟,此为不悌!

泄如齐　如此不仁不义不忠不孝不悌之人,如何做得我卫国储君!

　　　　主公,卫国危矣! 卫国危矣!

宣　公　呀呀呀! 寡人杀杀杀……杀了这个逆子!

　　　　〔宣公气极,拔剑乱砍。

泄如齐　主公息怒。

公子朔　太子惯于弄权、善于收买人心,还需从长计议……

宣　公　什么太子! 寡人废了他! 寡人杀了他!

　　　　〔公子寿上,暗中窥听。

公子朔　不若……君父假命太子出使齐国,以白旄为信。

宣　公　白旄旗?

公子朔　再找三两义士,守在卫齐两国边界,见持白旄者,杀!

宣　公　如此甚好! 可是寡人现下何处去寻那义士?

公子朔　儿臣手下平日素有能人异士前来相投,愿为君父效忠!

宣　公　如此甚好! 速速将那逆子首级提来我见!

朔、泄　是!

175

公子寿　急子哥哥危矣！（下）

　　　　［公子朔和泄如齐欲下，二人察觉公子寿行迹。

泄如齐　谁？

公子朔　是我那没见识的哥哥。

泄如齐　公子寿？

　　　　［泄如齐惊慌欲追，朔拦。

公子朔　无需阻拦，一箭双雕……

泄如齐　毒！真毒！

公子朔　嗯？

泄如齐　妙！真妙！

　　　　［切光。

第四场　二子乘舟

　　　　［光启。

　　　　［淇水畔。酒侍掌舟。

酒　侍　（吟唱）孤雁于飞，哀哀其鸣。

　　　　　　　谦谦君子，乘舟远行。

　　　　［急子欲登舟，小内侍手捧白旄旗在侧。

小内侍　主公有令，请太子务必亲手持此白旄旗——

急　子　亲手执旗……

小内侍　涉水之时，立于舟前——

急　子　（拿白旄旗）立于舟前……

小内侍　旗在人在！（下）

急　子　这旗在人在么……（苦笑）

　　　　（唱）朔风萧瑟不觉冷，

淇水呜咽雾蒸腾。

侍儿捧旗禀君命,

弦外之音字字明。

怎料想那一日一语成谶,

今日里执旗登舟报养恩。

沧海一粟何须怨?

只求身死名留濯乾坤。

白旄旗呵,白旄旗……此去一程,你这颜色怕是要变上一变了。(回头)回首望故国,更添哀与愁。侍儿,走吧!

〔急子执旗登船。

酒　侍　(吟唱)孤雁于飞,哀哀其鸣。

谦谦君子,乘舟远行。

淇水脉脉,不问归期。

篙离船行,天际追云。

〔公子寿乘舟追上。

公子寿　急子哥哥! 急子哥哥!

急　子　何人?

酒　侍　是公子寿。

急　子　二弟?

公子寿　(登上急子之船)兄长!

急　子　二弟,为何匆匆赶来? 可是君父有新令传达?

公子寿　我……(暗道)我怎忍心对他说出实情? (对急子)听闻哥哥奉命出使,我来……给哥哥饯行!

急　子　(暗道)哦,没有么……(拱手)如此,多谢二弟……

〔公子寿见急子手中的白旄旗,拿过。

公子寿　（惊呼）呀！白旄旗！

　　　　　（唱）见白旄脏腑俱裂，

　　　　　　　　心骇骇脚步趔趄。

　　　　　　　　兄长此番登舟去，

　　　　　　　　有去无归是诀别。

　　　　　兄长，这旗……

急　子　（旁说）二弟他涉世不深，怎忍告知实情？我既将死，何必他

　　　　父子再生芥蒂？（对寿）哦，此乃君父所赐，作为出使齐国的

　　　　信物。

公子寿　（唱）猎猎江风隐寒意，

　　　　　　　白旄为信藏杀机。

　　　　　　　兄长无辜遭猜忌，

　　　　　　　我怎能见死不救装不知。

　　　　　兄长，此行多凶险……

　　　　　［急子拿回白旄旗。

急　子　多谢二弟为我送行，为兄此行定不辱使命，立功以归，这白

　　　　旄嘛，（苦笑）届时也一定会一并呈到君父面前……

公子寿　（旁唱）他言笑晏晏遵君旨，

　　　　　　　　我惶惶不安意迟迟。

　　　　　　　　钦兄长高山景行久仰止，

　　　　　　　　相见虽晚却相知。

　　　　　　　　我怎将绝境狂澜挽？

　　　　　　　　我怎救兄长出困局？

　　　　　　　　虎父食子难启齿，

　　　　　　　　兄弟相残仁爱失。

178

萧墙之内祸端起，

难煞我中间人欲语还迟。

（暗道）以白旄旗为信……见持白旄者，杀！见持白旄者

杀……若不见白旄，则兄长性命无虞矣！

急　子　想来你我兄弟论诗书、谈礼乐十分畅快，不知何时再能把酒
言欢……

公子寿　兄长且慢！把酒言欢何须再等？不若就在此时！

急　子　就在此时？

公子寿　出使齐国也不急在这一时，瞧这月色微露，你我兄弟不妨对
月把盏。

急　子　也好。

　　　　　［酒侍奉酒。二子对坐。

酒　侍　（吟唱）二子乘舟，泛泛其景。

　　　　　　　愿言思子，中心养养。

　　　　　　　二子乘舟，泛泛其逝。

　　　　　　　愿言思子，不瑕有害。

急　子　酒侍之歌，很是应景！

公子寿　倒是勾起了我兄弟二人的离愁。

酒　侍　小老儿肚里这样的歌有很多。二位公子只管饮酒，小老儿
自去睡了。（下）

急　子　二弟，今日不谈离愁，只谈月、夜、风、虫，饮酒饮酒。

公子寿　好，你我兄弟先痛饮三杯！

急　子　好！痛饮三杯！

公子寿　这一杯酒么，我敬兄长戍边之功——

　　　　　（唱）诸侯逐鹿为争霸，

179

感兄长雄振军威保国家。

恨不能兄弟鞍马同跨，

沙场共征伐。

急　子　（唱）黄天作盖地作厦，

难忘怀碧落瀚海漫天沙。

恨不能兄弟同跨鞍马，

迎朝霞晚霞。

公子寿　干！这二杯酒——

急　子　二杯酒，该由为兄敬你——

（唱）悲乱世伤春秋礼崩乐塌，

寡情多在诸侯家。

得一知己胜过得天下，

夜伴乘舟你我同衾数寒鸦。

公子寿　我亦视兄长为知己！

（唱）看世人争名逐利乱礼法，

俗世俗务多繁杂。

得一知己胜过得天下，

待得他日与兄把臂赏兰花。

干！

急　子　干！

公子寿　（旁唱）理思绪敛伤情强把杯中咽下，

急　子　（旁唱）他怎知生死诀别遗恨无涯。

公子寿　（旁唱）白旄催命我暗自谋划，

急　子　（旁唱）临行夜知己相伴倒也不差。

　　　　〔二子饮罢，同时看向白旄旗。

180

急　子　白旄旗呵白旄旗,只可惜不知是否还有来日……

公子寿　来日……来日……兄长,弟钦佩兄长品性,斗胆想向兄长讨
　　　　要一物,时时放在身边,感怀手足之深情。

急　子　二弟想要何物? 但说无妨。

公子寿　这一物说来颇有深意。

急　子　何物?

公子寿　就是此物,白旄旗!

急　子　(惊)你要它作甚?

公子寿　一来,它是兄长手持贴身之物;二来,君、君父总说我年幼不
　　　　更事,从未派我出使他国,我见兄长执此旗甚是威风,若能
　　　　将它赠我,也算弥补我不能驰骋疆场的遗憾。

急　子　二弟,非我不愿,实为不能。

公子寿　兄长,这白旄旗于你并无益处,不如赠与我。

急　子　除了此物,兄长无不可相赠。

公子寿　兄长!

急　子　不可! 二弟你并不知执此旗的代价深重!

公子寿　我偏偏只要此旗!

　　　　[公子寿起身夺旗,急子避让。

急　子　二弟无礼!

公子寿　兄长……你就将它给了我吧!(跪求)

急　子　(惨然)你都知道了吗?

公子寿　知道什么?

急　子　你本就来得蹊跷,出手夺旗更是蹊跷,这不是你的品性,你
　　　　定是知道了……

公子寿　兄长,只当是我求你,你就把这白旄旗给了我吧!

181

［急子退避，摇头不语。

公子寿　兄长！它会要了你的命！

急　子　（笑）我的命吗……

公子寿　（见急子不为所动）兄长！兄长此行，明里是君父之命，实则却是为了谋杀你！三弟已经埋伏好了杀手，一过淇水，见手持白旄者，杀！

急　子　（痛苦、紧闭双眼）果然如此……

公子寿　你都知道？那还不赶快丢掉它？

急　子　正是知道，我才更要拿着它！

公子寿　兄长！

急　子　（唱）哀哀孤雁泣血长空影缥缈，

　　　　　　区区蝼蚁以叶为舟卷惊涛。

　　　　　　蚍蜉自知难撼树，

　　　　　　怎敌雁鸣灌耳声声高。

　　　　　　君父酣睡卫国需清扫，

　　　　　　我何不知那谗言如刀。

公子寿　兄长，前路凶险呀！

急　子　前路凶险，后路就太平吗？

公子寿　总要避一避啊！

急　子　（摇头叹息）天下之大，却无处可避。

　　　　　（唱）看天下礼法废风云四搅，

　　　　　　砺兵刀起烽烟八方飘摇。

　　　　　　兴徭役误农事路有饿殍，

　　　　　　母哭子妻哭夫悲泣声高。

　　　　　　不忍见好河山朝夕难保，

182

又怎能为苟活就将道义抛？

礼崩乐坏终有报，

史家有鉴言凿凿。

外患堪忧终在表，

内忧成痈再难刨。

十六载从戎护疆土，

外强中干心灼焦。

孤掌难鸣阴云罩，

声嘶力竭意萧萧。

此番喋血为破晓，

唯愿呼声上九霄。

赴死一声笑，

我心自昭昭。

白旄在手我辈成道，

我以我血祭今朝！

天下乱矣，人心乱矣！如果一定要流血才能唤醒君父、唤醒世人，那便用我急子的血吧！

公子寿 兄长……

〔公子寿泪如泉涌，眼泪滴在杯中。

急　子 来来来，你我继续饮酒，这第三杯，就当是替为兄送行了！

公子寿 （拉住急子衣袖）兄长……原以为只要追上哥哥，就能救你，没想到竟成了为哥哥送行。

急　子 临死能有二弟这样的知己作伴，平生足矣，就让我喝了这杯酒上路吧。

公子寿 且慢，这酒滴入了我的眼泪，已经脏了，我替兄长换上一盏。

急　子　不,愚兄就是要饮下弟弟的这份情谊。(饮)

　　　　　［幕后伴唱

　　　　　　　淇水寒,朔风冷,

　　　　　　　雾罩流沙人难分。

　　　　　　　二子乘舟话不尽,

　　　　　　　酒浑泪清澄。

　　　　　［饮罢,二子皆心有不忍,背身而立。

公子寿　兄长……

　　　　(唱)恨佞臣巧舌如簧乱宫阙,

　　　　　　　恨朔弟野心勃勃窥金阶。

　　　　　　　恨君父轻信谗言心如铁,

　　　　　　　恨官家寡情薄义两决绝。

　　　　　　　白旄迎风照明月,

　　　　　　　更长滴漏声声跌。

　　　　　　　兄长以血祭长夜,

　　　　　　　我怎忍生死两别。

　　　　　　　若定要谏君以惨烈,

　　　　　　　不如以我替兄持文牒。

　　　　我且将兄长灌醉,手持白旄……代他前去! 代他前去!

急　子　好夜好月,有知己相送,足矣足矣。

公子寿　兄长,我明白你的苦心! 寿不再阻拦于你,只是今夜我们定
　　　　要喝个痛快! 为我兄饯行!

急　子　好!

公子寿　(频频举杯)兄长请! 干! 再饮! 再干!

　　　　　［幕后伴唱:

184

二子乘舟,泛泛其景。

愿言思子,中心养养。

二子乘舟,泛泛其逝。

愿言思子,不瑕有害。

[气氛壮烈,二子饮酒,急子大醉而卧。

[公子寿取得白旄旗,拜别,持旗下。

[酒侍、庖人复上,于远处看着二子,摇头叹息。

[画外音:

匪　徒　来者何人?

公子寿　卫国太子!

匪　徒　所持何物?

公子寿　白旄在此!

匪　徒　等的就是你! 杀——

[一抹红光照亮天际,公子寿死。

[切光。

第五场　金阶哭祭

[光启。

[卫宫。宣公坐于堂前。

泄如齐　(手捧一匣上)主公! 事情办成了! 贼子首级在此!

宣　公　(面露惧怕)拿走拿走,寡人见不得! 见不得!

公子朔　儿臣恭贺君父从此高枕无忧矣!

宣　公　竖子咎由自取! 怪不得寡人! 怪不得寡人……

[宣姜上。

宣　姜　(念)宫娥寺人多议论,昏主举刀向亲生! (见着匣子)呀!

你你你……竟是真的！你竟真的要了自己亲儿的性命！昏主！昏主！

泄如齐　君夫人，此言差矣，不是你与急子在兰亭私会密谋，这一切本不会发生。

宣　姜　兰亭私会？

宣　公　对！就是你！他就是为你所害！

宣　姜　（苦笑）急子啊急子，你的血是白流了……

（唱）哭急子身首异处困匣内，

赤子心遭凌辱草木含悲。

你不曾人伦悖，

举止有礼守尊卑。

你不曾行越轨，

眉眼收敛头低垂。

尊君尊父忧社稷，

克己复礼身巍巍。

如今你身去声名秽，

所成之道化飞灰。

以身殉道？以命偿父之过？（摇头）急子啊急子，昏主昏聩如斯，怎能体会你的苦心？

宣　公　是他咎由自取！（爆发）他从未把寡人放在眼里！寡人才是主公！他急子不过是一个宫女贱婢所生，竟然忤逆于我！他该死！该死！

宣　姜　禽兽尚不食子！

宣　公　寡人恨他！亲父食子？寡人一直怀疑他非我亲生！每每见他，就仿佛看到君父鬼影！

宣　姜　你做那腌臜之事的时候,可有想到夷姜乃是你父亲的侍妾?

宣　公　放肆!

宣　姜　蒸母为妾、纳媳为妃、手刃亲子,好一个卫国主公!

泄如齐　巧言善辩!分明是你齐女引祸卫国!

公子朔　(呵斥泄如齐)闭嘴!母亲……

宣　姜　我没有你这样的儿子!卫国完啦!拜你们所赐,卫国要
　　　　亡啦!

宣　公　把她的嘴给寡人堵上!

宣　姜　你堵得住天下人的悠悠之口吗?

宣　公　拖了下去!拖了下去!

　　　　〔急子疯癫状奔上。

急　子　寿儿!我弟!寿儿!

　　　　〔众人见急子如见鬼魅。

泄如齐　尸变!尸变!(瘫作一团)

宣　公　你……君父显灵了?!他派你来找寡人索命了?你你……
　　　　(昏死)

宣　姜　你怎会在此?那这匣内之人……

急　子　(跪地膝行)天哪!二弟!二弟!

宣　姜　寿儿?你说,这匣内之人是寿儿?!不不不!

急　子　君夫人……二弟灌醉了我、夺了白旄旗,他他他代我赴
　　　　死了!

宣　姜　(哀号)不!寿儿!我的寿儿!

急　子　(跪)君夫人!

公子朔　(拳打急子)都是你!不是你引诱我母亲,哪来这些灾祸?
　　　　你怎么还不死!

187

宣　姜　我的寿儿何辜？寿儿……寿儿……

急　子　抗旨之罪、忤父之错、坑弟之过、蒸母之名……雁过留声，人后留名，君子惜名甚于惜命！

宣　姜　寿儿何辜？寿儿何辜？

急　子　然君不可弑，父不可杀，礼不可乱！君夫人，急子以身殉道，以命偿命！

　　　　〔急子挥剑自刎。

　　　　〔宣公醒来。急子死。

宣　姜　急子！

泄如齐　主公，急子已死！

宣　公　那这匣内之人为谁？

泄如齐　是公子寿……

宣　公　（大惊）寡人不知会如此，寡人不知……

宣　姜　哈哈……不知？哈哈……死了，死了，都死了……

宣　公　都是你的好儿子告的密！是他说你和急子有奸情！寡人不得已才起了杀心，寡人不得已……逆子！都是你的错！

　　　　〔宣公提剑砍杀朔。

公子朔　老匹夫，你作下的孽，却来赖我？！

宣　公　你！

　　　　〔公子朔杀宣公，宣公死。

　　　　〔卫军涌上，挟持公子朔。

众　人　公子朔弑君篡位！

一将士　（跪哭急子）太子！太子！臣救驾来迟！救驾来迟……

宣　姜　报应！报应！父杀子、子杀父！哈哈……报应！（癫狂大笑）

188

泄如齐　祸水！祸国殃民的妖女！我泱泱卫国竟全葬于你手！乱从新台始！乱从新台始！要不是你从齐国嫁来，这一切都不会发生！淫妇！妖妇！杀了她！杀了她！为主公报仇！为太子报仇！

　　　　　〔卫国士兵犹豫着向前。

宣　姜　乱从新台始……乱从新台始？哈哈……你们为什么不恨他？（指宣公）是他荒淫无道！为什么不恨他？（是泄如齐）是他奸佞进谗！为什么不恨他？（指公子朔）是他弑君杀兄！乱从新台始……乱从新台始？好啊，好啊！

　　　　　（唱）君不君，昏聩狠辣贪无厌，

　　　　　　　　臣不臣，巧舌如簧进谗言。

　　　　　　　　父不父，父子相杀活报现，

　　　　　　　　子不子，狼子野心酿奇冤。

　　　　　　　　金阶之上血色染，

　　　　　　　　恩怨是非断黄泉。

　　　　　　　　尸陈朝堂无人殓，

　　　　　　　　眼只见金阶之上位空悬。

　　　　　　　　父子兄弟持刀剑，

　　　　　　　　是非颠倒口舌间。

　　　　　　　　尔等众人皆无罪，

　　　　　　　　祸端只在新台间。

　　　　　　　　捉襟见肘丑难掩，

　　　　　　　　满腔讥讽立堂前。

　　　　　　　　我有何罪，罪惹天人怨，

　　　　　　　　我有何过，过不容于天？！

泄如齐　(叫嚣)杀了她！杀了她！于礼不容！于礼不容！

宣　姜　礼……礼……礼在何处？在何处啊?! 哈哈！你们摒弃的
　　　　是它！捍卫的也是它！治国的是它！亡国的是它！让你们
　　　　丢了性命的还是它！如今，它也要来取我的性命了吗……
　　　　〔泄如齐夺剑，一寸一寸地逼近宣姜脖子。
　　　　〔齐臣率兵上。
　　　　〔局势翻转，齐军把控卫廷。

齐　臣　公主！臣救驾来迟，还望赎罪。

宣　姜　你又是何人？

齐　臣　我等奉齐公之命前来匡正卫廷。

宣　姜　(指着泄如齐)他说这一切都是我的缘故，是我叫卫国亡
　　　　了……

齐　臣　信口开河！
　　　　〔齐臣挥手示意，泄如齐被杀。

齐　臣　区区草芥，不堪一击。依臣看，正是因为有公主在，卫国才
　　　　不至亡国。

宣　姜　哦？

齐　臣　主公有令——

宣　姜　我那哥哥？

齐　臣　着公主再嫁卫氏，巩固两国邦交！

宣　姜　(惨然闭眼)果然——

齐　臣　或者……循礼殉葬！

宣　姜　死？叫我死吗？死吗？我偏偏不死！

齐　臣　那便再择佳婿。

宣　姜　要我再嫁？可以，我要自己选择所嫁之人。

190

齐　臣　这……于礼不合啊！不过,也可！不知公主欲嫁何人?

宣　姜　就嫁他卫公之子、太子之弟——昭伯!

齐　臣　为何是此人?

宣　姜　既然言我淫乱宫闱,那我便干脆把这名坐实了吧! 我就想
　　　　看看,千百年后,我宣姜究竟是罪人不是?

齐　臣　臣替两国百姓谢过公主……

宣　姜　新台啊新台,你华美依旧,庖人制盛宴,酒侍端佳酿,酒席已
　　　　经摆好,快来享用吧!

　　　　〔宣姜拔钗,披头散发。

　　　　〔宣姜怀抱匣子,跌跌撞撞走向深处。张狂的笑声回荡。

宣　姜　(又哭又笑)礼? 哈哈……礼? 哈哈……

　　　　〔响起诡异而破碎的迎亲曲,一红顶马车在晃晃悠悠而来。

　　　　〔幕后伴唱

　　　　　　月落东山兮舟覆滔浪,

　　　　　　燕婉少年兮李代桃僵。

　　　　　　二子乘舟兮兄弟相傍,

　　　　　　淇水呜咽兮新台之殇。

庖　人　(吟唱)兴亡更迭新旧替,

酒　侍　(吟唱)深宫啼笑有谁知?

　　　　〔光渐收。

　　　　〔剧终。

编剧：雷琳静

百字剧五则

飞翔的丑小鸭

小鸭淘淘梦想飞翔,爸妈劝阻未果。淘淘多方试飞,越挫越勇。爸妈渐为所动,携力助飞。动物们也加入学飞,不幸动物各有受伤,淘爸也身受重创。动物爸妈指责威胁,淘淘悲伤放弃,但心有不甘。爸妈拔下羽毛为淘淘插翅,可飞得更高更久,虽难免坠落,但挡不住一次次重新起飞。

我要我的阳光

隔壁违建致采光被挡,阮老师拒绝赔偿,阮妻装病,支持丈夫捍卫采光权,也希望得到更多赔款。包工头上门,果然见病(闹)加码。为阻止暗黑操作、捍卫法治正义,阮老师突然发(装)病。阮妻放弃巨额赔偿,同丈夫一起守护阳光。

《兰亭序》传奇

山野奇女蕙娘痴爱王书,女扮男装于大唐西市售卖自摹兰亭,太宗全力以求,二人知音定情。为酬知音,蕙娘扮书生萧翼于辩才处智赚兰亭。不料太宗未及见兰亭真迹便命归西天。新皇欲以真迹陪葬,蕙娘舍身换真迹,含笑赴陵寝,生死伴知音。

鼓跃龙门

富家千金灵凤赛社逃婚,遇土匪鼓王游龙相救,二人以鼓为媒,暗生情愫。灵凤怒拒指腹为婚的修武,联系革命志士哥哥明宇,助游龙抗日寻仇。灵凤舍命以求修武。游龙冰释前嫌、聚义抗敌。众人为东渡受阻的八路军征船造船。紧急之时,二人带领民众以鼓为船,助八路军东渡抗日。

百字剧

众人为完成老师高标准、严要求的百字剧,绞尽脑汁均不达标。质疑老师,质疑自我,怀疑人生,沮丧失落。梦寻文曲仙君,私会缪斯女神,"偷渡"老师大脑,均未果。绝望到或欲永别人世、或释然告别戏剧时,老师宣布达到要求的百字剧已然被大家用行动上演。

千字剧三则

借　钱

时　间　某年腊月二十八

地　点　李四家

人　物　张　三　30多岁,又名小耗子,小时被拐,屡遭不幸,性格自
闭,曾为李四公司销售员,出场时仿佛换了个人

　　　　　李　四　40岁左右,也曾被拐,养父母关爱有加,供其大学毕
业,创业有成,生活幸福,公司老板

[幕启。风雪交加的傍晚,飘荡着浓浓的年味。配乐《今天
是个好日子》。

[李四接着电话上。

李　四　谢谢,也给你拜个早年哦。你们回乡过年注意安全,记得替
我给家里老人磕个头拜个年。(挂电话)又要过年了,公司
员工都揣着年终奖回乡团聚了。今天已经腊月二十八了,
爱人已带着老人孩子到三亚去了,我也收拾收拾,明天一早
飞过去陪他们过年。(进屋,一处豪宅客厅,喜唱)今天是个
好日子……(若有所思)腊月二十八,这日子……(继续唱)
今天是个好日子……

[屋外,张三提腊猪腿等上,瞅着手机上的地址。

张　三　绿城别墅8号……就是这里!(整理东西、平复心情)十年

啦……(按门铃)脸放厚、心放狠,按计划完成任务。

李　四　　(接起可视门铃)哪位?

张　三　　(忍不住激动地)李哥,是我,张三! 不,小耗子!

李　四　　张三? 小耗子?

张　三　　(凑近可视屏)哥,我是小耗子,十年前我……借了你 10 万元……

李　四　　(惊)是你! (怒)小耗子,你……你还有脸出现?

张　三　　今天是腊月二十八……我来……给哥拜个年(提东西凑近可视屏),来给我哥……还钱!

李　四　　还钱? 你终于想起还钱啦?(开门)

张　三　　(进,拥抱)李哥,十年啦……

李　四　　(冷漠推开)你也知道十年啦。

张　三　　哥,你可是一点都没变,还是那个高富帅!

李　四　　张三,你可是完全变了一个人啊,我简直不敢认啦! 十几年前那个(做贼眉鼠眼状)……今天这个(指眼前)……啊?

张　三　　哥,你可说对了! 十几年前我那模样,瘦马烂杆,邋遢窝囊,连身像样的衣服都没有,把哥给的名牌穿在身上,也是装贼不像溜娃子;哥让我在咱公司当销售员,我那嘴每天就像上了锁,见了客户缩头缩脑,顶多就两字:买吧,买吧!(哈哈大笑)

李　四　　可今天的你……(背)这小子以前就不地道,今天来一口一个哥,张嘴就是咱,我看他……别是有猫腻?

张　三　　哥,你可是我的大恩人啊! 我小耗子能有今天,可都是哥……

李　四　　(打断张三)你说正事吧。你说今天是来还钱的,咱是不是先……

张　三　对,哥,咱先还钱!(掏口袋,掏啊掏,掏出来一张纸,毕恭毕敬奉上)哥,这个,你先收下!

李　四　这什么啊?"借条,今有小耗子,括弧张三,借李四10万元救急,谢李四救命之恩,诺三年内还清,最迟十年内还清。借款人,冒号张三。2009年,腊月二十八。"这……是当年那借条吗?借条怎么在你那儿呢?

张　三　哥,你当年就没让我打借条!我当年就不是个东西,也没打算打这借条!(嘀咕)不行,不能出戏,按剧情推进!哥,这不,完璧归赵,这钱(借条)还你,咱俩两清!

李　四　哎,张三,你这脑子,这些年挨门夹得不少啊!拿一张借条还钱,这是要无赖啊?这条上写得清楚,10万元,还钱,钱呢?

张　三　我……我就是来耍无赖的,哥,你骂我吧!欸,别急,哥你没高血压、心脏病什么的吧?

李　四　我看你才有病!我是不急,10万元,十年了,我跟你急过吗?十年里,你消息全无、人影不见,我跟你急过吗?实话告诉你,我早……都快把这档子事给忘了。你突然冒出来,说是还钱,却还出来这么张借条!好好好,咱啥也不说了,你要么麻溜还钱,咱弟兄喝茶聊天;要么,(开门)你给我请!你又要玩什么花样我也懒得管,大过年的,快从哪来回哪去吧!

张　三　哥,你听我说……咱一道道手续过嘛!你要没病,就开骂吧!上手也行!

李　四　上手?你是来讹我的啊!上门碰瓷啊?请带上你的东西,

看谁好骗骗谁去! 商场上混这么多年,啥玩意没见过? 看在咱们兄弟一场的情分上,你快走,别逼我打110。

张　三　哎呀,我哥真是谦谦(念成"奸奸")君子、彬彬(念成"杉杉")有礼,(背)这要把他惹毛骂我一顿,还怕不容易。这咋办? 说实话吧!(对李四)好我的哥,哥你是最有情有义的! 当年我一个傻二愣、大瓷锤,从小被人贩子拐卖,从来没人疼没人爱,没上过几天学,走哪都是挨打挨骂,从来不知道啥叫个情、啥叫个义,是遇上我哥你,才有个人罩着。当年我遇到难处,是求天天不应、叫地地不灵,差点就犯事进监,是我哥你,救了我一命,救了我这一辈子啊!

李　四　可是你是怎么对你哥我的? 十年了,你上哪去了? 今天突然冒出来,还张借条,这会儿又嘴上抹蜜,一口一个哥,这又是坑吧? 别费劲了,说啥我也不会上你的当了!

张　三　我真不是个东西,还是得让哥骂一顿才对! 哥,我今天真的是来还钱的!

李　四　那你还啊!

张　三　我……(掏啊掏,又掏出来一张条)我……我他妈真不是个东西! 哥你真没心脏病什么的吧? 千万别气急上火哦。(预收回)

李　四　不用咒我,我身体杠杠的。什么泼皮无赖没见过? 欸,我今天就还看看,当年那个傻二愣、大瓷锤这十年练成什么耗子精了?(夺过张三手里的条)

张　三　那我就放心了。哥,你千万别真动气哦!

李　四　"借条,今有小耗子,括号张三,再借李四10万元救急,再谢李四救命之恩,承诺一小时内还清,并附利息10万元。借

197

款人，冒号张三。2019 年，腊月二十八。"天大的笑话！真
他妈无耻！

张　三　（喜）哎呀，冒脏字了！（端水奉上）哥，您润润嗓子，好好骂、
　　　　　狠狠地骂，直到把我骂舒坦了！不不不，把我哥你骂舒
　　　　　坦了。

李　四　真是太无耻了！还有你这么借钱不还还来再借的，你脸皮
　　　　　比城墙拐角还厚啊！还一小时内还清，并附利息 10 万元，
　　　　　你脑子进水了吧？以为别人都脑子进水了那么好骗啊？

张　三　（开心聆听）骂得好！还不够狠！哥，我给你提供点儿骂点。
　　　　　这十年我不还钱，还真想过不还了，反正当初也没个凭据！
　　　　　哼，你命咋就那么好呢，同样从小被拐，你就被一家万元户
　　　　　收养了，他们捧着你爱着你，供你上大学给你开公司；而我
　　　　　偏偏就被一家收破烂的买了，从小老鼠窝里长大……10 万
　　　　　块，就当老天爷欠我的，让你还也应该，谁让他给你这好命！
　　　　　我不是个东西吧？哥你骂吧！

李　四　想让我骂？

张　三　想，想了十年啦！

李　四　嗨，我怎么就那么听你的呢？那好吧，你走吧，就当我替老
　　　　　天爷还了欠你的，10 万元对我实在不值一提，用来为我的
　　　　　好命埋单……（苦笑）不错！

张　三　别别别！瞧我这点火不成反泼盆凉水！哥，我还拿借你的
　　　　　钱去买彩票，那是第三年，狗日的我还中了大奖，10 万元！
　　　　　可我还是没还！

李　四　你这泼皮无赖！你有了钱也不还我？

张　三　（静等骂）……哥，你骂呀！（故意逗火）我有了钱也不还，正

好 10 万,正好是那年腊月二十八中的!

李　四　买彩票? 真是无知无耻,妄想着不劳而获、天上掉馅饼,典型的懒汉蠢材思维!

张　三　关键是拿别人的钱买彩票,中了还不还! (凑上脸,拉李四打)哥,是不是得赏一巴掌?

李　四　(欲打,忙收手)你别想着碰瓷哦,净使这下三滥的手段!

张　三　(狠扇自己)我替哥打,别脏了哥的手! 还有呢,最不要脸的是,我后来就凭借哥的那 10 万元,翻身了,娶了媳妇成了家,开办了企业,也活成人了。可我,直到今天才来……不还钱还要借 10 万,你说我咋就是个畜生呢? (又很扇自己)还不如个畜生呢!

李　四　碰瓷不成,又上苦肉计! 得了得了,算我眼瞎了,当年可怜你和我同样被拐的命运,也的确庆幸自己比你走运,有施舍的意思。你走吧,10 万元不提了,就当我喂了一只猫,发起情来跟流浪狗跑了。

张　三　哥,你真就对兄弟的人品失望了,这可不能啊! (笨拙地掏包)

李　四　(警惕)你干什么? 你可别乱来啊,再要 10 万、20 万,也给你!

　　　　〔张三居然掏出钱,一摞一摞拍在李四手里,整整 20 万元。

张　三　哥,还钱!

李　四　你这又是什么花招? 进门到现在你套近乎、灌蜜汤、碰瓷、苦肉计,还打两张白条,现在又想拉我贩假钞啊?

张　三　哥,你别怕,硬铮铮的人民币,下午刚从银行取的! 欠了十年的账今天该还清了! 本金 10 万,利息 10 万,哥要还认我这个兄弟,就爽快收下!

李　四　(见果然是真币)小耗子,你这是?

张　三　哥! 不瞒你说,我今儿确实不是来还钱的……

　　　　[李四本能扔了钱,后退。

张　三　哥,我是来还情、来还义的! 我五岁被人贩子卖给收破烂的养父母,没几年养母就死了。十年前,我的养父,他主动帮我找了我的亲生父母。他知道自己得了胃癌,没钱做手术,也不想拖累我。而我,也不想欠他的,更不能这么丢下他。我就想方设法也……抱了一个小男孩,卖给人贩子得了 3 万元。可是我刚递过孩子就后悔了。我想把小孩要回来,他却威胁我要 10 万! 我不能坐牢,更不能害了人家孩子! 就只好向你借钱。谁知道,你连借条都没要……

李　四　当时你失魂落魄、着急忙慌,我就派人跟着你,说是你解救了一个跟咱一样被拐的小孩,所以后来这钱……我也就没在意了。

张　三　不,哥,这手续咱得补上。祸是我闯的,钱是我借的,这欠条你收下!

李　四　(收下欠条)可是你后来招呼都不打就走了,可就把我不当哥了!

张　三　起初,我真想不还你钱了,我就带着养父回到了我亲生父母家,想着逃得远远地,就把这事忘了。可越是和亲人们在一起,就越是忘不了这 10 万元。我打着小工买着彩票,天天做梦中大奖。结果还真中了 10 万元,那年拿到钱想给你打电话,我养父又病重不得不切胃……再后来,我努力挣钱、攒钱,直到今年才攒够了干干净净的 10 万元……

李　四　这……是 20 万?

张　三　这 10 万是媳妇让我借我大舅子的。她说咱借了人 10 万,
　　　　欠了十年,利息总该给些。

李　四　(拿起欠条)这就是你的第二张借条……这也太多……

张　三　这利息 10 万,一点也不多。当年你那 10 万免除了我的牢
　　　　狱之灾、换回了我的良心,还给我带来了那么多亲人和关
　　　　爱,今年还搞了个寻找被拐儿童的公益平台,兄弟我不光能
　　　　自食其力,还能助人为乐! 我值了、赚了啊!

李　四　(撕借条、装钱)这些钱你拿回去吧,你从来就不欠我的……

张　三　哥,就算没有借条,这账我也得还! 我就是连本带利还给
　　　　你,还都觉得不够! 你当初借给我的不仅仅是救命救急的
　　　　钱,更是信任和情义! 而我真是个混蛋,十年才来。我……
　　　　就想叫你把我狠狠地骂上一场、美美地打上一顿,我这心里
　　　　才能舒坦啊!

李　四　所以你就故意给哥拱火!(拥抱)我的好兄弟啊!(突然推
　　　　开、打骂)你个混蛋! 现在,你给我把这些钱拿走!

张　三　哥,你还是不原谅我?

李　四　傻兄弟,拿着这些钱,算哥资助你的公益寻亲机构,咱哥俩
　　　　一起送更多的宝贝回家!

　　　　〔二人相拥!

　　　　〔剧终。

流浪狗

时　间　一天早上

地　点　某城中村

人　物　天　狗　天神，厌腻了仙界悠游，想体验一把人间生活

　　　　张　姐　女，四五十岁，房东婆娘

　　　　李　姐　女，三十多岁，丧夫，拖着病孩子城里求医

　　　　儿　子　男，三四岁，李姐的儿子

　　　　小　王　男，二十多岁，打工仔，租客

〔幕启。舞台一角，一缕奇异天光中天狗突降。

天　狗　（汪汪叫了几声）某乃天界神犬，厌腻了天上锦衣玉食却又空虚无聊的虚幻光景，趁着主人闭关炼丹，溜下凡间戏游一番。听说尘世人皆好利，眼中只有一个"钱"字，若变做个金娃娃，怕是要被五马分尸、八瓣疯抢了。待我变做一只丑巴巴、脏兮兮的流浪狗，看看会待怎的？（变身）哎呀，这养尊处优、肚肥肠腻，实难收束……权且当作怀揣犬子。（变作一怀孕的流浪狗）

〔挤挤挨挨、无序错落的某城中村，一家院外的小旮旯是李姐的包子铺。

〔周末清晨，房东老婆张姐穿着睡衣开院门，准备去买菜，自家的旺财（一只泰迪）先蹿了出去，发现一只流浪狗正无精打采地卧在门边，狗仗人势汪汪叫，然后凑近去闻。

张　姐　呦，哪来的小脏狗？旺财乖乖，快过来，昨天刚 200 块钱洗的澡做的造型，别没出息地瞎闻瞎蹭。（欲踢流浪狗，嫌脏收回，流浪狗瑟瑟发抖）（拿狗绳套泰迪，往外走，冲着包子铺）骚货招骚，肉包子招狗。到处是发情的小骚货，我还得把宝贝拴住喽，免得中了骚招！李姐，从哪招来这又臭又脏的流浪狗，赶紧给我哄走！

天　狗　嘿,真有趣,头一个就碰上这么个伶牙俐齿的。就是这嘴,又臭又脏!

李　姐　(从铺子出,慌忙上前看看)哎呀,不好意思,我真没发现,我马上把它赶走……(递上2个包子)旺财的包子!

张　姐　你这包子也就用来喂喂狗!妄想着吊城里人的胃口,做梦!不光这狗,还有你娘俩,说好了今天搬走……我买菜回来别再让我看见这狗,还有你,恶心!

李　姐　(忍气吞声)张姐……我还没找到房子,孩子还病着……

　　　　[旺财边吃包子边往流浪狗身边蹭,张姐狠拉旺财走。

张　姐　那更得赶快搬走,要不孩子有个长短还讹上我们了!(骂旺财)瞧你那丧眼垂涎的样儿,天下公崽全这臭德行,不管香的臭的,是个母崽就走不动了!

天　狗　哟,这话里话外信息量还蛮大!欸,我且待好戏!

　　　　[张姐气愤无奈,欲赶流浪狗。

李　姐　唉,可怜的小家伙!(天狗嘤嘤地叫,她转身拿来一个包子,掰开吹凉,蹲下来喂)饿了吧?刚出锅的肉包子,吃吧。(天狗谨慎地闻闻)跟我娘俩一样,没有家的流浪狗。快吃吧,吃饱了,有劲儿了,好找家去!

天　狗　这女人?好像蛮可怜、挺善良哦!(馋)肉包子……我先谨慎着些。

儿　子　(睡眼惺忪)妈妈……啊!一只可爱的小狗狗。(欲上前摸)

李　姐　(急忙阻止)儿子,别动,它怕生……

儿　子　(拿来小火腿)妈妈,试试这个,我最爱吃的!

李　姐　乖儿子,给妈吧,小心它咬你。

天　狗　(实在忍不住了,吃)人间美食太具诱惑,我还是赶紧尝尝!

儿　子　（高兴）瞧它吃了,吃得真香。妈妈,这小狗好可怜啊,它好像生病了。

李　姐　（忧伤地）儿子,她是个狗妈妈,肚里怀着宝宝!

儿　子　（天真无邪地看着流浪狗）狗妈妈……妈妈,我们能收养它吗?

李　姐　这……妈妈每天忙个不停,我们……照顾不好它的。

儿　子　（给狗喂食、喂水）妈妈,我每天照顾他,保证每次打针都不哭!

李　姐　在城里收养狗狗很不容易的,需要很多钱,办很多手续……

儿　子　妈妈,我有姥姥给的 200 元压岁钱,我从今天起再也不浪费一个包子、一支铅笔!

李　姐　我们今天就要……搬家了,它跟着我们不方便! 楼上小王叔叔的女朋友在宠物店工作,交给他们会照顾好它的。

天　狗　跟着这家,天天有包子火腿吃,也不错……不急,（惊喜）凡间还有宠物店,倒也可以去玩玩!

儿　子　妈妈……我求求你了,你看它多可怜、多可爱啊!

李　姐　（摸着儿子的头）儿子,你还记得吗? 小王叔叔以前的媳妇儿小芳阿姨,带着她肚里的宝宝去了很远很远的星球。这不,他们想念小王叔叔了,就变成小狗狗回来找叔叔了。

儿　子　真的吗? 那我爸爸什么时候也能变成小狗狗回来找咱们啊?

李　姐　（哽咽）好儿子,快了,等我们搬了新家……

儿　子　（高兴）等我们搬了新家,我就把新家的地址写在孔明灯上,告诉他!

　　　　妈妈,我们快收拾搬新家吧!

李　姐　可是妈妈还没……唉！

儿　子　(高兴转身对着流浪狗)你真的是小芳阿姨吗？(天狗"嗯嗯"叫出了声,孩子开心)你真是小芳啊！小芳阿姨,您能告诉我爸爸,让他早点回来看我啊。他变成什么都行,狗啊猫啊,小乌龟小兔子,最好变回原来的样子,我就可以让他陪我去打针,也能帮妈妈干活！我好想他啊！小芳阿姨,我这就叫王叔叔下楼接你们。

　　　　〔李姐泪流不止。

天　狗　多可怜的孩子！早知道无论如何都把这肥肠油肚收回去！

儿　子　(冲楼上喊)王叔叔,快下来啊,小芳……(被李姐堵住了嘴)妈妈,你怎么了？

　　　　〔小王上。

小　王　小宝,你刚叫叔叔了？

李　姐　没,没事,孩子想叫你们……吃包子……

天　狗　嘿,人啊可真奇怪,真难琢磨,也真有意思,我,继续看戏！

小　王　我正要下来买包子呢。4个包子,2碗稀饭,打包。(对儿子)哟,哪来的小脏狗啊？小心咬你。

儿　子　王叔叔,这……是我家的狗……

李　姐　儿子,你再给小狗拿根火腿肠去。(悄声对小王)别听他的,这狗一早上也不知道从哪来的。对了,小王,你的女朋友不是在宠物店吗？这狗,洗干净了应该很漂亮呢。肚里还怀着,一窝下不少,你把它养些日子,只赚不赔吧。

王　哥　(走过去瞅瞅)哟,别说,好像还挺名贵;还真怀着呢,脏是脏点,模样还不赖。

李　姐　那你就赶快抱走吧,姐今天就走了,房东老婆不想看见这

205

狗……她买菜就要回来了。

小　王　这……(顺手拍照,发微信)我得跟人家说说……这狗来历不明,她个打工的,别惹事! 李姐,你这店开不成了? 才开了两月吧? 摊了一堆本钱,孩子看病又花钱,你娘俩可咋过?

李　姐　没事,小王,我这两天忙着找活儿、找房子呢,会好的……这狗?

小　王　这狗……(看微信暗惊,喜,旁白)哎呀,这还真是只名贵狗狗,我媳妇说了得值5000,欧元! (对李姐装腔)李姐,你这也太不容易了,不管找施主还是收养,你们都找不着门……我媳妇说就勉为其难,先送它到店里。

李　姐　太谢谢你们了! 你快抱走吧。不管怎样,好好待它!

儿　子　(上,递上火腿肠)王叔叔,小芳阿姨和你们的宝宝从遥远的星球回来看你了,你们一定要幸福哦!

小　王　(抱狗)小芳阿姨?

儿　子　对啊,我妈妈说的。他们变成小狗回来了,你们也可以幸福地在一起。

小　王　(心颤,为难)李姐……这……你让我……唉! (欲放下狗又舍不得)小芳她……真的跟我没关系,是她自己想不开……

李　姐　小王,你别误会……我随口一说哄孩子的……没那个意思!

儿　子　妈妈? 这不是真的吗? 爸爸他也不会回来了吗? 不! 这只小狗就是小芳阿姨和宝宝! (对狗)小芳阿姨,你一定要告诉爸爸快回啦,变成什么都可以!

〔三人无声表演。李姐哄劝着孩子,向小王解释。孩子哭闹,小王也辩解。

206

天　狗　这……这也太复杂了,孩子眼中的童话,难道只是大人的谎言?哎呀,人啊……真是有趣!待我再略施小计,嗯,就这样,把自己包装成金娃娃……

[流浪狗正偷偷开溜,张姐带着旺财急匆匆回来了。看见流浪狗要溜,急忙放开旺财去追。

张　姐　旺财,快,快去缠住它!(看见李姐、小王等追上前,忙扔过来一只拖鞋,喊)你们谁都别碰它,它是我的!

李　姐　张姐,不好意思啊,我马上把它轰走,你别伤害它啊!

小　王　这只流浪狗李姐刚送给我了,我正要把它带走呢!

张　姐　想得美!李姐凭什么送你?你又凭什么带走?搞搞清楚,这是我家!(一把抱起流浪狗,装模作样)哎呀我的心肝宝贝啊,你终于回家来了,我可想死你了!

李　姐　这狗是你的?那你一早恶狠狠骂得那么难听?

张　姐　我那不是借狗骂……哎呀李姐,你哪里知道,这是我以前养的,不知道怎么就丢了,狗最灵性,这不又回来了!是你的终究跑不了!

小　王　张姐,我在你这里住了这么多年,旺财你是养了几年了,可没见过你养别的什么狗啊!(旁白)这么金贵的狗你养得起?你也就讨只杂种的泰迪玩玩。

张　姐　我家什么事你管得着吗?你管好自己就行,别再拈花惹草让媳妇寻死觅活了!

小　王　你……你这婆娘少在这添盐加醋嚼舌根,小心我抽你!

张　姐　嘿,你抽你抽,我的地盘上你还撒开野了,今天也麻溜地给老娘卷铺盖滚蛋!

李　姐　张姐,别生气,你的就你的!没必要动不动就撵人,我们外乡人进城打工不容易……

小　王　（抢过狗）这狗还给我，老子这就走人，谁愿意住破屋、天天看你撒泼？

张　姐　（抢狗）我的狗！（抢不过坐地撒泼抱腿）来人哪，耍流氓了、抢劫了！

李　姐　（劝）小王，你就给她吧，一条流浪狗，别把事闹大了不值当！

小　王　姐，这不是一条流浪狗的事，咱不能总让她这么欺负！

张　姐　你小子早就认出来了吧，这确实不是一条流浪狗，这是值大钱的狗！

李　姐　（捡起张姐身边的一张纸）"《寻狗启事》，心肝宝贝罗秦一只，不慎走失，重金悬赏……"（惊呼）20万！

小　王　（狠踹张）去你妈的！老婆，快来帮忙！5000欧元变20万啦！这破烂贫民窟咱不住了！

李　姐　小王！原来你早惦记着把它卖了！想得美，它是我的！是我的肉包子把它引来的！还给我！20万可救了我孤儿寡母的命啊！（抢）

张　姐　（操起李姐家的刀，疯了似的跑上前抢）你们都他妈别做美梦了！老娘的地盘上，全是老娘的！

　　　　〔孩子早被眼前疯狂的场景吓坏了，大哭着喊："爸爸，我要爸爸……"

天　狗　哎呀我的妈呀，小神我真要被五马分尸、大卸八瓣啦！世人果然好利，为钱拼命啊！算了算了，一条流浪狗，惹出人命来便不好玩啦！小神去也！（流浪狗大叫一声，没了踪影）（欲下，摸摸孩子的头）孩子怪可怜的，我还吃了他最喜欢的火腿肠，不如这样……（变出一只毛绒狗狗递给孩子，下）

儿　子　（抱着毛绒狗狗，看着狗胸前的字"爸爸"）爸爸！爸爸真的
　　　　回来啦！爸爸真的回来啦！
　　　　［疯抢的三人这才发现，流浪狗已然消失不见。
　　　　［剧终。

送　礼

时　间　某天晚上
地　点　李四家
人　物　张　三　女，30多岁，某局下属艺校老师，李四曾经的部下
　　　　李　四　男，50多岁，某局局长
　　　　李　妻　女，50多岁

　　　　［幕启。夜幕中，张三提礼物上。

张　三　盯着我看啥？我去给领导送礼！人都说，这年头人分两类，
　　　　一类是送礼的，一类是收礼的！你说啥？没有送礼的就没
　　　　有收礼的？错！没有收礼的就没有送礼的？扯！这问题就
　　　　跟先有鸡还是先有蛋一个理儿，千古谜题！唉，我也是踏踏
　　　　实实、兢兢业业干了这么多年也闹不明白！（气愤）为个副
　　　　高职称，连报5年，生生就报不上。你说我业绩不行？文章
　　　　专著都超标，大奖小奖也没少拿。哼，这年头，到处是猫腻！
　　　　没写过一个剧本的一级编剧一抓大一把，没导过一台戏的
　　　　一级导演一街站两行。我今年才知道，我这报不上全是李
　　　　四这老东西玩猫腻。唉，人在矮檐下哪能不低头。今天咱
　　　　就厚着脸皮去给人送礼。你问我送啥？我今天是按高人的
　　　　指点，有备而来，先礼后兵：（拎起茶）先上白茶银针，搞定咱

就两安;如若不然……(掏出一小本)再翻黑本老账,敲打敲打这老混蛋;再不行……不至于不至于……但愿一招定乾坤! 对了,高人说的,保险起见,先把这秘密武器打开(打开录音笔)。唉,为个破职称,把人逼成克格勃了! 还得忍着不满,脸上堆笑,嘴上抹蜜。(敲门)

李 四 (不耐烦地)谁呀?

张 三 (赔笑)您好,李局长,我啊,小张!

李 四 (疑惑开门,惊讶)小张? 哦,小张啊,你怎么来了?

张 三 哎呀,李局长您……在家也那么帅,穿家居服更显年轻啊!

李 妻 (故意咳)哟,这谁呀,这么会说话!

张 三 (正好挤进门)哦,嫂子好啊,哎呀,嫂子可是越来越年轻漂亮了啊!

李 四 小张啊,好久不见,今天这是什么风把你给吹来了? (自己坐下,并不招呼小张坐)

张 三 李局长,我这不是当年因为事业身份留不到咱局里,调到艺校当老师吗,好久不见您和嫂子,别说还挺想。今天特意来看望你们,给您带了您最喜欢的白毫银针,特级手工明前茶!

李 四 哦? 小张,你怕是无事不登三宝殿啊,有啥事,直说!

张 三 领导就是雷厉风行,难怪这短短五年就由处长升到了正局!

李 四 (不耐烦地)你快说,我一会儿还有个视频会议。老婆,你去给我把手机充上电。(支开老婆)

张 三 也没啥大事,就是职称申报的事!

李 四 小张啊不是我说你,这么多年了,你还是长不大、拎不清啊! 职称的事,你按程序走嘛,有问题应该找你们单位啊;再有不清楚的,你找职改处、人事处啊。你找我,这跨了衙门还越了好几级呢。

张　三　老领导,不瞒您说,我们单位、职改、人事,我都找过了,他们都推三阻四说不清楚,咱局里也就您一手擎着天,张嘴说了算啊!

李　四　哼,这道理,你是今天才明白啊? 来,坐下说说你是怎么明白的!(招呼坐他身边)

张　三　我……(依然站着)老领导啊,我当年就是一傻大姐、柴火妞,您当年那可是足智多谋、运筹帷幄,您这以后估计还得蒸蒸日上、平步青云! 您就念在咱共事一场的份上,帮我一把!

李　四　哎呀,这结了婚、当了妈,当年的生瓜蛋子也舌头开花了。可惜啊,晚了,开了花也是明日黄花! 咱共事一场,从来也是公事公办。你职称的事,按程序走,报不报、批不批,到时候看吧。请吧,你也老公孩子的,挺忙,我就不留你了! 把你的白毫银针带走,我可不缺你……寡淡没味的这一盒!

张　三　李局长! 你也不必跟我打官腔。这几年我们基层单位的职称材料一报上来,没有打紧的关系根本连参评的资格都没有;一说就是没名额、没指标,名额指标究竟是该给干实事、有业绩的人,还是该给那些或凭借关系的人、或溜须拍马、或出卖色相的人? 我这职称连报 5 年,回回到局里就给打回来,是我业绩不够吗? 文章专著我样样有,大奖小奖我没少拿,你还别说,这几年评上副高的,比我业绩强的也数不出来几个。

李　四　可笑,幼稚,你早该明白名额指标是该给谁的! 我可没空听一个更年期提前的妇女在这无理取闹发牢骚！快走吧，别怪我不客气！

张　三　就当我是个幼稚的更年期妇女，究竟是谁在捣鬼谁心里明白！我都打听清楚了，这些年你明着暗着给我使绊子，分明就是故意刁难我、整我！

李　四　真是可笑，我堂堂一个大局长，犯得上那么关心你，一个提不上串的小职员？走吧走吧，别沉湎往事、自作多情了！

张　三　李局长，我本不想把咱们的关系越搞越僵，今天来也是想提醒您一下，别忘了我在你手下干了五年多，你的那些破事脏事我还真记了不少！

李　四　我……这些年行得正走得端，身正不怕影子斜。我有什么破事脏事？

张　三　若要人不知，除非己莫为！别以为账抹平了就过去了，一笔笔都有人给你记着呢。

李　四　别跟我装神弄鬼！说话得讲究证据，要不我告你诽谤！

张　三　要证据是吧，别以为我只是诈唬你！（打开包，还劝自己）唉，冷静冷静……

李　四　（轻蔑）你可不就是诈唬吗？有本事拿出证据来啊！

张　三　好，是你逼我拿出来的！（拿出小黑本，又打开了手机录音，自言）逼我出损招，我就来个双保险！（对李）你的脏事、破事一笔笔清清楚楚记在上面。要我给你念念吗？

李　四　你……（冷笑）你这套是我玩剩下的！我来给你背诵一下吧！无非就是，某年某月某时某分，谁谁谁几百元、几千元餐费、油费冒充公差、接待；某年某月某时某分，谁谁谁伙同谁谁谁造假劳务费私分项目款；再有某年某月某时某分，谁谁谁浴场、会所、夜总会招待谁谁谁……（大笑）哈哈哈……
你以为这自说自话的小黑本能作为证据吗？这只能当作一
个神经病的病历记录！傻大姐，退一万步讲，你以为这些证
据能把你、你们、他们都撇得清吗？别忘了，餐费、油费也有
你的份吧？私分的劳务费你也没少拿吧？

张　三　无耻！真是无耻！没想到你竟然无耻到这种境界了！

李　四　又幼稚了不是，不无耻我能干到今天？

李　妻　（急出，挡）老李，你傻啊，还跟她废什么话啊？你还不走？
还想在我家里撒泼吗？

张　三　（恶狠狠地报复）嫂子，他当年的花花事没少惹你一哭二闹
三上吊吧？会所、浴场的那些野鸡不算，遇到个有点姿色的
就往上扑！有名有姓的这本上记着不下 10 个，你就不想了
解一下？

李　妻　哼，怕是还有你一个吧？还不就是你们这些想不劳而获靠
色相上位的狐狸精把好好的男人都给带到糜（迷）子地里去
了？不要脸，还有脸上门来找骂！

张　三　你……你们真是太恐怖、太疯狂了！（无望地笑）哈哈哈，看
来我只有豁出去了，职称我也不稀罕了，咱就试试，拼个鱼
死网破，看看这世界到底还有没有公理！（拿出录音笔）你
们说的这些我已经录下了，等着纪委接见吧！对了，还有一
句（对着录音笔）我不是狐狸精，正因为当年我不齿于出卖
色相，让这个混蛋没能得手，才被他挤去了下属单位，才有
了今天被逼无奈、出此下策的！而这一切，都是你们，逼着
兔子咬人！（转身欲走）

李　四　（怒）你给我站住！（慌忙变了语气）小张，别急别急，误会误

会……

李　妻　（赔着笑）小张妹妹，哎呀都怪嫂子，嫂子刚才没弄清状况，
　　　　这是不是把话给说岔了！

张　三　嘁，脸色变得够快，一对变色龙啊！哼，你们……这是怕
　　　　了吧？

李　四　什么怕不怕的？（亲切、和蔼）小张啊，快请坐、快请坐，咱同
　　　　事一场，老哥这暴脾气你还不知道吗？你也一样，还是当年
　　　　那直肠子，这不，一个火柴棍，一个大炮仗，一点就着了！
　　　　（提着小张的茶，给旁边的李妻）老婆，快给小张沏茶，就沏
　　　　她刚拿来这白毫银针，亏得她有心，还记得我喜欢喝茶！

张　三　（坐下，思量自语）这损招看来奏效了，我先听听，见机行事，
　　　　这脸算是丢在他家了，谁让咱就稀罕这职称呢。

　　　　〔二人在一旁边泡茶边咕哝。

李　妻　你这脾气……忍着点吧……录音笔一定得拿下。

李　四　小黑本也得留下。谁料到这傻大姐竟然跟我玩这套！（端
　　　　茶赔笑）来，小张，请喝茶。老哥刚才其实就是跟你开个玩
　　　　笑。你调走这么多年，咱就很少见面，老哥这不是还挺想
　　　　你，不不不……你别理解歪了哦，这个想，不是那个想，这个
　　　　想就是单纯的革命友谊的想！

李　妻　小张啊，别听他瞎说，你哥是想说，过去啊是对你有点意见，
　　　　想着你调走后这么多年也不来单位找他，好歹共事五年多，
　　　　别光惦记着你哥的坏处了。

李　四　对对对，你嫂子说得对。这不，几年不见咱还有点生分了，
　　　　一见面话就说岔了。误会误会！你看，咱坐下来，重来，喝
　　　　茶，慢慢聊。

张　三　好吧,那咱就重来,慢慢聊。

李　四　你刚进门说什么来,职称是吧?哎呀哥以为你早就是正高了,凭你的能力、才华,正高一点不差。

李　妻　可不是吗?老李,这就是你这当领导的不对了,人才是兴国之本、人才是第一资源,你这当领导的可要把人才当第一大事来抓的!(对小张)小张啊,只要你把那个本……那个笔……咱有话好说!

李　四　有话好说、好说!这都怪哥,这么多年,光顾着当官了,也没顾上操你这心,你放心,副高,咱今年就解决!

李　妻　那必须可能,没有条件创造条件也要可能,一切皆有可能!

张　三　我也不指着你给我开后门,咱该什么就什么,可你得说话算话!

李　四　小张啊,你放心,哥是啥样人,说到做到雷厉风行!你把那本、那笔留下,哥明天一早就给他们招呼!

张　三　不行,你现在当着我的面就招呼!

李　妻　行,你快交出来,老李现在就招呼!

李　四　唉,倒霉认栽地!打,我这就打!(打电话)喂,小王啊,张三那职称,今年就给她过了吧,过过过,送瘟神!

　　　　〔张三交出小黑本和录音笔,赶紧转身走。

李　四　(暴怒,扔出茶叶)滚!给我滚!

　　　　〔清冷的夜色下,张三心潮难平,抬头望月。拿出手机,手机里播出刚才的录音:"你的脏事、破事一笔笔清清楚楚记在上面……无耻!真是无耻!……"

张　三　(不可思议地自问)天哪,刚才都发生了什么?违心谄媚、损招黑招、撕破脸皮、攻击谩骂……我这是为个副教授要把自己变"叫兽"啊。可怕,太可怕了,疯狂,太疯狂了!我还就不稀罕了,什么正高副高,我就这么拿到个职称,我还称得上个人吗?还配得上教书育人吗?像这样的赃官烂官当道,我们这老实人不都得被逼疯,兔子不都得被逼得满世界咬人吗?……可是,我就这么放弃这斯文丧尽换来的机会吗?

〔张三裹紧了自己,加快了脚步,走进了无边的夜色里。

〔剧终。

万字剧

秧歌剧·鼓跃龙门

时　间　1937年夏秋

地　点　韩城龙门

人　物　灵　凤　女,十六七岁,龙门大户党家千金

　　　　游　龙　男,二十多岁,凤凰寨土匪头子,好爱打鼓

　　　　修　武　男,二十多岁,联保队长,与灵凤指腹为婚

　　　　明　宇　男,二十多岁,革命志士,灵凤的二哥

　　　　香　草　女,二十多岁,小脚婆姨,明宇的媳妇

　　　　党　父　男,五六十岁,龙门大户党家老爷

　　　　哨　子　男,三十来岁,土匪小头目

　　　　腿　子　男,二十来岁,土匪小喽啰

　　　　狗　子　男,二十来岁,联防队小队长

　　　　丑　　　丑角,韩城秧歌特色行当,刚、健、悍、勇。管家扮

　　　　包　头　旦角,韩城秧歌特色行当,妖、巧、俏、媚。香草扮

　　　　家丁、土匪弟兄、父老乡亲等若干

序

[1937年,夏收忙罢,龙门禹王庙。

[龙门黄河,激浪奔涌。西岸禹王庙前,各色民俗物件、特色美食叫卖吆喝;秧歌社火、锣鼓赛社,热闹异常。

[伴唱:天上来的黄河呦千年万年滚波浪,

禹王开的龙门呦顶天立地向东方。

咱黄河的儿女呦祖祖辈辈胆气壮，

打起鼓来震天响，唱起秧歌情意长！

[香草和管家扮唱秧歌的包头和丑，打"赛社募捐、共同抗日"横幅上，拜场。

丑　　（白）黄河水，浪打浪，

打得麦浪顶破仓。

包　头　（白）天道亏，凶煞降，

鬼子作乱丧天良。

丑　　（白）禹王爷，寿无疆，

解囊君子福寿长。

包　头　（白）你举刀、我扛枪，

打得鬼子屁滚尿流回东洋！

[群众议论嬉笑，急着看热闹。

乡党甲　再甭诳我老实农民了，鬼子离咱龙门远着呢，谁不知道这是县老爷跟龙门首富结亲家，哄骗我老百姓搭礼呢！

乡党乙　打鬼子是当兵的事，军费是国家的事，我们是来赶会看热闹的，快演戏，快打鼓！

包　头　（气得不演了）你们这帮糊涂虫，保家卫国、人人有责……

丑　　（忙阻止）好我的少奶奶！不叫你扮戏你非要扮上，扮上就是戏灵子上身，先把场面顾住！走起！

丑　　（唱）一把扇子七根柴，

鹞子翻身滚下来。

包　头　（舞着扇，唱）咱二人不是捆柴的手，

后场请出锣鼓家伙来。

218

丑　　(白)黄河沿的汉子二百五,

包　头　(白)个个生来爱打鼓。

丑　　(白)薅老汉病娃庄稼户,

包　头　(白)鼓神上身赛盘古。

丑　　(白)围鼓行鼓河阵鼓,

包　头　(白)甭谝你是龙还是虎。

二　人　(合)禹王庙前决胜负,

　　　　　看谁夺走这天下第一鼓!

　　　　[两队锣鼓,龙虎相斗;彩绸翻飞,鼓乐震天。

第一场

　　　　[紧接序。喧闹中,乔装成村姑的灵凤背包袱上。

灵　凤　(唱)九曲黄河翻金浪,

　　　　　喜盈盈夏收粮满仓。

　　　　　敲锣打鼓震天响,

　　　　　红不楞楞的花竿飞舞忙。

　　　　　俏个生生大小姐苦啊苦愁肠,

　　　　　憨个蛋蛋村姑娘乔装出闺房。

　　　　　闹个腾腾的庙门前趄摸张望,

　　　　　悄个声声的我呀来寻……来寻……

　　　　[帮腔:来寻情郎?

灵　凤　(俏皮)哈哈,你们呀,就一个字——俗!

　　　　[帮腔:来寻哪个?

灵　凤　来寻……就不告诉你们!

　　　　(接唱)悄个声声的我呀巧呀巧躲藏!

219

[在秧歌队中舞蹈穿行,张望寻找。

[突然惊喜呼喊:哎呀,好我的哥哥!

[顺着灵凤的指引,只见一草台上有"国光演剧社"横幅,哥哥明宇正在演戏。

[戏中戏:秦腔《还我河山》片段。

明　宇　(扮岳飞,唱)怒发冲冠抬望眼,

仰天长啸莫等闲。

可叹我大中华多灾多难,

小日寇无故地侵我中原。

眼看着山河破碎形势险,

恨敌寇侵犯越理罪滔天。

是这样失国土奇耻大难,

铁蹄下黄河儿女怎能旁观?

["岳飞"唱罢,剧团同仁一同向台下群众发《怒吼报》并疾呼募捐:"小日本全面侵华,三路重兵攻打华北! 上海沦陷,山西遭难。黄河危急、陕西危急!""中华儿女团结起来,一致对外,坚决抗日! 父老乡亲有钱捐钱,有力出力,全力支持红军北上抗日!"

[群众有的懵懂看热闹,有的被激荡感染而振臂大呼:"打倒小日本,保卫大中华!"有人捐款,有人飘凉腔。

乡党甲　那边打鼓赛社说是抗日捐款,这边唱戏也说抗日捐款,这咋都说抗日还尿不到一个壶里?

乡党乙　乡党们甭瓜了! 那边拜场的是党家少奶奶和管家,这边唱戏的是党家少爷。党家小姐这要嫁给县老爷兄弟,这捐款说是抗日,八成是官商勾结胡日鬼!

220

　　　　　［群情激愤,有人讨要,有人趁机砸抢。

灵　凤　(情急,挺身而出跳上台)乡亲们,我就是党家小姐党灵凤,
　　　　我党家诚信经商,仁义当头,绝不会欺骗大家捐款。党家和
　　　　冯家结亲的事……也一笔勾销。这是我的嫁妆,金银细软,
　　　　我今天全捐了! (捐出巨资给剧社同志)全力支持抗日,把
　　　　日本鬼子赶出中国去!

　　　　　［人群一时安静。突然有人喊。

乡党甲　不对,他们这是一伙的,那唱戏的是他哥,她就是个托儿!

同　志　我们是延安来的"国光剧社",为共同抗日义演募捐,感谢父
　　　　老乡亲的支持! 小日本全面侵华,中华民族危在旦夕,支持
　　　　抗战,人人有责! 请大家有钱出钱、有力出力!

　　　　　［人群骚乱不止。

明　宇　乡党们,咱管她是不是托儿,咱这义演募捐本就是谁爱捐谁
　　　　捐,不捐没人硬要。今天是拜禹王,图个吉利热闹,这剧社秦
　　　　腔唱得地道。同志们,咱的秦腔吼起来! (拉灵凤到僻静处)

　　　　　［戏又开场,群情平息。

香　草　(急上)你俩还在这喊? 咱爹和县联保队要带人来拿你哥
　　　　呢! 这再发现你跑了,还不得把龙门镇翻个颠倒!

灵　凤　哥,他们逼我嫁给冯修武呢! 我今儿逃出来就是想让你带
　　　　我奔延安,想给你帮忙,还倒添乱了!

明　宇　好我的妹子呢! 你先到禹王庙后山躲躲,我把剧社大伙安
　　　　顿一下!

香　草　咱爹他们主要是拿你兄妹,你先带灵凤跑,这一摊子有
　　　　我呢!

明　宇　你? 你光会装旦扮丑给我捣乱!

灵　凤　哥，嫂子她还不是想给你帮忙！这摊子，我嫂子能应付！

明　宇　可是……唉，我的好妹子呢，哥这次回来还有大事呢！

灵　凤　哥，我把你的大事扰乱了？

明　宇　不说啦，咱先避避！香草，大家也认得你，你保护好他们，
　　　　就说老地方会合。

香　草　你放心，我保咱同志少不了一根毫毛！你能干大事，你婆娘
　　　　就能帮你干大事！

灵　凤　哥，我不拖累你的大事！我……自己跑延安！大不了，心一
　　　　横跳龙门，就是不嫁给他冯家！

明　宇　妹子，现在情势不同了，你先同我僻静处商量。(卸靠)

　　　　[此演区隐。

　　　　[联防队、修武上。

修　武　(唱)夏收忙罢祭禹王，

　　　　　　给我修武娶娇娘。

　　　　　　大舅子闹红添谋乱，

　　　　　　老丈人发话押衙堂。

　　　　　　联保队长我晃虚枪，

　　　　　　荷枪实弹装模样。

　　　　　　禹王庙前调兵将，

　　　　　　逛一圈热闹回家布喜堂。

　　　　[挑着"鱼龙鼓队"社旗的队伍挑衅般与联防队相对行进，假
　　　　装无意戏耍起联防队员。

游　龙　(唱)龙门丰收锣鼓庆，

　　　　　　山寨弟兄鱼龙腾。

　　　　　　摸摸世情探行情，

耍他个天下第一,我土匪也把鼓王封!

联防队死猫瞎狗当头碰,

冤家路窄喜相逢。

弟兄们!(众人眼色行事)

舞他个如来耍猴龙戏虾,

敲他个隔山打牛神鬼功。

[联防队员被敲打得晕头转向、吱哇乱叫,这群歪瓜裂枣扭

七趔八躺在地上,引得众人笑翻天。

狗　子　(捂着头,烂醉般)报告队长,只见打鼓跳舞的,没见闹红演

戏的!

修　武　(唱)真一群酒囊饭袋窝囊废,

七转八绕各个像喝醉。

本就是装模作样了是非,

这丢人卖害不如早收队!

撤,到前边去看看!

[党家管家急上:"姑爷,不好了,小姐……"话没说完,脑后

一拐棍将其打翻。

党　父　(扔完拐棍,上)贤婿!灵凤她……怕是看热闹迷了路,你快

派人寻她!

修　武　(急)列队,快给我找!

[联防队颠三倒四列队、你东我西乱跑。

管　家　(爬起,扶眼镜)看,少爷、小姐!

[明宇、灵凤正在鼓队、人群间穿梭躲藏。

[游龙给弟兄们使眼色,带着队伍掩护明宇和灵凤。

[震天的锣鼓似黄河咆哮,如万马奔腾,变化多样的鱼龙鼓

阵让联防队陷入迷乱。

[伴唱:黄河咆哮万马跑,

锣鼓震天人欢闹。

俏姑娘闯进了鱼龙阵,

龙飞凤舞胆气豪。

[灵凤被装扮成秧歌女挥着花竿在鼓阵中翻飞舞动,明宇被装扮成鼓手豪迈打鼓,迷惑了众人,躲避着追踪。

[当娇俏的灵凤与健硕的游龙遭遇,二人眉目放电,热辣激情,鼓之舞之,豪迈铿锵而又娇健翩然,宛如腾龙飞凤的默契配合引来万众瞩目和激赏。

[伴唱:扭秧歌舞花竿把哥的心尖尖挠,

打锣鼓扬龙威惹妹的心腾腾跳。

一对对毛眼眼撩一撩,

哎呀妈呀,

郎情妾意颠鸾倒凤神魂飘。

[周遭喧闹的人群都仿若静止,唯余游龙灵凤二人鼓舞相和,眉目传情。

[对唱:(男)崖畔畔上山丹丹艳,

艳不过妹妹红脸蛋。

(女)山脑脑头的龙虎壮,

壮不过哥哥黄河汉。

(男)崖畔上风吹任飘散,

红艳艳山丹丹孤零零单。

(女)山脑头雨激雷打闪,

威生生虎踞龙盘也想个伴。

（男）捧下朵山丹丹贴在心尖尖，

　　哥哥我爱花人是个痴心汉。

（女）瞄上个知冷知热壮实汉，

　　妹妹我放开胆敢闯龙虎潭。

（合）黄河里行船浪打浪，

　　搂紧我那哥哥/妹妹闯山跨海走天边。

［一阵鼓响，打破二人浓情蜜意。

［联防队等人早已被鼓阵绕得筋疲力竭、瘫作烂泥。

［灵凤游龙被众人簇拥着，举着"天下第一鼓"的旌旗。众人
高呼着：天下第一鼓！

［愤懑的修武，举枪向天震慑众人。却见飞机轰隆隆而来，
日军的炸弹投向了黄河岸边这片丰饶秀美的土地。人群如
鸟兽散。游龙本能护住灵凤。

［收光。

第二场

［当晚，游龙驻地凤凰寨。

［烛影摇曳中，灵凤安闲卧于床榻。

［游龙欲近、欲退，犹疑中，不禁被圣洁美丽的灵凤吸引，缓
步近前。

游　龙　（唱）一轮山月明，

　　　　　两支红烛映。

　　　　　一身白绸掩玉体，

　　　　　一尊菩萨卧空庭。

　　　　　但见她，

225

乌溜溜头发扭麻花，

白生生脸蛋开芙蓉。

我游龙，

却好似三伏天吃下半斗冰，

顿觉得心静神闲乘长风。

哎呀，在这神仙娘娘面前，野土匪咋成了净童子。我要怎样唤她醒来！（望见房里行鼓等乐器，欲打鼓）就算她爱听我打鼓，这梦里怕把她吓到；（欲敲镲）就算轻声敲打，也太刺耳怕把她惊着；（看见了笛）这个……轻吐气、慢捏眼，仙乐飘飘正好唤醒仙子。

〔游龙轻缓鸣笛，天籁幽幽。却见灵凤依然睡意深沉，游龙怜她疲乏，便移步窗前，竟沉浸乐中。

〔灵凤缓缓睁眼起身，恍然不知身在何处。

灵　凤　（唱）正在瑶台舞翩跹，

又遭猛虎追崖畔。

竹林山野梦沉沉，

笛管天籁入心田。

且循仙乐开眉眼，

恍然未解是何年。

背影刚健铮铮汉，

可是那生龙活虎威猛男？

幽幽天籁如丝缕，

竟是他深情款款弄笛管？

慌乱随他求脱险，

不想上了土匪山。

226

但愿能遇难成祥遂人愿，

万不能逃离虎口陷龙潭。

我试他一试，随机应变！（悄下床，拿花竿逗戳游龙后躲藏）

［游龙直觉花影一晃，忙回身去看灵凤，却不见人影。

游　龙　（又惊又恐）天哪，这人呢？难不成她真是神仙，说来，就硬生生闯进我心里；说走，就忽地不见了人影？（四处急寻）

［灵凤四下躲着，拿花竿不停地逗他。游龙也渐次觉出是灵凤故意逗他，几番绕弄充傻装愣后，忽然趁灵凤躲藏不及将花竿一绕，却把灵凤绕进了他怀里。

灵　凤　（娇嗔）哪里来的痴蛮莽汉竟敢欺负本大小姐？

游　龙　（逗趣）哪个犯了天条的神仙姐姐喜降匪窝？

灵　凤　光天化日你强抢良家女子，神仙姐姐现来拿你！

游　龙　哈哈哈！仙子可是拉着我这山大王不松手，硬往我怀里钻，死活要跟我闯山跨海走天边。

灵　凤　你胡说！（一巴掌扇来）

游　龙　（捂脸，欲生气又无奈）好我的天仙，你这睡了一觉啥都忘了？我禹王庙赛社打鼓，你闯鼓阵躲避追捕，我二人天作之合，手拉手心贴心前程共赴！

灵　凤　你还瞎扯！（又伸巴掌，被游龙架住）

游　龙　好好好！都怪我，趁火打劫把你抢上我这凤凰寨，又给你喝了安神汤。但你清醒的时候，唱着"搂紧我那哥哥闯山跨海走天边"，我可是听得真真的，我把你扛回来，要是……做我的新娘也不算抢亲吧？

灵　凤　什么？做你的新娘？你想得美！（又伸巴掌，这次游龙没有躲，灵凤倒娇羞收手）

游　龙 （凑上脸）你打,你打！你怎么高兴怎么打,（傻笑）禹王爷赏
　　　　我这土匪一个天仙老婆,就是被你打死,我也值了！

灵　凤 你……你真是锣鼓赛社夺魁的鼓王?

游　龙 你不信?（戴起鱼龙面具张牙舞爪）是不是那个鱼龙鼓阵领
　　　　头人?（又敲起行鼓威风凛凛）是不是那个龙腾鱼跃行
　　　　鼓王?

灵　凤 你真是这凤凰寨的土匪头?

游　龙 这……天仙听来。

　　　　（唱）游龙出身南山下,
　　　　　　　本是穷苦农家娃。
　　　　　　　一家老少做牛马,
　　　　　　　受尽财东狠欺压。
　　　　　　　弱母受辱遭恶霸,
　　　　　　　病父拼命死挣扎。
　　　　　　　小鱼我年方十五肺气炸,
　　　　　　　手刃财主逃天涯。

灵　凤 小鱼?这名字倒可爱。你怎的就成了土匪头子?

游　龙 （接唱）天道不公逼人甚,
　　　　　　　亡命天涯藏深林。
　　　　　　　一腔怒火穷人恨,
　　　　　　　杀富济贫不亏心。
　　　　　　　心狠手辣义为本,
　　　　　　　侠气肝胆远近闻。
　　　　　　　龙踞凤寨跨陕晋,
　　　　　　　全仗弟兄多帮衬。

十五年脑袋拴在裤腰带,

幸今日巧遇天仙活成人。

灵　凤　你就是神出鬼没的游龙?你就是心狠手辣的鲇胡子?

游　龙　天仙你也知道我这大号小名?

灵　凤　你时常头戴鱼龙面具,光天化日打家劫舍!

游　龙　我们只抢财物不伤性命,只抢财主恶霸,浮财常分穷人!

灵　凤　所以穷人叫你游龙,富人叫你鲇胡子!

游　龙　哈哈哈,鲇胡子也不算恶名,可见我凤凰寨还是美名在外!

灵　凤　(背唱)早闻听这游龙行侠仗义,

眼前这山大王淳朴善良。

俊朗的模样身板壮,

铮铮的汉子柔情长。

莫不是禹王爷天缘巧设,

俏灵凤就爱这野啦啦血气刚。

哎呀!(害羞,转念)

眼下危急神莫慌,

借他仗义做主张。

(拜谢游龙)

(唱)尊一声恩人哥来山大王,

你善良仗义美名扬。

赛社鼓阵救危难,

日后定当多报偿。

眼下孤女有难肠,

咱莫开玩笑把要情商。

游　龙　放心,你要是瞧不上我土匪山大王,我也不为难你,立马派弟兄送你回家!

灵　凤　我不能回家! 还望寨主仗义相助,帮我找到我哥哥!

游　龙　这有何难……

腿　子　(幕外急喊)大当家,不好了……二当家他……

游　龙　啥事,这么慌张?

　　　　〔灵凤忙避后。

腿　子　二当家他带着小的们回山西老家探亲,今日惨遭日军轰炸
　　　　袭击,二当家他没了,十几个弟兄,浑全回来的就剩我一个!

游　龙　什么? 二哥他没了?

腿　子　他被鬼子的炸弹炸得没个人形了!

游　龙　狗日的鬼子! (气极,扛枪)召集弟兄们,过河东给二当家
　　　　报仇!

灵　凤　(急阻)大当家……不要一时冲动!

游　龙　唉! (唱)一听噩耗血偾张,

　　　　　　　　可恨鬼子太猖狂!

　　　　　　　　十几年过命兄弟才分开,

　　　　　　　　忽然间惨死炮火隔阴阳。

　　　　　　　　胸中怒焰腾腾窜,

　　　　　　　　手里钢枪要上膛。

　　　　　　　　凤凰寨里没软蛋,

　　　　　　　　立时三刻过河报仇没商量!

　　　　灵凤姑娘,义字当头,委屈你了! 你在山上暂住几日,你的
　　　　事等我回来立马就办!

灵　凤　你呀,就是个土匪山蛮子! 你以为那小日本也是黄河对岸
　　　　哪个山头的土匪? 你这过去两杆子人械斗一场、拼个你死

我活就完事啦?

游　龙　小鬼子的能耐、兵力我当然知道!我不说杀他个几个班几个连,咱一人杀他一个保本,杀他两个赚一个,杀他七八上十个也算给二当家和弟兄们报了血仇!(向手下)通知弟兄们,抄家伙准备出发!

灵　凤　(阻)你们这样下山,搞不好连日本鬼子的面也见不上,就像二当家一样被炸飞了。听我哥说"七七事变"后,鬼子发动400万兵力大举侵华,飞机炸弹、大炮坦克,狂轰滥炸,就像今天,那炮弹可不长眼,隔着黄河都把人炸得魂飞魄散!

腿　子　大当家,这姑娘说得对呢,我们和二当家的正在场院里哄娃逗狗,不知道咋回事,一片轰隆隆飞机从树梢上飞过,雹子一样的炸弹就落下来,不等人反应过来,房子成了土堆,村子成了火场,方圆几十里都被炸成了稀巴烂,猪猫鸡狗连人,活下来的没几口,还都缺胳膊少腿……

游　龙　(恨得牙痒)狗日的鬼子!他们做事竟这么阴这么绝,咱这仇更不能不报!

灵　凤　还听说,那小日本灭绝人性,所到之处奸淫掳掠,无恶不作,连人都活剥生吃……咱不光要为二当家和弟兄们报仇,咱还要把狗日的鬼子赶出中国去!

游　龙　狗日的比地主恶霸都坏千万倍!真恨不得此刻就把他们千刀万剐!灵凤,看来你见多识广,不像我有勇无谋,你说咱该怎么办?

灵　凤　我也一时没个主意……我也只是从我二哥那里听来、从报上看来的。反正咱现在不能意气用事、轻举妄动,以免白送性命!

众　人　灵凤姑娘说得有理!

腿　子　大当家,今天轰炸过后,有几十号山西乡党,男女老少,伤了胳膊断了腿,也跟着我弟兄要上凤凰寨。我做不了主,让几个受伤的弟兄带着先往咱河西来,我先回来讨老大个示下……

众　人　这怕不成!

哨　子　大当家,咱寨子上上下下老老少少几百号人,这些年世道乱,光景可真不好过。要不是你带着咱开山种地,就凭咱抢的那几个圪蚤,早饿死了。这再添几十号伤老汉病娃,光知道伸手张嘴……再说了,都是些没根没底……

游　龙　河东河西都是咱黄河沿的乡党,遭了鬼子的欺负能上咱寨子找个庇护,那是看得起咱凤凰寨!(对腿子)你立马带人去领他们过河上山,有咱一口稠的,就少不了他们一口稀的!咱立刻下马报不了仇,多救些人,心里也踏实!

腿　子　大当家仗义!我这就去。(下)

游　龙　大家听着,白纱白帐白裱白花全给我上!可怜二当家尸身难归,咱弟兄们披麻戴孝、点香烧纸送二当家的一程!

灵　凤　慢着!白纱白帐白裱白花全免了吧,日子艰难,何必铺张浪费?披麻戴孝也过了,心里有的,哭死哭活不拦着;牌位供桌,点香烧纸,念念旧情旧好送一程,应该的。

众　人　(不知该怎样)这……

游　龙　今这事对理不对人,听灵凤姑娘的!

灵　凤　灵凤一时情急,没把自己当外人,多谢大当家的仗义明理!

游　龙　布置灵堂,燃香烧纸,送二当家!

　　　〔悲伤的氛围,渐次变得悲壮。

[游龙、灵凤带领众人将情绪都化成行鼓的乐音,悲伤、愤怒、抗争从舞动的手足、激荡的鼓点间涌泄而出。

[伴唱:天上来的黄河呦千年万年滚波浪,

　　　禹王开的龙门呦顶天立地向东方。

　　　咱黄河的儿女呦祖祖辈辈胆气壮,

　　　打起鼓来震天响、唱起秧歌情意长!

[收光。

第三场

[接前场,五更鸡鸣,凤凰寨。

[游龙、灵凤各处一室,辗转未眠。虽空间相隔,但心曲相和。二人舞蹈外化情绪。

[伴唱:(女)三更月当空,

　　　　　满肚子话来对星星。

　　　(男)五更鸡啼鸣,

　　　　　难眠的人儿盼天明。

　　　(女)星星它守月亮,

　　　　　哪怕那个天地倾。

　　　(男)哥哥我把妹妹疼,

　　　　　恨不得生生死死相随行。

　　　(男)哥就是那青山把天撑,

　　　(女)妹就是那绿水绕山清。

　　　(男)哥就是那树来挡狂风,

　　　(女)妹就是那藤来向晴空。

　　　(男)哎呀我的妹妹我的情,

今辈子哥就只想把你疼。

(女)哎呀我的哥哥我的情,

生生死死只想和你相随行。

[游龙、灵凤从各自房间起身。游龙先来到灵凤门外,举手拍门,灵凤心有灵犀般拉开门。

游　龙　你……没睡?

灵　凤　你……未眠?

游　龙　我想了一宿,此仇不报,坐立不安!

灵　凤　我也想了一宿,就知道你要去给弟兄们报仇,谁也挡不住!
　　　　我只求你等上半天,我下山让二哥给咱指条明路,如若不行
　　　　你再去不迟……

[突然清脆的枪声震破清晓。游龙本能护住灵凤。

哨　子　(急上)不好了,联防队上山了!

游　龙　快来人保护灵凤姑娘,敢让她伤着一根汗毛老子毙了他!

灵　凤　冯修武是冲我来的,我倒要看看他能把姑奶奶怎么样!

游　龙　上了凤凰寨就是我游龙的人!不管他冲谁,横竖有我!(安
　　　　顿好灵凤)

[说话间,联防队与山寨弟兄相持,护着冯修武冲将上来。

[景转凤凰寨聚义堂。

修　武　鲇胡子你给我滚出来!

游　龙　(一枪将修武帽子打掉,上)哈哈哈!几天不见,冯队长长本
　　　　事了,居然敢偷袭我凤凰寨!

修　武　(刚举枪向游龙,被游龙手下下了枪)你欺人太甚,你还我的
　　　　人来!

游　龙　你的人?你的什么人?

234

修 武　我的媳妇,我的女人!

游 龙　你的女人不是都在春柳街吗,咋能跑到我凤凰寨了?

　　　　[众人哄笑。

修 武　我……我懒得跟你弹牙!龙门党家大小姐党灵凤,那是我
　　　　指腹为婚的媳妇,昨天禹王庙打鼓赛社,你趁乱把她劫上
　　　　山。赶紧把人交出来,咱从此井水不犯河水;你若耍赖不
　　　　交,我已秉明我哥,调集国军部队上山剿匪,长枪大炮炸平
　　　　凤凰山!

游 龙　哈哈哈,你哥是县太爷,这些年贪赃豪夺金山银山,就算使
　　　　些钱调集国军来有可能,只怕你平了凤凰山也请不回这党
　　　　家小姐!

修 武　你个土匪山蛮子!我今天带了全县的联防兵力,已经把你
　　　　凤凰寨里外包围。你再不把灵凤交出来,我立刻命人放火
　　　　烧山!

　　　　[手下报:山寨谷草场被联防队点了。

游 龙　快派人救火,掩护老幼。

灵 凤　(不顾阻拦,上)冯修武,你疯了!

修 武　灵凤,狗日的鲇胡子没把你咋了吧?

灵 凤　修武,你下山去吧。咱俩早就不是一条道上的人!

修 武　(冷笑)你堂堂大小姐,我县长的亲兄弟,咱党冯俩家世交,
　　　　你我自小指腹为婚,你跟我不是一条道上的,你倒跟土匪是
　　　　一条道上的?

灵 凤　他这土匪也比你强!

　　　　(唱)你冯家藏污纳垢世代官宦,
　　　　　　家里哪有干净的一瓦一砖?

更可笑可恨你冯修武，

闹过学潮奔过延安，

没几天你反身却把联防队长干！

你为虎作伥、助纣为虐，

同流合污、荒唐度日实让人情死心寒。

修　武　（辩解）灵凤你误会我了！

　　　　（唱）我也恨那个家肮脏黑暗，

　　　　　　　我也恨我的哥枉法贪赃！

　　　　　　　我也曾寻找自由寻找信仰，

　　　　　　　可终究迷失彷徨乌托邦。

　　　　（唱）光明我所向，

　　　　　　　光明在何方？

　　　　　　　天昏地暗人心乱，

　　　　　　　我四处无路两眼盲。

　　　　　　　我也恨自己，

　　　　　　　怕死怕疼怕穷还怕伤。

　　　　　　　心灰意冷失人样，

　　　　　　　我只能浑浑噩噩苟活一方！

　　　　我是可笑、是可恨，但像你二哥那样吃苦受穷、提着脑袋活着，我都不知道他图个啥；更甭说像你大哥，为了闹红要革自家人的命、共自家的产，临了还搭上了自家性命，我就更想不通弄不懂了！这两年我是混蛋，可我不贪赃不枉法，不害人不伤命，我又有什么错？在你眼里，我倒还不如一个打家劫舍的土匪了？

灵　　凤　你还真比不上土匪！日本鬼子在咱河对岸撒野，飞机从咱头上横行,你却为了个女人在窝里斗!你要是个男人,咋就不敢把你的枪对准日本鬼子?

修　武　(用枪指向灵凤)你……你活是我的人死是我的鬼,今天你横竖得跟我下山!

游　龙　(忙护住灵凤)冯修武,你上我寨子要人就冲我来,你要玩命把我的拿去!

修　武　(欲开枪)那你就先拿命来!

灵　凤　你打死我吧!(欲护游龙)我就是死也不会跟你下山!

　　　　[修武枪响伤及游龙左肩。游龙顺势下了修武的枪。

修　武　(见二人相互舍命,已近癫狂,抽出短刀刺向灵凤)那我就杀死你们这对狗男女!

　　　　[游龙忙挡刀,众人制服修武。

哨　子　大当家,一枪崩了这狗日的。

游　龙　(又伤及左臂)押他们滚!这一枪算是老婆还给你了,从今后咱井水不犯河水。

灵　凤　(紧张)你又不欠他的?何必拿命还他?

游　龙　我命大死不了!杀鬼子报仇不成问题!

修　武　灵凤,你真就这么绝情?就宁愿在这凤凰山当个土匪婆?

灵　凤　修武,自己的路自己走,你,也好自为之!

修　武　你绝情莫怪我无情,咱走着瞧!(下)

游　龙　(惊喜)禹王爷当真赏我个天仙当老婆?我这一枪一刀挨得,赚大发了!

灵　凤　再不要贫嘴了,赶紧治伤!

　　　　[众下,暗场。

　　　　[片刻后,哨子幕内报捷:山脚下劫获一财主婆。

哨　子　（喜上）今天这是啥日子？刚送走催命阎王，又遇上财神娘娘。（冲里屋）大当家，弟兄们押联防队下山，山下碰上个财主婆娘。

　　　　　〔滑稽的音乐中，山寨弟兄抬滑竿架一小脚太婆上。

香　草　（唱）凤凰飞阳坡，

　　　　　　　跌落土匪窝。

　　　　　　　俏妇来相救，

　　　　　　　扮作财神婆。

　　　　　　　闻听天作合，

　　　　　　　设计平风波。

　　　　　　　小脚滑竿坐，

　　　　　　　全赖不烂舌。

　　　　　弟兄们这滑竿抬得孱（好），摇摆晃悠真舒坦。到了地方老太婆有赏。

众　人　下来吧你这死太婆！要不是看你能掐会算说得准，想给我凤凰寨求点好事，我弟兄半路上就把你扔山沟里喂狼了。

香　草　（从滑竿上跌落）闪了姑奶奶的腰，有你好果子吃。

哨　子　老太婆，你见了我当家的赶快说出宝藏所在，我弟兄们立马去寻，敢有半点差错，有你好果子吃！

香　草　我比你还急，赶紧请你当家的出来！

哨　子　（隔空秉）大当家，这财主婆能掐会算、料事如神！还说她知道龙门一处宝藏，金银成山、珠宝成堆，但非得指给灵凤姑娘，非得她才能寻见。

灵　凤　（上）竟有这样好事？

香　草　（拉着灵凤，急切地上下打量）好事好事，浑浑全全好端端

238

地！（摘下伪装）凤，是我！

灵　凤　（惊）嫂子！

香　草　听说你被土匪捋上了山，冯家派了大队人马说要踏平凤凰寨，咱爹气恼你不听话又害怕伤着你，要派人送钱上山赎你，嫂子我就来了！万幸万幸你没事，要不嫂子这小脚慢了一步，可真惹下大祸了。

灵　凤　嫂子，可真难为你了！竟有这么大的谋略，装扮成这样，单枪匹马上山来救我！

香　草　不是我的谋略，也不是单枪匹马！都是你二哥和他的同志们帮忙，一直暗中护着呢。这会儿怕是躲在山峠里了！

灵　凤　哎呀，太好了，快带人把二哥他们请来！

［收光。

第四场

［多日后，夜，黄河岸边，党家祠堂一角。

［明宇带几名工匠轻手轻脚在做木工。灵凤、香草在做针线。

［伴唱：月洒清辉照祠堂，
　　俏妇纳鞋缝衣裳。
　　铁汉变身巧工匠，
　　手脚不闲为谁忙？

明　宇　（唱）卸下靠，搁下枪，
　　捉起斧刨当木匠。
　　暗接应，明回乡，
　　党家祠堂巧布防。

灵　凤　（唱）走起线，飞起针，

　　　　　　飞针走线日夜勤。

香　草　（唱）千层底，万针衣，

　　　　　　缝起衣衫送亲人。

　　　　〔仿佛千家万户的女人们都在飞针走线，众女舞动。

众　女　（唱）走起线，飞起针，

　　　　　　姐妹兄弟一条心。

　　　　　　飞针走线日夜勤，

　　　　　　衣衫布鞋送红军。

　　　　〔千家万户男人们都在忙碌操劳，舞。

众　男　（唱）打豆腐，磨面粉，

　　　　　　军队百姓一家亲。

　　　　　　充实战备送亲人，

　　　　　　男女老少争参军。

合　　　（唱）姐妹兄弟一条心，

　　　　　　充实战备送亲人，

　　　　　　男女老少争参军，

　　　　　　军队百姓一家亲。

　　　　〔众人隐。

明　宇　告诉大家一个好消息，首批从咱龙门东渡的八路军115师，
　　　　出师抗日旗开得胜，在平型关歼灭日军千余人。

　　　　〔众人激动高呼。

明　宇　（示意悄声）这里头也有咱们的一份功劳！过几天刘将军带
　　　　领的129师，也将从咱这里渡河抗日。可是，老蒋阴谋设
　　　　阻，想让咱八路军长途奔袭绕道平汉路，停了渡河的经费；

240

再加他们上下谁都想发点国难财,这次渡河困难重重啊!

香　草　狗日的冯修文手太黑了,募捐的军费一个子儿不出,上次渡河的船钱、工钱,只兑现了三分之一,山西那边的船工说他们一分都没拿到。

灵　凤　游龙这两天去落实船只,人都把他快生吞了。他给人家签字画押承诺这次完了一块算清,但真怕这次乡党们撂挑子。

香　草　咱把方圆百里的木材、门板都买空了,这船也差得远。

明　宇　看来困难比想象的还大。上次过河船就紧张,这次129师若不能及时东渡,被老蒋牵着鼻子绕道,贻误战机不说,咱子弟兵的命运不堪设想啊!

灵　凤　咱这黄河两岸家家户户大鼓小鼓,我早上和游龙商量看能不能试试用鼓当船,这不他这一天带弟兄们去试验……哎呀,都到这会了,他们咋没个消息?

腿　子　(急上)不好了,大当家的被冯修武绑了!

灵　凤　啊?怎么搞的?

腿　子　大当家带我们用鼓渡河,几次三番不成功。回来路上见姓冯的带着联防队在花街喝酒,就动了心思去抢他们的枪械库,谁知,刚踏进门,就掉进了陷阱。

香　草　修武上次从山上回来天天柳巷花街、醉生梦死,竟然还埋着阴招。

腿　子　他让我回来给灵凤姑娘带话,让你去换人!说要是今晚见不到你,明早就提大当家的人头来!

明　宇　唉,他还是对你情不死、心不甘!你不能去,哥去!

灵　凤　解铃还须系铃人。大不了鱼死网破,咋也不能把游龙搭上!

明　宇　凤,咱一起去。香草,快多带些银两随后赶来。

[暗转。

[禹王庙前,火炬冲天。游龙和弟兄们被绑在铁笼里。修武醉醺醺带着联防队在打鼓,鼓声涣散萎靡。

灵　凤　(唱)黄河怒吼天火旺,

　　　　　　熊熊火炬放寒光。

　　　　　　但见得游龙弟兄牢笼绑,

　　　　　　醉汉们群魔乱舞鼓腔荒。

　　　　　游龙,你还好吧?

游　龙　凤,你快回去,不要上他的当!你们不要为了我坏了大事!

修　武　(醉醺醺)哈哈哈,灵凤,这就是你看中的男人!什么游龙?到了还不是倒霉认栽一条窝囊虫!

灵　凤　冯修武,咱俩的账咱俩算,你对他使阴招算什么男人?

修　武　好,那咱俩就明人不说暗话。你和他,没结婚没圆房;你和我,指腹为婚、婚约尚在。你今天就给句痛快话,跟我,我立马放人概不追究;跟他,我就先一枪崩了他!

灵　凤　冯修武!你真想要我嫁给你?

游　龙　凤,你别听他的,就算你答应他,也救不了我!姓冯的你现在就一枪崩了老子!

修　武　(期待)灵凤……

灵　凤　那我就告诉你,想要我嫁给你,你先来一枪崩了我!我宁愿跟他一起死,也不会跟你!日本鬼子打到咱家门口了,你还把枪对着咱自己人,为个女人窝里斗!那就叫这个女人先死在你枪下!(把修武的枪抵着自己)

众　人　灵凤,别冲动!

灵　凤　我还是那句话,我看不起你,我死也不会嫁给你!

修　武　（气极）那我就让你死……

明　宇　（急挡）修武，灵凤，都不是小孩子了，不要意气用事。咱兄
　　　　弟姊妹从小长大，这么多年亲亲热热，何至于此？（给灵凤
　　　　使眼色）凤，修武对你一往情深，你又何必绝情伤他！

灵　凤　（思忖，唱）修武他自小懦弱少胆量，

　　　　　　　　恨不争开腔就骂把口张。

　　　　　　　　一糊涂恶语刺伤怎收场？

　　　　　　　　先暂且平心静气来搭腔。

　　　　唉，修武！我实在为你心痛啊！

　　　　（唱）当年你也豪情壮，

　　　　　　　　行鼓阵里气宇昂。

　　　　（打鼓，英姿勃发）

修　武　想当年……

　　　　（唱）想当年你舞花竿我打鼓，

　　　　　　　　咱也曾琴瑟相谐龙凤舞。

明　宇　（唱）想当年少年兄弟心怀广，

　　　　　　　　意气扬血气刚胸有朝阳。

灵　凤　可后来你……

　　　　（唱）生性软弱少胆量，

　　　　　　　　半途而废陷迷茫。

　　　　　　　　醉生梦死花柳巷，

　　　　　　　　浑浑噩噩无方向。

　　　　（鼓点如急雨，恨铁不成钢）

修　武　（唱）官宦之家如魔掌，

　　　　　　　　我无忧衣食无主张。

243

恨哥哥贪赃枉法门庭脏，

又无奈同流合污添荒唐。

（醉醺醺击鼓，鼓声萎靡）

明　宇　（唱）也曾经寻找自由和梦想，

　　　　　　只可惜信仰迷失多彷徨。

　　　　　　到如今软塌鼓点不成调，

　　　　　　好人才英气尽失实堪伤。

修　武　（唱）曾奢望灵凤能眷顾，

　　　　　　凡尘俗世一线光。

　　　　　　分明是痴人说梦存异想，

　　　　　　还落个反目成仇两情伤。

灵　凤　（唱）我二人志向殊路途相异，

　　　　　　也不至仇恨深反目成敌。

　　　　　　实无奈情死心寒退婚事，

　　　　　　还多次刺伤你嘲笑讽讥。

　　　　　　修武，今天我对你道声对不起，

　　　　　　歉意诚心虽来迟，

　　　　　　愿你悔悟莫自弃，

　　　　　　手足情深终如一。

明　宇　修武，哥也向你道声对不起！

　　　　（唱）当初引你征途闯，

　　　　　　恨你不争陷迷茫。

　　　　　　早该伸手拉一把，

　　　　　　兄弟携手向前方。

修　武　哈哈哈，你们不要给我来这套！（夺过灵凤鼓槌扔掉）在你

244

们眼里我早已是十恶不赦、孤家寡人，我不要你们可怜！

哼，你们这还不是为了他！

灵　凤　不错，我是为了他，也为了你！但更是为了我自己！

修　武　为了我？为了你自己？

灵　凤　（唱）灵凤自小有主意，

深闺难挡我心思。

读书看报多游历，

跟着爹爹闯东西。

学问感情和道义，

日移岁长渐明晰。

灵凤虽是小女子，

命运执掌在自己。

脚下道路千千万，

随心而应身不屈。

自入险途自奋力，

为情为义命不惜。

修　武　我打小就爱你这有主意，而我……恰恰就少了你这有主意！

灵　凤　（唱）低声下气面对你，

句句都是真情意。

诚心为你擂响鼓，

愿你鼓震开灵犀。

行鼓声中寻心音，

孤雁归群手足依。

甘心为他来冒死，

恩深情浓不迟疑。

国难当头前嫌释，

兄弟携手抗外敌。

为义为情为自己，

是我害你到这次第。

你若还执迷不悟上歧路，

我悔断肠心难安痛嗟何及？

为义为情为自己，

情爱深系他七尺躯。

他若命丧在今晚，

灵凤不活过五更期。

若你还念旧情意，

尚怀道义和良知，

但愿你心怀家国前嫌释，

咱打起鼓舞起竿痛痛快快涨志气！

修　武　（背唱）她一番话情真意切字铿锵，

　　　　　　直戳我软肋让人羞愧心慌。

　　　　　　到如今回头望我情深气短，

　　　　　　一步错步步错悔恨难当。

明　宇　（唱）人生谁不常迷惘，

　　　　　　歧路纵横险途长。

　　　　　　长庚在东七星北，

　　　　　　正道越走越敞亮。

　　　　（激情打鼓）修武，咱弟兄们有话好说，有啥事是一场敲打解决不了的！把游龙叫来，咱弟兄们敲打起来！

　　　　〔明宇、灵凤和香草都打起了行鼓，激扬的鼓声和激荡的黄河水和鸣共振、振聋发聩。

修　武　（背唱）敲打行鼓对禹王，

挣脱迷惘向东方。

放了那个山大王，

看他们你情我爱两依傍。

大敌当前我陷情网，

实不甘十几年情爱一朝亡。

纵然我配不上她巧灵凤，

也不该便宜了他土匪山大王！

不甘又怎样？

强扭瓜不甜。

灵凤脾性犟，

岂能让鱼死网破把命伤？

游龙本是土匪王，

若非情敌也堪把好汉当。

灵凤把我没骂错，

外敌侵扰我不举枪。

为个女人窝里斗，

一错再错苦酒酿。

眼下光景我怎收场？

不能再心醉眼盲两迷茫。

我修武虽尚难逃俗心念，

一时上夺妻恨强咽精光。

只要他肯折腰跪罪当面，

也服他能屈能伸真好汉。

心一横冰释前嫌放他走，

就算是还旧账挨他一枪！

我修武对不住了……他擅闯枪械库，理当治罪，念他作案未遂，若能跪罪我面前，认罪伏法，我就放他和弟兄们走！带游龙！

明　宇　修武兄弟！你何必如此？你看这是保释金，要不够我再送来！

灵　凤　修武，你不要欺人太甚！

游　龙　哈哈哈，大丈夫能屈能伸！大敌当前，修武兄弟连夺妻之恨都忍了，我还有什么委屈不能忍？（跪地谢罪）兄弟，你心里还当我是条汉子吧！

灵　凤　游龙，委屈你了！

游　龙　大是大非，孰轻孰重我还是分得清的，不能因为膝盖硬，坏了渡河的大事！

明　宇　受再大的委屈总强过当亡国奴！咱弟兄，大丈夫！

灵　凤　修武，我还是那句话，路在脚下自己走，好自为之！

　　　　〔众人下。留下颓败的修武。收光。

第五场

　　　　〔几日后，龙门街巷，夜。

　　　　〔一群戴着鱼龙面具的人翻越而上，分工明确、各司其职，偷拆各家门板，而门框上都会吊上一袋银钱，贴着鱼龙图样。

　　　　〔联防队巡逻，追随而上。过手几招，一匪被抓，联防队员要押，修武上，止，放走。

狗　子　队长，这凤凰寨土匪近来猖獗，连续在四处偷卸门板，你回

248

回手软……

修　武　你懂个球！甭坏了老子大事！

　　　　　［狗子要拿走门上银钱，修武狠扇。

狗　子　人不让押，钱不让拿，队长你成了土匪的同伙了吗？

修　武　你他妈连土匪都不如！（对众人）撤！干正事！（下）

狗　子　不是土匪的同伙，就是共军的同谋！看我去报告县老爷！
　　　　　（下）

腿　子　（急过场）当家的，刚才打斗中，修武塞给我一张字条。

明　宇　（幕内声）你们看：船只百余不日将被强征至鹞子湾。

灵　凤　（幕内声）鹞子湾地势凶险、水流湍急，冯修武这是想干
　　　　　什么？

　　　　　［几日后，夜，鹞子湾，雨急风大，浪打船漂。

　　　　　［几个黑影蒙面上，举刀砍缆绳。

修　武　（急上）谁？胆大包天，竟敢私放军船！（打斗，擒住一个，竟
　　　　　是狗子）是你？

狗　子　实话告诉你，县太爷早就怀疑你了！是他密令我们来的，这
　　　　　遭办得好，我狗子就是联防队长了！

修　武　（夺刀）你他妈现在就是联防队长了，老子不稀罕！

　　　　　［修武与放船人打斗，但寡不敌众。

　　　　　［游龙带众兄弟上，联防队后继兵来，双方放船、护船、打斗。

游　龙　浪太急，船根本就划不动的！修武你不要拼命！

修　武　能保一条是一条！（拿着细铁链，跳入水中）我这里准备了
　　　　　铁链，咱把船穿起，往上往东划！

游　龙　（救修武）兄弟，雨大风急，船是难保，保命要紧！

修　武　（艰难地穿船，跳上头船拼命划）划出这鹞子湾就好了，叫你

的人在后面继续挂。

[游龙也不顾一切跳下,跃上修武的头船,二人协力划船。

[伴唱:(船工号子)

　　乌云遮满天,

　　怒涛高如山。

　　狂风扑上脸,

　　巨浪打进船。

　　弟兄们莫胆寒,

　　劲使匀,气不喘。

　　不怕那浪急滩又险,

　　不怕那龙门裹千帆。

　　弟兄们把紧腕,

　　前面呼,后面喊。

　　行船好比上火线,

　　团结一心冲上前。

[二人拼尽全力,依然划不了多远。

游　龙　挂得太多也不行,我招呼人挂几条先划过去!

[游龙起身招呼弟兄们。狗子放冷枪,修武忙上前,扑救游龙。游龙得救,而修武却倒在了滚滚黄河中。

[游龙跃入水中相救,一个浪来,二人都不见了影踪。

[暗转。

[第二天夜,腿子急喊:祠堂走水。

[灵凤、游龙、明宇、香草急上,救火。

明　宇　快到地窖,保住船只木板要紧。

游　龙　又是狗日的冯修文捣鬼!

灵　凤　肯定是昨天逃脱的那个狗子告的密！

香　草　这群猪狗不如的东西，跟鬼子一样可恨！

　　　　〔火势熊熊。鼓点伴奏下，众人奋不顾身抢救船只。游龙从
　　　　火海中背出来几条船，明宇几番后体力不支，依然坚持。

　　　　〔突然，一根烧朽的大梁折断，明宇被砸伤困在火海中，众人
　　　　奋力抢救，终于无果。

　　　　〔悲壮的鼓声中，明宇喊着："船……船……"倒在火海中。
　　　　众人悲痛嘶喊。

游　龙　船……东渡在即，这船可咋办？

　　　　〔收光。

尾声　鼓跃龙门

　　　　〔龙门黄河，波涛奔涌。

　　　　〔乡亲们送上各种军需，送子参军上前线，敲锣打鼓为八路
　　　　军壮行。

　　　　〔管家和怀孕的香草扮丑装旦，拜场。

丑　　　（唱）黄河水，浪打浪，

　　　　　　　八路官兵胆气壮。

包　头　（唱）龙门东渡志气扬，

　　　　　　　打得鬼子屁滚尿流返东洋！

丑　　　（唱）龙门渡，人欢腾，

　　　　　　　千家万户把心尖尖奉。

包　头　（唱）百舸争流东风送，

　　　　　　　赶走强盗喜重逢。

丑　　　我的妈呀，眼看着大军要启程，船呢？

包　头　（指向游龙、灵凤）你往那看！（与丑下）

　　　　　　［灵凤、游龙着军装上。

灵　凤　你确定这能行？龙门口河窄浪急，可不能有一点闪失！

游　龙　你就把心稳稳揣在肚里！我们把鼓扎得牢牢的，这几天从河西到河东反复跑了几个来回了！

灵　凤　这些鼓和船能确保129师迅速渡河？

游　龙　咱黄河两岸方圆几百里的乡党把家里的大鼓小鼓都拿来了。我们都算过了，鼓船连咱打的、保的大小船只，保证大军2天内顺利渡河！

　　　　　　［香草扶党父上，灵凤、游龙迎上。

香　草　咱爹把家底都腾空了，给咱八路军置办了棉衣棉被棉鞋，还捐了两门大炮！

党　父　（抹泪）两儿都殁了，我也想通了！这共产主义也不知道是个啥，能让我两个精灵强干的儿都搭上命去护卫，指定错不了！（对游龙）龙，你开着咱那炮，瞅准鬼子那沟蛋子狠命地打，把狗日的打回东洋去！

游　龙　唉，爹，你放心，我替我大哥二哥狠狠打他个小鬼子！

灵　凤　我还要替修武多杀几个鬼子！

党　父　甭忙着叫爹，你还没八抬大轿娶我凤儿呢！你们一定要浑浑全全地回来！

游　龙　爹，你放心，等赶走了小鬼子，我年年忙罢八抬大轿娶凤一回呢！把欠她的十倍、百倍地还！

灵　凤　嫂子，你照顾好咱爹和自己，我们一定会浑浑全全回来的。

党　父　对，咱回来生龙子凤女，子孙万代，龙腾凤飞，看谁狗日的还敢欺负咱！

[渡河之际，只见无数的大鼓小鼓捆绑成船，抱团成舟，飘摇于黄河龙门的汹涌波涛之上，满载着在民族危难之际勇往直前、奔赴抗日最前线的八路军战士。

[黄河岸边，香草带着父老乡亲敲着锣鼓，欢送参军的年轻人踏鼓东渡。黄河浪里，灵凤、游龙跟着战士们敲着鼓，激情渡河。

[激荡的黄河水和激情澎湃的民众们共同奏响了一曲豪情震天的天下第一鼓。

[伴唱：天上来的黄河呦千年万年滚波浪，

禹王开的龙门呦顶天立地向东方。

咱黄河的儿女呦祖祖辈辈胆气壮，

唱起秧歌情意长、打起鼓来震天响！

[剧终。

编剧：李顺利

百字剧四则

绑 架

女子开车等红灯时，看到旁边的车里有个被绑架的女孩在求救。女子惊慌准备报警，恰好手机掉落，绑架的车开走了，后面的车也按喇叭催促。女子开始跟着绑架车辆，在一片废墟中再度想打电话报警，发现手机没信号，于是拿着千斤顶向着绑架车走去，发现车里早已没人。

买 单

刚退休的局长赵大江吃完饭，女老板桂花让其买单。赵大江当面打电话给三个人：一个秘书，一个老板，一个情人，说他们会抢着来买单，不料三个人均推脱，赵大江大骂他们没良心。桂花叫来手拿菜刀的厨子孙大海，说有人吃霸王餐。孙大海见到赵大江后，却对桂花说，让我来为赵局长买单吧！

瓜为媒

邻村西瓜能手周老西仰慕大王庄寡妇王芳。王芳种的瓜销路受阻,周老西去瓜地查看,王芳以为是偷瓜贼,拿棍追打,闹出误会。周老西表明身份,王芳窃喜,原来他就是自己仰慕之人,羞愧难当。周老西以培育三倍体西瓜解决王芳西瓜甜度问题,并借此表白心意,成就了一段姻缘。

一张汇款单

邮局工作的柱子跟姐姐借钱买房结婚,被经济拮据的姐姐拒绝。柱子正好收到姐夫一张5万元的匿名汇款单,想占为己有,并和姐姐想方设法骗取姐夫的身份证。姐夫感觉其中有猫腻。经过一番智慧较量,柱子无奈把情况和盘托出,姐夫将这张5万元的汇款单交给了真正的主人。

千字剧三则

谁来给我买单

时　间　中午

地　点　得意餐馆

人　物　赵大江　男,某县局退休局长,60 岁

　　　　张小芳　女,餐馆老板兼服务员,30 岁

　　　　孙富贵　男,餐馆胖厨师,35 岁

　　　　李玉梅　女,赵大江老婆,58 岁

[幕启:舞台上呈现一间饭店的包间,一张大圆桌,十几张椅子,桌上上满了一桌菜,赵大江坐在主宾的位置打电话。

赵大江　(生气)我告诉你,李玉梅,想请我赵大江吃饭的人多如牛毛,我现在就在长安街得意餐馆,不信你等着瞧,一会都会抢着来给我买单。(说完挂了电话)真扫兴,吃个饭都不安分。

张小芳　(张小芳端菜上)清炖甲鱼,请慢用。

赵大江　等一下,拿几个碗来,把甲鱼汤分一下。

张小芳　(疑惑)不就你一人吃的吗?

赵大江　(放下筷子)知道我是谁吗? 我是顾客,顾客就是上帝。

张小芳　你这不是成心逗我玩吗?

赵大江　让你干吗你就干吗,废话太多。

张小芳　你就一个人吃饭,直接喝得了。

赵大江　我到哪家酒店吃饭,人家服务员都笑脸相陪地给我盛好。

张小芳　那是星级酒店,我们这是小餐馆。

赵大江　小餐馆怎么了?麻雀虽小五脏俱全,小餐馆克敌制胜的法宝就是服务。

　　　　〔张小芳不情愿地给盛了一碗。

赵大江　你虽说给我盛了一碗汤,但我得批评你几句,你不能带着情绪去工作,你这样会影响客人就餐的心情。

张小芳　(烦躁)对不起,请问你还有什么需要?

赵大江　你这话我听了就不舒服,这不是官场,你不用说违心的话。

张小芳　这可是你说的,我跟你直说吧,我就没遇到你这么难伺候的顾客,吃饭都这么磨叽。

赵大江　你还能不能干好这份工作?如果你干不好,我相信有的人能干好。

张小芳　行,你是上帝,我帮你分。

　　　　〔张小芳拿起勺子,在甲鱼汤里捞了几下。

赵大江　这就对了,知道领导喜欢什么样的下属吗?喜欢听话的下属。

张小芳　领导,咱们这是餐馆,吃饭的地方。

赵大江　领导也不喜欢顶撞自己的下属。

张小芳　好吧,领导。现在我有个难题,现在有四个碗,请问七个王八蛋怎么分?

赵大江　好啊,我听出来了,你骂我是王八蛋?

张小芳　我说是甲鱼蛋。

赵大江　甭管王八蛋甲鱼蛋,把你们经理叫来。

张小芳　经理是我老公,他不在。

赵大江	我要见你们董事长。
张小芳	(整整衣服)不好意思,董事长是我。
赵大江	你不是服务员吗?
张小芳	我是得意餐馆的董事长兼服务员。
赵大江	你们餐馆就你们夫妻俩吗?
张小芳	后厨还有个胖厨师孙富贵。
赵大江	哎,书生遇到兵,有理说不清。算了,你去告诉厨师,再给我来一个小野鸡炖蘑菇。
张小芳	这么多菜你吃得完吗?
赵大江	吃不完我兜着走。
赵大江	去,再拿瓶五粮液来。
张小芳	还喝啊?
赵大江	不用担心,我喝酒干喝不醉。
张小芳	我不担心你的酒量,我担心你有没有钱给。
赵大江	怕我没钱给啊?
张小芳	我现在还真怕你没钱给,你还是先把账结了吧。
赵大江	先拿酒。
张小芳	先结账。
赵大江	你这是有眼不识泰山啊,我今天就让你见识一下我赵大江的实力。
张小芳	实力可不是靠嘴吹出来的。
赵大江	好,我现在就打电话,你就等着瞧好吧,一会他们都抢着来给我买单。
	〔赵大江掏手机打电话。
赵大江	(大声嚷道)喂,是小李吗?我是老赵啊,我在长安街得意餐

	馆喝酒,出来时忘记带钱了,你赶紧过来帮我买单吧!
张小芳	哟,原来是个当官的呀。
赵大江	我这么跟你说,这么多年我吃饭从来就没花过自己的钱。
张小芳	看来你还是个大官。
赵大江	什么?你小子说什么?你不在本市,昨天晚上就出差了。还真巧呀,算了,算了,算我当初看错人了,我找别人来买单就是了。
张小芳	哎哟,看来人家不愿意来给你买单。
赵大江	你等着,我再打一个,这个是亿万富翁,我说话他不敢不听。
张小芳	没事,不急,你要真有这样的朋友,介绍来我们这吃饭。
赵大江	喂,是杨老板吗?上回包给你的工程一定赚了不少吧?也没什么事,我在长安街得意餐馆喝酒,就我一个人,出来忘了带钱,你过来把账结一下……你说什么?你在陪别人喝酒,脱不开身,让他们把钱记你账上?
张小芳	记账?我这餐馆刚开业,可不认识你说的杨老板。
赵大江	记账我都不同意,这是面子问题!(接着又对着电话说)好小子,你现在财大气粗,挣着钱了就不把我老赵放眼里了。你这忘恩负义的东西,早知道……竟然敢挂我电话,王八蛋。
张小芳	这个社会王八蛋多着呢。我说领导,你有微信或者支付宝吗?
赵大江	没事我就爱发红包给我的红颜知己们抢。
张小芳	哟,没看出来,你还挺时尚。
赵大江	我们做领导的那就得与时俱进。
张小芳	那就好办了,你也可以用微信或者支付宝付款。

赵大江　那怎么行,这些年我赵大江吃饭哪有自己付钱的道理。

张小芳　哟,架子还不小嘛。

赵大江　对呀,打给我的红颜知己,我们十几年的感情了。

张小芳　红颜知己?是小三吧。

赵大江　闭嘴,不准你侮辱我和小美之间纯洁的感情。

张小芳　我可没那份闲情,我只关心你把账结了。

赵大江　放心,不差钱,我要的就是别人给我买单的感觉。

张小芳　感觉?我看是恶习吧?

赵大江　喂,小美啊,我是你江郎,我现在长安街得意餐馆吃饭,忘记
　　　　带钱了,你有时间吗?过来把账结了,然后我们去看电影,
　　　　我听说那个《战狼2》挺火的。什么?打错了,你不是小美?
　　　　下回不要再打这个号码了?喂,喂,喂!

张小芳　我估计你的小美现在是别人的红颜知己了。

赵大江　(一屁股坐在椅子上)我现在明白了,世态炎凉啊,我这是
　　　　"得志猫儿雄过虎,落毛凤凰不如鸡"啊。

张小芳　什么猫儿虎儿鸡儿的,我管不了那么多,我就知道吃饭得
　　　　给钱。

赵大江　瘦死骆驼比马大,放心,不差你这顿饭钱。

张小芳　既然别人不肯前来给你买单,而你自己又不愿意支付,你就
　　　　打电话通知家里人把钱送来吧!我想你儿子或者女儿接到
　　　　电话后,肯定会马上赶到这里。

赵大江　(白眼)我的一双儿女都在国外工作,难道你让我叫他们坐
　　　　飞机赶来为我买单?

张小芳　那你就打电话让你老伴来付钱。

赵大江　我现在最不想看到的就是我老伴。

张小芳　你真是个好演员！你要是去演电影，准能拿个奥斯卡影帝。

赵大江　（生气）什么？你说我在演戏？

张小芳　你不但会演戏，还能当导演和编剧，自编自导自演。

赵大江　你是在瞧不起我。

张小芳　瞧不起你？我看分明是你吃饭不想给钱。

赵大江　你知道每年经我亲手批出发票有多少吗？足足有两亿。

张小芳　你是有两亿，一个失忆，一个回忆。

赵大江　你这是在侮辱我，你得为你说的话负责。

张小芳　我绝对对我说的话负责。我算是看明白了，今天遇到一个吃白食的。

赵大江　什么？你说我吃白食？

张小芳　我告诉你，我在北京餐馆打工时，冒充高官行骗吃白食的人我见了多了。这大庭广众之下，你总不能白吃白喝吧！

赵大江　（愤怒）我今天就不信邪了，以前都前拥后挤地抢着给我买单，今天会没人来给我买单？我再打。

张小芳　没事，你慢慢打，我今天正好没生意，我就看你怎么演戏。

赵大江　喂，小王，我是老赵，我一个人现在长安街得意餐馆吃饭，忘记带钱了，你过来把单买了。什么？你在党校学习，现在走不开？王八蛋！

张小芳　下面你该打给小宋了，我猜他肯定出国了。

赵大江　一个个都是王八蛋，没有我赵大江，能有你们的今天？

张小芳　你就别装了，根本没人会来给你买单，你就是来我这吃白食的。孙富贵，孙富贵！

　　〔孙富贵一身厨子打扮上场，手里拿着一只大勺。

孙富贵　老板娘，你叫我？

张小芳　这有个冒充大尾巴狼吃白食的,给我看好了,别让他给我
　　　　跑了。

孙富贵　赵乡长,我的大恩人,想不到今天能在这里碰上您!

　　　　〔赵大江和张小芳同时吃惊地看着孙富贵。

张小芳　你认识他?

孙富贵　认识,认识,他是我的大恩人。

赵大江　(疑惑)你是? 我好像不认识你呀,而且我不干乡长已经好
　　　　多年啦!

孙富贵　哦,我忘记您早调进城里当局长了。我是曹集乡田洼村的
　　　　孙富贵,就是二狗子啊。十六年前您在我们乡当乡长时,我
　　　　们家的房子不幸着火,所有的东西都被烧个精光,是您带着
　　　　乡干部们四处募捐,让我们全家渡过了难关。而且您还单
　　　　独捐了300块钱,让我继续读书上学。虽然我没有考上大
　　　　学,但我一直想找个机会报答您的大恩大德,今天总算天遂
　　　　我愿,就让我来为您买单吧!

张小芳　(拉过孙富贵)你是不是傻了? 这一桌得一千好几,你一个
　　　　月才多少工资?

孙富贵　这不是钱的事,我娘从小就教育我说,滴水之恩当涌泉相
　　　　报。赵局长帮过我们家,我得报答他的恩情。

张小芳　你就是个二百五。

孙富贵　赵局长,今天你就让我来给您买单吧!

赵大江　(抓住孙富贵的手)我想起来了,对,你是二狗子,大名孙富
　　　　贵。二狗子,难为你这么多年还记得我这个乡长! 哎,我现
　　　　在从局长的位置上退了。我今天总算明白了,这当官呀,还
　　　　得为老百姓多办点事,当有一天你退下来了,才会有人记

262

得你!

孙富贵　赵局长,您这话说得太好了。

张小芳　这话说得倒是实在,当官不为民做主,不如回家卖红薯。

赵大江　不过二狗子,你是出来打工的,挣点钱不容易,我怎么能让你给我买单呢!

孙富贵　赵局长,您要是看得起我这小老百姓,就让我给你买回单吧!要不是您从局长的位置上退了下来,我哪有报恩的机会。

赵大江　不行,这绝对不行,你有这份心我已经很开心了。

孙富贵　你就让我给您买一次单吧!

　　〔这时候,李玉梅走了进来。赵大江见状,突然拍了拍孙富贵的肩膀,咳嗽了两声,提高了嗓音。

赵大江　嗯哼,我说二狗子,既然你一定要为我买单,那我就不客气了。还有,你再给我打个车,我有些头晕,想回家睡觉啦。

孙富贵　好,好!(说着孙富贵扶着赵大江出门。)

张小芳　富贵,他还没买单呢?

孙富贵　我买,我买,我把李局长送上车回来就买单。

　　〔孙富贵扶着赵大江下,两人一转脸才看到李玉梅。

张小芳　你好,欢迎光临。

李玉梅　你好,刚才老赵在这吃了多少钱?

张小芳　你说的是刚走的赵局长吗?

李玉梅　是的,我是他老伴。

张小芳　哦,赵局长一共消费一千三百八。

李玉梅　这是老赵的饭钱。

张小芳　(接钱)阿姨,你们家赵局长好福气,还真有人诚心诚意的为他买单哩!

[孙富贵上场。

李玉梅　（微笑）小师傅,刚才真是谢谢你了! 我们家老赵刚退休,一时半会儿吃不惯我做的饭菜。今儿我说了他几句,他一赌气就吃饭店了,还信誓旦旦地说一定会有人抢着替他买单。小师傅,这酒菜钱我已经结过了,这打车的钱还请你收下。

孙富贵　不行,这钱我不能拿,说好了我来买单。

李玉梅　他吃饭哪能要你买单,快拿着,我还得回去照顾老赵。

孙富贵　哦,赵局长没回家,我听他跟司机师傅说去纪委了。

李玉梅　什么? 他去纪委了? 这钱你拿着,我得走了。（说完疾步下场）

孙富贵　阿姨,打车要不了这么多钱,我得找你钱。（追下）

张小芳　孙富贵,赵局长的包忘拿了。（拉开看,脸色大变）我的个乖乖,这么多现金带着还要别人来买单,有病啊! 赵局长,你的包,你的包!（急追下场）

一张汇款单

时　　间　夏天傍晚
地　　点　家
人　　物　李　磊　男　35 岁　某局科长
　　　　　陈　雪　女　32 岁　李磊妻子
　　　　　陈　刚　男　28 岁　陈雪弟弟
　　　　　彤　彤　女　6 岁　李磊的女儿

[幕起。陈雪端菜上桌,解开围裙,彤彤在里屋弹电子琴,舞

264

台上传出琴声。

［陈雪拿起电话。

陈　雪　(嗔怒)你怎么还不回来,怎么又开会? 我就问你啥时候回来,今天彤彤生日,你要是敢迟到,看我不……来啦来啦!

　　　　［门铃响起,陈刚上场急促的敲门声。

陈　雪　刚子,你咋啦? 你怎么跟打劫的一样?

陈　刚　(口气急)姐,大事。

　　　　［陈刚进门,气喘吁吁跑进去,随手拿起来一个杯子喝水。

陈　雪　(疑惑)刚子,你这欠人钱啦?

陈　刚　姐,你咋不盼我点好呢?

陈　雪　你也得有好叫我盼啊! 咱家现在最大的事就是怎么把你"嫁出去"! 咱娘……

　　　　［陈刚把陈雪拉到桌边坐下。

陈　刚　(激动)你天天说咱娘,这下咱娘显灵了。

陈　雪　(困惑)托梦给你了?

陈　刚　(开心)没错! 姐,我问你,如果你有5万块钱,你怎么花?

　　　　［陈雪起身拿拖把扫地。

陈　雪　(思考片刻)如果我有5万? ……那我先买个全自动洗衣机,再买个全自动的吸尘器。哈哈,这样我就能省出时间逛逛街,化化妆,美美容,哈哈,想想还有点小激动呢。对! 把这房子也给我换喽。

陈　刚　(笑眯眯的)姐,你以为500万呢? 我说的是5万。

陈　雪　(想了想)5万? 那先给彤彤买钢琴。

陈　刚　(疑惑)没啦?

陈　雪　没啦,你以为500万呐? 一边去,我拖地。

［陈雪起来继续拖地,陈刚有些失望。

陈　刚　（伤心）姐,那我呢?

　　　　　［陈雪停下来。

陈　雪　（思考后感慨）你? 对哦,咱们家现在最要紧的事儿,就是把你处理出去。

陈　刚　（骄傲）什么叫处理啊? 你弟弟我怎么也算暖男一枚啊,短腿的欧巴呀!

陈　雪　我可只听说过长腿欧巴,短腿的那是蛤蟆。

　　　　　［陈雪继续拖地。

陈　刚　姐……

陈　雪　咋的啦? 喝凉水也能烫舌头啊?

　　　　　［陈刚夺过陈雪手中拖把,一把把陈雪按在椅子上。

陈　刚　姐,你看着我的眼睛。

陈　雪　你有眼睛吗?

陈　刚　姐,重磅好消息,你现在真有5万。

　　　　　［陈雪摸了摸陈刚的额头。

陈　雪　（疑惑）刚子,你没发热吧? 我大门不出二门不迈的,哪来的5万?

陈　刚　姐,你不信是吧? 我给你看,看你信不信。

　　　　　［陈刚开始翻自己的口袋,一顿翻找,最后从包里找到一张汇款单,陈雪接过。

陈　刚　（郑重其事）姐,你看看,是不是?

陈　雪　（半信半疑）你姐夫的汇款单? 还真是5万。他是不是背着我借给谁钱了,我现在就去把他……

陈　刚　姐,姐夫一个月就那点钱,你还不知道啊,全都上交给你了。

陈　雪　对啊,那这是什么钱啊?

陈　刚　(笑笑)管他呢,总之是姐夫的名字没错就对了。

陈　雪　(开心)对啊,我们真有 5 万块钱了。(疑惑)咦? 这怎么还有行小字啊,祝王颖颖小朋友早日康复。刚子,这是好心人的捐款啊!

　　　　〔陈刚把头凑过去。

陈　刚　(吃惊)哪儿呢?

陈　雪　(失落)这不写着嘛! 唉,还以为有钱了呢! 原来是小保姆做嫁妆——白替人欢喜一场。

　　　　〔陈刚拿着汇款单,若有所思。

陈　刚　(诡异)姐,我看未必,你看这汇款人那栏没写名啊,那我们如果……

陈　雪　(若有所思)你的意思是……不行,不行,你姐夫绝对不会同意的。

陈　刚　给王颖颖捐款的钱多着呢,也不差这 5 万块钱。

　　　　〔陈雪看着陈刚没有说话,为难状。

陈　刚　姐,这件事情,(手指指天)天知地知你知我知,不会有第三个人知道。

　　　　〔陈刚凑到陈雪耳边商量着什么。

　　　　〔彤彤出场,看到陈雪陈刚在说悄悄话。

彤　彤　我拿书。

陈　雪　好好学习哈!

陈　刚　刚才说到哪了?

陈　雪　天知地知……

陈　刚　对对对。

陈　雪　　（犹豫）这不妥吧？

陈　刚　　姐，你看咱家彤彤学钢琴多少年了，每年的生日愿望都是要一架自己的钢琴。

陈　雪　　可你姐夫那人，你又不是不知道，他肯定不会同意。

陈　刚　　你傻啊？咱们不告诉他，只要拿到他的身份证就行了。

陈　刚　　那我们就……

　　　　　〔陈刚凑得陈雪耳边商量着什么。李磊打电话开门上场，陈雪、陈刚慌忙坐好。

李　磊　　大嫂，你呀带孩子安心治病，差的这3万块我一定给您想办法。您就放心吧！

　　　　　〔陈雪和陈刚相互使眼色，李磊转身。

李　磊　　（高兴）哟呵，都在啊！

　　　　　〔陈雪清了清嗓子。

陈　雪　　（结巴）那啥，渴了吧？给你倒杯水。

陈　刚　　（献殷勤）姐夫，您肯定累了，快坐下歇歇。

　　　　　〔陈刚凑过去给姐夫捶背。

李　磊　　不对，你俩今肯定有事儿。

　　　　　〔陈雪白了李磊一眼，李磊看了看陈雪又看了看陈刚。

陈　雪　　（打嗝说）啊……要说有事还真有那么一点点的小事儿。

李　磊　　老婆，有事你说话。咱们家呀，吃苦的事我去，享福的事你来。

陈　刚　　姐夫，这回是喜事。

陈　雪　　（抢先脱口而出）对，喜事，

李　磊　　喜事？啥喜事？

陈　雪　　那个，刚子他中奖了，需要你的身份证。

[陈刚咽了咽口水,狠狠地点了点头。

李　磊　（半信半疑)刚子中奖了? 唬谁呢? 就他,一整天放屁都砸
　　　　脚后跟的人能中奖?

陈　刚　（信誓旦旦)姐夫,这回还真就砸着啦。

陈　雪　刚子他真中啦!

[陈刚又狠狠地点了点头。

李　磊　真中了啊? 中了几块?

[陈雪用手比了比。

李　磊　5块啊? （看陈雪)

[姐弟俩一齐摇摇头。

李　磊　50? （看陈刚)

[陈刚摇摇头。

李　磊　500啊? 那正好,彤彤今天过生日,我们出去撮一顿。

陈　雪　瞧你那点出息,成天就知道吃,就不会往多了猜猜啊。

李　磊　反正呀不可能中5000。（喝茶)

陈　刚　姐夫,是5万。

李　磊　（吃惊)多少,5万? （喷茶)

陈　雪　吓死我了你!

[李磊又数了数自己的手指头,又抬头看了看陈雪、陈刚。

李　磊　5万可不是小数目。刚子,不是你抢的吧?

陈　刚　姐夫,我有那贼心也没贼胆啊!

李　磊　那是真中了?

陈　雪　啊,真中了。

李　磊　那你把彩票给我看看。

陈　刚　票我哪敢带在身上啊。

陈　雪　就是。

李　磊　哎,不对啊,刚子中奖,干吗用我的身份证啊?

　　　　(陈雪一时说不出来话)

陈　雪　对呀,干吗用你姐夫的身份证啊?

陈　刚　(灵机一动)嗨! 我的身份证不丢了吗?

李　磊　(不信)丢了?

陈　雪　嗨! 可不嘛,芝麻掉进针眼里,巧了。

李　磊　那还等什么,我们赶紧去领钱。老婆,带上你的身份证。

陈　雪　啊? 我的? 我的也掉针眼里了 ⋯⋯

李　磊　啊? 感情你们姐弟俩商量着丢的啊!

　　　　[陈刚、陈雪点点头又摇摇头。

李　磊　(得意)哎呀,还好我机智,身份证随身带。走,领钱去。

　　　　[陈雪、陈刚见状赶紧阻止。

陈　雪　你上了一天的班,这刚回来就出去,不累啊你?

陈　刚　对啊,姐夫,再说这点人家也下班了啊?

陈　雪　要不明天去领?

李　磊　哎,明天我得上班。

陈　雪　哎呀,你把身份证给我,我去领不就行了。

李　磊　不行不行不行,你去我不放心。

陈　刚　姐夫,我明天正好有时间。

李　磊　那好,刚子,你明天陪你姐去。

陈　刚　(高兴)得令,保证完成任务!

　　　　[李磊坐在桌边喝茶。陈雪、陈刚相互看了一眼,背着李磊
　　　　做了手势。

陈 雪 陈 刚	（姐弟同时，击掌）完美！
李 磊	哎哟，这突然中了 5 万块钱，别说，这心里还真有点小激动。刚子，姐夫问你，那 5 万块钱怎么花？
陈 刚	先给彤彤买架钢琴。
李 磊	这主意不错，这样，咱们彤彤就可以像个小公主一样弹曲子了。哎，老婆，你就可以每天伴着钢琴的旋律做家务了。
陈 雪	谁做家务？
李 磊	我，我，我，我做家务还不行吗？
陈 雪	这还差不多。
李 磊	咱们再换一台全自动洗衣机。老婆，这样你的手就不用碰水了。

〔陈雪、李磊依偎在一起，享受着此刻的美好。

陈 刚	（生气）貌似没我啥事啊？姐夫，那我呢？
李 磊	你什么你，一边儿去。
陈 刚	姐夫，不带你这样的，我可是你的亲小舅子啊。
陈 雪	这剩下的钱，都给你娶媳妇。
李 磊	哎，刚子娶媳妇不着急。刚子，姐夫跟你商量个事。
陈 刚	姐夫，只要你不借这 5 万块钱，啥事我都答应你。
李 磊	哎刚子，我怎么觉得你就像我肚里的蛔虫？
陈 刚	不是姐夫，你啥意思啊？
李 磊	你这剩下的钱啊先借给姐夫用几天，有个小女孩看病正需要钱呢。
陈 刚	那可不行！姐夫，我可是大槐树底下等情人，急不可待了。

〔陈刚自己一个人沉浸在幻想里。

陈　刚　有了这笔钱,我就可以和花花去马尔代夫度蜜月了,五星级大酒店,全景天窗,早上打开窗帘映入眼帘的全是海岸、沙滩、阳光,哎妈太美好了。

　　　　〔彤彤从屋里走出来,看着三个人沉溺在幻想中。

陈　刚　哎呀,彤彤,你吓死舅舅了。

陈　雪　彤彤快过来,今年的生日愿望就不要许钢琴啦。

李　磊　没错,你舅舅买彩票中奖了。

彤　彤　我可不想花给别人治病的钱。

　　　　〔陈刚、陈雪紧张。

李　磊　啊?给谁治病的钱?

　　　　〔彤彤从手中的书里翻出一张汇款单,李磊拿起来看着,陈雪、陈刚走开。

李　磊　站住,这就是你们说的彩票?

　　　　〔陈雪、陈刚低下了头。

李　磊　你们怎么能有这种想法呢?这可是救命的钱啊。人家孩子现在还在病床上,就和我们彤彤差不多大,我们怎么忍心用这笔钱享受啊?

陈　刚　姐夫,这也没有汇款人信息啊,还是海外汇过来的,又没人知道。

李　磊　彤彤都明白的道理,你们姐弟俩怎么就糊涂了呢?

陈　雪　可彤彤的钢琴怎么办?今年她可要考级了。

李　磊　那也不能用这钱。彤彤,等爸爸有钱了保证给你买钢琴好吗?

　　　　〔彤彤点点头。

陈　雪　等你有钱了,那得等到猴年马月啊?

陈　刚　　姐，今年就是猴年，这个月就是马月。

陈　雪
　　　　　（夫妻共同）你闭嘴。
李　磊

陈　刚　　好，我闭嘴，我不说话。

李　磊　　（深情）刚子，这张汇款单虽然没有汇款人信息，但他们都有
　　　　　一个共同的名字，雷锋。他们相信我，相信我一定不会私吞
　　　　　这笔救命钱。你们看看现在这个社会，个人失信，害在数
　　　　　人，社会无信，人人自危啊。如果我们今天用了这5万块
　　　　　钱，今后该怎么面对小颖颖，怎么面对她的父母？我们怎么
　　　　　面对社会上的好心人啊？

　　　　　〔全场沉默，手机响起来了。

彤　彤　　爸爸，视频电话。

孩　子　　（画外音）李叔叔，我是颖颖。明天我就要手术了，也不知道
　　　　　明天的手术能不能成功，可是因为有你和社会上许多好心
　　　　　人关心我，给我捐钱，我心里一点都不害怕，刚才护士阿姨
　　　　　给我挂水，我都没哭，阿姨夸我像男孩子一样勇敢。

李　磊　　乖孩子，叔叔知道你是个勇敢的孩子！明天手术一定会成
　　　　　功的。你呀，你不要胡思乱想，听医生的话，按时打针吃药，
　　　　　接受治疗。等你的病好了，就可以回学校上学了，老师和同
　　　　　学都盼着你回去呢。你阿姨啊，她可关心你了，天天念叨
　　　　　你呢。

陈　雪　　（难为情）孩子，好好养病，等你明天做完手术，阿姨和你叔
　　　　　叔一起去看你。

彤　彤　　我也去。

陈　刚　　欸，我也去。

众	我们都去!

[视频挂断了,陈雪陈刚不好意思。

陈　雪	哎,多可怜的孩子啊,你说我们怎么能干这事儿呢……唉……
陈　刚	姐夫,哎,我也是一时糊涂。
姐　弟	我们……
彤　彤	妈妈,舅舅,我知道你们都是为了我,我以后一定好好学习,好好练琴。
李　磊	彤彤真懂事,我们啊,都得向彤彤学习。
陈　雪 陈　刚	对,向彤彤学习!

[李磊手机短信声。

陈　刚	呀! 姐夫,你又有 5 万了?
陈　雪	别闹了,你又出什么幺蛾子。
陈　刚	真的!

[李磊、陈雪、陈刚凑到一起盯着手机。

陈　雪	来电话了,快接电话。
外　音	您好,李先生,我是省话剧团的赵和平。你的话剧《诚信是金》这一稿修改得非常完美,我们团正在排演。你寄给我们的合同已经收到了,今天下午我们给您账户打了 5 万元稿酬,您收到了吗?
李　磊	收到了,收到了,谢谢您,赵团长,好,好。
李　磊	我们这回真有 5 万了。
陈　雪	老公,你太棒了,这就是你这半年来的秘密武器?
李　磊	没错,这钱呀,咱们用着舒心。

陈　刚　姐夫这是双喜临门啊。

陈　雪　今天得好好庆祝庆祝。

李　磊　彤彤,爸爸明天就把钢琴给你买回家。

彤　彤　哦,买钢琴了,买钢琴了。

　　　　[彤彤高兴得蹦跳起来。

李　磊　这剩下的钱嘛……

陈　刚　姐夫!

李　磊　这剩下的钱呀,给你舅舅娶媳妇,老大不小了,该成家了。

陈　刚　谢谢姐夫。

彤　彤　爸爸,我想去医院和颖颖姐姐一起过生日。

陈　雪　好,这主意不错。

李　磊　那好,彤彤,我们去医院。

陈　雪　我去把蛋糕带着。

陈　刚　等等我,我也去。

瓜为媒

(小戏曲)

时　间　立夏时节

地　点　老王庄王芳家西瓜地

人　物　周老西　男,45岁,大周庄瓜农,人称西瓜王

　　　　王　芳　女,42岁,大王庄村民,人称西瓜婆

　　　　[幕起。周老西骑自行车上。他脖子上用网兜挂了两个西
　　　　瓜,随着自行车的颠簸,两西瓜在胸前不住地左右摇晃。

周老西　(唱)太阳出来红似火,

老西我心里乐呵呵。

一大早骑着车子上了路，

大王庄去找王芳把事商磋。

这王芳虽说是寡妇，

可她从不向命运低头来服输。

丈夫病逝欠债务，

她毅然承当不含糊。

学种西瓜十五亩，

踏踏实实下功夫。

有心之人天不负，

她终于获得成功、还清债务，

成了远近闻名的西瓜婆。

这样的女人谁不倾慕，

老西我早就对她心起波。

今借着合作为由来探路，

但愿能与她携手并肩两相和。

（白）前面就是大王庄，看村头这块瓜地足有十五亩，圆滚滚
　　　的西瓜满地都是。（下车，支好车子，上前察看）

（白）我的个乖乖，这西瓜种的还真不孬，简直就跟我种的西
　　　瓜差不多。附近五里三庄能种出如此好的西瓜，除了
　　　她没有第二个。

（弯腰蹲到地上，将一个西瓜托在掌上细看。王芳拿着一根
木棍猫着腰悄悄地上。她慢慢地走到周老西的身后，将木
棍抵在周老西的脑后。）

王　芳　好你个偷瓜贼，怪不得晚上逮不到你，原来改成白天作案

了。老娘我今天终于抓住你了!

周老西　别误会!我……我……(放下西瓜欲起身)

王　芳　(厉声地)蹲着不许动!

周老西　好好好,我不动。大妹子……

王　芳　谁是你妹子? 你再胡说,我打烂你的头。

周老西　(脱口而出)好个厉害的西瓜婆!

王　芳　你、你骂我什么?

周老西　我没骂你,我说你是西、瓜、婆。

王　芳　(生气地)西瓜婆是你叫的?

周老西　那我叫你什么? 王──芳?

王　芳　你连我的名字都知道,看来你是个地地道道的老偷瓜贼了!

周老西　我不是偷瓜贼。

王　芳　你不是? 嘿嘿! 捉奸拿双,捉贼拿赃。(用脚踢了踢网兜里
　　　　的瓜)如今人赃俱获,你还有何话可说?

周老西　这网兜里的两个瓜是我自己带来的。

王　芳　死人坟前烧报纸,你糊弄鬼啊! 你睁大眼睛好好看看──
　　　　(唱)你的西瓜圆溜溜,

　　　　　　我的西瓜溜溜圆。

　　　　　　你的西瓜有圈九道,

　　　　　　我的西瓜有九道圈。

　　　　　　你我西瓜一模样,

　　　　　　还有什么不同你再编。

周老西　这这这……

　　　　(唱)左端详,右瞧看,

　　　　　　这西瓜怎么一样的大小一样的圆。

一样的纹路难分辨，

就像那孪生兄弟肩并肩。

王　芳　你还有何话可说？

周老西　(嗫嚅地)我……我……

王　芳　(唱)骂声瓜贼不要脸，

信口开河胡乱编。

人赃俱获还狡辩，

花言巧语谎连篇。

周老西　(唱)她口口声声来责谴，

我满脸羞红却无言。

浑身是嘴难辩解，

急得我满头冒汗心似煎。

王　芳　(唱)看来你往日得手全凭骗，

被我戳穿你谎难圆。

今天不给你颜色看，

日后胆子会更包天。

(掏出手机拨打)喂……110吗？我这儿抓住了一个……

周老西　别、别……(急了，猛地跳起身来，一把夺过手机)

王　芳　(勃然大怒)你还敢抢我手机？(挥棍便打，吓得周老西抱头
而逃)

周老西　(边逃边叫)我、我没抢，我是怕……怕……(话声未了，一个
趔趄，被瓜蔓绊倒在地)

王　芳　(上前，用棍指着周的头，喘息着说)你……跑啊，怎么不、不
跑了？

周老西　你拿棍打我，我能不跑吗！

王　芳　谁叫你抢我手机的?（厉声地）快把手机给我!

周老西　给你可以,但你不能报警!

王　芳　（讥讽地）你还知道怕警察?

周老西　我不是怕他们,是怕你……对我误会太深。其实,我……真
　　　　的不是来偷瓜的。

王　芳　你还敢嘴犟!（气愤地又举起木棍）

周老西　哎哎哎……住手,你赶快住手! 我、我有话说。

王　芳　有话快说,有屁快放!

周老西　这两个瓜……的的确确是我带来的。不信? 你瞧——（取
　　　　下脖子上的瓜,对着其中一个猛的就是一拳,瓜"啪"的一声
　　　　裂开）

王　芳　（愤怒）你敢砸我的瓜?

周老西　不是你的瓜,是我自己的瓜。你仔细瞧瞧,厚皮、黄瓤、白籽
　　　　儿。你再瞧瞧你的瓜——（顺手从瓜地里摘下一个瓜来,又
　　　　是一拳,瓜炸裂开来）皮薄、红瓤、黑籽儿,两个瓜一点也不
　　　　一样?

王　芳　（细看）还真不一样。

周老西　你再尝尝,我的瓜是沙瓤,吃在嘴里有点面,但是特别甜。

王　芳　（拿起一块,咬了一口）说得不错。

周老西　你再看你的瓜,它是脆瓤,水分多,但甜味儿不足。

王　芳　（惊讶地）你……是怎么知道的?

周老西　你别管我是怎么知道的,我只问你我刚才讲的这两个瓜的
　　　　特点对不对?

王　芳　对对对,确实如此。

周老西　你现在相信我不是偷瓜贼了吧!

279

王　芳　这……（仍不相信，可看看眼前的这两种瓜，不得不点点头）
　　　　你怎么会知道我家西瓜的特点？

周老西　我几天前托人买了尝过你家的瓜。

王　芳　（不解地）你……你究竟是谁？

周老西　我嘛，大周庄的，姓周，叫周老西。

王　芳　（惊愕地）你就是西、瓜、王？

周老西　（笑了笑）那是大家顺口喊出来的，不过，我种西瓜确实有二
　　　　十多年的历史了。

王　芳　啊?!……

　　　　（唱）得知他就是西瓜王，

　　　　　　　不由我又愧又喜又紧张。

　　　　　　　愧的是有眼不识金镶玉，

　　　　　　　竟把他当着瓜贼还拿赃。

　　　　　　　无端认定他撒谎，

　　　　　　　语多不逊将人伤。

　　　　　　　喜的是他种瓜的技术名声响，

　　　　　　　十里三乡全都把他来赞扬。

　　　　　　　梦里头几次见他把技术来传授，

　　　　　　　没想到他就站在我身旁。

　　　　　　　我种的西瓜皮虽薄，

　　　　　　　甜味不足少卖场。

　　　　　　　今年销路已不畅，

　　　　　　　价格徘徊难上扬。

　　　　　　　有意上前来求教，

　　　　　　　步子未迈心却慌。

怕他气我不识相，

怕他记恨不相帮。

有道是为人知错就得改，

我只好觍着脸儿来开腔。

(搬过一条凳子)周大哥，你请坐！我……刚才冒、冒犯了你，你千万不要生、生气。

周老西　刚才纯粹是误会，你也千万不要放在心上。

王　芳　感谢周大哥大仁大量，只是我……我……

周老西　大妹子，你我同是种瓜的，虽然初次相见，但你的大名我早就铭记在心。

王　芳　(惊喜地)你……知道我？

周老西　鼎鼎大名的西瓜婆，谁人不知，哪个不晓呀！

(唱)你为还夫债学种瓜，

五百块贷款初起家。

没钱买种子你去赊，

不懂技术便将书查。

困难再大都不怕，

跌倒之后又朝起爬。

终成规模生意大，

庄上乡亲谁不夸。

王　芳　(唱)些许小事何足道，

比起你来还是差。

眼下就遇一道坎，

不知怎么去攀爬。

周老西　(唱)有何难事尽管讲，

我定当相助把手搭。

王　芳　　真的？

周老西　　决不食言！

王　芳　　好！那我讲了——

　　　　　（唱）今年西瓜忽掉价，

　　　　　　　　市场销路更下滑。

　　　　　　　　急得我一日三餐吃不下。

周老西　　（唱）怪只怪你品种落后口味差。

　　　　　　　　不能够与时俱进将步跨，

　　　　　　　　跟不上顾客需要把距离拉。

王　芳　　（唱）有啥方法你快讲，

周老西　　（唱）办法就在你我这两个瓜。

王　芳　　你我这两个瓜？

周老西　　对！我这瓜是二倍体的杂交瓜，它虽然瓤沙味甜，可是皮厚。你这瓜呢，吃起来味道不怎么样，但是皮薄。如果将我这二倍西瓜和你的这个西瓜再进行杂交，就能种出薄皮红瓤既香又甜的三倍体无籽西瓜来！这种西瓜只要一上市，保证风靡全国，独占鳌头！

王　芳　　（兴奋地）好啊！可是……

周老西　　怎么？

王　芳　　这什么二倍、三倍体的西瓜我不懂啊，更不会搞什么杂、杂交。

周老西　　我会，我可以教你呀！

王　芳　　（犹豫）可是……

周老西　　可是什么？

王　芳　（难言地）我……我……

周老西　（着急地）你有什么想法，就直说！

王　芳　好，我说！你教会我这西瓜杂交技术，要收……多、多少
　　　　报酬？

周老西　一分钱不收！

王　芳　一分钱不收？嘿嘿！天下没有免费的午餐，那你……究竟
　　　　想要什么？

周老西　我只要你……

王　芳　（误会）什么？你你你……混账！（骂后掉头就走）

周老西　哎哎哎……你、你别走啊！（追上前便拉）
　　　　〔王芳忽地转过身来，"啪"的就是一个耳光……

周老西　（惊愕）你你你……怎么打我？

王　芳　打你是轻的！周老西——我敬你是个种瓜高手、能手，没想
　　　　到你竟然是个好色、贪色的无耻之徒。你给我——滚！

周老西　别别别……嘿！你又误会了。我刚才是说只要你愿意，我
　　　　和你联起手来共同经营，咱俩搞他个无籽西瓜种植公司，大
　　　　干它一场！

王　芳　你……真是这么想的？

周老西　真的！不骗你。

王　芳　那这公司如果成立了，谁当经理？

周老西　当然是你了。

王　芳　那你呢？

周老西　我、我当技术员，一切事情听你指挥。

王　芳　为什么？

周老西　什么为什么？

283

王　芳　我是说……你为什么要听、听命于我?

周老西　(不好意思地)这……

王　芳　(催逼)说呀!

周老西　(难以张口地)我……我……

王　芳　(着急地)究竟为什么?你快说呀!

周老西　(被逼不过)因为我……我……(大着胆子)喜、欢、你!

王　芳　这这这……

王　芳
　　　　(旁唱)他
周老西　　　　　我　心意终于说出声,

王　芳　　　　　王芳　　暗自作沉吟
　　　　(旁唱)　　　　　我不由　忐忑难安宁。
周老西　　　　　老西

王　芳　(旁唱)他技术高超令人敬,

　　　　　　　一片挚诚尤可亲。

周老西　(旁唱)我虽已把心意表,

　　　　　　　不知她对我可否也有心?

王　芳　(旁唱)难为他一心替我来作想,

　　　　　　　这样的知音人儿何处寻?

周老西　(旁唱)怕就怕她嫌我今天太过分,

　　　　　　　一口回绝丢尽人。

王　芳　(旁唱)左思右想主意定,

　　　　　　　迈走上前——(将手举起)

周老西　(惶恐地)你……你想干什么?

王　芳　我呀……(怜爱地)

　　　　(接唱)看看你刚才打得还疼不疼?

周老西　不疼不疼,一点都不疼。

284

王　芳　西瓜王——

周老西　哎!

王　芳　我替你把那个"王"字改个字行不行?

周老西　行啊!改成什么字?

王　芳　改成"公"字。

周老西　西、瓜、公?她叫西瓜婆,我叫西瓜公。(不由大笑)哈哈!
　　　　改得好——

　　　　(唱)西瓜公,西瓜婆,

王　芳　(唱)二人携手来联合。

二　人　(同唱)精心培育新品种,

　　　　　　　　誓让银窝变金窝。

　　　　[合唱声里,周老西拖过自行车,王芳跳上车子,双手搂住周
　　　　老西的腰,二人骑车下。

　　　　[闭幕。

　　　　[剧终。

万字剧

话剧·烈火红心

谨以此剧纪念世界反法西斯战争胜利八十周年!

为反法西斯战争而流血牺牲的先辈们永垂不朽!

时　间　1941 年 2 月。

地　点　沭阳马厂。

人　物　崔汉山　66 岁,沭阳县马厂乡崔家掌门人,1895 年在台湾参
　　　　　　　　加过抗倭保台,性情刚烈,爱国,有大义。

　　　　赵秀兰　48 岁,崔汉山老婆,知书达理,贤惠,有主见。

　　　　马振飞　66 岁,共产党,江红霞师傅,崔汉山结义兄弟,曾和
　　　　　　　　崔汉山一起在台湾抗倭保台。

　　　　江红霞　24 岁,共产党,在马厂成立铁工会,主要负责发动马
　　　　　　　　厂的铁工会给新四军造枪。

　　　　崔鸿志　23 岁,共产党,崔汉山大儿子。

　　　　崔鸿远　21 岁,国民党,崔汉山二儿子。

　　　　崔鸿儒　19 岁,无党无派,与胡灵芝互有好感,在胡文泰的影
　　　　　　　　响下亲日,崔汉山三儿子。

　　　　胡文泰　55 岁,自封马厂乡乡长,汉奸,欺压百姓,无恶不作。

　　　　胡灵芝　22 岁,胡文泰的女儿,脾气骄横,与鸿儒互有情愫。

　　　　山口君　46 岁,日本军官。

　　　　其他乡邻儿童若干。

第一场

〔幕后儿音:

叮叮当,叮叮当,

马厂户户造钢枪。

抡起铁锤号子响,

烈火红炉焰火旺。

除暴安良打鬼子,

第一当属崔家枪。

支援八路新四军

抗日救国保家乡。

[字幕起:1941年2月,早春!

[灯光渐亮。

[沭阳万福楼酒楼。

[崔汉山六十六大寿。

崔汉山 五十而知天命,六十而耳顺,七十而从心所欲!哎,老喽,这
一转眼黄土都埋了半截。

赵秀兰 今儿图个喜庆,不吉利的话别说。

崔汉山 你说鸿儒这孩子,好端端的,非要给我过什么大寿。

赵秀兰 鸿儒这孩子孝顺。

崔汉山 我知道,可为啥偏要跑到这沭阳县城来?讲什么排场,要是
在马厂,铁匠们都能来咱老崔家喝上一杯,该有多好。

赵秀兰 得了,你呀,真是矫情。

崔汉山 嘿嘿!我崔汉山好福气,四十岁时遇见你,给我生了三个争
气的儿子,要是再能有个女儿就更好了。

赵秀兰 三九天馋水蜜桃,你想什么不好,当初早干吗去了。

崔汉山 当初不是你身子骨弱嘛。

赵秀兰 那也是给你们老崔家生仨儿子落下的病根。

287

崔汉山	(竖手指)秀兰,你是老崔家的大功臣。
赵秀兰	算你还有良心。鸿儒说了,他还叫了鸿志鸿远。
崔汉山	这个鸿儒,事事都擅作主张,没看见满城的鬼子吗?那鸿志鸿远啥身份他不知道吗?
赵秀兰	也是,我这个做娘的,天天为这俩孩子提心吊胆,还是鸿儒最省心。
崔汉山	我看将来就他最不省心!又和胡文泰的女儿灵芝好上了。
赵秀兰	我看灵芝挺好的。
崔汉山	可那胡文泰是什么人?平时在马厂欺压百姓,无恶不作,我听说现在又私底下和日本人勾结,你说鸿儒怎么就喜欢上了他女儿。
赵秀兰	那你打算咋办?
崔汉山	我坚决不同意。
胡文泰	汉山兄弟!(画外音)
崔汉山	这说曹操曹操到!
	〔崔鸿儒带着胡文泰和灵芝上场。
崔鸿儒	爹,胡叔和灵芝来了。
崔汉山	胡乡长,你一来,这整个万福楼是蓬荜生辉。
胡文泰	今日汉山兄弟六十六大寿,我胡文泰岂能不来。
赵秀兰	来就来了,还让你破费。
胡文泰	一点小意思!灵芝,怎么不知道叫人啊?
胡灵芝	崔叔、崔婶好!
赵秀兰	哎呀,你看这灵芝长的,多水灵。鸿儒,傻孩子,你还愣着干吗。
崔鸿儒	(接过礼品)胡叔快请坐,灵芝你也坐。

胡文泰　汉山兄弟，你好福气啊，三个儿子，个顶个的争气，鸿志鸿远不说，就说这鸿儒，人如其名，满腹经纶，才高八斗。哎，不像我，就一个宝贝女儿灵芝，还被我给惯得是说不得碰不得。

胡灵芝　爹！

胡文泰　你看，还不给说，一说就生气。

崔汉山　女孩子嘛。

赵秀兰　我看灵芝就挺好，聪明伶俐。

胡灵芝　看，还是我崔叔崔婶说话中听。

胡文泰　汉山兄弟，都说男大当婚女大当嫁，我看不如趁今天这个日子，把两个孩子的婚事定下来，我们做老的也就安心了。我胡文泰是马厂的乡长，你们老崔家又是马厂的造枪大户，咱们两家也算是门当户对。再说，我就灵芝一个女儿，鸿儒做了我的女婿，我还能亏待他吗？

崔汉山　话虽如此，可总要听听孩子们的意见。要是鸿儒喜欢灵芝，灵芝不喜欢鸿儒，鸿儒剃头担子一头热，咱们硬要撮合，那不是把灵芝给害了。

胡文泰　我听出来了，汉山兄弟是对这门亲事不满意。

崔汉山　汉山绝非此意，鸿儒若能娶到灵芝，那是他上辈子修来的福气。

胡文泰　不瞒汉山兄弟，日本人今晚在宪兵队准备了宴席，给我胡文泰面子，邀请我跟灵芝去参加，时间差不多了，灵芝，我们走。

崔汉山　胡乡长，我送你。

胡文泰　留步吧。

崔汉山　鸿儒,帮我送送。

　　　　[鸿儒送胡文泰和灵芝下场,崔鸿志和崔鸿远上。

崔鸿志　爹,我祝您老福如东海。

崔鸿远　爹,我祝您老寿比南山。

崔汉山　好! 快来,你娘可想你们俩了。

崔鸿志　娘!

崔鸿远　娘!

赵秀兰　快让娘看看,这两臭小子,可想死娘了。

崔鸿志　娘,我们刚才在门口看到鸿儒了。

赵秀兰　他去送胡文泰和灵芝。

崔鸿远　他不是在上海读书吗?

赵秀兰　书不读了,都回来小半年了。

崔鸿远　娘,我听说这个胡文泰仗着手下有几个爪牙,整日在马厂耀武扬威,老三还是少跟他来往。

崔汉山　这些天胡文泰倒是收敛了很多。

崔鸿志　爹,你想多了,他之所以老实,是因为我们新四军已经警告过他,如果他在马厂继续干欺霸乡邻之事,新四军绝不会放过他。

崔汉山　我说呢,不过他现在勾搭上了日本人,从这离开就是去参加日军宪兵队的晚宴。

崔鸿远　有意思啊,咱们马厂是什么地方? 一个三不管的地带,日本人看不上,国民党不稀罕,他胡文泰一个马厂的地痞流氓,日军怎么会宴请他? 这里面一定有文章。

崔鸿志　有啥文章,日本人无非就是想多一条狗。

赵秀兰　行了,不提他,扫兴。

崔鸿志	娘,告诉你个好消息,这次来我不走了,组织派我在马厂保护江红霞书记的安全。
赵秀兰	太好了,娘就巴不得你们天天待在娘身边。
崔汉山	这个江红霞可不简单,刚来马厂就成立了铁工会,发动铁匠们给新四军造枪。
崔鸿志	这是党交给她的任务。
崔鸿远	爹,在咱们马厂,铁工会没你加入,那叫马厂铁工会吗?
崔鸿志	爹,我听说大伙可都等着你加入铁工会呢。
崔汉山	老崔家世代打铁造枪,靠手艺吃饭,从不参与党派之争。
崔鸿志	爹,国家有难,匹夫有责。
崔鸿远	就是,国难当头,你可不能把自己置身事外。
崔汉山	你俩臭小子,教育起爹来了,爹十几岁时就打鬼子了。
崔鸿志	知道你当年是抗倭保台的大英雄,铁工们眼里的战神,爹,给我们兄弟俩讲讲呗?
崔鸿远	就是,讲讲。
崔汉山	好汉不提当年勇,爹现在就是一个普通老百姓,能干吗?
崔鸿志	能造枪打鬼子啊。
	〔鸿儒上场。
崔鸿儒	大哥、二哥!
崔鸿志	鸿儒,听娘说你书不读了?
崔鸿儒	不读了,眼下时局读书没用。
崔鸿远	老三,你还是应该多读书。
赵秀兰	鸿儒现在就是不读,也比你俩有文化。
崔鸿志	娘就是偏心。
崔鸿儒	还是娘最好。

崔鸿远　老三,回来有什么打算?

崔鸿儒　跟爹学造崔家枪。

崔鸿志　造枪?

崔鸿远　你咋不跟二哥上战场打鬼子呢?

崔鸿儒　小瞧人! 爹都同意了。

崔汉山　你们兄弟俩在外打仗,顾不上老崔家,爹岁数大了,咱们老
　　　　崔家总得有人站出来秉承祖训,把崔家枪发扬光大。爹决
　　　　定了,鸿儒是我们崔家枪第九代传人,你俩没意见吧?

崔鸿志　都听爹的。

崔鸿远　我压根对造枪就没兴趣,只要不传给外人就行。

崔汉山　那这事就定了。

崔鸿儒　谢谢爹! 我一定把咱们崔家枪发扬光大。

崔鸿远　老三,二哥等着这一天。

崔鸿儒　大哥二哥,我准备把整个马厂的铁工们集中起来,成立马厂
　　　　兵工厂。

崔鸿志　成立马厂兵工厂?

崔鸿儒　对。

崔鸿远　老三,你这刚下学屋门,有理想、有激情、有抱负,二哥呢是
　　　　打心眼里佩服。

崔鸿儒　二哥,打住,你肯定憋不出好屁来。

崔鸿志　你二哥想说你是刚长翅膀的鸟儿——不知天高地厚。

崔鸿远　大哥,你说得太客气了,鸿儒这是疯狗咬太阳——不晓得天
　　　　高地厚。

赵秀兰　你这俩孩子,又欺负鸿儒。

崔鸿远　娘,这叫平等对话。

崔鸿儒	就知道你们小瞧人,算了,有句话叫燕雀安知鸿鹄之志哉!
崔鸿远	对对对,老三,我和你大哥都是燕雀,你是鸿儒。
崔鸿志	是鸿鹄,不是鸿儒。
崔鸿远	都一样,说的都是他一个人。
崔鸿儒	大哥二哥,我们马厂铁匠们会造枪,这就是建兵工厂的基础。据我所知,"九一八"事变后,日本占领东北,他们对沈阳兵工厂进行了技术改造升级,现在沈阳兵工厂成为整个中国的最大兵工厂。
崔鸿远	那是沈阳,这里是沭阳。
崔鸿志	就是。
崔鸿儒	得,对牛弹琴,不跟你俩说了。爹,我去催催菜。
赵秀兰	娘陪你去。(下)

〔舞台一侧,崔红霞带着马振飞上场。

马振飞	红霞,我还是在门外等你。
江红霞	师傅,来都来了,几十年了,真不想见见崔汉山?
马振飞	我怕见面打起来,我是真没想到,一个逃兵,居然摇身一变成了马厂的江湖大佬。
江红霞	师父,崔汉山在马场德高望重,一呼百应,要想完成任务,还得全指望他。
马振飞	哎! 人穷志短,马瘦毛长啊! 这份寿礼你拿着,空手会被他们笑话。
江红霞	真不进去? 他可是你失散几十年的结义兄弟。
马振飞	不去,逃兵我瞧不上。(下)

(江红霞敲门)

崔鸿志	爹,江书记来了。

崔汉山　江书记,快请坐。

江红霞　崔师傅,今天是你大寿,给你准备了一份薄礼。

　　　　(崔鸿远好奇接过礼物)

崔鸿远　爹,这玩意可是好东西,值老多钱了。

崔汉山　江书记,这太贵重了,汉山如何受得起。

江红霞　这是一点心意。

崔鸿远　爹,礼下于人,必有所求。

崔汉山　江书记,有需要我帮忙的请直说。

江红霞　那我就开门见山了,我们共产党在马厂成立了铁工会,想邀
　　　　请你加入铁工会。

崔汉山　老崔家造枪卖枪,凭手艺吃饭,这个铁工会就不加入了。

崔鸿志　爹,加入铁工会给新四军造枪打鬼子了,多光荣。

崔汉山　不加入铁工会就不能造枪了?就不能打鬼子了?你这纯粹
　　　　是歪脖子看戏嫌台歪,净整歪理。

江红霞　鸿志,崔师傅说的对,上前线战场打鬼子是抗日,在家里种
　　　　地绣鞋,只要是支援前线的都是抗日。

崔鸿远　爹,这共产党最厉害的就是说教。

崔鸿志　鸿远,共产党的事,你别跟着瞎掺和。

崔鸿远　爹你看,哥还跟我急了。(阴阳怪气)行!

江红霞　崔师傅,加入铁工会的事你再考虑,眼下有件急事想请你
　　　　帮忙。

崔汉山　只要我崔汉山能办到的,定当竭尽全力。

江红霞　我们新四军想买崔家枪。

崔汉山　买崔家枪?

江红霞　对,买崔家枪打鬼子。

崔汉山	打鬼子？
江红霞	打鬼子。
崔汉山	你们要多少？
江红霞	有多少要多少。
崔汉山	行，只要是打鬼子用的，我都支持。
崔鸿远	爹，咱们崔家枪不能卖给共产党。
崔汉山	为啥？
崔鸿远	因为我们国民党也要买崔家枪。
崔汉山	你们有汉阳造，买崔家枪干什么？
崔鸿远	共产党买枪抗日，我们国民党买枪当然也是抗日。
崔鸿志	抗日？亏你还说得出口。我问你，一个月前，国民党在泾县发动了震惊中外的"皖南事变"，杀害了我们七千多名新四军，这是抗日吗？你的部队也参加了吧？
崔鸿远	这是党国的高层决策，我必须执行。
崔鸿志	可你是成年人，要有明辨是非的能力。
崔鸿远	但我更是党国的军人，军人以服从命令为天职。
崔鸿志	可你的党国现在分明是在搞摩擦、搞内耗，你看不明白吗？
崔鸿远	我当然明白，可那又怎样？
崔鸿志	你还觉得理直气壮了？
崔鸿远	大哥，我跟你明说吧，现在虽然是国共合作时期，但是在中国，只能有一个政府，那就是我们国民政府。
崔鸿志	我看你是被国民政府洗脑太深。作为大哥，我奉劝你一句，国民党那一套无礼傲慢、不可一世的丑恶嘴脸得改一改了？
崔鸿远	那得看你们共产党有多大的能耐。
崔鸿志	怎么？你还想杀大哥不成？

江红霞	鸿志,国民党杀害共产党从来都不会心慈手软。
崔鸿远	(拔枪)你少在这挑拨离间,再妖言惑众,我一枪毙了你。
崔鸿志	(拔枪)鸿远,把枪放下。
崔鸿远	哥,你居然会为了这个女人拿枪对着我?
崔鸿志	保护她是党交给我的任务。
崔鸿远	那买枪也是党国交给我的任务。

〔赵秀兰和鸿儒上。

赵秀兰	你们俩孩子这是干吗?你们可是亲兄弟啊!汉山,你愣着干吗?快劝劝俩孩子啊?
崔汉山	都把枪放下,放下!
崔鸿儒	大哥二哥,听爹的话,快把枪放下。
崔汉山	我就问你俩,今天是来给我过寿的,还是来给我送终的?
崔鸿远	爹,无论如何枪都不能卖给共产党。
崔汉山	崔家枪卖给谁我自有主张。
崔鸿远	这次上峰给我立了军令状,如果完不成任务,要把我送上军事法庭。
赵秀兰	啊?鸿远你别着急,你放心,你爹不会把枪卖给他们的。
崔汉山	老崔家的女人不允许插手造枪卖枪的事,你不知道吗?
赵秀兰	那总不能让鸿远被送上军事法庭吧。

〔马振飞急忙上,崔汉山大吃一惊。

马振飞	红霞,不好,日本人来了,快走。
崔汉山	马振飞?(二人相看一眼)
马振飞	红霞,我们快走。
赵秀兰	快,你们兄弟俩也快走。

〔马振飞鸿志鸿远和江红霞急下场,舞台上只剩下崔汉山夫

妇和鸿儒三人。

崔汉山	（嘴里嘀咕）马振飞？不可能，怎么会是他？他明明……
赵秀兰	汉山，你嘀咕啥呢？
崔汉山	哦，我说一会日本人来了，都别乱说话。
赵秀兰	这过个寿，怎么还把日本人招来了。
崔汉山	就不该过。
赵秀兰	鸿儒也是一片好心。
崔鸿儒	就是。

　　　　　[山口带着日本兵上场。

山　口	崔桑，别紧张，我是来给你送寿礼的。
崔汉山	崔汉山不敢当。
山　口	打开看看。（崔汉山打开看是一枚子弹，大惊。）
崔汉山	太君这是何意？
山　口	我听胡文泰说你们老崔家造的枪，准度可比帝国造的三八大盖。
崔汉山	太君，你别听胡文泰瞎说，崔家枪打打野兔还行，怎么能跟贵国生产的三八大盖相比。
崔鸿儒	爹，咱们崔家枪是马厂第一枪，那就是准。
山　口	崔桑，你不如你儿子诚实。
崔汉山	太君，小孩子不懂事，你别当真。
赵秀兰	就是，鸿儒他还是个孩子。
崔鸿儒	娘，我今年都十九了，不小了。
山　口	（山口递一支枪给崔汉山）拿着，我们比比。
崔汉山	太君，我只是个铁匠，哪会打什么枪。
山　口	崔桑，你不老实。

崔汉山　崔汉山不敢欺骗太君。

山　口　我可听说你当年是马厂第一神枪手。

崔汉山　陈芝麻烂谷子的事太君也信？

山　口　崔桑，你的大儿子叫崔鸿志，是共产党，二儿子叫崔鸿远，是国民党，他们都是帝国的敌人，我现在就可以把你们都抓起来枪毙了。

崔鸿儒　太君饶命啊！（崔泰山和赵秀兰不语）

山　口　崔桑，我可以给你个机会。皇军正准备建兵工厂，所以我想请崔桑带马厂的铁匠们到兵工厂造枪。

崔汉山　造枪？

山　口　大日本国拥有世界上最先进的造枪技术，只要用我们日本的技术对崔家枪加以改造升级，定能生产出精度可比三八大盖的崔家枪。一旦批量生产，就能解决大日本皇军在华北地区武器弹药不足的困境。崔桑，只要你同意，我还可以让你来当这个厂长。

崔汉山　谢太君好意，崔汉山恐不能胜任。

崔鸿儒　爹，这可是千载难逢的好机会，你想，崔家枪要是用日本技术升级，那性能肯定……

崔汉山　（打断）你给我闭嘴。

山　口　崔桑，皇军绝不允许中国民间有造枪的能力，如果你不能为皇军所用，那就只能消灭，我给你十天时间考虑。你的儿子倒是聪慧过人，我很喜欢他，来人，把他带走。

崔鸿儒　爹，爹！你救我啊？

崔汉山　太君，太君！

赵秀兰　太君，我求你放了我儿子。

山　口　带走!

〔收光。

第二场

〔崔汉山家。

〔崔汉山在家里来回踱步。

赵秀兰　(哭)我听说那日本宪兵队可不是人待的地方,人进去不死
　　　　也会被扒层皮下来,鸿儒哪受得了啊,你们爷俩快想想办
　　　　法啊?

崔汉山　这不正在想吗?

赵秀兰　鸿远呢?他怎么没来?他心怎么就这么宽,不知道鸿儒被
　　　　抓吗?

崔鸿志　军务繁忙,来不了。

崔汉山　来了也帮不上忙。

赵秀兰　那你倒是想想办法啊。

崔汉山　我准备托胡文泰把老崔家的传家宝送给日本人,希望能交
　　　　换鸿儒。

赵秀兰　这能成吗?不行的话我这还有一对手镯。

崔鸿志　爹,胡文泰根本靠不住。

崔汉山　可眼下只有他能跟日本人说上话。

崔鸿志　他在日本人面前就是一条狗,你指望他还不如去烧香拜
　　　　佛呢。

崔汉山　那也只能死马当活马医了。

崔鸿志　可你这是病急乱投医。日本人抓鸿儒的目的是想让你带着
　　　　马厂的铁工们去兵工厂给他们造枪。

崔汉山　我当然知道。

崔鸿志　爹，咱们老崔家不能因为鸿儒被抓就去给日本人造枪。

崔汉山　爹不用你教。

（赵秀兰突然咳嗽，吐血）

崔汉山　秀兰，你怎么了？

崔鸿志　娘，娘！

赵秀兰　自从鸿儒被抓，我这心每天疼得要命。

崔汉山　快扶你娘去休息。

赵秀兰　汉山，一定要想办法救鸿儒。

崔汉山　我知道，你好好休息。

〔鸿志扶赵秀兰下场，舞台上只剩下崔汉山。

崔汉山　（自言自语）我该怎么办？我现在到底该怎么办啊？我若不
　　　　答应日本人，鸿儒怎么办？

〔舞台深处出现鸿儒身影。

崔鸿儒　爹，你救救我，救救我啊！（隐去）

崔汉山　鸿儒，他可是秀兰最疼爱的儿子，崔家枪第九代传人，他若
　　　　有个三长两短，秀兰怎么办？老崔家怎么办？不，他不能有
　　　　事，一定要救鸿儒。可我若是答应了帮日本人造枪，那就是
　　　　帮日本人杀中国人，就是叛祖叛国，那我崔汉山不成了遭人
　　　　唾弃的汉奸吗？我到底该怎么办呢？

〔江红霞上场。

江红霞　崔师傅。

崔汉山　江书记，今日我有要事，若是买枪之事，咱们改日再谈。

江红霞　崔师傅，听说鸿儒被抓了。

崔汉山　真是好事不出门，坏事传千里。

江红霞	崔师傅，别这么说，我今天给你带个人来，师父！
	〔马振飞上场，二人相互凝视对方，互不说话。
江红霞	崔师傅，我刚才听到你夫人咳嗽几声，怕是受了伤寒。
崔汉山	她心脏不好，老毛病了。
江红霞	我在战地医院待过，我去看看，或许能帮上什么忙。（下，舞台上只剩下崔汉山和马振飞，二人相互看着对方）
崔汉山	大哥？真的是你？
马振飞	几十年过去了，没想到你还能一眼认出大哥。
崔汉山	大哥，你居然还活着，我还以为你……
马振飞	你以为我死在了台湾？大哥命大，老天爷没收。真是想不到啊，当年的崔汉山，几十年后居然成了国共双方以及日本人争抢的对象，成为马厂的大英雄。
崔汉山	大哥，没想到你我兄弟此生会在马厂重逢，老天有眼啊！
马振飞	你还记得我们当年战旗上的口号吗？
崔汉山	人在台湾在，誓与台湾共存亡！
马振飞	好，既然你记得，我得为当年在台湾被你抛弃的那帮兄弟们讨个说法。当年我们整个金字营，几百个兄弟，都把命留在了台湾，只有你逃了回来。
崔汉山	大哥，你冤枉我了。当年杨泗洪将军秘密从每个营里挑一个水性好的，总共十人，派我们渡海求援，我们的小船被海上的日本军舰发现，他们用大炮轰炸，船被炸了，我身负重伤，抱着一块船板，顺着海水漂到了福建厦门，被一个渔民所救，这才侥幸活了下来，等我伤好之后，我就听闻杨将军牺牲了，日本人已经占领了台湾。
马振飞	哼，你可真会编，谁能给你证明？

崔汉山	没人给我证明,当年船上的人都死了。
马振飞	那就是死无对证。
崔汉山	大哥,我说的都是事实。再说,你不也回来了。
马振飞	我跟你岂能一样,当年我跟兄弟们一起和日本人战至一兵一卒,一枪一弹,我身中六枪,(拍了拍腿)我这条腿也落下了残疾,成了瘸子,而你呢,你是个逃兵。
崔汉山	我不是逃兵!大哥,你知道这些年我是怎么过的吗?我是生不如死啊!我崔汉山没能跟兄弟们一起死在台湾,我心里比谁都难受。这些年我常常在噩梦中惊醒,想到杨将军,想到大哥你,还有那帮战死台湾的兄弟们,醒来后我就想,当年日本战舰的大炮怎么就没一炮把我炸死在大海里,让我魂归大海多好,非要让我崔汉山屈辱的多活了这几十年。大哥,你知道我为什么要造枪吗?就是因为当年在台湾,我们打到最后没有武器,手无寸铁的跟日本人干,白白牺牲了那么多兄弟,所以我发誓,一定要造枪。这些年我造枪不计其数,都给了共产党打鬼子了,我崔汉山心里痛快!
马振飞	你说的都是真的?
崔汉山	崔汉山若有半句假话,天打雷劈,不得好死。
马振飞	(二人相拥)二弟!
崔汉山	大哥!
马振飞	原来是大哥错怪了你。
崔汉山	大哥,当年我们誓死保卫的台湾如今已被日本国统治了近五十年,大清也早已经亡了,你就没后悔过?
马振飞	从来没有。
崔汉山	我也没有。

马振飞	汉山,虽说日本人占领了大半个中国,国家千疮百孔,民族岌岌可危,可是只要有共产党在,咱们这个民族就有希望。
崔汉山	大哥,你说吧,要我怎么做?
马振飞	好,大哥要的就是你这句话。日本人要建立兵工厂,我听说他们想请你带着马厂的铁匠们去兵工厂造枪。
崔汉山	被我当面拒绝了。我崔汉山当不了民族英雄,也绝不能当民族败类。
马振飞	好,有骨气。
崔汉山	大哥放心,汉山不惜一死,也不会答应给日本人造枪。
马振飞	汉山,我们共产党希望你能答应,带一批可靠的人去兵工厂。
崔汉山	什么?要我去给日本人造枪?
马振飞	日本国现在拥有世界上最先进的武器兵工厂,他们生产出来的武器,其性能远远超过我们生产的武器,如果我们能把他们的先进设备和造枪技术都学到手,那对我们的抗日,作用是巨大的。
崔汉山	你们是想明修栈道,暗度陈仓?
马振飞	对,这是一个千载难逢的机会。
崔汉山	这事不行,铁匠们思想不统一,一旦走漏风声,那就都完了。
马振飞	你放心,红霞会在马厂做铁匠们的思想工作。
崔汉山	可鸿儒还在日本人手里。
马振飞	大哥正要跟你说鸿儒的事,你得有思想准备。
崔汉山	你这话是什么意思?
马振飞	鸿儒变了。
崔汉山	变了?

马振飞　他投敌了。

崔汉山　（怒）胡说！鸿儒怎么可能是汉奸？

马振飞　万福楼的寿宴是鸿儒精心安排的。

崔汉山　马振飞，你污蔑我儿子，我要不念你是我大哥，绝饶不了你。

马振飞　我说的是事实。

崔汉山　那好，你口口声声说鸿儒是汉奸，证据呢？

马振飞　宪兵队里有我们的同志，他说鸿儒在宪兵队并没有受到
　　　　酷刑。

崔汉山　这说明日本人对我崔汉山有所顾忌，不敢轻易对鸿儒动刑。

马振飞　我们的同志还说，鸿儒在里面每日都是大鱼大肉伺候。

崔汉山　他们想让我为他们造枪，优待鸿儒那很正常。

马振飞　我也希望如你所说，可是？

崔汉山　（打断马振飞）没有真凭实据的事不要妄加揣测，对大家都
　　　　不好。不过我告诉你，老崔家不可能有人当汉奸，鸿儒更不
　　　　可能。我还有事，今日就不留大哥了。

　　　　〔收光。

　　　　〔转景，日本宪兵队。

　　　　〔胡文泰拜见山口。

山　口　胡桑，马厂给我盯紧了，有情况随时向我报告。

胡文泰　太君，马厂有个女共党，擅长做思想工作，整天在马厂忽悠
　　　　铁匠们加入铁工会，现在又想拉拢崔汉山入会。

山　口　哦？共产党也在拉拢崔汉山？

胡文泰　何止共产党，国民党也搅和进来了。

山　口　越来越有意思了。

胡文泰　太君，我听说崔汉山手里有一批枪，数量还不少。

山　口　当真?

胡文泰　我也不确定,我问过鸿儒,他也不知道。太君,马厂的抗日
　　　　力量不容小觑,要是再有这批枪,那对皇军可是个威胁。太
　　　　君,你要想让崔汉山带着铁工们安心地给皇军造枪,就得想
　　　　个万全之策,把他的两个儿子消灭。

山　口　万全之策? 胡桑,我最近迷上钓鱼了,将一条蚯蚓拴在鱼钩
　　　　上放进河里,然后静静地等着河里的鱼儿来咬钩,鱼儿本以
　　　　为可以饱餐一顿,谁知道自己竟成了钓鱼人的盘中餐,那种
　　　　感觉太美妙了。鸿儒现在就是鱼饵。

胡文泰　太君高明啊,崔汉山最疼这个鸿儒。

　　　　［一个日本兵上场。日语交流。

山　口　崔汉山终于来了。胡桑,你过来。(趴耳朵吩咐)

胡文泰　嗨!(胡文泰下,崔汉山上)

山　口　崔桑,我恭候你多时了,事情考虑得怎么样了?

崔汉山　太君,我想先见见我儿子。

山　口　他很好。崔桑,这几天你瘦了。

崔汉山　托太君的福,吃不好睡不好。

山　口　路是你自己选的。

　　　　［鸿儒满身是伤的上场。

崔汉山　鸿儒。

崔鸿儒　爹,爹,你快救救我。

崔汉山　鸿儒,你受苦了。

崔鸿儒　爹,你救救我啊,我快受不了了。

崔汉山　太君,给鸿儒用刑,就不怕我不答应?

山　口　我是在提醒你,别耍花样,鸿儒生死掌握在我的手里。

崔鸿儒　爹,你快答应太君吧,我今年才十九,不想死在这里。

山　口　把他带下去。

崔鸿儒　爹,你一定要救我。(鸿儒下)

崔汉山　太君,造枪这事我做不了马厂铁匠们的主。

山　口　你在马厂德高望重,会有办法的。我还听说你库存了一批
　　　　枪,皇军愿意花高价够买。

崔汉山　纯属子虚乌有,老崔家就那几间房子,太君不信,可以随时
　　　　派人去搜。太君,告辞。

　　　　［收光。

第三场

　　　　［马厂。

　　　　［江红霞给铁匠们做思想工作。

江红霞　铁匠朋友们,日本人丧尽天良,在中国犯下了滔天罪行,他
　　　　们杀害我们的同胞,强暴我们的姐妹,侵占我们的国土,抢
　　　　占我们的财产,我们一定要团结起来,为我们死难的同胞报
　　　　仇,把日本人赶出中国。

众　人　把日本人赶出中国。

江红霞　大家都知道,共产党领导的新四军是老百姓的队伍,是专门
　　　　打鬼子的队伍,可新四军没有枪,所以希望大家都能够加入
　　　　铁工会,给新四军造枪打鬼子,只要战士们有了枪,在战场
　　　　上就能多杀鬼子。

　　　　［胡文泰突然带着爪牙上场。

胡文泰　你给我住口! 哪冒出来的黄毛丫头,敢跑到马厂来煽风点
　　　　火,鼓动铁匠,活得不耐烦了吧?

江红霞　我是江红霞,是共产党派到马厂的党支部书记。

胡文泰　我是马厂的乡长,你少在这妖言惑众,蛊惑人心,抓紧走,不然对你不客气。

江红霞　胡文泰,这马厂本是个自由之地,你不过是依仗自己身边有几个爪牙,就自封马厂乡长,你凭什么让我走?

胡文泰　凭什么?就凭老子手里这把枪。

江红霞　各位铁匠朋友,马厂造的枪是用来对付我们同胞的吗?

众铁匠　胡乡长,有能耐打鬼子去。

胡文泰　都给老子闭嘴。

江红霞　铁匠们说的对,有能耐打鬼子去。

胡文泰　哟呵,没看出来,你这丫头嘴丫子还挺厉害,你再厉害还能有老子的枪厉害。

（双方突然拔枪相对,胡文泰人多,占据了上风）

胡文泰　我跟你们说,别听这个臭丫头在这胡说,打日本人?都不想活了吧?整个东三省都让日本人占领了,成立了"满洲国",就凭咱们马厂这绿豆大点的地方,就凭大伙手里造的这些土枪,能打过日本人?（砰一声,鸿志从远处打了一枪）

胡文泰　谁?敢打老子黑枪,有种的出来。

　　　　〔鸿志上场。

崔鸿志　胡文泰,你是好了疮疤忘了疼啊,把新四军对你的警告忘了。

胡文泰　我呸!少拿新四军来吓唬我,老子不是吓大的。

一爪牙　崔鸿志,把枪放下,爷的枪可不长眼睛。

崔鸿志　想跟我们老崔家比枪法?

一爪牙　比就比,谁怕谁。

胡文泰　笨蛋,比他妈什么枪法,比得过老崔家吗? 比谁的枪多。

一爪牙　对,比谁的枪多。

　　　　〔双方拔枪相对,鸿志劣势,崔汉山急忙上场。

崔汉山　鸿志,这是干啥,把枪收起来,听到没有,收起来。(鸿志收
　　　　枪)胡乡长,孩子不懂事,别跟他一般见识。(胡文泰暗示手
　　　　下收枪)

胡文泰　鸿志,今天我给你爹一个面子。

崔鸿远　(画外音)不知道是谁给谁面子?

　　　　〔崔鸿远带着副官和一群国民党兵上场,拔枪相对。

崔汉山　鸿远。

崔鸿远　爹,儿子来晚了,让你受委屈了。胡文泰,你不是枪多吗?
　　　　咱比比。

张副官　全体都有,瞄准目标!

　　　　(国民党全部举枪瞄准胡文泰)

胡文泰　(认怂)大侄子,枪这玩意容易走火,还是收起来为好。

崔鸿远　太岁头上动土,你也得先掂量掂量自己几斤几两。

胡文泰　都说了是误会,误会,我还有事,告辞。(带爪牙下)

崔鸿远　爹,鸿远奉上峰之命,前来马厂买崔家枪,银票都带来了。
　　　　张副官!(张副官掏出银票)

崔鸿志　鸿远,你来凑什么热闹。

崔鸿远　大哥,鸿远也是奉命行事。各位铁匠们,共产党买枪打鬼
　　　　子,我们国民党买枪也打鬼子,共产党出多少钱,我们国民
　　　　党出双倍。

铁工们　有这好事?

崔鸿远　我崔鸿远说话一言九鼎。

铁工们	都是打鬼子,卖给谁不是卖。我看,谁给的钱多就卖给谁。
崔鸿志	鸿远,你想干吗?
崔鸿远	大哥,买卖各凭本事。
崔汉山	各位铁匠,听我崔汉山一言,两孩子闹脾气,都别当真,都回去吧,安心造枪,到时候一定给大家卖个好价钱。
众铁匠	我相信崔师傅,走吧,造枪去。(铁匠们下)
崔鸿远	你们一百米外警戒。(张副官带国民党下)
崔汉山	你们兄弟俩想干吗,想逼死爹吗?鸿儒还在宪兵队呢。
崔鸿远	爹,你放心,我们上峰说了,一定想办法把老三救出来。不过上峰说了,救老三可以,但你不能把枪卖给共产党。
崔汉山	这是什么狗屁话,崔家枪要是卖给共产党,你就不救鸿儒了?我告诉你,就算拼了爹这条老命,我也要救鸿儒。
崔鸿志	爹,打虎亲兄弟,上阵父子兵。
崔鸿远	爹,老三是鸿远一个娘肚子里爬出来的亲兄弟,我哪能见死不救。
崔汉山	这还算是你们当哥的该说的话。
崔鸿远	但是爹,这枪你可真不能卖给共产党,没准会引火烧身。
崔汉山	你吓唬我?我告诉你,枪卖给谁不用你教我。
崔鸿志	鸿远,你们国民党到底想干吗?非得跟新四军争吗?
崔鸿远	大哥,新四军打鬼子,我们国民党就不打吗?1937年全面抗战以来,所有的正面战场都是我们国军打的,你们共产党只会打些游击罢了。
崔鸿志	胡说八道!
江红霞	崔鸿远,你既然这么说,那我向你请教几个问题,"九一八"事变后,东三省是不是你们的蒋委员长一纸让出去的? 丧

权辱国的《塘沽协定》是不是你们国民政府签的？汤恩伯的四十万大军被日本十万大军追着打，一路败退至河南，打不过鬼子，你们的蒋委员长就下令把花园口炸了，黄河决堤，死了几百万的河南老百姓，这些可都是你们国民党干的，我说的没错吧？

崔鸿远　一切都为了抗战，领袖也是不得已而为之，老百姓会理解的。

江红霞　还在为国民党找遮羞布。我再问你，你说共产党只会打游击，那我请问你，八路军115师在平型关一带，伏击了日军号称"钢军"的第五师团，一举歼灭日军一千余人，此战号称中国全面抗战以来中国军队第一个大胜仗，是游击战吗？

崔鸿远　谁家过年还不吃顿饺子。

江红霞　贺龙师长领导的120师取得了三战三捷，战斗中，日军使用了毒气弹，贺师长在前线指挥中中毒，一度出现昏迷，但他不下火线，中毒后依然坚持指挥，最后大败日军，你们的蒋委员长亲自致电八路军军部，对120师高度评价，称：贺师长杀敌致果，奋不顾身，殊堪嘉奖。如果这是游击战，你们的蒋委员长会发来贺电？

崔鸿远　这？

江红霞　1939年11月，日本中将，号称"名将之花"的阿部规秀在黄土岭战役中，被八路军杨成武率部击毙，击毙日军中将级指挥官，不仅仅在华北战场，在抗战以来都是第一次，这是游击战吗？还有，就在去年，我们共产党发动了百团大战，投入作战兵力达105个团，重击了日伪军的反动气焰，这些也都是游击战吗？

崔鸿远　这个……你说的是,不过你们共产党就爱说教。

江红霞　我说的都是事实,我们共产党光明磊落,只会用实际行动说话,不像你们国民党,搞小动作,耍阴谋诡计。

崔鸿远　共产党没你说的那么伟大。

江红霞　知道为什么老百姓拥护我们吗?

崔鸿远　那是因为你们会收买人心。

江红霞　共产党为老百姓做事,真心打鬼子,他们当然拥护我们。

崔鸿志　说的好,江书记。

崔鸿远　我说不过你,但是枪我买定了。

江红霞　崔鸿远,你为什么非要跟我们新四军抢着买枪?

崔鸿远　那是上峰的事,我只服从命令。

江红霞　你心知肚明!你们国民党把共产党当敌人,害怕枪落在我们手里。

崔鸿志　鸿远,你要念我们俩是兄弟,就把枪给我留下。

崔鸿远　不可能,我今天就是为了买枪。

崔鸿志　咱们兄弟非得争个你死我活吗?

崔鸿远　大哥,你我兄弟,信仰不同,各为其主,谁都没错。

崔鸿志　可新四军买枪是打鬼子用的。

崔鸿远　国民党买枪也不是当烧火棍用的,那也是用来打鬼子的。

崔鸿志　打鬼子?"皖南事变"中被你们国民党杀害的七千多名的新四军战士,他们是鬼子吗?是鬼子吗?

崔鸿远　可他们是共产党!

崔鸿志　共产党怎么了?共产党就不是中国人吗?日本人侵略中国,国民党杀害共产党,损失的难道不是中国的国防力量吗?

崔鸿远	是,可国共双方不共戴天,在中国只能有一个政党,那就是国民党。
崔鸿志	可你首先是一个中国人!
崔鸿远	我是中国人,可我更是党国的军人,党国的利益高于一切,鸿远生死轻如鸿毛。
崔鸿志	鸿远,你变了,你不再是当初那个有理想、有主见、有斗志的热血青年了。
崔鸿远	鸿远初心未改。
崔鸿志	那你为何还要再为昏庸腐败的国民政府卖命?
崔鸿远	鸿远既然选择了国民党,选择了三民主义,就一定要忠于领袖,时刻秉承领袖意志,体会领袖苦心。
崔鸿志	你这是愚忠,大大的愚忠!
崔鸿远	那是你认为的愚忠! 在我看来,国民党和共产党只是信仰不同。
崔鸿志	鸿远,你们手上沾满了新四军的血,你要不是我弟弟,我恨不得一枪打死你,为我们那些牺牲的兄弟们报仇。
崔鸿远	那你还等什么?
崔鸿志	好! 它日你我兄弟若在战场上相见,别怪我这个做哥哥的翻脸无情。
崔鸿远	也请大哥别怪做弟弟的薄情寡义。
崔汉山	你们兄弟俩这是要干吗? 都翅膀硬了,长本事了是吗? 我告诉你们,老崔家只要我一天不死,我崔汉山说了算。
崔鸿远	爹,崔家枪我们国民党志在必得。
崔汉山	狗屁! 崔家枪卖给谁我崔汉山说了算。鸿远,我告诉你,老崔家的枪那是打鬼子用的,不是用来打内战的。

崔鸿志	爹,你放心,新四军肯定用崔家枪打鬼子。
崔汉山	鸿儒被关在宪兵队,被他们打得遍体鳞伤,我还指望你们兄弟俩一起救鸿儒,你们可倒好,在这刺刀见红,互相残杀,叫我如何放心?
崔鸿远	爹,国民党一定会救老三的。
崔汉山	可你们的狗屁上峰救鸿儒是有条件的。
江红霞	崔师傅,我听师父说鸿儒他……
崔汉山	当了汉奸,对吧?
崔鸿志	啥,鸿儒当了汉奸?
崔鸿远	狗屁,老三怎么可能是汉奸?
崔汉山	江书记,你回去告诉马振飞,鸿儒在宪兵队被打得血肉模糊,我是亲眼所见,根本不是汉奸。
江红霞	崔师傅,你别激动。
	(崔汉山突然注意到江红霞别在腰间的枪,吃惊)
崔汉山	江书记,你腰里别的这支枪可以给我看一下吗?
江红霞	当然可以。
崔汉山	你哪来的这支枪?
江红霞	崔师傅见过这把枪?
崔汉山	哦,没见过,我只是觉得枪上怎么会刻着云朵,有些好奇。
江红霞	这把枪是我娘留给我的唯一信物。
崔汉山	你娘叫什么?
江红霞	她叫江彩云。
崔汉山	江彩云?
江红霞	你认识我娘?
崔汉山	不,不,我不认识。(还枪给江红霞)那你爹呢?

江红霞　　我没见过我爹。

崔汉山　　你爹就没找过你们娘俩?

江红霞　　我娘说她离开我爹时,我爹不知道我娘怀孕。

崔汉山　　孩子,你今年多大?

江红霞　　周岁二十四,怎么了,崔师傅。

崔汉山　　没事,一出生就没见过亲爹,原来你也是个苦命之人!

崔鸿志　　爹,你怎么了?

崔汉山　　我突然有些头晕。

崔鸿远　　爹,我送你回家。

江红霞　　崔师傅,告辞!

　　　　　〔收光。

第四场

　　　　　〔崔汉山家。

　　　　　〔舞台上只有崔汉山,手里拿着一把枪,反复看。

崔汉山　　(自言自语)江彩云,江红霞,她居然是江彩云的女儿,年龄
　　　　　也刚好,难道她是我崔汉山的女儿?

　　　　　〔赵秀兰上场。

赵秀兰　　汉山,鸿儒咋样了? 日本人对他动刑了吗?

崔汉山　　你放心,鬼子没对鸿儒动刑。

赵秀兰　　那就好,得赶紧想个法子救鸿儒啊。

崔汉山　　这鬼子是铁了心的要我给他们造枪,我要是不答应,别说鸿
　　　　　儒,只怕整个马厂都要遭殃。

赵秀兰　　那可咋办? 这天杀的鬼子,他们简直就是畜生。

崔汉山　　眼前有件事更急,鬼子已经知道了咱们家库存了一批枪。

314

赵秀兰	他们咋知道的,我们可连鸿儒都没说。
崔汉山	没有不透风的墙。一会鸿志鸿远要来,这批枪不能落在鬼子的手里。
赵秀兰	这俩兄弟现在闹成这样。
崔汉山	这是党派之争,不怪他们俩。
赵秀兰	汉山,最近我这心脏疼得厉害,浑身冒汗,总感觉时日不多了。
崔汉山	你别整天瞎想,咱们有三个儿子,可能还有……
赵秀兰	还有什么?
崔汉山	还会有三个孝顺的儿媳妇,到时候他们生一群孩子,整天爷爷奶奶地叫我们,想想都美滋滋的。
赵秀兰	汉山,我是等不到那一天了。
崔汉山	你比我小十八岁,阎王爷就是收人,也得先收我,你命长着呢。
赵秀兰	黄泉路上无老少。汉山,你一定要答应我,把鸿儒救出来。
崔汉山	好好好,我答应你。
	〔鸿志和鸿远上场。
崔鸿志	爹,娘!
崔鸿远	爹,娘!
赵秀兰	你们兄弟俩都吃饭了吗?
崔鸿远	娘,我吃过了。
崔鸿志	娘,我还真饿了。
赵秀兰	那娘去给你弄碗疙瘩汤。
崔汉山	给打个鸡蛋。
崔鸿志	谢谢爹,知道我们新四军苦。

崔鸿远	我也喝一碗。
崔汉山	你刚才不说吃过了吗?一碗疙瘩汤也跟你哥争。
崔鸿远	爹,这不好些年没吃过娘做的疙瘩汤了嘛,就馋那个味儿。
赵秀兰	行,娘给鸿远也做一碗。
崔汉山	给鸿远打个鸡蛋花。
赵秀兰	知道了。(下)
崔鸿远	谢谢爹。
崔汉山	鸿志、鸿远,你们兄弟俩坐,爹有话要说。你们刚出生时,爹给你们起名鸿志鸿远,希望你们有鸿鹄之志,有远大理想,你兄弟二人也没让爹失望,鸿志是共产党,鸿远是国民党,眼下国共两党联合抗日,你们都打鬼子,爹高兴,你们给老崔家争了气,所以你们兄弟俩这次来买枪打鬼子,爹都支持。
兄弟俩	(同时)谢谢爹。
崔汉山	可是鸿远,共产党不比国民党,他们不但苦,更没有枪,我听说新四军的枪都是在战场上缴获的,队伍里现在还有很多人用的是锄头镰刀,这没有枪怎么打鬼子,那就只能拼刺刀肉搏,恐怕还没靠近就成了日本人的活靶子,所以共产党比国民党更需要枪。
崔鸿志	爹,谢谢你。
崔汉山	鸿志,你先听爹说完,国民党要鸿远前来买枪,不管是出于什么目的,这个任务就落在了鸿远身上。鸿远是军人,军人就必须服从命令,没买到崔家枪,鸿远就会被送上军事法庭,那鸿远这辈子不就完了吗?鸿志,抛开革命信仰,若是鸿远被送上军事法庭,你做大哥的心里能好受吗?反正我

这个当爹的心里不是滋味,更不能原谅自己。

崔鸿远　爹,有你这句话,鸿远就是死也值了。

崔汉山　没出息的人才动不动就说死!鸿远,你是个军人,军人就是要保家卫国,所以你这条命要留在战场上。

崔鸿远　鸿远记住了。

崔汉山　鸿志,鸿远,爹给你们兄弟俩透个底,我们老崔家现在库存一千支枪,五千发子弹,这些全是爹瞒着胡文泰带着几个过命的铁匠偷偷造的。你们俩都是爹的儿子,爹不偏心,也不向着谁,本打算你们兄弟二人一人一半,可爹的心里总觉得不妥,考虑到国共两党的实际情况,爹还是决定卖给鸿志六百支枪,三千发子弹,卖给鸿远四百支枪,两千发子弹,这样你们回去都可以交差。

崔鸿远　爹,这恐怕不行,来之前上峰一再强调,一支枪都不能卖给共产党。

崔汉山　鸿远,你们都是爹的儿子,所以爹就得这么分,你要不同意,那你就别认我这个爹,我也就当没有你这个儿子,救鸿儒的事你也不用再操心。

崔鸿远　爹,你这是在逼我。

崔汉山　是你在逼爹!鸿远,从小到大,爹对你们兄弟俩都是一碗水端平,不偏不向,唯独这件事爹偏向你哥,爹对不住你,你别在心里埋怨爹。(三人半天不语)

崔鸿远　爹,就按你说的办吧。

崔汉山　鸿志,你呢?

崔鸿志　我都听爹的。

崔汉山　好,既然你们兄弟都没意见,就这么办。

崔鸿志　爹,造枪需要本钱,可我们新四军穷,这买枪的钱能不能先付一半? 不过你放心,江书记说了,我们新四军可以给你打个欠条,等我们有钱,一定及时还上。

崔鸿远　爹,我这次来得急,钱下次给你带来。

崔汉山　爹同意。爹本来不打算要钱,可你们的娘死活不同意,她说这批枪和弹药是老崔家的全部家当,你们仨兄弟都老大不小了,将来都要结婚生子,哪哪都需要钱,你娘说得给你们兄弟仨挣点家业,做爹娘的,不能亏着你们。爹本来不同意你娘的意见,可爹比你们的娘大了整整十八岁,肯定要走在你娘的前头,所以爹得给你娘留下养老钱,爹决定了,新四军的钱爹分文不收,但是国民党的钱爹得收,因为他们不差钱。

兄弟俩　(同时)爹!

　　　　［赵秀兰端两碗疙瘩汤上来。

赵秀兰　来,趁热喝。(两人接过疙瘩汤)鸿志,娘还给你准备了块烙馍。

崔鸿志　谢谢娘,(闻)真香。

崔鸿远　娘,这么多年了,这疙瘩汤还是原来那个味,好喝。

赵秀兰　谁让你俩不在娘的身边,还是鸿儒最有口福。

　　　　(说着突然伤心落泪了)

　　　　［胡灵芝突然急匆匆哭着上场。

胡灵芝　(哭)崔叔,崔婶,不好了,你们快想办法救救鸿儒吧。

赵秀兰　灵芝,你快说,鸿儒咋啦?

胡灵芝　我爹说日本人准备把鸿儒送走,送到什么集中营统一关押。

　　　　(赵秀兰听完晕倒,鸿远抱住)

崔汉山	秀兰!
崔鸿远	娘!娘!
崔鸿志	娘!你醒醒啊?
赵秀兰	(醒了)鸿志、鸿远,你们兄弟俩一定要想办法救鸿儒啊,他是你们的亲弟弟。
崔鸿志	娘,你放心。
崔鸿远	娘,就算要了鸿远的命,我也一定要救出老三。
崔汉山	快扶你娘进房间休息。

(鸿远扶赵秀兰回屋下)

崔汉山	灵芝,你听谁说的?
胡灵芝	我爹说的,今晚就送走,崔叔,你可得救鸿儒,鸿儒要是被送走,可就回不来了。崔叔,我爹还发着烧,我先回了。(下)
崔鸿志	爹,日本人为什么突然转移鸿儒?
崔汉山	奇怪?日本人到底想干吗呢?
马振飞	日本人想让我们国共双方前去营救,再一举消灭我们,这样你就只能乖乖地为他们造枪了。(画外音)
	[江红霞和马振飞上场。
崔鸿志	江书记,马师傅。
崔汉山	马振飞?你来干什么?
江红霞	我们刚刚得到消息,日本人今晚准备转移鸿儒,所以前来商量对策。
崔汉山	(没好气)鸿儒可是汉奸!
马振飞	正因如此,我们更应该来。据我们可靠情报,鸿儒真投日了。
崔鸿志	鸿儒投日了?

崔鸿远	不可能,鸿儒怎么可能叛变?(鸿远上场)
崔汉山	你们兄弟俩别听他胡说。马振飞,我告诉你,我已经去宪兵队见了鸿儒,他被鬼子打得血肉模糊,这是我亲眼所见。
马振飞	那是鬼子给你演的一场好戏。
崔汉山	(怒气)马振飞,你为什么就跟鸿儒过不去?你口口声声说鸿儒投日了,你有什么证据?
崔鸿远	就是,证据呢?
马振飞	我们的情报不会错的,日本人转移鸿儒,是想以此为诱饵,将我们全部歼灭。
江红霞	崔师傅,咱们别中了鬼子的一石二鸟之计。
崔汉山	说来说去,我看还是你们怕死。
崔鸿志	爹,我也觉得这是个圈套。
崔鸿远	大哥,老三要真被转到集中营,可真就回不来了。
崔鸿志	可万一真是圈套呢?
崔汉山	就算是圈套,鸿儒也必须要救。
江红霞	崔师傅,请你冷静。
崔汉山	你要我如何冷静?
崔鸿远	爹,他们共产党不救,我们国民党救,打鬼子可不是只有共产党。
马振飞	崔汉山,你若一意孤行,会把大家都害了。
崔汉山	我管不了那么多,马振飞,我现在请你们离开老崔家。
崔鸿志	爹,我们都冷静冷静。
崔汉山	这里没你说话的份。马振飞,请你离开。
马振飞	该说的话我们共产党已经说了,红霞,我们走!
	〔收光。

［黑暗中，炮火声不断。以下部分是黑暗中的画外音。

一士兵　报告，我们被包围了。

崔鸿远　妈的，跟他们拼了。

崔鸿志　（大声呼喊，光渐亮）鸿远，鸿远！

崔鸿远　大哥，你怎么来了？

崔鸿志　我是你大哥，能不管你吗？

崔鸿远　大哥，我们被包围了，你不该来。

崔鸿志　共产党人不会见死不救。江书记和马师傅带我们来的，他们正带人攻打宪兵队，咱们也配合着打。听，城里的枪声响了，快看，鬼子撤回城里了！

一副官　报告，上峰让我们立马撤退。

崔鸿远　不行，共产党来救我们，正在城里和鬼子交火，我们撤了，他们就会被包了饺子。给我打！

一副官　上峰说这是死命令，谁敢违抗，就地枪毙。

崔鸿远　哎！大哥？

崔鸿志　现在还不能撤。

一副官　撤！

（大批国军撤，一群鬼子蜂拥过来，光不太亮）

崔鸿儒　太君，太君，你看，国民党要跑，快打，别让他们跑了。

崔鸿远　大哥，你听，是老三的声音，是老三。

崔鸿志　怎么可能？

崔鸿儒　给我打，别让他们跑了。

崔鸿远　大哥，你听，是老三的声音，是老三，老三真当了汉奸。（一阵爆炸声，光亮）大哥，你看，老三还穿着鬼子的衣服。

崔鸿志　真是老三，他真当了汉奸。

崔鸿远 大哥,老三是汉奸,我们上当了。

崔鸿儒 国民党在那,快开枪。(机枪声不断)

崔鸿远 (怒起)老三,我打死你个王八蛋。

崔鸿志 老二,小心!(帮鸿远挡子弹牺牲)

崔鸿远 大哥,大哥!

　　　　　[枪炮声息。

　　　　　[崔汉山家。

　　　　　[鸿远背着鸿志回来。

崔鸿远 (哭)爹!

崔汉山 鸿志怎么了?

赵秀兰 鸿志?

崔鸿远 娘,大哥他……

赵秀兰 鸿志,你醒醒啊?

崔鸿远 (哭)爹,娘,我们上当了,马振飞说的对,这是日本人设下的圈套,大哥为了救我,死……死了。

赵秀兰 鸿志,我的儿子啊!

崔汉山 (瘫坐在椅子上)鸿志没了?是我害死了鸿志啊!鸿儒呢?

崔鸿远 爹,老三真当了汉奸。

崔汉山 你说什么?

崔鸿远 这是我亲眼所见,老三还穿着鬼子的衣服,大哥就是他下令打死的。

赵秀兰 你说什么?是鸿儒打死了鸿志?

　　　　　[江红霞和马振飞带着两个新四军战士愤怒急上场。

马振飞 崔鸿远,我一枪毙了你。

崔汉山 马振飞,你这是干什么?

马振飞	我要杀了崔鸿远。
江红霞	崔师傅,鸿远带着国民党去救鸿儒,我和师傅放心不下,就和鸿志去支援他们。他们被鬼子包围,为了帮他们解围,我们混进城去攻打鬼子的宪兵队,想把鬼子吸引过去。我们帮他,可他们却把我们卖了,鬼子及时回城,我们在城里被鬼子包了饺子,伤亡惨重。
崔汉山	鸿远,这是真的吗?
崔鸿远	爹,都是我不好,我太天真了,太相信国民党了。
江红霞	你们国民党真是卑鄙无耻,我们好心去救你们,关键时刻你们却想借助日本人之手消灭我们。
马振飞	崔鸿远,我就问你一句,国民党的这次预谋你到底知不知情?
崔鸿远	我也是被上峰骗了。
江红霞	别把自己撇得一干二净。
崔鸿远	鸿志那可是我的亲大哥呀!是我害死了他。
战士甲	江书记,国民党的话不能信。
战士乙	对,杀了他,为我们死去的兄弟报仇。
崔鸿远	你们现在就可以杀了我,为你的兄弟们报仇。
马振飞	崔鸿远,你以为我不敢吗?
赵秀兰	我求求你们,放过他吧。
崔汉山	大哥,你把枪放下,他现在心里比谁都难过。
马振飞	我们牺牲的战士,可都是被鸿远害死的。
崔汉山	怪就怪我救鸿儒心切,没听你们的话。
崔鸿远	爹,娘,你们不要为鸿远求情,是鸿远一意孤行,害死了大哥,还有那么多的新四军战士,鸿远犯下弥天大过,罪不可

恕。(突然把枪对着自己)

崔汉山　鸿远!

崔鸿远　爹,鸿远从小就有鸿鹄之志,一心想救百姓于水火之中。

崔汉山　你别乱来,爹知道,知道鸿远从小就胸怀大志。

崔鸿远　鸿远信奉中山先生的三民主义,在广州加入国民党,原以为可以上报国家,下安黎庶,可国民党钩心斗角,尔虞我诈,国家危难之际,他们却只顾着中饱私囊,无视民族大义,不顾百姓死活,他们根本不是未来中国的政党。大哥说的对,共产党胸怀坦荡,大公无私,一心为民,他们才是真心为老百姓打仗的队伍,才是一心一意为老百姓谋幸福的政党,共产党才是中国的未来。大哥,你的选择是对的,鸿远现在才明白,只有共产党,才是真心打鬼子的,只可惜鸿远误入歧途,选错了路,现在悔不当初,悔不当初啊!大哥,都是我不好,我对不起你,是我害死了你,就算要了鸿远的命也还不上你的恩情。(崔汉山趁机把鸿远的枪打掉)

崔汉山　鸿远,爹知道你是好孩子。

崔鸿远　爹,是我害死了大哥,我还有什么脸面活在这个世上。

赵秀兰　鸿远,你哥没了,娘不能再失去你了,你得为娘活着。

崔鸿远　老天爷,你不公平,我崔鸿远对党国一片赤诚,对领袖忠心耿耿,抱定生是党国人,死是党国鬼,可党国它为什么连我这样忠心耿耿的人都要欺骗?为什么,这是为什么啊?

赵秀兰　鸿远。

崔鸿远　娘,大哥他为我而死,他死得冤啊!

（鸿远有点精神恍惚,突然发疯似的跑掉了。

赵秀兰　鸿远,鸿远!(哭,然后晕倒)

崔汉山　秀兰,秀兰。

　　　　[马振飞他们去追鸿远。

　　　　[舞台上只剩下崔汉山和赵秀兰,极度悲伤。

　　　　[崔汉山搂着赵秀兰。

崔汉山　秀兰,鸿志死了,你可不能再有点啥事。

赵秀兰　汉山,鸿远能找回来吗?

崔汉山　能,马振飞他们去找了。

赵秀兰　你说他会不会想不开?

崔汉山　不会的,鸿远他读过书,见过世面。

赵秀兰　你可一定要把鸿远找回来。

崔汉山　你放心,就算找到天涯海角,我也一定把他找回来。

赵秀兰　汉山,鸿远说的会是真的吗?

崔汉山　(哀伤)我不知道。

赵秀兰　鸿儒可是我们看着长大的,我不相信他能干出这种事。

崔汉山　我也不相信。

赵秀兰　汉山,咱们家怎么会变成这样,鸿志死了,鸿远不知道跑去
　　　　哪了,鸿儒现在又……

崔汉山　秀兰,万一鸿远说的是真的,你说我们该怎么办?

赵秀兰　汉山,鸿儒要真变了,当了汉奸,那他就不再是我们老崔家
　　　　的儿子,我们老崔家虽说没出过岳飞那样精忠报国的英雄,
　　　　但也没出过秦桧那样残害忠良的奸臣,到了我赵秀兰这儿,
　　　　更不能出叛祖叛国的汉奸,否则我死后无法向崔家的列祖
　　　　列宗交代。

崔汉山　秀兰,你真是这么想的?

赵秀兰　我赵秀兰就是成不了佘太君,也要做一个堂堂正正的中国人的母亲。汉山,我这身子弱,没有能力再去做其他事情,鸿儒他……他若真当了汉奸,那锄奸的事就只能由你代我来完成了。

崔汉山　秀兰,可他是你最疼爱的鸿儒啊!(痛哭)

赵秀兰　我可以为鸿儒去死,可我不能眼睁睁地看着他去当汉奸,我们不能对不起祖宗。

崔汉山　秀兰,你说得好,不愧是我们老崔家的女人。我们俩过了大半辈子,今天我才算是真正认识你。秀兰!

（两人痛苦地抱在一起）

赵秀兰　汉山,这辈子能嫁给你,我知足了。

崔汉山　秀兰,有件事我要告诉你,我和前妻有个女儿,她就是江红霞。

赵秀兰　什么? 江红霞她是你的女儿?

崔汉山　我也是才知道,当年江彩云被赶出老崔家时已经怀了身孕。

赵秀兰　这个女娃好,有胆识、有气魄,像我们老崔家的人。

崔汉山　我想让她认祖归宗,你同意吗?

赵秀兰　你不是一直想要个女儿吗? 我帮你。

崔汉山　谢谢你,秀兰!

　　［收光。

第五场

　　［转景。

　　［老崔家祠堂。

326

[崔汉山给列祖列宗上香。江红霞上。

江红霞　崔师傅，你怎么把我叫这来了？

崔汉山　红霞，我有话问你，你娘跟你说过你爹的事吗？

江红霞　没有，我娘只说过我爹他是英雄。

崔汉山　那你爹叫什么你知道吗？

江红霞　不知道。

崔汉山　干什么的呢？

江红霞　也不知道。

崔汉山　那你爹有什么爱好你知道吗？

江红霞　我娘说我爹就喜欢雕刻，尤其是雕刻云朵，简直跟真的一模一样。

崔汉山　那他们俩有什么信物吗？

江红霞　枪！枪是信物。我娘喜欢枪，所以我爹就送了一把刻有云朵的枪给我娘，就是上次你看的那支，我娘说我爹也有一支，将来谁能拿出一把一模一样的枪，再能背出我娘最喜欢的那两句诗，谁就是我爹。

崔汉山　你娘为什么不直接告诉你你的爹是谁？

江红霞　我娘说我爹家都是好人，当初没有我爹，她早就暴尸街头，更不会有我，她感激我爹一家。娘说她出来闹革命，不想牵连他们。

崔汉山　你娘还说过什么？

江红霞　我娘说，要是哪天我跟我爹相认了，不能怨恨我爹。

崔汉山　你娘真这么说的？

江红霞　嗯，我娘说她对不起我爹，因为我爹不知道有我。

崔汉山　你娘可真伟大。

（江红霞突然看到供桌前有把枪，拿起来和自己的枪比对，一模一样）

江红霞　崔师傅，你这把枪怎么和我娘留给我的这把一模一样？

崔汉山　孩子，我给你讲个故事。二十多年前，我去沭阳县城卖枪，路上碰见一个扎着辫子的女学生被反动当局追杀，我冒死救下了她。因为没地方去，我就把她带回马厂，她告诉我她是北平大学的学生，虽然年纪轻轻，但受新文化运动的影响，后来加入了共产党。那时候世道乱，她跟党组织失去了联系，就留在了我们家，后来我们产生感情就结婚了，生活非常幸福，我跟着我爹造枪，她就在家洗衣做饭，后来也不知道她怎么跟共产党又联系上的，又萌生了革命的想法。那时候共产党没枪，她就偷偷地把一批崔家枪赠给了共产党。我们老崔家有规定，女人不能参与卖枪的事，这事被我爹知道后，说她胆子太大，不是过日子的女人，就逼着我把她给休了，她走之后，在我爹的安排下，我又娶了鸿志他娘。

江红霞　你说的这个北平大学的女学生不就是我娘吗？

崔汉山　没错，就是你娘。

江红霞　那你是？

崔汉山　我是你爹。

江红霞　你怎么可能是我爹？

崔汉山　我的确是你爹，是爹对不起你们娘俩，爹当时不知道你娘已经怀有身孕，不然也……

江红霞　不可能，我不相信你会是我爹。

崔汉山　红霞，我真的就是你爹。你看你手里的这两把枪，一模一样，这枪上的云朵就是爹刻的。

江红霞　那你说,我娘最喜欢哪两句诗?

崔汉山　泰山之巅彩云飞,晚霞海棠相映红!

江红霞　(吃惊)你真是我爹?

赵秀兰　孩子,他真的是你爹。

　　　　〔赵秀兰上场,递给江红霞一张照片。

赵秀兰　孩子,照片上的女子是你娘吗?

江红霞　(接过照片)是我娘,是我娘啊!

崔汉山　原来这张合影在你这,我还以为……

江红霞　原来你真是我爹。

崔汉山　是爹不好,是我对不起你们娘俩。

江红霞　爹!

　　　　(两人抱头痛哭)

赵秀兰　红霞,今天把你带到祠堂,你爹是想让你认祖归宗。

崔汉山　孩子,跟爹回家吧。

江红霞　嗯。

赵秀兰　跪下。崔家的列祖列宗,今日是六月初六,良辰吉日,也是崔家第八代子孙崔汉山之女江红霞认祖归宗之日,本该鸣鞭炮,拜天地、祭先祖,可特殊时期,大事简办,仪式能简但不能少,认祖仪式本该由族长代行,但情况特殊,今天由崔家第八代子孙崔汉山之妻赵秀兰代为执行,还望列祖列宗宽恕。都跪下!

　　　　(三人跪在祠堂前)

赵秀兰　红霞,跟爹娘背崔家祖训。

崔　赵　崔家祖训。

江红霞　崔家祖训。

崔　赵	一不忘根,不忘炎黄之根,不忘宗族之根,不忘祖先之根。
江红霞	一不忘根,不忘炎黄之根,不忘宗族之根,不忘祖先之根。
崔　赵	二不忘本,不忘立身之本,不忘处事之本,不忘做人之本。
江红霞	二不忘本,不忘立身之本,不忘处事之本,不忘做人之本。
崔　赵	三不忘善,不忘修得之善,不忘行道之善,不忘解难之善。
江红霞	三不忘善,不忘修得之善,不忘行道之善,不忘解难之善。
崔　赵	四不忘恩,不忘养育之恩,不忘栽培之恩,不忘帮扶之恩。
江红霞	四不忘恩,不忘养育之恩,不忘栽培之恩,不忘帮扶之恩。

赵秀兰　给祖宗磕头!(红霞磕头)给祖宗上香!(红霞磕头)续写族谱!(红霞写族谱)

赵秀兰　红霞,从今天起,你就是崔家的人了。

江红霞　爹,娘,从今天起,江红霞改名崔红霞!

崔汉山　崔红霞……好,好啊!

赵秀兰　红霞,娘把这个玉镯传给你,算是娘送给你的礼物。

江红霞　谢谢娘。

崔汉山　红霞,你现在也是老崔家人,爹打算把崔家枪传给马厂的外姓年轻后生,你同意吗?

江红霞　爹,你做得对,这样才能把崔家枪发扬光大。

崔汉山　秀兰,你同意吗?

赵秀兰　你干什么我都支持你。

崔汉山　好,你们都进来吧。

　　　　〔众后生上场。

众后生　(齐声)师傅!

崔汉山　都跪下。(众后生和崔汉山齐跪下)崔家的列祖列宗在上,今日不肖子孙崔汉山给列祖列宗磕头谢罪。国难当头,日

330

本犯我中华,致我山河破碎,国土沦丧,百姓流离失所,无家可归,眼下正是我中华儿女奋起拼搏之时,崔家祖训,崔家枪传男不传女,传内不传外,崔汉山今天甘做崔家罪人,把崔家枪传给马厂外姓的这些年轻后生,希望他们抗击倭寇,保家卫国。

众后生　抗击倭寇,保家卫国! 抗击倭寇,保家卫国。

崔汉山　好! 好! 万里山河皆热血,神州遍地好儿郎! 后生们,崔家枪有你们就有了传承,就不会失传,你们不但要用崔家枪打鬼子,让鬼子们知道崔家枪的厉害,还要教更多的人学会造崔家枪,以后在中国的土地上,你们这些后生们到哪,哪就有崔家枪,要将崔家枪发扬光大,要在中国的土地上建造让鬼子们心惊胆寒的游击兵工厂,要让鬼子们明白一个道理,侵略中国最终只有一个下场,那就是灭亡!

众后生　谨记师傅教诲。

崔汉山　好,师傅问你们,怕不怕死?

众后生　不怕。

崔汉山　那好,跟师傅一起去给鬼子的兵工厂造枪。造枪期间,你们不但要把崔家枪学会,还要把鬼子的造枪技术都学会,知道吗?

众后生　知道。

江红霞　爹,你真准备去鬼子的兵工厂?

崔汉山　马振飞说的对,这是一个机会,光会造崔家枪不行,我要带着后生们把鬼子的造枪技术都学到手。

江红霞　爹,我娘没看错你。

崔汉山　你爹活到这把年纪,今天才算明白了为什么而活。爹这次要给你们做回榜样,当一回无愧天地的大英雄。

江红霞 我娘说的对,你是英雄,是红霞心中的大英雄! 爹!

众后生 (齐声)师傅!

　　　　[收光。

第六场

　　　　[字幕:三个月后。

　　　　[兵工厂。

　　　　[崔汉山带铁匠们造枪。

　　　　[吆喝声起。

众后生 抡铁锤—呀么嗨咗嗬!

众后生 火花飞—呀么嗨咗嗬!

众后生 使劲打—呀么嗨咗嗬!

众后生 把汗挥—呀么嗨咗嗬!

众后生 打好铁—呀么嗨咗嗬!

众后生 不怕黑—呀么嗨咗嗬!

众后生 造钢枪—呀么嗨咗嗬!

众后生 打鬼子—呀么嗨咗嗬!

崔汉山 咱们在鬼子眼皮底下干活,不要瞎吆喝。

众铁匠 知道了,崔师傅。

　　　　[一铁匠上场。

一铁匠 崔师傅,听说日本人新任命的县长今天要来这监督造枪。

崔汉山 别管谁来,安心造你的枪。

　　　　[鸿儒带着胡文泰一帮人上场。

胡文泰 汉山兄弟,恭喜啊,鸿儒当上县长了。

崔鸿儒　爹。

（崔汉山不说话）

崔鸿儒　岳父，我想跟我爹单独说话。

（胡文泰等下，舞台上只剩他们父子二人）

崔鸿儒　爹。

崔汉山　你还知道我是你爹？刚才岳父都叫上了，胡文泰才是你爹。

崔鸿儒　在这个世上，只有崔汉山是我爹。

崔汉山　不敢当。出息了啊，当县长了，给老崔家光宗耀祖了啊？

崔鸿儒　爹，咱们老崔家祖祖辈辈没出过当官的，现在儿子当官了，你该为儿子高兴才是。

崔汉山　你是当官了，可你当的是什么官？

崔鸿儒　沭阳县县长啊。

崔汉山　谁任命的？

崔鸿儒　皇军啊。

崔汉山　你居然能说得出口？鸿儒，我是万万没想到你能当日本人的官，心甘情愿地去给日本人当狗。

崔鸿儒　爹，这话难听了。

崔汉山　难听你也听着，不然你就一枪打死你爹。马振飞是我的结拜大哥，他数次跟我说你变了，我还不信，甚至不惜跟他翻脸来维护你的清白，后来你二哥说你当了汉奸，我还是不信，可今天我是亲眼所见，原来你真当了汉奸。

崔鸿儒　爹，这叫良禽择木而栖，贤臣择主而侍。

崔汉山　呸！你还有脸自称贤臣？你连残害忠良的秦桧都不如。我是真没想到，你居然还能跟日本人一起设计打抗日的队伍，还打死了你大哥。

崔鸿儒　爹，我没想到会打死我大哥。

崔汉山　他和你二哥去救你，你却和日本鬼子一起打死了你大哥，你简直丧尽天良，连畜生都不如。

崔鸿儒　爹，大哥的事不怨我。

崔汉山　我告诉你，你们三个都是我儿子，你打死了你大哥，又害得你二哥不知跑哪去了，这都是你一手造成的，这两件事我绝对饶不了你。

崔鸿儒　爹，就算是我害了大哥二哥，将来我代他们给你和娘尽孝还不行吗？

崔汉山　尽孝？你说得倒是轻松，你回家看看你娘吧，她最疼爱你，听说你当了县长，成了汉奸，她精神受了刺激，瘫痪在床，只有双手还能动弹，也不能说话，你问问她答不答应？

崔鸿儒　爹，我知道我对不起娘，可你总要给儿子一个机会弥补啊？

崔汉山　弥补？怎么弥补？你能让你大哥活过来吗？你能让你二哥回来吗？

崔鸿儒　爹，咱们日子得往前看，我现在当了县长，又负责监督造枪，日本人还要我干兵工厂的厂长。爹，这个兵工厂将来还不是咱们老崔家的，你知道的，儿子从小就胸怀大志，我向你保证，将来一定把老崔家的兵工厂做大做强，做成民族企业。

崔汉山　民族企业？是大和民族还是中华民族？

崔鸿儒　当然是……大和民族。

崔汉山　我呸！你把祖宗都忘了。

崔鸿儒　爹，英雄保明主，俊鸟登高枝，日本国是现代化工业强国，它到底哪里不好？

崔汉山	可咱们脚下的这片土地叫中国。
崔鸿儒	爹,我讲不过你。
崔汉山	你是理亏词穷了吧?
崔鸿儒	爹,前段时间你表现很好,太君很满意。他说日军在华北战场告急,武器不足,让你带领铁匠们连夜生产,会给你们双倍酬劳。爹,我这还有事……
崔汉山	(打断)快去服侍你的主子吧。

〔收光。

〔转景,崔汉山家。

〔舞台上只有崔汉山一个人,悲壮凄凉的音乐起。

崔汉山	这一切都是真的吗?鸿儒,我崔汉山最疼爱的三儿子,他怎么会变成今天这个样子,他勾结日本人害死了鸿志,他的亲大哥,他变成了汉奸,成了叛祖叛国的汉奸,他罪不容诛,该碎尸万段,以泄国恨,可是……可他是我崔汉山的亲儿子,崔家枪的第九代传人啊,天哪,我该怎么办?我崔汉山到底该怎么办啊?崔家的列祖列宗在上,你们谁能告诉我,不肖子孙崔汉山现在该怎么办啊?

(舞台深处出现鸿志身影)

崔汉山	鸿志,鸿志,爹想你啊!你弟弟鸿儒变了,他做了对不起中国人的事,他和胡文泰一样,成了日本人的走狗,当了汉奸,他把我们老崔家的脸都丢尽了啊,就是他这个畜生害了你啊!(鸿志隐去)
崔汉山	鸿志,鸿志!

(崔汉山跟跟跄跄在舞台上走动)

崔汉山	完了,老崔家完了!我崔汉山英雄了半辈子,生平第一次不

知道该怎么办了?

[江红霞推着一个木制的轮椅上场。

江红霞　爹,看我给娘找人定做的轮椅,这样娘就可以坐在上面晒太阳了。

崔汉山　红霞?

江红霞　爹,你这是怎么了?

崔汉山　红霞,老崔家完了,完了啊!

江红霞　爹,你可别吓唬我啊? 娘卧病在床,你可不能再倒下。

崔汉山　你弟弟鸿儒真当了汉奸,老崔家完了,出了叛国叛祖的汉奸,完啦!

江红霞　爹,你听我说,你听红霞说,眼下正是时穷国乱之际,有人选择像岳飞那样,血染疆场、精忠报国,自然也有人选择像秦桧那样,残害忠良、媚外求荣,咱们老崔家也免不了会出现鸿儒这样的卖国求荣之人,但是出现这样的人我们该怎么办? 我们自己不能垮掉,我们得振作起来。现在日本国一心想要亡我国家、灭我种族。

崔汉山　亡我国家? 灭我种族?

江红霞　对,亡我国家,灭我种族,我们该怎么办?

崔汉山　该怎么办?

江红霞　我们要不怕牺牲,奋起抵抗,拿起枪跟他们血战到底。

崔汉山　血战到底?

江红霞　对,血战到底。只有这样,我们才不会亡国,我们的国家和民族才有出路,我们的人民才不会被欺负。

崔汉山　好,说得好,红霞你说得好! 日本国想要亡我国家,灭我种族,简直是痴心妄想,我堂堂中华,四万万同胞绝不答应。

	（面向观众，感慨）共产党伟大啊，能把我女儿红霞，一个女孩子培养得如此见识不凡，共产党了不起啊，我崔汉山沾了共产党的福，我谢谢共产党了。
江红霞	爹，马振飞被组织派去了山东，主要负责情报收集工作，这次他带来了一个好消息，二哥找到了。
崔汉山	（激动）什么？鸿远找到了？他在哪？
江红霞	他在山东加入了新四军。
崔汉山	好，好啊！这小子我就说他行，他不会自暴自弃。
江红霞	马振飞还说这次山东方面派来接枪的人就是鸿远。
崔汉山	好，我等着，我等着他来取枪。
江红霞	爹，日本的造枪技术都学会了吗？
崔汉山	全会了，鬼子的造枪技术那是真好，射程远，精度准。
江红霞	太好了，组织上准备把你们转移到根据地，专门给新四军造枪。
崔汉山	真的？总算不用再给鬼子造枪了。
江红霞	组织上有个大胆的想法，能不能把日本生产的这批设备运到根据地？有了它们，造枪就容易多了。
崔汉山	这个得好好谋划。
江红霞	我这次来就是跟爹商量这事。
崔汉山	（想）我倒是想到一个办法。（趴在红霞耳朵上说）
江红霞	不行，到时候你怎么脱身？
崔汉山	你放心，爹自有办法。
江红霞	这？
崔汉山	红霞，别犹豫了，这是唯一的办法。
	〔收光。

第七场

［崔汉山家。

［屋内中央摆着一张圆桌,桌上摆满了菜。圆桌底摆了两箱
子炸药,但是看不到。

［崔汉山穿得体面,赵秀兰坐在木制的轮椅上,用被子盖住
双腿,表情呆滞。

崔汉山　秀兰啊,我崔汉山这辈子好福气,有三个儿子,不,是两个儿
　　　　子,一个女儿,虽说红霞相认不久,可这孩子了不起啊,小小
　　　　年纪,和她娘一个样,巾帼不让须眉。秀兰,我还有个好消
　　　　息要告诉你,鸿远找到了,他在山东加入了共产党,你高不
　　　　高兴?

赵秀兰　嗯嗯。(使劲点头)

崔汉山　(拿出两枚手榴弹)秀兰,今天我们要做一件大事,你害
　　　　怕吗?

赵秀兰　嗯嗯。(摇头)(抬手要拿手榴弹)

崔汉山　可我后悔答应你了。

赵秀兰　嗯嗯。(不停地摇头,伸手要手榴弹)

崔汉山　这对你来说太残忍了,你才四十八啊。

赵秀兰　嗯嗯,嗯嗯!(摇头,然后点头)

崔汉山　可那是你最疼爱的鸿儒啊!

赵秀兰　嗯嗯,给……给……我。

　　　　(疯狂地点头,目光坚毅,崔汉山将一枚手榴弹交到赵秀兰
　　　　手里,然后突然流泪了)

崔汉山　秀兰!(抱着秀兰痛哭)

[脚步声响起,鸿儒带着山口、胡文泰一帮人上场。

崔鸿儒　(兴奋)爹,娘!娘,我是鸿儒啊?

　　　　(赵秀兰一脸怒气,转向一边)

崔汉山　你还有脸叫娘,省省吧。

崔鸿儒　爹,太君来了。

[山口和胡文泰带着十几个日本兵上场。

崔汉山　(佯装高兴)山口太君,请上座。

山　口　谢谢!

崔汉山　(山口坐)胡乡长,请。

胡文泰　(高兴)请,汉山兄弟。

崔鸿儒　灵芝,来,坐这。(众人都坐下)

山　口　崔桑,你能给皇军造枪,我很高兴。

崔汉山　太君让鸿儒当了县长,别说咱马厂,老崔家在整个沭阳都扬
　　　　眉吐气,我当然要给皇军效力。

胡文泰　汉山兄弟,你早就该投靠皇军了,咱们跟着太君,那是吃香
　　　　的喝辣的,多好。

崔鸿儒　爹,你能这么想就对了。

山　口　崔桑,希望你是真心给皇军效力。

崔鸿儒　太君,你放心,我爹和我对皇军绝无二心。

山　口　嗯,崔桑最近表现很好,皇军很满意。崔县长也不错,监督
　　　　造枪有功,我都记着。

崔鸿儒　愿为太君效犬马之劳。

崔汉山　太君,今天鸿儒和灵芝订婚,请您来给两个孩子当证婚人。

胡文泰　太君,能请到你给两个孩子当证婚人,那是崔胡两家的
　　　　荣幸。

山　口　好！那就恭敬不如从命吧。不过这酒我就不喝了,最近我身体不好,我端杯表示吧。

（鸿儒和灵芝站起来端杯）

胡文泰　太君,你别惜字如金,说两句。

山　口　好吧,崔县长一表人才,玉树临风,灵芝小姐秀雅绝俗,楚楚动人,两位新人可谓郎才女貌,今天是二位订婚之日,我借这杯酒祝二位白头偕老,百年好合。

胡文泰　好,说得好!

崔鸿儒　谢太君。

胡灵芝　谢太君。（二人将酒一饮而尽）

胡文泰　汉山兄弟,咱们最终还是成为一家人了,以前多有得罪,借这杯酒给你赔个不是,请你海涵。

［一日本兵上场,用日语说话。

山　口　八嘎!（起身,众人惊）

崔鸿儒　太君?

胡文泰　太君,何事这么惊慌?

山　口　新四军抢了兵工厂的枪和设备。

胡文泰　啊? 会有这事?

山　口　来人,快去追。

崔汉山　等等,还是省点力气吧,追不上了。

山　口　原来这一切都是你精心安排的。（拔枪）告诉我,枪和设备呢?

崔汉山　去了该去的地方。

崔鸿儒　爹,你把它们送给新四军了?

崔汉山　你倒是聪明。可惜啊,用错了地方。

崔鸿儒　爹,你把老崔家给害了。

崔汉山　你这个畜生,你数典忘祖,认贼作父,甘当走狗,你还有何脸面说是老崔家人?

崔鸿儒　(扑通跪下)太君,你放心,我一定把这批枪和设备找回来。

山　口　(一脚踹翻鸿儒)八嘎!

崔鸿儒　太君饶命,太君饶命啊!

崔汉山　你个完犊子,男儿膝下有黄金,只跪苍天和娘亲,看来你是铁了心地要当汉奸。

崔鸿儒　爹,你住口。

胡文泰　崔汉山,你这是胆肥不想活了啊,居然敢欺骗皇军,把给皇军造的枪送给了新四军。

崔汉山　你这个汉奸,卖国贼,你有什么资格跟我说话。

胡文泰　我他娘的一枪毙了你!

山　口　住手!

胡文泰　太君,这个崔汉山实在太可恶了。

山　口　崔桑,皇军对你那么好,说,为什么要三番五次地戏耍和羞辱皇军。

崔汉山　因为你们是犯我中华的侵略者。

山　口　侵略者?这本来就是一个弱肉强食的世界。崔桑,你知道欺骗皇军的下场吗?

崔汉山　无非就是一死罢了,但是你们不远千里万里来侵略中国,知道会是什么下场吗?我告诉你,你们入不了祖坟,会在中国成为孤魂野鬼,永世不能超生。

山　口　哈哈哈,我知道你不怕死,但是你的儿子鸿儒怕死。(用枪顶住鸿儒脑袋)

崔鸿儒　爹,你救我啊!

崔汉山　我谢谢你了,替我们老崔家清理门户。

崔鸿儒　爹,我是你儿子鸿儒啊!

崔汉山　你这个猪狗不如的东西,你大哥二哥都是打鬼子的英雄,怎么偏偏你是个软骨头,我们老崔家怎么就出了你这个贪生怕死的叛徒。山口太君,我拜托你,最好一枪打爆他的头。

崔鸿儒　爹,你怎么能这么狠心? 我是你的儿子鸿儒啊!

崔汉山　呸! 我崔汉山一生顶天立地,怎么生了你这么个怂货,你就不配做我崔汉山的儿子。

山　口　崔桑,你不相信我敢杀他?

崔汉山　我拜托你快点,我见不得他这副卑躬屈膝的奴才样,我觉得恶心。

山　口　你真是不见棺材不掉泪啊!

崔鸿儒　爹,我不能死啊,我死了谁来给你养老送终。

崔汉山　你这个畜生,我崔汉山还指望你给我养老送终吗? 你把老崔家的脸都丢尽了,你这个软骨头,汉奸,真给我们中国人丢脸,你就不配活在这个世上。

崔鸿儒　(哭)爹!

山　口　虎毒尚不食子。崔汉山,我就不信你会这么狠心对你的儿子?

胡文泰　太君,这个崔汉山真是太狠了,不如一枪……

　　　　(山口突然一枪杀了胡文泰,鸿儒吓得啊地惊叫一声)

山　口　废物,我留你何用? 连一批枪都看不住。

崔汉山　杀得好! 汉奸就应该是这个下场。

胡灵芝　(痛哭)爹,爹! 我跟你拼了。

（山口开枪打死灵芝）

崔鸿儒　（抱起灵芝,哭）灵芝,灵芝。

山　口　崔桑,我现在给你两个选择,一是我开枪打死你们,二是你们回宪兵队乖乖地为皇军造枪,你们父子二人现在同生同死。

崔汉山　或许还有第三个选择。

山　口　第三个选择?

崔鸿儒　爹,你快救我啊! 我不想死啊。

崔汉山　鸿儒,我们父子缘分已尽,从现在起,我不是你爹,你也不再是我的儿子,下辈子投胎做个堂堂正正的中国人吧!

崔鸿儒　（哭）爹,爹,我不想死啊。

　　　　（崔汉山突然狂笑两声,掀翻桌子,几箱炸药露了出来。众人大惊,崔汉山还没来得及引爆,一个日本兵打中了崔汉山,崔汉山缓缓走向秀兰）

山　口　（大笑）崔桑,可惜你没枪快。

崔鸿儒　爹!

崔汉山　（伸手去拉）秀兰……

赵秀兰　嗯、嗯。（点头,赵秀兰都是泪水）

山　口　你们夫妻倒是恩爱。

崔汉山　太君,这间屋子就是你的葬身之地!（崔汉山用尽力气,掀开秀兰盖在腿上的被子,赵秀兰目光坚定,一手拿着手榴弹,一手拉了引线,一声巨响,整间屋子爆炸,音乐声起）

　　　　〔众人在炮声中抱成一团,定型。

　　　　〔漫天飞雪。

　　　　〔一男一女两孩子站在二楼,一人手拿一把小木枪。

〔众人上场，塑型！

〔两个孩童唱：

　　　　叮叮当，叮叮当，

　　　　马厂户户造钢枪。

　　　　抡起铁锤号子响，

　　　　烈火红炉焰火旺。

　　　　除暴安良打鬼子，

　　　　第一当属崔家枪。

　　　　支援八路新四军，

　　　　抗日救国保家乡。

〔收光。

〔剧终。

编剧：李子涵

百字剧三则

蝉 蜕

女孩患咳嗽，需蝉蜕入药，方能治疗。

母亲买了蝉回来以备入药，而女孩觉得蝉很可爱，当作宠物养了起来。母亲希望蝉快点长大，脱壳入药。女孩希望蝉慢点长大，多陪伴她一些时间。

蝉爱上了女孩，不顾危险，提前脱壳。

蝉蜕入药，女孩病好了。蝉开心极了，兴奋地叫了起来。

女孩一巴掌拍死了蝉：长翅膀的怪东西，吵死了！

寻找陌生人

李志尝试在咖啡馆找一个陌生人，想要倾诉。但他却发现，根本找不到一个完全陌生的人。有的像他不齿的过去，有的像他不得志的中年，有的像他不成器的父亲，有的像他羡慕的上司。没有一个人是陌生的，李志无法得到倾吐，他压抑、崩溃、无助，最后他和一个隐形人对话，却得到了释怀。而那个人，是他未曾见过的自己。

爸爸的抚养费

　　儿子受伤了，老张来看儿子，前妻拒绝，因为他多年未给抚养费。老张接到老师的电话，说儿子闯祸了。老张教育儿子不要闯祸，儿子却是为了见老张，故意为之。前妻发现了儿子的小把戏，便告诉儿子，如果再这样做，就搬离这座城市。儿子为了能够见爸爸，不再闯祸。却决定帮爸爸赚钱，抵自己的抚养费。他在放学捡空瓶的时候，遇到了传销组织！

千字剧三则

借　钱

时　间　当代,腊月二十八

地　点　李四家客厅

人　物　张　三　男,44岁,怯懦又大男子主义,无法接受女强男弱的
　　　　　　　现实。他穿着虽然高档,但是可以明显看到西服里
　　　　　　　的衬衫已经有些紧绷了,胡子没有刮得很干净,都
　　　　　　　显示出他其实生活得并不好

　　　　　李　四　女,42岁,性格要强,精明但却不善于经营感情。她
　　　　　　　穿着普通的居家服,一看就知道是水洗过许多遍
　　　　　　　了。布料舒适,却很舒服,典型的居家妇女打扮。
　　　　　　　但是,头发和妆容却打理得很好。可以看出,她生
　　　　　　　活很精致

[幕启。

[餐桌上摆放着一些菜品,厨房里传来炒菜的声音。

[张三提着包装精致的腊猪腿上,到门口,他仔细整理着西
装,正要敲门,手停顿住了。他想了想,掏出口气清新剂,喷
了喷。再次要敲门,却发现门没锁,他惊讶地推门而入。

[张三愣住了,屋内的一切老旧而整洁,他一时有点恍惚,四
下看着。

[李四端着刚做好的尖椒炒肉上来,两人对视。

张　三　哦，门没锁，我就……

李　四　锁了，你就进不来了？

张　三　(转移话题)哟，辣椒炒肉！你的拿手菜！

李　四　猜你一定没吃饭，快洗手吃饭吧。锅上还煨着汤呢。

张　三　这腊月二十八，公司别提有多忙了，都是催着我办事的……
　　　　这一说我还想起来了，有个项目书我还得看，你家网络密码
　　　　是……

　　　　[张三拿出手机，发现已经自动连上网络了。

张　三　你一直没换密码啊？

　　　　[李四微笑地看着张三。

张　三　(试探)门锁也没换？

李　四　锁没换，只是……不知道你钥匙扔没扔。

　　　　[二人对视，李四笑着把辣椒炒肉推到张三面前。

张　三　好多年没吃到了，就馋这口！

　　　　[张三猛地吃了一口，李四紧张地关注着张三，张三一脸的
　　　　沉醉，李四很是开心。谁知，张三刚咽下去，立刻咳嗽起来。
　　　　李四神情落寞。

张　三　太辣了！(喝水)不过，还是很好吃。

李　四　可以前你能一口吃一整盘。

　　　　[二人无言对视。

李　四　(微笑着)说吧，什么事？(凝重)腊月二十八来。

张　三　你不是爱吃腊猪腿嘛，我给你送……

李　四　单单今天送？

　　　　[张三泄劲，不说话，拧开了酒，自己倒上了一杯，猛地喝光。

李　四　别绷着了，解开扣子透透气吧。

[张三无奈地解开扣子,发胖的身躯这才松了一口气,显出
了原形。

李　四　你说过腊月二十八来还钱。

张　三　对,10万!

李　四　今天,你来了……

[张三点点头,不说话。

李　四　公司的项目书不看了?

张　三　哎,什么时候看都一样。

[李四看出来了张三肯定是经营不善。

李　四　你知道,我不在意钱的。

张　三　你还是在意钱吧,旁的我也给不了。

李　四　(笑)你说一个男人问自己的恋人借钱,这意味着什么?

张　三　这有什么,恋人嘛,不就……

李　四　在两人闹分手的时候?

张　三　我可没说过要和你分手! 谁说了?

李　四　每天见面不说话,吃饭时发微信,做爱时打电话,你就痛痛
快快说个分手怎么了? 我们在一起七年了,什么话不能说?

张　三　那你怎么不说呢?

李　四　(冷笑)你终于说出来了,当初你就是想分手。你想用借钱
来做借口,可是,你没想到的是,(盯着张三)我借给你了!

[张三起身,紧张地要走。

李　四　还钱!

[张三停住,李四走了过来。

李　四　看到了吗?(指着沙发)我喜欢布面的,可你爱吸烟,你说布
面容易染烟味,清理不掉。咱们换成了皮沙发。桌子,我喜

欢圆桌,我觉得这样亲近,没有距离。可是你说还是方桌好,有规矩。行,我们选了方桌。一切都听你的。可是,你敢对爱情指手画脚,为什么就单单对婚姻束手束脚?

张　三　那已经是十年前了。

李　四　从你向我借 10 万元时,我就和自己说,你是婚姻恐惧症,需要时间。你说腊月二十八还,多好啊。腊月二十八过完就是新年,全新的开始啊,我们领证,结婚,生俩孩子……

张　三　你不要把你对婚姻的期许加到我身上,我爱你,我承认。但是我恨的就是你这点,你决定的事情总是没有商量的余地。

李　四　没有商量的余地?那这个家哪里不是我妥协着按照你的要求办的?我没有商量的余地的话,我会等你十个腊月二十八?十年啊!

张　三　这就是我们的不一样。这些年,我一直在往前走,可是你却固步自封,你永远不会往前看,看看我们现在到底要的是什么! 十年前我要的是事业,你却要一个安稳的家。你勾画的世界就那么精彩吗?你看看外面啊!你看看这个家,你十年没变过。你觉得我会感到温馨、感动?我是不是还该热泪盈眶,对你说我爱你!

李　四　为什么不会?我相信你会回来的,你离不开我。除非……(笑)从一开始,你就决定骗我!

张　三　你怎么不想想,十年前我不要的,十年后就一定要吗?
　　　　　[李四明白了张三其实根本不爱她。

李　四　你这个怯懦的男人,用十年才能拐弯抹角地说出一句不爱我! 真窝囊。

张　三　我再说一遍,(一字一顿)没有说我不爱你!

李　四　但你也没有说你爱我！这个问题需要用十年来思考吗？可
　　　　笑的是我给了你十年，你依然没有答案！

张　三　可笑？（冷笑）可笑的是，你每次都装出一副你牺牲了许多、
　　　　迁就着对方的样子。让对方对你产生浓重的歉疚感，然后
　　　　呢？心甘情愿跳进你布好的陷阱里。

李　四　你不爱我，但也别诋毁我！婚姻怎么可能是陷阱。

张　三　就是你们女人一手设计的陷阱！你说你爱布质沙发没错，
　　　　但是，你却没有说，你也喜欢皮沙发，你喜欢它光滑的质感，
　　　　如同人的皮肤一般，除了，它没有温度。你说躺在里面，那
　　　　种感觉，就像是躺在男人怀里。对吗？
　　　　［李四不说话。

张　三　桌子，还用我说吗？
　　　　［李四转过身去。

张　三　真正虚伪的人是谁？（看着屋子）你说，为了我十年没有改
　　　　变屋子模样，可笑的是，其实就是一口布满机关、装置了十
　　　　年的陷阱。（扭过李四）你就是猎人，而我，是你的猎物！
　　　　［李四挣扎开来，慌乱地整理着头发。

张　三　如果这真是间充满爱意的房子，那为什么这么让人窒息？
　　　　（吐气）我从不相信什么婚姻就是爱情的坟墓这样的狗屁理
　　　　论。（厌恶地摸了摸桌子）可你让我觉得婚姻就是火葬场。

李　四　那你为什么还这么可笑？十年里，每到那个我们没能举行
　　　　婚礼的伤心的日子，你都寄一张明信片给我。美丽的风景，
　　　　甜蜜的话，就像我们没有分开过一样。你这是在给火葬场
　　　　发申请书吗？

张　三　你果然一点都没变，还是这么咄咄逼人。那地方，不都是你

嚷嚷着想要去的地方吗?

李　四　怎么……和我想象的异国他乡不一样……

张　三　异国他乡永远都是那样,是你的心总是不一样。十年啊,你
　　　　还是没有想清楚。你真以为是你在给我时间?(叹气)我走
　　　　了,这里的一切都让我觉得窒息!

李　四　不,你不能走!(慌乱)你……你不要这里。(盯着张三)可
　　　　我要钱!

张　三　我……我还不了这 10 万,实际上……我还需要再向你借 10
　　　　万元!

　　　　〔李四看着张三,心有不忍。

张　三　你……你有吗?

李　四　有,我可以借你!

张　三　(惊讶)你哪里来的这么多钱?

李　四　你都说了,人不能固步自封。我当然也要向你学习了。我
　　　　换工作了,(拿出职业白领的样子)现在是理财公司 HR,偶
　　　　尔也搞搞投资。你以前爱喝的酒,我存了一些。如果你用
　　　　来漱口,差不多可以用两年吧。

　　　　〔张三站起来打量着李四,张三摇摇头。

张　三　你变了!

李　四　刚才是谁,站在(低头找位置,站定)这里,教育我人是要变
　　　　化的?

张　三　可……你太世俗了!

李　四　十年前,你借钱的时候说,不少人都很庸俗,评价一个人是
　　　　否成功,只有一条永恒不变的标准——有没有钱。哦,(笑)
　　　　你说唯一的变量是——有多少钱!你现在怎么这么看不起

钱了？你当年不也是这样做的吗？怎么我做就不行？

张　三　你……我做一个成功的人是为了什么？你不清楚吗？

李　四　你那可怜的自尊更清楚吧。我让你不舒服了，对吧？

　　　　　〔张三说不出话来。

李　四　你就是无法接受，女人比男人成功。

张　三　真正让我无法接受的是，你原来不是我爱的那个女人。我
　　　　走了。

李　四　你不借钱了？

张　三　你就这么自信，我只能向你借钱吗？

李　四　好，10万元我借你，但是，你要告诉我这十年里，你有几个
　　　　女人，她们都是什么样的？你爱她们的什么？和她们做爱
　　　　时，你会高潮吗？

张　三　你真的想知道？

　　　　　〔张三和李四对视，张三亮出了自己的手指，上面还是戴着
　　　　当初两人的订婚戒指。李四感动了。

李　四　我就知道，你心里是有我的。

张　三　我不想骗你，戒指可以戴着，但我不想让它变成紧箍咒。

　　　　　〔二人沉默。

张　三　我真的需要这笔钱。

李　四　我借你，从此我们了无瓜葛。

张　三　这样好吗？

李　四　不好吗？

张　三　你不问问我，为什么要再向你借钱？

李　四　失败的人生即使有细微的差别，但大抵都相同，有什么好说
　　　　的呢？

张　三　（笑）我想再给一次联系你的机会。如果这次我们可以看到
　　　　对方心里的你，那过了腊月二十八，就是新年了……

　　　　　〔二人对视，叮铃铃，闹铃响了。李四关掉。

李　四　汤好了。

张　三　什么汤？

李　四　腊猪腿萝卜汤……要喝吗？

　　　　　〔二人沉默。

　　　　　〔剧终。

门

时　间　当代，夜晚
地　点　张三家
人　物　张　三　男，38岁，正逢七年之痒的唯唯诺诺小男人
　　　　李　四　女，37岁，能干的经营女人，操控欲很强

　　　　　〔幕启。

　　　　　〔张三在楼道里站着，听着门内的李四在打电话。

张　三　今天用什么借口呢？

李　四　好了妈，我说过了，今年肯定给你生个外孙出来，放心。一
　　　　切都在我计划里。咱们凡事按照计划来，好不好？

张　三　可我是个计划外的人啊！

　　　　　〔李四看手表，来回走着。

李　四　怎么还不回来？晚五分钟了，今天是我的排卵期，他知道的
　　　　呀。当初和他结婚的时候，就看中了他老实，现在……（掏
　　　　出手机打电话）都敢和我耍滑头了！

[张三把手机关静音。

张　三　原本我就是觉得每天应对工作很累,回家不想这么累。就想着找个能把家里打点好的人,谁知……现在变成了回家也是上班啊!

[李四挂断电话。

李　四　不接?难不成他有什么花花肠子?

张　三　哎,每天什么都不想想,就想在车里待着,哪也不想去。

[李四一开门,看到张三吓一跳。

李　四　在外面待着干嘛,赶紧进来。

张　三　找钥匙。

李　四　密码锁找什么钥匙,一道门还难住你了?

[李四一把将张三拉进门,张三无奈地走了进去。

李　四　下个月的房贷你来交一下,我上个月检查身体,请了一周的假,扣了一些钱。

张　三　好。

李　四　饭在餐桌上,你还有十分钟的时间吃饭。

张　三　十分钟?

李　四　对!

张　三　有什么事吗?

李　四　今天周三!

张　三　(叹气)哦,你的周三!

李　四　别这样说,完成了周三的任务后。我们就可以走入下一个人生阶段了!

[李四笑着走进卧室,把门轻轻关上。张三无奈坐到餐桌前。

张　三　人生到了三十岁，时间就有点加速度的意思了。你就像卡在了车轮上，不舒服，但又不得不跟着车轮走。

李　四　嫁给一个没能力的男人，虽然生活窝囊了一些。但是，好在他什么都听你的，也算是一件舒心的事。人生嘛，没法都合适。但总得有一处合适。

张　三　她看我哪里都不合适，如果当初不是不介意她离过婚，估计，也轮不到我……

李　四　没结婚那会儿，觉得他好帅。一个人安安静静的，真好。

张　三　可能我话多一些，她就会开心一些了吧。

李　四　（看表）他怎么还不进来？

　　　　〔张三走到了卧房门口。

张　三　不知道从什么时候开始，我不敢打开这扇门了。

　　　　〔李四从床上下，走到门口。正要开门，张三赶忙把门拉住。

李　四　别闹了，多大年纪的人了，赶紧进来。

张　三　李四，我们聊聊。

李　四　什么话不能进来说。

张　三　不，就在这里，就隔着这道门。

李　四　你怎么这么奇怪？

张　三　这样好！

李　四　好吧，三分钟，说完了赶紧进来。

　　　　〔张三叹了一口气。

张　三　你什么时候能够不这么有计划性？

李　四　（愣住了）你是不是有些累？

张　三　我有时候，想活得像自己一些。

李　四　你觉得我对你的生活干涉太多了？婚姻生活不就是这样

嘛……

张　三　不不不,你有没有想过我们为什么要结婚?

李　四　受什么刺激了? 赶紧进来,别想这些没用的,等有了孩子,
　　　　你就知道为什么结婚了。

张　三　我不想要孩子。

李　四　别傻了,你现在糊涂不想要。等你想明白了,我就岁数大
　　　　了,没人给你生了。

张　三　我觉得我们都没有活明白的时候,要孩子很不合适。

李　四　人生怎么活都是不明白的。

　　　　〔李四要开门,张三拉住门。

李　四　开门。

张　三　开不了。

李　四　你今天怎么了?

张　三　不是我怎么了,而是你怎么了?

李　四　我怎么了? 我能怎么样,你以为我喜欢里里外外都打点啊,
　　　　上班工作狂,下班老妈子,我怎么了?

张　三　你没必要这样的啊,你这样弄得我也很紧张啊!

李　四　咱们经济条件,只允许我们这样紧张着过生活呀。你一放
　　　　松,就被淘汰了啊!

张　三　那我们为什么还要生一个孩子来淘汰?

李　四　这个孩子是我们的希望啊,他不会被淘汰的。

张　三　我不想要。

李　四　你变了,你说过婚后都听我的。

张　三　都听你的,让整个家都变得紧张兮兮。我累了。

李　四　你觉得累了?

[张三不说话，李四叹了口气。

李　四　行，七年了，也该痒了。你要是觉得跨不过去了，咱就分。谁都别耽误。

张　三　你还依旧是你。

李　四　没必要纠缠的。

张　三　你不觉得可怕吗？

李　四　怎么了？

张　三　原本以为结婚是走进了你的心，结果发现根本没有进门。

李　四　你进来了，只是进来后看到的不是你想看到的样子。骗自己说没进门。

张　三　你尝试过了解我吗？原以为闪婚不可怕，有一辈子可以来了解你。现在发现，婚后根本没有时间了解过去的你，婚姻就把你打造成了一个新的你。你的这道门，我始终没进去。

李　四　你是想说，我们决定下得太快了？

张　三　我是觉得开门太草率了。

[李四放开要拉门的手，张三放开护着门的手。

互　换

时　间　当代
地　点　桃园
人　物　张　三　女，24—52岁，私生女，性格从优柔变得果断，由居家小女人到职业女性。
　　　　李　四　男，25—53岁，凤凰男，性格从跋扈变得沉默，从职场精英变成居家男人。

358

[幕启。

[春天的桃园,四下还略显荒芜,张三大着肚子,李四有些无
趣地看着周围。

李　四　够了吧? 回去吧!

张　三　再待会儿吧。

李　四　这枯树一片的看什么?(手机震动)我可是还有个会,你别
怀了孕就瞎矫情。你想散心,楼下花园溜溜多好。

张　三　(笑)也不全是枯枝啊,你看……那边就有几枝发芽的。

李　四　还不如 4 月份来看,那漫山遍野的桃花……

张　三　我们不就是赏桃花的时候认识的嘛。桃花已经看过了,看
看不同时节的桃园也很好啊。你说对吗?

李　四　桃园这个地方,要么就是赏桃花,要么就是吃桃。其余时节
还真是乏味无趣。不如去婺源看油菜花,去腾冲赏银杏,去
东北观雾凇。

张　三　你的兴趣,还真是广泛呢。不同的花,就像不同的女人吧?

李　四　女人真是麻烦,闲着没事你就听听胎教音乐。你知道我在
外面……

张　三　周三的会,是在华庭公寓开的? 英国的张先生是个女的?
反而她的秘书是位东北男人?

[李四的手机震动。

张　三　刚才你说有会?

[李四不耐烦地挂断,关机。

李　四　你想要干什么? 我对你不错吧? 你家里人我也没有亏待过
吧? 嫁给我以后,你也不用再朝九晚五的工作了,对吧?

张　三　你很好,可是……我在想,你到底爱我什么? 你之前说喜欢

359

吃我做的西红柿牛腩,但是结婚后,家里就请了湖南阿姨。你说喜欢我弹古筝,可车里放的是德彪西……

李　四　好了,好了。我没有时间陪你矫情这些。现在我们回去,让阿姨给你煲一锅汤,你累了。喝过汤以后好好睡觉,宝宝最重要。

张　三　如果是为了孩子的话,很多女人可以给你生孩的呀。

李　四　你究竟想问什么?

　　　　〔张三正要说话,张三的手机响了,来电显示是张先生。张三当着李四的面接听了电话。

张先生　(画外音)嫂子您好,那啥李总的电话打不通。你俩搁一起呢? 我们今天有个会,特别重要。英国总部公司那边要考察国内的这个项目,所以可能会忙比较晚。考虑到嫂子您怀孕,怕打扰您休息。那啥我们就像上次一样,给李总安排了房间……

张　三　谢谢了,考虑得好周全,房间是……
　　　　〔李四抢过手机,挂断。

张　三　不打算说说吗?

李　四　你这样特别不可爱。

张　三　我也想让自己变得可爱,但是我根本不知道你到底觉得我哪里可爱!

李　四　你不要再咄咄逼人了,我对你已经够好了,我甚至……甚至都没在意过你的出身。

张　三　我的出身?(难过)你果然看重的是这个。一开始,我以为是自己认错了,原来停在他家楼下的车,真的是你的。你真让我看不起!

李 四　醒醒吧,没有他。谁会看得上你?虽然他不认你这个女儿,虽然私生女这个名声是不大好。但是(笑)他却没有少做任何一件父亲该做的事。

张 三　你说什么?

李 四　不然,我为什么在车间苦等这么多年都没有调岗,我们婚后,就突然到办公室了? 不然,你现在……还在每天挤地铁上班吧?

张 三　卑鄙。

　　　[张三转身要走,李四拉住张三。

李 四　我现在已经是公司中流砥柱了,你离开我,对我没有任何影响。可是,你要怎么一个人养大孩子? 还像你妈妈带着你一样?

　　　[张三看着李四,说不出任何一个字。

李 四　我喜欢极了你这种逆来顺受的表情。好了,不要闹了,乖乖回家养胎,就当你什么都不知道。哦,对了。我喜欢的,就是你够乖!

　　　[两人正要走,张三突然停住了脚步。

张 三　既然来了,不如种棵桃树吧。

李 四　也好,种棵桃树。迎接咱们的宝宝,开花结果嘛。好寓意!

　　　[李四找来工具,在张三的指挥下种树。张三脸上露出了冷漠的笑容。

　　　[突然下起了雨,张三把肚子的布掏出来,两人撑起来,挡雨。

　　　[夏季的桃园,两人变成刚相识的时候。

张　三　这天怎么说下雨就下雨啊!

李　四　六月天小孩脸,说变就变嘛!

张　三　上次来还是桃花开得正旺的时候,时间过得好快啊!

李　四　一辈子也很快的。所以,不要等地久天长,着重分分秒秒!

张　三　四月认识,六月结婚,太快了吧?

李　四　快吗? 快的话,就是你还不够信任我!

张　三　我没有! 我只是……

李　四　犹豫就是不够爱。

张　三　没有没有……我不知道为什么有些忐忑!

李　四　好了好了,不逗你了。让我看看,你做了什么?

　　　　［二人把布铺在了地上,张三打开饭盒。

李　四　哇,西红柿牛腩!

张　三　我就猜到你爱吃!

李　四　你做的我都爱吃!

　　　　［二人吃西红柿牛腩。

张　三　秋天的时候,我们来摘桃子做罐头好不好? 小时候,我最喜
　　　　欢吃桃罐头了。

李　四　行,咱结婚后,都听你的!

　　　　［二人笑。

　　　　［秋天的桃园,突然树上的桃子掉了下来。

张　三　熟透了。

　　　　［李四连忙挡住张三。

李　四　小心小心,这秋天桃子熟透了,砸身上(嫌弃)一身的黏糊。

　　　　［李四护着张三离开桃树下。

张　三　黏糊是因为糖分大,桃子甜嘛。黏人不好吗?

李　四　(连忙摆手)不好不好,弄得一身脏。

张　三　衣服脏了,回去洗就是喽。

李　四　别说笑了,哪是洗洗就好的事情。再说……这件香奈儿小礼服是你最喜欢的啊!

张　三　再喜欢也不能穿一辈子啊。(拿起地上的一颗桃子)宝贝儿的学习如何?

李　四　老婆,我觉得我还是适合到第一线工作,不是我逃避责任,是这小学数学真的是难,我教不了。

张　三　你现在这个岗位多好啊,工作又清闲,工资还高。活生生的养老岗位!多少人羡慕呢。

李　四　我作为丈夫,怎么能让你这么忙呢。要不这样,我们给孩子请个家庭教师。咱们俩都出去工作。

张　三　赚钱可以有很多机会,但是孩子的成长只有这一次啊!他需要陪伴。

李　四　我一个大男人,不能总窝在家里啊!

张　三　你很清楚的,就你的那点本事,没有外力,恐怕只能待在车间一辈子了。工资 3000?

李　四　哪有人会在车间待一辈子?我这个年纪,完全可以跳槽到别的公司的。

张　三　你这把年纪了,跳槽要看工作经验,你呢?五年的车间工作经验,两年的前线工作经验,然后就在闲职待了这么多年。你凭什么跳?

李　四　一辈子很快的,怎么不是过?

张　三　那你爸妈呢?打算后半辈子单身?(摇头)你离开我,可怎么过啊!

[李四不说话。

张　三　去吧,做点罐头。下个月我爸生日,带着宝宝去贺寿。一切照旧,桃罐头做贺礼。

李　四　你真卑鄙,你发现你爸爸在心里觉得亏欠你后,就吃定了他。每年的桃罐头,说是你弥补童年缺失,其实根本就是在向你父亲示威。

张　三　卑鄙,有时候会让你很舒服。这是……你比我更清楚吧。

[张三笑看李四,李四也无奈地笑了。

张　三　最后一季的桃子最甜,快点吧。

[李四做撑起布,做兜子状,摘桃子。

张　三　咱们种的那棵桃树呢?

李　四　现在太杂乱了,不好找。等冬天一片肃清,干干净净的,就好找了!

张　三　哦,冬天就要来了!

[冬季的桃园,雪花落下,李四把布披在身上,做棉服状。

张　三　天,还真是有些冷哦!

李　四　谁让你不多穿一些。

张　三　你怎么敢这样说话?

李　四　因为……我暖和啊!

张　三　就这点小出息!

李　四　我就这点出息,怎么了。我这点小出息,还就得干出点让你刮目相看的事。

张　三　你这把岁数了,还能干什么? 买了块绝世墓地?

364

李　四　哼,我要和你离婚!

张　三　(冷笑)五十多岁了,折腾什么?

李　四　哼,儿子结婚了,你爸死了。我提前离退了,你还能把我怎么着? 我告诉你,这一辈子太长了,我憋屈够了。我要和你离婚!

张　三　一辈子都过来了呀!

李　四　这么长的一辈子,就算只剩一个尾巴,也足够我开心了!

张　三　风大,捂好你的假发。

　　　　[李四用手打理假发。

张　三　人都是要脸的,体体面面把这最后一口气喘过去不就好了吗?

李　四　我真是自作聪明过了,以为可以骗得了自己。结果,临了临了了,我还是忍不了,我不能这样没有尊严地过。

张　三　你怎么和年轻时候一样了?

李　四　年轻的时候,特在意尊严,因为年轻嘛。可被现实压一压,就觉得尊严是个很虚的东西,虚到你抓不住。然后你想先放一放,你放弃了你原有的原则,换来了你现有的物质。你说心里别扭吗? 当然有。不过,物质面前,你劝自己要先要学会舍,要分得清轻重。该服软的时候,君子也没必要吃眼前亏。可是啊……这亏吃得多,连肾都亏了。腰板别想直起来了!

张　三　我和你不同,我是放下了尊严,却直起了腰。这一切,都是你逼的!

李　四　我逼的? (苦笑)好啊,一身本事,挖的四四方方深不见底的一个坑,四壁光滑,无处助力,结果……我自己跳了! 你真狠!

张　三　你以为这些年,我就真的痛快吗?

李　四　怎么,还没折磨够?

张　三　我要的不过是一句你爱我!

李　四　可笑!法院见,我们离婚!

　　　　[李四正要走,又停住。

李　四　看见那棵桃树了吗?当年咱们种的。(张三点头)它死了。

　　　　[李四下,张三远望那棵桃树。

张　三　这粗壮的树干,繁盛的树冠,怎么可能死嘛。

　　　　[四周传来了李四砍树的声音,一下一下,有节奏地响着。

张　三　男人是很难控制性方面的欲望的。你当作神圣的所谓爱,
　　　　在他看来,只是性而已。我为他奋不顾身,他却这样对我,
　　　　我当然不甘。生活教会了我一点,如果你对他有大于性的
　　　　其他作用,那男人绝对不会轻易离婚的。我就是要让你痛
　　　　苦,我让你有自由离开我,但是你又只能留在我这里。你伤
　　　　害了我,你的痛苦,就是你的赎罪。(笑)三十年,我赢了!
　　　　(叹气)只是这一路,真的好累!爱情真是个多余的东西。
　　　　如果不是为了这点爱的幻想。结婚不就是各取所需嘛,那
　　　　该多简单。合适就结婚,不合适,就离。

　　　　[巨大的砍树声音,鸟儿们四散飞开。

张　三　这比戴着爱情面具的虚假婚姻好多了。可是,没有爱情,我
　　　　们还需要婚姻做什么呢?

　　　　[桃树轰然倒地的声音,张三打了一个冷颤。

张　三　来年春天,还会有桃花开吧?

　　　　[幕落。

万字剧

话剧·走吧，出发

时　间　当代

地　点　养老院院子

人物表　霍光光　男,24 岁,表面上油嘴滑舌,其实上是隐藏受伤的内心,喜欢柳一诺

　　　　万事通　男,76 岁,有老年痴呆症,因为想念儿子而犯病,见到儿子就痛打

　　　　林青霞　女,65 岁,抠门吝啬,想着自己再给孙子抠出一栋房子来。其实很渴望被关怀

　　　　王若如　女,36 岁,养老院的老板。一心想让养老院继续办下去

　　　　柳一诺　女,23 岁,护工,敏感,谨慎,颇有些看透世事的意味

　　　　王强生　男,43 岁,医生,因为一起医疗事故而辞职,过得很潦倒

　　　　方枪枪　男,26 岁,心理学研究生,英语没过专业线,无法拿到毕业证,精神有些不正常了

道　具　石桌石凳,藤椅,大树

幕　启

[王强生紧张地来回走动,他看了看手表。霍光光上,看到王强生,走了过去。颇有些特工接头的意思。

霍光光　走吧!

王强生　（警惕地）你谁啊？

霍光光　（无奈地左右看了看）我，你儿子呀！（看王强生恐惧）你不是王强生吗？（王强生连忙点头）我是你儿子——霍光光！

王强生　你就是霍光光啊！

霍光光　（摆摆手）这次的任务很重要，咱们必须配合好。

王强生　（怯懦）不行，不行，我还是不能干。

霍光光　哎，我说你这人怎么这么不开通啊！怪不得你40好几了，落了这么个妻离子散的下场。

王强生　（生气）要你管！

　　　　　〔王强生搓着手扭过头去，霍光光拉过他。

霍光光　你还别不爱听啊，事实不就是这样的嘛。你说你43了，钱钱钱没有，房房房没有，工作倒是有，那是曾经。人到中年还活得像你这么潦倒的有几个啊？

王强生　（低沉）对啊，什么都没干成，（自暴自弃）我还怎么敢参加你这么重要的任务啊？还是算了。

霍光光　哎哎哎，咱不能这样啊，咱不能破罐子破摔啊！

王强生　好死不容易，赖活还不简单啊？

霍光光　难道你不觉得你该给你的人生一个新的起点吗？臭泥巴里专开白莲花。你连烂泥都不如啊？

王强生　我……我……

霍光光　不管过去怎么的，那都是过去，（开始胡诌）过去的意义就是让他过去。记着干吗？（讨好）走吧！咱要去的地方可好了，再说……（撒娇）你就放心让你儿子一个人去冒险啊？有这么没有良心的爸吗？

　　　　　〔两人对视。

王强生	可是,你长成这样,说是我儿子,谁信啊!
霍光光	(没趣)好啦,我都不嫌弃丑。将就吧,爸爸!
王强生	姓王的老爸,姓霍的儿子?谁信?
霍光光	那地方,谁计较这么多啊!(撒手铜)你下个月房租交不交了?
王强生	(深吸一口气)行,咱走!

[霍光光开心地搂着王强生下。

王强生	(疑惑)我还不知道咱的任务是什么呢!
霍光光	可简单啦,就是装孙子!
王强生	啊?
霍光光	哦,和你没关系,你只要装儿子就行。
王强生	这到底是为什么呀。
霍光光	是爷们就不要问那么多为什么!(认真)我可以给你保证,到了那里你的人生会不一样!

[两人欢快下场。

第一幕

[方枪枪在安装"心灵传输者"的招牌,霍光光疑惑地看着周围,王强生也摸不着头脑。

王强生	你没找错地方吧?这是养老院?
霍光光	我问问哈,可能是改名了。(走到方枪枪旁边)哎,请问你见到王若如了吗?
方枪枪	(凝视远方)你见,或者不见我。我就在那里。不悲不喜。你念,或者不念我。情就在那里,不来不去。
霍光光	哎……

方枪枪　　（打断）你爱，或者不爱我，爱就在那里，不增不减。你跟，或者不跟我，我的手就在你手里，不舍不弃。来我的怀里，或者，让我住进你的心里。黯然，相爱。寂静，欢喜！

王强生　　（转头对霍光光）我怎么觉得这人有毛病啊？

霍光光　　你也看出他不正常了？

王强生　　（点点头）还不够明显吗？

霍光光　　那咱们就找对地方了。（冲方枪枪）你新来的吧？

方枪枪　　（看着霍光光）你心理有问题，你的双眼出卖了你。你很压抑，你很痛苦，（看向王强生）你满是愤懑，为什么只有你过得这么苦？

王强生　　是啊！

方枪枪　　那你需要我，我是心理医生方枪枪！

霍光光　　（推开方枪枪）给别人看病，把自己给看病了？

　　　　　〔柳一诺扶着万事通疯疯癫癫上。

万事通　　（发疯状态，打着拳上来）挺好的新小区，都他妈疯了吧。（指着空气比画）走路你就走，排成了一字队，这是要游行啊？听歌你就老实一人听就行了，我去，百米开外就能听到在那唱"悠悠地唱着那最炫民族风呐"，你以为你是凤凰还是传奇啊？充其量一傻逼。垃圾箱就在门口，出了电梯走不到三十步，非要扔在电梯里、楼道里，你们家以前住垃圾填埋场地下室啊？上岁数了的，你乘凉靠边行吗？非要躺椅摆在马路中间是吗？你家祖上是山贼呀？你个狗物业，就会收钱，不干事。黄世仁是以你为原型写的吧？

　　　　　〔万事通继续打拳，柳一诺走到方枪枪身边。

柳一诺　　行啦，你赶紧把英语考过了，毕业了不就能当医生了嘛。把自己弄得疯疯癫癫的,以后就算毕业了,谁敢让你做心理医生啊,最多当个跳大神的。赶紧弄门牌。

[霍光光把王强生拉到一边,指了指万事通。

霍光光　哈哈,就是他。你就演他儿子,他一打拳就是想儿子了(跑到万事通旁边,脆生生地)爷爷!

万事通　(愤青状)孙子,你叫谁呢? 我有那么老吗? (四下寻找)我的枪呢? 我得抗美援朝去!

[王强生正要上来认爹,被霍光光拦住。

霍光光　(泄气)看来今天不用当儿子了,这老头今天穿越得有点远,都是他十几岁时候的事情了,估计那会也没你这儿子什么事,都没生呢。

[林青霞痴痴地笑着上来。万事通和林青霞互相嫌弃地看了一眼,然后各自做事。王强生好奇地跟着万事通打拳。

林青霞　(狡猾)小孙子,今天没有得到甜头吧!

霍光光　(油嘴滑舌)奶奶,要是每次都得手,那多没意思啊!(突然凑到林青霞身边)李奶奶,您上次让我打听的事,我打听到了。

林青霞　(失落地)霍光光呀,这事回头再说吧,我今天支出超支了。

霍光光　您花哪啦?

林青霞　(老谋深算的)买冰棍啦。

霍光光　您这牙口买冰棍干什么啊? 又吃不了。

林青霞　给这些娃们吃啊!

霍光光　您什么时候这么阔气了!

林青霞　(偷笑)买冰棍能刮奖,头奖是欧洲七日游!

霍光光　中了吗?

林青霞	(撇嘴)哪壶不开提哪壶。
	〔王若如上。
王若如	谢谢方枪枪来做义工,辛苦了,我代表老人感谢你。
方枪枪	不用客气,应该的。
柳一诺	也没安好啊。
	〔灯牌闪了一下,坏掉了。
林青霞	我就说这名字不吉利,看吧,亮不起来!
方枪枪	那……王老师,我就先走了,回头有事您再联系我。
王若如	好的。
	〔方枪枪下,王若如走到霍光光身边。
王若如	光光,医生找到了吗?
	〔霍光光指了指王强生,王强生正胆小谨慎地看着周围。
王若如	(疑惑)这个人……能当医生?
霍光光	(不耐烦的)人家原来可是顶级医生,就他了。您这私人养老院,能来一个厉害的医生已经了不得了,别挑了。
王若如	那我也得对老人们的健康负责啊。
	〔王若如正要理论,被霍光光打断。
霍光光	他也是个可怜人,因为一场医疗事故,他自己心里过意不去,辞职了。结果妻子甩了他。您不是说,咱这里是给每一个人新的希望吗?(指了指林青霞)我这正忙着呢,您要是对他不满意,咱回头再找呗。
	〔王若如走过去打量王强生。
林青霞	(警惕地)光光,这养老院还能办下去吗?
霍光光	奶奶,您别操这份心,就住着吧。(见林青霞神色不对,立刻转话题)那您一点收获都没有?

林青霞 　(得意的)一根 3 块钱,我买了 10 根,刮了十次奖,中了 20 块钱!

　　　　[林青霞美美地拿出 20 块钱嘚瑟,霍光光无奈。

霍光光 　赔了好吗?

万事通 　现在 20 块钱还是个钱啊?

林青霞 　那你给我 20 块!

万事通 　我的钱是白来的啊?

林青霞 　连 20 块钱都不舍得给,(对霍光光)光光啊,看来 20 块钱还是很多的哦!

霍光光 　(故意)哇哦,好多哦。奶奶,恭喜您向给您孙子买婚房的目标哇,又近了一步哦。

林青霞 　(乐呵的)那必须的!(说着将钱塞到衣服最里处的兜子里)买房哦!

霍光光 　(故意)奶奶,我听说……房价又涨啦!

林青霞 　孙子,不用怕,奶奶我给你赚着钱呢!(说着拍了拍装钱的口袋)。等奶奶中了欧洲游,我先把钱换外汇,然后咱们玩差价,贸易战,咱这外汇储备着,奶奶一定给你买栋房。

霍光光 　每平方米涨了 2000 元哦!

林青霞 　(惊慌失措)啥? 涨了 2000 元!

万事通 　(嫌弃林青霞)激动什么? 我就关心墓地涨价不。

　　　　[林青霞震惊地直喘粗气,柳一诺连忙给林青霞顺气。

王若如 　奶奶,现在的房价怎么可能涨啊? 您这么省,都没钱买房,再涨价卖给谁啊?

林青霞 　越会省钱的,越穷啊!

　　　　[林青霞发病,喘不上气,王若如连忙跑过去照顾,霍光光也

在一边干着急。

柳一诺　（冷静的）大家散开一些，保持空气流通，不要慌乱。

　　　　　〔大家连忙散开。

霍光光　（问王若如）王院长，这是新来的护工？

王若如　对，柳一诺。

霍光光　她会不会治病啊。打120吧！

王若如　来不及啊！

万事通　（絮叨）我就说这缺个医生嘛！你就是不听我的！

王若如　闭嘴。

　　　　　〔林青霞倒吸一口气。

　　　　　〔王强生看到大家手忙脚乱，想上去帮忙又退回来，犹豫
　　　　　不决。

霍光光　（故意演给王强生看，着急、惊慌）不行了。

　　　　　〔王强生终于站到一边指挥了起来。

王强生　霍光光，你扒开眼皮看看什么情况？

　　　　　〔霍光光照做。

霍光光　眼白多，眼黑少。

王强生　心脏复苏。

　　　　　〔霍光光正要动手，又为难，王若如连忙做起了心脏复苏。
　　　　　林青霞依旧没有反应。

王强生　心脏复苏不要停，配合做人工呼吸。

　　　　　〔霍光光正要动嘴，又为难，柳一诺动作迅速地做起了人工
　　　　　呼吸。林青霞醒了过来。

　　　　　〔霍光光开心地跳了起来，他跑到王强生身边。

霍光光　看吧，迈出这一步是不是也没这么难？

374

王强生　　我……我是不是可以走了？老爷子糊涂着，也不用我装儿
　　　　　子了……

林青霞　　(幽幽的)光光……光光……

　　　　　[霍光光跑过去。

林青霞　　(担心的)奶奶让你帮我找的那种 A 户型的房子还有吗？

霍光光　　有的有的。

林青霞　　(激动地)南北通透？

霍光光　　必须的!

林青霞　　(开心的)两室两厅？

霍光光　　对!

万事通　　嗯,好房子!

林青霞　　(悲伤的)房价涨不涨？

霍光光　　这个……哎呀,就当逗自己一个乐子了。奶奶,不涨价了。

　　　　　[林青霞窃喜,激动得浑身颤抖。从衣服最里处掏出 20
　　　　　元钱。

林青霞　　哪个利息最高来着？

霍光光　　P2P 高!

　　　　　[众人拍他头。

众　人　　跑路多!

霍光光　　(改口)定期利息高!

林青霞　　好! 再给奶奶存个定期!

霍光光　　好的,还是存两年？

林青霞　　对,存两年! 两年后咱就买房。光光啊,做事得有计划。

　　　　　[说完,林青霞郑重地把 20 元钱放到了霍光光手里。

林青霞　　给孙子买了房,我得快点抱重孙子啊!

［霍光光无奈地看着手里的 20 元钱。

霍光光　（悲痛）我怎么就没有这样的一个奶奶啊！

　　　　　［万事通听到霍光光的话，激动了起来，他四下寻找。

万事通　老伴呢？老伴？

霍光光　又迷糊了。（挺了挺胸，妩媚地走过去）老头子。

万事通　（厉声）瞎闹什么，你是我孙子！我找你奶奶呢！

霍光光　（愣住）哦，没糊涂到这个程度啊。（恢复原样）你找她干吗呀。

万事通　大事！

　　　　　［万事通着急地找着，几乎发狂。众人惊恐，柳一诺优雅地走到万事通身边，从背后抱住他。

万事通　（突然平静了下来，拍着柳一诺的手）老伴，你去哪啦。差点错过大事。

　　　　　［万事通拉住柳一诺坐到了藤椅上。

万事通　（指着远方）夕阳啊！

　　　　　［一束暖光照在两人身上，柳一诺看着夕阳，轻轻地把头靠到了万事通肩膀上，万事通甜甜地笑了。

　　　　　［王强生想走，林青霞又咳了起来，霍光光把王强生推到林青霞身边。

霍光光　留下来吧。

王强生　（害怕的）不行，不行。

霍光光　还是那句话，过去的意义是什么？就是让它过去！你被那事折磨得还不够吗？

王若如　（握住王强生的手，诚恳的）你就当是帮帮我吧，这些老人也都不容易，我们虽然工资不高。

霍光光　（打趣）对，虽然时不时领不到工资，还得往里添补点。但是开心啊！

万事通　医生留下来，费用我出。现在有个信得过的医生，真是太难得了。

王若如　你先把住宿费交了吧。

王强生　（抽回手）不是钱的事！

万事通　工资加倍！

霍光光　爷爷，这站着说话真大气！

万事通　我只答应出钱，可是这钱……现在我还没有呢。

王若如　但凡活着的，都需要耗费很大的勇气。他们还努力地想要活着，你放弃什么？

　　〔王强生看了看王若如，又看了看周围的老人，他试探地走到林青霞身边，给她把脉。

林青霞　（抽回手）我没病啊，不看，没钱给你！医生都是蛀虫，蛀掉了我的房子。

王强生　不要钱的。

林青霞　真的？（连忙凑过去）那我和你说，这几天我胸口很闷。头还疼。

王强生　（按着林青霞的头）是这里吗？（按摩）好受些了吗？

林青霞　这也不要钱吧？

王强生　不要钱！

林青霞　（陶醉）真好啊！不要钱真好！记得我年轻的时候，就有好多小伙子呀，不要钱，还对我很好。那会真好啊。哪像现在呀，儿子孙子哪个不要钱啊？

王强生　那您年轻时一定很漂亮！

林青霞　（得意）哎呀，没现在漂亮！那会他们一听我的名字呀，就激
　　　　动得不行。

王强生　您叫什么呀？

林青霞　林青霞！

王强生　那您真是很漂亮了，电影明星啊！

林青霞　我是唱歌的，记得那会大家都爱听我唱歌。

霍光光　那奶奶您唱首歌吧！

王若如　别唱了，本来身体就不好，别再累着。

林青霞　（摆着手）不要紧的。（运运气，唱了起来）记得当时年纪小，
　　　　我爱谈天你爱笑。一起并肩坐在桃树下，风在林梢鸟在叫，
　　　　我们不知怎样睡着了，梦里花落知多少。

　　　　［柳一诺和万事通坐在藤椅上看夕阳，霍光光站在两人身后
　　　　笑着。林青霞唱着，王强生给她按摩着，王若如长长吐了一
　　　　口气。

王若如　终于都安静了。

霍光光　对啊，难得的清净。

王若如　有时候生活就是这么一团麻，理也理不清，但其实，想想糊
　　　　涂着也很好。乱着也很有乐趣。

　　　　［王若如走过去，自己修理门牌。霍光光跟了过去，柳一诺
　　　　和王强生扶着两位老人下。

霍光光　院长，您干吗给养老院改名啊。这名字——心灵传输
　　　　者……怪怪的。

王若如　怪吗？我不觉得呀，大家都有太多的事情压在心里，不是就
　　　　需要一个时空让彼此心灵相通吗？

霍光光　院长，太文艺了，怎么听着也不像是养老院的名字啦。

王若如　对，你说对了。咱现在不是养老院了，咱改成疗养院。

霍光光　哎，我不知道您一直苦苦坚持着干什么！有那么多赚钱的行业您不做，天天和这些老人待在一起……收费还这么低。

王若如　你太小了，还不懂。钱有时候，会赚烦的。

霍光光　说得好像你很有钱似的。

王若如　你呢？年纪轻轻的，就要在这里混日子吗？

霍光光　谁说人生就一定要干一番大事业啊？我觉得在这里挺好的。

王若如　闯过一番，再说这话，才有意义！

霍光光　好啦，您原来也不过就是图书管理员好吗？但那份工作轻轻松松拿钱，真好！

王若如　人到了某一阶段后，追求的事物就不一样了。以前一直忙事业，很少回家。后来有一天我回家后，发现我爸爸正在对着电视机说话。我心里好难受，可是那会就是没有时间陪他们呀。

霍光光　挤一挤总是有的。

王若如　(略带伤感)我爸曾经和我说，我不在的时候，就是这些个老哥们互相陪伴。其实，他们一个比一个孤独。

霍光光　对啊，不是想儿子女儿，就是想孙子孙女的。

王若如　所以，你来装孙子啊！

霍光光　我以后可是要做演员的，我来这里就是为了体验生活。

　　　　〔柳一诺上，打扫卫生。

王若如　柳一诺，歇会儿吧。

柳一诺　(微笑)反正也没有什么事。

王若如　好孩子。

霍光光　(小声对王若如)她……她是一个人来的？

王若如　问这么多干吗？

霍光光　随便问问。

王若如　知道那么多有用吗？行动才最重要啊！

霍光光　您发现啦？

王若如　谁看不出你这些小心思啊！

万事通　(画外音)光光，陪爷爷遛鸟啊？

霍光光　(叹气)又糊涂了，哪还有鸟啊！

王若如　(冲万事通的方向)光光，一会儿就去陪您！

万事通　(画外音)是光光妈妈来了吗？那我儿子来了吗？

霍光光　(对王若如)让你再乱说话。老头子老年痴呆越来越厉害了。

王若如　(冲万事通方向)不是，是我，院长！回头让光光把他爸爸带
　　　　来见见您。

万事通　(画外音)看我见了他怎么收拾这个不孝子！

霍光光　这次可是你答应爷爷的，别再让我去找爸了！

王若如　好！你去陪爷爷聊天吧。

霍光光　又聊啊？翻来覆去就那么点事，说个没完。

柳一诺　每一个老人都是一部完美的小说。你得品。

霍光光　你说得真对！

王若如　说得的确在理。(看了看手表)光光，我得去趟银行办贷款，
　　　　你去陪万事通爷爷聊天吧！(正欲走，又想起了什么)光光，
　　　　你奶奶，我还在帮你找。可是进展不大。等养老院的事情
　　　　解决了，咱们就全力找奶奶。

　　　　[霍光光有些失落，王若如下。

柳一诺　你是来找你奶奶的？

380

霍光光	是啊,我奶奶走丢了,我还蛮想见见我奶奶!
柳一诺	怎么不报警呢?
霍光光	报了,但是没有消息。但是,我听说奶奶以前是住在这一带的。所以,我就来找找。(掩饰)别说我了……你为什么来做护工啊?
柳一诺	我羡慕这些老年人。
霍光光	他们有什么可羡慕的,一个个都老成这样了!
柳一诺	就是羡慕他们可以老去啊……
霍光光	什么意思……你……

　　〔两人对视。

　　〔林青霞上,上台忘了自己要做什么,四下乱找。

林青霞	光光啊,给我去买个十字绣去。
霍光光	好的!

　　〔林青霞转身就要下。

霍光光	奶奶,您还没给钱呢。
林青霞	(更加理直气壮)奶奶的钱存银行了啊!
霍光光	那怎么买啊?

　　〔柳一诺转头看着霍光光,霍光光看到了柳一诺的眼神,故意耍帅。

林青霞	(故意冲着柳一诺)哦,为难就算了。现在的男生啊,抠抠搜搜的,不能托付啊……
霍光光	哪里的话,奶奶,没问题。(忍痛)没问题。

　　〔林青霞偷笑,霍光光悄悄走到林青霞身边。

霍光光	奶奶,姜还是老的辣啊。那您(指指柳一诺)您可得帮着点我哦!

　　　　　　［林青霞得意,霍光光走到柳一诺身边。

霍光光　我一个大男生买十字绣有点不方便啦,要不你陪我去吧!

柳一诺　不去,我这正忙呢。

　　　　　　［林青霞挤了过来。

林青霞　(冲霍光光使了个眼色,然后看着柳一诺)一诺啊,你就陪他
　　　　　去吧,一个男生也不会挑的,你给奶奶挑个好看的花色,图
　　　　　案呢……就要(凑到一诺身边,小声)儿孙满堂。

柳一诺　那……好吧,奶奶我陪他去。

　　　　　　［霍光光激动地冲林青霞偷偷给了个大拇指。他拉着柳一
　　　　　诺正要走,林青霞说了句话,霍光光立刻崩溃。

林青霞　买个最大的啊,两室两厅的那种。

　　　　　　［霍光光无奈地笑着回答:"好",下。林青霞一回头,发现王
　　　　　强生扶着万事通上来了。

万事通　你真像我儿子。

王强生　可能是有点像吧!

林青霞　我说这老头子怎么不叫嚷了,原来是聊上了。(冲王强生)
　　　　　别聊他儿子,他(指头)受不了。

　　　　　　［王强生点点头,林青霞下。

王强生　老太太,你又嚼谁舌根呢。

林青霞　多新鲜,你以为我和你一样啊,就这么点爱好?

　　　　　　［林青霞转身就下。

万事通　我们刚才聊到哪里了?(突然想到了什么)哦哦,你多大了?

王强生　43了。

万事通　哦,那你有孩子了吗?

王强生　嗯……原来有一个。

万事通　多大了？

王强生　（不安）那个……13岁了！

万事通　你媳妇儿呢？

王强生　（痛苦）您就别问了。

万事通　（糊涂了，生气）又惹媳妇儿生气了吧！不争气的东西，快点给媳妇儿道歉。

王强生　不是您想的那个样子。

万事通　狡辩什么？

　　　　　〔王若如一边找东西一边上。

王若如　怎么忘带公章了，白跑了一趟？

万事通　你看，你媳妇儿找你来了吧！（拉住王若如）没事，没事。别委屈，有老爹给你撑腰呢。（冲王强生）大男人的，快给老婆道歉。

王强生　您误会了。

王若如　老爹您真误会了，我俩没关系！

万事通　（情绪激动）你看你都把你媳妇儿气成什么样子了，这都不是道歉能解决的事情了。你跪下。

王若如　（一边怕万事通情绪太激动失控，一边又拉着王强生不让他跪下。）老爹，不是你想的那个样子……你跪什么呀，你这不添乱吗？

万事通　你是不是男人，犯错的时候怎么不犹豫啊？这认错就这么推三阻四的，你跪下老老实实的和老婆认个错。迟早都得认，躲不过的。

　　　　　〔王强生用力甩开王若如，走到一边跪了下去。

王强生　老婆，我知道我冷落你了。我也知道你和小孙是真心相爱

383

的。可是,你为什么不选择先和我谈谈。我们可以离婚的,我们可以有颜面,有尊严的分开的。你为什么不说呢?你又哭了,你哭什么呢?你知道我的性格的,我又不会怪罪你什么。只是……那天下午的手术,我总是分神……我对不起病人,对不起你!可是,我不明白,为什么两个相互都懂得的人,却要用最伤害彼此的方式来进行对话呢?

王若如　我……(有苦难言)其实……你可以原谅我吗?

　　　　[王强生正要说话,万事通连忙跪下。

万事通　老婆,我哪有权利原谅你。我知道,我又让你受委屈了。我真没用,活了这么多年,钱钱没赚下,孩子孩子没教好。我知道你和我在一起过日子越过越伤心,我知道这都怪我自己不会过。

王若如　您快起来……

万事通　(甩开王若如)年轻的时候你跟着我吃苦,你嘴上说着吃苦也甜,可是谁不知道席梦思好睡、燕窝香啊?我没用啊,给不了你个好的现在,我也没给你创造出个好的未来。攒了些钱,想着早点买房结婚吧。遇上经济口放开了,我就想着咱也下海赚一笔,风风光光娶了你。哎,没本事呀。钱没了,结婚的房子也没了,还他妈一屁股的债。你啥也没说,回了家。拿着钱就来了,还清欠款,你就和我结婚了。我本来说你走吧,我又给不了你什么,你笑着没走,告诉我说,给你一个孩子就行。女人呐,到底是女人啊!

　　　　[王强生听后痛心不已。

万事通　给你个孩子(犯病)我的孩子呢?(猛地站起来)我的孩子呢……孩子,孩子!

  ［万事通四下寻找着下台，王若如扭头看着跪在地上的王强生。

万事通 （画外音）孩子呢！

  ［王强生哭了起来，王若如慢慢走向了他。

王若如 你……还好吗？

  ［王强生抱住王若如。

王强生 不好！（难过）我有个儿子……我好多年没有见到他了……

王若如 你想你的妻子和儿子吗？

王强生 我只是有一点心里不好受，我只是有些吃醋，她为什么就一定要把事情变得那么大呢！为什么就一定要逼着我做这个亲子鉴定呢！我没有怀疑过孩子不是我的呀！我没有，你都不知道我这些年是怎么过来的。

王若如 那你为什么不和她解释呢？

王强生 我不知道要怎么说……这些年我每天醒来就连忙做早点，做好后，才发现一家三口已经只有我一个人了。我每次做鱼时撒了一把香菜下去，想起她不吃香菜，又一根根挑了出来。结果才发现她已经不在了……

王若如 大概天下男人能犯的错，就那么几样。

王强生 你的声音好熟悉。

王若如 慢慢地，你会想起更多的。

王强生 你和我太太好像。

王若如 怎么可能？

  ［说完，王若如转身就下，王强生愣在原地。

王强生 这个声音，太熟悉了。

  ［切光。

第二幕

　　〔霍光光和柳一诺神情凝重地走上来。

柳一诺　（礼貌地）我先去把十字绣给奶奶送回去。

霍光光　（慌忙）好的……你去送吧。

柳一诺　（走了几步,又转身回来看着霍光光）你有什么想问我的吗?

霍光光　（躲闪）没、没有! 没有什么想问的。你快去吧,一会儿奶奶
　　　　该着急了。

　　〔柳一诺平静地看着霍光光,霍光光回避着柳一诺的目光。

柳一诺　（轻轻笑了笑）好的,那我走了。

霍光光　哦,你快去吧。

　　〔柳一诺下场,霍光光重重吐了一口气,然后便心神不宁地
　　　在台上走来走去。王强生心事沉重地走了上来。

霍光光　（感慨）生活真是太不容易了。

王强生　（痛心地）少年不识愁滋味,爱上层楼。爱上层楼,为赋新词
　　　　强说愁。而今识尽愁滋味,欲说还休。欲说还休,却道天凉
　　　　好个秋。

　　〔两人相互对视一眼,然后都苦笑了一下。坐到了石桌旁。

霍光光　爸爸,你怎么了?

王强生　你怎么就对我的事情这么感兴趣呢?

霍光光　嗨,还不是闲的嘛!

王强生　没事。（重重叹气）哎! 你爸妈呢?

霍光光　说你的事呢,你问这我干吗?

王强生　如果你爸爸做了对不起你的事,你会原谅他吗?

霍光光　（不耐烦）你要说就说,磨叽这些没用的干什么啊? 大家都

是成年人了，谁还不懂个事啊？这不得看是什么事情嘛。

王强生　（犹豫）如果，你爸爸是个医生……

霍光光　呀，这还是角色扮演呐，有护士吗？

　　　　［王强生面露不悦，霍光光连忙收声。

霍光光　爸，医生……你继续。

王强生　（为难的）如果，你那天生病了……就是要做一个手术……

霍光光　哎呀，你这么磨叽干什么啊？要是我爸是个医生，那我做个
　　　　手术我担心什么呀，你至于这么胆战心惊的吗？又不是我
　　　　爸是个兽医，然后我动手术。

王强生　可是，如果手术中用错药呢？

霍光光　抢救呗！

王强生　如果抢救不及时呢？

霍光光　（不屑的）那不就是死路一条嘛……（突然明白了，笑了起
　　　　来）哦，你是说我爸是个医生，然后呢，在给我做手术的时
　　　　候，用错药了，最后抢救又不及时，结果我翘辫子了！

　　　　［王强生紧张地看着霍光光，想看霍光光的反应。

霍光光　那我只能问一句——是亲爸吗？

　　　　［王强生不说话。

霍光光　哦。你就是想问我如果我爸把我医死了，然后我原不原谅
　　　　我爸吗？太好笑了，合着这……这我也没得选啊？我都死
　　　　了我能说什么？

　　　　［王强生站了起来。

霍光光　（大笑着）哎哟，你这比喻太可笑了哈，哪有这么不靠谱的
　　　　爸啊？

　　　　［王强生羞愧难当，急下。王若如扶着万事通上来。

[霍光光发现王强生不在了,他拉住王若如。

霍光光　院长,我给你讲个笑话。

王若如　什么笑话能把你笑成这样啊?

霍光光　(精神一振)我给你说啊,假设你是个孩子,然后你爸爸是个医生,然后你生病了,要做手术。你说这亲爸肯定不放心别人在自己孩子身上动刀子吧? 他就亲自上阵了,结果,这手一哆嗦,用错药了。孩子就玩完了呀,结果这爸呀就想着这孩子会不会原谅自己,你说这是亲爸吗? 不会是因为他老婆有外遇,在报复吧?

王若如　谁说的?

霍光光　王强生!

王若如　难道……这就是他当年的医疗事故?

[霍光光看着四下无人,悄悄拉住王若如。

霍光光　院长,现在也没人,您是不是可以告诉我,为什么您让我去找王强生来做咱们院的医生了吧?

王若如　我……我就是觉得他可怜,毕竟原来是个很好的医生。

霍光光　好医生可是不止他一个哦。

[王若如没说什么,慌乱地转身下场。

霍光光　啊! 这……确定是生活? 不是谁写好的剧本?

万事通　(低沉)孙子啊!(颤颤巍巍地递给霍光光一沓子钱)给你奶奶送去,爷爷现在也只能给她钱啦。

霍光光　(接过钱)怎么大家都改走深沉路线了。(一看钱还挺多)爷爷,那你不得给你孙子点啊?

[万事通转身又递给了霍光光一点钱,推了霍光光一把。

万事通　快给你奶奶送去。

霍光光　柳一诺,柳一诺!

　　　　［柳一诺上。

霍光光　(假笑着)奶奶,这是爷爷给你的钱。

　　　　［说着把钱递给柳一诺,万事通急忙过来把钱抢回,又塞给
　　　　霍光光。

万事通　我让你给你奶奶,不是给你的小姑奶奶。

霍光光　爷爷,你到底是啥时候清醒、啥时候迷糊啊?

万事通　一定要送到啊!(正要走,又转身回来)孙子,你回去和你爸
　　　　爸带个话,方便的话……最好能来看看爷爷。你不是早就
　　　　答应爷爷了吗?

霍光光　好的爷爷,下次我一定让爸爸来看你。

　　　　［万事通下了场,霍光光尴尬地看着柳一诺,柳一诺不说话。

霍光光　(大喊)王强生,王强生!

　　　　［王强生上。

霍光光　(拿出一沓钱)给你,这是你的那份儿。

王强生　我不要。

霍光光　哟,和钱过不去啊?(把钱塞到王强生手里)拿着吧,工资!
　　　　(拍了拍王强生)给你儿子买束花,去看看他。孩子小,肯定
　　　　都想爸爸。

柳一诺　这是万事通爷爷给他老伴的钱。

霍光光　他老伴早死了,难不成你让我烧给地府啊?

柳一诺　原来你们是来这里骗钱的啊?

　　　　［王强生听后,连忙将钱塞给霍光光。

霍光光　说这么难听干什么? 我这是在给大家发工资。

柳一诺　你这是骗钱!

霍光光　哎呀，万事通不是没交住宿费吗？这交了住宿费，院里不就有钱了吗？有钱了不就得给咱们发工资吗？左手倒右手的事，费那劲儿干吗？

〔柳一诺不说话了，王强生走了过来，分开二人。

王强生　光光，事是这么个事，但还是得看规矩来。(对霍光光)你也别老是刺儿一诺，怎么了，不是挺喜欢人家的吗？

霍光光　谁喜欢她了，谁喜欢她了？我才不会喜欢这样的人呢！

柳一诺　(平静)我怎么了？哪样了？

〔林青霞乐乐呵呵地拿着十字绣上。

王强生　怎么能这么和女孩说话呢？

霍光光　怎么不能啊？我和她去给奶奶逛街买十字绣，一女的上来就要打她，我就上前拦啊，可是谁知道那女的看着我破口大骂，什么有男朋友还出来勾搭别人老公。

柳一诺　那你为什么不问问我到底是怎么回事呢？

霍光光　还用得着问吗？

王强生　怎么用不着了？

霍光光　事情不都很明白了吗？

〔霍光光说完，就跑了下去。

林青霞　王医生，您去我房间拿一下药。

〔王强生下，林青霞笑着坐在了摇椅上。

〔林青霞冲柳一诺招了招手。

柳一诺　奶奶。

林青霞　(微笑着，招招手)一诺，来，过来坐。

〔柳一诺坐了过去，林青霞微笑着。

林青霞　(淡淡一笑)一诺，女人需要爱情，但需要的是自己的爱情。

390

柳一诺	（心里明白奶奶指的是街上的事情）奶奶，谢谢您对我这么关心，只是您误会了。街道上的那个女人，我根本不认识，她认错人了。我怎么会做破坏别人感情的事情呢……
林青霞	那怎么就不和光光解释呢？
柳一诺	解释什么呢？如果他真的相信你，说一句也多余。如果他本来就怀疑你，说再多也无用。（冷笑）人来这世上走一遭原本就是一件苦难的事情，还计较其他的做什么呢？没多大意思……
林青霞	光光这孩子虽然表面上吊儿郎当的，其实不坏。就是主意歪了点，奶奶看得出来他喜欢你。你要是没有男朋友啊，他也是可以考虑的。
柳一诺	我现在……（犹豫了一下）感情还不在我的考虑范围内。
林青霞	（端详着柳一诺）感情上受过伤吧？
	〔柳一诺不语，然后轻轻地笑了。
林青霞	年轻真好啊，感情上还能受些挫折……用我们那时时髦的话就叫——我被青春撞了一下腰。（自笑，似乎回想起了什么，又似乎是在对一诺说）那个人很帅吧？
	〔柳一诺点点头，林青霞笑了。
柳一诺	（羞愧的）很傻吧！
林青霞	（不以为然）年轻时谁不喜欢找个帅的啊？
柳一诺	奶奶您知道吗？那是我第一次对男孩动心，他个子高高的，牙齿白白的。篮球社社长，体育部部长！穿衣显瘦，脱衣有肉。他就是这样的！
	〔林青霞看着柳一诺神采奕奕的样子，她欣慰地笑着。
柳一诺	奶奶，您知道那样的男孩是多么的有诱惑力吗？我们都好

喜欢他！

林青霞　奶奶知道。奶奶当然知道！

　　　　〔柳一诺停住，似笑非笑，似哭非哭。

柳一诺　他来找我的时候，我们宿舍的姐妹都惊呆了，谁也没有想到他会选我。我也好激动……那天真的好浪漫……我把一切都给了他。

林青霞　谁说女人势利的？我们这么简单就把自己给了你了。

　　　　〔柳一诺又停了下来。

柳一诺　谁知道……我只是他集邮册里的一枚邮票。

林青霞　哎，这就是你要为自己选择付出的代价，当然奶奶不希望你付出这样的代价。女孩子，要珍惜自己的。

柳一诺　如果就只是这样就好了。他……他……他居然……（压抑着不忍说出。）

林青霞　（冷笑一声）都一样！活在这个世上的人，谁不是强撑着一副千疮百孔的皮囊，继续笑着走？但走着走着你就发现了，不全是苦的。

柳一诺　奶奶，您不懂，您儿孙满堂这么幸福，您怎么会懂呢？

林青霞　什么儿孙满堂啊！我没比你好。（陷入回忆）我很爱他，他虽然家庭背景不好，可是我不在乎啊。他总来听我唱歌，后来我就答应他了。开开心心挑了日子要结婚，可就在还差三天我们要结婚的时候，我怎么都联系不到他。（四处乱走）我以为他出事了，我以为别人绑架他了。（模仿拿电话）我拿起电话要报警……（猛停）警察却找来我了。他要我去认尸，认尸体！（愣住）我看到停尸房里他冰冷的尸体，（发狂）是谁杀了他？是谁！（静）可是，警察又让我看旁边的一具尸体,真是一个漂亮的女人,我不认识她。警察告诉我他俩开着一辆车出的意外,我的大脑一片空白……警察又带我看了一个男婴,一岁大的男孩! 是我那个躺在停尸房的未婚夫和那个死去的女人生的!

〔柳一诺上前握住林青霞的手,林青霞看着柳一诺。

林青霞　你知道吗? 我再也不想见到他,我迅速离开了那里。可是……可是(心绞痛)当我知道那个孩子被送到了孤儿院的时候,我的心,这颗不争气的心哦! 这毕竟是他在世上唯一的血脉啊。一诺,你能理解吗?

〔柳一诺点点头。

林青霞　我收养了这个孩子,这个男孩很懂事,长得很像他,(狰狞地对着柳一诺)可是你知道我有多少次是想要掐死他吗? 他是这个男人背叛我的证据啊,活生生的证据。眼看着这个孩子活得越快乐,我内心就越难受。(对着远方)你背叛了我还很快乐吧? (对一诺)这个孩子对我越好,越让我恶心,(对远方)你是在讨好我吗? (挣扎)就这样我养大了他,说不上对他有多好,可也没有多坏。后来这个孩子结婚了,我不知道怎么了。在他和媳妇向我敬酒的时候,我把真相当着所有的人说了出来。看着那孩子羞愧难当,我痛快啊!

柳一诺　那……那后来呢?

林青霞　后来……他带着新娘跑了。(看着一诺)你知道吗? 他跑了,(不敢相信的)他居然跑了!

〔林青霞慌神了,柳一诺握着林青霞的手。

林青霞　我躺在他的婚房里,(哭腔)红烛啊! 喜字啊! (对柳一诺,少女情怀)我能感觉到褥子下面的红枣、花生、桂圆,还有莲子。(激动地对着柳一诺)你知道吗？我能感觉到。

柳一诺　(拼命点头)我知道,我知道。

林青霞　(轻轻抽搐)我当然能感觉到啊,那是我亲手放进去的呀。
　　　　(对远方)我还记得当年我的婚床上也有这些,他们说……
　　　　这叫(难以自已)早生贵子!

柳一诺　那……后来呢?

林青霞　(故作轻松)后来呢? 有什么呢? 这都是他们应有的下场
　　　　啊……我一个人活得也很精彩!(激动地对着柳一诺)按
　　　　时上班,有固定收入,(摆打保龄球动作)偶尔打打保龄球。
　　　　(神秘地对柳一诺一笑)教练还老追我!(得意,渐渐地脸
　　　　僵了)可是,我再也没有那份谈恋爱的心了。直到后来,我
　　　　收到那孩子给我寄来的一张没有寄信人地址的明信片,是
　　　　一张自己印制的明信片,背景是他抱着他的儿子。他告诉
　　　　我,我有孙子了。虽然他们过得很苦,但是心里很踏实。
　　　　我想他也不知道寄给我这张明信片要写什么,潦草几笔。
　　　　字里行间透露着他的矛盾。(微笑)我想,他还是想念
　　　　我的!

柳一诺　一定是!

林青霞　(坐回藤椅上)他说他过得苦,也没法给我孙子买房。房贵
　　　　呀!(对一诺)你说女人遇到一个真心爱你的人,容易吗?

柳一诺　我觉得我还不用着急,这事也不是着急能解决的。

林青霞　(摸着柳一诺的头发)30 岁时,我还觉得自己年轻美丽得不
　　　　行,我输得起,不就是一个男人嘛,我抗得过。等到 40 岁时
　　　　发现自己孑然一身,才终于明白了张爱玲说的"隔着 20 年
　　　　的辛苦路回头望,再好的月色亦凄惶"。一个男人没什么重

要的,可那是我爱过的一个男人啊。到我 50 岁的时候,我发现自己好傻,我是这样的自欺欺人,其实,我输得好惨。在我最美好的时候,我爱的人都没有陪伴在我身边,我用一颗爱着他的心,却放在了恨着他的躯壳里,度过了我的一生。(苍凉一笑,对着柳一诺)是我的一生啊……到现在我60 岁了,我都不敢回头望了……一诺啊,你不要像我一样啊!这滋味不好受……(看了看自己绣的十字绣,然后闭目,靠在躺椅上)我总想着在遥远的地方,我们都是最年少的样子,桃花开呀,开呀。我们就并肩坐在桃树下,他爱谈天,我爱笑。桃花香啊,香啊。不知不觉地我俩就睡着了……我总是梦到那片桃花,好美好美的一片桃花……

[柳一诺心事重重地坐到了林青霞的身旁。

[风吹树叶的声音。

林青霞 我好想他。

[柳一诺无奈地站着,林青霞重重地咳嗽,随后,手帕上有了血。

柳一诺 奶奶!

林青霞 不打紧的,你听,有歌声。

[童声音乐起:记得当时年纪小,我爱谈天你爱笑。一起并肩坐在桃树下,风在林梢鸟在叫,我们不知怎么睡着了,梦里花落知多少。

[收光。

第三幕

[王若如一个人坐在院子的石桌旁,王强生上。

王强生　你找我有什么事吗？林奶奶得赶紧住院了,她的肺癌怕是已经晚期了……

王若如　(点,点头)知道,她自己也知道。她不想治了,想有尊严地走。

王强生　这……

王若如　坐下来,我们聊聊。

王强生　这话好熟悉——我们聊聊。

王若如　坐吧。

　　　　[王强生疑惑地看着王若如,坐了下来。

王若如　你说我的声音很熟悉,你还记得是在哪里听过吗?

王强生　不记得了,但一定是听过的,而且不是随便那么一听。肯定是非常要命地听过!

王若如　哦? 这么重要,居然忘记了?

王强生　不知道,也许吧。或者,是不敢想起。

王若如　我帮你回忆一下?

王强生　不用了,你说吧。其实,你一直有意接近我的时候,我就觉得不对了。我这么潦倒,你定不会是爱上我了? 那对我这么好,难道是出于善心? 就像你办这座养老院一样?

　　　　[王若如不说话。

王强生　我看不仅仅是善心。如果说你办养老院是出于当年对父亲的歉疚的话,那么你帮我……是出于对什么的愧疚呢?

王若如　有时候,你以为做了一件对的事情……

王强生　可生活总会证明,你做的是错的。

王若如　你记不记得好多年前,你接到过一通电话,约你出来坐坐,聊聊天。

　　　　[王强生看着王若如,王若如惭愧地看着王强生。

王强生　是你?

王若如　看来你没忘记。

王强生　只是不想想起。

王若如　我看不惯小孙去破坏你们的家庭,他知道你俩已经结婚了,孩子都那么大了。他怎么可以和你太太这样,而且他们打算结婚的。你太太都已经要和你办理离婚手续了,你们的孩子怎么办,怎么可以这样!

王强生　所以你给我打了那个电话?告诉了我,他们幽会的地点,让我去围堵?

王若如　是!可你为什么没去?

王强生　我怎么可能去!

王若如　哎呀,你不去,就这么纵容他们?

王强生　我没有做好接受这个现实的准备。

王若如　你怎么这么懦弱!

王强生　她也是这么说我的!(看着王若如)所以,你就把他们约会的照片,寄给了我们领导?

王若如　你们俩一个单位。

王强生　我可能真是懦弱吧,为什么我连对你生气都觉得很困难呢?哎,都过去了!

王若如　不,只要有人还在意,就没有过去。

王强生　你喜欢小孙吧?

　　　　〔王若如点点头。

王强生　哎,你和我一样傻。你以为拆开了他们,小孙就属于你了?感情哪有这么容易。

王若如　就像你觉得躲着不见,太太就会回来一样。

王强生　他俩结婚的时候，你去了吗？

　　　　〔王若如摇摇头，王强生点点头。

王强生　眼不见，心不烦。

王若如　但是，我闹得让你家没了，孩子也……

王强生　不怨你。（指着心口）怨这颗不死的心。

　　　　〔两人沉默。

王强生　这个……

王若如　这个……

　　　　〔霍光光着急上。

霍光光　这个钱，院长您收好，是万事通爷爷的。您看是交他的住宿
　　　　费，还是帮他收着，您自己决定吧。

　　　　〔王若如收下钱。

王若如　光光，送走这批老人的话，咱们养老院就可能关闭了。你也
　　　　赶紧想想出路，不能一直躲在这里啊。平常不说你，但你得
　　　　考虑啊。

霍光光　真要关啊？您不是贷款了吗？租金解决了，怎么还要关啊！

王若如　这一带呀，要拆。

霍光光　换个地方继续办啊。

王若如　地方可以换，但是人换了，就不是这个味道了。你看咱们这
　　　　些个人，都是在这个世界上疯闯了一圈，摔得浑身是伤。都
　　　　没有个完整的家，凑在一起，却有了个家的样子。

王强生　因为彼此都受过伤嘛，而且也过了较劲儿的年纪。就都想
　　　　着为别人好嘛。

霍光光　也想让别人更好。还有火爆的爷爷、逗趣的奶奶。

　　　　〔三个人在石桌旁坐下，仿佛是一家人。

王若如	如果我那时结婚了,估计现在孩子也很大了。
王强生	如果我孩子没死,也该他这么大了。
王若如	如果我有像你俩这样负责任的父母,也就不会过得像现在这样了。
王强生	大多数父母,都是负责任的。只是在他们身边的时候,你们总忙着烦了,忘了去理解他们了。你现在觉得我俩好,是因为你懂得了他们。
王若如	你多久没回去看你爸妈了?
霍光光	两年了吧。
王强生	该回去看看了。
霍光光	等我找到奶奶吧,我爸爸很想见奶奶,可是他又不敢回来。
王强生	为什么?
霍光光	因为……

[霍光光正要说什么,柳一诺推着林青霞上场。林青霞还绣着十字绣。

柳一诺	奶奶,别绣了,歇会吧。
林青霞	都这把年纪了,还哪有工夫休息啊。

[王强生推了一把霍光光,霍光光为难,王若如也示意他去。

王若如	奶奶,您来我办公室,我给您看个十字绣,可漂亮了。
林青霞	你拿出来吧,我这刚出来透口气。
王若如	还是屋里看吧,外面风大。
林青霞	人呐得晒晒太阳,才活得有精气神。

[王强生推了霍光光一把,霍光光不好意思地向柳一诺走了一步,柳一诺不言不语地看着霍光光。林青霞看在眼里。

王强生	回屋吧,我也正好给您再看看病。

林青霞　好啊,一诺,你留在这里帮我晒晒太阳。另外……这心呐,
　　　　也得晒晒太阳才能敞亮。

　　　　[柳一诺回头看着林青霞,微笑着点了点头。

　　　　[林青霞咳嗽起来了,纸巾上有些血,她连忙收好。

　　　　[王若如和王强生交换眼神,叹了口气。

林青霞　快回屋吧,风太大。

王强生　好的,奶奶。

　　　　[王强生和王若如推着林青霞下,被万事通拦住。

万事通　林老太,你这……

　　　　[王若如连忙推开了万事通。

王若如　老爹,你没事就继续练拳去嘛。

　　　　[王若如拦住万事通,王强生推着林青霞下台。

万事通　(拉住王强生)林老太……(哆嗦)真的不行了?

林青霞　嘿嘿嘿,干吗呢。咒人也不带当面的呀,我这还在这呢!

王强生　(打官腔)老爹啊,我们面对病魔不能太早地失去信心……

万事通　(一把推开了王强生,狠狠地打了王强生几拳)别给我说这
　　　　么没用的,说点实际的,林老太怎么样了?

　　　　[林青霞笑了。

林青霞　咱俩都到这个岁数了,还有啥怕的呀。这些个孩子呀,都心
　　　　善。不好直说。我就说了吧。(拍拍胸口)我呀,不乐观啦。
　　　　你也别傻着啦,该准备也就准备准备。

　　　　[王强生叹了一口气,和王若如推着林青霞下。

　　　　[万事通来回走着。

万事通　怕是不行了……(不安)怕是不行了。

霍光光　爷爷,你怕什么呀!

万事通 我怕……我怕到死,我都见不到我儿子。我怕林老太到死,也没等到她孙子。我怕你俩不能好好在一起,我怕若如单身一辈子,我怕王医生追求王若如。

柳一诺 为什么啊?

万事通 我觉得他俩肯定八字不合!(看着柳一诺和霍光光)你俩倒是挺合适的。

　　〔柳一诺和霍光光相视一笑。

霍光光 对不起,我冲动了。

柳一诺 你这个年纪,冲动是难免的。

万事通 我好想拍一张全家福啊。你们去把他们三个都叫出来好吗?

霍光光 没问题!霍光光下!

　　〔霍光光下。

柳一诺 爷爷,您儿子在哪里,我去帮您找。

万事通 算啦,他是不想见我。我以为生活会像电影一样呢。最后来个大团圆!哎,电影啥的都是骗人的。(笑)但是想他是真的呀!

　　〔万事通抬头,看到了夕阳。

万事通 老伴也不在了,可是这夕阳啊,还是这么美!

　　〔柳一诺不知道该说什么。

万事通 不用想话来安慰我,我觉得今天特别明白。一辈子从来没有这么明白过!

　　〔一束暖光像夕阳般投了下来,照亮摇椅。

　　〔柳一诺扶着万事通坐下,霍光光扶着林青霞上,让林青霞和万事通并排坐在了摇椅上。

401

林青霞　哎,我也就只能将就一下和你坐一块儿了,你说咱养老院怎么不再招进来几个帅老头呢?

万事通　帅老头想来,可是啊,看到你都吓跑了。

　　　　〔王世强和王若如拿着相机和相机架子上。

王世强　咱们要拍全家福,就好好拍一张。大家都精神一些!

　　　　〔王世强架机器,王若如给林青霞涂了口红。霍光光和柳一诺蹲坐在林青霞和万事通身前。

王世强　我定时五秒后拍摄,大家保持微笑五秒哈!来,一起倒计时!

　　　　〔王世强在众人喊:5、4、3、2、1!的声音中,跑到了后排和王若如站在一排。

　　　　〔在咔嚓一声中,林青霞缓缓地倒在了万事通的身上。

万事通　哎呀,拍照呢,怎么又趁机吃我豆腐啊!

　　　　〔万事通推了一把林青霞,林青霞倒了下去。

　　　　〔万事通一摸林青霞的鼻息,已经没有呼吸了。

万事通　走了!?

　　　　〔说罢,万事通发病。

王强生　快送医院。

　　　　〔王强生抱着万事通,和王若如下。霍光光抱着林青霞,和柳一诺下。

　　　　〔空无一人的养老院,突然相机咔嚓响了一声。

第四幕

　　　　〔养老院已经有些破败了,霍光光抱着一个相框上来。

　　　　〔霍光光端详周围的景象,叹了口气。拿出相框,挂在了院墙上。

霍光光　奶奶,爷爷。我来看你们了。这张合影拍得可好呢! 我带
　　　　给你们留个念想。咱们这呀,就要拆了……

　　　　[柳一诺背着包上,她看到霍光光。

柳一诺　霍光光,你怎么在这?

霍光光　你来了,我来送合影。

　　　　[柳一诺看着合影,笑了。

柳一诺　这照片拍得真好。

霍光光　是啊,那会真好。

柳一诺　王医生哪去了?

霍光光　重操手术刀!

柳一诺　太好了,他那么好的医术,浪费太可惜了。

霍光光　那王院长呢?

柳一诺　心里的结都解开了,结婚了!

霍光光　和谁?

柳一诺　不重要了,反正不是王医生!

　　　　[霍光光笑了。

霍光光　也对。

　　　　[柳一诺环看四周,感慨。

柳一诺　院子虽然破了,可是夕阳还是这么美。

霍光光　我们坐会儿吧。

柳一诺　好!

　　　　[两人坐在摇椅上。

柳一诺　你找到奶奶了吗?

霍光光　(摇头)我觉得有可能我是找不到奶奶了,就像万事通找不
　　　　到儿子一样。

柳一诺　我从来没有听过你讲奶奶的事。

霍光光　因为我没有见过我奶奶。

柳一诺　啊？

霍光光　我从一张没署名的明信片上知道奶奶的地址的。她就住在这边！

柳一诺　明信片？

霍光光　一张她寄给我爸爸的明信片，说她原谅爸爸了，想让他回到她身边。说很想我，想见见这个孙子，想抱抱我，想好好疼我！

柳一诺　奶奶都是很疼孙子的。

霍光光　我爸爸妈妈感情不好，总是打架。我真希望他们离婚。可是他们总说是为了我不能离婚。后来，我就好想见奶奶，我想知道被人疼的感觉是什么样的。

柳一诺　你爷爷呢？

霍光光　（无奈的）好复杂啦，听我爸说，我爷爷是做了对不起我奶奶的事情。

柳一诺　出轨了？

霍光光　据说比这还严重，我爸爸好像就是出轨的结果。

柳一诺　那你奶奶还把你爸爸养大了，真是很爱你爷爷了。

　　　　〔霍光光点点头。

柳一诺　那你爸爸为什么不回去找奶奶？

霍光光　听说我奶奶在他结婚的时候把我爸身世说出来的。

柳一诺　是啊，多年的恨，总得有个发泄的机会。

霍光光　但是这样的发泄，其实根本不会对自己有安慰的。

柳一诺　因为放不下，因为还有爱。

霍光光　女人真是聪明，可一恋爱就笨。

柳一诺　（笑）都一样！

　　　　　[两人静静地看着夕阳。

柳一诺　真不找了？

霍光光　不找了。

柳一诺　也对，大家都往新的旅途走，我们也得出发了！

　　　　　[霍光光点头。

霍光光　你来做什么？

　　　　　[柳一诺从包里拿出一个十字绣。

柳一诺　奶奶没有绣完的，我绣完了。

　　　　　[两人展开，是一副儿孙满堂！

柳一诺　爱真俗气。

霍光光　可俗气的，真让人想往。

　　　　　[两人对视。

霍光光　我可以，用爱的名义，对你做一件俗气的事情吗？

柳一诺　它令人向往吗？

霍光光　我不知道，但你有了答案，可以分享给我！

　　　　　[霍光光慢慢向柳一诺靠近，柳一诺闭目相迎。

　　　　　[收光。

霍光光　我爱你！

柳一诺　我知道！

　　　　　[剧终。

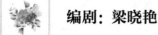编剧：梁晓艳

百字剧五则

温暖的雪柜

一个空巢老头，突然面临人生最大的打击——他的儿子被大学宿舍的同学杀害。老头无法接受丧子之痛，他选择了逃避。他将儿子的尸体冰藏在家中的大雪柜中，而这雪柜成了家里最温暖的存在。他决心用自己的力量去报复杀害儿子的男孩，但最终，他与自己的内心和解。

消失的人类

几百年后的地球，人类社会正处在一场巨大的 AI 世界所操控的阴谋中。人类沉迷于 AI 带给他们的各种便利和享乐，不再关心人类的繁衍和未来，地球上已有几十年未再有新生命出生。这时一个女人突然发现自己怀孕，她不想让自己的孩子成为人类的实验品，也不想让孩子成为 AI 的傀儡。她只想和自己的丈夫和孩子过最平凡温暖的家庭生活，面对人类世界的实验和 AI 世界的追杀，她和丈夫选择逃亡和反抗。

小青蛙的烦恼

小青蛙和青蛙爸爸、青蛙妈妈幸福地生活在一起,有一天,爸爸妈妈带回了一只黑不溜秋的小蝌蚪,告诉小青蛙这是它的弟弟。小青蛙对这个长得和它一点都不像的弟弟十分讨厌,趁父母外出捕虫时,小青蛙带着小蝌蚪离开了家。小青蛙要把小蝌蚪送回它"真正"的家。他俩在池塘中经历了一系列的冒险,建立起真正的手足情,最后,小蝌蚪变成了小青蛙,这对青蛙兄弟开心地一起回了家。

阴把缠枪

练了一辈子阴把枪的老头得知自己时日无多,想要去实现生前最后一个愿望——参加世界武术锦标赛。可阴把缠枪需要有两人配合才能缠起来,老头的徒弟却因要照顾孙子而拒绝参加比赛。无奈之下,他只身一人从乡下来到大城市的儿子家,为他的阴把枪寻找传承人,与他的"〇〇后"的孙子谱写了一段感人肺腑的祖孙故事。

春去春又来

独居在胡同小院里的老头,为了排遣独居的寂寞,招来了几名在这座城市奔波漂泊的租客:女大学生小芸、江湖小骗子小马和小郭,还有为了给自闭症儿子看病来北京打工的中年男人老刘。四个人答应了老张的"每周末必吃一顿团圆饭"的奇怪要求,住进了老张的小院里。在经历了各自的金融诈骗和人生起伏后,小院里的人们从矛盾横生的陌路人渐渐成了相互扶持、情同家人的邻居。

千字剧两则

流浪狗

时　间　当代

地　点　某社区

人　物　张　三　30多岁的男人

　　　　张三老婆　30多岁的女人

　　　　李　四　20多岁的网红

　　　　保　安　30多岁的外地人

　　　　及路人甲、乙

〔清早，张三去买菜，打开门，一只脏兮兮的流浪狗蹲在家门口。

张　三　咦？你是哪里来的小赤佬？

〔流浪狗发出可怜兮兮的嘤嘤声。

张　三　吃早饭了没有呀?!

〔流浪狗继续发出嘤嘤声。

张　三　你的主人是哪个没良心的呀！噢，玩腻了就扔掉呀！这好歹是条小生命好哦！没有爱心！来，小赤佬，我给你拿个肉包子来！

〔张三进门给流浪狗拿了一只肉包子，流浪狗狼吞虎咽地吃了起来。

［张三老婆遛弯回来,没有留意到门边的小狗。

张三老婆　(吓一大跳)哎呀我的妈呀！这啥玩意儿啊！差点一脚给踩扁了！

张　　三　老婆！没有吓坏吧！哎哟,你这只小赤佬差点把我老婆大人吓出心脏病了哟！

张三老婆　老张,这咋回事儿啊？咋把流浪狗整家里来了啊？把咱家的宝宝和贝贝吓坏了咋整啊？

张　　三　可不是我整来的呀！是它自己跑来的好哦！

张三老婆　它是你亲儿子呀！咋不上别人家就奔你来了呢？

张　　三　哎哟老婆！你怎么说话的吗！我怎么会有个狗儿子呀！我想有你也生不来的呀！

张三老婆　(追着张三打)说啥呢你！说啥呢你！谁生狗儿子呢？

张　　三　(抱头躲)老婆饶命！老婆我错了！老婆你不要打了呀好哦！被邻居看到了我也是要脸的呀！

张三老婆　你赶紧的,把这脏狗扔出去！
　　　　　［张三老婆又伸出手做打人的动作,张三拎起狗一溜烟儿跑了。
　　　　　［张三把小狗放到社区。

张　　三　小赤佬,不是我不帮你呀！我这情况你也看到了呀！我自己都自身难保的呀！你自求多福吧！
　　　　　［流浪狗突然发出伤心的嘤嘤声。张三一看狗狗,它竟然流下了泪水！

张　　三　哎呀,不得了了呀！流浪狗会哭的呀！
　　　　　［张三本能地把手机拿出来对着小狗一通狂拍。

张　三　小赤佬怪可怜的哟！我把你发到网上，帮你求助一下好心
　　　　人，说不定真有人看上你把你带回家去了呀！

　　　　〔张三对着流浪狗一通猛拍，发起了朋友圈。

张　三　社区有一只可爱的流浪狗，请大家献出一点爱心，帮助一下
　　　　这只小狗吧，给它送一些食物，或者给它一个温暖的家。

　　　　〔张三离去。背景音：朋友圈点赞的声音，微博网友评论的
　　　　声音。

　　　　〔一个网红上来，举着手机一边直播一边靠近流浪狗。

网　红　老铁们你们看到没有，这就是那只上热搜的在风中哭泣的
　　　　狗狗。哇狗狗你好可怜噢！老铁们请给这只狗狗送艘大游
　　　　艇吧！哎哟！谢谢这位老哥的大烟花！谢谢这位老弟的大
　　　　跑车！我替狗狗谢谢老铁们了！

　　　　〔网红拿起另一只手机，对着狗狗开始各种搔首弄姿的自
　　　　拍。自拍完毕，网红把手机都收起来起身。

网　红　哎哟！你瞧我这记性！说要给你整俩火腿肠的就给忘了！
　　　　下回给你带啊！

　　　　〔网红一溜烟儿地跑了，流浪狗委屈地发出嘤嘤的叫声。

　　　　〔路人甲、路人乙上场。

路人甲　你看！这只就是那只上了热搜的流眼泪的狗狗！快来
　　　　拍照！

　　　　〔路人甲和路人乙对着狗狗又是一通自拍，路人乙拿出一只
　　　　火腿肠。

路人乙　来，小脏狗，给大爷哭一个，哭出来就给你火腿肠吃！

　　　　〔流浪狗突然很凶地对着路人甲乙汪汪大叫起来！

路人甲　真是一只疯狗！

路人乙　怪不得你主人会抛弃你!

　　　　〔路人甲、乙下场,流浪狗不再叫嚷,畏缩着身子趴在角落。

　　　　〔一个保安拿着一盒外卖走了过来,正要打开吃,看到了
　　　　角落的流浪狗。他拿出一只鸡腿放到流浪狗嘴边。

保　　安　来,鸡腿分你一个,咱俩一块儿吃个午饭!

　　　　〔流浪狗狼吞虎咽地吃了起来。

保　　安　(一边吃一边说)小家伙,吃得还挺香!(大咬了一口鸡
　　　　腿)你还别说,有人一起吃饭就是比一个人吃香!(望一
　　　　眼流浪狗)你也老一个人儿吧? 我也是! 咱俩都一样,在
　　　　这城里呀,都没有自个儿的家,你在这个城市里漂着,我
　　　　也在这城市里漂着。

　　　　〔流浪狗抬起头,对着保安发出嘤嘤的声音。

保　　安　要不? 咱俩凑一块儿过过,也能组个家! 你乐意跟我
　　　　走不?

　　　　〔流浪狗站起来,坚定地对保安"汪"的叫了一声。保安抱
　　　　起它,带它回家。

　　　　〔流浪狗又回到了先前的小区里,跟着保安在小区里巡
　　　　逻。一位富太太领着一只泰迪犬和一只贵宾犬走来。两
　　　　只高贵的狗一看到流浪狗就激动地凑上前,差点把富太
　　　　太一把拉得摔个跟头。

张三老婆　哎哟! 宝宝和贝贝,你们两只小淘气! 没见过男人啊!
　　　　这种脏狗你们也往上扑! 饥不择食了呀! 要找男人也得
　　　　找个纯种的好哦? 这是什么脏狗呀! 你们赶紧给我
　　　　回来!

保　　安　太太,您没事吧?

411

张三老婆　这哪儿来的流浪狗！你们保安干啥吃的？咋不管管?!

保　　安　不好意思太太,这是我收养的流浪狗,刚收养还不熟悉环境!

张三老婆　什么?!谁让你收养流浪狗啊!当我们这个小区是啥地方呀?!大型垃圾场呀!住在这里的人知道都是啥身份吗!侬晓得哦?非富即贵!这种狗出现在我们小区,你让我们业主的脸往哪放啊?我警告你,你要是不把这只脏狗给我送走,我就去物业那里投诉你,让你和这只流浪狗一起走!

保　　安　对不起对不起太太!我不能没了这份工作,我马上就把这只流浪狗送走!

富　太　太　哼!这还差不多!宝宝和贝贝!我们快回家吃饭饭噢!吃完饭饭妈妈给你们洗澡澡让你们睡觉觉!

　　　　　〔富太太拉着两只狗扭着腰肢走了。

　　　　　〔保安抱起流浪狗,又将他放回了街心公园。

保　　安　对不起啊,小狗,本以为可以和你组一个家,我们都是这座城市里的两只小蚂蚁,家对我们来说,还是太奢侈喽!

　　　　　〔保安把流浪狗放回角落离开,这只小小的流浪狗,一动不动地继续趴在这座城市的角落。

缘来是你

时　间　当代

地　点　轮椅女孩家中

人　物　轮椅女孩　女,26岁,性格内向敏感。曾经是一名舞蹈演员,

	在一次车祸中失去了自己的双腿,从此与轮椅相伴。她一直无法面对生活的巨变,意志消沉悲观
外卖小哥	男,28 岁,性格阳光开朗,曾经是一名摄影记者,在一次意外中失去了自己的右臂,在经历过痛苦挣扎后,他决定直面自己这场悲剧,做一个自立、自强的残疾人
女孩母亲	女,50 岁,一边工作一边独自照顾女儿

[光启,外卖小哥穿着制服从观众席(或舞台前)走出来。

外卖小哥 大家好!都吃了吗?没吃的话就点份外卖吧!我是您身边的外卖小哥。我啊,每天在这座城市的大街小巷穿梭来穿梭去,给您带去五分的服务和五分的美味!

[外卖员的手机接单提示响起。

外卖小哥 订单来了!(看了看手机)我要开工了!回见!

[外卖小哥冲观众招手离开。

[舞台光启,轮椅女孩的家中。轮椅女孩正独自一人坐在轮椅上,手中拿着剪刀练习剪纸。她越剪越快,情绪越来越激动,突然撕碎手中的红纸,抱头痛哭了起来。

轮椅女孩 他没有来!他没有来!今天,是我和他在网上相遇的第九个月零九天,我们约好了在植物园的桃树林前见面。我很激动也很紧张,穿上了妈妈亲手给我挑的白裙子,早早地来到了桃树林边,可是,我等啊等,等啊等,他却没有来。也许,他已经来过了,他看到了我坐着轮椅,看到了我是个残疾!他就悄悄走了!(自嘲的笑起来)是啊!我真傻!像我这样的残疾根本就没有资格去和别人谈情说爱,像我这样的残疾,只能成为别人的累赘。像个废物一样活着,我受够了,真的受够了!

　　[轮椅女孩低头,看到了自己手中的剪刀,她缓缓地举起
　　剪刀。

轮椅女孩　　与其这样坐着等死,还不如……(情绪激动)还不如自己
了结了自己!

　　[轮椅女孩举起了自己的手腕,闭上眼让剪刀一点点
　　靠近。

　　[外卖小哥走到房门口。

外卖小哥　　2单元503,没错,就是这家!

　　[轮椅女孩举起剪刀正要朝手腕划去,门铃突然响起,她
　　突然回过神来,紧张地收起了剪刀。

轮椅女孩　　谁……谁啊?

外卖小哥　　您好! 您的外卖到了!

轮椅女孩　　我……我没有点外卖,你搞错了!

外卖小哥　　噢,对不起!

　　[外卖小哥转身打算离开,轮椅女孩重新拿起了剪刀,闭
　　上眼睛准备轻生。

外卖小哥　　(低头看外卖单又转身回来)咦,不对呀,就是这里!

　　[轮椅女孩举起剪刀正要朝手腕划去,门铃又再次响起,
　　轮椅女孩泄气。

外卖小哥　　你好! 地址没有错,这份外卖就是您的!

　　[轮椅女孩生气地收起剪刀,自推着轮椅走到门前打开了
　　房门。

轮椅女孩　　你这人怎么这么烦啊! 我说了没有点没有点……

　　[外卖小哥看到女孩坐着轮椅愣在了那里,轮椅女孩看到

他惊讶的表情有点受伤。

轮椅女孩　看什么看！没见过残疾啊！

外卖小哥　(回过神来)不不不！我不是这个意思！(低头核对外卖单)尾号是 7428 的王女士,是您吧?

轮椅女孩　是我！

外卖小哥　那就对了！

轮椅女孩　我说了不是我点的！

外卖小哥　我看您一个人在家……一定还没吃午饭吧?

轮椅女孩　你管我吃没吃?

外卖小哥　您就甭管谁给您点的外卖了,有人关心您不是好事儿吗?来,我给您放到餐桌上！

　　[外卖小哥走进房门,把外卖放在桌上打开,推起轮椅女孩的轮椅到餐桌前。

轮椅女孩　你这人……不用你推我,我自己会走！

外卖小哥　(执意把她推到桌前)人是铁,饭是钢,一顿不吃呀饿得慌！趁着热乎快吃吧！

轮椅女孩　你这人管得可真宽！(外卖小哥把筷子递给她)好,外卖我收下了,你现在可以走了！

外卖小哥　好嘞！您慢用！

　　[外卖小哥走到门口,轮椅女孩放下筷子,又拿出了剪刀。

　　[外卖小哥突然想到了什么,又走回屋内,把轮椅女孩吓了一大跳,赶忙藏起了剪刀。

轮椅女孩　你怎么又回来了?!

外卖小哥　我寻思着啊,你一个人在家,腿脚又不方便,一会儿吃完饭这些外卖盒你也不方便扔下楼,干脆我等你吃完饭给你带走得了。

轮椅女孩　你这人怎么这样？就没见过你这么磨叽的外卖员！

外卖小哥　没事儿！今儿你这单是我跑的最后一单，我好人做到底，把您给伺候齐活了！（突然看到轮椅女孩手腕上的划痕）咦？妹子，你这是咋了？受伤了？

轮椅女孩　（连忙掩饰）没事没事，就擦破点皮！

外卖小哥　来，我推你过去吃……

　　　　　　［外卖小哥推起轮椅，剪刀不小心滑落在了地上。外卖小哥捡起了剪刀，轮椅女孩神情有些无措。

外卖小哥　妹子！你掖着这剪刀做什么？（看了看剪刀又看了看她手臂上的划痕，一下子明白过来）妹子啊，你该不会是想不开要干傻事吧？

轮椅女孩　把剪刀还给我！你赶紧离开我家！

外卖小哥　妹子！我说你年纪轻轻，有人关心有人爱，有人惦记给点外卖。有啥想不开的？

轮椅女孩　你要再不走我就投诉你！给你差评！

外卖小哥　妹子你冷静一点，跟着我，来深呼吸，（故意转移女孩的注意力）千万不要给我差评，你一打差评我这个月的单就白跑了。

　　　　　　［轮椅女孩神情开始犹豫。

轮椅女孩　好了，我不给你差评了，你把剪刀还给我，马上从这儿离开！

外卖小哥　但是这人命关天的事儿，你给我差评我也得管！剪刀不能给你！

轮椅女孩　你给我！

外卖小哥　不给!

轮椅女孩　快把剪刀还给我!

　　　　　　〔轮椅女孩揪着外卖小哥的衣服不放,两人撕扯中,女孩
　　　　　　的母亲突然跑了进来,看到外卖小哥拿着剪刀对着自己
　　　　　　的女儿,大叫着扑了上去。

女孩母亲　你想对我女儿做什么? 我跟你拼了!

外卖小哥　不是! 不! 阿姨你误会了,我是来送外卖的。

　　　　　　〔女孩母亲一把夺过外卖小哥手中的剪刀。

女孩母亲　你送外卖你拿着剪刀对着我的女儿? 你这个不法分子,
　　　　　　我现在马上就报警!

外卖小哥　阿……阿姨! 您别! 真不是您想的那样!

　　　　　　〔女孩母亲拿出手机正要拨打110。轮椅女孩上前一把夺
　　　　　　过了母亲手机。

轮椅女孩　妈! 不关他的事,这是我拿的剪刀!

女孩母亲　你拿的剪刀? 你……你为什么又……?

　　　　　　〔女孩母亲猜到了女儿的目的,心情跌落到谷底,全身都
　　　　　　失去了力气,靠在桌边伤心地用手扶住了头。

轮椅女孩　对! 我是不想活了! 我每天陷在这个轮椅里,像个行尸
　　　　　　走肉一样活着,我真的是受够了! 我是一名舞蹈演员,妈
　　　　　　妈,您知道的,我从小最爱跳舞了! 舞蹈就是我的生命!
　　　　　　舞蹈就是我的梦想! 可是现在,我失去了我的双腿,我再
　　　　　　也不能跳舞了,我再也不能站在舞台上了,我……我不知
　　　　　　道我活着还有什么意义! (痛哭起来)

　　　　　　〔女孩母亲听到女儿的话,伤心地痛哭了起来。

外卖小哥　(突然厉声)你没有权利这么做! 身体发肤,受之父母!

你不能这么自私地去伤害你、伤害你的亲人！

　　〔看到外卖小哥突然生气，轮椅女孩和她的母亲都被
　　怔住。

轮椅女孩　（冷笑）站着说话不腰疼！你们这种又能跑又能跳的健全
人，又怎么能了解我们这些残疾人的痛苦？

　　〔外卖小哥脱下了自己的外套，露出了空荡荡的右臂。轮
　　椅女孩和她的母亲露出惊讶的眼神。

外卖小哥　妹子！说句心里话，你现在经历的，我都经历过。五年
前，我因为一场意外肘关节粉碎性骨折，整条右臂都截肢
了。当我从病床上醒来时，我低头看见自己空荡荡的袖
子，（苦笑）我觉得老天爷简直是跟我开了一个巨大的玩
笑！在这之前，我是一名摄影记者，我每天扛着我最心爱
的机器到处去拍摄去采访，我感觉整个世界都会是我的！
可是，我心爱的机器摆在那，我却再也扛不起它了！那个
时候，我也想到了死。

轮椅女孩　你也想到了死？

外卖小哥　对，我自杀了三次，都被医院的护士救了下来。当我从一
个身强力壮的大老爷们儿突然变成一个连裤腰带都得别
人系的废物时，我确实只能想到这死路一条。

女孩母亲　可是，是什么让你最后没有选择去死？

外卖小哥　是我的母亲！当时，我躺在病床上，我看到了母亲痛心又
不舍的眼神，看到了母亲转身时佝偻的背影，我难受极
了！我下定决心，为了我的母亲，我要好好活下去！我开
始振作起来，不再每天唉声叹气，虽然我只剩下一只肩膀
了，但我也要扛起一个男人的责任！没了右手，我还有我

的左手,没有了梦想,我还能再找到下一个梦想!

轮椅女孩 没有了梦想,我还能找到下一个梦想?

外卖小哥 对,这个梦想实现不了,你还可以换下一个梦想,但是妹妹,生命,可只有宝贵的一次!

　　〔女孩的母亲含泪欣慰地点点头。

女孩母亲 是的女儿,生命,只有宝贵的一次!妈妈真的不希望看到你再做傻事了!

轮椅女孩 妈妈,对不起!是我太自私了!对不起!

　　〔女孩和妈妈紧紧地拥抱在了一起。

外卖小哥 (擦了擦泪)好久没提起以前的事儿了,有点激动,让你们见笑了!

女孩母亲 不!这位送外卖的小同志,阿姨谢谢你!

　　〔女孩母亲要给外卖小哥鞠躬,外卖小哥赶忙扶住她。

外卖小哥 阿姨!您别!这都是我应该做的!(转身对轮椅女孩说)这位妹妹,坚强一点,这人活着啊就没有过不去的坎儿!你看看我现在,市残联的工作人员帮我找了份外卖员的工作,在他们的关怀下,我一天天地鼓起了信心,我现在不但能自食其力,还能养活我妈妈了!一开始我也怕别人的眼光,我这一只胳膊总是骑车摔跤、掉餐盒,还总被顾客投诉,可我啊都扛过来了!身为一名为人民服务的外卖员,我心里倍儿骄傲!我现在的梦想就是,成为我们公司的金牌骑手!

轮椅女孩 真好,你有了新的梦想!我真羡慕你!

外卖小哥 不要羡慕我,你也可以的!

女孩母亲 对!闺女,别人行,我闺女也一定能行的!

轮椅女孩 可是……我不知道我除了跳舞还会做些什么,我不知道我失去了双腿,还可不可以再一次站起来?

外卖小哥 你一定能再站起来!(把女孩推至窗前)你看看外面的阳光,多灿烂啊!只要你愿意走出去,让阳光洒在你的身上,你会发现,原来生活是那么的美好!我以前在书上看到过一句话说,苦难,是命运的馈赠。正因为我们经历了这些苦难,才让我们心里更懂得珍惜现在的生活。

轮椅女孩 苦难,是命运的馈赠,这句话说得真好!(仰起脸闭上了眼睛)妈妈,外面的阳光,可真暖和啊!(女孩的脸上浮现起笑脸)以后我想每天和您一起出去晒晒太阳!

　　〔女孩母亲喜极而泣。

女孩母亲 哎!妈妈每天都带你出去!孩子,你虽然没有了双腿,但是你还有一双灵巧的手呀!小伙子,你看我们家闺女剪的这些剪纸,多好看呀!

　　〔女孩母亲拿起女儿的剪纸给外卖员看。

外卖小哥 好看!真好看!(突然神伤)我认识的一个女孩,她也会剪很多好看的剪纸。(看了一眼轮椅女孩)她今天应该也和你一样,穿着一条白裙子。

　　〔女孩疑惑地望着外卖小哥。

女孩母亲 孩子,那个女孩是你的女朋友吗?

　　〔外卖小哥点了点头,又使劲摇了摇头。

外卖小哥 没有机会了,我今天本来约好和她在植物园的桃树林边见面,可我的工友在送餐的路上突然遇上了车祸,我着急忙慌地送他去医院,忙了整整一个上午。等我赶过去,她已经不在了。(沮丧)她现在一定很生气,她把我的电话和微信都拉黑了,我可能,再也没有机会见到她了……

　　　[轮椅女孩露出了震惊的眼神。

外卖小哥　不说这些了,阿姨,您回来我就放心了,妹子,我这就走了!

　　　[外卖小哥转身要走。

轮椅女孩　你给我站住!

　　　[外卖小哥站住,惊讶地回头望着轮椅女孩。

轮椅女孩　为梦想奔跑,是你吗?

外卖小哥　是……是我! 你……你怎么知道我网名? (猛的回过神来)你是?

轮椅女孩　黑暗中的舞者!

外卖小哥　(异口同声)原来是你!

轮椅女孩　(异口同声)原来是你!

　　　[轮椅女孩和外卖小哥互相望着对方。

女孩母亲　等等,这什么情况?

轮椅女孩　对不起,(惭愧地)我没有告诉你,我坐着轮椅。

外卖小哥　对不起,我也没有告诉你,我只有一条手臂!

女孩母亲　噢! 你们……你们就是! (开心地拍大腿)缘分! 缘分啊!

　　　[轮椅女孩和外卖小哥深情地望着对方。

女孩母亲　你们慢慢聊! 阿姨给你们倒茶去!

　　　[女孩母亲开心地下。

轮椅女孩　(有些撒娇地)让我白白等了你一上午!

外卖小哥　对不起,都是我不好!

　　　[外卖小哥蹲下身,望着轮椅上的女孩。

外卖小哥　如果你不嫌弃的话，我想用我这一只手臂，推着你去植物园看刚刚盛开的桃花。

轮椅女孩　如果你不嫌弃的话，我也想像你一样勇敢地去生活，（害羞地）和你一起向着梦想奔跑。

外卖小哥　现在就出发！

　　〔外卖小哥推起轮椅女孩，两人的脸上绽放出幸福的笑脸。

万字剧

儿童剧·星星闪呀闪

时　间　当代

地　点　北京

人　物　石　　头　男,8岁,患有高度自闭症,新光小学一年三班的
　　　　　　　　　学生

　　　　石头爸爸　42岁,国家地理杂志的摄影师,为了孩子辞职当
　　　　　　　　　了新光小学保安

　　　　石头奶奶　72岁,退休在家

　　　　李 老 师　女,27岁,语文老师,新光小学一年三班的班主任

　　　　小　　花　女,7岁,石头在班上的好朋友

　　　　轩　　轩　男,7岁,石头的同学,总是爱捉弄石头

　　　　轩轩妈妈　女,32岁,全职太太

　　　　虎　　子　男,7岁,小胖墩儿,轩轩的好朋友

　　　　明　　明　男,7岁,外号小眼镜,轩轩和虎子的跟屁虫

　　　　虎 子 爸　男,40岁,没有正当职业爱好遛鸟的老北京人

　　　　明 明 爸　男,38岁,公司白领,轩轩爸爸的下属

　　　　天　　辰　男,7岁,新光小学一年三班的班长

　　　　天辰妈妈　女,43岁,协和医院的外科大夫

　　　　王 老 师　女,45岁,新光小学一年级的年级主任

　　　　高 老 师　女,40岁,星星雨自闭症学校的老师

　　　　一年三班的同学若干

序

[舞台光暗,到处是星星形状的光影,人物用局部追光的方式出场。

[石头的梦境:石头开心地笑着奔跑着,追着星星们不停地跳跃、奔跑。

石　头　星星!

[石头的身旁落下了一个星星的影子,石头看到它,做出嘘的动作,抬脚轻轻地走了过去,生怕惊动这颗星星。

[石头猛地一扑,他拿到了一枚漂亮的星星,他开心得大笑起来。

石　头　你好! 星星! 我叫石头!

[石头将星星捧在手上,因为太兴奋,他不停地举高右手来回地做旋转和跳跃的动作。

石　头　不好意思,小星星,我总是控制不住我自己,因为我太开心了!

[石头捧着星星,坐在了台阶上。

石　头　小星星,其实……我和其他的小朋友有点不太一样。我在人类的世界没有朋友,因为我总是学不会和他们用语言交流。就连人们最简单的表情,我也看不懂。我每天照着镜子不停地练习,才知道了哭和笑的表情有什么不同。奶奶说,我是一个自闭症的孩子,我们是星星的孩子,我们是来自遥远星球的不一样的孩子。咯咯咯……

[石头兴奋地捧着星星跑起了圈圈。

石　头　小星星,你还愿意和我交朋友吗? 如果愿意的话,你就向我眨眨眼吧!

[小星星在石头的手心里闪烁了几下。

[石头开心地笑了起来,他捧着星星快乐的跳跃和奔跑。

第一场

["铃——",闹钟响了起来。

[灯未启,幕后传来声音。

奶　奶　(幕后音)石头! 快起床了! 今天是你第一天上小学,可别迟到了!

石　头　(幕后音)星星!

[光启,胡同口,石头背着书包,脖子上挂着印着自己照片和学号的卡片,手里抱着一只破旧的小熊,大步流星地在前面走着,石头奶奶拎着菜篮子一路小跑在后面跟着。

奶　奶　石头! 你慢点! 奶奶腿脚不利索,跟不上你了!

[石头在公交站牌前停下,奶奶气喘吁吁地走到他身边,吃力地咳嗽了几下。

[石头对奶奶笑着。

奶　奶　奶奶老喽! 不中用喽!

[奶奶摸了摸石头的头发,摇头笑笑,身体微颤了一下,她用手护了护额头。

[石头不停地来回踱步,他总是走两步跳跃一下双手击一次掌,自言自语地轻声念叨着。

[高老师气喘吁吁地跑来。

高老师　哎呀! 可算是赶上了!

奶　奶　高老师! 您怎么来了? 石头,快向高老师问好!

石　头　高老师好！

高老师　哎！真是个好孩子！今天石头第一天上小学，我不放心，过
　　　　来看看！

奶　奶　真是让您费心了！

高老师　您老客气什么呀！石头从两岁半进了星星雨，我就一直带
　　　　着他，说实话，他一走，我还真有点不习惯。

石　头　星星雨自闭症学校，乘坐地铁八通线土桥方向在管庄站下
　　　　车，从 B2 口出步行 393 米，乘坐 532 路公交车终点站下车。

高老师　我们石头可真聪明！一个暑假过去也没忘了去学校的路！

　　　　〔石头开心地笑了起来。

高老师　可是石头呀，从今天开始，你就要去新光小学上学了，以后
　　　　我们石头就是小学生了！

　　　　〔石头开心地来回踱步。

奶　奶　高老师，石头能有今天，多亏了您！您这几年一直带着他，
　　　　费心了，要不是您，石头不会恢复得这么好！您不知道，石
　　　　头他爸爸在非洲听到石头要上小学的消息有多高兴！

　　　　〔奶奶情绪有些激动，用袖角擦拭了下眼睛。

高老师　您快别这么说！您一个人带着石头多不容易，我们多帮帮
　　　　您，都是应该的。

石　头　24！24！24！

高老师　车来了！

　　　　〔奶奶着急地俯下身拎菜篮子，突然一头栽倒在地。

高老师　阿姨！阿姨！

石　头　高老师，奶奶怎么了？高老师，车来了！

　　　　〔收光。救护车的鸣笛声呼啸而过。

第二场

[光启,石头手里拿着星星玩具,怀里抱着奶奶的遗照,坐在
高老师身边,破旧的小熊挨着石头也坐在台阶上。

石　头　奶奶!

高老师　石头啊,奶奶去了一个地方。

石　头　奶奶!

[高老师拿过石头手里的星星玩具,举了起来。

高老师　石头你看,奶奶去了那里,天上的星星那里。

石　头　星星!

[石头兴奋地笑了起来,不停地跺着脚。

高老师　奶奶说,石头一定要听话,在新的小学好好学习。要是石头
能做到的话,奶奶就会给你摘好多漂亮的星星。

[石头抱着奶奶的遗照开心地跳跃起来。

石　头　星星! 星星!

[石头兴奋地跑圈圈后亲昵地依偎在高老师身旁,唱起了小
星星的儿歌。

石　头　一闪一闪亮晶晶,

满天都是小星星,

挂在天空放光明,

好像许多小眼睛。

[高老师搂着石头,和他一起轻声唱了起来。

[石头爸爸上场。他身着户外服,背着巨大的行李冲了进
来,跪在了石头怀里的母亲的遗像前。

石头爸　妈! 儿子回来了!

高老师 石头爸爸,你总算回来了!石头,快叫爸爸呀!

　　[石头怯怯地躲在了高老师身后。

　　[石头爸爸望着石头,抽泣了起来。

高老师 石头爸爸,您节哀顺变。

石头爸 我对不起石头,更对不起石头奶奶,她老人家最后走的时候,我都没在她身边,妈——儿子不孝!

　　[石头爸爸对着母亲遗像磕了三个响头。

高老师 老人家走得急,没遭罪。这也是料不到的事呀!您快起来吧,现在石头就你一个亲人了,您可得扛好了!

　　[石头在一旁自顾自地玩起了小熊和星星。

石头爸 高老师!太谢谢您了!要是没有您,真不知道石头他……

高老师 不说客气话!现在最当紧的,是好好计划一下石头的将来。这些年,您在外面工作挣钱,石头都是他奶奶一手带的,现在老人不在了,您得好好考虑考虑,石头今后该怎么办?

　　[石头爸爸沉默不语。

高老师 如果您实在有难处,可以再把石头送回星星雨来……

　　[石头爸感激地握住了高老师的手。

石头爸 高老师,这些年,石头一直很依赖您,把您当成了他的妈妈!这些年,虽说我是石头的爸爸,可我对他,却一点义务也没尽过。

高老师 话不能这么说,您是家里唯一的收入来源,您可一直在忙着给石头挣钱呀!

　　[石头爸苦笑。

石头爸 是,挣钱!多么冠冕堂皇的一个借口啊!它可以让我把孩子以极其正当的理由推给我的母亲!它可以让我继续以挣钱的名义去肆无忌惮地追求着自己那些自私的梦想！它可以让我逃出我那一片狼藉的生活，让我忽略掉我有一个永远都不可能痊愈的自闭症的儿子，让我忘记我曾经还有一个弃这个家而去的妻子！

［高老师轻轻拍了拍石头爸爸的肩膀。

石头爸　高老师，在从非洲回来的飞机上一直在想，是，我是实现了自己曾经的梦想，我春天在南极拍企鹅，夏天在澳大利亚拍袋鼠，秋天在非洲大草原上与狮子为伍，冬天我又去了北欧，拍美得让人窒息的极光。我成了一名摄影师，国家地理杂志的首席签约摄影师，可是，这又有什么用呢？我不是一个好丈夫，不是一个好爸爸，更不是一个好儿子。我在飞机上终于想明白一个道理，家和家人，就是一个人的根基，如果连根基都没了，那些虚无缥缈的梦想，又有什么用？所以，在飞机落地后，我就把工作辞了！

高老师　您把工作辞了？您真的决定好了？

［石头爸爸点了点头。

石头爸　高老师，我和石头物质上的生活您不用担心，我这些年外出工作，也攒下了一笔钱，够石头上学用了。

高老师　是啊！钱是挣不完的，比起钱，他更需要家人的陪伴。

［石头捧着星星玩具朝高老师跑了过来。

石　头　高老师，天上的星星亮了，你看，奶奶就住在那上面！

高老师　石头来，来爸爸身边。你还没和爸爸打招呼呢？

［石头不情愿地走到爸爸身边。

石　头　爸爸……

石头爸　哎！好儿子！

〔石头爸爸上前去摸石头的头发,石头一下子躲开,藏在了高老师的身后。

高老师 石头乖,石头应该和爸爸在一起,你知道吗? 爸爸会给石头摘好多好多星星,就像你手上这个这么大。

石　头 星星?

〔石头爸爸从背包里拿出一颗大大的星星玩具。

石头爸 这是从非洲来的星星。

石　头 星星! 星星!

〔石头开心地挥舞起右手,又开始不停地跳跃着奔跑着拍起手来。

〔高老师从包里拿出一个笔记本,递给石头爸爸。

高老师 这是您母亲写的,名字叫《石头记》,从石头两岁半进了星星雨,您母亲就一直在这个本子上记录着石头的点点滴滴。

石头爸 谢谢! 这个对我很重要!

高老师 把石头交给您,我就放心了! 不要忘了,不管什么时候,星星雨都是石头的家。

〔高老师把奶奶的遗照递给了石头爸,握了握手,走过去摸了摸石头的头发,转身离开。

〔石头爸爸朝高老师的背影深深地鞠了一躬。

〔石头突然一阵疯跑过来。

石　头 星星!

石头爸 星星? 什么星星?

石　头 星星呢?

石头爸 石头,这里没有星星呀?

石　头 没有! 星星!

[石头情绪开始焦躁起来,发出几声尖叫。他不停地抓着自己头发,生气地扭动着自己的身体。

石头爸　石头! 石头! 你冷静一点! 我想想,星星,星星在哪里?

[爸爸对他的拉扯,让石头的情绪更加焦躁,他不停地喊叫着,撕扯着自己的头发,任爸爸怎么控制他,他都停不下来。

石　头　没有星星! 没有! 星星!

石头爸　对了,《石头记》!

[石头爸赶紧拿起了奶奶的笔记本,快速地翻找着。

石头爸　石头最喜欢的玩具就是这个,石头总是亲昵地叫它妹妹,从石头出生起就一直在小床上陪着他,石头特别依赖这只小熊,无论走到哪里都要带着它。如果小熊妹妹不在身边,他的情绪就很容易焦躁失控,有时我想给他洗一下小熊,他都不允许。用新的换,他也不愿意,他最爱的,就是这只又脏又旧的小熊妹妹……石头,爸爸一起帮你找小熊妹妹!

[石头爸爸在四周到处寻觅,最终在角落里找到了星星。

石头爸　找到了! 石头,妹妹找到了!

石　头　妹妹! 妹妹! 妹妹找到了!

[石头把小熊揽到怀里开心地笑起来,他又转圈跳跃起来。

石　头　妹妹! 妹妹! 妹妹找到了!

[石头爸爸捧起奶奶的遗像,蹲在了地上,低垂下了头。

第三场

[局部光启,舞台角落。

[穿着保安服的石头爸爸和抱着小熊的石头站在那里。

石头爸　石头,这里就是新光小学。

431

石　头　这里就是新光小学。

石头爸　今天咱爷俩儿一起，一个在这儿上学，一个在这儿上班。

石　头　一个在这儿上学，一个在这儿上班。

　　　　〔石头爸爸蹲下来给石头整理衣服。

石头爸　石头，一会儿见了老师和同学呀，要主动打招呼，老师好！
　　　　同学们好！

石　头　老师好！同学们好！

石头爸　哎！我儿子真聪明！石头啊，有爸爸在这儿一直陪着你，一
　　　　会儿见了新同学不要紧张！也别害怕！

石　头　不要紧张！也别害怕！

　　　　〔李老师走了过来。

李老师　这位就是石头小朋友吗？

石头爸　李老师您好！石头，快叫老师好！

石　头　老师好！

李老师　嗯，你也好！

石头爸　李老师，这孩子，就让您多费心了。

李老师　您放心吧，孩子的情况我之前了解一些，我会多关注他的。
　　　　今儿开始咱们也都是同事了。

石头爸　是啊，我马上就去执勤了，那就让您费心了！石头，和李老
　　　　师去上课吧。

　　　　〔李老师蹲下来看着石头。

李老师　跟老师去班里吧，好吗？

石　头　跟老师去班里！跟老师去班里！

李老师　和爸爸再见。

石　头　和爸爸再见！

432

〔石头挥挥手，有些兴奋地跟着李老师走开，石头爸向石头挥挥手，久久望着石头的背影。

〔收光。

〔光启。新光小学一年三班的班级里，孩子们坐在一起吵吵闹闹。

轩　轩　我这儿有我爸从国外带回来的费列罗？谁想吃？

〔虎子一个箭步冲了过来。

虎　子　我！我！嘿嘿！

轩　轩　胖墩儿，接着！

明　明　给我留一个！哎呀！你咋一口一个呀！

轩　轩　给你留着呢！小眼镜儿！瞧把你急的！

虎　子　这外国的巧克力可真好吃！你爸真好！我爸连串儿糖葫芦都不舍得给我买！

轩　轩　我家多着呢，每次我爸去国外出差就给我带一大包！下次再给你们带！

〔虎子和明明一边吃着巧克力，一边把头点得跟拨浪鼓似的。

轩　轩　你们听说了吗？今天咱们班要来个新同学！

明　明　男同学还是女同学呀？

虎　子　哟！这新同学胆儿真肥！开学这么久了才来上课呀？

轩　轩　听我妈说，这新同学有些不一样。

虎　子　哪不一样啊？是脸长得不一样？还是胳膊腿儿长得不一样啊？

轩　轩　我也没记住，反正就是不一样。

小　花　你们别吃了！我们组刚做的卫生，又让你们撒一地了！

虎　子　哟！羊角辫儿！你是不是特馋呀！这可是进口巧克力,得上外国买去!

小　花　谁稀罕!

明　明　老师来了!

　　　　〔同学们"嗖"的一下子都回到座位上。

　　　　〔李老师拉着石头的手走进教室。

李老师　同学们,今天有新伙伴加入我们噢,让我们来欢迎一下他吧!

　　　　〔同学们都鼓起了掌,但一个个都好奇地望着石头,交头接耳地小声议论着。

李老师　这位新同学和大家打个招呼吧,好吗?

　　　　〔石头紧张得晃动着身体,低着头不说话。

轩　轩　老师,他怎么抱着玩具熊来上课呀!他是来上幼儿园的吗?

　　　　〔班上的同学都哈哈大笑起来。

虎　子　老师,他怎么连自己名字都不知道?脑子有问题吗?

　　　　〔班上的同学笑得更厉害了。

石　头　同学们好!

　　　　〔石头突然大喊一句,同学们停止了笑声。

石　头　我叫石头!我叫石头!我叫石头!

　　　　〔石头的声音异常大声,一边说一边高高举起了左臂,惹得同学们又一阵爆笑。

　　　　〔李老师做了"嘘"的动作让大家安静下来。

李老师　石头同学是我们的新朋友,我们应该——

同学们　帮—助—,鼓—励—,友—爱—。

李老师　同学们真棒!石头同学,那边是你的位子,坐过去吧!

[石头走到自己的座位上，坐了下来。

李老师　好，同学们，打开课本，这节课我们上绘本阅读课。今天的故事叫《鼹鼠的天空》。

[同学们都认真翻起了书本，只有石头不知在望着什么。

李老师　在又深又暗的地底下，鼹鼠们在欢快地挖着土。小鼹鼠有一个小愿望——希望看一看地面上的世界。

石　头　星星！星星！

[石头突然离开了自己的座位，跑到了小花的座位旁边，用手指着小花的裙子。

石　头　好多星星！好多漂亮的小星星！

[小花惊讶地站了起来，李老师赶忙上前。

李老师　石头，现在是上课时间，我们不可以离开自己的座位噢。

石　头　星星！石头喜欢星星！

李老师　噢，石头原来喜欢星星呀，那下节课，老师给你准备好多星星好不好？

石　头　准备好多星星！准备好多星星！

李老师　那现在石头回到座位上去好吗？

石　头　回到座位上去，回到座位上去。

[石头回到了座位上去。

李老师　好，我们继续。鼹鼠很好奇：地面上的世界真的又大又亮吗？

同学们　地面上的世界真的又大又亮吗？

李老师　有一天，他下定决心开始往上挖土，往上，往上……

[收光。

[局部光启。

435

〔石头爸爸在一年三班的门口坐着小马扎，双手捧着课本轻声阅读。

石头爸　往上，往上，再往上……小鼹鼠终于钻出了地面。他第一次看到这个广阔明亮、丰富多彩的地上世界。

〔收光。

第四场

〔光启。

〔操场上的自由活动时间，一年三班的同学们三三两两地聚在一起。石头一个人站在角落抱着小熊来回走动。

〔轩轩、虎子、明明凑在健身杠前。

轩　轩　嘿！你们说新来的那个复读机，到底什么情况？

明　明　复读机？

轩　轩　新来那个，我们给起的新外号！

明　明　哈哈哈！他确实很像复读机。

虎　子　这个复读机，既不是脸长得和我们不一样，也不是身体和我们长得不一样，而是脑子和我们长得不一样！

〔三人哈哈大笑起来。

轩　轩　走！咱过去瞧瞧！

〔三人朝石头走了过去。

轩　轩　嘿！复读机！你一个人跟这儿干吗呢？和我们一起玩儿吧！

石　头　石头和妹妹玩儿，石头和妹妹玩儿。

虎　子　这只小熊就是你的妹妹？

石　头　小熊就是妹妹，小熊就是妹妹。

　　　　　［三人哈哈大笑起来。

明　明　你这个妹妹好脏呀，又破又旧的!

虎　子　还有点臭!

石　头　妹妹不臭! 粑粑才臭! 妹妹不臭! 粑粑才臭!

　　　　　［三个人哈哈大笑起来。

　　　　　［轩轩一把抢过石头的小熊，凑到嘴边闻了一下。

轩　轩　哎呀! 臭晕了!

　　　　　［石头着急地跑到轩轩面前，轩轩又把小熊丢给虎子。

虎　子　哎呀! 臭死了! 比我拉的粑粑还臭!

石　头　妹妹! 妹妹!

　　　　　［石头焦躁起来，不停地踮着脚尖抽动着手臂。

　　　　　［虎子又把小熊丢给明明。

明　明　哎呀! 臭死了! 比我爸爸的脚丫还臭! 哈哈哈哈哈!

　　　　　［明明又把小熊丢给了轩轩。

石　头　妹妹! 妹妹!

轩　轩　来拿呀! 来拿呀!

　　　　　［轩轩把小熊高高举起，戏弄着石头。

　　　　　［石头情绪越来越焦虑，他蹲在地上抱住了自己的头不停地

　　　　　自言自语。

　　　　　［小花从轩轩背后一把抢过了小熊。

小　花　你们几个捣蛋鬼，不许欺负他!

虎　子　羊角辫儿，你哪只眼睛看见我们欺负他了，我们在和他玩

　　　　　儿呢!

明　明　就是!

小　花　你们离他远一点，再这样的话我就去告老师!

轩　轩　就知道告老师！真讨厌！怪不得没人跟你玩儿！

小　花　我可不稀罕跟你们玩儿！

虎　子　我们才不跟那没爸没妈的在一块玩儿呢！哼！

明　明　哼！

轩　轩　我们走！

　　　　　［轩轩、虎子和明明离开。

小　花　哼！

　　　　　［小花把蹲着的石头拉了起来，把小熊塞在了他的怀里。

石　头　妹妹！妹妹！

　　　　　［石头把小熊紧紧抱在怀里，小声抽泣了起来。

小　花　别哭了，石头。妹妹已经找回来了。

石　头　他们，不好，抢妹妹。

小　花　我也不喜欢他们，他们就是一群捣蛋鬼。

　　　　　［石头看到了小花裙子上的星星，破涕为笑。

石　头　星星！好多星星！漂亮的星星！

小　花　我的裙子漂亮吗？

石　头　星星漂亮！星星漂亮！

　　　　　［小花开心地笑起来，兴奋地转了两个圈圈让裙角飘了
　　　　　起来。

小　花　我也喜欢这条裙子！这是我妈妈给我买的！从上海寄过
　　　　　来的！

石　头　上海，简称"沪"，是中国第一大城市。

小　花　你去过上海呀？

石　头　上海地处长江入海口，是长江三角洲的龙头城市，隔东海与
　　　　　日本九州岛相望。

小　花　我妈妈就住在上海。可是……可是我从没去过上海。

石　头　上海市总面积 6340 平方公里,有浦东新区、徐汇区、长宁区、静安区等 16 个市辖区。

小　花　上海这么大呀? 我妈妈住在哪个区呢? 奶奶说,我妈妈再也不会回来了。我妈妈在上海又有了新家,生了一个新孩子。石头,你说我妈妈还会回来吗?

石　头　妈妈,妈妈,妈妈走了,把妹妹送给了石头。妈妈走了,把妹妹送给了石头。

小　花　石头,原来你也没有妈妈?

石　头　妈妈走了,把妹妹送给了石头。

小　花　我看到他们的妈妈每天都接送他们上学放学,亲他们的脸蛋,叫他们宝贝。他们拉着爸爸妈妈的手一起回家,我心里难过极了! 我以为只有我一个人没有妈妈。

石　头　妈妈,妈妈走了,把妹妹送给了石头。

小　花　石头,没关系,你别伤心,咱们俩一起等咱们的妈妈回来! 好不好?

石　头　等妈妈回来,等妈妈回来。

小　花　石头,你真好,你跟那些捣蛋鬼男生不一样,我喜欢你!
　　　　〔石头听到有人说喜欢他,开心地笑了起来。

小　花　石头,你愿意和我做好朋友吗?

石　头　星星! 好多漂亮的星星! 石头喜欢星星! 石头喜欢星星!
　　　　〔石头拉起小花的手,开心地转起圈圈来。

小　花　好晕呀! 哈哈哈! 真好玩儿!

石　头　石头喜欢星星! 石头喜欢星星!
　　　　〔两个孩子开心地转着圈圈,哈哈哈的大笑起来。

第五场（第三幕）

［局部光启。

［轩轩妈妈拎着名牌皮包和孩子书包跟在轩轩后面。

轩轩妈　哎哟！儿子，你慢点跑！在这石板儿地上要摔了，得多疼呀！

轩　轩　妈妈！谁叫你穿高跟鞋的，烦死了！

轩轩妈　妈妈下次注意！下次注意！

轩　轩　把书包给我！

轩轩妈　干吗呀？书包多沉呀！妈妈把你送教室里。

轩　轩　哎呀！您上回在教室门口亲我让我们班同学看到了，他们都笑话我！您别上去了，快走吧！

轩轩妈　臭小子，都知道害臊了！乖儿子，今天可是你上小学第一次考试，可得给妈妈拿个高分！让妈妈在小区里呀好好晒晒我的宝贝儿子！

［明明爸爸拉着明明走到校门口。

［明明大声哭着。

明　明　我不想上学！我想回幼儿园！

轩　轩　哈哈哈！小眼镜儿，你怎么这么大了，上学还哭鼻子呀！

［明明看到同学在，收敛起了哭声。

明明爸　哟！王太太！您早啊！

轩轩妈　哟！你是……哎呀是……？

明明爸　我是王总公司的小刘，上次开车送您去机场那个……

轩轩妈　哎呀！瞧我这记性！小刘你好呀！这是你儿子呀！

明明爸　是是！我儿子和您儿子还是好朋友呢！

轩轩妈	是呀！轩轩老回去念叨小眼镜儿！来，儿子，把书包背上，哎哟！你说现在这孩子，一年级书包就这么沉！
明明爸	明明快！给轩轩把书包拎上！
轩轩妈	哎哟！不用不用！这俩孩子，慢点跑！

　　[明明爸满脸堆笑。

　　[轩轩妈和明明爸离开校门。

　　[小花独自走到校门口，但她并没有进去，站在门口伸长脖子望着马路。

　　[石头爸爸带着石头走了过来。

小　花	石头！石头！叔叔好！

　　[石头开心地跑到小花跟前，拉起她的双手笑了起来。

石头爸	哎！你奶奶没来送你吗？
小　花	我奶奶上菜市场买菜去了，她说去晚了新鲜的特价大白菜就没了！
石头爸	小花真是个勇敢的孩子！

　　[石头爸蹲下来整了整石头的衣领。

石头爸	石头呀！今天考试咱不紧张，会的答上，不会的都空下。
石　头	不紧张！会的答上，不会的都空下。
小　花	叔叔您就放心吧，石头有我呢！叔叔再见！

　　[小花拉着石头的手朝教室跑去。

石头爸	谢谢你跟我换早班儿啊！老刘！
老　刘	多大点事儿！

　　[虎子爸左手拎着鸟笼右手拧着虎子耳朵上场。

　　[虎子一边被提着耳朵一边嘴里还啃着玉米。

虎　子	哎哟爸！您轻点！疼！

虎子爸　臭小子！太阳都照屁股蛋儿上了还跟那儿睡着！你看看你爸爸我,天儿蒙蒙亮呢就出门儿了!

虎　子　您不提笼子遛鸟去么,不知道的人还以为您一早起干什么天大的事儿去了呢!

虎子爸　臭小子,饭没吃几年倒跟老子耍贫嘴来了!

虎　子　哎哟爸!疼!疼!您别……

虎子爸　今儿老子不给你点颜色瞧瞧你都得忘了你爸爸姓啥!

虎　子　爸!我今天考试!您再不放手可就打铃儿啦!

虎子爸　哎哟对!考试!差点把这事儿给忘了!臭小子,赶紧的啊!

　　　　〔虎子一溜烟儿跑了,虎子爸拎着鸟笼唱两句京剧悠哉地走了。

　　　　〔收光。

　　　　〔虎子爸的京剧唱段儿渐渐越来越低。

　　　　〔光启。

　　　　〔一年三班的教室,桌椅按照考场的形式重新摆放。

　　　　〔石头站在教室门口,不安地来回晃动身体。

　　　　〔小花在桌子间走来走去。

小　花　1085,找到了,石头快过来!你的学号在这边!你来坐这张桌子!

　　　　〔石头站在教室门口一动不动。

　　　　〔虎子冲了进来,把石头撞了一下。

虎　子　干吗呢?别挡着道!

　　　　〔小花跑过去,把石头拉到了他的座位上。

小　花　看到没,石头!这是你的学号!坐下吧!

　　　　〔石头站在座位前来回踮脚走来走去,四处张望。

442

[李老师抱着卷子走了进来。

天　辰　起立！

同学们　老师好！

李老师　同学们好！坐下吧。各组小组长，过来发卷子。

[小组长开始发卷子，石头还是站在那里，李老师走了过去。

李老师　石头，怎么不坐呀？这是你的座位。

石　头　不是石头的桌子，不是石头的桌子。

李老师　石头，今天是考试，所以座位打乱重新排了，你乖乖坐下等老师发卷子好吗？

[石头不情愿地坐下，有些焦躁地晃动着身体，不停地四处张望着。

李老师　同学们，这是你们上小学迎来的第一次期中考，一定不要粗心，要仔细看题，打铃前给老师交卷。

[同学们埋头答起题来，李老师给石头拿出了笔，安抚了一下他。

[教室门口年级主任王老师过来。

王老师　李老师，您出来一下！

[李老师点点头。

李老师　你们认真答题噢，不可以交头接耳。

[李老师走出教室。

[同学们都在埋头做卷子，只有石头在张望。

[石头突然从座位上站了起来，在座位的通道间到处张望。

[石头走到轩轩的位子旁边，停了下来。

[小花坐在座位上焦急地看着石头，掐着嗓子喊他。

小　花　石头！快回去！

轩　轩　你干吗呀？

石　头　桌子，这是石头的桌子！

轩　轩　神经病！

石　头　桌子，这是石头的桌子！

　　　　［轩轩不理他，低头继续答题。

　　　　［石头伸出手过去抽桌子。

轩　轩　你干什么？！

　　　　［轩轩摁着桌子不让石头抽桌子。

　　　　［两人揪扯开，其他同学也都跑了过来。

小　花　石头，你快放手！

石　头　这是石头的桌子！

　　　　［"啪"的一下，轩轩的试卷被扯成两半。

　　　　［轩轩大哭了起来。

　　　　［教室里乱糟糟一片。

　　　　［李老师进了教室。

李老师　怎么了这是？

虎　子　老师！石头把轩轩的卷子撕烂了！

　　　　［轩轩哭得更大声了。

　　　　［石头仿佛置身事外，他把轩轩的桌子搬到自己的位子上，
　　　　开心地坐下来开始写卷子。

　　　　［轩轩坐在地上气得一边大哭一边蹬腿发脾气。

　　　　［班上叽里呱啦地吵成一片。

李老师　安静！都给我安静！

　　　　［同学们停止了吵闹，轩轩也停止了哭声。

　　　　［所有人都望着第一次发脾气的李老师。

[定格,收光。

[局部光启。

[王主任和李老师站在一起。

王主任　前所未有!前所未有!我在新光小学当了二十多年的老师,第一次看到考场上能乱成这副样子!

李老师　王主任,这次的事情全部是我的责任,我向您道歉!实在是对不起!

王主任　这几天,校领导挨个找我训话!很多家长都来学校反映情况!说那个叫石头的学生耽误了他们孩子的学习!

李老师　王主任,是这样的,石头他是一个有自闭症的孩子,他在和人交流方面有些障碍,但他课程都跟得上,学习能力和理解能力是没有问题的。

王主任　没有问题出了这么大的问题?我们新光小学是什么学校?全市数一数二的重点小学。我们这儿不是福利院也不是特教中心,来我们这儿上学的孩子可都是千挑万选选出来的!当初这个石头申请入学的时候,你们就太过大意!

李老师　王主任,石头的入学考试得的是优,题还都是您出的。

王主任　那……那当初是没有发现问题,现在发现有问题,就要及时处理!

李老师　您的意思?

王主任　很多家长都和校方反映,要求石头退学。

李老师　退学?石头虽然有自闭症,但是他也有受教育的权利。

王主任　道理没错!但家长们说的也不是没有道理,班里有石头这样的孩子,会影响整个班的孩子的学习成绩!我当了二十多年小学老师,几乎年年都是"优秀教师",靠的就是一心一意抓学生成绩！我带的班,年年都是总成绩名列全年级第一。

李老师　可是,孩子们在这里学习,成绩就是唯一有意义的事吗?

王主任　李老师,你年轻,刚走出校园,还是太过理想化!学习成绩,是我们老师工作考核最看重的,是家长最看重的,也是学校、教育局最看重的,学习成绩,也关乎着每一个孩子的前途,也是他们自己最看重的!

李老师　好,王主任,既然成绩这么重要,我就向您承诺,学期末的考试,我们班一定能得到年级组第一,但我有个条件,您不要让石头退学。

王主任　你要能拿出成绩说话,我没意见。只是明天就是家长开放日了,你要是能把家长们摆平了,那就按你说的做。

〔王主任转身离开,李老师若有所思。

第六场

〔局部光启。

〔新光小学校门口,家长们领着自己的孩子陆续走进了校园。

〔稚嫩的声音从校园广播中传出。

广　播　今天,是新光小学一年一度的家长开放日。今天,我们的同学们要和爸爸妈妈手拉着手一起来上学,让爸爸妈妈们参观我们美丽的校园,让爸爸妈妈们来我们的班级做客,同我们一起开始这美好的一天。

〔收光。

〔光启。

〔一年三班的教室里,家长们陆续进来,坐到了自己孩子的身边。

〔石头爸爸进来。

石头爸　石头!

石　头　嘘!妹妹睡着了!

〔小花奶奶走了进来。

小　花　奶奶!奶奶!这边!

〔轩轩妈妈和明明爸爸一起进来,明明爸爸点头哈腰地跟在轩轩妈妈身后,轩轩妈妈踩着高跟鞋扭着腰走了进来。

轩轩妈　宝贝儿子!妈妈来啦!

〔轩轩妈欲上前亲儿子,被轩轩推开。

〔虎子爸摇着蒲扇大摇大摆地最后一个走进来。

虎　子　哎呀爸!您怎么才来!您又上胡同口下棋去了吧?

虎子爸　嘿!这臭小子!教训起老子来了!我……

〔虎子爸正欲抡起扇子打虎子头,看了看旁人,收起扇子,冲大家笑笑。

李老师　同学们,让我们欢迎一下我们的爸爸妈妈吧!

〔同学们集体拍起手掌来。

同　学　欢迎您!欢迎您!欢迎你们来做客!

李老师　家长们参观了一上午,都辛苦了!现在我们利用最后的时间开一个班会,和家长们、同学们一起做一个沟通与交流。

轩轩妈　李老师,您工作也忙,我们的时间也不多,那我们就直接谈上次考试的事情吧。上次我们轩轩本来可以拿高分的,可是被同学把试卷都给撕坏了!

轩　轩　妈妈,他就是撕我卷子的同学!

[轩轩用手指着石头,所有人都看向了石头。

石头爸 上回考试的事儿真是不好意思,轩轩,叔叔替石头向你道个歉。

轩 轩 哼!

轩轩妈 这位就是石头爸爸呀,你好!说实话,我很同情你们家的遭遇。可是自从你们家石头进了班里来,我听我们家轩轩说呀,石头老是上课的时候来回走动,有时还会大声讲话,让我们家轩轩呀上课老是走神,这样下去可不是办法的呀!

小 花 阿姨,你们家轩轩在石头没来之前上课就老爱走神了!
[同学们笑起来,小花奶奶拉了拉小花的胳膊。

轩轩妈 石头爸爸,您看,您为了您的孩子的将来,把孩子从特殊学校转到普通学校读书。那我们望子成龙的心情和您也是一样的呀,孩子要想将来发展得好,那就必须不能输在起跑线上的呀!我们家轩轩在起跑线上的第一次考试,卷子就被石头给撕坏了呀!

明明爸 轩轩妈妈,我觉得您说的话特别有道理!我们王总真是命好啊,娶了您这样一位年轻、貌美又有内涵的妻子。

虎子爸 哎哟嘿!

轩轩妈 哎哟!您过奖了呀!
[轩轩妈妈笑得花枝乱颤。
[大人们谈话的时候,石头拿着小熊在教室前方的空地上玩儿着,仿佛置身另外一个世界。

明明爸 我们这些做家长的,每天忙着工作加班挣钱,哪个不是为了孩子呀?十来万一平的学区房,我们一咬牙,买了!为的是什么呀!就为了孩子的学习呀!可这好不容易费气白咧地挤进了重点小学,这不能被……被受影响了呀!

虎子爸　哟!您那学区房十来万一平啊?这一平方米房够我们家老
　　　　小吃上好几年的!哈哈!

虎　子　爸!您少说两句吧!

虎子爸　嘿!这臭小子!

轩轩妈　是的呀!现在社会压力多大呀!孩子从生下来到上学,走
　　　　的每一步都至关重要的呀!我们可不允许自己的孩子有半
　　　　点闪失的。不是我们对石头没有包容心,小学要读六年的
　　　　呀,不是一学期半学期的呀。我们轩轩呀,将来是要到国外
　　　　上中学的呀,小学的基础要是打不好,将来怎么能跟得上
　　　　呀!所以呀,我还是觉得,像石头这样智力稍微有些问题的
　　　　孩子,更适合去读特殊学校,对他也好一点的呀!

小　花　石头才没有智力问题!

　　　　〔小花生气地走到轩轩妈妈面前。

小　花　阿姨,石头比你们家轩轩聪明多了!

轩　轩　羊角辫儿!你说什么呢你?你天天跟傻子待一块儿,自己
　　　　也成傻子了吧!

　　　　〔班上的同学们都哈哈大笑起来。

　　　　〔小花把石头拉了过来。

石　头　嘘!妹妹睡着了!

　　　　〔石头看到很多人,怯生生地侧着头。

小　花　今天就让你们见识见识石头的特异功能。来,石头,不
　　　　要怕。

　　　　〔小花从书包里找出一堆卡片。

小　花　石头,你看,这张卡片上是什么?

石　头　天安门！天安门！

轩　轩　切！这也太简单了吧！

明　明　这就是你说的特异功能？

虎　子　我一岁半就会唱《我爱北京天安门》了，我也有特异功能。

　　　　〔同学们大笑起来。

石　头　天安门，坐落在中华人民共和国首都北京市的中心，故宫的
　　　　南端。天安门是明清两代北京皇城的正门，始建于明朝永
　　　　乐十五年，最初名"承天门"，有"承天启运、受命于天"之意。
　　　　清朝顺治八年，更名为天安门。由城台和城楼两部分组成，
　　　　天安门城楼长 66 米、宽 37 米。城台下有券门五厥，中间的
　　　　券门最大……

小　花　好了好了，别说了，反正说多了他们几个也听不懂。哼！

　　　　〔小花又抽出一张卡片。

小　花　石头，这是什么？

虎　子　北京地铁交通线，这谁不知道呀？

小　花　你们瞧好了，石头，我问你，从天安门广场到奥林匹克公园
　　　　怎么走？

石　头　在天安门站上车乘坐地铁一号线四惠东方向到东单站下
　　　　车，换乘地铁 5 号线乘坐天通苑北方向在大屯路东站下车，
　　　　站内步行 372 米换成 15 号线，乘坐清华东路西口方向在奥
　　　　林匹克公园站下车。

虎子爸　嘿！这孩子，比百度地图都好用！

轩　轩　切！这些地铁线有什么用，我出门都是坐我爸爸的奥迪车。

虎　子　对呀！有本事把汽车导航卸了，让他给咱们导航啊！

虎子爸　导航你个头！人家能导航，你倒是有车吗你？吹牛吹天上

去了！这臭小子！

虎　子　不都跟您学的嘛！

[虎子爸又要抡起扇子打，又发现场合不对，向大家满脸堆笑。

小　花　叔叔阿姨，你们瞧见了吗？石头不是傻子，他功课很好的，他就是不太会和别人交流。

李老师　小花说得对，石头虽然是自闭症孩子，可是他的智力是没问题的，甚至，他的记忆力比普通孩子还要高一些。石头来到班里这段时间，虽然刚开始确实，他不太懂得小学上课的这些规则，但是他最近这段时间表现得越来越好了，我相信他以后会越来越好的！请家长们也能给石头小朋友一次机会。

[李老师给家长们鞠了一躬。

[石头爸爸站了起来。

石头爸　轩轩妈妈，上次考试的事情，我向您和您的孩子道个歉。我们家石头从入学以来，给李老师还有班上的同学们添了不少麻烦，我在这里也向大家道个歉，给你们添麻烦了！

[石头爸爸给所有人深深鞠了一躬。

石头爸　你们刚才说的话，我都特别理解。我是孩子的父亲，孩子刚出生时，我也曾经对我的孩子有着很高的期望，想象着各种各样的、和他有关的、美好的未来。可是在石头两岁多被诊断成自闭症以后，我对未来的所有幻想都破灭了，我看不到希望，没有什么比这更可怕的了。可是这些日子，我每天陪着石头，我突然发现，石头笑起来，竟然那么好看。有时候看他那么一笑，哎呀，我突然就觉得其他什么都不重要了。

我能感觉到,他在这个班级里很快乐。我希望大家能给石头一个机会,让他继续留在这里。

[石头爸爸再一次深深鞠了一躬。

李老师 家长们,你们的心情我都特别的理解。但是我也想对家长们说,是,成绩是很重要,但是,成绩就是一切吗。成绩好就不会输在起跑线上？让孩子成长的,并不仅仅是成绩,还有他们自己的感受。石头是一个自闭症的小孩,他时刻都需要同学们的帮助,但我觉得这未尝不是一件好事,让我们的孩子学着如何去帮助别人,如何去关心、爱护别人,对他们还说,不也是一件很有意义的事吗？

[家长们都沉默着,若有所思。

李老师 来,同学们,你们告诉老师,对待石头小朋友,我们应该怎么做？

同学们 帮—助—,鼓—励—,友—爱—!

李老师 孩子们,你们真棒!

[定格。

[收光。

第七场

[局部光启。

[李老师手里拿着一根用星星装饰的彩色的教鞭,引导着石头跟着其他同学一起排队。

石 头 星星！星星！咯咯咯！星星！

李老师 嘘！石头,保持安静,跟着老师带着后面的同学们排好队。

[石头笑着不再说话,开心地拍了拍手掌跟着李老师走着。

452

[光启。

[教室的黑板四周贴满了小星星的装饰。

[同学们坐到了位子上。

李老师　今天的排队石头同学做得很棒,老师奖励你一枚小星星。

[石头开心地跑到李老师面前接过小星星,把小星星贴到了黑板的侧面。

[石头开心地拍着手坐回到座位上。

李老师　每个表现好的同学都可以得到一个小星星,我们今天要向石头小朋友学习,得到更多的小星星噢!

轩　轩　老师,其他班都是小红旗,为什么只有我们班是小星星,我想要小红旗!

虎　子　老师,给我们小红旗吧,小红旗多威风呀!

明　明　我也想要小红旗!

李老师　噢,原来你们都想要小红旗啊,老师还说,等集齐 100 个小星星的话,带你们到森林公园采集落叶,那就算了吧,我们换成小红旗。

轩　轩　啊不不不不不! 老师,我们不换不换!

小　花　你们刚才不是还说喜欢小红旗的吗?

虎　子　我觉得还是星星有特色!

明　明　对! 小星星五颜六色儿的多好看呀!

石　头　星星! 石头喜欢小星星!

虎　子　对! 我们听石头的!

李老师　你们这些小机灵鬼!

[班上的孩子们都哈哈笑了起来。

李老师　给你们这些小机灵鬼展示才华的时候快到了,下个月,就是我们新光小学一年一度的"校园达人秀"的活动啦！每位同学都可以拿出你们的独门绝技上台表演噢。

[同学们欢呼。

李老师 咱们班从今天就开始准备编排节目了,同学们都有什么特长,都介绍一下,谁先来?

虎　子 老师,我的特长是唱京剧,我每天跟着我爸上护城河那儿吊嗓子,要不我给大家来两段儿?

[同学们大声叫好,给虎子鼓掌。

李老师 那就有请我们虎子同学。

[虎子大摇大摆地走上讲台,摆出一副派头开始唱,结果调没找准。

[同学们都大笑起来。

虎　子 别笑别笑! 都严肃点! 听好喽您呐!

(唱)将身儿来至在大街口,

尊一声过往的宾朋听从头,

一不是响马并贼寇,

二不是歹人把城偷,

杨林与我来争斗,

因此上发配到登州。

舍不得太爷的恩情厚,

舍不得衙役们众班头,

实难舍街坊四邻与我的好朋友,

舍不得老娘白了头。

娘生儿,连心肉,儿行千里母担忧。

儿想娘亲难叩首,

娘想儿来泪双流,

眼见得红日坠落在西山后,

叫一声解差把店投。

同学们　好!(鼓掌)

[虎子得意地昂首阔步走回座位。

李老师　其他同学还有什么特长?

轩　轩　老师,我要表演钢琴独奏。

明　明　老师,我会变魔术,我要表演魔术!

同学A　老师,我会说相声!

小　花　老师,我会跳舞,我要表演芭蕾舞《小天鹅》。

石　头　老师,星星,我要星星!

[同学们哄堂大笑起来。

轩　轩　你可真是颗傻石头!我们要表演特长,你除了数星星,还有

其他特长吗?

虎　子　石头可以去上台表演背诵地铁站!哈哈哈哈!

[同学们又哄堂大笑起来。

李老师　安静!安静!

[收光。

[局部光启。

[站在教室门外的石头爸爸低头叹息一声,提起了地上的小

马扎,转身离开。

第八场

[局部光启。

[石头和爸爸穿着便服站在一起。

石　头　书包！书包！

石头爸　石头，今天是星期天，咱们不去学校。

　　　　　[石头有些焦虑。

石　头　书包！书包！

石头爸　石头呀！今天爸爸带你去游乐园玩儿，咱们不背书包了
　　　　好吗？

石　头　咱们不背书包，咱们不背书包。

石头爸　哎真乖！我们上游乐场玩儿去喽！来，爸爸牵着石头的手。

　　　　　[石头爸爸伸手去牵石头的手，石头躲着不让爸爸牵。

石头爸　好，不让牵手，那爸爸拉着妹妹可以吧。

　　　　　[石头爸爸和石头一人拉起了小熊的一只胳膊，走了起来。

石　头　妹妹走！妹妹走！

　　　　　[光启。

　　　　　[五光十色的游乐园。

　　　　　[用灯光和投影科技的手法营造游乐园流动的氛围，石头爸
　　　　爸和石头拉着小熊在炫彩的游乐园里到处逛。

　　　　　[两只卡通玩偶走了过来。

玩　偶　小朋友，快来合影吧。

　　　　　[石头和爸爸与玩偶们合了影。

　　　　　[光影营造出海洋馆的氛围。

石　头　鱼！大鱼！大鱼！

石头爸　儿子！那是大鲨鱼！

石　头　星星！星星！石头喜欢星星！

石头爸　儿子，那叫海星！那是海里的星星！

石　头　海里的星星！海里的星星！

〔石头开心得尖叫起来，拍着手跳跃旋转起来。

石头爸 石头，你慢点，别乱跑。

〔海洋馆内流光溢彩。

〔石头爸爸在后面紧追着石头，石头和爸爸穿梭在光影之中。

〔石头的笑声越来越小……越来越小。

石头爸 石头！石头……你在哪儿？石头！

〔石头不见了，爸爸焦急地穿梭在海洋馆的光影中，寻找着石头。

石头爸 你看到一个小男孩儿吗？戴着黄色的帽子。

〔路人摇摇头。

石头爸 你好，你看到一个小男孩儿吗？手里抱着一只小熊。

〔路人摆摆手。

石头爸 石头！石头！石头！

〔海洋馆的光影撤去。

〔热闹的游乐园表演开始，人群熙熙攘攘，一阵阵音乐声和欢呼声，石头爸爸被拥簇者挤在中间。

石头爸 让开！让开！我丢了孩子！我要去广播找人！

〔可是石头爸爸却怎么也挤不出这片热闹、嘈杂的表演。

〔小丑们表演者各式各样的绝技，人群中一片欢呼声。

石头爸 让开让开！让我过去！石头！石头！

〔在人群的角落，石头爸爸蹲在了地上，双手抱头，抽泣了起来。

〔两个小丑骑着独轮车，在石头爸爸四周绕起了圈，四周一片欢呼声和嘈杂的音乐声。

石　头　咯咯咯咯咯!

　　　　[石头的笑声突然传了过来,石头爸爸噌的一下站了起来。

　　　　[骑独轮车的小丑怀里,正坐着石头在开心地笑。

石头爸　石头! 爸爸在这儿!

　　　　[石头爸爸破涕为笑。

　　　　[骑独轮车的小丑把石头放了下来,石头爸爸一把抱住了
　　　　石头。

石头爸　石头,你吓死爸爸了!

　　　　[石头爸爸把脸埋在了石头的臂弯里。

石　头　轮子! 轮子! 咯咯咯咯咯咯!

　　　　[石头目不转睛地盯着小丑的独轮车看。

石头爸　石头,你喜欢独轮车?

石　头　喜欢独轮车! 喜欢独轮车! 咯咯咯咯咯!

　　　　[石头爸爸若有所思。

　　　　[父子二人望着小丑的独轮车表演。

石头爸　石头,拉着爸爸的手! 不能再跑丢了。

　　　　[石头笑了笑,把手里的小熊向石头爸爸伸了过去。

　　　　[石头爸爸拉起小熊的一只胳膊,石头望着独轮车咯咯咯
　　　　地笑。

　　　　[定格。

　　　　[收光。

　　　　[局部光启。

　　　　[石头爸爸一个人练习独轮车。他骑上去摔倒,再骑上去,
　　　　再摔倒,他不停地反复练习着。

　　　　[他满头大汗,吃力地起来,蹬上独轮车,可没骑两步,又摔

倒在了那里。

[石头爸爸精疲力竭地躺在地上喘着粗气。

[收光。

[局部光启。

[石头爸爸练习着骑独轮车。

[石头转着另一辆独轮车的轮胎在角落玩儿。

[石头爸爸的骑车技术明显比之前要好一些。

石头爸　石头!石头!快看爸爸!爸爸骑起来啦!

[说完石头爸爸一下摔倒在地。

[石头望着爸爸哈哈大笑起来。

[收光。

[光启。

[石头手里推着小独轮车,和爸爸练习跳车的动作。

石头爸　一二三,跳!

[石头一慌张,摔倒在地上。

石　头　不小心!

[爸爸过去将石头扶起。

石头爸　来,爸爸看一下,揉一揉就好。

[石头重新坐上小独轮车。

石头爸　一二三,跳!

[石头又一次摔倒在地上。

石　头　不小心!

[爸爸过去将石头扶起,但石头不愿意起来。

石头爸　石头站起来!

石　头　石头害怕!石头害怕!

石头爸　石头不害怕,石头戴了护具,不会受伤,石头要勇敢一些。

　　　　[石头不情愿地站了起来。

石头爸　来,爸爸给你演示一遍。一二三跳! 身体保持直立,这样就
　　　　不会摔倒。

　　　　[石头爸爸从车上跳下来。

　　　　[石头不情愿地骑上了车。

石头爸　一二三跳!

　　　　[石头又重重地摔在了地上,他"哇"的一声大哭起来。

石　头　石头害怕! 石头害怕!

石头爸　石头站起来!

石　头　石头学不会! 石头学不会!

　　　　[石头情绪开始失控,用力揪扯着自己的头发大声尖叫
　　　　起来。

　　　　[石头爸爸上前一把抱住了他,阻止他揪扯自己的头发。

石头爸　石头! 冷静! 石头! 冷静!

　　　　[石头使劲推开爸爸,大声尖叫着。

　　　　[爸爸一直紧紧抱着石头,任由石头拳打脚踢。

　　　　[石头渐渐没力气了,动作平缓了下来。小声地在爸爸怀里
　　　　抽泣着。

石头爸　爸爸知道石头是在生自己的气,对不对?

石　头　石头学不会! 石头学不会!

石头爸　石头,只要我们耐心一点,别人做一遍,我们做十遍,别人做
　　　　十遍,我们坐一百遍,石头肯定就能学会!

石　头　石头学不会,石头学不会。

石头爸　石头,你想跟小花一起上舞台表演吗?

石　头　上舞台表演,上舞台表演。

石头爸　每个小朋友都有自己的特长,每个小朋友都在辛苦地练习。

石　头　都在辛苦地练习,都在辛苦地练习。

　　　　［石头一边哭一边和爸爸说这话。

石头爸　我们的石头也一样,也能和其他小朋友一样,上台表演自己的特长,你想上台给大家表演骑独轮车吗?

石　头　独轮车!独轮车!石头喜欢独轮车!

石头爸　那我们就要勇敢一些!

石　头　勇敢一些!勇敢一些!

石头爸　那我们就不能放弃!

石　头　不能放弃!不能放弃!

　　　　［爸爸把石头拉了起来,石头重新坐上了独轮车。

石头爸　来,跟着爸爸。一二三,跳!

　　　　［石头跟爸爸一起练习跳下独轮车的动作。

　　　　［石头又摔倒在地上,但他没有哭,自己爬了起来又坐上独轮车。

石头爸　来,继续,一二三,跳!

　　　　［石头和爸爸一遍又一遍地做着跳车动作的练习。

　　　　［收光。

第九场

　　　　［光启。

　　　　［森林公园。

　　　　［李老师带着排成整齐队列的三班的孩子们来到公园。

　　　　［孩子们一边走一边唱着歌。

孩子们　五星红旗，

　　　　我们的国旗，

　　　　国歌声中，

　　　　高高升起，

　　　　我们立正，

　　　　向您敬礼。

李老师　立定！

孩子们　一二！

　　　　[孩子们兴奋地叽叽喳喳地说笑着。

李老师　上次李老师和你们说，集齐100个小星星就带你们来森林
　　　　公园玩儿，你们很争气，这么快就集齐了！

　　　　[孩子们欢呼。

李老师　我们要特别表扬一下石头同学，他为了集齐100个小星星
　　　　的活动，上课不随便走动不大声讲话，表现得非常棒！来，
　　　　我们用掌声鼓励一下石头同学吧！

　　　　[同学们鼓掌，轩轩同学噘着嘴抱着手臂老大不乐意。

石　头　石头喜欢小星星！石头喜欢小星星！

李老师　我们在森林里有一个任务，每个小朋友要捡漂亮的落叶，大
　　　　小不一样的、形状不一样的、颜色不一样的落叶，看谁捡的
　　　　颜色最美丽，捡回来以后，李老师教大家做叶画，好啦，开
　　　　始吧！

同学们　耶！

李老师　想和李老师写生的同学我们去那边，捡落叶的小朋友们只
　　　　在这一区域活动，不能乱跑哦。

　　　　[几个孩子和李老师走开。

[剩下的孩子们四散各处捡落叶。

[小花捡到一枚落叶跑到了石头面前。

小　花　　石头你看！我捡到了一枚红色的落叶，送给你！

[石头开心地拿着落叶笑着。

同学A　　我的是黄色的，石头，送给你！

同学B　　我的是五角形状的，看！像不像星星？送给你！

石　头　　石头喜欢星星！石头喜欢星星！

[轩轩、虎子、在一旁不高兴地望着石头。

[明明也捡了一枚落叶，正打算向石头走去。

轩　轩　　回来！明明，你这个叛徒！哼！

虎　子　　轩轩今天可带了进口巧克力，你还想不想吃了？

明　明　　想啊想啊！那……轩轩，这枚落叶送给你。

轩　轩　　哼！这还差不多！

[轩轩傲娇地接过树叶，从口袋里掏出两袋巧克力递给虎子
和明明。

[虎子和明明赶紧拆开包装，大口大口地吃起来。

虎　子　　可真好吃呀！

[明明一边吃一边头点得跟拨浪鼓似的。

轩　轩　　那颗傻石头，老师为什么总是对他偏心？动不动就夸奖他！
真讨厌！

虎　子　　是呢！你看那帮同学，都围着傻石头转，跟个傻子玩儿，瞧
把他们给乐的！

明　明　　轩轩你放心，我们就跟你玩儿，不跟他们玩儿！

轩　轩　　要不……咱们……

[三个孩子把头凑到一块儿，开始小声地议论起来。

463

　　　　　〔虎子走到小花和石头面前。

虎　子　嘿！羊角辫儿！老师让你快点去写生区呢！

小　花　告诉你不要叫我羊角辫儿！

虎　子　不叫就不叫，那我叫你母老虎吧！

小　花　你这个大坏蛋！

　　　　　〔小花追着虎子打。

虎　子　哎呀！不叫不叫！老师叫你过去呢！你咋还不走啊？

小　花　哼！一会儿我再收拾你！石头，你乖乖在这捡落叶，我一会
　　　　儿就回来！

　　　　　〔小花转身跑开，虎子冲小花吐了吐舌头。

　　　　　〔轩轩三人走到石头面前。

轩　轩　石头，我们在那边发现一条蛇！我们带你去看！

石　头　蛇！蛇！

虎　子　绿色儿的！头老大了！

明　明　是呢！可吓人了！跟我们去看吧！

　　　　　〔轩轩三人拉着石头的手走到大树下。

石　头　我们去菠萝岛吗？

虎　子　去什么地儿？

石　头　石头不穿鞋子，石头去菠萝岛。

　　　　　〔轩轩三人哈哈大笑起来。

轩　轩　你真是颗大傻石头！

明　明　对！每天胡言乱语！

虎　子　哼！老师还对你这么好！动不动就夸你！全班都得围着
　　　　你转！

轩　轩　上次不是你撕我试卷！我准能得第一名！

　　　　　[石头有点慌张,不停地往后退,手里抱着小熊紧张地摆着
　　　　　右手自言自语。

石　头　石头去菠萝岛,石头不穿鞋子!

轩　轩　你应该抱着这只破熊上幼儿园去,你不应该来我们班念书!

虎　子　对! 回你的幼儿园去吧! 带着你这只破熊!

石　头　妹妹不害怕! 妹妹不害怕! 妹妹要睡觉! 妹妹要睡觉!

虎　子　瞧把你给能的! 你咋不抱奶瓶儿来上学呢?

轩　轩　你要想当一名合格的小学生,也可以,把你手上的这只破熊
　　　　　扔掉!

明　明　对! 一名合格的小学生不能带玩具上学!

　　　　　[轩轩上前去抢石头怀里的小熊,石头紧紧拽着不给他。

石　头　妹妹要睡觉! 妹妹要睡觉!

　　　　　[石头的情绪开始更加焦躁,轩轩还是不管不顾使劲拉着
　　　　　小熊。

　　　　　[突然小熊被扯成两半,两条胳膊和腿都拽了下来,里面的
　　　　　棉花撒了一地。

　　　　　[石头开始情绪失控,大声尖叫起来。

轩　轩　你凶什么呀! 谁叫你不放手的!

石　头　妹妹死了! 妹妹死了!

　　　　　[石头一下子朝轩轩扑了过去,一边大声尖叫一边骑在轩轩
　　　　　身上,发了疯似的打轩轩。

　　　　　[石头大哭起来。

　　　　　[虎子和明明吓得不知所措。

虎　子　老师! 老师! 石头打人了! 石头打人了!

　　　　　[李老师和其他同学都跑了过来。

李老师　石头!石头!放开轩轩!

　　　　[李老师使劲把石头从轩轩身上拉开,石头尖叫着还要扑过

　　　　去打轩轩,被李老师紧紧按着。

　　　　[轩轩号啕大哭着。

虎　子　老师!血!血!

　　　　[轩轩大哭起来。

明　明　老师,轩轩是不是要死了!

　　　　[石头在李老师的安抚下情绪稳定了一些。

李老师　小花,你来看着石头,老师带轩轩去公园的医务室。

　　　　[李老师抱起大哭的轩轩。

　　　　[小花坐到石头身边,把扯坏掉的小熊放在他怀里。

　　　　[石头紧紧抱着小熊,焦躁地抽动着自己的右臂,自言自

　　　　语着。

小　花　石头,打人是不对的!轩轩都受伤了!打人是不对的!

石　头　妹妹受伤了!妹妹受伤了!妹妹受伤了……

　　　　[定格。

　　　　[收光。

第十场

　　　　[光启。

　　　　[一年三班的教室。

　　　　[轩轩妈妈带着脸被包扎过的轩轩,气愤地走了进来。

轩轩妈　哪个是石头?!打我儿子的孩子是哪个呀?!

轩　轩　妈妈,就是他打的我!

　　　　[李老师和石头爸赶忙跑了进来。

李老师　轩轩妈妈,您冷静一下,我们去外面说。

石头爸　对对!这里都是孩子!

轩轩妈　呵!你就是这孩子的爸爸吧!你一个保安让自己的儿子殴
　　　　打同班同学的呀!你怎么做保安的呀?

李老师　轩轩妈妈,有什么话我们去办公室说,一会儿孩子们就要上
　　　　课了!不要影响他们学习!

轩轩妈　今天我们必须把话说清楚!轩轩,走!还有你,把你儿子带
　　　　上,必须给我们轩轩道歉!

　　　　〔轩轩妈带上轩轩走出教室,石头爸爸拉着石头跟着李老师
　　　　走出教室。

　　　　〔孩子们都趴在窗户上偷看。

　　　　〔局部光启。

　　　　〔一年级的年级主任王老师走了进来。

王主任　轩轩妈妈您好!

轩轩妈　王主任,可算是见着您了呀!您给我们评评理呀。我们家
　　　　轩轩,平时我在家可是一个手指头都不舍得碰他的呀。您
　　　　看看,才来这学校几天呀,我们家轩轩被这个孩子打成这
　　　　样……

　　　　〔轩轩妈妈哭了起来,王主任忙上去安慰。

王主任　轩轩妈妈,您的心情我们能理解。我代表校方和老师向您
　　　　道歉,并且向您承诺,孩子的医药费全部由我们来承担。

轩轩妈　医药费?王主任您这话我就不爱听了呀,我来这儿是讹你
　　　　们医药费的吗?我们家在乎那点儿医药费吗?轩轩进这所
　　　　小学的时候,光择校费给了你们多少钱您不是不清楚的呀!

　　　　〔王主任面露难色。

轩轩妈 我今天带我们轩轩来,是要讨个公道的呀!讨个说法的呀! 我的孩子不能白白受欺负的呀!打我们家轩轩的这个孩子,必须退学!

  [轩轩妈妈指着石头,石头怀里抱着那只缝补好的破熊,吓得躲在了李老师和石头爸爸背后。

李老师 轩轩妈妈!这件事全部是我的责任,我向您道歉,我想这里面还有些误会我想向您解释……

轩轩妈 误会,什么误会!您别给我解释!上次撕卷子的事儿就说是误会的呀!都怪我上次心慈手软,才让我儿子给打成这样!

石头爸 轩轩妈妈,我替我儿子向您和孩子道歉,实在是对不起。

  [石头爸爸向轩轩妈深深鞠躬。

轩轩妈 您别介,我可不吃上回那套了!上次的事儿我就忍了,啥也别说了呀!我以为您儿子也就这点能耐,撕个卷子顶了天了,没想到呀,还有这么严重的暴力倾向,这太吓人了呀! 学校要允许这样的孩子留在这儿,那这学校也太不负责任了呀!

  [明明爸、虎子爸和几个家长闯了进来。

明明爸 对呀!这都威胁到我们孩子的人身安全了,这事儿我们绝对不能再睁一只眼闭一只眼了!

  [其他家长应和着。

王主任 怎么这……?

轩轩妈 是我在家长群里发的消息,家长们都担心自个儿孩子的人身安全。

  [王主任把李老师拉到一边。

王主任	你看看！我说什么来着！叫你早点劝退那个自闭症孩子你不听！现在事情闹这么大！怎么收场?!
李老师	王主任,我负责安抚家长们的情绪……
王主任	今天这事儿要是闹大了,你和那个自闭症孩子一起走人!

〔王主任满脸堆笑地向家长们迎了上去。

虎子爸	王主任,您别慌！我家虎子我倒不担心被揍,每天被我揍皮实了都。我来就是凑个热闹,反正也是跟家闲着遛鸟,嘿嘿!
轩轩妈	虎子爸爸！孩子不是伤的你们家的,您说得倒轻松的呀!
明明爸	就是！孩子现在在学校生命安全都成问题了,您还有闲心遛鸟!
虎子爸	嘿！我说你这四眼儿,你拍马屁就好好拍在马屁股上,我这可是老虎屁股,你摸不得!
明明爸	什么人！没素质!
轩轩妈	今儿石头爸也在,我就想问问您,您作为这个学校的保安,您自己的儿子却威胁到了其他同学的人生安全了呀,您是怎么看的呀?
家长A	对！这样有暴力倾向又有精神病的孩子不能在这个小学上学,必须退学!

〔石头爸缓缓抬起头来。

石头爸	我的儿子,石头！他不是精神病,他也没有暴力倾向！他是个很单纯很善良的孩子,他没有害人之心!
轩轩妈	他没有害人之心他把我儿子打成这样?

〔小花从窗户上探出头来。

小　花	是轩轩先欺负石头的！是轩轩把石头的小熊给撕坏的!

王主任	回教室去！

[小花吐了吐舌头,把头从窗户伸了回去。

轩轩妈	撕坏……撕坏就撕坏呗！不就一只破熊吗？再买一个不就行了吗？多大点事儿啊,至于动手吗？

李老师	这只小熊对石头特别重要,这只小熊从他出生的时候就在他身边,自闭症的孩子对有些物品就是特别依赖,如果失去这个物品的话,情绪就会变得很差。

轩轩妈	再差也不能打人呀！我觉得我儿子没错,那小孩子嘛,突然看见个傻孩子这么大了抱着只熊那肯定是要好奇拿去看看的呀！

石头爸	石头他不是傻子！他只是个自闭症孩子,他不会用语言去和别人交流和表达！但他心里什么都知道！他不是傻子！

轩轩妈	哟！好大的脾气呀！王主任,您这学校不要太厉害好哦！保安也要打人了！

明明爸	就是,这做家长的也该接受现实,傻就傻呗,谁也不是瞎子,谁看不出来啊？有病就得治,治不了就上特殊学校、福利院待着,不要出来给别人添麻烦呀！

虎子爸	嘿！这马屁拍得好！服气！服气！

明明爸	你……！

[石头突然站了出来,紧张地踱着步,右臂控制不住地抽动着。

[石头突然跪了下来。

石　头	石头喜欢小学！石头喜欢小花！石头喜欢李老师！石头喜欢小星星！石头想读书！石头想读书！

[众人都不再说话,惊讶地望着石头。

470

石　头　　石头喜欢小学！石头喜欢小花！石头喜欢李老师！石头喜
　　　　　欢小星星！石头想读书！石头想读书！

　　　　　　［石头不停地重复着、自言自语地说着。

　　　　　　［李老师捂着嘴巴，努力控制着不让眼泪流下来。

石头爸　　石头，站起来！

　　　　　　［石头还是不停地重复着、自言自语地说着。

　　　　　　［李老师走过去蹲在地上，一把抱住了石头。

　　　　　　［石头爸爸转身离去。

　　　　　　［众人惊讶，窃窃私语。

　　　　　　［片刻，石头爸爸推着一大一小两辆滑轮车走了过来。

石头爸　　石头，你看，这是什么？

　　　　　　［石头看到独轮车开心了起来。

石　头　　独轮车，石头喜欢独轮车。

石头爸　　石头，站起来，过来！

　　　　　　［石头朝爸爸跑去，推起了小独轮车。

石头爸　　石头不是傻子，其他孩子的功课石头每天都不会拉下。一
　　　　　遍不会，两遍，两遍不会，三遍。石头不是最聪明的孩子，但
　　　　　他是个很努力的孩子。石头天生有些手眼不协调，很多自
　　　　　闭症的孩子都有这个毛病。骑个普通的自行车，别的孩子
　　　　　很快就学会了，但石头不行，他很难控制自己的手和脚。但
　　　　　是石头开始学独轮车了，普通孩子都很难学会的独轮车。
　　　　　他只有一个愿望，下个月学校达人秀表演的时候，他能和其
　　　　　他孩子一样，站在舞台上和大家一起表演自己的特长。来，
　　　　　儿子，咱爷俩今天还没练习，现在练习一下。

　　　　　　［石头开心地骑上了独轮车。

[众人开始退后,给父子俩让出了空间。

石头爸 一、二、三,走!

[石头和爸爸骑了起来,但刚骑两步,石头就摔倒了。

石头爸 石头,站起来。

[石头站了起来,退回了原地,重新和爸爸骑了起来。

石头爸 一、二、三,走!

[石头又一次跌倒,但他笑呵呵地爬起来,又回到了原点。

石头爸 一、二、三,走!

[石头骑了两步又跌在了地上,他爬起来又回到了原点。

石头爸 石头,坚持!

石 头 石头坚持!石头坚持!

[石头没骑两圈,又摔倒了,石头有些焦躁,抹起眼泪来。

[在场的所有人的表情都开始沉重起来。

石头爸 石头!相信自己!就像昨天一样,看着前方,重心往后,你可以的!

石 头 石头可以!石头可以!

石头爸 一、二、三,走!

[石头和爸爸骑了起来,这次石头成功了,他跟着爸爸在地上骑了一大圈,最后又跌倒了。

[石头开心地笑起来。

石 头 石头可以!石头可以!

[在场的家长们都开始沉默。

李老师 石头真棒!李老师奖励你一个小星星,看!

石 头 石头喜欢小星星!石头喜欢小星星!

石头爸 是,我的孩子有自闭症,和班上的普通孩子没法比,但是他是个很刻苦的孩子,别的孩子很容易做到的事,他得重复一百遍、一千遍,甚至一万遍。两岁多的时候,石头被诊断为自闭症,大夫说,你的孩子,可能永远学不会说话,永远不会认得自己的爸爸妈妈,永远都不能生活自理,永远都没有爱别人的能力。但是,他奶奶不认这个理儿,她一遍遍地教着发音,一个音节哪怕要发一万遍。突然有一天,他看着家里挂着的相机,开口叫了句爸爸。他奶奶激动坏了!那个时候,我却在亚马逊的森林里,宁愿和猴子、鳄鱼在一起,也不愿和我这个自闭症的儿子多待一秒,我害怕,我害怕看不到希望的生活,我能做的,只有逃避。渐渐地,石头长大了,石头在自闭症学校里学会了说话、学会了上厕所、学会了坐公交车,学会了很多大夫说他永远学不会的东西,他甚至记住了全班所有孩子的名字。大夫说自闭症的孩子缺乏表达爱的能力,呵呵,何止自闭症的孩子缺乏表达爱的能力,我们这些大人,难道就会表达?石头他懂得!懂得别人对他的好!懂得别人对他的爱!他只是不会表达!不会用我们的方式表达!爱的能力,石头需要学,包括我!我也需要学!我在学习爱我儿子的能力!学习爱别人的能力!

李老师　石头爸爸说得对,每个人都不是完美的,也许爱别人的能力,是我们每个人都需要用一生学习的功课。我希望我的班级的孩子们,他们的分数也许不是最高的,哪怕他们不够聪明、又不太听话,都没有关系。我希望他们在这个集体的大家庭中,能够感受到爱,能够得到爱,也能够分享爱,我就会觉得,我的孩子们就是最棒的!

〔家长们都低头沉默着。

石头爸　这段时间，我们爷俩给学校还有各位添了不少麻烦，我在这里给大家道个歉。如果我和石头在这里确实让所有人为难，也是我们的不应该。只是，我有一个恳求，能不能让石头参加完校园达人秀的表演再走？谢谢各位了！

　　　　　[石头爸爸向大家深深地鞠了一躬。

　　　　　[家长们都低头沉默着。

　　　　　[孩子们突然从门外闯了进来。

小　花　石头是我的朋友，我不让他走！

同学A　石头也是我的朋友，我不让他走！

同学B　我也不让石头走！

同学C　我们喜欢石头，石头不能走！

　　　　　[孩子们都围到了石头的身边，石头露出开心的笑脸。

虎子爸　嘿！都在说这个孩子不是个正常人，咱这里边我看也没几个正常人。

　　　　　[虎子爸爸在虎子屁股蛋儿上踢了一脚。

虎　子　哎呀爸！您踢我干吗呢？我正要去呢！

虎　子　李老师……不要让石头走了！

　　　　　[小花给虎子竖起大拇指。

小　花　虎子，你真是个北京爷们儿！

　　　　　[虎子不好意思地挠挠头。

　　　　　[明明也一下子跑了过去。

明　明　那天，我们不应该去抢石头的小熊。石头，对不起！

轩　轩　你们！哼！

　　　　　[轩轩妈妈蹲了下来。

轩轩妈　轩轩，石头不是故意要伤轩轩的。以后，我们和石头做好朋

友，和他一起保护他手里的小熊，不要去抢石头的小熊，石

头就不会打你了呀，对哦？

[轩轩嘟着嘴，不情愿地点点头。

王主任　轩轩妈妈，谢谢您！

李老师　谢谢您！

石头爸　谢谢！

轩轩妈　哎哟！都来谢我，搞得怪不好意思的啦！你一个老爷们儿

带着个孩子也不容易，算了算了！打牌去了呀！没时间

了呀！

[轩轩妈妈和家长们离开。

[孩子们簇拥在石头周围。

石头爸　石头，向轩轩说对不起，对不起！

石　头　轩轩，石头对不起！石头对不起！

轩　轩　没关系！我原谅你！

[孩子们都欢呼起来。

[孩子们都拥抱在了一起。

[定格。

[收光。

第十一场

[光启。

[校园达人秀的舞台。

[此处可与台下观众互动。

[轩轩身着西装，变身酷炫的小主持人。

轩　轩　让我们用热烈的掌声，欢迎本次"校园达人秀"活动，正式

开始！

［孩子们在台下热烈欢呼,与观众融为一体。

　　［音乐响起,小花带头领着孩子们进行时装模特的表演,身
　　着酷酷的服装走 T 台。

　　［台下演员和观众互动,为表演者们鼓掌欢呼。

　　［明明走上 T 台,戴着小眼镜的他本来想要酷,不料摔了个
　　狗吃屎,他窘迫地站起来揉揉屁股,又继续扭着屁股表演。

轩　轩　接下来,让我们欢迎一年三班的虎子! 为大家带来精彩的
　　川剧变脸。

　　［虎子上台,开始表演变脸。

　　［台下一片叫好声。

　　［虎子下台后,轩轩戴着魔术师的高筒帽,穿着魔术师的西
　　装,为大家上台表演魔术。

　　［轩轩从手里的小箱子里变出一只活兔子来,观众热烈地
　　欢呼。

　　［孩子们有的滑着滑板、有的穿着滑轮鞋上台,为大家表演
　　酷炫的极限运动。

　　［台下孩子们热烈地欢呼。

轩　轩　下面,有请一年三班的石头同学和他的爸爸一起为我们表
　　演《小丑独轮车》!

　　［台下爆发出热烈的掌声。

　　［台上空空荡荡,石头和爸爸并没有上台。

轩　轩　石头和他的爸爸一定是嫌我们的掌声不够热烈,朋友们,拿
　　出你们的热情来吧!

　　［台下继续爆发出热烈的掌声。

　　［收光。

〔局部光启。

〔石头和爸爸戴着星星形状的帽子穿着星星的服装,站在观
众席的角落。

〔石头紧张地做着跳跃的动作,向上摆动着右臂。

石头爸　石头,觉得紧张吗?

石　头　石头害怕! 石头害怕!

〔李老师和三班的小朋友们围到了石头的四周。

小　花　石头,你不要害怕! 你就把台下的人想象成木头桩,我刚才
就是这样做的,一下子就不紧张了!

石　头　石头害怕! 石头害怕!

小　花　怎么办呀老师? 石头还是不愿意上台。

李老师　嗯,老师来想个办法!

〔李老师用胸前的口哨吹了一下。

〔舞台的侧面亮起了一排星星。

李老师　石头,你看! 那边是什么?

石　头　星星! 星星! 石头喜欢星星! 石头喜欢星星!

李老师　只要石头上台好好地表演啊,就会亮起更多的星星!

石　头　石头喜欢星星! 石头喜欢星星!

〔李老师又吹了声口哨。

〔舞台的另一面又亮起了星星,渐渐地,舞台上,到处都是星
光点点。

李老师　石头,去吧,勇敢地和爸爸一起去表演吧!

〔石头和爸爸一起上台,给大家表演骑独轮车的节目。

〔歌曲:星星的眼,

　　　　星星的眼,

你有世上最明亮的眼。

星星的脸，

星星的脸。

你有世上最纯真的脸。

你在遥远星球的那一边，

你没有语言，

可你的笑脸，

告诉我一切，

你想要和我把手牵，

你渴望亲密无间。

星星的眼，

星星的眼，

你有世上最宁静的眼，

星星的脸，

星星的脸，

你有世上最美好的脸。

你在遥远星球的那一边，

你没有语言，

可你的双眼，

告诉我一切，

你渴望化茧成蝶，

你热爱着人间的每一天。

星星的眼，

星星的脸，

愿你美梦甜甜，

愿你快乐永远。

[台下的观众举起了手中的小星星。

[台上台下变成一片星星的海洋。

[收光。

[局部光启。

[石头和爸爸坐在一起。

石头爸　石头，好多的星星啊！

石　头　星星！星星！石头喜欢星星！石头喜欢星星！

石头爸　石头，这里的每一个闪亮的星星，都是人们对你的爱。

石　头　石头喜欢星星！石头喜欢星星！

[石头爸爸摸摸石头的头发。

[石头看到了爸爸头上戴的星星帽子。

石　头　爸爸！爸爸变成了星星！石头喜欢星星！

[爸爸扭动着头，让帽子上的星星晃起来。

石　头　石头喜欢爸爸！

石头爸　儿子，你说什么?!

石　头　石头喜欢星星！石头喜欢爸爸！

[石头的爸爸喜极而泣。

石头爸　儿子，爸爸也喜欢你！

[父子二人紧紧相拥在一起。

[定格。

[收光。

[剧终。

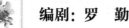编剧：罗　勤

百字剧五则

厨房的秘密

蘑菇哥哥到乡下老祖母家过暑假，无意间发现厨具会说话。碗爷爷年事已高，感叹想再见一次最爱它的小男孩。

豌豆妹妹出主意，蘑菇哥哥去假扮，但他爱挑食总剩饭不爱干净的坏习惯被识破。碗爷爷受感动，兄妹俩懂得要珍惜。

小鸡嘟嘟历险记

好奇的小鸡嘟嘟厌烦日复一日的生活而离家出走，经历了各种冒险。足智多谋的小猴子给她指路（融入星空知识），遇到海洋里漂亮却有毒的水母（融入海洋知识），遇到面慈心坏的狐狸（融入防拐防骗意识），诸多的历险让它有了成长，明白外面的世界有危险也有温暖。

舞　者

农村男孩无意间看到电视机里迈克尔·杰克逊的舞蹈，从此爱

上街舞,决心成为一名舞者。

他边干农活边练舞,遭到同村人奚落。

班里同学在他干活的田里挖了个深坑,男孩坠落摔瘸腿,无法站立。

不懂舞蹈的父亲鼓励,送他一顶帽子。

男孩把帽子放在高处,决心一定要站起来拿到那顶帽子。

男孩成功,参加街舞比赛赢得冠军。

人生互换

时尚杂志创办人林木和家庭主妇钟萍因患绝症住进同一间病房,羡慕对方生活,决定互换身份。

钟萍把围裙和菜篮子打造成了新一季的时尚却无人分享她的快乐。

林木的公司作风把家庭整饬为军事化管理,老公孩子叫苦不迭。

互换身份的二人在别人的生活方式里怀念自己的人生。

妞妞进了养老院

小天使幼儿园园长到德国考察后归国立志进行教育改革,要把自己办的幼儿园搬进养老院。家长抵制要转园,老人抗议要绝食。园长放弃大张旗鼓的搬迁,却暗地里带妞妞和几个小朋友每天去养老院,改变了固执的双方。

千字剧三则

借　钱

时　间　晚上
地　点　李四家客厅
人　物　张　三　女,32岁,大龄单身剩女,城市打工妹
　　　　李　四　男,33岁,农村小伙,在农村养猪致富,张三前男友

　　〔幕启。
　　〔张三穿着普通的白衣蓝色长裤上场,一手拎着一条腊猪腿,一手敲门。

李　四　(拉开门,惊讶地)哟,怎么是你啊,(愤怒地)你还有脸来见我？这大过年的,你总算想起要还我那10万块钱了吧?

张　三　(走进屋里)说话还是这么尖酸刻薄,怪不得没有女人想嫁给你。

李　四　(故意拉长音调)是我不想娶,想嫁我的人排着队呢。

张　三　(不相信地)得,你就吹吧。拿着,这腊月二十八的,我也不能空着手来啊,给,你最爱的腊猪腿。

李　四　省省吧你,腊猪腿,哼,我可没这福分,消受不起。说说吧,无事不登三宝殿。

张　三　好,我也不跟你拐弯抹角了,你再借我10万。

李　四　10万？门儿都没有,你当我是傻子啊?

张　三　我也不白借你的,今天你借我 10 万,明年的这个时候,我连本带利还你 30 万。

李　四　我还信你,我李四就改张四好了。想想吧,我俩当初在大学里都学的农科,说好了把学到的农业技术带回农村,一起攒钱一起奋斗。你呢,你倒好,还没一年,就跑了,我东拼西凑凑够 10 万块借给你,你说去买小猪仔儿,可结果呢?

张　三　我……

李　四　(粗暴地打断)你什么你。你知道那段日子我有多难吗?

　　　　[李四有点哽咽、顿住。

张　三　可是,我也有我的想法和追求啊。我不愿意一辈子待在泥泞地里,我也想去大城市看一看闯一闯。可是,我怎么说你都不愿意。

李　四　好啊,那你去闯啊,你回来干吗呢?

张　三　我这儿不是来跟你借钱吗?

李　四　哦,对了,这又说回主题了。如果是借钱,我看你还是趁早走的好。我!不!借!

张　三　那你看这样还不行吗?今儿我就把欠条写下,手指印盖上,再另付 5000 块钱作为利息,你借我的 10 万块钱,一个月后,我分文不少地还你。

李　四　(讽刺地)这,这不是给我占大便宜吗? 你有这么好心?

张　三　我要不是遇到急事儿,也不会来找你。我是已经把家里亲戚朋友都借了个遍,你是我找的第 10 个人。

李　四　什么急事儿?

张　三　哎,不瞒你说,是我爸病了,很重很重的病,躺在医院,那钱就跟水似的,根本经不住花。

李　四　（半信半疑）咱叔不是一向身体很好吗？

张　三　这病来了，谁说得清啊。头一天还公园遛弯儿呢，回家说嗓子有点不舒服，去检查，肺癌。你看，我检查单都带来了。

李　四　（接过单子）啊，你说这，这还真的世事难料。

张　三　这可不，如果我不是没办法了，把亲戚朋友们都借遍了，我也不好意思来找你啊。可是，我们毕竟不是谈了四年吗？我……我真的，当初要走，我是想……

李　四　别说了，你走的这十年，我当然恨你，可是，时间久了，也就淡了，我甚至觉得，要不是你当初要走，我咬着牙，发誓要拼出个人样来，我也不会有今天的成就。

张　三　我听说了，前段时间，同学十周年聚会时，我听他们说来着，我也特别为你高兴。

　　　　我还听说，（停顿一下）你要买房了。

李　四　买房的事儿是有这么个打算。明天先去交预订金。

张　三　预订金的事儿能不能缓缓？

李　四　为你？你找错对象了吧？

张　三　（低下头）李四，我们从 18 岁到 22 岁，人生当中最美好的年龄是在一起度过的，我想，你的心里一定有我。

李　四　（叹息地）唉，你说你当初为啥非得挤破了头往城里去，漂泊了十年，还不是回来了。

张　三　是啊，这十年，回过头来我才明白，无论大城小城，只有和爱的人在一起才有家的感觉。

李　四　（内心有所触动，拿起医院检查单又看了看）这 10 万，我再信你一次，我，借了。

张　三　谢谢你的信任！

［张三想拥抱李四,李四躲闪了。

张　三　(有点尴尬,清了清嗓子)这是我提前写好的欠条和5000块
　　　　钱,放在这个信封里了。

　　　　［张三把信封递给李四。

李　四　(推开信封)这10万借给咱叔看病,5000块钱我不能要。欠
　　　　条嘛……

张　三　(着急的样子)欠条你一定要拿着,万一我又跑了呢?

李　四　跑不跑又有什么关系。18岁刚进大学时遇到你,我们好得
　　　　跟连体婴儿似的,从来都没想过会分开,可你后来还不是说
　　　　跑就跑了。

张　三　(使劲把欠条往李四手上塞)你拿着。

李　四　(推开)没这个必要。

　　　　［张三把欠条硬塞到李四手中,张三下。

李　四　(打开欠条,念出欠条上写的字)知道你明天要去交房子的
　　　　预订金,楼盘的资金链出现问题,我不得已撒了这个谎,免
　　　　得你受骗上当。

　　　　［李四愣住。

　　　　［剧终。

流浪狗

时　间　周六上午
地　点　某小区张三和李四的出租房里
人　物　张　三　女,23岁,刚毕业不久的小姑娘
　　　　李　四　男,24岁,张三的男朋友
　　　　物　管　女,30岁

邻　居　男,35 岁

快　递　男,25 岁

　　[张三哼着歌,心情很好的样子,准备收拾出门买菜。打开门,看见一只流浪狗蹲在自己家门口,她惊恐地"砰"的一声关上了门。

张　三　吓死我了!(捂胸口)怎么回事儿啊,这小区真是没人管了,脏兮兮的流浪狗也可以到处乱窜。

　　[张三放下买菜的口袋,烦闷地在屋里走来走去,又跑到门口,从猫眼里往外瞅那只狗的动静。

张　三　这些养狗的人也真是的,买来又不好好养,搞成流浪狗,脏兮兮的,到处传播细菌,害人,不对,害狗又害己。

　　[张三沮丧地坐在沙发上,叹着气。

张　三　唉,这下我可怎么办呢? 出不了门,我还得去买菜啊,今天晚上我男朋友李四还要回家吃饭,要是他加了一天班,回家还吃不上一口热饭,准得埋怨我。

　　[张三从沙发上站起来,烦躁不安地踱着步。

张　三　这些物管一天到晚只知道收钱,正事儿从来不干一件,这么脏的狗也不知从哪儿窜出来的,也没人管管。

　　[张三掏出手机。

张　三　喂,美丽田园物业中心吗?

　　[物管出现在舞台侧方,一束光打在物管工作人员身上。

物　管　对,是的。

张　三　我家门口有一只狗,你们能来帮忙赶走它吗?

物　管　可以,你放心,我们会尽快派人来帮助你的。

张　三　那真是太好了,谢谢你们了。

　　　　　[张三高兴地放下电话。

　　　　　[物管工作人员的顶光收。

张　三　这下有救了。(张三长吁了一口气)不对呀,他连我几幢几
　　　　单元都不知道,就说尽快派人来帮助我,这不是纯粹忽悠
　　　　我吗?

　　　　　[明白过来的张三,再次拨打电话。

张　三　喂,物管吗?我是刚才打电话那个人。

　　　　　[物管工作人员的顶光启。

物　管　你还有事儿吗?

张　三　对,对,我想你们快来帮我把家门口那只狗赶走。

物　管　好的,我们会尽快派人来帮助你,你不要着急。

张　三　我能不急吗?我是1幢2单元6楼4号,记下了吗?

物　管　好嘞,我记着呢,1幢2单元6楼4号,我看看啊。

张　三　对的,对的,你们快点来啊,我已经被困在家里一个小时了。
　　　　我连早饭都没吃上一口。

物　管　张小姐,你不要慌,你等我看看啊(物管做查看电脑的样
　　　　子),1幢2单元6楼4号,你还欠一千二百三十四元六毛八
　　　　分物管费,请你尽快交清,否则有可能会面临断水断电,你
　　　　看你什么时候来交钱啊!喂,喂,张小姐……

　　　　　[张三挂断电话,电话发出"嘟嘟嘟"的声音。

张　三　什么破物管!一天到晚就知道收钱,收钱,叫他们做点正
　　　　事,简直比登天还难。

　　　　　[张三正在骂骂咧咧,门口的那只狗"汪汪汪"地叫起来。张
　　　　三很紧张地凑到门口的猫眼看去。一个人路过张三家

门口。

张　三　呃、呃,那谁,你是我隔壁邻居吧,喂,喂,你等等啊,别走啊。

邻　居　有什么事儿,你不能出来说吗? 真是没礼貌。

张　三　我能出来还找你帮什么忙啊?

邻　居　你这人怎么说话的啊?

　　　　[邻居欲迅速跨过那条狗,去打开自己家的门。

张　三　对不起,对不起,你能帮帮我吗? 你看见我家门口那条狗
　　　　了吗?

邻　居　啊,看见啦,真够脏的。

　　　　[那只流浪狗冲着邻居狂叫几声。

张　三　对,对,就是它,你能帮我赶走吗? 拜托,拜托!

邻　居　赶走? 我才是得赶紧走。这被咬一口,狂犬病可不是开玩
　　　　笑的。

张　三　喂,喂,别走啊,帮帮我,帮……

　　　　[张三话没说完,邻居急匆匆掏出自己家钥匙,打开门,然后
　　　　"砰"的一声关了门。

张　三　真是的,还远亲不如近邻呢,真是靠不住。

　　　　[张三又从门口的猫眼瞅了瞅,那只流浪狗仍然还在。张三
　　　　用手机透过猫眼录了一段流浪狗的小视频给男朋友,准备
　　　　求救男友李四。

张　三　四儿,你看呀,就是这只狗,挡在我们家门口快两小时了,你
　　　　什么时候加班回来啊,我出不了门啊,我最怕狗了。

　　　　[张三录好小视频,给李四微信发过去。几秒钟后,叮铃铃,
　　　　张三手机响了。李四拿着手机出现在舞台一侧,给李四一
　　　　束顶光。

李　四　喂,三儿。

张　三　(着急地,软弱地)喂,四儿啊,你这个电话太及时了,微信你
　　　　收到了吧? 你快回来帮帮我啊。我是物业也找了,邻居也
　　　　求了,这只狗也不知哪根神经短路了,就在我们家门口赖着
　　　　不走了。

李　四　(些许得意地)三儿,你别慌,你听我说,这只狗啊,还是只招
　　　　财狗,小区 QQ 群你今天看了吗?

张　三　没呢,咋啦?

李　四　这真是天上掉馅饼儿啊,这只狗还送上门来了。你别看它
　　　　脏兮兮的啊,它的主人出价 1 万元,在小区 QQ 群里登了
　　　　"寻狗启事"。

张　三　什么? 1 万元? 这可抵我好几个月的工资呢,我俩的房租
　　　　就不愁啦。

李　四　这可不嘛,三儿,这回你得拿出勇气了,怎么着,你都得勇敢
　　　　地把这只狗给拿下,你稳住啊,我这儿加完班就赶紧回。

张　三　(为难地)可是,我,我怕啊。

李　四　有什么好怕的,那狗难不成还能吃了你? 我的姑奶奶,那可
　　　　是 1 万元啊,整整 1 万元,无论如何,你都得把这只狗稳住
　　　　啊,千万别让它跑了啊。

　　　　[李四说完挂了电话,张三这头"嘟嘟"传来电话忙音。

张　三　喂,四儿……

　　　　[张三不知所措地在家里客厅走来走去。

张　三　这可怎么办才好呢? 呃,有了!

　　　　[张三拿起电话。

张　三　喂,麦当劳吗? 对,美丽田园 1 幢 2 单元 6 楼 4 号,一份麦

香鸡翅。

〔张三放下电话。鼓起勇气,把门开了一道缝,流浪狗立刻警觉地直立着身体,"汪汪汪"地大叫,吓得张三赶紧关了门。

〔快递小哥上。"咚咚咚"敲门。

快　递　请开门啊,你要的麦香鸡翅到了。

张　三　就放门口吧。

快　递　门口? 哪儿啊?

张　三　门口,地上。

快　递　地上? 地上可有只脏兮兮的流浪狗啊。

张　三　对,没错儿,就是给它的。你把口袋给打开啊,谢谢你咯。

快　递　(疑惑地)那,你说的哟,我可就放地上了啊,亲,记得给五星好评啊。

〔快递小哥下。

张　三　这下应该没问题了。看它吃得香喷喷地,这一时半会儿也不会走的。(咕的一声,张三的肚子叫了)唉,就是我还饿着,(自嘲地)怎么连只狗都不如。

〔张三转身在家里翻了些饼干,就着白水喝。

〔门开了,李四急匆匆地走进家门。

李　四　亲爱的,那狗呢? 你把它关哪儿了呢?

张　三　(疑惑地)不就在门口吗? 在那儿吃东西呢,我还给它点了点儿外卖。

〔李四拉开门,有些气急败坏。

李　四　(提高嗓门)你自己瞧瞧,瞧仔细了,瞧你都干了些啥好事儿。

490

〔张三探头去看，果然门口空空荡荡，只剩下吃剩的鸡骨头。

张　三　咦，去哪儿了呢，刚才还在这门口呢。

李　四　（气急败坏地）你是猪脑子吗？叫你看条狗都看不住！

张　三　李！四！有你这么说话的吗？

李　四　我说话怎么啦，1万块啊，煮熟的鸭子就这么飞了。我怎么
　　　　找了个你这么蠢的女朋友?!

张　三　（一时气结）李四，我真是看错你了，我好心好意每天给你做
　　　　好吃的，知道你上班累，不想吃外卖，我研究食谱，每天变着
　　　　花样给你做饭，你就为了一只狗，跟我们一点儿关系也没有
　　　　的一只流浪狗……

李　四　（抢着说）怎么没关系啦，我都跟狗主人说了，狗就在我们这
　　　　儿，叫他放心，今天晚上就可以来我们家拿狗，你叫我怎么
　　　　跟人交待？别人会以为是我故意把狗藏起来了，告我诈骗
　　　　也是有可能的，再说了，那1万块钱你给我啊？
　　　　〔流浪狗在他们吵得不可开交的时候，再次出现。径直大摇
　　　　大摆地从开着的门外走进房子的客厅。
　　　　〔张三和李四一齐眼光看向那只流浪狗。接着两人对视。

李　四　（有点尴尬地）你说，张三，这狗跟咱还真有缘是吧？这么多
　　　　户人家偏偏选到我们家门口蹲点儿。哎哟，准是你的魅力
　　　　大啊。
　　　　〔李四欲去捉住那只狗，未果。继续追狗。
　　　　〔张三转身离开。李四继续沉浸在追狗中，浑然不知张三已
　　　　经离开。
　　　　〔一束光给张三，灯渐灭。
　　　　〔剧终。

互　换

时　　间　某日下午
地　　点　某高级服装店里
人　　物　张　三　女,25岁,顾客,实则身份是实习卧底记者
　　　　　李　四　女,30岁,服装店老板

　　　　〔张三一身运动装、白球鞋,背双肩包,穿着很普通的样子
　　上场。
　　　　〔张三推开高级服装店的玻璃门。
　　　　〔张三进店,四下张望。

李　四　(听见推门声,停下手里正在整理的衣服,转头看到衣着普
　　　　通的张三)小姐,我们这儿不卖运动装,你走错门儿了吧?

张　三　(怯怯地)哦,是这样,我的朋友这个周末结婚,我想买件好
　　　　看的礼服。

李　四　(不屑地)礼服?(指着店里的衣服)Burerry,Cucci,Versace,
　　　　Armani,Prada,世界名牌,应有尽有,只是嘛,(上下打量张
　　　　三)我看没你能穿的。

张　三　(拉住一条裙子)这件就行啊,老板,你看我这身材不胖不瘦
　　　　的,咋会没我的尺码呢? 我肯定能穿。

李　四　人的身材嘛,是不错,这主要嘛,还是要看钱包的身材够不
　　　　够啰。

张　三　(掏出钱包,一打开,一长串信用卡亮出来)这身材,如何?

李　四　(眼睛一亮,谄媚地)哎哟,我的姑奶奶,瞧您可真会说笑,您
　　　　请上座,喝杯水,我们不着急,慢慢挑。今儿啊,我就一对

一,VIP 服务,保证您满意。

[李四引张三落座沙发,递上水,极尽殷勤之势。

李　四　小姐,您贵姓啊?

张　三　免贵姓张。

李　四　哟,一听就是大户人家的姓,还免贵姓张,多有涵养,多有礼
　　　　貌啊!那张骞、张衡、张飞、张仲景都是你们家的人才啊?

张　三　(粗暴地打断)说重点!

李　四　(唯唯诺诺地)对,对,重点。重点是,哦,对了,您是要参加
　　　　朋友婚礼,那您可来对我们家店了,我们家的礼服是整条
　　　　街,哦,不对,整个市,整个国家,哦,整个世界都独一无二
　　　　的,独家定制高级礼服,仅给(停顿一下,对张三做鞠躬的姿
　　　　势)尊贵的您。

[张三有点不自在地直了直腰。

[李四赶紧扶住一个靠背给张三递去。

李　四　张小姐,来,来,来,您请靠着,您别动,靠舒服了。我给您拿
　　　　衣服去。

[李四拿出一条金灿灿亮闪闪的裙子。

李　四　张小姐,您看这件怎么样?您穿这件啊,一定成为当天众人
　　　　瞩目的焦点。

张　三　这件太扎眼,浮夸!

李　四　对,对,对,张小姐的眼光果然清新脱俗。

[李四扔掉先前的那条裙子,又拿出一条白色鱼尾裙。

李　四　张小姐,这件您穿了绝对气质非凡、无与伦比。

[张三跷着二郎腿,鄙夷地看了看这条裙子。

张　三　这件太普通,俗气!

李　四　（点头哈腰地附和）对，对，对，这么普通的衣服，怎么配得上高贵大方、兰心蕙质的张小姐呢。

　　　　〔李四继续扔掉先前的衣服，再拿出一条裙边和袖口镶着钻石的粉色小礼裙。

李　四　张小姐，您看这件，这件绝对为您量身定做，只有您的美貌与肤色才能驾驭这条举世无双的裙子。

　　　　〔张三抬眼看了看，觉得还不错。起身打算试一试。

张　三　这件嘛，（穿上这条裙子，对着镜子照着，满意的样子）嗯，是还不错。

李　四　（连忙附和）绝对的，必须的，那简直就是专门为您打造的啊，世上仅此一件，全球精品，独一无二。

张　三　价钱呢？

李　四　明码实价，您放心，八千八百八十八，数字也很吉利哦。

张　三　这价钱不便宜啊。

李　四　贵是贵点，这不世界名牌嘛，纯手工制作，那是相当值啊。

张　三　（大方地递上信用卡）喏，刷卡吧。

李　四　（开心不已地接过卡）张小姐的眼光非比寻常啊，一下就看中我们店的镇店之宝。穿在您身上，真是漂亮极了。

　　　　〔李四刷完卡，递给张三。

　　　　〔张三转身正要离开。

张　三　哎哟。

李　四　怎么啦，张小姐？

张　三　你看我这吊牌都还没取就出门了，别人看了还不笑话我。

李　四　张小姐，您别动，怎么能劳您大驾呢，我来，我来。

　　　　〔李四帮张三剪下吊牌，递给张三。

494

张　三　（接过吊牌）不对呀，你这不世界名牌 Prada 吗？怎么牌子上写的 Brada？

李　四　张小姐，这就是您的孤陋寡闻了，Brada 就是 Prada 的子公司啊，我们店销售的一律是正宗名牌，童叟无欺。

　　　　〔李四一边说着一边推着张三往店门口走。

李　四　张小姐，您就放心好了，绝对的世界名牌！全球精品！独一无二！

　　　　〔张三被推搡着往外走的时候，一不小心脚扭了一下，裙边"噗呲"一声拉出一个口子，镶的钻石也掉落下来。

张　三　（惊讶地）这，这，这是什么意思啊？什么质量啊？

李　四　（换了一副恶狠狠的态度）张小姐，你要搞清楚啊，这人为损坏，出柜离店概不负责啊。

张　三　这，这，不是，（张三有点结巴，不知所措）老板，您贵姓啊？

李　四　姓李，怎么着？

张　三　（唯唯诺诺地）李老板啊，一听就是大户人家的姓啊，那李耳、李冰、李白、李世民都是你们家的人才啊？

李　四　（粗暴地打断）说重点！

张　三　（弱弱地）李老板啊，您看，我们能不能商量商量，我这不是还没走出你家店门口吗？

李　四　那又怎么着？我问你啊，这衣服你付钱了吗？

张　三　付了啊。

李　四　衣服你穿上了吗？

张　三　穿上了啊。

李　四　这不就结了吗？赶紧走，别耽搁我做生意。

张　三　不是，李老板，您好歹讲下道理啊。

李　四　我刚刚不是把道理给你讲了一遍吗？钱你付了，衣服你穿上了，这不说两清了吗？

张　三　可是哪有还没出门裙子就破了、珠子就掉了的道理？（央求地）李老板，求求您给换一件新的，我周末还得参加朋友的婚礼啊。

李　四　（凶巴巴地）我不是告诉过你了吗？这礼服裙，世界名牌！全球精品！独一无二！我上哪儿给你找件一模一样的换啊？

张　三　（软弱地）那李老板，你行行好，给我退钱成不？

李　四　（强硬地）退钱？你想得美！这裙子你是人为损坏，我这儿监控都盯着呢，你别想讹我。

　　　　〔张三朝着监控摄像头看了一眼。

张　三　（换了一副强硬的面孔）敢情你这假冒伪劣商店还自个儿安了监控啊，我还劳神费力用微型摄像机录下了全过程。李老板，早就有人投诉你这家店有问题，冒充名牌、漫天喊价、质量低劣，现在证据确凿。我是电视台记者，你就等着曝光吧！

　　　　〔张三下。李四快步跟随。

李　四　（央求地）张小姐，我说，张大小姐，您等等啊，我们商量商量……

　　　　〔李四下。

　　　　〔剧终。

万字剧

校史剧·桃李芬芳

时　间　1946—1956 年

地　点　三台、南充、成都狮子山

人　物　杨正德　　男,18 岁到 28 岁

　　　　汪蓝贞　　女,18 岁到 28 岁

　　　　李季伟　　男,47 岁

　　　　徐老板　　男,50 岁左右,盐场老板

　　　　陈老板　　男,50 岁左右,盐场老板

　　　　金老板　　男,50 岁左右,盐场老板

　　　　王老板　　男,50 岁左右,盐场老板

　　　　乡　亲　　男,60 多岁,三台县农民

　　　　小男孩　　男,8 岁,乡亲的孙子

　　　　班　长　　男,18 岁,在南充读书时的学生

　　　　学习委员　女,18 岁,在南充读书时的学生

　　　　蒋老师　　男,40 岁,成都狮子山校区的中文系系主任

　　　　刘晓丹　　女,18 岁,在成都狮子山读书时的学生

　　　　王建军　　男,18 岁,在成都狮子山读书时的学生

　　　　众学生

序　抗战胜利

［时间:1945 年 8 月。

［地点:四川三台,学校门口。

〔广播里传来抗战胜利的消息,舞台上汇聚着学生。

学生1 (手拿报纸)同学们,同学们,抗战胜利了,日本人投降了!

学生2 (抢过报纸)真的吗?消息确定?

学生1 千真万确,我已经看了好几遍,哪能有假?

学生3 快给我们念念啊。

学生2 (轻咳几声)朕深鉴于世界之大势与帝国之现状,欲以非常之措置,收拾时局……

学生3 别文绉绉的啦,还"朕"什么"朕",输了就是输了,你倒是说说重点啊。

学生2 你急什么急啊,这八年的全面抗战,靠的是什么?持久和耐力啊。所以说,这重点就是——日本天皇向全日本广播,接受波茨坦公告、实行无条件投降,抗日战争胜利啦!

学生4 抗战真的胜利啦,那我们是不是就可以回家啦?

学生5 对啊,东北大学流亡到四川三台整整八年了,(难过地)我都不知道我们家变成什么样了,还在不在了。

学生4 (抹眼泪的样子)我也想俺爹俺妈了!

学生3 (急急地)快别哭了,得这闲工夫,不如赶快回去收拾行李。

学生4 (破涕为笑)说得对,俺先给家里发份电报回去。要回家咯!

〔舞台暗,众学生下。

第一场　筹划保校

〔时间:1946年4月初的一天上午。

〔地点:李季伟办公室。

〔幕启,全场灯亮。

杨正德 (走进办公室)老师,您的文章我看过了。

李季伟	（抬起头，停下手中的笔）哦？哪篇文章？
杨正德	今天《川北日报》上登的，《国立东北大学迁移后三台高等教育当如何调整刍议》。
李季伟	（若有所思）哦，是啊，你怎么看？
杨正德	老师说："唯有继东北大学而兴办单独学院乃能得相当之解决"，我觉得您说得很对，这学校不能荒，这教育不能不办。
李季伟	是啊，东北大学从去年开始陆陆续续回迁之后，这半大的校舍虽说有点人去楼空的感觉，但毕竟还有不少物件在，人在，地在，要是这学校真就没了，岂不可惜了。
杨正德	对，老师，我想和你一起把学校办下去。
李季伟	可是，你东北老家的父母不是在催着你回去吗？
杨正德	父母那边我会解释的，他们也会理解我，我还有一年就毕业了，我想留在三台县，跟着老师继续把学业完成，把学校继续办下去。
李季伟	那小汪她，也……
杨正德	对，蓝贞同意和我一起留下来，抗战这几年，我们一起辗转从沈阳到北平到西安再到三台，三台能有现在的办学规模实属不易，再说，我还是大一孩子们的代理班主任，把他们带到一半儿就扔下，我也舍不得。
李季伟	我明白。唉，我又何尝不想把学校继续办下去呢？但说起来容易做起来难啊。首要的问题就是一个字——"钱"，钱从何来，没钱办不了事啊。
杨正德	我们去募捐！同学、乡亲，一个人的力量小，汇集所有人的力量就大了。
李季伟	正德啊，我知道你有一腔热血，可是这抗战结束，是满目疮

痍啊,谁还有多余的钱来办校办教育啊。找同学和乡亲们募捐,恐怕也捐不了多少啊。

杨正德 那李老师,我们总得想办法啊……

李季伟 你别急,这几天我一边写文章一边也在思考,我们自己的力量非常有限,必须调动身边更多的县、更多的人,我考察过了,如果川北 36 县和盐场肯帮忙的话,学校一定能存活下来。

杨正德 对,李老师,我们就把盐场主们邀请到一起,他们有钱,可是比咱普通老百姓有以一抵百的效果。

李季伟 好,这事儿就这么定了。眼下已经四月,如果想九月开学招生,新学校继续办下去,已经不到半年时间,我们得抓紧了!正德,你来,(李季伟一边提笔一边说到)我写封信,你负责送到,我们就定在这个月 20 日先小范围把这几位盐场主的思想工作做通,后面的工作就好开展了。

杨正德 (接过书信)行,李老师,您放心,信,我一定送到。

〔灯渐暗,第一场结束。

第二场 三台保校

〔时间:1946 年 4 月 20 日。

〔地点:一家茶馆。

〔幕启,全场灯亮。几位盐场主围坐着在喝茶。今天要到场的最后一个盐场主来了,李季伟迎上去。

李季伟 (拱手道)徐老板,有失远迎,快,快,请坐,请坐。

〔徐老板走进茶馆,与其他几位相识的盐场主互相拱手打招呼。

徐老板	季伟兄,你的号召力大啊。
李季伟	哪里哪里,都是大家赏光,给李某这个面子。老板,再来碗上好的飘雪。
	〔徐老板落座。
李季伟	诸位,今天既然大家都来了,我也就不拐弯抹角了。
陈老板	直说的好,直说的好。
金老板	好说,好说,只要不提钱,什么都好说。
王老板	老金啊,我看你是哪壶不开提哪壶。
李季伟	(抬手让大家安静)国难当头,虽说抗战胜利了,但是如今这局面大家也都看到了,东北大学是抗战期间第一所流亡大学,幸而有郑县长鼎力支持,在三台扎下根来。这八年在三台,艰苦卓绝,励志笃学,影响深远。然,时值抗战结束,东北大学要回迁沈阳,而留下的校舍、教室、教具等有形资产在二万万元以上,无形资产的价值更难数计。这学校要是荒废了岂不可惜?
	〔伙计倒茶上。
伙 计	老板,您慢用。
	〔伙计下。
徐老板	(喝了一口茶,放下茶杯)季伟兄说得在理,东北大学自从在三台办学,也影响了这一带的教育啊。
陈老板	是啊,我家孩子命好,没承想也能读大学了。
王老板	对,对,这学校教育事关重大,即便战乱也绝不能荒废。
李季伟	诸位如果也赞同继续办学的想法,那么,眼下迫在眉睫之事,就是这筹措的资金……唉,捉襟见肘啊,九月就要开学,我们现在是连招生的宣传广告都印刷困难啊。

杨正德	老师自己也已经很久没领工资了,奔走多日,劝说多位教授留下继续任教,我们学生当中也有大约三分之二的人愿意继续留下来。
徐老板	这位是?
李季伟	哦,忘了跟各位介绍,这是我的学生杨正德,也是随东北大学内迁来的,愿意留下继续办学。
杨正德	徐老板好,我去您府上送过信,刚好您没在家,就交给了管家。但早已久闻徐老板为人仗义,慷慨大方,我们之前也受过您的恩惠。
徐老板	(摆手道)别,别,别,你就别给我戴高帽子了,这世道啊,现如今不好过啊……
金老板	是啊,季伟兄,如今我们盐场连工人的工资也快发不出去了。
陈老板	物价飞涨得太离谱。
王老板	我们手头上也缺现钱啊。
李季伟	(拱手道)诸位的情况我也知道,但俗话说"瘦死的骆驼比马大",还望各位鼎力相助啊。
	〔几位盐场主面面相觑,一阵沉默,顾自喝起茶来。
杨正德	(着急地)几位倒是说话啊!
李季伟	(阻止杨正德的不礼貌)正德!跟长辈们说话要有礼貌。(转头对盐场主们)诸位见谅!正德也是一时着急。这眼看着东北大学搬的搬,拆的拆,学生们也人心惶惶,不知道还有没有书读啊。
徐老板	季伟兄,不是我们不帮忙,这如今我们也是"泥菩萨过河自身难保"啊。

[几位盐场主频频点头附和。场面再次陷入僵局。

[一位三台县乡亲带着一个小男孩,提着一篮子茶叶蛋和一袋米上。

乡　亲　(气喘吁吁地)李老师,我总算找到你了。

李季伟　老人家,你别急,慢慢说,喝口茶。

乡　亲　我能不急吗? 听说学校不办啦? 李老师您也要走了吗?

李季伟　目前办学是有很多困难啊。

乡　亲　这再困难也不能让学校关门啊,我不懂什么大道理,我只知道教书先生要走了,乡亲们委托我,这是我们挨家挨户凑的茶叶蛋,还有这米,都是乡亲们的一点心意,这几年,我们感谢你们来这乡下教书,这些大学生们,也常来帮我们写写信,读读报,你看,我这孙子,眼瞅着到了可以考大学的年龄了,就想读你们学校啊。怎么说走就要走了啊……

小男孩　爷爷,你别难过,没书读了,我这儿不是就可以帮你下地干活了吗? 你也免得太劳累。

杨正德　老伯,你先坐,我们今天就是来商议想办法的。

李季伟　老人家,你的心意我们领了,这茶叶蛋和米,我不能收。现在是困难时期,这点粮食对你们来说想必也是非常不容易的。你看,今天来了这么多盐场主,就是在帮我们想办法保住三台县的这个学校啊。

乡　亲　这话当真? (对着盐场主作揖)那可要感谢各位的大恩大德咯,你们这样做,那真是功德无量啊!

小男孩　爷爷,如果有书读,我一定好好读书,将来好孝敬您老人家。

杨正德　老伯说得是,再穷不能穷教育,把三台的教育办下去,那是利在当代、功在千秋的事业。

〔几位盐场主有点坐不住的样子。

徐老板　（激动地站起来）好一个"利在当代、功在千秋"！这位小伙
　　　　子说得好，我徐某人是勒紧裤腰带也要把这钱捐了！支持
　　　　办学！季伟兄，这学校要好好办下去啊！

李季伟　（拱手道）徐老板，季伟在此谢过，你的大义果然名不虚传。

徐老板　（回敬拱手）季伟兄过奖过奖。

陈老板　徐老板如此仗义，我家孩子要是没书读了，那还不跟老子急
　　　　啊。这钱我也捐，学校不能废啊。

王老板　（不甘示弱地）那也算上我王某人一份，我，我捐一万担
　　　　黄谷。

金老板　（慢悠悠地）来之前就知道这恐怕赴的是场"鸿门宴"啊，季
　　　　伟兄是醉翁之意不在酒。

李季伟　金老板说笑了。

金老板　不过嘛，季伟兄办教育的这份心力，我金某人是看在眼里，
　　　　记在心里。你自己不拿薪水，还掏出个人积蓄垫付校舍维
　　　　修款项，一心为教育，为学生，金某人佩服、佩服啊。

李季伟　金老板是刀子嘴豆腐心，如若不关心教育，这些许小事，你
　　　　又怎会知晓。所以，今天才会请金老板前来，我相信，你不
　　　　会对三台县的教育置若罔闻。国立东北大学因复员而迁移
　　　　以后，三台高等教育应该继之而兴办"私立川北农工学院"，
　　　　这不仅是川北一隅之幸，全川之幸，还是全国之幸也。

金老板　季伟兄所言甚是。我金某人定当倾囊相助！

杨正德　谢谢各位老板！学生能在此见证，实属荣幸，今日各位为地
　　　　方兴学之事，必将成为历史美谈，源远流长。

小男孩　爷爷，我一定好好读书，跟大哥哥一样，去读大学。

乡　亲　好,好,我的乖孩子,有出息了! 爷爷高兴!

李季伟　各位,我李季伟在此感谢各位捐资助学,以茶代酒,先干

　　　　为敬!

　　　　〔几位盐场主一同举杯,干了。暗场。

　　　　〔大屏幕上出字幕:1946 年 5 月 16 日,私立川北农工学院承

　　　　东北大学之脉,诞生于三台,东北大学为四川师范大学校史

　　　　最基本、最悠久的历史渊源。1946 年 5 月 16 日也成为四川

　　　　师范大学的诞生日。

第三场　南充建校

　　　　〔时间:1950 年。

　　　　〔地点:南充市小西街校园内和教室里。

　　　　〔幕启,前景一束顶光打在汪蓝贞和杨正德身上。

汪蓝贞　正德,东北老家又来信了,你看当初你说要留一年把学业完

　　　　成,这一年又一年的,从班主任助理到年级辅导员,一晃四

　　　　年都过去了,到底什么时候走啊?

杨正德　蓝贞,不是我不走啊,这兵荒马乱的,要走谈何容易? 再说

　　　　了,李老师是我的恩师,现在正是他需要我留他身边帮助他

　　　　的时候啊。

汪蓝贞　那你就不为我们考虑考虑吗?

杨正德　我们,我们不是好好儿的吗?

汪蓝贞　我,我们,什么叫好好儿的,我算什么? 你的同学? 同事?

　　　　还是……

杨正德　(握住汪蓝贞的手)蓝贞,我这个人嘴笨,也不知道怎么跟你

　　　　说,我以为你是知道的,我,我想跟你一辈子在一起。

汪蓝贞 正德……

杨正德 蓝贞,等这阵子并校的事情忙完,我们就结婚好吗?

　　　　〔一学生急匆匆跑上台。

学生1 (喘着气)杨老师,杨老师,不好了,不好了,你快去教室看
　　　　看啊。

杨正德 怎么了?你别急,发生什么事儿啦?

学生1 你班上的学生,都快打起来了。

汪蓝贞 正德,你快去看看,先忙正事儿。

杨正德 好,蓝贞,我去去就回,你等着我。

　　　　〔前景顶光收,后景灯亮,教室的布景。汪蓝贞下,杨正德跟
　　　　着学生朝教室走去,远远地就听到争吵的声音。

学生2 你们还是乖乖地回山里边上课好了,何必来跟我们凑热闹。

学生3 你这人怎么说话的啊?你以为我们想来啊?

学生4 就是,我们在西山,景色宜人,空气又好,谁稀罕到这破县城
　　　　来上学!

学生5 说得对,不仅教室差,连宿舍也借住在城隍庙里,真是让人瘆
　　　　得慌。

学生6 不稀罕,住不惯,就赶紧走!

学生3 走,往哪儿走?你们现在把我们赛云台的地也占了,改做川
　　　　北大学的教室,现在叫我们走,真是强盗逻辑。

学生7 你骂谁强盗呢?

学生3 心知肚明!

学生6 喂,什么叫心知肚明?!我说你们叫不知好歹。从山里头跑
　　　　县城里上学了,白白捡了个大便宜。

学　生　5 这样的便宜不要也罢,我们每天上课走好几里路,来回奔
　　　　波,还不如从前。

学　生　2	要是觉着不好，赶紧收拾铺盖卷儿走人，没人留你！
学　生　6	对，赶紧走，要不山里头的地，该荒啰。
学　生　7	乡下人，从哪儿来回哪儿去吧。
学　生　3	你们真是欺人太甚！
学　生　4	就是，欺人太甚，还好意思说自己是大学生！
学　生　5	别跟他们废话。

〔学生 5 撸起袖子要做打状，学生 1 带着杨老师跨进教室。

学　生　1	（拉住学生5）别，别，别，有事儿好好说，大家都是一个班的。
杨　正　德	大家静一静，静一静。这究竟是怎么一回事啊？班长，你来说说，你怎么也不管管这班级秩序？今天下午不是班会活动吗？
班　　　长	杨老师，您误会我了，您没来之前，我劝了的啊，可劝不住啊。
学习委员	杨老师，这我可以作证，班长确实劝了的，可是这以前私立川北大学和私立川北文学院的同学就是互不相让，我们也没办法啊。
杨　正　德	各位同学是新中国成立以后的首届大学生，大家要珍惜这样难得的读书机会啊。
班　　　长	是啊，五湖四海皆兄弟，何况，私立川北文学院一年前就并入私立川北大学，说起来也是有渊源的。
学习委员	大家能聚在一起读书，那是十年修得同船渡、百年修得共枕眠的缘分啊。
杨　正　德	班长和学习委员说得没错，我们一是要珍惜这样难得的

缘分,二是私立川北大学和私立川北文学院的合并也是遵照党中央的指示进行的整合,为发展学科更为完善更为系统的综合性大学所做的准备。我们成为其中一员值得骄傲和自豪啊。

〔在场的其他同学点头应和。

杨正德　　目前的困难是暂时的,只要我们齐心协力,学校一定会越来越好。现在学校划归川北行政公署直接管辖,有专项拨款,桂花坪的 30 亩地、西桥头的 50 亩地都在建设中,住宿条件差、校舍分散凌乱的情况很快就可以得到解决。

班　　长　　是啊,不看牌子看货色;对两校学生同等对待,一律参加甄别考试。这三条指示,我们要牢记在心啊。

学习委员　　对两校学生同等对待,我们的老师、我们的兄长,都是这样做的,反而我们自己一个班的同学却做不到了。

〔刚才争吵的几个同学有些愧疚地低下了头。

学　生　2　　杨老师,我先道歉,事情是我先挑起的,我不该嘲笑山里边,哦不对,是从川北文学院来的同学。

学　生　5　　杨老师,也不全是这样,是我先抱怨这里吃不好住不好。怪我怪我,一直在抱怨,看不顺眼。

学　生　3　　还有我,我还骂他们是强盗土匪,霸占我们的地。

学　生　7　　杨老师,我也骂了他们是乡巴佬。

〔杨老师微笑着和蔼地看着大家。

杨正德　　同学们,这就对了嘛,敢于承认错误,你们呀,这也是不打不相识。

学　生　5　　杨老师说得对,我还真就差点打上了。

〔同学们笑,气氛缓和。

班　长　嘿,杨老师这是打个比方,你还真实诚。

杨正德　同学们啊,我们不管从哪里来,现在两校合并,我们就是一家人,都是公立川北大学的一分子,努力学习,不断充实提升我们的知识储备,为这百废待兴的新中国做出自己应有的一份贡献,才是当务之急啊。

　　〔同学们鼓掌叫好。

学生5　对,对,都是一家人,一家人。

学生2　从我做起,努力学习,团结同学。

班　长　说得好!那咱们的班会活动是不是该继续进行啊,我们不妨就把今天的班会主题定为"学习方法与学习经验交流",大家互相多交流才能有进步!

学生们　(齐声)好!

　　〔灯光渐暗,大屏幕上出字幕:1950年7月15日,私立川北大学和私立川北文学院合并成立公立川北大学,两校学生于9月15日在南充市小西街新校址报到注册。9月,"公立川北大学"改称"川北大学",1952年,全国院系调整,四川大学、华西大学部分专业,以及川东教育学院(原乡村建设学院)并入川北大学,并正式更名为"四川师范学院",从此四川师范学院为我国基础教育输送了大量师资,为祖国的建设培养了众多专业人才。

第四场　课前风波

　　〔时间:1956年。

　　〔地点:成都狮子山校区。

　　〔幕启,杨正德老师宿舍,杨正德正在备课。

汪蓝贞　（端水杯上）正德，喝口水再接着备课，也别把自个儿累坏了。

杨正德　（从书桌上抬起头）快了，我再看一小会儿，毕竟明天是我第一天上讲台，面对新的年级新的班级，要给他们留下好的印象。

汪蓝贞　好，好，这我当然知道，你从代理班主任到辅导员，明天终于可以正式作为一名授课老师站在讲台，我当然明白这对你意义重大，可是你也不能还没上讲台呢，水也不喝一口，嗓子都干得说不出话来了。

杨正德　（咳了一声，放下手中的书，端起水）好，听你的，蓝贞。（喝了水，放下水杯顿了顿）还记得六年前在南充的校园，你说要走，（握住蓝贞的手）谢谢你，留了下来，这些年，多亏有你在我身边，一直鼓励我照顾我。

汪蓝贞　今天怎么这么多愁善感起来啊，不说是老夫老妻，也结婚好几年了，从没听你这么正式的，谢来谢去。

　　　　〔汪蓝贞甩开杨正德的手，笑了笑，给杯里续水。

杨正德　要谢的，越是亲密的人有时候我们越是忘了说声谢谢。你跟着我远离自己的家乡，在四川一待就是整整十三年啊，从三台到南充，如今又到了成都东郊狮子山，总在纷纷乱乱的日子里，连个像样的婚礼也没给你。

汪蓝贞　你这该谢的啊要欠的啊，我看怎么也还不上了。就像我，对父母的养育之恩，是无论如何也还不清啊。（蓝贞有些沮丧）

杨正德　蓝贞，等这学期的课业结束了，学校在成都狮子山也扎下根来，不会再搬迁了，我们寒假的时候就回东北，回老家住上一个月，好好儿地陪陪父母。

汪蓝贞　这话当真?

杨正德　当然,回老家,我们再热热闹闹儿地把乡亲们请一请,正式
　　　　地盛大地办一次婚礼。

汪蓝贞　那是再好不过。(推杨正德回到书桌前)正德,你快备你的
　　　　课,备完了也好早点休息。

　　　　[杨正德坐下,汪蓝贞好像听到门外有争吵的声音。

刘晓丹　蒋老师,凭什么我们班就派个"新手",隔壁班就是德高望重
　　　　的杜老师上课?

王建军　对啊,这不公平。我们是代表全班同学来坚决反对这件
　　　　事的。

刘晓丹　对,我们坚决反对。

王建军　我们也要杜老师给我们上课。

刘晓丹　是啊,这不明显歧视我们班吗? 凭什么啊。

蒋老师　同学们,你们这样气呼呼地也不是办法,课表已经排了,杨
　　　　老师的面,你们都没见,不要过早妄下结论。杨老师也是一
　　　　位很有学问的好老师。

刘晓丹　蒋老师,你就别替他说话了,我们都听说了,杨老师就是个
　　　　辅导员。

王建军　是嘛,辅导员怎么能给我们上课呢?

　　　　[杨正德在隔壁房间听到争论,如坐针毡,想去隔壁解释,被
　　　　汪蓝贞拦下。

蒋老师　同学们,杨老师当初也像你们这么大的时候,从东北大学流
　　　　亡到川内,跟当时很多师生一样,他们是最早的一批拓荒
　　　　者,他们热爱教育、热爱学校、热爱学生,他们孜孜不倦努力
　　　　学习。我想,这样的老师,无论是品行还是学识,都足以配

得上这三尺讲台。

刘晓丹　这可是你一家之言。

王建军　我们是代表全班 40 个人的言论。

蒋老师　系上是这么安排的,也代表我们全系的老师都认可杨老师
　　　　的教学。同学们,你们看,明天就是新学期第一堂课,我们
　　　　听听杨老师的课再做决定好不好,否则,这么闹到大半夜也
　　　　不是个解决办法。

　　　　〔刘晓丹和王建军互相看了看对方。

刘、王　好。

刘晓丹　我们就听一节杨老师的课。

王建军　如果不行嘛,我们还是要坚决换老师。

　　　　〔杨正德拿起书又放下,重重地叹口气,汪蓝贞拍拍他的肩。
　　　　灯渐灭。

第五场　狮山育人

　　　　〔时间:1956 年。接上一场的第二天。

　　　　〔地点:成都狮子山校区。

　　　　〔幕启,简陋的教室里。有读书的,有说话的,有打闹的学生。

王建军　大家安静了,安静了。上课时间就快到了。杨老师就快
　　　　来了。

同学 1　不是说换老师吗? 怎么还是他?

同学 2　是啊,他的课我可不上。你们班长、学习委员怎么当的啊?
　　　　到底有没有跟系主任表达到我们的集体意愿啊?

同学 3　集体意愿? 我看,不见得吧,我可没这么说。

同学 4　就是,老师还没来呢,用不着这么咄咄逼人吧。

刘晓丹　大家别争了,同学们的意见,我和班长都跟系主任表达了,今天这堂课的老师肯定是换不了,大家既来之则安之,都好好儿上课吧。

[杨正德推门进,教室里吵闹的声音逐渐安静下来。

[杨正德进门后,放下手中的教材,深深地鞠了一躬。

刘晓丹　全体起立。

[同学们起立。

同学们　老师好!

杨正德　(抬起身)同学们好,请坐。今天我们要学习的是郭沫若先生的诗作《凤凰涅槃》。

[杨正德转身在黑板上写下几个遒劲有力的大字。

杨正德　(杨正德拿起课本开始朗诵)除夕将近的空中,飞来飞去的一对凤凰,唱着哀哀的歌声飞去,衔着枝枝的香木飞来,飞来在丹穴山上。山右有枯槁了的梧桐,山左有消歇了的醴泉,山前有浩茫茫的大海,山后有阴莽莽的平原,山上是寒风凛冽的冰天。

[杨正德激情澎湃地朗诵诗篇。学生们被感染,从小声到大声跟随老师朗读。

[课文读罢,有同学们议论纷纷的声音。

同学3　(对他的同桌说道)杨老师的嗓音真好。

同学4　嗯,杨老师读得铿锵有力,根本不像是第一次上讲台。

杨正德　同学们,郭沫若的这首《凤凰涅槃》选自他的诗集《女神》,当年被鲁迅誉为"中国最杰出的抒情诗人"的冯至在谈到郭沫若时说,"有了《女神》,我才知道什么样的诗是好诗,我对于诗才初步有了欣赏和批判的能力;有了《女神》,我才明确知道一首诗应该写成什么样子"。同样的,闻一多先生也对郭沫若的诗歌佩服有加,他说"生平服膺《女神》几近五体投地"。我们在朗诵完全诗之后是不是有一种回环复沓、汹涌澎湃的感觉呢?

同学1 这大概就是古人所说的"如余音绕梁不绝于耳"吧。

杨正德 这位同学形容得很对,而这样的"余音绕梁"的效果又是如何靠诗歌营造出来的呢?

同学3 老师,我知道。(快速举手急切地回答)靠诗歌中翻来覆去相同的话。

　　〔同学们一阵哄笑声。

杨正德 (作安静的手势)同学们不要笑,这位同学说得很朴实,这其实啊,就是郭沫若诗歌中所使用的"反复体"和"叠句体"。

　　〔同学们认真地点头,一边听一边做笔记。

杨正德 你们看啊,我们刚才读到的序曲中的"山右有枯槁了的梧桐,山左有消歇了的醴泉,山前有浩茫茫的大海,山后有阴莽莽的平原,山上是寒风凛冽的冰天。"这就是"叠句体"。"凤歌"当中的诗句:"我们飞向西方,西方同是一座屠场。我们飞向东方,东方同是一座囚牢。我们飞向南方,南方同是一座坟墓。我们飞向北方,北方同是一座地狱。"这就是"反复体"。诗句回环复沓,反复咏叹,东南西北,四面八方,无一遗漏,节奏缓中有急、诗节复沓往返,情绪自由消长,既层层荡漾又环环相扣。

同学2 老师,我有问题,郭老先生当时是怎么想出这些重重叠叠又反反复复的句子啊?

杨正德 这位同学提的问题非常好,这也正是我接下来要讲到的郭沫若先生创作这首诗时的一个创作背景。据他自己在自述文章《我的作诗的经过》里说啊,《凤凰涅槃》是在一天之中分成两个时期写出来的。上半天在学校的课堂里听讲的时候,突然有诗意袭来,便在抄本上东鳞西爪地写出了那诗的前半。在晚上行将就寝的时候,诗的后半的意趣又袭来了,伏在枕上用铅笔只是火速地写,全身都有点作寒作冷,连牙关都在打战。就那样把那首奇怪的诗也写了出来。但由精神病理学的立场看来,那明白地是表现着一种神经性的发作,那种发作大约也就是所谓的"灵感"吧?

同学2 嘿,老师,像你这么说,我要有怎样的"灵感"才能写出像郭老这样的神来之笔呢?

〔同学们又一阵哄笑。

〔这时,站在窗外旁听的蒋老师被同学们发现了。

王建军 (作制止状)别笑啦,蒋老师来了。

刘晓丹 蒋老师,你别站在门外啊,快进来啊。

蒋老师 (进门,给杨老师作拱手状)杨老师,不好意思,我这儿打扰啦。我是听到啊,这教室里欢声笑语的,忍不住进来看一看。

刘晓丹 (快言快语的)蒋老师,您这不是忍不住,是早有预谋吧。(晓丹转身对杨老师说)杨老师,我们跟您道歉,(深深鞠了一躬)对不起,昨天晚上,我和班长一起跑到蒋老师那里告您的状,蒋老师肯定是不放心我们,过来看看。

王建军 对,杨老师,我也要道歉,我们不信任您,昨天晚上去蒋老师那里强烈要求换老师。

杨正德 (温和地微笑着)我知道。

刘、王　啊,您知道?(互相对看一眼)您怎么知道的啊?

杨正德　呵,我们那儿的小红楼啊,屈老师留声机里的川剧名段,杜老师吹奏的箫声,蒋老师偶尔的几嗓子美声,可都是我们共赏的一道风景啊。

蒋老师　看看,你们这帮孩子,我说得没错吧?杨老师无论品行还是学识,都足以配得上这三尺讲台。(转身对杨老师)原来,你昨晚就听到了……

　　　　[同学们面面相觑,很不好意思。

杨正德　是的,我昨晚就知道,我更明白"学高为师身正为范"的道理,同学们的怀疑和顾虑,我完全理解,我昨晚没有站出来解释,是希望用我的行动去化解,去证明,去得到认可。

刘晓丹　杨老师,对不起!

王建军　杨老师,我们知道错了。

杨正德　没关系没关系,不用道歉,正是有你们的怀疑,才促使我更努力地去提升自己,所谓教学相长,就是这个意思。

同学1　杨老师,我也怀疑过你,不过,我们现在都支持你,大家说对不对?

　　　　[同学们纷纷表示支持。

蒋老师　杨老师,您的课堂,您请!

杨正德　(拱手表示对蒋老师的谢谢)蒋老师,谢谢您!(转身对着学生们)同学们,我们继续上课!

　　　　[音乐起,背景里杨老师继续给同学们上课。渐暗。

　　　　[灯光渐暗,大屏幕上出字幕:1956年8月,四川师范学院正式搬迁至成都东郊狮子山,原专修科各专业留在南充成立南充师范专科学校,1958年改为南充师范学院。1964年,

原成都大学(现西南财经大学)数理化三系师生并入四川师范学院。1985年6月28日,四川师范学院正式更名为四川师范大学,学校由此走上新的发展阶段。

[字幕播放完毕,灯灭。

[灯起,四川师范大学校歌起,大屏幕上播放新时期学校发展的照片、视频,播放视频时,演员谢幕。

[剧终。

编剧：罗雪叶

百字剧五则

妈妈的高跟鞋

7岁的小沐带着几个好朋友，偷偷拿出妈妈的高跟鞋，准备在院子里穿妈妈的高跟鞋。她们摇摇晃晃踩着妈妈的高跟鞋。穿着随意素颜妈妈们出现，打开了包包，妈妈们开始了她们和熊孩子们的日常。

女人书

不寻常的女性文字女书之家，一群待字闺中的女孩们因为二姐突然怀孕而沸腾。保守的少数民族女性，二姐以女书方式将怀孕的秘密记下来，书稿遗失，秘密即将暴露。女孩们为保守住未婚先孕的二姐，每个人都把肚子塞大。直到二姐的男朋友把她娶回家中。

军 规

某大学里迎来一批大一学生，为期一个月的军训开始。娇娇女其实并不柔弱，对军人有无限崇拜的万里、经历过十年前汶川地震的雷子,在一次他们以为的军事演习中打开了他们的记忆故事。当他们穿着迷彩服笔直地站在操场上时,那是新时代的朝气与力量。

柳宗元

柳宗元被贬永州,救起异蛇。异蛇重生五彩池边,幻化成人前来报恩。每七日五彩池洗涤,不然会蛇形突变。老渔翁捕蛇,异蛇以血救命,渔翁远走他乡,异蛇远远守望,柳宗元客死他乡。

爱晚亭

山长罗典(书院院长),拒收来求学的学生,三次拜访而拒不相见。书生做文章讽刺山长不爱惜晚辈,罗往往与书生情定爱晚亭。罗典反对女儿婚事,爱晚亭上,罗典改名。

千字剧三则

张三借钱

时　间　现代

地　点　李四家

人　物　张　三　30 岁创业青年

　　　　李　四　30 岁创业成功的青年

　　　　李四妈　50 多岁

〔幕启：李四家的客厅，李四妈妈在包饺子，李四在剁肉馅。

李　四　妈，醋还有吗？

李四妈　没了，酱油也没了，你看妈这记性一天比一天差，你快去小区门口的小卖部买。

李　四　妈，您听着点门，张三前两天打电话来说，今天要上我们家来一趟，可能是为了还十年前咱家借他的那 10 万块钱。

李四妈　（愣住）三儿要来啊？

李　四　（边穿着衣服，边往外走，走到妈妈身前停住）妈，您今天得帮儿子一个忙，无论如何让三儿把钱还我。

李四妈　（停下）这怎么帮？没法帮。

张　三　妈妈，您把他当亲儿子也不行，这有借有还。

〔李四下。

〔张三上。

［叮咚，叮咚，敲门声响起。

李四妈　（开门）来了，来了。快进来，快进来。

张　三　阿姨好。这是我带来的大蹄髈。

李四妈　（打量，对观众）像，越看越像。

张　三　我像大蹄髈吗？阿姨。家里吃饺子吗？

李四妈　三儿，你饿了吗？阿姨先给你煮。

张　三　好，谢谢阿姨，阿姨我喜欢吃醋，您多给我醋。

李四妈　好，来。来，你高，帮阿姨把醋拿下来。

张　三　真行，阿姨，您把醋放这么高。

李四妈　三儿，你四哥说你这次来还钱的，你有那么多钱了吗？

张　三　（拿醋的手停下来）阿姨，我，阿姨，不瞒您说，要过年了，我
　　　　欠了很多工人的钱都还没付，四哥这边的钱，您能帮我——

李四妈　别急，有困难找阿姨，找你四哥。农民工人的钱不能欠啊，
　　　　都是辛苦血汗钱。

张　三　您能帮我劝劝四哥，再借我 10 万吗？让我把工人钱付了。

　　　　［李四急上。

李　四　妈，妈，您真觉得您是灭火器啊？还有困难找阿姨，有困难
　　　　找四哥？有困难应该找警察。

张　三　哥。

李　四　舍得出现了啊，这家里一包饺子你就准出现。哦，不，想要
　　　　你出现，就只能逼你还钱。

张　三　（不安）

李　四　妈，给您醋，酱油，您老人家以后能不能不要把醋放那么高，
　　　　当心摔着您。

　　　　［李四用唇语提醒母亲"还钱"。

李四妈　三儿,快坐。

张　三　阿姨,我帮您吧。

李四妈　(冲张三眨眨眼)你坐,阿姨帮你。

李　四　三儿,来。

李四妈　三儿,吃饺子了。

张　三　哥,这是借条。

李四妈　(拿走借条)这是醋,孩子,快吃。

　　　　〔李四瞪着母亲。

李四妈　万事吃饭为大。

张　三　哥,您这钱我欠了挺长时间了。

李　四　(打断)醋要吗?

张　三　哥,我欠了。

李　四　欠我 10 万,欠农民工的工资 98800 元,都准备什么时候
　　　　还啊?

张　三　哥,你的钱我今年又没办法还了。

李　四　(看了眼桌子上的蹄髈)哟,又拿了个猪蹄髈啊。

张　三　这不看你们都喜欢吃嘛!

李　四　每年拿一个,今年都第十个了。一看你这猪蹄髈,我这就起
　　　　油腻。

李四妈　(打断)是,是阿姨最爱吃,你哥的钱你不用急着还,咱们是
　　　　自家人,遇到问题自己家解决,欠别人的钱,咱们得还咯,李
　　　　四,你说对不对?

李　四　对的,欠我的钱,你也得还了,有借有还,再借才不难。妈,
　　　　您别胳膊肘往外拐哈。要还钱。

李四妈　三儿,你别急,你看你哥哥,其实他是扮猫装狐狸。每年这

个时候他都催你还钱,其实是希望你能来家里吃顿饭。

张　三　四哥,对不起,让你失望了。你的钱我一定会还的。

李　四　妈,听到了吧,三儿说,钱一定会还的。什么时候还啊?

张　三　就还。

李四妈　三儿,你去帮我把醋拿来。

　　　　〔张三进厨房。

李　四　(唇语)妈,这钱得还。

李四妈　四,这钱不能让三儿还,他没有钱。

李　四　(明知故问)为什么,都十年了,第一年他说没钱,你说三儿
　　　　年轻,我们家要多帮他,第二年你说三儿交了女朋友要花
　　　　钱,去年你还在说,三儿要怎么样?

李四妈　(宠溺地笑笑)你这是吃了多少的醋啊? 酸的呀。

李　四　妈,您还不跟我说为什么吗?

李四妈　(躲闪)什么为什么,没有为什么。

李　四　没有为什么,我就只能让三儿还钱了,他这么多年,也没见
　　　　成个事。

李四妈　还什么还,我说不让还,不就 10 万块钱吗? 你这一年一年
　　　　的催。你那么缺钱吗? 还有,你等会再拿 10 万给三儿。

李　四　妈,凭什么?

李四妈　什么凭什么,应该给。

李　四　从幼儿园开始,您就让我跟他一块玩,每次带饭要多给他带
　　　　一份。初中那会,您为了让我跟他上一个中学,直接把咱家
　　　　大房子换小房子,住到他们家隔壁去了。

李四妈　不是希望你们长大能有个伴吗?

李　　四　　10万可以借,之前的可以不还,但是这么多年,你要告诉我。

李四妈　　你今天是借也得借,不借也得借。不然,你就没有我这个妈。

李　　四　　妈,就为了扶不上墙的阿斗张三,您太不讲理了。

李四妈　　欠的总要还的。你不借,妈借。

李　　四　　妈,咱家欠的都还了。

李四妈　　不,一辈子都还不了。

　　　　　　〔张三从厨房出来。

张　　三　　哥,吃饺子。阿姨。

李四妈　　三儿,你坐吧,你不是想知道为啥我对张三比对你还亲吗?如果没有三儿的父亲,就没有你了。家里那会一口吃的都没有,都是你三儿家今天送一点、明天送一点来的。那年,就因为有那个大猪蹄子,让我们家过了最后一个完整的年,你爸就那么走了。

张　　三　　阿姨。

李　　四　　(拍了拍张三)妈,其实我们早就知道了。

张　　三　　阿姨,您不要太悲伤了,哥这些年一直在照顾我,我都知道,这十年,每年我都在您家吃饭,因为借哥的10万块钱没有还,我实在没脸见你们,可哥每次打电话跟我说,说是催我还10万,其实是叫我回来吃饭。

李四妈　　好孩子,阿姨就希望你没有压力地活着。

李　　四　　(拿出钱)把欠农民工的钱还了。

张　　三　　哥,我给你借条。

524

李四妈　不急,把这饺子吃了。放醋。

李　四　妈,醋给我,我爱吃。

　　　　　〔幕落。

　　　　　〔剧终。

流浪狗

时　间　现在

地　点　张三家门口

人　物　张　三(60多岁,独居老人)

　　　　李　四(60多岁,张三对门邻居,喜欢狗)

　　　　流浪狗

　　　　众邻居

　　　　〔这个社区,叫狗狗社区,每家每户几乎都有养狗,张三除
　　　　外。近几年张三和李四没少因为狗的事闹别扭。

　　　　〔幕启:李四牵着流浪狗,放到张三家门口。

李　四　(对观众)路上捡了只流浪狗,跟张三家以前的牛牛很像。
　　　　这么多年劝张三再养只狗,可是那人就不养。

　　　　〔说完转身进家门。

　　　　〔张三早上准备出门,喊李四一块去买菜。

张　三　这个李四,每次买菜都要三催四请的,不是要等他带着他家
　　　　那几只狗散完步,就是要等他家狗吃完粮。

　　　　〔刚开门一不小心踩到一坨狗屎。

张　三　(嫌弃地)这谁家的狗在这随地大小便?文明社区懂不懂?
　　　　这年头,咱们要做文明人,难道狗就不要做文明狗了吗?

(默默拿起扫帚扫掉便便,脸上并没有嫌弃)

[流浪狗蹭到张三脚边。

张　三　(吓得尖叫)啊!这谁的狗啊?

　　　　[李四家的门打开了。

李　四　怎么啦,怎么了? 狗,在哪里啊?

张　三　(踢了踢脚边的狗,迅速躲开)你能不能懂点礼貌,这是公共
　　　　区域,什么流浪狗流浪猫的都往家里领。领回来,你看它
　　　　们,到处上蹿下跳的。

李　四　我可没随便往家里领,我领的狗也是这整个社区最好看、最
　　　　有个性的狗,这只狗我可不认识啊,这么脏,它还真会找地
　　　　方蹲。你看它自己趴你脚边的。咦,这狗跟你家牛牛还挺
　　　　像的哎。

张　三　没有你,它能进外面的门,能进得了电梯,能蹲到我家的门
　　　　口吗?

李　四　(气愤地)你还真是不识好人心。

　　　　[画外音:张三家的狗狗是一条退伍荣归的警犬,部队把警
　　　　犬送到他家。后来张三为了给退伍的警犬牛牛找小伙伴
　　　　玩,搬到了狗狗社区。

张　三　(愤怒地)你不要每次都来提醒我,我是不会再养任何一只
　　　　狗的。

李　四　你固执,牛牛都走这么多年了,这是狗狗社区,大家都养狗,
　　　　就你不养,这只狗跟你家牛牛那么像,而且这流浪狗都趴你
　　　　家门口了。

张　三　不想养了,失去比拥有更痛苦。老了,我承受不了再失去的
　　　　痛苦了。

［画外音：张三提到的牛牛是很多年前李四家的狗，牛牛是一只退伍警犬，可是有一次出门，就再也没有回来。

李　四　（犹豫）你好好看它，它是不是跟你家牛牛很像？

张　三　你把这只狗带回去，别让它趴我家门口。

　　　　　［流浪狗趴在张三身边，可怜状，张三看了一眼，准备跺脚进家门。

　　　　　［李四看着地上趴的流浪狗。

李　四　这流浪狗怎么还有编号啊。

张　三　（回头看了一眼）这流浪狗怎么也是警犬？你从哪带回来的啊？

李　四　（吞吞吐吐）我，我在路上捡的啊。

张　三　别开玩笑了，警犬退伍都有人照顾的。（说完转身进家门）

李　四　（故意说）你是跟我回家，还是继续趴在这里扮可怜？

　　　　　［流浪狗眼睛一斜，继续趴着，不动。

李　四　（点点头）懂了，你继续趴着。不完成任务，咱坚持不撤退。

张　三　（自言自语）刚刚那只流浪狗狗真像我家牛牛，眼神坚毅有力，那便便也跟以前牛牛拉的便便是一样的。可是，我的牛牛再也回不来了。

李　四　（对着流浪狗）你可要站好岗咯，只许成功，不许失败，你跟牛牛是战友，现在你也光荣退伍了，里面那老头，咱可怜可怜他。饿了你就叫一声，渴了你就叫两声，实在不行你就叫三声。

　　　　　［张三透过家里的猫眼看着李四关门进屋，没见流浪狗跟着进，踮起脚尖，看不清，搬来凳子，想透过猫眼往下看流浪狗。

〔李四也透过猫眼看门外的情况。

李　四　我就不信,你不心软。

　　　　〔流浪狗呜咽一声,好似懂了。

张　三　在家里踱步。

流浪狗　汪。

张　三　(附耳,皱眉)饿了?

李　四　(附耳,微微一笑)饿了。

流浪狗　汪、汪!

张　三　(着急)牛牛?

　　　　〔张三打开门,敲李四家门。

张　三　(喊李四)李四,你开门,这狗老在这叫唤。你把它从哪弄来
　　　　的就弄哪去。

张　三　李四,开门。

张　三　你不想喂,你把它丢出去啊。

李　四　(开门)它趴你家门口,又没趴我门口。

张　三　你别以为我不知道,这都你造的。

　　　　〔李四蹲下来。

流浪狗　汪、汪、汪!

　　　　〔张三盯着流浪狗。

张　三　(眼眶湿润)你,哪来的呀?

李　四　(抬头看张三)它这是饿了还是渴了啊?

张　三　把它带进来吧。

　　　　〔李四冲着流浪狗使眼色。

　　　　〔张三在浴室打开门。

李　四　哟,洗澡澡了哦,你这流浪狗还真不一样,叫两声就让这茅

528

坑里的臭石头帮你洗澡。

张　三　来,洗澡,先冲水,再洗头,再抹沐浴露。

　　　　〔流浪狗在那特欢快。

李　四　(看看房间)你这都不养狗了,家里怎么都还买这么多狗粮?

张　三　习惯了,看到小区大家给狗狗买粮,我就买了。你这狗到底
　　　　哪来的啊?

　　　　〔流浪狗这闻闻,那闻闻。

李　四　对嘛!有只狗家里不热闹多了。

张　三　(边给流浪狗洗澡)牛牛和老婆子走了后,家里安静得可怕。

李　四　让你养狗,你又不养。

张　三　不敢养啊。

李　四　这个真的是只流浪狗,只是很久前,我看到受重伤的它,然
　　　　后一直给它在医院治疗,按着你家牛牛的方式喂养它,可是
　　　　它还是这么瘦。

门

时　间　某个清晨
地　点　张三、李四家公寓楼
人　物　张　三　公寓楼606住户
　　　　李　四　张三家邻居、为人仗义
　　　　王　五
　　　　赵　甲　搬家公司小组长、装模作样
　　　　钱　乙　搬家公司小组成员、阿谀奉承、爱动歪脑筋
　　　　孙　丙　搬家公司小组成员、蠢笨木讷、呆里呆气

[舞台左侧立一扇门，中间是客厅的样子。有一组沙发、茶几，旁边有桌椅。右边放着一个大的桌子，桌子上放了两个花瓶。墙上有张三夫妻的合照。旁边还有一扇窗户。赵甲从左侧上场，后面跟着钱乙和孙丙二人。

钱　乙　老大，咱们是不是到了？

赵　甲　让我瞅瞅，（从信封里拿出一张纸，打开后眯着眼看）606，（抬头看了看门牌号）就是这家。这家人说他家没关门，我们直接进去搬就行。

孙　丙　（推开606的门）果真没关门，这家人真是放心。这要换别家，肯定得给他偷个底朝天不行。

赵　甲　唉，别这么说。现在这什么社会，新社会，邻里间都把门关了，做了一辈子邻居，不知道隔壁住的谁。而且咱们是谁啊？咱们是这一行里面最有诚信、最有口碑的专业搬家公司。

钱　乙　老大说得对。

赵　甲　知道就行，别废话了。赶紧搬，下午还有一单呢。

钱　乙　好嘞，老大。（拿起客厅的花瓶，迅速走出门去）

孙　丙　（气愤的）老大，他偷懒拿小的。

赵　甲　欸，都是同事，怎么还分干活多干活少的呢？（过去拿起另一个花瓶，拍了拍花瓶下面的桌子）看，我们已经把最容易碎的拿走了，给你分担了最难的。这个桌子就交给你了。（迅速走出门去）

孙　丙　哎。老大。（看了看体积庞大的桌子）不对啊，老大，我搬花瓶也行啊。

[孙丙走到桌子旁，左右使力。艰难地挪动着桌子，一步一

步向门口挪去。没力气了,就坐到桌子底下休息。李四从舞台左侧上场。

李　四　张三这个没脑子的,这大早上就给我打电话,说出门急,忘记锁门了。这又要我过来给他锁一趟门。

[走到门前,由于桌子的原因没看到桌子下面的孙丙。

李　四　唉,这还真没锁门。(一手把门带上了)得嘞,我这回家收拾东西去。(左边舞台下场)

孙　丙　(从桌子下面探出头来)这门这么还锁上了? 得,这风也跟我作对。(走到窗户旁边,把窗户关上。再走到门前把门打开)

孙　丙　嘿哟! (用力把桌子推了出去)

[赵甲从左侧上场,后面跟着钱乙和孙丙二人。

赵　甲　来,我们继续搬。下午还有一单呢。

钱　乙　好嘞,老大。(拿起桌子上的水果花束,迅速冲出门去)

孙　丙　(气愤的)老大,他又偷懒拿小的。

赵　甲　欸,都是同事,怎么还分干活多干活少的呢?(过去拿起另外一部分水果花束,拍了拍下面的桌子)看,我们已经把最大的阻碍拿走了,减轻了你的工作压力。这个桌子就交给你了。(迅速走出门去)

孙　丙　哎。老大。(看了看体积庞大的桌子)不对啊,老大,我搬花盆也行啊。

[孙丙走到桌子旁,艰难地挪动着桌子,一步一步向门口挪去。李四从舞台左侧上场。扫着家门前的垃圾。

李　四　不扫不知道,一扫吓一跳。没想到我那家里居然有这么多的垃圾。(抖抖手里的垃圾袋)这要让我老伴看见了,还不得削我。

〔李四走到张三门前,因为桌子没有看到孙丙。

李　四　唉,我记得我刚才给张三关上门了啊,难不成是我老糊涂记错了? 算了算了,再给他关上就是了。(伸手关上了张三家的门)

孙　丙　(从桌子后面探出头来)这门怎么又锁上了?

孙　丙　(一看是空调的风声)得,这空调也跟我作对。(走到空调前,拿遥控器把空调关上。再走到门前把门打开)

孙　丙　嘿哟! (把桌子推了出去)
　　　　　〔李四上。

李　四　老伴刚才又打电话找我啦,我这就不见一会儿她就心急。还是老伴疼我呀。

李　四　(走到张三门前)哎,这门怎么又开了? 我这次明明关上的啊? 不对,有猫腻。怕是遭贼了。这让我在这等上一等,来个守株待兔。(走到墙后面)
　　　　　〔赵甲从左侧上场,后面跟着钱乙和孙丙二人。

赵　甲　来,我们加油搬。

孙　丙　好嘞,老大。(抢过钱乙的话,拿起沙发上的抱枕,迅速向门口走去)

李　四　(从墙后面迅速走出来)站住!
　　　　　〔孙丙吓得愣在原地。

李　四　你这么大个人了,学人家偷鸡摸狗的。偷点什么不好,偷这抱枕。抱枕值几个钱啊,至于为这个犯事啊,至于吗? 啥玩意儿不比这个值钱的啊? 偷也不会偷,能干点啥。是吧,不过,这叔也不是说你不好啊,就是,这不也是给你传授经验吗? (边说边向孙丙走去)

[李四往前走一步,孙丙往后退一步,来回几个回合以后,李四走到了张三的家中,看到了这三个人,语气渐渐弱了下来。看到对面人多势众,想转身溜走。

钱　乙　站住!(李四停下脚步)你谁啊你?

李　四　我……隔壁的。

赵　甲　小钱,注意态度!(看向李四)老人家,是有什么事情吗?

李　四　(声音减弱)没事,没事。我就来,锁个门。

孙　丙　锁门?刚才门是你锁上的?

李　四　(急忙)没有的事,没有的事。

[三个人开始散开,李四趁机溜出门去,把门锁上。

钱　乙　这老爷子咋了是?

赵　甲　专心干活,小孙,把这个桌子搬了。

[李四带着几个人从左边冲出来。

王　五　老李头,小偷在哪呢?

李　四　(指了指张三家)就在这里头呢。

[门被钱乙从屋内打开。

钱　乙　啥情况啊,这是?

李　四　就是他们,他们就是小偷。

赵　甲　老人家怎么了这是?

李　四　你说,你们在张三家鬼鬼祟祟的,还搬人家东西。干什么的?

赵　甲　我们搬家公司的啊。这个住户预约我们今天过来搬家啊!

李　四　搬家公司?我怎么从来没听张三说过。

赵　甲　不信你看。(从怀里拿出信封递给李四)

[李四拆开信封,围观的人凑上来看。

王　五　606？哎呀，这是个误会啊。

　　　　〔几人纷纷看向王五。

王　五　这什么606，这是909啊。要搬的是我家，909！我说我在家等半天你们还没有来，你们搬错地方啦，快给人家搬回去。老李头，你也别担心了，这几个人真的是搬家公司的，不是小偷。您啊，真是我们的好邻居，认真负责，细心，不然这张三回来就找不到住的地方了，哈哈哈哈。

万字剧

祁剧高腔·包公斩曹

（整理改编）

人物表　包　公　净

曹　定　副

王粉莲　旦

韩　氏　旦

张拿风　丑

李捉风　丑

王　朝　生

马　汉　杂

太　监

众百姓

众衙役

众手下

一、审曹受辱

〔四小手下、王朝、马汉引包拯上。

包　拯　（唱）为究小民冤，

　　　　　　结下了奸邪怨。

〔内众呼：告状！

包　拯　王朝，前去问来，何人喧哗？

王　朝　下面听着：你们为着何事喧哗？

　　　　　［内众白：我们鸡儿巷口的百姓拦轿喊冤。

王　朝　回大人，百姓拦轿喊冤。

包　拯　传。

　　　　　［韩氏上。

韩　氏　跪见大人。

包　拯　把你冤情诉来。

韩　氏　容诉。

　　　　　（唱）民女鸡儿巷口住，

　　　　　　　　状告当朝国舅曹。

　　　　　　　　攀附权豪，势比天高。

　　　　　　　　横行霸道，侵田营巢。

　　　　　　　　拆毁民屋，敲诈民膏。

　　　　　　　　不堪强暴，百姓奔逃，

　　　　　　　　如鸡无舍，如鸟无巢。

　　　　　　　　更恨贼子，贪奴美貌，

　　　　　　　　谋杀吾夫，欲霸多娇。

　　　　　　　　盼青天为奴撑腰。

包　拯　来人，带曹定。

　　　　　［家院引曹定上。

曹　定　（引）富贵荣华，

　　　　　　　　令人堪夸。

　　　　　（坐念）贤妹选入深宫院，

　　　　　　　　　一步登天到金銮。

荣华富贵享不尽，

我呀，更压文武两班官。

包　拯　曹定你可知罪？

曹　定　国舅不叫，曹定，曹定，真是好大胆。

包　拯　胆大曹定，见了老夫缘何不跪？

曹　定　小小府尹，跪你何来？

包　拯　你罪恶滔天，跪地听审。

曹　定　国舅何来罪？

包　拯　你在鸡儿巷口，拆毁民房，残害百姓，还说无罪么？

曹　定　有何对证？

包　拯　韩氏，恶棍现在堂口，你大胆对来。

韩　氏　（指曹定）贼呀！

　　　　〔韩氏欲拖曹定，曹定欲踢韩氏，手下拦住。

韩　氏　就是此贼，求大人申冤。

包　拯　你且退下，自有本府与你申冤。

　　　　〔韩氏下。

包　拯　曹定，韩氏女可算得你的对证？

曹　定　这女子癫不癫，疯不疯，算得什么对证？

包　拯　曹定，你害她夫婿，又欲霸她为妾，还不认罪？

曹　定　老夫堂堂国舅，找个把子女的耍耍，哪容得你来定罪？包黑
　　　　子，今天国舅爷有几句话要讲，你可听好了。想你爹娘生你
　　　　下地，三分不像人，七分倒像鬼，你家人用麻绳捆着你丢入
　　　　后山的卧马坑中。（见包拯扭头一旁）包黑子，国舅讲话费
　　　　神，你要用心听真。

包　拯　哼！公堂之上哪容得你如此胡扯！

曹　定　听着！你那嫂嫂不懂事,抱你回家养大成人,进京赶考;王延龄老匹夫不懂世事,带你回朝;皇上被蒙,提升你到京都开封做府尹。谁知你在府中今天杀这个大臣、明天杀那个大臣。国舅面前,你难道也敢如此? 家院,把他赶了出去!

（发现不是自己的地盘,悻悻地……）

包　拯　可恼呀可恼,曹定,你这泼皮!你是哪一科的举子? 哪一榜的进士? 倚靠妹子,一步登天,跋扈专横,恶语伤人。你骂我别的犹小可,你骂我出身来历,呀呀呸!

（唱）【汉腔】

　　含血喷人,满嘴粪臭,

　　飞蛾扑火,先烧其首。

　　你不该在堂前弄乖丢丑,

　　辱骂栋梁你要自作自受。

曹　定　哟哟哟,好栋梁呀! 我倒要看看你能将我国舅爷自作自受到何处?

包　拯　（唱）【吊句子】

　　仗着你皇亲国戚,

　　倚着势胡作乱为,

　　侵夺民产,抢掠自肥,

　　杀人夺色,逼良为贼。

　　曹定,曹定,

　　你犯的又是一番弥天大罪!

　　和当年你在陈州的罪恶成一堆。

（唱）【汉腔】

　　曹定,曹定,你心肠黑,

538

贩盐贩米良心亏。

盐贵掺沙，米贵发水，

糠多米少，沙多盐微。

秤上弄鬼，强卖强推。

谁要回嘴，棒打毒锤。

（白）老夫当年私访在旁，答了一言，你就作势作威，若无王朝、马汉护卫在旁，险遭贼子你的毒手。当时将你拿下，重责四十，解回京来，指望你从此痛改前非，谁知你攀龙附凤登入廊庙，旧性依然不改。我今为台阁之臣啊！

曹　定　　那又能怎样？

包　拯　　（唱）我怎肯尸位素餐立皇朝！

你近年来倚妹势，

欺天理，黑心冒，

谋杀英豪，霸占多娇，

拆毁民房，百姓奔逃。

害百姓有冤，害百姓有冤，

结冤重重难诉告。

过恶非小，如虎添彪。

漫说是斩、绞、军、流，

就是那千刀万剐难恕饶！

怎忍见乌台之上，

又见诉冤的鬼魂，诉冤的鬼魂，

一个个恨怎消？

猛拼着罢了职，不做官，亡了身也在这一朝！

猛拼着亡了身，罢了职，不做官也在这一朝！

定要与那怨鬼申冤,怨鬼申冤,

不杀你曹定不姓包!

曹　定　俺头上有三重生天:皇亲、国戚、内宫监,除了皇帝妹丈,谁也杀不了俺!

王　朝　俺包爷有四道皇封:桃木枷、柳木棍、尚方宝剑、狗头虎头龙头铜铡,如有违法者,不论皇亲国戚,任由处置。

曹　定　都是些木头棍棒的,岂奈三重生天何?

包　拯　(唱)感吾皇恩非小,

赐臣桃木枷、柳木棍,

在朝中打皇亲,

出朝外打奸臣,

出入内外打奸豪。

感吾皇恩非小,

赐臣的尚方宝剑、狗头虎头龙头铜铡,

在朝斩皇亲,

出朝斩奸佞,

一任他皇亲国戚,

他犯法我也是难恕饶!

曹　定　不怕你调子唱得高,无凭无据是瞎嚎。找到对证再请我,教你丢官把命交。少陪!

〔曹定率家院趾高气扬地下。

〔马汉扯扯包拯衣服示意不可。

包　拯　衙役。

〔衙役纷纷开溜。

包　拯　可恼,可恼呀。曹定啊,无赖泼皮!

540

（唱）有一日你的时衰，运衰，

　　　　时衰运衰运时衰，时运衰，

　　　　你的灾来祸来，

　　　　灾来祸来祸灾来，灾祸来，

　　　　怎生分开？

　　　　爷把你拿来锁来，

　　　　拿来锁来锁拿来，拿锁来，

　　　　气昂昂爷稳坐在乌台，

　　　　爷把你的旧日公案重展开，

　　　　一桩桩一件件审个明白。

　　　　三敲六问，六问三敲，笔下安排，

　　　　哪怕你浑身是铁，

　　　　怎当我刑法，官法如炉在。

　　　　管教你明正典刑断头台！

包　拯　无凭无据？老夫定让你有凭有据！

　　　　〔切光。

二、衙役捕风

　　　　〔启光。张拿风、李捉风拉扯着上。

张拿风　（唱）大风天，冷飕飕，

　　　　　　老爷明察汴桥头。

李捉风　（唱）老爷暗访的是鸡巷口，

　　　　　　吩咐我俩二风走前头。

张拿风　（唱）小李啊，你莫净是嘴巴秀，

　　　　　　快施本事把风收。

541

李捉风　（唱）我说老张啊，你也长手短衣袖，

　　　　　　拿风不住尽吹牛。

张、李　（唱）你拿风，我捉风，

　　　　　　爹娘取名没来由。

　　　　〔王朝、马汉领四手下引包拯乘轿上。

包　拯　（唱）思良谋，细把铁证筹，

　　　　　　明察暗访不停留，

　　　　　　巧计定斩曹贼首。

　　　　〔大风掀翻包公轿顶。

王　朝　报大人，狂风掀翻轿顶。

包　拯　好大的风呵。轿顶何方去了？

马　汉　回大人，轿顶吹往鸡儿巷口去了。

包　拯　鸡儿巷口？

王　朝　正是。

包　拯　（计上心来）好可恼的风呵，该打该罚。来人，拿风、捉风！

　　　　〔张拿风、李捉风两边同上。

张拿风　小人拿风。

李捉风　小人捉风。

包　拯　老夫有文书一道、签票一根、银子一锭，命你二人前去拿风、捉风，事成有赏。

张、李　遵命。

张拿风　包大人赏我银子一锭，要我王东村农家买葱，挣的两个钱着的。小李，我们去来。

李捉风　你听错了，要你我前去拿蜂、捉蜂。

张拿风　明明是去买葱，怎么又是捉蜂？前去问过。（向手下）伙计，

542

大人是叫我们买葱还是捉蜂？

手　下　不是的，大人是叫你去捉拿狂风。

张、李　哎呀！那风岂是拿得着的？求大人另差能人前去。（跪台
　　　　前）跪见大人。

包　拯　你二人为何去而复返？

张、李　启禀大人，那狂风乃是天空戾气，我二人怎么拿得着？求大
　　　　人另外改差……

包　拯　你叫何名？

张拿风　小的张拿风。

李捉风　奴才李捉风。

包　拯　这不结了！一个拿得住风，一个捉得了风，把差派给你们，
　　　　实至名归呐！

张　李　那是我伲娘爷天上吹喇叭，响亮赚吆喝，没得那真本事。

王　朝　耍嘴皮子要挨打！

张、李　打了可能免差？

马　汉　打死都要你们领差！

张、李　哦嗬！屙屎打屁两头空。（商量）只有蛮官，没有蛮民，我们
　　　　答应了罢。（对包拯）小人愿意。

包　拯　你二人拿得风有赏，拿风不到，就拿你们顶风处罚。掩门！
　　　　〔手下两边下，包拯暗下。

张拿风　该死了。

　　　　（唱）【驻云飞】

　　　　　　我命颠连，

李捉风　（唱）悔不该在衙门站班。

张拿风　（唱）自恨时乖蹇，

李捉风	（唱）莫把爹娘怨。
张、李	（唱）提起泪涟涟，
张拿风	（唱）悔不该在堂前，
李捉风	（唱）答应了包公言。
张拿风	伙计，你看看，这银子是不是好的？
李捉风	好蜂窝银子。
张拿风	看看签票写着哪一天？
李捉风	刀一，刀二。
张拿风	是初一，初二。文书上是哪个的名字？
李捉风	就是你我两个名字。
张拿风	恭喜你发财，包大人发下签票文书，要你我捉拿狂风。银子让你得，你个人前去回票。我就少陪了。
李捉风	你到哪里去？
张拿风	死一个，救一个，我早点开溜。
李捉风	你倒讲得好，我来问你，狱中如果是走了囚犯，包大人移文到各州府里，你看拿不拿得转？
张拿风	这……拿得转嘞。
李捉风	若还是拿得转，你一刀，我一刀，两个人头鬼来挑。
张拿风	啊，走不得。
李捉风	你走啰。
张、李	那就害了你了。
张拿风	（念）朱笔点了头，
李捉风	（念）官差不自由。
张拿风	（唱）【新水令】

　　　吾今生来运未通，

李捉风　　（唱）恨爹娘生你我全无用，

张拿风　　（唱）他不该将你我送在学堂中，

李捉风　　（唱）那先生取名字不通一窍，一窍不通，

张拿风　　（唱）你不该叫什么李捉风，

李捉风　　（唱）你不该叫什么张拿风，

张拿风　　（唱）你老哥有点懵懂，

李捉风　　（唱）你老哥有点朦胧，

张拿风　　（唱）朦里朦胧，

李捉风　　（唱）懵里懵懂，

张拿风　　（唱）悔不该堂前站班，

李捉风　　（唱）答应了包公。

张拿风　　（唱）领了牌票，

李捉风　　（唱）去拿狂风。

张拿风　　（唱）我想那狂风来时无影，

李捉风　　（唱）去时无踪。

张拿风　　（唱）不晓南北，

李捉风　　（唱）怎知西东？

张拿风　　（唱）只听风响，

李捉风　　（唱）哪见风动。

张、李　　（唱）此事儿无踪无影，无影无踪。

　　　　　［二人同笑。

张拿风　　哎呀呀，你怎么还在那里笑？

李捉风　　哭都哭不赢了，还笑得出。

张拿风　　事到如今，哭也枉然，我们两个总要想个计策，拿着风才好。

李捉风　　你那个肚子烂得宽些……

545

张拿风　哎,想得宽些。

李捉风　哦,想得宽些,你想一个计策。

张拿风　一人不赛二人计,

李捉风　两人想个好狗屁。

张拿风　好主意。

李捉风　哦,好主意。

　　　　［二人同想。

张拿风　有了。

李捉风　拿得来。

张拿风　我一个计策想到嘴巴边来了,你讲"拿得来"这么一溜,它就
　　　　走了。

李捉风　你想没想出来啰。

张拿风　想是想出来了,你来得太快了。

李捉风　你不中用,我来想……有了。

张拿风　拿得来。

李捉风　哎,也是你那句现话,计策想到嘴巴边了,你讲"拿得来",哧
　　　　儿,从后面开了溜。

张拿风　你晓得拣我的现话,我有个好主意了。

李捉风　有个什么主意?

张拿风　包大人现赏有银子五两,我们到街上请些工人,买些木料砖
　　　　瓦,到岭上起座大房廊。

李捉风　起房廊有什么用?

张拿风　开四条门。

李捉风　哪四条门?

张拿风　东西南北四条门。

546

李捉风	起了东风,
张拿风	打开东门。
李捉风	起了南风,
张拿风	打开南门。
李捉风	起了西风,
张拿风	打开西门。
李捉风	起了北风,
张拿风	打开北门。
李捉风	四下起了大狂风,
张拿风	把四条门打开,等风进去,把门关拢,拿活的。
李捉风	要得,你这屁放得有理。
张拿风	是话讲得有理。快到街上去,请工人买木料。喂,张木匠, 李木匠……
李捉风	慢点,慢点,起房子拿风,你拿过几回?
张拿风	今天头一回。
李捉风	拿得到风还好,拿不到,银子用完了,两个就要讨米。
张拿风	你这个屁也有理。
李捉风	是话讲得有理。
张拿风	要不到哪里借间房子用一用。
李捉风	借房子? 要得。
张拿风	我们一同去找房子。(走)你看这间房子如何?
李捉风	烂了。
张拿风	这间呢?
李捉风	上面通风。
张拿风	呃,哪个起房子在路边旮儿,这么一点点大?

李捉风　你去看看，是什么房子。

张拿风　（看）哎呀，这是个土地庙。

李捉风　你看里面通不通风？

张拿风　风倒不通，门只一道。

李捉风　不管它门是一道几道，只要拿得住风就好。

　　　　［二人赶风。

张拿风　咦，拿到了，风在里面叫。

李捉风　我来听听，嗯嗯，当真在里面嗡咙嗡咙叫。

张拿风　好好好，请人来抬土地庙。

李捉风　抬到哪里去？

张拿风　抬到大堂，请大人验风。

李捉风　土地庙怎么抬得动？

张拿风　抬不动？那就请包大人到这里来。

李捉风　伙计，请他来，有风倒还罢了，没得风，你我两个该死。

张拿风　那我们两个来演一回，把一个当包大人，把一个来回票。

李捉风　这个计策是你想的，我装大人，你销票。

张拿风　回票。

李捉风　哦，回票。挂起朝珠。包大人走路，哪个脚先走的呀？

张拿风　随便哪个脚先走啰！

李捉风　（念）初一到十五，又是半个月。

张拿风　跪见大人。

李捉风　老夫命你拿风，可曾拿着？

张拿风　拿着了。

李捉风　在哪里？

张拿风　在土地庙里。

李捉风	唉呀呀,风怎么到土地庙里去了?
张拿风	小人赶去的。
李捉风	好,待老夫前去验风。
张拿风	请大人进庙。
李捉风	哎,验风。(做进庙状)
张拿风	快点,快点。
李捉风	哪里有点风? 人都憋死了。
张拿风	讲怪话,明明听见有风,怎么又没有?
李捉风	没得风,刚才怎么又叫呢?
张拿风	哦,那是祭坛叫。
李捉风	你是在扯风。
张拿风	你是在发羊癫疯。

(唱)【新水令】

　　此计不通,此计不通,

李捉风	(唱)你这个计策全无点用,
张拿风	(唱)此一番拿不住狂风,
李捉风	(唱)也要回复包公。
张拿风	(唱)三下堂鼓,
李捉风	(唱)现出个黑脸雷公。
张拿风	(唱)他坐在堂上,
李捉风	(唱)你我跪在堂中。
张拿风	(唱)他问道李捉风,
李捉风	(唱)张拿风,
张拿风	(唱)我命你两个,
李捉风	(唱)去拿狂风。

张拿风　（唱）你我答曰：

李捉风　（唱）拿不住狂风。

张拿风　（唱）包公闻言，

李捉风　（唱）怒气冲冲，

张拿风　（唱）一拍威码，

李捉风　（唱）就倒签筒。

张拿风　（唱）四十个大板，

李捉风　（唱）打得你我两腿通红。

张拿风　（唱）一面长枷，枷至在头门之内那，

李捉风　（唱）仪门之中。

张拿风　（唱）不收南牢，

李捉风　（唱）便收监中。

张拿风　（唱）不是流徙，

李捉风　（唱）便把军充。

张拿风　（唱）愁愁愁，愁只愁你的老子老了，无人侍奉。

李捉风　（唱）愁愁愁，愁只愁你的母亲死了，无人送终。

张、李　（唱）提起来泪如泉涌，泪如泉涌。（同哭）

〔一阵狂风将签票吹走。

张、李　（唱）【前腔】

　　　　　　起了狂风，

　　　　　　起了狂风。

　　　　　　见签票吹至在半空之中。

张拿风　（唱）飞落在那——

李捉风　（唱）曹国舅园中。

张拿风　（唱）芭蕉树下，

李捉风	（唱）摇也勿摇，动也勿动。
张拿风	（唱）我本待走了进去，
李捉风	（唱）门上加锁，锁上加封。
张拿风	（唱）我要跳了进去，
李捉风	（唱）墙高犹比铁桶。
张拿风	（唱）我要拱了进去，
李捉风	（唱）墙上并无窟窿。
张拿风	（唱）待我挤了进去，
李捉风	（唱）你老哥要遭凶。

　　　　　［两人束手无策之时，王粉莲率众仆役上。

王粉莲　（唱）【步步娇】

　　　　　　锦幕珠帘重门透，

　　　　　　香冷泥金兽，

　　　　　　娇莺有甚愁？

　　　　　　依附权豪，

　　　　　　青楼全非旧，

　　　　　　朝夕沉醉酒，

　　　　　　万金砌红楼。

　　　　（诗）一般桃李笑春风，

　　　　　　才护朱栏便不同，

　　　　　　此身方把权豪侍，

　　　　　　门庭生辉人换容。

　　　　（白）奴家王粉莲，自从识得曹国舅，喜他怜香玉、醉月迷花，
况且慷慨大方，挥金如土，如今我家是日日佳节，夜夜元宵，
说不尽千恩万爱，用不尽的酒山肉海，好不热闹。又花了万

两黄金,与我家建起了这座大大的粉香楼。

张拿风　（唱）狂风变成了香风,

李捉风　（唱）签票换作了粉容。

张拿风　（唱）粉香楼里关香风,

李捉风　（唱）捉住粉容交包公。

张拿风　（唱）曹国舅就是香风影,

李捉风　（唱）步影就能拿恶风。

张　李　（唱）二人化装将楼进,

　　　　　　　拿风捉影建奇功。

　　　　〔二人随王粉莲等众人进入粉香楼。

　　　　〔家丁引曹定上。

众丫环　大人到了,伺候大人。（众拜）

曹　定　起来,起来。

丫头甲　大人为何一去许久？这时候才来呀,把姐姐的眼望穿了,我
　　　　们的腿也等酸了。

曹　定　好,你们等得有功,老爷有赏。

众　　　多少？

曹　定　每人银子五两。

丫头甲　怎么才五两呀？

曹　定　呵,太少了。

众　　　太少了。

曹　定　老爷我是个大方的,加,每人加十两。

众　　　谢老爷。我们与你通报去。姐姐,曹国舅到。

王粉莲　（急上）曹郎为何一去许久？

曹　定　下官多日未曾回衙理事,只在姐姐家饮酒作乐,昨日回家取

银子去了。

众丫环　敢是送与姐姐买花戴的?

曹　定　正是,正是。你看这是黄金三百两,这是首饰,这是宝贝珍
　　　　珠,送与姐姐聊表我一片诚心呀!

　　　　(唱)【鲜三醒】

　　　　　　忘不了眠花卧柳,

　　　　　　忘不了皓齿明眸,

　　　　　　忘不了银筝锦瑟春风遛,

　　　　　　忘不了月夜歌喉,

　　　　　　忘不了飞扬马上娇垂袖,

　　　　　　忘不了卖弄筵前巧风流。

　　　　　　天知否,

　　　　　　只一日不见,

　　　　　　病得我眼凹耳瘦。

　　　　〔张李见状,暗记心里。

张拿风　(唱)记了劣迹,录了恶踪,

李捉风　(唱)拿到证据,回禀包公。

张、李　(唱)自有个重赏花红,重赏花红。

张拿风　伙计,狂风拿着了,影儿捉住了,你我销差去。

李捉风　是的,销差去。

张、李　(唱)【尾声】

　　　　　　你我将风来拿定,

　　　　　　一同回复包大人。

　　　　　　请出大人说分明。

　　　　〔切光。

三、暗访牵驴

[包拯、王朝平民衣装牵马上。

包　拯　（唱）明察汴河沿，

曹定劣迹频频见；

暗访街坊里弄乡村间，

泼皮欺民罪滔天。

粉香楼里多少怨，

极乐园中多少冤。

要去察验，要去查探。

（白）王朝，你骑马，找众百姓问明所有的冤情。本府我步行进城，顺路查访，一则活动活动筋骨，二则细致收集证据。你上马快去也呵。

（接唱）你骑着马，背着剑，先向前，

体民问所愿，

休得来仗势弄权。

王　朝　多谢大人！（二人下）

[王粉莲骑驴上。

王粉莲　（唱）【寄生草】

王粉莲骑驴的溜溜儿转，

今日到鸡儿巷口新府玩。

曹国舅已到府里边，

我则自个儿浓妆抹艳，

粉香楼内去相见，

他虽是显要王侯范，

怎挡我风月狐狸缠，

紧加鞭,催驴儿,快往前。(跑驴舞蹈,王粉莲从驴背上

跌下)

(白)哎哟。

(唱)这一跤,跌得我,腿痛腰酸。

〔突然发现驴子跑了。

(白)啊,我的毛驴呢? 跑了,快抓住,那个老头子,快把毛驴

给我抓住! (看)抓住了,谢天谢地(一弯腰痛不可挡)哎哟。

〔包拯牵驴上。

包　拯　哟哟驾,呵,大姐。

　　　　〔二人见面互背躬。

王粉莲　哎呀,这个人的脸怎么这样黑。(再看,猛然想起)听人说包

　　　　公脸上墨样黑,莫非他……(对包)喂,你是干什么的?

包　拯　你来看,

　　　　(念)讨米袋,我的爷(读 ya),

　　　　　　破草笠,我的娃,

　　　　　　蓝天作被地当床,

　　　　　　凉亭破庙我为家。

王粉莲　哦,你是个要饭的(一起)呃,那你脸上怎么这么黑不溜秋的?

包　拯　(念)不晒太阳白卡卡,

　　　　　　日晒雨淋像油炸,

　　　　　　只有绣花的白大姐,

　　　　　　哪有讨饭的白叫花。

王粉莲　(松了一口气)原来如此啊,(一拍大腿,腰痛)哎哟!

包　拯　呵,大姐,为何这般模样。

王粉莲　老头儿有所不知,平时曹郎天天在我家饮酒作乐,今天相约姑奶奶新府内相见。姑奶奶独自骑着毛驴前来,谁想这个该死的东西忽然"咴昂"叫了一声,打了个拐子,把姑奶奶哟儿就跌下地来了。多亏得老人家帮我抓住了驴子,少时见了我家曹郎,我要他重重地赏你。

包　拯　你家曹郎是谁?

王粉莲　(夸耀地)嗨,你真是个乡下讨饭佬,我家曹郎你都不知道,他就是当今国舅曹定。

包　拯　曹定。(背白)看这妇人,不是良家妇女,与曹定鬼混一起,定知其中内情,我不免与她牵了毛驴,一路上,问出其中情由。就是这个主意。呵,大姐,此去道路难行,待我与你牵驴(牵驴),请大姐上驴。

王粉莲　你与我牵好了。(上驴)

(唱)【隔房】

　　　上驴背,喜得我心头颤,

包　拯　(唱)半路上巧相逢我把驴牵。

王粉莲　(唱)咱本是烟花女风流娇艳,

包　拯　(唱)包龙图来牵驴真是荒唐又新鲜。

王粉莲　(唱)绕山溪,过小桥,

包　拯　(唱)我趁机巧把真情探。

(在音乐声中二人边舞边对白)呵,请问大姐家住哪里,姓甚名谁?

王粉莲　(白)我名王粉莲,家住山后狗腿湾,你家住哪里?

包　拯　哎,老汉只有一个婆婆,早已亡故,又无儿无女,随处讨口饭吃,无有安身之处。

王粉莲 （随口而出）倒也可怜。

包　拯 （抓住不放）大姐既然可怜于我，就把我收留家中，赏我一碗
　　　　饭吃吧。

王粉莲 （看不起）收留你，哼，你一个穷叫花子能做些什么？

包　拯 大姐，常言道，马要鞍装，人要衣装，我跟你回去，你与我做
　　　　一身新崭崭的衣裳，再做一顶帽子、一双牛皮鞋子穿戴上，
　　　　我搬张凳子坐在你家门首，与你看守门户，也是好的。

王粉莲 看守门户？（心有所动）

包　拯 对呀，你看人家见我生得这样黑不溜秋的，长着这样的胡
　　　　子，也就不敢进去了，再说大姐下次出门我与你牵着这毛
　　　　驴，也免得大姐的屁股摔成两半喀。

王粉莲 （扑哧一笑）好，好，好，我家近日新建房子一座、花园一处，
　　　　正要一个看门的。

包　拯 （紧追不舍）多谢大姐。但不知那花园盖得怎么样？

王粉莲 老头儿哪里知道呵。

　　　　（唱）我家新盖了花园一座，

　　　　　　　白玉墙、雕花楼，

　　　　　　　气势磅礴。

包　拯 （白）花园内有什么风采？

王粉莲 （唱）布满了山石水榭、楼台亭阁，

　　　　　　　锦簇簇花枝摇曳影婆娑。

包　拯 （白）屋内呢？

王粉莲 （唱）屋内锦屏重重绣花朵。

包　拯 （白）还有什么惊人的地方？

王粉莲 （唱）最惊人的是粉香楼金镂玉琢，

　　　　　压赛那宋天子龙楼凤阁。

包　拯　（白）修建这样多的楼台亭院不知花了多少银子？

王粉莲　（唱）花掉金银山一座。

包　拯　（白）花掉这许多银子是从哪里来的？

王粉莲　（唱）都是那曹定慷慨赠我。

包　拯　（白）他哪里来的这样多银子？

王粉莲　（唱）堂堂国舅办法多。

包　拯　新府起造何地？

王粉莲　在鸡儿巷口。

包　拯　比旧府高——

王粉莲　高过三尺。

包　拯　宽？

王粉莲　宽得丈二。

包　拯　限期许久完工？

王粉莲　限期三月完工。

包　拯　三月如何完得工？

王粉莲　三月若不完工，那些工匠们挖目取舌而死。

包　拯　嘿嘿，曹定，非民财而不成，非民地而不就，富者不知贫者
　　　　苦，食肉哪知咬菜根。

　　　　（唱）只顾你富你贵享荣华，

　　　　　　　全不顾百姓们倒有千家怨。

王粉莲　（旁白）奇怪呀，这老头儿问了这又问那，莫非他……（对包）
　　　　喂，老头儿，你是不是包拯老儿明察暗访来的？

包　拯　（一惊，旋即哈哈大笑）哈哈哈……

王粉莲　（莫名其妙）嗨，你笑什么？

558

包　拯　我笑大姐好眼力呀！

王粉莲　（反而有些害怕）我猜对了？

包　拯　你看我这个样子像不像是包大人哪？

王粉莲　我看你呀——黑脸……

包　拯　黑脸。

王粉莲　长胡子……

包　拯　长胡子。

王粉莲　（越看越怕）我看你像是包大人。

包　拯　（故意地）我像是包大人，哈……（故意笑得肚子痛）哈哈哈，
　　　　我这样子像个包大人哪。

王粉莲　（被他笑得莫名其妙，又怀疑自己的看法是否对）可是又不
　　　　像包大人？

白　拯　怎么又不像包大人？

王粉莲　想我家曹郎也是官家大人，行则八抬大轿，前呼后拥，目空
　　　　一切，你呀（再看看似乎又不像了）没有那副当官的样子。

包　拯　着呀，想那包拯身为龙图阁大学士，必然是随从如云、前呼
　　　　后拥、驷马高车、威风凛凛，我么，孤苦一人，孤孤单单，缘路
　　　　叫花，你看哪里像个龙图阁大学士的样子呀？

王粉莲　呵，不像？

包　拯　不像。要真是包龙图岂肯与你牵驴？

王粉莲　不会与我牵驴？

包　拯　不会与你牵驴！

王粉莲　（越看越觉得不像）如此说来，倒是我疑心生暗鬼，自己吓
　　　　自己。

包　拯　是你自己吓自己。

王粉莲 （点头）如此，你随我回府。

包　拯 当真？

王粉莲 当真。

包　拯 果然？

王粉莲 果然。

包　拯 （猛抽一鞭）如此你坐好了。

（接唱）他、他、他，

夸大口搬唇弄舌泄机关，

喜今日查明了始末根源，

明内情执法严办案，

还需要入虎穴获真赃，

忍住气，牵着驴，再向前，

进新府，细看根源。

〔牵驴舞蹈。

〔家院引曹定上。

王粉莲 曹郎，曹郎。

曹　定 姐姐，我的乖乖。

王粉莲 该杀的短命，你怎么不来接我，在路上我跌下驴来，险些就
跌死了。

曹　定 姐姐吃苦了。

王粉莲 多亏了一个老头儿与我牵驴，才得到此。

曹　定 如此摆酒上来。

王粉莲 嘿，我差点忘了那老头还未曾吃饭，赏他些酒肉吃。

曹　定 来，拿些酒肉来，赏与那牵驴的老头儿。

家　院 是，（拿酒肉出门）嘿，那牵驴的老头儿过来，我家大人赏你

酒肉在此。

包　拯　（背白）这哪里是酒肉，分明是民脂民膏，叫我如何吃得
　　　　下呵。

家　院　哈哈，这老东西好无礼，（见曹）大人赏与那老头的酒肉，他
　　　　不吃，说是民脂民膏。

曹　定　这还了得，来人，你与我将那老东西吊在门前树上，慢慢来
　　　　打他。

众　　　是。

　　　　〔众人吊起包拯，曹与王饮酒作乐。

包　拯　真是岂有此理。

王　朝　（上）奉了大人命，骑马先进城，如今包大人也不晓得哪里去
　　　　了，我且到这厢找找看。

　　　　〔包拯咳介。

王　朝　啊，大人，你……

　　　　〔王朝给包拯换上官服。

　　　　〔王朝入内跳上桌去大吼一声。

王　朝　呔，尚方宝剑在此，还不赶快迎接。

曹、王　你是……

王　朝　我是包大人的总管大老爷，现有尚方宝剑在此，还有假的
　　　　不成？

包　拯　伺候了。（众上）王朝、马汉捉拿一干人犯（应下），衙役击鼓
　　　　升堂。

四、包公斩曹

　　　　〔包拯坐堂，衙役立两旁。

包　拯　带人犯。

衙　役　带人犯。

　　　　〔张拿风、李捉风押曹定、王粉莲上场。

包　拯　下站曹定。

曹　定　你认得就好。

包　拯　为何不跪?

曹　定　我自无过犯,跪你何来?

包　拯　嘟,你贪赃枉法,逼死人命,还不知罪吗?

曹　定　这……无凭无证,分明是欺官诬告。

包　拯　老夫倒忘了,恭喜国舅,贺喜国舅。

曹　定　(摸不着头脑)喜从何来? 贺因何至?

包　拯　(唱)恭贺你家新盖了花园一座,

　　　　　　　白玉墙、雕花楼,

　　　　　　　气势磅礴。

　　　　　　　山石水榭、楼台亭阁,

　　　　　　　锦簇簇花枝摇曳影婆娑。

　　　　　　　屋内锦屏重重绣花朵。

　　　　　　　最惊人的是粉香楼金镂玉琢,

　　　　　　　压赛那宋天子龙楼凤阁。

曹　定　这不是我的。

包　拯　那是谁人所有?

曹　定　那是为她所有。

包　拯　大胆民妇,老夫问你,你何来这许多金和银?

王粉莲　国舅所赠。

包　拯　果真?

王粉莲	果真。

　　　　[内众呼:告状。

包　拯	王朝,前去问来,何人喧哗?
王　朝	禀大人,鸡儿巷口的百姓,前来喊冤。
包　拯	带上堂来。

　　　　[众百姓上堂。

包　拯	尔等有何冤情? ——诉来。
众百姓	(合唱)烈日炎炎鸡儿口,

　　　　　　　逼平民为烟花建红楼,

　　　　　　　盼官家平冤仇,

　　　　　　　免落得劳役不休,

　　　　　　　杖斥鞭抽,

　　　　　　　嶙嶙瘦骨,

　　　　　　　背负这砖瓦石头,

　　　　　　　雕梁画栋,

　　　　　　　压得人腰弯背勾,

　　　　　　　芸芸众生盼相救。

包　拯	(唱)【驻云飞】

　　　　　　　曹定无理,

　　　　　　　害良民为怎的?

　　　　　　　你本是皇亲辈,

　　　　　　　来把王法昧,

　　　　　　　恶怒满胸中,

　　　　　　　你犯的过恶瞒不过天和地,

　　　　　　　天网恢恢饶过谁?

曹　定　包黑子无理。

包　拯　掌嘴！

　　　　〔手下打曹定嘴巴。

曹　定　哎哟！

　　　　（接唱）陷害国舅为怎的？

　　　　　　　我本是皇亲辈，

　　　　　　　焉把王法昧？

　　　　　　　过恶在哪里？

　　　　〔手下抬冤状箱子上，放在堂前。

曹　定　（接唱）桩桩件件是假的！

包　拯　来人。

张、李　在。

包　拯　将你二人所见演与他。

张、李　是。

　　　　〔张、李扭扭捏捏地演戏。

张拿风　（唱）忘不了眠花卧柳，

李捉风　（唱）忘不了皓齿明眸，

张拿风　（唱）忘不了银筝锦瑟春风遉，

李捉风　（唱）忘不了月夜歌喉，

张拿风　（唱）忘不了飞扬马上娇垂袖，

李捉风　（唱）忘不了卖弄筵前巧风流。

张拿风　（唱）天知否，

李捉风　（唱）只一日不见，

张、李　（唱）病得我眼凹耳瘦。

张拿风　曹郎为何一去许久？

李捉风	下官多日未曾回衙理事,只在姐姐家饮酒作乐,昨日回家取银子去了。
张拿风	敢是送与姐姐买花戴的?
李捉风	正是,正是。你看这是黄金三百两,这是首饰,这是宝贝珍珠,送与姐姐聊表我一片诚心呀!
一手下	这有园内铁树下掘得的白骨一具。
韩 氏	我那冤死的夫啊!(哭上前)
众百姓	(怒)打!
曹 定	包大人,我你两个厮和了。
包 拯	怎么样和法?
曹 定	一斗瓜子金。
包 拯	(戏谑)少了!
曹 定	两斗瓜子金。
包 拯	(忍无可忍)姓包的不贪财!
曹 定	下官让三宫娘娘替你美言,加官晋爵。
包 拯	哼哼哼,住口。
	(唱)我是笔尖上争来的皇家禄,
	你是石榴裙下捡的万户侯,
	你那里休夸口,我怕什么威逼利诱
	敢叫它(指铡)吃一回生人肉。
	来人,将曹定斩讫报来!
	〔曹定上铡,太监上。
太 监	三宫娘娘有懿旨,与二国舅讲情。
马 汉	候旨。(接懿旨)三宫娘娘有懿旨到来,与二国舅讲情。
包 拯	传下话去,漫说是三宫娘娘懿旨到来,就是皇上圣旨到来,

565

也要慢他三慢,不准,打转!

太　监　万万不可。

包　拯　(念)【扑灯蛾】从来是人命事关连天大,

　　　　　　　怎容他杀平民似虎如豺。

太　监　他纵有天大罪过,三宫娘娘亲自说情,难道你敢不遵命,违抗懿旨不成?

　　　　[包公愤然取下乌纱帽。

包　拯　(念)拼着这乌纱不戴,

　　　　　　　俺执法森严,

　　　　　　　要平定百姓众怨。

　　　　(白)王朝,你与我铡。

太　监　铡不得。(三拉三推)

包　拯　铡!

众　　　铡!

　　　　[衙役推曹定下。

　　　　[王朝提人头上。

太　监　(不敢相信)这,这是何人人头?

包　拯　这是二国舅的人头。

太　监　你是这样行为,咱家要讲你几句。

包　拯　请讲。

太　监　好个包青天,腰挎青龙剑。凡事留一线,日后好相见。

包　拯　嗯!

太　监　还要讲你几句。

包　拯　讲。

太　监　老包,老包,情性高傲,今年不死,明年雷打火烧。

包　拯　看剑!

太　监　呸,你这个老杂毛真是不好惹!（下）

包　拯　少待,想老夫杀了这个恶贼,料后宫娘娘知道,决不与老夫
　　　　甘休。二将,你爷上殿,准备棺椁午门伺候。

众　　　却是为何?

包　拯　你爷与贼同葬。

众　　　恭贺大人前去官上加官。

包　拯　会说话,来日上朝听验。掩门。（下）
　　　　　〔众两边下。

　　　　　〔切光。
　　　　　〔剧终。

（与陈蓉合作）

编剧：吕茹悦

百字剧五则

当兰州鼓子遇上 hiphop

非遗传承人爷爷和街舞小明星孙子同时受邀参加重要演出，候场时被突然告知节目必须砍掉一个。爷孙俩傻眼。二人争执过程中突发奇想，即兴将两个节目融为一体，本土文化和外来文化由此碰撞出火花。

乐善不了情

演出开始前，乐善班台柱子郭翔见观众稀少，罢演。此举令其他演员动摇，欲随之离开。班主痛心疾首，搬出老戏箱为他们送行。"活戏本"三爷爷见久不开戏，携孙子蛋娃入后台，以命相留。600 余年乐善班何去何从？

请把童年还给我

亮亮因受不了妈妈望子成龙式的爱离家出走，遇到在玩具店生活的机器人，对其百般羡慕，而对方却羡慕他有妈妈。二者置换身份。眼见妈妈带假亮亮回家,反悔的亮亮情急之下道出真相。妈妈测试,顿悟。重启系统,一切还原。

送　礼

教师节,母亲让儿子给老师送礼。儿子不肯,称自己的成绩就是给老师最好的礼物。几番劝说,子仍不肯。作罢。儿子获奥数奖,主动将礼物送辅导老师。母欣慰。几天后,母亲在大扫除时发现本该在礼盒内的钢笔。

偶爱刘的华

星宿帮帮主受辱自杀。为完成老父遗愿,少宫主燕双飞比武招亲,胜出者将继承帮主之位并得到武林秘籍《追星宝典》。一时间江湖震动,各怀绝技与心事的奇葩粉墨登场。谁也不知道,燕双飞单恋着江南大侠刘的华……

千字剧三则

借 钱

时　　间　腊月二十八

地　　点　张三家

人　　物　张　三　40岁左右,机关干部,妻管严

　　　　　李　四　38岁左右,张三发小,借钱不还的无赖

　　　　　张三妻　40岁,痛恨网红、脾气暴躁的家庭主妇

　　　　　网　红　25岁,与李四合伙诈骗的网络女主播

[张三在沙发上看手机,妻子从厨房里端出一盘水果递给他。张三痴痴地盯着手机,没搭理妻子,妻子怒,放下果盘夺过手机。

张　三　哎哎……

张三妻　行啊你!我说你两眼发直深呼吸,原来在看狐狸精!(怒气冲冲地把手机屏幕展示给观众)

张　三　(站起来欲夺回)这不是看颤音正好翻到这儿了,以后不看就是了,快给我。

张三妻　不给,坚决没收!你这个骗子,当初是谁跟我说"我的眼里只有你!"

张　三　(表面上讨好地笑着,转而对观众道出心里话)一张脸看了十几年,就是范冰冰我也看够啦!

［手机响起，张三妻看了看来电显示，比先前火气更旺。

张三妻　这没脸的李四，躲债一躲十年，今天居然来电话了，看我不……

张　三　（见老婆要接听，连忙夺过手机）姑奶奶，你还想不想把钱要回来了？

张三妻　钱都不是事儿了，我做梦都想撕了这家伙！

张　三　别说气话了，他好不容易露面，咱先想办法稳住他再说，只要钱回来就行！

　　　　［张三妻觉得在理，压住怒气示意张三赶紧接听。

张　三　（故作平静）李四啊，你小子这些年哪里发财去了，要兄弟好找……什么，你在我家楼下？那赶紧上来啊！（瞅瞅媳妇）啥？怕嫂子……（灵机一动）你上来吧，她打麻将去了，不在家。

　　　　［张三挂断电话，既兴奋又显得惴惴不安。

张三妻　这没脸的，还知道怕我？今天自己送上门来，要是还不上钱，休想逃出我的手心！

张　三　你别嚷嚷行吗？要是把这小子吓跑了，再等十年也别想再抓住他。我求你了，今天你就听我一回，赶紧上里屋藏起来，按住你的性子千万别出来。咱把钱要回来是正经！

　　　　［门铃响，张三向妻子作揖，求她赶紧躲起来。张三妻往门口瞪一眼，掀帘入里屋。张三开门，李四拎着一条腊猪腿进来。

李　四　哥，我可想死你了！

　　　　［李四环顾四周，以确认张三妻不在家。

张　三　来就来嘛，带腊猪腿干啥？

571

李　四　瞧哥这话说的,大过年的我咋能空手上门? 知道哥好这口,特意托人从老家给你捎的。

〔李四说着便将腊猪腿递给张三,下意识再次环顾四周。张三见李四向老婆藏身的房间张望,顾不得将腊猪腿放进厨房,随手立在墙边赶忙拉李四坐去沙发上。

张　三　哎呀,还记得我好这口呢,真是有心了!

李　四　哥待我不薄,兄弟我想着哥是应该的。哎哥,嫂子啥时候回来?

张　三　她啊……打麻将哪有个点数? 对了,我说你一大老爷们儿怕她干啥?

李　四　哥明知故问啊! 就我嫂子那暴脾气,谁能不怕? 要不是当年见她当街揍你,我也不会对女人落下阴影,到现在还打着光棍哇!

张　三　合着你打光棍是我害的? 快别瞎扯了,两口子哪有不打架的?

〔张三妻在房间里气得直咬牙。张三怕老婆"秋后算账"忙圆场,谁知李四却越发肆无忌惮。

李　四　从前咱哥俩喝酒时你不是总说迟早休掉母老虎吗? 这咋还跟她过呢?

〔张三尴尬不已。张三妻在里屋面红耳赤,气得冲了出来。张三见状赶忙厉声呵斥李四,并摆手示意妻子赶紧回去。所幸李四背对着张三妻并未发觉。

张　三　(放下先前的客套,怒色起)行了,大过年的别胡说八道! 对了,你今天是来还钱的吧? 10万块钱欠了十年,你要再不还可说不过去了!

572

李　四　哥说得对,亲兄弟明算账。我啊,今天就是来还账的。

张　三　(由怒转平静)那就好。

李　四　哥你是不知道,兄弟这些年心里苦哇!(对观众白)那笔钱
　　　　不是我赖着不还,只是这些年太倒霉:开个店吧——倒闭;
　　　　买股票吧——套牢;处个对象吧——卷了我的房款逃
　　　　跑……(转而对张三)哥,兄弟我知道你们这些走仕途的人
　　　　讲究运势,我这么倒霉咋好带累你呢?我躲你可真是为你
　　　　着想哇!

张　三　打小就知道你能扯,如今功力见长啊,敢情我还得谢谢你?

李　四　哥别跟我客气,这有啥谢的,都是我应该做的。

张　三　你这脸皮……对了,你不是来还钱的吗?钱呢?

李　四　哥,我只说来还账,可没说今天能还钱啊?

张　三　(愤然起身,怒视对方)好啊李四,居然敢耍我!

　　　　[张三妻闻此,开始从身后的家具里找东西,鼓捣出一只拳
　　　　击手套,用右手给左手戴上。

李　四　哥你别急嘛,听我跟你解释。

　　　　[说着,李四赶忙拿出一张纸条来递给张三。

张　三　(读纸条)借条:今李四向张三借款10万,半年内还清。(质
　　　　问)你这是啥意思?十年前的借条还在我枕头下压着呢,咋
　　　　又冒出一张来?

李　四　(狡黠地)哥,这是我新打的借条。

张　三　新借条?

李　四　对啊哥,我看准一个好项目,只要你再借我十万,我保证半
　　　　年内连本带息还给你。

张　三　(气得发抖)你……

［李四上前拉张三套近乎，被张三甩开。张三妻做摩拳擦掌状冲出去就要暴揍李四。谁知听到李四如下的解释，只好再次折返回屋。

李　四　哥，你听我说嘛，我跟一网红合作卖化妆品，一个月少说也赚七八万。只是兄弟我最近周转不灵没钱补货……哥，你再帮我一回，半年内我一定连本带利一并还清。

张　三　你哄了我十年还不够？现在又编瞎话骗我。

李　四　哥，我真没骗你，不信你看！

　　　　　［说着，李四走过去把门打开。门外竟站着一位身材火辣、面容妖艳的女子。张三目瞪口呆。李四随即将女子请进屋里。

网　红　（嗲声嗲气地）您好，张先森。

张　三　你……小甜甜？

李　四　我去，哥，你俩认识啊！

网　红　（继续发嗲）呀，张先森原来是我的粉丝啊？

张　三　这个……（故意说给里面的妻子听）哎呀，我不过是随意浏览过你的视频，粉丝还谈不上……你看我老婆也不在家，你还是不要进来了。

　　　　　［张三说着就要关门，被网红和李四联合抵住门不让关。张三妻听到丈夫叫出那女人的网名时已是妒火中烧，举起戴着拳击手套的拳头就要冲出去，但听丈夫后话觉得表现不错，欣慰地站住点了点头。

网　红　哎哎哎……张先森，我还是第一次被人拒之门外，你也太伤人了吧？

李　四　是啊，哥，伸手不打笑脸人，何况人家可是有 30 万粉丝的网

574

红呢。(说着,极其自然地把网红拉进门)快进来,这我哥家,别拘束啊!

张　三　(无可奈何地白)服,他还真不把自己当外人。

[李四引网红往沙发处走时给她使了个眼色,网红拿出手机对张三撒娇。

网　红　张先森,我手机没电了,借你家电源充充电啊。

张　三　请便。

[网红四下看了看,将手机立在酒柜上连接电源(其实是"架设机位"实施偷拍)。

网　红　张先森,我跟李先森是很好的朋友,他人真的很好耶! 你要是能再帮他一次,我担保他一定会按期还款给你的哟。

张　三　这……

李　四　哥,著名网红都替我作保了,你还信不过我?

网　红　(趁热打铁)张先森,我以 30 万粉丝对我的爱为李四担保,你还有什么好犹豫的呢?

[网红娇嗔着上前拉住张三的手。张三做酥麻状,几乎忘了自己老婆还在屋内"垂帘听政"。而张三妻听得此话,却已明白来者不善,遂拿起手机发信息。

张　三　那当然,当然。

网　红　哎呀呀,张先森真是好给力哟,真是忍不住要拥抱一下啊!

[说着,网红向张三伸出双臂。

张三妻　放开那个男人!

[忍无可忍的张三妻从里屋奔出,一边河东狮吼,一边抄起腊猪腿要砸网红。网红吓得花容失色,仓皇逃窜。

张　三　(护住网红)老婆老婆,咱可不能打人啊!

张三妻　你给我让开,快让我砸扁了这不要脸的狐狸精!

李　四　嫂子,你别……

　　　　　〔李四上前拉架,被张三妻抡起猪腿打晕过去。

张　三　快住手,别搞出人命!(夺过猪腿,箍紧老婆)冷静,冷静!

张三妻　你这个白痴都要给贼公贼婆拿钱了,要我怎么冷静?张三
啊张三,你不要叫张三了,直接改名猪头三好了!钱要不回
来还要再拿钱给他们,你是中邪了吧?!

　　　　　〔张三将猪腿扔在地上,把怒气未消的妻子按在沙发上。网
红原想趁机逃跑,却见李四躺在地上一动不动,便俯下身去
试探李四的鼻息。

网　红　哎呀呀,悍妇杀人啦!

张三妻　(使劲挣开丈夫,未果)你个死狐狸精骂谁悍妇?信不信我
撕了你!

网　红　撕我?你故意杀人我可是亲眼看见的!

张三妻　你胡说什么?这就能把他拍死,你当他是苍蝇啊?

网　红　不信你俩来看看,他真的没气儿了。

张　三　(惊恐地)老婆,李四不会真让你给打死了吧?

张三妻　呸,我哪次没把你往死里打,你都没死他能死?

张　三　有道理!咳,老婆,我可是"百炼成钢",一般人还真背不住
你那一下啊。

张三妻　你快给我放开,我去看看。

　　　　　〔人命关天,张三只好放开老婆,跟在她后面。张三妻上前
查看,网红赶忙闪开。张三妻翻了翻眼皮,嘴角浮起一丝笑
意,接着重重一拳砸在李四胸口。李四嗷嗷叫着翻身爬起,
躲到网红身后。

李　四　（痛苦地捂着胸口）嫂子，你下手也忒狠了！

张三妻　我们辛辛苦苦攒点钱被你一骗十年，今天又领了狐狸精上门再借10万。究竟是你狠还是我狠？

李　四　嫂子你误会了，我借钱真的是要再创业。

张三妻　别废话，今天你必须还钱，否则就别想走出这扇门。

　　　　〔张三妻说着就挡在家门口，断了对方去路。

网　红　行了，我哪儿也不去了，我倒要让我的30万粉丝都领略领略你这悍妇的风采。

　　　　〔网红故作从容地拔掉手机电源，将手机亮在张三夫妇俩面前。

网　红　本来是怕你老公答应借钱又反悔，真没想到还有这意外收获，哈哈哈。你们今天要是不把钱拿出来，我就用这段视频再赚他30万粉丝。

　　　　〔张三夫妇面面相觑。网红按手机屏幕，画面记录下张三妻抡猪腿砸晕李四的全过程。张三妻气炸却束手无策。张三赶忙上前斡旋解围。

张　三　这位女士，你看李四也没有生命危险，之前那10万我今天不提了，你还是把这段视频删了吧，这要是传出去多……

网　红　哟哟哟，刚才还叫我"小甜甜"，一转眼就变"这位女士"了。我告诉你们，今天你们要是不把钱拿出来，我立马把视频上传到网上。

张三妻　你……好一个不要脸的狐狸精！

网　红　骂得好（拿起手机做编辑上传视频的样子），我今天就让你这个悍妇感受一下什么叫作"一夜成名"！

张三妻　别！

张　三　(与妻异口同声)别!

网　红　(得意地)怎么? 怕了?

李　四　(与网红异口同声)怎么? 怕了?

张三妻　怕了!

张　三　怕了!

网　红　怕了就快给钱吧!

李　四　(帮腔)怕了就破财免灾啊!

张　三　(苦着脸)老婆啊,这可怎么办?

张三妻　怎么办? 给钱呗!

张　三　(白)虚拟世界多陷阱,碰上蛇蝎走霉运,以后哇,我再也不
　　　　沉迷网络了!

　　　　〔张三妻拿手机扫网红的二维码给其转账。网红自觉自己
　　　　占了上风,露出狂妄的笑。

李　四　哥,对不住了! 欠条你收好,如果你能找到我的话,我一定
　　　　把钱还给你。

张　三　你……

张三妻　咦,怎么回事? 转账失败,是不是金额太大了……

　　　　〔网红查看手机,果然没有收到转账,便凑过去看张三妻的
　　　　手机。张三妻把自己的手机主动递给网红看,使其解除防
　　　　备,趁网红操作自己手机界面的时机狡猾地换取对方的
　　　　手机。

张三妻　(举着网红的手机)跟我斗,你还嫩点儿!

　　　　〔网红和李四傻眼,忽觉上当,捶胸顿足。

网　红　你真是个狐狸精!

张三妻　哈哈哈,谢谢夸奖! 我看这段诈骗视频倒是可以和你在看

守所的表现一起发到网上。

网　红　你……

　　　　　〔门铃响。

张三妻　老张,开门。

张　三　谁啊?

张三妻　(指着网红)问她。

网　红　(一脸诧异)问我?

张三妻　看看发出去的信息。

网　红　(崩溃状)啊?片警小赵!

　　　　　〔剧终。

请把童年还给我

时　间　现代
地　点　城市街道,玩具商店前
人　物　亮　亮　九岁,小学生
　　　　机器人　可真人扮演
　　　　亮亮妈　三十几岁

〔路灯的光线穿过树枝,在地上投射出鬼怪似的影子。一个小男孩躲着脚下的树影战战兢兢地跑上场。他来到一间还亮着灯的玩具店橱窗前,把书包扔在地上,掏出书本摔在地上使劲踩。这时,橱窗里陈列的机器人突然亮了起来,吓得小孩跳出好几米。等他回过神来,发现那只是个机器人,便恨恨地走上前挥着拳头向机器人比画。

亮　亮　什么鬼?吓我一跳!

［小孩继续踩书,机器人突然动了起来,竟指着亮亮说话了。

机器人　坏小孩。

　　　　［亮亮再次受到惊吓,尖叫着跑开。

亮　亮　我的天呐! 能说话的机器人!

机器人　(活动了下身体)我是 2019 新款智能机器人,坏小孩。

亮　亮　胡说什么? 我可不是坏小孩!

机器人　这么晚不回家,还说不是坏小孩?

亮　亮　关你什么事儿?!

机器人　把书扔在地上踩,还说不是坏小孩?

亮　亮　你一个破机器人敢骂我,信不信我揍你!

机器人　不信。

亮　亮　好,你等着,明天一早我就进里面砸了你!

机器人　不用等到明天。

　　　　［机器人说着便从橱窗里走下去,打开店门走出来,径直来
　　　　到亮亮面前。亮亮目瞪口呆。

机器人　开始吧。

亮　亮　开始什么?

机器人　不是说要揍我吗? (亮亮下意识地举起拳头,机器人也同步
　　　　举起拳头)反击程序已启动,准备进攻。

亮　亮　(转而挠头)别误会,我只是脑袋有点痒。

　　　　［机器人见对方服软,遂放下双拳。

机器人　终止反击。

亮　亮　(惨笑)好汉不吃眼前亏,我可不想尝试铁甲钢拳。

机器人　坏小孩,你叫什么?

亮　亮　咳,反正也打不过你,你愿意怎么叫就怎么叫吧!

机器人　我叫 Adam。

亮　亮　亚当？嘿，名字挺酷啊！

机器人　学生踩书，你也很酷。

　　　　［亮亮无地自容，欲言又止。机器人来到橱窗前，望着遍地狼藉，捡起了一本书。

机器人　长乐小学三年级一班沈晓亮。

　　　　［亮亮赶忙跑过去用身子挡住机器人，自己收拾书本。机器人转到另一个方向揶揄他。

机器人　别捡了，早上清洁工会来收拾。

亮　亮　这是我的书，不是垃圾。

机器人　都踩成这样，哪里还能用？

亮　亮　我……

机器人　什么？

亮　亮　嘿，说了你也不懂。

机器人　别忘了，我可是无所不知的宇宙无敌智能机器人。

　　　　［机器人说完就往商店里走，亮亮追过去将它拉住。

亮　亮　哎哎你别走……我只是觉得你是个机器人，不会懂人类的烦恼。

机器人　好吧，原谅你。那么，说说你的烦恼吧！

　　　　［亮亮委屈地向机器人倾诉，机器人随着他的移动而移动，认真地倾听。

亮　亮　扔书是我不对，但我真的是个好学生，差不多门门功课都是满分。可即便这样，爸爸妈妈还是一个劲儿逼我学这学那儿，一点玩的时间都不给我。动不动就是那谁谁不仅学习好，弹钢琴下围棋写毛笔字也样样精通（学父母的腔调)……

机器人　了解——别人家的孩子。

亮　亮　节假日给我报满各种补习班兴趣班,比上学还累!

机器人　了解——望子成龙。

亮　亮　(沮丧地坐在街边长椅上)真想知道,他们的童年也是这样
　　　　过的吗?

机器人　有人在乎你、关心你不好吗?

亮　亮　哼,这叫在乎,叫关心?!(自嘲地)我拉你回来干吗? 真是
　　　　对牛弹琴!

机器人　别生气,我只是希望自己也能像你那样生活。

亮　亮　我还想成为你呢! 瞧瞧你,不用写作业,不用被爸妈唠叨,
　　　　还能整天待在玩具店里玩。我要是你就好啦!

机器人　你真的想成为我?

亮　亮　那还用说!(眼珠骨碌一转,惊奇地)怎么,你有办法?

机器人　嗯,只是……

亮　亮　只是什么? 快说快说!

机器人　我可以给咱们互换身份,只是互换以后就换不回来了。

亮　亮　(毫不犹豫地)那还等什么? 快换快换,现在就换!
　　　　〔亮亮激动地催机器人快点实施互换,机器人却犹豫不决。

亮　亮　搞什么? 你倒是赶紧换啊! 我都准备好了!

机器人　(迟疑地)我怕你会恨我……

亮　亮　你帮我实现梦想,我爱你还来不及呢! 怎么会恨你?

机器人　那你别后悔?

亮　亮　不后悔! 你放心换,赶紧换!

〔亮亮迫不及待地做着新生的准备，一个劲儿鼓动机器人快点跟自己换。机器人见他如此坚定执着，便从胸口处取出一枚芯片植入亮亮的身体。瞬时，舞台上灯光切换跳跃，明灭间二人已完成互换。他们的样貌和声音没有发生变化，但从他们对话的内容上可知二人已经变成了对方。

假机器人　(不可思议地挥舞着铁胳膊)我的天呐，这也太酷了！这才是我想要的样子嘛！

假 亮 亮　(低头看看自己的身体，摸摸肉乎乎的脸颊)嘿嘿，这也是我想要的样子！

假机器人　谢谢你，亚当！

假 亮 亮　我也谢谢你，沈晓亮！

〔二人向对方致谢，愉快地握了握手。

假机器人　亚当，你回家吧，有空来找我玩啊！

假 亮 亮　(使劲点头)嗯嗯。我现在就收拾东西回家，好想马上见到"爸爸妈妈"啊！从此以后我就再也不孤单咯！

〔假亮亮一边说一边跑过去把地上的书捡起来往书包里装。正在往玩具店里走的机器人听到这话，突然停下脚步迟疑了一下。但想到从此拥有一屋子玩具，他还是快步走进门里，挑了一个魔方站在橱窗里开心地玩起来。此时亮亮妈急匆匆上场。看到孩子正蹲在地上收拾书包，冲过去将其抱住。

妈　　妈　(眼含热泪)可算找到你了，宝贝！

〔假亮亮被这突如其来的拥抱吓了一跳，但他很快转过弯来，知道这个人从此以后就是自己的妈妈了。真亮亮(假机器人)因为还对爸妈怀有怨恨,见妈妈抱着假亮亮也并没有表现出着急或是难过,继续满不在乎地玩着。

假 亮 亮　呃……妈妈,你把我抱得太紧了,我都快喘不上气了。

妈　　妈　对不起宝贝,快让妈妈看看,有没有磕着碰着?

假 亮 亮　没有,妈妈,我很好。

亮 亮 妈　以后有什么事儿好好跟爸爸妈妈说,不许再瞎跑了,真是给我们急死了! 你啊,人小脾气大,可我们还不是为你好吗?

　　〔真亮亮听到这些话,脸上露出不屑的表情,庆幸自己从此可以摆脱妈妈的唠叨了。

假机器人　(对观众道)知道我的痛苦了吧? 他们整天就只会说"我们都是为你好",真啰唆!

假 亮 亮　妈妈,以后我再也不让你们担心了! 我一定好好学习,你们给我报什么兴趣班我都好好上,因为我知道爸爸妈妈都是为我好。

假机器人　(吃惊地自语道)我去! 真没看出来这小子还是个马屁精!

妈　　妈　(感动地抱着亮亮亲了又亲)我的乖儿子,怎么一下子就懂事了?

假 亮 亮　世界上对我最好的人就是爸爸妈妈了。以前是我不懂事,以后我一定不让你们生气和失望了。

妈　　妈　(难以置信地)我的天呐,幸福来得太突然! 我儿终于明白老母亲的苦心了!(又狠狠亲了亲亮亮的额头道)走,咱们回家。

假 亮 亮　(背起书包)嗯!

妈　　妈	(弯下腰爱怜地帮孩子整理书包带)你一定饿了吧？到家妈妈以最快的速度给你包虾肉馄饨吃好不好？
假 亮 亮	嗯嗯,太好了!

[听到"馄饨",机器人一愣,手里的魔方掉落在地上。见妈妈马上要带假亮亮离开,站在橱窗里的真亮亮如梦方醒,急忙赶出来拦住他们。

假机器人　妈妈,别走!

妈　　妈　这个机器人真逗啊! 居然叫我"妈妈"?

假 亮 亮　妈妈,你不知道,现在的智能机器人可聪明呢,能模仿人类说话!

假机器人　妈妈,别听他的,我现在就跟你回家吃馄饨!

妈　　妈　哈哈哈,机器人吃馄饨? 哈哈哈……

假 亮 亮　妈妈,这个机器人一定是出故障了,(忙催促妈妈)咱们赶紧回家吧,不然明早上课我该起不来了。

妈　　妈　好好,我们走。

[亮亮妈拉着假亮亮的手转身要走,机器人忙扯住假亮亮的胳膊,近乎发狂地对他大喊。

假机器人　我不换了,你把妈妈还给我!

妈　　妈　(咆哮)你干什么! 别碰我儿子!

[亮亮妈拼命推开机器人,并用身体把假亮亮保护起来。真亮亮往后踉跄了好几步,差点被推倒。它不敢相信就这样被抢走了母爱,终于明白机器人在和自己置换身份前说的那些话都是真的。

假机器人　(痛苦地对假亮亮)我不换了,求你把妈妈还给我好吗?

假 亮 亮　你想要的生活不是已经得到了吗? 没人再逼你学这学那

了,尽情去玩吧。再说了,机器人不需要吃馄饨。

妈　　妈　亮亮,你在跟它说什么?

假亮亮　没什么妈妈,咱们回家吧。

假机器人　(追上去)只要你给我换回来,你要我做什么我都愿意!求你了!

假亮亮　(回头迎向机器人)别再跟着我们了,希望你尽快适应自己的新生活……谢谢你给我一个家。

　　　　　〔假亮亮转身走向妈妈,亮亮妈牵着他的手欲下场,定格。场上灯光渐暗,只亮一束追光打在伤心欲绝的机器人上。

假机器人　(对观众白)以前我总吵闹着要让爸爸妈妈把童年还给我,可失去他们我才知道,没有他们我就什么都没有……

　　　　　〔场景定格。画外音里出现不同孩子的声音说着相同的一句话:请把童年还给我……

假机器人　(在相叠的声音中,假机器人大声呼喊)请把妈妈还给我!

　　　　　〔场景流动。妈妈止步,慢慢回头。

妈　　妈　(捂住胸口,表情痛苦)不知为什么,他这一叫让我心好疼!

假亮亮　妈妈……

假机器人　妈妈……

妈　　妈　(对亮亮)等一等。(走近机器人)快点回去吧孩子,我不是你妈妈。

假机器人　你不是我妈妈?(看看自己的身体,落寞地回转身,垂着头向橱窗走去)哦,你不是我妈妈,不是我妈妈……

假亮亮　(催促)妈妈,快走吧,我都饿坏了。

假机器人　走吧,走吧,给他包馄饨去吧,记得馅里别放姜。

586

妈　　妈　（望着机器人落寞的背影,若有沉思,突然问道)孩子,你
　　　　　　说什么?

假机器人　（仿佛自语道)新的"我"再也不会尿床,再也不啃指甲,再
　　　　　　也不会躲在被子里偷看《荒野求生》,再也……

妈　　妈　你怎么知道我儿子……

　　　　　　[假机器人似抽泣般原地发抖,妈妈追问。

妈　　妈　告诉我你的集邮册是什么颜色? 周六奥数班几点上课?
　　　　　　你上次英语考了多少分? 你最爱的水果是榴梿还是杧
　　　　　　果……

假亮亮　（焦急地打断)妈妈,你这是怎么了?!

假机器人　别再问了,带他回家吧,他才是你想要的那个儿子。

妈　　妈　（冲上去一把拉住机器人)不,孩子,你才是我的儿子!

假亮亮　（走上前,语气战战兢兢)妈……妈。

妈　　妈　（转身掐住亮亮胳膊,发疯似的摇晃他)你是谁? 为什
　　　　　　么变成我儿子的模样。

假亮亮　我是亮……亮亮啊!

妈　　妈　你不是。

假亮亮　我……

妈　　妈　你看上去是跟我的亮亮一模一样,但我知道你不是他。
　　　　　　（指着机器人)他才是我的孩子!

假亮亮　可是……我比他完美多了,这不正是你想要的吗?

假机器人　是啊,他比我完美多了。

妈　　妈　完美? 是啊,我想要完美儿子不就是这样?

　　　　　　[妈妈自言自语,似乎顿悟。假亮亮欣喜。

假机器人　（难过地走回橱窗向外挥手)阿姨,再见。

〔假亮亮闻此如释重负,上去牵妈妈的手。妈妈突然紧紧捏住假亮亮的手。

妈　妈　(大喊)快把儿子还给我!

假亮亮　你弄疼我了!

妈　妈　快把他还给我、还给我!没有他叫我怎么活?!

假亮亮　我还我还,我告诉你该怎么办!快放开我!

　　　　〔光影明灭交错,母亲和亮亮紧紧相拥。机器人站在橱窗里。

亮　亮　妈妈,你怎么哭了?

妈　妈　孩子,我们回家吧。

亮　亮　是不是这次语文没考好,让您失望了?

妈　妈　我的好儿子,你已经很棒了,你不知道妈妈有多骄傲!考试嘛,尽力就好,人生的路还长着呢。

亮　亮　妈妈……

　　　　〔橱窗里的机器人露出微笑。

　　　　〔剧终。

忠义不了情

时　间　当代
地　点　后台化妆间
人　物　郭　翔　30岁,生、净演员,班主之子
　　　　班　主　60岁左右,乐善班主,郭翔父
　　　　杏花嫂　45岁左右,青衣演员
　　　　小花旦　20岁左右,俏丽可人
　　　　三爷爷　80岁左右,德高望重的村里老人,腿残疾
　　　　蛋　娃　12岁,三爷爷的尕孙子
　　　　众演员　生、旦、净、末

588

[须生扮相的郭翔进到化妆间狠狠扯下髯口掷在桌上,接着
扔帽脱衣弄得噼里啪啦,众演员惊。班主撂下手中的搪瓷
杯上去就是一巴掌。众人愕然,时光凝滞。

郭　翔　(回过神来,假装无所谓地)谢谢爹帮我卸妆。

班　主　混账东西!赶紧给我扮起来,眼看就要开戏了,你这是闹哪
出啊?!

郭　翔　爹,您看看台下有几个人?还没台上演员多!

班　主　混账,这戏比天大,哪怕只有一个人坐在台下,咱也得把戏
唱完!合着这些年的戏都给你白教了?

郭　翔　(一边擦脸上的油彩一边漠然地说)爹,您只当……只当没
教过我吧,这戏我不唱了。

[班主一口气噎住,跟跄跌撞在身后的化妆台上。郭翔起身
欲扶,见众人已围上去,便退回座位上继续卸妆,手却不住
发抖。

杏花嫂　翔子,你说气话就算了,可不敢说胡话啊!你爹还指着你接
班呢!

郭　翔　杏花嫂,这个班谁爱接谁接!我一早就该听哥的话跟他上
城里打工去!现在可好,人家媳妇娃娃热炕头,我却还在这
没名堂的事上熬煎!

杏花嫂　你这娃……

[班主刚缓过来点儿气力,又被儿子这番话打击得背过气
去,直翻白眼。众人忙按住他人中呼喊"班主"。郭翔见状,
知道真给爹气坏了,扑过来跪在父亲身旁。

郭　翔　(哭)爹,爹你别气,我这就扮上,扮上还不行吗?

杏花嫂　班主,你快舒口气,娃已经认错了……

郭　翔　婶,我扮上是尽孝,但我没错可认,(低吼道)因为错的是
　　　　 你们!

　　　　　　[众人愕然。

班　主　(对众人)快!快给我把这孽障赶出去!

　　　　　　[班主捶胸顿足,众人立在原地不知如何是好。郭翔垂泪,
　　　　　　 起身欲走,一位花旦上前将他拉住。

小花旦　翔子哥,别走。

郭　翔　别闹,兰儿。

小花旦　哥,我没闹!我是冲着你才进乐善班的,你走,我也走!

　　　　　　[小花旦的举动让郭翔进退两难。就在此时,几位年轻演员
　　　　　　 默默从班主身后走到郭翔身边。班主见状,傻眼,摇头,顿
　　　　　　 时老泪纵横。

杏花嫂　你们……你们这是要……唉!

小花旦　叔,十旦易得一净难求,台柱子都要走,我们留下又能咋样?

　　　　　　[年轻演员们骚动起来,虽不说话,但纷纷卸妆。

杏花嫂　你们这是要逼死班主啊!

班　主　(吃力地站起来)你们先别急着走。照祖上的规矩,我啊,开
　　　　 箱送送你们。

　　　　　　[年轻演员们停下手里的动作,和其他人围拢过来。只是他
　　　　　　 们站在郭翔身后,一副铁了心跟他离开的样子。

班　主　翔子,你想走爹不留你,大伙儿跟你去我也不拦着……

郭　翔　爹……

班　主　(摆摆手,示意他别说了)你带人去把老戏箱搬来。

　　　　　　[郭翔犹豫了一下,却还是带着三个小伙子下了场。

杏花嫂　班主,这天又没塌下来,你把这老戏箱请出来干啥?!

班　主　（痛心疾首地）大妹子,你看看这般光景,跟天塌了有啥区别啊!娃们要走,那咱今天就把这戏箱打开,让大伙儿看看咱乐善忠义班的传家宝,算是给他们饯行!

杏花嫂　（点头拭泪）唉!

　　　　［众人沉默,气氛悲凉。片刻,郭翔四人抬一只大木箱上场,将箱子放置在舞台中央。班主、杏花嫂和一众老演员目光始终注视着戏箱。班主颤抖着双手从脖子上解下一把老钥匙,眼含热泪走到箱子前。

班　主　师父把它传给我时,它已经不知跟着乐善班走南闯北多少趟了。

杏花嫂　嗯,我娘就跟着去过酒泉、嘉峪关。师兄,师父说他们那会子红火得很,最远都演到了新疆。

班　主　（泪中带笑）红火,是啊!咱乐善班那会子真红火……（转而难受地）书上说洪武年间就有咱乐善班了,600多年的戏班啊,如今就这样断送在我手里……

　　　　［箱子开启,众人围观。班主从里面拿出一摞老剧本,心痛万分地交到杏花嫂手里,由杏花嫂依次传下去。

班　主　这些戏本少说也有150年了,大伙儿都传着看看吧,赶明儿我就捐到县文化馆去。

甲　　　《铡美案》《金沙滩》。

乙　　　《天门阵》《出五关》。

丙　　　《三堂会审》……

　　　　［班主又从箱子里拿出几只眉子碗。

班　主　这几只眉子碗也有不少年成了,咋地也有200年罢。你们也都摸摸,完了我把它们送到文物局。

郭　翔　爹……

班　主　（从箱子里拿起一件旧戏服）这些戏服是咱祖师爷传下来
　　　　的，如今绸缎都酥了。你们都不唱了，想是也没人要了，不
　　　　如……不如一并捐了吧。

　　　　〔说罢，班主把手上的戏服披上身，转身来到戏班供奉的庄
　　　　王爷木像前，扑通一声跪下。众人垂泪。此时三爷爷拄着
　　　　拐杖一瘸一拐领着孙子蛋娃上。

三爷爷　我说咋还不开戏呢，原来在这儿演上了！本尘，你这是给庄
　　　　王爷演的哪一出啊?!

　　　　〔众人毕恭毕敬迎三爷爷，忙给他看座。班主抹了泪起身来
　　　　到老人家身前。

班　主　您老咋来了？

三爷爷　你这话咋说，乐善班哪次演出我没在？要不是儿时收庄稼
　　　　镰刀打了腿，我啊，兴许能成台柱子哩。

杏花嫂　三叔啊，自打前年海泉叔走了，这整个高台就数您看过的戏
　　　　最多。

三爷爷　呵呵呵。对了，你们还没告诉我为啥这会子还不开戏?!

小花旦　爷，翔子哥不唱了……我们，也不唱了。

三爷爷　啥?!

班　主　（痛心且羞愧地）这些娃要走，我正开箱送他们呢。

三爷爷　（不敢相信自己的耳朵）啥？要走……（气得拿拐杖捣地）真
　　　　是翻天啦翻天啦！

小花旦　班主说明天要把老戏箱捐了去。

三爷爷　（愕然）啥?!

杏花嫂　咱们乐善班……唉！

［三爷爷拄着拐杖站起来，走到箱子前就往里钻。众人忙把他拉住。

众演员 （异口同声）三爷爷，您这是干啥？

三爷爷 把我这把老骨头也捐了吧！我是活戏本，肚子里还有两百多出戏呢！

　　　　［众人把气得发抖的三爷爷从箱子里搀扶出来，安顿到椅子上。有人给他递茶水，有人给他搓心口。

班　主 叔……（声泪俱下）我对不住祖宗啊！老大不成器，一早跑去城里。翔子戏好，也能顶住事儿，原想过些时日就把戏班交到他手上，谁知他今儿就撂了挑子……他这一走，娃们都要走。

　　　　［郭翔又羞又恼地站出来。

郭　翔 三爷爷，不是我要走，是这戏没法唱嘛！

三爷爷 你要没法唱，那十里八乡再没有会唱戏的人了！我的娃，三爷爷我看了一辈子戏，你可是后生里最会唱戏的人哇！（站起来拍拍翔子的胳膊）娃，你这嗓子是天生的，你这身架是天赐的，咱可不能糟践了啊！

郭　翔 爷，可您看见的，除了您场场不落，现在还有几个人来看戏啊！咱乐善班的戏自古都是咱农民演给自己看，可现在村里、乡里、县里的农民哪个还看戏？电影、电视、流行歌，早把秦腔给挤死了！

班　主 你这个混账，气罢你爹又来气三爷爷，还不给我滚出去！

三爷爷 本尘你别恼，娃们都是个好娃，让我来跟他们讲啊。（对年轻演员）咱乐善班全名儿叫"乐善忠义班"，你们都是读过书的娃，忠义是啥意思不用我说吧？

　　　　［年轻演员纷纷低下头。老演员给三爷爷上茶，三爷爷轻轻

推开。

三爷爷　打明代洪武年间就有了咱这乐善班。倘若"天下第一戏班"的名头咱担不起，那这 600 年不曾断的戏也是没谁能比的啊！这不是爷瞎说，那高台县志上可都写得明明白白！

　　　　〔众人点头。

小花旦　爷，您说的这些我们进班的时候就知道，但时代变样了，这听戏的人没了，我们唱给谁呢？

蛋　娃　(抢话)唱给爷爷，唱给我啊！

小花旦　蛋娃别捣乱！

蛋　娃　你才捣乱！你们不唱我来唱！

小花旦　就凭你？

蛋　娃　就凭我！本尘伯，您教我唱戏吧！我打小跟爷爷看戏，好多戏我都记下了，我这就给您唱一段《金沙滩》。

　　　　(唱)国王家的江山是臣闯

　　　　　　臣好比牛吃草来蚕吃桑

　　　　　　老牛力尽刀尖死，

　　　　　　蚕丝吐尽滚锅里亡。

　　　　　　吃牛肉不知牛难受，

　　　　　　穿绫罗怎知蚕遭殃。

　　　　　　……

　　　　〔一曲唱罢众人喝彩。蛋娃跪在班主面前行拜师礼，班主欣慰不已，喜极而泣。郭翔、兰儿等年轻人满面愧色。

三爷爷　本尘，这也是天意，你就收下娃吧！

班　主　哎！哎！

　　　　〔蛋娃接过身旁老艺人递过的茶杯，恭恭敬敬给师父敬了

594

茶，紧接着"邦邦邦"磕了仨响头。

蛋　娃　（被师父扶起身）师父，您别难过，咱乐善班倒不了。现在学校发的音乐教科书里都印着戏词呢，这戏曲啊，都进课堂啦！

小花旦　难怪我弟放学回来跟我说啥"传统戏进课堂"，我还当他胡扯哩。

三爷爷　本尘，你听到了？

班　主　听到了，三叔。

三爷爷　这是国家延续咱传统戏的香火哩！

班　主　可这观众……

三爷爷　这人活在世上还有个七灾八难、翻转浮沉呢，何况咱600年乐善班呢？要我说，只要咱把戏演好，不愁没观众。

杏花嫂　三叔说得对，只要咱乐善班大旗不倒，咱庄王爷的魂就不散！

班　主　三叔、杏花嫂，你们说得对，就凭咱乐善班这一脉相承的魂，咱也得接着唱下去！

杏花嫂　现在大伙儿日子都不差，咱又不图啥名啊利的，只要咱这些人还活着，乐善班的戏就能演下去！（把蛋娃拉到身边）还有蛋娃这样想学戏的后生给咱续命，咱有啥哭丧个脸的？大伙儿该打起精神来才是呐！

　　　　〔众人点头，相视而笑。

三爷爷　翔子，兰儿，还有你们这几个想走的娃儿，班主不拦你们，爷也不拦。只是爷想问问你们，就算你们打工挣下几个钱，可能像在戏台上演这帝王将相、演这贵妃美妇来得畅快吗？！

班　主　翔子，爹不强求你，一代人有一代人的想法。爹舍不得你是可惜你这块好材料哇！我总想起你小时候练功的样子……

记得有一次你大雪天在院子里扎马步,你娘看着心疼叫你进屋,你却跟她犟:"爹说台上三分钟,台下十年功,吃不下苦就唱不好戏",说啥也要练够时辰。要是没记错啊,那时候你还没蛋娃年纪大哩。要不是真心爱戏,你一个尕娃,哪里能吃得下那苦?!

郭　翔　爹,我真是爱戏哩!可是爹,这几年看戏的人越来越少,村里出去的年轻人逢年过节也不咋回来。咱平日里下地都在练功练嗓,这好容易要演了,辛辛苦苦把台子拾掇好,天不亮又赶紧起身扮上,可到头来却没人看!您说,我能不怀疑是不是入错了行嘛?!

班　主　爹咋不知道呢?可是乐善班延续到今天,咱不能让它就这样没了啊!你戏好、年轻、脑子又活,我最近还思谋着要把戏班交到你手上,想着你能有办法哩,可今天你却……唉!

三爷爷　本尘啊,年轻人性子急、沉不住气也是有的,你可别跟娃较劲儿啊。还是让我这把老骨头去求求他,兴许他能回心转意。

　　　　〔说着就要起身给翔子下话。郭翔忙迎上去拦住。

郭　翔　爷,您别这样!我错了,我这是"长足了的葫芦——急开了瓢",真真是犯浑了!您说得对,我们当初跟爹和师父们学戏,谁也不是要靠这个养家糊口,还不是冲着能在这戏台子上的故事里过把瘾吗?我们啊,是被这花花世界把心给扰乱了!

　　　　〔众年轻演员相视无言,有的附和点头,有的垂头不语。

三爷爷　娃,你爹没看错你,爷也没有!你要肯沉下心来带着弟弟妹妹们唱下去,我觉着咱乐善班还能再活600年!

郭　翔　爷,您放心,大话我不敢说,但只要还能唱得动,我就一定把咱乐善班的忠和义传下去。(转向爹跪下)爹,我现在心性还不稳,您别忙着把乐善班的大旗叫我扛。待我用一出出好戏把观众一个个请回来,这班主啊,我抢着当!

蛋　娃　翔子哥,那你不走了?

郭　翔　咋的? 还想趁火打劫抢哥的饭碗啊?

蛋　娃　哥要走了我就想! 可哥在,那谁抢得过啊? (众人笑)不过我有信心,只要好好练,将来肯定能比你演得好!

郭　翔　蛋娃有骨气! 你啊,明早六点村头大槐树下找我,咱哥俩一起练!

蛋　娃　好嘞! 师哥,请受师弟一拜!

　　　　〔蛋娃照梨园行的规矩给师兄行礼。郭翔扶起蛋娃。

郭　翔　(对年轻演员)弟弟妹妹们,今天哥太冲动了,让你们跟着我差点儿背弃了咱乐善班的忠和义。(对众人)现在我表个态,往后我郭翔除了下地干活就只干一件事:给乐善班找出路、给大家伙儿找活路!

三爷爷　好孩子!

班　主　翔子!

郭　翔　好了,咱赶紧扮上吧! 今儿台下就算只有一个观众,咱也把戏给唱红火了!

众演员　好!

班　主　慢着。

　　　　〔众人愣住,不解地望着班主。

班　主　翔子,和蛋娃把庄王爷请到台下,咱今天给爷唱戏!

　　　　〔众人恍然大悟。

众演员　嗯! 给爷唱戏!

　　　　〔剧终。

万字剧

话剧·兰州春秋

时　间　现代

地　点　白塔山下耿大爷家院

人　物　耿大爷　67岁,老兰州

　　　　　伊　娜　23岁,女,大学生

　　　　　霍去病　22岁,汉武帝时期,骠骑将军

　　　　　李　息　30岁左右,大行(相当于外交官)

　　　　　许　冬　28岁,商人

　　　　　托尼亚　25岁,许冬妻

　　　　　基努什　40岁左右,唐代粟特商人

　　　　　哈梅德　30岁左右,基努什之妻

　　　　　黄振国　38岁,转业军人

　　　　　王保保　35岁左右,元末明初蒙古将领,扩廓帖木儿

　　　　　徐　达　40岁左右,明代著名将领

　　　　　皮　特　30岁,美国青年学者

　　　　　段　续　60岁左右,明代清官,创制水车造福桑梓

　　　　　管　家　65岁左右,段府管家

　　　　　市　长　50岁左右,新任市长

　　　　　左宗棠　62岁,就任陕甘总督之年,西安机器局西迁兰州
　　　　　　　　　(1873)

　　　　　赖　长　45岁左右,记名提督,兰州机器局总办

序

[舞台背景为兰州名胜——白塔山。夜晚,山上的仿古建筑
在灯光的勾勒下似琼楼玉宇,与山脚下光影流转的黄河、灯
火阑珊的城市相映生辉。

[半山腰上的一座古色古香(木门、砖雕)的宅院里,穿着汗
衫、手持蒲扇的耿大爷坐在藤椅上哼唱兰州鼓子。山间传
出一阵奇异却美妙的响声,耿大爷停止哼唱静静聆听,异响
过后显得怅然若失。

[手机铃声响,耿大爷起身接听。

耿大爷 前两天不是才打过电话吗,咋又打?

画外音 您一个人我能不操心吗?

耿大爷 隔着半个地球打个电话就操心上了?

画外音 我……爸,菲利普和我都希望您能来跟我们一起生活,瑟琳
娜也总喊着要听姥爷讲故事。

耿大爷 在我跟前就说蛋蛋,啥瑟丽拉、瑟尼塔的!

画外音 (片刻语塞)……这边生态环境和生活品质都比国内好,您
过来安享晚年不好吗?

耿大爷 我一个只会说兰州话的老汉家到外国安享晚年?你要是想
让我早些去见你妈,就赶紧接我去!再说,你那里大清早连
一口牛大(牛肉面)都吃不着,又谈啥生活,谈啥品质?!

画外音 您……爸,妈走了以后您真是变了一个人,每次说话都能呛
死人。

耿大爷 玲玲,不是爸老顽固不明白你的孝心,可咱中国人讲究落叶
归根,我这个岁数了真是哪里也不想去。再说,万一你二叔

他……

画外音 爸,您都等了十几年了,他要能回来早回来了……

耿大爷 好了好了,你赶紧忙去吧,别总牵心这头儿。

画外音 爸,那明天我让瑟……蛋蛋跟您通话。

耿大爷 (眉眼带笑)那成,跟蛋蛋喧关(聊天)还是有意思。

〔耿大爷挂断电话,摇摇头。

耿大爷 (白)挣死巴活地把闺女供到名牌大学,未承想一毕业就跟卷毛子(老外)跑到天边去了。都说姑娘是爹妈的小棉袄,可我这件小棉袄再暖和也够不着啊……(看看石桌上的相框)要是他能回来就好了,我们哥俩做个伴儿,这院房子也不会冷清了。

〔一颗流星划破夜空。老人望着苍穹一声叹息,走回屋里。

第一幕　固若金汤

〔背景为耿大爷宅院。女大学生伊娜气喘吁吁上场。她从半开的木门跑进院子,反身关上门,从门缝向外观望。片刻,她长出一口气转过身,却被站在身后的耿大爷吓得尖叫起来。

耿大爷 叫啥叫? 你擅闯民宅我还没报警哩!

伊　娜 (回过神来)大爷,对不起,我……

耿大爷 你啥你? 赶紧出去。(一边开门送客,一边自语道)不养条狗是不行了。

伊　娜 (抵住门央求)您就让我在您院子里待会儿吧。

耿大爷 咋? 这青天白日的,难不成有人追杀你?

伊　娜 (笑)您真逗,古装剧看多了吧?

耿大爷　别跟我插科打诨,这是我家,不是躲猫猫的地方,赶紧出
　　　　去玩!

伊　娜　大爷,我男朋友脑子进水了,非拉着我吵架。我好不容易才
　　　　把他甩掉,您就让我在这里躲躲呗,求您了!

耿大爷　你们这些年轻人哇……喏,那边有椅子,过去坐吧。

伊　娜　谢谢,谢谢,您真是太……

耿大爷　(摇着头走开)吵死了!

　　　　〔伊娜赶忙捂住嘴。耿大爷戴上老花镜,自顾自翻起书。伊
　　　　娜看到耿大爷身旁的茶几上放着一摞书。于是,她走过去
　　　　拿起一本,坐在耿大爷旁边的椅子上翻看起来。此举令耿
　　　　大爷对她的印象立马改观,流露出欣慰的笑容。

耿大爷　(假装不经意)喜欢看书好。

伊　娜　嘘……

耿大爷　(白)嘿,这丫头还真看进去了。不错,不错。

　　　　〔说着,耿大爷起身给伊娜倒了杯水递到跟前,伊娜沉浸书
　　　　中,接过便喝。

伊　娜　什么茶? 真好喝,再来点儿!

耿大爷　春尖。

　　　　〔伊娜突然回过神来,赶忙起身连连道歉。

伊　娜　真对不起,我把您当我爸了。

耿大爷　一看就是家里的小公主。唉,你跟我那丫头啊,真是一模
　　　　一样。

伊　娜　嘻嘻。咦,今天礼拜天啊,您女儿不在家吗?

耿大爷　我闺女嫁到国外去了。

伊　娜　(羡慕地)呀,真好!

耿大爷 （叹气）得，又是一个留不住的，真是嫁出去的姑娘泼出去的水哟！

伊　娜 女儿嫁得好不是应该高兴吗？

耿大爷 你瞧瞧这一大院房子，就我一个孤老头子守着……要是闺女能在我跟前就好咯！（白）唉，这固若金汤的城现如今却拴不住年轻人出走的心呐！

伊　娜 （若有所思地）固若金汤的城……等等，您刚才说的莫非就是兰州被称为"金城"的由来？

耿大爷 （转悲为喜）嚯，小丫头脑袋瓜真好使啊！

　　〔伊娜开心地吐吐舌头，端起茶几上的三炮台递给耿大爷。耿大爷接过茶喝了一口，将"金城"的由来娓娓道来。

耿大爷 汉武帝元狩二年，霍去病领兵赴河西征讨匈奴……

　　〔灯光渐暗。背景切换为祁连山下戈壁滩。音乐起，此处创作一段群舞——"沙场点兵"，或直接移植《大梦敦煌》军团进行曲舞段。舞毕，霍去病从列队的将士中威风凛凛地走出，大行李息随行（大行：负责礼仪的军官）。

霍去病 如此行进，大军不日便可返回长安。

李　息 是，将军。我军自西征之日，出陇西、渡黄河，北却匈奴、西逐诸羌，战无不胜。将军战功赫赫，圣上必会重重封赏。

霍去病 将士们随我出生入死，又岂是我一人之功？

李　息 将军"舍服知成而止"（引用自汉武帝奖赏霍去病的诏书），不贪财，不滥杀，不久留。若非将军统帅有方，岂能做到百战不殆？

霍去病 此次敌军虽受重创，然匈奴乃游牧蛮夷，只恐休养生息之后再犯我大汉。

李　息　将军所言极是！末将身为大行，熟知匈奴诸羌之秉性。此战虽捷，但他们定会卷土重来。河西与中原天遥地远，那时再挥师镇压，难免兴师动众，损耗国力。

霍去病　李息啊李息，本将军真是没看错你！大汉有尔等忠义臣子，其道大光矣！

李　息　将军唤我来想必另有吩咐，您尽可直言，末将定当肝脑涂地，在所不辞！

霍去病　好，那本将军就命你在咽喉之地屯兵筑城，镇守边邑。

李　息　（单膝跪拜）李息领命！

霍去病　择选城址，你有何想法？

李　息　末将认为，筑城既为成边所需，定要择一处地势险要的河谷地带。控河为险，隔阂羌戎，方能使其固若金汤。

霍去病　好一个"固若金汤"！可见筑城之事，交给你再稳妥不过了……即为金汤之意，那此城便叫作"金城"吧！

李　息　遵命！

　　　　〔背景切换回耿大爷宅院。

耿大爷　后来啊，正如霍去病预言的那样，河西又发生了叛乱。于是他再次领兵西征，仍是用兵如神，大获全胜。

伊　娜　简直太酷啦！

耿大爷　是啊！他凭借在河西战役中的卓著功勋，成就了一代名将的声威。话说他受封骠骑将军时，也就你这么大吧，名副其实的"少年封侯"！

伊　娜　他要是我男朋友就好了！

耿大爷　傻孩子，他要是你男朋友你就得哭死。

伊　娜　为什么？

耿大爷	汉武帝要给他修建宅邸,他却说:"匈奴未灭,何以家为?"你可不是要等傻掉?再说,他24岁就死了。
伊　娜	啊?真是天妒英才……不过爱上这样的男人,哪怕在一起一天也值!太爷们儿了!
耿大爷	呵呵,这你说的倒有理。他不光率兵有方、果敢有谋,战后还将浑邪王、休屠王部落投降的四万大军,安置在秦长城以北与黄河以南之间的陇西、北地、上郡、朔方、云中五郡,俗称"五属国"。打那时起,河西走廊正式纳入了中央王朝的版图。

〔伊娜随着耿大爷的讲述神思飞扬,激动不已。

伊　娜	大爷,您真会讲故事!
耿大爷	只是把知道的告诉你罢了。不过你这么喜欢听我真是很高兴,要是还想听啊就再来。
伊　娜	嗯嗯,那以后我可要常来打扰您咯,但您可别养狗啊,我害怕……
耿大爷	哈哈哈,不养不养。你来我高兴!
伊　娜	(若有所思地)这么多房子就你那一个人住,您不觉得孤单吗?
耿大爷	唉,这有什么办法呢?
伊　娜	那您没有别的亲人吗?
耿大爷	我还有个弟弟,可他……(心痛地)失踪了。
伊　娜	失踪?
耿大爷	嗯。他是先天性脑瘫,父母走后一直跟着我过。十三年前的一天,他突然像人间蒸发了一样不见了……我和老伴每天山上山下到处找他,不知把整座城翻了多少遍,可还

是……

伊　娜　也许他离开兰州了。

耿大爷　他离家的时候虽然已五十多岁了,但智力却只有五六岁,要出城或许也不大可能。唉,恐怕只有老天爷知道他在哪里吧。

伊　娜　那您就一直在这里等他回来?

耿大爷　嗯,自打老伴走了,我就没踏出过这扇门,生怕他找回来的时候我不在。

伊　娜　那您岂不是连个说话的人都没有?

耿大爷　有什么办法呢? 那可是亲兄弟啊!

　　　　〔二人沉默片刻。

伊　娜　(灵机一动)有了!

耿大爷　有什么?

伊　娜　兰州是旅游城市,有很多背包客来旅行的。您把这里改造成民宿不就好了? 那样每天都会有人来陪您说话啊。您想想看,您这一肚子兰州故事不正是他们想听的吗?

耿大爷　可我家在这半山腰上,会有人来吗?

伊　娜　当然啦! 您家可是在白塔山上好吗? 对于外地游客,哪里有比住在名胜古迹跟前更嗨的呢? 您这么多房间空着也是空着,只要稍加改造就 OK 啦! 等客栈开起来,您啊,就再也不会觉得家里空落落的了,捎带着天天还有钱赚呢。

耿大爷　孩子,你这想法好是好,可我不差钱,只要有人愿意听我讲故事就好。另外,要经营民宿就得办各种手续,即便办好了也要操心客人的吃住,很麻烦。我老了,折腾不起咯。

伊　娜　这样啊……那我想想该怎么办才好。

耿大爷　没看出你这小丫头还有副热心肠。

伊　娜　嘻嘻,将心比心嘛!

第二幕　粟特遗风

[耿大爷在院子里打太极,两个背着旅行包的年轻人喘着粗气来到门外,看着手机屏幕对照门牌。

托尼亚　是这里。

[许冬点头,牵起托尼亚的手敲门。

耿大爷　谁啊?

许　冬　您好,我们是来住店的。

耿大爷　(一脸疑惑地打开门)我这儿是住家,不是旅店。

许　冬　怎么会?我们可是看了广告来的。

耿大爷　啥广告?

托尼亚　Oh my God!我就说别信网上的小广告!

许　冬　别急,我再问问清楚。(把手机呈给耿大爷)喏,您看,这上面的地址是这里没错吧?

耿大爷　我眼花看不清,得戴老花镜。

许　冬　那我给您念念。

耿大爷　(急切地)念念,念念。

许　冬　"兰州春秋"客栈,坐落在白塔山520号,依山傍水、风景绝佳。此处建筑古朴,陈设雅致,是您体验兰州民居独特韵味的不二之选。试营业期间免收住宿费,但要做到以下三点:一、自觉清理生活垃圾,退房前须拆换被套床单;二、客栈提供灶具可自行烹调,但每次使用需给店主耿大爷准备一份;三、每晚8点,准时听耿大爷讲故事。

耿大爷　（拍大腿）嘿,我知道这是谁干的了!

　　　　　〔托尼亚和许冬面面相觑。耿大爷将大门拉开,一边招手示
　　　　　意他们进院休息,一边小跑着进屋。

托尼亚　好奇怪,不会是老先生被恶作剧了吧?

许　冬　来,先把背包放下,看看再说。

　　　　　〔许冬上前卸下托尼亚的背包放在院里的椅子上,又脱下自
　　　　　己的背包,继而和托尼亚一起走到台前远眺。

托尼亚　从这里看黄河太美了! 广告上还真没说错。

许　冬　嗯,一个地方有了河流,就有了灵性。兰州是中国陆域的几
　　　　　何中心,还是黄河穿城而过的唯一的省会城市,我觉得咱们
　　　　　一定能在这里留下美好的回忆。

　　　　　〔托尼亚依偎在许冬怀中,二人深情相拥。屋里传来耿大爷
　　　　　讲电话的声音。

耿大爷　伊娜,你这小鬼精灵还真给我打广告了……是啊,已经有人
　　　　　来了……啥? 你还替我置办了床单被套……哦哦,那你这
　　　　　两天一定要过来一趟,我得把钱给你。

　　　　　〔耿大爷挂掉电话从屋里出来,突然撞见许冬二人在外相
　　　　　拥,做出辣眼睛的样子咳了几声。许冬二人闻声分开。

许　冬　大爷,究竟是怎么回事啊?

耿大爷　呵呵,一个小朋友想帮我开民宿,这不,已经在网上给我打
　　　　　广告了。

托尼亚　这么说,我们可以住在这里啦!

　　　　　〔说着,托尼亚上前就跟耿大爷行贴面礼,耿大爷一时没反
　　　　　应过来,懵在原地。许冬和托尼亚见状,哈哈大笑。

许　冬　大爷,这是伊朗的贴面礼,呵呵。

耿大爷　（回过神来，面露难色，白）我咋有点犯怵呢？没想到第一天来的客人就是外宾。

许　冬　大爷，您别有顾虑，也不用招呼我们。其实看了这条广告我们就猜到一定是有人想用这种方式照顾您。

耿大爷　是啊，那可真是个聪慧善良的好孩子。

〔说话间，又有人敲门。耿大爷喊了声"门开着呢，请进"，一位快递小哥抱着一个大纸箱进来。

快递员　您是耿大爷吧，快递请签收一下。

耿大爷　（接过笔）哎哎，我是，小伙子辛苦啦，这么大箱子东西拿上来真不容易。来，赶紧喝口茶歇一歇。

快递员　没事儿，大爷，我骑摩托从盘山公路上来的，没走几步。

耿大爷　那就好，那就好。

〔快递员接过单据离开，许冬把地上的箱子搬到院里的石桌上，用钥匙划破胶带打开箱子。耿大爷感激地给许冬二人倒茶。

耿大爷　哎呀，给你们添麻烦了。

许　冬　举手之劳。

〔耿大爷把茶杯递给许冬，转身查看货物，从里面拿出草绿色的床上用品。

耿大爷　正好啊，你们今天就能用上！

托尼亚　真幸运，我最喜欢绿色了！

〔三人相视而笑。

〔灯光暗，背景换为金城关夜色——金色的灯光勾勒出金城关建筑群，亭台楼阁与长廊飞桥相映成趣，远远望去宛若天宫。耿大爷和许冬、托尼亚坐在院中乘凉，面前放着兰州特

产——三炮台盖碗茶。晚风拂过,清脆动听的异响再次从
山间传来。

托尼亚　你们听,这响声真好听!

许　冬　我听到了,从没听过这种声音。大爷,这是什么声音?

耿大爷　这是大自然的回响。

托&许　(异口同声)大自然的回响?!

耿大爷　这山上每晚都会发出这种声音,我弟弟患有脑瘫,可他只要
听到这声音就像正常人一样拉着我听,冲着我笑。打小我
就常去山里寻找声源,但从没找到答案。后来啊,我只当它
是大自然的回响,我想应该也没说错吧?

许　冬　没错,这就是最好的答案!

　　　　[于是,三人陷入对这奇异声响的遐思。

耿大爷　你俩来度蜜月的?

许　冬　嗯,早听说“中国西北游,相聚在兰州”。托尼亚和我想去西
藏,去新疆,还想去河西走廊,而兰州是去往这些地方的枢
纽,所以我们决定先到这里再说。

托尼亚　兰州太美太舒服了,我现在哪里都不想去了,就想待在
这里。

耿大爷　哈哈哈,那你们就多住些日子。

托尼亚　您真是太慷慨啦!(看看手表)对了,现在已经8点哦,您快
点儿给我们讲故事吧,嘻嘻。

　　　　[耿大爷端起茶碗喝了一口,微笑着讲述起来。

耿大爷　既然小托从伊朗来,那我们就来聊聊中国和伊朗的渊源吧。

　　　　[托尼亚赶忙前倾身体,往耿大爷跟前凑了凑,拉着许冬的
手认真地聆听起来。

耿大爷 从我国东汉时期直至宋代，丝绸之路上最活跃的就是粟特人。他们是生活在中亚阿姆河与锡尔河一带的古老民族，说着古中东伊朗语。他们啊，将西域的葡萄酒、珠宝、牲畜卖到中原，又从中原购买丝绸，以擅于经商闻名于欧亚大陆，是一个独具特色的商业民族……

〔灯光渐暗，波斯舞曲响起，亮起一束追光，一位妙龄胡姬走进追光舞动起来，周围身着唐装和少数民族服饰的人群不住为她鼓掌欢呼。一支粟特商队（有军队护卫）从繁华的街市中穿行。三人下，撤道具，背景转换为古代市井。胡姬下场，众人意犹未尽，却不得不各自散去。

〔灯光暗。渐起时背景切换为驿馆房间内。

〔侍女服侍哈梅德靠坐在床上后，端起一碗参汤喂她。哈梅德虚弱地扭过头去，表示吃不下。这时基努什敲门。

基努什 哈梅德，我请了杜大夫来看你。

〔侍女闻声放下床帏，过去开门。基努什引领一位汉族医者进来。医者放下药箱，走到床帏前的凳子上坐下。

杜大夫 夫人请伸手，在下要为您诊脉。

〔哈梅德伸出手来，杜为其号脉。基努什焦急地在一旁观望。片刻，杜大夫起身坐到方桌前开处方，侍女端上茶水。

基努什 杜先生，这不是我们的第一个孩子，之前她并无这般情形……

杜大夫 阁下不用惊慌，夫人这是湿淤阻滞、肾气虚弱，照方抓药、熬煎服下，不日便可祛湿排毒。

基努什 如此便好，如此便好。杜大夫不愧是金城名医啊！

〔说着，基努什从袍中取出一锭元宝递与对方。杜大夫连忙起身还礼,却并未接受。

杜大夫 我托阁下从西域带来的麝香和锁阳,都是极为珍贵的药材。为夫人诊病乃应尽之力,阁下实在不必客气。

基努什 欸,贩运交易本来就是我们粟特人的生存方式,治病救人亦为先生生活之道。先生如若不收,那我以后还如何与您做生意呢?

杜大夫 哈哈哈哈,基努什大人真不愧是大商人呐。那……在下就笑纳了。

〔杜大夫接过元宝行礼致谢,基努什扶肩还礼。杜大夫对基努什再作交待。

杜大夫 阁下一行车马劳顿,饮食无律,致使夫人异常疲虚。此时不宜参汤进补,需炖煮羊肉温补为宜。相信精心调养些时日,夫人便可恢复元气。

基努什 多谢先生。

〔基努什与杜大夫再次行礼,告别。侍女送杜出门后回来轻轻推着摇篮。基努什挂起床帏,为哈梅德拭去额头的汗珠后紧握住她的手。

基努什 杜大夫的话你都听到了,要好好调养才是。

哈梅德 怪我倔强,身怀有孕还要跟着你长途跋涉,一路拖累了你们。

基努什 不怪你,哈梅德,是我早答应你要带你去看尽长安的繁华。此行虽然辛苦,却有惊喜降临。这不,咱们的第三个孩子居然提前降生在这雄伟壮阔的金城关下,说不定他长大后能为一名神武的将军呢!

〔夫妻俩深情地看着对方,露出幸福的微笑。这时,哈梅德突然想起什么,露出懊丧的神情。

哈梅德 基努什,真该死,我们居然忘了给孩子抹蜜!

基努什 (安抚般抱了抱妻子)亲爱的,他一出生产婆就抹过了。你那时虚弱至极,不知道罢了。

哈梅德 作为母亲,我一定要亲手给孩子祝福才行。

基努什 哈梅德,你怎么还像个孩子一样呢?呵呵。

〔基努什从铜盆里淘了淘布巾为妻子悉心地擦拭双手,又走到柜子前拿起一只精美的罐子走回床前。侍女从摇篮里抱起婴孩来到夫妻二人面前。基努什打开蜜罐,哈梅德伸出食指在罐子里蘸了蜜,一脸慈爱地涂在婴儿唇间,满足地笑了。

〔灯光灭,场景切换回耿大爷院落。许冬和托尼亚入神地听耿大爷讲故事。

许　冬 给婴儿唇间抹蜜?是不是希望孩子长大以后会说话,会做生意呢?

耿大爷 这个你该问小托啊,呵呵。对了,小托,你们那里现在还有这样的习俗吗?你出生的时候父母有没有给你抹蜜呢?

托尼亚 嗯嗯,这一习俗现在也是有的,而且我们的婚俗也跟蜜糖有着紧密的联系——我和许冬结婚时,我的两个妹妹在我们头顶上方的白布上用蜜蜡棒擦出糖粉,象征着我们将沐浴在幸福之中。婚礼上我俩用小拇指蘸满蜜汁送入对方口中,寓意未来的生活甜甜蜜蜜。

〔说着,回忆着婚礼场面的托尼亚脸颊绯红。许冬牵起她的手,在婚戒上轻轻吻了吻。两人幸福的样子感染了耿大爷,他愉快地继续讲下去。

612

耿大爷	看见你们的戒指,我就想告诉你们,交换戒指是全世界通行的结婚礼俗,而这一婚俗就发源于文明古国伊朗。再说具体点,是发源于波斯古老的拜火教。
许　冬	是吗? 这我还是第一次听说。
耿大爷	拜火教崇拜的最高神灵就是左手握着金色圆环的长者,这圆环代表着契约精神与承诺。在古波斯,帝王之间签订协议时要互换金环,以此为信物。后来,民间婚礼仪式纷纷效仿,圆环就逐渐演变为男女双方共守婚约的戒指。
托尼亚	那么,为什么婚戒一定要戴在左手无名指上呢?
耿大爷	呵呵,我想是因为左手连心,心心相印吧。

〔许冬起身给耿大爷和托尼亚添水,夫妻俩端起茶碗给耿大爷敬茶。城市璀璨的灯火映照在三人愉悦的面容上,夏夜的蝉鸣声愈来愈响……

第三幕　智取金城

〔耿大爷正要出门,一名军人迎面而来。

黄振国	大爷,请问这里是耿大爷的客栈吗?
耿大爷	呵呵,没错,我就是耿大爷。你要住宿?
黄振国	嗯。您这是要出去?
耿大爷	啊,今天没客人,我正好抓紧时间去办营业执照。这样,门不锁了,你自己进去找间屋子安顿一下,要出去的话把锁挂上就行。
黄振国	您这心也太大了吧?
耿大爷	一看你这身橄榄绿还有啥不放心的!

〔黄振国欲言又止,尴尬地笑了笑。

耿大爷	赶紧进屋休息吧,我办完事就回来。对了,我回来时提个酿皮子和糖油糕咋样? 咱爷俩就不用愁晚饭了!
黄振国	您真是太好了。
耿大爷	这有啥,让人民子弟兵尝尝兰州特色小吃嘛! 你等着,我去去就回。
黄振国	大爷,我就是兰州人。再回首的酿皮子、杜维成的灰豆子、通渭路的洋芋片、马国礼的糖油糕……都是我最牵念的家乡味道啊!
耿大爷	哎哟,你还真是门儿清啊! 那行,大爷我晚上就先成全你一两样,哈哈哈。
黄振国	谢谢您! 那您快去吧,我给您守家啊!
耿大爷	好,好。
	〔耿大爷下场。黄振国将行李放在石桌上,环视四周后拿起扫帚打扫庭院。耿大爷匆匆忙忙赶回来。
黄振国	大爷,您这事儿办得也太快了吧?
耿大爷	我就没下山。
黄振国	您还是不放心我吧?
耿大爷	对! 我走半道上突然觉得不对劲!
黄振国	怎么?
耿大爷	你军装上没肩章领章!
黄振国	……大爷,我转业了。
耿大爷	哦,是这样啊……(突然想起什么似的)但我还是觉得哪里不对……对了,你刚才说自己是兰州人,那你为什么不回家住?!
	〔黄振国哑口无言,痛苦地抱住脑袋蹲在地下。耿大爷见

状,感觉像破了案一样兴奋。他半蹲着身子,对黄振国不住追问。

耿大爷　快说,你是不是冒牌兵? 到底为啥来我家?

　　　　[黄振国只是不语,耿大爷这下更火大。

耿大爷　好,你不说是吧,那我就只能打110了!

　　　　[耿大爷说着就从裤兜里掏出手机要报警,黄振国赶忙起身阻止。

黄振国　大爷,您别报警,我这就告诉您。

　　　　[耿大爷藏起手机,机警地往后退了退。

黄振国　我真是转业军人,我不回家是因为不敢回,我怕……

耿大爷　回个家怕什么?

黄振国　(艰难地)……怕父母难过,怕老婆嫌弃,怕儿子失望!

耿大爷　为什么?

黄振国　我已经……不是那个让他们感到荣耀的军人了……

耿大爷　唉,你这孩子……来来来,先喝点茶,咱慢慢聊。

　　　　[耿大爷引黄振国坐下,又给茶杯里倒上茶示意他喝。黄振国感激地双手接过茶杯。

黄振国　原以为可以保家卫国戎马一生,可没想到突然就让我们回家了。

耿大爷　那你这是自主择业了?

黄振国　嗯。

耿大爷　这多好啊,以后就能多陪陪父母和老婆孩子了。你想想看,国家保障了你的生活,你还可以去做自己想做的事情,这有什么好难过的?

黄振国　自己想做的事情? 可是……我这辈子就想当兵! 我在部队

生活了二十多年，早已脱不下这身军装了！

[黄振国眼含热泪，耿大爷也为之动容。二人相对无言。

黄振国　（回过神来）大爷，您不是要出去办事吗？

耿大爷　不打紧，咱爷俩聊着。有你给我守家，我多早晚去都行。

黄振国　这么说您不赶我回家了？

耿大爷　嗳，这叫啥话？你啊，解开心结再回吧，这个样子回去，真会
　　　　让家里人为你揪心呢！

[此时，山脚下传来鼓声。

黄振国　太平鼓？

耿大爷　呀，真是老了老了，老刘头儿昨晚专门打电话说金城关今天
　　　　有演出呢。

黄振国　是吗？我打小就爱听太平鼓。

耿大爷　那咱爷俩下去瞅瞅？

黄振国　不去了，这里听听就很好。

[二人站在台口向下俯瞰，山下传来阵阵鼓声。

耿大爷　你知道是谁发明了太平鼓吗？

黄振国　这还真不知道。

耿大爷　那我就给你讲讲……

黄振国　您讲您讲。

耿大爷　话说明朝元年，北元大将扩廓帖木儿乘虚而入占领了兰州，
　　　　还将城池以自己的汉族名字——"王保保"命名。于是，朱
　　　　元璋派兵西征夺城。可是金城易守难攻，就连明朝最著名
　　　　的将领徐达也拿它没办法……

[灯光渐暗，场景转换为城墙外。城墙之上站着蒙古士兵，
几面大旗上有"元"字样。徐达和副将上场。寒风习习，天

空中飞落着雪花。

副　　将　将军,此城地势险要、坚若磐石,再这般久攻不下,恐怕粮草
　　　　　都供不及啊,而且圣上……

徐　　达　真是"倚岩百丈峤雄关,西域咽喉在此间"呐! 唉,枉我徐达
　　　　　久经沙场,竟被王保保这小儿拖累至此。不行,我们必是要
　　　　　尽快想出办法攻下城池!

　　　　　[副将望着坚固的城墙和城墙之上彪悍的士兵,无奈地垂下
　　　　　头,紧抱双手向徐达请罪。

副　　将　末将无用,实无良策献与将军……

　　　　　[正在这时,两个乡民担着空水桶从二人面前经过,发出叮
　　　　　叮咚咚的响声。徐达上前将其拦住。

徐　　达　老乡,能否借桶一看?

　　　　　[乡民把桶递给徐达,徐拿在手里丈量起来,又将桶底敲了
　　　　　又敲。就在乡民和副将丈二和尚摸不着头脑时,徐达突然
　　　　　大笑起来!

徐　　达　此城可破,此城可破!

　　　　　[说罢,徐达将桶还给乡民,自顾自扬长而去。

　　　　　[切换背景:城门。城门之上刻"王保保城"。王保保站于城
　　　　　楼之上正观看城外乡民们迎接新年的社火,侍女呈上美酒
　　　　　一饮而尽,又拉过一个侍女狠狠亲咬起来,显得异常兴奋。
　　　　　这时,社火表演却离城越来越远,王保保大怒,对手下吼叫。

王保保　混账! 速去命那些乡民到城下耍给本王看!

侍　　卫　是!(领命便走)

王保保　滚回来!

　　　　　[侍卫折返回来低头听命。王保保脸色发红,酒劲上头。

王保保　打开城门让他们进来！今天是汉人的上元节，命他们敲锣
　　　　打鼓唱戏耍宝，让兄弟们一起乐呵乐呵！

侍　卫　将军，这……

王保保　胆敢违抗本王的命令?!

侍　卫　属下不敢，这就去办。

　　　　［城门打开，太平鼓表演起。霎时间，舞台上龙腾虎跃，一派
　　　　普天同庆的气氛。锣鼓击节、鼓身飞舞，众鼓手前纵后跃、
　　　　左旋右转，时而跳打、时而举打。他们起落有序，配合默契。
　　　　王保保与众将士在城楼上推杯换盏，大呼过瘾。就在这时，
　　　　在鼓阵前举旗的人突然指挥旗狠狠掷向一名守城的将领。
　　　　众鼓手见状，纷纷将鼓狠摔于地上，并从碎裂的鼓中取出兵
　　　　器，奋力向把守城门的士兵们砍杀过去。毫无防备的守城
　　　　士兵还没来得及捡起兵器，便一个个倒下。早已埋伏在城
　　　　边的徐达主力军冲进城内，与城内将士里应外合斩杀王保
　　　　保部人马。醉意被惊去大半的王保保在众侍卫的掩护下仓
　　　　皇逃走。

　　　　［山下的太平鼓声再次响起，灯光明灭间场景切换回耿大
　　　　爷家。

黄振国　真没想到太平鼓最初竟是军事用途。

耿大爷　是啊！这领兵打仗啊，不能单凭一腔勇猛，谋略才是取胜的
　　　　关键。

黄振国　嗯，您说的没错。可惜英雄无用武之地……我黄振国再没
　　　　有机会保家卫国了。

　　　　［黄振国再次陷入伤感的情绪。耿大爷上前拍拍他的肩。

耿大爷　傻孩子，和平年代的军人有和平年代的使命和职责，不是只

618

有打仗或救灾才算报国。

黄振国 您说的我懂,可是离开部队我真的不知道自己还能做什么?

耿大爷 不要低估自己的能力,你在部队受到的锤炼和学到的东西,是多少人都跟你比不了的。只要你勇于接受挑战,努力拼搏,一定会大有作为!

黄振国 (拍大腿站起来,激昂地)您说得对! 我能在部队干好,也一定能在社会上站住脚。如果祖国需要我们换一个方式为国效力,那我们更应该坚决服从命令!

耿大爷 (竖起大拇指)好样的! 不愧是新时代的军人!

黄振国 (向耿大爷行军礼)要不是您,我真的不知道什么时候才能转过弯来! 谢谢您!

耿大爷 我又没做什么,谢我干啥。人啊,有时候会把自己带进死胡同,其实换个思路想事儿吧,横在心里的那堵墙就不见了。

〔说着,耿大爷从桌上拿起一只小相框,指着自己和弟弟的黑白合影对黄振国说。

耿大爷 这个是我,这个是我患病的弟弟。有一天他突然不见了,从此杳无音信。十几年来我一直在等他回家,但他再也没回来。以前我总觉得是自己把他弄丢了,连做梦都跪在爹妈面前忏悔哭诉,身体也每况愈下。

黄振国 大爷,没想到您还经历过这么痛苦的事情。

耿大爷 是啊。后来我做了个梦,梦见他在世外桃源快活地过着小日子,我这心结就一下子打开了。我就在想啊,他从小到老就在这院子里被一家人看着,差不多哪里也没去过,兴许他离开后去了自己想去的地方呢。我啊,只管怀着希望等他就是了……

黄振国 我明白您的意思了,您是说生活并没有我们想象中那么糟,无论怎样都不该悲观失望。大爷,我感觉拧在心头的这根筋已经被您打开了。请您相信,我一定会找到自己!

耿大爷 相信!必须相信!

　　　　[黄振国一扫阴霾的心绪,精神抖擞地背起背包。

耿大爷 你这是……

黄振国 回家!

耿大爷 哎,这就对咯!

黄振国 大爷,明天见!

耿大爷 明天……见?

黄振国 对啊,明天我陪您办证去!

耿大爷 不用,刚回来就好好在家休息休息。

黄振国 您听我的,以后啊,您的事儿就是我的!对了,明天办完事儿啊,咱爷俩必须找个地儿喝一盅!

耿大爷 哈哈哈,好,好!

第四幕　水车之都

　　　　[雨天。耿大爷家院子里。外国青年皮特软弱无力地窝在廊檐下的椅子里。耿大爷从屋里走出来,小心翼翼地端着一只碗,边吹着碗里的汤药边叫皮特喝。

耿大爷 孩子,把这药喝了就不拉了。

皮　特 (赶紧撑起身体坐起来)一来就让您照顾,真不好意思。

耿大爷 这有啥不好意思? 谁还没个生病的时候。

皮　特 (接过药)这是什么?

耿大爷 中药啊,专治水土不服。趁热喝,凉了药效就减半了。

皮　特　(迟疑地)呃……

耿大爷　怎么了？赶紧喝啊。

　　　　〔皮特正想找借口推托不喝,不想耿大爷已将碗推到自己嘴
　　　　边,关切地看着他,用眼神示意他快喝。皮特只好硬着头皮
　　　　喝起来。可是他还没咽下去就将药喷出来,捂着嘴使劲
　　　　摇头。

皮　特　这也太难喝啦!

耿大爷　(兰州话)哎哟,喝个药费劲死老。(普通话白)娜娜给我送
　　　　来的这个娃能把我愁死,说是研究中国文化的留学生,一来
　　　　啥都没研究呢就上吐下泻了。我一大早下山给他抓药,辛
　　　　辛苦苦把药煎好,好嘛,直接给我吐了!

皮　特　大爷,对不起,我真的咽不下去。

耿大爷　(用不自然的笑掩饰心中不快)这里面有藿香和黄连,确实
　　　　很苦。只是你不喝药怎么能好? 药罐里还有一点儿呢,我
　　　　再给你端来,你憋着气喝下去好吧。

皮　特　不不不! 您还是饶了我吧!

耿大爷　饶了你? 这叫什么话! 我好心好意侍候你吃药,你咋……

皮　特　(赶紧辩解)大爷,真对不起,这药太苦了真的咽不下去,再
　　　　说……

耿大爷　再说啥?

皮　特　我看过中医方面的书籍,里面很多地方太迷信了。

耿大爷　胡扯! 中医可是中华传统文化的瑰宝!

皮　特　您别生气,我没否定这一点,只是发表自己的观点。我不明
　　　　白你们为什么一边说着"是药三分毒",一边又把各种奇怪
　　　　的草药放在一起煮来喝。要知道,人体排毒周期是 28 天,

那些药物残留累积在身体里很长时间都排不出去也会很伤人。而且我发现许多"药引子"也很奇葩，什么房檐的积水啊，锅底的黑灰啦，我真不相信这些东西能治病。

耿大爷　你……你爱信不信！你要是这么搞研究还是去别处搞吧，别再抹黑我们的传统文化！

皮　特　您别生气嘛，我不懂才问您嘛。

耿大爷　问啥问，别再气我就行了！

〔耿大爷气得转身进屋，摔门上锁。

〔灯光转换：傍晚，耿大爷家院。皮特提着一包东西从门外进来，见耿大爷独自坐在石桌前抽烟，讨好地过去搭讪。

皮　特　(拿出汉堡递给耿大爷)您还没吃晚饭吧，我给您买了汉堡。

耿大爷　(没接汉堡，仍旧望着远方抽烟)我吃过饭了。

〔皮特只好缩回手，把汉堡放回袋子里。随后，他站在院子里远眺黄河。

皮　特　兰州不愧是水车之都，我今天去了水车博览园，那水车可真大啊，十几架水车屹立在黄河岸边，太壮观了！

〔耿大爷一听此言，条件反射似的想给皮特讲水车故事，但他还在生气，所以欲言又止。皮特继续若无其事地自语。

皮　特　今天在读者大道看到"祖宗车"遗址，从碑文上得知是明代段续创制了水车。我得好好上网查查这位发明家。

耿大爷　(终于按捺不住)上啥网啊？问我不就得了！

皮　特　嘿嘿，您终于肯理我了。

耿大爷　我……

皮　特　大爷，之前是我不好，惹您生气了。但娜娜说您心肠特软，哄哄就好了。

耿大爷	嘿,我说你还真是个缺心眼儿,她给你支的招都告诉我啊?哈哈哈哈。
皮　特	呵呵,您高兴起来就好!您要再不理我,我就只能走人了。
耿大爷	往哪儿走?你给我好好坐这儿,我这就给你讲段续造水车!

[皮特开心地搬着椅子凑上去。

耿大爷	这段续啊,是我们兰州最杰出的历史名人之一。他出身书香门第,是嘉靖年间的进士……

[场景切换:明代金城,干涸的田地。老年段续在管家的陪同下来到田埂上。

段　续	家乡故土,阔别多年。而今告老,却在大灾之年。
管　家	回禀老爷,金城连年大旱,十年九不收,百姓实是疾苦不堪。
段　续	乡民为何不取黄河之水灌溉?
管　家	河岸遥远,普通百姓既无牛马又缺汲水工具,费力取来的水连家中生活都不能保障,哪里舍得浇地?即便有车有马的大户人家能取来河水,浇在庄稼地里也不过是杯水车薪。
段　续	(抚摸胡须叹息)庄稼乃民生之本,若颗粒无收,秋冬之时岂不是要饿殍遍野?
管　家	天灾如此啊……
段　续	凡事在人为,绝不可坐以待毙。走,回家!
管　家	是。

[场景切换:书房,深夜,几盏烛台。段续伏案画图,地上到处摆着竹筒、木制器械。段续妻推门进屋。

段续妻	老爷,您都多少个晚上没合眼了,身体会吃不消的。

[段续放下毛笔,活动着筋骨走向夫人。

段　续	夫人不必担忧……倘大功告成,老朽就可消解百姓之忧了。

段续妻　老爷一生为民请命,廉洁奉公,原以为辞官告老后可安享晚年,哪知却比从前更加操劳,唉……

　　　　　[段续携夫人绕过地上的各种工具来到案前,将图纸举起给她看。

段　续　我任湖广参议之时,见当地百姓用竹木制成筒车,利用水力激轮旋转提水灌田,功效显著。所幸我当时走访农户,求教工匠,绘制了这些图样。只可惜我对构造原理未尽精通,还未能参悟制车要领。金城百姓正遭旱灾,若能建成水车,便可引渠灌溉田地,解生民之苦。

　　　　　[段续与夫人相扶而笑,美好愿景似在眼前。灯光渐灭。

　　　　　[切换场景:黄河岸边,水车吱嘎。奔腾的水流从水车引渠流入田地。绿油油的庄稼长势喜人。段续在乡亲们的簇拥下再次来到田埂之上。

众乡邻　段大人,谢天谢地,您终于康复了!

段　续　老朽卧床三月,让乡亲们牵挂了,实在心有不安。

乡邻甲　大人啊,您都是为了救我们才熬垮了身子,是大伙儿心有不安呐!

众乡邻　是啊大人!

乡邻乙　要是没有您,我们此时恐怕还要像往年一样四处逃荒啊。您为百姓出钱又出力,真是功德无量啊!

众乡邻　大人功德无量……功德无量呐!

段　续　乡亲们,这里是生养我的家园,你们就是我的亲人,我不过为自己家里做了件小事罢了。

　　　　　[众乡邻向段续作揖,段续还礼。场景切换回耿大爷家院落。

皮	特	大爷,这下我相信娜娜跟我说的话了!
耿大爷		她又说我啥?
皮	特	说您脑袋里装着"上下五千年",是地地道道的兰州大辞典!
耿大爷		哈哈哈哈,这个鬼丫头!

　　〔说罢,耿大爷伸手从皮特带回来的袋子里拿出汉堡,打开就吃。

皮	特	您不是吃过了吗?
耿大爷		这几天我都给你气抑郁了,哪有心情做饭?

　　〔二人对视,哈哈大笑。

第五幕　左公伟绩

　　〔一位儒雅的中年男子敲门。正戴着花镜看书的耿大爷赶忙起身开门。

耿大爷		你找谁?
市	长	您好,我登山路过这里,看到门口写着"兰州春秋"客栈,就想进来转转。
耿大爷		呵呵,来,进来歇歇脚吧。
市	长	谢谢您。

　　〔耿大爷引市长来到院子中间,给对方斟上一杯茶。

市	长	"兰州春秋"这名字取得好,一看就知道主人很有学问。
耿大爷		我啊,退休前在图书馆工作,倒是整天跟地方文献打交道,可"学问"可真谈不上。
市	长	这人呢,只要一辈子专注一件事情,就能成为那个领域的专家。
耿大爷		哪里哪里,我顶多算个"老兰州"。

市　长	您既然是老兰州,那您说说兰州这些年变化大不大?
耿大爷	大啊,大得很哩!
市　长	您感觉哪里变化最大?
耿大爷	环境啊!要说咱们的蓝天工程还是很有成效。我年轻那会儿啊,成天价雾霾,出趟门回来口罩上俩黑窟窿。瞧现在天多蓝,北上广的游客没有不羡慕咱的!
市　长	嗯,兰州蓝确实让兰州人引以为傲!
耿大爷	其实早在左宗棠任陕甘总督时就十分重视西北的生态建设。这黄河两岸的柳树就是他下令栽的,所以老百姓管这些柳树叫"左公柳"。
市　长	左公确实功绩斐然!
耿大爷	说到功绩,其实他在兰州任职期间最重要的功绩是创办了兰州制造局。
市　长	哦?这我还真是不了解,还请您不吝赐教。
耿大爷	诶,赐教个啥啊,咱随意聊就是了。

〔耿大爷给对方续了茶水,并请对方落座。

耿大爷	同治五年(1866),左宗棠任陕甘总督,次年受封钦差大臣督办陕甘军务。同治十一年,沙俄派兵占据伊犁,左宗棠在筹划收回伊犁时提出"精求枪炮"的主张,将西安机器局西迁过来,兴办了兰州制造局,并从各地抽调技术工人前来生产枪、炮和弹药……

〔场景切换:总督府,会客厅一侧摆着一具棺材。堂间案桌前,左宗棠正会神疾书。赖长上。

赖　长	启禀大人,机器已从西安运抵金城,在下已命人装配调试。

〔左宗棠放下笔,从案桌后走出。

626

左宗棠　很好。赖长啊,你务实勤谨,又精通西洋枪炮制造,制造局
　　　　总办之职委任于你再合适不过。

赖　长　承蒙大人恩典。

左宗棠　从前我一百二十营大军所需军火全由上海洋行采办,军火
　　　　器械逾山水万里以达军前,一物之值已增数倍。洋枪、洋
　　　　炮、洋火、洋药,不独价值昂贵,购买亦费周章。最无奈者,
　　　　是因运输不及时而贻误战机。

赖　长　微臣深知大人创办军工的用意,(眼望棺材)亦感佩大人"抬
　　　　棺出征"的决心。

左宗棠　阿古柏倚仗沙俄势力蠢蠢欲动,入疆平叛迫在眉睫,制造枪
　　　　炮之事,尔等须上心督办。

赖　长　(单膝跪在左宗棠身前)大人放心,只要赖长一息尚存,必殚
　　　　精竭虑为大人分忧,为大清效力!
　　　　〔左宗棠双手扶起赖长,欣慰点头。遂引赖长来到案前,指
　　　　着奏章给对方看。

左宗棠　我正奏请朝廷批拨银两,为制造局增添设备、扩大规模。对
　　　　了,从江南制造局和金陵制造局调募的机械师和熟工都到
　　　　了吗?

赖　长　回禀大人,都到了。从福建、浙江、广东等地招收的技工也
　　　　已安置妥当,人手均已齐备。

左宗棠　甚好!我们要用自己制造的枪炮抵御外侵,更要大力发展
　　　　工业来振兴国家。

赖　长　大人所言极是。在下已经命人查阅皇历,择一良辰吉日便
　　　　可开工。

左宗棠　要我说,准备停当之日便是良辰。当下虽然收复了乌鲁木

齐和玛纳斯,但沙俄侵占伊犁后扬言"伊犁永远归俄国管辖"。放出这等狂言,其狼子野心昭然若揭。如若无法通过外交途径和平解决伊犁问题,那与之开战在所难免,眼下定要未雨绸缪,早做打算!

赖　长　是,大人。在下这就去安排,明日便举行动工仪式。

左宗棠　嗯,速去准备吧。

赖　长　遵命!

[场景切换回张大爷家院。

耿大爷　兰州制造局的设立,有收复新疆之图,可谓深谋远虑。

市　长　是啊,左公不愧是晚清名臣、民族英雄!

[二人怀着对左公的仰慕之情举茶对饮。

耿大爷　对了,你在哪里工作?　我怎么觉得在哪儿见过你?

市　长　哈哈哈哈,说不定就是见过呢!我在哪儿上班先跟您卖个关子,下次登门请教时我再告诉您。

耿大爷　好哇,呵呵。

市　长　您这里是个客栈,但怎么没见有客人啊?

耿大爷　之前试营业了一个多月,来的人还真不少。但这营业手续迟迟办不下来,我就先歇业了。咱是守法公民,要照章办事,等证照都办齐全了再营业不迟。

市　长　老人家,您可真是学养深厚、人品一流啊!

耿大爷　快别这么夸我。我呀,做民宿不图挣钱,就想把这一肚子"兰州春秋"跟往来的游客讲一讲,再者,也想跟他们打听打听弟弟的下落。

市　长　哦,是这样啊!不管怎么说,您宣传兰州的这份心真是令人感佩!(看看表)我该下山了,今天受教于您真是很高兴!

| 耿大爷 | 哪里话? 我啊,就喜欢讲故事。今天正愁没人唠呢,我该谢谢你才是,哈哈哈。 |

第六幕　三喜盈门

[耿大爷和几位房客在院子里的餐桌旁一起用过早餐闲聊。

房客甲	(拿起一沓照片给大家看)在兰州,随手按下快门,就是一张有故事的照片。瞧,这是我这几天拍的,怎么样?
房客乙	嗯,真不错!
房客丙	(拿起一张照片对耿大爷说)大爷,您家这位置,风景绝佳呀!

[敲门声传来,耿大爷欲起身开门。

| 房客丙 | 您坐着,我去开。 |
| 耿大爷 | (坐回椅子上)好,好。 |

[门打开后进来一行人。耿大爷和房客们不明就里,纷纷起身。

领导甲	(来到耿大爷面前)您就是耿怀熠先生吧?
耿大爷	我是,你们是……
领导甲	我们是市文旅局和市文明办的,今天专程造访是要联合授予您"兰州历史文化荣誉宣讲员"的称号。

[随行人员拿出证书,经由领导之手递给耿大爷。

耿大爷	这……我何德何能啊?
领导乙	您太谦虚了,咱们新上任的市长几次在大会上提到您,说兰州历史底蕴深厚,更是卧虎藏龙之地,让我们好好挖掘本土文化,要多向您这样的专家学者虚心求教。
耿大爷	你们搞错了吧? 我连门都没出过,市长咋会认识我?

领导甲	不会。这门牌号,这"兰州春秋",还有您老人家的名字……
领导甲	对了,您回想一下,有没有跟什么人聊过左宗棠。
耿大爷	(恍然大悟)原来,原来那位先生是咱们市长啊!
房客甲	大爷,平时不看本地新闻啊?
耿大爷	咳,我说怎么怪面善的,不过谁能想得到人家微服私访啊。

〔众人皆笑。

领导乙	耿老师,市长专门为您的客栈题写了楹联,嘱咐我们带给您。

〔随行人员将楹联展开呈给耿大爷。只见上面用毛笔书写着:"望河景咥牛大尽在兰州,谈天地论古今笑看春秋。"

耿大爷	哎呀,这太……太……太……

〔众人又笑。

领导甲	瞧您高兴的,呵呵,市长说他有空还会来拜访您的。这样,趁我们都在,这就帮您把楹联贴上去,好不好?
耿大爷	好!太好了!赶紧贴上,贴上。

〔大家一起来到大门口,两位随行人员往大门两侧贴楹联。就在这时,大门开启,一个小女孩跑进来,随后又走进一对夫妇。

小女孩	(张开双臂,扑向耿大爷)姥爷,姥爷!
耿大爷	(蹲下抱住孙女亲了又亲)蛋蛋,你可把姥爷想坏了!
女　儿	爸,我们回来看您了!
女　婿	爸!
耿大爷	哎,哎,回来好,好!

〔众人为耿大爷亲人团聚而高兴。邮递员上。

邮递员	请问这里是耿怀熠家吗?

耿大爷　我是，我是。

邮递员　大爷，您的包裹请签收一下。

耿大爷　好。

　　　　[耿大爷签字，拆开包裹。难以置信地望着拆出来的书……
　　　　发笑。

女　儿　爸，什么书啊？

　　　　[女儿接过书也怔在原地发笑。小外孙女见他们都笑而不
　　　　语，好奇地跑过去念出书名和著者。

小女孩　《听耿大爷讲兰州春秋》，皮特。

　　　　[众人恍然大悟，向老人表示祝贺。伊娜、黄振国等上场。

伊　娜　哟，今天家里够热闹的！

耿大爷　你这个鬼精灵，哪阵风把你吹来了？

伊　娜　(拿出录取通知书)报告：在您的辅导下，我考上兰大历史系
　　　　研究生啦！

耿大爷　瞧，我说的没错吧——爱学习的娃娃没啥能难倒！我啊，给
　　　　你点赞！

黄振国　叔，我也来谢您！在您的鼓励下，我的创业已经取得了阶段
　　　　性胜利——今天我的配送中心正式开业，我这是专门上山
　　　　请您给我去剪彩呢。

耿大爷　你这孩子说笑呢，我又不是啥领导，哪有资格给你的公司剪
　　　　彩，哈哈哈。欸，对了，今天家里还真来了领导，要不你请他
　　　　们给你剪彩咋样？

　　　　[在场领导听闻，大笑起来。众人彼此相望，也都笑了起来。
　　　　山间奇异的响声再次传来，所有人屏息聆听，耿大爷的目光
　　　　落在相框上，露出会心的微笑……

画外音 兰州厚重悠久的历史和令人回味的往事，为耿大爷架设起与外界沟通的桥梁。他把兰州故事讲给世界，也不断收到来自世界的问候。

〔剧终。

编剧：饶　晓

百字剧五则

凶　手

　　镇上来的干部到村里走访，村干部鉴于规定不敢明面铺张，暗中安排被走访村民摆酒招待。镇干部大醉呕吐在猪槽里，邻居家怀仔母猪吃后流产。邻居要求揪出"凶手"，村干部为掩盖真相组织大家编了一系列无法自圆的谎言。

荣　誉

　　男子和少女自幼订婚。男子留学归来主持造船。中法海战爆发，少女表示男子尽忠则自己尽节，男子侥幸未死，却在船只竣工前夕被间谍杀害。少女改变主意，决定活下去替男子看首航。娘家为请旌表勒死女孩。

广　告

　　医院院长想拍一部宣传产科救治高危孕妇的广告片。产科主任认为这将误导更多不适合怀孕的妇女铤而走险。志愿产妇和家属心

事重重。摄制团队怕没事更怕出事。几个月后婴儿出生而产妇死了。最终大家都觉得广告应该播出。

陋　规

水师提督新官上任,商霸几番用金钱美色笼络却不能得手。水师衙门旧有摊派之陋规遗存,新官见陈规如是依例延从。为彻底铲除商霸,新官历经曲折查找其背后利益链之源头,种种线索最终却都指向了自己对陋规的纵容。

父　子

膝下无子的权臣不知情下收养了政敌家遗孤,历经二十年苦心将孩子培养成人。一日,父子二人偶然双双得知了对方真实身份。一场以杀死对方为目的的冬猎就此展开,却因一场意外的雪崩最终演变为彼此救赎。

千字剧三则

借 钱

[窗外雪花飘飘,屋内一桌小酒已经摆好。

[李四系着围裙端菜上。

李 四　(唱)今天是腊月二十八,

　　　　　　等候着老张到我家。

　　　　　　十年前他经商把海下,

　　　　　　无有本钱就难坏他。

　　　　　　我借他十万是我老婆本,

　　　　　　这才有他白手起了家。

　　　　　　十年间房价涨了多少倍,

　　　　　　今朝番薯也不是昔日洋芋价。

　　　　　　约定了连本带息今日还,

　　　　　　做一桌家乡小菜我就等候他。

[李四把菜放到桌上。

李 四　我看看啊,哎呀,酒忘了拿了。

[李四下去拿酒,复上。李四摆酒。门外,张三提一只腊猪腿上。

张 三　(边嘀咕边找)幸福小区……101号……(闻)好香啊,瞧瞧,不用看门牌,肯定是这一家!

(唱)还是当年旧味道，

　　　　从小到大记得牢。

　　　　那是村前井水村后窖，

　　　　村左高粱村右稻。

　　　　香飘十里惹人醉，

　　　　尝过一回就知道。

　　　　门前我把老李叫——

李　四　(看表)怎么还没来？

张　三　老李！开门啦！

李　四　哟，来了！

　　　　(接唱)正说曹操就来曹操。

　　　　〔李四开门，迎张三进屋。

李　四　来啦来啦！瞧，菜都做好了，就等你！

张　三　哎呀！你们这个小区里面可不好找啊，楼挨楼，路弯路，每
栋楼都一个模样，要不是闻到我们家乡的老酒——(毫不客
气地端起一杯干掉)

李　四　欸欸欸，不要着急嘛。

张　三　我险些儿就迷了路！哈哈哈！

　　　　〔张三放下小盅，将腊猪腿递给李四。

李　四　这是？

张　三　家乡的腊猪腿！忘啦？

李　四　哎哟！是腊猪腿啊！这可是好东西啊！难得你还能弄得
来，有上十年没吃到了！你等等，我去蒸几块，加个菜，解
解馋！

　　　　〔李四拿着腊猪腿下，幕后传来李四愉悦的哼歌声。

636

［张三把大衣脱下，搭在椅背上，忽然想起什么，摸了摸身上的口袋，又摸了摸大衣口袋。

［李四上，解下围裙挂好。

李　四　腊猪腿已经蒸上了，一会闻到香味就好，来来来，先吃菜。

［张三和李四分坐，李四重给张三把酒倒满。

李　四　按照老家的规矩，咱们先来三杯！

张　三　先来三杯！

李　四　这第一杯——

　　　　（唱）都说男人有三喜，

张　三　（唱）升官、发财、娶美女。

李　四　（唱）依我看还有一喜胜三喜，

张　三　（唱）久别他乡遇知己。

　　　　干！

李　四　干！

［李四再斟酒。

李　四　这第二杯——

　　　　（唱）老哥我这里敬老弟，

张　三　（唱）多谢老哥好情谊。

李　四　（唱）当初下海属你有志气，

张　三　（唱）饮水要思源是投桃当报李。

　　　　干！

李　四　干！

［李四复斟酒。

李　四　老弟！

张　三　老哥！

李　四　(唱)说起了投桃当报李,

张　三　(唱)明算账来亲兄弟。

李　四　(唱)他主动提来我心上喜,

张　三　(唱)看他欢喜不免逗逗伊。

　　　　　　干!

李　四　干!

　　　　〔酒过三杯,李四等张三还钱,张三不提了,李四觉得有点
　　　　　尴尬。

李　四　老弟啊。

张　三　老哥。

李　四　你刚才说,亲兄弟,明算账。

张　三　是啊。

李　四　那你……(夹菜)那你吃菜! 吃菜!

张　三　(见李四拉不下面子,偷笑)嗯! 菜不错! 都是老哥你做的?

李　四　欸欸,都是我亲自做的。

张　三　(吃菜)好吃! 好!

李　四　(有些为难,找话头)老弟啊——

张　三　哥。

李　四　听说你生意做得老大?

张　三　哪里哪里。

李　四　给老哥讲讲。

张　三　这有什么,不讲也罢。

李　四　讲讲嘛。

张　三　没啥好讲。

李　四　讲讲嘛。当年外出打工就数你最有想法最有出息。

张　三　好,老哥你看得起,我就讲一讲这十年的生意。

　　　　　[李四给张三倒酒,聆听。

张　三　(唱)说起来经商就是卖东西,

　　　　　　　把那南边货卖到北边去。

　　　　　　　一年两年不景气,

　　　　　　　三年四年多难题。

　　　　　　　五年六年刚回本,

　　　　　　　七年八年才见利。

　　　　　　　转眼十年过得快,

　　　　　　　说起来行行业业都不容易。

李　四　不容易,不容易,不过总算是赚到钱了,那咱们那 10 万
　　　　　块……

张　三　(装难受)说到那 10 万块——

李　四　啊。

张　三　唉!

　　　　　(唱)不用老哥你多提醒,

　　　　　　　清清爽爽在心上记:

　　　　　　　第一年辛辛苦苦买了地,

　　　　　　　第二年盖了厂房添机器。

　　　　　　　第三年雇了工人开了业,

　　　　　　　第四年为了销路着了急。

　　　　　　　第五年专心跑销路,

　　　　　　　展销会跑遍了大江南北与东西。

　　　　　　　第六年刚刚要崛起,

　　　　　　　独生儿子娶了妻。

买了房子还要装修，

补贴都是爹妈的。

第七年媳妇生了个小孙女，

奶粉要买进口的。

第八年你弟妹偶然生了疾，

住院住了半年期。

她将将出院我又生病，

手术虽小费不低。

如今我哪有十万来还你，

老哥啊——

我找你再借十万我救救急！

李　四　这……

　　　　　〔李四懵，张三见状偷着乐。

张　三　（闻）哦！腊猪腿好了，你坐着，我去给你调个地地道道的蘸料。

　　　　　〔张三偷笑下，留下李四独坐，摸出口袋里的借条看了一眼。

李　四　唉，怎么会是这样呢？

　　　　（唱）我只当他今日是来还钱的，

　　　　　　　谁知他旧债没还要借新的。

　　　　　　　十万块说来不多也不少，

　　　　　　　一时间我上哪筹措来救他急……

　　　　　〔李四着急地边走边想，无意中碰倒了张三坐的椅子，从张三的大衣里掉出一包钱。

李　四　这——钱？（一想，似乎明白了）哦哦！

　　　　（接唱）好一个假意哭穷张老弟，

欺负我老实巴交蒙鼓里。

我这里将计且就计,

闲来无事我也吓吓伊。

[李四收好借条,把钱放进张三大衣,将椅子摆好,自己坐回椅子上。

[张三端盘子上。

张　三　腊猪腿来了,还有酱,来,尝尝。

　　　　[张三放下盘子,入座。李四尝了一口,点点头,放下筷子。

李　四　不错,还是以前的味道,我记得以前一条腊猪腿要五十块。

张　三　可不是,现在不一样了,正宗土猪贵着呢。

李　四　多少?

张　三　(伸出五个手指)五百都不止!

李　四　哦,涨价了。

张　三　这年头,什么不涨价。来来来,涨价也要吃!

李　四　哦,对了,你上次借钱的借条还在我这里。

张　三　咋了?

李　四　你不是要再借 10 万吗? 我算算本息,给你写张新的。

张　三　好好,老哥你来写,我签字!

李　四　(摸出借条,暗笑)老弟,我先把之前那十万的本息给你算算哦。

　　　　[李四与张三一起看借条。

李　四　(唱)上写着本金 10 万两点利,

　　　　　　一个月就是两千的息。(张三:啊?)

　　　　　　息滚息来利滚利,

　　　　　　十年就是——

张　三　多少?

李　四　(接唱)107。

张　三　万?

李　四　(接唱)是不差分厘。

张　三　107万?! 怎么可能这么多?

李　四　来,我算给你听嘛。你看啊,你写的借钱10万元,利息2%。

张　三　是啊,本金10万,利息2%,十年应该是12万。

李　四　欸! 你说的那是年利息,我说的是月利息。

张　三　月利息?!

李　四　啊,难不成是日利息啊?

张　三　好,就算是月利息,那一个月两千,一年二万四,十年连本带息就是34万。怎么可能是107万?

李　四　你说的那是固定利息,我说的,是利滚利。

张　三　(愤怒)怎么,怎么能这么算呢,那不是高利贷吗!

李　四　(指窗外)你看看外面的房子还有桌上这个腊猪腿,十年涨了何止十倍? 这点利息不算高啦。喏,你要再借10万,我给你重新写个借条,本金117万,月利息还是2%,我们还是亲兄弟明算账——

张　三　(发火)什么兄弟! 谁跟你是兄弟!

李　四　哎哟,生气了?

张　三　你,你这是明火执仗! 欺负老实人啊!

李　四　(背拱)哟,也不知是谁先欺负老实人。(转对张)你看,你是做生意的人,怎么这点经济头脑都跟不上形势?

张　三　我——我真是看错了你了!

李　四　看错啥了? 欠债还钱这不是很正常吗? (夹起一块腊猪腿)

是你自己说,这个以前卖 50 元的腊猪腿,现在 500 都不止。是不是你说的?

张 三 是我说的!

李 四 就是嘛,男子汉大丈夫,明理有心胸,一言既出驷马难追。再说了,你是大老板,这点钱,算个啥,是吧?来,借条我写好了,你在这签个字,吃完这顿饭我就给你取钱去。

张 三 我——

李 四 签啊。

张 三 我——

李 四 签啊。

张 三 我——我不签!(摔筷子)

李 四 (背拱)真生气了。老弟啊,听说你在老家开了个加工厂是不是啊?

张 三 关你什么事啰?

李 四 我听老家人说,专门加工肉制品,销路很广,很受欢迎啊。

张 三 (瞥了眼盘子里的腊猪腿)那是,我们都是明码标价,童叟无欺,不像有些人做事,不讲良心。

李 四 这些年大家出来打拼,虽然漂泊在外,总也想着为家乡做点事情。你带头做的那些,我和其他几个兄弟们也想参与参与啊。

张 三 亏了 107 万的生意,你敢参与?哼。

李 四 这 107 万里 97 万就算我们大家伙捐给加工厂了。

张 三 谁要你捐……你说啥?

李 四 97 万算我的人情,咱们之间就欠十万。

张 三 哦,你诈我啰?老李啊,你啥时候变得这么不老实了?

李　四　要说我不老实啊(指张三的大衣口袋),那也是跟你这个聪明人学的。

张　三　(恍然大悟,自语)哎呀呀,本来准备唬他一下,结果让他把我唬住了!

　　　　〔李四笑,张三从大衣口袋里掏出钱。

张　三　喏,10万本金,两万利息,你点点。

李　四　(用手一挡)本金你收着,再给你10万,算我入股,也为家乡事业做点贡献。至于利息,(指腊猪腿)都在这里了,老哥我吃到肚里,暖在心里。来来来,我代表当年一起出来混的兄弟们敬你一杯。来,干!

张　三　干!

李　四　吃完饭,咱俩取钱去。

张　三　哎!

　　　　〔二人吃饭,爆竹声中落幕。

流浪狗

　　　　〔张老头上。

张老汉　(念)老伴下世早,

　　　　　　养儿费辛劳。

　　　　我,张老汉,乃是村上的一名木匠。老伴早年去世,留下四女一男,四个女儿先后出嫁,小儿老五,年方一十四岁,陪我打柴为生。今早老五出门打柴去了,家中柴米空缺,我不免去到集上买些粮米等他回来。

　　　　〔张老汉开门抬脚欲迈,犬吠声,张老汉抬脚未落。

张老汉　哟,哪儿来这么一条小黑狗。(再打量)啧啧啧,浑身都是
　　　　泥,可够脏的。我说,喂——好狗不挡道,挡道非好狗,请问
　　　　你是哪条狗? 你是前村的?

　　　　　〔犬吠一声。

张老汉　哦,不是。那是后村的?

　　　　　〔犬吠一声。

张老汉　也不是。那你是走丢了?

　　　　　〔犬吠三声。

张老汉　哦,是走丢了。老话说,猪来穷,狗来富,猫儿来了开当铺。
　　　　大清早的,你就到我家门口来了,合着今朝该咱们有缘分。
　　　　来来来,请进来。

　　　　　〔张老汉让开,让虚拟的狗进入房间。

张老汉　儿不嫌娘丑,狗不嫌家穷。既然来了,你就别嫌我们家中贫
　　　　穷,等我儿子回来,带你下河洗个澡,我呢,再给你打个窝,
　　　　咱们就算是一个家里头的了。看你饿坏了吧?

　　　　　〔犬吠三声。

张老汉　我说吧,灶上还有半个馒头,我这就去拿来。你就在这儿乖
　　　　乖等着。

　　　　　〔张老汉走了两步,转身一看。

张老汉　还真没动,可真通人性啊。

　　　　　〔张老汉下。

　　　　　〔衙役打扮的李四上。

　　　　　〔张老汉上,喂狗。

张老汉　喏,快吃,快吃。

李　四　(念)只为战事紧,

挨家来征丁。

　　我，李四，乃是衙门里一名小吏。只因前方战事吃紧，奉命挨家挨户前来征丁。话说连年打仗，青年男丁早就征完了，今番有命，但凡年满一十三岁就要征取。我记得张老汉家有一个幺儿，仿佛是够了年龄。恐怕走漏消息使他逃走，我先到他家窥探一二。我说，张老汉在吗？

张老汉　哟，有人喊我。是谁啊？

李　四　是我啊。

张老汉　哦，是李公差。稍等，待我来开门。

　　〔张老汉要开门，狗吠叫，反复阻拦。

张老汉　让开，让开，我说你挡着我干什么呀。哎哎哎……

　　〔狗拖张老汉的裤脚，张老汉坐到地上。

张老汉　哎哟，摔得我这一把老骨头差点散了架。我说你这到底是要干嘛呀，再不听话，看我揍你。

　　〔张老汉佯装要打狗才得开门出屋。

张老汉　我说李公差，到此有何贵干啊？

李　四　哦，它是这么回事。今早我碰见一个人，说是你家大闺女从夫家捎来家书，问我你们家住在哪儿，我就说了，就住在山脚下大树边。我想恐怕是要紧的书信，不知道送到了没有啊？

张老汉　哦，有书信来啊。

李　四　啊。

张老汉　还不曾收到哇。

李　四　哦，还没有啊……那，你们家小五在家吗？

张老汉　上山打柴去了，还没回来呢。

李　四　小五打柴去了？

张老汉　啊。

李　四　小小年纪，真不容易啊。

张老汉　欸，也不小了。

李　四　多大啦？

张老汉　十四岁啦。

李　四　哦哦，十四岁啦。

张老汉　是啊，再过几年也该娶妻生子啦。

李　四　是啊是啊（暗点头），那他什么时候回来呀？

张老汉　一会就会回来了。

李　四　哦哦，一会就回来了……今天村里来了戏班唱大戏，您不去
　　　　　看看吗？

张老汉　哟，有戏看啊，但不知唱的是哪一出啊？

李　四　唱的是伍子胥过昭关的故事。

张老汉　哦，就是那个一夜之间急白了须发？

李　四　啊。

张老汉　后来在东皋公和皇甫讷的帮助下逃出昭关的伍子胥？

李　四　是啊。

张老汉　这个我爱听啊，我还能唱两句呢，咳咳！（模仿伍子胥唱）皇
　　　　　甫兄请上受一礼——

李　四　（打断）得得得，您啊，记得去看戏，我啊，就先走了。

　　　　　［李四下。

张老汉　哟，耽误好一阵子，待我集市去也。

　　　　　［张老汉关门，行路，圆场下，复上。

张老汉　（南锣）张老汉，集市往，

这些年集市它有点荒凉。

买了几斤米，

称了一包糖，

又想起家中事儿一桩。

小五说砍柴的斧头生了锈，

买一把新的就快又光。

看时间不早，待我回转。

（南锣）张老汉，家中往，

眼见又到正午晌。

开了门，到厨房，

备好了饭菜等儿郎。

哟，你还在这蹲着呢，真是听话。我啊，做饭去，做完饭小五就估摸着该回来了。到时候我们一家子一起吃饭，你说好不好啊？

〔犬吠。

张老汉　好嘞，我就做饭去了，你啊，还是乖乖在这趴着。（哼唱《文昭关》伍子胥唱腔）有劳你施下这全恩。焚香顶礼不为敬，来生变犬马当报你的恩……

〔张老汉将新斧头靠在桌角放下后下。小五上。

小　五　（念）清早打柴去，

正午转回程。

爹，我回来了。

〔小五放下柴，见狗。

小　五　欸，哪来这么一只小黑狗啊。还这么脏兮兮的。

〔犬吠。

小 五	长得还挺好看,我呀带你去河边洗个澡,以后咱们就是小伙伴了。走。

　　　　　〔小五牵狗,狗各种不顺从,一人一狗的身段。几番折腾,小
　　　　　五筋疲力尽。

　　　　　〔门外,李四暗上,寻机进入。

李 四	哟,小五回来了。你爹呢?
小 五	我爹做饭呢。
李 四	(眼睛一转)你姐姐叫人捎信来了,收到了吗?
小 五	姐姐捎信来了? 没见着啊。
李 四	欸,我刚才看见那人正在门口大树下转悠呢,你快去看看?

　　　　　〔李四诓小五出门,暗中掏出锁链准备抓小五。

小 五	没有哇,没有哇。

　　　　　〔李四刚要抓小五,犬吠,纠缠李四。

李 四	(对狗)给我起开这。

　　　　　〔犬大吠,李四无从下手。

李 四	(对小五)快把这条死狗给我弄走!
小 五	你听话,快过来,过来。

　　　　　〔小五想拉开狗,狗不依不饶,李四躲闪,张老汉上。

小 五	(慢慢靠近狗)啊!

　　　　　〔狗忽然咬住小五的脚,拖拽不放,李四和张老汉双双惊见,
　　　　　张老汉上去解救不成。

张老汉	松口!

　　　　　〔众人身段,小五的脚始终被咬住挣脱不得。

张老汉	松口!

　　　　　〔张老汉束手无策,情急之中返回屋子取来斧子,连砍狗

三下。

张老汉 快松口！

〔狗死。

李　四 得咧，好不容易找到一个男丁，这下脚废了还征个屁！

〔李四愤下，剩下张老汉抱着受伤的小五坐在地上发愣。

〔幕后传来远处戏班唱《文昭关》声、喝彩声，追光收到地上的斧头。

幕后戏 （唱）皇甫兄请上受一礼——

　　　　　　有劳你施下这全恩。

　　　　　　焚香顶礼不为敬，

　　　　　　来生变犬马当报你的恩。

　　　　　　伍员心中千般恨……

〔声渐消，光暗，剧终。

互　换

〔孟尝君府邸。

〔门客甲乙丙丁引孟尝君上。

孟尝君 （唱）想文王和武王兴兵灭纣，

　　　　　　经万难归一统国号大周。

　　　　　　召公奭周公旦贤士辐辏，

　　　　　　周幽王重褒姒轻视诸侯。

　　　　　　王纲坠众邦家龙争虎斗，

　　　　　　百年来列国中干戈不休。

　　　　　　楚燕韩和赵魏豺狼猛兽，

兴人马争城池各逞吴钩。

西有那虎狼秦每思入寇，

东有我齐国的虎贲兜鍪。

恨只恨众大夫泥胎木偶，

一个个图安逸为稻粱谋。

因此上招贤榜令人张就，

招贤士求能人为国分忧。

冯先生去收账时日已久，

是何故到今日不见回头？

众位先生——

四门客	大人。
孟尝君	冯先生去至薛城收账，时至今日不见回来，不知是何缘故？
门客甲	大人！
	（唱）冯谖临去满脸笑，
门客乙	（唱）弹铗的人儿惯装幺。
门客丙	（唱）不太好来不太妙，
门客丁	（唱）莫非他收了账目卷一包，便要脱逃？
孟尝君	欸，此言差矣。我记得冯先生临去之时问我收账回来，需要采买什么。是我言道，我这府中缺少些什么，先生斟酌采买便是。想是他为采买奇珍异宝故而回迟，我们再等等消息也好。
侍　从	（内）报——
孟尝君	来了。
	〔侍从上。
侍　从	启大人，冯先生收账归来已到府门。

孟尝君　可曾采办什么珍奇之物？

侍　从　回大人，冯先生去至薛城收账，分文未得。

孟尝君　却是为何？

侍　从　冯先生到薛城之后，召集百姓，问过收成，便将账册债券付
　　　　之一炬。还杀牛买酒，宴请债户，故而空手而归。

孟尝君　哦，空手而归，这这这叫人，好恼！

　　　　（唱）好一个小冯谖当真胆大，

　　　　　　　亏得我苦盼望两眼巴巴。

　　　　　　　烧账册点起了烈火一把，

　　　　　　　顷刻间灰飞烟起流水落花。

　　　　　　　怒冲冲叫家人——

侍　从　有！

孟尝君　（接唱）等爷发话，

　　　　　　　预备了绳索棍棒将他捆拿，我岂肯饶他！

　　　　〔冯谖上。

冯　谖　烦劳通禀，冯谖回来复命。

侍　从　候着。（转入内）启禀大人，冯先生回来了。

孟尝君　（一拍桌子）叫他报门而进。

侍　从　是，大人有话，冯谖报门而进。

冯　谖　（整理衣服）报，冯谖——告进！

　　　　〔冯谖进门。

冯　谖　冯谖见过大人。（施礼）

孟尝君　冯谖！

冯　谖　大人。

孟尝君　闻听人言，我派你去薛城收账，你不仅分文未曾讨得，还杀

牛买酒宴请那些债户,此事是真是假?

冯　谖　此事是真。

孟尝君　酒足饭饱,你将账册债券当众焚毁,可有此事?

冯　谖　确有此事。

孟尝君　冯谖——

冯　谖　大人。

孟尝君　你办的好差!

冯　谖　谢大人夸奖。

孟尝君　(唱)开言便把冯谖骂——

冯　谖　(唱)大人且莫怒气发。

孟尝君　(唱)办错差事还不怕,

冯　谖　(唱)小人并无半点差。

孟尝君　(唱)火烧债券事不假,

冯　谖　(唱)些小功劳不必夸。

孟尝君　(唱)家人将他按堂下,
　　　　　　　先打板子后把头杀。

冯　谖　大人! 我有一言,听了再杀!

孟尝君　你还有何话讲?

冯　谖　岂不闻"人而无信,不知其可也。大车无辕,小车无轨,其何
　　　　以行之哉!"冯谖求大人言而有信。

孟尝君　此话怎讲?

冯　谖　大人,想冯谖临行之时也曾问过大人,收账之后,需要采办
　　　　什么。大人言道"府中缺少什么,先生斟酌采买便是"。

孟尝君　不假。

冯　谖　想大人府上,多的是奇珍异宝,是冯谖斟酌许久,为大人买

了一件奇缺之物。

孟尝君　什么？

冯　谖　民心。

孟尝君　(大怒)嘟！大胆冯谖，满口胡言，扯下去先打一百。

冯　谖　容我一辩。

门客甲　大人，事有因果，还需明白。

门客乙　胡作非为，讲者何益？

门客丙　做贼不打，哪有王法？

门客丁　对，打打打！

孟尝君　(按下怒气)就容你一辩。

冯　谖　是。敢问大人，如今在齐国，大人的地位如何？

孟尝君　一人之下，万人之上。

冯　谖　敢问那一人是谁？

孟尝君　就是我主齐王千岁。

冯　谖　着哇！大人在我国，位在齐王之下，万万人之上。齐国百姓
　　　　莫不知孟尝的威名，连他国也因我国有大人不敢妄加侵扰。
　　　　外面都道“天下知有孟尝君，而不知有齐王”。大人，你如今
　　　　好险呀！

孟尝君　哦？

冯　谖　故而冯谖为大人买得民心，大人，民心不可小觑呀！

孟尝君　冯谖，任你花言巧语，危言耸听，我却不信你的当！扯了
　　　　下去！

冯　谖　大人——

太　监　(内)圣旨下。

　　　　[太监上，众人跪。

太　监　田文接旨。

孟尝君　臣。

太　监　今有田文自恃功高，每多狂悖，藐视君王。齐王念其昔年有功，免其死罪，今罢黜相国之职，着令即刻离开都城，不得迟误。钦此。

〔孟尝君领旨，太监下，四下一时纷乱。

四门客　大人，我等告辞。

孟尝君　你们要走？

门客甲　大人罢相，我们失了依靠，实实不得已。

门客乙　实不瞒大人说，我们到底也是为吃饭。如今大人没了势力，我们也没了饭碗。

门客丙　此时不去，更待何时？

门客丁　咱们后会，有期。

〔四门客下。

孟尝君　（唱）楼高百尺转眼间倾了大厦，

　　　　　　门客三千一霎时散若扬沙。

　　　　　　齐国中四方土天地虽大，

　　　　　　孤零零竟不知何处是家。

〔孟尝君无精打采闷坐。

冯　谖　大人？

孟尝君　（以为冯谖要走，挥挥手）去吧。

冯　谖　（笑）冯谖非为请辞，但请大人动身。

孟尝君　动身？（苦笑）齐国虽大，如今哪还有我立锥之地！

冯　谖　大人何不去薛城？

孟尝君　薛城？唉，也罢，事已至此，万般都依先生。

冯　谄　是，车辆走上。

〔车夫推车上，孟尝君上车，马夫带马，冯谄上马，行路。

孟尝君　(唱)闷悠悠悲切切上了车驾，

　　　　　　　一时间顿觉得心乱如麻。

〔孟尝君情绪低落，冯谄却怡然自得。

冯　谄　大人，你看那旁青山绿水。

孟尝君　(唱)青山绿水堪入画，

冯　谄　那山中樵夫好生矫健。

孟尝君　(唱)到如今却羡慕樵家渔家。

冯　谄　过了长亭。

孟尝君　(唱)过长亭又短亭车声轧轧，

冯　谄　前面小桥流水，还有蛙鸣之声。十分有趣！

孟尝君　(唱)我哪有闲情听鸣蛙。

冯　谄　天色不早，我们速速加鞭。

孟尝君　(唱)四野不明暮色压，

冯　谄　红日西坠，眼看就快到了。

孟尝君　(唱)满目苍茫夕阳斜。

　　　　〔众百姓携儿带女箪食壶浆上。

乡　长　薛城百姓迎接大人。

孟尝君　何人拦路？

冯　谄　禀大人，薛城百姓携老扶幼，都来迎接大人。

孟尝君　(唱)听说是薛城父老前来迎迓，

乡　长　小民们感念大人免去薛城百姓一应账目，这等大恩，无以为
　　　　报。今闻大人回到薛城，全城百姓箪食壶浆在此迎候。

孟尝君　原来如此！冯先生！

冯　谖　大人。

孟尝君　（唱）才知你买民心种豆得瓜！

冯　谖　大人请——

　　　　　〔音乐中，百姓拜孟尝君，孟尝君拜冯谖。造型，落幕。

万字剧

新编现代京剧·绝命后卫师

（根据钱林森先生同名电视剧及小说改编）

人物表（出场顺序）

苏达清　红34师102团团长

许　婷　红军医院军医,苏达清的妻子

冯院长　红军医院院长

张桂雄　闽西青年,红34师102团战士

李满玉　闽西女子,张桂雄的妻子、师妹,后为红34师102团
　　　　战士

老石头　闽西老头,人称赖老石头,赖娇娇的父亲,后为红34
　　　　师102团战士

赖娇娇　闽西少年,赖老石头独子,后为红34师102团战士,
　　　　改名赖骄骄

林金香　闽西少年,金香奶奶的最后一个孙子,后为红34师
　　　　102团战士

林奶奶　闽西老太,林金香的盲奶奶

陈树湘　红34师师长

俞选文　学校教师,后为红34师102团新兵连政治委员

李云杰　湘军27军军长

许克祥　湘军27军副军长

老族长　客家族长

其　他　情报员、通讯员、红军医院医生、护士、红军战士、村
　　　　民等若干

第一场

[红军医院,一场热闹的婚礼正在举行。新娘许婷和新郎苏达清在医院同志们的拥簇下走到一起。医院院长发表讲话。

冯院长　今天,是我们红军医院的好日子,我们优秀的医生许婷同志和我们的战斗英雄苏达清同志因为共同的革命理想走到了一起。我代表党组织向二位新人表示祝贺!下面请二位新人来跟大家说几句。

许　婷　(不好意思)我,达清,还是你说吧,你说吧。

苏达清　我是个粗人,你读过书。(见许婷态度坚持,接过话来)那好,那我就说两句。我,苏达清,闽西客家人,党员。我是农民出身,父母都不在了,家里也没有兄弟姐妹。按照我们老家的风俗,我是应该给许医生聘礼的,可是我确实是一无所有。哦,除了这个——(拿过一个手电筒)这个手电筒替我挡过子弹,救过我的命,许医生也救过我的命。我把这个,送给你。(将手电筒递给许婷)我发誓,这辈子都会对许医生好。虽然今天条件艰苦了点,等到革命胜利了,请大伙都去我们永定做客,糯米酒管够!谢谢大家!

冯院长　(带头鼓掌)好,下面我宣布,许婷同志和苏达清同志正式结为夫妻,祝愿他们……
　　　　[冯院长话音未落,飞机声忽然由远而近。

冯院长　快!快隐蔽!
　　　　[爆炸声陡起,四周震动摇晃,电灯熄灭。黑暗中,飞机声由近而远。

659

苏达清　（黑暗中）婷,快跑,快跑。

　　　　[一盏小灯亮起。许婷来到病床前,呼唤躺在病床上的苏
　　　　达清。

许　婷　达清、达清。（见苏达清未醒）又做梦了。

　　　　[许婷为苏达清整理被子,顺手将滑落在地上的苏达清的军
　　　　装拾起来,忽然发现衣服上的弹孔,转身取针线缝补。

许　婷　（唱）夜渐深声渐寂月暗灯暗,

　　　　　　针脚密丝线长情牵意牵。

　　　　　　一针针一线线寄托心愿,

　　　　　　保佑他枪林弹雨总周全。

　　　　　　回忆往昔两相伴,

　　　　　　夫上前线妻救援。

　　　　　　虽说革命志如铁,

　　　　　　如钢似铁也缠绵。

　　　　[许婷缝好衣服,将衣服盖在苏达清身上。

苏达清　婷。

许　婷　你醒啦?

苏达清　你没事吧?

许　婷　我当然没事,是你有事。

苏达清　我有什么事?（看看四周）

许　婷　你又做梦了。

苏达清　对,（想起来）我是做梦了。我梦见咱们正在举办婚礼,短命
　　　　的就来轰炸,我一扭头看不到你,急坏了! 这一急,就醒了。

许　婷　你急,你做病人的急,我做医生的比你还急。知道吗,那颗
　　　　子弹距离你的心脏就只有这么（用手比画）一点距离,就差

一点点!

苏达清　不怕,我是属猫的,有九条命!

许　婷　可你身上已经有九个弹孔了,你的九条命都用完了你知道吗?

苏达清　那也不怕,有你这个大医生在,什么子弹都不怕! 你看,你看(比画),我这不是都好了么。

许　婷　你瞧瞧你,都是要做父亲的人……(突然发现说漏了)

苏达清　你说什么? 我要做父亲了?!

许　婷　(有些不好意思)都快两个月了。

苏达清　(激动地一下坐起来)快,让我听听。(拉过许婷,靠近她的腹部听了几秒)没动静啊?（又听)

许　婷　才两个月怎么会有。

苏达清　哦,对对对。

许　婷　所以说,以后不能那么冲动了。

苏达清　是是是,你说的对,为了我儿子,我也要把这条命好好留着。
　　　　〔通讯员上。

通讯员　报告! 报告团长,上级来电,希望您伤好之后立即归队。

苏达清　知道了,就说我伤已经好了,马上就归队。

通讯员　是!（下）

许　婷　(担忧)你才刚刚脱离危险,这么紧急吗?

苏达清　现在战争形势越来越严峻,上级既然命令我立即归队,一定是有刻不容缓的任务。

许　婷　哦,那我就不多说了。这个给你。(掏出一个小红布包)

苏达清　(接过打开,里面是一枚弹头)子弹?

许　婷　这是我从你心脏旁边取出来的,我把这颗差点要了你命的子弹交给你,希望它给你带来好运,让死神永远和你擦肩而过。

苏达清　放心吧,有你和儿子等着我,马克思才不想那么快见我呢。

许　婷　千万小心自己,为了我,也为了我们的,孩子。

（唱）未知前路多艰险,

妻有叮咛记心间。

宿营当心冷和暖,

行军莫忘寝与餐。

苏达清　（唱）寝食冷暖莫挂念,

救死扶伤更为艰。

想你孤身还有孕,

叫人担忧心上悬。

许　婷　（唱）我是医生何须患,（把补好的衣服递给苏达清）

同事互助也不难。

秋水望穿只一件,

待你平安把家还。

苏达清　（唱）我若是不能平安转回返……

许　婷　胡说!

苏达清　唉!

（唱）天有晴雨不由占。

倘若是归期无望背人愿,

休为我辜负好华年。

许　婷　（唱）不死我就等,

一天是一天。

不死我就等,

一年算一年。

　　　　　　　教儿把书念,

　　　　　　　教儿把军参。

　　　　　　　就算今生难相见,

　　　　　　　此心此意不变迁。

　　　　　　　就算今生难相见,

　　　　　　　此心此意不变迁。

苏达清　　婷……

许　婷　　达清……

幕后歌　　(唱)平安去,平安还,

　　　　　　　临别话儿说不完。

　　　　　　　但愿太平归来日,

　　　　　　　并看花开满青山。

　　　　[两人相拥,依依不舍。苏达清临去顽皮地给许婷敬了一个
　　　　礼。苏达清刚走,冯院长急匆匆上。

冯院长　　小许,快,通知大家紧急集合!

许　婷　　院长,出什么事了?

冯院长　　刚参加了中革军委的紧急会议,中央决定要走。

许　婷　　走?去哪儿?

冯院长　　不知道,没有人知道。

许　婷　　那伤病员怎么办?

冯院长　　能带的带走,带不走的疏散到群众家里。

许　婷　　还有那么多的医疗器械?

冯院长　　中革军委特别强调,各单位所有财物全部带走,连一个坛坛
　　　　罐罐都不能丢。(欲下)

663

许　婷	院长——哦,不该问的我不会问,我只想知道,还有多少准备时间?
冯院长	(叹了口气)天知道。(下)
许　婷	(望着苏达清远去的方向)达清……(暗)

第二场

[数日后,夜,闽西革命根据地。

[闽西102团战士张桂雄和另一位战士值换巡逻岗,那位战士刚下,张桂雄就发现有人靠近。

张桂雄	(警觉)什么人!
李满玉	雄哥,是我。
张桂雄	满玉,你大半夜不在家睡觉,怎么跑到这儿来了?
李满玉	睡不着,你不也没睡嘛。
张桂雄	我要巡逻,你呢?
李满玉	我——我是有话想跟你商量。
张桂雄	有什么话非得现在说?
李满玉	明天商量就来不及了。雄哥,你说,我爹临死的时候你发的誓还算数吗?
张桂雄	当然算数啦,大丈夫一言既出,驷马难追。
李满玉	那好,明天扩红的时候,我也去报名。
张桂雄	你去? 你去干什么?
李满玉	和你一样当红军啊。
张桂雄	那怎么行,你一个姑娘家,打仗是男人的事。
李满玉	张桂雄,我现在算看出来了,什么会照顾我一辈子,什么白头偕老,都是撒谎!

张桂雄　你是我师妹,是我老婆,师父是我岳父,我骗谁也不会骗你俩。

李满玉　那我们说过,永远在一起,你去哪儿我就去哪儿。

张桂雄　我是说过,可是……嗨!这是两码事。再说,人家也不收女人啊。

李满玉　(语调诡异)那我要是个男的?

张桂雄　那我没话说,打虎亲兄弟,上阵父子兵。

李满玉　这是你说的啊。

张桂雄　啊。

李满玉　走啦。

张桂雄　你干吗去啊?

李满玉　回家睡觉啊,说不定一觉醒来,我就梦想成真,成为男人了呢?嘻嘻。

　　　　[李满玉下,张桂雄摸不着头脑,一脸无奈地继续巡逻。切光。

　　　　[光起,舞台上出现两户闽西人家。一户是赖老石头家,一户是金香奶奶家。有些女孩气的赖娇娇正抱怨自己的父亲不理解自己,而林金香也正纠结着要不要去参加红军。

赖娇娇　哼,我就是要让那些说我像女孩的人看看,我赖娇娇也是有理想的男子汉!

　　　　(唱)参红军为圆我革命理想,

　　　　　　俞老师谆谆教诲在心旁。

　　　　　　有多少妇女儿童犹反抗,

　　　　　　我怎能袖手旁观枉儿郎。

　　　　[林金香家的供桌上挂着的六个红飘带,上面依次写着林大

雄、林二雄、林三杰、林四红、林五军、林六国等名字。

林金香 （唱）白日里扩红口号多响亮，

林金香何去何从暗彷徨。

兄长们前赴后继指方向，

又恐怕撇下了老奶奶年迈凄凉。

哥，你们告诉我，该怎么办？

〔林奶奶拄着拐杖上。

林奶奶 奶奶告诉你怎么办！当红军，打敌人，像你哥哥们一样，做个顶天立地的男子汉！

林金香 可是奶奶，我怕——

林奶奶 怕什么？怕死吗？

林金香 不，我怕我走了，奶奶你没人照顾。你年纪大了，眼睛又看不见……

林奶奶 傻孩子，奶奶有苏维埃政府照顾，田有帮耕队种，不用你操心。你有一身好功夫，就该投红参军，奶奶支持你！

林金香 奶奶……（抱住林奶奶）

老石头 （一边收拾酒坛子）儿子，还不睡觉干吗呢？还想着当红军的事啊？唉都是那个姓俞的一个劲地鼓动，也不知道我们赖家上辈子欠了他们俞家什么债。

赖娇娇 爸！你怎么能这么说俞老师呢，俞老师从来没有鼓动我参加红军。这是我的理想！

老石头 不是他鼓动你，你哪知道那么多道理，什么这理想那理想的，我只知道酿酒、卖钱、养儿子续香火。我就你这么一个儿子，苏维埃政府不是也有规定，未满 17 岁的独子可以不参军的嘛。

赖娇娇　总之我要去报名,就算你是我爹,你也不能拦着我。

老石头　只要你不去报名,我认你做爹行了吧? 睡觉!

赖娇娇　哼!(暗)

　　　　〔雄鸡破晓,闽西土楼前飘来民歌,土楼里的老百姓开始一
　　　　天的生活。

民　歌　(唱)风吹竹叶响叮当噢,

　　　　　　　自动报名上前方噢,

　　　　　　　前方打倒反动派噢,

　　　　　　　打得敌人一扫光噢。

苏达清　(内唱)接命令连日里奔走紧——

　　　　〔苏达清上,看着家家户户门上的烈属牌。

苏达清　(唱)为扩红走遍了闽西山村。

　　　　　　　反围剿敌我恶战松毛岭,

　　　　　　　松毛岭——伤亡数万兵。

　　　　　　　只杀得天也摇来地也震,

　　　　　　　只杀得热血洒尽遍野尸横。

　　　　　　　只杀得青山翻为焦土地,

　　　　　　　只杀得百里山中无鸡鸣。

　　　　　　　到如今扩红求振奋,

　　　　　　　枯木重春赖有根。

　　　　　　　遍访归来扪心问,

　　　　　　　纵然有心少有人。

　　　　　　　家家户户有孀寡,

　　　　　　　烈属牌十室九悬门。

　　　　　　　思想到此悲难忍——

男儿泪不轻弹,到此时也纷纷……

［陈树湘上。

陈树湘　老苏,扩红的情况怎样啊?

苏达清　时间紧,任务重,我看够呛!

陈树湘　是啊,局势对我们不利,队伍损失惨重,乡亲们的积极性恐怕一时半会还是会受一些影响。

苏达清　前几次扩红,闽西多数青壮年都参加了红军,松毛岭一战,咱们闽西兄弟死伤惨重,放眼望去,田间地头除了老弱病残,就是大姑娘小媳妇。

陈树湘　巧妇难为无米炊,要动员大家参军,我想还是得从保障军属生活有所依靠入手,多做工作!

　　　　(唱)共产党她代表广大群众,

　　　　　　与人民利益相关心相通。

　　　　　　为军属安排好助耕帮种,

　　　　　　老百姓无顾虑才能支持扩红。

　　　　　　只要能加强宣传齐发动,

　　　　　　定能够得民心者得护拥。

　　　　　　人尽其才物尽用,

　　　　　　战无不胜事必成功。

苏达清　你说的也是,哦,我再去隔壁村看看报名的情况。(下)

　　　　［苏达清刚离开,俞选文就急忙赶来。

俞选文　(唱)急匆匆广场上来把名报,

　　　　　　学一个投笔从戎在今朝。

　　　　陈师长……

陈树湘　哟,这不是俞老师吗?这阵子紧急扩红,真是辛苦你们县委

668

的同志啦。

俞选文　哪里,我相信苏区人民,就算勒紧裤腰带,也会尽全力支持我们。这是我们工作的群众基础。另外,哦,我有个请求。

陈树湘　请求两字不敢当,有什么要求直管说吧。

俞选文　我请求成为一名红军战士,保卫苏维埃,赴汤蹈火,在所不辞!

陈树湘　你要当红军?

俞选文　天下兴亡匹夫有责,学为人师,行为人范,我报名参军,理所应当。

陈树湘　这……

　　　　〔赖娇娇跑上。

赖娇娇　俞老师!

陈树湘　这是?

俞选文　哦,这是我的学生,赖娇娇。

陈树湘　娇娇? 哪个娇啊?

赖娇娇　(不好意思)娇女的娇。

陈树湘　娇女的娇……那,你找俞老师?

赖娇娇　(摇头)

陈树湘　找我?

赖娇娇　(摇头,又点头)

　　　　〔陈树湘纳闷地看着俞选文。

俞选文　娇娇,这是陈师长,你有什么话,就和他说。

赖娇娇　(腼腆地挤出一句话)我想,参加红军。

陈树湘　你想参加红军?

　　　　〔赖娇娇使劲点头。

陈树湘 那你说说为什么想参加红军？

赖娇娇 生活的理想就是为了理想的生活。

陈树湘 嚯，这是张闻天同志的名言，你是怎么知道的？

赖娇娇 是俞老师教我们的。

陈树湘 俞老师，看来你还真是学为人师、行为人范啊！那好，我就代表组织欢迎二位加入我们的队伍！

[吵嚷声传来，林金香扶着林奶奶在苏达清的劝阻下上。

林奶奶 （愤愤地）我要找首长，我要找首长……

陈树湘 老苏，什么情况？

林奶奶 大家来评评理，他不准我孙子参军。

苏达清 老人家，说了多少遍了，这是您最后一个孙子，无论如何，我不能把他带走。

林奶奶 你说的，不对！

[陈树湘闻言，有些不解地看着俞选文。

俞选文 哦，陈师长，是这样。这是林金香，这是他的奶奶。金香的父母早年外出务工，不想船翻了，金香家哥儿七个都是他奶奶一手拉扯大。林奶奶虽然不识文断字，但是最通情理，金香的六位哥哥都是红军烈士，金香是她老人家的最后一个孙儿。

苏达清 （直率）根据苏维埃政府的规定，这种情况我们当然不能带他走。

陈树湘 （柔和）老妈妈，苏团长的话，我听着没什么问题呀。

林奶奶 听声音，是陈师长吧？

陈树湘 我是陈树湘。

林奶奶 您评评理，苏团长说，要是金香也参军了，就是离开我了。

苏达清　（对陈树湘）我说的有错吗？

林奶奶　可我想说，我前面六个孙儿从来都没有离开我。我眼睛瞎了，可是看得更清楚，我的孙儿，一个个顶天立地站在我面前呢，怎么能说金香会离开我呢。

林金香　您就收下我吧。

陈树湘　老妈妈……

林奶奶　陈师长，当年扩红，我二话没说，就把我的孙儿一个个送去当了红军，就是要他们保卫这来之不易的公平天下。我跟孙儿们说，知道红军好在哪儿吗？红军不仅打土豪分田地，还人人平等，能让我们体面地活着。我知道我的几个孙儿中，这个小孙孙最想当红军。陈师长，你要是不肯收他，就是伤了我的心！

陈树湘　（感动）老妈妈，非常感谢你们全家对红军的支持和奉献，可这次无论如何，我们是真的不能再把您唯一的亲人带走了！

林奶奶　师长呀！

　　　　（唱）老太婆有几句衷肠话——

　　　　　　陈师长同志们莫嫌絮叨且听根芽：

　　　　　　想当年红军入闽把苏区建下，

　　　　　　军爱民民拥军军民一家。

　　　　　　都说道共产党是救世的菩萨，

　　　　　　救苦救难保佑客家。

　　　　　　失六孙我也曾心如刀剐，

　　　　　　几多回旧痛未愈又添疮疤。

　　　　　　金香你莫为奶奶担忧害怕，

　　　　　　奶奶眼瞎我的心不瞎——

看得清红军为谁把仗打，

看得清红旗猎猎迎朝霞，

看得清人添新衣屋添瓦，

看得清翻身穷人又当家。

金香他从小机灵人胆大，

你看他，树会爬、水能下，鸟能打，鱼会叉，聪明伶俐人

人夸。

送孙儿当红军别无二话，

但愿得众志成城前赴后继把敌杀。

陈树湘　老妈妈，您说的对，我们是要前赴后继，继往开来。感谢你

们相信共产党，相信红军！金香您就放心交给我们吧！欸？

（捅苏达清）

苏达清　啊，对！

陈树湘　我们代表闽红 34 师，欢迎大家！

〔赖娇娇、林金香雀跃，林奶奶颇感欣慰。

山　　歌　（唱）送郎当红军，

　　　　　　　　阶级情谊深……

陈树湘　哟，宣传队给咱们送军装来了，走走走，大家领军装去！

〔陈树湘带着众人下，赖娇娇正要下，赖老石头上。

老石头　娇娇，儿子！

赖娇娇　爸？

老石头　到处都找不到你，果然在这。

赖娇娇　你，想好啦？

老石头　想好了。

赖娇娇　那我报名去啦。

老石头　站住,你也不问问你爸做了什么决定。

赖娇娇　你只能做一个决定,就是同意我去当红军。

老石头　儿子在哪儿家在哪儿,家里不能没儿子,儿子想当兵,老子
　　　　拦不住,我决定,和儿子一起参军。

赖娇娇　爸,真的吗?

老石头　满意了吧?

赖娇娇　满意满意! 爸,你太好了! 走,领军装领军装啦!

　　　　〔赖娇娇兴奋地拉着无奈的老石头下。

幕后歌　(唱)杜鹃花,杜鹃花,

　　　　　　旧年也曾遍山洼。

　　　　　　含苞待放满枝丫,

　　　　　　只待春风一夜发。(暗)

　　　　〔光区打出湘军第27军军长李云杰和副军长许克祥。

许克祥　恭喜军座,贺喜军座,荣升中将,平步青云啊!

李云杰　你知道我看不上这些官衔爵位,但这是委座的信任,男子汉
　　　　大丈夫当一展抱负。

许克祥　那可不是。

李云杰　既如此,一旦有了剿匪命令,我部要成为第一个冲上前线的
　　　　党国近卫军。

许克祥　是!(切光)

第三场

　　　　〔数日后,陈树湘忧心忡忡上。

陈树湘　(唱)一宵辗转天方亮,

　　　　　　任命在手愁闷胸膛。

新兵不曾历沙场，

怎能够断后阻击保卫中央。

虽然是以老带新有榜样，

士气有，斗志昂，也难免临阵磨枪叹匆忙。

生死攸关在肩上，

但愿得不负使命不负老乡。

　　〔陈树湘看见苏达清。

陈树湘　老苏。来来来，你上次申请说你们102团需要人员补充，我考虑过了，再给你一个营！

苏达清　（高兴）真的！那你给我？

陈树湘　新兵营！

苏达清　新兵营？

陈树湘　啊。

苏达清　你，你这是让我给新兵当亲爹亲妈去啊。我要的是上去就能打仗的队伍。新兵营连枪都没摸过，不行不行，你这是坑我啊！

陈树湘　老苏你这话就不对了，我们哪一个战士不是从新兵过来的？你看你带出了多少优秀的队伍，要论带兵，全师我就服你！

苏达清　别别别，我不行，我啊，没那个水平，新兵营你还是另请高明。

陈树湘　老苏——

通讯员　报告师长，军团来电。

陈树湘　（接过看）中央要转移，由红五军团担任全军总后卫？（略加思索）知道了，复电军部，红34师已经做好一切准备，随时开拔。

674

通讯员	是！（下）

苏达清	中央要撤离瑞金？

陈树湘	是啊，军团命令各部准备随时撤离根据地，由我们师担任全军的总后卫，保护党中央转移。

苏达清	好不容易建立起来的闽西根据地，就这么放弃了？

陈树湘	是战略转移。

苏达清	为什么战略转移？

陈树湘	军人以服从命令为天职，有些话就不要再说了。

苏达清	可是我……

陈树湘	老苏！

（唱）蒋介石调重兵兵围四面，

根据地要固守举步维艰。

党中央迫转移背水一战，

命我们做后卫重任在肩。

此时刻容不得半点杂念，

革命人讲团结知难而前。

保火种我们是最后防线，

听命令服指挥一马当先。

苏达清	得，我就说你会说话吧。被你这么一说，还真是心服口服。你放心，我这儿从来没有过完不成的任务。

陈树湘	好，你的任务就是带好新兵营。

苏达清	你这怎么又绕回去了？

陈树湘	老苏，咱们都明白一个道理，和敌人面对面拼一次刺刀，比对着草人拼一百次管用。

苏达清	我知道，可……

陈树湘　欸？你刚才不是还说没有你完不成的任务吗？

苏达清　我……好吧，我带。不过，我有一个要求。

陈树湘　你说。

苏达清　得给新兵营找个合适的人当教导员。

陈树湘　这个不用你操心，我啊，早就替你落实好了。

苏达清　谁？

陈树湘　俞选文俞老师。怎么样，不错吧？

苏达清　俞老师？行，他是客家人，肯定能跟我串到一根肠子里去。算你有良心。

陈树湘　另外，出发前，抓紧时间让每个新兵营的战士都打三发子弹。部队随时有可能开拔，临阵磨枪也要磨呀。

苏达清　行，交给我了，我这就组织训练。（下）

陈树湘　（拍苏达清的肩膀，望着苏达清离去的身影）唉，也不知道瑞金现在是什么情况……（切光）

　　　　〔红军医院，每个人都在紧张地打包行李准备出发。

许　婷　（指挥一对搬设备的小战士）小心点，这可是咱们医院最贵的设备。

冯院长　许婷同志，你们这边准备怎么样了？

许　婷　哦，您看，所有医疗设备都打包完毕。随时可以出发。

冯院长　这次转移，我们医院和后勤部队编在一起，他们已经集合了，我们也出发吧。

许　婷　欸。（冲护士）小张、小李，你们检查一下有没有遗漏的器械，准备出发。

护　士　知道啦。

　　　　〔冯院长下，其他人搬着各自负责的东西下，许婷刚要下，忽然一摸背包发现少了什么，连忙转回来四下寻找。直到找到那个苏达清送给她的手电筒。

护　士　（内）许医生——

许　婷　（连忙收好手电筒）来啦！（下，暗）

　　　　〔光转，老石头家中，被反锁在家中的赖娇娇正在哭闹。

赖娇娇　爸！开门！赖老石头！开门！

老石头　你闹！你踹！当初老爸是答应和你一起参加红军，可到了队伍里我才知道，红军马上就要离开咱们闽西老家。队伍越走越远，到哪儿是个头啊？孩子，听我一句，就守在老家，哪都别去啦！赖家就你一根独苗了，我等着你续香火呢。

赖娇娇　你是个骗子！俞老师从来就没骗过我，他说我们红军会打回来的。

老石头　俞老师俞老师，就是这个俞老师让你走火入魔的！

赖娇娇　你看我军装都穿上了，枪也拿了，我要是不回去，就成了逃兵了，以后我赖娇娇还怎么做人啊！

老石头　活着才能做人呢，死了做鬼去了！

赖娇娇　我跟俞老师保证过，我保证过我一定会准时回去，你就放我出去好不好，我以后怎么去见俞老师啊！

老石头　我告诉你，打仗子弹不长眼睛的，你回头能不能见到俞老师还两说呢。这次我就是王八吃秤砣铁了心，再也不会让你走！（切光）

　　　　〔内：紧急集合！

　　　　〔伴随着紧急集合号，部队集合。

苏达清　接到军团命令，红34师要在天亮前赶往信丰河一带执行阻击任务。部队即刻出发！102团人都到齐了吗？

俞选文 报告团长,新兵营二连有一对父子没有归队。

苏达清 师长专门批准新兵放一个小时假回家和亲人告别,怎么会这样?

俞选文 是赖老石头和他的儿子赖娇娇。娇娇是我的学生,我十分相信他的品格,但他的父亲一直对儿子参加红军不理解。他俩没归队,我难辞其咎,我会向上级做检讨。

苏达清 独子按照政策可以不参军,这事就先搁着吧。时间紧迫,准备出发!

〔老族长领着众人上。

老族长 苏团长。

苏达清 哟,老族长。

老族长 听说后生们要走啦,我有几句话,要嘱托他们。

苏达清 那好,您请。我也是客家人,我和战士们一起。

〔苏达清加入队伍,闽西客家战士们安静有序地排好队听族长讲话。

老族长 后生们,我们的祖宗从唐朝开始迁徙到闽西,上千年啦,在朝不做奸臣,在野不做奸商。一句话,我们客家人宁死也不做辱没祖宗的事。后生们,我的侄辈们,你们今天参加了红军,也是我们全客家人的光荣。既然参加了红军,就要红皮红心。我们要牢记客家人的祖训:尽己之心。

战士们 尽己之心。

老族长 竭己之力。

战士们 竭己之力。

老族长 众志成城。

战士们 众志成城。

[几个闽西妇女抬上一担担土。

老族长　这是家乡的土，带着它，你们无论走到天边，也不会迷失回家的路。我祝愿后生们踏上征程，多立战功，为祖争光！

[战士们纷纷抓土带在身边，在老族长和妇女们的目送下远去。光渐收。

幕后歌　(唱)杜鹃花，杜鹃花，

　　　　　　含苞待放遍山洼。

　　　　　　忽然一夜春风送，

　　　　　　千朵万朵满枝丫。

第四场

[舞台一侧的光区中李云杰和许克祥。

李云杰　(信心满满)委座此役可谓是大手笔精心布局，毕其功于一役，集党国之雄兵，以铁桶围歼之战术，撒下天罗地网，彻底敉平内乱！

许克祥　是啊，不过我听到些小道消息，这委座的铁桶计划刚一下达，共军就突然放弃了瑞金，那是因为这天字第一号绝密计划泄了密，被中共获取了。听说委座知道了这个消息雷霆震怒，杯子都摔了好几个。

李云杰　委座摔杯子你看见了？

许克祥　呃。

李云杰　就算共产党是无孔不入，不过离开瑞金，等着他们的也只能是覆亡的结果！

许克祥　(似还有话说，一转念又附和连声)是是是。

[夜晚，崎岖的山间路上，苏达清领众红军上。

679

苏达清 （唱）接任务急行军穿山越岭——

　　　　　　山路崎岖步高低。

　　　　　　粤军封锁难插翼，

　　　　　　要保护中央红军必须抢占先机。

　　　　　　信丰河距此地七十余里，

　　　　　　拂晓前赶到方能阻强敌。

　　　　　〔后面传来急促的喊声：回来了回来了！张桂雄背着个战士
　　　　　追了上来。

俞选文 （和众人急忙上前）是娇娇？

苏达清 （发现队伍后面有骚动）怎么回事？

张桂雄 这孩子开始掉队了，后来一路追赶，跑得太急一追上队伍就
　　　　　昏过去了。

苏达清 这短命的，还真是个好样的！

俞选文 （上前轻声呼叫）娇娇……娇娇……

赖娇娇 （苏醒过来，一脸害羞）俞……俞老师。我……归队了，我不
　　　　　是逃兵！

俞选文 好啊，娇娇，我就知道你一定不会不辞而别。

赖娇娇 可是我爸……

老石头 （接）你老爸我怎么了？

　　　　　〔大家惊讶地发现赖老石头不知什么时候已在队伍中了。

老石头 你这臭小子，为了追你这个小祖宗，老爸我脚底都跑出血
　　　　　泡了！

俞选文 赖大哥，其实你要留家里……

老石头 （一本正经）谁想留在家里了？我只是上了个茅房，完事一
　　　　　出来，儿子走了，队伍也走了，我要不追着归队不成了逃兵

了吗？我赖老石头可不是软蛋,当逃兵这种事咱可不会干。

赖娇娇　爸你说的不是真话,我要是不放那把火……

老石头　(捂着娇娇的嘴)你看你刚昏过去了,脑子还没清醒呢……嘿嘿……

苏达清　行啦,大家都是客家男儿,没给我苏某人打脸! 俞老师,拿副担架让娇娇坐,我们抓紧时间赶路!

赖娇娇　不! 我不坐! 我能和大家一起走!

苏达清　哟,瞧瞧,叫娇娇,可是一点也不娇气嘛,依我看,娇娇不是娇女,是我们新兵营的骄傲! 大家说,对不对?

众新兵　对!

苏达清　老哥,我提议,以后娇娇还叫骄骄,就不是娇女的娇了,是骄傲的骄,好不好?

众新兵　好! 好!

老石头　就是,我儿子嘛,骄傲,骄傲。

苏达清　大家看,我们的骄骄都能赶上队伍,今晚的强行军,我们一定要在拂晓前赶到信丰河,阻击敌人! 大家有没有信心完成任务?

众新兵　有!

苏达清　出发!

俞选文　列队出发!

　　　　〔队伍开始前行,赖老石头紧跟着儿子,骄骄赌气地甩开老石头,与俞老师一起并肩前行,张桂雄在队伍中发现了男扮女装的李满玉。

张桂雄　(压低嗓门,拉住满玉)满玉,你怎么!

李满玉　怎么,像不像?

张桂雄　你开什么玩笑！这是开玩笑的时候吗？

李满玉　可是你亲口说的，我要是个男的，你就跟我打虎亲兄弟、上阵父子兵。

张桂雄　我……可是你得留在家里，替咱们守着家嘛！

李满玉　家？（伸手掏出一张纸）我带着呢。

张桂雄　啊？

李满玉　（晃动地契）苏维埃政府分给咱爹的那五分田、六分山还有那间土坯房的地契。我都带着呢！

张桂雄　你——唉！

李满玉　雄哥，想想我们以前过的什么日子，跟着爹到处卖艺，连个落脚的地方都没有。自从有了苏维埃，我们再也不用到处流浪了。

张桂雄　可是你也不能——

李满玉　我不管，家我带着了，要回去，也得咱俩一起回去。你答应过我，要不离不弃、白头偕老的。（挽住张桂雄）

张桂雄　我是说过……

苏达清　（见二人没跟上）你们这是？

张桂雄　哦，报告团长，他和队伍走散了，我看都是红军，就让他留在咱们这。

李满玉　（用左手敬礼）首长好！

张桂雄　右边！

　　　　［李满玉忙换右手敬礼，苏达清有些奇怪，似乎又明白了三分，看了看紧张的张桂雄。

苏达清　快跟上队伍！

682

张桂雄	
李满玉	是!

　　〔部队继续前行。

侦察兵　报告团长,已到指定战位。

苏达清　炊事班赶紧做饭,其他同志搭建战壕,天亮准备战斗!

　　〔新兵营挖战壕。

林金香　(边挖战壕,见骄骄也在一旁)骄骄。

赖骄骄　干吗?

林金香　有蛇!

赖骄骄　啊!(吓得将铁锹扔掉)

林金香　哈哈哈……瞧你吓得……

赖骄骄　(发现被骗)你!(生气地不理金香)

林金香　你真生气了啦?跟你闹着玩的。

赖骄骄　哼!(扭头不理)

林金香　好了好了别生气了,以后有我来罩着你!

赖骄骄　(不服气)凭什么你罩着我呀?

林金香　我会武功啊,能保护你啊!

赖骄骄　(不甘示弱)我还识字读过书呢!

林金香　那你为什么不在家读书,还要来参加红军呀?

赖骄骄　因为生活的理想就是为了理想的生活。

林金香　(羡慕)你是怎么知道这些的?

赖骄骄　俞老师教我的呀。

林金香　那你能去跟俞老师说说,也教教我吗?

　　〔赖老石头在这时候悄悄来到赖骄骄身边。

老石头　成天俞老师俞老师的,尽教些听不懂的。(见赖骄骄不理他)这个不是这么挖的。好啦好啦,还是老爸来挖。挖得越深啊,打起仗来越安全。

赖骄骄　(不悦)你要是怕死啊,就不该来追我。

老石头　谁说我怕死啊,我是怕你死。臭小子。

　　　　〔苏达清、俞选文等人上。

苏达清　敌人靠近了,准备战斗!

　　　　〔一瞬间,所有的人都安静下来。

老石头　听爸的话,等会枪一响,千万别把头伸到战壕外面。

赖骄骄　他们会不会拿炮轰我们呐……

林金香　(探出头朝山下看)我的天哪,人比咱多多了呀!

　　　　〔炮声陡起,赖骄骄受到惊吓,老石头拼命将儿子按住。俞文选也吓愣了,在战壕里不知该如何战斗,赖骄骄身边有战友倒下。

赖骄骄　他死啦! 他死啦!

苏达清　你们越怕死,会死得越快! 都起来,准备战斗!

俞文选　(戴上眼镜)什么事都有第一次……

苏达清　可生命没有第二次!

　　　　〔片刻,炮声暂停,一片喊杀声中,苏达清率众战士冲下,李满玉、林金香也勇敢地冲向敌人,与敌人奋战。赖骄骄爬起来,准备冲出。

老石头　啊!(似乎中枪)

赖骄骄　爸!

老石头　我好像中枪了。

赖骄骄　在哪儿?!

老石头　好像在背后。

赖骄骄　(看)没有。

老石头　屁股上?

赖骄骄　也没有。

老石头　那就是头上。

赖骄骄　(发现端倪)赖老石头,你害不害臊,你装死啊。

老石头　(拉住赖骄骄的腿)我就是不让你走。

　　　　[赖骄骄挣脱老石头的手,冲下。

老石头　(自语)臭小子,老子装死都扯不住你后腿……

　　　　[老石头爬起来,追下。枪炮声渐消。红军战士们带着一些
　　　　战利品上。

李满玉　雄哥,没想到白狗子这么不经打。我都没来得及施展功
　　　　夫呢。

张桂雄　满玉,战场可不是比武的地方,随时都会丢掉性命的,趁现
　　　　在还没走得太远,你还是赶紧回闽西去吧。

李满玉　我不回去! 打仗也没你说得那么吓人嘛。

张桂雄　这次是我们抢先占据了有利地形,下次战斗谁知道会怎样,
　　　　你……

李满玉　你放心,我会保护好自己的。

　　　　[俞选文找了个地方坐下,掏出笔记本写起来。林金香兴奋
　　　　地端着缴获的机枪,不停瞄准着,赖骄骄恍惚,似乎还没从
　　　　刚才的战斗中回过神。

林金香　(瞄准)嗒嗒嗒……

赖骄骄　(见到俞老师感到惭愧)俞老师……

俞选文　骄骄,第一次经历实战害怕吗?

林金香　他吓得都哭了。

赖骄骄　　俞老师,我是不是很丢人……让你失望了?

俞选文　　不,你已经很勇敢了! 说实话,那炮弹从头顶上落下时,老
　　　　　师心里也害怕。谁能不怕死呢,大家都想活着看到胜利啊。

赖骄骄　　可金香都不害怕……

林金香　　谁说我不害怕,我怕我死了就再也见不到奶奶了,没杀一个
　　　　　白狗子为我哥哥们报仇,我哪有脸见他们呀! 想到这我不
　　　　　知哪来的胆子就冲出去了。

俞选文　　你们都很勇敢,老师要向你学习啊!

林金香　　俞老师,骄骄说生活的理想是为了理想的生活,这到底是什
　　　　　么意思啊?

老石头　　(寻找骄骄)儿子,儿子! 来,过来,(拉骄骄)戴上。

　　　　　〔说话间将一个捡来的钢盔戴在赖骄骄头上。

赖骄骄　　(取下来看了看)这不是白狗子的东西吗? 我才不戴呢!
　　　　　(扔回)哼!

　　　　　〔赖骄骄回到俞选文身边,留赖老石头一个人干在那里。

俞选文　　(对林金香)生活的理想是我们的信仰和追求,理想的生活
　　　　　是我们期望的自由、民主、和平……

老石头　　(看看俞选文)哼,一天到晚光会讲那些大道理,有什么用,
　　　　　打起仗来,子弹又不长眼睛。我就知道,喘气,活着,不喘
　　　　　气,死了。哪那么多大道理。

　　　　　〔陈树湘来到新兵营阵地前。

陈树湘　　老苏,你们团伤亡情况如何?

苏达清　　比预想的要轻得多。

陈树湘　　(看着新兵们)实战是最有效的练兵,相信他们很快就会成
　　　　　为优秀的红军战士。

苏达清　你放心吧,我苏某带出来的兵没有一个不是好样的。

张桂雄　报告师长、团长,我们将牺牲的六十三位战士的遗体,就地
　　　　埋葬了……

陈树湘　做好标记,等我们胜利了,一定会回来带他们回家!

苏达清　全体都有! 向六十三位牺牲的同志敬礼!

　　　　〔众战士向着埋着烈士的山坡敬礼。

幕后歌　(唱)杜鹃花,杜鹃花,

　　　　　　漫山遍野竞芳华。

　　　　　　花有精魂叶有骨,

　　　　　　野火疾风奈何它。(切光)

第五场

　　　　〔光区中,李云杰和许克祥正谈论红军和粤军的交战。

李云杰　这怎么可能,信丰河一线有七个师两个旅,天上还有飞机支
　　　　援,东面还有粤军两个师的主力前后夹击,中共机关纵队就
　　　　像当年的刘备兵败新野,怎么可能让他们过去了,奇怪
　　　　呀……

许克祥　军座,通报上说粤军因为遭遇了一支番号为红 34 师的断后
　　　　部队,被挡在了信丰河东南,不仅没有形成什么夹击之势,
　　　　反而被他们干掉了。

李云杰　红 34 师? 名不见经传!

许克祥　情报上说是从闽西过来的。

李云杰　闽西……

许克祥　军座怀疑?

李云杰　(断开话头)不管什么闽东闽西,一定是有的部队为了保存

	实力,消极避战。别人消极避战,我李云杰要迎头而上。
许克祥	军座,职下听说了一个小道消息。
李云杰	什么小道消息?

　　[舞台另一侧光区中,陈树湘和苏达清也在讨论对粤军的阻击。

陈树湘	从宁粤分裂开始,蒋介石就想找个机会收拾一下广东的陈济棠。如果红军进入广东,他就可以借"剿共"进入广东,如果红军和粤军打得两败俱伤,他依然可以借善后进入广东。
苏达清	这个算盘打得不错。
陈树湘	可陈济棠也不傻,早早定下一个战术叫作"送客",只要红军不进入广东,绝不倾力交锋。
苏达清	这么看来,国民党号称百万大军的包围圈,其实就是一个由无数个小算盘拼起来的大筛子。
陈树湘	也不能完全这么说。我们突破了第一、第二道防线进入了湘南。在我们北面的嘉禾,有一支 27 军。他们的军长叫李云杰,他可不是陈济棠。
苏达清	你怎么就确定他不是陈济棠。
陈树湘	作为湖南人,我们都太了解彼此。
李云杰	我们的目标不是红军的野战部队,而是共产党的首脑机关。
陈树湘	他一定会不计个人利益,拼光老本也想要吃掉我们的中央纵队。
李云杰	传令 15 师、23 师,全力跨过障碍,尾击共产党机关纵队。
陈树湘	传令下去,全军加速前进,绝不能让湘军跨过我们,威胁中央纵队。

　　[切光,红军医院的医疗人员在临时搭建的帐篷内抢救伤

员,许婷刚在手术台上救活了一位重伤员,她松了口气,疲惫地走到帐篷外。

护士甲 许医生你还好吧?

许 婷 我没事,撑得住。

护士甲 你都几夜没合眼了,快休息休息吧。

〔休息中,许婷掏出手电筒看。护士乙递过来一块干粮。

护士乙 先吃点东西吧。

许 婷 别光让我吃,你也吃啊。

护士乙 我没你的医术,你多吃点还能多救几个人。何况你还是两个人吃饭呢。(说着又掏出一块干粮)喏,我还有。

许 婷 嗯。(接过刚吃,突然干呕)

护士乙 怎么啦?

许 婷 没事。

护士甲 我听我妈说啊,生男孩就会这样。你怀的一定是个男孩。

许 婷 真的?我倒是希望他是个男孩,长大了和他爸爸一样,当个战斗英雄。

护士乙 瞧把你美得!

〔忽然传来飞机声。

冯院长 飞机来了,大家快隐蔽!隐蔽!

〔炸弹声陡起,冯院长掩护许婷卧倒。许多来不及躲避的伤病员和医务人员受伤死亡。一阵狂轰滥炸后,飞机声渐远。许婷从同事的尸体中爬出来。

许 婷 (摇着冯院长)冯院长!冯院长!

冯院长 我没事,快看看其他同事。

〔冯院长帮助其他护士扶伤病员下。

许　婷　（看向另一侧的护士乙）小李！小李（喊护士甲）快，纱布，
　　　　　绷带！

护士甲　（哭声）刚才被炮弹一炸，东西都滚到山下去了，现在什么也
　　　　　没有！

护士乙　（虚弱地）许医生……

许　婷　小李！坚持住，到了前面，我想办法给你做手术！

护士乙　许……医生，你要赶上中央纵队，革命，需要你……（咽气）

许　婷　小李！小李！

　　　　　［冯院长带领其他同志将伤亡的同志抬下。许婷情绪波动。

许　婷　（唱）闲谈的言语未离耳，

　　　　　　　　瞬间生死隔人寰。

　　　　　　　　眼睁睁束手空扼腕，

　　　　　　　　救死扶伤成虚谈。

　　　　　　　　未知前途多少难，

　　　　　　　　路远还有几重山。

　　　　　　　　山高总能翻得过，

　　　　　　　　人死不能把生还……（转念）

　　　　　　　　纵然是山又高来水又险，

　　　　　　　　纵然是九死一生也要争一番。

　　　　　　　　同志们战斗为信仰，

　　　　　　　　我为信仰救伤员。

　　　　　　　　只要信仰不曾变，

　　　　　　　　总有希望在明天。

　　　　　　　　心头乌云一时散，

　　　　　　　　收拾彷徨赶向前。

〔苏达清带领部队上。

苏达清　（惊）婷！

许　婷　达清?!

〔苏达清冲上去抱住许婷。

苏达清　婷,你怎么在这? 你们不是跟着机关纵队一起的吗?

许　婷　因为中途遭到敌人袭击,我和医疗队的同志沿路抢救伤员
　　　　所以落在了后面。不想被飞机发现,就在刚刚又一名战友
　　　　在我眼前牺牲,我却没能救她……（哽住）

苏达清　（安慰）你是个好医生,在你手中挽救过多少条生命,是每天
　　　　和死神战斗的英雄!

许　婷　达清,你们怎么会在这?

苏达清　我们行军途中发现超过了中央纵队,所以赶紧折回,这才和
　　　　后勤部队的尾队碰上。

许　婷　达清……

苏达清　婷,（拉住许婷）我很牵挂你。

许　婷　我也是。

苏达清　我知道你就在我们前面。

许　婷　我也知道你就在我们身后。

苏达清　我们会用生命保护你们的安全。

许　婷　我更盼望我们胜利会师的那一天。

苏达清　一定会有那天的!

　　　　〔苏达清深情望着许婷,少顷,后退,郑重地向许婷行了个
　　　　军礼。

　　　　〔内:许医生——苏团长——

许　婷　来啦!

苏达清　来啦!

　　　　〔两人分别向各自的队伍走去,苏达清突然想起,回头紧追
　　　　几步。

苏达清　婷,忘了最重要的事了,咱娃一路上没给你添乱吧?

许　婷　(微笑)没,乖着呢。你就,放心吧,他爸。

　　　　〔许婷将下,拿出手电筒向苏达清照去,远远地一闪一退步,
　　　　渐行渐远……切光。

第六场

　　　　〔发报声中,李云杰和许克祥出现。

许克祥　军座,湘、桂、粤地方军和中央军 40 万大军的合围即将完
　　　　成,而中共首脑机关纵队还未能到达湘江,这次中共绝对是
　　　　插翅难飞了!

李云杰　不可轻敌啊,那 34 师几次三番神出鬼没地出现在我们尾击
　　　　红军首脑机关的路上,阻挠我们的进攻。若是让中共渡过
　　　　湘江,则今后扑灭更难,可谓贻害无穷。

许克祥　军座高见!

李云杰　湘江之战是我们最后的机会,我们必须抓住这个机会,给我
　　　　们的宿敌红 34 师送上最猛烈的炮火,将他们一举歼灭,一
　　　　雪前耻!(切光)

画外音　我野战军即将突破敌人第四道封锁,34 师后卫部队当不惜
　　　　一切代价,坚守至 12 月 1 日,确保中央红军安全渡过湘江!
　　　　今日的作战口号是:高举胜利的旗帜向着火线上去!

　　　　〔冲锋号响起,红 34 师和敌人英勇作战。武戏。

李满玉　(抱住受伤的张桂雄)雄哥! 雄哥!

张桂雄　玉妹,对不起……说过要和你白头偕老,可我食言了。(死去)

李满玉　雄哥！我们会白头偕老的！我们会白头偕老的！

　　　　〔舞台另一角,湘军 27 军临时作战部,李云杰显得焦躁
　　　　不安。

许克祥　军座,我们到现在没能拿下秀岭阵地,那红 34 师真的是拼
　　　　命了。

李云杰　红军能有拼命精神,而我党国为什么就没有这样的部队?
　　　　眼看着共产党中央纵队就要过江了,传令 15 师、23 师,不惜
　　　　一切代价,哪怕拼光老本,也要突破红 34 师的防线！

许克祥　是！

　　　　〔敌军的炮火更加猛烈,陈树湘在指军战斗时被敌人的弹片
　　　　射中,腹部受伤。一阵激战后部分敌人退败而下。

赖骄骄　爹,刚才你太厉害了,一个人杀了那么多白狗子。

老石头　(得意)这一上战场呀就是你死我活,想活就得把自己豁出
　　　　去,哎,他们总说的那个词是?

赖骄骄　血性！

老石头　对对对,上了战场没血性那就只有等死！

赖骄骄　爹,你越来越像个大英雄了！

　　　　〔敌人又开始进攻,炮火中红 34 师的旗手被炸死,俞选文冲
　　　　过去扶住将倒的红旗。很快,俞选文也中枪,却始终紧握红
　　　　旗不松手。

赖骄骄　俞老师！

俞选文　骄骄……我上衣口袋里,有我们新兵的花名册,还没来得及
　　　　报送中革军委,还有我没有写完的日记,你要帮我写下
　　　　去……

赖骄骄　俞老师,你不会死的,我背你!

老石头　(冲上)儿子! 我来背俞老师,你拿着东西快走!

赖骄骄　(不走)爹!

老石头　走啊!

　　　　［赖骄骄转身刚要下,一阵枪声定格了老石头和俞选文,静
　　　　止的画面中红旗依然飘扬。

赖骄骄　爹!(切光)

　　　　［湘江上空,敌机不停地向浮桥投弹,中央纵队开始渡江,许
　　　　婷和其他同志抬着担架艰难地在炮火中渡过浮桥。

李云杰　(咆哮)45 万大军居然守不住一条湘江! 耻辱! 耻辱啊!(暗)

第七场

　　　　［黎明前的山间,月朗星稀。红 34 师的战士们伤痕累累,四
　　　　下分散。

陈树湘　唉……

　　　　(唱)七日来困兽犹斗拼死战,

　　　　　　　同志们不畏牺牲各争先。

　　　　　　　看尽了革命人忠魂赤胆。

　　　　　　　生何恐死何惧生死何贪。

　　　　　　　中央已然把湘江渡,

　　　　　　　星星之火一脉传。

　　　　　　　但愿得势若燎原天地换,

　　　　　　　虽然是不负使命——只是我心怎堪:

　　　　　　　怎堪见山头欲平白刃卷,

　　　　　　　怎堪见枪孔弹孔透薄衫。

怎堪见草根树皮充饱饭，

怎堪见死的死、伤的伤，伤残满营，我的心头乱……

不觉明月上东山。

［赖骄骄想独自跑下山去，林金香追上拦住骄骄。

林金香　骄骄，你不能去！

赖骄骄　我要去把我爹带回家！你让开！

林金香　不行，团长命令我看着你，就怕你出事！

陈树湘　（走近）骄骄……

赖骄骄　（哭喊着）师长，你让我去吧，我要带我爹回家，哪怕是一条胳膊一条腿，我也要带他回家！

陈树湘　（一把紧紧抱住骄骄）骄骄，坚强点！你爹是好样的，你爹是大英雄！

赖骄骄　我不要大英雄，我要我爹！

陈树湘　你爹还有俞老师，完成了最后的使命，履行了自己的诺言，将来苏维埃共和国会永远铭记他们！你要完成他们的遗志，这样才对得起他们啊！

林金香　是啊，俞老师还把未完成的任务交给你了啊！

陈树湘　是吗？骄骄。

赖骄骄　是……（拿出日记本）

陈树湘　我看看。（接过日记本）

赖骄骄　（摸出花名册）师长，还有这个！

陈树湘　（打开看了看，若有所思）扩红的名册？（想到李满玉）金香，去把李满玉同志找来。

林金香　是。（下）

陈树湘　（把日记本交给骄骄）那些离开我们的亲人、战友们，用自己的血肉之躯筑起了防线,保证了党中央的胜利突围,他们不能白白牺牲啊,你要把他们都记录下来,这是交给你的任务,能完成吗?

赖骄骄　(坚强地)能!

　　　　[林金香带着李满玉上。

陈树湘　满玉同志。

李满玉　到!

陈树湘　我想有个任务交给你。这个任务很特殊,只有你能完成。

李满玉　师长,再艰难的任务,我都能完成。

陈树湘　我希望你能恢复女儿身份。

李满玉　师长,我、我不是故意的。

陈树湘　(温和地微笑)我知道。你忘了,我参加过你和张桂雄的婚礼。

　　　　[众战士都有些惊讶,之前的疑惑总算解开了。

李满玉　我……

陈树湘　所以,满玉同志!我把这项极其重要的任务交给你!(将花名册递给李满玉)

李满玉　这是?

陈树湘　这是写着包括张桂雄同志在内的红34师全体指战员名字的花名册。我们师6000多名战士,大多数还没有来得及编入红五军团。现在他们都已实现了自己参加红军时的誓言:为保卫苏维埃流尽了最后一滴血!这本名册不仅是一本花名册,更是几千名烈士的英灵。妇女不容易引起敌人注意,我想拜托你,想尽一切办法把它带过江去,交给党中央。等胜利之后,让人们知道,他们是谁,他们做过些什么。

李满玉　师长……（哽咽）

陈树湘　能完成吗？

李满玉　（左手敬礼）保证完成任务！

陈树湘　（笑着拉起李满玉的右手放到帽子边）是右边，以后别忘啦。

李满玉　（破涕）嗯！

陈树湘　去吧！

　　　　〔李满玉使劲点点头，战友们纷纷敬礼送别，李满玉看着战
　　　　友又看看手中花名册。

李满玉　（唱）一本名册重千斤，

　　　　　　　师长言语记在心。

　　　　　　　人在册在共命运，

　　　　　　　渡江趁它月正明。

　　　　　　　辞别战友下山岭……

　　　　〔李满玉重又右手行礼向大家告别，抱着花名册跑下。

　　　　〔有战士发现苏达清站在山头上独自看月亮。

战　士　苏团……

陈树湘　嘘（打了个手势，示意不要打搅他）。

苏达清　婷，不知道明天还能不能再看见这么美的月光。

　　　　（唱）枪声炮声悄然静，

　　　　　　　晚风萧然穿霜林。

　　　　　　　我有牵念难书信，

　　　　　　　托付青天明月心。

　　　　　　　今生难把前约应，

　　　　　　　来生当报结发情。

　　　　〔舞台一侧，正在思念苏达清的许婷出现。

许　婷　（唱）寒山月照无眠万般俱隐，

　　　　　　剩松涛伴江声诉与谁听。

　　　　　　似诉说朝生暮死把忠尽，

　　　　　　似诉说多少英魂未留名。

　　　　　　若余生相逢只能在梦境，

　　　　　　贪此刻尚能双双共月明。

苏达清　（唱）怕什么，抛性命，

　　　　　　要什么，碑与名。

　　　　　　云黑方显月光皎，

　　　　　　夜长到底终须明。

　　　　　　今生无悔为革命，

许　婷　（唱）今生无悔伴君行。

苏达清　（唱）但愿君心似我心，

许　婷　（唱）可知我心似君心，

苏达清　（唱）但愿君心，

许　婷　（唱）可知我心，

合　　　（唱）似我（君）心。

　　　　　〔许婷隐下，陈树湘上。

陈树湘　（见苏达清出神，上前）老苏，在想嫂子呢？

苏达清　能不想吗？我这颗心一刻都没离开过呀！

陈树湘　（惊讶的表情）哎呀，"我这颗心"，你行啊，小词儿用得还挺
　　　　浪漫。

苏达清　你就会笑我！说正经的，你的伤还好吧？（摸了摸陈树湘中
　　　　枪的部位）

陈树湘　你不提还好，你这一提，还真有点疼。

苏达清	可惜我媳妇不在,不然不费吹灰之力就治好你。老陈,说句实话,你怕死吗?
陈树湘	谁能不怕死呢? 说实话,我都没想到能活到现在。
苏达清	是啊,任务完成了,可眼看出不去了,其实,我也想活,想活着看看我儿子长什么样。
陈树湘	少在我面前炫耀你儿子,你这么一说,我也想我妈了。(生情)
苏达清	哟哟哟,瞧你那样,以前怎么没见过? 欸,问句不该问的,你也是结过婚的人,就没那什么?
陈树湘	(不解)那什么啊?
苏达清	不,我说你怎么那么不开窍啊,就是那什么,跟嫂子那……
陈树湘	(拍苏达清)你怎么什么都问啊?
苏达清	这有什么啊,都是大老爷们。哎,我可是一发即中。(晃晃手枪)神准。
陈树湘	(苦笑)我结婚当天接到紧急任务,一走就是五年,如今老母妻子生死未卜,(摇摇头)我不孝。
苏达清	没事,回头让我儿子认你当干爹。以后再多生几个,给你一个跟你姓陈。怎么样,够意思吧?
战士甲	团长,我还没媳妇呢,要不也给我们家一个,跟我姓王呗。
战士乙	是啊,团长,再多生一个,跟我姓张,我们家八辈祖宗都感谢你。
战士丙	再多生一个……
苏达清	哎哎哎,起什么哄,咱们都得活下去。继承咱们红 34 师的香火。

[突然,一声爆炸,打破黎明的寂静。顿时地动山摇,树叶纷纷落下。

侦察兵	报告师长,敌军正向我山头挺进,附近还有民团,正向这边集结!
苏达清	这是想把咱们赶尽杀绝! 前面是牯子河,过了河就能到达湘南,这是唯一的路了。
陈树湘	这个时候我们要是都下河,不就成了敌人的活靶子? 林金香、赖骄骄!
林金香 赖骄骄	到!
陈树湘	(取过军旗)你们俩都会游泳吧?
林金香 赖骄骄	会。
陈树湘	(将军旗递给赖骄骄)你们两个人的这个小分队,可以出发了。我们给你们断后。
赖骄骄	不! 要死一起死,我不怕死!
林金香	对,我们不怕死! 我们要留下来一起战斗!
陈树湘	红34师没人怕死,但我希望无论如何,要给红34师留下一点血脉。我希望你们能够突破包围,代表红34师向中央归建。你们一定要看到咱们理想实现的那一天! 赖骄骄?
赖骄骄	到!
陈树湘	哪个骄啊?
赖骄骄	骄……傲的骄。
陈树湘	这就对了。把日记写下去!
赖骄骄	是! (敬礼)
	〔枪声响起,林金香和赖骄骄远去。
陈树湘	老苏,我带几个人吸引敌人,你率其余人先走!

700

苏达清　不,让我再当一次后卫作掩护,你带战士们走!

陈树湘　短命的你这时候还给我犯拧!

苏达清　没时间争了,能突围出几个算几个,快走!(挥手带着几个
　　　　战士冲上山坡,故意让敌人发现)

民　团　(内)他们在那边的坡上!围住他们!

陈树湘　(带领其余战士)走,我们到河边掩护骄骄他们过河!(下)
　　　　〔苏达清、陈树湘等人掩护赖骄骄、林金香成功过河后全部
　　　　牺牲。正在悄悄过浮桥的李满玉被机枪射中,手中的花名
　　　　册撒向空中,一阵风吹来,天幕上飘下一页页染着鲜血的名
　　　　单,似雪花飞舞,红军战士名字满天飞扬。(切光)

幕后歌　(唱)杜鹃花,杜鹃花,

　　　　　　花开花谢入泥沙。

　　　　　　化作春泥情无价,

　　　　　　换它明春遍天涯。

尾　声

　　　　〔舞台光区中出现李云杰和许克祥。

许克祥　军座,湘江战役大获全胜!党国的大报小报都争相报道这
　　　　个振奋人心的消息!(递报纸)

李云杰　湘江战役大获全胜?这是谁定的性?自欺欺人!(将报纸
　　　　扔在地上)
　　　　〔音乐起,万山叠嶂,晨阳初升。赖骄骄、林金香两位少年红军
　　　　打着红34师的军旗,朝着那青山叠翠的方向奔跑而去……
　　　　〔字幕出:湘江之战,闽西儿女用生命和鲜血投了中国共产
　　　　党的赞成票,中国革命从此由胜利走向胜利!

编剧：图力古尔

百字剧四则

买 米

母亲手里拿着仅剩的 20 块钱，赶着马车去集市买米。跟母亲一起去的女儿看上了一条 20 块钱的裤子，流连忘返。母亲给女儿买了裤子，但是回去后面临没有饭吃。母亲卖掉了家里唯一的交通工具马车，买了一袋米。母亲背着米，带着穿新裤子的女儿回家。

黑 夜

一个黑夜，乞丐敲开了老奶奶的门，讨一根火柴。老奶奶拒绝给他火柴。乞丐转身的瞬间，老奶奶看见了乞丐腰上的绣花烟袋，老奶奶抢过烟袋仔细端详着。他认出乞丐是 40 年前她划清界限赶出门的丈夫。她给了他火柴。两个人的今天毁灭在一场大火中。

丢 失

一位艺术家，汽车丢了。他疯了一样地找汽车，想尽了一切方法。找到了车子，第一件事情是打开车门，寻找音乐剧《巴黎圣母院》

的碟片,发现碟片不见了。他给小偷找了位律师,让律师问出碟片的下落,自己潜入小偷家中,拿到了碟片,扔进了垃圾桶里。小偷在出狱后为了感谢艺术家而给他买了一箱《巴黎圣母院》的碟片。

江格尔

江格尔是位勇猛无比的英雄,他希望建设一个没有战争与疾病的宝木巴国。他虽然力大无穷,但寡不敌众。因此,广纳良才,身边聚集了十二位将士。江格尔领导十二人发挥各自的优点,共同建设家园,换来久久的安宁。

千字剧三则

借　钱

时　间　现代,腊月二十八
地　点　李四家中
人　物　李四　男,最近迷恋上供奉财神,贪财的人
　　　　张三　男,老实巴交的穷人

　　[李四在家中,哼着歌欢快地试衣服,脸上洋溢着笑容。房子一角供着一尊财神爷像,他穿好中山装,郑重其事地点了三根香。开始忙碌着在门口贴财神爷画像。

李　四　财神爷啊财神爷,你可真是我的财神爷。我盼着、等着煎熬了十年。还是听了老王的话,才把您请来。这一请来不要紧,这钱就咻咻地飞回来了呀! 现在这时代,借钱的都是大爷。你能想象李四他借了我 10 万,十年不还,腊月初八那天打来电话,说要来看我吗? 因为我腊七就把财神爷供起来了呀!

　　[继续哼着歌,贴财神年画。张三提着一个腊猪腿上,失魂落魄地上。

李　四　你来了? 看看我贴财神,迎财神啊! 哈哈哈……

张　三　这玩意儿我觉得没用。

李　四　你可不能这样说,起码不要让我家的财神爷听到。(发现张

704

三的眼睛红红的)你的眼睛怎么了？

张　三　没怎么。

李　四　(看见张三始终不把腊猪腿放下)你放下吧！坐这里。

〔张三依然不放猪腿，坐下。

李　四　你这是……去了菜市场买了个猪腿，顺便来我这里？

张　三　不！噢……是……

李　四　那就赶紧的吧！这大过年的家家都很忙，你还得回家做饭
　　　　不是吗？

张　三　不！噢……是……

李　四　你今天是怎么了？支支吾吾的。不正常啊！你不是来还钱
　　　　的吗？

张　三　不！噢……是的。

〔李四放下举起的财神爷贴画，看着他的口袋。

张　三　我知道我借了你的钱，十年都不还，实在是没有良心。

李　四　没关系，你这不是来还了嘛！以前的既往不咎！我也不需
　　　　要你给我多少利息的。

张　三　我觉得，利息是要给的。

李　四　(见他还没拿出什么，往外看了看)你今天……是开车来的？

张　三　没有，我骑共享单车。我跟你说，现在的共享单车很方便
　　　　啊！就是用手机扫码……(从裤兜里拿出手机)

李　四　那你……(苦恼地)哎呀！我就直说吧！你也没拿现金，
　　　　你打算怎么把钱还给我？

张　三　今天我没带钱。

李　四　噢，对对对。你带那么多现金不方便是吧？现在都是手机
　　　　扫码。

张　三　嗯,是! 可是我今天还不了你的钱。

李　四　(瞪大了眼睛,停顿)什么? 那你来干什么?

张　三　我是想,跟你再借 10 万元。

李　四　走走走!(把张三推至门口)

张　三　你听我说……

李　四　我这没工夫听你说!

　　　　〔气到把手中的年画抓成一团,看见张三要出门,又看了看
　　　　他手里的腊猪腿。

张　三　(发现李四的眼神)这样吧! 你也不听我解释,我去给你分
　　　　一半腊猪腿。

李　四　厨房在那边!(指了指厨房)

　　　　〔张三手机放在桌子上,去了厨房。手机响起。李四接起。
　　　　张三提着劈开了的腊猪腿上。李四挂了电话,默默地还给
　　　　张三。

李　四　对不起! 我接了你的电话。我不知道你的父亲发生这样的
　　　　事情。

张　三　你都知道了?

李　四　你是买了腊猪腿,要祭奠父亲?

张　三　我……也不是。

李　四　你怎么就不跟我说呢?

张　三　我说出来,只会成为不还你钱的借口。

李　四　老弟啊! 节哀顺变! 那个 10 万元,我可以暂时不要。

张　三　是吗? 谢谢你! 我把这半拉猪腿留给你。

李　四　不要了。你都拿回去吧! 你说还要借 10 万元是吧?

张　三　不了,我不借了。那我把这腊猪腿都拿回去了哦!(欲走)

李　四　等一下。

张　三　啊?

李　四　咱们聊一聊你要借的那 10 万。

张　三　不、不! 我本来没有还你的钱,没脸再向你借了。

李　四　你既然开口了,我觉得这个钱我得借给你。要不然你父亲的遗产税那么高,怎么交呢?

张　三　那边给我打电话,说不交遗产税,父亲给我留下的钱就取不出来。我拒绝了他们!

李　四　你怎么能拒绝他们呢? 要交税啊! 可以拿遗产啊!

张　三　父亲那时候说为了家出去闯荡,我跟你借了 10 万给他,如今已经整整十年,他再也没有回来。现在人不在了,我拿他的钱有什么用!

李　四　有用啊! 比如……还我的钱,或者可以跟利息一起还。

张　三　我会还你的。但我不需要他的钱,他漂泊了十年,我不想就这么轻易地继承他的遗产……

李　四　兄弟,你太孝顺了,就冲这,我把这 10 万借给你!(硬塞给了张三)

张　三　那我要感谢你! 我借你的钱不是去要父亲的遗产,只是想跟你借钱完成父亲的遗愿……

李　四　啊?

张　三　我是说,我决定把父亲全部的财产都捐出去……

李　四　啊?(昏厥,手里紧紧握着财神贴画)

　　　　〔剧终。

门

时　间　现代
地　点　城市里
人　物　门　德　男,25岁,怀着梦想,刚从草原来到城市打拼的蒙古
　　　　　族小伙子。善良、单纯

[清晨,小区门口熙熙攘攘的人群,都面无表情地进进出出。
可用各种各样的门当作道具,每人手中都有一扇可以随意
变化的门。歌曲伴着机械的舞蹈。

群　众　(合唱)城市的门,

　　　　　　　　向谁敞开?

　　　　　　　　你的心门,

　　　　　　　　可曾打开?

　　　　[门德穿着西服别别扭扭地出现。

门　德　(唱)敞开心扉,

　　　　　　　　热爱我的生活。

　　　　　　　　梦想放飞,

　　　　　　　　奔向我的未来。(看了看手表)

　　　　(唱)可惜这城市的太阳,

　　　　　　　　照不亮草原的春。

　　　　　　　　城市的门窗,

　　　　　　　　透不进微亮的光。

门　德　睡过头了,来不及了来不及了。

　　　　(唱)草原干旱牛羊瘦弱,

　　　　　　阿爸让我进城找活。

　　　　　　我若迟到丢了工作，

　　　　　　没法在这城市生活。

　　〔门德出了小区的门，小区的门在后面徐徐关上。

门　德　（看着小区的门）咦？我锁门了没有？哎呀！我这脑子（拍
　　　　着脑瓜）……我们的蒙古包都不用锁子，所以我可能没锁
　　　　门。锁了吗？好像锁了……好像没锁。（转头要返回去又
　　　　犹豫）时间来不及了，算了吧！不锁就不锁。（走了两步转
　　　　身）不行，还是回去吧！昨天租房的时候，房东阿姨一再叮
　　　　嘱，这里，一定要锁好门窗。可我这来不及了呀！还是给我
　　　　哥们儿打个电话吧！（拿起电话）喂！李四！你在家吗？去
　　　　北京了呀？哦，没事没事，回来见！

　　　　（唱）来到城市孤身一人，

　　　　　　放眼望去举目无亲。

　　　　　　试着打开心灵的门，

　　　　　　可是找不到认识的人。

　　〔表现门德在犹豫不决，他回到小区门口时，人们手中的门
　　　聚拢过来，表示小区门已关闭。进不去，往里边望了望，又
　　　看了看时间。

门　德　嗨！门卡也没带。除了李四，我认识的只有房东了。要不
　　　　给她打个电话？不行不行！要是知道没有锁门，她不得骂
　　　　死我？呀！你个蒙古大汉子，怎么变得这么畏畏缩缩？今
　　　　天这个工作拿不下，这个城市也待不下去。不锁了不锁了！
　　　　爱咋咋地！

　　〔门德坚定地往前走。两位甲乙提着窗户防盗网走来。

工人甲　借光借光了哎!

　　　　〔门德躲闪,卡在原地。形成舞蹈。

工人乙　哎呀! 小伙子,不要挡着路,我们工作忙得很,这家安装完
　　　　还有下一家呢!

门　德　对不起,对不起! 师傅,这是安装防盗窗啊?

工　人　(唱)春暖花开,虫蛇出洞,

　　　　　　　各家各户,锁好门窗。

门　德　(停顿思考)锁好门窗?

工人乙　对! 富家大室,锁好门窗。

门　德　嗨! 人家说的是富家大室……

　　　　〔工人下,门德继续往前。门德被迎面跑来的一个瘦弱的人
　　　　撞到,那人摔倒在地。

门　德　对不起! 对不起! 您没事吧?

　　　　〔门德扶起那人。那人瞪了瞪他,一瘸一拐跑走。

门　德　哎……你没事吧? 等等我……(又看看手表,又看看那人瘸
　　　　着腿就不忍心向那人追去)哥们儿,你的腿怎么了?

　　　　〔形成追逐的情形。最后瘦子被追得跑不动了。

瘦　子　你要干吗?

门　德　我……我看你撞上我这彪形大汉,是不是伤着哪里了?

瘦　子　(贼眉鼠眼地)没事!

门　德　不好意思,哥们儿! 我今天第一天上班,有点着急忙慌的,
　　　　你真没事?

瘦　子　没事! (撸起裤管给门德看)你看! 真没事! 你快走吧!

门　德　那我真走了哦! 你没事的话我真走了哦! 眼看这时间都来
　　　　不及了。

瘦　子　快走快走！拜拜！再见！

　　　　　[瘦子消失在一扇门后。门德往前走,边走边唱。

门　德　(唱)钢筋水泥的森林,

　　　　　　　　隔绝人们的心灵。

　　　　　　　　匆匆忙忙的人群,

　　　　　　　　会不会丢失自己的魂灵?

　　　　　　　　啊,陌生的城市,

　　　　　　　　陌生的人,

　　　　　　　　想要走进这城市的门,

　　　　　　　　是否还要面对很多陌生的人?

　　　　　[音乐渐弱。路边卖煎饼的老奶奶在叫卖。

奶　奶　小伙子！吃早饭了吗?要不要吃个煎饼?

门　德　不了,奶奶,我来不及了。(走了两步又心软地回来)奶奶,
　　　　　您快速地给我做个煎饼吧！我有点着急。

奶　奶　好嘞！稍等啊!

　　　　　[老年人速度缓慢,门德又着急,又不想表现出来,低头看看
　　　　　手表,悄悄地跺脚。

门　德　奶奶,就不用放鸡蛋。

奶　奶　为什么不放鸡蛋呢?

门　德　因为,鸡蛋不……不好吃。

奶　奶　哎哟！鸡蛋是好东西呀,这煎饼就得放鸡蛋才好吃呢!

门　德　(对着观众)放了鸡蛋不好熟啊！(对着老奶奶)噢,奶奶,那
　　　　　就放一个吧！

　　　　　[门德焦急地等待状。老奶奶做完煎饼递给他。

奶　奶　好嘞！奶奶今天来晚了,生意也不太好,看我又笨手笨脚

的。小伙子,不好意思啊!

门　德　（接过煎饼,打开钱包给了钱)没关系奶奶。谢谢!（看见奶
　　　　奶额头上的伤)奶奶,您额头流血了,怎么了?

奶　奶　（擦了擦额头)哟,还流呢! 没事,擦擦就没事了。

门　德　还在流呢,要不要去医院?

奶　奶　（坚决地挥了挥手)不去,不去! 我这早上摸黑出门,谁知道
　　　　那边的井盖儿被人偷了,我这车轱辘陷进去出不来,弄了好
　　　　一会儿,额头也破了,不过不碍事的。我擦一擦、贴一贴就
　　　　好了。

　　　　〔奶奶擦了擦额头的血,纸巾撕了一块儿贴在额头。

门　德　您真没事吗? 我送您去医院吧!

奶　奶　不不! 你快走吧! 去医院那是个大花费啊! 再说我还得赚
　　　　钱呢! 善良的小伙子,谢谢你啦! 快走你的!

门　德　（看了时间,艰难地挪步)奶奶,您真没事啊?

奶　奶　真没事,快走吧! 上班该迟到了! 再见!

门　德　奶奶,再见!（欲走,又回)奶奶,您说,井盖儿被偷了?

奶　奶　是呀,就那个超市门口。

门　德　怎么会被偷呢? 会不会是移开了?

奶　奶　不是,井盖儿真被偷了,不信你去看! 最近这小偷出没太频
　　　　繁,不是丢这就是丢那。

门　德　（若有所思地)井盖儿也会丢?

　　　　〔肢体动作表达门德走到丢了井盖儿的地方。绕了一圈。

门　德　奇怪啊! 这里,井盖儿也能丢? 这可怎么办呢?

　　　　〔摸口袋找手机,找不到手机,从包里找,也找不到。

门　德　手机,我的手机呢?（望向周围,周围的人听见声音聚拢过

来,闹哄哄的)手机不见了,不见了……(跌坐在地,淹没在
人群中,音乐起)

群　众　(唱)敞开的门　敞开的心,

　　　　　　最终还有敞开的兜。

　　　　　　井盖丢失　手机丢失,

　　　　　　最终还有信仰的丢失。

门　德　(拨开人群)(唱)

　　　　　　难道你们让我,

　　　　　　锁上房门,

　　　　　　关上心门,

　　　　　　举目无亲,

　　　　　　又冷漠无情?

〔人们散去,沮丧地蹲下。

门　德　(长叹一口气)嗨……

　　　　(唱)上班已然来不及,

　　　　　　吃了一堑长一智。

　　　　　　可这样谨慎的生活有何意义?

　　　　　　谁能告诉我城市之门的秘密?

〔门德慢慢地回头,往回走。他看见卖煎饼的奶奶抚着额头
在忙碌,看见安装防盗窗的工人也在忙碌。

　　　　(唱)城市的太阳,

　　　　　　也会洒下它的光亮。

　　　　　　城市的门窗,

　　　　　　需要坚硬的伪装。

　　　　　　这里的人啊,

要有内心的信仰。

生活可能就是这样，

每天的奋斗才能换来，

未来的希望。

[挡在门德面前的门一扇扇打开，他走向小区。走到小区正

从门口往里望，门卫大爷，给他开了门。

大　爷　小孩儿，我认得你。你怎么不锁门呢？差点招了小偷哦！
　　　　还好我们巡逻的时候给你关上了。我们小区门口来了个
　　　　瘸腿的小偷，在门口偷手机，还好我们戒备森严，及时发现
　　　　报警，被派出所的民警带走了……

门　德　啊！那小偷是不是瘦瘦的？（比画着）就这么高的个儿？

大　爷　对呀，你怎么知道？

门　德　大爷，咱们这边的派出所在哪边？

大　爷　那边，那边！

　　　　[门德跑下。

大　爷　嗨！小孩儿！你带门禁卡了没？

　　　　[剧终。

互　换

时　间　现代

地　点　屠宰场

角　色　屠夫、羊

[屠宰场的宰羊台上，展开着一片红色的布子。旁边堆放着

714

羊皮。屠夫把这只羊放在桌子上,正要在喉咙那里划一刀,听见有人在说话。

羊　　等一会儿,兄弟。

屠　夫　谁?

羊　　是我,兄弟。

屠　夫　(看了一周发现没有人)到底是谁?

羊　　咩……是我,羊!

　　　　[屠夫惊恐地扔下了手中的刀,愣了一会儿,赶紧捡起来。

屠　夫　你? 怎么可能?

羊　　你是觉得羊就不会说话吗?

屠　夫　我觉得羊不能说话!

羊　　怎么不能说话? 人可能想主宰这全世界吧! 可这怎么可能呢,是不是?

屠　夫　人不就是这世界的主宰者吗?

羊　　闭嘴! 我才是这个话题的主宰者!

　　　　[屠夫惊恐过后冷静下来。

屠　夫　我还是你这条命的主宰者呢! (举起刀子要插入)

羊　　你等等! 你不觉得我很神奇吗?

屠　夫　可能成精了吧! 正因为如此,更要杀了你。

羊　　杀我,可以啊! 但是我可不可以有个小小的请求?

屠　夫　你说吧!

羊　　早晚是要染红你这片地,你为什么铺个红毯呢?

屠　夫　这……

羊　　为什么你要隐藏这血迹斑斑的真实?

屠　夫　不是,我隐藏什么啊?

羊	哎……你们人类总是这样！不仅妄想着主宰世界,还虚伪!
屠　夫	怎么虚伪了?
羊	明明杀了那么多羊,还铺个红毯,把血淋淋的事实掩盖起来!
屠　夫	(愤怒地把红毯从羊身下拉出来)那就用你的血做桌布。
羊	等等,我还知道生活对你的血淋淋的真实。你肯定不希望……不希望唯一理解你的人……啊,不,唯一理解你的羊,被你亲手杀害了吧?(羊坐起来)
屠　夫	你说!
羊	我是一只羊。
屠　夫	废话!
羊	可我不是普通的羊。
屠　夫	成精了。
羊	知道就好!
屠　夫	我知道,要不我杀过不下几千只羊,没有一个跟我说话的。
羊	告诉你,实际上它们都跟你讲过话。
屠　夫	不可能! 它们讲什么?
羊	你只是没注意而已。
屠　夫	不可能。那我怎么就能注意到你在说话? 该死! 我就应该闭着眼那么一刀下去,早杀早投胎!
	〔羊走下台子。
羊	因为你内心的恐惧。
屠　夫	呵呵……我恐惧什么? 我怕一只羊?
羊	是因为我知道你心里的秘密,你不敢杀我。
屠　夫	不敢杀你? 你既然知道我的秘密,我不是应该杀你灭口吗?

羊　　　你好奇啊,你想知道一只羊怎么会知道你的秘密,是知道了哪个秘密。

〔屠夫放下刀子,抓耳挠腮。

屠　夫　我想不明白,有一天我会怕一只羊。

羊　　　你不是怕我,是怕你自己。

屠　夫　我为什么要怕我自己?

羊　　　是因为你内心的黑暗。

屠　夫　我除了杀羊,我还能有什么内心的黑暗? 而且,这是我的工作。

〔羊拿起刀子。

羊　　　那你有没有想过,有时,真想像只羊一样,这么一抹脖子,长久地安静。

屠　夫　有过,生活不如意的时候,比如,现在。一只羊竟然威胁到我的时候……

羊　　　那你有勇气躺上来吗?

屠　夫　有啊,怎么没有? 我还真没躺上来过。

羊　　　那你来!

〔屠夫爬上了台子,躺下。羊走上前,举起刀子。

屠　夫　哎? 等一会儿,兄弟。

羊　　　怕了吗?

屠　夫　不……不……怕!

羊　　　你们人还是很怕死的,可要装作天不怕地不怕的样子!

屠　夫　(恼羞成怒地坐起来)我一个屠夫,是差点被一只羊杀了吧?!

羊　　　是啊! 人类就是这样懦弱,无助,又高傲,自大。

屠　夫　我还被一只羊戏弄嘲笑了吧?!

羊　　　死要面子活受罪!

屠　夫　你……(从羊那里抢过刀子)上来吧! 老子还是你命运的主宰者。这就把你这只成精的羊宰了,肉肯定好吃!

羊　　　人啊人,还是贪婪无度!

　　　　[羊躺上台子,屠夫举起刀子,羊跑下,刀子落在坚硬的台子上,发出刺耳的声响。

　　　　[画外音:今天要宰的羊还没到。从早上到现在,你一个人在那儿嘟囔啥呢? 屠夫看看手中的刀子,用台子上的红布包起来,扔下,下。原来这一切都只是屠夫内心的挣扎。

　　　　[剧终。

万字剧

民族舞剧·千古琴舞传奇

〔注:此民族舞剧以萨吾尔登和陶布秀尔意象化形象为主要角色。

萨吾尔登——萨吾尔登是土尔扈特蒙古族传统民间舞蹈。舞蹈以陶布秀尔伴奏,表演者双手五指并拢,运用"揉肩""轻抖肩"及"下腰""扬手揉臂"等优美动作,抒发对生活的赞美与未来的憧憬。萨吾尔登舞很多动作都是来自生活:有表现劳动和日常生活的,如挤奶、捣奶、套马、献茶、敬酒、擀毡、播种、收割等;有表现妇女生活的,如照镜、描眉、梳辫等;有模拟动物的,如雄鹰翱翔、山羊顶角、田鼠跳跃,以及表现马的各种步法以及鸟类的各种动作;还有表现爱情和模拟各种人物形象的。

陶布秀尔——陶布秀尔是卫拉特蒙古族独有的传统乐器,比马头琴还古老,是蒙古民族文化瑰宝之一。陶布秀尔外形似马头琴,琴头有羊头、骆驼头、马头等,以手指上下拨弹作为表演形式,琴声独特,常与呼麦、江格尔说唱相互配合,形成优美的旋律。陶布秀尔曾经是卫拉特蒙古族家家都有、人人会弹的一种弹奏乐器。后来,为了躲避战乱,卫拉特蒙古族在长途迁徙中,逐渐遗失了这一乐器,近代以来才得以传承和发展。

时　间	现代、远古时期

地　点　　卫拉特故乡、巴音布鲁克草原上

人　物　　阿 克 苏 拉　　男,出生至老年,性格活泼开朗,萨吾尔登
文化的意象化形象

弹　布　尔　　男,出生至老年,性格沉稳,陶布秀尔文化
的意象化形象

陶　仁　太　　女,出生至青年,是游牧来的牧民的孩子,
高傲美丽,善良的化身

陶仁太的奶奶　　智者,古老文化的传承者,女孩儿的后盾

阿克苏拉的父亲
阿克苏拉的母亲　　部落将军

弹 布 尔 父 亲
弹布尔的母亲　　陶布秀尔的创造者

陶仁太的父亲　　牧民

强　　　盗　　反面角色。强盗可有许多寓意,也许是人
心、也许是时间、也许是历史……

牧民、群众、士兵、若干
阿克苏拉、弹布尔、陶仁太三人是青梅竹马

序　幕

幕前。现代,众多年轻人在聚会,随着震耳欲聋的音乐群魔乱舞,他们的舞蹈显得毫无生气,他们的欢乐只是表面的空壳,他们扭曲地跳着萨吾尔登,十分不和谐。一位衣衫褴褛、老态龙钟的老人(阿克苏拉)听着这些不和谐的声音,背着陶布秀尔出现在现场(意为萨吾尔登和陶布秀尔已融为一体)。人们不屑地看着他,嫌弃着他,指指点点,以为他是疯子、乞丐,有人甚至想请他出去,有人看到了他背上那个奇怪的东西,想探个究竟,就给老人搬了一把椅子,老人倔强地坐在一旁擦拭着陶布秀尔。突然,幕后传来陶布秀尔的声音,从

弱到强,老人先是惊讶地站起来,侧耳倾听。一个小孩儿弹着陶布秀尔出场。老人泪流满面,老人感动于后继有人,琴声又让他想起自己的安达弹布尔和曾经的恋人陶仁太,随着陶布秀尔曲子舞动起来,人们都静止看着他,(音乐中有新疆蒙古人特有的短歌——少斯提尔歌)随着他精彩的萨吾尔登(卓楞尼顿陶仁太——美丽姑娘的名字,以此舞蹈表现他对弹布尔和陶仁太的思念,弹布尔和陶仁太在光影中出现),大幕拉开,揭开了那段幸福、浪漫,又让人悲痛过的往事烟云……

第一幕

《伟大的孕育》

音乐接序幕中的老人萨吾尔登音乐,渐加强。表现战场上的英勇无敌,激烈、铿锵有力的音乐。

战争场面。带领军队的将军是阿克苏拉的父亲。(舞蹈:伊和阿克苏拉——人名,表达勇士们为了保护故乡,勇敢地走向战场,骁勇善战、所向披靡的状态;巴嘎阿克苏拉——也是保护故乡的勇士的形象,为了保护受伤的伊和阿克苏拉勇士而奋斗的状态)

激烈的音乐逐渐被苍凉、悠远、神秘的潮尔声代替。朦胧的纱幕后,弹布尔的父亲形象背对观众,表现出制作陶布秀尔的过程,他拿起来看,又放下,有制作的动作,过程十分神秘。

《诞生》

美丽的原始大自然,有山有水有辽阔的巴音布鲁克草原和天鹅湖,蓝蓝的天空。片刻后,忽隐忽现传出悠远、古老、苍凉的陶布秀尔的声音,时远时近,神秘莫测。

战争结束后,阿克苏拉的父亲带领军队凯旋,军队跳和力合阿克苏拉萨吾尔登。(和力合阿克苏拉——取得战场上的胜利后凯旋,男女老少在欢快地迎接的状态)弹布尔的父亲弹着自己刚刚做出的陶布秀尔,迎接凯旋的安达。阿克苏拉的父亲握着这个新制作出的乐器,兴奋不已,这是世界上第一个陶布秀尔,也是唯一一个。

陶布秀尔的声音传来,《江格尔》在被传唱。苍鹰在蓝天飞翔。突然,光照蒙古包,新生儿"哇哇"的哭声惊天动地,阿克斯拉诞生。相邻的蒙古包内也一片光亮,同一时间内,弹布尔也呱呱坠地。(表达萨吾尔登和陶布秀尔诞生在蒙古包)两位父亲幸福地握拳。

《与鹰共舞》

周围的人们惊奇地发现孩子的双手像鹰的飞翔那样摆动。(象征孩子的舞蹈,可由成年人跳。爱来德比里各萨吾尔登——爱来是飞鹰的意思,德比里各飞鹰的振翅。这个《沙吾尔登》的动作是模仿玩耍的鸟类飞翅和其他动作。据老艺人的话,这是学《沙吾尔登》的入门动作)。远处逐渐传来音乐"萨吾尔……萨吾尔……萨吾尔登"(关于萨吾尔登的音乐)。向天下昭告着萨吾尔登舞蹈的诞生。

《根源》

阿克苏拉、弹布尔同时出生。两位父亲抱着各自的孩子,欢快地聚会(两位父亲的舞蹈)。蒙古族生活场景,展示日常生活(群舞表达萨吾尔登来自生活)。在蒙古包内,人们看着两个天才的孩子,愉快地各自忙碌着,有节奏,慢慢变成了有节奏的萨吾尔登舞蹈。[哄孩子的海登萨吾尔登、韩村萨吾尔登(摆弄袖子、衣襟的动作。蒙古人历来就有根据在生活的遭遇或所见所闻来作诗歌的习惯。这个是由生活中常用的衣裳的袖子来取名。跳这个舞蹈的艺人像风吹的柳树小枝一样悠扬的动作来表演,并且常用坐跪或弯腰的姿势。好尔买沙吾尔登即大襟萨吾尔登,同样也多用衣裳的下边动作,手脚动作配合而成。平常妇女多参与这个萨吾尔登,可以说这是她们生活的劳动舞)、阿日很沙巴格尔(酿酒时候的动作)、锡伯德里邓萨吾尔登(即圆圈萨吾尔登,此名称里也包含着转圆形跳舞的特点)〕

《初见》

两个孩子已成长为幼儿,弹布尔小小的身材背着父亲给他做的陶布秀尔,弹出好听的音乐。阿克苏拉用万分好奇的眼神观察着生活中的一切,也富有冒险精神,什么都要尝试。他学着劳动动作,创作出多种萨吾尔登舞蹈方法(淘古如萨吾尔登——鹤之舞、乌登沙萨吾尔登——蒙古包的门等)。

一天,部落里新来了一户牧人家。有奶奶、父亲和女孩儿,他们是从异地游牧而来。阿克苏拉和弹尔的父亲热忱地接受了女孩儿一家,并与女孩的父亲结为安达。小女孩儿比阿克苏拉和弹布尔小,头发上扎着蓝色的绸子,好奇看着这两位哥哥,两个男孩儿把小女孩儿当作宝贝,围着她转,给她跳好玩儿的萨吾尔登,引得女孩儿哈哈大笑(呼尔登萨吾尔登,即快步萨吾尔登、杜古冷萨吾尔登即瘸子萨吾尔登等)女孩儿与他们一起打闹,一起跳舞,欢乐无比。三个小孩儿带给部落无限生机,生活欢声笑语,和平祥和。

《琴弦上的生命》

有一天,三位父亲出去打猎,只打到一些小动物,远处羚羊在山上跳动,怎么也射不下来,他们气急败坏却没有一点办法,垂头丧气。回来后,孩子们见状,为了取悦父亲,阿克苏拉和女孩儿学着羚羊跳动的样子跳出了萨吾尔登(沃如歌得和——模仿羚羊动作),弹布尔则用木头做了羚羊,从羚羊身上拉线拴在右手中指上,随着手指的跳动,旋律的强弱,木羚羊作出各样的灵活动作(做法询问民间艺人,可以剪影表现)。看着三个孩子精彩的表演,父亲们笑逐颜开,与之一同跳起来。

《天意》

　　三位父亲看着孩子们的默契,决定在三个小孩儿不知情的情况下,给他们定下娃娃亲。女孩儿父亲不知该如何选择哪个男孩,安排了一场随天意的抉择。他们请来部落的萨满作法,女孩儿的蓝绸在天空中飘荡,落在一个男孩儿(模糊处理不知落在哪个)身上,孩子们用好奇的眼神看着蓝绸。杜尔冬萨吾尔登开始(即绸子头巾萨吾尔登),舞蹈中男男女女配合的双人舞蹈主要是演奏者歌唱跳舞者。

　　(歌词大意)

　　头巾就是头巾,

　　中间有花儿的头巾呀。

　　如有爱心,

　　那么好的陶仁太呀。

　　把头巾举到天窗看一看,

　　曙光一样好看呀。

　　并坐着身旁,

　　那么好的陶仁太呀。

　　把头巾举到门肩上看一看,

　　镜子一样发光的头巾呀。

　　坐近看一看,

　　那么好的陶仁太呀。

　　听着歌,男女双双翩翩起舞。三个孩子依然无忧无虑。女孩儿的奶奶本来要阻止,但欲言又止,看着绸子飘落,仿佛看见了命运的安排,眼里布满泪水。(扫胡尔胡格新萨吾尔登——像眼睛看不见的老婆婆一样缓慢的动作)

《祭天》

阿克苏拉是部落将军的儿子,以后还要扛起军旗,保护族人。父亲带他去祭天,并让他明白自身的使命(萨楚力贝勒格——很古老的萨吾尔登,表达尊重故乡土地,爱护家乡,寻求故乡保佑),这个使命不仅仅是他跳舞那么简单,而更是要成长为顶天立地,文武双全的男子汉,并保卫家园。父亲走后,阿克苏拉站在原地,不知所措地忧伤布满了天边,阿克苏拉将祭天的动作也幻化为舒缓的舞蹈,慢慢地,他在幻想中(在两个光区内)看到了理想中的自己在与现在的自己对应舞动。

阿克苏拉理想之舞结束,音乐瞬转风格,阴森恐怖的音乐中,张牙舞爪的强盗出现在黑暗里。

第二幕

《伊克奈尔》

三个孩子已经长大成人。他们还是形影不离地在一起,三个人的关系却渐渐发生着变化。

一年一度的大宴席开始。来自各民族、各部落的男女老少都欢聚在一起,有维吾尔族十二木卡姆和传统舞蹈(《顶碗舞》《大鼓舞》《铁环舞》《普塔舞》等)、哈萨克族的卡拉角勒哈(是哈萨克族最具代表性的民间舞蹈,它广泛流传于新疆境内的哈萨克族居住区。卡拉角勒哈是哈萨克语,意为"黑色的走马")、回族的"宴席曲"(多是男子对舞,是一种边歌边舞的形式。它的特点是有较浓厚的武术风格,动作粗犷、剽悍,潇洒大方。或者"口弦",也称"坐舞",多为女性表演,也有男子表演的,一女弹口弦,周围一圈静听。有时也有双双对弹或多人对弹的,如"三点水""凤凰令""盼哥安"等。音乐细腻多变,清脆悦耳,随着音乐的变化做一些模拟性的舞蹈动作,上身随之缓缓摇摆,或轻轻踏步。站立时有时也做一些纤细的动作,主要表现妇女内心喜、怒、哀、乐之情)、表现鄂温克的索伦萨吾尔登(这里"索伦"一词原先是指达斡尔和鄂温克族。很有可能是以前蒙古人在与这些民族共同生活的过程中受他们的舞蹈文化渗透或萨吾尔登舞蹈的某些动作与他们的舞蹈有相同之处,所以有了这个名称)等舞蹈。三个孩子压轴出场,来了一场精彩的演出。各民族各部落的人们第一次看见陶布秀尔这个乐器。弹布尔弹出音乐(弹出陶布秀尔技艺,反弹陶布秀尔,放在后背弹等),阿克苏拉和女孩儿欢乐地舞蹈。女孩跳着朱达拉(女孩儿们呼唤男孩儿一起跳舞的动作),表示邀请阿克苏拉一起跳。看着他们俩,弹布尔的心灵发生了变化,陶布秀尔轻微走音,他想获得女孩的爱情。

在黑暗中蓄谋已久的强盗们像魔鬼一样狂欢。

《天鹅湖边》

三个人在天鹅湖边嬉戏,学着水波,跳着乌孙乃多里赶(即波浪萨吾尔登。乌孙乃多里赶是水浪的意思,可以说是水浪萨吾尔登。这是模仿自然现象的舞蹈。这个也是古老蒙古人信仰萨满教所至或与他们的游牧生活息息相关。在这个萨吾尔登中模仿人类观察到的生活与自然界的现象和响声是一种主要特征,也可以说是一种普遍现象。由男女共同参与)。弹布尔抱有一线希望,想要试探和争取,他满怀爱意教女孩儿弹琴,但是女孩儿学着陶布秀尔,心思却一直在阿克苏拉身上。阿克苏拉拿着草原上的花朵献给女孩儿,女孩儿拿出正在给阿克苏拉缝制的袍子,女孩儿说阿克苏拉要是在自己缝制完衣扣之前,能骑着黑骏马绕湖一圈的话就答应他的爱情。(女孩儿在两人中作出选择时,纱幕后重演定娃娃亲的场景,蓝色绸缎在空中飘荡）（舞蹈：叫热哈日萨吾尔登——学着马的动作舞动的萨吾尔登。其跳舞动作和技巧是模仿走马的步伐,脚步动作快又均匀,而且手的动作像骑马一样蹭腰,跟着乐曲跳舞。这个舞蹈中脚步动作比较多。据民间老演艺人的回忆,从前跳这个舞蹈时,跳舞者在自己的手腕,脚腕上挂牙尔牙铃,这样一来节奏均匀,有"竟个儿,竟个儿"的铃声,让人悦耳动心。由此看来,跳这个舞蹈的人很可能是一个演艺水平高,精通歌舞的艺术人才）

弹布尔落魄地转身离开,在黑暗处攥紧了手中的蓝色绸缎。（让观众明白,原来是女孩儿和弹布尔有娃娃亲）

《逆向》

弹布尔难言悲痛,在细雨中骑着马走向荒野,用巴拉金哈日萨吾尔登（马步动作）表现他内心选择友谊还是爱情的纠结不已。黑暗中遭遇到狼虎,继而掉入心灵无尽的黑洞,正要入虎口的那一瞬间,阿克苏拉及时出现并救了他。弹布尔的选择变得更加艰难,痛不欲生。阿克苏拉对他的心灵有所察觉。

《生命的舞》

奶奶用毕生的经历,向女孩儿传授着萨吾尔登,把自己对生命的感悟全部放到了舞蹈里。（为后来奶奶的去世铺垫）

《离散》

弹布尔还是无法定夺。这时定亲时间已到,弹布尔的父母去女孩儿家提亲,阿克苏拉和女孩儿知道真相后都惊呆了,三个人的分裂已注定。女孩儿不知所措,不知该如何选择,她顾虑着三个人青梅竹马的关系,一边是深深爱着的男人,一边是不可逆转的约定。她纠结着,痛苦着,表现痛苦的慢动作,女孩儿一个人跳。远处隐约能看到阿克苏拉也在痛苦地舞动,女孩儿远远地看着心爱的男人的背影,突然节奏变快,用好布哥贝勒格表达内心说不出的"你跟我走吧,远走他乡"的意思。(好布哥贝勒格——一个女孩儿游牧到一个地方,与当地小伙子互生情愫。第二年,女孩儿家又要搬走了,男孩儿想要留住女孩儿,却没办法留住,女孩儿用手的上下动作向男孩儿表达"你跟我一起走吧,还是你选择要留下来?"的难舍难分的意思)

高潮戏《血染陶布秀尔》

女孩儿的奶奶即将去世。在弥留之际,她鼓励女孩儿作出自己的选择,放弃该放弃的,打开更广阔的天地。女孩听从奶奶的遗嘱,决定远走他乡。走之前,她去弹布尔那里,听着他弹琴,给他跳了最后一支萨吾尔登,弹布尔以为女孩儿答应嫁给自己。女孩儿又拿走定亲的蓝色绸子,借走了陶布秀尔琴去阿克苏拉那里给他弹最后一曲,阿克苏拉不知所措地听着她弹出的音乐,悲伤布满了天鹅湖。弹布尔躲在山后,看着他们的一举一动。正这时,那强盗袭击了他们,强盗想抢走陶布秀尔。阿克苏拉在搏斗中为了保护女孩儿和陶布秀尔受了重伤,女孩儿抱着的陶布秀尔被强盗抢去时摔碎,全部音乐停止。强盗要杀掉阿克苏拉,女孩儿挡住了剑,倒在血泊中。弹布尔一念之间迎来了地狱,依然躲在山后看着这场争斗,等他看到女孩儿被刺,冲出来时,一切都晚了……

家族的人们带兵前来,追赶强盗。恶毒的强盗被天鹅湖吞噬,消失在湖里。湖面恢复了平静。

《无声的世界》

失去心爱的人,阿克苏拉陷入了无尽的痛苦。他的动作扭曲,手脚不再听他的使唤,就像被拴住的烈马一样(乌若里登古萨吾尔登——表现前后腿被绑的马一样一蹩一蹴的动作)。他颓废至极,手脚被束缚,再无法舞动。

陶布秀尔被摔碎,把三个人的过去摔碎,把民族的欢乐摔碎,更大的矛盾爆发,世界一下子失去了音乐、欢乐和色彩,苍茫、荒凉如人的内心般空荡荡。部落的人们跳着无音乐的萨吾尔登,垂头丧气,毫无生机。(无音乐,可有原始的拍手舞等)

第三幕

《救赎》

世界失去色彩后,弹布尔看到了女孩儿为陶布秀尔而死,也看着陶布秀尔被毁,他觉得只有再寻找到一把陶布秀尔弹起来,才能对得起付出生命的女孩儿,他流浪世界去寻找陶布秀尔。

阿克苏拉看着无声无息的一切,全部失去了色彩,他想起父亲在祭天时的话语,觉得自己应该担负起保护部落的责任,需要守护部落,要用行动去拯救部落,不能一味沉浸在失去陶仁太的悲伤中,他需要找回属于他们的一切,需要起程去找回弹布尔,恢复陶布秀尔的音乐。用额仁哈比日嘎萨吾尔登表达人物沉重的爱家乡之情。(额仁哈比日嘎——表达土尔扈特人几百年前东归的历史,表现浓浓的思乡之情,将两手放到肋骨边舞动。额仁哈比日嘎为地名,是天山山脉中的一座,汉语意为男人的肋骨)

《印记》

阿克苏拉在寻找陶布秀尔的路上,所到之处,言传身教,传播着萨吾尔登。直到有一天,他似乎看见了女孩儿跳舞的背影,一起舞动,但是等他跑过去后却发现不是,然而又仿佛幻化为千千万万个女孩,都是那个自己心爱的姑娘(赛罕呼恒萨吾尔登——美丽姑娘萨吾尔登,表现她们的优雅姿态)。

《相见》

多少年后的一天，北风呼啸，雪花洒落。弹布尔从树洞和挂在树洞上的马鬃发出的声音找到制作陶布秀尔的灵感，制作出第二个陶布秀尔。世界再次响起陶布秀尔的音乐，阿克苏拉闻声而来。弹布尔拿着陶布秀尔，手里握着掉了色的蓝色绸子，化成了一座冰雕，阿克苏拉看着他，有诉不尽的衷肠。并把那块在风雨中掉了色失去光泽的绸子贴在脸上，勾起了无尽的回忆和思念。他拿着蓝色绸子和陶布秀尔背起来。（表示萨吾尔登、陶布秀尔、人已紧密相连不可分离）

尾　声

弹布尔的雕塑化开，仿佛弹布尔复活，世界响起陶布秀尔的音乐，阿克苏拉老人再次舞起萨吾尔登的时候，意象化表现女孩儿在远远的高处，在云朵中，微笑，并一起跳起萨吾尔登，继而很多个女孩儿的影子与他们一起舞动，很多个男孩儿拿着陶布秀尔出场，陶布秀尔和萨吾尔登合二为一。

幕布缓缓闭合又迅速拉开。回到序幕的现代化场景，那些舞者和陶布秀尔亲都变成了聚会上的年轻人，弹着陶布秀尔，跳着优美、有力的萨吾尔登（伊和萨吾尔登——高贵的舞蹈）。序幕中的小男孩儿也再次出现，高高地举起陶布秀尔。萨吾尔登在历史的潮流中走到今天，又迈向了未来。

剧终。

百·千·万字剧

编剧工作坊学员作品集 下

陆军 主编

上海人民出版社

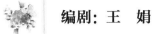 编剧：王 娟

百字剧五则

牛 皮

农民阿三听信扶贫办林主任的话养牛致富，却惨遭赔本，气急之下扒了牛皮挂在院墙上，再也不信当官人。十年后，林主任到访，劝其加入合作社致富，被他痛骂并驱赶。林主任拿出自己一直挂在床头的一小块老牛皮，正是院墙老牛皮缺的一角，完好无损。阿三摘牛皮入社。

翻 墙

寒冬，父亲背着布袋来学校给儿子送学费，儿子拿到钱高兴回校。父亲摊开布袋卖干枣，天色渐晚倚墙入睡。忽然儿子翻墙而出，正巧踩到父亲肩膀。父子二人惊诧。得知父亲卖干枣赚回家路费，儿子忏悔还钱，原来他骗钱用来上网吧。父亲把钱塞进儿子的衣兜，用肩膀托举儿子再次翻墙回校。

再见桃花扇

没落贵族子弟宋公子贪图钱财与王家小姐订婚，却又贪恋林家

小姐美色相许终身，并各赠青玉桃花扇一把。花灯会上，二女因桃花扇相识，心生疑惑，设计将宋公子灌醉，识破其风流本性。日后，二女相约将桃花扇赠予穷人，却见宋公子沦为乞丐。

桃花雨

古代，书生尘生与桃花林主人灵儿以桃花簪私订终身后赶考。官差要砍掉桃林为新状元建宅院。惊闻新状元为尘生，并被赐婚公主，灵儿火烧桃林，自尽而亡。现代，商人尘生得知桃林有矿想购买，却遭到桃林主人灵儿抵抗。桃林失火，灵儿救尘生毁容。尘生的对手要高价买下桃林。尘生倾其所有（钱财、健康）护下桃林，与灵儿相守桃林。剧尾，桃花雨中尘生为灵儿戴上桃花簪。

让我们荡起双桨

因弟弟溺水身亡，林一燕从小怕水，但她被选派到微山湖船上小学任教。孩子们对她的捉弄坚定了她离开的想法。一支笛子让她发现孤儿毛豆豆是救命恩人的孙子，记起与老人的约定要回微山湖。她帮残疾女孩解决学费问题，她制止学生家长打孩子，她打消了学生退学的念头。但教育局通知，船校老师必须熟悉水性。林一燕不得不与孩子们告别。暴风雨来临，林一燕为救孩子跳入湖中。天晴，师生泛舟唱歌。

千字剧三则

借 钱

时　间　春节前夕

地　点　石头村村支书李四家

人　物　一根筋　男,60岁,真名李四,村支书,认死理。

　　　　懒　汉　男,35岁,真名张三,懒,无妻,孝顺。

　　　　王巧嘴　女,58岁,真名王五,李四妻,泼辣。

[光启。石头村村支书一根筋家,他穿着一身极不协调的西装急匆匆地从里屋出来。王巧嘴拿领带跟上。

一根筋　(急)哎呀,别鼓捣了,林县长一会儿就到了!

王巧嘴　还有时间,还有时间!(把领带套在一根筋脖子上)系上这个!

　　　　[王巧嘴用力过度,勒得一根筋直翻白眼。

一根筋　(松领带,哀求)老婆,李四我最近没乱花钱啊,你下手轻点行吗?

王巧嘴　怨我怨我。(重新系领带,叮嘱)以后别在别人面前摆出一副怕老婆的样子,好像我真怎么你了似的。

一根筋　他们都以为老婆怕我——

王巧嘴　真的?

一根筋　才怪!(掏出空荡荡的衣兜)看我衣兜比脸还干净,就知道

733

我在家的地位。

王巧嘴　（帮他把衣兜塞回）你现在没钱,不代表以后没钱呀!等今
　　　天领导考察后咱村成了脱贫模范村,县里把那 10 万块钱奖
　　　金一发,啊哈哈哈!老头子啊,嫁给你是我最大的福气——
　　　老头子啊,以后咱家——你说了算!

一根筋　那是公家的钱。

王巧嘴　（生气）李四!（缓和语气,引导）你就不能稍微……一点
　　　点……你懂得……?

一根筋　（看表,急）我不懂。还有 20 分钟,我得走了!

王巧嘴　（生气）怪不得人家叫你一根筋!

　　　〔手机铃声《最炫民族风》响起:"苍茫的天涯是我的爱,绵绵
　　　的青山脚下花正开……",一根筋接电话。王巧嘴附耳听。

一根筋　喂?懒汉啊,啥事啊?

　　　〔懒汉扛着腊猪腿上,打电话。

懒　汉　支书——

一根筋　叫四大爷。

懒　汉　还是叫支书吧,咱也不沾亲带故的,容易让人误会。这不快
　　　过年了,我来给你送点年货。

王巧嘴　（夸张地）给我们送年货?切,不让我们补贴他就烧高香喽!

　　　〔王巧嘴冲一根筋摆手。

一根筋　我和你婶子都不在家。

　　　〔王巧嘴点头赞许。

懒　汉　我顺便来还那 10 万块钱。不在家是吧?那我——

　　　〔王巧嘴抢过电话。

王巧嘴　赶紧来!你来!现在!马上!立刻!

734

一根筋	你也信,他哪里来的钱?
王巧嘴	只要还钱,其他我才懒得管! 十年了,早就该还了!

　　　[一根筋摇头走出。懒汉进屋。二人撞到一起。

一根筋	来就来,还拿腊猪腿干啥,等会儿给你娘拿回去。
懒　汉	一点心意,一点心意……
王巧嘴	(堵门)钱呢?
懒　汉	(尴尬笑,举腊猪腿)巧嘴婶儿,你容我喘口气嘛!

　　　[巧嘴不耐烦接过腊猪腿,懒汉挤进门。

一根筋	巧嘴,你给懒汉沏壶茶。我得去村口迎县领导了。
懒　汉	(大摇大摆,郑重地坐下)哦,那你去吧,我就不留你了。

　　　[见状,一根筋夫妇愣。

一根筋	(返回)你是不是有别的事?
懒　汉	不算啥大事……(一本正经,换了一副嘴脸)听说你在全县脱贫工作汇报大会上说咱们村全面脱贫,还受到了领导的表扬。
一根筋	你消息够灵通嘛!
懒　汉	听说等会县里领导就要来视察,还要给你弄个什么先进?
一根筋	不是给我弄先进,是给咱村弄先进,还有 10 万奖金呢!
懒　汉	那就对了! 有钱就对嘛!
一根筋	你到底有啥事?
懒　汉	借钱。
一根筋 王巧嘴	(同时)借钱?
懒　汉	借 10 万块钱。
王巧嘴	(气坏了)你不是来还钱的吗? 我家老头子说得没错,你是

黄鼠狼给鸡拜年——没安好心!

一根筋　我没说过。

王巧嘴　无所谓!(对懒汉)又借钱?我家老头子说得没错,你是不是脑子被驴踢了?

一根筋　我没说过。

王巧嘴　无所谓。(对懒汉)10万没还上,又来借10万?当我家是自动提款机啊?

一根筋　我没——

王巧嘴　我说的!

懒　汉　还钱就是个幌子,要不怎么能进你家门呢?哼,借不借吧?

王巧嘴
　　　　(同时)不借!坚决不借!
一根筋

懒　汉　(慢悠悠地)支书啊,我听说,你在全县大会的工作汇报里说,全村百分百脱贫——百分百——百分百啊——!

一根筋　(慌乱)懒汉,你想干什么?

懒　汉　大家都知道我懒汉也是咱村的人嘛!我怎么就被排除到这百分百之外了呢?我脱贫了吗?我是一个比驴粪蛋还光的穷光蛋啊!巧嘴婶儿,你说天底下哪有这样的道理,当官的为了自己那顶乌纱帽,吹牛皮,唱高调,把我们小老百姓当空气。

　　　　〔一根筋慢慢地蹲了下去,怂了。

王巧嘴　(明白过来)哦,我明白了,懒汉,你可不是空气,你是个屁,还是个蔫屁,不响但臭气熏天!(拿腊猪腿扔给懒汉)滚!

懒　汉　(一手接猪腿,一手伸开)10万。

　　　　〔一根筋蹲地愁苦状。

王巧嘴　你这是抢钱啊！（捶打哭诉）一根筋,我嫁给你可真是倒了
　　　　八辈子霉!

　　　　〔一根筋并不躲闪,脑子在飞速运转。

懒　汉　（催促）听说领导就要到了?

王巧嘴　（愤恨地）我这就去拿银行卡给你取钱!

　　　　〔一根筋忽然站起一把拉住了王巧嘴。

一根筋　不能去!

王巧嘴　不去? 今天这钱不给他,我看你这村支书也做到头了!

　　　　〔王巧嘴欲走,再次被一根筋拉回。

一根筋　你忘了十年前他借了那 10 万块钱干了什么?

王巧嘴　十年前他说要开汽修店借钱,可最后吃喝玩乐! 全部挥霍!

一根筋　江山易改本性难移! 所以不能再借钱给他啊!

王巧嘴　可你咋办呢?

一根筋　我……（看着懒汉,坚定地）我去向林县长坦白,承认错误!

　　　　〔懒汉从椅子上蹦下来。

王巧嘴
　　　　（同时）不许去!
懒　汉

懒　汉　你疯了吗? 我要钱,你要名,两全其美多好的事! 一根筋,
　　　　你别钻牛角尖行吗?

一根筋　这牛角尖,我一根筋就钻了!

懒　汉　巧嘴婶儿,你劝劝他呀! 他这是自杀式一根筋啊!

王巧嘴　（厉声）老头子! 你不能这么糟践自己!

一根筋　（厉声）老婆! 我借给他 10 万,维护了我的名誉,可却害了
　　　　他! 我今年 60 岁,可他刚 35 岁啊! 我不能因为这 10 万块
　　　　钱,毁了他后半辈子!

懒　汉　(讽刺)呦,还是个心系群众的好干部呢! 没事,支书,我不
　　　　怕被毁了,你只要借我钱——

一根筋　我不借!

懒　汉　那我就只能上领导那里说理去了。

王巧嘴　我去拿卡取钱!

　　　　〔一根筋迅速把懒汉和王巧嘴锁在了屋里。

懒　汉　好哇你个一根筋! 你和我玩儿阴的! 信不信我打110!

王巧嘴　你敢! 110先把你这个来抢钱的抓起来!

懒　汉　你快把门打开!

王巧嘴　老头子,你快开门啊! 你连我的话都不听了吗?

一根筋　哈哈……哈哈……我糊涂哇! 我糊涂! 为了那10万块的
　　　　奖金,我铤而走险谎称百分百脱贫。今天这就是对我不诚
　　　　实的报应啊! ……但是这个钱,我不是想装进自己腰包,我
　　　　是想来办养老院啊! 懒汉,咱们村像你娘那么大年纪的老
　　　　人家不在少数啊,可是有人照顾吗? 他们每天早上晒太阳,
　　　　晚上晒月亮,过得开心吗? 我想办个养老院,让他们乐乐呵
　　　　呵度晚年……

懒　汉　(一激灵)办养老院?

一根筋　你说得对,我不是个好干部,因为我对组织撒了谎! 石头村
　　　　没有百分百脱贫,还有一个陷在穷窝里爬不出来,那个人就
　　　　是你! 我得去承认这个错误,马上就去,否则它就是我一辈
　　　　子的污点!

懒　汉　(惊,喊)回来! 回来啊四大爷,我的四大爷哎! 你可千万不
　　　　能去啊! 我错了! 我错了! 四大爷,巧嘴婶儿,我说实话!

一根筋

王巧嘴　实话？

懒　汉　对不起了，四大爷，巧嘴婶儿，其实我有钱。

一根筋

王巧嘴　（纳闷，同时）有钱？

懒　汉　我表面上还装懒汉、装泼皮、装没赚钱，就是怕你们让我还账，这钱我可是给俺娘用的。你们也知道，俺娘从年轻守寡，拉扯我长大不容易，可我懒，没出息，但是我知道心疼俺娘，有好吃的我先给她，有好穿的也先给她，镇上赶集我一路背着她去看热闹……可我知道我不是个好儿子，我照顾不上她呀！我每天去地里干活，她就坐在村口那棵大槐树底下等我，从早晨到晌午，从晌午到晚上，我不回来她就不回家。她年纪越来越大，我真怕有一天回来就见不着娘了。我在城里看好了一家养老院，想把俺娘接到那里，可就是太贵，一年5万，一交三年，一共15万。可我只存了5万块钱，想来想去，趁着这个机会，我……（给了自己一耳光）我真混！

　　　　［一根筋把门锁打开。

一根筋　（对王巧嘴）去拿卡，给他取钱。

懒　汉　不不不，四大爷，我是那个百分百里的一员，以前哭穷是骗人的。咱村去年办了合作社，我攒了5万呢。四大爷，等会你可以光明正大地去见领导了。你要挺直腰板对他们说：各位领导，你们好，这是俺担任村支书的石头村，已实现百分百脱贫，我们石头村是当之无愧的脱贫模范村！

王巧嘴　（犹豫）那我还去拿卡吗？

一根筋　拿呀！给他10万！

懒　汉　不用了,四大爷,我就等着你建养老院了。

一根筋　这个钱不是让你送你娘去养老院的,去年你不是存了5万吗,我再给你10万,你把之前的汽修手艺也拾起来,开个汽修店,只要人勤奋啊,保准财源滚滚。

懒　汉　你不怕我吃喝玩乐、全部挥霍了?

一根筋　(假装犹豫)哦,是啊。哎,老婆,咱家的大事得你拿主意啊。

王巧嘴　我信你！因为我王巧嘴还没见过拿亲娘当幌子的人呢！懒汉,张三大侄子,婶子知道你不是那种人！走,跟婶子取钱去。(举起腊猪腿扛在懒汉肩膀上)别忘了扛上你的大腿！

懒　汉　哎！

一根筋　不对呀！总觉得哪里不对呀！

王巧嘴　有啥不对的,张三来还钱,实则来借钱,咱们助人为乐,给他改过自新的机会嘛！

一根筋　不对,不对……

王巧嘴　是不对哦,张三,你啥时候还钱呢?

懒　汉　明年年底,我用我未来的媳妇担保。如果我还不上,就让我打一辈子光棍儿！

一根筋　不对,还是不对呀！

王巧嘴
懒　汉　哪里还不对呀?

　　　　[手机音乐起:"苍茫的天涯是我的爱,绵绵的青山脚下花正开……"

一根筋　(拍脑袋跳起)哎呀哎呀！我知道哪里不对了！(接电话)喂,林县长,我马上到！有件事情我必须向您坦白,我必须做深刻的自我批评！要不就是我一辈子的污点啊！

〔懒汉和王巧嘴指着一根筋的背影。

懒　汉
王巧嘴　（同时）真是一根筋！

〔定格。剧终。

流浪狗

时　间　当下某一天清晨
地　点　张三家中
人　物　张　三　女,60岁。
　　　　李　四　男,60岁。
　　　　女　儿　女,30岁。

〔幕启。张三家。李四穿着保洁员的工作服,系着围裙拿抹
布擦桌子。张三拿菜拖车出。

张　三　张师傅！

李　四　我姓李,你还是叫我老李吧。

张　三　哦,老李,你擦干净点儿,边边角角别忘了。

李　四　这还不干净？一早晨擦了三遍了,再擦,这桌子都秃噜
　　　　皮了！

张　三　谁让你逮着桌子面擦个没完的？桌子还有四条腿呢！你倒
　　　　是擦擦呀！再偷懒,我就和我闺女说,下次不用你了！

李　四　别呀！我听你的,把桌子腿儿再多擦几遍,直到擦秃噜皮！

〔李四边擦边瞟着张三,张三拿菜拖车到门口换鞋。

李　四　买菜去呀？

张　三　(应着)啊！

　　　　〔李四快速扔掉抹布，摘掉围裙，换鞋。

李　四　我陪你去吧。

　　　　〔张三盯着李四。

李　四　我不要小费。

张　三　(心口不一的)多不好意思，这也不是你们保洁员的工作
　　　　范围。

　　　　〔张三笑着把菜拖车递给李四。

李　四　这是老小区，五楼，没电梯，我怕你买太多，上楼提不动。

张　三　还是你想得周到——(开门，尖叫，关门)妈呀——

李　四　(吓一跳)咋了？

　　　　〔李四从猫眼里往外看。

张　三　(惊慌)狗，一只狗。

李　四　一只狗而已，我以为你见鬼了呢！

　　　　〔李四开门，哀伤的狗叫声：呜呜……

李　四　哎哟！狗狗啊，哎呀，我的小可怜儿，你这是遭遇了什么？
　　　　咋整得自己这么不堪呢？这么颓废呢？(李四抱起一只脏
　　　　兮兮的流浪狗)别伤心啊，别害怕啊，爷爷带你回家家哦。

张　三　恶心！

李　四　我给他洗洗澡就不恶心了。

张　三　我说你恶心。

李　四　(把狗抱进屋，关门，对狗)冷了吧？咱洗个热水澡，爷爷再
　　　　给你来个全身 360 度无死角按摩，让你好好享受美好的
　　　　狗生。

张　三　(厌恶的)哎，你别弄它进来呀！多脏呀！

742

李　四　洗洗就不脏了!

　　　　[李四抱狗狗进厕所。

张　三　哎你搞搞清楚!这是我家!你给我出来!

　　　　[李四端着盆出来,那只狗立在盆里呜呜地叫着。

张　三　(指着狗)你别装可怜!(狗叫)哎呀,你叫唤也没用啊,我老公不让我养狗,他听见狗叫就睡不好觉,睡不好觉就不能好好工作。狗狗啊,我和你说啊,我家的你那个爷爷啊,是个神经病——

李　四　啊?

张　三　神经病主治医生。

李　四　神经科主治医生吧?

张　三　对对对,(对李四)狗狗啊……

李　四　(答应)哎——

张　三　他工作很忙,每天都在手术台上治病救人,休息不好是不行的,万一他做手术的时候不小心打个盹儿——人命关天呀!所以,狗狗啊,你不能留下来,知道吗?

李　四　(点头)汪汪!

张　三　再见!

李　四　再见!

　　　　[李四一屁股坐在沙发上,把盆放在桌子上,给狗洗澡。

张　三　你怎么还不走?

李　四　(装狗的可爱声调)漂亮奶奶,我能洗个热水澡再走不?我好期待帅气爷爷给我做360度无死角按摩,享受一下美好的狗生哎——

张　三　张师傅,你别那么幼稚行吗?赶紧把它弄走!

743

李　四　我姓李，你还是叫我老李。

张　三　（生气）老李啊，你今天有点过分了啊。桌子擦不干净就算了，还弄进来一只脏兮兮的流浪狗，我作为这个家的主人，我同意了吗?!

李　四　别生气，哎呀，你咋这么爱生气呢。坐下坐下，我答应你，把这只狗送走，但是你能不能和我一起帮它洗个澡。既然能相遇，这就是缘分，总得给这狗留下点美好的记忆不是？你要不一起来？

张　三　（忍无可忍）我给我闺女打电话，让她解雇你！你以后不要来我家干活！

李　四　别别别……

　　　　〔张三拿手机。

李　四　（突然）五楼！没电梯的五楼！那么大一车子菜，你提得动？

张　三　（心虚的）我慢慢提嘛。

李　四　慢慢提？从早提到晚，你老公和孩子还等着吃饭呢，耽误了做饭怎么办？

张　三　（张三放下手机）我哪有那么慢？

李　四　我就打个比方。放心，一会儿我就把它带走。这样好不好，我帮你打扫卫生，还帮你提菜，你呢，就让我帮他洗个澡。

张　三　好吧，那你快点。

李　四　你搭把手，我不就快了？

　　　　〔李四和张三给狗狗洗澡。一个温馨的场景。狗狗快乐的叫声"汪汪……"。

张　三　哎哟，小狗狗啊，奶奶给你洗干净啊。

李　四　乖，听漂亮奶奶的话。

张 三　哎呀,多漂亮的小狗啊,好像奶奶年轻时养的旺财啊。

李 四　(欣喜)旺财? 你讲讲你和旺财的事儿吧?

张 三　旺财吧……唉,不讲不讲了。

李 四　你讲嘛!

张 三　不讲了。

李 四　讲讲嘛,(撒娇)人家想听。

张 三　(回忆)旺财啊,是我养的一条狗。

李 四　啊——还有呢?

张 三　呃……没有了。

李 四　(失望的)没有了?

张 三　哎呀,想不起来了。很久了,都忘了! 洗好了,我去拿毛巾。

　　　　〔张三去厕所拿毛巾。李四开门。

李 四　(沉重的)进来吧。

　　　　〔女儿进门。

女 儿　妈妈记起来了吗?

　　　　〔李四点头,又摇头。

李 四　(犹疑,决定)还是试试我和你说的那个办法吧。

　　　　〔女儿一惊,不语。

李 四　(脱下身上的保洁员工作服,狠狠地扔在地上)我不想后半
　　　　辈子只有穿着这个才能进这个家!

　　　　〔张三拿毛巾出。

张 三　闺女,你回来了?

女 儿　(拥抱)妈妈——你拿毛巾干什么呀?

张 三　门口捡了一只流浪狗,我给他洗了个澡。哎呀,好漂亮的一
　　　　只狗嘛! 哎,闺女,我给它起了个名字——旺财! 你觉得怎

745

么样?

女　儿　(淡淡地)嗯,不错的名字。

张　三　我想留下它,你觉得怎么样?

　　　　[李四和女儿一惊。

女　儿　(抑制住内心的激动,引导)你为什么突然要养一只狗呢?

张　三　就是喜欢呗,傻孩子。你天天上学,你爸忙着工作,白天就我一个人在家,好无聊的,我养只狗解解闷儿嘛!(逗狗)小可爱,以后就留在我们家啊——

女　儿　(冷漠地)不行!

张　三　为什么不行呀,多可爱啊,喏喏喏……

女　儿　(生气)你得买菜给我做营养餐呀!你还得给我爸做宵夜!你得打扫卫生!你还得洗衣服!你得开家长会!你还得交水电费、网费、暖气费!你还得照顾我和我爸的一切!你天天那么忙,哪里有时间养一条狗?!

张　三　对呀对呀,你看我……我真是糊涂了。(看李四,小心翼翼地)他爸,对不起啊,我一会儿就把它送走,一会儿就送走。

　　　　[李四和女儿愣了。

女　儿　(激动的,低声)爸……她认出你来了……

李　四　(含着眼泪,训斥的语气)不是一会儿就送走!是现在就送走!

　　　　[张三手足无措抱狗缩在沙发一角,像个做了错事的孩子。女儿低头拉了一把李四。

女　儿　(低声哀求)今天的治疗就到这儿吧。

李　四　(继续含泪训斥)我上班累得要死,晚上回家来还得听狗叫!天天低质量的睡眠,你觉得我还有精力工作吗?!

张　三　昨天晚上叫，是因为它吃坏了东西，身体不舒服。以后不会了。

李　四　没有以后了！

　　　　［李四把狗抢过来，举起就要摔。

张　三　(惊恐尖叫站起)不要！

　　　　［女儿抱住了张三。

女　儿　(呵斥李四)够了！(安抚张三)妈妈，没事了，没事了。

张　三　(哀求)求求你，别摔死它。你是医生，这狗也是一条活生生的生命啊。放它一条生路吧，哪怕扔出门让它继续做一只流浪狗。

李　四　(自语)十年前她就是这么说的，一个字都不差。可是我还是摔死了那只狗……

女　儿　妈妈，你还好吗？

张　三　(点头，擦泪)我去给你们做饭。

　　　　［张三踉跄走进厨房。

女　儿　(欣喜)妈，你都记起来了！(对李四)爸，太好了，刺激治疗是有效的！你的临床试验成功了！

李　四　(瘫坐在沙发上)我以前对你妈妈冷漠无视，现在她病了，我却必须这么残忍地对她……

女　儿　爸，妈妈好起来了，一切都好了。

李　四　可我高兴不起来，孩子。今天我才知道，我才是一只流浪狗，一只被她收留了三十多年的流浪狗，我不能没有她……

女　儿　爸……

　　　　［"汪汪"的狗叫声。张三探出头来。

张　三　哎，张师傅，你怎么还不走啊？别忘了把那流浪狗带走。

747

啃，女儿都这么大了？

［李四、女儿愕然。李四颤巍巍拾起地上的保洁员服，穿上。

［剧终。

吔，俺就是个农民

时　间　现代

地　点　山东某农村

人　物　牛　三　男，60岁，村民

　　　　　曹德荣　男，55岁，扶贫干部

［幕后唱：

清泠泠的水来青秀秀的山，

青幽幽的土地晴朗朗的天，

人生没有过不去的坎儿，

却有解不开的疙瘩绕心田。

［光渐起，展现在面前的是一个山中农家小院，最显眼的墙面上挂了一张斑驳的牛皮。

牛　三　（内声，怒气冲冲）曹德荣，你给俺滚出去！

［曹德荣狼狈不堪从里屋跌进院子，牛三手拿铁锨追出。

曹德荣　牛三哥，你总得让我说句话呀！

牛　三　黄鼠狼给鸡拜年，你没安好心！呸！

［牛三一口啐在曹德荣脸上。

曹德荣　（擦脸）哎呀，十多年了，你咋还这么不文明呢？

牛　三　文明？吔，俺就是个农民，俺可配不上这么酸溜溜的词儿。

再说了,这文明能当吃还是能当喝? 还是能当钱花啊?

曹德荣　你就认钱。

牛　三　咋了? 财迷就是俺,俺就是个财迷! 谁和钱有仇啊!

曹德荣　我今天就是来和你谈钱的。

　　　　[牛三抡铁锨指着曹德荣,曹德荣赶忙躲避。

牛　三　继续!

曹德荣　(意外,欣喜)是这么回事,国家现在号召精准扶贫,我根据
　　　　县里精准扶贫大会精神要求啊,深入了解政策,主动——

牛　三　捞干的!

曹德荣　我主动要求负责咱石头村的精准扶贫工作。牛三哥,咱们
　　　　村想搞合作社,你不知道这个合作社有多好啊。

牛　三　继续!

曹德荣　产销一体有保障,政府拨款咱不慌!

牛　三　继续!

曹德荣　降低风险最小化,政策支持咱笑哈哈!

牛　三　继续!

曹德荣　科学种植配套全,一年赚钱顶三年!

牛　三　嘿嘿!

曹德荣　(附和)嘿嘿!

牛　三　哈哈!

曹德荣　(附和)哈哈!

牛　三　(装和颜悦色)继续——

曹德荣　我继续?

牛　三　(冷脸)你继续——吹吧你!

　　　　[牛三借着铁锨,一脚将曹德荣蹬出大门。曹德荣推门,牛

　　　　　　三关门,二人较劲,谁也不让谁。

曹德荣　(唱)像炮仗说炸就炸了,

　　　　　　　　犟牛脾气一点它就着。

牛　三　(唱)十年之前被蛇咬,

　　　　　　　　今日再见他我想蹦高!

曹德荣　(唱)你别和我把劲较,

　　　　　　　　老皇历翻过往前瞧。

牛　三　(唱)不知你葫芦里卖啥药,

　　　　　　　　老骨头一把我怕摔跤。

曹德荣　(唱)精准扶贫都称好,

　　　　　　　　合作社让咱鼓腰包。

牛　三　(唱)说话火车满嘴跑,

　　　　　　　　我看他脑子被驴踢潮。

曹德荣　(唱)你咋就是不开窍,

　　　　　　　　连门都不敢开你是个草包!

　　　　　　〔牛三一闪,曹德荣摔进院。

曹德荣　哎哟——

牛　三　瞅你这个熊样,你才是个草包!

曹德荣　牛三哥,你就不能听我把这合作社的事说明白?

牛　三　没完了是吧? 十年不见,这胡搅蛮缠的毛病不但没改,还更
　　　　　厉害了。行了,我也听新闻、读报纸,政策的事也大体清楚,
　　　　　你不就是说这合作社好吗?

曹德荣　啊!

牛　三　不就是劝俺入社吗?

曹德荣　啊!

牛　三　俺啊——

曹德荣　啊——

牛　三　打死也不入！

曹德荣　为啥?!

牛　三　为啥,你应该最清楚吧?

曹德荣　牛三哥,十年前的事,千错万错都是我的错,我先向你赔个不是,你再信我一回成不? 你一定要对这次的扶贫工作有信心啊,咱们在脱贫路上不要掉队啊! 咱得有觉悟!

牛　三　啥玩意儿? 不掉队? 有觉悟? ……(一屁股坐在地上,破罐子破摔的样子)吧,俺就是个农民。

曹德荣　(无奈)你……

牛　三　话说透了,理辩明了,请恁慢走不送了! 文明的、有觉悟的曹主任,再见!

曹德荣　(找个马扎坐下)我是不会走的,你撵不走我。

牛　三　(气得跳了起来)嘿——嘿嘿嘿,还有比俺牛三更泥腿的咪! 曹德荣啊曹德荣,你堂堂县扶贫办公室的领导干部,你在人民群众家耍无赖,这合适吗? 你这个行为符合中央精神吗? 不违反党纪党规?

曹德荣　还挺会上纲上线,看来你政策没少了解啊。

牛　三　真当俺牛三是农民啊? 切! 哎,我手机呢——

曹德荣　干啥?

牛　三　录下来,发网上,让你当网红!

曹德荣　我这样也能当网红? 来,用我的。(开视频)大家都来看啊——

牛　三　我还真不能小瞧你,十年不见你这脸皮比发糕还厚了! 曹德荣,你别胡搅蛮缠,装傻充愣了! 十年前的事,牛三我记你一辈子!

〔随着"哞"的一声老牛叫,灯光变换,进入回忆。

〔幕后唱:

老皇历翻到十年前,

咱穷得狗见了都生嫌,

曹大主任帮致富,

号召养兔儿稳赚钱。

牛　三 （唱)赚了钱,给俺媳妇立块碑,九泉之下也瞑眼。

赚了钱,给俺丫头交学费,不让孩子再为难。

赚了钱,修修俺这石头屋,小家虽穷金不换。

赚了钱,置办上一辆三轮车,起早贪黑咱心里甜。

……

做梦也在数钞票,吐沫星子四处溅。

（乐呵呵沾唾沫数钱)

呸呸呸! 呸呸呸!

（突然变得惊恐)

赔赔赔! 赔赔赔!

没黑没夜整一年,

赔得家里底朝天,

孩子急等着交学费,

两眼一抹黑作了难。

忽想那老牛棚里拴,

就它还能值几个钱,

兴冲冲进牛棚俺傻了眼——

皮包着骨头它饿归了天！

[幕后唱：

一再落空没指望，

日子逼得人发狂。

只见他——

牛　三　（唱）一只枯手抹老泪，

一只枯手操钢刀，

血呼哩啦膛气开漾，

汗流浃背一炷香，

那牛皮呼啦啦一声掉地上——（跳上矮凳钉牛皮）

把失望悲伤、气急败坏、栖栖惶惶恶狠狠的钉上墙！

[幕后唱：伴着酒气睡冷炕，

做梦也是透心凉。

牛　三　（唱）这牛皮是俺的脊梁骨，

这牛皮是俺的脖颈梁，

这牛皮是一本老账簿，

这牛皮是看着俺过日子的亲老乡。

咱哥俩今天能不能将他原谅？

你为啥望着俺眼泪汪汪？

[灯光变换，现实时空。曹德荣缓上。

曹德荣　对不住了，牛三哥，其实那事之后，我年年都来咱石头村，可我走到院门口，就是迈不动脚啊！

牛　三　咋了？我这门槛有那么高？

曹德荣　是我心里有道坎儿过不去。

牛　三　那今天你怎么来了？

曹德荣　我是来将功补过呀,牛三哥,你就不能再信我一回吗?

牛　三　你说呢?

曹德荣　欠的债,我还不完,可我一直在还啊!

牛　三　(冷笑)你一直在还?

曹德荣　老哥——(唱)

　　　　　　　十年战战兢兢无安睡,

　　　　　　　十年查找根因心内悲,

　　　　　　　十年戒掉烟酒攒学费,

　　　　　　　十年默默资助把债背。

牛　三　(惊)啥?这些年孩子的学费是你给的?

曹德荣　我本来不想说……也没啥好说的……

牛　三　(沉默)你以为这么做就把事了了?

曹德荣　我知道这债我还不完!可咱们能等到今天不容易,哥,你就
　　　　不能再信我一回?

牛　三　(苦笑)我也想再信你一回呀!可十年了,我的心就和这牛
　　　　皮似的风干了、变硬了,对谁也信不起来了。

曹德荣　我懂了……(颤巍巍从怀中拿出一块风干了的牛皮)牛三
　　　　哥,你还记得它吗?

牛　三　这……(仔细辨认,惊)你还留着?

曹德荣　十年前的那天我来找你,正在气头上的你割下它一把就扔
　　　　在了我的脸上。那滋味,我能记一辈子。

牛　三　(冷笑)你比我还记仇。

曹德荣　(摇头苦笑)你恨的是我,我恨的是我自己!(唱)

　　　　　　　一心想,改变现状获原谅,

　　　　　　　一心想,拼尽全力暗中帮,

一心想,求老天再给我机会,

一心想,还能与你喝老酒,情真真、酣畅畅、爽朗朗。

牛　三　（唱）

未曾想,穷日子后头是他撑掌,

未曾想,难日子前面是他帮忙,

未曾想,多年的仇人是假想,

未曾想,多年的苦水有人共尝。

曹德荣　（唱）

这牛皮是一记耳光,

抽得我心惊肉跳脸无光,

这牛皮是一方钢印,

印下承诺刻在我心头上。

牛　三　（唱）

这牛皮是一束暖阳,

把我灰蒙蒙的心照亮。

这牛皮是一丝希望,

压心底的念头又把头扬。

曹德荣　（唱）一记耳光,

牛　三　（唱）一束暖阳,

曹德荣　（唱）一方钢印,

牛　三　（唱）一丝希望。

二　人　（唱）热泪不禁涌眼眶。

　　　　　　[二人拭泪,背身掩饰。

牛　三　（唱）

十年资助胜黄金万两,

一句错了如沐朝阳，

老牛皮沉甸甸有分量，

暖热了我的冷心肠。

自古咱农民地位低，

土里刨食　老天给粮，

人穷志短没指望，

为了糊口　终日奔忙。

当官的给咱道歉不敢想，

况且真心实意将咱帮。

一块牛皮勾销往日债，

从今之后看远长。

曹主任，这合作社，冲你，我入了！

曹德荣　（高兴）牛三哥，谢谢你了！哥，你知道吗？现在咱农民也都冒神气了！多少有知识、有文化、扎根农村能创业致富的后生们都争着抢着要来咱农村哪！

牛　三　脑子被驴踢了？

曹德荣　嗳，我看你还得多了解政策、多关心时事呀，人家那叫新型农民！

牛　三　农民就农民，还是新型的？

曹德荣　不管新型的，还是老型的，都有价值！牛三哥，等我退休我也想来村里，拜个农民老师，后半辈子就当个地地道道的农民！

牛　三　（提醒、骄傲地，竖起两个手指）哋，俺就是个农民！

曹德荣　哦——（笑着鞠躬）牛老师好！

牛　三　这拜师得喝两盅啊！我去拿酒。

〔牛三迎头看见墙上的牛皮,停住脚步。

曹德荣 牛三哥……

牛　三 来,搭把手! 今天咱哥俩一起把这牛皮摘喽! 今后敞敞亮亮过日子!

曹德荣 哎——!

〔二人高高兴兴摘牛皮。

〔幕后唱:

"清泠泠的水来青秀秀的山,

青幽幽的土地晴朗朗的天,

笑声飞出了农家院,

咱们农民齐把梦来圆。

〔剧终。

万字剧

儿童剧·让我们荡起双桨

时　间　2013—2015 年

地　点　山东济宁微山湖

人　物　林一燕　女,23 岁,微山湖小学的新老师,师范大学毕业生,
　　　　　　　　个性张扬的 90 后,跆拳道黑段,从小怕水

　　　　　毛豆豆　男,9 岁,微山湖小学四年级的学生,孤儿。野,天不
　　　　　　　　怕地不怕,一根笛子不离身。调皮捣蛋孩子王,但
　　　　　　　　永远端端正正地戴着一条红领巾

　　　　　张小柔　女,9 岁,家境贫寒,小儿麻痹后遗症,走路跛脚。喜
　　　　　　　　欢写作,有才情,心事重

　　　　　于小飞　男,9 岁,毛豆豆的跟班儿,心里憋不住事,管不住嘴

　　　　　王大富　男,9 岁,学校里家境最好的孩子,有点胖,性格软
　　　　　　　　弱,戴个小眼镜

　　　　　秦校长　男,60 岁,微山湖小学执教三十多年的老校长,即将
　　　　　　　　退休,一辈子坚守岗位,教书育人

　　　　　李奶奶　女,林一燕幼年时期的房东,和善可亲

　　　　　翟婶儿　女,35 岁左右,张小柔的妈妈

　　　　　小飞爸　男,40 岁左右,于小飞的爸爸

　　　　　另有童年一燕、众同学等人

序

〔2013 年夏。

758

[“西边的太阳就要落山了,微山湖上静悄悄,弹起我心爱的土琵琶,唱起那动人的歌谣,哎……”随着一个女童音的稚嫩却悠扬的清唱,幕启。美丽的微山湖褪去神秘面纱,展露在观众面前。但这静谧的湖面却一下子被男孩子们的歌声打破了。

[“爬上飞快的火车,像骑上奔驰的骏马,车站和铁道线上,是我们杀敌的好战场,我们扒飞车那个搞机枪,撞火车那个炸桥梁,就像钢刀插入敌胸膛,打得鬼子魂飞胆丧!”众男孩快节奏地歌唱着,划着小船,从芦苇丛中穿梭。一群男孩举着木质手枪,投入地玩着“铁道游击队打鬼子”的游戏,其中有个男孩端端正正地系着红领巾,手腕上立着一只精神抖擞的鱼鹰,十分惹人注意,他就是毛豆豆。

于小飞　报告老洪!共缴获大壳枪五十把,粮食三船! 活捉了鬼子头目!

毛豆豆　干得好!

于小飞　(轻轻拍了一下鱼鹰)小龙比我们还勇敢,上去就啄瞎了鬼子头目的眼睛!

毛豆豆　(把一条活鱼塞进鱼鹰的嘴巴里)吃吧,小龙,干得漂亮!

(对伙伴们)把小鬼子带上来!

[两个男孩推搡着王大富上,王大富狼狈不堪地抹着脸上的水,极不情愿地嘟囔着。

王大富　为啥每次都让我当鬼子……毛豆豆,我也想当铁道游击队员。

毛豆豆　叫我老洪!老洪!说过多少遍了,我是铁道游击队大队长刘洪,人称“老洪”。

759

王大富　（撇嘴，无奈地）老洪，我不想老扮演鬼子了,连小龙它都欺负我,刚才差点没把我眼镜啄碎了。

于小飞　王大富,你爸有钱,再给你买一个新的不就得了。

王大富　我爸说了,再被鱼鹰啄破眼镜,就再也不给我买了。老洪,我真不想扮演鬼子了。

毛豆豆　你不扮演鬼子谁扮演鬼子? 你应该骄傲,你是咱们这么多人当中最像鬼子的人,又白又胖,尤其是把这小眼镜往鼻梁上一戴,多像啊! 都不用化装! 人家拍电视剧的那叫什么来着?

于小飞　特型演员!

王大富　于小飞,关你什么事,你……(鼓起勇气)你黑不溜秋的才像鬼子呢!

于小飞　（扬起手）欠揍是不是?

　　　　　〔王大富吓得抱头蹲地。

毛豆豆　于小飞! 不能打人,还是少先队员呢!

王大富　（附和）就是……

于小飞　（急了）嘿——

　　　　　〔于小飞欲打。

毛豆豆　（抓住他的手腕,低声劝阻）小心秦校长让你爸爸去学校,你爸那脾气,你的屁股还保得住吗?

于小飞　（心虚地缩回手）切,我还怕那个?

王大富　（试探着,挑衅般的站起身来）要不你打打试试?

于小飞　嘿——

　　　　　〔于小飞比画着,王大富赶忙躲到毛豆豆身后。

　　　　　〔"当当当……"学校方向传来上课铃声。

760

毛豆豆　开学第一天,同志们,冲啊——

众孩子　冲啊!

毛豆豆　慢着! 你们咋又忘了系红领巾了? 赶紧系上! 戴端正!

于小飞　都戴端正啊,咱们洪大队长最见不得红领巾歪歪扭扭。

　　　　〔孩子们从书包里拿出红领巾系在胸前。

毛豆豆　(打量着众人)这还差不多! 出发!

众孩子　(唱着)爬上飞快的火车,像骑上奔驰的骏马,车站和铁道线
　　　　上,是我们杀敌的好战场,我们扒飞车那个搞机枪,撞火车
　　　　那个炸桥梁,就像钢刀插入敌胸腔,打得鬼子魂飞胆丧——

　　　　〔孩子们欢快地歌唱着,小船们逐一离开芦苇荡。

　　　　〔林一燕慌慌张张地驶着一艘小船上,她努力划着桨,试图
　　　　躲开孩子们的船。

林一燕　别过来,别过来! 让开呀! 让开呀!

毛豆豆　你让开! 快让开!

　　　　〔林一燕的船与毛豆豆的船撞到了一起,这时鱼鹰受惊向林
　　　　一燕飞去,吓得林一燕险些落水。

林一燕　(惊慌)哎——

　　　　〔毛豆豆眼疾手快,伸出船桨一下子托住了她。

毛豆豆　(生气的)哎,你会不会划船啊!

林一燕　(脱下高跟鞋)对不起,我不太熟练。

于小飞　(气势汹汹的)那你还到俺们微山湖来? 就这水平,还敢穿
　　　　高跟鞋上船?

王大富　(埋怨)就是,一看就是个怕水的旱鸭子……

众孩子　……多危险呀! 你这人怎么回事啊?

林一燕　(鞠躬致歉)我……我……对不起了!

众孩子 （不领情）谁啊你？

林一燕 我是——

　　　　［收光。转场。

第一场

　　　　［浩渺的微山湖上停着一艘很大的船,船身上写着"微山湖
　　　　小学"几个大字。船被分隔成很多房间,甲板上有一处狭小
　　　　的空地,空地上有一根旗杆,鲜艳的五星红旗迎风飘扬。十
　　　　个孩子们排列整齐站在那一小块空地上,甲板显得更加局
　　　　促,秦校长和林一燕站在孩子们的面前。

林一燕 我是林一燕,是大家的新老师。

众同学 新老师？

林一燕 我是大森林中飞出来的一只燕子,今天飞到咱们微山湖小
　　　　学来了,当老师是我的梦想,来微山湖船校当老师是我最大
　　　　的梦想,希望大家能喜欢我！ 刚刚我和很多同学都已经见
　　　　过面了,希望今后咱们能一起好好学习、天天向上！

秦校长 同学们,让我们以热烈的掌声欢迎林一燕老师到咱们微山
　　　　湖小学任教！

　　　　［众人鼓掌。毛豆豆等人预感大事不妙。定点光。

于小飞 完了！ 彻底完了！ 老虎的屁股摸不得,老师的小船撞不得,
　　　　况且咱们刚才还——（模仿）你会不会划船呀？ 哪儿来的
　　　　你？ 还穿高跟鞋上船？ 旱鸭子！ （用手捂脸）我的天哪！

王大富 完了！ 彻底完了！ 新老师上任第一天咱们就撞在了枪口
　　　　上,我肠子都悔青了,如果早知道她是新老师,打死我都不
　　　　会说那些话的！

毛豆豆 老师怎么了？来咱们学校的老师多了去了！一开始想尽办法对我们好，最后还不是等秦校长把红印印往证明信上一盖就头也不回地和咱们拜拜了？要我看，这个老师也不例外！

众孩子 那怎么办？

毛豆豆 先发制人，让她提前拜拜！

众孩子 提前拜拜？

毛豆豆 (提醒)张小柔，你别不吭声。

张小柔 (面无表情)我保持中立。

王大富 (忐忑不安)我也是……

于小飞 毛豆豆，我挺你！

〔定点光消失。

毛豆豆 (带头鼓掌)欢迎新老师！

众学生 (鼓掌)欢迎新老师！

秦校长 林老师，学校一共有十个孩子，还分不同的年级，这几个孩子是一年级的，这几个是二年级的，他们四个，毛豆豆、于小飞、张小柔、王大富是四年级的。

林一燕 同学们你们好！

毛豆豆 (鼓掌)好！

众学生 (附和，鼓掌)好！好！

秦校长 (欣慰地)我看孩子都很喜欢你呀，那我就不打扰你们了。孩子们，听林老师的话！

〔秦校长下。林一燕看看表，敲响了上课钟，当当当……

林一燕 同学们，今天咱们就来次别开生面的语文课，就在这里上好不好呀？

众同学　（叽叽喳喳）在这里？……我们从来没在这里上过课呢……
　　　　她想干啥呀？

于小飞　新老师出招儿了？

　　　　［毛豆豆踢了于小飞一脚。

于小飞　（领会了毛豆豆的意思，夸张地）哎呀不行啊，林老师，我好
　　　　晕啊……这太阳也太大了。

　　　　［于小飞在王大富屁股上拧了一下。

王大富　（捂住屁股）哎哟！

林一燕　你怎么了？

王大富　（不敢说）我……我……

于小飞　老师，他屁股被大黑蚊子给叮了一大口！

林一燕　啊？那——

毛豆豆　听老师的，回教室！

众学生　回教室喽！

　　　　［孩子们一窝蜂地向教室跑去。

林一燕　（尴尬）不……哎……（低声，无奈）好吧，那下次再在这里
　　　　上课。

　　　　［女孩张小柔一瘸一拐地走在后面，她身上晃着一个小铃
　　　　铛，发出叮当的声响。林一燕上前想要扶她一把。

张小柔　（抗拒地歪了一下身子）我不需要别人帮助。

　　　　［张小柔一瘸一拐地走开了，林一燕尴尬地留在甲板上。

　　　　［转场。教室。毛豆豆和于小飞在讲台上忙活着，一个在弄
　　　　老师的凳子，一个用小刀挖讲台上的木头缝儿，二人时不时
　　　　心照不宣地笑笑。

毛豆豆　咱们乘胜追击，打她个措手不及！

张小柔　你俩别太过分了,小心人家林老师真跑了。

毛豆豆　我不说了吗,早晚都得跑,还不如让她早跑呢!

张小柔　(想继续劝阻)毛豆豆……

毛豆豆　(冷言冷语)张小柔,我看你是好了伤疤忘了疼。

于小飞　就是,张小柔,现在你当好人,到时候你哭成泪人!

　　　　[张小柔无奈,坐回座位。

王大富　张小柔,你别生气……

张小柔　谁说我生气了。

王大富　我给你带了好吃的。

张小柔　(烦了)我不要!

　　　　[一包零食被张小柔打掉在地,王大富悻悻地捡起,不高兴
　　　　地回到自己的座位上。

于小飞　叫你拍马屁,这下拍到马蹄子上了,哈哈哈……

王大富　(气得语无伦次)你们……你们……

　　　　[上课铃声。

于小飞　你们什么你们! 快坐下吧你!

毛豆豆　咱的必杀技你整好了吗?

于小飞　(指指天花板)那是必须的!

　　　　[于小飞和毛豆豆相视而笑,把手中的小工具藏到讲桌底
　　　　下,飞快地跑到座位上坐好。王大富噘着嘴,气呼呼地趴在
　　　　桌子上。

　　　　[林老师进教室,站在讲台下面。

林一燕　同学们,上午的课大家听得都很认真,今天下午咱们讲……

毛豆豆　(暗暗嘟囔)上讲台、上讲台……

于小飞　(暗暗嘟囔)上讲台、上讲台……

[毛豆豆和于小飞等着老师出糗。林一燕抬脚上讲台,张小柔一下子站了起来。

张小柔　老师!

[林一燕停了下来。毛豆豆狠狠地瞪了一眼张小柔,张小柔紧紧地攥着拳头、抿着嘴。

林一燕　(向张小柔走去)怎么了?

张小柔　(不知道该说什么)嗯……(忽然)下午咱们学啥呀?

林一燕　(温柔的)坐下吧。我正想说呢,我们上作文课。秦校长说你们以前写过作文对不对?来,你们都说一说,你们喜欢写作文吗?

毛豆豆　谁喜欢写作文啊,脑子又没进水……

张小柔　上次作文课我把铅笔头儿都咬断了,愣是一句话没写出来。

于小飞　林老师,我们都不喜欢写作文!您还是上讲台给我们讲点别的吧。

毛豆豆　就是,上讲台讲点别的。

林一燕　上讲台啊?

于小飞
　　　　(同)上讲台。
毛豆豆

林一燕　(笑了)好,那我就上讲台!(看到了凳子,故意)还真有点累了。

[张小柔偷偷摆摆手,暗示林一燕。

于小飞
　　　　(同)累了就坐下嘛!
毛豆豆

[林一燕假装坐,用手扶凳子。凳子哗啦散了架,但人好端端地站着。

| 于小飞 | （失望）唉！ |
| 毛豆豆 | |

[于小飞、毛豆豆面面相觑。

于小飞　躲过一劫。

毛豆豆　在劫难逃。

林一燕　看来这凳子太久没人用都坏了，你们说是吧？

| 于小飞 | （夸张的）是—— |
| 毛豆豆 | |

林一燕　咱们继续刚才的话题。你们为什么不喜欢写作文呢？王大富你先说。

王大富　我……

林一燕　没事，大胆说就行。

王大富　秦校长让我们写微山湖，我觉得自己写得很好，可他批评了我。

林一燕　你是怎么写的？

王大富　啊！好大水啊！水好大啊！水大好啊！啊！啊！啊！

毛豆豆　（捂耳朵）哎呀妈呀，不知道的以为乌鸦组团来了！

[大家哄笑。王大富不好意思地垂下头。

林一燕　王大富，其实你写得不错，充满了感情，如果加强练习会更好。

王大富　（不敢相信）真的？

林一燕　嗯。于小飞，你来说说为什么不喜欢写作文吧？

于小飞　老师，我不光不喜欢写作文，我是只要上课就不喜欢。

[大家哄笑。

林一燕　那其他同学呢？毛豆豆？

毛豆豆　(懒懒的打了个哈欠)林老师,一上这课,我就犯困……上眼
　　　　皮非要去找下眼皮拉呱……

于小飞　林老师,作文课对于我们来说就是……(打哈欠)催眠术!
　　　　[仿佛会传染似的,孩子们都打起哈欠来。

林老师　(皱了皱眉头,继而笑了)要不这样好不好? 这堂作文课,我
　　　　们改成睡觉课?

众学生　(愣)睡觉课?

林老师　对呀,你们好好睡一觉,最好能做个美美的梦。等你们醒了
　　　　咱们都来说说一说做了什么梦,好不好?

众学生　(高兴坏了)好!

于小飞　这是什么路数?

毛豆豆　急啥,看她出什么招儿!
　　　　[孩子们趴在课桌上睡起觉来,林老师充满爱意地看着
　　　　他们。

林老师　睡吧……
　　　　[灯光变幻。进入孩子们的梦乡,四束定点光打在四个孩子
　　　　身上。

于小飞　(害怕地抱住头)爸,别打了,别打了! (对观众)我真想快点
　　　　长大,帮爸爸分担,这样他就不用烦恼,就不会天天喝醉,也
　　　　不会天天打我了……

王大富　(举起一把小木枪)我不想当鬼子,我要当大队长! 我要当
　　　　老洪!

张小柔　(高高兴兴地跳了几步,她的腿完全好了)我能跑了! 我能
　　　　跳了! 我能去芦苇丛里帮妈妈捡野鸭蛋了! 我要像林一燕
　　　　老师那样,就像一只燕子,想飞到哪儿就飞到哪儿去!

［毛豆豆拿出一根笛子吹了起来,那笛声有些哀怨,有些悲凉,他什么都没说。

［灯光变化,进入现实。众人伸懒腰醒来。

林老师 同学们!现在就用你们手中的铅笔把你们的梦写下来吧!

［孩子们埋头写作文,林一燕轻轻地在他们身旁走动。轻柔的音乐铺展开,插曲《我们的梦》。

我们的梦,

那么小,

我们的梦,

那么轻。

她说我们的梦,

那么大。

她说我们的梦,

那么重。

我们的梦呀,

含着泪,

我们的梦呀,

那么美,

我们的梦呀,

像湖水,

明亮清澈,闪着光辉……

［林一燕老师收作业。

林一燕 (认真看张小柔的作文)写得真不错,张小柔。

张小柔 (不好意思)我也不知道怎么了,您一说写自己的梦,(激动地站起来,身上的铃铛叮当叮当地响着)我一下子就有好多好多话要写,怎么写也写不完。

林一燕 欸,这是什么?

张小柔 (拿起小铃铛)这个是用来吓水鬼的。

林一燕 水鬼?

张小柔 嗯。我小时候发高烧,家里没钱带我看医生,后来腿坏了。我妈给我求了这个小铃铛,说戴上它,水鬼就不会来找我了。林老师,我知道你肯定不信这些。

林一燕 只要它能让你觉得心里安稳,别人信不信又有什么关系呢?

张小柔 (愣,高兴)嗯! 林老师你把我的心里话都说出来了!

　　　　〔于小飞戳戳毛豆豆。

毛豆豆 (翻白眼)这就拍上了……

于小飞 不过,豆豆,林老师这个写作文的办法还挺不错的啊?

毛豆豆 切! 教得再好,待不了两天就走,有啥用?

于小飞 说不定不走了呢?

毛豆豆 做梦吧!

于小飞 咱使的这计,人家没上当啊。

毛豆豆 哼,大招儿在后头呢!

　　　　〔下课铃声。

林一燕 好了,同学们,放学!

　　　　〔孩子们下。秦校长来到教室,电话响起,他拒接了。

秦校长 一燕。

林一燕 秦叔叔?

秦校长 你的作文课孩子们都很喜欢啊。

林一燕 您不会是专门来夸我的吧?

秦校长 和你说说孩子们的情况,孩子们学习成绩差,尤其是四年级他们班,每个孩子都有特殊情况:毛豆豆是个孤儿,吃住在船校上,张小柔腿不好,自尊心很强,还有于小飞,他爸天天揍他,都打滑了! 王大富是个留守儿童,胆子小,没主见……他们成绩差也是因为各种原因……

林一燕　没事,我有信心带他们把成绩赶上去,这可是我来这里的主要任务之一。(玩笑)要不咱来个军令状,期末考试考全乡第一?

秦校长　有点夸下海口的意思,不过,你们年轻人有新教育理念,有新方法,不能小瞧。

林一燕　秦校长,您不会真是专门来夸我的吧?

秦校长　(忍了忍还是决定说)一燕,你这么好的条件,这么好的年龄,其实,如果你只是需要一个短期实习经历的话,我现在就可以给你盖章。

林一燕　秦叔叔,你就这么看不起我呀?

秦校长　(摇头,电话再次响起,拒接)一燕,你爸妈都快把我的电话打爆了,他们是不同意你回来的。

林一燕　那你支持我吗?

秦校长　说实话,我很纠结。我马上退休了,孩子们需要一个新老师。但你父母那边,我也有些招架不住啊。

林一燕　我回来接您的班,您应该高兴! 别管我爸妈,总有一天他们会想通的。

秦校长　这里留不住人……

林一燕　这里不是把您留下了吗? 您在这里一待就是三十年。您可是我的榜样!

秦校长　我那是历史原因,和你不一样……

林一燕　（郑重的）秦叔叔,响应国家号召到贫困地区支教,实现我的人生理想,有那么难理解吗? 您马上退休,如果我不来,孩子们怎么办?

秦校长　（苦笑）高远的理想和现实的需要,这些话你在全县教师大会上已经说过了。

林一燕　全是真心话,当我看到孩子们一双双渴求知识的眼睛的时候,我的内心更加坚定了。当然还有一个私人原因,回来是我和一个人的约定。

秦校长　和谁?

林一燕　李奶奶。您还记得吗? 当年我爸妈从城里来船校当老师,我们一家四口就住在她家的船上。

秦校长　她真是个好人,自己总是不舍得吃、不舍得穿,把钱捐全给了船校……可惜前年她去世了。

林一燕　（点头）人可以走,但约定不会变。

秦校长　你那时候只是个孩子,何必较这个真儿呢?

林一燕　孩子也有心,小时候的那些事我总忘不了,好像长进了我心里似的……现在,我回来了! 虽然船校的船换了,但我还是觉得很亲切。

秦校长　这船是2003年换的,鸟枪换炮,教室比以前大多了,也安全多了。（兴奋地）一燕,其实我们这里会越来越好,县里正在筹备在这船校旁建一所更大的陆上学校,到那时候孩子们就能有个像样的操场,他们能跑步、做操、打篮球……教室也宽敞明亮,到时候你就可以在光线好的教室里给他们上课……我们还能建微机室,到时候你教他们怎么用电脑……这所船校还结实,还能用,食堂、午睡都安排在这边,还有你的宿舍,也能更宽敞些,就不用和孩子们挤一间了……

林一燕　（玩笑道）您不是希望我走吗?

秦校长　……我怕耽误你,也怕亏了孩子们。

林一燕　你更怕亏了孩子们! 秦叔叔,我懂你!

　　　　〔林一燕环顾着空荡荡的教室,走上讲台,忽然她高跟鞋的鞋跟卡在了于小飞挖的小缝隙里,怎么都拔不出来。

秦校长　怎么了? 我来帮你。

林一燕　不用……

　　　　〔她索性脱下鞋来赤着脚去拔,鞋拔出来了,鞋跟儿却断了,她筋疲力尽地坐在地上,头顶掉下来一包水正好砸在她头上。林一燕吓了一跳。忽然她发现了孩子们藏在桌子下的小工具,她拿在手上怔怔地看着。

林一燕　连环计啊? 我低估他们了,这帮孩子太聪明了,这完全是考全乡第一的智商啊!

秦校长　（劝慰）孩子们不懂事……

林一燕　（举着手中断了跟儿的高跟鞋）看来,我非留下来不可了。我必须带来一些改变,这也是我的责任。对于学生来说,最好的改变是学习成绩! 秦校长,我重申一遍刚才夸下的海口! 我不仅要留下来,还要带他们考全乡第一!

秦校长　（意味深长的）一燕,咱们微山湖上有句话:微山湖上不缺船,船上不缺桨,桨是双的,水路长。

林一燕　（不解）我听不明白。

秦校长　好好和孩子们相处吧,总有一天你会明白的。

　　　　〔电话铃声,秦校长接电话。

秦校长　喂,把一燕交给我,给她一点时间,到时候我给你俩毫发无损地送回去还不成? 好,我打包票!

　　　　　〔林一燕向秦校长竖大拇指。秦校长驾驶小船离开。突然船校晃动起来,林一燕摇摇晃晃害怕极了,紧紧地抓住桅杆。

毛豆豆　听我指令——加把劲儿! 一、二、一、二!

众孩子　(分成两拨,在水中推着船)一、二、一、二!

　　　　　〔船几乎荡了起来。

林一燕　别闹了! 你们别闹了!

毛豆豆　旱鸭子还想来我们学校教书! 赶紧回家吧!

众孩子　(附和着)回家去吧!

　　　　　〔林一燕紧紧地抓住桅杆,狼狈不堪。

林一燕　(喃喃地)全乡第一……

毛豆豆　说啥呢? 大点声儿啊! 不会是吓哭了吧?

众孩子　哈哈哈哈……

　　　　　〔收光。转场。

第二场

　　　　　〔光启,教室。学生们都还没到,林一燕身穿运动服、运动鞋,拿着锤子在修讲台、修凳子,她的动作娴熟而有力。

　　　　　〔孩子们跑进教室,看到这一幕愣住了。

于小飞　(低声对毛豆豆)林老师这是?

毛豆豆　糖衣炮弹而已。

　　　　　〔上课铃声。林一燕放下工具,站起身来,看到孩子们。

林一燕　(微笑)好了,都修好了! 准备上课!

774

孩子们　(跑回座位)老师好——

林一燕　同学们,今天是我来船校的第二天,我要向大家宣布一个重要的事。咱们班就四个人,因为人数太少,学习差的一拖后腿,咱们班老是全乡倒数。但是我发现你们都很聪明,也都有学习的潜力,所以,今天我要宣布,四个月后的全乡摸底考,我要带你们考第一!

孩子们　(惊诧不已)啊?!

毛豆豆　老师,你这不是说瞎话吗? 第一是那么好考的?

于小飞　就是,秦校长都没带我们考过,你能行?

林一燕　不是我能行,是你们能行! 怎么? 还没等试试,你们就认输了? 这可不是你们的风格啊! 现在我宣布,今天就是我们向目标冲刺的第一天! 一起加油!

　　　　〔两束定点光打在于小飞和毛豆豆身上。

于小飞　林老师劲头儿挺大呀,看来她不会那么快就走。

毛豆豆　吹的牛皮破了,自然就没脸在这里待了。

于小飞　你想拖大家后腿?

毛豆豆　胡说! 我毛豆豆是那种人吗? 我在班里可是永远的第一名,不像你,于小飞,你有新任务了!

于小飞　啥任务?

毛豆豆　保持倒数第一的优异成绩,直到期末考试!

于小飞　啊? 这可是持久战呀?

　　　　〔定点光消失。两束定点光打在张小柔和王大富身上。

张小柔　全乡第一,我们连想都没想过,林老师肯定还不了解我们的情况,制定这样的目标一定输得很惨,唉,可怜的林老师……

王大富　看样子她不像闹着玩,张小柔,我跟着你,你说啥就是啥……

　　　　[张小柔给了王大富一个白眼。定点光消失。

林一燕　咱们做事不能只是口头说说,咱们要写下来,立个字据。

毛豆豆　这招儿够狠。

　　　　[林一燕走到讲台上,拿起粉笔,在黑板的一角划出一片区域,郑重写下:我们要考全乡第一。然后写下自己的名字:林一燕。

林一燕　该你们了。

　　　　[孩子们不动。

林一燕　怎么了? 刚才不是说得好好的吗?

　　　　[小飞爸拎着酒瓶,醉醺醺上。

小飞爸　小飞,你给我出来! 小飞,你是不是拿我酒钱了?

于小飞　我没拿。

小飞爸　小卖部催着我还酒钱,我压在枕头下的钱肯定是你拿的!给我!

于小飞　我没拿,爸,你忘了,那钱上回你已经打酒喝了。

小飞爸　还敢胡说! 看我不揍你!

　　　　[小飞爸打于小飞,于小飞哭着。

于小飞　别打了,别打了……

林一燕　有话好好说! 别打孩子啊!

　　　　[林一燕去拉架,被小飞爸推到一旁,脑门一下子磕破了。

林一燕　(急了)让你尝尝我的厉害。

　　　　[林一燕活动活动手脚,三下五除二就把小飞爸摁在了地上。于小飞看愣了。

于小飞　林老师,你也太帅了吧……

林一燕　我可是练过的!

毛豆豆　林老师,我们来帮你! 对不住了于叔!

　　　　[“哗——”毛豆豆、王大富和张小柔把一盆水倒在了老爸头上。

于小飞　(惊诧)爸!

　　　　[切光。小飞爸坐在一旁,不好意思地低着头。林一燕脑门上贴着创可贴。

小飞爸　对不起,伤着您了。

林一燕　我没事,但您怎么能对小飞下那么狠的手? 你看看他的脸,还有他身上,都是你打的伤!

小飞爸　狠是狠了点儿,可老子打儿子,也没啥错。

林一燕　你打孩子,可是犯法!《未成年人保护法》第十条:父母或者其他监护人应当创造良好、和睦的家庭环境,依法履行对未成年人的监护职责和抚养义务。禁止对未成年人实施家庭暴力,禁止虐待、遗弃未成年人!《中华人民共和国刑法》第二百六十条[虐待罪]虐待家庭成员,情节恶劣的,处二年以下有期徒刑、拘役或者管制……

小飞爸　哎哟,老师文化水平就是高,一套一套的,快把我说晕了! (敷衍道)行,我以后不打他了,这总行了吧? 林老师,你快上课吧,我得走了,那边还等着我还酒钱呢……

　　　　[小飞爸出教室,林老师拿作文本追出。

林一燕　小飞爸爸,把酒戒了吧。(递作文本)小飞是个好孩子。

　　　　[小飞爸打开作文本。于小飞的画外音传来。

于小飞　我真想快点长大,因为我长大了就能赚钱养家,帮我爸分担

777

一些。那时,我爸就不会每天愁眉苦脸,也不会天天喝醉酒,更不会动不动就打我了。说不定,到那时我妈妈也会回来,我可真想我妈妈呀⋯⋯

小飞爸 (把作文本紧紧地贴在胸口,大声)儿子,爸爸再也不打你了!这酒,我戒了!

﹝孩子们愣。小飞爸下。于小飞跑上讲台,在老师的名字后面,写下了自己的名字。

毛豆豆 (惊诧)于小飞!

于小飞 林老师,我相信你一定能带我们考第一!

﹝王大富拉拉张小柔。

张小柔 林老师,我也签!

王大富 我也签!

﹝张小柔走向黑板。张小柔母亲犟婶儿提着篮子上,她挨个窗户里看,终于看到张小柔,高兴地招招手。

犟婶儿 小柔!小柔!

林一燕 您是?

犟婶儿 您就是新来的林老师吧?

张小柔 妈?你咋来了?

犟婶儿 我来送鸭蛋。

张小柔 (急了)妈,学校不收鸭蛋,你赶紧拿回去吧。

犟婶儿 提都提来了。(亲亲热热地拉着林老师的手)林老师,这是我攒的野鸭蛋,您可一定得收下呀。

林一燕 小柔妈妈——

犟婶儿 我这人脾气犟,他们都叫我犟婶儿,林老师,你也这么叫吧。

林一燕 哎,犟婶儿,您的心意我明白,但这鸭蛋我是不能收的。

张小柔　（莫名有点生气）妈，你快走吧！

犟婶儿　林老师，您就收下吧！

林一燕　（推了一下犟婶儿手中的篮子）哎呀，不能收，真的不能收。

张小柔　（突然恼了，一把把篮子拽过来）我知道不能收！我这不正让我妈回去吗！……但你……你能不能不要推这个篮子？（鼻子酸涩，爱惜地抚摸着）这里面一共有五十五个野鸭蛋，每一个野鸭蛋都是我妈妈顶着大太阳、划着小船，到最偏远的芦苇荡里捡来的，一个野鸭蛋能换一块钱，这五十五个野鸭蛋就是五十五块钱，我知道这些还是不够我的书本费，可是——你能不能不要推这个篮子！不要推它！

　　〔张小柔呜呜地哭了。

林一燕　（手忙脚乱，继而明白过来）哎呀，对不起……我还以为这是送给我吃的……

众学生　（不可思议的）啥？

　　〔毛豆豆、于小飞、王大富面面相觑。

毛豆豆　林老师，您想多了吧？

犟婶儿　怨我没说清楚，你看这——对不住了林老师——

张小柔　（跺脚拉妈妈）走啊！

　　〔张小柔扔掉粉笔，走出教室，因为生气的缘故，她瘸拐得更厉害了。犟婶儿无奈追下。林一燕羞愧难当。

　　〔毛豆豆、于小飞和王大富赶忙抓起书包飞跑离开。林一燕看着黑板上的两个名字，叹气。

　　〔压光。夜静悄悄的，毛豆豆宿舍。毛豆豆靠在小床上望着窗外，拿出一只笛子对着月光吹了起来。《我和船》的旋律起。

779

[后光区,林一燕从自己的床上猛然坐起,她听着笛声,鞋都没穿,推开门四处寻找。

林一燕　这笛声好熟悉——李奶奶,是你吗……

[毛豆豆放下笛子,蜷缩一团,入睡。

[后光区,笛声消失了,追逐寻找的林一燕赤着脚怔在原地,她的身影被月光拉得好长好长。

林一燕　奶奶,我怎么做,孩子们才肯信任我呢?

[收光。

第三场

[光启,教室。

林一燕　张小柔同学,我诚恳地向你道歉!

毛豆豆　老师道歉,真新鲜!

于小飞　也是糖衣炮弹吗?

毛豆豆　你已叛变,懒得理你。

林一燕　昨天我不应该没了解情况就说不要那篮子野鸭蛋,那些鸭蛋个头又大又新鲜,我打听了一下能卖两块钱一个呢,所以张小柔,你的书本费够了。回头,你把野鸭蛋拿回来,就抵了书本费了好不好?

张小柔　(高兴的)真的?

林一燕　老师可从不骗人。

张小柔　哎!谢谢老师!老师,人家的野鸭蛋都是一块钱,你能卖到两块钱,老师,你卖给谁呀?

林一燕　嗯……我的一个朋友,专门收野鸭蛋的朋友。

于小飞　老师,你也帮我卖野鸭蛋好吗?

〔孩子们都期待地看着林一燕,林一燕愣了一下。

林一燕 好、好啊,你们都有野鸭蛋吗?

〔孩子们从座位上跑到教室外,一人拎着一篮子野鸭蛋跑到林一燕面前,林一燕很吃惊,但她毫不犹豫地接过篮子。

林一燕 好、好……这样好不好,以后你们再有野鸭蛋就给老师,老师帮你们卖。

孩子们 (鞠躬)谢谢老师!

林一燕 不客气!

毛豆豆 奇怪……她怎么会有收野鸭蛋的朋友呢?

于小飞 豆豆想啥呢?

毛豆豆 去去去,叛徒……

〔傍晚,林一燕提着盛着野鸭蛋的篮子悄悄地上了小船。毛豆豆看到疑惑。

〔林一燕划船来到芦苇丛,把野鸭蛋一个个的又放回芦苇丛里。毛豆豆划船跟上。

毛豆豆 干什么呢?

林一燕 (吓了一跳)没、没干什么呀。

毛豆豆 你不是要高价卖给你的朋友吗?

林一燕 我改变主意了。

毛豆豆 骗人!你根本没有那个收野鸭蛋的朋友,是你买了我们的野鸭蛋,因为太多了吃不完就扔了。林老师,你觉得这样很好玩是吗?

林一燕 你的脑洞为什么这么大?

毛豆豆 我说错了吗?

林一燕 大错特错!

毛豆豆	我错哪儿了？
林一燕	前面的推测还算准确,后半部分基本瞎扯。
毛豆豆	说说看。
林一燕	你让我说我就说呀?质问,完全是质问的口气,这可不好, 我需要被尊重。
毛豆豆	就因为你是我老师?
林一燕	不是因为我是你的老师,而是因为我们作为一个人要对另 一个人有起码的尊重。
毛豆豆	听不懂。
林一燕	好吧,你是小孩,我不欺负你。告诉你,这些野鸭蛋我一个 都没吃,我要把它们都放回芦苇丛里,让它们慢慢长大。
毛豆豆	你疯了吧? 这些可都是我们费了好大工夫才找到的! 还说 我是小孩? 你才是个宝宝呢!
林一燕	没文化太可怕,小孩,以后跟着我好好学习吧。你先记住, 野鸭是国家二级保护动物,捕捉野鸭可是犯法的,也不利于 野鸭的繁衍。
毛豆豆	听起来很深奥。
林一燕	嗯……这么和你说吧,野鸭蛋捡的越多,野鸭的数量就越 少,咱这湖上的生态环境就会越差。
毛豆豆	就是捡个蛋,有那么夸张吗?
林一燕	有。豆豆,野鸭也是生命,野鸭蛋是一个正在孕育的生命, 我们要尊重生命,懂吗?
毛豆豆	(故意)不懂。
林一燕	好吧,那你只要知道,老师放回去的这些野鸭蛋过不了多少 天就会变成一只只的小野鸭,哇——想想就开心哪!

毛豆豆　你看起来真幼稚。

林一燕　我幼稚?

毛豆豆　(故作老成的)嘿,我认真思考了一下,我的鱼鹰小龙和那些野鸭可是好朋友,我可不想让它将来没朋友。所以,明天我就告诉张小柔他们,以后不许再拾野鸭蛋了。

林一燕　豆豆,不许说知道吗?尤其是不能告诉张小柔。她是个自尊心很强的孩子,我不想伤害她。

毛豆豆　(挠头)女孩就是麻烦。(看林一燕)唉,一不小心和你有了一个共同的秘密!

　　〔毛豆豆一脸无奈,林一燕欣慰地笑。林一燕一转身船身摇晃,她有些惊慌。

毛豆豆　林老师,你是不是怕水啊?

林一燕　我不怕!

毛豆豆　嘿,你来第一天我们就看出来了,你是个旱鸭子,很怕水。

林一燕　我不是个旱鸭子,我会游泳!跟你这么大时我就会了!

毛豆豆　嘴硬!

　　〔转场,毛豆豆宿舍。毛豆豆靠在小床上望着窗外。林老师的话传来"不是因为我是你的老师,而是因为我们作为一个人要对另一个人有起码的尊重。""野鸭蛋是一个正在孕育的生命,我们要尊重生命,懂吗?"

毛豆豆　(喃喃地)以前我不懂,现在我懂了。

　　〔毛豆豆拿出一只笛子对着月光吹了起来。《我和船》的旋律起。

　　〔后光区,林一燕从自己的床上猛然坐起。

林一燕　(闭着眼微笑梦呓)真好听!

[林一燕猛然躺下,睡去。

[光渐熄。

[光启,教室,放学铃声。

林一燕 今天的课就到这里。家长没来接的同学做作业等一会儿。张小柔,你出来一下。

张小柔 哎!

[教室外。

张小柔 林老师!

林一燕 张小柔,(把一张收据放在她手里)这是书本费的收据,收好了,回家给你妈妈。

张小柔 哎,谢谢老师。

林一燕 省里举办了一个少儿作文大赛,你上次写的那篇《我的梦》特别好,我觉得你应该报名试试。

张小柔 (意外地,不自信)我行吗?

林一燕 你这孩子什么都好,就是总是不自信。相信老师,你肯定行!

张小柔 (高兴的)那我听老师的! 林老师,谢谢你!

林一燕 先回教室写作业吧。

[林一燕走进办公室批改作业。张小柔进教室,在黑板上写下自己的名字。

毛豆豆 嚯,你这转变够快呀! 林老师给你什么好处了?

张小柔 懒得理你。

王大富 我也签!

[王大富签名。

毛豆豆 叛徒! 一群叛徒!

于小飞　豆豆,你也签了吧,林老师对咱们挺好的。

毛豆豆　我要抗争到底。

　　　　[毛豆豆仔细地擦拭着一支笛子。

王大富　哎,那是啥?

毛豆豆　(炫耀)哼,这是一把有魔法的笛子,是李奶奶送给我的。

王大富　骗谁呢?

毛豆豆　骗你干啥! 这笛子我只要一吹就不想我爸妈了。

王大富　(惊喜)真的? 那你借我吹吹呗! 我也想我爸妈,他们去城
　　　　里好久都没回来了……

毛豆豆　去去去! 叛徒可不配碰我的东西。

　　　　[王大富抢笛子,毛豆豆把笛子放进桌洞,趴在桌上,用身体
　　　　死死地堵住桌洞,不让王大富得手。于小飞拽开了王大富。

于小飞　躲远点儿,小心我的拳头!

毛豆豆　于小飞,干得不错,我考虑一下让你重新归队。

于小飞　谢谢老洪!

王大富　哼,就知道合起伙来欺负人!

于小飞　哟,脸都红了,怎么跟个大姑娘似的!

王大富　我找林老师去!

　　　　[王大富跑到老师办公室。

林一燕　(打电话)好了妈妈,我有自己的人生,你应该放手尊重我的
　　　　选择。我会注意安全的,好好好,绝不下水,绝不下水。放
　　　　心吧妈妈!

王大富　(嗫着嘴)林老师!

林一燕　(挂电话,觉得不对劲儿)哟,又被欺负了?

王大富　没、没有! 老师,你说怎么样才是个真正的男子汉?

林一燕　真正的男子汉啊，敢说敢做、敢做敢当。

王大富　林老师，我想做个真正的男子汉。

林一燕　嗯，加油！老师看好你！

　　　　［王大富下。

　　　　［教室。王大富和毛豆豆抓着对方，僵持着。

林一燕　松手，快松手！

　　　　［王大富一松手，毛豆豆上去又是一脚，只是没踢上，被林一燕拽住了。王大富见状，闭起眼睛抡起两条胳膊像两个风火轮，大声喊着"呀——"，被于小飞一把拽住。两个人一副谁也不让谁的架势。

林一燕　住手！说，为啥打架！

　　　　［毛豆豆"哇"一声哭了。于小飞冲过来抓起王大富的衣领。

于小飞　赶快交代！

王大富　我……我想看看他的笛子，他偏不让我看，那我偷偷看总可以了吧。正看着呢，他突然冒出来大喊一声，我手一哆嗦，笛子掉到地上摔坏了……

毛豆豆　（暴怒）你赔！你赔！

王大富　我赔，我让我爸在省城给你买个新的！但你不能上来就打我！你还是少先队员呢，你能打人？

毛豆豆　我打的就是你！王大富，你听好了，我不要新的！我就要和这个一模一样的！

　　　　［林一燕看着两个孩子的争吵觉得太小题大做了，她一屁股坐在凳子上。

林一燕　哎哟，行了，别闹了！毛豆豆首先我得批评你，你打人是不对的！但是事情出了，我们就来想个解决办法。毛豆豆，你

786

要新的呢,王大富赔你一支,你要旧的,我拿去县城帮你修起来,这样可以了吧?

毛豆豆　(欲辩解)林老师——

林一燕　同学之间要好好相处。王大富老实,可你们也不能老是欺负他呀!

毛豆豆　(不敢相信的,伤心的)林老师……(跺脚)你偏心!

　　　　[毛豆豆拿起笛子哭着跑了。

于小飞　毛豆豆!

林一燕　(欲追)哎——

　　　　[王大富激动地拦住了老师的去路,深深鞠了一躬。

王大富　谢谢林老师!

林一燕　谢我?

于小飞　切!

王大富　老师,谢谢你告诉我真正的男子汉敢说敢做、敢做敢当! 我从来没对谁动过手,经过您一鼓励,我的胳膊就敢抡起来了,像这样(他把两条胳膊再次抡成风火轮),我谁也不怕!

　　　　[众人都愣了。

林一燕　(哭笑不得)王大富,我是让你勇敢些,有个男子汉的样子! 不是让你去打架呀!

于小飞　林老师,毛豆豆说的一点没错,你是够偏心的。你们都知道毛豆豆是孤儿,没爸没妈,从上学起就住在船校、吃在船校,所以你们就一起欺负他!

张小柔　于小飞,胡说什么呢? 毛豆豆为了一支笛子打同学,就该挨批评!

于小飞　(急了)你们以为王大富弄坏的是一根普通的笛子吗? 那是

787

李奶奶留给他的！那是他的宝贝！

林一燕　（惊）李奶奶？哪个李奶奶？

于小飞　说了你也不知道！

　　　　［于小飞气呼呼地离开教室，林一燕冲出教室，王大富和张
　　　　小柔也要走。

林一燕　你俩留下！等我回来！

　　　　［转场。

　　　　［微山湖上，闷雷声。毛豆豆划着船穿过荷田，他的眼睛里
　　　　没有了往日的神采。鱼鹰立在它船头，一动不动。于小飞
　　　　划着船和林一燕追了过来。

林一燕　毛豆豆——

于小飞　毛豆豆——

　　　　［毛豆豆看了一眼他们，划得更快了。

林一燕　（对于小飞）我来！

　　　　［林一燕夺过桨，卖力划着，终于追上了毛豆豆的船，确切地
　　　　说是"撞"上了毛豆豆的船。

毛豆豆　（生气地）你会不会划船？

林一燕　毛豆豆，刚才是我把问题想简单了，忽略了你的感受，还请
　　　　你原谅！

于小飞　毛豆豆，我把笛子的事都和林老师说了……

毛豆豆　（气恼）谁让你说的？

于小飞　我一着急……没忍住……

林一燕　毛豆豆，我郑重向你道歉！

毛豆豆　您好像特别爱道歉。

林一燕　你可以把它当作我的一个优点。咱们回船校吧！你看这天

788

阴沉沉的,一会儿要下雨了。有事咱回去说。

[林一燕拿起船桨,毛豆豆一把抢了过来。

毛豆豆　我要退学!

林一燕　(惊)退学?

于小飞　毛豆豆,你疯了?!

毛豆豆　我和别人不一样,我没有家,没有爸爸妈妈,我只有这只鱼鹰,和那支笛子。我不能一直指望着学校给我吃的、给我住的,我得靠自己,我能捕鱼,今后我就靠捕鱼养活自己。

林一燕　(怒了)你满脑子都是什么? 好,你说你得靠自己,你为什么不通过读书让自己变得更强大,来依靠一个更强大的自己呢? 捕鱼能让你看到外面的世界吗? 你真的想让自己一辈子就在这微山湖上,想让自己一辈子捕鱼吗?! 这湖的外面是什么样的天地,你不想知道吗? 你就不想去看一看吗? (毛豆豆欲说,林一燕打断,指着他脖子上的红领巾)这条红领巾,你永远把它端端正正的戴在胸前,因为你崇拜老洪,你说你要做一个像老洪那样的人! 可你有没有想过,老洪也是个孤儿,可他却能上前线打鬼子做个顶天立地的英雄,他心里想的是什么? 他想的是保家卫国! 多少像老洪那样的英雄甘洒热血、以身献国,为的是什么? 为的是祖国安定、后人幸福! 你,毛豆豆,你享受着他们舍弃生命才换来的安定生活,却不思进取、自暴自弃,你有什么脸面说自己要当一个老洪那样的人! 现在,请你把红领巾摘下来,还给老师!

毛豆豆　(紧紧地攥着红领巾)我不摘! (哭了)我不摘!

林一燕　(语气缓和下来)毛豆豆,没有家不可怕,没有亲人不可怕,船校就是你的家，我们都是你的亲人。最可怕的是没有知识、没有志向！一个没有知识的人就像一只没有翅膀的燕子，是飞不高、飞不远的！一个没有志向、没有梦想的人，是谁也救不了的！（哗哗的浪声）你看，这微山湖上风浪多大呀，这世上的风浪可比微山湖的风浪大得多呢，咱要往前看、往远处看！咱们每个人都是这微山湖上的一艘船，无论晴天还是雨天，都要掌好舵、划好桨，使劲儿往前奔！

毛豆豆　（惊）这些话……老师你到底是谁？

林一燕　豆豆，前几天夜里的曲子是你吹的吧？我还以为是自己做梦了，那个旋律我一辈子都忘不了。我和你手中的这支笛子是老相识了，如果没有它，没有李奶奶，我可能没有勇气活到今天。我就是从大森林中飞回来的一只燕子，飞回来是我和李奶奶的约定。

　　　　　〔进入回忆。舞台后区光启。

弟　　弟　（呼救，画外音）姐，救我！救我！

小一燕　（画外音）别怕，姐姐来了！

　　　　　〔"扑通……"跳水声。

　　　　　〔后区光启。过去时空。儿时的林一燕跪在地上。

小一燕　（失魂落魄，喃喃地）弟弟，对不起，弟弟，对不起……

　　　　　〔李奶奶颤巍巍上，急急地把小一燕裹进了外套里。

李奶奶　就知道你又来这儿了，一燕啊，你是乖孩子，一定要好好的，不能让你爸妈再难过了。

小一燕　（抱住李奶奶，号啕大哭）奶奶，是我害死了弟弟！

李奶奶　（抱住一燕，劝慰）哭吧，哭吧，哭出来就好受了。唉，要奶奶说呀，这事，怨不得人，也怨不得湖，怨就怨老天爷吧。孩

子,心里的疙瘩难解,你得自己迈过这个坎儿。(拿出笛子)
奶奶给你吹个曲子听吧。

小一燕　嗯。

李奶奶　这把老笛子,当年跟着我参加过铁道游击队哪,这笛声就是
行动信号,我们打了好多胜仗,那年代里它什么世面没见
过?可它还从来没见过一个小姑娘伤心呢,如果今天那个
小姑娘听了它的歌声就不伤心了,它一定特别高兴。

　　　[小一燕点头依偎。李奶奶吹笛子。女童歌声起《我和船》。

　　　　我在船上生,

　　　　在船上长大,

　　　　在船上变老,

　　　　在船上过一生。

　　　　家就是船,船就是家,

　　　　我就是船,船就是我。

　　　　我在船上生,

　　　　在船上长大,

　　　　在船上变老,

　　　　在船上过一生……

李奶奶　孩子,这世上的风浪可比微山湖的风浪大着呢,人要往前
看、往远处看!咱们每个人都是这微山湖上的一艘船,无论
晴天还是雨天,都要掌好舵、撑好桨,使劲儿往前奔!

小一燕　奶奶,爸爸妈妈说,我们很快就要离开这里了。

李奶奶　(叹息)走了,都走了。俺们微山湖的娃娃不读书,就永远也
走不出这微山湖了。

小一燕　秦叔叔留下。

李奶奶　苦了他了。

小一燕　奶奶,我爸妈想走,可是我不想走。我弟弟还在这儿呢!奶奶你还在这儿呢!奶奶,等我长大了,我回来教书好吗?

李奶奶　好,好。

小一燕　奶奶,你等着我,等着我这只森林中的小燕子飞回来,飞回这微山湖上来教书!

李奶奶　(摸着一燕的头)哎——谢谢你,好孩子。

〔舞台后区光熄。前区光启。

毛豆豆　林老师,原来你就是那个李奶奶说过的小燕子。

〔噼里啪啦的雨声。

于小飞　哎呀,下雨了!咱们赶紧回船校吧!

毛豆豆　(鼓足勇气)林老师,我听你的,我要做一个有志向的人!

林一燕　(赞许地点点头)老师相信你!

三　人　回船校喽——

〔毛豆豆、于小飞调转船头,卖力划桨。毛豆豆扶着头,有点晕晕乎乎。

〔转场。雨声。毛豆豆的宿舍。毛豆豆躺在床上,林老师把一条打湿的毛巾敷在他额头上。

林老师　唉,怎么就发烧了……

毛豆豆　(迷迷糊糊,梦呓)笛子,我的笛子……

林老师　豆豆,放心吧,我会把笛子修好的。

〔不知道从哪里飘来的笛声,随着那个节奏,林老师拍着毛豆豆轻轻地哼起歌来:"我在船上生……"。

毛豆豆　(喃喃地)妈妈……妈妈……你别走,你别走……

〔毛豆豆的手胡乱的舞动着,林老师紧紧抓住他的手,拢进自己的手心里。

林老师　（温柔的）妈妈在,妈妈不走……

　　　　〔于小飞、王大富、张小柔倚在门口不肯进来。

于小飞　（抹眼泪）我想我妈了。

王大富　我也想我妈……（哭了）林老师……

林老师　傻孩子们,都过来!

　　　　〔孩子们飞跑过去,依偎在她的身旁,慢慢睡着了。

　　　　〔《我和船》旋律音乐起。

　　　　〔一个似真似幻的戏剧情境,毛豆豆从众人中缓缓起身,走
　　　　到隔壁的教室里,在黑板上郑重写下"毛豆豆"三个字。音
　　　　乐还在继续。光渐收。

第四场

　　　　〔四个月后,船校,甲板上,五星红旗迎风招展。孩子们整齐
　　　　站立,秦校长脸上有着掩不住的笑意。

秦校长　同学们,我这次去县里开会,带回来两个好消息! 你们想不
　　　　想知道是啥好消息啊?

　　　　〔毛豆豆带头起哄。

毛豆豆　秦校长您就别卖关子了!

众学生　快说啊秦校长!

秦校长　第一个好消息,县里要帮咱们建一所新学校,日子已经
　　　　定了!

众学生　（惊讶）啊?

于小飞　（激动地跳了起来）太好了!

毛豆豆　（不屑的）好啥好? 我可不愿意离开这儿!

秦校长　不用离开！因为这新学校就建在船校边上，将来新旧学校相连，咱们的校区变大了！教室宽敞明亮了！操场也变大了！你们也能像其他学校的孩子们那样疯跑、疯玩儿了！

众学生　（鼓掌）太好啦！太好啦！

秦校长　还有一个好消息！（孩子们安静下来）孩子们，你们应该好好谢谢林一燕老师啊！这次全乡摸底考试，咱们四年级——全乡第一！

〔所有人都惊呆了，静场，只听见"哗哗的"水浪声。继而掌声雷动。

秦校长　林老师，你给大家讲两句？

林一燕　孩子们，只要努力就会成功！你们做到了！我以你们为傲！但是，不要骄傲，下个学期的期末考我们还有一场硬仗要打！一起加油！

众学生　一起加油！

秦校长　好了，孩子们，今天的升旗仪式到此结束，大家回教室吧！

〔孩子们散去。秦校长叫住了林一燕。

秦校长　一燕！这次我去县里汇报了咱们学校的情况，领导们很关心咱们学校啊，说我们教育工作做得好，成绩看得见。但是……

林一燕　怎么了？

秦校长　领导提醒我，咱们船校环境特殊，任课老师必须熟悉水性。

林一燕　（愣，假装轻松的）我可以呀。

秦校长　你可以吗？

林一燕　我……

秦校长　（信任地看着一燕）你可以的，为了这些孩子们。

林一燕	谢谢。

[夕阳余晖中,湖上波光粼粼。林一燕独自一人把一条麻绳拴在船帮上,又将绳子的另一端拴在自己身上。她闭上眼睛,深呼吸。

林一燕　我叫不紧张,我叫不紧张……(用脚撩一下水,赶忙站好)林一燕同学,你为什么不敢下水?!你不会游泳吗? 不是,你会,至少十多年前是会的! 你要勇敢一些,以前的事就让它过去吧! 我数三个数,必须下水! 一、二、三——(没敢动)不行,我不行!

[不远处传来咯咯的笑声。

林一燕　谁?!

[一个个的小脑袋从不远处的水面上浮现出来。

毛豆豆　林老师,你别怕,我在呢!

于小飞　林老师,我也在呢!

张小柔　林老师,我也在呢!

王大富　林老师,我也在呢!

众孩子　我们都在呢!

林一燕　你们赶紧上来! 危险!

毛豆豆　不危险,一点都不危险。你下来试试,可好玩儿了!

林一燕　我不行,我害怕。

张小柔　(把身上的小铃铛解下来系到老师身上)这样你就不怕了。

林一燕　谢谢你张小柔。

毛豆豆　同学们,来呀,把老师拉进水里!

林一燕　别闹别闹!

[林一燕被于小飞等人拉进水里,乱扑腾着。众人扶起林

一燕。

毛豆豆　我们四年级的全体同学都会游泳！低年级的孩子才需要您的帮助！林老师您别怕，我们保护你。

众孩子　我们保护你！

　　　　[林一燕感激又感慨地看着孩子们，心中阵阵暖意，她忽然有了一种力量，飞快地游了起来，孩子们追了上去。她反身向他们身上泼起水来，孩子们一愣，继而反攻，师生的笑声回荡着，笑亮了天上的星星。

　　　　[转场。日，学校甲板。

　　　　["不好了！田妞妞落水了！"孩子的尖叫声传来，冲过来的林一燕慌了，她的脚像被钉在地上一样，一步也挪不了。

林一燕　秦叔叔！秦叔叔！

　　　　[秦校长急跑去，跳入水中，将一个女孩抱上船。

　　　　["姐——救我——"弟弟的哭喊声。林一燕剧烈地呕吐起来，瘫倒在地。

　　　　[众人隐去。

　　　　[压光，定点光。

林一燕　我认输……李奶奶，我喜欢这儿，我喜欢微山湖，喜欢船校，喜欢这些孩子们，我想留下来。可今天我才知道我心里那个坎儿不是那么轻易就能迈过去的！——我好恨我自己！……我多想变成一个游泳高手，在孩子们有危险的那一刻挺身而出，可是……我做不到！那就意味着我不能保护孩子们！奶奶，对不起了，我要飞走了，原谅我吧……

　　　　[定点光消失，秦校长站在她身旁。

秦校长　一燕。

林一燕	让您失望了。
秦校长	没关系,会好起来的。
林一燕	我会尽快办理离职手续。
秦校长	就是忘不了以前吗?
林一燕	忘不了,以前的那些事长在我心里了。临走之前,我得给孩子们一个交代。
秦校长	还记得我和你说过的那句话吗? 微山湖上不缺船,船上不缺桨——
秦校长 **林一燕**	(同时)桨是双的,水路长。(一燕)我一直记得。
秦校长	一燕,在我们人生的大船上,很难说清谁是老师、谁是学生,只有师生互尊互重,彼此为桨,共同努力,我们的教育事业才会发展,我们的人生路才能走得更远。作为船校的老校长,我恳请你,为了孩子们,留下来好吗?
林一燕	正是为了孩子们,我得走! 〔林一燕掩面快步离开。 〔光启,教室。孩子们热热闹闹地议论着。
于小飞	秦校长可真厉害,不到五秒钟就把田妞妞给救上来了! 啥时候我也能像秦校长那样啊。
王大富	做梦的时候!
于小飞	你是不是找揍?
王大富	哎,是谁说再也不揍人了? 小心我告诉林老师去!
于小飞	(无奈)行,王大富,你长本事了。
王大富	和你闹着玩儿! 对了,同学们,等新学校建好了,让我爸给咱们买个篮球,毛豆豆,我先让你玩儿。

毛豆豆　切，谁稀罕！

　　　　　[孩子们哄笑。林一燕拿着一个文件袋走上讲台。

林一燕　(强颜欢笑)上课！

孩子们　老师好！

林一燕　前几天秦校长给大家带来两个好消息，我今天也有两个好
　　　　消息。(打开文件袋，拿出一张奖状)我来这里的第一堂课
　　　　就注意到了一位同学，她不多说话，但心里有很多话，她不
　　　　爱运动，但比谁都想跑、想跳，她的字写得特别好，作文特别
　　　　有文采，她能用她的笔写出最美的文章。张小柔——祝贺
　　　　你，全省少儿作文大赛第一名！

　　　　　[在众人惊诧的"哇——"中，张小柔一脸羞涩站起来。

张小柔　我，我不是在做梦吧？

林一燕　张小柔，答应老师，好好读书。知识能让你插上翅膀飞出微
　　　　山湖，飞到你想去的任何地方，知识能让你变得自信，能让
　　　　你实现所有的梦想。

张小柔　(欣喜地接过奖状，鞠了一躬)老师，我记住了！

林一燕　(从文件袋里拿出一支笛子)毛豆豆！拿着！

毛豆豆　我的笛子？

林一燕　我找人给你修好了！

毛豆豆　(接过笛子，如获至宝)哇，林老师你太厉害了！和之前的一
　　　　模一样！

林一燕　毛豆豆，答应老师，好好读书。以后做一个像"老洪"一样有
　　　　志向、有抱负的人！

毛豆豆　嗯！我听您的！

　　　　　[林一燕走到于小飞面前。

林一燕　于小飞,答应老师,好好读书。你爸为了你把酒都戒了,将来出息了,把你爸也接出去到处看看。

于小飞　这都是您的功劳,(模仿林一燕的动作)嘿嘿嘿,无影手、无影脚,三下五除二,我爸服了!

林一燕　还有你,王大富,好好读书。要做一个勇敢、有担当的男子汉。

王大富　哎! 我记住了林老师!

林一燕　孩子们,记住老师的话,知识能够改变命运,改变一个人的命运,改变一个国家的命运! 你们无论今后身在何处,都一定要记得,知识是你们走出微山湖的桨,是你们实现梦想的翅膀。孩子们,好好学习,志存高远,将来回报家乡、回报祖国!

于小飞　林老师,您今天可真奇怪,平时您没这么唠叨!

　　　　〔孩子们哄笑,林一燕的眼泪快要掉下来了。

林一燕　(深呼吸)就让老师多唠叨几句吧,以后就没机会了。

　　　　〔孩子们面面相觑。

毛豆豆　老师您什么意思?

林一燕　我本来不想说,但出于对你们的尊重,我必须告诉你们。我决定了,离开这里!

孩子们　(炸锅了)离开这里? 为什么?!

林一燕　孩子们,等我走了,还会来新老师,比我更好的新老师,你们要好好听新老师的话。(把铃铛给张小柔系上)张小柔,这个还给你。

张小柔　(哭了)原来你和他们是一样的? 我们微山湖小学来过很多老师,他们来了,又走了,就是为了混一个盖着红印印的证明信！来的时候我们高高兴兴欢迎，走的时候你们高高兴兴地走，可我们呢……于小飞和毛豆豆当初说我的时候，我还不信！现在我信了，你和他们是一样的！

毛豆豆　不！张小柔，林老师是不一样的。我有件事一直没告诉你们——

林一燕　豆豆！

毛豆豆　她说有个朋友是收野鸭蛋的，其实是她买了咱们的野鸭蛋，但她一个都没有吃，而是把野鸭蛋一个个的放回了芦苇丛里，她告诉我要尊重每一个生命。这个连野鸭蛋都要尊重的人，把我们这些不听话的学生更是当成心中的宝！她不让我告诉你们，尤其不让我告诉张小柔。

张小柔　林老师，你为什么要这样做？

林一燕　因为你是我的学生，我的学生应该被尊重、被呵护，有尊严、体面地活着。我做得太微不足道……今后如果你们需要我，我随叫随到，只是不能留下来。

王大富　林老师，干吗对我们那么好……你应该对我们凶一点，狠一点，那样，我们就不会舍不得你……

于小飞　林老师，我们听话！我们以后不惹你生气——你就不能留下来吗？你到底是为啥要走呀？

林一燕　我……

毛豆豆　（站起身来）于小飞别问了！我相信林老师一定有她的原因，是红印印以外的原因。林老师，我得向您道歉，你刚来学校的时候，我带头和您对着干，那是因为我以为你很快就要走。但是后来我们发现，你是铁了心要留下，所以我们慢慢开始喜欢您、信任您，我们是打心眼里想让您留下来，可

现在看来您是不可能留下了……您帮我修好了笛子,我就
吹首曲子给您送行吧!

　　　〔林一燕点头。毛豆豆吹笛子,熟悉的旋律响起。众人悲
　　　伤。林一燕走下讲台,欲夺门而出。

众　人　老师,你别走——

　　　〔一刹那,乌云密布,电闪雷鸣,狂风暴雨,船校摇晃。秦校
　　　长带着其他班级的孩子们冲了进来。

秦校长　一燕!我执教三十年了,第一次遇上这么大的暴风雨!你
照顾好孩子们!孩子们别怕,我和林老师会保护你们的!

　　　〔雷电霹雳。船校剧烈摇晃。教室一片狼藉,孩子们瑟瑟发
　　　抖。秦校长站起身来,向门口艰难走去。

林一燕　秦校长!你干什么去?

秦校长　船校下面一层全是水泥,根本不可能晃的这么厉害,除非船
锚松了!我得下去看看,把船锚压实!

　　　〔忽然又一次强烈的摇晃,一张桌子向秦校长砸过来,秦校
　　　长的腿受了伤。

秦校长　该死!

　　　〔秦校长用力推开桌子,坚持站起来,继续向门口靠近。

林一燕　秦校长!你不能去!你的腿这样很危险!

秦校长　你看好孩子们!不能让孩子们出事!

　　　〔林一燕站起身来。

林一燕　我去!

秦校长　你下不了水呀!

　　　〔林一燕冲向门口,一个纵身跳入了湖中。

孩子们　(惊喊)林老师——

[急收光。暴风雨停了,船校也停住了。众人动作停滞,时间仿佛冻结了一般。由远及近的缥缈的无字歌声起,林老师的话回荡在舞台上。

林一燕 (画外音,独白)我是大森林中飞出来的一只燕子,今天飞到咱们微山湖小学来了,当老师是我的梦想,来微山湖船校当老师是我最大的梦想,希望大家能喜欢我!

[秦校长和孩子们焦急地寻找着林一燕。

秦校长 一燕——一燕——

孩子们 林老师——林老师——

于小飞 林老师,我再也不惹你生气了,你快出来呀……

张小柔 林老师,你在哪里呀……

毛豆豆 咱们应该早点让她走,她就不会遇到暴风雨,也就不会为了我们跳进水里了……秦校长,林老师到底为什么要走?

秦校长 唉,她是怕一旦有人落水,她却克服不了内心的恐惧,不敢下水救人啊。孩子们,你们林老师的心里一直有一道迈不过去的坎儿,十几年前她的弟弟就是在这里溺水身亡的,她把弟弟的死全揽在了自己头上,没有一刻解脱过……但是今天,为了你们,她勇敢地跳了下去。

[众人陷入无尽哀伤。

[忽然,林一燕从不远处的水面上露出头来,她笑着喊着。

林一燕 哎——秦校长!孩子们!我在这儿!

[孩子们惊呆了,都挤在船头争着冲林老师挥手。

孩子们 (哭着,笑着)林老师!是林老师!——林老师——

[收光。

[定点光。

802

林一燕　我懂了,微山湖上不缺船,船上不缺桨,桨是双的,水路长。
　　　　(快乐的呐喊)我懂了! 我教孩子们知识,孩子们让我成长,
　　　　桨是双的,缺一不可,桨是双的,未来的路才远长——
　　　　[转场。

尾

　　　　[毛豆豆站在新校舍前。

毛豆豆　我们终于搬进了新校舍,秦校长退休了,林老师留了下来。
　　　　后来,学校又来了几位新老师,他们也要留下来。老师们就
　　　　像一束光,照亮了我们的世界,让我们看到了更高、更远的
　　　　地方。
　　　　[毛豆豆隐去。
　　　　["西边的太阳就要落山了,微山湖上静悄悄,弹起我心爱的
　　　　土琵琶,唱起那动人的歌谣,哎……"随着一个女童音的稚
　　　　嫩却悠扬的清唱,幕复启。美丽微山湖上,一叶叶小船荡
　　　　漾。林老师和穿着新校服、系着红领巾的孩子们站在船头
　　　　快乐地摇着桨。

林老师　(接电话)妈,你和我爸要来看我? 不是看我,是看孩子们?
　　　　欢迎,热烈欢迎!

于小飞　报告老洪! 共缴获大壳枪五十把,粮食三船! 活捉了鬼子
　　　　头目!

毛豆豆　干得好! 把鬼子带上来!

于小飞　(一把拽过王大富)过来吧你!

王大富　我不想当鬼子! (可怜巴巴的)林老师,他们又欺负我!

毛豆豆
于小飞　　（同）谁欺负你了……

　　　　　　〔毛豆豆拿出笛子吹奏,悠扬笛声起。远处,秦校长迎着落
　　　　　　日摇桨而去。

秦校长　　（苍老的歌声）西边的太阳就要落山了,微山湖上静悄悄,弹
　　　　　　起我心爱的土琵琶,唱起那动人的歌谣,哎……

众　人　　（唱）哎……

　　　　　　〔夕阳似火,映红了林老师和孩子们的笑脸。剧终。

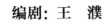编剧：王　濮

百字剧五则

孝　心

李老财准备分家,决定以装死的方式测试哪个儿子对他真心。儿子在灵前争执财产,无人表达哀思。李老财很失望,从棺材跳出,宣布把财产捐给村里祠堂。儿子们犹豫了一下,共同闷死了李老财。李老财得到了一场盛大的葬礼。

失物招领

老李给捡到的钱包贴了个告示,来了一个姑娘,说出的钱包细节都对,只有钱数对不上。姑娘说 1000 元,老李说 3000 元。姑娘给妈妈打了电话,突然哭了起来:我妈骗我。原来妈妈担心女儿在外不易,说给 1000 元却偷偷给了 3000 元。

还　子

女人丢失了孩子。在终于走出悲痛后,收养了一个孩子并培养得很优秀。有一天,女人接到一个电话,原来当年是保姆偷走了孩

子，由于疏于管教，现在不堪其扰，要还给女人，女人拒绝了。

科技时代

失去灵感的作家找人买到可以替他创作的软件，软件使他的人生在虚实中穿梭，让他经历了出名、抄袭、自杀三种不同的生活。当他陷入危机不得不第四次使用软件时，电脑爆炸了，他被变成了白痴，却运用"痴"语写出了骇世之作。

葡萄藤上开梨花

办事员小张打错字，把建设脱贫示范工程的任务错给一烂摊子村。名单见报，领导要给小张处分。小张抱着将功赎过、不行就辞职的想法下村工作。村民受宠若惊，但又陋习难改。小张困难重重，最终扶贫扶志，村民变了，工程成了。

千字剧三则

借　钱

时　间　腊月二十八的晚饭后
地　点　李四家客厅
人　物　张　三　男,40多岁,狡猾。
　　　　　李　四　男,50多岁,轴。

[李四看电视。电视购物台的声音:"典藏精品、传世家宝,
不要一万八,不要一千八,今天只要九九八就可以带走,九
九八,九九八,走过路过不要错过……"

李　四　哟,这个合适呀。我去看看手机银行,买点。(下)
　　　　　[张三提腊猪腿上。向观众席挥手。

张　三　朋友们过年好!(停顿)什么? 不好? 那是因为,你们没吃
　　　　　到我的提神醒脑野猪肉!(停顿)送你尝尝? 不行不行,这
　　　　　个呀,我得送到最最亲爱、最最尊敬的大哥李四家! 为啥送
　　　　　他? 因为他借给我过10万块钱,十年了都没找我要,只说
　　　　　好了到今天还钱。这么大度的人呀,我可不能对不起他,我
　　　　　得再找他借10万!(敲门)
　　　　　[李四上。

李　四　谁呀?

张　三　我呀,张三,就是,就是那个小三儿呀。

李　四　（开门）哟，小三儿呀，好久没见了，今天有空来呀？

张　三　这过年了，来拜访拜访哥哥您。（左右环顾）哟，您这家里新装修了？这冰箱、这电视，可都是现在国际最新款。您现在单位效益不错呀。

李　四　哎，就那么回事吧。这年头，单靠工资可发不了财，得会投资（倒水）来，快坐下来喝点水。

张　三　好嘞哥，哎哥，（指猪腿）您看我这给您放哪？

李　四　啥呀？

张　三　这快过年了，给您带点小东西。

李　四　来都来了，你看还客气啥。（连忙把猪腿收起）

张　三　四哥，您别忙收，这野猪腿和一般的野猪腿可不一样。这个吃法，我得和您好好说道说道。

李　四　这野猪腿不就蒸蒸就能吃嘛。

张　三　这个野猪腿呀，您把它泡了，旋下肉，切成碎丁子，用鸡油炸了，再用鸡脯子肉并香菌、新笋、蘑菇、五香腐干、各色干果子，俱切成丁子，用鸡汤煨干，将香油一收，外加糟油一拌，盛在瓷罐子里封严，要吃时拿出来，一拌便是。

李　四　这么金贵的吃法呀？吃了能成仙？

张　三　不能。但和成仙也差不多，不说返老还童，绝对延年益寿。这可是黑科技纳米最新产品，经过了大数据调查，为每个人量身打造的定制版野猪腿。

李　四　哟，（提着猪腿晃晃）这玩意还定制版哪。

张　三　互联网时代了嘛。

　　　　〔电视声音起，还有最后五十组，还有最后五十组，请有意购买的朋友抓紧打电话订购……

李　四　哎,小三,你身上有零钱吗?

张　三　我?

李　四　哎呀,这阵子你嫂子把家里钱全拿走了,我看这个收藏项目挺好,想投资一下,刚看了,没钱。你有先借我点。

张　三　(旁白)没钱?还找我借?他忘了今天我得还他钱?那我来干啥?赶紧撤吧。(对李四)哎,哥,你看吧,我今天走得急,啥也没带,我家里还有点事,要不我先走?

李　四　哎,行吧,你有事就先走吧。怪可惜的,这么好的收藏,拿手里就挣。可惜我那小金库存了大额存单,破了就没高利息了。

张　三　(旁白)原来还有账外账。那我可先不能走,还是得把这10万块借到手(对李四)哥我想了想,其实吧,我家里事也不是特别急,好久没见您了,咱哥俩好好聊聊。

李　四　也是,好久没见了,咱俩上次见是啥时候来着?

张　三　得有几年了。

李　四　咱那杨树林怎么样了?

张　三　杨树林?

李　四　就是咱那杨树林哪。

张　三　(唱)你身上有她的香水味,是我鼻子犯的罪。她呀,现在不红了。

李　四　啥?

张　三　不是女歌手杨树林吗?

李　四　啥女歌手男歌手的。我说的是,十年前你拿走我10万块,说是替我入股的速生杨树林场,杨树林!

张　三　(旁白)哎哟,他想起来了!(对李四)四哥,您说那树林,是这么回事。当年吧,10万块钱投资1万棵树苗,等十年树苗长成了,一棵能卖1000块,1万棵树苗就是1000万,当初,咱们就是这么说的不是?

李　四　没错,现在树你卖了吗?

张　三　树呀,哥是这样,现在您也知道,这阵子国外经济形势不太好,咱们这杨树出口也不畅,我想着不如先放在那,看看形势再说。

李　四　那也行吧。反正我最近也不买别墅,那1000万你不用急着给我。

张　三　1000万?

李　四　1000万呀。不是说了,10万块钱投资1万棵树苗,等十年树苗长成了,一棵能卖1000块,1万棵树苗就是1000万吗?(对观众)我这账算得对不对?(对张三)看,都说我算得对。

张　三　(吃惊地)我?欠你1000万?

李　四　嗯。

张　三　(旁白)哎呀妈呀,难怪不找我要10万块,原来在这憋大招呢。(对李四)四哥您看,您这别跟我开玩笑了。

李　四　我没跟你开玩笑。1000万你要是一下子给不了我,先给500万也行。

张　三　您看您说的,1000万,500万,这总得有个证据吧。

李　四　怎么没证据?你看,今有张三借李四10万块代为投资杨树林项目,所有事宜由张三代理。

张　三　这不是写着10万块吗?

李　四　看,看,代为,投资,所有,张三,看到没?

张　三　哎,您这什么理解能力啊?

李　四　什么理解能力,这就是你欠我 1000 万啊。

张　三　(旁白)我今天还不如不来呢! (对李四)四哥呀,您看是这
样,咱们都是讲究人,今天吧,腊月二十八,债不过年,我这
不就趁着这点诚心来看您来了,还专门给您带了这延年益
寿的野猪肉。

李　四　你把那 1000 万给我,哥哥请你吃龙肉。

张　三　我的四哥啊,龙可是保护动物,不能随便吃。您尝尝我这野
猪肉就行。实话跟您说吧,我今天请您吃这野猪肉是有目
的的。

李　四　目的? 你对我还有什么目的?

张　三　我不仅给您吃的是野猪肉,还给您吃的是一个赚 2000 万的
机会!

李　四　啊,2000 万?

张　三　可不是嘛,您知道这野猪肉是打哪来的吗? 这是从咱们杨
树林里来的!

李　四　杨树林里来的?

张　三　是呀,您想想(挥手,带李四眺望状)看,那一望无际的林海,
一群黑色的野猪,穿梭奔跑在丛林间(李四陶醉状)那景象,
是不是美透了。

李　四　(回到常态)美! 挺美!

张　三　咱们想想都美,别说野猪那心里得有多美了。人心情好了
不生病,野猪心情好了是不是就肉长得健康呀,再加上咱们
和高科技联合,为每位顾客量身定制适合的猪肉,是不是
特好?

李　四　是这理。

张　三　这么好的肉,那能卖得便宜吗?

李　四　不能。

张　三　是啊,咱们就说养 1000 头猪吧,一头猪 200 斤,一斤肉卖 100 块,这不又是 2000 万?

李　四　是这个账。

张　三　可现在,您和我说什么 1000 万,那就是现在得把这林子砍了,这些小猪宝宝,大过年的,也无家可归,这不跟喜儿似的。您,可不是那黄世仁哪。

李　四　你也不是杨白劳呀。

张　三　(旁白)我打哪儿积的德去给猪当爹呀。(对李四)我的哥哥呀,您要是想要这 1000 万,我明天大年二十九就去砍树,大年三十一早我折价卖,到年三十晚上吃饺子前,我肯定能给您 100 万。

李　四　100 万?

张　三　货急压价,这不是做买卖的行情嘛!

李　四　这倒也是,那过完年后再说吧。

　　　　〔张三哭。

李　四　小三儿你哭啥?

张　三　我哭我那吃不饱穿不暖的猪宝宝呀,都是爹不好,没本事,让你们大过年的,连顿饺子都吃不上,只能把你们杀了做成火腿送人。

李　四　你怎么又成猪他爹了。

张　三　人家养猫养狗的,都是儿子呀、闺女的喊着,我这和猪打成一片,是我工作投入呀,这也是为您的投资负责。

李　四　你这工作精神挺好,就是这小猪听着怪可怜的。

张　三　何止可怜,还浪费心血啊。好不容易长到 100 斤,这会资金跟不上,吃得太多养不起了,只能杀,比养到 200 斤,白白损失 1000 万哪!

李　四　那可亏大了呀!

张　三　那有啥办法呢? 这年头,有眼光的人不多,都想一夜暴富挣快钱,像我这样传统的农业项目,投资不好拿,我也没办法呀。

李　四　唉,看你说的,有眼光的人也是有的。哎,要不我借给你 10 万块给猪过个年?

张　三　(旁白)就等您这句呢! (对李四)这怎么好意思呢? 四哥您这十年前借我的投资,我还没还您呢。再说,您不是存着定期嘛。

李　四　猪是大事,定期几个钱,咱不能因小失大。

张　三　您这眼光高! 长远! 我就佩服您这样的!

　　　　[李四拿出手机,转账。叮咚一声。张三收到转账信息。

张　三　哥哥,真是太谢谢您了。

　　　　[电视声音起,还有最后十组,还有最后十组,请有意购买的朋友抓紧打电话……

李　四　但这个投资项目错过也挺遗憾的,小三儿,反正我那利息已经没了,要不你再转点回来给我,小猪少吃两口苗条点也挺好。

张　三　哎哟,我那亲哥哥呀,这电视购物都是骗人的,都是假货!

李　四　不能吧,这可是电视上放的。

张　三　哎,我给您转几条朋友圈,您看看就明白了。这年头,只有咱们这种做实业的靠谱,其他呀,都不行!

李 四 是吗？

张 三 是呀。哎，哥哥，我这还有点事，我先走了，我还得赶紧给猪
买食呢。大年初一，我再带着咱家猪娃娃们给您拜年！别
忘了我给您说的咱们黑科技野猪肉的特别吃法！

李 四 我记着呢，旋下肉，切成碎丁子，再用鸡油炸！

张 三 您脑子可真好使！拜拜嘞您呐！

〔张三出李四家，下。

张 三 (边下边说)我这好大哥，又借我 10 万块！拿什么还？到时
候树烧了，猪跑了，自然力无法抗拒的灾祸，不用还！这 10
万块呀，我买彩票去喽！朋友们，再见！

〔张三向台下观众挥手，欢乐地下。

〔剧终。

流浪狗

时　间　清晨

地　点　县城的自建房小院门口。

人　物　张　三　男,30 多岁,闲人。
　　　　来　人　男,30 多岁,闲人。

〔张三提着篮子,打开院门,看到门口有条很小的脏兮兮的
流浪狗,狗冲它微叫两声,他冲狗凶了两声,狗呜咽的服从
声。张三把狗拴起来。

张 三 算你识趣。一条流浪狗,还想凶? 你知道混得最惨的人被
称作什么吗? 就是流浪狗。你难道不知道自己身处在这个
社会的最底层? 你的叫想表明什么呢? 你所做的一切都是

没有意义的。如果,我是说如果,你是一条富贵人家的狗,也许你的叫会换来一顿美食,或者一场夸奖。而你的叫在我这里,只能换来呵斥。你,看着我做什么?你有什么不满意的吗?或许我应该让你满意满意?

　　[张三踢狗。

张　三　哎呀,你还敢咬我!(踢踹狗)

　　[来人上。

来　人　别踢了!

张　三　你是谁?

来　人　我是谁不重要,重要的是你不要再踢这条狗了。

张　三　这条狗和你有什么关系吗?你和我又有什么关系吗?

来　人　我不需要和你有关系,我也不需要和这条狗有关系。但因为你殴打它,所以,我认为这条狗是我曾经丢失的那条狗。我现在,要把它从你身边带走。

张　三　呵呵。你想带走它?没有问题。可它刚刚咬了我,作为主人,你难道不需要付出一些代价?

来　人　代价?

张　三　它咬了我,我要打针,听说需要 500 块。这是常识,你有什么不清楚的吗?

来　人　你说它咬了你,证据呢?

张　三　(撩裤脚)你看。

来　人　看哪里?

张　三　看这里。

来　人　这里什么也没有。

张　三　有的。(继续示意)

来　人　如果你坚持说有，那么，可能确实是破了一点点皮。

张　三　所以，你要带我去打破伤风的针。

来　人　只是破了这一点点，你用水冲一下，也就好了。

张　三　你的狗，咬了我，你让我用水冲一下。你确定吗？天知道你的狗在外流浪了多久，遇到过什么样的其他狗，有没有传染细菌、病毒。反正天哪，它现在看起来，可是真够肮脏的，就像一个小型的抹布。连它的眼睛长什么样都看不清了。你必须带我打针。

来　人　如果你再让我看一下（来人看狗）我觉得我可能看错了，这可能不是我的那条狗。也许我根本没有一条狗。很遗憾你被一条狗咬到，我能给你的，仅仅是我的祝福，祝你伤口早日痊愈。再见。

　　　　〔张三折磨狗，狗的呜咽声。来人下，快到下台口处，来人抬头，看到告示。

来　人　寻找我家爱犬，有寻到者感谢 1000 元。看这个告示的狗，很像我刚才看到的那只。打针只需要 500 块，也就是说，我拿到这条狗，我还可以赚到 500 块。很好。（来人折返，对张三）对不起。

张　三　对不起？对不起什么。

来　人　对不起我不该不承认这条狗是我的。

张　三　你不是已经说了它不是你的。

来　人　那只是一种说法。

张　三　那你现在想说什么。

来　人　我带你去打针，你把我的狗还给我。

张　三　还给你？

来　人　是的。

张　三　我可以还给你。

来　人　那我们去打针吧。

张　三　可以，前提是你给我 1000 元。

来　人　1000 元？你刚才说过了是 500 元。

张　三　那仅仅是打针。

来　人　那不就够了么？

张　三　怎么会够呢？（指指菜篮子）我本来是要去买菜的，招待一
　　　　位很重要的客人，那位客人有多重要，我不需要向你形容，
　　　　你只需要知道他对我很重要就是了。现在的医院，如果我
　　　　去打针，我需要排很久的队，也许会耽误我招待这位客人。

来　人　你可以改天打。

张　三　你知道我有多久没有被狗咬过了么？它的撕咬对我造成了
　　　　惊吓。

来　人　明明只破了一点点皮，没有你形容的那么严重。

张　三　被咬的人不是你，我的皮肉和我精神受到的损伤，都需要负
　　　　责。总之，你给我 1000 元，这条抹布一样的小狗，就可以属
　　　　于你。

来　人　1000 元？不，不可能，如果需要 1000 元，这条狗对于我来说
　　　　毫无价值。

张　三　价值？你需要这条狗给你什么价值？这不是你的狗吗？难
　　　　道它对你的陪伴没有价值？

来　人　狗的陪伴当然是有价值的。我们经常会说狗是人类最好的
　　　　朋友，很多时候，你拥有一条狗，比交一个朋友强，但这不包
　　　　括所有的状况。我们经常也会因为一些原因抛弃一条狗。

比如搬家,新的房东不允许饲养,或者家里有人怀孕什么
的,我们都会抛弃它们,也许我们会难过,但是,那都是虚伪
的,你会因为房东不允许带小孩的房客入住就抛弃你的孩
子吗? 不会。而那条狗离开你,它的一生就完了。

张　三　天哪,你是疯了么? 给我 1000 元,可以把狗带走,很简单,
　　　　不要再多说什么了。

来　人　我是说,如果你执意要 1000 元,我就不要这条狗了。

张　三　你不是说,离开主人,这条狗的一生都完了么?

来　人　对,一生都完了。

张　三　1000 元。

来　人　不值得。

张　三　那么我对这条狗做什么,就是我的事了,也许我会把它煮成
　　　　一锅汤,用来招待我的客人。

来　人　请便。

　　　　〔张三继续欺负狗。来人下,快到下台口处,微信响,来人看
　　　　手机。幕外音:请大家帮转,今有一狗丢失,找到者酬金一
　　　　万元。

张　三　我就白白地被你咬了吗? 我开始的时候为什么不踢你踢重
　　　　一些,让你无力反抗我呢?

来　人　好像还是那条狗,酬金加码了,我应该去把它找回来。(回,
　　　　对张三)我可以答应你的要求。

张　三　你确定?

来　人　确定,不就是 1000 元吗? 1000 元和我们最好的朋友的幸福
　　　　比起来,又算得了什么呢?

张　三　你总算还有点良心。如果它真的是你的狗,其实我没必要

这么对它。它虽然像块抹布,但仔细看,还是有点可爱的。

你看。

[狗跑。

来　人　它跑了。

张　三　你快把1000元给我。

来　人　我没有1000元。

[来人跑。张三追。未果。张三回到台上。

张　三　看,我一大早,就被一条狗咬,还被一个人骚扰,这真是太讨厌了。现在都几点钟了,菜市场新鲜的蔬菜已经没有了。我的客人该怎么办呢?

[张拿起菜篮子,并拿出手机看时间。微信响。请大家帮转,今有一狗丢失,找到者酬金1万元。

张　三　原来那条野狗值1万元哪,真是个惹人疼的小宝贝,我要去把它找回来,给它好好梳洗梳洗,送回那富贵的人家。

[张三扔了菜篮,寻找状下场。

[剧终。

借　米

时　间　1949年前。夜晚

地　点　李老爷家

人　物　张　三　男,15岁,贫苦少年

张　母　女,40多岁,贫苦农妇

门　房　男,60多岁,势利

李老爷　男,50多岁,财主,为富不仁

〔场上一桌两椅。门为虚拟。张母拉张三上场,到李老爷门前。张母整整头发,理理衣服,又给张三整了整。叩门。无人应门。

张　三　娘,我们回去吧。

　　　　〔张母不睬张三。继续叩门。张三拉母亲衣服。

张　三　娘,我们回去吧。我不读书了。

张　母　不要乱讲!(加大力度,继续叩门)

张　三　(拉母亲衣服)娘!

　　　　〔幕外传来门房声音。

门　房　哪个夜晚还来敲门!

张　母　我呀,我们是李老爷的亲戚,来拜访他老人家。

　　　　〔幕外传来门房声音。

门　房　亲戚呀,哪个亲戚?

　　　　〔门房披衣服上场,开门。

门　房　(上下打量张三母子二人,看到对方衣着寒酸,不屑地)你们是李老爷的亲戚?

张　母　是的,我的爷爷和李老爷的爷爷,是堂兄弟来着。

门　房　爷爷是堂兄弟,轮到你可是出了五服?

张　母　还是亲戚,打断骨头连着筋的亲戚哪。

门　房　所来何事?

张　母　(犹豫地)所来……所来总是有事。

门　房　我家老爷可是忙得很,你不讲清楚,我怎么去回?

张　母　我见了李老爷,当面诉说便是。

门　房　(不屑地打量)呵呵,你们这样的,我见得多了。无事不登三宝殿,可是借钱?可是办事?你就说吧。

张　母	我,我确实是来借东西的。不过,不是借钱,是借米。
门　房	哟,那还不是一回事。
张　母	不,不是一回事。我们自己日子勉强还过得,只是眼下我这儿子读书,要交五斗米的学费。他爹得了肺痨死了,还有一个弟弟和妹妹,眼下家里确实凑不出这五斗米来。想请李老爷看在亲戚的分上,帮帮忙。今天麻烦您老人家,通报一下李老爷。
门　房	(阴险地)李老爷今天忙了一天,这会儿,怕是睡了。
张　三	(小声地)娘!
张　母	(充耳不闻状,对着门房哀求)今天拜托您老人家了!
门　房	(作态)李老爷睡了,我这会子去叫他,怕不是要挨骂? 你是好了,我不就坏了?
张　母	(猛然醒悟,拔下头上铜簪,往门房手里塞)大爷您看,我们也没什么谢您的,打扰您真是不好意思,这个铜簪,当初也是集上一吊钱买的,如今虽然戴了些日子,给您换两杯水酒解解乏还不成问题,叨扰您了。
门　房	(推)我要你这个做什么!
张　母	大爷,我们夜晚来打扰您实在抱歉,还是请您笑纳吧。
门　房	你叫哪个大爷哟,我看着也就比你大个二十多岁吧。
张　母	(慌忙改口)大哥,大哥帮帮忙!
门　房	(半推半就地接过铜簪,还在张母手上摸了一把)妹子既然开口,我就去试试,不过,李老爷要是睡得熟,我也没得办法哟。
张　母	劳大哥费心!
门　房	(边下场边说)这小娘们手倒还嫩,可惜哟,命不好。就让她

继续命不好吧。李老爷,我才不去叫。为啥不叫?不是废
话吗,最近老爷烦得很,我还给李老爷带个讨钱的去,不是
找骂?哈哈!(得意地下)

　　〔母子二人等待。更鼓声。

张　母　这个门房,怎么还不来叫?

张　三　娘,怕是李老爷熟睡了吧。

张　母　这才什么时候,再等等,也许是忙着其他事情也未可知。

张　三　娘!我们走吧!我回去帮您种田,我不读书了!

张　母　休得胡说!你讲这样子打退堂鼓的话,可对得起我和你
　　　　父亲?

张　三　母亲呀!

　　　　(唱)自古生儿为防老,

　　　　　　　张三无能难尽孝。

　　　　　　　孩儿我读书整八年,

　　　　　　　八年来家中日月难度过。

　　　　　　　为读书弟妹无钱着新袍,

　　　　　　　为读书老母亲愁白头发累弯了腰。

　　　　　　　乌鸦反哺跪乳羊羔,

　　　　　　　我却是报答无望心煎熬。

　　　　　　　看今夜风急月又高,

　　　　　　　老母亲求人受冷嘲,

　　　　　　　只怕是豪门深宅人无望,

　　　　　　　我不如弃文务农一了百了。

　　　　〔张母一个耳光打过来,张三惊愕。

张　母　你以为不读书就能报答我们么?不读书,你就一辈子只能

像我和你爹一样,土里刨食,看人脸色! 现如今,你已经读
了八年,现在不读,你对得起我和你爹,你弟弟妹妹这些年
为你受的苦吗?!

张　三　　娘……孩儿,是不忍心看您再受罪呀!

张　母　　我的儿呀!

　　　　　(唱)十几年娘为你东走西奔,

　　　　　　　十几年娘把儿捧在手心。

　　　　　　　你爹他临去世不肯闭眼,

　　　　　　　他嘱我给你读书托付情深。

　　　　　　　你若是言放弃辜负为娘,

　　　　　　　更辜负你弟妹熬煎牺牲。

　　　　　　　你休学只道是解贫济困,

　　　　　　　却不知全家人会潦倒终身。

　　　　　　　娘知道你为娘痛彻心扉,

　　　　　　　娘求人也是锥锥刺心。

　　　　　　　可穷人家谁没有三灾八难,

　　　　　　　穷人家谁不是苦难缠身。

　　　　　　　儿呀儿,人读书才能有盼头,

　　　　　　　儿呀儿,不放弃你才能报恩。

　　　　　　　儿呀儿,拉住娘的手,莫伤娘的心,

　　　　　　　我的儿定能为亲人搏得个云开月明。

张　三　　娘! 我错了! 我要好好读书报答您!

　　　　　[张母抱住张三的肩,母子相拥。停顿。

张　三　　娘,那个大爷,该来了吧?

张　母　　那个老东西,不来,我们就自己进! 今天,娘一定要给你借

823

到五斗米读书!

张　三　嗯!

　　　　　〔张母左推大门,不开,右推大门,不开。

张　母　不信今天进不去了!

　　　　　〔张母砸门。门房幕外音。

门　房　哪个哟?

　　　　　〔张母不睬,继续砸门。门房出。开门。

门　房　哎哟,你砸门做什么? 李老爷睡下了。

张　母　睡不睡的,你也给个回话。

门　房　(生气地)你们这点小事,也值得打扰老爷?

　　　　　〔张母不语,拉张三闯门,门房拦,未果。母子进门。圆场。
　　　　　李老爷上,坐椅子,翻账本,写字。

李老爷　最近租子也不好收,听说,来了什么红军,泥腿子们也不安
　　　　　分了!

　　　　　〔母子闯入。门房追上。

张　母　表哥!

李老爷　(抬头,疑惑地)你是?

门　房　李老爷,这妇人,说她的爷爷和您的爷爷,是堂兄弟,今天,
　　　　　来问您借米来了!

李老爷　哦? 借米?

张　母　李老爷呀,我的爷爷和您的爷爷,是堂兄弟,细论起来,还是
　　　　　没出五服的亲人。眼下孩子爹没有了,孩子又要读书,要交
　　　　　五斗米的学费,实在没办法,只好来叨扰您老人家。

李老爷　哦。(对门房)你先退下。

门　房　是的,老爷。

李老爷　（对门房暗暗给脸色）狗东西，连个门都看不住，狗都不如！

门　房　（唯唯诺诺地）是的，老爷。（下）

李老爷　可是你要读书？

　　　　〔张三沉默。张母捅张三。

张　母　（小声地）老爷问你话呢，快答！

张　三　是的，老爷。

李老爷　《大学》《中庸》可曾读过？

张　三　也曾读过。

李老爷　"欲治其国者，先齐其家。欲齐其家者，先修其身。欲修其身者，先正其心。欲正其心者，先诚其意。欲诚其意者，先致其知"的意思，你懂吗？

张　三　先生说，这段话的意思是，要想治理好自己的国家，先要管理好自己的家庭和家族。要想管理好自己的家庭和家族，先要修养自身的品性。要想修养自身的品性，先要端正自己的心思。要想端正自己的心思，先要使自己的意念真诚。要想使自己的意念真诚，先要使自己获得知识。

李老爷　哦，你果然也是读过些书。那辛弃疾的《清平乐·村居》，可曾背过？

张　三　也曾背过。

李老爷　背来听听。

张　三　"茅檐低小，溪上青青草。醉里吴音相媚好，白发谁家翁媪？大儿锄豆溪东，中儿正织鸡笼。最喜小儿无赖，溪头卧剥莲蓬。"

李老爷　背得好！格物方能致知。如今，你家中既是贫困，你书读得也不算少了。村居生活又是这般田园，你不妨回去帮你母亲耕作，也不失为美事一桩。

张　三　这……

张　母　（抢话）李老爷！堂哥！俺不懂您说的格子柜子，俺就是想
　　　　让俺儿再念书，日后，也好多谋些出路。

李老爷　耕读传家，乃是大道。你是不懂，让你儿子带你回去，慢慢
　　　　讲给你听。

张　母　表哥！你就帮帮你外甥吧。

李老爷　这位大姐，我叫李敬贤。你说你叫我表哥，可能也是有的，
　　　　但攀亲的人多，我一时，也想不起了！我还有事要与人同
　　　　商，你看……

张　母　李老爷，您忘了！我们二十年前还见过一面！
　　　　（唱）我祖父也曾经济世悬堂，

　　　　　　　救乡邻治病患广施药汤。

　　　　　　　想当年您祖上重疾难愈，

　　　　　　　无钱医我祖父出手相帮。

　　　　　　　现如今我有难无处可商，

　　　　　　　望老爷念旧情大德弘扬。

　　　　　　求，求您看在咱们长辈的面上……

李老爷　你说的，我不记得，就算是有吧，咱们老祖宗说的也是父债
　　　　子还，这事，和我有干系吗？

张　母　老爷（情急）老爷我们今天借您五斗米，来日，来日还您十斗
　　　　就是！

张　三　娘！

李老爷　哦？十斗？

张　母　十斗，十斗还不成么？

826

〔李老爷抖抖手中账本。

李老爷　（唱）小小账簿现乾坤，

　　　　　　　一借一还学问深。

　　　　　　　五斗借来还五石，

　　　　　　　是好借好还亲戚们常来常往亲又亲。

　　　　　　　我这是雪中送炭思报恩，

　　　　　　　我这是行善积德泽儿孙。

　　　　　　　你画上押儿领米去，

　　　　　　　五石送还来年春。

张　母　天哪！这可是十倍呀！

李老爷　不如此，怎么我如今就有这深宅大院？你这大夫之后，怎么
　　　　到了今日，就来找我借米了呢？修身治国平天下，人生事
　　　　事，都要考量，方是道理。

张　母　李老爷！您就不能宽容宽容？看在亲戚的分上！

　　　　〔李老爷笑而不答。

张　母　老爷！（欲下跪）

张　三　娘！（一把拉住母亲）李敬贤啊李敬贤！你哪里配得起贤字
　　　　啊！读书若是读成你这样，我是再也不要读了！（呵斥状）
　　　　（唱）常言道莫使金钱误子弟，

　　　　　　　长留书泽诒儿孙。

　　　　　　　济困扶危为侠士，

　　　　　　　恃强凌弱是劣绅。

　　　　　　　你是行事刁毒人心狠，

　　　　　　　枉读诗书欺众人。

　　　　　　　惶惶世界百姓苦，

唯有革命万民欣。

若不是李老爷你今日醍醐灌我醒，

我还是浑浑噩噩理不明。

听说不远有红军，

扶危救弱我们劳苦人，

他们说，打破万恶的旧社会，

巍巍中华迎新生！

从此后，我不读八股从军去，

为千万万劳苦大众鸣不平，

打碎旧牢笼创造新天地，

那时候草履归家报乡亲！

李老爷　（颤抖地）你！

张　三　呸！（拉母亲）我们走！（下）

〔李老爷瑟瑟发抖状。

〔剧终。

万字剧

儿童剧·大丁和他的小伙伴们

时　间　当代

地　点　某城市

人　物　大丁、小丁、皮皮、美婷、阿龙、彬彬、丁爸、丁妈、龙妈、皮妈、
中年妇女、青年甲、青年乙、老人、流浪儿

序幕　上学啦

[暗场,追光打在简陋的小床上。

小　丁　哥哥,你睡着了吗?

大　丁　没有。

小　丁　为什么你睡不着?

大　丁　你不是正在和我说话吗?

小　丁　为什么你明天要上学我会睡不着呢?

大　丁　因为你也想上学了吧。

小　丁　是啊,在城里学校读书不知道是什么样呢,一定很有意思。

[天幕亮,背景是小学校园。小丁从床上爬起。看着天幕。

小　丁　哥哥,你看! 你看他们有好高的楼,还有那么大的操场。比
你以前在村里的学校大多了!

大　丁　那是啊,郑州可是省会!

小　丁	他们好多人在踢足球！
大　丁	以后哥哥也带你去踢！
小　丁	他们为什么把汉堡包吃了几口就扔了？
大　丁	因为他们不想吃了呗。
小　丁	汉堡包都不想吃啊……
大　丁	是啊。

　　　　　〔小丁带着羡慕的神色回到床上。

小　丁	哥哥，我也好想去上学。
大　丁	明年你就可以去了。
小　丁	那你明天回来跟我讲学校的事啊。
大　丁	这还用说？

　　　　　〔幕外传来咳嗽声。

大　丁	小丁快睡吧，爸爸妈妈早上两点就要起床去菜市场进货了，别吵到他们。
小　丁	嗯！

　　　　　〔切光。

第一幕　开学第一天

　　　　　〔天幕背景，校园。舞台上放置若干课桌。一群小学生分别站在自己的课桌后。音乐起。众人唱跳。

众　人	（合）开学第一天，
皮　皮	（唱）一定很好玩。
美　婷	（唱）继续拿第一，
彬　彬	（唱）科学做实验。
阿　龙	（唱）打怪得升级，

（合）人人有心愿。

学年新开始，

一起再向前。

阿　龙　喂，小伙伴们，你们暑假都去哪玩啦？

美　婷　我去北京了，妈妈带我去参观了北大和清华。那里啊，绿树
　　　　成荫，古老的建筑和现代教学楼相得益彰，让人感受到知识
　　　　和历史的一脉相承……

　　　　〔皮皮趴在课桌上打瞌睡。

阿　龙　得了，美婷大班长，知道您得过全国小学生作文竞赛一等
　　　　奖，也不用动不动就拽文吧。

美　婷　阿龙！和你这没文化的人没法沟通！你就知道打电脑
　　　　游戏！

阿　龙　术业有专攻啊，亲。

彬　彬　（扶了扶眼镜）美婷班长，你去清华有没有见到很多科学家？

美　婷　科学家？那倒没有，不过我见了很多大哥哥大姐姐，他们和
　　　　你一样，都戴眼镜！

　　　　〔阿龙去抢彬彬的眼镜给自己戴上。

阿　龙　戴了眼镜就是清华大学的啊，那我现在也是！

彬　彬　眼镜还我！

　　　　〔彬彬抢眼镜，阿龙躲。

阿　龙　我是清华的！你是哪里来的毛贼！敢抢我眼镜！

彬　彬　我的眼镜！还我眼镜！还我眼镜！

阿　龙　不给不给不给！

彬　彬　还给我！

阿　龙　不给！

［皮皮惊醒，猛地站起。

皮　皮　哎呀吵死了！

阿　龙　(不耐烦地)怎么了,吵到你旅行家皮皮梦里环游宇宙了？

皮　皮　倒时差你懂不懂,我刚和我爸爸从南极回来,时差 12 个小
　　　　时呢！

阿　龙　哎哟,你又去南极了！

　　　　［彬彬跳起,一把夺过眼镜,掸掸灰,戴上。

皮　皮　(骄傲地)那可不！

阿　龙　(言语酸刻地)去年你不是和你爸爸去肯尼亚看野生动物大
　　　　迁徙了吗？ 今年又去南极,你爸爸也太有本事了,带你去那
　　　　么多地方。

皮　皮　是啊,我爸爸是地质学家,去了全世界好多地方呢！

阿　龙　地质学家干吗要周游世界。

美　婷　地质学家当然要周游世界,不然怎么知道各个地方的地质
　　　　不一样呢。 对了皮皮,你不是说再去哪儿旅游都给我们寄
　　　　明信片吗,那你去南极有没有给我们寄明信片啊！

皮　皮　(迟疑地)嗯……

阿　龙　哪有什么明信片,皮皮就爱吹牛！

皮　皮　(激动地)当然有！ 别你自己没见过的别人就也没见过！

阿　龙　我倒是想见见你的爸爸,他去了那么多地方,应该是个大人
　　　　物啊,什么时候让我们见识见识？

彬　彬　对啊,好想见识皮皮的爸爸呢,地质学家也是科学家的
　　　　一种。

皮　皮　我爸爸可不止是个科学家……

　　　　［铃声响起。钟老师带大丁走进教室。

美　婷　嘘！老师来了！

钟老师　同学们好，我是你们新学年的班主任钟老师，这位呢，是我
　　　　们的新同学大丁。来，大丁，向大家介绍一下自己。

大　丁　(拘谨地)同学们好，我叫大丁，很高兴认识大家。

钟老师　(鼓励地)再多说点。

大　丁　很……高兴认识大家，我叫大丁。

　　　　〔同学们悄悄捂嘴笑。

钟老师　再多说点嘛。

大　丁　(手足无措地)我……我……

钟老师　(无奈地)你去座位吧。

　　　　〔大丁去座位。

钟老师　大丁同学今天第一天来学校可能有点紧张，我今天也第一
　　　　次见到同学们，我就不紧张嘛，其实我也刚当老师不久，同
　　　　学们不要只把我当作老师哦，我就像你们的大姐姐，有什么
　　　　事情都可以交流的。好了，我们来上第一课。

　　　　〔钟老师转身板书。

阿　龙　(悄悄地和大丁)噗呲噗呲，噗呲噗呲……(见大丁没有反
　　　　应)，喂，叫你呢，你哪来的？

彬　彬　(不高兴地)上课呢！

　　　　〔大龙翻了个白眼。钟老师转身，对着彬彬。

钟老师　同学们，课上要保持安静，这个就不用我再说吧。

　　　　〔阿龙得意地笑了，彬彬很不开心。皮皮趴在桌子上睡觉。
　　　　暗场，追光打在皮皮身上。

　　　　〔皮皮的梦。

皮　皮　(站起来)爸爸，爸爸，你在哪儿啊。

［舞台后侧，追光。皮皮的爸爸。

皮　爸　皮皮，我的好孩子，爸爸在这儿呢！

皮　皮　爸爸，你从南极回来的时候给我带明信片好吗？他们都说我是骗人的，说我没有和您去过南极，没有去过非洲。可我明明和您一起去过的啊，在非洲您让我骑了鸵鸟！在南极您还让我抱了一只小企鹅！

皮　爸　不知者不为罪，他们没有去过，你也不用计较。等爸爸回来的时候，给你带一只企鹅，让你带到学校，给所有不相信的同学都看看，到那时候，他们就会认识到自己的错误了。

皮　皮　（开心地）嗯！带小企鹅回来！他们就会相信了！

　　　　［灯亮，孩子们在皮皮的梦中歌唱舞蹈。

　　　　（合唱）企鹅，长颈鹿，猩猩，还有那大象！

　　　　　　　　草原，沼泽塘，丛林，它们在飞翔！

　　　　　　　　什么，你说它们没有翅膀？

　　　　　　　　不对，不对，它们还小，

　　　　　　　　总有一天梦想成真如愿以偿。

　　　　［铃声响，灯暗，追光在皮皮身上，皮皮醒。

皮　皮　呀，下课了！

　　　　［灯亮，钟老师站在皮皮桌前。

钟老师　皮皮同学，开学第一天你就上课睡觉，也太不给我面子了吧。

皮　皮　（不好意思地）钟老师，对不起，我不是故意的。

阿　龙　她就爱睡觉！

皮　皮　你！

钟老师　好了好了，该领课间加餐了，阿龙，你和美婷班长去食堂把咱们班的加餐领回来吧。

美　婷　（犹豫地看了阿龙一眼,不情愿地)嗯!

阿　龙　怎么了,我阿龙打电脑游戏时杀魔除怪,网络人称西楚霸
　　　　王。在学校嘛(展示肌肉状),咱爷这块头,领个加餐,不是
　　　　小菜一碟嘛!

钟老师　好啊阿龙,你看你长这么结实,要是你领加餐领得好,以后
　　　　就你做咱们班劳动委员吧。

美　婷　钟老师,您让他当班干部啊?

阿　龙　对啊,我当班干部,不行啊? 班干部又不是你家开的。

美　婷　你说什么啊?

钟老师　美婷,你是班长,你要带头,把你当班干部的经验和其他同
　　　　学交流,不是很好吗?

彬　彬　钟老师,他们再不去,加餐就凉了。我妈妈说凉了的东西吃
　　　　了会胃疼的。

阿　龙　(小声地)娇气!

钟老师　那你们先去领加餐吧。

　　　　[阿龙和美婷下。钟老师走向大丁。

钟老师　大丁同学,今天第一天来学校,感觉还适应吗?

大　丁　嗯,挺好的。

钟老师　还有什么感受。

大　丁　都挺好的。

钟老师　嗯,对了,登记一下家庭住址吧,以后老师要去每个同学家
　　　　做家访的。

大　丁　家访?

钟老师　是啊,就是去每个同学家,和他的家人聊一聊。

大　丁　嗯,我们家是大河菜市场1排5号。

钟老师　你家就住在菜市场里?

大　丁　嗯……

钟老师　(自知失语地赶紧弥补)噢,那大丁的爸爸妈妈是菜老板啦。

大　丁　没有,店是我叔叔家开的。

钟老师　哦。(转身向皮皮)

钟老师　皮皮,来登记一下家庭住址吧,到时候钟老师去家访,可以
　　　　拜访到传说中的皮皮爸爸哟。

皮　皮　钟老师我肚子疼,我要去厕所!

　　　　〔皮皮拔腿就跑。

钟老师　这孩子! 彬彬同学,你来登记一下你的家庭住址。

彬　彬　好的。

　　　　〔彬彬登记家庭住址,美婷和阿龙上,发汉堡包。孩子们都
　　　　吃了起来,大丁拿到手里打开看了一下,没吃,小心地包好,
　　　　放在课桌里。

阿　龙　大丁,你也不爱吃学校的汉堡啊,这学校的汉堡可没味,比
　　　　肯德基差远了,要不咱们放学一起去吃肯德基?

大　丁　我这会儿不饿。

阿　龙　不爱吃没事。(说着走向字纸篓,把汉堡扔进去,拿上面废
　　　　纸盖好。)这么着就行了,老师发现不了。

　　　　〔大丁看了一眼字纸篓,没作声。灯暗。上大丁和小丁的小
　　　　床。追光打在小床上。

小　丁　哥哥,今天在学校好玩吗?

大　丁　好玩啊,学校的操场真的挺大的,同学们也都挺好的。他们

都挺厉害的。我们的班长得过全国作文竞赛一等奖,还有一个同学去了南极旅游。

小　丁　南极啊,太牛了吧。

大　丁　人家是城里的孩子嘛。

小　丁　有一天哥哥和我也会去南极玩的。

大　丁　可不嘛,哥哥要好好读书,弟弟也好好读书,以后我们读大学,大学毕业了就赚很多钱,给爸爸妈妈买房子,然后我们俩就去旅游!

小　丁　哥哥你去读大学,小丁我嘛,就和叔叔学习做生意,当老板,哥哥你看好不好。

大　丁　当然好呀,对了!(大丁从床下拿出两个汉堡)给! 吃汉堡!

小　丁　好几块钱一个呢,你哪来的啊。

大　丁　学校发的。

小　丁　一人俩?

大　丁　一人一个,有一个,(犹豫了一下)是同学给我的。

小　丁　你同学真好!(吃汉堡)

大　丁　(看了一下小丁手中的汉堡,夺过来交换)你吃这个!

小　丁　不一样吗?

大　丁　不……一样! 一样的!

小　丁　嗯!(吃汉堡)真好吃!

大　丁　好吃吧!

小　丁　好吃!

　　　　[音乐起。切光。

第二幕　节日要到啦

[教室里。

美　婷　同学们,交作业啦!

[彬彬第一个交作业。皮皮漫不经心地找作业本,大丁拿出作业本,被阿龙一把夺下,塞进课桌抽屉里。美婷走向大丁。

美　婷　大丁,你的作业。

大　丁　我……

阿　龙　我跟大丁对一下作业,一会交。

美　婷　你作业没写吧。

阿　龙　怎么没写。

美　婷　那你现在交作业啊。

阿　龙　我先对一下答案,万一错太多,气到钟老师怎么办?

美　婷　就你事多,那你快点,下了早读我要都收齐的。

阿　龙　(潇洒地)没问题!

[阿龙抄作业,大丁欲言又止。铃声响。钟老师走进教室。

钟老师　同学们好!

合　　　老师好!

钟老师　同学们,我们新学期已经开学一个月,马上就是国庆节了。我觉得呢,大家应该在国庆假期做一些有意义的事,你们说对不对?

合　　　对!

钟老师　所以国庆节的时候,钟老师希望大家都去好朋友家做客,把自己当作这个家庭的孩子,和别人的爸爸妈妈交流,感受一下不同的生活环境。爸爸妈妈们也可以对照看出和自己孩子之间的差异。这个事情我已经和你们的家长说过了,很多家长还是很支持的。那这些参加活动的同学呢,过完国庆节,每个人就可以交一篇精彩的日记了。

　　[彬彬举手。

钟老师　彬彬你有什么问题吗?

彬　彬　钟老师我能不参加吗?

钟老师　不参加? 为什么啊,你妈妈说你参加啊。

彬　彬　妈妈是那么说,可是我觉得,考试又不考这个,国庆节的时候我想自己在家好好学习!

钟老师　你也可以和小伙伴一起学习啊。

彬　彬　学习这个事情嘛,我觉得还是一个人比较好。

钟老师　你再思考一下,这个也是可以写一篇很有意思的日记的。那,其他同学呢,有什么想法吗?

　　[大丁犹犹豫豫地想要举手,被阿龙一把拽下。美婷和皮皮说话,皮皮为难的神色,最后点了点头。

阿　龙　(一边拽着大丁一边说)钟老师,大丁去我家!

钟老师　好啊! 阿龙今天很主动参加班级生活,很好!

美　婷　(举手)钟老师! 我和皮皮说好了! 我要去皮皮家!

钟老师　太好了,那么美婷同学就可以见到皮皮当地质学家的爸爸了!

　　[暗场,课桌撤下,只剩下椅子,充当公交车座。大丁、阿龙、彬彬走向公交车站牌。

大　丁　阿龙,我没带钱,我没法坐公交车。

阿　龙　好大点事,我让你去我家,还能让你出钱啊! 我还要让你赚钱呢!

大　丁　赚钱? 去你家怎么赚钱?

　　　　[阿龙趴在大丁耳朵边私语。

大　丁　不行不行! 我不能帮你写作业,你整天抄我作业就算了,我
　　　　还帮你写? 那可不行!

阿　龙　不是说了,写一次作业给你 10 块钱嘛!

大　丁　写作业这种事……

阿　龙　哎! 现在是商品社会了! 要资源互补。你看,你成绩好,我
　　　　呢,我有钱。大家共赢不是挺好的嘛。

大　丁　哎呀,你抄不就完了,我也不要你钱。写就算了。

阿　龙　(压低声音地)我观察你好久了,你没吃过肯德基吧,你要是
　　　　吃过你肯定不会去捡我扔掉的汉堡包。你不想吃肯德
　　　　基吗?

大　丁　(羞愤地)你! 你观察我干吗!

阿　龙　(拍拍大丁)总之啊,你帮我写一次作业,就可以买一个肯德
　　　　基的汉堡了,很划得来的。这种好事,可不是天天都有。以
　　　　前我的家教就帮我写作业,人家还是大学生呢。

大　丁　那你还让他帮你写呗。

阿　龙　也许吧,这学期我妈还没给我请到合适的家教。等找到了
　　　　再让他写,你先帮兄弟几天忙,好吧,别那么不够意思。一
　　　　会去我家,我教你打游戏!

大　丁　嗯,好吧。

　　　　[彬彬听到他们的谈话。

彬　彬　阿龙,你要大丁帮你写作业! 我要告诉钟老师!

阿　龙　好了,你彬彬,哪那么多事,我从来都不抄你的作业,你省省
　　　　吧,又不关你事。

彬　彬　你们这样不对!

阿　龙　(一把搂住大丁,对着彬彬)我们这是兄弟情谊! 你这种
　　　　书呆子,不懂的!

彬　彬　你说谁书呆子?

大　丁　哎呀,车来了车来了。

　　　　〔大家上车。一些成人也从幕后冲出来上车。

众　人　(念白)公交车,大家坐,

　　　　　　　想去哪,路线多。

　　　　　　　又环保,又绿色,

中年妇女　就是一点不太好,

众　人　怎么?

中年妇女　(念白)人山人海没法躲。

众　人　那可没办法啰!

中年妇女　哎呀,别挤! 别挤!

　　　　〔青年甲挤过妇女身边,青年乙偷妇女钱包。

青年甲　嫌挤,嫌挤你自己开车啊!

中年妇女　哎,你这人怎么说话的!

青年甲　说话? 我还画画呢!

中年妇女　没素质!

　　　　〔大丁、阿龙、彬彬看见青年乙偷钱包。

大　丁　哎,阿龙,你看!

彬　彬　有小偷!

阿　龙　毛贼!

阿　龙　(冲向青年乙)哎,你干什么呢?

青年乙　什么?

阿　龙	你这毛贼！你偷人家东西！
青年乙	你这小孩,胡说八道什么呢!
阿　龙	阿姨你看你的钱包还在不在!
	［中年妇女看包。
中年妇女	哎呀,我的钱包没了!你快把我钱包还给我。
青年甲	谁看见你钱包了?
中年妇女	啊呀,你们是一伙的!
	［周围人漠不关心状。
阿　龙	我看见了!我们都看见了!大丁!彬彬!你们看见没有!
大　丁	就是你偷了钱包!
	［彬彬不作声。
阿　龙	彬彬!你看见没有!
彬　彬	我,我……
青年甲	哎呀你们几个小兔崽子!
	［汽车报站到站,青年甲推了阿龙一把,阿龙撞了一下,青年甲和青年乙跑掉。中年妇女欲去追。车开。
老　人	破财消灾,这些人都穷凶极恶,还是妥善些好。
中年妇女	青天白日的,没有王法了吗?
老　人	话不是这么说,他们逼急了眼,你可是上有老下有小的。
众　人	是啊。
阿　龙	(对着彬彬)刚才你怎么不说他是小偷?
彬　彬	(低着头)我妈妈让我做到十不许:"不许打架,不许考试作弊,不许撒谎,不许去网吧,不许扶摔倒的老人,不许抓小偷……"

阿　龙　　你妈说的不对!

彬　彬　　不许你说我妈妈不对!

阿　龙　　你妈妈说的都是胆小鬼、懦夫的行为!

彬　彬　　你胡说八道!

　　　　　〔两人打架。众人拉开。

老　人　　现在这世界上的事啊,可真是说不好啦!

　　　　　〔切光。

第三幕　不能做朋友吗

　　　　　〔阿龙家。

阿　龙　　(开门)请进!

大　丁　　你家可真漂亮!

阿　龙　　还行吧。哎,你喝什么饮料? 可乐? 橙汁? 还是矿泉水?

大　丁　　都行。

阿　龙　　(神秘地)哎,要不我们喝点特别的吧。

　　　　　〔阿龙偷偷拿出两瓶啤酒。

大　丁　　啊,啤酒啊。

阿　龙　　是啊,德国原装进口黑啤,来一瓶吧!

　　　　　〔阿龙扔啤酒给大丁。

大　丁　　喝啤酒不大好吧,你还是给我可乐得了。

阿　龙　　你事还挺多。

　　　　　〔阿龙给大丁可乐,两人开饮料,碰杯。

合　　　　干!

　　　　　〔两个人开心地笑。

大　丁　　那你把作业本拿出来吧,我赶快给你写完回家,一会还得帮我家人干活呢。

阿　龙　急啥,不是说了,要在我家度过一天,然后写个体验日记吗?
　　　　来,我先教你打电子游戏,PSP,玩过吗?

大　丁　啥玩意?

阿　龙　就这个。

　　　　[阿龙打游戏,大丁看。保姆进屋。

保　姆　哎,阿龙,今天回来这么早啊。

　　　　[大丁欲打招呼,阿龙头也不抬地嗯了一声。

保　姆　你是阿龙的同学吧,你们一个班的吗?

　　　　[阿龙一摔游戏机。

阿　龙　哎呀吵死了! 害我没过关! 啰里吧唆干什么嘛,不是我同
　　　　学,还能是你同学?

保　姆　哟,看你这孩子,这么大脾气。

　　　　[保姆收拾房间,发现啤酒。

保　姆　阿龙,你喝啤酒了?

阿　龙　没啊。

保　姆　你同学啊,哎,小朋友,你叫什么名字?

大　丁　阿姨,我叫大丁。

保　姆　大丁? 我看你好面熟啊,你以前来过吗?

大　丁　没有,我这个学期刚转学到阿龙班上。

保　姆　转学,你以前哪个学校的?

大　丁　我以前是……

　　　　[阿龙阻止大丁。

阿　龙　我再教你玩"拳皇"吧! 喏,你看……

　　　　[阿龙和大丁玩游戏。阿龙妈回家。

阿　龙　妈,您回来了!（边说边藏啤酒）妈,这是我同学大丁。

龙　妈　嗯,你们今天放学挺早啊!

阿　龙　是,我和大丁回来写作业。我们老师让我们去同学家相互
做客,写日记。哎,妈,您今天回来得也挺早啊。

龙　妈　嗯。今天公司没什么事就先回来了。哎,以前没见过大
丁啊。

阿　龙　噢,大丁是我们班这学期刚转学过来的新同学。

龙　妈　哦,那大丁你以前是哪个学校的啊?

阿　龙　大丁成绩特好,刚来我们班月考就前十名!

龙　妈　是吗,那阿龙你可得和人家大丁好好学学。大丁,你父母是
做什么工作的? 是不是你回家他们教你啊。

大　丁　我爸妈做买卖的,教不了我。

龙　妈　那你请的哪的家教啊,好的话给我们阿龙也推荐一下呀。

大　丁　家教啊,没请过。

阿　龙　妈! 我们写作业去了!

龙　妈　行,你去吧。

〔阿龙和大丁桌边写作业。保姆和龙妈说话。

龙　妈　刘姐,这是你这个月工资,（龙妈数钱时掉了一张,两人都未
发现）,你数数。

〔保姆接钱数钱。

龙　妈　我平时忙,顾不上管阿龙,你在的时候,麻烦帮我多操点他
的心。以后啊,工资继续给你涨!

保　姆　那肯定的啊,阿龙这孩子,聪明得很呢,以后肯定有出息!

龙　妈　哎,这孩子就是太淘气,家教都换好几个了,成绩还是没
起色。

保　姆　（看了看阿龙和大丁，小声地）我看哪，阿龙是好孩子，就是别给人带坏了。

龙　妈　我看今天这个叫大丁的同学还挺老实。

保　姆　老实？您不知道，（保姆找出阿龙藏的啤酒），这也不知道今天是哪个孩子喝的。我也不好直说。

龙　妈　什么？他们还喝酒？

保　姆　不知道是谁，我觉得啊，八成是那个大丁，我一直看他特面熟，好像是菜市场里谁家的小孩，他们那边的孩子，没人管教的！

[龙妈看着啤酒瓶，沉吟了一会。

龙　妈　阿龙，你过来一下！

[阿龙起身走过。

阿　龙　怎么了老妈？

龙　妈　你那个同学啊，以后少让他上咱们家来。

阿　龙　为什么啊，他学习挺好的啊。

龙　妈　成绩是一方面，听说他家是卖菜的，你少和他玩。我和你爸爸到城里这么多年辛辛苦苦，为的是什么？还不是为了把你培养成个高级的、有品质的人，带你打高尔夫，学钢琴。你却跟个卖菜的混在一起，你想长大了干嘛？卖菜？

阿　龙　卖菜怎么了？卖菜不是挺好的吗？

龙　妈　你这小子不要油嘴滑舌，这啤酒是谁喝的？

阿　龙　我……

龙　妈　（生气地）嗯？

阿　龙　……我不知道……

龙　妈　什么不知道，就你和那卖菜的孩子，你俩谁喝的？

846

大　丁　阿姨我喝的。

龙　妈　你喝的?

大　丁　我们卖菜的就爱喝啤酒。

　　　　[龙妈有些尴尬。

龙　妈　我和阿龙一会要出去吃饭,你今天就先回去吧。

大　丁　好的阿姨。

　　　　[大丁去收拾书包。

阿　龙　妈!

龙　妈　一会再和你说。

　　　　[龙妈下场。阿龙看到地上掉的钱,捡起。

阿　龙　妈!

　　　　[无回应。

阿　龙　算了,给大丁做今天的劳务费好了。

　　　　[大丁收拾书包走向前。

大　丁　阿龙我走了。

阿　龙　大丁,你别不高兴啊,我妈她就那样,其实人挺好的。

大　丁　没关系的。

阿　龙　这是今天的劳务费。

大　丁　算了,我不要。

阿　龙　哎呀,你拿着吧。明天吃肯德基去,这是你劳动所得。

　　　　[大丁默默地接过钱。离开。阿龙看见龙妈的包。翻开,又

　　　　拿了100块。

阿　龙　不写作业就去网吧打游戏去!

　　　　[阿龙跑下场。暗场,追光。

大 丁　小丁,哥哥明天带你去吃肯德基好不好?

小 丁　好呀好呀,不过肯德基很贵的呢,爸爸妈妈不会舍得给我们吃的。

大 丁　哥哥今天去做家教了,赚了50块呢。

小 丁　哇,50块,哥哥你好厉害!

大 丁　嗯,那我们明天就去吃肯德基!

小 丁　哥哥真好!

　　　　〔切光。

第四幕　我的爸爸是海盗

　　　　〔皮皮家。美婷与皮皮上。

美　婷　呀,皮皮,你家有好多外国的小玩意啊。

皮　皮　是啊,看。坚定的锡兵。安徒生童话写过的,爸爸从丹麦给我寄的。

美　婷　皮皮爸爸真了不起,那,今天你爸爸在家吗?

皮　皮　嗯……他,他今天不在。

美　婷　喔。(拿起一个企鹅玩具),这个也是南极寄回来的吗?

皮　皮　当然啦,我爸爸全世界哪里都去过!

美　婷　好想见识一下皮皮的爸爸啊,嗯,那看看皮皮爸爸的照片吧。

皮　皮　照片啊,照片……照片在我妈妈那里,我这里没有。

　　　　〔美婷拿起一个小相框。

美　婷　哎,这个是你小时候吧,那这个是你爸爸啦。

皮　皮　嗯,是的。

美　婷　这是很久以前照的吧,你那时候是在上幼儿园吧。

皮　皮　（拿过照片）是的,幼儿园大班。是幼儿园运动会,我跳绳得
　　　　了第一,爸爸和我一起照的。

　　　　〔皮妈进屋。

皮　皮　妈妈你回来啦。

美　婷　阿姨好。

皮　妈　哟,皮皮的美婷班长来了啊。

美　婷　是啊,我们钟老师让我们去同学家做客,写体验日记。

皮　妈　那美婷从我们家感受到什么了啊。

美　婷　我感觉您这里像是一个童话的家,到处都是好玩的玩具、很
　　　　多很特别的东西。（拿起地球仪）您看,你家的地球仪上都
　　　　有很多标记呢。

皮　皮　那标记的都是我爸爸去过的地方!

　　　　〔皮妈略显尴尬地拿下地球仪。

皮　妈　美婷啊,今天特别不好意思,阿姨家一会要来人做客。今天
　　　　你要不要回去自己家吃饭,明天再来呢?

美　婷　那好的呀,我明天再来吧。

皮　皮　谁要来啊?

皮　妈　你陈叔叔。

皮　皮　（不高兴地）陈叔叔? 他怎么又来了,来了就一起吃饭好了。
　　　　这又没有什么的。

美　婷　我还是先回去好了。

皮　皮　（拉住美婷）你别走。

皮　妈　（沉吟了一下,又笑道）那你们先玩吧,我去做晚饭。

皮　皮　到我房间来吧。（趴在美婷耳朵边上,小声地）我房间里有
　　　　妖怪。

美　婷　什么？那不可能，世界上是没有妖怪的！

皮　皮　真的有！

　　　　　　[灯暗。

皮　皮　妖怪们，你们快出来吧！

　　　　　　[场上寂静一片。

皮　皮　快点出来啊。

　　　　　　[场上寂静一片。

皮　皮　哎呀，它们可能今天去妖怪委员会开会了，妖怪们很忙的。

美　婷　好吧。那我们玩点别的吧。

　　　　　　[美婷翻东西玩，皮皮趁其不备披起一个毯子裹住自己，拍
　　　　　　了一下美婷，美婷猛地回头。

美　婷　（吓了一跳地）啊！（发现是皮皮），哎呀皮皮你吓死人了！

皮　皮　我就是妖怪！我就是妖怪！

　　　　　　[两人边追逐打闹边斗嘴。

美　婷　你才不是妖怪！《西游记》里的妖怪都是男的，女的叫妖精！
　　　　你是女的！你是妖精！

皮　皮　妖精听起来一点儿也不厉害，你才是妖精，你才是妖精！

美　婷　你是妖精！

皮　皮　你是妖精！

　　　　　　[两人追累了坐下。灯亮。

皮　皮　其实啊，我爸爸不是地质学家。

美　婷　啊？

皮　皮　你别告诉别人，我就和你说。其实啊，我爸爸是海盗。

美　婷　海盗？不是吧。

皮　皮　我猜的。如果我爸爸真的是地质学家，他干吗不给我打电

话呢?

美　婷　可你不是说你和你爸爸去了好多地方。

皮　皮　我撒谎了。

美　婷　皮皮! 你怎么可以撒谎呢?

皮　皮　但是他寄回来的东西都是真的! 只是,只是我从幼儿园毕业以后就没再见过他。我想,他应该是个海盗,不方便回来吧。

美　婷　那,钟老师知道吗?

皮　皮　(严肃地)我想她是不知道的。她跟以前的班主任比,好像有点幼稚。

美　婷　她是新老师,和以前的老师比是有点不大一样。

皮　皮　你要帮我保密哦,这种事情不可以让钟老师知道,她不一定能接受。

美　婷　嗯,那你不告诉我不就完了。

皮　皮　是我好朋友,我不能一直瞒着你。还有,(左右看了看,小声地)一会要来的那个陈叔叔,我很讨厌他的,他老来找我妈妈,我想一会给他办个难看,叫他以后不要来找我妈妈,你要配合我啊。

美　婷　啊,怎么配合? 我不会哎。

　　　　〔皮皮趴在美婷耳边耳语。皮妈喊。

皮　妈　吃饭了!

皮　皮　(对美婷)就是这样!

美　婷　嗯!

　　　　〔皮皮、美婷走向餐桌。

皮　妈　再等一下陈叔叔,等他来就可以吃了。

皮　皮　等他干吗,我都饿死了!(用手拿菜吃),美婷你也吃!

美　婷　我……

皮　皮　哎呀,吃吧,特好吃,你不饿吗?(拿了块肉放美婷盘子里)。

　　　　〔美婷迟疑地。

皮　皮　吃啊!

美　婷　(犹犹豫豫地)那阿姨,我也先吃一口啦。

　　　　〔皮妈叹了口气。陈叔叔敲门。

皮　妈　哎,应该是你陈叔叔来了。

　　　　〔皮妈去开门。和陈叔叔低语,指了指孩子们,陈叔叔笑。

美　婷　这不大好吧。

皮　皮　怎么不好,挺好啊,我自己家,想怎么样就怎么样。

　　　　〔皮皮说着又拿起一块肉。陈叔叔上。

陈　叔　哎,皮皮啊,不好意思啊,我来晚了。看把皮皮等急了吧。

皮　皮　没事,什么时候来都行,我吃我的,你吃你的呗。

皮　妈　这孩子!

陈　叔　(笑,对着美婷说)哟,今天还有别的客人哪。

皮　皮　怎么,就许你来,不许别人来啊。

美　婷　(觉得有些尴尬)叔叔好,我是皮皮的同学,我叫美婷。

陈　叔　美婷啊,这名字挺好听的。女孩子就是起这种秀气的字
　　　　眼好。

皮　皮　怎么了,陈叔叔,我叫皮皮不好吗? 这是我爸爸给我起的名
　　　　字! 你没看过有个童话叫《长袜子皮皮》吗?

　　　　〔皮皮用手捅了捅美婷。

美　婷　是,皮皮爸爸可厉害了,他见多识广,什么都懂,还去了好多
　　　　地方,特别了不起。

陈　叔　你见过皮皮的爸爸啊。

美　婷　我……

皮　皮　当然见过了！我和美婷幼儿园就同学了。她见过的！

陈　叔　(笑)美婷，你哪个幼儿园的？

美　婷　小太阳幼儿园。

陈　叔　哎，皮皮，你不是金月亮幼儿园的吗？

皮　皮　(勃然大怒)你管我哪个幼儿园！我哪个幼儿园都和你没关系！你少来我们家！我不想再看见你！我爸爸马上就回来了！你少缠着我妈妈！

皮　妈　皮皮你够了！你爸爸不会回来了！

皮　皮　你说什么？

皮　妈　皮皮，你爸爸，你爸爸他已经不在了……

皮　皮　我知道爸爸不在家！

皮　妈　你爸爸，他……他已经不在这个世界上了……

　　　　〔皮皮妈哭。

皮　皮　你胡说！我爸爸刚还给我寄了礼物！

陈　叔　那是我买了寄给你的……

　　　　〔皮皮站起来。

皮　皮　不可能！

　　　　〔皮皮跑下，美婷追。切光。

第五幕　谁是小偷

　　　　〔大丁、小丁家。

丁　妈　哎，大丁小丁，快来吃饭了！

　　　　〔大丁、小丁上。

853

小　丁　妈妈我们不吃了。

丁　爸　怎么不吃了？

小　丁　我们在外面吃过了！

丁　爸　外面吃,你们哪来的钱？

小　丁　我哥给同学做家教挣的！

丁　爸　做家教？你挣了多少钱？

大　丁　50。

丁　爸　还有多少？拿出来。

　　　　〔大丁拿钱给丁爸。

丁　爸　怎么就剩10块了？

大　丁　我们吃掉了。

丁　爸　好啊你,两小子一顿吃那么多钱,你们好意思吗？我和你妈
　　　　起早贪黑一天守菜摊,一天也挣不来两50,你俩倒好,一顿
　　　　就吃没了！

　　　　〔丁爸欲打大丁。小丁护。

小　丁　爸爸爸爸,是我要吃肯德基的,我看电视上老放肯德基的广
　　　　告,我就想吃！

丁　爸　你想？你想的事多了！

　　　　〔丁爸打大丁。丁妈拦。

丁　妈　孩子他爸,算了算了,孩子难得吃一次,自己挣的钱,就
　　　　算了。

丁　爸　算了？你知道孩子他奶奶一个月在村里也花不了50块吗？
　　　　他俩一顿就吃小50,挣了钱也不告诉我们,还了得？

丁　妈　就这一次,就这一次……

　　　　〔龙妈和阿龙上。龙妈嫌恶地看了看四周。

854

龙　妈　有人吗?

丁　妈　不好意思,我们收摊了。

龙　妈　我不是来买菜的。

丁　妈　那您是?

龙　妈　阿龙,去看看这是不是你那个什么同学大丁家。

阿　龙　大丁! 大丁!

龙　爸　你找大丁干吗?

龙　妈　是这样的,昨天你儿子大丁去我们家玩,走了以后我们家就少了150块。我问是不是我儿子阿龙拿了,他说不是。我也不是在乎这150,我就是要知道这钱到底去哪了,这是品质问题!

小　丁　我哥没拿你家150! 我哥就拿了50块回家!

龙　妈　什么?

丁　爸　(对小丁)你闭嘴。(对龙妈)你们家的钱丢了,就只该在你们家找,你这会到我们这菜市场,我们只有烂菜叶子给你了。

龙　妈　你这人怎么这么没素质呢? 这是牵扯孩子品德问题的事情。你不管你儿子一辈子卖菜还是去偷去抢,我可在乎!

丁　爸　(贼笑)在乎? 在乎我儿子啊,你在乎我儿子干啥,又不是我跟你生的。

龙　妈　哎,(变河南话)去你奶奶的腿! 你这人狗嘴里吐不出个象牙!

丁　爸　噫噫噫! 我看你穿的恁洋气,我想你真是城里人呢,闹半天也是泥腿子上岸啊!

龙　妈　上梁不正下梁歪! 我看我家的钱指定是你儿子偷的! 阿

龙,咱们回去吧! 妈冤枉你了!

阿　龙　妈……

龙　妈　走!

　　　　[龙妈带阿龙下。

丁　爸　(勃然大怒,拿起棍子追打大丁)你小子,你反天了你! 你还敢偷人家的钱了! 我打不死你!

大　丁　爸,我没拿,我真没拿,是阿龙给我的!

丁　爸　给你的? 给你的人家刚才咋不说? 我打不死你!

　　　　[小丁拦住丁爸。

小　丁　哥! 快跑!

　　　　[大丁跑下。

　　　　[切光。

第六幕　公园里的孩子们

　　　　[美婷和皮皮在公园。飘雨。

美　婷　皮皮,回去吧,都开始下毛毛雨了。

皮　皮　我不回去!

美　婷　回去吧,你总得回去。

皮　皮　我恨他们! 我恨他们骗我!

美　婷　他们也不想伤害你吧。

皮　皮　难道现在这样就好吗?

美　婷　嗯,我也不知道该说什么了。

　　　　[安静。阿龙追大丁上。

阿　龙　哎呀大丁,你听我解释啊,这个事情是很复杂的!

大　丁　你别跟着我,我高攀不起和你城里孩子做朋友!

阿　龙　哎呀大丁,大丁!

美　婷　大丁?

皮　皮　哎,你们怎么也来这了?

大　丁　我不知道怎么回事! 你们让阿龙自己说!

阿　龙　这个事情真的很复杂。

　　　　　〔雨突然下大了。

阿　龙　哎,那边有个破屋子,我们去那边躲会雨吧。

　　　　　〔众人往破屋子走去。阿龙推门。

阿　龙　哎哟,这么黑! 这么臭!

　　　　　〔流浪儿惊醒,拿起棍子,挥舞。

流浪儿　滚,你们别想抢我地盘!

阿　龙　什么你的地盘! 你是谁!

　　　　　〔流浪儿和阿龙厮打。皮皮和美婷吓得惊声尖叫。

阿　龙　大丁! 大丁你来帮我啊,大丁!

　　　　　〔大丁帮助阿龙,把流浪儿按在地上。

阿　龙　你的地盘,没错。我们也不是来抢的。你看咱们是一路人
　　　　　吗? 我们就来躲会雨。雨停了就走,你别那么激动!

流浪儿　(被按在地上)去你妈的!

阿　龙　哎,你真别骂人啊!

流浪儿　你他妈的他妈的!

阿　龙　哎! 你别来劲! 大丁,找个什么东西把他捆起来!

　　　　　〔大丁想了想,开始解阿龙的鞋带。

阿　龙　哎,你抽我鞋带干吗? 噢,明白了。

　　　　　〔大丁用鞋带捆流浪儿的手。

阿　龙　(对着流浪儿)我们真没恶意,就躲雨。你这边坐一回。雨

停了我们就走。

美　婷　我们还是走吧，挺吓人的。

皮　皮　雨太大了吧。

阿　龙　等雨停再走没事，我们俩爷们在这呢。哎，你们俩怎么也在这？

皮　皮　你们俩怎么在这？

阿　龙　你先说！

皮　皮　你先说！

阿　龙　我先问你的！

大　丁　得了！阿龙家丢了钱，他妈说是我偷的，带着阿龙去我家，我爸就打我，我就跑了。

美　婷　是你偷的吗？

大　丁　当然不是！

阿　龙　哎，怪我，是我拿了我妈的钱。

大　丁　那你怎么不说，让我爸打我！

阿　龙　你看我妈，她其实也不容易，从小从老家出来打工，就想做城里人，过什么上流社会的生活，现在整天要求我会这个会那个，我一点兴趣都没有。要是钢琴没学会，倒学会偷了，我妈得多伤心啊。

大　丁　那你还偷！

阿　龙　我没偷，我是拿！我自己家的东西怎么是偷！再说她整天包里很多钱，我没事拿一点，她也没发现过。

大　丁　你少狡辩了！

美　婷　哎，阿龙，我觉得你还是应该把事情和你妈说清楚，不能让阿姨误会大丁啊。

阿　龙	嗯,这确实是我不对。大丁,你别生我气了。
	［大丁白了阿龙一眼。
阿　龙	哎,那皮皮你们俩呢?
皮　皮	我干吗要告诉你?
阿　龙	你干吗不告诉我?
皮　皮	我不想告诉你!
阿　龙	我想你告诉我!（阿龙做鬼脸）啦啦啦啦啦……
皮　皮	你!（大哭）
美　婷	阿龙你别这样! 皮皮的爸爸去世了!
阿　龙	啊,去世? 什么时候?
皮　皮	我不知道我不知道,我妈妈一直骗我,我爸爸没有去南极,
	他哪也没去,他不在了!
阿　龙	那你有那么多明信片呢!
皮　皮	那是别人寄的!
阿　龙	啊?
	［皮皮哭声愈大。
美　婷	你别再惹她了。
流浪儿	你们赶快回去吧。
阿　龙	哎呀,我们说了就待一会,你这人怎么这么小气啊? 这是公园的房子,又不是你家!
流浪儿	是啊,我没有家。你们有家,还不回去,干吗呢?
阿　龙	你家在哪?
流浪儿	我不知道我家在哪?
阿　龙	你总得是从个什么地方出来的。
流浪儿	我忘了。

阿　龙　家也能忘?

流浪儿　那是好几年前了,我爸爸妈妈进城打工,一年都没有回来,
　　　　我好想他们,村口有个人说能带我见爸爸妈妈,我就跟他走
　　　　了。可是路越走越不对,我就趁那个人不注意跑了。跑了
　　　　也不知道多少路,我也不知道现在怎么就在这了。

阿　龙　你遇上的可能是人贩子。

流浪儿　应该是吧。所以我就一直躲着那些大人们。

美　婷　那你去公安局吧,找警察叔叔,他们会帮你找到家的。

流浪儿　我忘了我的家在哪了。

皮　皮　你好好想想,肯定想得起来的,你家那里有山吗? 你们喜欢
　　　　吃米还是吃面?

流浪儿　有山,好像是喜欢吃米饭。哎呀,说得我饿了。

大　丁　我这还有个汉堡,(扔给流浪儿),本来是给我爸爸妈妈
　　　　吃的。

　　　　〔流浪儿吃汉堡。

流浪儿　真好吃!

阿　龙　你慢点!

皮　皮　等雨停了我们带你去公安局找警察叔叔去!

　　　　〔龙妈、皮妈、陈叔、丁爸上。

众家长　孩子们,你们在哪呢,孩子们! 孩子们!

众孩子　爸爸妈妈,我们在这呢!

　　　　〔皮妈抱过皮皮。

皮　妈　好孩子,有什么事情,咱们回家好好说。别乱跑。

众家长　咱们回家好好说,别乱跑。

阿　龙　妈,钱是我拿的,我以后不这样了!

龙	妈	你真个傻孩子!
大	丁	爸,对不起,我不该让您着急。
丁	爸	是我太急躁,太急躁!
皮	皮	妈妈,那边有个找不到家和爸爸妈妈的小朋友,我们帮他找到家好吗?
皮	妈	好啊,他在哪呢?

[流浪儿已经走了。众人没有找到。

| 皮 | 皮 | 我还不知道他叫什么名字呢…… |

[暗场。

尾　声

[教室。

钟老师	同学们,我们要放寒假了。国庆的时候,我给大家布置的体验日记很多。同学都写得很好哦,寒假我们再继续好不好?
众　人	好啊好啊!
彬　彬	美婷!我要去你家。
美　婷	你去我家干吗,你不是不参加这些不考试的事情吗?
彬　彬	你们的日记都写得好精彩啊,我不去就写不出来啊。
美　婷	那好吧,欢迎你到我家来!

[下课铃响起。孩子们歌唱舞蹈。

(合唱)企鹅,长颈鹿,猩猩,还有那大象!

草原,沼泽塘,丛林,它们在飞翔!

什么,你说它们没有翅膀?

不对,不对,它们还小,

总有一天梦想成真如愿以偿。

[剧终。

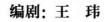编剧：王　玮

百字剧五则

"真假"夫妻

刚领了离婚证的夫妻俩，接到女儿班主任的电话，两人决定"假扮"夫妻去学校见孩子的老师，没想到孩子却找了一对夫妻"假扮"自己的父母。

许愿石

妻子经常做一个关于许愿石的梦，当妻子下决心去寻找这块石头的时候，竟出现了超能力，可以在现实与梦境中游走，但自己却忘记了曾经的"愿望"。

丁丁的旅行

小女孩丁丁不小心吃下了一个口香糖，竟跟着"口香糖"开始了一场身体之旅，在这趟旅行中，丁丁遇到了很多因挑食而变得奇奇怪怪的小伙伴——包子头、豆芽腿、可乐牙。

国王的酒杯

国王发布告,寻找一个月内能把受损的宫殿修好的人。三天后,布告被一个酒鬼撕下了。酒鬼在规定时间内完成了任务,国王送给酒鬼一个可以在全城任意酒馆免费喝酒的酒杯,可不到三天酒鬼因喝醉酒把酒杯给丢了。国王又送给酒鬼第二个酒杯,不到三天酒杯又丢了。国王决定把酒杯文在酒鬼的身上。一个月后,全城的人身上都文了一个可以免费喝酒的酒杯。

不速之客

一个孤僻的老头和暴躁的儿子生活在一起,一个年轻的女房客闯入了他们的生活,使得两人平淡枯燥的生活泛起了涟漪。可当父子俩先后向女孩"表白"后,女房客却成了这里的不速之客。

千字剧三则

借 钱

时　间　现代某天

地　点　李四家客厅

人　物　张　三　40岁,某公司老板

　　　　　李　四　41岁,初中语文老师

　　　　　王　红　38岁,李四妻子,某公司职员

[李四系着围裙,端着菜走进客厅。

李　四　(高兴地)十年前兄弟借钱,老婆不知道,十年后兄弟还钱,
　　　　老婆不在家,等她明天出差回来,十年前借出的10万元就
　　　　可以完璧归赵……

　　　　[门铃响了,李四急忙开门,见妻子王红拉着箱子站在门口。

李　四　(呆若木鸡地站在门口)你怎么回来了?

王　红　(推开李四)像个门神一样挡在门口干什么?

　　　　[王红发现桌上摆满了丰盛的菜肴,坐下正准备吃。

王　红　你怎么知道我提前回来了,还准备这么多好菜?

李　四　我怎么知道啊?

王　红　(放下筷子)这么说,这桌菜不是为我准备的?

李　四　(顾自想着自己的事)就是。

王　红　是我回来早了?

李　四　就是!

王　红　(拉过箱子)那我现在可以出去了?

李　四　就是!（突然反应过来)不是,不是……

　　　　　〔王红正欲发飙,门铃骤然响起。

王　红　我倒要看看你在等谁?

　　　　　〔王红打开门,见来人怀抱的礼物高高叠起把自己的脸都挡
　　　　　住了。

张　三　(踉跄着进屋)倒了,倒了……快帮我接一下。

李　四　(接过礼物)你看你,买这么多东西来干什么?

　　　　　〔王红见是浑身淋湿的张三,火气稍微熄灭了些。

　　　　　〔张三见王红拉着箱子站在门口。

张　三　嫂子,你这要出门啊?

王　红　(一时不知是该进还是该出)我,我……

李　四　(接过王红的箱子)她不是要出门,而是刚进门。

张　三　我今天就是来感谢你们夫妻俩的,你这个女主人怎么能不
　　　　在家呢?

王　红　(瞪着李四)可有人倒希望我不在家呢!

张　三　都老夫老妻了,别弄得像乌眼鸡一样。

李　四　说谁乌眼鸡呢? 我看你倒像个落汤鸡。

张　三　(不好意思地)这变天比翻书还快,你看这弄得……

王　红　(没好气地)要不怎么叫天有不测风云呢!

李　四　(把张三推进洗手间)去里面用干毛巾擦擦,小心感冒。（转
　　　　对王红,哀求地)老婆,这是我从小一起长大的兄弟,给我留
　　　　点面子嘛!

王　红　想要面子? 还里子呢? 我问你,是不是我回来早了?

李　四　不早不早，你也听到了，张三这人说话口无遮拦，我是怕他惹你生气。

王　红　（瞟了一眼张三拿来的一堆礼物）哟，还带了一只腊猪腿来，这张三也学会"送礼"了，真是士别三日，你当刮目相看了！

李　四　三岁看小七岁看老，变不到哪去。

　　　　〔说着，张三从洗手间走出，看着桌上丰盛的菜肴。

张　三　我怎么突然有种鸿门宴的感觉？

李　四　我既不是项羽，你也不是刘邦，哪来鸿门宴啊？

张　三　那为什么三人吃饭，只有两套餐具呢？

王　红　多余的人是我而不是你！你们先吃，我去拿碗筷。（转身进了厨房）

李　四　（与张三耳语）吃饭的时候千万别提还钱的事。

张　三　那借钱可以说吗？

李　四　借钱？

王　红　（走出厨房）现在什么都能借，就是不能借钱。

张　三　我觉得借钱倒是考验朋友的试金石。

王　红　只怕到时候是人财两空，钱没了，朋友也没了，就等着欲哭无泪吧！

李　四　（故意岔开话题）吃饭吃饭，吃饱了就不哭了，尝尝我做的泥鳅钻豆腐。

张　三　泥鳅在热汤中无处藏身而钻入冷豆腐，结果还是逃脱不了烹煮的命运。好似王允献貂蝉、巧使美人计一样。

王　红　吃个菜还吃出典故来了？

张　三　这个典故还是我跟李四第一次去田里抓泥鳅时他教我的呢。

王　红　（转对李四）看来你从小就有教书匠的潜质啊！

张　三　两个秀才谈书，两个屠夫谈猪，不过如此……

李　四　好你个张三，喝我的酒还打我的狗！

　　　　［李四把酒杯斟满，三人举起酒杯，酒杯碰在了一起。

张　三　（仰头一饮而尽）我这个人不太会说话，还请嫂子多担待。

王　红　（看着酒杯）等我把这杯喝下去，该多担待点的就是你了。

　　　　［王红似乎不胜酒力，刚一杯下肚脸上就泛起了红晕。

张　三　（为李四斟酒）我今天来首先是想谢谢二位十年前……

李　四　你又来了？ 都说过家人不言谢了，说错话了罚一杯！

张　三　好好好，我甘愿受罚。

　　　　［张三两杯下肚，说话已经有些舌头发直。

张　三　十年前……

李　四　（对张三直眨眼）你怎么老提十年的事啊？

王　红　你一提十年前，我倒想起十年前还借了 10 万元给李四的一
　　　　个穷亲戚。

张　三　（自语）十年前……借了 10 万……穷亲戚……

王　红　（气不打一处来）都说在一块石头上绊倒两次就是个糊涂
　　　　蛋，可这个李四在同一块石头上绊倒起码四次了，如再绊倒
　　　　应该叫什么"蛋"？

张　三　那就该叫"驴粪蛋"。

王　红　我看连驴粪蛋都称不上，驴粪蛋还图个表面光呢！

李　四　你有话不能好好说吗？

张　三　十万都没了，还能说出好话来吗？

王　红　（举起酒杯敬张三）理解万岁！

张　三　（自语）看来这么多年，他真多没有变。

王　红　谁说利息没有变？

张　三　(恍然)变了变了，10万如果放在银行，按三个月的存款利率2.6%来算，光利息那就是26000元，按六个月的存款利率2.8来算，光利息那就是28000，按一年的存款利率3%来算，光利息那就是30000元，按二年的存款利率3.5%来算，光利息那就是35000元，按三年的存款利率4%来算，光利息那就是40000元，如果按五年的存款利率4.25%来算，光利息就有42500元……

李　四　(打断)以前数学经常不及格，现在算起账来倒是分毫不差。

王　红　别提利息了，现在就连本金都没了。

张　三　这倒也不一定。

王　红　别做梦了！

李　四　(给王红夹菜)我看你真的醉了。

王　红　(把菜夹回李四碗里)你才醉了呢？我问你，这十年你那个穷亲戚有没有主动与你提过还钱的事？

李　四　好像没有。

王　红　那他有没有告诉你他这十年在做什么？

李　四　好像没有。

王　红　那当初有没有打借条？

张　三　好像也没有。

王　红　(瞥了张三一眼)我又没问你？

李　四　(嗔怪地)不知道，别瞎插嘴。

张　三　(发现桌上一盘菜，清蒸腊肉片)这还是李四最喜欢的菜。

王　红　一吃这道菜他就要跟我讲你们当年的故事，要不是你从后厨翻墙出来，天天给他送一口饭菜，他哪有今天。

李　四　(有些动容)我记得有一天你偷偷给我送了一块清蒸腊肉，你还告诉我这是"两头乌"的腊猪腿肉，那是我一辈子吃的最美味的佳肴。

张　三　都过去这么久了，没想到你还记得。

王　红　估计有一天他连我都忘了，都不会忘记这腊肉的味道。

张　三　他要是敢忘记嫂子，那真是连腊肉都不如了。

李　四　我看你们俩都开始说醉话了，还是给你们泡杯茶吧。

　　　　〔李四转身进厨房泡茶。

张　三　嫂子，你说如果我现在找李四借钱，他还会给我吗？

王　红　当然会。

张　三　真的一点没变？

王　红　这也是他最可爱的地方了。

张　三　那我可要试试略。

　　　　〔两人举起酒杯一饮而尽，忍俊不禁都笑了起来。

　　　　〔李四从厨房端出绿茶，放在二人面前。

　　　　〔张三与王红取过茶杯，都呷了一口。

张　三　(端起酒杯)兄弟，这一杯我必须敬你！

李　四　哪有你这样喝酒找醉的？一幅不醉不能尽意、不醉不能尽兴的样子。

王　红　我说李四，你可别敬酒不喝喝罚酒。

李　四　(嘀咕地)只要你不提钱的事，就是罚酒我也愿意喝。

张　三　那借钱呢？

　　　　〔李四刚喝进嘴里的一口酒，差点喷出来。

张　三　不多不少，就借 10 万。

李　四　10 万啊……

张　三　兄弟，你听我说，我给你算算利息……

王　红　他不是不借，而是没有！如果那位穷亲戚把 10 万还给我们，他肯定立马把钱借给你。

张　三　如果那位"穷亲戚"把 10 万还给你们，真的可以再借给我吗？

王　红　君子一言驷马难追！

李　四　可惜追上了也没用！

王　红　难道你真多变了？

李　四　我看是你变了，你难道真答应我借钱给他。

王　红　这……这要看你那穷亲戚还不还钱。

张　三　我就是十年前借 10 万的那个"穷亲戚"。

王　红　（瞪大了眼睛看着张三）是你？

李　四　你这身打扮，倒真有点像个"穷亲戚"。

张　三　我这是艰苦朴素。

李　四　人家有钱人穿成这样才叫艰苦朴素。

王　红　你不是试探，是真要借钱？

张　三　（掏出一张白金卡递给李四）卡里是 10 万本金，按五年以上的定期利率 4.90％来算，利息是 49000 元，还有借条都放在礼品盒里了。

王　红　这么说，你是有备而来？

李　四　（不解）你到底是来借钱？还是还钱？

王　红　我也是越听越糊涂了！

张　三　有借有还，再借不难嘛。

　　　　〔张三从包里拿出房产证、土地证、行驶证和一串钥匙……

张 三 只要你们愿意再借给我钱,我用这些当"担保"。

王 红 (捧着这些"证")用上百万"担保"来借 10 万,你是不是喝多了?

李 四 刚才还夸你算起账来分毫不差,这笔账好像就没算好。

张 三 我还钱是因为讲诚信,借钱是为了让你收下这些"担保"。我们全家马上都要去美国了,但我的"家"不能丢,起码得找个人帮我看房子吧?

李 四 哦,原来想让我当你家的看门狗啊!

张 三 (狗叫声的电话铃响起,接电话)到楼下了,好,我马上下来。

李 四 这么快就要走了? 还真有些舍不得。(说着,把那张银行卡塞进张三的手里)在家千日好,出门万事难。放心,我一定帮你看好这个"家"。

张 三 在生意场上摸爬滚打这么多年,谢谢今天让我相信,不是所有人都姓"钱"。(说罢,起身告辞离去)

　　〔王红打开装腊猪腿的礼盒,里面装的除了钱还有一张纸条。

李 四 (念)兄弟,这些钱是你十年前入股的本金加分红。真正的"家"不是一户房子,而是家里有你这位好兄弟。谢谢你,兄弟!

王 红 (翻开房产证)房地产权属人——李四!

　　〔李四和王红对视一眼,抱着房产证和腊猪腿的礼盒追出门去。

李 四 兄弟,别走……

　　〔剧终。

分 手

时　间　现代

地　点　医院病房

人　物　张　三　男,30岁,重病,想分手

李　四　女,30岁,张三的女友,想结婚

王　五　男,40岁,张三的病友,刚离婚

护士长　女,38岁,王五的妻子,刚离婚

[病房的走道上开始热闹起来,"打饭了,打饭时间到了……"

王　五　(缓慢起身,转过身便去打饭)今天你爱人好像迟到了吗?
不过,用不了多久你就会适应的。

张　三　(正色地)首先,她不是我的爱人是女友,其次,不许你说她坏
话!(拿起一个苹果向王五砸去,可苹果并没有飞出多远)
[护士长走进。

护士长　你们俩今天又是唱的哪一出啊?这一筐水果没看到你吃一
个,都被你当成子弹,用得差不多了。

张　三　护士长,我要换病房。

护士长　换病房?后面等床位的估计都排到半年后了,你们俩就珍
惜这两张床铺吧。如果再闹什么幺蛾子,你们可真要被赶
出病房了。

[刚打来稀饭的王五,一碗稀饭泼在了护士长身上。

护士长　(连忙搀扶王五坐下)下次打饭的事情让我来。

王　五　(走到张三的床边坐下)没有你我自己也行。

护士长　(看着两人)你们可不许再动手了。

872

[护士长清理完地上的稀饭,下场。

[张三抱着水杯,打量着王五和护士长。

张　三　总觉得你们俩关系哪里不对,但又不知问题出在哪?

王　五　问题就出在我们病了。

张　三　而且是不治之症。

王　五　(拿起一个水果)反正你也不吃,这最后一颗子弹就留给我吧!

张　三　(抱着水杯)我们要结婚了,不,我们应该分手!

王　五　结婚? 分手?

张　三　她送给我一个可以测量幸福感的杯子,如果不幸福,这个杯子就是黑色,如果感到幸福,这个杯子就是红色。她已经为了我们的婚礼忙活三天了,我手里的这个杯子还是黑色。

[张三拿起杯子看了看。

张　三　因为她听说过一个童话,一个人在最幸福的时候死去,他的灵魂就会成为一颗星星,永远留在爱人身边。

王　五　我看不是星星,而是流星!

张　三　流星?

王　五　流星陨落的那一刻,它就注定了永远不能拥有它的最爱。

张　三　那是因为你不相信爱情。

王　五　年轻人,你确实应该分手!

张　三　(疑惑地)这样真的会幸福吗? 可,可我真的说不出"分手"两个字。

王　五　那就我帮你说。

张　三　这个也能帮?

王　五　凭我四十年的恋爱经验,不,是二十年的恋爱经验,我觉得

873

没问题。

张　三　我连"我爱你"三个字,都没有对她说过。

王　五　这三个字,我可就不能帮你说了。

张　三　(拿起手机)那我现在就把她约来,跟他谈分手。

王　五　你先到旁边病房串串门,我一定帮你们分手成功。

张　三　(抱着杯子)你这是在帮我吗?

王　五　我是过来人,相信我没错。

张　三　但我们要约法三章,你不可以对她凶、也不可以让她伤心,更不可以对她动手动脚,还不可以……

王　五　够了够了,已经三章了。

张　三　可我还是不放心。

王　五　放心,我可是部队干部,这点觉悟还是有的。

　　　　〔张三下场,李四拎着打包的食物,走进病房。

李　四　(四处寻找)人呢? 他去哪里了? (要往外跑)

王　五　别担心,医生只是带他去做进一步的检查。

　　　　〔李四放下东西,坐立不安。

王　五　看你着急的那样子,一点没有大难来临各自飞的感觉。

李　四　我们不但不会各自飞,我还要在他手术前为他办一场婚礼,好不容易托人将最合适的婚礼饭店订好了。

王　五　你觉得这样他会幸福吗?

李　四　(点点头,又摇摇头)结婚是一件多么幸福的事啊?

王　五　有一种幸福,叫作你以为的幸福。

李　四　(拿起桌上的杯子)他知道这个消息已经一周了,可测试幸福感的杯子,至今还是黑色,并没有让他感到幸福。

王　五　你想知道怎样可以让他感到幸福吗?

李　四　大哥,他是不是跟你说了些什么?

王　五　他是说了些什么,他说……他想……

李　四　他不会后悔了,不想娶我了吧?

王　五　他想和你分手!

李　四　(愣了一下)我告诉你,这叫结婚恐惧症,放心我不会当

　　　　真的。

　　　　〔张三推门而进,李四把他扶到床上坐下。

李　四　(把保温袋里食物一一拿出)这是你最爱吃的腌笃鲜、干煸

　　　　泥鳅、东坡肉、油渣青菜……都是你喜欢的。

张　三　你确定这是我喜欢吃的吗?

李　四　平时在家,这些都是你做给我吃的啊?

张　三　因为这是你喜欢吃的。

李　四　(用一种陌生的眼光打量着张三)可你一直都告诉我说你也

　　　　喜欢这些啊。

张　三　你不知道人是会变的吗?

李　四　(强忍着泪水)你先休息,我还是先去准备婚礼的事。

张　三　这个也许用不上了。

李　四　(语无伦次地)我还要去给你准备晚餐,我还要……

张　三　(打断地)不,你什么都不要做,我要你活成你自己。

李　四　活成我自己?

张　三　我们分手吧。

李　四　看来你真的累了,我该走了。(说完,李四跑出病房)

　　　　〔李四走了,张三拿筷子吃起了李四为他做的菜。

王　五　你比我想象的要坚强。

张　三　(大口地吃着)她这个菜做得真难吃。

王　五　人已经走了，你就别演戏了。

张　三　这个泥鳅根本就没有用小火焙干，炒青菜时一定是盖锅盖了……以前都是我做给她吃，还没有教过她如何做菜。

王　五　做你的爱人，不，女友真幸福。

张　三　如果能再让我活一回，我一定要先教会她如何照顾自己。

　　　　　〔病房外的李四，透过门上的玻璃，观察着张三的一举一动。

　　　　　〔李四发现张三手里的杯子依旧是黑色。

李　四　（含泪自语）他失算了，我的离开，并不会使他感到幸福。

　　　　　〔护士长把一张病危通知书递给了李四。

　　　　　〔李四瘫倒在地上，眼睛痴痴地看着一个不可知的地方。

　　　　　〔良久，李四似乎想到什么，起身疯一样跑开了。

王　五　你说，你的女朋友还会来吗？

张　三　我希望她不要再来。

王　五　你发现这个病房和家里的房间有什么不同吗？

张　三　家里没有护士和医生。

王　五　最大的不同是这里没有时间。

张　三　没有时间？

王　五　这个房间没有钟表，四周都是空空的白墙。

张　三　你不说，我还真没有注意到。

王　五　正是因为这里没有时间，才有时间去思考问题。

张　三　思考什么是幸福？

王　五　思考如何让自己爱的人幸福。如果我能够闯过这道鬼门关，我一定跟护士长复婚，今生今世都不离开。

张　三　难怪护士长对你好像特别的关心。

　　　　　〔这时，门开了，李四走进，坐到张三的床边，拿出理发工具。

李　四　这几天就忙着婚礼的事,你的头发可是好久没理了。

　　　　　［李四扶张三坐起,为他理发。

李　四　还记得我第一次给你理发吗?

张　三　我戴了一个月的帽子出门。

李　四　可你第二次还是让我给你理。

张　三　还记得你生病那次,我给你做的螃蟹大餐吗?

李　四　那是我吃过的最好吃的螃蟹。

张　三　其实那不是螃蟹。

李　四　(停下手中的剪刀)不是螃蟹?

张　三　半夜三更我到哪里买螃蟹去啊,冰箱里剩的几个鸡蛋就是
　　　　我的原材料。

李　四　我还想再吃一次你给我做的菜。

张　三　我应该教会你做菜。

李　四　我不要学,我就要你做给我吃。

　　　　　［王五悄悄地离开了病房。

张　三　当面对死亡的时候,才知道为什么活着。

李　四　那你还要跟我分手吗?

张　三　只有跟我分了,你才能得到自己的幸福。

李　四　(帮张三打理好头发)那你的幸福是什么?

　　　　　［张三想支身坐起,却软软地倒在了床上。

　　　　　［李四抱住了张三。

张　三　(喃喃地)我这是在做梦吗?

李　四　你永远是我的梦!

张　三　在梦里,你一定要幸福。

　　　　　［张三伸手拿过杯子,把杯子抱在怀里,杯子渐渐变成了

　　　　红色。

李　四　原来我们一直在寻找的幸福,仅仅是一个拥抱。

　　　　［剧终。

流浪狗

时　间　当代
地　点　一条热闹的街道
人　物　张　三　整条街最可怜的孤寡老人
　　　　流浪狗　柴狗,公狗,没有主人的流浪狗
　　　　李　斯　柴狗,母狗,杂货店主人家的狗
　　　　小　雪　雪纳瑞,母狗,贵妇家的狗

　　　　［张三一早出门,一只脏兮兮的流浪狗蹲在门口……

张　三　我是这条街最穷的孤寡老人,你应该去投奔隔壁那家杂货
　　　　店主人,一定吃喝不愁。跟着我,可就没那么轻松了。

　　　　［张三轰狗,流浪狗却不愿意离去。

张　三　(灵机一动)如果你能帮我,那我就收留你了。

　　　　［张三说完,拎着篮子走进了隔壁的超市。

　　　　［走进一家摊位,超市主人家的狗李斯就冲了过来。

张　三　(轰赶李斯)野狗,走远点!

　　　　［李斯依然不依不饶,对着狂叫。

张　三　(摇摇手里的铃铛)你给我闭嘴,下次再被我抓住,可就不是
　　　　把铃铛摘掉这么简单了,小心你的狗头。

　　　　［李斯立马闭上了狗嘴,却发现流浪狗跟在张三后面。

李　斯　你怎么跟他在一起?

流浪狗　我不是想找个主人嘛。

李　斯　你真是瞎了狗眼,怎么找这个穷鬼当主人?

流浪狗　你怎么能嫌贫爱富呢?

李　斯　这个人不但是穷鬼,更是个坏鬼。

流浪狗　这个老爷子天天孤身一人,挺可怜的。

李　斯　可怜?

流浪狗　跟我一样,孤身一人,不,孤身一狗。

李　斯　那你想怎样?

流浪狗　我想救他。

李　斯　恐怕是无药可救。

流浪狗　不,我不能帮助他做好事,但应该能阻止他做坏事。

　　　　〔张三正把货架上的东西悄悄地往篮子里放。

李　斯　我再提醒你一句,他不是好人!

流浪狗　我只知道他是个可怜人。

李　斯　可怜之人,必有可恨之处。

　　　　〔张三见自己偷得差不多了,不知什么时候已经离开了杂
　　　　货铺。

李　斯　还不快去追你的主人。

流浪狗　他刚刚真的偷东西了?

李　斯　你自己去看看就知道了。

　　　　〔张三走到杂货铺的侧面,流浪狗也跟了上来。

张　三　(把偷来的东西藏好)今天多亏有你在,我从来没有这么顺
　　　　利过。

　　　　〔流浪狗听着张三的话,心里五味杂陈。

张　三　我准备再送你一个礼物。

879

〔张三找来一根麻绳，系在了流浪狗的脖子上。

张　三　从此你就是我的狗了。

〔张三掏出一个铃铛，系在麻绳上。

张　三　这个也送给你了。

〔流浪狗知道这个是李斯的东西，拼命摇头。

张　三　看你的样子好像不太高兴嘛，适应适应就好了，你会爱上现在的生活，起码你不用在外流浪了。

流浪狗　（朝主人叫了两声）我一定要帮你改邪归正。

〔张三脱掉体面的外套，从包里掏出一个破旧的衣衫换上，把自己打扮得像木乃伊一样，最后把流浪狗也包扎成木乃伊状。

流浪狗　（不停地甩头）我没有受伤，没有受伤……

〔张三一切准备就绪，牵着狗绳坐到杂货铺前乞讨。

〔流浪狗想跑开，但拴着他的狗绳紧紧地攥在张三手里。

张　三　别乱动，刚刚你的做法我很满意，接下来可别让我失望哦。

流浪狗　难道被李斯不幸言中，他是无药可救？

〔这时，一个贵妇人带着她的雪纳瑞从他们身边经过。

流浪狗　小雪，小雪……

小　雪　（四处寻找）谁在叫我？

流浪狗　我啊！

小　雪　（看出了流浪狗）几天不见，你怎么成木乃伊了？

流浪狗　你能帮我一次吗？

小　雪　看在我们曾经一起玩耍过的分上，我就试试吧。

流浪狗　你要揭穿这个骗局，我们并没有受伤。

〔雪纳瑞在贵妇人的脚下蹭来蹭去，然后蹲到了流浪狗的边上。

[贵妇人想走,可是雪纳瑞就是不肯离去。

[贵妇人只好扔了一个硬币到讨饭碗里。

流浪狗　(无奈地)你帮我把李斯找来,她的点子最多。

[李斯从杂货铺走出,围着张三和流浪狗转了几圈。

流浪狗　是我啊,是我。

李　斯　你们这又是唱得哪一出啊?

流浪狗　找你来,就是想跟你一起唱出戏啊。

李　斯　(发现了狗铃铛)我的狗铃铛怎么跑你身上了?

流浪狗　这不是张三给我戴上的嘛!

李　斯　你还要阻止他犯错,结果成了帮凶。

流浪狗　我们要想办法让张三多讨一点钱,也许,也许他就会改邪归
　　　　正了。

李　斯　你难道不知道,人的贪欲是永远无法满足的。

流浪狗　你是没有体会到孤家寡人的可怜之处。

李　斯　我说过了,可怜之人必有可恨之处。

流浪狗　这是我给他的最后一次改过自新的机会。

李　斯　只怕你给了他机会,他可不会给你机会。

流浪狗　如果真的是那样,那我也就认命了。

李　斯　你明明是条狗,怎么脾气比牛还倔。

[说罢,李斯去召集整条街的狗狗开了个会。

[不一会,不同的狗狗都带着主人来到了张三乞讨摊前。

[天黑了,张三第一次讨到了满满一口袋的钱。

张　三　(对流浪狗)恭喜你通过了考试。

[张三从包里找出一条铁链子,给流浪狗换上。

张　三　这样你就永远不会离开我了。

　　　　〔张三起身准备回家，一阵眩晕，倒了下来。

　　　　〔流浪狗拼命挣脱铁链想去找人来救命。

张　三　看来你也不是什么好狗，看到我倒了就想跑？

流浪狗　我不是想跑，我是要去找人救你！

　　　　〔张三用尽最后的力气，把铁链扣在了自己的腰间。

张　三　想跑，没那么容易。

流浪狗　我是要救你，救你……

　　　　〔流浪狗无奈地躺在主人身边，感受着主人的身体慢慢变冷。

　　　　〔流浪狗开始对着天空不停狂吠，希望有人来救救这个可怜的主人。

　　　　〔剧终。

万字剧

电影剧本·渼 陂

时 间　2022 年

地 点　江西　吉安　青原区　渼陂古村

人 物　梁 淦　男,45 岁,渼陂村人,返乡创业企业家

　　　　梁 渼　男,47 岁,梁淦的大哥,原在深圳创业,因弟弟而
　　　　　　　回村

　　　　梁 安　男,35 岁,梁淦的小弟,在深圳工作,艺术家

　　　　孟 泽　男,36 岁,梁安的高中同学,渼陂村村支书

　　　　罗 莎　女,44 岁,梁淦的妻子

　　　　梁多多　男,24 岁,梁淦的儿子,从小是留守儿童,大学毕业
　　　　　　　后去深圳

　　　　梁 氏　女,68 岁,梁淦的母亲

　　　　周美芬　女,35 岁,东固人,富渼公司的股东之一

　　　　守村人　男,60 岁,渼陂村人,名儒后代,一场大火全家人与
　　　　　　　他阴阳两隔

　　　　梁奶奶　女,70 岁,渼陂村的孤寡老人,脱贫户

　　　　梁二狗　男,33 岁,渼陂村脱贫户,游手好闲,靠国家救济
　　　　　　　生活

　　　　梁老叔　男,58 岁,渼陂村脱贫户,一辈子勤勤恳恳靠种地
　　　　　　　为生

　　　　村委委员若干,渼陂村民若干,工商局、派出所工作人员
　　　　　　　若干

1. 深圳,夜 外

夜晚的深圳。大鹏湾大桥像一串闪耀的明星,静静地洒在海上。这是位于内地和香港之间的天然港湾,渔火与或远或近的灯光交相辉映,给海湾增添了一点点小热闹。

闪烁的霓虹灯,则揭开了城市另一面的繁华。

2. 深圳,某 KTV 包厢,夜 内

英伦设计的内部装饰,从点歌台、沙发到桌子,从话筒、数据线到酒杯,都异常精致。

梁安招呼朋友坐下,一把搂过梁多多:真舍不得你回去!

梁多多:三叔,看来今天喝的是送行酒。

梁安:不,是壮行酒。

梁多多:壮士一去不复返了?

梁安:有什么困难随时找你叔。

梁多多:那你就跟我一起回去呗。

梁安:打住,这个困难,我是真帮不了你。

梁多多拿起桌上的酒:为了推销这个,酒量算是练出来了。

梁安:就凭你老爸一句话,你说放弃就放弃?

梁多多:他是想让我接班,他那个班,我还看不上呢。

梁安:那你为什么要回去?

梁多多:从小到大,也就三叔你愿意听我说说话。

梁安:有三叔在深圳,你随时可以再回来。

梁多多和梁安把杯中酒一饮而尽。

3. 一组镜头

——飞速前进的高铁穿过隧道。

——从外向内透过车窗,可以看到梁多多俊朗的脸庞。

——列车驶过田野、山川、村庄……

4. 江西,吉安,青原区,渼陂古村,街巷,日　外

古街依河道走势自然延伸,弯曲有致。店铺南北坐向,正中纵向铺着的青石上留下了凹凸不平的车辙,似乎在诉说着历史。两侧铺青砖,砌下水明沟,接店铺屋面雨水。两侧临街的店铺,彰显着昔日的繁华。

梁多多拖着行李走在熟悉的街巷,不停和路人打着招呼。他一会蹲下来摸摸一旁酣睡的流浪狗,一会儿驱赶着正在草地上觅食的鸡鸭。

走到一处联排古屋旁,梁多多停下脚步。

梁多多放下行李,推开一扇木门,一脚跨进。

5. 青原区,返乡创业孵化基地,日　内

大棚里整整齐齐码放着用玉米芯制成的菌菇养殖料袋。

一只手熟练地采摘着菌菇。

周美芬来到一个人身后:我们大董事长,总是爱干工人的活。

梁淦直起腰,递过刚摘下的菌菇:我们刚到深圳那会,比这苦多了。

周美芬:孟书记刚刚跟我说,今年下元宵的活动,政府好像没有预算。

梁淦:下元宵活动的钱,由我们来出。

周美芬不解地:这可不是一笔小费用,为什么要我们出?

梁淦:你这格局就小了吧。你说,别的地方正月里哪天最热闹?

周美芬:正月初一啊!

梁淦:渼陂却是二月初一人最多、最好玩。还有,别的地方的春节是什么时间结束?

周美芬:正月十五闹元宵。

梁淦:渼陂却把春节延长了半个月,二月初一还要过个下元宵才肯罢休。

周美芬:这我知道,我家虽然在东固,但二月初一我也会赶来凑热闹的。

梁淦:以前有不少地方有元宵送神的习俗,但现在只有我们青原区富水流域还在延续这个传统,我作为渼陂人,有责任和义务把这个传统延续下去。

周美芬:那我知道该怎么做了。

梁淦:大家知道是富渼公司组织的这次活动,不是也给我们公司做个宣传嘛。

周美芬:明白了。

周美芬电话响了,电话上显示出女儿"菲菲"的名字。

梁淦挥挥手:你去忙吧。

6. 渼陂古村,联排古屋,梁氏老宅,日　内

梁多多用贡台上的红烛点燃三支线香。

三支清香插在香炉里,袅袅轻烟在一幅老人的画像前萦绕。

梁氏抱来一堆孙子最爱吃的零食(当地的小吃):回来好,回

来好。

梁多多开心地吃着奶奶给他准备的零食:奶奶,我回来就跟你住吧。

梁氏:怎么,又跟你爸吵架了?

梁多多:我跟他没什么好吵的,(撒娇地)我就是想跟你住嘛。

梁氏:好好好,你开心就好。(看着丈夫的遗像)你爸跟你爷爷一样,对外人像亲人,对亲人像仇人,坏脾气全留在家里了,跟孩子从来不会好好说话。

梁多多:十年前,我爸真的是为了照顾爷爷,才从深圳回来的?

梁氏点点头:当初如果我们不让你爸回来,他现在就不会这么辛苦了。

梁多多:奶奶你想多了,说不定他现在正乐在其中呢。

梁氏:你爸做的那些事情,可不是你想的那么容易。

梁多多:你看看,你看看,还是对你亲儿子好吧?

梁氏被孙子逗得哈哈大笑。

贡桌上的红烛爆出一朵喜悦的火星。

梁氏拎着篮子出门:在这等着,中午我给你做好吃的。

7. 渼陂古村,小卖铺门前,日　外

杂货铺前,几个老人家一边做着手里的活(做线香),一边唠着家常,但他们口中的核心人物,不是别人,正是生于斯长于斯的渼陂人梁淦。

——"听说梁淦的菌菇做得不错。"

——"他们从深圳回来不就是为了赚钱嘛。"

——"你们说政府会给他们补助多少钱?"

——"多少钱我不管,可别把我们的土地占了就行。"

梁奶奶默默地听着大家的议论。

王奶奶:听说你还有钱放在他们公司里?

梁奶奶:那是国家给我们脱贫户的补贴,放在那里每年有分红。

李奶奶:这么说你还是他们的股东咯?

梁奶奶:是发了一个股东证。

王奶奶:那你更要盯紧点,小心他们赚了钱,拍拍屁股走人了。

李奶奶:你这个股东,到时候连声鼓响都听不到。

大伙正议论得热火朝天,梁淦的妈妈梁氏走了过来,大家客气地同她打招呼。

王奶奶:老房子修得怎么样了?

梁氏:还没动工呢。

李奶奶:听说你们家修房子,是政府出的钱?

梁氏:听我家老二说,只要愿意把房子租给政府,修房子钱都是他们出。

王奶奶:我可住不惯高楼大厦。

梁氏:就是啊,我也舍不得这些年的老邻居。

王奶奶:我们这些穷邻居有什么舍不得的?

梁氏:什么穷不穷的,我儿子回来这些年,多亏了乡里乡亲的帮助。

李奶奶:我们一没出钱二没出力,怎么好说帮助呢?

梁氏转对王奶奶:你家媳妇在菌菇养殖基地还是小组长呢!

说罢,梁氏转对李奶奶:你家的地不是也拿出来做大棚了?

接着,梁氏拉过梁奶奶的手:你还是他们公司的股东呢。

梁奶奶、王奶奶、李奶奶有些不好意思。

梁氏：我儿子梁淦有哪里做得不对，你们就跟我说，我这个做娘的一定不客气。要是有人无事生非，在背后嚼舌根，我也一定对她不客气。

梁奶奶、王奶奶、李奶奶面面相觑。

8. 富渼公司，日　内

工作人员一一站起，毕恭毕敬地和梁渼打招呼。

三五个工作人员：老大、老大好、老大、老大好……

梁渼和工作人员一一招手：我弟在吧？

工作人员：梁总就在办公室。

梁渼走路带风，径直朝梁淦办公室大步而去。

9. 富渼公司，梁淦办公室，日　内

梁渼走到办公桌前，翻看着办公桌上文件。

梁淦挂了电话：接了一上午电话，连口水都没喝。你那边什么情况？

梁渼：我觉得老妈在老房子住着，挺好的。

梁淦：这话你可别在老妈面前说，为了让她搬走，我嘴皮子都磨破了。

梁渼：我挨家挨户问过了，村里的老人都不愿意搬走。

梁淦：他们有什么条件可以谈嘛。

梁渼：你这个"区人大代表"也是谈条件谈出来的？

梁淦：我这可是一票一票大家选出来的。

梁渼：不是什么事都可以谈条件的。

梁淦：把村里的民房统一租赁，然后交给运营商管理，对渼陂的

旅游发展有好处,以后越来越多的人来到溟陂,了解我们庐陵文化、红色文化、祠堂文化、书院文化……

梁溟:你不要跟我谈什么文化,老百姓不懂这些,他们只知道祖祖辈辈都住在这里,他们只知道这里是他的家。你以为你有点钱,人家就都听你的了?

梁淦:我,我不是也为了这个村的发展考虑吗?

梁溟:从你自己发展的角度,的确没问题。

梁淦:你是来吵架的,还是来谈事的?

梁溟:忠言逆耳。

梁溟:如果老妈和乡亲们都搬走了,这个村还有什么? 几幢祠堂、几栋民房、几副对联? 连点烟火气都没有了,还有什么文化?

梁淦:你怎么什么时候都跟我唱反调?

梁溟冷笑一声:你是我弟,我不管你,就没人能管你了。

说着,梁溟把一份《溟陂报》递给梁淦。

梁淦接过:这不是我们景区的报纸吗?

梁溟:这个小伙子一天卖了三份报纸,其中一份还没有收钱。

梁淦:现在旅游业确实不好做啊。

梁溟:所以你的远大理想还是要符合现实情况。

梁淦:从长远发展来看,我们还是要把农业和旅游结合起来。

梁溟:还结合? 你以为你是牵线的红娘啊?

梁淦:也许我不该把你从深圳叫回家。

梁溟:把我叫回来的是你,也是这个"家"!

10. 吉安,某茶室,日 内(闪回到 2015 年)

茶香袅袅、流水潺潺。

茶杯随着潺潺流水飘漾而下,水声轻轻激荡。

梁渼:老二,当年大哥生活比较困难,你让我继续留在深圳发展,替我回来照顾父亲,大哥记在心里,我这个老大不称职啊。

梁淦:谁回来不一样,你我都是儿子。

梁渼:现在父亲已经走了,你是不是这次跟我一起回深圳?

梁淦:我不出去了。

梁渼:不出去,留在这里做什么?

梁淦:虽然当年是为了照顾父亲回来的,但我在这里找到了归宿,我觉得留下来应该能做点事,虽然要做什么,我现在还不知道。

梁渼:你看看村里,老的老,小的小,年轻的全出去了。

梁淦:国家现在对农村的发展非常重视,有很多好的政策,我相信要不了多久,就会有越来越多的年轻人回乡发展。哥,你也别走了,留下来跟我一起创业。都说落叶归根,既然早晚都要回来,不如趁着还能做点事情的时候回来。

梁渼没有说话,默默地喝着手中的茶。

梁淦:哥,我还想把老三也叫回来,他的理念总是走在我们的前面。

梁渼:老三,你还不了解他? 他是不会回来的。

梁淦:那你回来吗?

梁渼:你到时候可别嫌我啰嗦。

梁淦高兴地把杯中茶一饮而尽。

11. 渼陂古村,傍晚　外

渼水溪流自南而来,经对面的小水村,流至西村,顺着村缘北流,自村后注入富水河。流经村庄的渼水,如同注入了新的血液。将渼水引入,沟通一个个水塘,28口水塘对应天上28星宿,象征着梁氏家族如星辰永恒。

夕阳西下,几个老人在溪边捶打着衣服,说说笑笑。

一群群鸭子在水中嬉戏。

袅袅炊烟,古村落宛如一幅流动的水墨画。

梁淦疾步在前走,梁渼快步在后追。

梁渼:到底搬还是不搬,你还没说清楚呢。

梁淦:肯定得搬,(拉过梁渼)走,我现在就去找妈。

梁渼推开梁淦:要去你去,我不去。再跟妈提这事,她就要跟我断绝母子关系了。

梁淦:你这个老大怎么关键时候掉链子啊?

梁渼招招手:我还有其他事,先走了,先走了。

梁淦看着梁渼消逝在街巷的拐弯处,转身朝老宅的方向走去。

12. 渼陂古村,联排古屋,梁氏老宅,夜　内

从墙面斑驳的墙皮看得出,这是一桩年久失修的老宅。

罗莎正在摆放着碗筷,梁淦走了进来。

梁淦看着桌上摆了四副碗筷:我哥不来吃饭,拿多了。

梁多多从里屋走出:我回来了。

梁淦看着儿子:你怎么回来了?

梁多多:不是你让我回来吗?

梁淦:哦,也是,你这次回来还走不走?

梁多多:看心情吧。

梁氏端着一盘菜放在桌上:可以吃饭了。

罗莎指了指一旁的冬酒:多多,给你奶奶和你爸倒酒。

梁淦坐在梁氏身边:妈,搬家的事,你得带个头啊,不然我的工作没法展开。

梁氏没有回答,用眼角瞟了一下梁淦。

梁多多端起酒杯:我们一起祝奶奶身体健康。

梁氏端起酒杯:还是孙子乖。

梁淦和罗莎对视一眼,也端起了酒杯。

13. 渼陂古村,梁氏老宅,庭院,夜　内

梁氏坐在一旁修理着一个木桶:老二,帮我找块木板来。

梁淦瞥了一眼木桶:妈,等搬到安置房,我把所有东西都给你买新的。

梁氏:让你找木板就找木板,哪这么多话。

梁淦在庭院里柴堆里翻找着:现代人都要学会"断舍离",能丢的就丢吧。

梁氏:丢的时候容易,可想再找回来可就难了。

梁淦把木板递给梁氏:你看这个可以吗?

梁氏:70年代,木工师傅最吃香,连学徒都跟着沾光。

梁淦:我还记得那年永慕堂要换红梁,老师傅唱祝赞诗,十几个人在梁架上撒包子,几十箩包子一下就抢光了。

梁氏:这叫接福接财,起家发达。

梁淦:等我们老房子换梁的时候,我们也办个仪式,接福接财。

梁氏:都什么年代了,你还信这个?

梁淦:这可不是迷信,这是我们梁氏的传统。

说话间,梁氏已经把桶箍扎紧:我们渼陂梁氏是同一个祖宗,个人的品性不同,各家的贫富不同,有的事情一家一户是完成不了的,

需要族亲村民协助才能完成,所以啊,互帮互助显得格外重要,这也是我们渼陂的传统。

梁淦接过梁氏手中的木桶:这样下去,我担心你成了钉子户。

梁氏语重心长地:我现在更担心的是你。

梁淦心里咯噔一下。

14. 渼陂古村,晨   外

冒出山顶的太阳悬在雾气里,好像一轮模模糊糊的红斑。

晨雾缭绕着林梢,在风中像海浪般地起伏。

芗城东峙,往江北流,南望紫瑶,北倚长岭,山环水抱的渼陂古村渐渐苏醒。

15. 渼陂古村,永慕堂前,日   外

吉安赣江东岸富水河畔的不少村落,把正统的元宵节称作上元宵,在二月初一再过个元宵节,称作下元宵,二月初二送神。如今的下元宵节继承了传统,同样是每家每户请客摆酒席,同样有舞龙、装辇、踩擎、摇花船等送神项目。

锣鼓喧天,礼炮齐鸣,村子里在这里举行下元宵节狂欢。这是他们新年里最后的狂欢日,过完二月二,村民就要开始真正的忙碌了。

梁多多和妈妈罗莎一起,陪着奶奶走着看着,有说有笑。

村口挂起显眼的横幅,"建设富裕乡村,共享美丽家园——富渼公司"。

孟泽被梁淦推到话筒前,宣布下元宵活动开始。

主持人:有请我们村书记孟泽讲话。

孟泽:我宣布,下元宵活动现在开始。

"渔翁戏蚌壳精"是不可或缺的节目之一,蚌壳精打扮得非常漂亮,与丑角渔翁形成反差,很富有戏剧效果,深受村民的喜爱。

孟泽:你办的这个活动,可是把周围几个乡镇的游客都吸引过来了。

梁淦:听你这么一说,有点范仲淹"纵民竞渡"的效果。

孟泽:范仲淹当年就鼓动民间举办各种赛事活动,导致居民大规模出游。用范仲淹的话说,就是让社会的富余钱财惠及贫困之人。

梁淦:要搞旅游,我们还得向范仲淹学习啊。

孟泽:这是一篇可以做的文章。

梁奶奶、李奶奶、王奶奶也跟着舞龙的队伍扭动着脚步。

满头白发的守村人赶着他的三只大白鹅也赶来凑热闹。

守村人在人群中追逐着大白鹅,一时间,鸡飞狗叫,几位奶奶避让不及,差点摔跤。

周美芬正要去驱赶守村人,却被一旁的梁氏给拉住了。

梁氏:把他赶走了,我们的好运都要赶走了。

周美芬不解地看着梁氏:他是你们村的?

梁氏:他是我们村的"守村人"。

周美芬:守村人?

梁氏:他是为村里挡住了灾祸。

周美芬换一种目光打量着眼前这个守村人。

梁多多和罗莎也在一旁认真地听着。

梁氏:别看他现在这个样子,他的太爷是朝中四品官员,爷爷是日本政法大学毕业,他也是从英国留学回来,就是一场火灾,全家人都没了,守村人受了刺激一夜白了头,就成了这副半疯半癫的模样。

梁多多跟妈妈窃窃私语:原来守村人爷爷这么厉害。

守村人大声吟诵着《芎城渼陂梁氏永慕堂宗谱》:梁之先曰天鉴,始自谭洲⋯⋯

周美芬此时已对守村人多了一些敬畏。

踩擎的队伍吸引了大家视线。踩擎表演是渼陂独有的绝活,孩子们装扮成孙悟空、猪八戒,以及其他古典故事中的各种人物,爬到高架之上,由数个壮汉抬着游走,非常壮观。

梁氏高兴地招呼儿子:你们小时候都扮过上面的孩子。

梁淦:我记得,我当时装扮的是书童。

梁渼:我还记得,乌叉架一旋转,有个书童在上面哇哇大哭。

罗莎打趣地:你儿子小时候比你勇敢多了。

梁淦突然注意到:哎,你怎么没穿我给你买的新鞋子啊?

梁多多嘀咕着:就会给我买鞋子,我看是想让我走远点吧。

罗莎:怎么跟你爸说话呢?

梁多多:因为我最讨厌的就是这个下元宵。

16. 渼陂村口,日　外(闪回到 2005 年)

罗莎拉着 6 岁的梁多多向村口走去。

梁多多:妈妈,你什么时候回来啊?

罗莎:过年的时候,妈妈就回来了。

梁多多:昨天下元宵不是刚过完年吗?

梁淦在前招手:车到了,快点。

罗莎俯身亲了一口儿子:你在家要听爷爷奶奶的话。

梁氏抱起孙子梁多多:多多在家你放心,快去吧。

罗莎转身上车,梁多多看着汽车发动,猛地挣脱开奶奶的怀抱,拼命追赶汽车。

梁多多边哭边叫妈妈,摔倒了爬起来继续追,直到汽车消失在视线里。

17. 渼陂古村,永慕堂前,日 外

梁多多想着想着,不觉眼眶都有些湿润。

舞着金玉双龙的队伍走来,梁多多的身影淹没在人群中。

梁淦似乎在人群中寻找着梁多多的身影。

罗莎挽过梁淦:儿子长大了。

18. 富渼公司,梁淦办公室,日 内

桌上摆着梁渼、梁淦和梁安兄弟仨和孟泽的照片。

随着滚水冲入杯中,杯底的金丝皇菊浮向水面。

梁淦把刚沏的菊花茶递给孟泽。

孟泽接过茶水:我到你这里,已经吃了几次闭门羹哦。

梁淦:我这不是以茶代酒赔罪了吗?

孟泽看着渐渐舒展的菊花:用我的茶给我道歉?

梁淦:这菊花是你们政府乡村合作社的,这水可是我办公室的。

孟泽:从小到大,我跟你打嘴仗,就没有赢过。

梁淦坐下喝茶:昨天的活动是不是很精彩?

孟泽:让我想起小时候。

梁淦:年龄大了,过去的忘不了,现在的记不住。

孟泽:你答应我的事,我可没有忘。

梁淦把一份计划书递给孟泽。

孟泽:成立"脱贫户"车间和蔬菜基地?

梁淦:你不是常说,要提高农民的收入。

孟泽：这样，他们每个月也就有固定收入了。

梁淦：你也不用考核他们月收入的时候，再趴到猪圈去数猪了。

孟泽：我发现你这个区人大代表的站位越来越高了嘛。

梁淦：还不是你给我扣了个大帽子。

孟泽拿起桌上一瓶菌菇酱：现在只做农业真的不容易。

梁淦：快五十的人了，我现在是只求稳不求变。

孟泽：当年你可不是这个心态。

桌上的照片幻化成现实。

19. 滗陂古村，村后富水桥边，日　外（闪回到 2003 年冬）

孟泽穿着没有军衔的新军装，在梁渼和梁淦面前炫耀。

孟泽：大哥、二哥、老三，明天我就要出发了，这身军装，你们看看帅不帅？

梁渼用手拉拉衣领，拉拉袖口：你这身衣服太帅了。

梁淦：这可是我哥做梦都想穿的衣服。

孟泽：穿上这身衣服，我就可以去实现保家卫国的理想了。

在一旁画画的梁安：还保家卫国呢，能保卫我们这个村庄就不错了。

孟泽坐在梁安身边：能保卫自己的家乡也不错，你以后想成为画家？

梁安：我要成为艺术家，用我的作品去影响别人的思想。

梁渼和梁淦也在梁安身边坐下。

梁渼：我想成为梁兴初、梁必业那样的将军，（转对孟泽）我的愿望只能交给你了。

大家的目光都集中在梁淦身上。

孟泽:二哥,你呢?

梁淦:我没有远大理想,我就想赚钱,穿上干净的衣服,穿上漂亮的鞋子,不想再过穷日子。我想去外面的世界,我想走出大山。

微风吹来,水面荡漾,如同洒了一地的碎银。

夕阳下,远处传来一阵犁田赶牛的吆喝声。

20. 富渼公司,梁淦办公室,日　内

孟泽:你现在总有理想了吧?

梁淦想了想:我希望渼陂成为世界的渼陂,让这座诗意的村庄成为大家向往的生活,我希望我们的孩子不要出门打工,在家里就可以安居乐业,我希望等我们老了,还能坐在富水河边谈理想。唉,你当时军改应该可以留在南京的,怎么会选择回村当村官?

孟泽:因为这是我的理想啊。

梁淦:你确实实现了保卫村庄的理想。

两个人对视一眼,都笑了起来。

孟泽:消除绝对贫困,这在世界其他国家是绝对做不到的事,但我们做到了。打赢脱贫攻坚战,不是一个人的战斗,而是从中央到地方,从干部到群众,每一个中国人共同的努力。所以理想不是大话,不是空话,理想其实就在我们脚下。

梁淦:你觉得我的理想还能实现?

孟泽:心有多大,舞台就有多大,只要肯想肯做,就一定能实现。

21. 青原区,返乡创业孵化基地,门前,日　外

大门前里三层外三层的人群。

工人们正在阻止工商局的同志贴封条。

工商局的同志：我们已经报警了。

一旁的工人：你们报警也没用。

梁渼上前拉住正准备贴封条的手：我是这里的老大，有什么事跟我说。

工作人员：老大？

周美芬连忙上前解释：他是我们梁总的大哥，我是公司分管的经理，周美芬。

工商局的同志对周美芬：接到举报，有顾客因吃你们的产品而食物中毒。

梁渼：食物中毒？不可能，我都吃了几年了，也没中毒。

周美芬：几位同志，有什么问题请到办公室去说。

工商局的同志：这封条得先贴上。

梁渼挡在大门口：你们有证据吗？中毒的人在哪里？

工商局的同志径直上前：我是有了证据才来的，希望你不要妨碍公务。

周美芬在一旁打圆场：不妨碍，不妨碍，我一定积极配合。

梁渼干脆一屁股坐下：不拿出证据，今天不准贴。

周美芬气得直跺脚：老大，你别耍小孩脾气行不行？

随着警车的鸣笛，几辆警车开到近前。

派出所的同志：是谁报警的？

工商局的同志：我们来执行公务，他们不配合。

紧接着，派出所的同志直接把梁渼带走了。

梁渼被架走的同时，嘴里还在念叨：你们凭什么抓人，你们的证据呢？

派出所的同志：这么多双眼睛看着，你这是妨碍公务罪。

工商局的同志开了一张通知单递给周美芬:请尽快到局里配合接受调查。

一旁的工作人员在大门上贴了封条。

这时,几个卡车司机走到周美芬跟前:周总,今天的货我们还能不能拉走啊?

周美芬:都先回去,等我通知。

看热闹的村民七嘴八舌议论开来。

——原来是个黑店。

——你们有没有吃过他们家的菌菇酱啊?

——难怪我前几天一直闹肚子。

——真是无商不奸,他们赚的都是黑心钱啊。

——别瞎说,人家不是正在调查吗?

——你们别听风就是雨,我一直在吃他家的东西不也没事。

——大家散了吧,散了吧。

周美芬愣愣地看着门上的封条,如同五雷轰顶。

22. 富渼公司,梁淦办公室,日 内

梁淦正在接受采访。

周美芬气喘吁吁地跑来。

梁淦拉过周美芬向危主编介绍:危主编,你们也可以采访一下她。她既是我的助理,又是我的股东,她也是从深圳到渼陂,一路跟我走来,有的细节她比我还清楚。

周美芬小声地:梁总,有件急事我要跟您汇报。

梁淦:什么事等采访结束再说。

危主编转对摄像师:你们把镜头调好,我们采访一下周总。

梁淦起身:小周,我把位置也让给你了。

周美芬如坐针毡,刚站起来,看看镜头,又坐了下来。

危主编调试好话筒:周总,您跟我们介绍一下菌菇养殖的情况吧。

周美芬:我们的菌菇养殖基地,基地……

大家的目光都聚焦在周美芬的脸上。

周美芬突然意识到自己在采访:基地遇到了一些困难,小困难。

梁淦在一旁插话:困难?

周美芬:因为现在珠三角的市场都已经被我们占领,各大超市也数我们的菌菇最畅销,正是因为需求的量越来越大,我们正在考虑扩大基地的规模。

危主编:这可不是困难,应该说是好事。

周美芬:好事,好事……

梁淦走过来:你是不是哪里不舒服啊? 还是我来说吧。

周美芬连忙站起,把位置让给梁淦。

危主编:听说你们还成立了"脱贫户"车间,当地老百姓都叫幸福加工厂。

梁淦:我们现在是以产业带动就业,脱贫攻坚仅仅是满足温饱的问题,我们还要向着更高的目标去努力。

危主编:现在大家也都在探索乡村振兴应该怎么做。

梁淦:我们作为企业家,不能仅仅依靠政府输血,还要考虑如何造血的问题。我们这个脱贫户车间就在家门口,可以帮助村民解决很多现实问题。

周美芬不停地看手表。

梁淦:比方说,我们隔壁村有个村民,她一直想外出务工增收,但又没法照顾家里的老人和小孩,这个车间的建立解决了她的难题,夫妻也不需要两地分居。

周美芬看看摄像机,看看危主编,又看看梁淦欲言又止。

危主编看出了周美芬的心思:我觉得素材够丰富了,今天的采访就到这里吧。

梁淦:那我送你们到门口。

说话间,梁淦送危主编等人走出了办公室。

周美芬如同热锅上的蚂蚁,在屋里直打转。

梁淦回到办公室,周美芬连忙迎上。

周美芬:梁总,出大事了。菌菇养殖基地被封了。还有,老大被带走了。

梁淦:你马上查清楚是怎么回事。

说罢,梁淦就往外走。

周美芬:你去哪里?

梁淦:我去把大哥弄出来。

23. 富渼公司,大门前,日　外

匆匆出门的梁淦,被几个村民拦住了去路。

梁奶奶颤颤巍巍地掏出股东证:我要退股。

梁二狗:你们的基地都被查封了,我们的钱可不能打水漂。

梁奶奶:我不知道还能活几年,这钱我还是攥在手里踏实。

梁老叔:这次摔倒不知道什么时候才能爬起来。

周美芬:你们放心,只要我们找到问题的根源,菌菇养殖场很快就能恢复生产。

几个人你一句我一句议论纷纷。

周美芬:你们都可以到我们的基地来工作,一个月最少可以增加两千元的收入。

梁二狗:两千? 我不要。

周美芬:嫌少了?

梁二狗:我知道你们是绩效工资,我,我怕累。

梁奶奶打了梁二狗一下:这么年轻,还叫苦叫累。

梁淦:小周,你带他们去找会计。

周美芬:找会计干什么?

梁淦:退股啊。

周美芬窃窃私语:菌菇的事情我们可能也需要大量的资金周转。

梁淦:不要说了,我自己知道我在做什么。

梁淦掉头离开。

24. 青原区,派出所门口,日　外

两位警察把梁渼带出来。

警察:老同志,以后别那么大火气。

梁渼低着头:不会有以后了,我一定积极配合执法部门的调查。

警察:就是嘛,你这点觉悟还是有的。快回去吧。

梁渼一转身,看见梁淦就在自己面前。

梁淦:大哥,你能不能让我少操点心啊?

梁渼低着头,径直往前走:丢死人了,丢死人了。

梁淦看着梁渼的背影:别走了,坐我的车回去。

25. 富渼公司,周美芬办公室,日　内

周美芬对着电话:问题肯定出在你们的酱油上。

电话里,酱油厂王总的声音:没有证据的事,可不能乱说。

周美芬:我已经把菌菇酱的配料拿去检验过了,你自己的东西,你最清楚。

酱油厂王总:一分价钱一分货,你给的价格这么低。

周美芬气愤地:现在我们的菌菇厂被封了,你要负责。

酱油厂王总:我给你的回扣可是不少,弄个鱼死网破谁都不好。

周美芬:你,你太过分了。

酱油厂王总:周总,这次是个意外,这种情况下次绝对不可能发生。

周美芬挂上电话:下次,我们不会有下次。

26. 富渼公司,梁淦办公室,日　内

周美芬走进办公室:梁总,菌菇的事……

梁淦:肯定是酱油的配料出了问题。

周美芬:你怎么知道?

梁淦:其他的供应商都是长期合作的,只有这家是临时调换的。

周美芬:这是我的失误,我会把后续的问题处理好。

梁淦:你可从来没有犯过这种低级错误。

周美芬:因为这家酱油厂的价格低,我想通过这个提高一点利润。

梁淦愤愤地:偷鸡不成蚀把米,没有质量的基础上谈价格,都是胡扯。为了这个品牌,我们从 logo 的设计,到产品的研发,市场的推销,经过了几年的时间才做到现在的影响。每一步走过来的艰辛你应该最清楚,我没想到你竟然会做出这么愚蠢的事情。

周美芬第一次看梁淦发如此大的火,一时愣在原地。

梁淦:马上把这批货全部下架,在运输路上的也迅速召回。

周美芬:这样我们可能要损失几倍的资金,不如就当这批货没发,损失个成本。

梁淦逼问周美芬:难道你现在心里只有钱吗?

周美芬后退几步:我,我跟医院很熟,食物中毒的客户我会去关心。

梁淦:赔偿是少不了的,一定要安抚好家属的情绪。

27. 吉安市中心人民医院,门前日　外

医院坐落于吉安市井冈山大道,始创于 1943 年,被誉为"庐陵医学的摇篮"。

医院门前的车辆往来如梭,进出医院的人员脚步匆匆。

28. 医院,病房,日　内

躺在病床上的女儿菲菲看到妈妈走进病房,激动地想下床。

周美芬连忙上前,抱住女儿菲菲:想妈妈了吧?

菲菲:妈妈,我什么时候能出院啊?

周美芬:等手术结束就可以出院了。

菲菲懂事地:妈妈我好多了,中午阿姨给我打的饭菜都吃完了。

周美芬:等做完手术,妈妈带你去游乐场,玩你最喜欢的过山车。

杜院长走过来:不好意思,我刚开完会。

周美芬迎上:杜叔叔,不好意思的是我。

杜院长来到病床前,翻看着菲菲的查房记录:这里的医生和护士都表扬菲菲。

菲菲:谢谢杜爷爷。

杜院长转对周美芬:美芬你到我办公室说吧。

周美芬让菲菲躺下休息,自己跟杜院长走出病房。

29. 医院,院长办公室,日　内

杜院长给周美芬倒茶:美芬,我是看着你长大的,知道你一个人拉扯孩子不容易。

周美芬:杜叔,我和孩子这些年相依为命其实挺好的,就是孩子这个病……

杜院长:这种先天性心脏病,有的孩子在五岁前是可以自愈的,现在看来菲菲只能选择手术这一条路了。

周美芬:我担心这个病会影响她将来的生活。

杜院长:我目前接触的患者,手术后恢复非常好,不会影响正常生活,只是这个费用太高。

周美芬:费用的事你不用担心,我都准备好了。

杜院长:有什么困难你随时告诉我,你父亲不在了,你就把我当父亲一样。

周美芬笑着流出了眼泪。

30. 渼陂古村,日　外

守村人从地上捡起一个烟头,扔进背后的箩筐里。

梁淦把车停在停车场,下车同守村人打着招呼。

三只大白鹅迈着矫健的步伐,如同视察着村里的每个角落。

31. 渼陂村委,书记办公室,日　内

梁淦提着两瓶霉豆腐来到书记孟泽办公室。

孟泽:怎么,你也学会送礼了?

梁淦:这不叫礼尚往来,这叫人情世故。你从小就喜欢吃我妈做的霉豆腐。

孟泽:你也要跟大哥说说,他的暴脾气得改改了。

梁淦:要不是你帮他说情,我真想让他在里面多待几天。

孟泽:我真想让你进去待几天?

梁淦愣了一下:我,这件事是我管理的疏忽。

孟泽:能不能在食品安全上给老百姓一个满意的交代,是对我们执政能力的重大考验。经营一个品牌需要几年甚至几十年,可毁掉一个品牌就是分分钟的事情。但这种事情依然屡见不鲜,究其根源就是犯罪成本太低。作为一家食品企业,如果总将利益放在第一位,甚至在逐利途中忘却良知,为了获得更大利润而不顾消费者安危,那么最终势必自食其果!

梁淦:该罚款的,该整改的,该赔偿的,我们都在一一落实。

孟泽:你要时刻记住自己的初心,回来是创业,还是投资?

32. 渼陂古街,夜 外

夜幕降临,华灯初上时,渼陂古村一改白日的恬淡静谧,变得惊艳亮丽起来。祠堂前、古街上、窄巷中,处处光影摇曳、树影袅娜。

一个沉重的脚步行走在街巷。

33. 渼陂古街,"卧龙樟"树下,夜 外

梁淦不知不觉走到了村头,那棵"卧龙樟"下。

六七米的枝干横卧在地上,朝下扎进泥土的四五根枝丫,竟奇迹般衍生为错综盘绕的根。无数根须四下里倔强蔓延,咬住挚爱的土

地,咬住了生命的血脉。这里也是梁淦和小伙们曾经玩耍的地方。这棵大树见证着渼陂村,从几十人的小村繁衍成数千人的大村落。

梁淦的到来引起了大白鹅的叫声,守村人拿走扫把走了出来。

守村人发现来人是梁淦,于是就同他一起坐在裸露的树根上。

梁淦似在自语似在倾诉:如果能像你一样无忧无虑,多好。

守村人:你,也是守村人。

梁淦:我?

守村人起身边比画边说:舞龙……踩擎……摇花船,都是你。

梁淦笑起来:没错,没错,下元宵是我们公司办的。

守村人:你就是我们守村人,守村人……

说着,跳着,跳着,说着。

梁淦开始闪回哥哥对自己的质疑声,闪回孟书记的提问。

(闪回)梁渼:把我叫回来的是你,也是这个"家"!

(闪回)孟泽:记住你的初心,回来是创业,还是投资?

(闪回)守村人:你就是守村人,守村人……

守村人背诵起了文天祥的《正气歌》:在齐太简史,在晋董狐笔。在秦张良椎,在汉苏武节。

梁淦看着守村人:我哪有文天祥这样的气魄。

守村人:他和你,都是一家人。

梁淦:听老人们说,文天祥以前每天都要从我们家门前经过,在渼陂渡口登船去上学。

守村人一边抓鹅,一边继续背着《正气歌》:为严将军头,为嵇侍中血。为张睢阳齿,为颜常山舌。

梁淦:你的意思是让我不要放弃?

守村人抓住了一只大鹅,蹦蹦跳跳,继续背着《正气歌》:或为辽东帽,清操厉冰雪。或为出师表,鬼神泣壮烈。

梁淦看着守村人的身影,消失在夜幕里。

《正气歌》的吟诵,在夜空中回荡:或为渡江楫,慷慨吞胡羯。或为击贼笏,逆竖头破裂。是气势磅礴,凛洌万古存。当其贯日月,生死安足论。地维赖以立,天柱赖以尊……

远远望去,那棵躯身伏卧、树干虬曲的古樟,恰如一条青龙跃跃欲试。

34. 渼陂,街边小饭馆,夜　外

梁多多和天天、东东等小伙伴在吃夜宵。

东东:你什么时候回深圳啊?

梁多多:我没说要走啊?

天天:你爸的菌菇基地估计要关门了。

东东:封条现在还贴着呢。

梁多多喝了口酒:我们家的事,你们比我还清楚。

天天:你爸现在给你安排了个什么职务啊?

东东:弼马温。

天天:什么,你爸让你养马?

东东:像弼马温一样的小职务。

梁多多拿出车钥匙:司机。

东东:要是你不回深圳,干脆跟我去市里打工吧。

天天:这个主意好。

梁多多:好什么呀,我怎么能当逃兵。

东东:你不当逃兵,就是在跟你爸较劲。

梁多多:我不是较劲,我就是要看看梁淦同志究竟能干成什么样。

35. 渼陂古村,联排古屋,晨　外

寥若的晨星从西边渐没,东边的太阳还在地平线下孕育着光芒。

守村人牵着三只大白鹅行走在石板路上。

大白鹅走走停停,不时地曲项向天歌。

守村人把牵鹅的绳子系在一旁的压水井上,收拾着家家户户门口的垃圾。

联排的多栋房屋,其中一栋两层小楼的一扇窗户透着灯光,似乎在与启明星争辉。

36. 渼陂古村,联排古屋,梁氏老宅,厨房,日　内

一把刀抬起落下,肉、荸荠、豆腐、鱼、虾、葱、姜等十多种食材剁碎,肉汁四溢。

剁碎的食材用淀粉搅拌,如同穿上了一层层盔甲。

灶台下的火苗四蹿,一根根木材正如喷着火舌的枪口。

炉中的水已经咕嘟咕嘟冒着热气,犹如跃跃欲试的斗士。

一盆准备好的食材倒进锅中,一场激烈的战斗展开。

大勺在锅中均匀搅拌,熬成糊状的糕汤。

37. 梁氏老宅,正厅,日　内

梁淦端上热气升腾的一盆糕汤。

梁氏、梁渼、罗莎呆呆地看着梁淦。

梁多多似乎还在半梦半醒之间。

梁淦:多多,帮大家把酒倒上。

梁多多：大清早，喝什么酒啊。

梁渼端起酒壶给自己倒酒：早酒，早酒，不喝酒怎么叫早酒呢？

梁氏：老二，你别忙乎了，快坐下。

罗莎盛了一碗糕汤：味道不错，你们快尝尝。

梁氏：说吧，什么事？

梁淦：还是妈了解我。你们吃你们的，我说我的。

梁渼喝了口酒：等你说完，我就不一定能吃下了。

梁淦：你们还记得《梦溪笔谈》里记载的范仲淹的故事吗？

梁多多：范仲淹，上学的时候学过。

梁淦：范仲淹主管浙西，就是靠旅游发展经济。

梁渼：你想开发旅游也不是一天两天了。

梁淦：我们这个村是庐陵第一村，为什么旅游一直不温不火？我觉得渼陂古村的旅游资源里缺少了鲜活的文化。我想把古村的农业、旅游和文化相结合，同时带动东固、富田一带。

梁渼：这个意思是"全域旅游"。

梁淦：我想依托渼陂古村的优势，种植荷花。我以前了解过，石城太空白莲，莲子产量高，开花多，花期长，观赏价值高。同时，推出樱花长廊、房车露营地、研学基地、祠堂宴等项目，实现农产品自产自销，增加旅游创收。

罗莎：从单纯的农业路线走向农旅文化相融合的路子。

梁淦：以荷花为媒，把渼陂打造成一辈子值得去一次的地方。还可以推出我们的古法酱油、古法酿酒、古法染布的"三缸文化"。也许现在的旅游开发更需要的是回归。

梁氏：你们都回来了，我就高兴了。

梁淦：只要您高兴就好。

梁多多:理想很丰满,现实很骨感。

梁溴:就租赁村民的老房子这件事,你看看谈多久了,谈下来几户?

梁氏:是的,想让我这个老太太搬走,不可能。

梁淦:我想通了,你们不搬,都不搬了。

梁淦的回答出乎所有人的意料。

38. 渼陂村委,会议室,日 内

孟泽组织的村委会正在召开,七八个委员围桌而坐。

村委王委员:我们村作为乡村振兴示范点?

孟泽:以前新农村建设是改造他的外部基础,就是修好一条路、补好一堵墙、建好一个公厕,现在大家都在抓乡村振兴这个问题,可怎么抓,都在摸着石头过河。

村委李委员:从农村到乡村,一字之差,天壤之别。

村委张委员:我们是不是应该找专业人员给我们做个规划?

孟泽:我是从部队转业回来,也算是半路出家,我感觉所谓学院派的东西我们不能不听,但也不能全听,兼听则明嘛。因为他的方案再好,如果不接地气那就是纸上谈兵,真正的好东西,还是要跟我们的民风民俗结合起来,要跟我们村的实际相契合。

一位干事走进:孟书记,梁淦董事长找您。

孟泽:今天的会就到这,大家回去也考虑考虑。

39. 渼陂村委,书记办公室,日 内

梁淦站在挂在墙上的青原区地图前,嘴里念念有词。

孟泽:在研究什么呢?

梁淦：我们渼陂真是个好地方。

孟泽：你来找我什么事？

梁淦：向书记汇报，我们的菌菇基地已经复产复工了。

孟泽：我那天有些话是说得重了点。

梁淦：何止重了点，简直是当头棒喝。

孟泽：还来还有点用。

梁淦：我今天来找书记，是说回租村民房屋的事，我觉得村民们可以不要搬走。

孟泽：不搬？

梁淦：等商业街开发好了，这些店面总是需要人打理的，他们可以自己经营，也可以交给我们公司运营，这样他们不但可以拿到房屋的租金，还可以赚到经营的利润。最重要的是，一个村子不能缺少烟火气。

孟泽：租期你想过签多长时间？

梁淦：十年？

孟泽：三十年不变。

梁淦：你这么说，我的工作就更好做了。

孟泽：回租村民房屋的事情，你知道我为什么坚持让你去做吗？

梁淦：因为你跟我弟弟是同学？

孟泽：不，因为我知道，你对这个村子有感情。

两人对视一会，忍俊不禁都笑了起来。

40. 渼陂古村，求志堂，街巷，黄昏　外

求志堂位于渼陂村中部偏西，是村里唯一坐南朝北的房祠。一井二进砖木瓦结构，门廊为三开门，大门石刻匾额"轩公祠"，左匾"修

纪",右匾"叙伦"。有石柱 12 根,石刻对联 9 对,皆嵌"求志"二字。

王奶奶:你们也收到请帖了?

李奶奶:这顿饭估计不是那么好吃的。

梁奶奶:反正我也不是他们的股东了,就听他们说说呗。

梁二狗从几位奶奶身边冲过去:吃饭不积极,思想有问题。

梁奶奶:这个二狗,除了懒,什么都好。

41. 溇陂古村,求志堂,厨房,夜　内

擀面杖把红色果子碾碎,放在水里,清水瞬间变成了红水。

把米放到红水里,红色渐渐渗透到米里。

米经过太阳的暴晒,晒干后碾碎成粉末,就是红曲。

猪肉切片,倒入红曲、酱油、茴香、八角、水,文火慢炖。

红曲和猪肉在锅中充分融合,色泽鲜亮,肥而不腻,红香诱人。

梁淦脱下围裙,走近祠堂大厅。

42. 溇陂古村,求志堂,夜　内

祠堂里十几张八仙桌,热热闹闹挤满了人。

梁氏、梁溇、周美芬、梁奶奶、孟泽都在其中,守村人一人一桌异常高兴。

随着击鼓声,梁多多带着村民们,把一盘盘红曲肉端上桌。

梁淦开始提着酒壶挨着桌子给客人斟酒,敬酒。

各桌也开始动筷子,欢笑声此起彼伏。

孟泽:各位乡亲,明天开始,政府会给每家每户都修房子,并且可以签订三十年的租赁合同,政府答应一次性付款给各位父老乡亲。

梁二狗啃着鸡腿:天下还有这样掉馅饼的事?

梁淀:愿意自己经营的,我们富溪公司会提供技术服务,愿意交给我们公司运营的,经营收入也可以跟各位房东分成。

王奶奶:真的假的?

李奶奶:当着这么多人的面,他不会胡来的。

梁淀:为了我们旅游开发,传播我们的文化,我们还想把村里的祠堂租下来,办祠堂宴。

梁淀的这句话说完,偌大的祠堂顿时安静了下来,都把目光移向梁淀。

梁淀:现存有梁氏总祠永慕堂及孝友堂、节寿堂、求志堂、洪庆堂和清隐堂五座房祠,有启明堂、严敬堂等支房祠和节孝祠等家祠……

每念到一个祠堂的名字,就多几个人议论纷纷。

渐渐地,嘈杂的声音已经淹没了梁淀的声音。

只有守村人一人一桌菜肴,吃得津津有味。

梁老叔重重地拍着桌子,祠堂里渐渐安静了下来,但似乎感到阵阵逼人的寒气。

梁老叔站起:宗族祠堂是祭祀先祖的殿堂,是家族的中心,这涉及宗族的荣誉和尊严,这里或大或小的祠堂,装满了族人的虔诚、自信和自豪,怎么可以让外人随便践踏?

——我看你们就是为了赚钱。

——永慕堂的"永慕"二字,就是告诫族中子弟要永远尊敬自己的祖宗。

——仰慕祖先的才学,牢记祖先的恩德。你们连这个都忘了吗?

——我们的梁氏宗祠,怎么可以什么人都在里面吃饭?

——宗祠如果毁在我们这一代人手里,死了都没脸见列祖列宗。

43. 渼陂古村,求志堂,厨房,夜 内

在后厨忙里忙外的罗莎叮嘱儿子:倒酒的时候控制一点。

梁多多:不是酒的问题,他们只是借酒说事。

罗莎:说事没关系,我担心出事。

梁多多把酒壶递给罗莎:灭火的事,还是你来吧。

44. 渼陂古村,求志堂,夜 内

梁淦走到梁老叔身边:永慕堂在土地革命时期,那里曾是工农红军红四军总部的驻地;1940年前后,在那里办过学堂,跟我爷爷差不多年龄的人大多在那里读过书;新中国成立后,永慕堂做过大集体时的公共场所……永慕堂在我们心里的位置从来没有变过。

罗莎连忙走到梁淦身后,轻声地:要不改天再说?

守村人蹦蹦跳跳地穿梭在各桌之间,背起了梁氏的家训……

梁淦酒过三巡,根本不理会妻子的劝阻,继续顺着自己的思路:我们渼陂村有明清建筑360余栋,有800多米的古街,有28口池塘,象征着28星宿守卫着村庄,18个古渡与钓源、陂下、富田等村落一起构建着数百年前赣南地区的繁华。可如今我们的繁华在哪里?

众人面面相觑,不知如何回答。

梁淦:这一块块进士及第的匾额、一座座尚书宅院里,以及从这里走出的人和生活在这个村子里的人,成就了庐陵文化的灿烂。这些文字,不管是以儒行商、以商助儒的经世方略,还是阅尽世态炎凉、人情冷暖的经验总结,在我看来,都是家人对我们漫漫前路的千叮万嘱。

说着,梁淦拿起酒壶自己斟满酒:只有把我们古村文化与农业、

旅游相结合,才能恢复往日的繁华,既美了村子,又富了村民。这才是我回来创业应该做的事!

村民们小声议论纷纷。

说完,把酒杯里的水酒泼进嘴里。

在一旁端菜的梁多多,第一次对父亲有了点崇拜。

周美芬招呼着村民继续吃饭。

45. 濮陂古村,求志堂,门前,夜　外

梁渼、周美芬等人忙着在门口送客,村民们陆续走出祠堂。

梁氏送梁奶奶等老太太出门。

热闹的祠堂渐渐又恢复了平静。

罗莎搀扶着年龄较长的村民走出祠堂。

梁老叔回头看了看门匾,叹口气离去。

46. 濮陂古村,求志堂,夜　内

偌大的祠堂顿时只剩下梁渼和儿子梁多多两人。

梁多多在一旁收拾着桌上的碗筷,听到父亲叫到自己的名字,端着盘子就往父亲身边跑。由于跑得太急,摔了一跤,手里的盘子碎了一地。

梁渼好像终于找到了出气口:怎么连这点小事都做不好? 你别以为端茶倒水是一件小事,细节决定成败。

梁多多想解释:我……

梁渼:没什么好解释的,从哪里摔倒就从哪里爬起来,失败的原因自己知道就行了,不必让别人知道,因为别人不会理解你,别人也不会为你的失误埋单。

918

梁多多反问道:你是别人吗?

说罢,梁多多一瘸一拐地离开了祠堂。

梁淦自己给自己倒酒:都走吧,你们都走,我自己喝。

47. 一组镜头

——梁溪敲开了一户民居的门,说了两句被推了出来。

——周美芬和村民有说有笑,可是说到签合同,村民却直摇头。

——梁淦在永慕堂前和村民谈笑风生,村民依旧不同意签合同。

48. 渼陂,梁淦家,夜　内

梁淦拖着疲惫的身体回到家,已经半夜了。

罗莎从里屋走出:我这地刚刚拖干净。

梁淦不情愿地退回到门外,把带着泥土的鞋放到门口,光着脚进屋。

罗莎:把拖鞋穿上啊,地上有水。

梁淦:我是穿鞋也不是,不穿鞋也不是,难道要我把脚扛到头上啊?

罗莎递过拖鞋:看来你又白忙活一天。

梁淦:表面客客气气,可一谈到正题就开始推三阻四。

罗莎帮梁淦一边擦鞋一边说:如果换作十年前,估计你也跟大家一样的心情。他们对祠堂的感情和传统的观念不是一下子能够接受的,有时候真理是掌握在少数人手里的。

梁淦:我们这样打阵地战不行,应该改变战术,各个击破。

罗莎:各个击破?

梁淦:你马上给老大、周美芬打电话,让他们到我家里来开会。

罗莎抬头看看时钟：太晚了吧？

梁淦在屋里来回走动，像是在排兵布阵一般：不晚不晚，清明前我们做好工作就不晚。

罗莎只好拿起电话——通知开会。

梁淦突然发现儿子的鞋子：多多今天回来了？

罗莎：白天回来拿点东西，把你买的鞋子穿走了。孩子大了，你这个父亲跟他要多交流。

梁淦：天天跟他那些狐朋狗友在一起，我跟他没话说。

49. 吉安夜市，夜   外

吉安庐陵老街灯火辉煌，人潮如涌，游客如织，处处欢歌笑语，地地道道的夜市味道四处弥漫。麻辣烫、鸡架、炸串、押面、豆皮、冷面，让人大饱口福；泰和乌鸡、遂川狗牯脑茶、遂川板鸭、安福火腿、水南腐竹、井冈红米等13县市民俗特色产品，让人眼花缭乱。

50. 吉安夜市，大排档，夜   内

桌上摆满了羊肉串、大油边、扇贝、熟筋、排骨串……

梁多多和几个小伙伴喝着啤酒，吃着烤串。

东东：办祠堂宴是好事，你老爸做不了的事，你可以做啊。

天天：不吃馒头也要争口气。

梁多多端起酒杯：有你们在，真好。

天天：我爷爷奶奶就听我的，实在不行，我就一哭二闹三上吊呗。

东东：这事咱们不能张扬，要悄悄做工作。

天天：夜长梦多，合同签下了才算数。

梁多多再次举杯：等祠堂宴办起来了，第一顿饭我请客。

东东:从小光屁股长大的,这点事不算什么。

梁多多:你们放心,你们的家人也是我的家人,我是不会让自己人吃亏的。

几个酒杯碰在一起,笑声与酒花四溅。

51.渼陂,梁淦家,夜 内

罗莎招呼梁渼和周美芬进屋。

梁淦:这几天大家的工作都没什么进展,可能是我们的工作方法有问题。

梁渼:要不还是政府出面做做工作?

周美芬:政府出面? 我们要把复杂的事情简单化,而不是简单的事情复杂化。

梁淦:我倒是想到一个简单的办法,打亲情牌。

周美芬:动之以情,晓之以理,这个主意好。

梁渼:好不好,得做成功了再说。

52.渼陂古村,李奶奶家老宅,日 内

梁渼敲开了李奶奶家的房门。

李奶奶端着盆衣服往外走:不是我说你,前几天打我们老宅的主意,这几天打我们祠堂的主意,你们再过几天是不是就要打我这个老太太的主意了?

梁渼接过李奶奶手中的盆:婶,您是看着我长大的,我哪有这么多主意啊?

李奶奶停下脚步:这话我相信,都是你那弟弟的馊主意。

梁渼:我原本也不同意弟弟这么做……

李奶奶：当大哥的就该有个大哥的样子，以后别再当他的说客了。

说完，李奶奶接过盆，朝着河边走去。

梁渼转身离开，梁多多和小伙伴迎上继续做工作。

53. 富渼公司，周美芬办公室，日　内

周美芬翻看着村民通讯录，拨打了王奶奶的儿子的电话。

周美芬：你好，我是富渼公司的周美芬。我给你寄的特产收到了吧？

电话那头：感谢周总，收到了收到了。

周美芬：关于祠堂的事情，你还要多费费心，我们想尽快把合同签下来。

电话那头：周总，你也知道，老年人的工作比较难做。

周美芬：如果好沟通，我也不会麻烦你啊。等你回来，我请你们全家吃饭。

电话那头：我会继续做父母的工作，有什么消息随时联系。

周美芬挂上电话，在名单上打了一个对勾。

手机响了，屏幕上显示人民医院杜院长。

54. 富渼公司，梁淦办公室，日　内

梁二狗来到梁淦办公室，如同回家一样，自己找茶叶、烧水。

梁淦匆匆走进：不好意思，刚刚有个事情耽误了。

梁二狗一副主人的模样：没事，你先坐一会，水一会就开了。

梁淦：你找我什么事？

梁二狗坐在了梁总的位置：二表哥，我哪有什么事。

梁淦直入主题:你愿意把祠堂拿出来搞旅游开发?

梁二狗:我关心的是费用问题。

梁淦:费用除了租金,还可以按游客的多少来提成。

梁二狗:那就成交。我们家的祠堂,工作交给我做。

梁淦:我发现你还是挺有生意头脑的。

梁二狗呷了一口茶,起身准备走:这个菊花茶不错……

梁淦:你想要,自己拿。

梁二狗:那我就不跟你见外了。

说话间,梁二狗装了几小包在口袋里,哼着小曲离开了。

55. 富渼公司,会计办公室,日　内

罗莎翻看着账目:这个周美芬怎么报销这么多钱?

会计:我问过她,她说都是必要的开销。她还说以后她的报销,不要给你过目。

罗莎:我是财务总监,我不过目谁过目?

会计:罗总监,你可千万别说是我告诉你的,最近她脾气特别大,骂人可凶了。

罗莎:她还骂人?我还真没看出来。

会计:还有一些土特产的发票,也是几百几百地买。

罗莎:有的客户是需要花钱维护,但不能把客户变成包袱啊!你看看,一顿饭四五个人吃了两三千,一点成本意识都没有。我得找老梁说说,祠堂宴没办起来,家底都让她给赔光了。

会计:周美芬现在只对梁总毕恭毕敬。

罗莎:我看就老梁一个人,被她蒙在鼓里。

56. 富渼公司，梁淦办公室，日 内

梁多多把份名单表格递给梁淦。

梁淦：这是什么？

梁多多：这些都是同意把祠堂拿出来办祠堂宴的村民。

梁淦看到王奶奶的签字：你是不是把她的孙子搬出来做工作了？

梁多多：什么办法你别管，这是我的事。爸，有些事你要做得公平。

梁淦：公平？怎么了？

梁多多：会哭的有奶吃，那可就不公平。你怎么答应梁二狗的，就怎么对大家。

梁淦：没问题，到时候按游客多少，给他们分红。

梁多多：那我就放心了。

说完，梁多多就转身离开，被梁淦叫住。

梁淦把一份材料递过：既然你这么有能耐，土地流转的事也交给你了。

梁多多接过材料：这，这也交给我？

梁淦：怎么，这个事完不成了？

梁多多：这要看我想不想。

说完，梁多多走出门去。

梁淦拿起桌上村民签过字的表格，脸上露出了笑容。

57. 渼陂古村，多留余地坊，日 外

梁多多和小伙们正在召集开会。

来开会的一个个坐在小板凳上，坐得笔挺笔挺的。

走近一看,开会的却是一群孩子。

梁多多:我说的你们都记住了?

小朋友们很认真地点头,几乎异口同声:记住了。

天天给小朋友发纸:让家里人认真看上面的文字。

东东紧接着给小朋友发糖:有不同意见就写在这张纸上。

梁多多:晚饭前,谁能把写有意见的纸交给我,每人奖励三个棒棒糖。

东东放大嗓门:立正,稍息,你们都听明白没有?

孩子们异口同声:保证完成任务。

领到任务的小朋友,蹦蹦跳跳地离开了。

东东看着小朋友的背影:这样行吗?

梁多多胸有成竹地:你们就在这里等着收反馈意见吧。

58. 渼陂,梁淦家,卧室,夜　内

梁淦躺在床上翻看着《梦溪笔谈》。

罗莎在一旁敷面膜:我发现周美芬的账务有点问题。

梁淦:你想多了。

罗莎:也不是你想的那么简单。别到时候祠堂宴没办起来,家底都没了。

梁淦看着罗莎,若有所思。

59. 富渼公司,会议室,日　内

梁渼看着手中的反馈意见:你这童子军的效率也太高了。

周美芬:虎父无犬子啊。

梁淦:意见大多是在租金上。

梁多多在一旁吃着棒棒糖：这大人、小孩都一样，没有点甜头，谁帮你做事？

周美芬：周边的租金都是280元一亩，他们要380元，真是狮子大开口。

梁淦：我们村历来就有"三头半牛耕田"的说法，良田就更少了。

梁渼：土地就是他们的命根子。

梁多多：梁总，你交代的任务我已经完成了，拍板的事，我可定不了。

梁淦：你觉得380元合适吗？

梁多多：利益共享才能长久嘛。

梁淦：那就这么定了，小周和大哥准备合同，我们争取早日开工。

60. 濮陂古村，荷花基地，日　外

农民们在挖池塘，几个技术人员在一边取样测量土质。

孟泽和梁淦沿着田埂走来，梁淦介绍着自己的规划。

孟泽：你的"以荷为媒"的理念和思路，区里非常支持。

梁淦：没有你在中间做媒，工作也不会进展这么快。

孟泽：我现在担心你同时开展研学、农庄、旅游和农产品，会不会进度太快了。

梁淦：怎么，你现在跟不上我的步子了？

孟泽：我是负责你的后勤保障，冲锋陷阵的事还要靠你自己啊。

梁淦：我正在联系几个在外面做得比较好的企业家回乡。像我们这个年龄在外面的，现阶段都遇到了一个发展的瓶颈期。

孟泽：没有技术，没有殷实的家底，想再往上走就很难了。

梁淦：他们也看得到家乡这几年的变化和发展，也许回乡是一个

比较好的选择。

孟泽：有时候找合作伙伴和找伴侣差不多，不但要情投意合还要志同道合。这个工作你来做，需要我出面的随时找我。

梁淼：有你这个娘家人在，我做什么都有底气了。

说话间，梁淼把孟泽送上车。

61. 渼陂古村，富渼农庄，日　外

水泥搅拌车在轰隆隆地运转，争吵声一阵高过一阵。

十几个村民拿着铁锹，坐在路口，说什么也不让工人通过。

梁渼向村民解释：这条路扩宽你们以后去农田也更方便了。

梁二狗：我们不说以后的事，你现在占用了我们的田地就是不行。

梁渼：扩宽的距离我们测量过，只是一个田埂的宽度。

村民乙：多占一个田埂也不行。

梁渼强压着怒火：这条路连辆车都开不进去，我们修路也是为了方便大家啊。

梁二狗：你们现在这种行为就是多拿多占。

村民丙：还有你们种的那些树苗，必须拔掉。

梁渼：种树也不行？

村民乙：你现在种下去是树苗，等几年后长成大樟树，这树就成了国家资源，我们想拔树，那可就是违法行为了。

梁二狗：违法乱纪的事，我梁二狗可不会做。

村民甲：这树种在良田，会改变土质，如果以后你们哪天不租了，我们找谁去？

梁渼揪住梁二狗：你又在这里煽风点火，小心我揍你。

梁二狗连忙求饶：大表哥,现在是法治社会,君子动口不动手。你忘了上次被公安局带走的事吗?

梁淏的手停在半空：你们这样,派几个代表,我们到公司谈。

梁二狗：是的,有话好好说,好好说嘛!

村民甲：公司我们不去,要谈就去悦来客栈,看看你们的诚意。

梁淏在人群中,看到了梁多多的身影。

62. 濒陂古村,求志堂,日　内

梁淏推搡着梁多多走进祠堂：我把你儿子带来了。

梁淦早已经等候在这里：说吧,你为什么这么做。

梁淏：这小子我看就是欠揍。

梁淦：让他说。

梁多多突然笑了起来：这好像还是第一次你给我机会说话。

梁淦：你这么做的目的究竟是什么?

梁多多：因为我不能看到自己的亲人受欺负,受委屈。

梁淏：亲人? 我看你是胳膊肘往外拐。我听不下去了,你要好好教育你这个儿子。

梁淏气冲冲地走出祠堂。

梁多多走到父亲梁淦面前：我 3 岁的时候,你们就去深圳打工,我从小是吃百家饭长大的,你有真正关心过我吗?

梁淦：你大学一毕业,我不是就让你去深圳了。

梁多多：可你一句话,我就回来了。你问过我在深圳这两年做了什么吗?

梁淦：天天晚上往夜店跑,你以为我不知道?

梁多多：你以为我每天晚上去夜店是去喝酒,其实我是去送货。

你以为你给我几万元是跟朋友吃喝玩乐,其实我是用这几万元开了个酒厂。当你让我回老家时,我的公司账户上已经有二十多万了。你以为,你以为,你以为的都是错的。

梁淦:你,你怎么不早说?

梁多多:那你怎么不早问? 一个父亲,连他儿子穿多大鞋子都不知道。

梁淦:你不是穿41码的鞋吗?

梁多多指着脚上的鞋:为了让你高兴,祠堂宴之后我就一直穿着你给我买的鞋,可你注意到了吗? 为了让你高兴,我穿了几个月的"小鞋",可你注意到了吗?"小鞋"穿久了,也就不觉得疼了,当然脚上的痛可以忍,但心里的痛忍不了。

梁淦拉住梁多多,把他按坐在椅子上。

梁多多:我当初在深圳创业,已经赚到了第一桶金,可就是因为你的一句话我就放弃一切跟着你回来。如今,你却为了自己的利益占用别人的利益,我看不惯,也不会答应。

梁多多挣扎着要起身,梁淦却坚持帮儿子解开鞋带,脱下袜子。

大拇指和小拇指的脚指甲已经被挤成了乌紫色。

梁淦盯着脚看了一会,抬起脸已经两行眼泪。

63. 溪陂古街,悦来客栈门前,夜 外

夕阳即将西沉地平线,散发着艳丽的紫红色。

梁淦坐在悦来客栈的门槛上,静静地笼罩在落日余晖里。

各家各户门前的红灯笼亮了起来。

村民代表陆陆续续朝着悦来客栈走来。

64. 渼陂古街,悦来客栈,夜 内

用盐将鸭血搅成糊状。

将鸭肉剁碎放油大火爆炒,将血水炒干,放作料,接着倒入水煮沸腾。

将锅内剩余的汤汁倒入鸭血内,将鸭血稀释,充分搅匀。

关火,将稀释并搅匀的鸭血倒入锅内,与鸭肉充分拌匀。

65. 渼陂古街,悦来客栈,夜 内

来开会的代表已经围桌而坐。

梁淦把一盘血鸭放在桌上。

村民甲:梁总,这是你亲自下厨的?

梁淦坐下:还有几个菜,我们边吃边说。

梁多多把其他菜陆续端上来,村民们面面相觑。

村民甲:我们几家的田地都是在你们修路的边上。

梁淦:换位思考,如果我是你们一定也要着急的。

村民乙:这么说,你们不修路了?

梁淦:路是一定要修的,我想提高大家的租金,480 元一亩地。另外,你们所担心的种树会改变良田土质的问题,我觉得有道理,所以我们不种树了。

村民丙:你真的愿意提高租金?

村民乙:也不种树了?

梁淦给大家加酒:我的性格你们还不清楚。

村民丁:我就说梁淦不会坑自己人的吧。

村民甲:你呀,就是马后炮。

梁淦招呼大家吃菜,梁多多在一旁默默地看着父亲。

66. 渼陂古村,富水河畔,夜　外

快节奏的生活给人们带来压力,人们渴求找寻当年的记忆,更需要一个慢生活,于是,更多人来到渼水湾。触摸古旧的街巷,体验古老的记忆。

青山孕育了秀水,山山水水,雨雪风霜,是渼陂人赖以生存的精神家园。

一场绚丽的水幕灯光秀在富水河两侧上演。

67. 乡村公路,汽车上,日　内

梁淦和省农科院的专家聊着富渼基地遇到的问题。

汽车内广播新闻吸引了大家的注意。

广播:吉安目前出现十年不遇的倒春寒……

梁淦和专家对视一眼,一种隐隐的担忧弥漫开来。

68. 渼陂古村,富渼基地,蔬菜合作社,日　外

梁淦带着专家来到大棚前,梁老叔连忙迎上。

梁淦:这是我们省农科院的专家。

梁老叔着急地:连续低温,部分草莓生了病虫害。这可怎么办?

梁淦安慰地:别着急,让专家看看,看看再说。

69. 富渼基地,蔬菜合作社,草莓大棚内,日　内

农科所的专家认真观察草莓的根系、叶子和土壤。

梁老叔:怎么样?

农业专家：现在需要的是合理浇水。

梁老叔转对身边的老伴：我让你浇水，你非说不用不用。

农业专家：连续阴雨天虽然光照差、温度低，草莓生长缓慢，但在行光合作用时需要适当补充水分，合理浇水能避免因长期水分滞留引起的水毒害，有利于草莓生长。但补水的同时要注意控制水量，避免因水分过多导致根温下降，损伤根系。

梁老叔：那我就放心了。

梁淇询问：是不是保暖也要做好啊？

农业专家：盖好棚布，注意控制大棚内温度。

梁淇：老叔，这几天倒春寒，我找几个师傅帮你们照看大棚。

梁老叔：谢谢，谢谢了。

70. 返乡创业孵化基地，菌菇养殖基地，日　内

穿着一件深蓝色长袖 T 恤衫，黑色休闲裤的裤腿上沾着斑斑点点的泥土，一双白色登山鞋早已看不出原来的颜色。梁渼在基地里观察着菌菇的长势。

梁渼摘下一朵菌菇：今年的产量怎么这么少？

工人：梁总找专家来看过了，说是这一批玉米芯有问题。

梁渼：现在早晚温差大，真要特别小心。

工人：没错，希望后面控制好温度，能弥补一些损失。

梁渼：真是祸不单行啊。

71. 富渼基地，蔬菜合作社，办公室，日　内

办公室内，前来寻求技术支持的农民络绎不绝。

工作人员一一登记在册：好的，我们梁总已经在找专家来解决

困难。

梁二狗:我不要加入富溪基地蔬菜合作社,你们非劝我,今年如果亏了算谁的?

周美芬不耐烦地:那如果赚钱了,又算谁的?

梁二狗:你说话不算,我要跟我二表哥说。

周美芬:梁总已经处处照顾你,你不要得寸进尺。

梁二狗:你说谁得寸进尺呢?

周美芬:你又不是第一次当农民,农民有时候就得靠天吃饭,有本事你跟天吵啊?

梁二狗几步冲到周美芬面前:我看你是把自己当成天了。

周美芬:怎么你还想打我?

梁二狗冷笑一声:好男不跟女斗,不,应该是好男不跟狗斗。

周美芬上去跟梁二狗厮打起来,一旁的农民都赶来劝架。

72. 溪陂,梁淦家,夜　内

罗莎开门进入,梁淦递过拖鞋。

梁淦:今天多亏你在,不然可要出大事了。

罗莎:这个周美芬,你真的要说说她,平时动动嘴也就算了,现在倒好,跟人家动起手来了。原本就够乱的,她还在这里添乱。

梁淦:小周跟着我们这么久了,她的脾气你也知道。

罗莎:我现在还真有点不知道了,这好像不是我们以前认识的那个小周了。

梁淦:我们本来就人手不够,有的事还真离不开她。

罗莎:唉,希望别再无事生非就行了。

梁淦:如果资金出现问题,我们可能需要把深圳的房产给卖了。

罗莎:你趁早打消这个念头,我是不会同意的。

73. 渼陂古村,联排古屋,梁氏老宅,日　内

梁氏从内屋取出一个包裹,打开里面有些首饰和一个存折。

梁渼:妈,你这是干什么?

梁氏:老大,这是妈妈这些年攒的钱,我想让你拿去,帮助你弟弟。

梁渼打开存折:这点钱杯水车薪帮不上什么忙的,你还是自己留着吧。

梁氏:他现在需要的不仅仅是钱,精神的支持也许更重要。

梁渼把包裹包好:妈,我知道我该做什么了。

74. 研学基地,梁渼办公室,日　内

一张青原区地图铺在桌面上,梁渼正在向旅行社介绍研学基地的各种项目。

梁渼:陈毅曾说过"此是东井冈,会师天下壮"就是这里,东固。工农革命军三次反"围剿"斗争的主战场。还有这里富田……

旅行社的人员津津有味地听着,不时地提出问题。

75. 渼陂古村,牌坊前,日　外

梁渼继续向旅行社介绍着古村的情况。

梁渼:渼陂也被称为"庐陵第一村",在这里召开了著名的"二七会议",从这个古村里走出了三位开国将军,梁毕业、梁兴初、梁仁芥……可以说这个渼陂这个地方是集"古色、红色、绿色"三位一体的村落。

张社长:梁总,一听您就是当地人。

梁渶:是因为我普通话不标准吧。

张社长:因为你说的每一句话,都充满了感情,不像是介绍,更像是聊天。

梁渶不好意思地:那是因为我不够专业。

说话间,一行人继续向村里走去,梁渶手舞足蹈地介绍着自己的家乡。

76. 研学基地,梁渶办公室,夜　内

梁渶和张社长两个人坐在办公室。

张社长:我觉得,现在我们需要确定的就是价格问题。

梁渶:你说的一个人80元的价格太低了。

张社长:一看梁总就是对这个行业不了解,我们这个是老年团,是靠购物赚钱的。

梁渶:如果人家不购物呢?

张社长:100个人里,有几个人购物,这个团就不会亏。

梁渶:靠卖假货赚钱?

张社长:不能这么说,我们卖的是土特产,现在的游客最喜欢土特产了。

梁渶:反正我这里就负责吃、住,导游你们来找。

张社长:这些城里来的人,最喜欢山里的蔬菜,到时候青菜萝卜,还有土猪头,提前备一点,也可以增加一点村民的收入嘛,这个费用我们旅行社来出。

梁渶:聊了这么久,我最喜欢听你这句话。

张社长:梁总也是实在人,我们马上签合同。

77. 研学基地,晒谷场,日 外

晒谷场上人山人海,渼陂好久没有这么热闹了。

每个摊位上,都摆着琳琅满目的商品。

张奶奶看中一个木雕的笔筒,想买给孙子。

王奶奶拉了拉:你忘了,出门前儿子怎么叮嘱的?

张奶奶:对对对,什么都不能买。

带队导游在摊位前转悠着,似乎意识到了什么。

梁渼跑来催促:快开饭了,怎么还在这里啊。

导游:不着急,不着急,再等等。

梁渼看了看手表:到十二点,我们可准时开饭。

导游:别着急啊,解说还没结束呢。

梁渼低声地:不会没人买东西,你就不让开饭吧?

导游放开嗓门:还有三十分钟开饭,要买东西的抓紧时间,下一站可就没有购物项目了。

大家都看出解说员故意放慢了讲课速度。

旅游团的爷爷奶奶们也有些坐不住了。

——别听他们忽悠,我女儿说了,景点的东西不能买。

——都几点了,还不开饭。

只听一声大叫:张奶奶晕了。赶紧打电话叫救护车。

导游连忙赶过去疏散人群。

梁渼在一旁呆若木鸡。

78. 研学基地,食堂,日 外

经过刚刚一番折腾,旅行团的爷爷奶奶们也是筋疲力尽。

此时,桌上的饭菜似乎格外的香甜。

梁渼挨着桌子问大家有没有吃饱。

梁渼看见梁奶奶走过来,连忙迎上:给旅行团的萝卜都准备好了?

梁奶奶:他们一个人要两斤萝卜,我们的萝卜一个五六斤,一斤也就赚两毛钱,洗萝卜、切萝卜的人工费都不够,这萝卜没法卖啊。

梁渼:你按人头,称总的重量给他们,怎么分我们不管了。

梁奶奶:他们同意吗?

梁渼:同不同意我说了算。

养猪场的罗大叔也找了过来。

梁渼:听说你今天的生意不错啊。

罗大叔:他们只买猪肉,剩下的全是猪脚和猪头,这生意怎么做啊?

梁渼:你把剩下的猪头和猪脚都卖给我,反正我们做饭也需要。

罗大叔:那我就先谢谢梁总了。

79. 渼陂古街,卧龙樟,夜　外

梁淦和梁渼两人坐在樟树裸露的树根上,神色都很严峻。

守村人似乎在找他的大白鹅,嘴里念念有词。

梁渼听着弟弟的训斥,低着头一句话都不说。

梁淦:低价老年团,这不是阳光产业,你难道不知道?

梁渼:我不是想多赚点钱,帮帮你吗?

梁淦:中午那个张奶奶幸好抢救及时,要是出了人命,你能心安吗?

梁渼叹了口气:做着白菜的生意,操着卖白粉的心。

梁淦:你是跟哪家旅游公司签的合同,立马解除合约。

梁渼:我签的是五年的合同,现在解约,是要赔违约金的。

梁淦:违约金我出。

梁渼:你出,你哪有这么多钱?

梁淦:不管什么时候,没有标准的东西,就不要谈价格。所以,我们要为自己的失误埋单!

梁渼换以一种陌生的目光打量着梁淦:你变了。

梁淦有些莫名其妙:你说什么。

梁渼:以前都是我这个哥哥保护你,也许以后需要你保护我了。

守村人抱着两只鹅走来:兄弟同心,其利断金。

梁淦和梁渼对视一眼,笑了起来。

80. 渼陂古村,悦来客栈,日　内

一只手轻轻地晃动着手中的茶杯,淡绿色的茶叶沉沉浮浮。

梁渼听着酱油厂王总的讲述:你说什么,周美芬收了你的回扣?

王总:对啊,她收了我的钱,现在又不用我的东西。

梁渼:她就不该用你的东西!

王总:有问题的那批货,我们已经销毁处理了。

梁渼:古法酿制酱油的手艺传到你这里,真的是对不起老祖宗。

王总:大哥,我已经认识到错了,下次再也不会了,我这次来就是想跟你们继续合作。

梁渼:你还有脸找我合作,差点没把我们害死。(把他推出去)走走,我不想见到你。

81. 富渼公司,梁淦办公室,日　内

周美芬坐在沙发上,听着罗莎的训斥。

罗莎:我看你就是被钱蒙住了眼睛。

梁淦:小周,你知道我当初为什么招你吗?

周美芬:因为我是东固人,我跟莎姐是老乡。

梁淦:这是其中一个原因,更重要的是我看到你的单纯,你的吃苦耐劳。

周美芬此时已经泪流满面:梁总,我知道错了。

梁淦:这件事只限我们几个人知道,尤其是大哥,提醒老大别到处说。

罗莎:小周,你是不是遇到什么事了? 你以前不是这样的,你跟我说实话。

周美芬:菲菲做手术,需要钱。

罗莎:你老公现在什么单位?

周美芬:孩子刚查出先天性心脏病不久,我们就离婚了。

梁淦和罗莎对视一眼,愣在原地。

罗莎:你怎么从来没跟我们说过。

周美芬擦了擦眼泪:我不想让别人可怜我。

梁淦:有的事情没必要自己扛着。

周美芬:梁总,我想辞职。

罗莎:这个时候辞职,你日子怎么过?

周美芬:我现在就想多陪陪孩子,我也没有脸在公司待下去,欠你们的钱我会还的。

梁淦:小周,你跟我们不必这么见外。

周美芬:梁总、莎姐,你们已经对我很好了。

梁淦:富渼公司永远是你的娘家,有什么困难,随时来找我和你莎姐。

周美芬起身离开。

梁淦：我还是想把深圳的房产早点处理掉。

罗莎：我知道你想做什么。

梁淦：只有这笔钱能帮我们渡过这个难关。

罗莎：美芬那边，我会想办法去帮她，孩子是无辜的。

82. 濩陂古村，街巷，夜　外

置身古巷，脚踩青石，眼里是霓虹闪烁，耳边有虫唱蛙鸣。古街上站岗的红军战士、卖报的报童、扛着冰糖葫芦的小贩，有种穿越时空的感觉，令人遐思无限。

梁淦和梁溪沿街巷走来。

梁溪：小周说走就走了？

梁淦：还是我对身边的人关心不够，她家里出了这么大的事，我都不知道。

梁溪：一个人的精力是有限的，你已经很累了。

梁淦：我准备去一趟深圳，家里的事可就全权交给你了。

梁溪驻足：我这人脾气不好，你不怕我又搞砸了？

梁淦：不会的，我相信你，如果不把深圳的产业处理掉，研学项目的违约金、给村民的补贴、小周女儿的手术费……怎么负担得起啊？

梁溪拍拍梁淦的后背。

吊脚楼上上演着一出浪漫的抛绣球招亲演艺，瞬间点燃了游客的热情。游客们提着自己喜欢的灯笼，行走在古村的巷道上，别有一番风味。

83. 深圳，庄园酒店，日　外

庄园酒店坐落在 300 亩主题公园内，园区 90% 以上由树林、绿地和水面所覆盖。庄园的建筑蕴含了原汁原味的明清建筑和欧洲经典文化相融合,外形气势磅礴,内部装饰金碧辉煌。浪漫的音乐诉说着爱情故事,清澈的湖水把人们的心灵涤荡。

梁淦走到迎宾区的签到台,拿起英伦式的毛笔,在树叶状的便签上写下一行祝福。

罗斌连忙迎了上来:梁总,你这么忙还赶过来,太感谢了。

梁淦:我也是看着孩子长大的,怎么能不来呢?

说着,梁淦掏出事先准备好的红包。

罗斌连忙拒绝:不不不,这个传统得改改了,凡是我请来的宾客一律不收红包。

只见罗斌一招手,几个打扮如同仙女一样的女孩,给梁淦递上了一个伴手礼。

梁淦接过看了看:参加婚礼,还有红包?

罗斌:沾沾喜气嘛。

梁淦:取之于民用之于民,你这有点反哺的意思。

罗斌:我们出来打工这么久,有的事也得入乡随俗嘛。

梁淦:都做这么大老板了,怎么还说自己是打工啊?

罗斌:在外面做得再大,不还是在人家手底下吗?

梁淦抛出橄榄枝:那你想不想回去,继续你的音响梦?

罗斌:回去?是我一直在想,却没勇气做的事。

84. 渼陂古街,万寿宫,日　外

位于渼陂古街中段西侧,与麻石巷道相连,以牌坊为入口,建于清乾隆后期。万寿宫祭祀斩妖降水害的神仙许真君许逊,又称万寿菩萨。江西各地及在外地经商的江西人多的地方,建有许多座万寿宫。

现在的万寿宫,不仅是商贸集市的中心,还是休闲消费好玩的地方。正如拱门匾上所书,是个"天不夜""月常有"的地方。

85. 渼陂古街,万寿宫,日　内

桌上摆放着各种小吃,古戏台表演着当地的采茶戏。

梁渼和几位村里的老人有说有笑。

剃头匠罗师傅:都好多年没有拿过推子了。

篾匠梁师傅:以前我们做的筐啊、簸箕啊,是家家户户都要用的,现代人早就淘汰了。

梁渼:以前是生活必需品,而现在成了艺术品。

木匠梁师傅:这么说,我们都是艺术家了。

梁渼:这么说也没错。

做姜饼的梁大爷:如果哪天我们这些老人都不在了,这些手艺也就失传咯。

一句话说得大家不免有些伤感。

梁渼:你们现在可都是我们村的宝贝,我准备把你们的手艺都放到我们研学的课程里,要让这份技艺传承下去。

酿酒的梁爷爷:为了你这句话,我以茶代酒。

梁渼:哪天去你家喝烧酒去。

木匠梁师傅:你得把家里过期的酒拿出来,让我们尝尝。

酿酒的梁爷爷:那可不行,那些酒我是等着孙子结婚的时候喝的。

86. 深圳,某家具厂,日　内

梁淦跟着一个西装革履的小伙子穿过嘈杂的车间,来到一个小房间里。

小伙子刚要说话,被梁淦做了个手势制止了。

梁淦拿出手机,拍下了一张照片。

李总停下手中的雕刻,看见梁淦,起身跑过来拥抱:老梁,你怎么来了?

梁淦:不知道从什么时候开始,身边的人都开始叫我老梁了。

李总:不老,都被叫老了。

梁淦拿出手机:你看看,我拍得怎么样?

李总:你这拍照的技术,拍出了温彻尔印象派的感觉嘛。

梁淦:你这个老总怎么有空亲自上手啊?

李总:家具市场发展太快,从欧式到简约到定制再到回归中式,才用了几年的时间。

梁淦:那我们就要以不变应万变。

李总:说说你的来意吧。

梁淦:我想让你回乡,跟我一起干。

李总:梁淦啊,梁淦,你身上总是有一股"干"的精神。

梁淦:谁让我们都是喝"赣"江水长大的呢。

87. 深圳,薰衣草庄园,黄昏　外

夕阳洒在一片花海上,产生了一种梦幻的效果。

罗总和梁淦徜徉在花海中,似乎已经忘记了时间。

梁淦:我估计,你这里有超过 50000 株薰衣草。

罗总:没错,我这里除了薰衣草花园,还有各式药材的理疗花园。

梁淦:理疗花园?

罗总:有百里香、柠檬、锥菊等香草,闻一闻沁人心脾,身心舒畅。

梁淹伸出手:我希望在家乡的土地上,也能种上一片薰衣草。

罗总也伸出手:也是我们共同的希望。

88. 吉安西站,日　内

梁淹出现在出站口,梁多多出现在进站口。

父子俩在火车站擦肩而过。

89. 深圳,艺术中心,日　外

海上世界文化艺术中心,一个可以看海的博物馆。

面朝蛇口湾、背靠南山,就像一座小山丘坐落在海边。

90. 深圳,艺术中心,日　内

梁安带着梁多多来到新工艺百物展。

梁多多:你真的不考虑跟我回去?

梁安:我跟你爸是两种风格,两种思路,尤其不能在一起工作。

梁多多:但我爸现在需要你。

梁安:是他说的?

梁多多:没有,是我说的。

梁安自语:我想也是。你跟你爸现在不吵架了?

梁多多:比以前说话要多一些。

梁安:他的话,全跟别人说完了。

梁多多:不过我现在对他,多了份理解。

梁安:不错,成熟了。(边走,边介绍着)这个展览是从手工复兴、方法与技艺、迭代与创新和理想社会四个角度,展示了丰富的创意设计实践正在如何重新激发工艺的生命力。工艺带领我们一步步从传统开始,反思过去,解构创新。

梁多多:如果你能把这个理念带回我们渼陂,那我们渼陂可就不只是青原的渼陂、吉安的渼陂,而是世界的渼陂了。

梁安:几天不见,不但成熟了,口气也大了不少。

梁多多:三叔,你不是一直想办"红色书屋",还要传承我们梁氏家风吗?

梁安:你这次来啊,就是当你爸的说客的?

梁多多逼问的口气:不要管我爸,就说你自己愿不愿意吧。

梁安:可以让我考虑几天吗?

梁多多:给你一周时间,下周一答复我,三叔再见!

梁安:你这个臭小子。

梁多多边跑边说:下午的高铁回吉安。

91. 渼陂古村,富水河畔,夜　外

富水河河面上漂浮着游客散放的河灯,水光溶溶,倒映着古村的全貌。作为渼陂的母亲河,富水河与古村相偎相依已千年,养育了一代又一代英雄儿女,承载着一个又一个美好心愿。

守村人挥舞着木棒,和一群孩子又跳又笑。

92. 渼陂古村,荷花基地,日　外

富渼荷花基地,游人如织。

为了控制人数,梁多多带着几个村民在入口处卖票。

梁淦和梁渼走来询问卖票情况。

梁多多:五千张门票,转眼间一抢而空。

这时,一身文艺气息的梁家老三走了过来。

梁渠:老三怎么回来了?

梁淦看着梁多多:是你把他找回来的?

梁多多点点头。

梁淦第一次主动拥抱儿子。

说话间,梁渠和梁安都已来到近前。

梁多多看着大伯、叔叔和父亲:俗话说,打虎亲兄弟,看来没错。

梁安接过话头:上阵还要父子兵哦。

两代人穿梭在荷花之中,在荷花池的中央有画展、瑜伽、古琴等文艺表演。

梁淦:看来这些都是你的朋友咯?

梁安:我这个人,就是朋友多。

93. 富渠基地,办公室,日　内

一家人围坐在电视机旁,新闻里正在播放:农业农村部、自然资源部联合部署开展"大棚房"问题专项清理整治行动"回头看"。

电视机前的罗莎:我们这个农庄真的保不住了吗?

梁淦:虽然我们农庄的木屋是抬高设计,但也违反了政策。

罗莎叹了口气:我们农庄的生意刚刚火起来。

梁渠:要不我们去找找孟书记,看看他有没有什么办法。

梁淦:现在去找他,就是给朋友找麻烦。不许去。

94. 渠陂古村,富渠基地,日　外

昔日热闹的农庄,现在已经冷冷清清。

看着一株株樱花被连根拔起,梁渠黯然泪下。

正在这时,梁奶奶和当初退款的脱贫户来到农庄。

梁奶奶:老大,梁总在哪?

梁渼:就在里面,我带你们过去。

95. 渼陂古村,富渼基地,办公室,日　内

梁奶奶和几个村民把脱贫证放在办公桌上。

梁淦:你们这是?

梁奶奶:我们要求入股。

罗莎:现在是公司最困难的时候,你要入股?

王奶奶:我们原来以为,你们只是回村赚钱,但最近的几件事让我们知道,你们是不会走的,是真心实意为了家乡的发展。

梁二狗:没有富渼公司,就没有我的今天。

李奶奶:我们愿意成为你的股东。

梁淦拿着一本本鲜红的股东证,哽咽起来。

96. 渼陂古村,富渼基地,日　外

富渼农庄外的一片平地上,300个硕大的酱缸气势恢宏。

酱油胚散发出一阵阵诱人的酱香。

梁淦正在向游客介绍:这些酱油胚可以产出20吨酱油,都是我们村的村民手工酿造的。

游客们似乎觉得酱油的古法酿造过程非常神秘,想一探究竟。

梁淦:这也是我们这里的"三缸文化",乡村需要发展,但同时也需要回归。

孟泽来找梁淦:我有点事跟你说。

梁淦:什么坏事我都经历了,没事,你说吧。

孟泽:你申报的房车露营地项目和渼水湾商贸区,市里已经批下

来了。

梁淦激动地:真的?

孟泽:这可是我市第一家乡村级文旅结合体。

梁淦:你可真是雪中送炭啊。

97. 富渼公司,农业基地,日　外

眼下正值春耕时节,新圩镇稻田里已是一派繁忙景象,农户们熟练地操作插秧机,一棵棵秧苗被快速地栽到水田中,留下一排排整齐的秧苗。

孟泽向梁淦介绍着:过去人工一天只能完成十几分地的插秧,如今机械插秧一天就能完成70亩左右。

梁淦听得入神:这样不但解决了农村劳力不足、没人种田的问题,而且打工、务农两不误。

孟泽:这就叫"农民工人化,农业工厂化"。

98. 一组镜头

——"富渼一日游"体验活动,吸粉无数。

——"富渼首届丰收节",成为旅游的爆款。

——"夜渼陂",唤醒游客温暖的记忆。

——"渼水湾商贸城",游客如织。

99. 富渼公司,房车露营地,日　外

浩浩荡荡的房车车队开进村。

房车体验区由两种不同类型的拖挂房车组成,自成一排,在青山碧水间,品味田园风光。

这里成了周边地区共同的"节日港""欢乐湾""庆祝场"……渗透着文化的意趣,新时代的足迹,庐陵文化的底蕴,红色基因的传承。

布光,架话筒,手机对焦……这里俨然成了一个专业的直播间。

化妆师正在给东东化妆,一旁的桌面上堆满了各种当地特产。

东东:我这是赶鸭子上架。

天天:我们几个中,你的粉丝最多,这个主播当然要你来。

梁多多:你们可别小看这个直播间,我有个浙大的同学,毕业后就回宁波老家卖海鲜,他的电商公司年营业额近 2000 万元。

天天:电商兴农,大有可为啊。

东东:你们快帮我想一个网名。

梁多多:那就叫"渼陂东哥"。

100. 渼陂,村委会扩大会,日　内

村委扩大会正在召开,除了村委还有村民代表也参加了会议。

孟泽:有个问题我其实想了很久。不把"乡村"视为一个单纯的生产部门,更多地把它看作一个社会组织载体、文化主体、伦理主体,也是一个由农业文明向工业文明迈进的必然阶段。虽然一字之差,却有着天壤之别。

在座的代表认真听着,思索着。

孟泽拿起笔在一旁的黑板上写下了一个甲骨文"乡"字:你知道这是什么字吗?

村民们辨别着:两个人相对而立,中间好像摆放着食物……

孟泽:有人这样解读:"果腹而乐,促膝相欢,张口而喧,若睹乡子容貌,似闻浪语乡音耳。"

不知是谁叫了一句:我知道了,这是个"乡"字。

孟泽:能够感受到田园风光,能够体验到诗意山水,能够忆得起乡思乡愁,能够承载中华民族 5000 年农耕文明。这也许就是我们乡村的现代化,也是我们期待的美好生活。

101. 富渼公司,股东大会,日　内

会议室内,周美芬正在布置会场。

梁渼看到周美芬有些诧异:你,你怎么在这?

周美芬:我家小朋友的手术很成功,多亏你们雪中送炭给我们拿来的手术费,我肯定会还上的,所以又重新应聘了梁总的助理。

梁渼:你这个助理位置可不是一般人能担任的。

周美芬:谢谢老大。

梁淦:我们是团伙还是团队啊,以后叫大哥。

罗莎热情招呼各位股东入座,参加会议的有香料公司的罗总、家具公司的李总、音响公司的罗斌,大家见面后都激动地打招呼。

除了外地请回来的企业家,还有当地参股的村民们。

梁淦走进,宣布会议正式开始。

梁淦:我代表富渼公司欢迎你们回归。

102. 一组镜头

——夏日的夕阳已经西斜,树上的知了叫个不停。古樟粗枝横展,密叶婆娑。

——秋日的黄昏,山谷中的岚风带着浓重的凉意,渼陂古村渐渐和夜色混为一体。

——冬日的暖阳照在祠堂的琉璃瓦上,一股股炊烟在明净的天空中,轻轻地摇曳、升腾。

——春日的太阳撒着金辉,冲破白蒙蒙的雾障,照耀着崔巍的山峦。

103. 赣菜美食节,比赛现场,日　内

会场挂着醒目的标语"品赣菜美食　过硒式生活"。

舞台上,主持人正在宣布获奖人员名单。

梁淦正在一旁准备上台领奖,手机却在口袋里震动不停。

眼看着就要叫到梁淦的名字,手机又震动了起来。

梁淦拿起电话,见是孟泽来电,也只能果断关机。

从台上领奖下来的梁淦,第一时间拨通了孟泽的电话。

电话那头:怎么关键时候总是找不到你。

梁淦:不好意思,我在领奖。

电话那头:领什么奖啊,马上给区委办公室回电,你被选为江西省人大代表。

梁淦不相信自己的耳朵:什么?

电话那头:江西省人大代表。

梁淦看着自己美食比赛的奖杯,激动地流下眼泪。

104. 渼陂古村,夜　外

天空下起了雨,但寒雨浇不灭渼陂村民延续传统文化的热情,长长的游灯队伍走遍了古村的大街小巷,热闹的唢呐和锣鼓声令人啧啧称奇。队伍沿着世代不变的路线,一路鼓乐,一路爆竹,穿街走巷,走完大半个村子再回转。

上灯是渼陂古村的传统习俗。"灯"谐音"丁","上灯"寓意"上丁",表达了村民对添丁的喜悦心情,和对美好生活向往的朴素情感。

105. 永慕堂,家宴,夜　内

一对对六角形的灯笼悬挂在祠堂两边的梁木上,吉祥的图案被红烛照得通亮。

梁渼、梁淦、梁安看着哇哇啼哭的婴儿,高兴得合不拢嘴。

爆竹声、锣鼓声与采茶戏的唱腔交织在一起。

每个人的脸上,都绽放出灿烂的笑容。

渼陂古村等待着远行的游子回归故里。

　　[定格。

　　[全剧终。

编剧：谢国宇

百字剧五则

因为爱

隋欣以威胁的方式约出分手八年的恋人，以此展开女性悲剧命运的审判：一大一小两条命及终身失去做母亲的权利，隋欣都剑指吴凡所致。吴凡是悲剧恋情的当事人，但也有诸多苦衷。隋欣由爱生恨、恨之入骨，再到"放走"吴凡，一番生死后，对二人来说都是一种救赎和重生。

生死一诺

老兵张明为了一句战场上的诺言，作为全班唯一活下来的人，三十多年来一直照顾死去战友的父母。这次生病，昔日恋人、曾经的同学，共同揭开了这场善意的谎言……张明却说，这份承诺太重，他只能一个人扛。比起在战场上牺牲的战友，他已经很幸福了……

为了孩子

儿子丁丁今年入学，但是当年离婚时，抚养权和户口都跟着前夫丁志强。刘丽红在男友赵四方的帮助下，重点小学之事只差找到丁志强变更抚养权。然而开始懵懂的丁丁幻想父母能够复合，对闯入的赵四方相当抵触。丁志强恶习难改，因是否拆迁补偿前后态度不一。奶奶爱孙心切，生怕孩子被抱走。到底谁真为了孩子？

我该怎么办

兰芬不顾多方压力，发出启示寻找当年凌辱自己之人救女。项群通过红十字会，为兰芬患有血癌的女儿捐款。经过内心的周折，项群从偷偷来到经常看望，并匿名捐髓配型。在寻找强奸犯的过程中，恩人项群被发现就是当年的作恶之人。最终项群选择了自首，兰芬选择了放弃控告。

至爱亲朋

面对去世前夫留下的 5 万元债务，继母张敏带着前夫的儿子如遭雷击。哥哥劝张敏不要认下这笔毫无根据的债务。在前夫朋友的"佐证"下，张敏咬牙认下这笔账，日子再苦也要把孩子养大。其实，这是一场"意外"的考验，朋友、张敏，都用真情让孩子感到了生活的希望。

千字剧三则

门

时　间　现代,某日早晨

地　点　张三家门口

人　物　李　四　男,38岁,保安副队长,办事谨小慎微

　　　　王　五　男,18岁,保安,热心单纯,认真负责

　　　　赵　六　女,28岁,张三邻居

　　　　孙　七　女,68岁,邻居大妈

　　　　张　三　男,38岁

〔李四、王五上。

〔张三家的门半开,没有锁门。

〔王五刚要踏入张三家,李四一把拉住了王五。

〔李四站在门外敲门。

李　四　请问,是张三家吗? 我们是小区的保安,有没有人在家?

〔李四再次敲门,站在原地等待。

李　四　请问家里有人吗?

〔没有人回应。

王　五　(有点着急)李副队长,业主打电话来,不都说过了,家里没人,担心房门没锁,你还"这有人吗有人吗",有人在家的话,人家还给你打电话干什么?

李　四　你才干几天保安,这是程序。

王　五　好,好。现在家里确定没人了吧?

　　　　〔王五伸手准备帮忙把门关上。

李　四　住手!

王　五　李副队长,你吓我一跳。

李　四　你要干什么?

王　五　我帮业主把房门关上呀,要不我来这干吗?

　　　　〔李四示意王五等一等。他掏出对讲机。

李　四　呼叫队长,我是李四……对,家里没人……是,是……我记
　　　　住了,需要征得业主同意,需要有第三方在场。

　　　　〔李四挂断对讲机。

李　四　看到了吧。

王　五　(小声嘀咕)关个门这么多说道。

　　　　〔李四掏出手机给张三打电话。

李　四　业主您好,您家房门确实没关……我们得先征得您的同
　　　　意……嗯,您别着急,我知道您同意,但是还得有第三方在
　　　　场……对,我们两个保安在现场,好的。

　　　　〔电话挂断。

王　五　怎么说?

李　四　现在条件满足,关不关?

王　五　关啊。

李　四　关。

　　　　〔王五刚要关门,李四拦住了他。

李　四　不行,就咱们两个人在现场。我是保安,你也是保安。砰一
　　　　下,门是关上了,万一业主家里丢了东西,你能解释清楚吗?

956

王　五　那怎么办?

　　　　[邻居的房门打开。

　　　　[赵六戴着耳机,陶醉在音乐里。

　　　　[李四和王五对视一下。

李　四　(迎上前)女士,您好。

　　　　[赵六摘下耳机,匆忙地按电梯。

赵　六　(心不在焉地)干吗?

李　四　您好,我们是小区的保安,您认识张三吗?

赵　六　不认识。

李　四　张三,您的对门张三。

赵　六　我怎么知道他叫什么。

李　四　不要紧不要紧。他家忘锁房门了,给我们打电话来关房门,
　　　　您能帮忙做下证明吗?

赵　六　(冷漠地)证明什么?

李　四　证明我们关了房门,在门外关了房门。

赵　六　(不耐烦地)什么乱七八糟的,我说了我不认识张三。该关
　　　　门你关好了,跟我有什么关系? 上班迟到了,你能负责吗?
　　　　房贷车贷一大堆,烦都烦死了。

　　　　[电梯来了,赵六匆匆下。

　　　　[李四和王五面面相觑。

　　　　[李四掏出手机给张三打电话。

李　四　不好意思,张先生,又是我……我知道您爱人出差,您确实
　　　　有困难……可是光我们保安在现场,这门一关,万一,我说
　　　　的是万一,您家里有什么情况不好解释的……要不这样,您
　　　　看看有没有您认识的邻居在,我们等他过来,好的。要

957

不……

[没等李四说完，电话挂断了。

王　五　怎么了？

李　四　生气了。

王　五　确实是挺啰唆的。

李　四　那有什么办法？一堆条条框框。

王　五　哎！

[孙七，上。

孙　七　（热情地）你是李队长吧？

李　四　是的，您是？

孙　七　我是张三的邻居，孙七啊。他打电话和我说，让我过来看看，看着你们把门关上。小事一桩小事一桩。

李　四　那可太好了，孙大妈。我和王五在这忙活一早晨了。

孙　七　没事，关吧关吧，安全第一。

李　四　谢谢您了，孙大妈，还让您跑一趟。

[李四上前要关门。王五的对讲机响。

王　五　队长，我是王五。

对讲机　（队长 OS）你和李四的事情处理得怎么样了？

王　五　张先生找到了楼下的孙大妈来证明，我们关上门，这就回去。

对讲机　（队长 OS）好的。一会儿你们关门的时候录个视频。还有，带孙大妈一起到保卫处来一趟。签个字，张先生家出了任何情况和物业公司无关。

王　五　（迟疑）噢，队长收到。

[三人互相尴尬地看着对方。

958

李　四　孙大妈,您看?

孙　七　哎哟,还蛮麻烦的噢,张三也没跟我说清楚。

李　四　我们也没办法。

孙　七　小伙子,这个我可证明不了,我又不是第一个到的。再说了,你们又签字又画押的,感觉我怎么像罪犯似的。

王　五　大妈,您理解理解。

孙　七　理解倒是理解。可是,我还得买菜给小孙子做饭,你们再找找别人吧。

　　　　〔孙七,下。

王　五　头,怎么办?

李　四　我也没办法。

王　五　要不我在这看着,一直等张三回来,这总行了吧。

李　四　那也不是事啊。要不,你在这,我看看有没有别的邻居能帮忙。

王　五　好。

　　　　〔李四来到单元门外,匆匆走过的邻居一人,李四迎上前去。

李　四　您好,能不能帮我……

　　　　〔路人听了两句,摇了摇头,走开。

　　　　〔李四继续寻找,又一个邻居路过。没等李四说完,路人未作停留,走开。

　　　　〔李四无奈地回到张三家门口。

　　　　〔王五笔直地站在那。

王　五　(赶忙询问)什么情况?

　　　　〔李四双手一摊。

王　五　哎! 真没想到会这么麻烦。

〔李四无奈地给张三打电话。

李　四　张先生,不好意思,还是我。您的门我们还没关上。

张　三　(OS)(大声地)什么?

李　四　不过您放心,我和王五一直在门口守着。

张　三　(OS)(抑制不住怒火)这么点小事都办不了,还当什么保安。

李　四　有些情况……

张　三　(OS)(打断)行行行,别说了,我一会回去(发怒地)废物!

　　　　〔电话挂断。

李　四　我招谁惹谁了?

王　五　就是,有气都撒咱们身上。不给他看门了,走。

李　四　咱们走了,门开着?

王　五　又不是咱们开的。

李　四　咱们走了,万一这段时间真有坏人来了,不更麻烦?

王　五　(拍拍李四肩膀)你呀!

　　　　〔张三匆匆回。见二人一丝不苟地站在原地。

张　三　(气消了一半)你是保安队李队长?

李　四　是,是。

张　三　你好,我是张三。

王　五　(嘀咕着)可算回来了,这点小事,溜我们一早晨。

　　　　〔李四碰了碰王五,示意他不要乱讲。

张　三　(尴尬地)小兄弟说得没错。咳,没想到关个门,兜了这么大
　　　　一圈,烦死了。

李　四　既然您回来了,您看看屋里有没有什么变化。没事的话,我
　　　　们就走了。

张　三　(不好意思地)谢谢你们了。对了,冰箱里,有朋友刚送的腊

猪腿,我给你们拿去。

李　四　谢谢您,我们不能要。公司有规定,不能拿业主一针一线。
　　　　我们走了。

张　三　辛苦了,再见!

　　　　〔张三关上房门,轻松地坐在沙发上。

张　三　关个门可真费劲,这回好了,解决了。以后,可不能粗心大
　　　　意了。

　　　　〔张三电话响。

张　三　喂,周八啊……(张三猛地站起来)什么?办公室的门又忘
　　　　关了?

　　　　〔张三夺门而出,匆匆地跑下场。

　　　　〔剧终。

变"形"记

时　间　现代,某日晚
地　点　车内
人　物　张　三　男,50岁,出租车司机
　　　　李　四　女,28岁,生活遭遇不幸的乘客
　　　　王　五　女,50岁,清洁工
　　　　赵　六　男,40岁,警察

　　　　〔夜幕降临,马路上拥挤的汽车和电瓶车汇成一股流动的潮
　　　　水,嘈杂的声音搅得人心绪不宁。

　　　　〔这时,副驾驶的车门被拉开,一个30岁左右的女士坐上
　　　　了车。

张	三	小姐,去哪?我马上要交班。

〔李四不作声,掏出一张百元钞票扔在驾驶台上。

张	三	不是钱的问题,你到底去哪儿?不顺路我带不了你。
李	四	(冷漠地)跨江一桥。
张	三	不好意思……

〔李四不等张三说完,又掏出两张百元钞票拍在驾驶台上。

李	四	够了吗?
张	三	(无奈)哎,你把钱收起来吧,我也不能多收你的,有计价器呢。我真不是拒载,只是要交班。

〔李四冷漠地看着前方,目不斜视。

张	三	你具体到一桥什么地方?
李	四	一桥上。
张	三	桥上?这也不算具体地址啊。
李	四	开你的车好了,到了我叫你,不少你钱。

〔李四接听手机,隐约可以听到一个男人急切的声音。

李	四	我没什么好说的了,你带好浩浩,银行卡在枕头底下!

〔说完,李四立刻挂断了手机。

〔张三意识到李四为什么去跨江一桥,他有点紧张地看了她一眼,思考着怎么处理。

〔李四的手机不停地响,她跟没听见似的,眼睛里开始流出泪水。

〔张三不时地观察李四。

张	三	(试探地)你怎么不接电话?……要不,我帮你接一个?
李	四	不用。

〔电话铃声又一次响起,李四把电话拿起,看了一眼来电

号码。

张　三　是不是有什么话不好说,我帮你接一下吧,看年纪你和我女
　　　　儿差不多。

　　　　[李四有点犹豫,趁着这个机会,张三顺势拿过她的电话。

张　三　喂,你好!

男　人　(OS)喂,你是谁?

张　三　我是出租车司机,请问你是她什么人?

男　人　(OS)我是她丈夫,她还在你车上吗?

张　三　在。

男　人　(OS)师傅,麻烦你把她送回家来,我们家住在鑫通小区。
　　　　家里有点事情,谢谢您了!

张　三　这样啊⋯⋯好的。

　　　　[路口,张三掉头。

李　四　(激动地敲打着驾驶台)为什么掉头!

张　三　不是掉头,前面修路,要绕一下。

李　四　停车,你骗我! 我要下车!

　　　　[李四吵闹着,伸手要拉方向盘。

张　三　(拉开李四的手)这可不是开玩笑,你千万不要激动,我听
　　　　你的。

　　　　[李四渐渐安静下来。

　　　　[张三再一次掉头,行驶。

　　　　[李四重新开始沉默。

张　三　(试探地)年纪轻轻的,有什么事想不开呀? ⋯⋯要是我知
　　　　道你去一桥为了寻短见,我怎么也不会拉你。

李　四　那你停车,我下去。

张　三　不行,现在我不能放你下去了,我答应了你丈夫。

　　　　〔李四白了张三一眼。

李　四　(突然开口)停车,我要去买水。

张　三　(从车门处掏出一瓶矿泉水)我这儿有,你喝吧。

李　四　我要上厕所!

张　三　还没喝呢,怎么就要上厕所了?

李　四　快点,我忍不住了。

　　　　〔李四走进厕所,张三尴尬地停下脚步。

张　三　我……我在这里等你。

　　　　〔李四不好意思地侧脸看旁处。

　　　　〔厕所的门开了一道缝,李四从门缝里看出来。张三正背朝
　　　　厕所的方向。

　　　　〔李四悄悄出了厕所,从另一个通道消失。

　　　　〔张三焦急地等待,他看着手表感觉有些不对劲,向清洁工
　　　　王五走去。

张　三　师傅,我一个客人刚才进了女厕所,你有没有见她出来? 麻
　　　　烦帮我去找一下。

　　　　〔不一会,王五从里面出来。

张　三　(急切地)人在不在里面?

王　五　里面一个人都没有。

张　三　(着急地跺脚)要死了!

王　五　怎么了,是不是客人没付钱跑掉了?

张　三　(看了她一眼,苦笑)要是只为了逃车费倒好了。

　　　　〔车行驶在路上。车内,张三表情凝重地把着方向盘,车上
　　　　的收音机正在播放一则尸体认领的社会新闻。他把收音机

声音调大。

〔张三焦急寻找的目光。

〔行驶到路的尽头,张三掉头向回搜索。

〔车灯下,一个人影突然冲到路边,向出租车示意。

〔张三观察,此人正是他要找的李四。

〔车停下,李四开门上车。

李　四　(突然发现)怎么还是你?

张　三　女士,你差点把我急死!

李　四　停车,我不坐你的车!

　　　　〔张三加大油门,车快速向大路开去。

李　四　你不停车我跳了!

　　　　〔李四欲开门跳下去,张三一把抓住她的胳膊。

张　三　小姐,这不是开玩笑的。

　　　　〔李四挣扎。

　　　　〔车门打开又关上,关上又打开。

　　　　〔前方一辆警车停在路边。

　　　　〔张三下车,走向赵六,说着什么。

赵　六　(为难地)师傅,这位女士我们也搞不定,我们也没有权利强
　　　　行带她回家。你帮我们劝劝她。

张　三　(对李四)这样吧,我把你交给警察,他们负责送你回家,110
　　　　马上就过来。

　　　　〔李四听罢,猛地推开车门,张三把她拉住。

李　四　(哭喊)放手,放手! 我要走!

赵　六　怎么了? 你不要激动,有话好好说。

李　四　(情绪激动)我既没有犯法,也没有要求你们帮助,你们凭什

么带我走？我不坐警车！

赵　六　那我们也不会让你一个人这么走的，我们这是对你负责。

　　　　　〔李四复拉住张三。

李　四　师傅，我跟你走，我还是坐你的车，你送我。

张　三　（为难地）这……

李　四　师傅帮帮忙，我不坐警车，我宁愿死也不丢这个人。

赵　六　那你要保证不再给师傅添麻烦。

李　四　我保证！

赵　六　师傅，看来还得继续麻烦你。

　　　　　〔赵六把张三拉到旁边。

赵　六　你一定要把她交到她家人手上才行。

张　三　好，我一定。

赵　六　要不要请110跟着你？

张　三　（沉吟片刻）不用了，那样她还是会介意的。

赵　六　（拍拍张三的肩膀）那就有劳您了！

张　三　放心吧。

　　　　　〔张三、李四上车，驶远。

张　三　刚才多危险，要是你摔下去落个残疾，不是把我也拖累进去
　　　　了？真是吓出我一身冷汗！

李　四　你不是要去交班吗？管我的闲事干嘛？

张　三　你说，是你的命重要还是我交班重要？

　　　　　〔李四看了他一眼，目光里有了点感动。

　　　　　〔出租车内，张三和李四，气氛已经缓和许多。

张　三　我看，你并不是那么有决心死。

　　　　　〔李四看了张三一眼。

张 三	如果你真的想死,许多事情你都不会在乎了。你在乎面子,说明你还是想好好活着的。

    [李四沉默。

    [张三手机铃声响起。

张三妻	(画外音)你怎么现在还没到家? 是不是出事故了?
张 三	没有没有。
张三妻	(画外音)你交了班不回家,到底在干什么?
张 三	你们吃过了吧?
张三妻	(画外音)等你回来,孩子早就饿死了!
张 三	我现在真的有事,回来说。
张三妻	(画外音)有事? 家里的事你倒不管了? 孩子上学你不管……
张 三	好了,好了,我先挂了。
张三妻	(画外音)张……三!

    [张三挂掉了电话。

张 三	(冲着李四嘿嘿一笑)谁家没有点事情,对不对。哎,你的电话怎么不响了?
李 四	(把电话扔在驾驶台上)我关机了。

    [张三看了电话一眼。

李 四	(有一点歉意)师傅,今天给你添麻烦了。
张 三	添麻烦倒不怕,只要你不出事,再麻烦也值得。
李 四	今天不出事,谁能保证明天不出事,后天不出事。
张 三	是啊,别人毕竟不能天天看着你。你有孩子了吧?
李 四	三岁半了。
张 三	正是很好玩的时候吧。孩子这么小,你怎么舍得?

李　四　　不舍得又怎么样,活得太累。

张　三　　呵,谁活着不累? 我看你的样子也是个有文化的人,生活条件肯定比我们好。要是你觉得生活累,那我们不是没法活了,起早贪黑整天在路上,可是总还有不如我们的吧。

电　台　　(OS)曾经有人做过一个实验,让父母和孩子分别给对方打分,当妈妈们,听完孩子对自己的评价,瞬间就哭了。"妈妈很漂亮""妈妈很辛苦""妈妈变老了,我会很伤心""妈妈不陪我,我会想妈妈"……总之,在孩子眼里,妈妈是满分,完美得无可挑剔。

张　三　　你听,电台都说了,你的孩子,从来不会这样嫌弃你。父母子女一场,有今生无来世。

李　四　　累和累不一样,有人是挣钱养家累,有人是活着心累。

电　台　　(OS)诗《挑妈妈》:你问我出生前在做什么,我答我在天上挑妈妈,看见你了,觉得你特别好,想做你的女儿,又觉得自己可能没那个运气,没想到,第二天一早,我已经在你肚子里……

张　三　　哎呀,我一个大老粗,听着都感动了。你说啥叫心累,那是吃饱了饭的累,属于精神上的消遣。像我们忙着解决温饱的人,哪顾得上精神消遣。

李　四　　师傅,看不出来你还挺深刻。

张　三　　哈哈,我有啥深刻,说点大实话而已。人呀,活着要知足,知足了就快乐了。

　　　　　〔李四若有所思。

张　三　　我看你丈夫也挺在乎你的。

李　四　　(流下泪水)别提他,他心眼太小了。

张　三　嗨！我当什么事呢，是不是有什么误会。夫妻磕磕绊绊，是家常便饭，我们两口子，都吵了几十年了，不也这样过了几十年。家家有本难念的经，回头看看，日子就是这么过来的。

李　四　谁能受得了天天心烦。

张　三　如果没有烦心的事情，也就显不出开心的事情，你说是不是？

李　四　如果活着不开心，那活着还有什么意义。不如趁早解脱。

张　三　这话我不同意，活着哪能光为着自己？你想，父母把你生下来，养大成人，让你读书、嫁人，现在还要帮你带孩子吧？吃了多少苦，容易吗？你倒是解脱了，可是想想父母老了，还要经受这样的打击，对得起他们吗？你不想活下去，你也不想他们活下去？你现在也是做母亲的人了，应该能够体会做父母的心吧。

　　〔李四看了张三一眼，低头不语。

张　三　其实，我也知道，今天我就是把你送回家，你想不通的话，以后还会再往那去。我给你一个建议好不好？

李　四　什么？

张　三　我今天还是可以送你去跨江一桥，反正顺路，还省了你下次打车的钱。

　　〔李四诧异地看着他。

张　三　（不慌不忙地）不过，我建议你去看一眼父母以后，再作决定。就是死，也要跟父母、孩子告个别。

　　〔李四哭了。

　　〔出租车在一幢楼前停了下来，李四下车，向一个单元门走去。

　　　[张三坐在车里,远远看着李四。

　　　[李四坐在门前的石阶上。

　　　张三走过来,坐在了李四的旁边。

张　三　怎么不上去?

李　四　(摇摇头)我做不到。

　　　[张三满意地点了点头。

张　三　那我现在送你回家?

李　四　(又摇摇头)我也不想现在回去。

　　　[两人沉默。片刻。

李　四　师傅,你回去吧,我想一个人坐在这里,放心吧,我不会想不
　　　　开了。

张　三　我相信了,你不会的,但我不能把你一个人扔在这里。我就
　　　　坐在车上陪着你。

李　四　那怎么行!

张　三　呵呵,今天班是交不了了,回去先听夜班骂人,再给老婆解
　　　　释清楚。反正都这样了,我肯定不会走的。我等你什么时
　　　　候想回家了,咱们就走。

　　　[李四感激地看着张三。

　　　[张三坐在车里,收音机里传出电台的歌声。

　　　[李四向出租车走过来。

李　四　师傅,我们走吧。

　　　[张三打开车门,李四坐进来,张三发动了车,车灯打开。

　　　[汽车轻快地奔驰着。

　　　[张三和李四坐在车里,李四打电话。

[张三微笑。

[出租车远去。

[剧终。

女儿的婚礼

时　间　现代,婚庆典礼之前
地　点　婚礼大厅侧厅
人　物　张　三　男,50多岁,某局局长
　　　　李　四　女,50多岁,张三妻子
　　　　王　五　女,30多岁,张三情人
　　　　张三女　女,20多岁,张三女儿

[大屏幕画面1:温馨的音乐声中,屏幕上现出豪华喜庆的婚礼大厅画面和"恭迎××和××婚礼庆典"条幅。

[张三东张西望,焦虑不安地来回踱着步。

[王五急匆匆跑上。

张　三　(焦急地)机票买了吗?

王　五　买好了。

张　三　两张?

王　五　(点头)嗯。

张　三　(激动地握住王五的手)荣辱与共,风雨同舟——你真是我的红颜知己,红颜知己啊!

王　五　这一切不都是按照你的安排,咱们走吧。

张　三　(一惊)现在就走?

王　五　对呀。(看表)飞机下午一点五十起飞,还有不到两个小时了。

张　三　可是,我女儿的婚礼,马上就要开始了。

王　五　要走的是你,犹豫不决的也是你。哎,搭上你这船,我算是没好了。

　　　　〔张三抓耳挠腮,犹豫不定。

　　　　〔婚礼庆典大厅开始响起喜庆热烈的音乐声。

王　五　(大声催促)快走啊!再等会可就来不及了!(转身离开)

　　　　〔屏幕画面2:随着音乐节奏加快,屏幕上的画面一幅一幅地持续变换。面对即将开始的婚礼,张三越发心慌意乱,左右为难。

王　五　(走了几步,见张三没动地方,催促地)快走啊……(突然发现李四从里面走来,急忙闪身躲了起来)

　　　　〔张三犹豫不决地勉强挪动着双腿,李四急冲冲上。

李　四　张三,张三。

张　三　啊……

李　四　(诧异地看着张三)你要干吗去呀?

张　三　我,……不干吗。(偷偷朝王五下场的方向看去)

李　四　(疑惑地)看什么呢?

张　三　(深情有些恍惚)啊……没看什么。

李　四　(观察了四周,没什么异样,上前审视着张三)你怎么了?

张　三　(极力掩饰地)没,没怎么。

李　四　(拉起张三的手)快进去吧,客人来一大半了,书记都到了。

　　　　〔张三原地没动,神情凝重地慢慢推开妻子的手。

李　四　(诧异地看着他,不安地)出什么事了?

张　三　(吞吞吐吐地)我……咳!

李　四　出什么事了,你倒是快说呀!

张　三　(迫不得已地)李四,我,我有急事,必须马上离开这里。

李　四　(惊愕不已)离开……? 马上?

张　三　(点头)我必须马上走。

李　四　连女儿婚礼都不参加了?

张　三　(痛苦地摇头)不能参加了。

李　四　(厉声地)胡闹! 多大的事啊! 比女儿的终身大事还重要?

张　三　(沉重地)这,是我最后的机会,走不了,就全完了……。

李　四　(有些惊慌地)你到底怎么了,说话吞吞吐吐的,发生什么事了? 你快说啊!

张　三　我被纪委调查了。

李　四　(惊愕)啊……?

张　三　纪委通知,明天约我谈话。我去了,肯定就回不来了。

李　四　(惊慌失措,语无伦次地)你……到底是谁……他们……,民不举、官不究,一定是有人……知道是谁吗?

张　三　(懊丧地)知道是谁又有什么用啊!

李　四　你,你,怎么不小心点,谨慎谨慎啊……

张　三　(懊恼地)我怎么不谨慎了!

李　四　我早就跟你说,别太相信身边的人,别太相信身边……

张　三　(越发懊恼地打断对方)这事怪不得别人!

李　四　那怪谁,啊?

张　三　怪我自己! 还有,还有你!

李　四　怪我? 你……怎么怪到我头上了?

张　三　(抱怨地)我走到今天这地步,你脱不了干系。

李　四　莫名其妙! 我怎么你了?

张　三　你就是……推手。

李　四　什么推手推脚的，我怎么成推手了？

张　三　我刚提副处长那年，你当着你们全家，说我什么了？

李　四　我说什么了？

张　三　你说我就是当上市长、省长，你家也借不上光！

李　四　那不是，聊天说着玩的嘛……

张　三　你指着我的鼻子数落我说"这官都让你当瞎了"！这是说着
　　　　玩吗？

李　四　我……（狡辩地）说归说，我又没让你去干嘛。

张　三　玫瑰园那套复式是你要的吧？翠湖山庄的别墅是你要的
　　　　吧？北京的燕西台，三亚的凤凰岛，哪一处房产不是你点名
　　　　要的，哪一个不是你亲自去挑的？

李　四　……我，我不是为了这个家吗？

张　三　家？那么多房子住得过来吗？

李　四　那不是，留着将来升值吗……

张　三　（苦笑地）呵呵，升值？都是陷阱、炸弹、定时炸弹！你呀，你
　　　　不光让我向开发商要房产，还替我要钱、收礼。你说，这些
　　　　年你一共收了多少钱财？啊？

李　四　我，我……记不清了。

张　三　你简直，简直就是贪得无厌……

李　四　（越来越没底气，嘟囔着）你不是也同意，给孩子出国预备
　　　　钱吗？

张　三　（用力一摆手）行了！现在说什么都没用了，我必须马上离
　　　　开这儿。

李　四　你还没想明白吗，纪委真想抓你，已经到这时候了，你能跑

到哪去？换句话说，如果你张三真该进监狱，早晚得进去，可是如果女儿的婚礼你不在，她会恨你一辈子的。

〔张三的手机铃响，他立刻回避开李四接听。

〔电话里王五的声音："怎么还没走啊？再不走我可不等你了，本来我说不和你一起，非得拉上我……"

张　三　啊，我，（看了一眼李四）这就走。

李　四　（惶恐地）你，这就走？

〔大屏幕画面3：随着音乐气氛逐渐变得热烈隆重，屏幕上的婚礼场景开始流动，其间不时插入参加婚礼的人们陆续入场的画面。

〔张三朝妻子点了点头，转身欲走。

李　四　（一把拉住丈夫，强忍着眼泪，可怜巴巴地）亲戚朋友，同事领导都来了，你不在，我……（泪水夺眶而出）我可怎么应对呀？

〔王五匆匆上场。

王　五　（回避着李四）张局，走啊。

李　四　（敏感地）你是谁？（见王五没有回答，越发疑惑地问丈夫）她是谁？

张　三　啊？啊，是，是小王……

李　四　（审视着二人）你们，一起走？

张　三　（支支吾吾）嗯？嗯……

李　四　（察觉出问题）你和她，是什么关系？

张　三　啊，是……

王　五　（拉开张三）我告诉她吧，（对李四）我是他女朋友。

李　四　（惊呆）女——朋——友？（气极，举手欲打王五，手被丈夫抓住,怒不可遏地)张三!(痛苦地摇着头,声泪俱下地)你怎么也会干出这种事情来?这几年,我担惊受怕,怕你在房子上出事,怕你在钱上出事。没想到啊,你也在外边搞女人……

张　三　(制止地)别说了!

李　四　(切齿地)你,隐藏得真深啊!(哀痛至极,掩面痛哭)

　　　　〔大屏幕画面4:节奏紧张气氛热烈的音乐再次袭来,屏幕上各种角度的婚庆场面交替出现,节奏加快。

　　　　〔广播中传来司仪的声音:婚礼进入倒计时,请新郎、新娘的父母立即就位!请两位新人的父母立即就位!

张　三　(不无愧疚地)李四……

李　四　(狠狠地擦去脸上的泪水,决绝地)从今天起,你我三十年的缘分……断了!参加完婚礼,你就跟她走吧。

王　五　(拉起犹豫不决的张三)你走不走?

李　四　(制止住王五,激动地)你让他送我女儿出嫁!(转对张三央求地)就十分钟,十分钟!你陪我把婚礼撑下来再走,行不行?

张　三　(为难地)我……

　　　　〔身穿婚纱的女儿跑上,被眼前的场景惊呆了。

张三女　爸,妈,你们在干什么呢?她是谁呀?你们这是怎么回事啊?

李　四　(极力镇静地)你爸爸不打算参加你的婚礼了。

张三女　(惊愕地)为什么?

李　四　你问他吧。

张三女　爸,这到底是怎么回事?

张　三　（难为情地）爸爸,爸爸,不得不先离开你们……

张三女　（着急地）你们都是怎么了,到底出什么事了?

张　三　（欲言又止）我……

李　四　纪委要来抓他。

张三女　（不断地摇头）为什么,为什么呀?

张　三　（羞愧、低声地）违纪,违法……

张三女　（怔怔地看着父亲,眼眶里装满泪水）怎么会这样?

李　四　还有,（瞥了一眼王五）她。

张三女　（指着王五质问父亲）她是谁?　她就是传说中的二奶,你的
　　　　小三?

　　　　〔张三羞愧难当,低头不语。

张三女　（泪水涌出,爆发地）爸……不,张局长,张——三……（声音
　　　　哽咽）你,你不是我爸,我没有你这样的爸爸!妈,我们走!

　　　　〔张三女挽起母亲,抑制不住泪水,快步跑下。

张　三　女儿,女儿……

　　　　〔女儿的绝情令张三悲痛不已,紧张、恐惧使他也不知道如
　　　　何是好,慌乱中他想到了王五。

张　三　（回身看见王五,急向她走去,语无伦次地）王五,咱们,走
　　　　吧……

王　五　（终于做出决定,平静地）你,自己走吧。

张　三　（愕然）不是说好了,我们一起走吗?

王　五　我改主意了。

张　三　（不解地）什么?　你……

王　五　我没想到事情会这样,是我太傻了。（无奈地苦笑）我和你,
　　　　算是什么?　我们又能怎样呢?（痛苦地摇头）

张　三　王五,我爱你,我是真心爱你的!(慌乱地)你看,我,我,我给你买房子,买车,买珠宝首饰,你喜欢什么我给你买什么,你让我做什么我都满足你。这还不能证明我对你的真心吗?

王　五　(冷冷地)真心? 我们之间,没有真心,没有爱情。

张　三　我对你,一往情深啊……

王　五　可我没有。

张　三　你撒谎! 我们在一起三年了,那些温馨甜蜜,那些激情浪漫,那些难忘的日日夜夜……

王　五　都是浮云,是交易!

张　三　交易?

王　五　(冷冷地看着对方)你给我房子,给我车,给我珠宝首饰,(厌恶而伤痛地)我,付出了一生最宝贵的青春和身体……

　　　　〔庄严热烈的婚礼进行曲响起,强大的乐曲声令空气震颤。

　　　　〔大屏幕画面5:铺天盖地的音乐声中,除新郎新娘外,婚庆盛典的所有画面元素交替出现,形成强烈震撼的视觉冲击。

张　三　(哀求地)王五,跟我走吧。我会和以前一样爱你,宠你……

王　五　(坚定地摇着头)算了,那一页翻过去了! 再说一句掏心掏肺的话,就现在这形势,你走不了。(哀求地)如果真到了那一天,我求你,别说认识我,我就是一个普普通通的人,我求你了!(将机票交给张三)我们,两清了。

张　三　不,不,王五……

　　　　〔王五含泪快步跑下。

张　三　王五!

　　　　〔张三追了几步又立刻停下来,看着手中的机票战战兢兢地后退。

[大屏幕的亮度逐渐变暗,画面运动速度减缓并不时断停。

张　三　我就这么孤孤单单地一个人走?就像一只断了线的风筝,四处飘荡?整天提心吊胆、东躲西藏,如丧家之犬,流落他乡?

[转身往回走,但走了几步又止住,再次哆哆嗦嗦地后退。

[大屏幕越发变暗,最后,断断续续的昏暗画面终于静止。

张　三　不走?不走就必须配合调查,接受审判。这个多彩的世界将离我远去,(不寒而栗地)陪伴我的,将是阴森的牢房和冰冷的铁窗……

[大屏幕黑屏,台上灯光渐暗,只有一束惨白的追光投射在张三身上。

张　三　我还有别的出路吗?(绝望地)没有了!(仰天长啸)天作孽,犹可违,自作孽,不可活啊!(撕碎手中机票,呼天抢地,痛哭流涕)

[空中传来一群青年男女的画外音:张科长,张科长——!

[大屏幕画面6:随着清脆悦耳的画外音,大屏幕上出现了旭日东升、朝霞满天,象征着未来和希望的画面。

张　三　(泪流满面,极为怀恋地)当年的张科长啊,意气风发,聪明能干,信仰坚定,理想远大,前程一片光明啊。

[空中传来一名男性热情洋溢的画外音:张处长——!

[大屏幕画面随之转变:辽阔江天之中,一只雄鹰在展翅翱翔,雄鹰鸟瞰、山河壮丽……

张　三　(如数家珍地)当年的张处长啊,年富力强,成熟干练,勤奋敬业,独当一面。在后备干部中,遥遥领先!

〔空中传来甜美娇羞的女声画外音:张局长——!

屏幕画面由象征权力的办公桌椅叠化出珠光宝气的首饰、名表、成捆成堆的钞票、花园别墅、红色豪车、高跟鞋上裸露的长腿美臀……

张　三　(痛悔地)张局长春风得意,张局长独揽大权,张局长私欲膨胀,张局长狂收暴敛。房产数十处,存款上千万,身边富豪献媚,怀中红颜撒娇……

〔大屏幕上的画面渐渐消失,雨滴淅淅沥沥地滴落。

张　三　(自责地)人民给了我权力,我用它假公济私,满足个人贪欲;党培养我当上干部,我贪赃枉法,损害国家利益!(痛心疾首地)我辜负了党和国家几十年的培养教育,我愧对我的父母,我的亲人……

〔空中传来婚礼主持人的声音:"新娘,在这最幸福的时刻,向你的父母,说句心里话吧。"张三女哽咽的声音:"妈,别哭,我会常回来看你的。""爸,原谅我刚才的冲动,我相信你不会走的。我情愿什么都不要,只要这个家。爸——我爱你!"

张　三　(捶胸顿足)女儿,爸爸对不起你!

〔随着一记震耳欲聋的声响,大屏幕上暴雨骤下……

〔剧终。

万字剧

小剧场话剧·因为爱

时　间　现代
场　景　某城市普通民居内
人　物　隋　欣　女,35岁
　　　　吴　凡　男,35岁

一

[舞台表演区,吴凡手捧鲜花,上。

吴　凡　今天是我和妻子结婚一周年纪念日,我要让她知道,她是世界上最幸福的女人。(手机铃声响起,吴凡掏出手机,喃喃念着短信)"各人必按自己所行的,或善或恶,受到报应。"现在垃圾信息可真多,莫名其妙,耽误我给老婆打电话。(随即拨出电话,片刻)喂,老婆,快下班了没有……哦,不急,西餐厅我已经订好了,我等你……好,拜拜。(作势亲吻)

[舞台另一侧,一束光打在隋欣身上。

隋　欣　他叫吴凡,是我的前男友。八年过去了,他看起来过得挺幸福,而我却一直在痛苦中挣扎。爱得热烈时我无怨无悔,恨得彻骨我也敢作敢为,今天我和他必须做一个最终的了断。

[光束在吴凡和隋欣间交替切换。

隋　欣　(电话中传出变了调的声音,不紧不慢地)最近过得不错吧?

吴　凡　你谁啊? 打错了吧。(欲挂断)

隋　欣　吴凡,我是你的老朋友,一个知道你很多过往的老朋友。

吴　凡　(不耐烦、略带不安)你到底是谁?

隋　欣　你不用追问我是谁,你只需要想一想,八年前你都做过什么?

吴　凡　(回忆思索状)你究竟知道些什么?

隋　欣　(嘲弄)看来,你心里还真的有鬼。所有你难以启齿的事情,我都可以帮你坦白。比如,跟你老婆聊聊你过去的风流事儿。

吴　凡　(吃惊地)你……你想怎么样?

隋　欣　我想怎样,我就是帮你回忆回忆。其实,那些事情也没什么大不了的,不过是跟别的女人上了床,又一不小心搞大了人家的肚子……

吴　凡　(慌忙喝止)你住嘴!(态度软化)别……别说了!

隋　欣　怎么,你生气了? 放心,我最见不得别人受罪。这样吧,半个小时之内,你来找我,我们谈谈。

吴　凡　找你? 怎么找你?(顿)你不要跟我兜圈子,有话现在说。

隋　欣　啧,啧,态度太强硬了。别忘了,现在是你在求我。

吴　凡　你……

隋　欣　半个小时之内,到雁鸣小区 3 栋 1 单元 201 室来找我。我不喜欢等人,所以你最好不要迟到。我保证,只要你晚来一分钟,一切后果自负。

　　　　〔隋欣挂断手机,拂袖下场。

吴　凡　喂,喂?

〔吴凡呆呆地站在原地,犹豫、无奈、慌张、惊疑。

吴　凡　难道真是隋欣? 坏了!

　　〔手机铃声大作,吴凡看着来电显示,努力平静心绪。

吴　凡　(声音干涩)喂,老婆,你下班了……哦,我没事,嗓子不太舒
　　　　服……对了,公司临时让我去开个会……时间不会太长,耽
　　　　误不了吃饭……好,结束以后我联系你。

　　〔吴凡挂断电话,长吁一口气,焦急地拦出租车,匆匆下场。

二

　　〔隋欣的出租屋内。

　　〔设施陈旧简陋。客厅摆放长条沙发,一个茶几,沙发对面
　　是电视柜。

　　〔墙上有一座时钟滴滴答答地走着。

　　〔门外,吴凡欲按门铃,又迟疑收手。他发现房门并未关实,
　　他轻轻把门推开,向里张望。

　　〔隋欣背门而坐。

隋　欣　进来吧。

　　〔吴凡一惊,尴尬地推门进,他走到座中人身后,此人并未
　　转身。

　　〔吴凡佯装咳嗽,她仍无反应。

吴　凡　(无奈开口)你……你就是打电话的那个人?

　　〔座中人慢慢转过脸,唇边若有若无的笑容难掩憔悴的
　　面容。

吴　凡　(惊讶地)你、真是你,隋——欣!

隋　欣　怎么是这种表情? 这算是惊喜,还是惊恐?

983

吴　凡　电话里的那个声音？

隋　欣　那个声音不够悦耳，是吗？（拿着手机摆弄）很简单，现在手机 App 五花八门，下个变声软件，你也可以试试。

吴　凡　我猜到是你了。

隋　欣　怎么，你以为还会有谁这么费尽心思去逗你开心？

吴　凡　（哭笑不得）逗我开心？

隋　欣　（把一个手指竖在嘴边）我说错了，是威胁你！放心吧，暂时还没多少人知道我们过去的事儿。

吴　凡　好吧，那你说说，为什么今天要这么做？

隋　欣　为什么？我也不知道为什么。也许，只是开个玩笑。

吴　凡　玩笑？有这么开玩笑的吗？

隋　欣　有，当然有。（直视吴凡）我这个玩笑无伤大雅，有些人开的玩笑，那才叫惊天动地。也许，你就有这个本事。

吴　凡　（忍耐地）你不是一直在南方吗？怎么突然来这里了？

隋　欣　突然？

　　　　〔隋欣娴熟地点烟，深吸一口，吴凡皱眉。

隋　欣　不，一点也不突然。我很想你。

吴　凡　（惊疑）想我？（驱散着烟雾）你不要抽烟，对身体不好。

隋　欣　我早就是个烟鬼了。（欠身，逼近吴凡）你猜，我的肺里是不是到处都是黑洞？（指着心脏）还有这里，也是黑的。

　　　　〔吴凡觉得隋欣举止反常，畏惧。

隋　欣　（重新坐回椅子上，靠着椅背）你现在才关心我，太迟了。

　　　　〔吴凡无奈地摇头，沉默。

　　　　〔隋欣起身倒茶，吴凡注视其背影。隋欣转身，吴凡收回目光。

隋　欣　（递茶）如果你没有改变口味的话，茉莉花茶应该还适合你。

吴　凡　（把茶杯放在一边）我早就不喝茶了，容易失眠。

隋　欣　花茶也能让你失眠？那一定不是茶的原因，是你自己有心事。

　　　　〔隋欣边抽烟边审视吴凡。吴凡避开她的目光，打量着客厅，眼神渐渐迷离和惶惑。

隋　欣　你很讨厌我？

吴　凡　（强笑）不，不，没有。

隋　欣　那么，你怕我？

吴　凡　怕你，为什么这么说？

隋　欣　因为你一直不看我，你宁愿打量这间屋子，这房间让你想起了什么？

吴　凡　（有些慌乱）哦，没有。（勉强笑笑）我就是随便看看，你别误会。

隋　欣　真的？一点感想都没有？

吴　凡　（略迟疑）没有。

隋　欣　你的记性太差了。不过，我的记性还不错，大家今天多聊聊，就什么都想起来了。（按灭烟头）

吴　凡　（迟疑）聊聊？嗯，是该聊聊……不过，今天可能不太方便。

隋　欣　今天？不方便？我跟你的看法刚好相反，我觉得，没有哪天比今天更合适！

吴　凡　隋欣，如果你想跟老朋友叙叙旧，那改天我多约几个朋友出来，大家找个咖啡厅慢慢聊。

隋　欣　多约几个人？（苦笑）那肯定是我们都认识的，你让大家同时面对我们两个人，就不怕他们尴尬？

吴　凡　（窘迫）这……（为难地）可我已经结婚了，我们这样单独见面，不太好。

隋　欣　（笑出声来）我当然知道你结婚了。（嘲弄地）那么大个戒指套在手上，瞎子也看见了。吴凡，这可不像你的作风。在我的印象里，你可是天不怕地不怕的脾气。怎么，现在怕起老婆来了？

　　　　〔吴凡望着隋欣，既无奈又窘迫。

隋　欣　行了，我也不想让你为难。这样吧，干脆把你老婆叫来，俗话说得好，事无不可对人言，也许我跟她一见如故，从此就成了推心置腹的好朋友了。

吴　凡　不不，还是算了。她，她工作忙。

　　　　〔吴凡手机响，他看了看来电显示，隋欣示意吴凡接电话，吴凡犹豫片刻，挂断电话。

隋　欣　怎么不接？

吴　凡　哦……一个客户。

隋　欣　（审视吴凡）客户？我最讨厌别人撒谎。

吴　凡　（小声）是我爱人。

隋　欣　（明知故问）那你为什么不接电话？

吴　凡　（心中有气）接电话，你让我怎么接电话？就算接了，我又能跟她说什么？

隋　欣　实话实说啊，说你跟我在一起，我约了你，我们有重要的事情要谈，你还可以向她详细地介绍我。作为女人，我对她是有好感的——我对所有单纯的女人都有好感，我很羡慕她们能做到难得糊涂。多少年前，我跟她们是一样的。

吴　凡　（忍耐地）隋欣，你能不能别这样？我说了，我是结了婚的！

隋　欣　那又怎样,我跟你见面犯法吗? 我就不怕告诉别人我们见过面。

吴　凡　可我们的关系……

隋　欣　我们的关系怎么了,很不好说吗?

吴　凡　(踱步,背对着隋欣,有些生气地)你在干扰我的正常生活。

隋　欣　生活? 这个词对我来说太陌生了。(提高声音)吴凡,你回头看看我!

　　　　〔吴凡回头。

隋　欣　(直视吴凡)从某个时候起,我就没有生活了,我所拥有的,只是一天天的熬日子!

　　　　〔吴凡低下头。

隋　欣　你就不想问问,"生活"和"熬日子"有什么不同吗?

　　　　〔吴凡抬头看看隋欣,没有说话,继而又低下了头。

隋　欣　(嘲弄)让我告诉你,"生活"是过了今天还能期待明天,可熬日子呢,是过一天算一天,永远不愿想象明天是什么样子!

　　　　〔吴凡回来坐下,摸索着想要找烟。隋欣把烟和火机扔过去。吴凡点烟猛吸,呛得直咳嗽。

吴　凡　(扔下烟,下决心似的)说吧,你把我叫过来,到底是为什么?

　　　　〔隋欣笑笑,起身,走到挂钟下站立。

隋　欣　(背对吴凡,缓慢地)你还记不记得今天是什么日子?

吴　凡　今天? (故意地)今天是我和我爱人结婚一周年纪念日。

　　　　〔隋欣猛地回过头。

隋　欣　(冷笑)不错,结婚纪念日——你们打算怎么庆祝?

吴　凡　怎么庆祝,那是我们两个人的事。而能不能庆祝,关键取决于你。

隋　欣　那你可能要失望了。

[隋欣慢慢坐下，跷着二郎腿。

隋　欣　（佯装若无其事，慢条斯理地）我要你陪我一天！

吴　凡　（惊讶）什么？

隋　欣　没错，就今天，怎么样？

吴　凡　（断然拒绝）不行，这简直……

隋　欣　简直什么？

吴　凡　……莫名其妙，无理取闹！

[隋欣不语，似乎对此回答早有预料。

吴　凡　（起身，端茶饮尽）好了，茶也喝了，我走了。

[隋欣一动不动。吴凡走向房门。

隋　欣　（无所谓地）行，你走吧，只要你放得下心。

[吴凡回头，只见隋欣手中不知何时多了一把水果刀，正在
把玩。

吴　凡　（紧张地）你想干什么？

隋　欣　（不看吴凡）这把刀是我刚买的。（把刀锋在手指上拖动）我
一直在想，它究竟有多快多锋利。

吴　凡　（大惊失色，快速返回）隋欣，你……（欲抢刀）你可千万别干
傻事。

隋　欣　（故作惊讶）你怎么又回来了，不走了？

吴　凡　（烦躁，无奈，但又胆怯）你……好，我不走，你有话快说。

隋　欣　是你自己不走的，我可没有拦你。（拿起一个苹果削皮）真
有意思，我不过想削个苹果，你就担心成这样。怎么，对我
余情未了？

吴　凡　（目瞪口呆）削苹果？

[隋欣点点头。

[吴凡愤怒地盯着隋欣,再次起身欲走。

隋　欣　当然,也不一定。意外随时会发生的,就好像这样——

[长长的苹果皮断落。

[吴凡一脸无奈,隋欣把削好的苹果递给吴凡,吴凡不接。

[隋欣咬了一口苹果。

吴　凡　我拜托你,有话赶紧说吧!

隋　欣　(小口地品尝苹果)你知道苹果最大的痛苦是什么吗?

[吴凡莫名其妙地看着隋欣。

隋　欣　就是吃苹果的人吃着吃着突然扔下不吃了,然后那个苹果
就会发黑发皱,最后变成一个没人要的烂苹果。

吴　凡　(烦躁)这跟我有什么关系?

隋　欣　(拿着吃了一半的苹果端详,眼神迷离)我曾经是一只好
苹果。

吴　凡　(无奈)甭管好苹果还是坏苹果,那都是过去式。大家都是
成年人,说这些有什么用?

[隋欣把苹果顿在桌上,苹果滚落。

隋　欣　(冷笑)在你眼里,过去只是一抹就掉的饭粒子,可是对我来
说,它是一根刺!(吴凡变色)是你亲手把它扎在我的心窝
里,扎得我痛不欲生,你却根本不在乎!

吴　凡　(审视隋欣,缓缓点头)我明白了,你是有备而来,你在刻意
针对我!

隋　欣　怎么,到现在你才看出来?

吴　凡　(试图说服隋欣)好,不管你想干什么,我都认了。但现在你
的情绪很坏,这种状态不利于我们交谈。我建议,改天……

　　　　[隋欣拿起手机开始拨电话。

吴　凡　（忍耐地）你究竟有没有听我说话？

隋　欣　139××××××××，我没拨错吧？

吴　凡　（反应过来，大惊）这是我老婆的电话！（一把按住隋欣的
　　　　手）你给她打电话干什么？你怎么知道她的手机号？

隋　欣　我就提了一个要求，让你陪我一天，就一天。可你一直在跟
　　　　我讨价还价，（摇头）我很不开心。所以，我想跟你老婆，她
　　　　是叫何晓吧，我想跟她聊聊。

吴　凡　跟她聊，跟她有什么好聊的？你怎么知道她叫何晓，谁把她
　　　　的号码给你的？

隋　欣　聊什么？当然是聊你和我的过去啊，我们有那么多的故事，
　　　　甜的苦的，三天三夜也聊不完。（笑）我保证，她会越听越想
　　　　听，会缠着我一直不停地给她讲下去。（神经质地）你也要
　　　　在场，万一我讲得不够详细生动，你还可以补充一下——比
　　　　如当年我们接吻，头是怎样歪的手是放在哪里的，还有我们
　　　　的习惯，在床上的习惯……

吴　凡　（厉声）够了！不要说了！

隋　欣　（大笑）说说怎么了，做都敢做，有什么好怕的？
　　　　[吴凡一屁股坐在椅子上。

隋　欣　好，不说。现在，回答你的第二个问题。（指着电视柜）你去
　　　　看看那个纸袋子。
　　　　[吴凡盯着隋欣，犹豫片刻，向电视柜走去。
　　　　[吴凡取过纸袋子，打开。他一张张翻看文件袋内的资料，
　　　　里面是有关何晓的调查报告，以及何晓的几张照片。
　　　　[吴凡面色非常难看，他转头愤怒地看着隋欣。隋欣若无其

事地点烟。

[吴凡走过来,把资料狠狠地摔在隋欣面前,何晓的照片落在地上。

吴　凡　(激怒)你什么意思? 为什么要调查何晓,你想干什么?

[隋欣不紧不慢地拾起何晓的照片,端详。

隋　欣　你老婆的笑容很迷人,是那种让人一看,就知道她生活得很幸福的笑容。你知道吗,这种笑容,特别让人羡慕……也让人嫉妒。

吴　凡　(夺过照片)我在问你,你究竟想干什么?

隋　欣　那么紧张干吗? 我不会伤害她的。我只是想跟你老婆认识一下。如果连她的样子性格我都不了解,以后谈起话来肯定很不方便。

吴　凡　(几乎不相信自己的耳朵)你还要找她谈话?

隋　欣　吴凡,刚才你说不记得今天是什么日子,我很伤心,不过现在我发现你的记性是真的不好。我刚刚才说过,要帮你向你老婆谈点咱们过去的事,让她也分享一下我们的美好时光,怎么,这么快你就忘了?

[吴凡看着隋欣,面如死灰。

吴　凡　不,我不会给你机会这么做! 我警告你,不要去骚扰何晓。

隋　欣　警告? 你觉得像我这样的女人还怕什么警告吗? 你又有什么资格来警告我?

吴　凡　(跌坐在椅子上)你……你太可怕了!

隋　欣　只要你答应我的条件,我保证离你老婆远远的。

吴　凡　(半晌,吴凡抬起头,下定决心一般)好,我答应和你聊聊。

　　　　(拿出手机拨号)但是我要先打个电话给何晓,免得她还在那等我。

隋　欣　打电话？我劝你省省吧！（嘲讽）你敢告诉她你现在跟谁在一起吗？你敢告诉她我们要谈些什么吗？（轻蔑地）你当然不敢，你只会找个借口去糊弄她，骗她罢了。

〔吴凡停止拨号，无奈地看着隋欣。

隋　欣　（尖刻地）你对她制造的谎言还少吗？每天生活在各种谎言之中，吴凡，你就不觉得心慌吗？

〔吴凡手机响，他低头看着手机，既不挂断，又不接，手机铃声一直响着。他表情惶恐，不时用手擦着脑门上的汗珠。

〔隋欣一把抢过吴凡的手机，果断地按下挂机键，随即关机，扔到一边。

吴　凡　（目瞪口呆）你……你干什么？（喃喃）你真是疯了。

隋　欣　我疯了？是你变了才对。从前你做事不是很干脆吗？手起刀落，雷厉风行。怎么，现在不过是个电话，都能让你左右为难？

〔吴凡低头不语。

隋　欣　这样多好，谁也干扰不了我们。

吴　凡　（半晌，下决心似的）好，我就陪你一天。（正色）但是你也要答应我，今天过后，你得给我走得远远的，永远不要再来打扰我，不要再来打扰我们的生活。

隋　欣　（吐出一个烟圈，笑笑）没问题。（若有所思状）过了今天，一切都会结束！

〔吴凡似乎察觉到什么，打了个激灵。隋欣不屑地笑笑。房间里一片寂静。吴凡低头无语，隋欣边抽烟边看着他。

吴　凡　（半晌，抬起头）隋欣，我真不明白，这几年大家都过得很平静,你何苦突然跑来搅上这么一下呢?(不等隋欣回答,自嘲地)别说什么你想我了,咱们打开天窗说亮话。

隋　欣　平静? 你觉得平静吗,这种虚假的平静,早就该被打破了!

　　　　〔隋欣起身朝屋内走。

　　　　〔吴凡看着隋欣的背影,环顾客厅,脸上神色变幻。半晌,跟进。

三

　　　　〔隋欣家厨房一角,隔墙和卧室相连。

　　　　〔厨房简单陈设,餐桌上有一盘做了许久的菜。卧室除了床和衣柜外,床头橱上有一个破碎后黏合在一起的花瓶。

　　　　〔隋欣站在餐桌旁,吴凡踱步而进,环顾。

隋　欣　知道我为什么带你进厨房吗?(回忆的神情)因为这是个有故事的地方,我和你都不应该忘记。(端起餐桌上的盘子,闻了闻)我生平做的第一道菜,就是西红柿炒鸡蛋。

　　　　〔吴凡盯着餐盘,看看隋欣,不语。

隋　欣　还记得那个菜的味道吗? 当时我还是特意学的,做给你吃的。

吴　凡　(躲闪)哦,那都是很久以前的事了。

隋　欣　(用筷子夹起一块鸡蛋)那就尝尝现在的,也许,味道上会有很大的不同。

　　　　〔吴凡不愿品尝,隋欣强行把菜送到他嘴边,吴凡无奈张嘴咀嚼,立刻把菜吐了出来。

隋　欣　(明知故问)怎么,不喜欢?

吴　凡　(为难)这菜……这菜是苦的!

隋　欣　（自己夹了一口放在嘴里，细嚼，咽下）苦的？我怎么没吃出来？（恍然状）哦，因为我尝过的苦头太多了，这么点苦味儿，只有那种尝过太多甜头的人，才会承受不了。

吴　凡　（看着继续夹菜吃的隋欣）你……你别吃了。

隋　欣　（把盘子放下）也好，省得晚饭的时候还得再做。

吴　凡　（惊疑）你还要我陪你吃饭？

隋　欣　你不愿意？那你去陪你老婆，反正主动权全在你那边。

吴　凡　（无奈地）好……我陪，你爱怎么样就怎么样吧。

隋　欣　这就对了，演戏嘛，要演就演全套，何况你今天的时间已经被我买断了。

吴　凡　过了今天，我的生活就全部属于自己，哪怕你是我的——我的朋友，也不能再来干扰我。

隋　欣　（冷笑）吴凡，其实你现在已经恨透我了，对吧？可你还得用"朋友"这个词来界定我们的关系。做人就是这么滑稽，我们永远在伪装，在欺骗别人，也在糊弄自己，然后还要互相配合，演一场一团和气的戏码。（顿了顿）但是我累了，我不想演戏了，我只想要一样东西，那就是真实。

吴　凡　真实？

隋　欣　你当然不懂，因为在你的生活中，最缺乏的就是这个。我就是觉得可笑，以一盘西红柿炒鸡蛋开始，同样的，再以它结束。

　　　　［隋欣一边说一边走，推开了虚掩的卧室门，扭头对吴凡。

隋　欣　再来卧室看看吧。

吴　凡　卧室？

　　　　［隋欣示意吴凡，吴凡无奈地跟了进去。卧室的布置尽收眼

994

底,吴凡脸上闪出慌乱、尴尬的神色。

隋　欣　怎么样,还满意吗?

　　　　〔吴凡情不自禁地走近两步。

隋　欣　好好看看吧,好歹也是我提前半个月布置的。

吴　凡　(愕然)隋欣,你……

隋　欣　(把手指竖在嘴边)嘘!不着急评论,先欣赏。

吴　凡　(慌乱)不,不用了。

隋　欣　怎么,对我的品位不赞同?

吴　凡　不……这里的摆设……

隋　欣　怎么样?

吴　凡　嗯,很好……很好。

隋　欣　具体一点。

吴　凡　(慌不择词)很舒服,很和谐。

隋　欣　舒服?和谐?

　　　　〔隋欣走进卧室,坐在床上,随手拿起抱枕。

隋　欣　你是指这个?(把玩抱枕)这个是挺舒服的。你当年把这个
　　　　抱枕送给我的时候,我就这么说过。

吴　凡　(痛苦地别过头去)你为什么还留着它?

隋　欣　(把抱枕捂在鼻子上)因为它的上面还留着你的气息。(看
　　　　着吴凡)爱你的时候,我迷恋这种气息。(语速放慢)恨你的
　　　　时候,我照样要用这种气息来提醒自己。

吴　凡　爱也好恨也好,隋欣,一切都已经过去了。

隋　欣　过去?不,过不去。不相信的话,夜深人静的时候你就抱着
　　　　它,然后就会感觉到那种气息缭绕在你的身边,拂也拂不
　　　　去,赶也赶不走,(思索状)这种气息太执着了,执着得让人

讨厌,让人疯狂,它好像总在提醒我,提醒我去做点什么……

[吴凡额头上沁出汗珠,不自觉地往墙边靠。

隋　欣　不相信? 那你过来闻闻。

吴　凡　不不,不用了。

隋　欣　你不喜欢?

[隋欣走到床头柜边,拿起摆在上面的花瓶。

隋　欣　那这个花瓶呢,喜欢吗?

[吴凡望着花瓶,表情难堪而痛苦。

隋　欣　(拿着花瓶欣赏,手指一点点抚过花瓶)这个花瓶是你送我的生日礼物。我还记得,有一次我们吵架,我把它摔碎了。(向吴凡)然后,你做了一件很让我感动的事情。

吴　凡　(乞求地)我求求你不要说了……没有用的,我……我什么都不记得了。

隋　欣　(自顾自地)后来你到处求人把这个花瓶给重新粘了起来,你说,一切裂痕都可以被修补好,修补得完美无缺。多么动听,多么完美,(笑)可惜,就是谎话!

吴　凡　(仓皇地)这些都是年轻时候做的事了,当然会有些幼稚。

隋　欣　是的,是很幼稚,更幼稚的是,我相信这句谎话太久,直到自己支离破碎,才发现那些曾经的伤害是多么严重,严重到不能忘记,无法饶恕。

[隋欣手一松,花瓶落地。

[吴凡被花瓶碎裂的响声吓了一跳,慌张地看着隋欣。

隋　欣　(冷漠地)你看到了,摆脱伤害的方法只有一个——就是彻底的毁灭。

996

吴　凡　你现在太消极，太极端了。

隋　欣　对，我就是太极端。我为什么不能极端？等到一切都不存在了，伤害自然就无从谈起，人也就解脱了。

吴　凡　你不要总说这种决绝的话，一会儿结束，一会儿毁灭，一会儿又是解脱……

隋　欣　（打断吴凡）一直以来，我都太过懦弱，只懂得等待、沉默、忍气吞声，可我换来了什么？除了被侮辱和被损害，我根本一无所有！

吴　凡　（沉痛地）隋欣，你变了。我还记得当年的你，纯真、善良、大度……

隋　欣　（纵声大笑）你还记得当年的我？（站起来）吴凡，你终于装不下去了吧？你不会是什么都忘了吗？

吴　凡　隋欣，我——

　　［隋欣三下五除二把发辫散下，紧接着又换了一件半旧的粉色睡衣。

隋　欣　（声音平板冰冷）这样的隋欣，你还熟悉吧？

　　［吴凡看见披着长发身穿睡衣的隋欣，一时间有些惶惑。

隋　欣　是不是想起什么来了？事实上，这个房间的摆设，跟我们同居时候住的地方一模一样！你说你一点不记得了，我能相信你的话吗？我不是房子，我是人！

　　［吴凡闭上了眼睛。

隋　欣　怎么，不敢看了？你不会忘了吧，当年你就是这样剥去了我的衣服，一边跟我说着天长地久，一边占有了我！

吴　凡　（睁开眼睛，痛苦地）不，不要再说了！（哀求地）我受不了，我受不了！（有些崩溃）你不能这样折磨我……你不能把我放在被告席上,你却像法官一样。

隋　欣　我没有折磨你,这是事实。如果你连真实的经历都不敢接受的话,那你未免活得太虚伪了。

吴　凡　可我们是两相情愿的!

隋　欣　对,是两相情愿,就连后来我帮你扛处分,在当时来说都是我心甘情愿的!(一字一顿)可惜,今时不同往日,我现在想清楚了,你不值,也不配!

吴　凡　(狂乱地摇头)我不能再跟你谈下去了……现在这种情况,任何一个正常人都忍受不了……你已经疯了,我不想跟你一起疯,我,我要离开这里……

　　　　〔吴凡一步步往门口退去。

隋　欣　(哈哈大笑)我不正常?你错了,我比谁都正常,因为我看得明白,想得清楚,而且敢作敢当。我不像某些人,也许每天晚上都做噩梦,白天却还要人模狗样地当个好丈夫。当然,这种人可能比我想象得更恶劣,压根是心安理得!

　　　　〔吴凡一步步退到门边。隋欣拿出手机开始拨着号码。

吴　凡　你,你在干什么?

　　　　〔手机已经拨通,手机里传来何晓的声音:喂……喂?

　　　　〔隋欣拿着手机走向吴凡,脸上带着宁静的笑容。

　　　　〔隋欣把电话送到吴凡的耳边。何晓的声音更加清晰:喂,喂,说话呀?

隋　欣　(看着躲闪的吴凡,少顷,平静地)哦,对不起,我打错了。

　　　　〔吴凡看着隋欣挂断电话,额头上的汗水顺着脸颊流下。

隋　欣　(坐了下来)不要考验我的耐心。如果你再提一次要走,我马上把何晓叫过来,她现在一定在满世界找你,找她心爱的阿凡哥。可是我保证,等她知道所有的情况,依她的脾气,我猜找人的就要换成你了。(冷笑)说不定再来个跳河自尽,到时候你的罪过就更大了。

[吴凡惶恐地站在原地。

隋　欣　(嘲弄地)看看,你又害怕了。吴凡,你还真是个地地道道的孬种,跟当年一副德性!

[吴凡痛苦地抱住头。

四

[隋欣家客厅。景同第二场。

[墙上的挂钟滴答地走着,吴凡呆坐在沙发上。这时,整点报时响起。隋欣看着墙上的挂钟,走向后面。

隋　欣　(边走边自语)该来的总算来了。

[吴凡闻言一惊,目光紧盯着隋欣走的方向。

[隋欣捧着蛋糕回,将蛋糕放到桌上,缓缓解开包装。

[吴凡有些茫然地看着隋欣一步步的动作,站起。

隋　欣　(头也不抬地)坐吧,吃完这个蛋糕,一切就都结束了。

[吴凡在椅子上坐下。

[隋欣将蜡烛插在蛋糕上,又将蜡烛一根根地点燃。蛋糕上写着"生日快乐"。

吴　凡　今天……今天是你的生日?

隋　欣　(点完最后一根蜡烛,轻蔑地)吴凡,都到这份上了,你还装个什么劲儿?

吴　凡　不不,我是真的忘了。

隋　欣　真的忘了? 那么,其他的呢? 这套房子呢? 西红柿炒鸡蛋呢？还有，我们是怎么上床的，难道这些你都忘了？（吴凡低头，隋欣轻蔑地）其实你什么都记得，你的心里跟明镜似的！可你就是不承认，你太虚伪！（顿）当然，一切已经不重要了。

[吴凡痛苦地把头伏在臂弯中，他发现桌子底下有一本遗落的书，拾起来后发现褐色的封皮上写着：《圣经》。

吴　凡　圣经？

隋　欣　（清晰但冰冷地）"各人必按自己所行的，或善或恶，受到报应"，这是《圣经》里的话，劝世良言。怎么，你没听过？还是你根本就不敢听？

吴　凡　（一愣，然后惊惧地）这，这句话……今天我收到的短信，也是你发的？

隋　欣　（不理吴凡）每件事情，都有它起始的原因。每一幢房子，就必定有一位建筑者；每一块表，就必定有一位造表匠；而我们俩有今天的审判，就必定有错误与罪恶在先。（审视吴凡）你明白吗？

吴　凡　（焦躁，恐惧）审判？你……你要审判什么？
　　　　　[隋欣淡淡一笑。

隋　欣　（对着蛋糕）隋欣二十岁，大三，遇见吴凡。相爱。
　　　　　[隋欣吹灭一根蜡烛。
　　　　　[吴凡表情愕然。

隋　欣　隋欣二十一岁，大四，与吴凡同居，吴凡承诺会好好爱她，一辈子不离不弃。
　　　　　[隋欣又吹灭一根蜡烛。
　　　　　[吴凡表情尴尬窘迫，他望着隋欣，但隋欣并不看他，吴凡低

下头去。

隋　欣　隋欣二十二岁,临近毕业,发现自己怀孕了。学校要给我们
　　　　处分,那就意味着唯一一个公费留学的机会泡汤了。隋欣
　　　　一个人背下了黑锅,一口咬定孩子是别人的。而那个肇事
　　　　的男人——吴凡,他躲了起来,连屁也不敢放一个。
　　　　［隋欣再吹灭一根蜡烛。

吴　凡　(愧悔而痛苦地)别说了!

隋　欣　(情绪渐渐激动,压抑着愤怒与伤痛)不说? 为什么不说?
　　　　当年事情闹了出来,你不敢跟我一起承担。好,没问题,我
　　　　一个人扛,我没有怨言,因为我爱你! 可你呢? 你干了些
　　　　什么?
　　　　［吴凡不语,嘴巴跃动了几次,却低下了头。

隋　欣　怎么不说话了? 是不是觉得难以启齿? 好,你不说,我帮你
　　　　说! 我被学校记过的时候,你跟我提出了分手! 我怎么求
　　　　你你都不肯回头,我甚至跪在你的面前……(有些哽咽)可
　　　　你铁了心,你是怕我连累你,影响你的前程!

吴　凡　(痛苦地抱住头,喃喃地)不要说了……不要说了……

隋　欣　隋欣感到无比的恐惧和绝望,甚至想到了死。最后,她下定
　　　　决心,既然吴凡无情无义,自己也没有必要再去求他,于
　　　　是——(隋欣抬头,目光怨毒、阴冷地盯住吴凡)她自己一个
　　　　人偷偷摸摸地钻进小诊所,结束了胎儿的生命!
　　　　［吴凡伏在桌上,痛苦地摇头。

隋　欣　(沉痛地)没想到的是,由于细菌感染,从此以后她永远失去
　　　　了做母亲的权力!
　　　　［吴凡猛地抬起头来,目光中充满了惊诧、惶恐、愧疚、悔恨。

[又一根蜡烛被隋欣吹灭。

[隋欣还要接着说,吴凡崩溃地站起。

吴　凡　隋欣,我求求你,我求你不要说了,不要再说下去了!我错
　　　　了,一切都是我的错,你打我骂我都行……可我求你不要再
　　　　审判我了!

隋　欣　(冷笑)打你骂你?我为什么要打你骂你?我只需要你静静
　　　　地聆听,我要你清清楚楚地知道,我之所以走到今天,完全
　　　　是拜你所赐!

[吴凡痛苦地摇头。

隋　欣　你不是一直想走吗?现在你可以走了,我绝对不会拦你。
　　　　(冷笑)可你就不想听听更残忍的吗?你会发现,事情比你
　　　　想象得更加"精彩"!

吴　凡　(惊惧)不,不会,不会有更残忍的了。

隋　欣　(声音开始颤抖,但努力地维持平静)就这样,隋欣被伤害得
　　　　体无完肤,可是,出于对吴凡的爱,她仍然选择了一个人去
　　　　承受。毕业后,她去了南方,希望能够远离这座城市,远离
　　　　那个给她伤害的人。后来,隋欣也努力试着和其他男人交
　　　　往,但她怎么也过不去自己这一关,没办法面对自己的过
　　　　去,更没有办法允许这样的自己去享受爱情。(哭着咆哮)
　　　　那段日子,她生不如死,甚至患上抑郁症而住进精神病院!

[最后一根蜡烛被吹灭。

[吴凡被动地聆听,隋欣调整了一下心情继续说着。

隋　欣　直到陈志远的出现,情况才有所好转。陈志远是隋欣除了
　　　　吴凡之外,真心爱过的第二个男人。为免多生事端,她一直
　　　　向陈志远隐瞒着自己的过去,但是内心却一直难得安宁。

在她和陈志远即将举行婚礼的时候,她决定向陈志远坦诚一切,以便能够堂堂正正地拥有属于自己的爱情和婚姻。

〔吴凡目不转睛地盯着隋欣,呼吸急促。

隋　欣　(身体不由自主地发起抖来)可是命运没有放过隋欣,老天要惩罚隋欣!陈志远接受不了这个现实,和她大吵一架之后跑出去喝酒,然后……(隋欣有些说不下去,吴凡紧张、恐慌地盯着隋欣)然后他被一辆卡车撞倒,(声音低下来,哽咽)送到医院的时候,已经停止了呼吸……

〔吴凡浑身发抖,他挣扎着想要站起身说些什么,却没有站起来。

隋　欣　(万分愤恨)怕了?听不下去了?你连听都不敢听,我却真实地承受着这些过往,死去活来地挣扎过,一天天地煎熬着!

〔吴凡脸色发白,身体也不停地抖着。

隋　欣　你的嘴唇怎么变白了?你怎么比我抖得还厉害?你说我是变态是疯子,(大笑)可你现在去照照镜子,你的模样根本像个死人!这几年来,你瞒着你老婆,依靠面具和谎言来过日子,(恨恨地)你逍遥快活得太久了!

吴　凡　(崩溃)隋欣,我从来不知道我给你造成的伤害有这么严重,真的,我从来都不知道,不知道……如果我知道……

隋　欣　就算你知道了,又能怎样?你能换回我死在小诊所冰冷器械下的胎儿吗?你能从车轮底下救回陈志远的命吗?你又能让我重新拥有做母亲的权力吗?吴凡,你就算千刀万剐,也死不足惜!今天我要给所有的过往一个交代,我们必须有个了断!

1003

吴　凡　（失神地）了断？

隋　欣　对，了断！你没有珍惜最后的机会，如果你看到房间的布置，看到我的打扮，甚至你对那盘西红柿炒鸡蛋哪怕有一点的留恋，我都会考虑为你减刑。可是你一直对所有的过往视而不见，你以为这样就能勾销你犯过的过错吗？你错了，那些事情不是蜘蛛网，一抹就没了！

吴　凡　（颓然，似乎一瞬间丧失了所有的力量）好，你说吧，你要怎么了断。（抬眼看着隋欣）我一切都依你。

　　　　〔隋欣起身，拿起一瓶红酒，把两个杯子斟满，然后分别放在自己和吴凡面前。吴凡沉默地看着她做这一切。

　　　　〔隋欣拿着一杯红酒在手中摇晃。吴凡呆望着另一杯酒。

隋　欣　我给你准备了两条路，你可以任选一条。

　　　　〔吴凡惊恐。

隋　欣　第一，牺牲你老婆何晓。（吴凡颤抖）我们把她叫过来，当着她的面，把你的面具给撕下来，让她看看，所谓的美满婚姻背后，隐藏着多少见不得光的东西，包括两条"人命"。第二，（隋欣走到吴凡身边，一手抚着他的肩膀，一手将酒杯递给他，吴凡被动地接过）牺牲你自己。（晃晃手中的酒杯）这里面放了大剂量的安眠药，（眼神迷离）一杯下去，只要一杯下去，你就会慢慢地失去知觉，然后去另一个世界……

　　　　〔吴凡恐怖地睁大眼睛，握杯的手不停地颤抖。

隋　欣　你放心，不会有多少痛苦。比起死在手术台上或者车轮底下，喝下这杯酒简直太温柔了。（贴近吴凡的脸，看着他的眼睛）怎么样？你选哪一条？

　　　　〔吴凡呆呆地瞪视着酒杯，整个人恍若木雕泥塑。

隋　欣　(轻蔑地)看来,你什么都怕,面对真实你怕,承认过往你也怕,承担责任你更怕!(点点头)我早该看透你了,像你这种人,根本只会考虑自己的周全,又怎么可能谈得上自我牺牲。(走到一旁)我看,还是让何晓过来看看好戏吧!你不要怪我心狠,要怪,就怪她命苦,嫁给了你这种男人。(拿起手机拨号)我真是不明白,像你这种无情无义,没心没肝的男人,怎么还好意思死皮赖脸地活着⋯⋯

　　　　[身后传来玻璃杯跌倒的声音,隋欣惊愕地回头。

　　　　[吴凡嘴角是残留的酒色,空酒杯歪在桌上。

隋　欣　(愕然)你!

吴　凡　(苦笑)你说得对!我无情无义,既没有担当,也没有责任感,我,我不配活在这个世界上!我对不起你,对不起那个枉死的胎儿,也对不起陈志远。说什么都没有用了,我换不回他们的性命,更不能让所有的罪过一笔勾销。(苦笑)除了死,我没有其他路可走。

　　　　[隋欣跌坐在椅子上,用手蒙住脸。

吴　凡　(跌跌撞撞地走向隋欣)我明白,我就算死十次,也解不了你心里的怨和恨。(一把抓住隋欣)可我求你,我求求你,在我闭眼之前,请你听我说最后两句话⋯⋯

　　　　[隋欣不答,她蒙住了脸颊却蒙不住哽咽的抽泣声和簌簌的眼泪。

吴　凡　当年我是对不起你,给你造成了一生的伤害,可我不是存心要害你,只是少不更事,没想到会造成这样令人遗恨终身的后果。(崩溃地)你说我装,说我虚伪,可你知道吗,我有多少次从噩梦中惊醒,我有多少次失眠一直到天亮⋯⋯我甚至和何晓亲热的时候都能看见你一脸怨毒的样子……

[吴凡痛快淋漓地诉说,先前的恐惧和慌张都已不见,取而代之的是一种决绝和无畏。

[吴凡扑到餐桌边,拿起酒瓶,一仰脖子全部喝下。隋欣惊愕地看着一切。

吴　凡　我罪有应得,我死,我赎罪……(回过头)可我要你依我两件事!

[隋欣看着吴凡,示意他讲下去。

吴　凡　(痛苦地)第一件,我求你放过何晓,她是个活在纯真世界里的小妇人,你不知道她有多么善良,单纯。如果你把一切都告诉她,就等于彻底毁了她,毁了她的爱情,她的信念,她的世界,正像你所说的,她真的会去跳河。所有的祸都是我闯的,所有的孽都是我造的,我该死,我愿死,可你能不能放过我老婆,我……我是真的很爱她!我不在乎自己的死活,可我在乎她对我的看法,在乎她眼中纯净的世界。我就算死,也希望死得安心,死得没有担心和牵挂!

隋　欣　(动容,半晌)第二件呢?

吴　凡　(黯然)我求你放过你自己,你还年轻,没有理由为了我这种人折磨你自己。从我来到房间,你就说结束、毁灭、了断,你口中的了断是你自己也离开这世界吧。如果我的将死之言能让你有一点点改变,那么我的罪也能小一点。(殷切地)隋欣,你答应我,我不求你原谅我,我只求你原谅你自己!

[隋欣闭上眼睛,眼泪顺着脸颊不停流淌。

[吴凡匍匐地瘫在地上。

〔隋欣忽然放声大哭起来。

吴　凡　（平静地）我死以后，你要快快活活地做人，彻底忘记我给你带来的伤害。只有你坚定地活下去，才能告慰逝去的生命，才能把你坚信的真诚和纯真的爱继续下去。你不要再流泪了，你要笑着去过往后的日子。

〔隋欣的哭声渐小。吴凡闭上眼睛。

〔隋欣看着瘫软在地上的吴凡，紧紧咬住嘴唇。

隋　欣　（走过去，拉开房门，背对吴凡）你走吧。

〔吴凡似未听见。

隋　欣　（大声，带着压抑与无奈）你——走！

吴　凡　（苦笑）走？不，一切都已经迟了。

隋　欣　（低下头，沉默片刻）杯子里没有安眠药，只是一些维生素片。

〔吴凡不能置信，猛地抬起头。

隋　欣　如果今天是一场赌博的话，你赢了。刚才你"死"了一次，我暂且算你是赎了罪了。（吴凡震动）你不要以为我原谅了你，我不是圣人，要我无视你造成的伤害，我办不到！（吴凡黯然低头）但是我看得出来，你是真的很爱何晓，很珍惜你现在的婚姻。看在都是女人的分上，我放你一码！（痛苦地）而且我……我仍然没有狠到可以亲手破坏一个家庭。

〔吴凡明白过来，愧疚，感激。

〔墙上的时钟敲响了 12 下，隋欣抬头看了看挂钟。

隋　欣　不瞒你说，今天，哦不，现在过了 12 点，应该说是昨天了。我本打算在我生日这天选择离开，可是现在我答应你——

我不会了。不是你说服了我,是我在今天晚上找到了活下去的勇气。是啊,人因为爱而结合因为爱而愤恨。(长叹)我们已经无辜牺牲了两条生命,剩下的,应该继续活下去。(哽咽,流泪,倔强地抹去泪水)现在,你马上走,马上离开这里!(顿)如果你再不走,也许我会反悔。

[吴凡慢慢地站起,走向隋欣。

吴　凡　(含泪)不,你不会,你始终还是过去那个善良的隋欣。(真诚地)谢谢你!

[隋欣望着吴凡。

吴　凡　也许经过今天,我才明白面对和承担会多么重要。如果有一天,何晓问起我的过去,我会把一切如实地告诉她。以你对我的怨和恨,尚且能够这样,那么我相信,我和何晓之间的爱情,一定能够包容过去的是非。你不仅让我死过一次,更让我获得了涅槃和重生。

隋　欣　不,获得涅槃和重生的应该是我,明天开始就等于是我出生的第一天,一切重新开始,从此我不相信命运。从今以后,我们是老死不相往来的路人,我唯一能奉劝你的,不过是四个字:天地良心。

吴　凡　(惭愧低头,半晌)隋欣,从头到尾,你都是最无辜的一个。我欠你的,这辈子是还不清了,可我真心诚意地希望你快乐。

[隋欣定定地望着吴凡。

隋　欣　这和你无关。

[隋欣脸上奔流着泪水。

[吴凡回顾整个房间,最后目光落在隋欣脸上,隋欣把脸背

过去,以手指门。

［收光,音乐声响起,歌曲《因为爱情》。

［音乐声中闭幕。

［剧终。

编剧：羊含芝

百字剧五则

失 孤

云嫂常年独居寻子，十六年后接到警方电话，叫去警察局认亲。云嫂和儿子只生活了三天，儿子打游戏睡觉，最后逃回到养父母家，从云嫂生活里消失。云嫂继续发传单，帮助所有失孤的父母寻子……

完美男主（A）

慕容接手制片人口中的爆款剧，忙于工作她跟男朋友提出分手，慕容设计了男主海宁，月播时却下了架。海宁走下文档来到现实爱上慕容，二人时空差异闹出笑话也无法相处。

慕容坚持自己设计，拒绝听从制片人修改，海宁回到文档自己变成了制片人的设计。海宁爆火，慕容身边涌出大批工作邀约和追求者，慕容也不再爱男主了，海宁为了成就慕容永远待在文档。

完美男主（B）

慕容接手制片人口中的爆款剧，忙于工作她跟男朋友提出分手，慕容设计了男主海宁,月播时却下了架。海宁走下文档帮助慕容完成剧情。慕容根据现实不断修改海宁接近完美,每次不满意都会将海宁塞回文档,二人时空差异闹出笑话也相爱了。

制片人强行要求慕容根据他的意见改造海宁,慕容告诉制片人结局不写了要放弃,现在有了完美男主,要海宁永远留在自己身边。

恋 衣

高中生夏天在小明星琳达转到班里后,发现所有人甚至暗恋的学长都疏远了她,不自觉地不断和琳达做比较。两人穿着一样的衣服在舞台上表演,结果因琳达放弃,夏天转败为胜。

随着琳达星途发展,夏天重新和琳达靠近,她设计的衣服却让琳达出尽了洋相,微博上流传出琳达私人视频,遭到粉丝唾弃。夏天体会到琳达背后的艰辛,得知了琳达之前为友谊的付出,经历了嫉妒、比较、误解之后夏天跟琳达和解,克服幼稚想法迅速成长。

相亲手册

剩女小莉在相亲中和任晓成了朋友。小莉通过任晓解开了对初恋的心结因而爱上了他,任晓突然出国要赴前女友十年之约,小莉失落之后又开始新一轮相亲,又遇到了任晓……

千字剧三则

借　钱

时　间　腊月二十八晚上
地　点　杭州的李四家
人　物　张　三　男，50岁，李四的表舅，老实农民
　　　　李　四　女，35岁，张三的表外甥女，独立设计师，自己开创
　　　　　　　　业公司

〔李四在大厅，躺在瑜伽垫上，跟着视频里的瑜伽课程做肩
　颈拉伸，电话响起。

郑　总　(OS)喂，小李总，跟安居乐业 App 合作改造的房子问题太
　　　　大，好多人到医院了，这批房子就快下线了，知道了吧？

李　四　知道了。

郑　总　(OS)不过，这事儿跟你们前端做设计的没关系。我就是有
　　　　点可惜，这么好的生意就要关张了。

李　四　就这样吧，吃一堑长一智。

〔李四挂下电话，叹了口气。门铃响，李四去开门。

张　三　四儿，你在家啊。

〔张三拎着一串腊肉。

李　四　舅舅，进来坐吧！

〔张三踏进李四的家门，看到李四家里的浅色橡木干净地

板,犹豫了一下。

李　四　(拿着鞋套递给他)舅舅,好久不见了,舅妈和聪聪怎么样?

张　三　好,都好得很。四儿,你跟十年前一模一样!

李　四　说笑呢舅舅,我还不知道我自己吗?创业操心多了,走在大街上你都认不出我。

张　三　你这个房子真大呀,这个环境真好啊!四儿,你们这边一平几钱哦?聪聪要是有你这个本事就好了!(张三看了一眼李四)四儿,我这次就是来跟你说这事儿的,你……(犹豫地)能不能再借舅舅10万?

李　四　(诧异地)再借10万?

　　　　[张三挠挠头,非常不好意思地搓搓手。

张　三　四儿,这次来也没带什么好东西,我知道你什么都不缺。(看了一眼手上的腊肉)这是舅妈今年刚做的,还记得二十年前,你在我们家吃饭,最爱吃这个了!

李　四　(接着张三的腊肉,有点哭笑不得)舅舅,要少吃腌制食品哦!(自言自语)我居然是吃老腊肉长大的?!难怪现在对小鲜肉没感觉……

张　三　四儿,是这样啊,聪聪,你弟弟,他现在跟你一样来杭州,到大城市发展了!(自言自语)可是他没你这个福气啊。

李　四　舅舅,您刚才说什么?福气?我这是努力加运气!刚毕业那会儿,正好和同学合搞了个项目,结果拿到奖金了,(暗示地)十年前你们盖老家房子的那10万块钱,就是我从奖金里取出来的。

张　三　(慌忙地摆手)四儿,你别急,舅舅承诺你的10万块已经在路上了。老家的房子正在挂牌,前面本来有个人要买了,后来发现房子埋水线有问题,说是要重新改造! 我们一家住得好好的,你说这房子怎么一到别人手里就全是问题啦?

李 四 不是,舅舅,你今天不是要还我 10 万的吗?

张 三 是,是……不是,嗨! 我……我今天是来跟你借 10 万的!

李 四 (无语,有点生气)为什么还要再借 10 万?

张 三 四儿,还不是因为聪聪,这孩子就不听我跟你舅妈的话,说要跟姐姐学习,要来杭州,大城市发展,我和你舅妈啊就合计着把我们老家的房子卖了,给他在城里买套房子,他争气的话下面就可以自己去还房贷……

李 四 (粗暴打断)舅舅,其实我本来可以不着急这 10 万的,但是我给公司定了年计划,今年年终一定要实现弯道超车。紧急关头,不能掉链子!

张 三 弯道……超什么车?

李 四 (沮丧地)别管这些了,(慢慢低下头)就是现在在公司不知道会不会受到一些事情的负面影响。

张 三 舅舅搞不懂,但是你这么能干,相信你能解决。你看聪聪这个熊包,自己来杭州租了个什么"啊"什么(App 的发音不会念)平台的房子……结果呢,住着住着,就到医院去了……你说怎么现在人住个房子怎么都遇到了这么多奇怪的事啊!

李 四 (惊讶地)你刚才说,聪聪找的是什么平台租房?

张 三 什么"啊屁屁"的。

李 四 "安居乐业"平台?

张 三 对对对,就是这个音。哎呀,住了几个月,安居乐业不成,就住到医院去了……现在还没出来。

［电话响了。李四接通。

郑　总　（大声地）小李总,安居乐业平台发表了澄清声明,都跟你们设计没关系,不用担心啦! 你看到了吗?

［李四看了一眼张三,背对过去。

李　四　（小声地）好,谢谢郑总告知,我回头再跟你说。（很快挂了电话）

［张三走近李四,疑惑地。

张　三　四儿,刚才电话里都说什么? 你就是那个安居乐业的?

李　四　（摆手）不,不,我不是。

张　三　（生气地指责李四）四儿,我还一直让聪聪以你为榜样,原来,原来你在城里都在赚这些钱!?

李　四　（捂着眼睛）舅舅,现在没法跟你解释清楚,这个项目解决了我当时很多问题,创业维艰呐!

张　三　我不知道你什么问题。你知道吗,要不是聪聪入院得早,说不定他现在人都不在了!

李　四　聪聪现在人怎么样了? 医生怎么说?

张　三　医生开了个单子。

［张三从随身带的袋子里掏出一张皱巴巴的医院诊疗单。

李　四　（喃喃道）甲醛中毒。

［李四起身走到窗口,背对着张三,叹了口气,然后走到自己房间,拿出一张卡。

李　四　（拿起电话拨给财务）陈会计,你转 10 万备用金到我的建行卡里。

陈会计　李总,您不是说这段时间财政要紧缩吗?

李　四　就按我说的,明天我会过来处理发票⋯⋯

[李四挂了电话，把这张卡交给张三。

张　三　（又生气又激动地，接过卡，冒出泪花）四儿，你答应了？

　　　　[李四点点头。

李　四　舅舅，我们不是直接肇事者，但是我是参加这个项目设计的，当然是希望它尽快上线，现在聪聪生病，我也有责任。

张　三　四儿，舅舅也搞不懂现在怎么回事，这钱就是希望尽快给聪聪凑到首付，买个好房子在杭州定下。现在都怎么了？住个房子都还出了这么多问题！你一个人做事情，千万要小心，不要给人坑了，多设计一些好房子！

李　四　舅舅，快回去吧，照顾聪聪要紧。

张　三　四儿，我们老家房子一有消息就告诉你，就把这 20 万一起还你！等聪聪好了，我再带他过来跟你道谢！

　　　　[李四看着张三，瞬间也模糊了双眼。

张　三　四儿，别哭，四儿……

　　　　[剧终。

门

时　间　现代，星期一，早

地　点　寄居村，王五的出租壳内

人　物　张　三　男，外来租客，凹足寄居蟹，褐色，憨

　　　　　赵　六　女，新外来租客，海葵，可以跟任何寄居蟹共生，侠义

　　　　　李　四　女，二壳东，草莓寄居蟹，红色，势利

　　　　　王　五　男，壳东，椰子蟹，精明

　　　　　小　敏　张三的同事

1016

[光起,自助超市。赵六坐在超市门口的长椅,打开罐头。

[画外音:赵六,电话铃声。

赵　六　(抬起一只触角接电话)哎,妈妈——

[画外音:六六,吃饭了吗? 壳子找得怎么样了?

赵　六　在吃呐,壳子还在找!

[传来全家超市进门音乐。

[画外音:这么吵哦,你在哪呐?

[赵六起身走到门外。

赵　六　在外面,一会儿准备再看几个壳子。

[画外音:(电话里一个老蟹声音,赵六外公)六六——今天
　　　　有什么新闻吗? 寄居村里有没有惊喜?

赵　六　(责怪)啥新闻呐外公,你们要我出来锻炼锻炼。这哪是锻
　　　　炼啊,前天遇到个壳里只有面镜子,连张床都要我自己添置
　　　　的壳东,昨天又碰到要把壳商住两用、根本不拿我当一个活
　　　　体海葵看的壳东,寄居村没有惊喜,全是惊吓!

赵　六　(对着观众)唉! 一线地带寄居村的规矩和壳价我早有耳
　　　　闻,六个月前我从海葵学校毕业,外公见我的葵生太顺利,
　　　　硬是给塞了机票,叫我出去长长见识,丰富丰富葵生。
　　　　外公跟我说,家乡留不住肉身,外乡放不下灵魂,我说,家乡
　　　　留不住肉身,外乡却是连肉身和灵魂都放不下! 来这里一
　　　　个月,我就搬了四次壳,而且灵魂都在头顶上漂,每天我都
　　　　要踮踮脚,才能把它拽下来!

[赵六翻着租壳 App。

赵　六　(对着广告念)本蟹李四整租一套壳子,愿有缘者跟我一起
　　　　分享……(自言自语)这个好,打个电话问问看!

［光灭

［光起,张三在桌前奋力工作,用钳子在桌前敲来敲去。

张　三　陌生的寄居村,陌生的蟹脸……
　　　　［张三对着观众扬了扬钳子。

张　三　我是一只丑丑的凹足蟹,一只不被寄居村民待见的蟹,这是
　　　　我在寄居村的第三个月,想念家乡温柔的风,想那宜蟹的温
　　　　泉,想我妈妈烧的虾……

　　　　［画外音:张三——下午开会的资料都 Ok 了哦?

张　三　(紧张)准备好了,我马上就发您邮箱吼!
　　　　［画外音:张三　你过来,解释一下这份文件。
　　　　　　　　　张三　这里的错误如果给老板看到,我真的帮不
　　　　　　　　　　　　了你!
　　　　　　　　　张三　你有没有带脑子来?!
　　　　［张三丢下手中工作,扔了椅子,砸了笔,捂住耳朵。

张　三　(对观众,扬起钳子向观众挥手)嗨! 我的虾款不够,没法整
　　　　租一张壳,只好找了个二壳东李四,跟她先住着。现在的我
　　　　就像站在了靶子中间(冷笑)想逃……都逃不掉。每天晚上
　　　　睡觉前,都会觉得这一天过得超,级,烂……

　　　　［李四钳子上挂着购物袋,上。
　　　　［李四电话响起。

李　四　Hello,我是李四! ……哦,是这样的,大的那间已经有蟹订
　　　　了,剩下另一间 5 平的,不知道您介意吗? 啊……想先来看

1018

看啊? 好好,没问题。

李 四 （挂下电话）哎呀,没想到这么快两个租客都要找齐了。这第一只凹足呐,丑归丑,只要按时交虾款就行。

[李四准备上楼,撕下自己张贴的寻租启事。

[李四上楼,门开着。

李 四 （很生气,对着观众）但是他一点素质没有! 现在的外来蟹真是不懂规矩,竟然忘记关壳门? 我要不是看他着急租,王五又催着我交租,才不会跟他一起住! 你们看看,他还要跟着我一起去办居壳证! 哼,看我不多收他几袋虾款! 到时候,就跟他讲,这是王五要加价! （用钳子挡住嘴笑）嘻嘻嘻嘻……!

[李四进门后重重关上,习惯性反锁。看到王五坐在里面,李四惊慌。

李 四 哎呀,王五哥哥,你这么早就到了? 不是说好了十点钟?

王 五 （推着眼镜）小李,幸亏我来得早。你说你不在里头,怎么能把我的壳子门开着,啊?!

李 四 （趋炎附势）王五哥哥,我这不是又锁上了? 这个敞开的大门啊,是对您的特别招待!

王 五 （快要发作）呵,今朝是四月三十号,什么日子还记得哦?

李 四 可不,逢、四、收、虾嘛! 我都给您准备好了嘞!

王 五 （狡黠地一笑）小李真是一点就通!

[李四打开冰箱冷藏,拖出18袋虾,在王五面前一字排开。

李 四 王五哥哥,你瞧,都在这里,你点一下。

王 五 （看到虾很兴奋,又故作镇定）可以,我挑几袋检查。

[王五打开其中一袋,钻进袋子里拨弄几回。

李　四　虾款不少吧?!

王　五　(满意地)呜……不少,是不少。

李　四　那……我们电话里头都说好了要办居壳证……格么……你
　　　　的壳产证带出来了吗?

王　五　(丢开捧在钳子里的一堆虾,拍拍钳子)你说说你,刚刚才表
　　　　扬过,现在怎么又傻了? 这么重要的东西,哪能说拿就拿?

　　　　〔李四转转眼珠,打开购物袋,拿出虾酱。

李　四　王五哥,楼下超市来了一批虾酱,味道老灵额! (打开盖子,
　　　　凑到王五的面前)你闻闻,是不是有一种海水涨潮的味道?
　　　　要不要带几瓶回去?

　　　　〔王五闻虾酱,闭上眼睛,陶醉,清醒。

王　五　(故意不满)最近我都戒了这种酱料了,里面啊……成分搞
　　　　不清……啧啧……(故意看了一眼虾酱,摇摇头)。

李　四　(不气馁)哥哥,不吃虾酱没关系,壳产证今天没带也没关
　　　　系,我们三个再约个时间去办就是了。

王　五　我们三个? 对了,你把我的壳租给谁了?

　　　　〔李四的电话响起。

李　四　(连珠炮似的)又来问租壳? 现在王五还没答应办居壳证
　　　　呢,你们别再打来了!

　　　　〔李四气哄哄挂下了电话。

　　　　〔赵六碰了一鼻子灰,放下电话。

赵　六　奇怪嘞,刚才不是还好好的。这里是地方大,这里蟹子的脾
　　　　气怎么也都这么大?

〔办公室。张三隔壁桌同事小敏,用纸箱收拾东西,张三阻止。

张　三　小敏,你……真的想好了吗?

小　敏　(边收拾)待着干吗? 我现在不走,只要有魔头在的一天,迟早都要走!

张　三　(叹口气)你走了,就我一个蟹在这里。

小　敏　谁说的? 我只是不跟你做同事,又不是不和你做朋友(望向张三)。

张　三　可是不一样啊,我们一起来的,你现在走了,魔头的箭都会指向我。

小　敏　(拍着张三的肩)自求多福吧,保重。

〔小敏端箱子下。

〔张三怅然若失,反复转动小敏的空椅子。

〔此时张三匆匆上,掏出钥匙开门发现打不开。

张　三　(对着观众,唱)忘记关门忘记锁,吓得我连忙赶回来看,午休只有一小时,最近忙得是团、团、转!

〔张三掏出电话拨给李四,没接。

张　三　(对着观众)呀,门打不开,电话在忙?(对着门)李! 四! 开门啊,你在里面吗?!

〔张三的钳子夹着钥匙不停转锁,门纹丝不动,张三跟门抗争十分钟,耗尽力气,瘫坐。

张　三　(对着观众)自从村子下了居壳证的通知,我就开始办啥啥不顺,周围弥漫着一种消毒水的味道,怕是要把我们凹足家消毒干净才罢休! 这不,连门都要跟我作对?

　　　　　　[张三急得钳子左右上下摇摆，来回走了几圈。

　　　　　　[张三又拨李四电话，没蟹接。

张　三　（自言自语，沙盘推演）我忘记关门，李四又说马上回去关，
　　　　　现在门反锁了我又打不开……糟了！该不会是有蟹潜入，
　　　　　李四会不会是出了什么事？！我要去找个锁匠来开门，我就
　　　　　不信打不开。

　　　　　　[张三下。

　　　　　　[李四和王五上，在壳里大声争执。

李　四　（挂下电话，向王五）租给了一只凹足寄居蟹！

王　五　凹足？就村外的那个丑东西？小李，我看你嘛来得久，懂规
　　　　　矩，没想到你还是一样没有眼力见！

李　四　（强势地）他有正当工作，他急租壳，他还要急办居壳证！王
　　　　　五哥，没有他，这18袋虾款我一个蟹可凑不齐！

王　五　（故意咳嗽，假装很为难）这样哦，小李，我跟嫂子为你办证
　　　　　的事也商量了。本来说好就给你用的，现在呢，我们这个壳
　　　　　产证一下子要办两个居壳证，这个状况就……啧啧……我
　　　　　是没什么啦，可是证都在嫂子那收着，就有点为难呐！

李　四　（娇声娇气）好哥哥，我们都说好了的，你现在证也不带，虾
　　　　　酱也不要，要怎么才能办证，你就跟嫂子好好说说嘛……

王　五　办证可以，但我们这个要改一改咯……（看了一眼18个虾
　　　　　款袋子，拿出两个钳子比画了一个二）怎么样呀？

李　四　啊？壳租20袋！？

王　五　是手续费（晃晃钳子），加个两袋虾款。

　　　　　　[李四欲哭无泪，李四电话又响起。

［画外音：李四小姐您好，您的地址在哪？我想来看看壳子！

李　四　（有气无力）我在玉华街道无良小区 101 号，不过都跟你说别来了，来了也没用，我快不行了……！

　　　　　［张三带着锁匠上。张三不耐烦地挥着钳子要锁匠尽快撬掉门锁，锁匠拿着钳子开锁，门轰的一下开了。
　　　　　［王五和李四听到声音愣住了。

张　三　（着急地向壳里挪动）李四……李四！我来了，你没事吧?!
　　　　　［张三看到李四，李四快哭了的样子。

张　三　你是什么蟹？趁我忘记关门时潜入，还敢欺负李四！快点儿滚出我们的壳子，不然我就报警！（拿出手机欲拨）

王　五　（打量着张三，指着张三，向李四）呀，这是……你招来的那个凹足？
　　　　　［李四哭丧着脸，点点头。

王　五　你们一个忘记关门，一个撬了门，看来真的"不是一家蟹，不进一家门"呐！
　　　　　［李四听了直接摇头，摆钳子。

李　四　不不不，我们哪是一家蟹？我是草莓家族的！他是凹足家族的！这门啊，就是他忘关的，也是他刚才撬的呀！

王　五　嘿，那你说说，怎么就招了这么一个戆蟹啊！

张　三　（才反应过来，向王五）我们租的都是你的壳?!

李　四　张三，这是我们的东家王五哥哥。

张　三　（憨厚）哦……不好意思，王五哥哥，我也是你的租客小张。刚才门锁了，我怕李四出了什么事情，就撬了你的门，对不住呢！

王　五　知道,知道。你来得正好,我们来算算这笔账。本来嘛,小李要我带壳产证出来,帮她办个居壳证,刚才我听她说你也要办?我办也不是不可以,你们再加上两袋虾款就好啦。另外呢,(指了指门)我的壳门给你们弄成这样,(伸出两只钳)也得要个说法。

张　三　(一脸懵逼)要涨虾款?

王　五　不是涨,两袋虾款是手续费,办证手续费。

张　三　手续费要两袋虾款?(望向李四)我们这个月上哪儿再找两袋?我的工资要十五号才发。

　　　　〔李四并不理会张三,哭丧的脸变得满脸堆笑。

李　四　(向王五满脸堆笑)王五哥哥,听你这么说,就我一只蟹办是可以的,对哦?不然就让我办了,好吗?

张　三　(非常疑惑)李四,你怎么就管你自己呢?我找了多少家都不愿意帮我办证,只有你说愿意帮我跟王五商量,我才搬进来的呀,现在又怎么出尔反尔了?

李　四　你怎么就不懂变通呢?我问你,办证重不重要?

张　三　重要!

李　四　王五哥哥的壳产证重不重要?

张　三　重要!

李　四　怎么才能拿到壳产证?

张　三　征得王五同意!

李　四　那怎么才能让王五哥哥同意?

张　三　你自己办!

李　四　那不就是了!

　　　　〔张三说完用钳子捂住了嘴。

[李四快乐地摆摆钳子。

李　四　(对着观众)妈呀,这个戆蟹,终于上了我的道!

王　五　(不耐烦)够了够了。我不管你们一只蟹还是两只蟹,只要办证都要加两袋虾款!(指着门)还有,这门你们打算怎么给我交代?

李　四　王五哥哥,我可是一直跟你在壳里的呀,这门是谁撬开的谁交代嘛……

张　三　(满脸涨红)行,锁匠还没走,我马上就能给你的门换新锁,费用我出。

王　五　呵,小张看不出来是个爽快的蟹。那这两袋虾款到底谁出呢?

李　四　(脱口而出)谁后来的谁出!

[李四指着张三。

[王五看着张三。

[张三很惊讶,张口结舌。

张　三　(指着李四)你……(又看着王五)你们!(对着观众)好心换来的都是驴肝肺,意外总是在明天之前到来!好端端地我又要再交两袋虾款!这么大的寄居村,何处才是我的容身地?原来,寄居村的门根本就没有准备好向我敞开!

[灯光暗。

[追光,赵六拖着一堆触手,扭来扭去,上。

[赵六准备敲门,看见门开着,直接进去。

赵　六　请问,李四小姐在吗?!我是赵六,我来看壳啦!

[王五、张三、李四在壳里。

李　四　我在,可是你来晚了。

赵　六　是已经给租出去了吗? 没事,我先来看一下呗。

李　四　(沮丧地)现在不是这些问题了,是他(指着张三)没法交虾
款,连我都要租不了了。

　　　〔赵六看着脚下一排超级多的虾款。

赵　六　呵,虾款不是在这儿了吗?(赵六的触手挪来挪去,寻找占
地空间)这么多,我都没法儿站稳了耶!

张　三　赵六小姐,你是海葵家族的啊? 怎么来这个寄居村了? 你
是不知道,这里现在要求我们外来蟹口办理居壳证,我们已
经交不起手续费了。

李　四　(马上反驳)不是我们,是你! 王五可是答应给我们草莓族
办的!

王　五　我说你们这些外来蟹,怎么说都说不明白。听好了,只要想
办证,不管谁,再加两袋虾款!

　　　〔王五张开两个钳子。

王　五　(得意,向着观众)谁叫我命好怎么办? 我们天生就是椰子
家族,嘿,根本用不到壳! 我的蟹生乐歪歪……

　　　〔李四瞪着张三,向他翻着白眼。

张　三　(非常委屈)怪我咯!? (向赵六)赵六小姐,你看吧,这就是
他们寄居村的规矩,(看王五)和王五的规矩!

张　三　(对李四)是我相信了你才搬进来,又担心你遭到危险才撬
的门,最后变成都是我买单,这是什么道理?

　　　〔赵六用触角清点着虾款袋的数量,来回数,又回到第一根
触角,点不清。

赵　六　天哪! 我都快要数晕了! 这么多虾,还不够你租壳的? 办

个证还要加两袋?

[王五得意地扬起钳子,背在身后走来走去,吹起了口哨。

赵　六　(对张三)你凑不到虾款怎么办?还打算住在这个壳子里?

王　五　(焦急)哎哎,你干吗来着?不租壳就走,别在这儿煽风点
　　　　火。(向李四)你看看你,都找来的什么租客!

李　四　(对赵六)你快走吧,你这样搅和,别说给我们办证了,说不
　　　　定要把我们赶出去了!

[赵六并不理会王五和李四。

赵　六　(对张三)依我看啊,这个壳完全不适合你。你……有没有
　　　　考虑换一个地方?

张　三　换一个地方?能去哪里?我已经找了快五十天的壳子了,
　　　　都不同意给我办理居壳证。

赵　六　这个居壳证有这么重要吗?

张　三　重要……吧(低头)好像……目前也不重要。

赵　六　既然这样,倒不如(向张三伸出触角)……我们海葵家族是
　　　　可以和你共生的,你……考不考虑跟我一起整租个壳子,我
　　　　们离开这间吧。

[张三看着赵六,赵六朝他点点头。

赵　六　我外公说,家乡留不住灵魂,外乡放不下肉身,叫我尝尝这
　　　　滋味。我来到这里,就把他的话改了,外乡是放不下肉身,
　　　　也留不住灵魂。但是现在,我想说,如果家乡留不住肉身,
　　　　外乡也不会放下你的灵魂,如果家乡留不住灵魂,外乡也不
　　　　一定放得下你的肉身。所以……我们倒不如把灵魂安放在
　　　　肉身,然后别去纠结何处是肉身。在这里,我是长了很多见
　　　　识,长了见识,更要知道如何生存。

〔张三点点头,伸出钳子和赵六的触手相碰。

王　五　（强行拦住张三和赵六）你要丢下这18袋虾款,算是赔偿我
　　　　的损失!

李　四　那你不带上我吗,赵六小姐?

赵　六　（用触角卷起所有的虾,对王五)门都没有!（对李四)还有
　　　　你,就留在这儿吧!

　　　　〔张三挪到了赵六的触角里,并肩准备前行。

　　　　〔门打开

　　　　〔剧终。

互　换

时　间　农历十月初四下午
地　点　市东南小学、张三家的香料店铺门口、张三家、李四家
人　物　张　三　女,7岁,普通人家的女儿,家里在集市上有一块店
　　　　　　　　铺卖辛香料,黄色毛衣羊角辫齐刘海,小组长,机敏
　　　　　　　　聪慧有点小"坏"
　　　　李　四　女,7岁,富裕人家的女儿,父亲是个商人,母亲全职
　　　　　　　　太太,黑色洋装套装公主辫齐刘海,班长,很乖巧但
　　　　　　　　有点忧郁
　　　　王　五　男,62岁,张三的爷爷,退休市民,和张三一家住在
　　　　　　　　一起看香料铺
　　　　赵　六　女,36岁,李四的妈妈,全职主妇,和李四父亲关系
　　　　　　　　疏离
　　　　张老师　一年级一班的班主任
　　　　同　学　一年级一班张三和李四的同学

〔星光闪闪小学门口围堵着一群家长,门口停着颜色各异的

私家车,也有家长站在自己的电动车旁边等候孩子放学,还有老人站着在外面等待孩子。一楼的(一)班教室里,孩子们吵闹得不可开交,李四在黑板前拿着教鞭模仿老师的样子要整顿同学们的秩序。

同　学　班长,你看张三又拿我的自动笔不跟我说一声!

李　四　不要大声吵闹了,张老师现在马上就要回来了!

同　学　班长,张老师回来我就要告诉老师。(开始大声哭)

张　三　你哭什么呀,我怎么没跟你说呢?

李　四　你们都好欠揍,都他妈给我闭嘴!

　　　　[张三和下面的几个听见的同学给李四突然的暴躁整懵了,此时班主任张老师赶回教室宣布放学,听到了李四这句话。

张老师　刚才我听见了在我们小一班不应该有的一句话,是哪个同学说的?

同　学　(哭着)老……师,是张三她抢我的自动笔。

张　三　老师问的是谁说的话,没有问你!

　　　　[所有人看着班长李四,李四很羞恼地不敢看张老师。

张老师　(严肃)班长李四,你带头吵闹,现在带着其他吵闹的同学,到教室外面站二十分钟。其他人,放学!

　　　　[同学们叽叽喳喳地离开教室,只剩下李四和张三并肩站在教室外面,张三悄悄看李四一眼,李四同时也感受到她的目光,转头不好意思地看她。

李　四　(小声地)等下你要不要来我家写作业?

张　三　(转忧为喜)真的吗,好啊!

　　　　[李四拉着张三手,蹦蹦跳跳地带她回自己家。家里摆放着

一溜的贵重的红木家具,赵六拿出茶具接待张三。

赵 六 三三,你是我们四四带来家的第一个好朋友哦,你们要好好
相处呢,来喝一口我们阿姨刚才泡好的水果茶,你们小朋友
肯定喜欢哒。

[张三僵硬地拿着茶具,学着赵六的样子小心地拿着托盘和
茶具,吹着热气。

李 四 张三,这是我妈妈特地为我的口味配的哦,好喝吧,里面的
果肉都是进口水果呢!

[李四说着自己也尝了一口水果茶,张三学着她的样子很愉
悦地品尝了一口,果然好喝。

李 四 好喝吗? 我叫阿姨把烤好的蛋糕拿出来! 然后我们一起写
作业?

张 三 哇,你们家有这么多好吃的东西吗? 还有阿姨?

李 四 对呀,我每天下午回去都有不同的下午茶吃哦,你要不要每
天都来我家写作业?

张 三 真的吗? 那好哎!

[张三和李四开心地相互对视笑了。张三回到自己家,爸爸
妈妈不在家,在市场进货,她不顾爷爷的惊愕,自己在厨房
里拿出水杯和菜碟,假装是李四家里看到的精致茶具,颤巍
巍去拿热水瓶要倒开水。

王 五 (带有口音,紧张地过去帮张三倒水)三三,你要倒热水,叫
爷爷嘛!

张 三 (嫌弃地)可是你知道我要喝哪一种茶吗? 是下午茶,里面
有水果的下午茶!

王　五　什么水果茶？我给你热一下爸爸妈妈早上留下的炒饭，爷爷跟你一起吃晚饭吧？

张　三　（不开心的）我要喝的是水果茶，下午茶，都是进口果肉哎，爷爷你懂吗？

　　　　〔王五非常奇怪。张三模仿着在李四家里的样子，端着家里的菜碟和水杯，一边摇头一边吹着热气开心地喝了一口白开水，王五更是纳闷。

　　　　〔第二天中午，张三和李四约着一起上学，路过了张三家的香料铺，王五在看店，王五看见张三在门口要叫住她，张三却跟爷爷王五点了点头，却死拽着李四往前走。

王　五　哎，三三，你怎么走那么快啊，小心点！

张　三　（看了一眼王五）哦哦，张爷爷好！

王　五　张爷爷？

张　三　（躲闪的）张爷爷您好，我们要上学了要先走开了，拜哦！

　　　　〔傍晚放学后，张三再次接受李四邀请一起去李四家写作业。在二楼李四的房间，两人认真地一笔一画地写着新认识的汉字。

　　　　〔李四爸爸开门的声音，赵六和丈夫吵架的声音，声音越来越大，张三偷偷看了下李四，李四丢下笔，此时又传来赵六的声音（气愤的）：我怎么嫁给你这样的人！

李四父亲　你就是欠揍，你他妈给我闭嘴！

　　　　〔李四捂着耳朵，闭上眼睛开始唱歌，满脸通红。张三看到李四很窘迫，才偷偷瞄着李四，明白这句粗口是跟父亲学到的。李四唱着歌也跟气愤的妈妈一起哭起来。张三慌张地收拾好书包要回家。

张　三　（不知所措,抱了下李四）李四你别哭了,我就先回去了啊!

　　　　〔张三在路上路过自己家的香料铺,闭上眼睛使劲闻着空气里的香料味开心地笑了。

　　　　〔张三回到家,爸爸妈妈仍然不在,看到爷爷王五坐在家里把张三昨天准备的一套茶具摆好了,倒好了热水等着张三。

王　五　三三过来,来喝下午茶啊!张爷爷给你做的。

张　三　（不好意思的）爷爷,我不要喝了。

王　五　我现在不是你的张爷爷了吗?

张　三　（小声的）不是的,你是爷爷。

　　　　〔张三坐到王五身边,把那套茶具拆分开,菜碟收进厨房。拿出自己的小水壶,打开喝了一口。张三挽着王五的胳膊,摇晃着他,很不好意思地将拆开的茶杯递给爷爷。

王　五　你这个小鬼,不知道在想什么!还是原来好吗?不喝下午茶了?不叫张爷爷了?变回来了?

张　三　你不是张爷爷,你是我爷爷!我也不要喝下午茶,我就喝水壶的水,我就是张三,快乐的张三,哈哈!爷爷不要生气啦!

万字剧

话剧·夜玫瑰

时　间　现代

地　点　上海市

人　物　柯达明　男,27岁,台北人,第一次来内地,在内地工作,没知
己没人脉,个性被动情感细腻,宅,常吃泡面、色拉,
时而打打网游。

校园时曾给很多舞动青春之类活动拍照,工作后在
内地很不适应,职场上也受到挫折,在一次直播中
记起交往过的学姐跳过的一支舞,有段时间经营爱
情无力,在夜玫瑰直播中触动过往情愫,加深他对
网络的精神依恋。最后一次进夜玫瑰直播间,放下
过去,主动承担未来,拿起相机和 Vila、Sun 一起扩
展公益事业。

Sun　女,29岁,柯达明的室友,Vila 的姐姐。本地人,家
境较好,海归,属于"别人家的孩子",个性孤傲张
扬,死要面子,思维狭隘固化,生活上精明。

回国后在职场上待过一阵子不适应,工作受挫一筹
莫展也不好意思跟父母提钱,只能将独住市区自住
房一间,租给了柯达明。看不上妹妹 Vila,更瞧不
起她的主播职业,对外也不提有妹妹。一次帮 Vila
代播中,假扮夜玫瑰,导致粉丝急降,最后 Sun 改变
了观念,接受了妹妹。

Vila　女,26岁,Sun 的妹妹,本地人,家境较好。职业是
网红主播,账号"夜玫瑰",拥有 500 万 + 粉丝,世人

眼里"白富美",很较真,敢爱敢恨。

少年曾生活在"姐姐的阴影中",不被人注意,实则是早慧、个性自由不羁,对情感忠诚,对自己诚实。用成熟的观念打开了职业生涯,赢得大众的关注,世人眼里真正的"白富美"。一次平台公益活动之后,请 Sun 帮忙代播,重新回归"夜玫瑰"后,只剩柯达明一个粉丝,最后改变直播方式,扩展公益事业。

白　板　男,夜玫瑰的粉丝,剧中的主角人物,有点玩世不恭,是一个清醒的粉丝。

Amy　女,夜玫瑰经纪团队管理者,会组织夜玫瑰公益跑等一系列公益活动。

Alex　男,柯达明公司同事,离职了之后柯达明倍感孤单。

〔舞台剪影:古代读书郎坐在私塾里朗读。

〔画外音:(渐低)春有百花秋有月,夏有凉风冬有雪……

〔一束追光,白板吹着一段口哨上场,双手拿着一本书背在身后。

白　板　(摇头晃脑)古人云:"书中(重音)自有黄金屋,书中自有千钟粟,书中(重音)自有颜如玉"……那是在古代,现在呢?

〔白板把手上的书扔了。追光灭。

〔光起。舞台一侧游戏网吧,几张电脑桌。

〔光暗。另一侧是中学课堂,一张"梦想墙"。

〔三个年轻男孩坐在电脑桌前专心打游戏。

〔画外音:吃鸡游戏的嘶叫怒吼声。

〔白板将其中一台椅子反过来,面向观众,打游戏。

白　板　(兴奋地)狂叫,怒吼,(挥动拳头)干掉它!

〔身后三个游戏男孩欢呼,白板丢下手柄跟他们一起。

白　板　干掉对方,我们现在有数不完的点券! 充了值有钱花!

[光亮。白板走到另一侧"梦想墙"前寻找。

白　板　(大声地,一字一顿)红心中学初二(5)班金月月:我的梦想是 5 年以后成为知名网红,粉丝超过 500 万! 靓过 PAPI 酱,(学 PAPI)"一个集美貌与才华为一身的女子",才比沈大师,(学沈大师)"少采访我,去读书",盖过李佳琦,(学李佳琦)oh, my god,也太好看了吧! (一字一顿)PS 墓志铭:一个过了气但是拥有过世界的网红(质疑,音调上扬)?

白　板　(自言自语)PAPI 酱是谁? 沈大师是谁? 李佳琦又是谁?我,白板,只粉网红夜—玫—瑰—。

[音乐起,王菲《如风》。

白　板　(唱,陶醉,模拟双人舞)"来又如风,离又如风,或世事通通不过是场梦,人在途中,人在时空,相识也许不过擦过梦中……"

(停下,面对观众,摇头晃脑)所以,现在是网中(重音)自有黄金屋,网中自有千种粟,网中自有颜如玉——(身后男孩一起)夜玫瑰! (重音)是,吗?

[白板做惊吓状,捂住嘴巴,灯光灭,白板不动,众人下。

[光起,麦当劳。

[舞台中间一张餐桌,上面放着一个餐盘,一个穿麦当劳工作服的女生在擦桌子。

[白板在舞台一侧戴着耳机,在看直播。

[柯达明背着双肩包,挂着相机,失落走上,跟白板擦肩

而过。

柯达明　（台湾口音）陌生的城市，陌生的脸。

〔柯达明对着观众拍一张照，放下相机。

柯达明　这是我在上海的第三个月，想念淡水温柔的风，想念礁溪宜
　　　　人的温泉，想我妈妈烧的肉圆，想我那个每天都会对我大叫
　　　　好几次"靠背！"的姐姐，想念我的那台破破的小机车……

〔柯达明走到舞台中间。

柯达明　（对观众）昨天一个人去吃麦当劳，我看见隔壁没收盘子（指
　　　　着餐盘）就走了，我要帮他收掉。

〔柯达明拿盘子，厨余落地。

〔柯达明又蹲下收拾厨余。

〔服务生蹲下要收拾。

柯达明　（埋头）啊，不会，不会……

〔服务生狠狠瞪了柯达明一眼，推开他自己收拾。柯达明站
起，服务生下。

柯达明　（对观众）还以为她要跟我道谢，我才说了不会。（耸肩，摊
　　　　手）内地的女生都好凶哦！特别是我那个室友——她叫
　　　　Sun，她每天都会用这样（模仿 Sun 鄙视）鄙视的眼神看着
　　　　我！我观察过她的五官，超正的耶！！只可惜，她一开口就
　　　　像要吃人（模仿 Sun 的语气，气急败坏）柯达明！你的电费
　　　　周五前要打给我了！柯达明！你的物业费还没交！……

〔柯达明叹口气，摇摇头。

〔一侧的白板向中间走，柯达明向白板方向走，二人在交集
点停下。

〔白板拿手机开着直播，一阵甜甜的声音传来。

［画外音：宝宝们，你们看呢，这些小兔兔都是我的心肉肉，
好可爱诺！

白　板　（对柯达明）谁说内地女生都好凶哦？

　　　　　［白板对柯达明扬扬手机。

　　　　　［画外音：嗯咯，宝宝们，我要给小兔兔即兴创作一支舞，你
们期待吗？

白　板　（对柯达明）世间难得几回闻，夜玫瑰女神处处存。小兄弟，
跟你挺有缘的，我就随个喜赐你一块福地！

柯达明　什么意思哦？

白　板　听你的口音，不像本地人，是——台湾来的同胞？

柯达明　嗨，我是。

白　板　你刚才说我们内地女生都好凶，你是接触了几个内地女生
就下了如此的结论？

柯达明　啊，不，不是这个意思的啦。

　　　　　［白板靠近柯达明，凑到他耳边。

白　板　老实说，确实是有很多"河东狮吼"，but 哥跟你分享一块宝
地（指着手机）——网红夜玫瑰的直播间，我可是货真价实
的"龟粉"，进了直播间，保管你一见倾心！你们台湾话是怎
么说？好中意啊！

柯达明　那是香港人才会这么说哦。

白　板　别管哪儿的人，（指着手机）都跑不掉。

柯达明　这个在哪可以看到？

　　　　　［画外音：谢谢宝宝赐我的大白，么么哒，爱你们哟，木马！

白　板　（激动地）我送夜玫瑰的大白，她终于看到了！

　　　　　［白板激动地摇着柯达明。

〔白板边走边下,回头对柯达明:去 App 上搜索"夜玫瑰"拼音,关注我的女神!

柯达明　(自言自语)夜玫瑰。

〔柯达明下。

〔光起,办公室。柯达明隔壁桌同事 Alex,用纸箱收拾东西,柯达明阻止。

柯达明　Alex,你……真的想好了吗?

Alex　(边收拾)待着干吗? 我现在不走,只要有魔头在的一天,迟早都要走!

柯达明　(叹口气)你走了,就我一个人在这里。

Alex　谁说的? 我只是不跟你做同事,又不是不和你做朋友(望向柯达明)。

柯达明　可是不一样啊,我们一起来的,你现在走了,魔头的箭都会指向我。

Alex　(拍着柯达明的肩)自求多福吧,保重。

〔Alex 端箱子下,

〔柯达明怅然若失,反复转动 Alex 的空椅子。

〔画外音:小柯——下午开会的资料全都 Ok 了哦?

柯达明　(对观众,无奈地,双手捂住眼睛)真是怕什么就会来什么。

柯达明　来了啦! 准备好了,我马上就发您邮箱吼!

〔光灭。

〔光起,柯达明在电脑桌前奋力工作,键盘噼里啪啦。

〔画外音:小柯——你过来,解释一下这里。

　　　　小柯——这里的错误如果给老板看到,我真的帮不了你!

小柯——你到底有没有带脑子来?!

[柯达明丢下手中工作,扔了椅子,砸了笔,捂住耳朵。

柯达明　(对观众)看到没有? Alex 一走,我就站在了靶子中间,(冷笑)想逃……都逃不掉。每天晚上睡觉前,我都会觉得自己这一天过得超、级、烂……

[光灭。

[光起,全家超市。柯达明坐在超市门口的长椅,吃泡面。

[画外音:柯达明(电话铃声)

柯达明　哎,妈——

[画外音:达明,下班了没有? 吃饭了吗?

柯达明　在吃啦。

[传来全家超市进门音乐。

[画外音:这么吵哦? 你在哪?

[柯达明起身走到门外。

柯达明　我在外面,部门聚餐。

[画外音:不要老吃泡面哦,妈妈刚才有听到超市的声音哦……

[画外音:(柯达明姐姐)柯达明! 靠北! 那边不是有一个"五一"节? 你假期是要死回来的啦!

柯达明　(摆手,反应过来看看其实是手机,继续)没有啦,妈妈——姐——好啦好啦。

[画外音:钱够不够用? 不够跟妈妈说吼!

柯达明　有啦有啦。妈——三个月了,我转正加薪了耶! 先不跟你说咯,长途很贵耶,回去 Skype,拜妈!

柯达明　(对观众)世界上最满意我的就是妈妈,在她面前我什么都不用做,而不满意你的人,怎么尽力都不行。不知道这样的日子什么时候能结束,我是会像 Alex 那样走人,还是继续下去?

〔光灭。

〔光起。舞台一侧,柯达明躺在乱糟糟的卧室里。

光暗。舞台另一侧,网红夜玫瑰的直播间。

柯达明　(双手枕头,刷手机,喃喃自语)下一个 App……

〔柯达明点开视频。

〔画外音:(手机里传来,煽动的声音)让你们的大猪蹄子快速 get 到的拍照方式——马路边! 怎么拍呢?

(机器人声)"花垂下来背后角度拍,咔——"

〔柯达明拿起床头的空调遥控器模仿。

(机器人声)"坐下来花搭在肩膀,咔——"

〔柯达明继续模仿。

(机器人声)"花放面前拍特写! 咔——"

〔柯达明挠挠头。

柯达明　(无奈)吼——这些都是什么东西……

〔柯达明坐床上继续刷手机,点开另一个视频。

〔画外音:(手机传来男声)经理,您在吗?

(女声)　什么事?

(男声)　(激动)我爱你!

(女声)　(严肃)到我办公室来一趟。(停顿)这是你这个月的薪水,明天开始不要来了。

(男声)　经理不要啊,我……

(女声)　等一下啊,我是说,我养你!

柯达明　（刷地起身）哈？这样的表白就能被包养了?!这种事一遇到我们那个女魔头那（打了个哆嗦）就会崩盘了吧？

　　　　［柯达明继续躺下刷手机。

柯达明　（自言自语）关注夜玫瑰。

　　　　［画外音：（甜美）欢迎你们大家来到夜玫瑰的直播间，啵唧。

　　　　［舞台另一侧直播间光起，柯达明房间光暗。

　　　　［音乐：红了樱桃，绿了芭蕉，你走你的独木桥，我唱我调。

　　　　　　谁的孤独它像似把刀，杀了我的外婆桥……

　　　　［一束追光，夜玫瑰跟着音乐起舞。

　　　　［音乐停。

　　　　［夜玫瑰拿出镜子。

夜玫瑰　（对着镜子，涂上口红，对观众）口红要红，（戴上美瞳）眼睛要突出，（拿起桌上的彩色假发套上）头发要整齐。

夜玫瑰　差点忘了，还要开滤镜。

　　　　［夜玫瑰戴上耳机，调整话筒。

夜玫瑰　谢谢可爱的白白白白板送的独角兽！嗯，我说过不会问你们要礼物，（娃娃音）哎哟，but 这两天独角兽有些少哦，（恢复）刚才是我妹妹在说话。粉丝南陵笑笑说，今天末尾什么彩蛋？（佯怒）刚开播你们就想着彩蛋，下次直播我是不是先上彩蛋？

　　　　［画外音：（直播间音效）一阵哄笑。

夜玫瑰　4705 管理员来了，哎，你们都不招呼一声哒？

　　　　［画外音：（直播间音效）一阵哄笑。

夜玫瑰　（对观众念）什么？心肉肉兔兔呢？哦，兔兔要吃草，可惜我这里没有草原（向后让开身体展示直播间，比画）才这么点大。

夜玫瑰　（对观众念）答应我们的兔兔舞？……被你猜到了，这不就是今天的彩蛋吗？

　　　　［画外音：（粉丝）能不能给我们看看你生气是什么样子？

夜玫瑰　女生生气的样子嘛？这个简单呀，不说话呗！好了，我现在要表演生气。

　　　　［夜玫瑰转了下椅子的方向，抱着 IPAD 开始刷，侧对着屏幕。

　　　　［直播间光暗，一束追光，白板上。

白　板　女神不高兴了。（手放在一侧耳朵倾听）哈？我为什么奉夜玫瑰为女神？（长叹，夸张变声）你造她会跳多少种舞吗？你见过这么配合粉丝创新的网红吗？你造她有多努力吗？还有，偷偷告诉你们，我们夜玫瑰可不是那种做了一点公益就会叫嚣的人，不是那种伪公益分子！你们那，（冷笑一声）都是青铜不懂王者！

　　　　［光灭，白板不下。

　　　　［另一侧，柯达明房间亮。

　　　　［音乐：别再犯傻，再剪短发，你送的鞋子合脚它又怎会掉，
　　　　　　谁的无情它像似毒药，喝下不煎熬……

　　　　［一束追光，柯达明在卧室戴着相机，把手机夹在桌上，跟着音乐节奏拍照。

柯达明　兔兔舞？

　　　　［一束追光，夜玫瑰走到舞台中央，翩翩起舞，柯达明对着她拍照。夜玫瑰向柯达明发出邀请的手势，柯达明戴着相机笨拙起舞。追光灭，夜玫瑰回到直播间，柯达明回到房间。

柯达明　（对观众）我拍过很多照片,最难忘的是那次拍活动,拍她的舞步,田纳西华尔兹。（学着女声）学弟,可以请你一起跳一支舞——吗?（渐强）学弟,可以请你一起跳一支舞吗?学弟,可以请你一起跳一支舞——吗?

　　　　［柯达明比画着爱心的动作,闭眼沉醉。

柯达明　后来,有段日子（远在他乡）非常寂寞,每天都给她写一封信,天真告诉我,可以一直写下去,直到地老天荒。有一天,我收到她寄来的一张 CD,电影《恋恋风尘》的原声音乐,然后,就没有然后了,呵,我终于恍然大悟。（对着观众）哎?你们是也看过这部电影哦?阿云在阿远回家前嫁为了人妇。（苦笑）那是八十年代的事?并不是啦,日光下没有新鲜事!以经济学的角度来说,不就是我学会了,（模仿别人）别耽误人家,增加她的沉没成本吗!?

柯达明　（对观众）哈?她浪费了我相机里的胶片?吼……胶片不就是跟青春一样,都是拿来浪费的吗?

　　　　［直播间一阵哄笑。

　　　　［柯达明拿起手机给直播评论。

柯达明　（一字一顿）夜玫瑰,还在生气吗?

　　　　［手机按键发送的声音。

　　　　［夜玫瑰直播间光亮,她蹲在椅子上,回头看了一眼（屏幕）。

夜玫瑰　（没好气）没有!

柯达明　（对观众）女生真麻烦——不分现实的还是虚拟的。我找不到她们生气的按钮,也不知道找到按钮后该怎么办……

夜玫瑰　（夸张）这个宝宝是新进来的吗?

　　　　［柯达明听到后寻找。

夜玫瑰　　你好,欢迎你哦! 这里可以点舞,是想来一段民族?

　　　　　[音乐起,夜玫瑰跳民族。

夜玫瑰　　还是要夹一点爵士(夜玫瑰跳爵士),又或是恰恰桑巴华尔兹?

　　　　　[夜玫瑰随着音乐变换跳起各种舞步。

柯达明　　(对观众)她居然这么快就不生气了,也是奇迹。

　　　　　(试探性)你——高兴吗? 那——田纳西华尔兹会吗?

夜玫瑰　　这有何难?

　　　　　[夜玫瑰拍拍手,灯光变,田纳西华尔兹歌曲响起。

夜玫瑰　　(欢快地)可以邀请你跳一支舞吗?

　　　　　[夜玫瑰在直播间模拟双人舞跳起来,柯达明也模拟双人舞在房间跳起来。

柯达明　　(边跳边问)夜玫瑰,你真的叫夜玫瑰吗?

夜玫瑰　　(边跳边回答,旋转)那还能假?

柯达明　　(边跳边问)能请你做我的朋友吗?

夜玫瑰　　(边跳边回答,旋转)那没问题。我还能满足你一个小小心愿。

柯达明　　(停下)你知道我的心愿?

夜玫瑰　　(继续跳,停下)是呀,你想看海。

柯达明　　(惊讶)夸张——你认识我? 你是谁?

夜玫瑰　　(大笑)有何难,你们不是大概率——

　　　　　[直播间突然断网,夜玫瑰焦急检查路由器。

夜玫瑰　　(继续)都爱看海……吗? (无奈)又是一个喜欢看海的男粉丝! 这个世界真的越来越多这种伪文艺男青年! 唉,这该死的网,今天还差四百个粉丝就完成任务了! 哎,趁着断网,还可以继续写我的公益方案。

[夜玫瑰摘下耳机,脱了假发,变装成 Vila,开始伏案打字。

[柯达明拿手机翻来覆去,开机关机。

柯达明　(焦急)真该死!

[一束追光,白板在两人身后读一本杂志。

白　板　(边走边说)如果说,电脑是我们的爱人,网络就是爱人的灵魂,想让我快速疯掉,就让我们的网络(打个响指)彻底断掉!(对观众)夜玫瑰如此之努力,少一天直播有什么关系,奈何键盘侠们太苛刻,较起真来忒没劲!

[追光灭,白板下。

[画外音:(一个女声)柯达明! 你那儿的网络好吗?

[Sun 咚咚地敲柯达明房间门,穿着一身丝绸睡衣,脸上贴着面膜。

Sun　　(大声地)柯——达——明,你现在能上得了网吗? 柯——达——柯……

[柯达明倏地开门,贴近 Sun,Sun 踮起脚盯着他。

Sun　　你是要吓死我吗?

柯达明　我听得到,Sun,你的房子,隔音本来就没那么好……每天柯达明、柯达明地叫,人家还以为你天天在家拍卖胶卷。

[Sun 揭开面膜,摊开手,向他要钱。

Sun　　拍卖? 这期物业水电煤你是预备熬到最后一秒再给我吗?

柯达明　我们都是默认以零点为界啊,看看你的房子,网络又断了,真的很影响我的正常工作唉。

Sun　　工作? 你在家上网不就是三件套,(用手指开始数)游戏打赏进直播。

柯达明　一个月前,你跟我介绍说这房子可以看到海,在房子里看海,跟在马尔代夫一样,夫复何求。现在我搬进来了,可是海呢?(走到窗前打开窗,一片黑茫茫)

Sun　(翻了个白眼)是你自己内心的信念不够坚定!(对观众)话说,心中有马尔代夫,哪里都是马尔代夫!

柯达明　好啦好啦,不跟你讲,那——网络经常断的话,物业水电煤缴费的日子也没必要卡这么死吧?

Sun　(对观众)如果不是三个月前老东家出了问题,我的 boss 连滚带爬地离开,我也不会就这样走啊,再待下去就是自找麻烦。五年不在,没想到国内的职场环境越来越差。要不是突然失业,我才舍不得租一间房子出去,还租给一个经常拖延缴费的台湾人!看吧,如果我不答应他延期,他会说我抠巴巴,如果我答应了,他又会习惯成自然,之后每次缴费都会延期!

Sun　(对柯达明)柯达明,网络又不是我叫它断的,断网跟缴费这两件事不可混为一谈!(继续向他伸手)

柯达明　吼,你们这里明明有好几家网络可以选择,一定是你当初选了最烂的一家。

Sun　不跟你啰唆(看看手表)现在是北京时间八点四十二分,我出去买瓶可乐,再宽限你几个小时。

　　　　[Sun 下。

　　　　[一束追光,白板抓着手机上。

白　板　(叹一口气)本来我是说,断个网吗,有什么大不了,让夜玫瑰休息一会儿。可是……我的生物钟还没到睡觉时间,然而长夜漫漫,没有了夜玫瑰,我……该怎么打发时间呢?

[白板打开电视机,乱按遥控器。

[画外音:电视购物:不看不知道,看了才知道,买回去您不
　　　　会捶胸,决不会后悔……

[白板换台。

[画外音:新闻联播:本台开播国际锐评……

[白板换台。

[画外音:电视剧:明玉! 你真的太让我失望了……

[白板关了电视,扔了遥控器。

白　　板　电视太让我失望了!

[白板摆弄手机。

[画外音:(断断续续地)宝宝们……

白　　板　(惊喜地拿起手机,对观众指着手机)还是这个得劲儿! 咦,
怎么又没有了?

[白板很失望,下。

[Vila 抬头活动肩颈。

[Vila 收拾东西,拿着一袋食物。

Vila　　(对观众)爸妈啊,叫我把这些东西(指着袋子)送给我那个
姐姐 Sun,(停顿)可是 Sun 呐,从来没有承认过有我这个妹
妹。(冷笑)爸妈还是一个劲叫我做她的人肉快递? 他们总
是这样! 我早就习惯咯! 行吧,我就去她们家学习一下,
(故意夸张地,强调地)什么是精英人士的"精致生活"!

[Sun 家。Vila 提着一袋食物上。

[Vila 拍拍脸,整理一下头发,敲门。

Vila　　(故意拉长的语调)Sun……Sun……爸妈叫我送来……

[柯达明开门,Vila 吓一跳,柯达明穿着家居服开门。

柯达明　（不好意思地）你是来找 Sun 的？她出去了……一会儿就回来……

Vila　（进门，自言自语）Sun 的家里居然有男生？

　　　［柯达明拿出一双拖鞋和一双鞋套。

柯达明　你要哪一个，Sun 说客人最好穿鞋套。

　　　［Vila 奇怪地打量着柯达明。

Vila　呵，还训练得这么有素。

柯达明　（挠挠头）Sun 可能有洁癖。你先坐一下，要喝什么吗？

Vila　（对观众，戏谑）合着我这个姐姐才是大家口中的人生赢家啊，一回国就当上了公司的高管，坐拥市区内环一梯两户大平层，屋里还藏了只这么听话的小奶狗？啧啧，你们羡慕不？（偷笑，看了眼柯达明）正好 Sun 不在，我来考察一下他。

Vila　你和 Sun 认识多久了？

柯达明　一个多月。

Vila　哇，你们这速度就跟每分钟 61.2 兆的网速一样，简直快极了！

柯达明　（摸头发）是挺快的……主要 Sun 当时还说了这个房子能看到海，我就信以为真，赶紧搬了进来。

　　　［Vila 哈哈大笑，弯腰捂住肚子。

Vila　哈哈哈，世界上还有你这么傻的人！

柯达明　（害羞地）我家窗户外面就能看到海啊，这样感觉很熟悉，可以假设自己还在家住啊，不会那么紧张。

　　　［Vila 睁大眼睛看他。

Vila　哇，所以 Sun 骗你能看到海，你就答应和她同居啦？

1048

柯达明　是啊……（刚反应过来，摆手）不，不是的！

Vila　　真没想到啊，Sun 有这么小女人的一面！（双臂抱在胸前，
　　　　扮演老师推眼镜）听好了，不论在外多少风吹雨打，家都是
　　　　你最温暖的港湾，记得花点心思给爱情添把柴哦！

柯达明　没有啦，不是那样子的同居，我们只是住在一个房子里。这
　　　　段时间离了家，我终于明白了原来我不是真的讨厌姐姐，原
　　　　来我是那么的爱妈妈，我总是抱怨家里太小，但现在都明白
　　　　了，房子是别人的，只有家才是自己的。

Vila　　（故意扮星星眼）哦……姐夫说得好有哲理。

柯达明　什么嘛！我才不是你姐夫，我只是她的租客！她那么抠门，
　　　　家里又装着那么烂的网络，刚刚害得我都没法和喜欢的网
　　　　红交流耶！我才不喜欢她呢！

Vila　　（对观众）咦，Sun 居然租房给别人？还有，他刚才说，家里
　　　　网络差到没法和网红说上话？

Vila　　（对柯达明）你也喜欢看直播？你……在粉哪个网红呀？

柯达明　（不好意思地）夜玫瑰呀！（惊喜地）不过她和其他网红都
　　　　不同！

　　　　〔Vila 很得意，偷笑。

　　　　〔Vila 故意咳嗽，凑到柯达明面前左晃晃右晃晃。

柯达明　（奇怪地）你……在干什么哦？

Vila　　你有没有觉得，我像谁啊？

柯达明　（打量着 Vila）我……怎么会知道！

Vila　　（对观众）嘿，他是眼神儿不好吗？夜玫瑰不就在眼前吗？
　　　　我在镜头前后的差别真的有这么大吗？

　　　　〔Vila 掏出手机自拍，拿出夜玫瑰照片相互比较。

柯达明　哦,我知道答案了! 你长得像 Sun!

Vila　　(背着手收起照片,假笑)嘿嘿嘿嘿,你还挺幽默的啊!

　　　　[柯达明跟着 Vila 傻笑起来。

Vila　　傻瓜! (假正经)那我再问你,你喜欢的这个网红夜玫瑰,怎么个不同法啊?听名字就是个普通的网红嘛!

　　　　[白板上,拿过 Vila 手上的照片,跟 Vila 对比。

白　板　(对着观众)前两天,我一警察哥们儿,跟我说他接到个案子,一个著名网红叉叉叉给绑架了,结果绑匪怎么着都没法儿跟绑架者对上号,这网红一看,不乐意了,当场开嗓"我们一起学猫叫,一起喵喵喵喵喵,在你门前撒个娇……"可是这绑匪还不信,大怒:休想骗我! 结果,愣是不相信,把这个网红丢在原地自个儿跑了……

　　　　[白板把手上照片重新塞回 Vila 口袋,放好。

　　　　[音乐起《学猫叫》。

白　板　(唱)我们一起学猫叫,一起喵喵喵喵喵,在你门前撒个娇……

　　　　[白板下。

　　　　[Sun 上,钥匙转锁开门。

Sun　　(看见 Vila,很不屑)你怎么来了?

Vila　　我来送东西。哦,都是爸妈叫我送的。

Sun　　那你的任务完成了,我就不送了。(对柯达明)下次家里来人,先电话通知我!

Vila　　晕,抱! 歉! 打! 扰! 了!

　　　　[Vila 拔下鞋套要走。

Sun　　等等等等,别跟爸妈说,那个……我把房子租出去了!

Vila	侬放心,我现在这么忙,哪有时间多嘴管你的事情!不过,我倒是好奇……
Sun	好奇啥?
	[Vila 环视了客厅一周,精致的摆设。
Vila	大小姐,怎么会突然要借一间房子出去?
Sun	(怒)你刚才还说不多嘴,好奇害死猫!
Vila	呵,不知道也就算了,谁叫今天看见了呐。你别多想,我可不是因为关心你,纯粹是好奇!你告诉了我,马上就走!
Sun	你怎么跟个大婶子一样啰里吧唆,赶紧管好你自己吧!
Vila	我好得很,现在我除了忙,没啥不好!
Sun	(冷笑)哼,那你敢不敢大声地、自豪地说说你现在做什么?
Vila	我天天不停地在工作呀!
Sun	真想知道你们这行是怎么运作的?要是赚钱都像你这么容易,哪还有集团并购、高层清算、员工解聘这些劳什子事了?
Vila	Sun,你是不是遇到什么情况了,这么敌视我的工作?
Sun	(慌张地)哪有什么情况……我只是搞不懂哪有你这样的工作,天天在家卖笑、跳舞、献殷勤,竟然还能躺赚?!唉,现在国内的就业环境,越来越不像样了……
Vila	霍,都是留过学见过世面的人,脑子还这么不开化?我这行就是国外先兴起的呀,ins 上的打卡盛地、素人包装成明星,其实跟我们都是一个道理!你也不必这么看不起它吧!
Sun	你刚说谁脑子不开化?
Vila	说你呀!难不成我说他(指向柯达明)?
柯达明	(无奈)听了半天,你俩是一家人呀,可是一家人一定要用这

样的方式讲话吗？

Vila （伤心地）一家人……你问问她，有没有把我当作过一家人？我七岁她十岁那年，一起拿了芭蕾舞少儿组的金奖，下了台记者就只会采访她，根本没看过我一眼！我初二她高一那年，我们一起上台领学习标兵奖，老师却只会提她的名字，叫错了我的名字。在家里，爸妈总是对她囡囡长、囡囡短，对外面都没提过有我这个小女儿！家里支持她出国，我只能留在原地。我还去看过八字，看看是不是跟 Sun 生来就相克，八字先生跟我说，不是呀，你姐姐旺你的呀！

〔Vila 无奈地，哈哈大笑。

Vila （对观众）真没办法，命运就是这样安排好的。（骄傲地）好在，现在的我倒是找到了适合自己的工作，看今年的行情肯定越赚越多！爸妈觉得反正他们已经有个可以撑门面的大女儿了，看我过得挺好，也不多说什么。以前呐，我还会 care 他人的想法，现在就不会了！其实，我觉得做个网红主播并没有什么呀，这就是一份普通的职业！摘下耳机，关了直播，我还是那个可以抬头看星星的 Vila，自由自在的 Vila！

以后如果上了头条，我建议采访的标题就是（用手点着，一字一顿）"夜玫瑰——一个用万千粉丝的宠爱来治愈童年的网红"（大笑）哈哈哈哈！（无奈地）我来到世间，却被世人所误……

柯达明 ……你们之间是不是有什么误会？

〔Vila 和 Sun 出奇一致，同时反驳。

Sun/Vila	（大声地）不是！
柯达明	（委屈地）那能不能好好说话？
Sun/Vila	（相互对视一眼）不能！
柯达明	你们俩现在倒是很一致啊？

　　　　　〔姐妹俩瞪着柯达明。

柯达明	算了……（无奈）我还是进屋了。
Sun/Vila	（指向柯达明）你，消失！

　　　　　〔光灭。

　　　　　〔Vila 家。Vila 和 Amy 开会。

Amy	（熟练地）Vila，要跟你确认几个事情。（递给她一张表格）上个月流量统计表你看一下，还有什么需要修改的地方。
Vila	（接过表格仔细看着）按这个走势可以的，这期小结麻烦尽快给我吧！
Amy	没问题。哦，对了，你提出的公益系列活动，我都给安排好了，只要在这里签个字，这两天的直播款项就可以直接捐赠出去了。你看一下我的安排还有没有问题。

　　　　　〔Amy 递给 Vila 一沓照片和材料。

Vila	（没看资料）Amy，我想过了，我还是要出门亲自做公益，主题就叫相信爱，让爱出发。我们呐，组织余杭县的留守儿童坐个列车去看他们的父母，在旅途上给他们安排读书活动，最后一天做个读书分享会。
Amy	（无语地）可是我的这个方案既简单又安全，你不用吗？
Vila	真实的公益得拿出真实的态度，身体力行地实践比较有效啊！三天时间其实都不够的。你想啊，孩子们要和父

母住个两天,然后再一个火车来回,起码五天。

Amy　　(激动地)Vila,你有没有想过平台那边怎么交代啊,我们签的是每天连续播满 5 个小时啊! 你不在,直播怎么办? 违约了平台要被清理的,我们这才刚有了起色!

Vila　　平台那边我想想办法吧……这是个持续的公益活动,如果允许的话,我会每个月都做一次。

Amy　　你能有什么办法? 每个月都做公益? 我的天呢,Vila,你就不能像其他主播那样,好好地在镜头前说一句,委托公益组织捐款,然后乖乖地在家维护粉丝吗?! 你每个月都要出去,你知道我们要损失多少吗?

Vila　　可是 Amy,捐款只是公益里最表面的一部分,我是觉得这些孩子不光需要物资,更需要精神上的充值! 公益根本不是要说什么,去做就好了! 我是肯定要去的,你就别劝我啦,主播是我的工作,公益是我自己的事情,一点不冲突呀! (想了一下)这样吧,我去说服 Sun,这次代我播两天。

Amy　　叫你那个海归姐姐代播,(怀疑地)她能答应吗?

Vila　　(轻轻地)只有试试看了。

　　　　〔Sun 家。Sun 在家里对着电脑研究,投简历找工作。

Sun　　这家公司又要 pass 了……

　　　　〔Sun 有点沮丧,揉揉太阳穴。

　　　　〔画外音:电脑弹出新闻的声音。

Sun　　(喃喃念新闻)据官方统计,网红主播一个月靠粉丝打赏,月收入六位数……六,六位数?

　　　　〔Sun 扳着手指头算了下。

Sun　　(对观众)一个主播月收入能比我赚的多好几倍? 这样说

来，Vila 很快就能飞黄腾达了？这么厉害！

〔画外音：Vila 的敲门声。

〔Vila 拎着一大包食物上，Sun 在猫眼里看到是 Vila，Sun 开门。

Sun　　（斜着眼睛看着她）哟，又是爸妈叫你送来的？

Vila　　（递给 Sun）这些都是我平时爱吃的，带给你尝一下。你……不叫我进去坐坐吗？

〔Sun 拿出自家的鞋套，Vila 同时掏出自己的鞋套穿上。

Sun　　（看了一眼她）倒挺自觉的。

Vila　　Sun，周末两天你有空帮我个忙吗？

Sun　　稀罕了，大主播能有什么地方是需要我们平凡人帮忙呀？

Vila　　我的粉丝和平台都离不开我，未来两天我没法直播，要去做个公益活动……所以，今天我是来找你……帮我代播两天……

Sun　　（吃惊）什么？帮你代播？

Vila　　对呀，每天都要播满 5 小时呀，但是明后天我要走啦，去余杭县带孩子们看父母。

〔Sun 摸了摸 Vila 的前额，又摸摸自己。

Sun　　你发什么疯……我怎么帮你代播？你平常在播什么我都不知道。

Vila　　不是发疯，只要你答应帮我了，我答应你未来两天直播里所有的礼物啊分成啊都归你！（Vila 突然语速加快）姐，我觉得你是最适合的人选了，我俩在镜头前根本分不清谁是谁。你记不记得小时候，我们一起演出，记者把我错认成你，一个劲追着我采访，当时我心里是挺为你骄傲的。

[Sun 愣住了。

Sun　　你刚才叫我什么？

Vila　　嗯？你不叫 Sun 吗？

Sun　　不是这个，你是喊我姐了！我记得你每次只有求我帮忙的
　　　　时候才会叫我姐，也就那么几次，哼！最近一次是，几年前
　　　　你刚要大学毕业，论文不会写，姐长姐短地叫我帮你理逻
　　　　辑。还记得吗？

Vila　　是吗？哈哈，我都忘记了。

Sun　　（故作正经）我说呢，无事不登门。不过我要做两天（嫌弃
　　　　地）这个——直播？

Vila　　直播怎么了吗……只要愿意花时间就行……除非有人性格
　　　　不合适，那就没必要勉强了！

Sun　　要是我的那些同学看到我在做主播，不得笑死我了！

Vila　　（看了眼 Sun，耐心地）只要帮我代播两天，就两天！你不说
　　　　我不说，不会有人知道这件事！

Sun　　可是，你怎么这么有把握我会答应？直播是什么我都还不
　　　　知道。

Vila　　别可是可是了，我可是特地挑了你不上班的时间，专程来一
　　　　对一培训你呐！
　　　　一会儿我会教你直播秘诀，要拿小本本记下来！（突然）你
　　　　周末该不会还要加班吧?!

Sun　　（有些不知所措）不，不加，不加。

Vila　　嗯？那是要出门吗？

Sun　　（有些不耐烦）没有没有，暂时，没安排。

Vila　　（兴奋地）那就太好啦，这就算是答应我咯？我代那些留守

1056

儿童们向你道谢!

[Vila 拉着 Sun 要拥抱,Sun 急忙躲开。

Sun　(故作姿态)你刚才是说我能拿到多少礼物和分成?就算不加班,但我的时间可是很贵的。

Vila　做主播可比你在企业的时薪高多了!多少分成就看未来两天,你的直播表现咯!

[光灭,二人下。

[直播间。一屋子的假发,Sun 好奇地东摸西摸。

Sun　天呐,这么多假发,每天都要轮着戴?

[Sun 翻着笔记本。

Sun　第一条,口红要红,头发要整齐光滑,眼睛要突出。

[Sun 对着镜子涂口红,嘟着嘴看了眼,恶心嫌弃。

[Sun 拿起假发往头上戴,假发滑落在地。

[Sun 用湿纸巾擦拭了双手,要戴美瞳,戴不进去。

Sun　(看到桌上 Vila 的工作照片,疑惑地)这些东西怎么这么难搞……戴上这些真的就能吸引到五百万的粉丝?Vila 是怎么做到的?

[Sun 戴上耳机,调整变音器,清嗓子。

[画外音:嘿嘿,欢迎来到我的直播间——间——(回声)

[Sun 吓了一跳。

Sun　好搞笑,刚才那个是谁在说话?是我的声音吗?

[白板上。

白　板　夜玫瑰,你好啊,终于等到你开播了!

[画外音:(粉丝)可是夜玫瑰怎么没有开场舞呐?

现在可以点舞了吗?

芭蕾先来一段?

Sun　　咦? Vila 说一开始就要跳舞吗? 虽然我有童子功,但是我后面光顾着学习,早就放弃了呀。

　　　　〔画外音:(粉丝)怎么还不跳? 是啊,我们头发都等白了!

白　板　(生气)你们能不能(喘气)让我们夜玫瑰轻松一下?

　　　　〔Sun 翻笔记本。

Sun　　当粉丝提出要求时要掌握分寸,不能答应无理取闹也不能置之不理。

　　　　(抬起头)但是什么要求是无理取闹的?

　　　　〔Sun 继续翻笔记本。

Sun　　(无奈地)笔记上没有啊! 我又该怎么掌握分寸?

　　　　〔Sun 继续翻笔记本。

Sun　　(无奈地)还是没有。

　　　　〔画外音:(粉丝)是不是不见兔子不撒鹰啊! 嗯? 我们火箭都刷两个了! 夜玫瑰在看什么呐? 究竟怎么回事?

Sun　　等等等等,(焦急地翻笔记)她没告诉我现在该怎么办啊? 这个直播咋冒出来这么多情况?

　　　　〔柯达明上,拿手机刷评论。

柯达明　夜玫瑰,上次咱们说了田纳西恰恰,现在可以开始跳了吗?

　　　　〔画外音:手机发送按键声。

Sun　　嗨,田纳西恰恰是啥?

柯达明　那就乘我的房东 Sun 不在家赶紧跳吧,我现在还可以为你在房间大声地伴奏哦!

　　　　〔画外音:手机发送按键声。

Sun   （惊讶）是柯达明？

柯达明   夜玫瑰，我刚刚刷给你刷了一个火箭哦，祝你主播事业一飞
            冲天！

           ［画外音：手机发送按键声。

Sun   哈？柯达明那么抠巴巴的，居然在这里给夜玫瑰打赏？把
            钱都花这儿了，怪不得每次都给我延期缴费！（Sun 对着话
            筒）谢谢你送的火箭，我很开心，but 请你收回，并且再也不
            要打赏了，你的礼物我不能要！

柯达明   （奇怪地）哈？什么鬼？我们粉丝进来不就是给你打赏的
            吗?！不能要我的礼物？为什么？

           ［画外音：手机发送按键声。

Sun   没什么，请你好好存钱！

柯达明   这是什么意思？

           ［画外音：手机发送的按键声。

Sun   你知道你是在用工资的三分之一在打赏吗？打赏完了，剩
            下工资还够交水电费吗？

           ［柯达明错愕。

           ［粉丝画外音：为什么不收他的礼物？

                       为什么还收我们的礼物!？

                       为什么收了我们的礼物，还不跳舞？

                       夜玫瑰今天怎么了，好奇怪哦!？

                       什么东西啊，再不跳我们不看了！

                       今天夜玫瑰怎么回事，眼睛不大了，口红不红
                       了，头发好干枯！

           ［一串串评论收到的海量的滴滴声，铺天盖地。

Sun　　（焦虑地）这怎么办，这么多粉丝 diss 我，根本来不及回啊！

　　　　〔粉丝画外音：夜玫瑰已经不行呐？

　　　　　　　　　我们能不能去举报她啊？骗我们的礼物。

　　　　　　　　　你们是不是夜玫瑰忠实粉丝啊，她可能今天
　　　　　　　　　不舒服啊。夜玫瑰，你是哪里不舒吗？

　　　　　　　　　不对啊。夜玫瑰为什么不收那个人的礼物？

　　　　　　　　　那刚才我的礼物能退吗？

Sun　　（炸毛）够了够了，受不了了！

　　　　〔Sun 在直播间疯狂地翻着笔记，按着按键……

　　　　〔粉丝画外音：我们走吧，不看了。

　　　　　　　　　　走吧，走吧走吧，去别的直播间。

Sun　　（喃喃）坏了，这下该怎么办，Vila 回来怎么交代？她要笑话
　　　　死我了。

　　　　〔Sun 手足无措。

　　　　〔直播间升起了一阵白烟，掩盖了 Sun。

　　　　〔白板一手拿着手机，一手拿着一本书上。

白　板　（看着手上的手机，摇了摇）网络用来联系事情很方便，用来
　　　　维系感情和宠爱就……（又看了看手机，摇摇头，扔了手机，
　　　　翻开另一只手上的书，看了眼 Sun。）

白　板　呜，木心先生说，一切出名都是源于误会……恐怕是这个
　　　　道理。

　　　　〔白板若有所思，点点头，下。

　　　　〔直播间，Vila 变装夜玫瑰。

夜玫瑰　（数着粉丝数量）咦？怎么两天之内掉了这么多粉？（疑惑
　　　　地戴上耳机）欢迎大家来到我的直播间！我来了！

［柯达明走进了直播间，在夜玫瑰面前。

柯达明 （挂着相机上，闻了闻，吸了一口气）有熟悉的味道耶！但是我这个月的钱要留着，给 Sun 搜刮走了，就没多余的钱打赏给她了。

［画外音：手机按键发送声音。

柯达明 夜玫瑰，今天给你没法点舞了，你还记得田纳西恰恰吗？

夜玫瑰 当然呀。怎么了呢？

［画外音：手机按键发送声音。

柯达明 因为……这个月的口袋要空空了。

夜玫瑰 没关系啦，今天怎么直播间就你一个人呐……

柯达明 哈，那不正好嘛，昨天你一个劲地不让我打赏，要我把钱存下来。呵！真的没见过你这样的主播，but 因为你如此特别，我才会一直支持你！（狠狠地）才不会像那些粉丝，见你不想跳舞都走开了。

夜玫瑰 （无语）哈？Sun 竟然这么搞笑！直播间里都不忘收租子。（对柯达明）谢谢支持呀！

柯达明 其实……第一次看你直播，让我想起了以前交往过的学姐。她跳田纳西恰恰的时候，我给她拍了好多好多照片。那个时候，我还太年轻，不会表达，写信给她可能是我做过最直接的一件事了。也可能……这辈子我都不会再给任何人写信了。

夜玫瑰 呃，谁在爱里都是需要成长的呀。

柯达明 长到现在这么大，感觉自己什么都做不好，守护不了家，也守护不了感情，连下一站要去哪里都不知道，口袋里空空荡荡，心里也是。

夜玫瑰　其实吧,我觉得,感情应该是两颗自由的灵魂在一起,阉割过的灵魂在一起,不会长久,感情是要看未来是否幸福,而不是看现在能否成功! 死守着过去是不健康的感情态度,你得学会接受每一个阶段的自己,然后再向他们挥手告别!

〔柯达明眼睛亮晶晶,拿起相机。

柯达明　(对观众)我只需要跟过去的自己 say bye,是吗?

夜玫瑰　对呀,看你自己,勇敢一些。

〔柯达明往前走,回头的时候拍照。

柯达明　(大声地)柯——达——明,你好! 柯——达——明,再见!

柯达明　(对夜玫瑰)是这样子吗?

〔音乐起,夜玫瑰翩翩起舞,伸出手邀请柯达明。

〔柯达明要接受又缩回去,夜玫瑰拉上他的手带动他。

柯达明　还有,我,(不好意思)……有点想回家……

夜玫瑰　那你后悔来吗?

柯达明　(坚定地)不!

夜玫瑰　那你现在回家,会后悔吗?

柯达明　(想了想)应该……会有一点吧。

夜玫瑰　这世界有山,有海,也会有墙,总不如我们想象中的平坦,对吧?

柯达明　可我路过了天堂,天堂却不属于我。

夜玫瑰　(甩开柯达明的手)怎么会呢,来(拿起柯达明的相机)你拿起它,把你看到的美丽拍出来给我,(指着相机)这里就是你的天堂。

柯达明　真的?

夜玫瑰　真的,不试试怎么知道!

[柯达明渐渐欢快跟上夜玫瑰步伐。

[柯达明边舞边拍照。

夜玫瑰　只有自己放弃了自己才是可悲！相信自己，便永远不会再害怕。

[音乐止，光灭。

[Sun 和 Amy，Amy 拿着文件袋，很焦虑。

[白板坐在舞台后侧看报纸，戴着耳机。

Sun　Amy，周末的出行太值得了，都怪我，摄影技术好烂，没有捕捉到他们脸上灿烂的笑容。（看向远处，双手模拟捧起一个孩子的脸）你没看到，他们笑起来是多好看！

Amy　Sun，Sun，（做了停止的手势）实在抱歉要打断你一下，这个周末的流量统计和趋势分析太不乐观了。你姐姐根本就没法做一个主播，你有没有想过怎样扳回这局？你看看，这下子你的名次要掉到十五开外了……怎么办……？

Sun　……呜，掉粉是有点厉害，我也是没想到。Amy，我要改革一下，这次跟孩子们的接触中，我发现他们当中有些很有艺术天赋，有的对绘画很敏感，有的拥有很好的身体控制力，所以，我会延续及拓展公益方案，另外做一个直播的平台，每周专门为留守及自闭儿童开发一些艺术培养课程。

Amy　那我们原有的直播不做了吗？这么一来你还有精力吗？

Sun　只要想做，这些都不是问题。原有的直播我会减少点次数，平台的分成可以直接入账我们的公益基金。我想过了，Sun 虽然不擅长传播，但是她是海外管理人才，可以请她帮我管理……还有柯达明，我要好好留住他，请他帮我们做摄影，这下子户外的宣传就有了！

[白板一手拿着报纸，一手拿 Ipad。

[音乐起，爵士。

[画外音：网页跳出新闻声音。

白　　板　（读新闻）关于加强网络监管通知……百花齐放不等于信口开河，拿了麦克风不是让你肆意妄为，（对观众）哈，我们的夜玫瑰，还真是与众不同，当初我就是没看走眼吧？

[白板得意地跷二郎腿。

[Sun 家，Vila 提着一袋食物。

Vila　　Sun……Sun?

[Sun 在屋里听见，敲柯达明的门。

Sun　　（急促地）柯达明，柯达明，快开门。

[柯达明睡眼惺忪开门。

柯达明　（打着哈欠）怎么了？

Sun　　你去开门，然后说我不在家！

[Sun 推着柯达明到门口，柯达明疑惑。

柯达明　谁呀这是，你干吗这么紧张？

[Sun 对柯达明示意不要出声。

Sun　　（轻轻地）嘘，肯定是 Vila，你去开门，跟她说我不在家。

[柯达明一脸懵逼，开门，Sun 躲在房间不出来。

Vila　　Sun 在家吗？（看了一眼柯达明）找你也行的。

柯达明　她……（使眼色，示意在房间里）不在呐。

Vila　　（明白，偷笑）好的好的，我先找你。我想邀请你长期兼职做我们公益平台的摄影师，你有兴趣吗？

柯达明　什么公益平台？

Vila　　（偷笑）一个为留守、自闭儿童们做的事情，教他们艺术课程,时而会要去户外,你正合适了!

柯达明　（疑惑）可你怎么会知道我喜欢摄影?

Vila　还有我不知道的吗?

　　　［音乐起,田纳西恰恰,Vila拍拍手,起舞,音乐渐停。

柯达明　夜玫瑰? 你是夜玫瑰?

Vila　才认出来!?（掏出工作照片和镜子对比,对着观众）真的有
　　　这么大的区别吗,我一点儿都没察觉。

柯达明　你是不是早就知道那个粉丝是我了?

Vila　也不是啊,就那天,你说了嘛,室友Sun逼着你交钱……
　　　［柯达明捂住双眼。

柯达明　啊,我还说了些什么?

Vila　没有啊,不要磨磨唧唧啦,快点儿接受吧。

柯达明　夜玫瑰,不是,Vila,那你干吗不接受我的打赏啊那天?

Vila　周末直播间那个不是我啦,（故意地,对着Sun的房间说）
　　　嗨,都怪我不够周到,只找到了一张美丽的皮囊来替代,却
　　　忽视了像（强调）我这样的主播还需要有一颗有趣的灵魂!
　　　（朝着Sun房门看）
　　　［柯达明张大嘴,指了指Sun的房门,又指了指夜玫瑰。
　　　［Vila笑着点点头。
　　　［Sun开门。

Sun　说谁呐,谁的灵魂?

Vila　呀,Sun,原来你在呀。
　　　［Sun很不好意思,又傲气地,

Sun　刚听见,有人又在背后说我无趣。

Vila　我就是感叹,（故意）这个周末过得真是震撼,呼啦啦地掉了

一波粉,不知道是哪个有趣的灵魂干的。当初说,赚钱要都像我们这么容易,就不会出现什么集团并购……

Sun （着急打断）好了,好了,我知道了,这两天掉的粉丝、损失我全赔偿你算了!

Vila 赔偿不了,赔偿不了了……有些东西不是赔偿解决的。

Sun 怎么了嘛?

Vila （委屈巴巴）平台……要封我的号了,说给粉丝的心理造成了不良影响,平台流量大规模损失,要灭了夜玫瑰永不得翻身……

Sun 可是,那两天我什么都没说啊,确切地说,当我进了直播间,什么都不会干。（懊恼地）唉,你这个工作根本不是那样简单嘛,我都想错了!

〔Vila 哈哈大笑。

Vila Sun,所有的不平凡,都不是你见到的那样。实际上,这只是一个平凡的职业,但是你要是认为做一个平凡的人要容易过不平凡的人,那你也错了。

Sun 是的,我现在多少了解了一点,不过（反应过来,要打 Vila）你刚说要封号是在骗我,对吧?

Vila Sun,我不要赔偿,你就答应我个条件吧。周末我去看了留守孩子,他们是多么渴望给精神充值。（认真地,对柯达明和 Sun）这次来,是想请你们帮我一起组织公益平台的,用夜玫瑰带入的流量当作基金,柯达明宣传这块,Sun,我们一起管理好吗?

〔Vila 拿出手机,翻照片。

Vila 这是我拍的,看他们笑得多开心! 现在我（对二人）正式聘请你们二位,做我的直播公益平台合伙人!

  〔Sun 和柯达明相互对视,再朝着 Vila 点点头。

Sun (坚定地)好!我愿意!

柯达明 我也是!

  〔Vila 拍拍手,走向柯达明和 Sun,牵起他们的手。

  〔音乐起,田纳西恰恰,三人起舞,音乐渐停。

  〔舞台地上铺一条红毯,一侧放置着一个自动售货机。

  〔追光,白板上。

  〔三个穿着妖艳风格的女主播上,摇曳走红毯。

  〔白板拖出一张电脑椅坐下,点着鼠标。

白 板 (点鼠标)删了,(再点鼠标)删了,(再点)再删!

  (对观众)我的电脑里曾经有太多的电子垃圾,就像这个(指着其中一个网红,网红停止走红毯),还有这个(点着另一个网红,网红停止走红毯),这位也是(点着第三个网红,网红停止走红毯)。

  (对观众)我把柯达明带上了道,但他更好了不是吗? Sun 呐,是无知带来了偏见,不用把这个职业妖魔化也不用把它平面化,存在即合理嘛! Vila 呐,哦,那简直是个小仙女下凡!而夜玫瑰,就是一股清流。

  (用手点着红毯上的三个网红)这些走红毯的网红,很快就会——消——失——

  〔白板走到电脑前,点鼠标。

  〔画外音:电脑清除回收站垃圾的声音。

  〔白板走到自动售货机前,投入硬币,出来一张面膜拿在手上。

〔白板拿起一本书。

白　板　（摇头晃脑，对着书）古人云："（重音）书中自有黄金屋，（重音）书中自有千钟粟，（重音）书中自有颜如玉。"

〔白板说完撕开面膜敷上脸，吹起一段口哨，绕舞台一圈下。

〔剧终。

编剧：俞晨玥

百字剧五则

玛丽与杰克

狮子"玛丽"与兔子"杰克"灵魂互换了；两人被迫组队，先后帮助了羊奶奶、牛博士。小动物们都惊异于狮子居然转性了，而狼群攻击日临近。兔子司令和狮子士兵组合闪亮登场，两人完美击退狼群，真正收获了爱与勇气。

时间之战

上帝给了时尚圈女强人操纵时间的能力。她却在一场迟到的晚宴中发现丈夫正在操纵自己的时间，两人互相操控对方的时间。丈夫得病，他不断缩减妻子的时间，逼迫她回归家庭。最后，妻子永远活在了"工作时间"里。

阉官的回礼

阉官宋无言被指"通敌"，而宋无言的夫人居然怀孕了。皇帝送去阉刀、红花、鹤顶红，宋无言分别以咬绳、手帕、药方（益母草、当归、马钱子、黄土、白芨、薏苡）回礼，成功解除危机。宋无言与皇帝兄弟相认，儿女满堂。

网红训练营

家境贫寒的蒂丝为给身患绝症的母亲治病打造天价"男网红训练营"，旗下男友兼艺人坤坤走红，坤坤贪利另开一家低价训练营。

男网红集体倒戈，面对破产危机，她想彻底变成坤坤，做变性整容手术。

蒂丝手术成功，却在手术门外遇到了已整容成自己的坤坤。

六个月后，病愈的母亲翻到蒂丝的病历本，脑出血身亡。

海岛上的疯小草

海岛教师郝爱华临危受命担任浦西学校校长，为了建设浦西学校，他化身"疯子校长"，为挽留教师追尾"截人"，为争取教师资源、培养资金与教育局大动肝火，巧妙以"报道"逆风翻盘，声名远扬；为了让后等生"迷途知返"，与学生同吃同住长达一年多，终于"化敌为友"；最终他用自己的"疯理论"打造了"浦西教育"最亮丽的名片。

千字剧三则

分　手

时　间　晚上 7 点

地　点　某咖啡厅

人　物　张　三　男,27 岁,资深 IT 男,钻牛角尖,认死理,有原则。
　　　　　　　　　因女朋友长期忙于做微商忽略自己,想要分手

　　　　　李　四　女,23 岁,行政人事,副业是阿胶糕华南区总代,做
　　　　　　　　　事雷厉风行,又不失小女子风范,很有能力

　　　　　王　五　男,42 岁,咖啡厅老板,当年放弃公务员的体制生
　　　　　　　　　活下商海,为一逍遥散人

　　　[某空荡的咖啡厅。王五在吧台喝茶。张三闷坐在咖啡桌
　　　前,一杯接着一杯续喝免费咖啡。

张　三　老板,续杯。

王　五　(暗暗翻了个白眼)好的,来了。(小声嘟囔)这年轻人也忒
　　　　爱占小便宜了,喝了两个多小时免费续杯,还不走……
　　　　[咖啡厅门外,李四迅速把自己的 LV 背包换成了帆布包,
　　　　再故意把发型弄乱,深呼吸,进。

李　四　亲爱的,我来了!(把大包小包的阿胶糕放下,观察张三的
　　　　表情)不好意思呀,有点事情,晚到了!

王　五　(对观众)敢情是等女朋友呢。(拿着菜单走向李四)你好,

1071

看一下要喝点什么?

李　四　(快速翻一眼菜单)好嘞,老板,先来杯拿铁,热的,热的。

张　三　(抬头)给她冰的。

李　四　(疑惑)干啥?

张　三　我看你需要去去火。

李　四　(秒懂)哎哟,是不是我来晚了生气了? 别呀,姐姐请你喝咖啡,来来来,老板,再给他来一杯冰摩卡,双倍糖!

王　五　哎,好的,稍等啊!

张　三　你自己看一下,现在几点了?

李　四　(看一眼表,欲言又止)七点多一点。

张　三　(阴着脸)你是不是觉得男生等女生天经地义? 我今天等你多久了? 我等了你两个小时四十分钟! 你到底在忙什么,又忙着卖你的阿胶糕?

李　四　我今天……我今天有事。

张　三　你听听,你说的是人话吗? 我等了你两个多小时,你居然告诉我你有事,你有什么事,你今天给我说清楚!

李　四　(有点不耐烦)你说你怎么和小娘们一样,这么小肚鸡肠……

张　三　我小肚鸡肠? 我小肚鸡肠?!

李　四　废话! 我这么忙,还不是为了订我们的酒店吗? 昨天晚上我打了 800 个电话,终于让我舅妈联系好酒店了。

张　三　(沉默半晌)不用订了。

李　四　(愣住)你说什么?

张　三　不用订了,都不用订了! 你和你的阿胶糕结婚去吧! 在你的心里,我还没有你的阿胶糕重要!

李　四　（惊）张三，敢情说了半天你要和我分手是吧？

张　三　没错！

李　四　说得轻巧！当时追我那逼逼叨样儿呢？恨不得把莎士比亚的诗给背一遍，现在说分手就分手，凭什么？

张　三　你……你已经迷失在微商里面了！道不同不相为谋！

李　四　（反而冷静下来）好，张三，我问你，谈恋爱是不是两个人的事？

张　三　没错。

李　四　那分手是不是也是两个人的事？

张　三　是……不是！你别想又绕我的话。

李　四　既然是两个人的事，那今天还是老规矩，来一场辩论赛！

张　三　你没病吧？

李　四　有病也是被你逼的。大学里面咱们两个就是最佳辩手，要是我输了，那就分手，要是我赢了，你得答应我一件事。

张　三　这又是什么歪理？

李　四　你张三向来讲原则，我们就按照辩论赛的规则，你正方我反方，各自说三个论点，至于裁判嘛（环顾咖啡厅四周）老板，你也听了这么久了，来给我们当裁判吧！

张　三　我不想跟着你胡闹。

李　四　除非你觉得赢不了我。

张　三　要是我赢了，那就分手，是吧？

李　四　没错，你既不亏也不赔，划算得很！

张　三　那开始吧！

王　五　（苦笑）小姑娘，你们年轻人的事情，我掺和什么呀。

李　四　老板，今天你要是不来当个裁判，我们这手呀，那是分定了。

王　五　（把热拿铁和冰摩卡放两人面前）行吧，你们俩润润喉，我来当裁判，听听到底为什么要分手。（向观众）这也是奇了，我活这么久，头一次看到分手还要整个辩论赛的。也罢也罢，陪年轻人呀，玩玩。

　　　　〔李四故意拿起冰摩卡，猛灌了一口。

张　三　（脱口而出）喝冰的别喝这么快……

李　四　哟，还挺关心我。

张　三　别岔开话题。不是要辩论么，那开始吧。

李　四　（转向王五）求老板主持大局。

王　五　（哭笑不得）那现在，正方先开始。

李　四　（耸肩）你不是要分手吗，那你是正方，你先说咯。

张　三　（清嗓）第一，我们两个有男女朋友的名分（李四忍不住笑出声），你严肃点。我们有男女朋友的名分，一周见面几次？一个月见面几次？我兄弟都以为我女朋友在阿富汗呢！每次我说见面，你就说自己忙，好不容易国家总统愿意接见我了，每天都在忙你的微商，卖你的阿胶糕！

李　四　这叫作不浪费青春，勇敢追梦。

张　三　我是一个正常的男人，结果我一个月只能见女朋友两次，还勇敢追梦，这不搞笑吗？

李　四　（捂嘴）嗯，的确，委屈你了。

　　　　〔王五忍不住偷笑了一下，见张三仍然严肃慷慨，遂止住。

张　三　你还笑？

李　四　没没没，我是开心。开心你如此重视我。

张　三　谁重视你？

李　四　行行行，你不重视我。你继续。

张 三 所以我方观点,就……没法过了。

王 五 反方辩友请陈述。

李 四 哦……那我来表达我方第一条论点。我们虽然不能经常见面,但静可聊微信,动可打电话,上可王者组队,下可去支付宝一起种树。活动种类 really 丰富,这丝毫不影响我们的感情啊。

王 五 小伙子,你女朋友不错,很有前途,哈哈哈。

张 三 (脸白一阵青一阵)你强词夺理。

李 四 你爱不释手。

张 三 你无理取闹。

李 四 你爱我在心口难开。

张 三 不和你瞎扯,你就是不理解我。

王 五 咳……! 好,下面请正方进行第二条论点阐述。

张 三 上个月,我生病住院,作为女朋友的贵方辩友,没有来探望过男朋友一次;(有些激动)反观对方辩友,一有小病小痛就大张旗鼓,要求男朋友亲力亲为一条龙服务,但何时把男朋友放在心上?

李 四 还记着这事呀,要不说你怎么这么小肚鸡肠……本来我不想说的,但是要不是我天天给你送好吃的,还给你请了个护工,你能恢复这么快吗?

张 三 (惊讶)你说什么? 护工不是我爸妈给我请的吗? 还有吃的,也是他们吩咐酒店做的。

李 四 哎,算了算了,事到如今就告诉你吧。这每天的花样早餐、中餐、晚餐,都是我做的;护工呢,也是我请来的。

张 三 你居然会做饭?? 这是怎么一回事啊?

李　四　上个月你生病住院之前,你看到我屏蔽你发朋友圈,吵的那叫一个天翻地覆,我怎么可能拉下脸去照顾你啊? 你以为我是受虐狂小笼包?

张　三　所以……(迟疑)你就……

李　四　对! 反正你爸妈都在国外嘛,我就编了个谎话,就说医院通知了你父母,你父母呢给你请了护工,三餐都按照五星级酒店标准。这一来,可苦了我了,每天起得比鸡早,睡得比猪晚,就为了做你要求的花样早餐。

张　三　(差点崩不住笑)难怪,我说,这鸡蛋又甜又酸……(正色)行,大丈夫敢作敢当,这件事情是我错怪你了,我道歉。

李　四　行了,还要不要继续辩论啊?

张　三　虽然不想说,但最后一个论点,是我最不能容忍的!

李　四　你说。

张　三　你那个微商,卖阿胶糕,和传销有什么分别? 我每天看你发这个反馈那个反馈,一会吃阿胶糕头发长出来了,一会吃阿胶糕身体变好了,这不是骗人是什么?

李　四　(怒极反笑)传销,骗人? 张三,改明儿你去问问,华东区四宝总代,我卖了2000多盒阿胶糕,有哪一个是靠拉下线赚人头来的! 就我们小区的王阿姨,她吃我的阿胶糕一年多,失眠头痛的毛病都好了! 你凭什么说我骗人? 论据呢?
　　　　〔王五掏出手机翻看,若有所思。

张　三　你这是被洗脑了! 我……我可以容忍你的毛病,但是看着你去坑蒙拐骗,我办不到!(停顿)我阿姨,我舅妈,都是被传销害惨了! 欠了一屁股债,到现在都在还钱……

李　四　我的大哥啊,传销和微商,完全是两个概念好吗?

王　五　（试探地）小姑娘啊，你是不是莲花小区的？

李　四　（点头）是啊老板，咋啦？

王　五　哈哈哈，我老婆，就是你说的那个王阿姨！

李　四　这么巧？

张　三　（一脸懵）这不是你请来的托吧？

李　四　（翻白眼）滚犊子，地点是你选，人是你先到，我怎么托？

王　五　小伙子啊，前面的论点你们都有各自的道理，但这个论点，
　　　　我可要说几句公道话啊。阿胶糕，就是从你女朋友地方买
　　　　的，先是我老婆吃，后来我老婆逼着我吃，说实话啊，还真有
　　　　效果。我先说明白，我可不是托。

张　三　（有些松动）真有效果？

王　五　最大的好处啊，就是不失眠了，人能睡个好觉，比什么药都
　　　　强。你们年轻人嘛，也一样，有什么矛盾，睡一觉，就好了
　　　　嘛！别轻易说什么分手。

张　三　（垂下头）其实，我觉得很累。

李　四　（也垂下头）我也觉得很累。

张　三　我不想再和你辩论了。

李　四　我也不想。

张　三　其实，我现在穿的袜子后面有个洞。没补。但我从来没和
　　　　你说，我怕你觉得我穷酸。

李　四　其实，我已经在上海买了两套房。但我也没和你说，我怕你
　　　　有负担。

张　三　其实我知道，我装不知道，我怕别人说我吃软饭。

李　四　其实我也知道。

张　三　戴着面具，真累。

李　四　我们别戴面具了,好吗?

张　三　(同时)我们别戴面具了,好吗?

李　四　(低头,笑)那还分手吗?

张　三　不分,不分了。

〔王五竖起大拇指,张三和李四开始咕噜咕噜喝咖啡。

〔剧终。

流浪狗

时　　间　周六早上8点半

地　　点　阳光小区

人　　物　张　三　女,26岁,喜欢做狗狗直播

　　　　　李　四　男,29岁,假扮"狗贩子",张三的前男友

　　　　　王　五　男,36岁,"拯救流浪狗"直播计划发起人,张三的现
　　　　　　　　　　男友

　　　　　工作人员甲、工作人员乙

〔阳光小区一幢五号门前。王六身着休闲西服,举着自拍杆
上场。

王　五　(有点笨拙地对着自拍杆上的手机打招呼)哈啰你们好!我
是本次"拯救流浪狗"直播计划的发起人,王五,你们可以喊
我五叔。五叔第一次捣鼓这个直播间啊,如果有什么不周
到请你们一定告诉我(看了眼评论区)这位朋友说得对,为
了更好地发起我们的计划,我们首先在阳光小区某居民楼
内放一条流浪狗,看看我们的居民是如何"拯救流浪狗"的。

首先请工作人员在居民楼道内安装隐蔽摄像头,那我们的镜头给到工作人员。

〔工作人员甲接过自拍杆,举到安装人员旁直播。王五走到一个角落,抽烟。

工作人员乙 (走过来悄悄道)五叔,这好像是嫂子的小区啊。

王　五 (笑)眼力见儿不错啊,是三儿的小区,而且这摄影头啊,也装在她家门口。

工作人员乙 那,嫂子知道吗?

王　五 (小声)当然不知道了,这个活动是我发起的,也是我要给她的惊喜。她一直是这个区的爱狗大使,看到流浪狗肯定会收留,要么就是为它找收容所,这对她个人品牌的树立很有帮助。同时呢,我们也为这座城市树立了爱心榜样,这是一个双赢的事情。

工作人员乙 五叔,还是您高明。

王　五 高什么高,这个计划也是三儿的心愿。她啊,哪里都好,就是爱心泛滥,看到小猫小狗的就忍不住要弄些爱心义卖,之前家里还收留了好几只流浪狗。

工作人员乙 是吗?嫂子这么有爱心,真是我的女神!

王　五 这话啊,下次见面你亲自夸她。不过别说,我也是被她影响的,上次到她家看到那小狗啊,不知道被哪个缺德的打瘸了一条腿,也就三儿心善,宝贝得不得了,没到三天就病死了,为着这个事她还哭了好久。

工作人员乙 嫂子真的是仙女下凡,活菩萨显灵……

王　五 行了你!看安装师傅差不多了,我们去对门家里蹲直播,我和那家已经说过了。

工作人员乙 行行,那我们撤了。

> [王五、工作人员、安装师傅退下。过半晌,张三开门,打扮精致,门口蹲着一条脏兮兮的流浪狗。

张　三 呀,什么玩意儿,脏东西!(重重关上门)

> [过了五秒,门又重新打开,笑容可掬的张三对着手机打招呼。

张　三 亲爱的们,早安呀,我是你们的狗狗博主三三儿,今天又是阳光满满的一天呢(手机镜头对向流浪狗)哎呀,这儿怎么多了一只流浪狗,你好呀,你看起来好可怜哦,是走丢了吗?

> [镜头中,是张三怜爱的脸和蜷缩在角落的流浪狗。

> [手机直播弹幕出:女神早安,好有爱心哦,是流浪狗吗? 三三小美女,它很可怜啊,肯定没有主人,要不你把它收了吧?

> [张三掏出手机反复对流浪狗拍照,频繁的闪光灯让狗开始狂躁。

张　三 (小声嘀咕)不行,得打一剂安定才行,这玩意万一发疯起来,把我咬了可怎么办?(熟练地从包里掏出一剂安定,打了一针,流浪狗马上安静下来)

> [张三将直播暂停,从包里掏出污渍剂喷在流浪狗身上,狗更脏了;随后她把红药水精心地抹在流浪狗腿上,一切"美容"完毕后打开直播。

张　三 (对着镜头)亲爱的们我回来啦,刚刚我仔细检查了这只小狗,发现它腿上有伤哦(拿出白色绷带)我帮它包扎一下;看到它,我想到了死去的迪迪,它死的时候才 2 岁(努力从眼睛挤出两滴泪)。对不起亲爱的们,一说起迪迪,我没办法控制自己的情绪。所以我想,就在我家门口组织一场流浪狗义卖活动!我的地址是阳光小区 2 幢 101 室,欢迎大家贡献自己的爱心!爱你们哦!么么哒!

〔张三的直播留言里,回复火爆,大家纷纷以"鲜花""金币"打赏,支持张三的义卖活动。张三进屋,拿出肉罐头和水,放在地上,流浪狗饿极了,冲过去拼命吃,水都洒了一地。狗害怕地回头看张三。

张　三　(笑)没事呢,你慢慢吃,别噎着。

〔李四从外面蹑手蹑脚走进来,整了整衣服,走到张三面前。

李　四　美女,你好呀。

张　三　你是?

李　四　喔!(摸摸头)我看到你直播了,我是你粉丝呀,就刚刚给你送花的,爱的一抹天空,你还记得不?

张　三　不好意思,我粉丝有 2 万多,不记得了。

李　四　嗨!不记得也没事,我就是觉着吧,这个流浪狗怪可怜的,我想来认领它。

张　三　流浪狗是不可以随便认领的。

李　四　哎呀,我是爱狗人士,我心疼这个心肝宝贝儿,行不行?

张　三　不行就是不行,我们是要严格按照流程走的。

李　四　反正你义卖之后,也会进行现场认领的嘛。流浪狗这事儿,我熟……(发现说破嘴,赶紧改口)不是不是,我是说,做好事做到底嘛!

张　三　(狐疑地)你对流浪狗义卖的整个流程,很清楚嘛。

李　四　可不是!我天天看你的直播,你不是每隔半个月就会发起这样的活动嘛。

张　三　我看,没这么简单吧?

李　四　(突然靠近张三,小声地)大家不都是同行嘛,差不多就行
　　　　了。何必那么当真呢。

张　三　(提高音量)你说谁是你同行? 我粉丝 2 万多,都是真真正
　　　　正的爱狗人士! 你……(上下打量)你是狗贩子吧?

李　四　(慌张)怎么可能……

张　三　你看看你领子上那一撮毛(摘下来)不是狗毛,是什么?

李　四　(惊)哎呀,男女授受不亲,怕了姑奶奶你了,狗贩子都被你
　　　　给摸熟了。

张　三　爱狗,人人有责。对狗贩子,人人喊打。

李　四　(用手挡脸,怕上镜)溜了溜了,打扰了。

　　　　〔李四下,绕了一圈蹲守在 2 楼。手机直播间,打赏继续上
　　　　升。打赏额度从"鲜花"变成"跑车"。张三粉丝从 2 万飙升
　　　　至 30 万。

张　三　(羞涩)感谢给我打赏跑车哦,我真的是很不好意思呢(看屏
　　　　幕)。我看一下亲爱的留言哦,(一边读)这位宝宝说,三姐
　　　　姐超级勇敢的! 徒手击退狗贩子,哎呀,太夸奖我啦,我只
　　　　是不能忍受别人对可爱的狗狗下手……

　　　　〔张三的直播间人声鼎沸,此时的打赏额度已经从"跑车"变
　　　　成了"火箭",甚至有粉丝一掷千金送了"一座拉斯维加斯
　　　　岛",人数从 30 万飙升至 60 万。

张　三　(看到拉斯维加斯岛,两眼放光)这是一座幸福的岛,这是一
　　　　座人文的岛,这座岛,更加让我坚定对流浪狗救助事业的决
　　　　心、恒心和使命! (对着手机)感谢大家的支持哦,我只能尽

绵薄之力，三三向大家郑重承诺，今天所有的赏金都将归入义卖资金，捐给流浪狗救助中心！那我先带狗狗去打疫苗了哦，最后献上一首歌给大家，"我们一起学狗叫，一起汪汪汪汪汪，在你面前撒个娇，哎哟汪汪汪汪汪，我的心脏怦怦跳，迷恋上你的爱心"（唱）爱你们哦，拜拜啦！

〔张三笑着关掉直播间，马上恢复冷漠，她用脚踹开了肉罐头。

张　三　（对着流浪狗）真是谢谢你了，托你的福，我今天赚了几十万呢。可是，（凑近流浪狗）你长得实在太丑了，我很讨厌丑的东西，我想想，怎么处理你好呢？是喂老鼠药？还是打断你的腿，要不然，把你扔垃圾场吧？

〔李四从二楼下。

李　四　你还是和以前一样。

张　三　（冷漠）别废话，今天老规矩吧，三七开，你倒演得挺像那么回事。

李　四　你有没有想过，哪天那个老男人知道你什么面目，你可就人财两空了。

张　三　你管好你自己吧。我的事，不用你操心。

李　四　（有些激动地）怎么不用我操心？那是你单方面提出分手，我不同意！

张　三　（有些嫌弃地）你看看你自己，浑身狗毛，那衣服是地摊边二十块一件买的吧？你这样的，有谁会看上你？

李　四　（拽起张三的手）那你呢？你又好到哪里去？你这双手，弄死了多少狗？

张　三　对啊，我负责弄死，你负责埋了，我们有什么区别？

李　四　对,我们,有什么区别? 可我他妈的就是爱你啊! 可是你呢,你只爱钱!

张　三　对! 因为我们都生活在一个太过虚伪的社会! 人人只相信表面的东西,他们只愿意看美好! 可是世界上哪有那么多美好,哪有那么多希望? 有美好,我爸就不会离婚出轨,每天找不同女人来家里睡! 世上的人,他们只爱皮囊,只爱看起来闪光的东西。

李　四　我不一样,看到你这么恶心,我居然还喜欢得很。我觉得,我才是疯了。

张　三　就算恶心,也有漂亮的皮囊,不是吗?

李　四　(有些无力地垂下头)所以这次……你打算怎么处理?

张　三　它太丑了,用老鼠药吧。

　　　　[张三从包里拿出老鼠药,冷漠地扔到流浪狗面前。流浪狗闻了闻,想吃。王五实在看不下去,从对门监控室里冲出来,把老鼠药踹开。

张　三　(看到王五之后惊住,迅速换脸)亲爱的,你怎么,怎么在这里?

王　五　你想干什么? 你想毒死它?

张　三　(强颜欢笑)怎么会呢? 是他……(指向李四)是他要毒死这个狗,他是狗贩子! 我要阻止他。

李　四　(上下打量王五)这就是你那个新欢?

张　三　亲爱的,你听我解释。

王　五　我都看到了。(指向楼道的隐蔽摄像头)

张　三　(大惊失色)你偷拍我? 姓王的,这是犯法的,你知不知道?

王	五	你做的事情,才是犯法。如果我不出来,后果不堪设想!你,你怎么是这种女人?我无话可说。
张	三	(突然意识到什么,紧张道)所以,还有谁看到了?
王	五	(叹气)我这个月要做一场"拯救流浪狗"直播计划,你今天这一场好戏,全都被记录下来了,全城直播。
张	三	你……你说什么?
王	五	这本来是我给你准备的惊喜,你说你那么爱小动物,你还是爱狗大使,你,你还有哪些伪装,哪些面目?
张	三	你把我毁了。
王	五	毁你的,是你自己。
张	三	什么都没了。
李	四	三儿,你还有我。
张	三	你滚开!
李	四	好,没事,等会我们就会在一起了。
张	三	你在说什么?
李	四	我报警了。
张	三	你有病吧?
李	四	张三,是你得病了,你病得不轻!我看着你,整整两年,把自己弄得人不人鬼不鬼!我看着你把狗给打伤打残,甚至毒死!我心里什么滋味?我看着你人前一套人后一套,我比你还要煎熬!我看着你勾搭上这个王五,就只是贪图他的钱和名气!对,他是网络公司的老总,我什么都不是,所以我只能在你身后,永远帮你收拾烂摊子!但现在我不想忍了,我想救你,救你,明白吗?
张	三	你疯了,你疯了!

李　四　那你呢！还要毒死多少只流浪狗才可以当上国家的爱狗大使？张三，我们停止，好吗？流浪狗有他们的归宿，他们不应该成为我们标榜自己的道具，那是利用，那不是爱心。

王　五　他要救你，我也想救你，我认识的张三，怎么会是你这个样子？

张　三　是，是，一切都完了……

　　〔远方警鸣声由远至近。张三瘫倒在地。滑落的手机屏幕上，张三的粉丝从 60 万逐渐变成 0，直播间显示"法律取缔，永久关闭"。

　　〔剧终。

一帆风顺

时　间　周二中午 12 点半
地　点　王风顺办公室
人　物　王风顺　男，36 岁，某港口运输企业老总
　　　　王一帆　男，28 岁，王风顺的弟弟，大学毕业后在国家社保局工作
　　　　刘主任　男，30 岁，公司厂区主管
　　　　搬运工 2 名

　　〔崭新的办公桌、办公椅，桌面上放着一盆植物。一侧还放着沙发。总之，整个办公室看上去略显奢华。王风顺坐在皮质的办公椅上，原地转了一圈，显得非常高兴。他站起来整了整办公桌上的文件，又拿着浇水的壶喷着桌上的植物，

哼着小曲。电话铃响。

王凤顺　　喂？一帆啊？到了啊？看到华美商务大厦了没有？对对，
　　　　　就在这上边。A座十一楼！赶紧上来吧。等着你！好嘞！
　　　　　（挂下电话）

王凤顺　　（自白）这时间啊，过得可真够快的，我跟一帆进城的时候，
　　　　　我18岁，他8岁，一晃眼，瞧瞧，十六年过去了，这小子大学
　　　　　都毕业了。本来啊，还想让他跟着我干，兄弟联手，多好啊！
　　　　　凭着我在商场上摸爬滚打这么多年的经验，加上他这大学
　　　　　生的脑瓜子，什么生意拿不下来？可这小子，非要去做什么
　　　　　社保局，说是做人民公仆光荣，哎，拿那一个月几千块的固
　　　　　定薪水，整天穿着制服坐窗口，真想不明白。（敲门声响起）
　　　　　来了！进来！

王一帆　　哥！

王凤顺　　一帆，来了啊？好找吧？

王一帆　　当然好找，这华美大楼可是市中心最高的了，还在地铁口边
　　　　　上。（环顾办公室）不错啊，哥，新公司弄得有模有样的。

王凤顺　　那当然，做生意啊，门面当然要讲究。看看，这桌子，上等红
　　　　　木的，你敲敲，（一帆用手指敲了两下）是不是不一样，声音
　　　　　特别实，是不是？

王一帆　　没听出来。

王凤顺　　还有这沙发，头层牛皮，来坐坐，感受一下。

王一帆　　哥，不坐了，不坐了，我看看就走。下午一个同事还让我去
　　　　　顶个班，最近窗口咨询的人特别多，都忙不过来。

王一帆　　就你那工作，瞎忙。你先等等，等会啊，哥让你看个大件。

王一帆　　大件？什么大件？

王凤顺　哥买了一幅——金匾!

王一帆　金匾?

王凤顺　那可是大书法家的墨宝,送到大雄宝殿开了光,用金边这么方方正正地一镶,都说谁要是把这幅字挂上墙,谁就要行大运啊!

王一帆　哪有这样的事?都是心理作用。

王凤顺　这你就不懂了,灵着呢,不然你哥也不会花大价钱把它买过来了。你猜多少钱?(贴着王一帆的耳朵说)厉害吧?

王一帆　这么贵……

　　　　[敲门声,搬运工:有人吗?送货!

王凤顺　来了,来了!

　　　　[王凤顺打开门,工人们抬着一块用红绸盖住的牌匾进来。

王凤顺　小心点,小心点,别碰坏了,放沙发上!轻点!轻点!

　　　　[工人放下牌匾,离开。王凤顺揭开了红绸,只见"一帆风顺"四个大字。

王凤顺　一帆风顺!大师给我算过,说我这搞港口运输的啊,就这四个字能够助运。你说巧不巧,刚好是咱们兄弟的名字,我说吧,你就该跟着我干。你看看,现在这港口建设一好,我们这订单啊,就跟雪花片似的,前两天又新进了一批员工,发展前景大好啊。

　　　　[敲门声。

刘主任　王总,这是上个月的薪资单,麻烦您签个字。另外,我们公司一直以来都只交三金,但现在工作量比较大,工作难度也增加了,是不是考虑再给员工交工伤保险?以防万一。

王凤顺　(把刘主任拉到一边)只要工作的时候小心点,能出什么事?

［刘主任下场。

王一帆　哥，你是不是没给员工买工伤保险？

王风顺　你一个小屁孩，你懂什么，医疗保险、养老保险和失业保险我哪一项没给他们安排妥当？

王一帆　可这不一样。

王风顺　有什么不一样？现在多少企业连个三险都不交呢。

王一帆　哥，你一定还不了解这个。我跟你说，工伤保险那是对于劳动者的一种社会保障制度，尤其是向你们公司那些高强度工作的劳动者，更是有必要了。只要在工作中或者规定的特殊情况下，他们遭受了意外伤害或患职业病导致暂时或永久丧失劳动能力时，国家和社会就会给予物质帮助。

王风顺　别拿你背得滚瓜烂熟的那套跟我说，我不听。现在新公司刚成立，我哪有闲钱去买什么工伤保险。再说了，我这也就是一个小公司，福利弄得跟世界 500 强一样，早晚得赔钱。

王一帆　哥，这不是赚钱赔钱的问题，这是一个公司给员工的保障，能够让员工安安心心踏踏实实工作的关键啊。

王风顺　保障保障，我给他们保障，谁给我保障？你过来看看，这个，房租费，一年 30 万，这个，水电费，一个月也得万把块，这个，大楼管理费，这个，员工工资支出，这个，交通运输费，还有厂区租赁费、货物保证金。一年，这个费，那个费，一帆，你哥哥我每天应对的就是这一叠叠发票啊。你还要我拿钱去买这样的保险，一买就是八十几份。

王一帆　哥，我这也是给公司省钱。

王风顺　给公司省钱？

王一帆　你想想，要是员工在工作中出了点事，你的医疗费、误工费、慰问费等加起来该有多少？你不上工伤保险，这钱你全部得自己掏。

王风顺　　呸呸呸，不准你说这些不吉利的话！

王一帆　　这是完全有可能发生的。我觉得，你就该把这金匾退了，用这钱来给员工买保险。

王风顺　　你说什么？这可是风水！是保佑公司的宝贝！

　　　　　〔兄弟两人一人抓住牌匾的一端。

王一帆　　保佑、保佑，就这个谁都保佑不了。当年，咱爸从施工危桥上掉下来摔成了下肢瘫痪，他后半辈子就没从椅子上起来过。他们的老板倒好，拍拍屁股跑了。妈只能从早到晚地给人家洗衣服赚爸爸的医药费。你呢，你不得不辍学，在码头干起了搬运工，赚了钱贴补家用。这些，哥，你都忘了吗？

王风顺　　怎么会忘呢？就是因为爸爸的病，我才离开了学校。

王一帆　　如果那时候我们能够得到一些生活上的补助，一切都不会是这样了。

王风顺　　（痛苦地回忆着）是啊，飞来横祸啊。

王一帆　　现在国家的政策好了，社会保障制度逐渐完善了，你们这些老板却不肯配合参保，就为了省一点钱。你不是问我为什么非要去社保局吗，我告诉你，因为我立志要为更多的劳动者争取劳动保障权益，让更多的个人和家庭得到不幸后的补助，让更多的孩子在他们的父母遇到工作意外时不用为生活担心，让更多的人懂得保护生命、尊重生命！

王风顺　　我、我……我就是不信这邪！

　　　　　〔王风顺话音刚落，刘主任急匆匆地跑进来。

刘主任　　王总，不好了，不好了，出事了。

王凤顺　出什么事了啊？

刘主任　厂区卸货的时候，张万得被木箱子砸伤了。那小腿啊，真是血肉模糊，我连看都不敢看，马上让人给送到医院去了，也通知他家里人了。现在医院还在拍片检查，等会才出结果。

王凤顺　（傻了眼）这、这不是说会一帆风顺的吗？哎呀！

刘主任　（电话响）来了，医院电话来了。喂？哦，张万得怎么样？小腿中下段开放粉碎性骨折！我们老总，他在，在！稍等！（把电话给王顺风）王总，让您接电话。

王顺风　医生？

刘主任　不是，张万得的老婆。

王顺风　喂？您好！欸！是的！是的！不好意思！好！好！（王顺风挂下电话）

刘主任　怎么说？

王顺风　他老婆说，张万得是属于工伤，已经咨询过律师了，这医疗费和工钱都得公司出。如果我们不出，就去打官司。一帆啊，快帮哥想想，你们劳动保障局有没有什么政策可以帮助企业承担一些费用，这医疗费加误工费可是一大笔钱啊。（急得来回走动）

王一帆　我刚跟你说了半天，说的不就是这个啊，不是政府没有政策，是你们这些老板啊不响应政策。

王顺风　那现在怎么办？

王一帆　能怎么办？张万得的医疗费你得一个子儿不差地承担，没办法。

王凤顺　一帆风顺，一帆风顺！还好运好风水呢，我真是倒了大霉了！

王一帆　哥,一帆风顺可不应该写在一块金匾上。

王风顺　那写哪里?

王一帆　写在所有企业管理者的心里。

王风顺　心里?

王一帆　俗话说得好,水能载舟亦能覆舟。企业是舟,员工就是水。这一帆风顺啊,说的就是员工的力量,只有保障好员工的权益,他们才会齐心将企业之舟渡向成功的彼岸。

王风顺　一帆,你下午到了单位帮哥准备 86 份工伤保险的表格。刘主任,你召集所有员工,今天下午我们就把这事办了,至于这块匾……退了,这钱就给员工们办保险,给张万得付医药费! 一帆、风顺,就该写在我们心里。

〔剧终。

万字剧

话剧·海岛上的疯小草

（根据宁波高塘学校校长谢振华事迹改编）

我是一株疯小草　不知从何处来　也不知往何处去
月光太短　路边的玉兰树合着杂影　倾泻一地
举起酒杯　为你们饯行
送去多少风清月白
送走多少乱麻拧成的鲜花
待到兵荒马乱时　我也想和你一起听
听屋檐滑落的雨　和那星火燃起的无名英雄的　梦想

——谨以此剧献给驻扎海岛、坚守初心、守望梦想的"小草"们；
献给拥有澄澈心灵、渴望温暖的"小草"们；献给涉过千山万水、决定
留守的"小草"们，献给拥有爱和勇气的，你们。

时　间　2014 年
地　点　浦西海岛
人　物　郝爱华　男，39 岁，浦西学校校长，创建"小草教育基金会"。
　　　　　　　　喜欢以"疯理论"教学和管理，胆大心细、直爽幽默
　　　　　洪　敏　女，27 岁，私立学校优秀骨干教师，留学归国回来的
　　　　　　　　"千金大小姐"，为"镀金"调到浦西学校任教一年，

<table>
<tr><td></td><td>后任浦西学校教务处主任</td></tr>
</table>

小　建　男，14岁，初二学生，学生混混，暴躁易怒，内心敏感缺乏安全感，父母长期在外地打工

吴建国　男，50岁，浦西市教育局局长，是郝爱华的"伯乐"，支持郝爱华的创新管理工作

李豁达　男，39岁，德育主任，性格古板，冲动，与郝爱华私交甚好

季月如　女，26岁，与洪敏同批分配到浦西学校的教师，关系好

晶　晶　女，23岁，教育报记者，古灵精怪，与郝爱华有"五年之约"

王淑芬　女，37岁，郝爱华妻子，刀子嘴豆腐心

璐　璐　女，15岁，初三学生，郝爱华的女儿

另有教师若干，学生若干，船夫一名、主持人一名、编导一名，群演等

序

〔浦西岛上，海风习习，浪花卷起阵阵涟漪。远处有风铃的声音，叮铃作响。一切恍如梦境。舞台左侧定点光亮，岛边的大石头后，蹲着一位小男孩，他正在用脏脏的手擦着眼泪。一位二十来岁女生扎着马尾，寻找状。伴着海风的声响，女生侧耳听，听到了细微的抽泣声。女生探身，发现石头后的小男孩。

余老师　你在这儿呢？

小男孩　（慌乱地抹几下脸，抬头）余，余老师。

余老师　告诉老师，在这里干吗呢？

小男孩　（低下头）我，找不到家了。

余老师　（轻轻地刮一下小男孩的鼻子）还以为什么事呢，老师带你回家，好不好？男子汉大丈夫呀，有泪不轻弹。

小男孩　可是……可是我都不记得回家的路，你怎么记得呀？

余老师　（有些俏皮地思考）嗯，是个好问题，老师会变魔法呀，跟着老师，就能找到回家的路。（牵起小男孩的手）我们回家咯。

小男孩　（眼睛亮晶晶的，仿佛还有泪花）好。

　　　　〔舞台左侧定点光渐弱，右侧定点光亮。显出一间办公室来，一桌，一椅，很是简单，这是市教育局局长吴建国的办公室。吴建国此时坐在办公桌后，郝爱华站在办公桌前。

郝爱华　（递上一份报告）吴局，我是来递交辞呈的。

吴建国　（不接）爱华啊，整整六年了。

郝爱华　六年了。

吴建国　从你第一次递交辞呈，已经过了六年。

郝爱华　是，当时你让我坚持做到老校长退休，因为这个承诺，我又干了六年。

吴建国　你年年来，我年年让你坚持。罢了！（接过报告）今天，我批了！（拿过笔，签字盖章，又拿过一份文件，连同辞职报告一同交到郝爱华手上）这份辞呈，你等了六年，今天，我完璧归赵了。

郝爱华　（伸手，缓缓地接过）吴局，我……

吴建国　其他话不必说了，你先看看。

郝爱华　（低头看，突然发现有第二份文件，看一眼便震在原地）吴局，这？

吴建国　一份辞职报告，一份聘任书。浦西，不能再这样下去了！我只把这句话告诉你，如何选择，你来定。

[灯光渐暗,只留郝爱华慢慢地起身,背对观众,他认真地看着手中的两份文件,身后灯光拉出他瘦长的身影。

[切光。

第一场 约 定

小 建 这一天,是我第一次见他。怎么说呢,我觉得他不像个校长,你非要问我对他的第一印象?他啊,不太按常理出牌,不过我也很想知道,有我在,他那个"五年之约"还能不能实现?

（下）

[2014 年,春日,浦西学校内。

[浦西学校就建在浦西海岛之上,"浦西学校"四个字上的烫金纹路已有些泛旧。如果站在校门口,能轻微地闻到空气中也泛着一股海腥味。它和这座海岛一样,站立的时间长了,恰如一位略经风霜的老人。如果你能往远了看,你会看到一叶小舟,游走在海岛上,正摇摇晃晃向岸边来。

[终于,小舟靠了岸,下来一位穿着运动服的女生,扎着马尾,看起来风风火火。

晶 晶 (手机铃响,接手机)喂?顾主任啊,我到了到了。这么慢?我和你说,能有这条船就不错了。这不,您给的任务,保证完成啊!您放心!(挂机,向着船夫问)大爷你好,这里就是浦西学校了吧?

船 夫 是咯。(看了一眼晶晶)城里来的?

晶 晶 我是记者,来采访的。

船　夫　你要采访谁?

晶　晶　就这所学校的校长,叫什么郝爱华。

船　夫　哦,那疯子啊。

晶　晶　疯子?

船　夫　天天拉着小孩在那种地,不疯了是啥? 不过也是,那学校也
　　　　没几个好老师。(连连摇头)都是走了来,来了走,就像你这
　　　　样的,城里来的,待不住,待不住的。

晶　晶　种地……(看一眼手机)完了完了,时间来不及了,大爷,谢
　　　　谢你的重要情报,让我对这个郝校长产生了强烈的兴趣,我
　　　　先走了啊!

船　夫　(摇头)都不知道一天到晚整啥子。(划桨)走喽!
　　　　〔船夫划着小船走远,舞台左侧,晶晶拿出单反相机对着学
　　　　校门一顿猛拍。边拍,边往学校里走。舞台右侧,定点光
　　　　亮,李豁达焦急踱步,旁边站着一位教师,眉头紧锁。

教师甲　李主任,快三点了,那记者都快到了。

李豁达　我知道,那帮小子,非要今天闹事,这下好了,记者一来,全
　　　　岛最差学校,报道马上满天飞。

教师甲　要不,先拖一会记者?

李豁达　只能先这样了,要拖住了,千万别把记者往操场带——
　　　　〔舞台左侧晶晶一路寻找,听到了李豁达和教师甲的隐约谈
　　　　话,眼珠一转,上前敲门。

李豁达　(朝教师甲使眼色)嘿! 请进。

晶　晶　(开门,进)您好,我是市教育报记者晶晶,请问郝校长在吗?

李豁达　(上前)你好,我是德育主任李豁达,郝校长啊……(不经意
　　　　地抓了下头发,转头问教师甲)王老师,你看到校长了吗?

教师甲　（一本正经地）没有。

李韬达　嗯，我也没看到，校长他应该在忙。小晶老师，那要不你坐在这里等一会？

晶　晶　（有些玩味地）郝校长在忙什么呢？我和他约了是下午三点。

李韬达　那个……他在开会，开新教师欢迎会。

晶　晶　（自言自语道）可我上次听我们主任说，新教师好像还没有分配过来，不知道是不是记错了。

李韬达　（默默擦汗）那好像是记错了。（拿了一瓶矿泉水，放到晶晶身边）小晶老师，大老远跑过来，先喝口水。

晶　晶　（喝水）您别说，还真渴了。李主任，我们这个交通，不太方便啊。我找那个船，就找了好久，千求万求才求那位船大爷载我过来。李主任，您可不能让我空手而归啊。

李韬达　（有些尴尬地）小晶老师，说哪里的话。这不，校长估计有事情耽误了，他忙完，就把这段采访时间空给你，你看好吧？

晶　晶　那要不这样，校长的手机号您有吧？我给他打个电话。

李韬达　那……手机号啊，（有些不情愿地掏出手机）哎，怎么找不到了？

晶　晶　李主任，您直接划到 h 拼音一栏，就可以找到了。

李韬达　哦对！还是你们年轻人懂电子产品啊。（上下划动手机）我帮你拨就好了，你先喝口水，喝口水。（迅速拨通电话，电话一直没人接，有些苦恼地）你看这，校长估计在开其他会议，电话怎么不接呢。

晶　晶　（心领神会）那等一会吧。李主任，你们这厕所往哪里走呢？

李韬达　（犹如大赦般）哦！出门直走然后右拐就到了。

晶　晶　好的,那我先去一下。

　　　　〔晶晶出,侦察地形般绕了一圈。

晶　晶　还想蒙我? 千方百计不让我见到校长,准保有好戏看! 对
　　　　了,他们刚才说,千万别去操场。我倒想见识一下这位郝校
　　　　长。(晶晶下)

李豁达　(手机响,接电话)喂? 什么? 行,那我赶紧过来。(李豁达下)

　　　　〔操场一侧,小建和十几位同学推推搡搡地上。小建走在最
　　　　前面,烫的一头黄毛,穿黑色 T 恤衫,破洞牛仔裤。脸上已
　　　　经挂了彩,虽然皮肤有点黑,还是能看出很是清秀。小建后
　　　　面跟着的几位同学对他毕恭毕敬。

同学甲　(凑近了说)完完完,完了,建,建哥,后面的是不是我们新校
　　　　长啊?

小　建　(吊儿郎当)大概吧。

同学甲　完了,死死死死定了,这下事情闹大了,把校长都惊动了。
　　　　不会真要被处分了吧,这可怎么办啊?

小　建　(白一眼)怂了? 怂了回家啊。

同学乙　(讨好地)建哥,六儿的意思,万一真处分了,这毕业证明上
　　　　不好看呀。

小　建　你怕什么? 大不了让我爸塞点钱,反正毕业前学校都会撤
　　　　处分的。他们也要名声好啊,是不是? 不然传出去,谁还愿
　　　　意来这破地方?

同学乙　是是是,有我们建哥在,那是万事无忧。

　　　　〔郝爱华穿着一身黑色 polo 衫,一边打电话一边往小建他们
　　　　的方向走。乍一看,他倒不像个校长做派,皮肤黝黑,颇为
　　　　精壮,右手戴着一块石英表,走路带风。

郝爱华　（打电话）喂？丁处啊，你说你说。（停顿，听）是的，这个报告我已经递上去好长一段时间了，怎么吴局怎么一点反应也没有？急，当然急！这对我们浦西学校很重要啊！兄弟啊拜托拜托，你多帮我盯着点，好吧？对，对，那你先开会，我挂了！（放下手机，看一眼正在偷偷往自己张望的闹事学生，不动声色道）那边有单杠，都挂上去。

同学甲　（哭笑不得）校长，我我我我们错了还不行吗？这个，怎么挂得上去啊？

小　建　（歪着头）你没问题吧？要训话就训话，要处分就处分，搞这种玩意整我们干吗？你这是体罚。

郝爱华　打架很有力气，挂单杠没力气？

同学甲　这这这……（犹豫地走到单杠面前，把脚翘了半天，没翘上去），校校长，这真的挂不上去啊……

小　建　（看不下去，大步走到单杠前）六儿，你下来。（同学甲把脚放了下来，他轻松地用手一撑，倒挂在单杠上）挂单杠，太简单了。（看了一眼同学丙，有些嘲讽道）不像某些人，还自称是老二，连单杠都不会玩。

　　　　〔学生群里传来一阵细细碎碎的笑声，碍着郝爱华，硬是给憋了下去。

同学丙　（大声地）小建，你丫说谁呢？你再说一遍！

小　建　（继续倒挂，气定神闲）我说的是老二，你急什么？

同学丙　你……你个没爹娘养的，你神气什么？

小　建　（一个鲤鱼打挺从单杠上跳下来，朝着同学丙就打了过去）你再说一遍试试！

同学丙　（始料未及一下被打趴在地，立即反应回来，打了回去）就说你！小建！每天睡在网吧里,不是没爹娘养的是什么?

　　〔大家拼命拉开两人,同学甲、乙拽住脸色涨得通红的小建,
其他几位同学也拉住了同学丙。

　　〔李豁达赶到操场,目睹这一幕。看郝爱华不发一言,硬着
头皮上。

李豁达　造反了是不是? 松开! 小建,王大锤,又是你们两个! 我们
　　　　学校的校风,就是给你们两个人带坏的! 斗殴打群架,逃课
　　　　上网吧,你们还要干什么? 非要把整个学校弄得鸡飞狗跳
　　　　才满意,是不是?

　　〔两人被拉开,同学丙粗着脖子喘气,其余同学都低着头
挨训。

小　建　(突然抬头)那你就让我退学吧。

李豁达　(怀疑自己听错了,问)你说什么?

小　建　(略带嘲讽地)我退学了,你们不就满意了吗? 每年德育评
　　　　分,也不用担心了。说实话,都巴不得我走吧!

　　〔晶晶上。

晶　晶　不好意思,李主任,打扰您。(目光投向了早已锁定的郝爱
　　　　华)您是郝校长吧? 我是市教育报记者晶晶,和您约了下午
　　　　三点采访。

李豁达　(扭头就看到一脸认真的晶晶,有点尴尬地点头)小晶老师
　　　　怎么找来了。校长,她之前就到了,我请她在我办公室坐了
　　　　一会。

郝爱华　(看一眼表,一拍头)哎呀! 我忘了下午三点采访了,不好意
　　　　思啊小晶老师,等了有一会了吧? (问李豁达)李主任啊,你
　　　　怎么不和我说呢?

李豁达　（想起方才还说给郝爱华的电话打不通,一时之间脸涨得通红,竟支支吾吾说不出个所以然来）我打了……打了,你,没接……（对着郝爱华很小程度地摇了摇头）

郝爱华　（心领神会）明白了!（掏出手机）手机刚才没接到,没接到。

小　建　（大声地）原来是记者啊!采访什么,采访我们打群架,被校长体罚吗?

李豁达　（小声呵斥）小建!你胡说什么呢?

小　建　不信的话,你自己问校长啊?

郝爱华　（略沉吟,不紧不慢道）是的,小晶老师啊,我刚刚处理他们打架呢,所以没接到电话。关于这个事情,我也可以非常坦诚地告诉你,浦西学校目前的工作任务之一,就是抓孩子们的德育工作。

晶　晶　郝校长的意思是,浦西学校的校风不太好。

郝爱华　可以这么说。

小　建　你们记者不是都讲究事实吗?校长都说了,你就照样写呗,咱们学校啊,校风——不太好。

郝爱华　（接过小建的话头）他说的没错,我们学校目前是存在这个问题。不过啊,我想和小晶老师你,打个赌。

晶　晶　郝校长你说。

郝爱华　你来之前肯定了解过我们学校吧?中考成绩全县排名倒数第三,教师流失率全县第二,德育评优全县倒数第一,这些数据你都有吧?

　　　　　［郝爱华每说一次,李豁达就开始扶额,说到最后,他默默拿出手帕开始擦汗。小建慢慢收起了吊儿郎当的笑容。

晶　晶　（差点一口水喷出来）看过,看过。

郝爱华　所以我想和你打个赌,五年之后,浦西学校的排名达到全县前五,教师流失率全县倒数第一,德育评优全县第一,怎么样?

晶　晶　郝校长,你很有意思。那,你想怎么赌呢?

郝爱华　如果五年后我们达到目标,那请你做一次详细的专题报告;如果五年后我们达不到,连同今天的"报道",请你连本带利地批评。

晶　晶　原来说了半天,郝校长还是很"护短"的嘛。

郝爱华　对于小晶老师来说,有趣的报道最重要,是不是?

晶　晶　(思考一会)可以!郝校长,我和你打这个赌。但我也要告诉你,我是个特别较真的人,这五年我会时刻掌握你们学校的动态。今天是 2014 年 3 月 24 日,那我们 2019 年 3 月 24 日再见。

郝爱华　没问题。

晶　晶　郝校长,你可是第一个这么坦诚的校长,也是第一个要和我打赌的校长,我非常期待五年后我们的赌约。

郝爱华　哈哈哈!荣幸,荣幸!

晶　晶　好,那我先走了。

郝爱华　行。

　　　　〔晶晶下,李豁达把手帕收了起来,看向小建。

李豁达　小建,你以为今天这个事情就这么过了?我告诉你,给你记警告都算是轻的!

小　建　警告怎么够呢,要不直接勒令退学吧,李主任。

李豁达　你(怒极反笑)你简直要造反了!勒令退学,你以为处分是儿戏吗?你想怎么来,就怎么来?一点规矩也没有了!

小　建　李主任,您训人的话也该改改,翻来覆去就是那么几句,我都会背了。

李豁达　你……你说什么!

小　建　(清了清嗓子,学李豁达)造反了是不是,松开!(向李)您就不能出点新花样吗?

李豁达　你要造反……(突然意识到什么,顿住)这次,一定要处分,严重处分!

郝爱华　(拍拍李豁达的肩,示意他保持平静)打架,肯定要处理,怎么个处理法,我们需要好好斟酌。李主任,(故意拉长音)刚刚你说,要给小建记警告一次?

李豁达　(有些困惑地)是啊。

郝爱华　(给李使眼色)你说,这个处分轻了点?是吧?

李豁达　(有些犹豫地)嗯……轻了,轻了。

郝爱华　那……

小　建　(接过话头)比警告重一点的,严重警告,留校察看,勒令退学呗。

郝爱华　勒令退学吧,好像不至于。

小　建　我记得上次李主任说我要是再闹事,就直接把我劝退。李主任,是不是啊?

李豁达　不用是不是了,你就已经是……(郝爱华轻轻碰了李豁达胳膊,李豁达噤声)这个事情吧,还需要学校统一上会讨论过,不能那么草率。

〔小建突然和泄了气的皮球一样,没精打采。

郝爱华　这就对嘛!不能那么草率。李主任啊,等会还有一个报告会,是吧?(看手表)3点45了,你会不会来不及?

李豁达	对,差点就忘了,千万不能迟到。那校长,小建和这帮孩子就先交给你了。(对着打群架的学生)明天中午 12 点,来我办公室一趟!
同学甲/乙	知道了,李主任。(李豁达下)
郝爱华	其他同学,明天去李主任办公室准时报到! 小建,你留下。
小 建	凭什么啊?
郝爱华	(凑近小建)凭我,能让你退学。
小 建	(有些不自在地挪了挪身子,对着同学甲、乙)那个,你们先走吧。
同学甲	(小声地)老老老大,你保重。

〔小建顺势做"踢人"状,同学甲缩了缩脖子,被同学乙拉着下场。

同学丙瞪了小建一眼,众人退。郝爱华顺势靠在单杠上。

小 建	没人了,你说吧。
郝爱华	哟呵,还真想退学?
小 建	(立马跳起来)你唬我?
郝爱华	倒也算不上唬你,只是这办法教你了,你也不一定会去做。
小 建	什么办法?
郝爱华	这么轻易就告诉你,我有什么好处?
小 建	(有些急)你不是校长吗? 怎么还能和我要好处?
郝爱华	(伸了个懒腰)不想听啊? 那我走了。
小 建	(急地向前一步)你能不能快点说?
郝爱华	(挖了挖耳朵)哎呀,声音这么大,耳朵啊震得慌。
小 建	你,你怎么比我还无赖啊?
郝爱华	哟嗬,承认自己无赖了? 不错不错,有进步。

小　建　（态度有些软化）校长，你倒是……你倒是说不说啊？

郝爱华　那行，到我家住一个月，我就把怎么退学的方法告诉你。

小　建　干啥去你家住？我又不是没地方睡。（意识到了什么）你不
　　　　会看我可怜，想要接济我吧？我告诉你，我小建有的是房子
　　　　住，我爸妈是在外地做生意的，等他们生意做大了，就接我
　　　　出海岛！

郝爱华　你想哪儿去了？只不过因为我经常加班不在家，女儿呢，又
　　　　在鹤鸣中学读书，我夫人经常要晚上去送饭，想着你来了可
　　　　以帮帮忙。仅此而已。

小　建　（有点尴尬地用手敲单杠）我怎么知道你的想法。

郝爱华　那都告诉你了，你是住，还是不住？

小　建　每天都要送饭？

郝爱华　一个星期至少三次。这可是条件等价交换，别想偷懒啊。

小　建　就没见过你这样的校长。（思考一会）行，成交！

郝爱华　那走吧。

小　建　走？去哪里？

郝爱华　回新家！

　　　　［小建半推半就地跟在郝爱华身后。

　　　　［切光。

第二场　迎　新

小　建　（坐在舞台口）不得不说，这一入贼窝啊深似海，从今往后，
　　　　我又多了个护花使者的身份。每天晚上6点，雷打不动护
　　　　送校长夫人给女儿送饭。不过你们别说，那校长千金，脾气
　　　　可不小，上次当着我面把饭都给摔了，惹不得惹不得。这一

刻,我才觉得,那疯子和我平等了。在学校那么威风,在家里,原来是个老婆奴、女儿控,有趣,有趣!(下)

[幕启。舞台左侧为浦西学校教室,陈列桌椅等,灯光暗。右侧为校长办公室,可见资料柜、沙发。校长办公室内,郝爱华正在资料柜前翻阅资料。墙上有一面钟,显示时间"9点"。李豁达上。

李豁达　校长,我听说你把小建安排在家里,要一起住?

郝爱华　(抬头)豁达,你来了。(起身泡茶)对,我让小建住到家里去。

李豁达　我没明白。你那宿舍也就十平方米,还要塞进一个小建,嫂子就没点意见?

郝爱华　还没意见呢,你嫂子啊,差不多要把我撕了。还有你啊,私下里喊我爱华就行了,别一口一个校长,听得我头疼。

李豁达　你刚刚上任三个月,要给你啊,立威。

郝爱华　别提了,老兄。这个校长啊,我是临危受命来当的。他们私下里喊我什么,我不知道吗?说我疯子,脑子不正常,现在连你也这么认为,对吧?

李豁达　你也别怪他们,你动不动就拉着老师、学生整什么学农教育基地,回家啊全都灰溜溜的,家长们能没有意见吗?

郝爱华　种地,也是一种学习!

李豁达　好,我不和你争。那小建呢,这个男生真的是糟透了!我当德育主任才一年的功夫,他要翻天了不成?这次要不是你拦着我,我真想给他劝退算了!有他在,我们浦西的德育考评永远垫底!

郝爱华　嗯,还真有点德育主任的样子。

李豁达　你再这样说，我可走了。

郝爱华　（投降状）豁达啊，你先别急，别急。你呢，是个特别正直、特别讲原则的人，当德育主任是一等一的人才。

李豁达　你别想给我戴高帽子。

郝爱华　但是，既然我接任了校长，昨天也当着记者的面承诺了，要好好抓一抓我们浦西！这需要长远治之，不是你今天劝退一个小建就可以的。你知道我为什么让他住到我家？

李豁达　我怎么知道。

郝爱华　我查过他的资料。他父母，长期在外地，他呢，基本也不回家，都睡在网吧里。你说，你今天让他退学了，不是正遂了他的心意？

李豁达　那难道，就这么不管了？

郝爱华　当然不是。我这叫先抛出诱饵，再慢慢笼他回巢。教育学生啊，不能一味以制度来管理，要用心用情用理。难道差等生，他生来就是差等生？不见得嘛！我们一味地说教、处分，只会把他们越推越远。其实，真正的问题，是我们的不作为，一味地安于现状，逃避现实！

李豁达　安于现状？

郝爱华　对！现在我们学校存在三个难题，第一是校风差，第二是成绩排名差，第三是教师流失率高。究竟根本原因，你知道是什么吗？

李豁达　你，你快说！

郝爱华　就是我们不懂得争取！接下来的目标啊，就是抢人！

李豁达　抢人？

郝爱华　对，就是抢人！抢优秀教师，无论如何也要让他们留在我们浦西岛。你想想看，为什么海岛学校教师流失率这么高？

李豁达　没钱，没编制，没评优，没前途。

郝爱华　那就创造钱，创造编制，创造评优，创造前途嘛！

李豁达　说得倒容易。

郝爱华　这机会啊，就在眼前。

李豁达　哪儿呢？

郝爱华　(有些兴奋地)今天早上教育局的丁处给我来了电话，说是今年是有史以来最大的"春潮"，教育局一次性给我们浦西分配了18位新教师！

李豁达　(不由也振奋起来)这是个好消息。

郝爱华　只是(略有犹豫)有一位年轻女教师，通了教育局的关系，上头也和我明确说了，她是来"镀金"的。

李豁达　这种镀金的，不要也罢！

郝爱华　她可不简单，年纪轻轻就是国外读研回来的高才生，之前在学校里可都是教火箭班的。

李豁达　火箭班？我还宇宙飞船班呢。小年轻，能有什么本事！

郝爱华　如果她能来我们地方，我们的全县排名，至少能上升五位！

李豁达　(怀疑地)有这么厉害？

郝爱华　豁达，你看你又古板了不是？外面的世界啊，都变天了，你要是再墨守成规，淘汰的，只能是我们的学生！

李豁达　行吧！只要她能把孩子们的成绩抓上去，怎么都行。

郝爱华　(看手表)忘了说了，再过五分钟啊，她就到了。

李豁达　要死咪(宁波话)你怎么不早点说啊。

郝爱华　(打趣道)就得时刻迎战。

　　　　〔舞台右侧，洪敏着一身时尚职业套装，上。她背后，还跟着一位管家打扮的中年人,提着三个硕大的烫金色行李箱。

洪　敏　请问,是郝爱华校长吗?

郝爱华　(向洪敏,热情地)你好你好,我是郝爱华,你就是洪敏吧?

洪　敏　是的,郝校长你好。(放下包,揉揉手腕)真的是太重了。

管　家　(上前一步,递上消毒洗手液)小姐,请洗手。

洪　敏　(很习惯地接过,挤了两滴洗手液在手中,搓了下)可以了。

　　　　[李豁达看得目瞪口呆,郝爱华用手肘碰了碰他。

李豁达　你好,我是德育主任李豁达,这位是?(看向管家)

洪　敏　你好,李主任。他是我的私人管家,皮特。

李豁达　小洪老师,不好意思,我们学校的老师,没有带私家管家的
　　　　先例。

洪　敏　(笑)他就把我送到这里,等下就回去了。对了,皮特,等会
　　　　你带着消毒液,把我的宿舍去喷一遍,所有角落都要喷到。

管　家　好的,小姐。

洪　敏　(想起什么似的)对了,郝校长,不知道吴局有没有和你说过
　　　　我的情况? 我到这里来,希望你可以答应我三个条件。

郝爱华　大致情况都了解过。至于三个条件,小洪老师,你说说看。

洪　敏　那我就直说了。第一,我有点洁癖,不能住集体宿舍,请给
　　　　我安排单人宿舍。第二,我只教快班。第三,我不当班主
　　　　任。如果这三个条件……

郝爱华　没问题!

李豁达　校长?

郝爱华　我说,没问题。具体的宿舍、班级情况,之后会有我们这边
　　　　的老师和你联系。小洪老师,那你什么时候可以开始教课?

洪　敏　(有点诧异地挑眉)这三个条件,校长你都同意了?

郝爱华　小洪老师你是从国外回来的高才生，来我这岛上本来就是屈就了，这些条件啊，那不用你说，一定安排妥当。

洪　敏　Ok，那我也没什么顾虑的了。请你派个老师带我去宿舍，还有给我一份教学课程安排表，我方便列教学计划。上课的话，明天就可以。

郝爱华　好好好！我打个电话，让人事处的王老师带你去看宿舍。（拿出手机拨电话）喂，王老师，今天新老师到了，对对，你带她去看一下宿舍，要单人宿舍，对，最好的！十分钟之后来接待室，新老师等着，好吧？好，好！（挂电话）小洪老师，你先到旁边的接待室等一下，王老师马上带你去看。

洪　敏　Ok。

郝爱华　（想起什么似的，一拍脑袋）小洪老师，是这样，（看手表）9点50分有堂自习课，授课老师刚好请假了，反正也不用教什么内容，你就代一下课，学生们有问题问你，好吧？就在这层楼的尽头307教室。

洪　敏　Ok。皮特，走吧。

管　家　好的，小姐。

　　　　　［洪敏和皮特下。

李豁达　这这这，这什么你就答应了？一口一个Ok，当这里是国外不成？还有你看，还带个管家，我教书教了那么多年，从来没见过这样的老师！

郝爱华　豁达，平静，平静。来，深呼吸。

李豁达　深呼吸什么！你刚才还拦我，那三个条件，为什么要答应她？

郝爱华　你放心吧，后头有她要叫苦呢。

李豁达　你又有主意了？

郝爱华　这不让她先去带带自习课吗？

李豁达　自习课？你又卖的什么关子……自习课，307？（有些明白过来）这不是小建那个班吗？

郝爱华　（伸了个懒腰，上下左右晃了晃头）你懂了吧？

李豁达　（不由地苦笑）真是高。

郝爱华　这叫，姜还是老的辣。

李豁达　我倒要看看，你能留那个"Ok"多久。

郝爱华　行了，上午有得忙了。

李豁达　那我先回去了。你啊，继续战斗。

　　　　〔舞台右侧灯光暗。隐约可见郝爱华还在处理公务。左侧灯光亮，浦西学校307教室里，桌椅排得七零八散，十多位学生懒洋洋地坐着。小建的旁边，照常围着三四个跟班。洪敏在教室外打电话。

洪　敏　（打电话）喂，皮特，这个浦西学校是什么鬼地方？Unbelievable！全校最好的宿舍，比我卫生间都小？这地方我怎么住，不能在外面租房子吗？What？从岛上到镇里要两个半小时路程？不然我就不能睡美容觉了？不管，我必须要换宿舍！

　　　　〔洪敏怒气冲冲地挂电话，进教室。

同学甲　（看到洪敏进来，凑到小建旁）老大，好像是新老师。

小　建　管她新的旧的，都一样。

洪　敏　（看了同学们一眼，略有不满，大声地）今天自习课老师不在，我来代班一节课。（盯了小建旁边的几个人，皱眉）你们几个，回到自己座位。

同学乙　老师,你们几个,是哪几个呀?

洪　敏　(用手指)你,你,还有你,你们三个,立刻回到座位。要开始
　　　　自习了。

小　建　(突然站起来,椅子发出刺耳的"滋拉声")你指谁呢?

洪　敏　我说的是他们三个,与你无关。

小　建　你凭什么用手指来指去啊?难道没人告诉你,用手指人,是
　　　　特别没有礼貌的事情吗?

洪　敏　这位同学,你们学校的老师,之前有教过你尊重师长吗?

小　建　我只知道,你先尊重我,我才能尊重你。

洪　敏　(刚想发火,想起什么,笑笑)难怪如此。

小　建　你说什么?

洪　敏　浦西的中考成绩全县排名倒数第三,看到你们,我想说,难
　　　　怪如此。我之前带的班上自习,大家恨不得头啃萝卜,埋在
　　　　书堆里学习,抓一切机会问老师问题!你们呢?东倒西歪
　　　　的,学生没个学生样,成绩差,也不奇怪!

同学甲　(也突然猛地站起来)老老老……老师,你这样说话,是不是
　　　　太太太过分了。

洪　敏　过分?等你们将来连职高都考不上,再来和我说过分吧!

小　建　(走上前)你一个新来的老师,连屁股还没坐热呢,就和我们
　　　　说考不上职高,(上下打量洪敏)一看就是城里来的吧?我
　　　　们这里啊,不欢迎你!

　　　　〔洪敏从没见过这样的架势,不由地退了几步,一张瓜子脸
　　　　涨得通红。半晌,她重重地走下讲台。

洪　敏　(激动地)很好,很好!我洪敏,今天非常明确地告诉你们,
　　　　你们这样的学生,放到社会,连寄生虫都不如!寄生虫,还

可以啃老,你们啃什么? 到最后只能回家务农! 你们这样的人还有什么用?

[话音刚落,小建一脚把前排的课桌踢翻。

小　建　(面带怒气)我真是听不下去了! 要不是你还是个女的,我现在就一顿揍! 就你这样的,怎么招进来的?

洪　敏　我是市教育局公派,不是应聘来的!

小　建　公派私派,不就为了评奖评优么! 我小建虽然学习差,脑子清楚得很! 你们这些城里来的,压根瞧不上我们!

洪　敏　你,你!

小　建　(一脚踩上椅子)说不出话了吧! 这种课,还上什么啊,出去玩去!

同学乙　对,听老大的! 这种课,不上也罢!

同学丁　出去玩咯,出去玩咯!

同学甲　这这这,这是不是不太好啊?

同学乙　(戳了一下同学甲的头)你你你你你,你个小口吃,建哥都发话了,你还磨叽个啥,等下要不去网吧?

[舞台右侧校长办公室区域渐亮。舞台中央,教室里瞬间乱成一团,异常的吵闹声传入郝爱华耳朵里。郝爱华看向钟表。

郝爱华　(自言自语道)比我想象的还要快。且去看一看。(起身往教室走)

小　建　(挑衅地看着洪敏)洪老师,要不要一起去啊?

洪　敏　好! 悉听尊便! (转身气冲冲地要离开,差点和进门的郝爱华撞个满怀)郝校长?

小　建　(清了下嗓子,从椅子上下来)校长。

[郝爱华默不作声地环视教室一周,同学乙默默地把甩在手上的衣服取了下来,同学丁拼命地把游戏机藏进课桌里,同学甲低下头。

郝爱华　洪老师,小建,和我出来一趟。其余同学,继续自习!

[小建刚想说什么,就被郝爱华的眼神"杀"了回去。洪敏急促地离开教室,留下一连串的高跟鞋"哒哒哒"声,小建跟在郝爱华身后,出教室。

[舞台右前区灯光亮。一层塑料薄膜覆在台上,模拟"学农教育基地",旁边散落着几把锄头,一桶水。

郝爱华　(熟练地拉开塑料薄膜,拿起一把锄头,熟练地松土)来,洪老师,小建,搭把手,把这片的土给松一松。

洪　敏　(语气生硬地)郝校长,我是一名老师,我没下过地。而且,郝校长,之前你承诺给我的三个条件,是一个也没做到。

郝爱华　怎么没做到?五平方米,是全校最大最敞亮的单身宿舍;你要求快班,没错,这些孩子们上课下课的速度全校最"快",抄作业和反侦查能力堪称第一;你不想当班主任,没问题啊,这个班本来就没有班主任。

小　建　(没忍住笑,用手势给郝爱华点赞)是快,太快了。

郝爱华　小建,等会回去再说你。

洪　敏　你一校之长,说话这么不负责任吗?

郝爱华　比起洪老师说的话,我只能是大巫见小巫了。

洪　敏　(想起方才失态的言语,一时之间竟回不出话来)我说不过你们。

郝爱华　(转向小建)小建,你给她示范示范,怎么松土,怎么浇水。

小　建　(有些得意地上前)没问题!您给看好了(同样熟练地翻土,

拿过旁边的袋子,往下撒土)这样松土,(有些故意地提高音
量)还有啊,最好放点蚯蚓,那种活的扭来扭去的。哎,蚯蚓
在哪呢?

洪　敏　　(有些嫌弃又害怕地往脚下看,触电一般)蚯蚓在哪里,在
哪里?

小　建　　(忍不住大笑)真是城里来的,蚯蚓而已,你居然怕成这样?

洪　敏　　(拉不下脸)郝校长,我不明白,你带我们来这里做什么?

郝爱华　　(认真说道)种地。

洪　敏　　种地?

郝爱华　　是的,这是每一位浦西学校老师的必修课,就是来这里,种
地。(拿了一把锄头给洪敏)跟着我,给这边的土松一下。
　　　　　　〔洪敏犹豫地看着脏兮兮的锄头,下意识从口袋里掏出餐
巾纸。

小　建　　洪老师,你不会要用餐巾纸来包锄头吧?

洪　敏　　(脸色一阵青一阵红,把餐巾纸放回口袋,洗了一口气,小心
翼翼地接过锄头,避免让上面的土蹭到衣服)郝校长,你
请吧。

郝爱华　　(把一切都看在眼里,点了点头)好,小建手里的袋子,装的
是有机土,我们需要做的,是把有机土添加上去,再略微地
松动土壤。(一边说着,一边松土)这样做,不会让土壤变
硬,影响根系的呼吸,那么播种下去,我们再浇水,就可以让
种子尽快破土、发芽、生长。(接过小建的袋子,一股浓重的
气味熏得洪敏连连后退)

洪　敏　　(捂住鼻子)校长,这是什么土?

郝爱华　　这是有机土,里面有堆肥土、泥炭土、动物的粪便土,有时候

啊,我们还会加一点沙土进去。这里面的土,小建他都已经
　　混合过了,可以直接添加上去。

洪　　敏　(听闻动物粪便,差点当场呕出来)难怪这么臭。

郝爱华　(意有所指)人啊,看到的都是茂盛的果实,有谁知道它最开
　　始的样子呢? 你觉得是废物、垃圾的粪便,在土壤眼里却是
　　不可多得的营养品。土壤,需要经常透气。

洪　　敏　(慢慢松开了捂住鼻子的手,握住铁锹,学着郝爱华的样子
　　倒土,松土)不透气,会怎么样?

郝爱华　洪老师学得不错。不透气,我们浇水就是于事无补,水没办
　　法渗透到根部,最后土壤会变硬、结块,根系也会因为缺水
　　死亡。就好比是沙漠,土地都裂开了,还怎么活呢?

　　〔洪敏无意识地点了点头,又探了点身子下去,高跟鞋一歪,
　　眼看着一个跟头就要栽进去,小建本能地扶了一把,洪敏
　　站稳。

小　　建　(立马把手放开)咱们学校啊,老师都穿平底鞋,没人穿高
　　跟鞋。

洪　　敏　穿高跟鞋,一样能松土。(说完,有些倔强地继续向前,认真
　　地松其他的土)

　　〔郝爱华看洪敏松得差不多了,突然探身把上面的幼苗连根
　　拔起,扔在一旁。

洪　　敏　(惊)郝校长,你这是干什么? 怎么把幼苗直接拔了?

小　　建　校长,您没事吧?

郝爱华　(开始自顾自地收拾,说)如果根本不想播种,拔出来就完事
　　了,何必有之前的播种、松土、浇水? 育师如育人,育人又如
　　这育苗,这是一回事,一回事啊!

洪　敏　（突然明白了什么，上前）郝校长，我……我今天……

郝爱华　行了，你们两个今天都有言行不妥当的地方。我郝爱华这里，不希望听到对不起，我错了，我要的是，改变！明天课堂上，我期待你精彩的教学！（拍拍洪敏的肩，以示鼓励）

　　　　［洪敏有些羞愧地点头，小建在背后向郝爱华伸出了大拇指。

　　　　［一束追光打在郝爱华的脸上，他手中依然拿着锄头，热情满满。

　　　　［切光。

第三场　智　斗

小　建　不知不觉，我已经在他家住满一个月了，但是我们谁都没有提起关于退学的事情。（有些不好意思地挠头）实话告诉你们吧，好几次看着他走过来，我都差点喊老大。他身上啊，还真有股老大的气质。这不，为了弥补上次在学校的罢课事件，我可写下了人生中第一封保证书。哎，对了，又快到六点了，我得赶紧给璐姐送晚饭去。我们啊，可结下了深厚的革命友谊呢。（小建下）

　　　　［幕启，市教育局局长吴建国办公室。陈列办公桌椅、书柜，墙上一幅"学海无边"的书法临摹帖，笔法遒劲有力。吴建国坐于办公桌前。

　　　　［季月如叩门。

吴建国　请进。

季月如　（进门，有些急切）吴局您好，我是这次分配到浦西学校的新教师，季月如，您喊我小季就好。

吴建国　（摘掉眼镜,抬头）是小季老师啊?（打量了一眼行李）你这是?

季月如　（从包里掏出一份文件,递到吴建国前）吴局,我是来递交辞职报告的。

吴建国　（皱眉）等等等……你才去了一个月不到吧?

季月如　是的,吴局。我上上星期就递交报告了,但是浦西学校办公室一直没给我答复,这不,我就找您来了。

吴建国　小季老师,你先坐。在浦西学校,有什么待得不习惯的地方? 有什么问题,你直接和我反映。我啊,一定会和郝校长去说。

季月如　我……吴局,您就给我批了吧。我仔细地想过了,我不适合那里。

吴建国　（看一时间问不出什么,打圆场道）这样吧,小季老师,我这边还有些公务要处理,你先在这里等我一下,好吧?

季月如　好的,吴局。

　　　　〔吴建国走出办公室,打电话。

吴建国　（拨通电话,压低声音）喂,爱华啊? 你现在有空的话,来我办公室一趟。对,就现在! 这次你地方新分配的一个女教师,叫季月如的,跑来我地方一定要辞职。对,要快! 好,等会见!

　　　　〔吴建国挂电话,叹了口气。正待返回办公室,见洪敏被一位打扮贵气的妇人架了过来,身后还跟着一对中年夫妻模样的男女。

洪　敏　（看到吴建国,目光有些闪躲,硬着头皮上前）吴局好。

洪　母　（表情有些高冷）吴局,我是刘丽,洪敏的妈妈,上次我们见过。

吴建国　你们好，今天有什么事情吗？

　　　　〔中年夫妻听到前面二人的谈话，中年妇人立刻向前。

季　母　（声音有些尖利）你好你好，你就是吴局呀？我们是月如的爸妈。月如，是不是在里面呀？（一边说着，一边往办公室里张望着）

吴建国　月如已经在里面了，那就先进去说话吧。

　　　　〔一行人进吴建国办公室。

季月如　（看到爸妈，惊讶地）爸妈，你们怎么来了？不是说好在车里等的吗？敏敏，你怎么也来了？

洪　敏　（向洪母处看了一眼）被拖来的。

季　母　（责怪地）等等等，就你这张嘴巴，能说得通吗？说了半天呀，人家还是不给你批辞职报告！

季　父　（拉了拉季母的衣服）嘿，局长还在，注意点影响。

季　母　（声音高了八度）有什么好注意影响的啦！阿拉囡囡去了那个岛上才几天呀，身上都长了螨虫啦，那个背上，哦哟阿姆咪，没一块好肉！这个被咬的，我心不心疼的啦！

吴建国　这个问题，我们也会慢慢解决的，毕竟海岛比较潮湿……你们先喝口茶。（给几人倒茶）

洪　母　（端茶杯，不紧不慢地开口）吴局，上次我们送小敏去浦西学校，那是谈好了条件的。就去一年，要最好的单身宿舍、只带快班、不当班主任。但我昨天去了她住的宿舍，说句老实话吧，我们家的佣人，住的地方都比她的宿舍大。她那个顶，还漏水，上厕所，要和一堆人挤着上。我们小敏，哪里受过这样的委屈？（重重地摔下茶杯）

季　母　就是！在家里阿拉囡囡很金贵的好不啦！到那个学校里，饭也吃不好，觉也睡不香，宿舍么咪咪小，换哪个老师愿意待啦！

吴建国　（又戴上眼镜）我呢，很理解两位做母亲的心情。谁不心疼自己的女儿呢，对不对？但是啊，去浦西学校历练，对月如、对洪敏都是一次成长。（对洪母）刘女士，我们是商量过，但是计划赶不上变化嘛，对于这个情况之前郝校长已经和我谈过了。五平方米，的确是浦西最大的单身宿舍了，郝校长自己，和他夫人两个人住十平方米的宿舍，住了整整十八年。我们啊，也要多体谅，多理解，是不是？

季　母　（急地上了八度音）吴局，你别和我扯这些没用的，都是打官腔，实际问题一个都解决不了！我和我老公都商量过了，等你们批准她的辞职信，我们就把她调到私立学校去，那里离家近，她还可以住在家里，怎么都比那个岛上强吧！

季月如　（有些不好意思地咳了两声）妈，差不多就行了。

季　母　差不多什么差不多！都压了你的辞职信两礼拜了！怎么着，那岛上没老师，就赖着我们囡囡是不是？！

季　父　吴局，月如她妈妈有点激动了，但我们的心情是一致的。说实话，我并不反对让月如多去吃点苦，历练历练。但是据我了解，浦西学校的师资力量很差，教学设施也很陈旧，包括学生的素质也普遍低下，这对于月如来说，是没有任何帮助的。所以我们思虑再三，打算让她辞职，也希望吴局，能够认真考虑我们的想法。

洪　敏　季叔叔，其实……其实浦西学校，也有它的闪光点。至少，那里的孩子们，都很淳朴，也很单纯。

季月如　敏敏，你别傻了，我们到这里来，为的是什么呀？

洪　敏　可是……（欲言又止）这些问题也确实都存在。

洪　母　吴局，我说话一向都很直接。我是一个人把小敏带大的，后来事业上有了成就，我也希望小敏以后能够发光发热。

洪　敏　妈！你说什么呢？

洪　母　我是为你的前途着想。

吴建国　大家都先冷静冷静。

〔洪敏低下头。舞台右侧灯光起，郝爱华气喘吁吁地跑上来，额头一角有明显的擦伤血迹，身后跟着同样跑地上气不接下气的小建。

小　建　老大……不是，校长，你慢点，慢点，我都快追不上你了。

郝爱华　（停下脚步，双手扶着膝盖）快点，再不快，人就没了。

小　建　谁家死人了？

郝爱华　什么死人了？是这次的新老师，要辞职！

小　建　这才来几天呀，就要走？不会是那个（装洪敏的样子），哎呀！看到蚯蚓吓得要死的洪敏吧？

郝爱华　我没时间和你废话。记住路上和你说的了吗？

小　建　是是是老大……校长，记住了，plan a 不行，咱就上 plan b，plan b 不行，我小建就跪在地上，痛哭流涕！

郝爱华　男儿膝下有黄金……

小　建　（迅速接上）男儿有泪不轻弹。不过校长，我们又是追尾又是闯红灯，会不会被抓进去啊？蹲局子的味道，我可不想再尝了。

郝爱华　还管那么多呢！能顺利把人拦下，就是万幸了！出了事，我担着！

小　建	老大,你真牛!(自言自语道)太疯狂了,太疯狂了。
郝爱华	还不走?(一边快速走着,一边整理了下头发)
	［郝爱华叩门,小建有些兴奋地张望着,被郝爱华盯了一眼,乖乖站好。
吴建国	请进。
郝爱华	(进门)哎呀吴局,早就想来拜访你了啊,这不,带着学生一起过来,哈哈哈哈哈!
吴建国	(起身,走到郝爱华旁,小声道)我已经尽力帮你拖了。(又大声道)真是巧,今天,你学校的两位新老师和他们的家长,也来拜访我了。
郝爱华	(小声地)多谢多谢。(装作不知情的样子转向其他人,惊讶道)小季老师,小洪老师? 你们怎么到这里来了?
季月如	(起身)校长,我是来向吴局提交辞职信的。
郝爱华	哦,(转向洪敏)你也是?
洪　敏	(有些尴尬地站起来)我妈的意思,是让我再调回原本的学校。
郝爱华	(干干地笑了两声)原来,说是拜访,其实是鸿门宴呐!
季　母	你就是浦西学校的郝校长?
郝爱华	我是。
季　母	(从头到脚打量了郝爱华一番,看他穿着再普通不过的衬衫,道)校长呀,我是月如的妈妈,刚才的情况我都和吴局说过了,住宿条件差、学校资源差,这些就不说了,没意思的啦! 最重要的哦,是囡囡的前途呀! 她将来要有个好事业的对不啦,到你们岛上,有什么前途啦!
郝爱华	(认真地)你说的很对! 但是月如妈妈,我想,前途不仅仅是

那些光鲜亮丽的成绩，我们学校的老师，都特别热爱这一行。他们为什么留下来？因为对浦西有感情，有情怀。当一名教师，如果心中没有热爱，那么她取得再多的成就，这里（指指心脏的位置），还是空荡荡的。

季　母　郝校长，那我倒是问问您，我们家囡囡，什么时候能进编？什么时候能上一级职称？什么时候能评奖评优？我话说得直，但当家长的，想法都一样！您能给保证吗？有句话怎么说来着，（看了一眼小建）近朱者赤，近墨者黑！学生这个样子，老师能好吗？

小　建　（激动地）你说什么呢，八婆？

季　母　哎你看你看！一点教养也没有，还指望在岛上，有什么出息呀！

小　建　你说什么！（激动地上前，本能性地抡起手）

郝爱华　（急忙上前，按住小建的手，示意小建站到自己身后）月如妈妈！我代我的学生向你道歉，但也请你注意自己的言行。我们就事论事，目前，我正在向教育局争取倾斜教师资源和教育基金，相信过不了多久，这些问题都可以解决！

季　母　哦，还在争取呀？那就是没着落咯？既然今天吴局也在，那干脆给句准话，什么时候能到位啊？

吴　局　月如妈妈，申报教师资源、资金扶持都需要流程，对于浦西学校，我们在今年也的确增加了扶持力度，这不，月如就是作为优秀青年教师，分配过去的。你应该为女儿感到骄傲。

季　母　哦哟！原来说了半天，阿拉囡囡给你们当嫁衣啦！那就更不能留了，她要是在浦西待一年，就浪费了最宝贵的一年！

洪　母　我也是这个意思，吴局，今天就让我们小敏办离职手续吧。

小　建　（看向洪敏）你真要走啊？

洪　敏　妈，要不，我们再回去商量一下。

洪　母　商量什么？原本想着给你履历上面添一笔，下次评优的时候有用处。现在看来，别说评优了，市级的名额根本不会下放。你待着啊，于事无补。

洪　敏　妈，我再想想。

小　建　没看出来，你也是个妈宝。

洪　敏　（向小建）我不是。

小　建　你不是，那你妈说啥你做啥？

　　　　〔洪敏沉默，郝爱华在小建背后拍了拍，小建会意。他偷偷地张开左手，张望着手掌心，一边看着，一边走到洪敏面前。

洪　敏　（看到小建走过来，下意识地往后缩了下）你干吗？

小　建　（努力调整着情绪，大喊一声）洪老师！

季　母　（捂住胸口）哦哟！吓死个人咪！你这熊孩子怎么回事啊，叫那么大声干吗？

小　建　（面上很是真诚）洪老师，我错了！

洪　敏　（有些惊诧地）你吃错药了？

小　建　洪老师！我知道，之前我犯了很多错，不应该当堂罢课，不应该和你对着干！但是……但是，（悄悄地摊开左手掌，看）那是因为，你好看！

郝爱华　（清了清嗓子，小声地）词不对啊。

小　建　（艰难地吞了口口水）啊！洪老师，你是学校里最美的老师！你在我心里，就是冰……冰山美人！所以，我看上去是捣蛋，其实，我非常想和你亲近……不是，接近！我保证，我保证……

〔郝爱华在一旁扶额，吴建国差点一口茶喷出来，遂又忍住。洪敏没忍住，笑出了声，随后又马上恢复成冷漠脸。

吴建国　洪老师，你看，你的学生对你很有感情啊，说明你教学非常得当。

洪　敏　（有些不好意思）吴局，您抬举我了。

小　建　哎呀！实在记不住！（从裤兜里掏出一张折的豆腐块大小的纸，再把它展开）洪老师，这是我亲手写的保证书！（深情地朗读）我保证，一定好好学习，天天向上，再也不调皮捣蛋，再也不逃课闹事，每天一定认真听课，不抄作业、不上网吧！偶尔……偶尔玩个游戏！但是我一定把作业写完，主动问老师问题！

郝爱华　还有吗？

小　建　（顿了一会，终于道）保证！这次期中考试，进步十名！保证人，小建！

洪　敏　你说完了？

小　建　完事了。

洪　敏　保证书给我看看。

小　建　（把保证书给洪敏）绝对是我的亲笔。

洪　敏　（接过保证书，一字一句地看下来）写得不错。

郝爱华　小建呢，成绩在班里不太好，但是，自从洪老师来了之后，他变得特别的爱学习，之前呢和洪老师有过一点小过节，但是现在都没事了，对不对？洪老师啊，小建这孩子，是真心想学，就要看你愿不愿意给他这个机会了。

洪　敏　（抬头，认真地看小建）你是认真写这份保证书的？

小　建　（重重点头）认真，非常认真，太认真了！

洪　敏　还有什么话要和我说的吗?

小　建　没了。

洪　敏　没了?

郝爱华　你想说什么,你就说。

小　建　(低头扭着衣角)那啥,其实那天在课堂,你说了那么多重话,小结巴他回去就哭了,还有阿丁,他问我,我们是不是真的就这么没用,没前途? 所以,我希望吧,要是你愿意留下来,你还能来我们班。

洪　敏　(有些动容)是真心话?

小　建　我小建什么时候说过假话。

洪　敏　(对着洪母)妈,我想再试试看。

洪　母　妈妈说的话你都不听了? 我都是为你好。

洪　敏　是的,但是我有自己的判断。你就让我,自己做一次选择。

小　建　(差点激动地扑到洪敏怀里)真的吗? 洪老师,你真的打算留下来,那太好了! (紧紧握住洪敏的手,不给洪母一点说话的机会)那洪老师,你能不能等会帮我补习一下功课? 上次你说的数学题,我还有几题没懂呢。洪老师,都靠你了。

洪　母　你这孩子,小敏什么时候说过要留下来了?

洪　敏　(对小建这几句话颇为受用,道)行,等会就给你开小灶去。(对着洪母)妈,我决定了,我想留下来。

洪　母　你这……你要气死我?

洪　敏　妈,我是成年人了,我明白你给我规划的路,但我也相信,在浦西学校,我也照样能走自己想走的路!

洪　母　(气急)行! 我也管不了你了,你就继续留着吧! 我回去了!
　　　　(拿起包欲走)

郝爱华　洪敏妈妈，我可以很郑重地告诉你。或许现在我们浦西还入不了你的眼，但不久，五年，十年，它一定会蜕变！因为我们有像洪老师这样优秀的教师和局里的支持！我们虽然是海岛学校，但是我们想要教书育人的心，从未改变！

洪　母　（一时语塞）好！那我就再等一年，再等一年，小敏，你就给我回来！（夺门而出）

洪　敏　妈！

季　母　哟哟哟！郝校长，你洗脑的功夫真不错！不过啊，可别想让我们家囡囡留下来！吴局，今天这个辞职报告，请您一定批了！

吴建国　月如妈妈，你看……

季　母　不用看了！再看下来，连囡囡也要被洗脑了！哎哟，唱的都不知道是哪一出，一唱一和的，是不是串通好的呀？

季　父　行了，你少说两句，把事情解决，就可以了。

季　母　你解决呀，你……

郝爱华　（打断季母的讲话）给她批。

吴建国　什么？

郝爱华　（字字有力）既然这么想走，那就给她批。我也可以很明确地在这里说，有任何想要来浦西混履历的，为了将来考编制、评职称的，趁早打道回府！该有的资源，我会倾尽所有来争取！但是，我不希望我学校的老师，心里没有学生，全是那些名利！

季　母　好！（拍掌叫好），那可是你说的，吴局，人家校长都点头了，您赶紧签字同意吧。等下，我们还要赶着给囡囡收拾行李呢，那鬼地方，真的没法待。

吴建国　爱华,你想好了?

郝爱华　想好了,批!

吴建国　好。你想清楚就好(打开季月如的辞职报告,签下了名字,盖章)具体的人事手续,丁处会负责办理。

季　母　(迅速接过辞职报告)早这样不就没事了? 来,囡囡,我们走。(牵过季月如的手)

季月如　那,谢谢吴局。(微微点头,随季父季母出门)

[直到季月如她们走出办公室,郝爱华才像泄了气的气球一样,瘫坐着。吴建国给了他一瓶矿泉水,他扭开,仰脖,一饮而尽。

郝爱华　(闷坐一会,突然笑)也算不错了,保住一个,保住一个!

吴建国　(走过来想安慰他,发现额头上的血迹)怎么了? 额头破了?

郝爱华　(摆摆手)不要紧,过来路上,擦伤了。

小　建　什么擦伤啊,他为了赶过来,三车追尾! 和疯了一样飙车,又闯了好几个红灯,才杀到这儿来的。

郝爱华　(瞪一眼)让你说话了?

洪　敏　(起身)校长,您没事吧?

郝爱华　没事没事! 一点点伤,哪里就那么金贵了?

吴建国　行了,那你赶紧啊,去处理追尾事件吧,再不去,交警可要来我这要人了。

郝爱华　那好,我先走了。(顿住)今天,谢谢你。我们浦西学校,要多拜托你。

吴建国　好了,再说就见外了。你们先回去,浦西的事情,我们一起想办法!

郝爱华　好,浦西学校不能再这样下去了!

［光影停留在每个人的脸上,最后汇聚到郝爱华倔强又认真的脸上。

［切光。

第四场 破 冰

［定点光亮,小建与郝爱华站立舞台两侧。

小　建　今天,于我而言是意义重大的一天。

郝爱华　今天,于我而言是意义重大的一天。

小　建　回想起来,也就因为今天,"疯小草"成了我的代名词。

郝爱华　回想起来,也就因为今天,"疯小草"也成了我的代名词。

小　建　也许,这也是洪敏的代名词。

郝爱华　是所有海岛人的代名词。

小　建　也因为这一天,把我们所有人都紧紧地联系到了一起。

郝爱华　(思考着)那是 2014 年的暑假。太阳红红地下山了,又到了要给璐璐送饭的时候……

［郝爱华处定点光灭,小建推着舞台入台口放着的自行车走,一边走一边自言自语。

小　建　(思考着,一边做出模拟着自己和璐璐的对话)璐姐呀?什么事啊?今天周五,要不我们回家吃饭?我不去!哎呀他们都想你了。我说了我不去!(重重叹气,抱头)这可怎么办啊!用什么办法可以把璐姐哄过去?你说这个洪敏,老是派我做这种吃力不讨好的事情干什么?也不知道她和老大待久了,是不是脑子也开始不正常了。(摆手)不管了不管了,就说今天碰不到璐姐!(刚把自行车掉头走了没几步,又停住)可是,洪敏待我不薄,连续给我补了三个月的

1130

课,老大和师母,也算对我照顾有加,我要是这么嗝屁了,是不是不够意思?(有点崩溃)哎呀,可是璐姐保证一个铁砂掌,把我拍死了,让她回家吃饭,还不如打死我算了……

[璐璐穿着校服上。

璐　璐　哟,小建,今天来得挺早呀。

小　建　哈哈,哈哈,璐姐。

璐　璐　怎么了? 这皮笑肉不笑的。

小　建　璐姐呀,今天周五……

璐　璐　不去。

小　建　璐姐,我话都没说完呢。

璐　璐　知道你要说什么,不去。

小　建　璐姐,你好歹给我点面子吧。(抬头挺胸)好歹,我在学校也是一号人物。

璐　璐　(无意地举起拳头)小建啊,你璐姐我呢,今年刚考出了跆拳道黑带四段。

小　建　(佯装抱头)我错了! 璐姐,师母她,很想你。(变戏法般从兜里掏出一块绿豆糕)喏,师母让我给你带的,我这一路可都没吃。

璐　璐　算你有心。(接过,撕开包装,吃了一口)还是我喜欢的那个味道。

小　建　所以嘛,你回家,想吃多少就吃多少。

璐　璐　(盯着小建)你有鬼,你今天生日?

小　建　(双手举起)没,没有。

璐　璐　那是他,还是我妈过生日?

小　建　都不是!

1131

璐　璐　那你到底要干吗？难道是他让你喊我的？

小　建　那是你爹，他他他的。

璐　璐　你喜欢他，你让他当你爸去吧。天天不着家，我上初中以来，就没见过他几次。见他啊，比被皇帝接见还要难！

小　建　老大这不是……你爸，这不是忙么。

璐　璐　那好我问你，如果你妈生你的时候，你爸就来看过你妈一次，之后再也没来过；你外公生病的时候，你爸也从来不来医院看；就连你妈自己身体不舒服了，都是她一个人扛着，你怎么看你爸？

小　建　我不知道。

璐　璐　不知道？

小　建　我不知道！因为我基本没和他们生活在一起过！我的世界里，没有我爸我妈，可是你有，你有，你知道吗？

璐　璐　(有些弱下来)你朝我发什么脾气。

小　建　(激动地)我觉得，我才是没爹娘的一根草！

璐　璐　(上前拍拍小建的肩)我也就那么一说，你别激动。但说句实话，他就不是个好爸爸。虽然我妈嘴上说理解理解，但心里能好受吗？

小　建　你爸他那是燃烧自己，照亮别人。

璐　璐　对，快把我和我妈烧焦了。

小　建　你也得多理解理解你爸，他这段时间头发都快愁白了。

璐　璐　你别和我说这些，我不想听。

小　建　好！(转身推着自行车离开，一边走一边说)哎呀，我们班来了个新老师，长得那叫一个好看，她好像和老大走得很近啊，晚上还说要来家里吃饭呢。

璐　璐　哎,你等等!

小　建　(露出了一个得逞的笑容,回头)干吗?

璐　璐　那女的,谁啊?

小　建　哪个女的?

璐　璐　女老师!

小　建　(恍然大悟)她啊,长得贼好看,真的是冰山美人……

璐　璐　她晚上要来我们家吃饭?

小　建　对啊。反正你不来,见不到咯,可惜可惜。

璐　璐　(一个跨步坐到了小建后座)谁说我不去?走,去会会她。

小　建　好嘞,坐稳了哈。

　　　　〔小建骑自行车从舞台右侧下,舞台右侧灯暗。随后,舞台
　　　　左侧灯光亮,小建骑自行车上,在左侧停,两人下。右侧灯
　　　　亮,郝爱华夫妻的宿舍。两张拼起来的大床,床边一张小书
　　　　桌,上面放着书和几个菜。洪敏和郝爱华坐在小书桌旁。

　　　　〔璐璐下车,远远听到女生的声音,急忙跑进去。

璐　璐　(进门,语气不善)你谁啊?为什么在我爸的房间里。

小　建　(小步跑)我的姑奶奶啊……璐姐,她是……

洪　敏　(站起身来)你就是璐璐吧?我是新到浦西学校的老师,
　　　　洪敏。

　　　　〔郝爱华有些惊讶地看着璐璐,洪敏对他点了点头。

郝爱华　璐璐啊,吃饭了吗?

璐　璐　(不理郝爱华,径直走到洪敏前)我叫郝玉璐,别叫得这么
　　　　亲密。

郝爱华　(皱眉)璐璐,没规矩!叫洪老师。

璐　璐　这又不是我的老师。

郝爱华	这孩子，从小被我惯坏了，小洪老师，你多担待。
洪　敏	不要紧。(对璐璐)是我让小建喊你来的，主要，是让你劝下你爸。
璐　璐	劝?
洪　敏	你爸为了能让浦西评上今年的省"优秀学校"，快连续两个星期没合眼了。我是怕啊，你爸倒下了，可就没人给我发工资了。
璐　璐	我爸怎么样，轮得到你来说话吗?
洪　敏	确实有点脾气，和我有点像。
璐　璐	你别往自己脸上贴金!(对着小建，不看郝爱华)我妈呢?
小　建	师母她被王嫂喊走了，说是要去唠唠家常。(小声地)璐姐，你这火气，能不能压着点……
璐　璐	(气打不出一处来)好啊，我妈走了，你们两个，孤男寡女的，就在房间里，什么意思啊? 当我不存在吗?
洪　敏	(有些好笑地站起来)发 Ok，郝玉璐是吧? 请问我要和你爸说话，是需要站到门外说吗?(走到门外，喊)要这样沟通?
璐　璐	(涨红脸)我不管! 反正你们接触，得有三八线!(拿起一把椅子，搬到离郝爱华十步远的地方，放好)喏，你坐这里! 我和我爸坐。
洪　敏	现在，倒父女齐心起来了? Ok，没问题，我坐哪里都行。小建，你也坐过去吧。
璐　璐	哼，假好心!(硬是等小建坐到郝爱华边上，才别扭地坐过去)说吧，到底找我什么事? 劝我爸? 这种理由你们也敢拿来唬我。
郝爱华	(第一次局促地有些坐立不安)那个，璐璐啊，今天找你来，

　　　　其实是想和你商量一下，住校的事情……

璐　璐　（未等郝爱华说完立刻跳了起来）住校?! 你要把我彻底丢
　　　　到学校去，不管了是吗?!

郝爱华　（擦了擦鼻子）璐璐，爸爸不是这个意思……

璐　璐　不是这个意思是什么意思？你就是觉得我是个包袱，小学
　　　　的时候你把我扔到舅婆地方住，上初中了扔到婶母家，现在
　　　　没地方扔了是不是？就想让我住校！

郝爱华　你听爸爸说，婶母啊，现在要带刚出生的小外孙，你看你又
　　　　是初三的学生了，学业正是最要紧的时候，我是怕在婶母
　　　　家，不利于你学习。

璐　璐　我不想听！我……

洪　敏　（突然站起来）郝校长，你怎么能把你女儿放在亲戚家呢？

璐　璐　你看，连一个外人都看不下去了。

洪　敏　在国外，你女儿完全可以自己住。国外流行单身公寓，像你
　　　　女儿这么大了，完全可以住出去。

　　　　〔小建"扑哧"笑了出来，璐璐怀疑自己听错了，看向洪敏。
　　　　郝爱华干咳一声，倒了一杯水给洪敏。

郝爱华　洪老师，你渴了吧？喝点水。

洪　敏　（看一眼大家）我不渴，你们觉得我是在胡说八道？

小　建　（看向天花板）你那是火上浇油。

璐　璐　你们，你们……你们就是赶我走！（起身，就要往门外冲）那
　　　　我走就是了！

　　　　〔小建一个箭步拉住璐璐，被璐璐躲开，没想到拉住了半开
　　　　着的书包，一拉一扯之间，书包里的本子哗啦啦散落一地。
　　　　璐璐蹲着去捡，郝爱华下意识也要捡，小建已经眼疾手快把

纸张捡了起来。

小　建　（看了手上的纸）小草？

璐　璐　（一时情急来夺纸张）小建，你还给我！

小　建　（比璐璐高出一个头，灵活地躲闪）别急别急！（大声地读）
　　　　我就是一根小草，不知从何处来，也不知往何处去。月光太
　　　　短，路边的玉兰树合着杂影，倾泻一地，于是我举起酒杯，为
　　　　你们饯行。我知道，没有人看到我，我只能躲起来。（读着
　　　　读着，小建放慢了语速，璐璐也安静下来）

洪　敏　小草？不知从何处来，也不知往何处去。（嘴里开始念叨这
　　　　两句话）

璐　璐　（又羞又气）你干吗学我的话？

郝爱华　（内疚地）璐璐，我们不提住校的事情了，我想办法，想办
　　　　法……

洪　敏　（继续念叨）小草，小草……

璐　璐　你别再敷衍我了！一定又是缓兵之计，最后还不是要送我
　　　　去住校！

郝爱华　璐璐，你这孩子……

洪　敏　（突然大声地）有了！我有主意了！（拿过小建手中的纸，快
　　　　速看着）写得真好，太好了！郝校长，你不是一直告诉我，做
　　　　任何事情要天时地利人和吗？还要，（扬了扬手中的作文
　　　　纸）借东风。

璐　璐　你们在说什么？

洪　敏　郝玉璐，你知不知道，你这根小草，可是我们的救星！

郝爱华　洪老师，你这话，可把我绕晕了。

洪　敏　Ok，一个一个来。先说你，（看向璐璐）那么简单的事情你

在那边复杂化。方案 a,你搬到这个十平方米的宿舍里来,和郝校长还有你妈妈一起住。方案 b,你继续留在你婶母家,每天被小孩吵到人生崩溃。方案 c,你住校,宿舍敞亮,都是女孩,不用担心屋顶漏水,不用担心蟑螂乱窜。三个方案,你自己选。

璐　璐　我……

洪　敏　郝校长,您女儿不小了,已经 15 岁了,她完全可以独立自主地作出选择。家长,应该尊重自己的子女,不应该一味地用意念强求。

小　建　(鼓掌)洪敏,我咋看着你,这么帅呢!

璐　璐　你也帮她了不是?

小　建　没有,璐姐,她虽然脾气不太好,但是说的没错啊!

璐　璐　反正……反正我得想想。

洪　敏　Ok,再说刚才的小草。璐璐的这篇作文,倒给了我启发。试问,为什么我们要拿自己的短处去其他学校的长处比?这不是鸡蛋碰石头吗?就拿郝校长,你这段时间一直在准备的省"优秀学校"材料,就算我们挤破脑袋,每天没日没夜地准备材料,我告诉你们,那也没戏!

郝爱华　(反而冷静下来)你说说看。

洪　敏　郝校长,我们得正视现实。论硬件设备,那根本没法比,论软实力,这三个月,已经走了六名老师,我们学校的师资力量,真的堪忧。与其打没有胜算的仗,不如,出险招。

郝爱华　你是说,放弃这条路?

洪　敏　对!还记得当时我和您开的条件,三教三不教,您可好好地给我上了一课呢!而且,距离今年的"乡村教师奖"评选,只剩一个月时间了。

郝爱华　（起身，思索着）你是说，中国那个企业家赞助的"乡村教师奖"。

洪　敏　（点头）是的，每年的资助金额有 60 万。如果评选成功，我们的名声打响了，做了免费宣传，那么教育局也会考虑倾斜教育资源；再者，用这笔费用，还可以成立教育基金，补助给每年的新教师、贫困学生。

郝爱华　（眼睛一下子亮了起来，兴奋地）还可以，给孩子们换个好的学习环境！只是，这个评选，可不容易吧？

洪　敏　郝校长，现在都什么时代了，要借助网络的力量呀！这个初选和复选，都是在网络上面投票的，只有最后的决选，要到现场去评。

郝爱华　（连连摆手）这我就更不行了，电脑我都不太会用。

洪　敏　怕什么？我会用就行。我可是 90 后。况且，（指了指手中璐璐的作文）我们有了翻盘的资本。（对着璐璐）璐璐，你说说，你心中的老爸，是怎么样的？这篇作文啊，写得还含蓄了些。

璐　璐　（没好气的）还能怎么样？从来不顾家，从小就把我一个人扔亲戚家里，满脑子都是他的学生，老师，学校！去年台风天，我外公生病了住院，他倒好，说是要留在学校里面抗台，一次都没来过！还有上次，答应了要给我过生日，连人影都没有！后来还是我妈告诉我，有个老师辞职了，他巴巴的要去留老师！

郝爱华　璐璐……（搓手）那天，是有特殊情况。

小　建　嗯，就是留你面前这个，另外一个还没留住。

洪　敏　（听得异常认真）再多说一点。

小　建　不过啊璐璐姐，老大那次是真的，我也在车上，三车追尾呢！老大额头都破了好大一块，回去之后就疯了一样写什么教育计划书，一直写到凌晨！

璐　璐　（跳了起来）那你怎么回事？怎么看着他的？还让他去追尾？额头还破了？

小　建　关心的话你自己去说，别赖我头上。

璐　璐　谁……谁关心他了！

洪　敏　（饶有兴致地看着这一幕）小建，那你说说看，对郝校长什么印象？胆子大了说。

小　建　挺疯子一人。

洪　敏　疯？

小　建　可不是吗？第一天见他，就和那个记者打了个赌，又把我骗来这里住，后来我们吵架，他锄地拔苗那叫一气呵成！分分钟让我们俩闭嘴，再后来吧，120 码在市区驰骋！我和你说那天我都快吐出来了，人生中第一次三车追尾啊！还有呢，路上就让我背那个保证书的词，那招数，真是，真是绝了！

洪　敏　哦？那保证书，是你让小建背的？

郝爱华　这不是，留人，留人嘛！

洪　敏　的确，留在了疯子窝里。不过啊，你们两个的素材太精彩了，我明天就整理好给晶晶送去。

郝爱华　晶晶？

洪　敏　对，她是我的大学师妹，我们这股东风，还需要她给点一点。

郝爱华　（一拍脑袋）原来你想？

洪　敏　（点点头）对！这次，咱就玩大点。

郝爱华　（摇摇头）老了老了,跟不上你们年轻人的思路。

洪　敏　（笑着说）我这叫青出于蓝而胜于蓝,您要是疯子,我就是小疯子,小建和璐璐都算是小小疯子。

小　建　璐姐,你有没有觉得,洪敏身上,有一种将军的气魄……

璐　璐　（推了一把小建）你少恶心我! 我告诉你,下次我爸再有什么情况,你得第一时间告诉我! 知道吗?

小　建　知道了知道了! 这一家人真别扭,明明关心对方,偏要让我当传话筒。

郝爱华　璐璐,下次我再给你补一个生日。（从床边拿出一袋绿豆糕,放到璐璐手里）这个,是你爱吃的绿豆糕,我上次专门去洪福记买的,现做的,你留着吃。

璐　璐　（接过）你那伤怎么样了?

郝爱华　（顿住,开心地）都好了,都好了。

璐　璐　（朝小建）下次,再让我爸做这种事情,我不打死你!

小　建　（缩头）知道了!

璐　璐　（朝洪敏）谢谢你尊重我,让我有选择的权利。我考虑过了,我选方案 c,住校。

洪　敏　不用客气。我们算是不打不相识了,你可以喊我姐。这个周末,我帮你一起搬家,怎么样?

　　　　［璐璐不说话,看向郝爱华。

小　建　带我一个呗!

洪　敏　（会意）郝校长,周末一起去吧!

郝爱华　好。

　　　　［璐璐转过头,偷笑。

洪　敏　好了,接下来一个月,可是一场恶战,大家一定要准备好!

郝爱华　（终于露出了笑容）无论什么战，我们都在一起。

小　建　都在一起，和老大永远在一起！

璐　璐　（踢了小建一脚，展露笑颜）永远，都在一起。

　　　　　〔切光。

第五场　决战

　　　　　〔舞台左侧灯亮，海浪阵阵，有风铃的声音。

　　　　　〔两束微暗的定点光打在舞台左侧的郝爱华和一位身形略
　　　　　有佝偻的女学者身上。郝爱华坐在椅子上，托着腮，似梦非
　　　　　梦，两人分处两个空间，仿若梦境中的对话。

郝爱华　余老师，你……你怎么来了？

余老师　来看看我的学生，有没有像当初说的那样，当我的接班
　　　　人呐？

郝爱华　我……我还在努力。

余老师　爱华，你做的已经够多了。

郝爱华　还不够，还不够，我要让浦西真正地走出去！我会让它成为
　　　　最优秀的海岛学校！就跟在这座海岛的老师学生一样，永
　　　　远有一颗初心。

余老师　你也和我说过，遇事急不得。你担任校长之后，浦西可以说
　　　　是变了个样子。这次的德育考评，全市前三，我听说了。你
　　　　创建了“学农教育基地”，为的就是上好每一位教师、学生的
　　　　第一课；为了留住老师，你是拼了命地向教育局争取资源，
　　　　打造了“家”文化，想让他们把浦西当成第二个故乡。为了
　　　　给学生更好的环境，你去参加“乡村教师奖”的全国评选，可
　　　　我是知道的，你最不喜用这样的方式，去宣传自己，宣传

学校。

郝爱华　老师，你是明白我的。只要有希望，我就去争取，哪怕那个
　　　　希望，就和火柴星子一样，我也要去做！就算被人说是疯
　　　　子，我也不在乎！因为这是孩子们的梦，我不想把这个梦，
　　　　永远地锁在海岛。

余老师　爱华，老师相信你，你放胆子去做。那篇《疯小草》的报道，
　　　　我看了，有句话，我记得很清楚，"小草很小，梦想很大。一
　　　　生都在送行，一生也在远行。这是一株疯小草，这也是一群
　　　　疯小草。"你知道吗？这篇报道，彻底地火了！微信，微博，
　　　　还有贴吧、论坛，全都是《疯小草》！那一刻，我好像看到了
　　　　有无数生长的小草，漫野成最绿最绿的原野。

郝爱华　（忍不住激动的心）这要感谢他们，我的"疯小草"们！我做
　　　　梦也没想到，能一路过了初选和复选！昨天啊，吴局给我
　　　　说，媒体记者都快把他的电话打爆了！教育局明年的教育
　　　　资源也快批下来了！我真是，（兴奋地来回踱步）开心得睡
　　　　不着觉！

余老师　恭喜你，爱华。但，还有最后的决战之夜。今天，就是"乡村
　　　　教师奖"的决选。

郝爱华　（停顿）是的……是的。余老师，可我内心很矛盾，今天是璐
　　　　璐中考的日子，可我，脱不开身。

余老师　如果实在不知道怎么做，就根据你心的方向。

　　　　〔余老师处灯光渐暗，直至消散。郝爱华犹如梦醒，他下意
　　　　识地往前伸手，却空无一物。他慢慢地伸回手，低头。此时
　　　　他周围的灯光渐亮，显现出电视台演播厅的情景。周围人
　　　　来来往往，对光、对摄像头。一位编导模样的人急匆匆走

过来。

编　导　郝校长,这样的,我们等会再走最后一遍彩排,再过一小时,就正式开始了,好吧? 晚上的演讲顺序是抽签的。

郝爱华　好。哎,(喊住正要走的编导)演讲,一定要脱稿吗?

编　导　最好是脱稿,喏,(指了指旁边的摄像机)到时候要现场直播的,您不脱稿啊,很难看。

郝爱华　(深吸一口气)好,我知道了。

　　　　[此时舞台上已有一男教师走台。他一身正装,穿着很是得体。

男教师　(上前一步,微笑)教师应该坚守的品质是什么? 是"路漫漫其修远兮,吾将上下而求索"的脚步,是"明知不可为而为之"的信念与勇气,是……

编　导　喏,郝校长,您像他这样说,就可以了。站位也和他差不多,但如果你有其他的舞台设计,您要提前和我沟通。

郝爱华　舞台设计?

编　导　对的,育明中学的那位老师,就有表演才艺的环节。我们还得给她配鼓点呢。

郝爱华　(笑)我们啊,没有那么多花样,能顺利说完,就谢天谢地了! 哈哈哈!

编　导　您可真幽默。哎,对了,您就是这段时间很火的那位校长吧?《疯小草》! 我们圈子都传遍了,您女儿,还有您学生、您的老师,他们都特别有趣! 说实话,让我对海岛学校有了新的认识!

郝爱华　(有些不好意思)他们啊,都是乱写一气。

编　导　怎么会? 这可是我看过最真实的报道了。之前看这些报道,都是同一个模板出来的,条件如何如何艰苦,老师如何如何努力,这篇《疯小草》啊,那是 360 度展现了一群海岛的师生和家人们,特别生动! 我们主任啊,还和我说,什么时候您有空,来上我们的人物访谈。

郝爱华 　(连连摆手)这个我不在行,你要找,你找上面那个"路漫漫其修远兮"。

编　导　您谦虚了,郝校长,今晚就看您的精彩发言了! 我啊,为您打 call!

郝爱华 　谢谢你。

编　导　那行,您先准备,我去忙了。

郝爱华 　好。

　　　　[郝爱华坐在位子上,不时看看手机,有些焦虑不安。洪敏、小建、李豁达上。小建抱着两个硕大无比的荧光板。

洪　敏　校长,快开始了吧?

郝爱华 　(抬头)你们怎么来了? 对,再过一小时就开始了。

小　建　(举着荧光板,上面写着大字"献给我的老大——郝爱华")那必须得给你当后援团啊! 你又没多少粉丝,要没有我们加油,那多没人气!

李豁达 　小建,你这成何体统? 你……

洪　敏　李主任,这是我的主意。现在,可是粉丝经济的时代,主办方评选,也得看人气不是? 我们已经成功打响"疯小草"这个品牌,还得再接再厉。

李豁达 　(摇头)我啊,跟不上你们的思维。你们啊,开心就好!

郝爱华 　(不由地笑)豁达,他们啊,思维快,我们都跟不上节奏了。不过,只要是为浦西好,我们呢,无条件配合!

李豁达	好,无条件配合!不过啊,趁着上次出报道,我硬是放进了"小草辅导室"这个内容,没想到啊,现在来我这个辅导室的,足足有一百人呢!我看啊,干脆别当德育主任了,改行当心理辅导师算了!
郝爱华	(点头)是啊,我们浦西,留守的学生有很多,这部分"小草"啊,要重点关注,给予关爱,这个重任,当然得交给你了!
李豁达	又给我加任务。不过啊,这次德育考评,浦西得了全市第三,这份答卷,你总该满意了。
郝爱华	回去啊,请你们吃烤鱼。
小 建	老大,你也太抠了吧,考评拿了全市第三,你就只请我们吃烤鱼?要知道,我为了给他们当榜样,每天不是当纪察组组长,就是拉去当广播体操组长,我都快疯了!
郝爱华	嗯,成效不错!继续保持!
小 建	老大!
郝爱华	(转向洪敏)洪老师,璐璐她……
洪 敏	你放心吧校长,今天早上我和师母一起把璐璐送进考场的。
郝爱华	要不是今天是决选,我一定送璐璐去中考。
洪 敏	璐璐,她会理解的。
郝爱华	(声音低沉)当爸爸,我是不称职的。
小 建	(看气氛不太对,说)老大,你就别想了。要不,我和你说一个我的秘密?
郝爱华	什么秘密?
小 建	(看了看洪敏和李豁达)他们在,我说不出口。
洪 敏	谁要听你的秘密?李主任,我们走,我们商量一下,下一个系列的报道,怎么做。(拉走李豁达,到舞台另一侧)

郝爱华　说吧。

小　建　我一直都没和你说，为什么想退学。

郝爱华　我啊，等着你告诉我。

小　建　因为退学，就可以见到我爸妈了。退学单，需要父母签字。
　　　　我一年，只能见他们一次，（苦笑）不，是两年才能见一次，其
　　　　实，其实我说谎了！我爸妈根本不是做生意的，他们只不过
　　　　是个打工的，回家的机会很少。他们总和我说，回去的车票
　　　　贵，拖了一年又一年。那我只要退学，他们就能回来了！
　　　　（看向远处）他们就能回来了……

郝爱华　（眼眶不禁湿润）要见你爸妈，有一千种方法，你偏偏选了最
　　　　笨的那一种。

小　建　（努力抑制哭腔）没事，现在我有老大，还有师母，虽然住的
　　　　地方巴掌大，但开心得不得了！我不在乎，我一点都不
　　　　在乎！

郝爱华　（拍小建的肩）难过就说，你这个年纪，没必要假装什么。

小　建　这是我们俩的秘密，你可不许告诉别人。

郝爱华　怎么，还要拉勾上吊一百遍不许变啊？

小　建　（别过头）我才没有那么幼稚。别说我了，老大，你那演讲
　　　　稿，准备得怎么样了？

郝爱华　这不，你一来，又把我计划打乱了，现在脑子啊嗡嗡嗡响，一句
　　　　词都记不住！

小　建　得嘞，就是赶我走呗！那我走到观众席去，给您啊，加油
　　　　助威！

郝爱华　哈哈哈，快过去吧！

　　　　〔小建走到舞台右侧，和洪敏、李豁达在一起。大幕闭合。

1146

［舞台灯光渐弱，只余郝爱华一人。背景音出秒钟"滴答滴答"的走动声。他认真地看着手中的演讲稿，嘴里念念有词。半晌，他停住了，秒钟也停止了声响。他久久地看着演讲稿……

［灯光亮，幕启。光彩夺目的演播厅，主持人正站在舞台上报幕，舞台一侧是观众席，小建、洪敏、李豁达举着加油牌。

主持人　因一篇"疯小草"报道名声大噪，因独特的"疯子"管理模式让大家对海岛学校有了新的期待，因独创的"学农教育基地"，他让每一位老师和学生都明白了教书育人如同培育新苗。他就是被称为"疯子校长"的——浦西学校校长郝爱华！让我们掌声有请！

［郝爱华如同在梦中，置若罔闻。

主持人　（回头看了一眼郝爱华）哈哈哈！郝校长有点不好意思了，让我们掌声再热烈一点！

［示意郝爱华身边的舞台监督，舞台监督赶忙推了郝爱华一下。郝爱华这才回神。

郝爱华　（走到舞台中央，看了一眼坐在观众席的三人，小建的加油牌举得更高了）大家好，我是浦西学校的校长，郝爱华。今天，我演讲的主题是（停了下来，时间一分一秒过去）

小　建　（有些着急地看着郝爱华，冷不丁吼了一声）老大，加油！

［演播厅的所有人都齐刷刷地看向了小建，他抬头挺胸举着加油牌，目不转睛。

郝爱华　（深吸一口气，从口袋里掏出演讲稿，凑近话筒）其实，上场前的几分钟里，我大脑是一片空白的。这篇演讲稿，我修改了两个星期，废了一百多稿，但是怎么改，怎么都不对。它不是我的语言，它也不是我真正想说的话。所以干脆（当场撕掉了演讲稿）我不要什么演讲稿。我只想站在这里，说说心里话。

编　导　（在舞台暗处问督导）怎么回事？下面要演什么桥段吗？

督　导　没有没有，临场发挥。

编　导　果然够疯的。

郝爱华　今天是我女儿璐璐的中考，中考之前，她写了一篇文章，相信大家也都看过了，那篇《疯小草》的报道。说实话，以前我从来没有正视过这个问题，总觉得家里牺牲些，也是应该的。我这不是都为了浦西嘛。可是，我看到璐璐说，我就和一根草一样，没人疼没人爱没人管，不知从何处来，也不知往何处去，没有人看到我，我就只能躲起来。我看到那句话，心里太难受了。我开始怀疑，自己一路的坚持，到底对不对？我不是一个喜欢卖惨的人，以至于我站在这里，不知道能说什么。所以，我只想和璐璐说一声，抱歉。爸爸欠你每一年的生日，欠你一起去放烟花，欠你一家三口的晚饭，欠你，在你最难过的时候，很少陪伴在你身边，爸爸还欠你，没有亲自送你去中考。

　　　　〔舞台一片静默，此时小建突然从观众席跑向郝爱华。观众席一片骚动。

小　建　（到郝爱华身边站定）不好意思，我想说几句。

编　导　这啥情况？

督　导　突发情况。

小　建　（轻声地对郝爱华说）老大，能让我对爸妈说几句吗？

1148

[郝爱华点头,让位给小建。

小　建　（脸上是从未有过的认真）今天来的时候,我问过那边的叔叔,他和我说,今晚是现场直播,而且是全国直播。爸妈,那你们也一定看得到,对吗？你们不在的时候,我就折一根狗尾巴草,放在瓶子里,我们家里啊已经堆了300个瓶子。后来,我不折了,经常逃课睡在岛上的船里,想着摇啊摇的说不定就能摇到你们在的地方了。见你们一面啊,真难！我就想问问你们,什么时候回来？什么时候,能不走了？

主持人　这位同学的发言啊,很是感人……
[洪敏突然也从观众席起身,冲到了台上。主持人愕然,洪敏拿过主持人的话筒,欠身表示抱歉。

洪　敏　我也想和我妈妈说几句。我是单亲妈妈带大的,但是从小她没有让我吃过一点苦,相反,我就在蜜罐里长大,从来不知道人间疾苦,一直到我来浦西学校任教。妈,你一直都不理解我为什么要留在这里,但如果我告诉你,在这里我很放松很快乐,你能相信吗？虽然这里条件真的不好,教室也没有多媒体,像私立学校一样配电脑,但这儿的孩子,让我觉得纯净。我们都向往一个世外桃源的地方,能把知识的种子播撒下去的地方。我觉得,我找到了,很幸运,很感恩。什么时候,你能再来一趟？我还学会了自己做红烧肉呢,你看你的女儿,是不是很厉害？（轻声地）妈妈,我想听你说一句,我为女儿感到骄傲。

[台下,先是有人鼓掌,慢慢地,开始响起一阵阵的掌声,最后,掌声雷动。

主持人　刚才几位的发言,真的都非常精彩,道出了海岛学校师生共同的心声。请落座。那么接下来,请评委打分,同时开启我们网络平台的投票通道! 最后的分数,将由现场评委占比40％,网络平台投票占比60％。投票时间为五分钟!

　　　　〔小建、洪敏来到舞台右侧观众席坐下。

小　建　不行不行,我现在太激动了,我都恨不得上台马上看投票结果!

洪　敏　你能不能淡定点?

小　建　还说我呢,刚才谁哗哗地跑上去。

洪　敏　你不也一样?

小　建　我那是真情流露。

洪　敏　行了,别贫了,马上要出结果了。

李豁达　你们可真行啊,这哪是演讲,我看啊,是你们三个人的个人秀。

主持人　好了! 投票结果现在已经在我手上了。让我们屏住呼吸,等待这一刻的到来!

小　建　他倒是快点啊,急死我了。

主持人　到底,今晚的桂冠会花落谁家呢?

洪　敏　这个主持人不行,话太多。

主持人　让我们恭喜……浦西学校校长,郝爱华!

　　　　〔未等郝爱华反应过来,小建已经一个箭步冲上台抱住了郝爱华,连连喊着"老大威武,老大威武",洪敏后一步上台,李豁达暗道一声"豁出去了",遂也上台。

郝爱华　(怔在原地)是我吗?

主持人　哈哈哈! 看来郝校长有不少粉丝啊,再次让我们用热烈的掌声恭喜他!

小　建　　老大,你成功了,成功了!

洪　敏　　校长,恭喜你。

李豁达　　你别看我啊,我是被他们两个拉上来的。

郝爱华　　好,好,浦西有希望了,浦西有希望了!(再一鞠躬)谢谢大家!(激动得语无伦次)感谢我们学校的洪老师、小建同学的发言。我现在……我现在很激动,对不起大家,我想快一点见到璐璐,给她煮一碗,她最爱吃的荷包蛋拌面。(说完,向观众深深鞠躬,下台)

小　建　　哎,老大,你就这么走啦!我们怎么办啊?

洪　敏　　我们啊,代校长领奖!还有他心心念念的教育扶持资金!

小　建　　行!没想到啊,我小建有生之年也能站在这领奖台上。

主持人　　(擦汗)哈哈哈,不愧是疯子校长啊!来如影去无踪,那就由浦西学校的德育主任李主任、洪老师,和小建同学一起代表浦西学校领奖。

　　　　　〔礼仪小姐颁奖,并把写有"乡村教师奖扶持资金60万"的挂牌交到李豁达手上。

李豁达　　很感谢组委会和网络平台所有观众的支持。我呢,想和大家分享一句话,哪有什么岁月静好,不过是有人替你负重前行。希望大家多关注浦西学校,谢谢你们!

小　建　　李主任,奖也领了,钱也有了,撤了撤了。

洪　敏　　李主任,郝校长还等着和我们一起吃面呢。

李豁达　　(笑)行,在负重前行之前,我们啊,先去岁月静好了!(下)
　　　　　〔切光。

尾 声

［2019 年的秋天,浦西学校新学期"全校展示日"当天。

［郝爱华、李豁达、洪敏三人正热火朝天地接待家长,五年过去,他们的"铁三角"组合却依旧稳如泰山。这时,晶晶带着一整个摄影团队上。

晶　晶　郝校长,李主任,洪姐,还记得我吗?

郝爱华　这不是我们的大记者吗?现在都升编辑部主任了吧?

李豁达　记得,记得。

洪　敏　哪能把你给忘了?(看一眼摄影团队)你这是把一个师都搬来了吧?

晶　晶　郝校长,你可别取笑我啊,(对洪敏)今天这么重要的日子,浦西学校作为全县优秀学校代表公开展示日,我不来捧场那怎么行?(招呼摄影团队)王哥,李哥,麻烦你们往死里拍,怎么好看怎么来,毛哥,先取景,采访一下郝校长。

郝爱华　(笑)我们啊,还差一个人没到。

洪　敏　(看手机)这小毛孩怎么还没到呢?不会昨晚又在熬夜刷抖音吧?

［舞台一侧,小建上。

小　建　说我什么坏话呢,谁刷抖音了?

洪　敏　说你呢,上次我还看到你那抖音号。

小　建　切!(看到郝爱华和李豁达)老大好!李哥好!

郝爱华　(不自觉地摇头)真是没规没矩啊,(嘴角含了一丝笑)小晶老师,人到齐了,可以开始采访了。

小　建　这就开始了?等等等等,我要整理一下仪容(对着摄像头的

镜头整理头发)

洪　敏　你快点，都等你呢。

小　建　好了好了。(站直身子)

晶　晶　毛哥，可以开始了。(拿起话筒向郝爱华)郝校长你好，五年前，你做出了一个承诺，要将浦西学校的排名上升到全县前五，教师流失率全县倒数第一，德育评优全县第一，那么今天，就是五年之约到期的日子。我想问问郝校长，这个约定你做到了吗？

郝爱华　(面对镜头，笑)在这里，我可以很自豪、很骄傲地告诉大家，我们浦西学校这三年的中考成绩已经达到了全县前三，三年以来没有一位教师流失，德育评优三年连续第一。很多漂亮的话我不会说，我是土生土长的浦西人，浦西岛就是我的家。我的家在哪里，我，我们浦西人的心就在哪里。我旁边的李豁达李主任，建立了"后进生心理辅导室"，大家都笑他从魔鬼变成了天使，还有这位洪敏洪老师，非常优秀的年轻才俊，四年前，她的交换期到了，她大可以回城里的私立学校，舒服自在没压力，但是她选择了留下来，和我们并肩作战。现在，应该要喊她洪主任了，她是我们浦西即将上任的教导主任，也是最年轻的教导主任！还有这位……

晶　晶　(笑)这位小建同学，可拥有不少女粉丝呢，我们编辑部经常收到投稿，都说你是她们的偶像。小建同学，有没有话对粉丝们说呀？

小　建　(变戏法一样从怀里掏出手机)肯定有啊，我开着直播呢。(对着手机镜头打招呼)我是你们的小建学长，听好了啊，要叫学长。学长对你们没有其他话说，只一条，读书呢要像疯子一样读,玩呢要像疯子一样玩,那你们啊肯定能和我一样,考上重点大学,实现人生巅峰!

晶　晶　我们的小建同学非常幽默啊,他还开了直播,给我们的寄语就是:劳逸结合,执着追梦!那么郝校长,自从你获得"乡村教师奖"后,就建立了小草教育基金会,用来帮助家里贫困的学生。对此,你有什么话要对他们说吗?

郝爱华　小草,很不起眼,却很有力量。小草,总被人忽略,却是自然不可或缺的色彩。我希望,小草都能找到他们的家,他们的梦。梦在远方,路,在脚下。最后,我也借此向全社会发出邀请:请联系我们,这里有一个家和家人在等着你们。

〔舞台周围,无数的手机直播里,响起郝爱华的"请联系我们,这里有一个家和家人在等着你们"。光影闪现,最后定格在郝爱华、李豁达、洪敏、小建、晶晶的脸庞上。

〔剧终。

编剧：臧宝荣

百字剧五则

狗不咬

羊盼谷雨牛盼夏，百姓就盼好当家。精准扶贫出奇事，书记被叫"狗不咬"，是笑话？是佳话？为保"贫困帽"，七嫂想歪招。催着双喜去送鱼，浓情蜜意一路腻。书记不在姥姥在，误把"乡亲"当"相亲"。借坡下驴挤进门，拉着双喜紧演戏。姥姥先是欢喜后起疑，巧妙探出二人真底细。漏汤的七嫂，眼看着"赔了夫人又折兵"。电话突至，现场风波又起……

霸　凌

以"胖子"为首的他们又一次把我和同桌摁倒在地。过去，告诉老师，她说专心学习不要老打小报告；告诉爸爸，他说为什么不欺负别人要欺负你；告诉妈妈，她说再忍忍就小学毕业了……忽然，同桌用尽全身力气把"胖子"踹倒在地，好半天起不来。从此，再没人敢欺负我；但同桌欺负谁，我必须上……

鞋　跟

总算加完班的张三飞奔公交站,一个狗啃屎摔倒在地,鞋跟卡在了井盖眼里。开车路过的王总下车扶起张三,搀上车,顺路把她送回家。坐在公交车上路过的张三丈夫晚报记者李四并没有发现是妻子,出于职业的敏感拿起手机拍下了这一幕以"好人"为题发到了朋友圈。风波骤起,家庭散架,工作丢了,王总被查……最后,连张三也不相信,这一连串的遭遇仅仅是因为一只鞋跟。

豹　哥

豹哥深夜化装暗访,划拳喝酒,方翎冒失解救,成功带回"方片3"。刘马两家是被一桩十二年前命案摧毁的家庭。刘父恐盼盼说漏,失手打孙女。盼盼负气出走掉入冰河,马大娘相救遇险,豹哥赶到救下二人。新案旧案皆陷入僵局,赵虎劝豹哥罢手。焦灼之际,想起老队长教导,迎难而上。潜逃十三年身份已"漂白"的刘恒被捕后却高喊"踏实了"。"黑 K"案顺利告破。

面　儿

最近,好面儿的喇叭匠"金哈哈"有点闹心。大喇叭里天天在宣传"婚事新办,丧事简办",这不是让他失业吗? 老金家世代以此为生,连家里准备给儿子小成结婚用的二层小楼也是"吹"来的。谁知儿子联合亲家母，演了一出"逗亲家"，下了一剂"猛药"，竟立竿见影让其不但欣然同意而且热泪盈眶。好面儿的喇叭匠，迎来倍有"面儿"的场面……

千字剧三则

扒墙晒箱

时　间　六月初六凌晨
地　点　古戏楼前
人　物　时老汉　男,65岁,老箱倌儿,跛足
　　　　小　翎　女,27岁,时老汉女儿
　　　　小　关　男,29岁,村里的挂职干部

[月色溶溶,微风习习。

[古戏楼前,时老汉晾挂戏服。后驻足凝望戏台,摩挲台柱。

时老汉　(唱)云如墨,浓淡晕染自飘荡,

　　　　　　　月似钩,悲欢抛却天阶凉。

　　　　　　　风过处,仿佛锣鼓声声响,

　　　　　　　衣衫动,好似生旦袖飞扬。

　　　　　　　望戏楼,饱经岁月换模样,

　　　　　　　抚台柱,处处斑驳挂沧桑。

　　　　　　　孤零零,土墙院内老箱倌,

　　　　　　　冷清清,古戏楼前晒衣箱。

[小翎小关扛工具轻手蹑脚上。

小　关　(唱)高高抬,轻轻放,

　　　　　　　深夜行动心内慌!

小　翎　嘻嘻……瞧你,就跟做贼似的!

小　关　(害怕地)嘘——(唱)

　　　　你莫取笑莫出响,

小　翎　好好,(唱)

　　　　不是做贼是扒墙!

小　关　谁、谁扒墙?

小　翎　谁扛工具谁扒墙!

小　关　啊?

　　　　〔小关下意识一扔,哐当一声响。

小　翎　(急中生智)喵喵——

　　　　〔时老汉机警地起身查看。

小　翎　(一指土墙)爬吧。

小　关　你没钥匙啊?

小　翎　钥匙? 这土墙围的是啥?

小　关　古戏楼啊。

小　翎　古戏楼是啥?

小　关　大叔的命! 大叔把这古戏楼看得比命还重。

小　翎　喷,还啥都知道! 我能有钥匙吗?

小　关　那不白来了?

小　翎　跳也行,爬也行。麻利点儿,进去三下五除二喊哩咔嚓,该
　　　　清清,该扒扒,清理完,走人。

时老汉　(细听)呵呵,来了。(哼唱)"我正在城楼观山景,耳听得城
　　　　外乱纷纷……"

小　关　你这不是让我犯错误吗?

小　翎　眼看着文明乡村成泡影,倒不如先斩后奏学雷锋。

1159

小　关　咦,怎么院里恍恍惚惚似有人影呢?

小　翎　啊!(害怕地扑进小关怀里,慢慢抬头看,忽推开小关)大惊
小怪!没见过世面!知道六月六啥日子不?

小　关　牛郎会织女提前了?

小　翎　晒箱的日子,说了你也不懂。

小　关　我还真懂,六月六晒戏箱是剧团祖祖辈辈的传统。

小　翎　懂就好,跳吧。

小　关　不行,百姓不自愿的事,就不能强制。

小　翎　不跳?

小　关　不能犯错误。

小　翎　(摁下小关)蹲!(踩其肩上)起!(翻入土墙内,坐地不起,
捂脚喊)哎哟,哎哟——

小　关　怎么了?

小　翎　崴着了……

小　关　让你逞能!要紧不?

小　翎　哎哟,怕是骨折咧!

小　关　啊?这这得上医院啊!(一柱铁锨,飞身跳入,关切地欲捧
足观看)

小　翎　(一下跳起)嘻嘻,书记跳墙,好身手哇!

小　关　你——

时老汉　咳咳……

小　关　哎呀……你爹!(躲藏一戏服后)

时老汉　黑灯瞎火翻墙头,是贼还是偷?

　　　　〔一下开灯。戏服、盔头、髯口等挂满院子。

小　翎　爹,是我。

1160

时老汉　大姑娘翻墙头,不怕嫁不出去!

小　翎　正好,我和爹过一辈子。

小　关　(急)那我呢?

小　翎　你……自愿,不强制。(用身子遮挡小关)爹,你咋半夜就起
　　　　来呢,太早了吧?

时老汉　爹哪年不是半夜就起来?倒是你今年来得有些晚啊?

小　翎　嘿嘿,不兴我有点自个的事哇?自斟自饮呢,咦咋三酒
　　　　杯呢?

时老汉　箱倌、土墙、古戏楼正好仨。

小　翎　(小声嘟囔)对古戏楼比闺女亲!(对时老汉)我敬爹一杯。

　　　　(敬酒)

时老汉　(一饮而尽)俗话是实话,(唱)

　　　　　　桃木梳子三五寸,

　　　　　　闺女大了向外人。

小　翎　(唱)三寸五寸一块木,

　　　　　　小翎还是跟爹亲!

　　　　(再次斟满,端给时老汉)

时老汉　(干杯)哎哟,我小翎这嘴也甜得跟抹了蜜啊似的了?

　　　　〔小关欲悄悄翻出土墙。

时老汉　(唱)影影绰绰土墙上……

　　　　〔小关急忙滚下趴着不动。

小　翎　(唱)风吹树叶动,没人真没人。

时老汉　有动静(起身)……

小　翎　爹,真没人!

时老汉　我去看看……

小　翎　哎,也许……(扬声)是头驴!

　　　　[小关会意学驴叫。

时老汉　还真是头听话的驴!

小　翎　爹,再喝一杯。

时老汉　再喝我就醉……醉了……"诸葛亮在城楼把驾等,等候你司
　　　　马到此……"

　　　　[时老汉趁小翎不注意,将酒洒于地下,装醉。

小　翎　爹,爹,真醉了?(试探是否真醉,清唱)"咱们谈、谈、谈谈
　　　　心……"

小　关　"诸葛亮无有别的敬,早预备下羊羔美酒犒赏你的三
　　　　军……"

小　翎　嘘——这你也会?

小　关　戏窝子长大的,张口就是。

小　翎　别显摆咧,快动手吧,先拔草,还是先扒墙?

小　关　咱得先征求大叔意见,大叔同意才能扒。

小　翎　不是征求过了吗?

小　关　大叔不同意啊。

小　翎　那还征求什么啊? 你们鞋底都磨薄了,他就是不理解。

小　关　不理解也正常,毕竟这是他守了几十年的古戏楼。咱再做
　　　　做思想工作。

小　翎　喏,我爹都醉成这样了,你怎么做思想工作啊?

时老汉　(一个寒战状)哟哟……好凉的风啊。(摸外套,披于身上,
　　　　半醉半醒状)小翎,躲土墙底下干啥呢?

小　翎　(顺手拿一戏服罩住小关)啊? 这……戏服咋天不亮就挂出
　　　　来了呢?

时老汉 　过去还有个小跟屁虫帮我,现在就我孤老头子一人,不早着
　　　　点行吗? 哎,那件怎么掉下来了?

　　　　〔时老汉伸手欲拿盖在小关身上的戏服。

小　翎 　(忙大喊)爹!

时老汉 　(一哆嗦)你爹脚残耳不残!(低头看到铁锨)呀,一把铁锨?
　　　　(抓起铁锨冲过去)

　　　　〔小翎忙遮挡,小关慌乱中套上女披。

时老汉 　出来!(抢铁锨)

　　　　〔小翎急关灯。

时老汉 　灯咋灭了?

小　翎 　啊……风刮的!

时老汉 　不对。

小　翎 　啊,怎么不对?

时老汉 　(故意装醉凑近小翎)是……鬼——吹——灯!

小　翎 　(吓一跳)啊!爹你醉了吧?

时老汉 　没有,刚才那个有胳膊有腿儿分明像个人影!

小　翎 　……对呀!(迅速扯过一女披,也似小关样套上)就是个人
　　　　影子,就是我的影子呀!

　　　　〔身穿女披的小翎小关做着同样的动作。

　　　　〔三人各怀心事背唱。

时老汉 　(唱)小丫头这一回如何偏向?

小　翎 　(唱)看小翎唱一出明帮暗帮!

小　关 　(唱)也只能跟鼓点装模作样。

时老汉 　(唱)老箱倌和小鬼对对花枪!
　　　　(揉揉眼)影子?(故意的)还真像咧!

小　翎　（故意岔开话题）爹，知道不？俺小时候最盼望的一天，就是
　　　　六月六跟爹晒戏箱！

　　　　〔拽着时老汉穿梭在戏服间。

小　翎　（唱）六月六，晒戏箱，

　　　　　　　　大衣箱，二衣箱。

　　　　　　　　箱箱轻开又轻放，

　　　　　　　　满园红绿青白黄。

时老汉　（扯住小关衣袖）继续！

　　　　〔小关咧咧嘴，小翎示意他当真人自己当影。

小　关　（尖起嗓子，唱）

　　　　　　　　古戏楼上锣鼓响，

　　　　　　　　家家爱听皮黄腔。

　　　　〔小翎上前，小关当影。

小　翎　（唱）为看戏，乡亲追着剧团跑，

　　　　　　　　为听唱，老少宁愿饿肚肠。

　　　　〔二人兴起，轮番互当影子。

小　关　（唱）二大娘，饼子贴在门框上，

小　翎　（唱）三大爷，烟袋磕到咸菜缸。

小　关　（唱）四哥哥，锄头落在芦苇荡，

小　翎　（唱）五姐姐，锥子扎进梨木床。

小　关　还有那小弟弟，（唱）

　　　　　　　　放下碗，扛起板凳撒欢跑，

　　　　　　　　来楼前，一腚坐下，就听见汪汪汪汪声凄凉！

　　　　〔三人谈起京剧兴致高昂都忘了“演戏”。

小　翎　怎么了？

1164

小　关　（唱）原来是,错把小狗当板凳。

时老汉　哈哈哈,(唱)

戏迷们,就是如此很痴狂!

小　关　（唱）古戏楼,往日繁华心向往,

现如今,乡亲又想常听锣鼓响,

还都愿,登上戏楼穿戏装,过过戏瘾梦也香!

时老汉　想也是空想!

小　翎　怎么是空想呢?人家小关……关书记一来就说修缮古戏楼,翻盖小仓房,建成文化大院,让乡亲们有个文化活动的地方。

时老汉　呵呵,说的比唱的好听!

小　翎　人家说的哪件事没落到实处哇?

时老汉　当说客来了?

[时老汉"啪"地拉开灯。

二　人　呀!

[小关小翎尴尬万分。

小　翎　若是说客,那也是实事求是、实话实说的说客!(唱)

一街一景不重样,

文化长廊戏曲墙。

你再看硬化、美化、绿化和亮化,

还有这城乡环卫一体化,小关哪件玩片儿汤?

小关说了,(唱)

建起新大院盖起新箱房,

古戏楼全面修缮换新装!

时老汉　（唱）为什么非得围着古戏楼?

小　关　（唱）古戏楼凝结乡亲老感情。

时老汉　（唱）为什么过去没人当一景？

小　关　（唱）为幸福小康路上忙攀登。

　　　　　　　忽略了精神需求心中梦，

　　　　　　　现如今文化需求上日程。

　　　　　　　谁都愿文明新风满乡村，

　　　　　　　谁都盼村里再响锣鼓声。

小　翎　（鼓掌）说出了大伙的心声！这土墙早就该扒，这古戏楼早
　　　　该修缮！何况这古戏楼是村里的地方，不是爹的私有财产，
　　　　爹只有看管的义务，没有处置的权利。

时老汉　（唱）为什么我不同意，

　　　　　　　你就不扒不执行？

小　关　（唱）尊民意，重民主，

　　　　　　　才是乡村真文明。

时老汉　（唱）为什么对钉子户，

　　　　　　　和气商量挺宽容？

小　翎　爹，你喝多了吧？让你享受文明，给你尊重，你倒不习惯了？
　　　　按你说的，你这钉子户就该抓起来、绑起来啊？

时老汉　抓起来、绑起来……（勾起回忆，冷笑）呵呵！（唱）

　　　　　　　那一年鬼子进村来扫荡，

　　　　　　　我爷爷冒死周旋抢戏箱。

　　　　　　　众乡亲舍生忘死来掩护，

　　　　　　　才使这戏箱免于遭祸殃。

　　　　　　　解放后当家作主心欢畅，

　　　　　　　白天开大会晚上唱起皮黄腔。

1166

干起农活不觉累，

敲罢锣鼓梦也香！

谁想到十年动乱大祸降，

高嚷着拆戏楼、烧戏服、砸掉老戏箱！

我和爹逆时顶风拼命来阻挡，

寒冬月被绑台柱父子都冻僵！

俺爹一病不起含恨死，

我也落下这跛足脚伤……

小　翎　　爹……

小　关　　大叔……

时老汉　　（唱）多年后外商盯上这块地，

非拆楼建啥啥购物天堂。

乡亲们，齐心抗，

为护戏楼垒土墙！

从此我日夜守护，

寸步不离钉在铆在戏楼旁！

小　翎　　（唱）古戏楼，见证了乡亲抗日护箱舍命，

古戏楼，见证了岁月流转文脉传承。

小　关　　（唱）三代箱倌历经沧桑不辱使命，

百年传承舍生忘死令人动容！

时大叔，您不同意，我不动这里一草一木！

时老汉　　（唱）你不怕文明村牌拿不到？

你不怕先进荣誉要落空？

小　关　　（唱）不强推不让百姓陷困窘，

好事情也要群众有选择、有尊严，从从容容心认同！

时老汉　（唱）千百年谁把草民来尊重？

　　　　　　　千百年哪朝百姓能从容？

　　　　　　[时老汉感慨万千。

　　　　　　[伴唱：

　　　　　　　　最珍贵一个"尊重"，

　　　　　　　　最难得一份"从容"。

小　关　大叔,我想跟您学徒——当箱倌儿! 以后晒箱,您就多一个
　　　　帮手了!

时老汉　（唱）戏迷生逢好时代,

　　　　　　　箱倌今朝有传承!

　　　　喝酒!（给小关递酒）

小　关　谢师父!（一饮而尽）

小　翎　（故意地）爹还没说愿意呢……

时老汉　天都亮咧,甭跟你爹玩鬼吹灯了! 鬼丫头,戏不孬!

小　翎　嘻嘻……还是您戏好——轻而易举收了个徒弟!

时老汉　（一挥手）干活!

　　　　　　[小翎踹一脚小关。

小　关　（会意地）师父,我来!

三　人　扒土墙,晒戏箱!

　　　　　　[三人造型。

　　　　　　[剧终。

门

　　时　间　现代,早上

1168

地　点　张三小区

人　物　张　三　37岁,离异单身女子

　　　　李　四　40岁,张三前夫

　　　　王　五　47岁,张三楼下邻居

　　　　孙　六　28岁,张三楼上邻居(与王五同一演员饰演)

　　　　周　七　26岁,孙六女友,张三楼上邻居(与张三同一演员
　　　　　　　　饰演)

　　　　小女孩　10岁,张三邻居家的孩子

　　　[李四捧着一束鲜花上,忐忑地张望。

　　　[张三急匆匆上。

　　　[李四紧张地躲避,又鼓足勇气冲上。

　　　[张三一个转身,往里疾走两步,又折回。

　　　[李四闪到花坛后面。

　　　[张三拨电话。

　　　[李四手机震动。

　　　[李四夸张地捂口袋。

张　三　这个李四,总是关键时候掉链子!

李　四　(自语)嗯嗯,我就这么个人……

张　三　什么忙都帮不上!

李　四　(嘟囔)我不是不想……

张　三　要你有什么用?

李　四　(脱口而出)啥事啊?

张　三　我可能忘锁门,想让他去关一下门……谁?(环顾四周,无
　　　　人)幻听了? 如果在这个城市能找到第二个人,我绝不会打
　　　　给那一无是处的前夫!

李　四　（捧花冲出）三儿……

张　三　（没听到，也没看到，急下）公司今天裁人，不能迟到！

李　四　（有点窃喜）她心里还有我……我去给她关门！

　　　　〔内声"关键时候掉链子！"

　　　　〔门一下被打开。

　　　　〔一个抱枕被扔出，砸中李四。

李　四　（接住）还好是只枕头，要是个花盆——

　　　　〔一个花盆扔出，李四扔了玫瑰接住花盆。

李　四　也就我能接得住。（举花盆炫耀）这些年练出来了。

　　　　〔内声"什么忙也帮不上！"

　　　　〔王五被推出。

　　　　〔内声"要你有什么用？银婚纪念日，一束玫瑰花都没有！离婚！"

李　四　（捡起玫瑰花，心疼地）哎呀我的玫瑰！

王　五　（夺过）玫瑰花！兄弟，你就是天使啊！（对门内）老婆，玫瑰也许迟到，但永远不会缺席！

　　　　〔内声"讨厌！"

李　四　（敲门）你得给我……

王　五　（开门）给你个拥抱，再给个香吻。

李　四　我要玫瑰。

王　五　这个忙你得帮啊，要不哥就成单身狗了！你忍心吗？

李　四　我已经是……

王　五　哦狗……你等着（进门抱出一个大大的狗窝）这是我公司最好最贵的狗窝，送你了！（塞给李四）

　　　　〔门关上了。

李　四　哎哎……我连个媳妇都留不住,自己都没个窝,我要狗窝干吗?(看看怀里的狗窝)我扔垃圾桶去。

　　　　　〔走出楼道状。

　　　　　〔内声"关键时候掉链子!"

　　　　　〔内声"啊宝宝要掉下去了……"

李　四　(向上望)啊,我的妈呀!

　　　　　〔内声"什么忙也帮不上!"

李　四　这得六楼吧? 掉下来非死即伤。

　　　　　〔内声"要你有什么用? 宝宝要是摔死了,咱俩分手!"

　　　　　〔众人声"哎呀快掉下来!""啊躲远点!""躲远点!""啊掉下去了——"

　　　　　〔李四冲上前敏捷地用狗窝接住,自己摔倒在地。

　　　　　〔孙六周七从门冲出。

　　　　　〔周七抱狗狗,孙六扶李四。

周　七　关键时候不掉链子,冲得上去! 大哥真英雄!

李　四　你说什么?

周　七　"大哥真英雄!"

李　四　前面。

孙　六　"冲得上去。"

李　四　再往前。

二　人　"关键时候不掉链子?"

李　四　我……是这样的人?

二　人　(异口同声)您就是这样的人。

　　　　　〔二人互看小声商量着什么。

李　四　(有点小兴奋地嘟囔着)"关键时候不掉链子""不掉链子"!

孙　六　大哥就是宝宝的再生父母!

周　七　宝宝这条命就是大哥救的,我们俩不配做它的爸妈!

二　人　我们决定了,宝宝就送您。

李　四　我不要……

孙　六　你有这么好的狗窝,一定是爱狗狗的人。

李　四　我不是……

周　七　您为了狗狗都不顾自己的危险! 狗狗做您的宝宝一定会幸
　　　　福的!

　　　　〔二人把狗狗放进狗窝,抹泪跑下。

　　　　〔李四坐在地上,看着狗窝里的狗狗。

李　四　我连媳妇都养不了,我养什么狗啊? 一会儿,我、我一块扔
　　　　垃圾桶去!(把狗窝和狗狗踢得远远的)

　　　　〔一个小女孩从门跑出。看到狗狗,蹲下抚摸。

　　　　〔内声"关键时候掉链子!"

小女孩　(对狗狗)我也想考好。

　　　　〔内声"什么忙也帮不上!"

小女孩　(对狗狗)妈妈一个人好累好孤单……

　　　　〔内声"要你有什么用?"

小女孩　(对狗狗)我真没用。

李　四　(指着狗狗对小女孩)你喜欢?

　　　　〔小女孩点头。

李　四　我想请你帮着个忙?

小女孩　什么忙?

李　四　有人送我的,但我不会养,你愿帮我养吗?

小女孩　我吗?

李　四　嗯嗯。

　　　　〔李四抱起狗窝和狗狗递给小女孩。

小女孩　我愿意!

　　　　〔小女孩高兴地下。

李　四　(看看两手空空的自己,苦笑)呵呵……

　　　　〔小女孩复上。

小女孩　(递给李四一根棒棒糖)叔叔,谢谢你!

李　四　(举着棒棒糖,思索着)我是想干什么来的?

　　　　〔张三慢慢走到李四面前。

李　四　(突然就紧张起来)啊那个那个我本来是拿着(比画玫瑰

　　　　花)……结果换成了(比画狗窝)……然后(模仿狗)……现

　　　　在——(心虚地把棒棒糖举到张三面前)

张　三　我全看见了。

李　四　你不是上班去了吗?

张　三　被裁员了。年轻、学历、背景,我什么都没有,连家都没

　　　　有……

李　四　有,有我,还有我……

　　　　〔李四不知怎么安慰。

李　四　(自语,给自己打气)"关键时候不掉链子""不掉""冲——"……

　　　　(呼地撕开糖纸,将棒棒糖递给张三)

李　四　甜! 甜的……

　　　　〔张三接过棒棒糖,感动。

　　　　〔李四手足无措。

张　三　走!

李　四　(迟疑地)干吗?

张　三　关门去。

李　四　(激动地)哎!

　　　　〔二人一起走进门,关上。

　　　　〔剧终。

喜事新风

时　间　现代
地　点　珊珊家
人　物　金哈哈　62岁,原名金福成,喇叭匠
　　　　珊珊妈　55岁,珊珊的母亲
　　　　金　成　26岁,金哈哈之子
　　　　珊　珊　25岁,金成女朋友

　　　　〔雅致的院落,现代又整洁的室内布置,透着主人开明的气质。

　　　　〔珊珊、珊珊妈焦急地围着金成。

金　成　(摊摊手)不接,还是不接。就是接了,我爸也……

珊珊妈　接着打,再试试。

金　成　通了。(对电话,小心翼翼地"爸呀,那个婚事新办……")

珊珊妈　咋样?

金　成　(模仿地)"要办,先把我办喽! 反了你了!"

珊珊妈　火气不小啊!

金　成　婶啊,我爸就是个老顽固!

珊　珊　哈哈叔,也不像那不明事理的啊?

金　成　别的事都好,就这件……"婚事新办,丧事简办"大喇叭里天

天宣传,他一听就烦,更别说让他接受咧!

珊　珊　(玩笑地)妈,要不我和金成私奔吧?

珊珊妈　(给珊珊一鸡毛掸子)死丫头!

珊　珊　金成啊,我妈不同意私奔,恁爸不同意新办,咱俩啊……(推
　　　　开金成的手)恢复同学关系吧。

金　成　婶……

珊珊妈　婚事新办,通常都是男方巴不得,女方拿架儿不愿意。这倒
　　　　好,反过来咧!(略一思索,胸有成竹地,对金成)让你爸来,
　　　　我要会会亲家!

　　　　〔招手让金成凑过来,在金成耳边耳语几句。

金　成　听婶指挥! 密切配合!

　　　　〔三人下。

　　　　〔内声:"想一想又是忙来又是欢喜。"

　　　　〔金哈哈喜形于色地哼着戏曲唱段上。

金哈哈　"粮满囤柴满院样样都有,就少个儿媳妇在我眼前……"哈
　　　　哈哈……(对观众)你问我笑啥? 你猜? ……又接个了大活
　　　　儿? 嗯(音 eng,摇头),哈哈有喜咧! ……去,不是我这肚
　　　　子有喜! 是我老金家有喜咧!

　　　　(唱)人逢喜事精神爽,

　　　　　　家有喜事不怕忙。

　　　　　　里里外外喜洋洋,

　　　　　　楼上楼下亮堂堂。

　　　　　　好时代,好政策,

　　　　　　日子过得赛蜜糖!

　　　　　　我家又要大喜降,

儿子马上娶新娘！

盼金成紧锣密鼓快拜堂，

想孙子来年就把爷爷当。

喜得老汉一劲唱，

喜得哈哈醉梦乡。

喇叭匠家办喜事，

万不能听那宣传新办简办瞎嚷嚷！

让庄乡笑话煞我喇叭匠，

必须得气气派派、风风光光、名扬八方！

金哈哈越思越想越欢喜，

不觉得健步如飞眨眼到了亲家庄！

〔抬头看看。

金哈哈 到了。（敲门）

〔三人挤看。

金　成 是我爸！婶啊，我先躲躲……（拽着珊珊欲藏）

珊珊妈 你俩不配合，我也罢演。

金　成 婶啊，您不能罢演啊，姜是老的辣……（珊珊忙捂其嘴）

珊珊妈 啥？

珊　珊 妈，金成是说"老将出马一个顶俩"！

珊珊妈 开门去。

〔金成胆怯上前。

金哈哈 （唱）会亲家，挺紧张，

　　　　老金人生头一场！

珊珊妈 （唱）端起架子拿拿样，

　　　　逗逗亲家演一场。

［金哈哈再敲门。

珊珊妈 （故作威严地）开门。

金　成 喳！（模仿清礼,就差喊"老佛爷"咧）

　　　　［金成开门。

金哈哈 （见门开,紧张地头也没抬就施礼）亲家好！

金　成 免礼,爸——

金哈哈 （发现是金成,尴尬地欲打）你这个小……

珊珊妈 来客人了。

珊　珊 叔,坐。

金哈哈 亲家好！

珊珊妈 叫早了。

金哈哈 哦哦,他婶子,孩子们的婚事,咱商量商量?

珊珊妈 必须。

金哈哈 孩子们说婚事要新办,您看……

珊珊妈 不行。

金哈哈 对。要是没个流水席……

珊珊妈 不成。

金哈哈 车队拱门鼓乐队……

珊珊妈 得全。

金哈哈 彩礼嫁妆……

珊珊妈 跟形势。

珊　珊 妈……也不让我金叔抽支烟喝口茶?

珊珊妈 不提烟茶,我倒忘了！一大早,（唱）

　　　　　脚不沾地我跑酸了腿儿,

　　　　　准备着贵客您要登门儿。

金哈哈　费心咧。

　　　　　抓海鲜湿湿乎乎净是水，

　　　　　逮鸡鸭扑扑棱棱满园飞。

金哈哈　受累了。

珊珊妈　(唱)也想买猪嘴猪脸猪后腿，

　　　　　可一看油腻腻地肉太肥。

金哈哈　甭破费。

珊珊妈　(唱)会亲家烟酒糖茶要上品，

　　　　　哪一样档次不够我退回！

金哈哈　别忒贵。

珊珊妈　(唱)万不能省了减了瞎凑合，

　　　　　倘若是折了面子掉了价，宁可亲事吹！

金　成　(惊)啊？

珊　珊　别介呀……

珊珊妈　和金成外头凉快凉快去。

珊　珊　大冬天的，我不热呀！

金　成　我也不热。

金哈哈　叫你去你就去，听老人的。

　　　　　[珊珊金成悻悻离开又折回躲窗后偷听。

珊珊妈　她金叔，您说对不？

金哈哈　……对、对、对。(抹把额头汗，背唱)

　　　　　鬼吹灯，未沾滴水足足味，

　　　　　话中话，明敲暗打句句锤。

　　　　　自进门，连枪带炮抢一顿，

　　　　　好家伙，杀我一个下马威。

照平常,掀桌走人不啰啰,

为孩子,忍下恼火笑脸堆。

呵呵呵,他婶子,婚事咋办您说了算。

珊珊妈　(唱)老话说,一家有女百家求,

金哈哈　(唱)新时代,自由恋爱天做媒。

金　成　哟,我爸这句(竖大拇哥)……

珊珊妈　您也知道新时代?(试探地)那咱也喜事新办?

金　成　新办新办(祈祷状)。

金哈哈　不敢不敢。

珊珊妈　是不敢,还是不想?

金哈哈　不敢,也不想。

珊珊妈　真大办?

金哈哈　绝不含糊。(背唱)

腰包鼓身板硬不怕刁难,

半辈子积攒下我不差钱。

他婶子,(对珊珊妈唱)

办喜事啥要求您开条件,

珊珊妈　(唱)金家喜您做主您先谈谈。

金哈哈　(唱)新三斤旧三金任您挑选,

金　成　(从窗户探进头)爸,(唱)

啥三斤三斤啥有点蒙圈?

金哈哈　(唱)旧三金戒指耳环金项链,

新三斤百元大钞三斤三。

金　成　啊,那得多少钱?

金哈哈　(唱)也可以前四后八一动一不动,

城里楼外加十全十美一冒烟。

珊珊妈　简而言之。

金哈哈　（唱）一楼房一轿车彩礼十万，

新家具新电器样样齐全。

迎亲队豪华车连成一串，

珊　珊　啊！这哪行？（唱）

啃老族寄生虫咱不能担！

［珊珊欲冲进去，被金成拽住。

金　成　看看我姊还有啥招？

珊珊妈　他金叔，您家的钱是大风刮来的？

金哈哈　嘿嘿，不是刮来的，是吹来的。（指指腰里的唢呐，比画）一
个汗珠摔八瓣，一支曲子一支曲子吹来的。

珊珊妈　那咋花起来一点也不心疼？

金哈哈　当父母忙活一辈子不就为孩子吗？为了孩子甭说花钱，割
肉也不疼。

珊　珊　……可怜天下父母心。

珊珊妈　这观念，看来是不下猛药不出毒。她金叔，（唱）

那些个，太普通，

中西合璧行不行？

八抬大轿来一乘，

配套仪仗要齐整。

金哈哈　啊？（背唱）

人心不足蛇吞象，

这个条件怎能应？（面有难色）

珊珊妈　咳咳，天也不早了，我给您端茶去。

[珊珊妈出屋,珊珊金成忙起身。

珊珊妈 （冲金成努努嘴）该你了。（下）

金 成 爸啊,咱走吧。

金哈哈 干啥去?

金 成 找八抬大轿去啊。再说我婶都端茶送客咧。

金哈哈 不用出门我就能办了。你看着。（拿出手机,打开微信,视
频聊天）

金 成 微信视频?您真时尚。

金哈哈 通了。（使劲瞅）通了咋看不见人呢?

[金成从兜里掏出个胡子挂上。

金 成 我义务客串一下轿爷吧!（用手比画个框,站进去）来了,
来了。

金哈哈 （深施一礼）好久不见! 别来无恙!

金 成 （装模作样地）还好还好。

金哈哈 求轿爷八抬大轿一用。

金 成 对不住了。

[金哈哈双手奉上厚厚的礼金。

金 成 不是为钱。

金哈哈 那是为啥?

金 成 拆了。

金哈哈 那可是您家祖传的……怎么说拆就拆了?

金 成 轿不拆,十里八乡,就来求,不好拒绝。

[金哈哈疑惑不解。

金 成 用轿就得用仪仗,用仪仗就得用鼓乐队,一系列配套起来,
没几十人,办不了这场面。忒繁琐沉重。

1181

金哈哈　人生，一喜一悲，也就繁琐两回。

金　成　能简略轻松，为何求繁琐沉重？（挂断视频状）

金哈哈　哎，轿爷、轿爷……"视频通话对方已挂断。"

金　成　（转身摘下胡子，对下场门喊）导演，一会儿我得领两份盒饭啊！

金哈哈　金成，金成你过来！

金　成　（故意地）妥了？

金哈哈　（愁眉苦脸地）妥？脱缰绳！哎，你跟珊珊妈通通气，看这八抬大轿能免了不？

金　成　不能！珊珊妈说了，要么新办，要么老办，老办就得有八抬大轿。

　　　　［金哈哈摸摸心口，似有疼痛感。

金哈哈　要是办不到呢？

金　成　爸，你可别急，别躁！（故意地）儿打光棍，也不能让爸丢了面儿啊！

金哈哈　（喃喃自语）面子，面子，人活一辈子，为了啥呢？我这辈子，就是想把老金家的面子给足足挣回来。

金　成　面子有那么重要吗？

金哈哈　还没。娶亲这事上，爸不想让你走爸的老路，三十好几才娶上个媳妇。

金　成　好饭不怕晚。

金哈哈　你爷爷就死在这上头……

金　成　啊……

金哈哈　（唱）一想起卅年前肝肠脆断，

　　　　　　　喜事没丧事来泪水成川。

　　　　　　　三大件没凑齐娘家不干，

热闹闹迎亲去空驴返还。

老金家丢大人失了颜面，

我爸他气伤身一命归天……

金　成　　爸……

金哈哈　　(唱)半辈子起早贪黑走南闯北省吃俭用精打细算，

为金家风风光光体体面面让你爷爷含笑九泉！

爸豁出去了！八抬大轿，跑遍山东也得给你弄来！

金　成　　爸咱邻居福来家，喜事大办特办，白白浪费好多钱，面子是

挣足了，拉下一腔饥荒。现在新媳妇知道了，正在闹离婚。

爸啊，您本身也是这大操大办的受害者，咱为啥非得大办

呢？咱新办不行吗？

金哈哈　　(似有动摇)珊珊妈能同意？

金　成　　我婶早就同意新办，就是因为恁是个"老顽固"，才下得这剂

"猛药"！她早知道轿爷家的八抬大轿拆了。

金哈哈　　好啊，小兔崽子！不早说，合起伙来"出火"你爸！

　　　　　[追打。

　　　　　[珊珊妈和珊珊上。

　　　　　[金成躲珊珊妈后面。

珊珊妈　　婚事是孩子们的婚事，让他们自己拿主意吧。

珊　珊　　我俩早商量好了。一不摆喜宴，二不收份子，三不雇车队鼓

乐队……

金哈哈　　停停，前面那些我都赞成，最后这条，我反对。

珊珊妈　　为啥？

金哈哈　　我就是个喇叭匠，咱自己的喜事都不用鼓乐队了，那别人谁

还请我啊？

珊珊妈　孩子们孝顺,你就甭受累挣钱了。

金哈哈　我是为钱嘛?

珊珊妈　为啥?

金哈哈　有瘾啊,不吹难受!

珊　珊　爸,我和珊珊的婚事新办,能省下不少钱。我俩准备赞助10万,为您和您那帮老伙计们,成立"金哈哈公益鼓乐队"!

珊珊妈　"金哈哈"＋"公益"——场面!(竖大拇哥)

金　成　风光!

金哈哈　公益鼓乐队,免费为群众?(猛地给金成一拳,又接连两拳砸在金成背上)

珊珊妈　不愿意?

金哈哈　(哽咽地)没白疼他!

珊珊妈　"金哈哈"就可劲过瘾吧!

金哈哈　嗯嗯,他婶子……

珊珊妈　叫亲家!

金哈哈　亲、亲——家!

珊珊妈　哎!哈哈哈……

众　人　(合唱)嫁女择佳婿毋索重聘;

　　　　　　　娶媳求淑女勿计厚奁。

　　　　　　　喜事刮新风新办简办,

　　　　　　　移风又易俗人人喜欢。

　　　　　[剧终。

万字剧

现代戏曲·大疆大爱

时　间　当代

地　点　南疆

人　物　姜鲁成　　男,45岁,援疆干部

　　　　杨　霞　　女,42岁,姜鲁成之妻

　　　　沙拉买提　男,55岁,民间艺人

　　　　克里曼　　男,60岁,群众

　　　　姜　母　　女,78岁,姜鲁成之母

　　　　老　常　　男,53岁,当地干部

　　　　高县长　　男,40岁,当地干部

　　　　阿里木　　男,25岁,沙拉买提之子

　　　　塔吉古丽　女,33岁,群众

　　　　库图鲁克　男,28岁,群众

　　　　哈吾勒　　男,37岁,群众

　　　　群众若干

序　曲

[音乐声中,歌谣传来:

　　天山下羊羔白来青草绿,

　　满眼哎好巴郎头数哥哥你!

　　风卷黄沙起就盼来个雨,

落在这高天厚土就把那根根扎进泥!

哎唻唻忙活圪日子红火甜如蜜,

啊咿哟心疼煞追星赶月我的那个你⋯⋯

一

[歌声中,幕启。

[朝阳初升,霞光灿灿,芳草萋萋。

[盛装的人们载歌载舞举行麦西来甫。

[一位抱热瓦普的老者不时眺望。

[领唱的沙拉买提格外显眼,"日子红火甜如蜜——"一嗓
子出来更是吸引了众人。

沙拉买提　(越发要亮亮嗓子了,唱)我的最爱还是你!

众　　　　(鼓掌叫好)亚克西!

哈 吾 勒　不愧是名扬南疆"迷死个人儿"的沙拉买提!

库图鲁克　瞧瞧,口水都砸着脚板板咧!

哈 吾 勒　(冲高处的老者喊)克里曼大叔,今年麦西来甫您选对
人咧!

沙拉买提　亲爱的乡亲们——

众　　　　哎——

沙拉买提　我们的牛羊怎么样?

众　　　　肥又壮!

沙拉买提　我们的瓜果怎么样?

众　　　　甜又香!

沙拉买提　沙拉买提怎么样?

众　　　　啊?

沙拉买提	歌又好舞又棒哎……
库图鲁克	你的脸皮厚又厚哎……
众	哈哈哈……
克 里 曼	贵客呢？
众	请去了！
沙拉买提	那我们先唱起来跳起来，贵客一到，正式开始！
众	好咪！
	〔众人排练着舞蹈。沙拉买提趁众人不注意悄悄端酒 欲饮。
哈 吾 勒	（发现，阻止）大姜没请来，你不能先喝。
库图鲁克	就是，贵客未到，不能动。
沙拉买提	（不情愿地放下酒）呃——这么恭恭敬敬，阿凡提吗？
哈 吾 勒	他是不骑毛驴随叫随到的汉族的"阿凡提"，来自泰山的 "挑山工"！
沙拉买提	挑山工？
哈 吾 勒	哈哈哈，那是绰号，我们都喊他大姜。
库图鲁克	你哪知道大姜的好啊？
沙拉买提	别门缝里看人！从南疆到北疆，哪有我沙拉买提不知道 的？你刚娶了个媳妇大五岁吧？俗话说女大三抱金砖， 女大五——赛老母，哈哈哈……
塔吉古丽	（气呼呼冲上前）就是赛老虎，也比你沙拉买提阿里木爷 儿俩，出来进去单蹦单的强！
沙拉买提	我爷儿俩眼光高。
塔吉古丽	请你来是操办麦西来甫的，不是让你闲磨牙损人的！
克 里 曼	嘿、嘿、嘿！

［众人安静。

哈吾勒　　过去我们也请，不是找不到人，就是请不来。

沙拉买提　你刚刚不是说他随叫随到？

库图鲁克　遇到困难随叫随到，做客喝酒永远没空。

克里曼　　有戏不？

沙拉买提　沙拉买提出马能没戏？我保他，人来，酒喝！

塔吉古丽　不怕风大闪了舌头？

沙拉买提　那就看好戏吧。克里曼大哥心放宽，请贵客我双保险，兵
　　　　　分两路省时间！头一路，访定点，大棚农田瓜果园、牧民
　　　　　们的羊圈边，田里圈里仔细看，不怕他满坡都是工作间；
　　　　　还一路，骑驴转……

众　　　　啊？谁骑驴转？

沙拉买提　你问是谁骑驴转？就是那主动请缨、非见大姜、拦不住
　　　　　的、上了邪的、不愿跟我流浪歌唱的儿子阿里木，两路人
　　　　　马交代全，发现大姜，啥话别讲、不由分说、生拉硬拽、连
　　　　　捆带绑送眼前！

　　　　　［两小伙气喘吁吁上。

俩小伙　　报告，没找到。

　　　　　［众失望。

　　　　　［克里曼看看天，沙拉买提看看克里曼。

沙拉买提　（扬声冲上场门喊）主角还不上，等观众退票啊？

　　　　　［内声"来了——""大姜来了——"

　　　　　［众挥手欢呼"来了！真来了！"

　　　　　［两姑娘簇拥一戴草帽的人上。

俩姑娘　　报告报告，任务完成！

阿　里　木	闪开闪开,驮来了!

　　〔驴叫脖铃儿响,阿里木拎鞭子旋子出场,另一戴草帽者紧跟上。

沙拉买提	呀——超额完成!
众	(惊)俩?

　　〔两"草帽"相互打量,一起大笑。

姜　鲁　成	哈哈哈……(风趣地)你是大姜?
假　大　姜	哈哈哈……(激动地)你是大姜?
沙拉买提	穿戴还真差不离儿,草帽眼镜两腿泥儿。
假　大　姜	(抓住大姜的手)可算让我逮着咧!
阿　里　木	梨树不结桃,假的真不了。
姜　鲁　成	我,假的? 好,我撤!(偷笑转身就走)
假　大　姜	(拦)走可不行。
阿　里　木	对,不行,你冒充援疆干部招摇撞骗……

　　〔克里曼走近大姜,把右手放在左胸,点头、鞠躬,并连声地说:"萨拉木里坤"。

姜　鲁　成	(热情地)克里曼大叔,萨拉木里坤!
阿　里　木	(惊)啊? 我驮了个赝品呀?
沙拉买提	你那眼叫驴踢了?
阿　里　木	不是您说"草帽眼镜两腿泥,牧场羊圈庄稼地……"
假　大　姜	刚才我就在庄稼地。
阿　里　木	我喊"你是大姜吗?"
假　大　姜	我问"你找大姜啊?"然后,你啥话没说就把我撮到驴腚上了。
阿　里　木	你不会自个跳下来啊?

假 大 姜	我也找大姜啊,顺道骑驴、顺藤摸瓜……也不赖嘛! 哈哈哈……
姜 鲁 成	找我? 为什么?
假 大 姜	冬小麦和农业产业化……
沙拉买提	(打断)今天过节,莫谈杂事。(对众人)贵客已到,唱起来! 跳起来!

　　[众人敲起手鼓、弹起热瓦普等民族乐器。

　　[沙拉买提引吭高歌,引领众人跳起热情而欢快的麦西来甫舞蹈。

　　[大姜、假大姜也被众人牵起手拖进舞蹈队伍。

　　[热舞中的沙拉买提又端起酒,凑到鼻子前深深吸了一口气,欲饮。

　　[众人拦。

众	(唱)甜甜的歌儿迎贵客,
	美酒啊美酒敬大姜!
姜 鲁 成	不用不用。
克 里 曼	怎么能不感谢?
	(唱)你看这棉粮园区、夏秋林果、冬春大棚,现代农业新气象,
	你看那高高厂房、座座新校、幢幢新居,蒸蒸日上好风光!
	不敬您,敬谁?
姜 鲁 成	不敢当不敢当,您说的那些没多少是我干的。
克 里 曼	不是你就是他,反正是你们援疆干部干的。对吧,乡亲们?
众	对!

姜鲁成　我就是援疆队伍里的一个兵,一个普普通通的农技员。

克里曼　(唱)有你在果蔬销路东西通畅,

　　　　　　　有你在不愁虫害兴风作浪,

　　　　　　　有你在农技援助收成猛涨,

　　　　　　怎能不,

　　　　　　　感谢你几年来没白没黑忙?

姜鲁成　(唱)雪山般晶莹坦荡,

　　　　　　草原般淳朴善良。

　　　　　　　怎能不抛洒满腔热血?

　　　　　　　怎能不爱这大美新疆?

　　　　　　克里曼大叔,

　　　　　　　大姜站的这班岗,

　　　　　　　援疆服务本应当。

　　　　　　　大伙莫要放心上

　　　　　　　受之有愧不敢当。

　　　　[众人团团围住大姜。

众　　　(唱)大姜草原逛,

　　　　　　牧草无病伤。

　　　　　　大姜田间闯,

　　　　　　庄稼多收粮。

　　　　[大姜几番"突围",终于钻出人群,将假大姜拽至一边。

假大姜　很有威望啊!

姜鲁成　别燥我,夸张了。刚才,你说冬小麦怎么了?

假大姜　贵县的冬小麦年年丰收,我县的冬小麦连连减产,慕名前来

　　　　拜师取经……

[二人话语声被笑声歌声盖过。

[大姜从包里掏出纸笔,写完递给假大姜。

姜 鲁 成　你去农业局找老常,拿这个编号的种子,它适合你们县的
　　　　　土壤和气候。

假 大 姜　谢谢姜老师!

姜 鲁 成　叫大姜就行。

假 大 姜　我替我们县……

姜 鲁 成　(示意)嘘——我走咧!(回头)农业产业化的事我们电话
　　　　　里聊。

　　　　　[眼看大姜就下场了,阿里木一个跟头从毡包后翻出。

姜 鲁 成　呀,好身手! 歌舞演员吧?

阿 里 木　我有种地的膀子,没唱歌的嗓子。

　　　　　[大姜从一侧走,阿里木跳步拦住。

姜 鲁 成　小兄弟,时间宝贵,放我走吧?

阿 里 木　我想跟您学技术,想种瓜种菜……

沙拉买提　种种种,出息(反话)! 连女人都没有,种什么种!

　　　　　[众人发现大姜要走,纷纷挽留。

众　　　　不能走,不能走……

克 里 曼　都松开。

　　　　　[众人不舍地放手。

塔吉古丽　说大话的,要没戏。

沙拉买提　不到最后,别鼓掌。(对大姜)走也得麦西来甫结束再
　　　　　走吧!

　　　　　(唱)农牧民掏心窝窝将你请,
　　　　　　　　当贵客兴师动众笑脸迎。

姜 鲁 成　（唱）乡亲们一腔赤诚怎不懂，

沙拉买提　（唱）你若懂为何还走不领情？

姜 鲁 成　虫。

沙拉买提　啥？

姜 鲁 成　虫。

　　　　　（唱）我也想麦西来甫同欢庆，

　　　　　　　　怎奈那虫害检测不能停。

沙拉买提　哼，（指众人，唱）

　　　　　　　　你看这张张热脸双双眼，

　　　　　　　　难道说他们不如几条虫？

众　　　　不能。

姜 鲁 成　不是。

沙拉买提　留下？

众　　　　留下。

姜 鲁 成　不行。

沙拉买提　（唱）你们道他把百姓最看重，

　　　　　　　　却原来没拿咱们当棵葱。

克 里 曼　（对大姜）忙去吧。

沙拉买提　等等。

　　　　　〔摆好三碗酒。

沙拉买提　（唱）强扭瓜不甜想走不硬哄，

　　　　　　　　三碗马奶酒为你送送行。

　　　　　　　　也算是赏光过节没白敬，

姜 鲁 成　（唱）我滴酒不沾实在难应从！

　　　　　　　　拿颗龙须酥糖权当喝酒行不行？

1193

塔吉古丽	多拿多拿。(给大姜往兜里塞)
姜鲁成	(推脱)两颗就好。
假大姜	大姜从不喝酒,我也听说过。
沙拉买提	(正气没处撒)有你什么事? 有你什么事?
假大姜	(笑脸相对)这位大哥消消气,酒我替他喝,好不?
沙拉买提	你哪根葱呀? (夺过,背唱)

> 不信我沙拉买提拿不下你,
>
> 你有张良计,我有过墙梯。
>
> 大窝脖哎头回没成主人意,

（忽坐地痛哭,接唱）

> 从今后,沙拉买提封箱停演、永不开台、再不歌唱、隐
> 姓埋名、远走他乡、后会无期!

姜鲁成	大叔……
众	别呀,别呀,沙拉买提不唱,吃什么都不香咧! 干什么都没劲了。
阿里木	也好。(欲拽起沙拉买提)
沙拉买提	你……放驴走,让它自生自灭! 歌不唱了,驴也用不着了!

　　〔沙拉买提蹦起,从阿里木手中夺过鞭子冲驴甩去。

　　〔驴叫。

　　〔大姜上前夺下鞭子。

姜鲁成	我喝。
沙拉买提	没人逼你。

　　〔大姜端起酒。

姜鲁成	是我想喝。

（唱）四十多年不沾酒，

　　　头回端酒话在喉。

　　　怎忍大伙心伤透，

　　　怎忍真情付水流，

　　　怎忍大叔他乡走，

　　　怎忍毛驴性命丢？

　　　是药我也吞入口，

　　　权当三碗糊糊粥。

〔端起酒连续仰脖灌下，被呛得连连咳嗽。

〔伴唱：

　　　热乎乎，三碗酒，

　　　火辣辣，穿肠流。

〔众心疼。

阿　里　木　（对沙拉买提）阿塔，你不地道！

沙拉买提　傻，事儿成就行。

假　大　姜　（揶揄）演得不孬。

沙拉买提　嘿嘿，猴戴草帽一阵阵儿，我扮坏人一会会儿……

假　大　姜　（故意调侃）哦——俩猴。

沙拉买提　嘻嘻……（给大姜捶背）你傻不傻、傻不傻，太实在……

　　　　　（忽冲着大姜后脖子"啪"就是一巴掌）

阿　里　木　咋还打人呢？

克　里　曼　过分了。

沙拉买提　冤枉！（摊开手）看，是个虫儿，飞到他脖子上了。

姜　鲁　成　草地螟！（抬头看天）呀！又是一大群。我必须马上追

　　　　　赶，掌握密度、来源、飞行去向、及时上报。我的摩托车还

1195

在牧场,这可咋办?

假　大　姜　与其找临时的车,不如骑现成的驴。(指指阿里木手中的鞭子)对吧,小兄弟?

阿　里　木　哦对,你骑驴追。(递鞭)

姜　鲁　成　多谢。(接鞭欲上驴)

沙拉买提　等等,它可不是一般的驴,是我走江湖唱歌的伴儿,比媳妇都亲!说骑就骑?

哈　吾　勒　你还要条件?

沙拉买提　他帮过你们,可没帮过我呀?

姜　鲁　成　你肯借驴,让我帮啥都行。

沙拉买提　啥都行?

姜　鲁　成　只要我办得到。

沙拉买提　来三击掌。

　　　　　　〔二人三击掌。

沙拉买提　帮阿里木娶上媳妇。

阿　里　木　阿塔,你……(又气又羞)

哈　吾　勒　人家是援疆的农技专家,不是红娘媒婆。

库图鲁克　别强人所难。

姜　鲁　成　不难,我答应。

　　　　　　〔大姜上驴状。

姜　鲁　成　(对阿里木)你种瓜种菜,我技术服务。我电话他们都有,记下来,有什么问题随时打,别愁媳妇哈!克里曼大叔,今晚大风有雨,你们也早结束吧。

假　大　姜　(踹一脚驴腚)快走吧!

　　　　　　〔大姜下,脖铃声远。

[众目送。

[光渐收。

二

[紧接前场。

[脖铃声由远及近。

[大姜内唱"脖铃儿,声声脆——"挥鞭骑驴状上。

姜鲁成 (唱)驴蹄儿,步步飞。

无暇浏览风光美,

想生双翼插翅追。

草地蟆时散时聚,

几起几落几折回。

去向不明忽南北,

观测还需紧跟随。

下坡腿夹紧,

上坡趴驴背,

跨沟大步迈,

过桥细步堆。

前方又是一山岭,

心急忙把鞭儿挥。

驴儿不前反后退,

莫非害怕胆不肥?

还是腹饿身疲惫?

我来后腚用肩推。

[下驴,推驴,被踢开状。

1197

人都说,马乏不过道,驴乏一把料,

看来是饿了,

小伙计,我这就找饭,给你开野炊。

[牵驴四下寻找状,驻足。

你看这,满坡坡青草嫩蕊蕊,

甩开腮,饱饱啃足了肚不亏!

[脖铃响。

姜鲁成 不吃?难怪说,犟驴拉不到槽头上。不吃草,你吃啥?(下意识摸兜,顺手掏出一颗糖)龙须酥糖,你也不吃啊……

[糖被驴叼走状。

姜鲁成 啊?头一回见识吃糖的驴!(再摸兜,又掏出一块)不给了不给了,俺得留着!(赶紧塞兜里生怕被驴抢走)

[驴叫。

姜鲁成 咦——还想抢啊?(推搡状)哎哎,咋还拱?(恍然大悟)噢,准是闻着馕的味道了。(拿出放草地上状)算你运气好!还剩大半块……沙拉买提咋宠的你啊?真不是一般的驴。

[坐地,掏笔记录。

[脖铃响。

姜鲁成 呀,一霎霎功夫大半张馕没了影。这可是大姜一天的饭啊。你恣吧悠悠咧,我肚肚还空空呢。小伙计,吃饱饱了,咱上路吧?

[大姜起身,趔趄,捂头。

姜鲁成 (唱)忽觉得头眩晕双脚不稳,

天昏昏地沉沉天地昏沉。

都说我草地螟飞知密度,

发生能预报落地辨雌雄。

我大姜向来行动迅速准，

是测报战线前哨侦察兵。

可今天三碗酒惹我犯困，

浑噩噩飘乎乎东西难分。

倘若是数据错后果严重，

草地螟所到处啃净吃空。

〔雷声风声。

姜鲁成　（唱）风渐紧雷声滚滚，

不由人心急如焚。

头欲裂眼迷胸闷，

哎呀呀，如何是好？

伸双指，掐破印堂，放血降压，以痛制困，醒脑提神！

〔掐破印堂，翻身上驴状。

〔音乐继续。

〔边前行，边观测，边记录。

〔伴唱：

云暗不知天早晚，

草深不知路有坑。

〔驴失前蹄，大姜跌下状。

姜鲁成　（唱）牛跌轻，马跌重，

毛驴上跌下来要了个命。

还偏偏，肉身身落在了石梗梗，

万万幸，四肢未断仅仅皮肉疼。

哎哟，嘶……哎哟……（疼得龇牙咧嘴，还不忘自我调侃）

1199

> 这一摔，也不孬，
>
> 酒劲骤减头脑清。
>
> 速上报，密布控，
>
> 全面拦截草地螟。
>
> 不能让，老百姓，
>
> 庄稼绝产无收成！

[音乐节奏里，大姜飞快地编辑完短信，后拨电话。

姜鲁成　喂，老常。一大批草地螟迁飞而至，情况十分紧急，飞行方向、虫龄、密度等数据已经短信给你。8 号和 21 号观测灯都超过了每平方米 1 万只，而且之后十天，温度超过 23 ℃，湿度大于 50％，所以草地螟有大发生趋势。如果不及时拦截诱捕，会造成南疆等地农牧业大幅减产，甚至绝产！建议马上启动预警机制，实行全天监控，严密布控，采取诱虫灯、黄蓝板等多种措施……我在哪里不重要，你赶紧、赶紧上……上报……

[酒劲儿上来，大姜昏睡过去。

[风雨交加。

[光渐暗。

[伴唱：

> 哗啦啦，雨水落满坡，
>
> 呱哒哒，驴儿跑回窝。
>
> 哎呀呀，大姜不见了，
>
> 嗨哟哟，急坏大家伙儿……

[远处点点光亮，人声传来。

[老常、杨霞、阿里木、沙拉买提、克里曼等众人打手电寻上，

"大姜——""大姜——""鲁成——"

沙拉买提　驴回来了,人不见咧……

克里曼　赶紧找!

〔老常忽然发现大姜。

老　常　大姜! 大姜在这里——

〔众人围过去。

〔杨霞冲进人群。

〔沙拉买提自责不已。

〔阿里木示意别再丢人。

〔伴唱:

盖着天,枕着地,

呼噜噜,大姜睡着了……

〔杨霞扑过去,将大姜抱在怀里。

杨　霞　(哽咽)大姜……你睡得真香。

姜鲁成　你怎么来了?

杨　霞　娘让来的。

姜鲁成　娘好不?

杨　霞　……好。

〔光渐收。

三

〔两日后。

〔大姜宿舍。

〔杨霞收拾行李。

杨　霞　大姜,我跟你说……

姜鲁成 "别急,慢慢说。"

杨　霞 你的药都放在第一个抽屉了,要按时吃。

姜鲁成 "药不能过量,也不能过少。"

杨　霞 你最爱吃的煎饼我又给你摊了十来张……

姜鲁成 "赶紧都扔掉!"

杨　霞 啊?

姜鲁成 "舍不得,也得扔。"

杨　霞 为啥?

姜鲁成 "别因小失大,现在补救还来得及。"

　　〔杨霞诧异地走近大姜,发现大姜在打电话。

姜鲁成 "重新整地,栽培新苗……好,再见。"

杨　霞 哈哈哈!我还以为你跟我说话呢!

　　〔大姜电话又响。

姜鲁成 "喂,是……什么症状?……活动周期?……"

　　〔杨霞拿着毛坎肩毛衣毛裤等,等着大姜打完电话。

姜鲁成 "好,好,明天我去你的牧场看看。"(挂电话)

　　〔杨霞给大姜套上毛坎肩。

姜鲁成 这买主的身材,肯定跟我差不离啊,你看不大不小正好。

杨　霞 就是给你织的。这毛裤,膝盖那里我给你织了双层,天冷了穿。

姜鲁成 (拿过翻看)不残不次,我穿可惜,你当卖品吧。

杨　霞 穿残次品上瘾啊?也怪我,自打买了那织毛衣的机器,十来年却没舍得让你和妮穿件好的,净穿残次品咧。

姜鲁成 俗话是实话,卖油的婆姨水梳头,卖盐的老汉喝淡汤。

　　〔大姜电话又响。

姜鲁成 "喂……什么症状？……"

　　　　［大姜走至桌边,边听边记。

杨　霞 （唱）葡萄开花一串串,

　　　　满腹话儿万万千。

　　　　求助电话来不断,

　　　　来疆之事咋开言？

　　　　三天来,早出晚归难照面,

　　　　回宿舍,电话频频紧相连。

　　　　怎么办,怎么办……有了!

　　　　［掏出电话,瞅着大姜。

姜鲁成 "这种菜地除草剂我反复试验过,除草成本每亩能节省几十

　　　　元……嗯,再见。"

　　　　［大姜刚欲放电话。

　　　　［杨霞立马拨过去。

　　　　［大姜的电话便又响了。

姜鲁成 喂？

杨　霞 大姜吗？

姜鲁成 是。什么情况？

杨　霞 说不清。

姜鲁成 症状？

杨　霞 忙不停。

姜鲁成 喜好？

杨　霞 煎饼卷大葱。

姜鲁成 啊？……什么虫？

杨　霞 新品种。

姜鲁成　说详细,我记记。

杨　霞　好,我说你听,这个虫哇,

　　　　(唱)看似闷葫芦,

　　　　　　　实则能折腾。

　　　　　　　黄河边生泰山下长,

　　　　　　　飞来南疆他就成了鹰。

姜鲁成　(认真地)哦,哦。

[杨霞几乎凑到大姜脸上了。

姜鲁成　(对杨霞)很特殊的虫,嘘——(推开杨霞,对电话)你继续。

杨　霞　(唱)外像钢铁身,

　　　　　　　内里病不轻。(杨霞举手机,对大姜的耳朵唱)

　　　　　　　面对面说话,

　　　　　　　他用电话听。

[杨霞戳大姜额头,夺过手机放到桌上。

杨　霞　(大笑)哈哈哈……

姜鲁成　(这才恍然大悟)嘿嘿,要不都说咱俩绝配呢! 我是闷葫芦,
　　　　你是太阳花,一个木呆呆,一个嘻嘻哈。

杨　霞　我决定了,来南疆创业。

姜鲁成　不织毛衣了?

杨　霞　机器卖了。

姜鲁成　那就在老家干点别的。你不是十七八,也不是二三十,都快
　　　　半百的人了,背井离乡遭这份罪干啥? 我不同意。

杨　霞　(唱)葫芦结瓜爬长蔓,

　　　　　　　丝丝冉冉扯开难。

姜鲁成　(唱)患难夫妻老来伴,

你背井离乡我心不安！

杨　霞　（唱）胡麻麻开花一片片蓝，

　　　　　　　两口口心往一搭搭钻。

姜鲁成　（唱）你在西，我在东，

　　　　　　　梦里牵手一处眠。

杨　霞　（唱）孤身在外多艰苦，

姜鲁成　（唱）心里有梦比蜜甜。

　　　　　　　嫁给我，你受苦了。

　　　　　　（接唱）大事小情你操办，

　　　　　　　　　　家庭重担挑在肩。

　　　　　　　　　　再苦再累笑声喧，

　　　　　　　　　　从不吭声说句难。

杨　霞　（唱）为你分忧我情愿，

　　　　　　　谁让我千挑万选跟你把手牵！

姜鲁成　（唱）太阳花，嘻嘻哈哈坦坦然，

　　　　　　　闷葫芦，心内早已泪涟涟。

　　　　　　　这里风沙大，你受不了。

杨　霞　你受得了，我就受得了。

姜鲁成　（忽然扒开头发）你看、你看看。

杨　霞　（心疼地抚摸，忽又玩笑地说）不就是水土不服引起的斑秃么，我不嫌你，你不嫌我，就行了！（清唱）"满眼哎好巴郎头数哥哥你……"

姜鲁成　刚来就会唱了？

杨　霞　来新疆，我做足功课了。我先拜师学徒新疆刺绣，办厂做大培训刺绣高手，一起发家致富。也算为你们援疆干部分忧吧?

姜鲁成　还是不行!

杨　霞　为什么? 咱妮上大学了,放假了来这,咱一家在新疆团聚,
　　　　也挺好啊。

姜鲁成　你来了,谁替我孝敬咱娘?

杨　霞　我带着咱娘一起来,一边工作一边伺候咱娘,两不耽误。

姜鲁成　咱娘那么大岁数了,哪受得了这长途跋涉、颠沛流离,哪受
　　　　得了这严寒酷暑、大漠风沙?

杨　霞　实话说吧,我来这里创业,就是为了咱娘……你不知道咱
　　　　娘……

姜鲁成　咱娘咋了? 病了? 你说,你快说!

杨　霞　(唱)心内沉重装笑脸,

　　　　　　　话到嘴边难开言。

　　　　　　　咋能讲娘得癌症,

　　　　　　　不知撒手在哪天……

　　　　　　　此番决定带娘来,

　　　　　　　就为了让他们相守相见、不留遗憾、母子团圆!

姜鲁成　杨霞,说实话,究竟怎么了?

杨　霞　娘没事,就是这几年见不着你,吃不好睡不着,非要来。我
　　　　想娘来也好啊……

　　　　〔阿里木噔噔跑上,边跑边喊"大姜,大姜——"

姜鲁成　啥事?

阿里木　你的电话总占线,急得蹦高往这窜!

姜鲁成　咋啦?

阿里木　好好的西红柿刚发芽,忽然就叶发黄、根要烂,活活急死人!

大姜哥,你快去我大棚看看吧! 订单都签了,要是西红柿都坏哩,我就赔掉腚咧!

姜鲁成　这……

阿里木　(才发现杨霞)探亲的来了?

姜鲁成　是。

阿里木　那我是不是打扰了?

杨　霞　没事,快去吧!

　　　　〔阿里木拽着大姜急下。

　　　　〔杨霞望着二人远去。

　　　　〔大姜复上,冲到杨霞面前,从口袋里掏出龙须酥糖。

姜鲁成　(递给杨霞)新疆特产——龙须酥糖。

　　　　〔大姜转身跑下。

　　　　〔杨霞怔怔地看着大姜的背影,将糖囫囵个塞到嘴里,大力地咀嚼着,嘴角带着笑,眼角淌着泪……

　　　　〔伴唱:

　　　　　　小小一颗糖,

　　　　　　甜蜜入心房。

　　　　　　簌簌泪花淌,

　　　　　　讷讷难开腔……

四

　　　　〔两年后。

　　　　〔十月的大地黄草茫茫。

　　　　〔克里曼心事重重地踱步。

　　　　〔扛着农具的人们纷纷赶来。

1207

[沙拉买提内唱"鸟雀雀叽叽喳喳将我领……"兴冲冲上。

沙拉买提　（唱）舒心风呼呼啦啦伴我行。

　　　　　　　天开眼爷俩该着发财命，

　　　　　　　阿里木种菜种瓜成富翁。

　　　　　　　蔬菜棚年年扩建人不够，

　　　　　　　沙拉买提走街串巷来招工。

　　　　　　哎哟哟，来得早不如来得巧!

　　　　　　　莫非是先知先觉将我等?

哈　吾　勒　（唱）你呀你，孔雀开屏太多情。

沙拉买提　（唱）为什么聚在此处不耕种?

哈　吾　勒　（唱）大喇叭紧急通知暂且停。

库图鲁克　来不来啊? 不来我回去种地，塔吉古丽还生着气。（扛起
　　　　　　农具就走）

沙拉买提　别走啊，这不，我来了么?

库图鲁克　（唱）种地差半晌庄稼少一场，

　　　　　　　你这来唱得再好没心听。

哈　吾　勒　你也是，（唱）

　　　　　　　八戒翻地不用锹——愣拱!

沙拉买提　（唱）沙拉买提不是歌唱是招工!

众　　　　招工?

沙拉买提　对。（唱）

　　　　　　　想发财麻溜溜地跟我走。（发名片）

哈　吾　勒　（念）新疆美果蔬有限公司副董事长沙拉买提……

众　　　　谁啊?

沙拉买提　开开眼，（唱）

宝石戒指蓝莹莹，

进口手表俊生生，

牛皮靴子亮锃锃，

纯金假牙黄澄澄……（龇牙显摆）

库图鲁克　（躲）刷牙了吗？

　　　　　〔沙拉买提给大家展示合同书。

沙拉买提　（唱）现场签合同，

明天就上工。

月月发钞票，

年年有分红。

哈 吾 勒　不过两年，你咋突然就大发了呢？

沙拉买提　（唱）命有福气拦不住，

"神仙"辅导常进棚！

刮风下雨不怠慢，

随叫随到义务工……

库图鲁克　停停，你呀——唱歌有调、说话没谱！

沙拉买提　不信？

哈 吾 勒　没法信。

沙拉买提　你们……（忽然蹦起，指着远处）不怕你们不信！

　　　　　〔摩托车响。

　　　　　〔克里曼从高处奔下。

沙拉买提　"神仙"骑着摩托来咧！

　　　　　〔大姜和老常上。

沙拉买提　（热情相迎）大姜哇——

克 里 曼　（上前一步，右手放在左胸，点头、鞠躬）萨拉木里坤。

1209

姜 鲁 成　萨拉木里坤!

克 里 曼　可来了!

姜 鲁 成　让您和大家久等了!

库图鲁克　是你们通知停止种冬小麦的?

姜 鲁 成　是。

库图鲁克　冬小麦可是咱们活命的粮食啊?

哈 吾 勒　就是啊,为啥不让种了?

老　　常　不是不让种,是先等等……

　　　　　［塔吉古丽扛农具气呼呼上。

哈 吾 勒　等等?

塔吉古丽　还等等?耕种就是和老天爷抢时间,一个时辰也耽误不

　　　　　起啊!赶紧回地!(拽起库图鲁克就走)

老　　常　(拦)库图鲁克家的,你先别着急。

塔吉古丽　吃了灯草,说话轻巧!我们老百姓不像你们,月月开工资

　　　　　旱涝保收,这两天种不上,明年吃啥?

哈 吾 勒　对呀!

　　　　　(唱)打铁看火候,

　　　　　　　　庄稼赶时候。

库图鲁克　(唱)人误地一时,

　　　　　　　　地误人一秋。

塔吉古丽　(唱)种粮误节气,

　　　　　　　　十年九不收。

姜 鲁 成　我知道,

　　　　　(唱)种地看节令,

　　　　　　　　不能听命令。

1210

库图鲁克	那咋还下命令不让种呢？

老　　常　（唱）不是不让种，

　　　　　　　　要种先拌种，

　　　　　　　　为防黑穗病，

　　　　　　　　全县都执行。

众　　　　散黑穗病？

老　　常　对，散黑穗病。

哈　吾　勒　（唱）孩怕黄疸稻怕旱，

　　　　　　　　小麦就怕黑穗病，

　　　　　　　　为啥不早提个醒？

老　　常　（唱）大姜他，一直为此忙不停。

塔吉古丽　（唱）忙不停，为什么才来下命令？

老　　常　唉！（似有难言之隐）

塔吉古丽　（唱）让停可以停。

　　　　　　　　啥时再播种？

　　　　　　　　啥药来拌种？

　　　　　　　　药品可带来？

　　　　　　　　配比有说明？

老　　常　（唱）药到可拌种，

　　　　　　　　配比有说明。

塔吉古丽　药品何时到？

老　　常　钱到药就到。

哈　吾　勒　多少钱？

老　　常　20万。

众　　　　啊，20万？

哈吾勒	上哪里弄这么多钱啊？
老　　常	向县里，正在申请去力争……
众	怎么样？
克里曼	批了吗？
姜鲁成	还在争取……
老　　常	咱们县家底薄收入少，主要是，购药款没在预算中……
塔吉古丽	嘿，闹了半天，墙上画烧饼。库图鲁克，走！
姜鲁成	库图鲁克兄弟……
库图鲁克	大姜……再等种了也不收啊。
库图鲁克	既然没钱又没药，那今年就先不拌种，明年再说呗。
哈吾勒	也行，有个小病小灾，不是还有大姜和常站长嘛？
姜鲁成	我和老常也不是神仙啊！我观察散黑穗病多年，今年无论从气候条件还是疫情周期测算，都有大暴发趋势。如果不拌种，哪怕只是一个乡一个村不拌种，也极有可能造成疫情大暴发。一旦疫情暴发，恐怕要颗粒无收。
众	那怎么办？
姜鲁成	我再想想办法，大家再等等……
哈吾勒	等，我们能等，可农时不可违、季节不等人啊？
塔吉古丽	爱谁等谁等，我们不等了。

　　〔塔吉古丽拉库图鲁克走，沙拉买提一下蹦起来，来到二人前。

沙拉买提	（指着二人）你，你，真是两口子！
	（唱）沙窝窝长不出灵芝草，
	石蛋蛋生不出小羊羔。
	烂木头的脑袋没道道，

他为谁好为谁把心操？

有眼不识光明道，

不如一只瞎眼猫。

好种出好苗，

好树长好桃，

没有丰收种，

哪有收成高？

一家种不好，

祸害全村苗！

来年风管饱，

秋后别哀嚎！

走了，另去他乡把工招。

［沙拉买提摇摇摆摆下。

克里曼　等多久？

老　常　很难说……

姜鲁成　五天……

老　常　（喝止）大姜！（悄声地）你现在不再是山东一农业技术员，
而是援疆干部，不要乱许诺……

［众议论纷纷。

姜鲁成　大伙，等我三天，再等我三天……

众　　　三天？太长了……

克里曼　等五天！

众　　　克里曼大叔、克里曼大叔……

克里曼　（一字一顿）我、信、他！

哈吾勒　我也信！

姜鲁成　谢谢父老乡亲！（深鞠一躬）

　　　　［伴唱：

　　　　　　　一个信字哟千斤重，

　　　　　　　千斤重任哟你担承。

克里曼　都散吧。（摆手示意众人散去）

　　　　［众散去。

　　　　［克里曼拍了拍大姜的肩，背手下。

　　　　［场上只剩下大姜和老常。

　　　　［空中雪花，零星飘落。

老　常　大姜，你从来是一丝不苟、稳稳当当、谨谨慎慎，从不夸海
　　　　口、乱讲话，更不善言谈，从没豪言壮语，今天咋就这么冲动
　　　　啊？你让老百姓等三天，三天后咋办？上哪弄钱？上哪弄
　　　　药？你能变戏法啊？

姜鲁成　药我已经联系好，钱到账连夜发货。

老　常　关键是现在没钱啊！

姜鲁成　我这就回，去找找县里。我想领导应该会批这笔款的……

老　常　应该，应该，应该的事多了！

姜鲁成　不批？

老　常　石沉大海。

姜鲁成　不批不行啊！一旦疫情大暴发，没有任何控制办法，全县冬
　　　　小麦面临绝产，农民血汗付之东流，而且会波及其他种植
　　　　区！我去找县长！

　　　　［大姜急下。

　　　　［老常一把扯住。

老　常　大姜，你现在去找，不是给领导添乱吗？大姜啊，

（唱）援疆挂职总得走，

锻炼镀金终有头。

这几年，历经多少风雨骤，

才迎来，现在更上一层楼。

你咋能，冒失硬闯乱开口？

更何况，马上返程正筹谋。

咱们县，财政紧张底不厚，

购药款，不批肯定有缘由。

新县长，不认不识没有了解透，

你可别，钱没要来、职位丢了、前途失了、提拔黄了，鸡
飞蛋打悔三秋！

姜鲁成　（唱）为什么，我心内满满愧疚？

为什么，我胸中疼痛幽幽？

当干部，没想过人情世故，

下基层，满眼是百姓春秋。

天连天，奔忙中追星赶月，

年复年，踏遍了南疆坎坎沟沟！

似明白，老父亲言行操守，

"深扎根、扎深根、根扎深，再贫瘠的荒原，也能发芽
开花"。

苗怕主根断，民怕官不亲，

高天厚土情，休将人民丢。

此话铮铮耳边吼，

我怎能，瞻前顾后、患得患失、丢了操守，忘了群众疾
苦、百姓信任压肩头？

购药款,我必须去力争!县长的门,该闯也闯,不该闯也得闯。老常,你若怕……可以不参与。

老　常　呵呵,你这外来的都不怕,我这白了毛的怕什么?

（唱）这几年,人人叫我常老跟,

业务上,事事听你步步跟。

我知你,学问高深一心为百姓,

旁人家,说三道四我当耳旁风。

俗话说,好马无车难配套,

现在你,好汉无钱拳攥空。

姜鲁成　（唱）晒不死蒜,冻不死葱,

累不倒牛,吓不死鹰。

大姜愿意往前冲继续拼!

老　常　（唱）常老跟一如既往步步跟从!

姜鲁成　（激动地双手相握）我的老哥哥!余下的三个乡镇,就交给你了。务必拦下小麦播种,等候拌种药的到来!

老　常　得——令!

［转身下。

姜鲁成　（冲老常背影喊）老常,今天预报有雪,小心摩托打滑!

［老常内声"今年的雪出奇的早!你也小心!"

［大姜跑下。

［伴唱:

一个信字哟千斤重,

千斤重任哟你担承。

一个信字哟万家梦,

万家梦境哟心相通……

1216

[摩托车发动声,远去声。

[雪越下越大。

[光渐收。

[突然,摩托车撞击声骤响。

[有人内喊:"摩托掉沙沟里了! 脑袋出血了!"

五

[晚。

[音乐起。

[伴唱:

  风阵阵,

   雪纷纷,

[两束追光起,分别打在踉跄而上的杨霞和姜母身上。

姜　母　(唱)风阵阵,

杨　霞　(唱)雪纷纷,

二　人　(唱)风雪透骨冷,

姜　母　(唱)心慌慌,

杨　霞　(唱)步踉跄,

二　人　(唱)肝肠撕扯疼。

姜　母　(唱)眼皮跳,胸口闷,

杨　霞　(唱)未曾开言泪成冰。

姜　母　(唱)不知鲁成可安好?

杨　霞　(唱)三层楼梯斑斑红。

   头部喷血止不住,

   不打麻药生生缝。

十一针，十一针，

针针没有吭一声。

见我先问母亲病，

求我瞒住他伤情。

还让我，速拿全部银行卡，

为了啥，支支吾吾没说明。

〔杨霞擦把泪强颜笑。

杨　霞　娘，您身子弱，别站在窗口上。

姜　母　鲁成他是不是出……（抑制，掩饰，改口）出差……还没回？

杨　霞　没！……没回！

姜　母　咋没个电话呢？

杨　霞　……知子莫若母，您儿您了解。他呀忙起来，不知道黑天白
　　　　夜，连娘都忘了。回来啊，我不给他摊煎饼吃！

〔杨霞翻包找银行卡。

〔姜母疑惑地望望杨霞。

姜　母　（唱）知儿莫若母，

母子连心湖。

天天胸口堵，

夜夜睡不熟。

两天不见儿，

儿媳笑似哭。

不打砂锅问，

让孩心也舒。

装睡紧闭目，

免她门难出。

[杨霞找齐银行卡,给姜母端水,发现姜母"睡"着。

杨　　霞　(轻声)娘,娘,您睡了?

　　　　　[姜母不应。

　　　　　[杨霞给姜母盖好被,匆匆下。

　　　　　[追光收。

　　　　　[面光渐起。

　　　　　[沙拉买提和阿里木拎慰问品上。

沙拉买提　这瞎眼的老天爷,咋净折腾好人呢?

阿 里 木　阿塔,咱这时候挖人合适吗?

沙拉买提　咱这是知恩图报! 救他出水火!

　　　　　[大姜头部包扎着,一只手挂吊瓶,一只手打电话。

姜 鲁 成　张总,药品一定要给我们备足、留足! ……钱? ……两
　　　　　天……对,两天内给您打过去……我以人格担保!

　　　　　[大姜挂电话,摘下吊瓶,要往外冲。

沙拉买提　哎哟哟,我的亲人哇,你不在床上躺着,拎着吊瓶舞扎
　　　　　啥啊?

阿 里 木　(心疼地)大姜叔……伤得不轻啊!

姜 鲁 成　大叔,兄弟,大忙忙地往医院跑啥?

沙拉买提　嗨嗨,大忙忙地撞破头干啥?

姜 鲁 成　嘿嘿,不该不该! (四下望望,示意悄声)嘘,我得出去下。

　　　　　[阿里木似第一场一样,跳身拦住大姜。

姜 鲁 成　嚯,功夫不减当年! 啥时候办喜事?

沙拉买提　嘿嘿,秋后俺爷俩一块儿办,外加谢媒人! 你得参加。

姜 鲁 成　不让喝酒就去。

　　　　　[二人笑。

阿 里 木　都伤成这样了,你还操心这个? 大姜叔,在医院咋也想溜啊?

姜 鲁 成　不是愁钱么……

沙拉买提　愁钱? 好说。你快躺好。

　　　　　〔二人将大姜扶到床上,重新挂好吊瓶。

　　　　　〔沙拉买提掏出大红包和大红聘书,举到大姜面前。

姜 鲁 成　啥意思?

沙拉买提　钱! 聘书!

　　　　　(唱)常言道,吃水不忘挖井汉,

阿 里 木　(唱)滴水之恩报涌泉。

沙拉买提　(唱)这些年,治病防虫常指点,

阿 里 木　(唱)技术服务不收钱。

沙拉买提　(唱)那一年,西红柿重病染,

阿 里 木　(唱)你出手,挽回损失百万元。

沙拉买提　(唱)那一年,冰雹突降菜绝产,

阿 里 木　(唱)你及时……

姜 鲁 成　打住打住,长话短说。

沙拉买提　(唱)聘你当总监!

　　　　　〔杨霞上。

阿 里 木　(唱)技术总监你来干,

　　　　　　　　　专车接送上下班。

沙拉买提　(唱)再不受,风吹沙刮这份险,

　　　　　　　　　再不会,起早贪黑不挣钱。

　　　　　　　　　再不必,谁叫都去白流汗,

　　　　　　　　　再不用,操心全县自己难。

杨　　霞	（唱）听这话，是想把他来买断？

　　　　　　　别人再无"使用权"？

沙拉买提	也……差不离。
阿　里　木	（唱）乡亲有事需要他，

　　　　　　　随时请假不阻拦。

沙拉买提	（唱）竞争对手不能管，

　　　　　　　胳膊不能往外弯！

杨　　霞	叔，钱和聘书拿回去吧。

　　　　　　　（唱）鱼不离水，瓜不离蔓，

　　　　　　　车不辞路，虎不辞山，

　　　　　　　大姜离不开援疆战线，

　　　　　　　鲁成舍不了这方厚土高天！

　　　　　　　［将钱塞给沙拉买提。

沙拉买提	呀！谁家女人不是搂钱的耙子——紧划拉！你咋往外推呢？别跟他一个样儿，光看地不看天！啥年月咧？再说了，老嫂子那么大岁数了，啥时候享享福哇？远的不说，就说上午，你操碎了心，还有那榆木疙瘩不领情！何苦哇？……
姜　鲁　成	（忽然指红包）里面多少钱？
阿　里　木	两万。

　　　　　　　［大姜打欠条递上，抓过红包。

沙拉买提	呀——开窍咧！
姜　鲁　成	暂借救急，用下半年工资还。杨霞，银行卡都拿来了吗？
杨　　霞	拿来了。
姜　鲁　成	一共多少？

杨　霞	只剩 10 万了。
姜鲁成	那就先定 12 万的药。

　　　　　[大姜单手一并抓过,连同红包塞入兜内,拎起吊瓶就走。

杨　霞	干啥去?
姜鲁成	银行打款。
杨　霞	打啥款?
姜鲁成	购药款。
杨　霞	啥药?
姜鲁成	拌种药。
杨　霞	谁拌种?
姜鲁成	全县百姓。

　　　　　[杨霞不给。

姜鲁成	杨霞、杨霞!你是最懂我的、你从来是支持我的……
杨　霞	这钱你不能动!
姜鲁成	钱不到账,药买不来,全县小麦绝产啊……
杨　霞	说啥也不能动!

　　　　　[二人拉扯。

　　　　　[谁都没注意一旁站立多时的姜母。

姜　母	姜鲁成,住手!
姜鲁成	娘——
姜　母	你呀你,真是你爹的种!一辈子心里只有公家没有自家。 你咋能拿杨霞的钱?
姜鲁成	我想先垫上救急,怕药来晚了,耽误农时。

　　　　　[姜母从怀里掏出一个存折。

姜　母	这是你爹的遗属补贴,我一分没花,你拿去救急吧。

杨　霞　（抢先接过，打开存折，喜）娘，有您这些，加上我攒的，够您
　　　　住……（想说住院忙捂嘴）

姜　母　住什么？

杨　霞　住、住新楼。

姜　母　（气）杨霞！你！你……咋这样了呢？你……该比我更理解
　　　　鲁成啊？他说急，那一定是十万火急。你的钱你买楼，我的
　　　　钱先救急！新楼晚住两年也没啥，对吧？

杨　霞　娘……（回身对大姜小声哽咽着道）这是给娘攒的看病钱，
　　　　娘的病我怕再拖……

姜鲁成　啊，这……如若是，

　　　　（唱）救了百姓急与险，

　　　　　　　花了母亲救命钱。

　　　　　　　我怕孝亲不待终身憾，

　　　　　　　我怕良田绝产成荒原。

　　　　　　　疼疼疼，一根肠子四下扯，

　　　　　　　难难难，鲁成忠孝怎两全？

　　　　〔杨霞将银行卡全部掏出，连同存折一并交给姜母。

杨　霞　娘，钱都在这儿，您说了算……

姜　母　（抱抱杨霞）孩子……我的孝顺孩子！娘错怪你了！（走向
　　　　大姜，摸摸大姜的脸，语重心长地）孩子，娘什么都知道。

　　　　〔一家人相拥抹泪。

　　　　〔高县长步履稳健快步上。

姜　母　（唱）小孝治家，大孝报国，

　　　　　　　你父在世经常谈。

　　　　　　　报国则孝母，

你莫纠结莫作难！

小麦如绝产，

多少母亲眼哭干？

大伙受灾苦，

让娘心咋安？

关键时刻大是大非抉择果断，

天降大任一方民生压在双肩！

舍小情，速速汇款莫迟缓，

顾大义，保住全县小麦田！

沙拉买提 啧啧，一家子先进模范！

[忽人声嘈杂，克里曼、哈吾勒、库图鲁克、塔吉古丽等群
众提着羊奶水果上。

众 大姜，大姜哥——

[众关切地欲扑上前，沙拉买提拦住。

沙拉买提 嘘——都住嘴！（转身拽住大姜）哎哎，我说大姜——姜
副局长，要是你争取不下来，县上就是不批购药款呢？你
找谁要回自家这 10 万啊？

姜　母 要是不批，那就更得掏这钱了！

沙拉买提 呀呀，一家子脑袋瓜瓜都是实心的吗？

（唱）要是县上不批款，

顶风逞能你掏钱。

专跟领导对着干，

你这是，屎壳郎滚蛋蛋——自找难堪，早晚得丢官！

姜　鲁　成 倘若是，

（唱）民有需，装聋作哑视而不见，

1224

民有急,置身事外袖手旁观,

民有求,拿架摆谱黑脸冷面,

民有难,回避自保畏缩不前,

那叫啥干部?

那算什么官?

名利如水淡,

责任重如山,

在其职谋其政,

才是为民的官。

应该是,

民有需,遗漏疏忽常致歉,

民有急,提速快办别拖延。

民有求,敢于担当尽全力,

民有难,迎难而上冲在前。

滚蛋蛋丢官何所惧,

坦荡荡为民天地间。

不作为,吃空饷,

那才是,社稷蛀虫危害江山!

高县长　(唱)好一位深明大义老母亲,

好一位心系百姓爱民官!

想当年拜师求教没走眼,

实在是,可亲可敬可点赞的学习标杆!

姜　母　(将存折银行卡一并塞给杨霞)快去汇款。

　　　　〔杨霞接过,迟疑。

姜　母　快去吧!

　　　　　　［大姜一把扯住杨霞。

姜鲁成　（哽咽地）那是娘的救命钱……我、我再去找找县长。

高县长　姜老师,输液管管都拴不住你呀? 要不,再找头驴骑
　　　　着去?

姜鲁成　你是……

沙拉买提　啊——假大姜!

阿里木　对,我驮的那个赝品。

高县长　哈哈哈……是驴驮的!

阿里木　嘿,假的比真的那嘴厉害。

姜鲁成　哈哈哈……原来是你! 咋? 还想踹驴腚送我一程?

高县长　今回不是我踹驴腚,是贵省那个大后方踹驴腚。

沙拉买提　咋句句不离我那驴腚?

阿里木　噗,是你驴那腚,不是你那驴腚。

　　　　　　［沙拉买提暗踹阿里木。

高县长　咱自己家底薄,可是咱有坚实的大后方啊!

　　　　　　［老常边跑边喊"大姜,大姜,好消息——"

老　常　呀,县长的腿比我的快!

姜鲁成　县长?

老　常　报告高县长,已直接给厂家汇款。药厂空运发货,明天中
　　　　午就到!

众　　　太好了!

克里曼　你小子!

　　　　　　［克里曼看着头部包着绷带的大姜,心疼地拥抱。

克里曼　（唱）仿佛见,一位位焦裕禄、孔繁森领着南疆人民……

沙拉买提　（抢唱）驰骋飞奔,

克里曼	（唱）仿佛见，一颗颗赤诚滚烫、造福百姓、亲民爱民……
沙拉买提	（抢唱）公仆心！
克里曼	（唱）有你们——
沙拉买提	（抢唱）五谷丰登、六畜兴旺，
克里曼	哈哈哈你继续。
沙拉买提	（唱）有你们那个那个不愁媳妇……
众	啊？
沙拉买提	（接唱）喜事成双哟好梦成真！

〔众鼓掌。

〔塔吉古丽提着葡萄、羊奶挤上前。

塔吉古丽	大姜哥，这是自家的葡萄、自家的羊奶……
姜鲁成	谢谢、谢谢！
沙拉买提	咦，我先尝尝……
塔吉古丽	走开！什么都想抢！（欲推开沙拉买提，却将羊奶碰翻，洒了沙拉买提一身）哎呀……
沙拉买提	（用歌声和舞蹈化解尴尬）羊奶浴哎羊奶浴，鲜又美的羊奶浴哦咪咪咪……

〔众笑。

姜鲁成	明天中午，药品就到，大伙按照配比认真拌种啊！
众	放心吧！
高县长	（将大姜摁倒在床上）您就安心输液吧！

〔收光。

尾　声

〔金秋时节，丰收在即。

［欢快的音乐，喜悦的人们。

［克里曼大叔坐在高处，怡然地弹着热瓦普。

［沙拉买提阿里木双双新郎的打扮。

［杨霞和塔吉古丽等簇拥着两位新娘。

［大姜挤出人群欲溜，又被新郎官阿里木蹦起拦住。

［众人牵起大姜的手载歌载舞起来。

［合唱伴舞：

　　　　天山下羊羔白来青草绿，

　　　　满眼哎好巴郎头数哥哥你！

　　　　风卷黄沙起就盼来个雨，

　　　　落在这高天厚土就把那根根扎进泥！

　　　　哎咪咪忙活圪日子红火甜如蜜，

　　　　啊咿哟心疼煞追星赶月我的那个你……

［剧终。

编剧：张　丞

百字剧五则

捞　月

爷爷和奶奶生活在倒影的世界。年轻时，爷爷追求奶奶，奶奶却爱上了倒影外的月亮。爷爷想尽一切办法为奶奶捞月却没有成功。爷爷和奶奶渐渐变老。奶奶病重，爷爷为奶奶和月亮举行婚礼。是夜阴沉，月亮消失，奶奶要冲向倒影外的世界，再也没有回来。爷爷想要去倒影外的世界找奶奶，却在倒影外看到了奶奶，继续留在倒影的世界。

葬　礼

老张是个没名的作家，一张绝症诊断书，让老张想要提前举行葬礼，得到尊重。为了省钱，他为自己写悼词、选衣服、挑墓地、裁"纸活"，为了训练自己去当群演演死尸，花掉自己所有的钱去电视台打广告。葬礼成功，生命还有一个月的老张自杀了。

空中楼阁

李涛是名落魄作家，他在粉丝见面会上和王总认识。王总是他的狂热书迷，王总以出书为由邀请李涛去他的家里。李涛来到王总的豪宅。王总谈话间变得疯狂，李涛被要求写书给王总看。王总将他关进阁楼，阁楼被起吊机吊起，李涛在上面写书，写完给王总看，王总不满意就升高一米，升高到十米的时候就会松开，李涛就会被摔死。第十次，李涛在绝望之下以经历创作《空中楼阁》，王总很满意，想看余稿。李涛将其骗上来，打晕王总，逃出生天，以《空中楼阁》成为畅销书作家。

公鸡下蛋

由于鸡的大量生产，导致鸡在世界上的地位十分低贱。鸡王颁发政策，以后不许下一个蛋。全世界的鸡都不下蛋了，鸡变成了稀有动物。但是有一天一只公鸡下蛋了，公鸡得到了全世界最好的待遇。其实是一只母鸡偷偷下的蛋，怕鸡王责罚，便偷偷塞到了公鸡的窝里。母鸡看到公鸡过着原本属于自己的生活，嫉妒之下，又生一蛋。果然，母鸡也被供养起来。随后所有的鸡都眼红，全世界的鸡纷纷下蛋，鸡又变成了以前的地位。

圆　月

县官受贿，拥有万贯家财却不敢展露出来，建造了一个鱼塘把钱财藏在了其中，每次想要炫耀都邀请各路朋友晚上到家中的池塘赏月饮酒。朋友见到池塘中有金色的波光连连称奇，县官虚荣心得到了满足。一次赏月中大家发现池塘中的月亮变成了金色的圆月，纷纷捞起来一探究竟，捞上来的却是金子，县官罪行败露。

千字剧三则

借　钱

地　点　李四家中
人　物　张　三　男,46岁,与李四亲戚,十年前借给李40万元
　　　　　李　四　男,38岁,体制内人员,官场新秀
　　　　　王　二　女,45岁,张三妻,精明,外粗里细

　　[幕启。

　　[李四躺在家中沙发上,喝茶看报。

　　[电话铃声响。李四接。

李　四　喂,啊,张处长,你说,嗯。是,面试官是我党校老师。嗯,
　　　　哦,对对对,你说的是,国家选择人才是要注重综合素质和
　　　　人员协调。好,这事我问问吧,就这样,再联系。

　　　　[李四挂完电话,在沙发上沉思,喝了几口茶。

　　　　[张三快步,王二紧跟其后。

王　二　你慢点,急啥呀,又不是赶去投胎。

张　三　能不急吗,儿子不说了吗,现在他国考笔试算是过了,不还
　　　　有面试吗,听说和他进同一个部门面试的就两个人,再说
　　　　了,人家市委办公室也不是啥人都要,关键还不是那个
　　　　到位。

王　二　你可拉倒吧,穷了一辈子,一没当过官二没经过商,你知

道啥?

张　三　我怎么不知道?去年咱们村,赵二竞选村长不是家家户户送了烟吗。所以说儿子现在要活动活动,不能坐以待毙。十年前李四借咱家 10 万,那会儿他不也是为了那啥吗,这都十年了,放银行都升不少钱了,这些年咱们也懂规矩没问。家里现在有个 10 万,加上他的 10 万,估计也够儿子用了。

王　二　能行吗,李四现在可不是那穷小子了,听说都升处了,人家还认吗?

张　三　他敢?我这有他当初借条,他一个公职人员还能不认?

　　　　〔张三掏出来一张皱巴巴的借条。

　　　　〔王二拿过来用手撕掉。

　　　　〔张三急忙阻止。

张　三　你疯了,你撕它干吗?要疯回家疯去!哎哟,这可是儿子的前程!

王　二　我不撕,还能等会儿你拿出来威胁人家?当初李四为什么借钱,你又不是不知道,你留着借条,又拿出来找他还钱,这不明摆着威胁人家吗?虽然人家可能会记着你情还你,但保不齐人家嫉恨你留证据,儿子的事不能出差错。

张　三　对对对,你说得对!我怎么想不到呢?那一会儿咋说?

王　二　一会儿,我们就进去,也别说要他还钱,我们是来借钱的,借十万,估计他就明白了。

张　三　好主意,一会儿就这样。

　　　　〔张三王二走到李四家敲门。

李　四　谁啊?

1232

张　三　我,你叔,张庄的。

〔李四从沙发上起身,走过去开门。

李　四　哟,叔,婶,你们什么时候来城里的? 也不提前打电话告诉我一声,我派人去接你们。

〔李四将张三等二人引到沙发上坐下,倒上茶水。

张　三　啊,这不快春节了吗,到城里进年货,顺便来看看你,给你带了家里的大猪腿。

〔张三将大猪腿放到桌子上。

李　四　叔,你客气了,来我这你还带什么东西,回赶紧拿回去。

〔张三喝了几口茶,王二拽了张三一下。

张　三　啊,那个李四啊,最近你还好吧。

李　四　好啊,好着呢,叔,大兄弟还好吗,大学应该毕业了吧?

张　三　对,现在不参加国考的吗。

李　四　哦,这么有志气,好。

张　三　那个,最近你大侄子,不是忙着面试吗,我想买点东西给他。

　　　　可手头有点紧,所以……

李　四　哦,买东西,买什么,多少钱啊。

〔张三竖了一根手指头。

李　四　1000 啊,那也不多啊。

〔张三摇摇头。

张　三　10 万。

〔李四喝茶的动作停下,盯着张三看着,又将茶杯放下。

李　四　哦,10 万,10 万,10 万,对了,大侄子在哪面试啊?

王　二　市委,市委办公室。

李　四　哦,市委,办公室,那可是好地方啊,大侄子这是要飞呀!

[李四听到市委办公室，重新端起茶，一脸笑意。

张　三　所以，那个，你看……

李　四　叔，我好像想起个事。我记得当年丢你家一样东西，我现在年龄也有点大了，忘记还在不在你那。

王　二　啊，没了，早没了，撕掉了，撕掉了。

　　　　[李四看了王二。

李　四　撕了好，撕了好。叔，我听体制内人说，这次市委办公室面试就两个人，好像争议挺大的，这个大侄子压力不小啊。

张　三　对啊，孩子不跟我们说，我也不能不当一回事是不是，所以就希望你能"借"点给我们。

李　四　叔，你别急，他毕竟是我侄子嘛。我听说我党校的老师是这次的面试主考官，人挺好的。

张　三　啊，那四儿啊，你可要帮帮叔。

李　四　叔，那当然，我不帮你我帮谁啊，咱们可是实在亲戚。不过，我老师最近喜欢一副字，哎呀，你也知道咱们体制内，工资就这么些，所以啊……

　　　　[李四看着张三。

张　三　那副字多少钱？我送。

李　四　叔，别急嘛，你要知道，这字不重要，要看人，看心意。所以说，也不多。

　　　　[李四也竖了一个手指。

　　　　[张三看了看李四，又看了看王二。

张　三　那，四儿，你看我这吧也不多，本来想凑个数给你大侄子买"营养品"，既然这样，就你代转吧。

　　　　[张三从怀里掏出一张存折放在茶几上。

1234

[李四没动,继续喝茶。

[张三起身拉着王二。

张　三　那什么,李四啊,我和你婶就回去了,过年的时候常过来
　　　　玩啊。

[李四起身送张三等二人。

李　四　叔,婶,走啥呀,中午吃个饭再走呗。

张　三　不了,我们还要赶着回去,家里也还有事。那个,还有,你大
　　　　侄子的事,你费点心。

李　四　哎呀,叔,说啥呢,我不照顾大侄子,我照顾谁啊? 必定我们
　　　　是实在亲戚嘛。

张　三　那好,我们走了,你回去休息吧。

[张三说完拉着王二出门。

[王二拽开张三手。

王　二　不是说好以借钱名义要钱吗,你怎么又搭进10万?

张　三　你不听李四说了吗,咱儿子有竞争对手,有争议。啥叫有争
　　　　议,肯定对方也有人呗。本来想着把李四钱要回来,加上家
　　　　里的,给儿子托关系,现在李四的老师是主考官,所以,李四
　　　　说得对,字不重要,要看人。如果我们拿20万去找人家,人
　　　　家都不一定敢要。现在李四帮忙,那就不一样了。行了,回
　　　　去吧,等消息。

[张三王二下台。

[李四送完张三二人,回到沙发。点了支烟。

[李四走到电话旁边,拨了一个号。

李　四　喂,方老师,我,李四。嗯,对,那好,哪天我去看你,听说你
　　　　老人家懂字,家里有几副字,需要你老人家掌掌眼。好,那

就这样,嗯,你忙,再见。

[李四继续抽着烟。

[灯暗。

[剧终。

流浪狗

时　间　早上
地　点　张三家中
人　物　张　三　女,29岁左右,大龄青年,独居,在城市里没有朋友
　　　　流浪狗　公狗,7岁,它的父母是被主人抛弃的,它根本就不
　　　　相信人类,直到遇到了张三

[幕启。

[流浪狗上。

流浪狗　(对观众)我是一只狗,一只卖萌的宠物狗? 一只忠诚的看
　　　　门狗? 一只会摇尾巴的癞皮狗? 我,是一只健壮的、凶猛
　　　　的、谁惹我就咬谁的,狗……(伤心)一只无家可归、饿着肚
　　　　子的,流浪狗……(收起伤心)不过我一点都不难过,因为我
　　　　知道怎么不让自己饿肚子!

[流浪狗悄悄走到张三家门口,趴下。

[张三从舞台另一侧上。

[张三慢悠悠地走向一面镜子,看着镜子中的自己,在嘴唇
　上涂抹着大大的口红印,和她的脸极不协调。

张　三　(对着镜子中的自己)没有人关心你,没有人爱你,就算你穿
　　　　得再漂亮,大街上都不会有人多看你一眼,因为别人行色匆

匆,而你并不出众。对于别人来说你的存在是可有可无的,对于你自己来说,人生只是空落落的一片。

[张三掏出手机,对着镜子里面的自己打电话。

张　三　（面无表情地）您好……这里是花园国际公墓……本公司推出各类墓地……（停顿挂断,重新拨打）您好,这里是花园国际公墓,本公司……（停顿挂断,重新拨打）您好,这里是……（停顿挂断,重新拨号）您好……我是公司的员工,我想订一个墓地……（挂断）

[电话挂断的"滴滴"声。

[张三挂上电话,可舞台上还是有"滴滴"的声音,张三拿着包,捂着耳朵,出门。

[张三刚出门,踩到了流浪狗的身上。

流浪狗　哎哟! 谁啊!

[电话"滴滴"声停。

张　三　是……一条狗?

流浪狗　废话! 别以为我是条狗就好欺负!

张　三　一条……可爱的狗!

流浪狗　（恶狠狠地）我是一条凶猛的狗!

张　三　你有主人吗?

流浪狗　你看不出来啊? 我是一条流浪狗!

张　三　你受伤了吗?

流浪狗　医药费,误工费,精神损失费,我给你个卡号,打到我卡里就行了!

张　三　这狗真可爱,你有名字吗?

流浪狗　为什么要有名字? 奇怪,为什么人总要给狗起名字? 我没有名字,我就是一条狗!我跟你说,你别想走!赔钱!

　　　　　［流浪狗拽着张三不放。

张　三　第一次有人,不对,是狗,对我这么感兴趣!你饿了吗?

流浪狗　你有病吧!我是碰瓷儿的你看不出来吗?

　　　　　［张三拿出一根火腿肠,放到了流浪狗面前。

张　三　来,快吃吧!

流浪狗　你什么意思?我可不是这么随随便便的狗,我是一只有尊
　　　　　严的狗!我……(看火腿肠)这就是传说中的单身狗必备的
　　　　　单身狗牌火腿肠吗?真香啊……不行!我是一只高贵的流
　　　　　浪狗,我不能……

张　三　怎么?你不爱吃?那我吃。

　　　　　［张三咬了一口火腿肠。

张　三　真香啊!

流浪狗　靠!你太过分了!我要……

　　　　　［张三又咬了一口火腿肠。

张　三　你确定不吃吗?可好吃了!(说完又咬一口)

流浪狗　我……(欲言又止)你慢点儿吃!给我留点儿!

张　三　(把火腿肠吃完)跟我进屋,我这儿有好多好吃的!

流浪狗　今天你不给我个说法我就不走了!

　　　　　［流浪狗跟着张三进屋。

张　三　你等会儿哈,我给你拿吃的!

　　　　　［张三找吃的。

流浪狗　(看着张三的家)这哪是人住的地儿,连狗窝我都嫌埋汰!

　　　　　［张三拿了一堆吃的过来。

张　三　这些都是过期的!你吃吧!

流浪狗　　过期的？你真拿我当癞皮狗啦！

　　　　　〔张三看了一下表。

张　三　　我有点事儿，先出去一下，你在家乖乖的啊！

流浪狗　　嘿！你还没赔我医药费了！这就想走？没门！

　　　　　〔流浪狗抓住张三。

张　三　　我一会儿就回来，来，给你火腿肠！

　　　　　〔张三将火腿肠扔到了一边。

　　　　　〔流浪狗条件反射似的跑了过去。

张　三　　一会儿见，小可爱！

　　　　　〔张三下。

　　　　　〔流浪狗叼着火腿肠走到镜子旁。

流浪狗　　（看着镜子里面的自己）唉……狗终究是狗，一个火腿肠就
　　　　　把你搞定了。她叫什么名字？长得真难看！家也乱七八糟
　　　　　的，看来她这辈子都嫁不出去了……

　　　　　〔流浪狗把过期食品拿过来，一边吃一边说。

流浪狗　　我呢？我甚至都不知道自己叫什么名字……我有名字吗？
　　　　　我应该有名字吗？我应该叫什么名字……

　　　　　〔流浪狗冲着镜子里面的自己笑。

流浪狗　　狗要怎么笑呢？我从来没见一只流浪狗笑得这么开心，我
　　　　　甚至开始有点儿想她了，想那个丑女人了……

　　　　　〔流浪狗一边吃着一边看自己笑。

　　　　　〔张三开心地上。

张　三　　我刚刚看见了一个男人，他长得不帅但很干净，他和我一样
　　　　　在买菜。我买萝卜，他也买萝卜，我买鸡蛋，他也买鸡蛋，我
　　　　　走了，他跟着我走了，我的心脏怦怦乱跳，就快要跳出来的

时候,他跟我说……(学着男人的口吻)小姐,能加一下微信吗?(恢复自己的口吻)我……不方便吧……唉……(失望)我话还没说完他就走了……突然! 他转过头,看着我的眼睛对我笑着说……(学着男人的口吻)你今天晚上有空吗?(越重复越兴奋)你今天晚上有空吗! 你今天晚上有空吗!我! 恋爱了!

〔张三进屋。

〔张三哼着歌。

〔张三一边哼歌一边数鸡蛋。

张　三　(一边数一边说)他爱我……他不爱我……他爱我……他不爱我……他爱我……(数到最后一个鸡蛋)他……(将最后一个鸡蛋扔掉)他爱我!

〔流浪狗走到张三旁边,叼着一根单身狗牌火腿肠,把火腿肠放到张三旁边。

流浪狗　喂,你吃不吃?

张　三　(抱着流浪狗)我的小可爱,你真是我的福星! 我告诉你,我,恋,爱,了!

〔张三抱着流浪狗转圈。

流浪狗　等等,什么叫恋爱了?

张　三　(自我陶醉)他的笑容是那么温柔,是那么体贴,是那么……

流浪狗　(嫉妒)我明白了,你找到主人了!

张　三　(继续陶醉)今天晚上他约我吃烛光晚餐,然后去看一场浪漫电影,然后……

流浪狗　(打断)然后你们就该上床了! 你不是被人骗了吧!

张　三　对了,今天晚上我要穿什么呢?

〔张三把流浪狗放下,走到衣柜,挑衣服。

流浪狗 (叼着火腿肠)我说你到底吃不吃啊?不吃我可吃了啊!
(赌气似的吃着火腿肠)

张　三 (拿出一件衣服,在镜子面前比画着)你觉得这件怎么样?

流浪狗 不怎么样,太咸了!

张　三 (又拿出一件衣服)这件呢?

流浪狗 我想喝口水。

〔流浪狗走到水碗前。

张　三 (拿出一件很暴露的衣服)这件好!

流浪狗 (把水碗踢翻,有些怒气)好个屁!

张　三 对!就穿这件了!

流浪狗 你……赔我医药费!我走了!

〔张三走进里屋换衣服,下。

流浪狗 (看着镜子里面的自己)你真是个丑东西!(发现桌子上放着的口红,拿了过来,在自己的嘴上抹,抹出笑容)你是谁?你叫什么名字?你该有个家吗?你不该有个家吗?她要走了,你留不住她,除非你会笑。你笑啊!你笑啊!比他妈哭还难看!

〔张三从屋里出来,换好了衣服。

张　三 小可爱,我走了,你在家乖乖的啊!

流浪狗 你看!你看!我会笑了!

张　三 你这是什么造型啊?你太可爱了!

流浪狗 她注意到我了!

张　三 咱俩拍张照!

〔张三掏出手机。

流浪狗　她不会走了!

张　三　一!

流浪狗　她不走了!

张　三　二!

流浪狗　她不走了!

张　三　三! 茄子!

〔张三看照片。

张　三　我要给他看看!

〔张三一直走着收拾东西,流浪狗跟着。

流浪狗　(满脸堆笑)我求求你了,我请你吃火腿肠! 我请你吃过期
　　　　的垃圾食品! 我请你吃所有你爱吃的东西! 你别走了行
　　　　吗? 我求你了!

〔张三收拾完东西要往外走,然后稍做停顿。

张　三　(对流浪狗笑)我走了! 小可爱! 今天晚上可能……也
　　　　许……大概……不回来了吧! 你要乖乖的哈!

〔张三走出了房门。

〔流浪狗满嘴口红地蹲在了原地。

流浪狗　(对观众)我是一只狗,一只卖萌的宠物狗? 一只忠诚的看
　　　　门狗? 一只会摇尾巴的癞皮狗? 不,我是一只健壮的、凶猛
　　　　的、谁惹我就咬谁的,狗……(伤心)一只无家可归、饿着肚
　　　　子的,流浪狗……(收起伤心)不过我一点都不难过,因为我
　　　　知道怎么不让自己饿肚子!

〔流浪狗叼着火腿肠。

〔灯暗。

〔剧终。

互　换

时　间　周一上午

地　点　数学作业本上

人　物　张　三　女,25岁,是作业本上的数字"3"

　　　　李　四　男,35岁,是作业本上的数字"4"

　　　　王　二　男,24岁,是作业本上的数字"2"

　　　　赵　二　男,22岁,是作业本上的另一个数字"2"

[幕启。

[舞台是作业本的形态,每一道题都是一个房间,一个房间
上面写着题目:2+2=?。

[幕后音:2+2等于几?

[另一个幕后音:等于……等于……

[幕后音:你! 给我罚站去!

[李四拎着行李上。

[李四敲门。

李　四　你好! 请问有人吗? 我是这里的新住户,我叫李四!

　　　　[王二打开房门。

王　二　谁呀?

李　四　我是李四,新来的……答案……

王　二　(朝门里)唉! 哥们儿! 真来了嘿!

　　　　[赵二从门里出来。

赵　二　(不耐烦)谁来了?

李　四　(擦了擦自己的口袋,想伸出手握手)你好! 我是李四……

（见赵二没有握手的意思，又把手缩了回来）

赵　二　你就是那个答案？

李　四　对，我就是 2＋2 的答案，我是 4……你们二位是？

赵　二　赵二！

王　二　王二！

李　四　两位大哥好！我……

赵　二　先别大哥大哥的，我们是 2，你是 4，你一个顶我们俩，我们
　　　　得叫你大哥呀！

王　二　（挖苦）大哥从哪来呀？

李　四　我……我从乡下来的，原来是门牌号上面的，房主嫌弃 4 不
　　　　吉利，就把我从门上扣了下来，把我扔到了垃圾堆里，今天
　　　　我听说这里有一道题没有答案，我就过来了……

赵　二　那就麻烦您哪来的回哪去吧！

李　四　两位大哥，咱别开玩笑了，我不就是这道题的答案吗？

王　二　答案？这道题的答案不是 4！

李　四　不是 4？

赵　二　当然不是！

李　四　2＋2……（算了一下）就是等于 4 啊！

王　二　我说你有完没完？2＋2 等于几你都不知道，敢跑这儿来冒
　　　　充答案？

李　四　那答案到底是什么？

王　二　我们怎么知道！反正不等于 4！

李　四　凭什么不等于 4？

赵　二　因为……每个人都讨厌 4！

王　二　4 不吉利！

赵	二	4 不好听！
王	二	4 笔画多！
赵	二	4 长得丑！
王	二	4……不漂亮！
赵	二	总之,没有人愿意让 4 当答案！
王	二	我们俩加在一起,绝对不是你！
李	四	那我……
王	二	您请便！

　　〔赵二和王二将门关上。

| 李 | 四 | (愣了一下,反应过来再次敲门)不对呀！我就是你们要的答案呀！难道……我错了? |

　　〔幕后音:三短一长选最长,三长一短选最短……长短不一选 B,参差不齐选 D,实在不行……就选 C!

　　〔另一个幕后音:为什么不选 A 呢?

　　〔幕后音:因为 A 不可能是答案!

　　〔另一个幕后音:我明白了,就跟 4 一样,永远不可能是正确的!

　　〔幕后音:不错! 直接保送清华!

　　〔张三上。

张	三	(走到 2+2 门口,看见李四)你是?
李	四	(生气)我是这个房间的正确答案!
张	三	2+2……哦,你是 4!?
李	四	对！我就是讨人厌的 4!
张	三	没人愿用 4 当答案……
李	四	你也这么觉得?

张　三　(想了一下)嗯……那都是他们的偏见!

李　四　对啊! 我也不想当 4 啊,放在门牌号上嫌我不吉利,放在电梯里嫌我碍眼,手机号里都没人愿意见到我! 既然当初不喜欢我,那干吗还要数 1、2、3、4 呢?

张　三　在这个世界上任何事情都是于情于理,情感支配往往大于理智。

李　四　你说的有道理啊! 你是?

张　三　你好,我是张三!

李　四　你是……3?

张　三　对,我就是 1、2、3、4 的 3。

李　四　真羡慕你啊,你是一个人人都喜欢的标准答案!

张　三　标准答案就这么好吗?

李　四　当然,至少有固定的位置!

张　三　我不想当答案,我想有更多的可能!

李　四　听不懂……

张　三　你有着更多的可能。

李　四　我? 我只想当答案。

张　三　对不起。

李　四　为什么对不起?

张　三　我是一个比你还可怜的错误答案。

李　四　错误答案? 你是来……

张　三　我是来代替你的。

　　　　〔幕后音:问,你最喜欢的数字是什么?

　　　　〔另一个幕后音:3!

　　　　〔幕后音:为什么?

〔另一个幕后音：因为我的生日是3月3日，我最喜欢的历史典故是三英战吕布，我最爱吃的是三明治，我最喜欢的啤酒是三得利，我最喜欢骂别人瘪三！

〔幕后音：所以2＋2等于几？

〔另一个幕后音：3！

〔幕后音：你真他娘的是个天才！可惜……这并不是正确答案！

〔另一个幕后音：我知道，等于那个该死的4！

李　四　（大喊）开门！开门！我才是那个该死的正确答案！

　　　　〔王二开门。

王　二　吵什么吵？

李　四　我是正确答案！

王　二　我就知道！你还得回来！

李　四　我累了！我要进屋歇一会儿，把我的行李放进去！

王　二　（不高兴）知道了！

　　　　〔王二将李四的行李放进房间。

李　四　（坐在椅子上）我爱死这个世界的规则了！我才是唯一的真理！

赵　二　对，你是唯一的真理，可是没人喜欢真理！

王　二　因为4太不吉利了！

赵　二　4笔画太多了！

王　二　4太难听了！

赵　二　4太丑了！

王　二　4……不漂亮！

李　四　哪这么多废话！张三呢？

　　　　　　　　〔张三走了过来。

张　三　我在这儿!

李　四　你说得对,你只是一个错误!

张　三　所以,我要走了……

李　四　你去哪?

张　三　我在很多人眼里都是标准答案,我可以到门牌号上,可以去
　　　　手机号里,当然,也可以去垃圾堆……

李　四　我之前的痛苦该轮到你了!

张　三　可能在这道题目里我们永远不能共存,但是我们总会见面
　　　　的,因为就这么 10 个数字。

李　四　我却是那个最不受待见的……

张　三　我原本以为你是可怜的……

李　四　我不需要你可怜!

张　三　真理永远是可怜巴巴的,因为它在别人眼里看来都是冷冰
　　　　冰的!

李　四　我要报复这个曾经对我不公平的世界!王二!赵二!告诉
　　　　我,2+2 等于几?

王　二　(面无表情)等于 4……

赵　二　(面无表情)恐怕只能等于 4……

张　三　再见了,真理!

　　　　　　　　〔幕后音:2+2 等于 4……恐怕只能等于 4……

　　　　　　　　〔另一个幕后音:我讨厌数学!

　　　　　　　　〔李四坐在椅子上,一动不动。

李　四　王二走了,因为讨厌我,它去当了 2B 铅笔的标识,因为它想
　　　　书写答案,哪怕是错误的。赵二也走了,它去当了 1+1 的

答案,它说它羡慕我,能当一个冷冰冰的真理。而我,还是在这个作业本里,没有人再在意2＋2等于几……我想张三了,它说我曾经有无数种可能,可惜了,偏偏当了标准答案。我曾经恨我自己是个4,现在,我想当回4,即使被人讨厌,至少不是得到真相后的失落。

〔幕后音:第一套广播体操现在开始——1、2、3、4,2、2、3、4,3、2、3、4……

〔张三一边做着广播体操一边上。

张　三　(开心)李四,我们又见面了!

李　四　对啊,就这么10个数字!

张　三　当真理当的开心吗?

李　四　我又是想当那个笔画又多、又不吉利的4了。

张　三　你怎么还是可怜巴巴的。

李　四　(苦笑)所以别人才讨厌我……

张　三　来吧,可怜巴巴的真理!

李　四　干吗去?

张　三　(拿走椅子)你不需要这把椅子来证明你自己了!

〔李四学着张三的样子做操,下。

〔幕后音:2＋2等于几?

〔另一个幕后音:等于……等于……

〔幕后音:你! 给我罚站去!

〔剧终。

万字剧

小剧场实验昆曲·反求诸己

主题曲

《诸己》

战旗飞卷，策马狼烟，

迁延。

生死离别幻，枉见百年霄汉

亦是明月天，惶惶梦断。

论什么刀剑寒，论什么九重山；

只叫那城破飞檐，落得金甲如山。

已知黄沙虚掩，又何必苦苦厮缠。

叹这白发千般，

叹这白发千般。

人 物　启　　将军

白启　白髯将军

妆　　将军所爱

闯　　将军先锋

光　　将军军械

[幕启。

[舞台灯亮。

[战争场面,定住。

[启端坐在舞台之上,似神般雕像。

[白启上。走到舞台之上,站立,背对观众。

[闯与光上。

[闯与光将马鞭和大枪放在了启手。

闯　　　大将军启——上古神将也,生于华夏。天地初开,水患四起,夏禹治水,天下初定,分六合,立八荒,四方诸侯不服,引兵来犯,大将军启攻无不克,战无不胜,荡平天下,乃天下第一勇猛之人!

白　启　亦是天下第一孤寡之人……

光　　　天降大任,无敌世间,难求一败!(怀疑)世上真有这不败之人?

白　启　世上怎会有这不败之人呐!

闯　　　将军启不曾败!

光　　　胜又如何?败又如何?

白　启　胜则四海为尊,若是败……命丧黄泉!

[白启和启互换位置。

[光与闯将大枪和马鞭抢下。

启　　　败则……命丧黄泉! 你是何人? 为何会在本帅帐中? 众将何在?

闯　　　为保将军,我等死而无憾!

[闯死。

启　　　众将何在?

光		夫人在家,盼将军早归!
		〔光死。
白	启	众将离散,你……败了!
启		我未曾败!
白	启	你败了!
启		我未曾败!
白	启	你败了!
白启、启		只此一败……命丧黄泉!
		〔启表演出摔落马下的技巧。
		〔灯光变成定点暗。
		〔妆暗上。
		〔灯笼开亮。
妆		(唤醒)将军醒来! 将军醒来!
		〔启醒来。
启		我未曾败! 我未曾败!
妆		将军何事惊慌?
启		原是噩梦一场……
妆		将军所梦何事?
启		梦中所见,某有一败,命丧黄泉!
妆		胜败常事,又何况梦中,将军何必忧心挂怀。
启		不! 梦中铁骑飞渡,尸横遍野,座座坟茔,恍如眼前,触目惊心,某杀人如麻,刀尖嗜血,若真有一日,有此败绩……思想起来,好不伤惨也……
妆		妾只盼天下无有战事……将军卸甲相伴……
启		唉! 沙场征战,丈夫本色! 某只求百战百胜!

1252

妆　将军，华夏纷乱，妾只盼有朝一日……

启　有朝一日，某百战百胜，荡平天下，常胜之名，后世传扬！

妆　将军……

启　莫要再讲，此梦来得蹊跷，拿酒上来，解某烦忧！

妆　妾愿与将军同醉！

　　〔鼓声起。

　　〔闯挥令旗而上。身段动作表现敌军来战。

启　听这战鼓擂擂，北方诸侯，杀奔而来，前方战事如火，令旗在
　　此，我……

妆　将军……

启　为将者当战场杀敌，马革裹尸！

妆　妾不要将军马革裹尸，只要将军平安归来！

启　某此战必胜，建功立业，再与夫人把盏相庆！

妆　将军即刻就走？

启　即刻就走！

妆　如此……待妾为将军戎装束甲！

启　请！

妆　（唱）【绵搭絮】雨丝风片，

　　　　　　　白马难渡关，

　　　　　　　洛水冰寒，

　　　　　　　见君志得意满，

　　　　　　　裙钗沾，

　　　　　　　化作愁绪无端，

　　　　　　　思量今生梦缘，

　　　　　　　情真意暖，

　　　　　无尽的女儿相思，

　　　　　付与君漫，

　　　　　似雪融山。

启　　　夫人告辞！

　　　　　[白启出现。

白　启　只此一败，命丧黄泉。

　　　　　[古琴声。

　　　　　[启惊慌。

启　　　战事如火，岂可因梦废战，夫人且宽心，某定当得胜而回！

　　　　　[启将出发起霸，随之两人物随之出现身段表演，同一音乐
　　　　　反复。

　　　　　[红妆在城楼之上。

妆　　　将军且慢，妾愿助将军一臂之力！送与将军两样宝物，以保
　　　　将军周全！一为胯下千里马，日行千里，山川河海如履
　　　　平地！

　　　　　[闯上，趟马。

闯　　　小人名闯，早闻将军大名，愿一生为将军牵马坠镫，为马前
　　　　之卒！

启　　　好马呀！真英雄！

妆　　　二为手中霸王枪，金石可破！

　　　　　[光持大枪上。

光　　　小人名光，此乃小人祖传钢枪，乃兵器之首，今日里宝枪赠
　　　　英雄，助将军保家卫国！

启　　　此枪一出，无与争锋！此二宝乃当世绝品，有劳夫人，此一
　　　　战必马到成功！待某上马！

［上马动作。

妆　　将军！

　　　　［启停住。

妆　　妾为将军燃烛，盼将军莫忘归途。平安早归……

　　　　［妆下。

启　　（唱）【沽美酒】耳听得鼓咚咚旌旗斜，

　　　　　　　鼓咚咚旌旗斜，

　　　　　　　明晃晃好叫俺急切，

　　　　　　　烽火处就将这虎狼结。

　　　　　　　刀尖渴血催促俺战场去决，

　　　　　　　某就用霸王枪挑过了锦征袍，

　　　　　　　道一声去也！

启　　众将官！

闯、光　　有！

启　　迎敌者！

闯、光　　杀！

　　　　［启、闯、光下。

　　　　［白启上。

　　　　［古琴声起。

白启　　（唱）【江儿水】酒温心意冷，

　　　　　　　家国两为难。

　　　　　　　情入愁肠似火炼，

　　　　　　　狼烟骤起行路难。

　　　　　　　因果轮回终可见，

　　　　　　　英雄豪气不复返。

好不骄横，

在这烽火狼烟。

白　启　战旗飞卷，策马狼烟，生死离别幻，惶惶梦断。启呀启，眼中所见，未必为实，梦中所闻，未必是虚，胜败一念之间，盼你悬崖勒马，回头是岸！

　　　〔闯、光上。

　　　〔闯牵马。

　　　〔光耍枪。

闯、光　（幕后）大将军启初战告捷！

　　　〔白启背对观众。

　　　（念）【扑灯蛾】

闯　　一骑飞渡，千里山川，铁蹄踏过，遍华夏！

光　　劲风紧吹，实难招架，宝枪在手，扫天下！

闯　　大将军启，出征北方。

光　　扫平叛逆，百战百胜！

闯、光　夫人叮嘱，尽心辅佐，护佑周全，早归故园。

　　　〔闯放马。

　　　〔白启转过身来。

白　启　闯儿！光儿！

　　　〔闯、光停下脚步。

　　　〔白启走到闯、光面前。

白　启　别来无恙！

　　　〔闯、光与白启擦身而过。

闯　　（回头）你可曾听到？

光　　听到什么？

闯　　　我听到有人唤我……

光　　　（害怕）这大白天的，你可别吓唬我……

闯　　　战乱时节，何处没有冤魂……

光　　　我……（强装镇定）我有大枪在手！我……不害怕！

　　　　〔光唱歌壮胆。

闯　　　（回头指白启）你看那是何人？

光　　　（回头）无人在此呀！

　　　　〔闯拍了一下光。

光　　　（吓了一跳）你可吓死我了！招打吧你！

　　　　〔闯与光打闹。

　　　　〔白启失望。

启　　　（幕后）军士们，催军呀——

闯　　　将军来了！

白　启　（看着自己白色的髯口，感叹）将军……来了！

　　　　〔启上，整装，与白启做同样动作。

启　　　（念）【点绛唇】将士英豪，

　　　　　　　　儿郎虎豹。

　　　　〔启转向，背对观众。

　　　　〔白启面对观众。

白　启　（接念）军威浩，

　　　　　　　　地动山摇。

　　　　〔启转回来，面对观众。

启、白　启　（共同）要把狼烟扫！（启为雄心壮志，白启为慨叹）

闯、光　（共同）参见将军！

　　　　〔白启刚要上前扶起。

1257

〔启越过白启走过。

启　　前方是何地界?

闯　　前方是北方边界,敌军距此不足百里之遥!

启　　军械可曾齐备?

光　　俱已齐备,只待将军一声令下,便可直捣黄龙!

启　　如此……

闯、光　我等听候将军调遣!

启　　安营歇马!

闯　　这……

启　　安营歇马!

白　启　(对启)怎可安营歇马!

光　　(对启)不可安营歇马!

启　　你待怎讲?

光　　将军不可安营!

启　　你是将军?

光　　非也……

启　　你是主帅?

光　　非也……

启　　你可知忤逆主帅是何罪名?

光　　小人不敢……只是此处山高林密,瘴气弥漫,若是此处安
　　　营……

启　　怎样?

光　　恐有埋伏!

启　　(挖苦)你有为将之才呀! 这些都是谁教与你的?

光　　夫人身边,耳濡目染。

启	你只知夫人，不知将军么？
光	小人不敢……
闯	将军，这娃娃一时多言，望将军海涵！（对光）还不快向将军赔罪！
光	（不情愿）小人失口多言，望将军海涵……
启	（情绪转变快速）哈哈哈……某出征之前与夫人欲大醉一翻，无奈这北方小儿前来，坏了某的酒兴，见此地月色旖旎，罢罢罢，与某卸甲，摆酒饮宴，一同庆这首战大捷！
闯、光	卸甲？庆功？将军万万不可啊！
启	休再多言！违军令者，定斩不饶！
闯、光	这！

〔启卸甲。

〔启、闯、光摆酒宴。

白　启	（唱）【锦芙蓉】断肝肠，
	那时节虎豹儿郎，
	自比世无双，
	斩敌首如山，
	奔走凄惶，
	此一时独专断性情骄纵，
	才引得那一败神迷情惘，
	徒悲伤，
	叹魂魄飘荡，
	好叫我悔当初恣意张狂。
	大将军启，战无不胜，攻无不克……可悲呀！可叹！酒迷心窍，如何领军为战？何来战无不胜？启呀启，你为何执迷不

悟！我如何才能点醒与他？（看甲）看战甲零落，痛彻心扉，带我附上战甲，见机行事！

〔灯光变换成月光与影。

启　　好酒呀好酒！好月光！

妆　　明月在上，将军那边也是这样的光景？

启　　明月在上，某此战必荡平天下，百战百胜，后世传扬！

妆　　月光照影，影儿呀影儿，你可曾见过将军？

启　　众将官！

闯、光　有！

启　　与我敬这月光一片！共醉一场！

光　　将军……

启　　与我饮酒庆功呀！

〔启饮酒。

妆　　月光如洗，闯儿！光儿！

闯、光　夫人！

妆　　尔等此次出征，定要护佑将军周全！

闯、光　是……

启　　闯儿！光儿！

闯、光　将军！

启　　与我痛饮三杯！

闯、光　将军不可！

启　　有何不可！

闯　　此时饮酒，若是敌军来犯……

启　　华夏大地，哪个不知某的威名，何人敢来？

闯　　将军……

1260

启　　与我饮酒！

光　　将军这般……如何是好？

妆　　闯儿，光儿，二位转来！

闯、光　夫人！

妆　　临行之际，我有书信一封与你二人！

〔妆拿出书信。

启　　（呓语）好酒呀好酒！

妆　　危急时刻，交与将军！

闯、光　是！

〔光递过书信。

光　　夫人有书信一封，请将军看来！

启　　（拿书信）如此，与我看来！

〔白启转身。

〔白启看书信。

白　启　夫人忧心挂怀，让人好不感伤！

〔白启走至启身边。

白　启　此番征战，夫人送二将与你，大敌当前，你却不听人言，骄纵
　　　　狂傲，酒醉帐中，令这二将心寒……若是无此二将，你何以
　　　　百战百胜，后世传扬？我……我又该如何是好……这书信，
　　　　待我顺水推舟！

启　　夫人的信呐！（左看右看）唉！某酒醉迷心，不辨其文！唉！
　　　　你二人与我念来！

闯、光　信中言道……

妆　　妾守青灯，日夜相盼，切莫骄纵，望君早归。

〔妆下。

[白启到妆位置,在卷轴上写。

白　启　　二将英豪,护你周全!（觉得是好办法）

启　　　　二将英豪,护我周全?何人百战百胜?何人扫平华夏?是
　　　　　你二人?还是我?

闯、光　自然是将军!

启　　　　如此,收了起来!干了这杯!

闯、光　将军莫要再饮,戎装束甲,备战为先!

启　　　　呀呀呸!（洒酒）尔等不尊将令,妄议军事,军威何在?

闯　　　　我等非是不遵将令,此刻大战在即,将军在此饮酒,只
　　　　　怕……

启　　　　某天下无敌,怕着何来?

光　　　　只怕敌军来犯,将军措手不及!

启　　　　某征战沙场多年,难道还不如尔等黄口小儿?

闯　　　　我等尽心辅佐,护佑将军,只盼将军早归,与夫人团聚!

启　　　　夫人?战场之上只有将令,岂容妇人之心?

光　　　　夫人信中所言……

启　　　　住了!难道某的军令,还不如夫人信中之言?

白　启　　你……

闯　　　　将军……

启　　　　无有尔等,某依旧百战百胜!尔等……与我走!

白　启　　若无二人,何以为战?

启　　　　走!

白　启　　留!

启　　　　走!

闯、光　将军保重!

1262

　　　　［闯、光下。

白　启　将军启，狂傲自大，刚愎自用，自以为天下无敌，如今我倒要
　　　　让你尝尝败了的滋味！

　　　　［白启舞动旗子。

　　　　［启醒。

启　　　你是何人？

白　启　我乃攻无不克，战无不胜，大将军启是也！

启　　　无名小儿，竟敢盗我名号！我这不败之名，你这小儿如何
　　　　受的？

白　启　你不曾败？

启　　　我不曾败！

白　启　今日我就让你尝尝这败了的滋味！

启　　　(唱)【新水令】天地倒转乾坤缺，

　　　　　　　凭勇武力拔山幻海偃月。

　　　　　　　此一番灭了这奸邪，

　　　　　　　那一番将这短兵接，

　　　　　　　远家乡情切，

　　　　　　　醉梦里两阵前开杀戒。

　　　　［启醉。

　　　　［白启与启边唱边打斗。

　　　　［相持不下。

白　启　闯儿、光儿何在？

　　　　［闯、光上。

闯、光　将军！

启　　　我不是让你二人走了吗？不用你二人，某一人应战便可！

[启向白启打去。

闯　　将军醉了!

　　　　[闯拦住启。

光　　将军醉了!

　　　　[光拦住启。

　　　　[白启用折扇压住启。

启　　尔等……与我走!

闯、光　将军……

白启　你们走吧……

闯　　将军无事……我等退下了……

　　　　[闯、光下。

白启　如何? 你败了!

启　　败了? 不不不,我是不败将军! 我不会败!

白启　你为何还是执迷不悟! 难道至死你才能醒悟吗?

启　　多说无益,要杀要剐,悉听尊便!

白启　你可还有牵挂?

启　　牵挂? 胜败如此,颜面尽失,有何牵挂!

白启　如此……

启　　动手吧!

　　　　[白启转身。

　　　　[启死。

　　　　[白启下。

　　　　[妆举灯笼自后方上,从右至左。

妆　　清明夜雨鸦悲啼,从此阴阳两相隔。黄花白酒纸成山,生时
　　　　如梦死如醉。

[启慢慢走向灯笼的方向。

启　　　是胜？是败？是喜？是悲？是荣华？是衰落？惶惶不
　　　　知……星月迷茫……夫人你怎会在此地？夫人……

[妆走向舞台前方。

[妆与启交错站立。

闯、光　（唱）【神仗儿】呜呼将军，

　　　　　　　英年早去，

　　　　　　　一去不返回来，

　　　　　　　天妒这英才，

　　　　　　　阴阳两隔，

　　　　　　　青山外哀声遍，

　　　　　　　青山外哀声遍。

启　　　我还未死，我在此地呀！

妆　　　将军走后，妾为将军燃烛，盼将军早归，未曾想红烛变成孤
　　　　灯……将军你……（哭）

启　　　夫人！我这不是回来了么？

妆　　　光儿！将军如何去的呀？

光　　　将军前线初战告捷，酒醉帐中，我二人拦阻无用……

闯　　　我等无能，献上夫人书信，怎料反而激怒将军，被赶出大帐，
　　　　是夜遇敌偷袭，将军便殉国成仁了！

启　　　这个！

光　　　将军身首异处，好不痛煞人也……

启　　　这这这……好不痛煞人也！如此说来……我……

光、闯　夫人节哀！

妆　　　（哭）将军可曾记得每次出征之时，妾为将军整装束甲，将军

与我洒泪而别，妾燃烛相盼，待到将军归来之日，将军与我红帐相依，只盼天下无战，将军与我偕老白头，谁知……将军成了这战无不胜的大将军，威震华夏，可将军……忘却了白头之约，骄纵自大，醉酒帐中，只此一败……将军竟离我而去了！如今只剩我一人伶仃孤苦，为何人整装束甲？与何人红帐相依？与何人偕老白头？将军……夫啊……胜败又如何呀？

启　　夫人！我……败了啊！

　　　〔妆、光、闯下。

　　　〔白启上。

白　启　将军，你终于言败了啊！

启　　你……你究竟是何人？

白　启　你就是我，我就是你……

启　　我就是你，你就是我？

白　启　我也曾百战百胜，最后也不过是这石像一座……

启　　上书撰写……

白　启　上书撰写启生于华夏，战无不胜，攻无不克，此生未尝一败……

启　　这世上哪有这不败之人？

白　启　你我……都败在了自己手上……

启　　败给了自大，败给了骄纵，败给了战无不胜！

白　启　战无不胜？攻无不克？天下第一勇猛之人？

启　　天下第一孤寡之人！

白　启　啊？

启　　啊？

白启、启　哈哈哈！

启　　　这一切都结束了……

白　启　这一切真的结束了吗？

　　　　〔古琴声起。

幕后音　敌军来犯！

　　　　〔闯、光上。

　　　　〔闯、光打斗。

　　　　〔启向前走。

闯　　　为保将军，我等死而无憾！

　　　　〔闯死。

光　　　夫人在家盼将军早归！

　　　　〔光死。

白　启　向死而生，反求诸己。

　　　　〔白启下。

　　　　〔启醒。

启　　　向死而生……向死而生……我未曾死！闯儿！光儿！闯
　　　　儿！光儿！

　　　　〔启扶闯、光。

启　　　是我自大骄纵，酒醉帐中，敌军来犯，你二人保护与我，战死
　　　　沙场……看这铁骑飞渡，尸横遍野，座座坟茔……好不伤惨
　　　　人也！这一切……都因我而起！是我辜负了你们……也辜
　　　　负了夫人！你二人客死异乡，只剩我一人在此……闯儿、光
　　　　儿，我带你们归家！

　　　　〔启起霸。

　　　　〔启处理二人尸体。

［拿起马鞭和枪，穿回靠，整装。

启　　　（唱）【滚绣球】纷纷似乱蝶飞，

　　　　　　　嘈嘈如落花狂，

　　　　　　　烽烟处群敌首仓皇，

　　　　　　　旌旗里这脚步儿奔忙。

闯　　　（接唱）俺将这锦雕鞍落马上，

　　　　　　　把马鞭飞扬，

　　　　　　　猛然间将马儿凝望，

　　　　　　　只见那碧血痕布满丝缰。

　　　　［闯下。

光　　　（接唱）一霎时恩义愁绪全相忘，

　　　　　　　只顾得金戈饮血气轩昂。

　　　　［光下。

启　　　（接唱）一战定兴亡。

　　　　［马鞭枪身段，大旗圆场。

　　　　［启到城下，看见白色灯笼。

启　　　夫人！

　　　　［传递灯笼。

启　　　（清唱）【尾声】叹人生不过百年寒，

　　　　　　　忘却命里尘世烦。

　　　　　　　徒奈何，

　　　　　　　旌旗残破又将西风卷。

　　　　［唱的过程中，梦中过场。

　　　　［启走到舞台中央。

启　　　空空如昨，似影婆娑，风雷雨电，清空碧卷，江水滔天，漫漫不前,行有不得,反求诸己,事有不得,反求诸己,心有不得,反求诸己,向死而生,反求诸己……

〔白启、妆、闯、光上。

〔启似石像站立。

所有人 大将军启——上古神将也,生于华夏。天地初开,水患四起,夏禹治水,天下初定,分六合,立八荒,四方诸侯不服,引兵来犯。大将军启攻无不克,战无不胜,荡平天下,乃天下第一勇猛之人!

〔剧终。

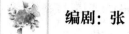

编剧：张 燕

百字剧五则

"梦想成真"

妈妈的生日愿望是她爱的人都能梦想成真；
结果不喜欢上芭蕾课的女儿变成了小猪佩奇；
儿子逃离雅思考试变成了摇滚歌星；
丈夫变成了"马爸爸"；
后来他们都后悔了，坚持让妈妈许一个 18 岁时的愿望；
妈妈差一点变成嫦娥。

"垃圾"分类

业委会主任何阿姨牺牲给外孙幼升小冲刺辅导的时间，
拉着他挨家挨户地宣传垃圾分类。
垃圾分类成功的日子，何阿姨被女儿指责对外孙不负责任。
外孙活用在垃圾分类宣传中学到的知识通过了幼升小面试。
女儿也成了志愿者。

淘编剧

政府开发"淘编剧"App,计划签约 100 位编剧。

嫌排位不公拒签的有 20 位;

一天之内被炒至天价的、被浏览次数为零的、违规私下交易的 70 位被解约。

"淘编剧"项目流产。

仅剩的 10 位编剧联手成立影视公司,十年之后成了业界 No.1。

"天赐"良缘

屌丝男路遇白富美,一见钟情。

尾随一个月后,开始行动:

"地铁相识""电梯独处""商场救美""堵车留人",

人为设计的情境被包装成"天赐"良缘。

婚礼当天,追女培训学校建成,屌丝男成功逆袭。

寒 门

一贯成绩优异的李四在高考前夕被父亲逼得跳河自杀。

记者张三采访了村民、学校老师、警察等,渐渐拼凑出"事实真相"。

就在采访见报的前夜,李父敲开了张三的家门,彻夜长谈的结果是张三宁肯被辞退也要撤回稿件。

千字剧三则

分　手

时　间　夜
地　点　舞蹈中心
人　物　张　三　男,28岁,花店老板
　　　　李　四　女,28岁,舞蹈演员
　　　　王　五　男,30岁,舞蹈演员

　　　　〔舞台追光,李四和王五正在跳一段现代双人舞,表达都市
　　　男女之间爱恨交织的复杂情感。

　　　　〔舞蹈结束,两人手拉手谢幕。

　　　　〔如雷的掌声。

　　　　〔收光。

　　　　〔光亮。

　　　　〔化妆间。

王　五　(背包欲走)要不要我送你?

李　四　(匆忙卸妆)不用,张三一会儿就来。

王　五　什么时候办喜酒?

李　四　下个月。

王　五　怎么不请我?

李　四　你不是也没请我吗?

王	五	你等着,下回一定请你。

　　　　〔张三捧着鲜花上。

　　　　〔王五和张三对视了一眼,下。

　　　　〔张三把花放在李四梳妆台上。

李	四	今天卖剩的?
张	三	我特意给你插的。
李	四	有事?
张	三	嗯,那个……今天跳得不错?
李	四	老样子,你看了?
张	三	没有,你不是不让我看嘛。
李	四	那你……
张	三	从我进你们舞蹈中心大门开始,就听到观众们一路在说,说你和王五简直——
李	四	(高声地)告诉你一个好消息!
张	三	什么?
李	四	丁香花园下个月8号有一对新人取消了婚礼,档期空出来了,正好我也没有演出,我就付了定金,都敲定了。
张	三	定金付了多少?
李	四	其实,我付了全款,8万8。
张	三	你傻呀!哪有付全款的?到时候,他们随便出点么蛾子,你连个屁也不敢放。
李	四	嘘!轻点。也不看看这是什么地方。
张	三	什么地方?你的意思是我不配来这种地方?
李	四	又来了。
张	三	什么叫又来了,你早就看我不顺眼了是吧?

李　四　说好的过了七年之痒就把婚结了，你要是还没准备好，也不用勉强。

张　三　我确实没准备好，不如我们……分手吧。

李　四　……明天我们去上海最好的设计师那里定做礼服，找最好的婚庆司仪，还有最好的——

张　三　先给自己找个最好的新郎吧。

李　四　是不是最近生意不顺？

张　三　谁说的？花店生意不错，就是刚在郊区租的几亩花卉大棚，都被当成违章建筑强拆了，损失几十万。

李　四　这么大的事，你也不告诉我。

张　三　你有空听吗？你有兴趣关心吗？演出当天不接任何电话不见任何人，这规矩别人不知道，我还不知道吗？在你心里，艺术永远排第一。

李　四　不就是几十万嘛，咱们再想办法——

张　三　听这口气！你现在是红得发紫的舞蹈家了，不就是几十万吗？（模仿李四的口气）我付了全款，明天我们去上海最好的设计师那里定做礼服，找最好的婚庆司仪，还有最好的——

李　四　你老这样有意思吗？都快结婚了。

张　三　我觉得没意思，你也觉得没意思，那不如我们分手吧。

李　四　你是认真的？

张　三　没错。

李　四　所以今天这是特意为我插的——分手花？

张　三　算是吧。

李　四　你爱上别人了？

张　三　没有。

李　四　有人爱上你了……你跟别人有孩子了？

张　三　没有。除了你没人肯跟我这个没钱没房没前途的穷光蛋。

李　四　那你干吗要跟我分手？

张　三　我不爱你了。

李　四　不爱了，就要分手？

张　三　还有比这更好的理由吗？

李　四　对不起，来不及了！

张　三　这不是还没结嘛，怎么来不及？

李　四　全款都付了，8万8呢。

张　三　（不屑地）哼。

李　四　伴娘我都找好了，还有我爸我妈我家的亲戚还有你爸你妈你家的亲戚都伸长脖子盼了好几年了，再不结婚，我们还有脸回老家吗？

张　三　所以，咱俩这婚是为了别人结的？

李　四　我爱你！

张　三　那是你嘴上这么说。

李　四　不是嘴上说说的，我爱你，是真的，我爱你。

张　三　那就给我生个孩子吧。

李　四　孩子？不是说好不生的吗？生孩子会影响我的身材、我的事业。好不容易当上首席，我不能冒风险，再说，你不是也一直不喜欢小孩的吗？

张　三　我改主意了，给我生个孩子吧，如果你真的爱我。

　　　　〔李四孤独又无助，浑身发抖。

张　三　给我生个孩子，就现在——

［张三把花和化妆台上的瓶瓶罐罐一股脑儿扫到地上。粗鲁地把李四抱到梳妆台上……李四搂着张三的脖子,伤心地哭了。张三呆立不动。

李　四　分手吧,我同意。

［张三放开李四,转身要走,犹豫着俯身捡起鲜花。

张　三　昨天晚上……你和王五的双人舞……我看了……

流浪狗

时　间　2019 年
地　点　时光里
人　物　张　三　男,78 岁
　　　　李　四　女,76 岁
　　　　流浪狗　公,7 个月

［石库门里弄"时光里"。

［晨光。小院。树影。鸟鸣。

［张三穿着西装打着领带,提着个老旧的牛皮公文包,准备去买菜,打开门,发现一只脏兮兮的流浪狗蹲在了家门口。

［张三看了一眼流浪狗,小心地拄着拐杖,费劲地抬起脚跨过它,站定后,特意回过头看了一眼,流浪狗微微抬头作为回应,随后又趴下了。

［张三慢悠悠下。

［狗趴着,一动不动。

［树影稍稍改变了位置。

［张三慢悠悠上。

1276

［张三走近流浪狗，试图蹲下，腿脚不行，只能弯了弯腰。

张　三　小家伙，阿是肚皮饿了呀？

　　　　［张三从公文包里掏出一个塑料袋，拿出一根胡萝卜递给流浪狗。

　　　　［流浪狗头也没有抬。

张　三　勿欢喜吃素？噢……

　　　　［张三把胡萝卜塞回去，又掏出一根山药，递给流浪狗。

　　　　［流浪狗兴奋了一下，仔细闻了闻，又趴下了。

张　三　哈哈哈！侬当仔肉骨头阿是？哈哈哈，开个玩笑。

　　　　［张三把山药塞回去，摸了半天摸出一个塑料袋套着的一次性饭盒，打开，里面装着白斩鸡。张三把一次性饭盒撕下一半，再拿了一只大鸡腿放上去，推到流浪狗面前。

张　三　吃哦，我胆固醇高勿好吃鸡，特会搭侬买呃，勿要客气。

　　　　［流浪狗兴奋地扑上去舔、咬、幸福地吞咽，一只鸡腿吃完，流浪狗兴奋地冲着张三摇尾巴。

张　三　噢哟，看我老糊涂了，小浦东呃三黄鸡还要配伊拉呃酱油才好吃，侬等一歇。

　　　　［张三进屋，随手关上了门。

　　　　［流浪狗不吃了，抬头看着关上的门，低声叫唤着。

　　　　［张三端着个装着酱油的小瓷碗开开心心地打开门。

张　三　来了，来了。

　　　　［门打开的同时，流浪狗一头钻了进去。

　　　　［张三举着酱油碗，哭笑不得。他俯身捡起流浪狗吃剩的半个一次性饭盒，转身进门。门关上了。

　　　　［门内是一个迷你雅致的小院。光影表现落地玻璃窗和盆

景等元素。

　　〔轻轻的流水音效。

　　〔流浪狗跑了个圆场,回到张三脚下,摇尾巴。

　　〔张三放下手里的东西。

张　三　小伙子,侬要是不嫌弃我老头子,欢迎侬常来。不过,我欢
　　　　喜清爽呃,侬这样子勿来事。(打量了一下流浪狗)格么,阿
　　　　拉先汰把浴?

　　〔流浪狗仿佛听懂了,兴奋地汪汪叫着。

张　三　嘘!听我搭侬讲,阿拉隔壁住了个老太,伊从小就欢喜困懒
　　　　觉呃,阿拉轻轻交,勿要拿伊吵醒了。

　　〔张三用塞子将水斗下水堵住,打开水龙头,放水。水斗和
　　　　水龙头也用光影表现。水流音效。

　　〔音乐起。流浪狗"跳"进水斗,张三帮它洗澡。

张　三　对了,侬等歇哦,我去拿进口香波,阿拉囡儿特会从法国寄
　　　　来额,薰衣草味道。侬勿要急,嘘……(眼神手指指向隔壁)
　　　　我就来。

　　〔张三打开玻璃房门进入,房门在身后关上。

　　〔流浪狗对着玻璃门的方向引颈而望,低声叫唤着。

　　〔张三打开玻璃门,手里拿着香波,朝水斗这边"奔"了过来,
　　　　脚步轻快了许多。

张　三　(打开瓶盖,把瓶子凑近流浪狗的鼻子)来,侬闻闻味道,
　　　　哪能?

流浪狗　汪!

张　三　香哦?

流浪狗　汪汪!

张　三　要勿要试试看？

流浪狗　汪汪汪！

　　〔张三把香波瓶头朝下高高举起在流浪狗的身体上方。

　　〔音乐起，混合着欢悦的有节奏的狗叫声。

　　〔收光。

　　〔光起。

　　〔树影又稍稍改变了位置。

　　〔玻璃门内，张三坐在藤椅里，流浪狗在他的脚边舒服地趴
着，身体下面垫了一块厚厚的脚垫。

张　三　Johny，侬讲侬为啥勿蹲了隔壁老太门口，偏要天天蹲了我
门口呢？

　　〔流浪狗忍着笑。

张　三　侬也有数隔壁老太怕狗啊？

流浪狗　汪！

张　三　阿拉 Johny 真聪明。我八岁额辰光，隔壁老太搬到隔壁，那
个辰光，伊六岁左右，比我小只头。第一眼看到我伊就笑
了，眉毛、眼角、嘴角侪弯起来了，真漂亮！齐巧，Johny 一
世，就是我养额第一只狗——捺太太——冲出来了，"汪汪"
叫了两声，隔壁老太，勿是，隔壁小姑娘吓得来"哇哇哇"穷
叫了……

流浪狗　呜呜呜……（绕圈，不安）

张　三　从那天开始，伊看到我就绕开走，因为大多数辰光我侪牵着
Johny，就是捺太太。后来，我一介头勒拉弄堂或者门口碰
着伊，伊也就习惯性额绕开了，不管是身体还是——眼
神……

流浪狗　呜呜……（趴着,不安）

张　三　Johny乖,阿爷没怪侬——倷太太。还好,伊个辰光没啥故事发生,后来阿拉两家人家侪拨抄家了,我到云南插队,伊好像全家下放到农村,大家各自结了婚,养了小人。前两年,勿晓得哪能桩事体,伊一家头又搬回来了,住勒亭子间。估计腿脚勿是最好,勿大出门……

流浪狗　呜……

　　　　〔长时间的沉默。

张　三　走,阿拉乜垃圾去。

流浪狗　汪!

　　　　〔流浪狗用嘴叼起地上的一块大骨头,奔向墙角的两个垃圾袋,熟练地放进其中一个干垃圾袋里。

张　三　阿拉Johny真聪明,侬也晓得大骨头是干垃圾啦?

流浪狗　汪汪!

　　　　〔张三和流浪狗开门出去。

　　　　〔李四推着轮椅上,轮椅的把手上挂着一袋垃圾,李四显得有些茫然。

　　　　〔张三看见李四下意识地拉了拉西装、整了整领带。

张　三　哟,四小姐!

李　四　三阿哥,长远勿看见了。

张　三　是呀,侬又搬回来啦?

李　四　搬回来了,还是回来好呀,就是人都——唉,就剩我一家头了。

张　三　阿拉屋里人也跑光了……

　　　　〔长时间的沉默。

〔流浪狗"汪汪"叫了两声，打破沉默。

李 四 侬还欢喜养狗啊？

张 三 流浪狗跑到屋里向来了，随便养养。

李 四 哦……（伸手摸流浪狗）阿拉 Johny 真聪明。

〔流浪狗闻言一个劲儿地在李四跟前撒欢，李四也开心地回应，抚摸它。

张 三 侬小辰光勿是怕狗额嘛？阿拉 Johny"汪汪"一叫侬就逃了……

李 四 哈哈哈，侬还记得……小辰光真额勿懂，狗叫有啥好吓额，倒是人假使"汪汪汪"叫起来好好交比狗凶得多了！活了一辈子碰着仔多少，人还勿如狗。

张 三 唉！过去额就过去了，勿要多想了，老了，好好交活下去，活着一天是一天。

李 四 是是是，侬忙，我去乩垃圾了。我寻了半日了，弄堂口伊只垃圾桶哪能勿看见了？

张 三 现在规定要去库房乩垃圾了，有点远，来，侬额垃圾拨我，我搭 Johny 正好要去乩垃圾去。

李 四 勿好意思麻烦侬额。

张 三 客气啥！阿拉认得又勿是一天两天了……

李 四 倒也是呃，不过闲话好像一塌刮子没讲过几句……

张 三 格么以后就多讲讲呀……

〔音乐起。

〔张三把垃圾挂在李四的轮椅上，推着她往垃圾库房走去，两人边走边说、边说边笑，流浪狗在一边跑跑跳跳……

李　四　……我还记得第一趟勒拉门口碰着侬,侬一手牵着狗,一手弹吊裤带白相……

张　三　侬还老小嘞,六岁有哦,比我矮一只头。

李　四　没额。

张　三　有额。

李　四　没额。

张　三　有额。

李　四　又没比过,侬哪能晓得?

张　三　迭个还要比啊,一看就有数了……

李　四　侬啥体瘪垃圾还要穿西装啦?

张　三　瘪垃圾也是出门呀,出门么就要穿了像样一点,迭个就是腔调!

李　四　勿要搭我讲侬买小菜去还带了只皮包哦!

张　三　侬哪能晓得?

李　四　上趟听菜场阿姨讲额,我还以为啥人嘞,原来就是侬啊!

张　三　啥个菜场阿姨闲话介多呃啦,明朝阿拉两家头,我穿西装,侬穿旗袍,我挟只皮包,侬拎着坤包,阿拉手搀手一道菜场里买小菜去,让格帮外地人看看啥额叫老上海额腔调!

李　四　侬帮帮忙,啥人家穿着西装旗袍去菜场啊,要去就去百乐门。

张　三　好,百乐门勿远,阿拉瘪好垃圾就喊差头去……

　　　　〔夕阳。小院。树影。市声。

　　　　〔二人一狗拉长的影子。

　　　　〔老上海舞曲从远处传来。

　　　　〔剧终。

1282

互　换

时　间　古代
地　点　深山古庙
人　物　张　三　男,中年,皇帝
　　　　李　四　男,青年,和尚

〔深山古庙。

〔张三上。仰头看庙门,跨门槛,入。

〔庙门内院,后景处有一佛殿,门扉虚掩,佛祖微微含笑。

〔李四低头扫落叶,已至忘我境界,不觉身后有人。

〔扬起的落叶飞向张三面庞。

张　三　混账!

李　四　施主息怒,落叶无心。

张　三　和尚有意!

李　四　施主此言差矣,贫僧一心扫落叶,心无旁骛,怎会有意冒犯?

张　三　……罢了。只是,这落叶何时不能扫?如此深山古庙,难得有客远道而来香火布施则个,小和尚竟至顾此失彼,岂不该打?

李　四　施主不闻:一屋不扫何以扫天下?贫僧虽年幼,却是心怀远大,目之所及,心之所想,不在方寸毫厘之间。

张　三　哈哈哈,(讽刺地)原来是位得道高僧,小师傅,莫非有扫天下之宏图大志?

李　四　不敢。

张　三　量你也不敢!

李 四　哦?

张 三　师傅可曾杀过人?

李 四　……佛门子弟,不得杀生,遑论杀人。

张 三　恶人呢?

李 四　自有天惩。

张 三　哈哈哈,好一个恶人自有天惩,天岂能手举屠刀,莫不是假
以他人之手? 天假以善人之手杀恶人,不知可否?

李 四　杀人即恶,恶人杀人,善人度人。上天有好生之德,施主不
闻,放下屠刀立地成佛,世上本无恶人,或为生活所迫或一
时激愤,不得已而为之者,恶之众矣,刀剑架颈,何如劝惩
感化?

张 三　人性本恶,一旦举起屠刀,又有几人能放下? 芸芸众生,或
贪或嗔或痴者不知其几,又有几人能度? 几人能化? 治天
下者犹须赏罚分明,除恶务尽,似小师傅这般扫落叶、绝尘
埃,方得清明世界,郎朗乾坤。

李 四　如此说来,恶人必杀?

张 三　恶人必杀!

李 四　除恶务尽?

张 三　除恶务尽!

李 四　十个恶人?

张 三　杀十个。

李 四　一百个恶人?

张 三　杀一百个。

李 四　一千一万个恶人?

张 三　杀一千一万个。

1284

李　四　杀得过来吗？

张　三　怎么杀不过来？

李　四　然则杀十、百、千、万恶人之善人，岂不双手沾血，淋漓不尽？
　　　　生灵涂炭，天地能容？

　　　　〔张三倒吸一口气，不觉后退一步。

　　　　〔李四拿着扫帚进一步。

李　四　百姓为恶？

张　三　杀百姓。

李　四　手足为恶？

张　三　杀——手足。

李　四　子女为恶？

张　三　杀——子女。

李　四　父母为恶？

　　　　〔李四步步紧逼，张三步步后退。

张　三　杀——

　　　　〔张三伸出双手，仿佛上面沾满了鲜血。

张　三　不瞒小师傅，为扫天下，孤曾屡次举起屠刀，杀臣子、杀生
　　　　父、杀兄弟、杀儿子、杀——几十年来，逝者之哀号，夜夜环
　　　　绕孤之枕畔，逝者之音容，夜夜浮现孤之脑海。孤，为天下
　　　　苍生，一心除恶，何曾为恶，何以至此？何以至此啊！

　　　　〔张三悲恸。

　　　　〔李四对面站立，默然良久。

李　四　师傅三年前圆寂之时，嘱咐我，早晚诵经之外，每日必做的
　　　　功课就是在这院中扫地，有落叶扫落叶、无落叶扫尘埃、无
　　　　尘埃扫空气，专心致志、心无旁骛，只管去扫便罢。及至肉

体凡胎四肢百骸至空无之境,世界万象天地众生方能无中生有,生于胸臆之中。

　　〔李四递上扫帚,张三不解。

张　三　小师傅的意思是?

李　四　施主远道而来,何所求?

张　三　……心安。

李　四　施主请。

张　三　多谢小师傅点化。

　　〔张三接过扫帚认真地扫起地来,背影与动作神似之前的李四。

　　〔李四留张三独自在院中扫地,只身进入佛殿拈香拜佛。

李　四　佛祖在上,徒弟我今日下山去也。

　　〔李四背着包袱,出佛殿,经过张三身边,停步。

张　三　小菩萨,欲往何出去?

李　四　施主要扫去心上灰尘还需时日,这座古庙且交与你看管。和尚我今日下山去了。

张　三　小菩萨欲云游仙山,修道化缘?

李　四　非也,和尚我扫天下去也!

张　三　扫天下? 谈何容易! 只怕无功而返、有去无回。

李　四　不问成败,只管去扫便是。但等沾染上一身的俗世尘埃、夜夜无眠之日和尚我再回来。

张　三　作甚?

李　四　扫地。

　　〔张三闻言,低头扫地。

　　〔李四跨门槛出,回头仰看庙门,下。

万字剧

音乐剧·梦想成真

时　间　现在

地　点　上海,一个四口之家

人　物　妈　妈　女,38岁,外企白领

　　　　爸　爸　男,40岁,报社编辑

　　　　哥　哥　男,18岁,高中生

　　　　妹　妹　女,6岁,幼儿园

　　　　群演若干

序幕　完美家庭,梦想在即

〔老洋房风格的巨幅落地玻璃窗,晨光熹微。铺着漂亮桌布的餐桌,有全家照片的背景墙,这是一个都市里最常见的温馨的四口之家。妈妈正在忙碌地为全家人做早餐。

〔歌曲1:《完美家庭,梦想在即》

妈　妈　(唱)哈哈,妈妈咪呀!(亮相)

　　　　　　我是两个孩子的妈妈,

　　　　　　聪明能干又优雅,

　　　　　　白天上班晚上当妈,

　　　　　　职场家庭两手抓。

对孩子我从来不打也不骂，

虽然他们不太肯听话，

但是我总有办法让他们——泪如雨下！

那就是——使劲儿地把他们——夸！夸！夸！

Good morning!

这个世界上最最聪明可爱听话的乖乖宝贝在哪里？

〔两扇房门同时打开，哥哥和妹妹出现。

哥　哥　（举手）在这里！

妹　妹　（举手）在这里！

妈　妈　（在两个孩子的手里各塞了100元钱）

　　　　（唱）早睡早起，

　　　　　　　应该奖励！

　　　　　　　绩效考评，

　　　　　　　职场游戏，

　　　　　　　教育孩子，

　　　　　　　同样道理！

　　　　〔妈妈故意稍等了一会儿，等着小女儿把100元钱交还给
　　　　自己。

妹　妹　妈妈，老规矩，帮我存在银行里。

哥　哥　100元?!妈你中彩票了？

妈　妈　（唱）好消息，好消息，

　　　　　　　爸爸要升职升职升职！

　　　　　　　加薪加薪加薪！

　　　　　　　家庭经济，一日千里！

　　　　　　　妹妹就要展翅，

　　　　哥哥就要翱翔!

　　　　妈妈我也终于可以辞职回家休息休息。

　　　　好消息,好消息,

　　　　我再也等不及——

　　　　完美家庭,梦想在即!

三人合　(唱)好消息,好消息,

　　　　我们再也等不及——

　　　　完美家庭,梦想在即!

孩子合　什么味儿?

妈　妈　啊! 我的荷包蛋!

　　　　﹇爸爸上。

爸　爸　(唱)大周末还要早起,

　　　　梦想在哪里——不,早餐在哪里?

　　　　﹇妈妈领着两个孩子把爸爸引向餐桌,三人都是迎财神般的
　　　　恭敬表情。

妈　妈　(唱)在这里,在这里,早餐在这里。

哥、妹　(唱)在这里,在这里,梦想也在这里!

爸　爸　(坐定一看)(唱)原来梦想就在白粥和酱瓜里——

　　　　﹇一家人围坐在餐桌旁,爸爸和哥哥并排坐着吃白粥和酱
　　　　瓜,妈妈在一旁给穿着芭蕾舞裙正在奶瓶里喝奶的小女儿
　　　　梳公主头。

妈　妈　不好意思今天荷包蛋糊了,你们爷俩每人一碗白粥也可以
　　　　吃快点。儿子,今天让爸爸送你去参加雅思考试,我要送妹
　　　　妹,对了,身份证和准考证再拿出来给我看一下。

哥　哥　妈!

[爸爸立刻悄悄捅了捅儿子,于是哥哥不耐烦地打开书包把证件找出来按在妈妈面前的餐桌上。妈妈两个手不得空,只好伸长了脖子仔细看。

妈　妈　没错没错,要死了,我昨天晚上做梦,你把雅思的准考证和别人的错拿了,结果到了考场进不去,美国梦泡汤,真是急死我了,这不早上忙到现在,才想起来看一眼,没错没错,赶紧放好。争取考个 8 分!

妹　妹　才 8 分? 妈妈你确定不是要哥哥考 108 分?

哥　哥　8 分? 到美国留学 7 分足够了。

妈　妈　你有实力考 8 分,就不要考 7.9 分,这就叫——

爸　爸　物尽其用,人尽其分,让看得见的实力横扫一切阻力!

妈　妈　这个标题可以上头条了! 我老公太有才了,怎么你博士毕业都十年了,你们报社才想到要升你做主编?

爸　爸　这不是主编辞职了嘛,他走之前跟领导推荐了我……走,儿子,美国路远,咱们早点出发。

哥　哥　拜托,开过去一小时足够了,现在还有两小时。周六高架上又不堵。

爸　爸　高架是不堵,但是咱们小区堵呀!

[父子俩下。

[汽车喇叭和发动机的轰鸣声响起。

[暗转。

第一幕　妹妹"梦想成真"——小猪佩奇

[芭蕾舞教室。小朋友们在老师的指导下扶把练习,一众家长在外等候。妈妈和妹妹急匆匆上,把妹妹交给老师后妈

妈无限幸福地看着女儿。

［歌曲 2:《我愿为你插上翅膀》

妈　妈　（唱）在那遥远的地方，

有一个美丽的小姑娘。

她爱吃冰激凌爱幻想，

幻想有一天能飞到彩虹上。

在彩虹上荡起秋千，

在彩虹上跳起舞蹈，

在彩虹上尽情奔跑，

在彩虹上回到故乡。

美丽的小姑娘，

想呀想呀，长呀长呀，

长呀长呀，想呀想呀，

小姑娘长成了大姑娘，

她的梦想变成了她的梦想。

想呀想呀，长呀长呀，

长呀长呀，想呀想呀，

小姑娘长成了大姑娘，

她的梦想变成了她的梦想。

她在心里对她说——

宝贝，我愿为你插上翅膀，

让你在天空尽情翱翔……

我愿为你插上翅膀，

看你在舞台中央，

闪闪发光!

〔妈妈手机电话铃响。

妈　妈　什么？现在？我正在——好吧，我马上到。

　　　　〔妈妈看了一眼女儿，又抬腕看了看表，她纠结着要在家长
　　　　休息区里找一位合适的妈妈把女儿托付给她。休息区的妈
　　　　妈们都听到了她的电话，又都假装没听见，一边暗自关注着
　　　　她的动向。

妈　妈　对不起，我有急事要忙，能不能——

　　　　〔歌曲3:《忙忙忙》

众妈妈　（唱）忙忙忙，忙忙忙，

　　　　　　　忙什么忙，忙什么忙，

　　　　　　　妈妈就该为孩子忙。

　　　　　　　忙忙忙，忙忙忙，

　　　　　　　忙什么忙，忙什么忙，

妈妈甲　（唱）忙着刷朋友圈，

妈妈乙　（唱）忙着追韩剧，

妈妈丙　（唱）忙着清空购物车，

爸爸甲　（唱）忙着在手机里看股票。

众妈妈　（合）陪伴孩子是主业，见缝插针不算忙。

妈妈甲　（唱）我劝你，一心两用不应当，

妈妈乙　（唱）三心二意更要把祸闯！

妈妈丙　（唱）孩子在里面学，

　　　　　　　妈妈就该在外面等。

妈妈丁　（唱）天塌下来也别去管，

　　　　　　　旁人闲事莫相帮！

众妈妈　（合）天塌下来也别去管，

旁人闲事莫相帮!

妈　妈　我就是想请哪一位妈妈帮忙把这个水杯在休息的时候交给我女儿,我真的是十万火急,去去就来。

　　　　[众妈妈无动于衷,爸爸甲犹豫着接过水杯。妈妈千恩万谢,告辞下。

　　　　[舞蹈教室内,孩子们正在练习小天鹅舞。妹妹试着走向舞台中央,被跳得更好的小女孩挤到了一边,几次三番,她放弃了,成了一只缩在角落里无人注意的"丑小鸭"。

　　　　[妹妹追光,她默默地坐在地板上,孤独又沮丧。

　　　　[歌曲4:《谁来陪我》

妹　妹　(唱)谁来陪我,谁来陪我?

　　　　　爸爸总是看电脑,

　　　　　妈妈总是像阵风,

　　　　　哥哥打篮球臭烘烘我不要。

　　　　　谁来陪我,谁来陪我?

　　　　　幼儿园里朋友多,

　　　　　周末一个不见了。

　　　　　谁来陪我,谁来陪我?

　　　　　我是一只丑小鸭,

　　　　　永远到不了舞台中央。

　　　　　妈妈,你在哪儿? 你快回来!

　　　　　亲亲我抱抱我拍拍我哄哄我,

　　　　　永远永远陪着我。

　　　　　(醒悟,哭腔)妈妈——我要妈妈——

　　　　　谁来陪我,谁来陪我!

［动画片《小猪佩奇》片头曲响起,佩奇按惯例介绍自己和爸爸妈妈,妹妹跟着发出了三声猪叫,忽然她变开心了。

［歌曲5:《如果我可以变成小猪佩奇》

妹　　妹　(唱)小猪佩奇! 小猪佩奇!

　　　　　　如果我可以变成你……

［妹妹变身为小猪佩奇。

［舞台上出现了《小猪佩奇》动画片里的世界,这里不仅有它的爸爸妈妈和弟弟乔治还有它的很多好朋友。他们一起跳泥坑、开心地唱唱跳跳闹闹。

众　　人　(合)《小猪佩奇》如此神奇。

　　　　　　在这欢乐世界里,

　　　　　　我们大家在一起。

猪爸爸　(唱)爸爸不用刮胡子,

猪妈妈　(唱)妈妈不用化妆,

乔　　治　(唱)我们不用洗澡换衣服,

妹　　妹　(唱)跳泥坑不用买票!

猪爸爸　(唱)车想停哪里就停哪里,

猪妈妈　(唱)上班只要装装样子。

弟　　弟　(唱)学校从来不考试,

众　　人　(合)《小猪佩奇》如此神奇。

　　　　　　在这欢乐世界里,

　　　　　　我们大家在一起。

　　　　　　小猪佩奇! 哦小猪佩奇!

　　　　　　小猪佩奇! 哦小猪佩奇!

妹　　妹　(唱)如果我可以变成你,

1294

　　　　幸福快乐将会是最容易的事！

　　［《小猪佩奇》动画片里的人物全体谢幕，回到他们的"真实状态"，一个个急着下场。乔治把他最爱的恐龙扔了出去。妹妹很奇怪，她抱起恐龙安慰它。

妹　　妹　乔治，你为什么要扔掉恐龙先生？

乔　　治　孩子才抱毛绒玩具。

妹　　妹　孩子？你不就是个小孩子吗？

乔　　治　佩奇，你忘了，我们 2004 年出生在英国，现在是 2019 年了！

妹　　妹　这么说，我们已经长大了？

乔　　治　你傻呀，我们永远也长不大！

　　　　我们永远都是又蠢又萌的小傻瓜！（猪叫）

　　［乔治下。已经变成佩奇的妹妹愣住了。

妹　　妹　（自言自语）我们永远也长不大，

　　　　我们永远都是又蠢又萌的小傻瓜。（猪叫）

　　［猪猪侠上。

猪猪侠　（唱）Oh GG Bond 童话里做英雄

　　　　　Oh GG Bond 热血心中流动

　　　　　Oh GG Bond 一切掌握手中

　　　　　让世界更美好，

　　　　　坚持就一定成功！

妹　　妹　哦！猪猪侠耶！

　　［猪猪侠拿出两颗巨型棒棒糖，分一个给妹妹后一蹦一跳地下。

猪猪侠　再见！我要去拯救世界啦！

妹　　妹　一边吃着棒棒糖？

1295

［麦兜上。神情沮丧,看见佩奇低着头走开,一直重复着两句话。

麦　兜　没有鱼丸,没有粗面……

妹　妹　是的,我们永远也长不大。

　　　　［猪八戒上。

猪八戒　猴哥,你在哪里? 猴哥,你等等我……

妹　妹　长大了也只能当配角。

　　　　［妹妹立刻扔掉了恐龙先生,害怕地蒙上眼睛。

妹　妹　妈妈! 我不要变成猪!(猪叫)

　　　　［暗转。

第二幕　哥哥"梦想成真"——摇滚歌星

　　　　［爸爸和哥哥在车上。

哥　哥　爸爸,你想我去留学吗?

爸　爸　出去开开眼界总是好的。

哥　哥　学费挺贵的。

爸　爸　这个你不用担心,你妈从你一生下来就开始计划了。

哥　哥　怎么堵车了?

爸　爸　好像是让道,估计又有哪个国家的领导人到上海来开会了。

　　　　［同样的场景,换成 18 年前,爸爸和妈妈被堵在高架上。哥哥隐身。

妈　妈　唉! 又堵了。

爸　爸　好像是让道,估计又有哪个国家的领导人到上海来开会了。你看那边,四辆警车开道!

妈　妈　哇……亲爱的,答应我一件事?

爸　爸　什么？

妈　妈　我怀孕了。

爸　爸　行……那咱们找个大家都不太忙的时间去登记吧。

妈　妈　不是这件事。

爸　爸　……那是什么事？

妈　妈　我们这辈子已经来不及了，但是我真的希望将来我的孩子，他的人生之路能够一路绿灯，畅行无阻。

爸　爸　你想让他将来坐在有警车开道的车里？

妈　妈　不行吗？

爸　爸　嘿嘿……这个，我可帮不上忙哈。

妈　妈　帮得上，明天我们就去民政局给我们即将出生的孩子点亮人生的第一盏绿灯！

爸　爸　什么意思？

妈　妈　登记啊！

　　　　〔妈妈隐身。爸爸和哥哥在车里。

　　　　〔歌曲6：《一路绿灯》

爸　爸　（唱）从你出生到现在，

　　　　　　　一路绿灯，数也数不过来。

　　　　　　　最好的妇产科医生，

　　　　　　　最好的医院，

　　　　　　　最好的月子会所，

　　　　　　　最好的学前班，

　　　　　　　最好的幼儿园，

　　　　　　　小学、初中、高中都是重点民办，

　　　　　　　选个留学中介都是中美合资业内典范，

1297

　　　　　　未来还会上——

哥　哥　　（唱）最好的大学——哈佛、普林斯顿或者麻省理工学院！

爸　爸　　（唱）真是绿灯一盏连一盏，

　　　　　　　　开了挂的人生无遗憾！

　　　　　　〔汽车喇叭声。堵车时间长了，车河众生有些焦躁。

　　　　　　〔哥哥打开收音机，传来歌曲《夜空中最亮的星》。

爸　爸　　大白天的，电台怎么放这首歌？谁唱的，还挺好听。

哥　哥　　逃跑计划。

爸　爸　　什么？

哥　哥　　逃跑计划——一个摇滚乐队。

爸　爸　　这名儿起的！

　　　　　　〔当放到"每当我找不到存在的意义，每当我迷失在黑夜
　　　　　　里……"时，哥哥打开车门，下车。爸爸慌了，跟下。

爸　爸　　你干吗？

哥　哥　　（焦躁）车里太闷了。

爸　爸　　还是上车吧。

哥　哥　　爸爸，到此为止好吗？

爸　爸　　你说什么？

　　　　　　〔歌曲7：《一路开挂的人生，我不要》

哥　哥　　（唱）我不要，一路开挂的人生，我不要。

　　　　　　　　我不要，我不要成为别人棋盘上的棋子，

　　　　　　　　我不要，我不要像木鱼一样被人不停地敲，

　　　　　　　　我不要，我不要预设的成功；

　　　　　　　　我不要，我不要唾手可得的幸福！

　　　　　　　　我不要，一路开挂的人生，我不要！

爸　爸　（唱）人生路不是赛车道，

那么多的崎岖不平你受得了？

弯道超车谁见了？

稍不留意小命不保！

哥　哥　（唱）你们的爱像监牢，

束缚住我的手脚，

用金钱铺路，

靠关系搭桥，

对我来说，

成功了又有什么好骄傲？

人生道路千万条，

要走哪条我自己挑！

哪条都比现在好，

一路开挂的人生我不要！

我不要！我不要！我不要！

　　　　［哥哥转身下。

爸　爸　你要去哪儿？你妈还指望你将来作美国总统呢?!

哥　哥　替特朗普擦屁股？算了吧！

　　　　［哥哥快速逃下。

　　　　［爸爸气得跺脚。

　　　　［汽车喇叭声。

　　　　［暗转。

　　　　［灯光渐亮，哥哥在钢筋水泥的城市中奔跑。

　　　　［歌曲8:《如果有一天我可以站在音乐之巅》

哥　哥　（唱）每当那首歌响起在耳畔，

1299

是什么在心底徘徊不散。

时光啊,你来去如电,

送走过多少青春无悔的少年。

啊,我满头大汗,心惊胆战!

一旦错过,回头太难!

啊,我泪流满面,心有不甘,

长路漫漫,不服来战!

每当那首歌响起在耳畔,

我听见自己内心的呐喊!

我要奔向世界之巅,

把最美的歌声送去彼岸。

那里有青草,

那里有蓝天,

那里有鲜花,

那里有麦田。

啊,我满头大汗,心惊胆战!

一旦错过,回头太难!

啊,我泪流满面,心有不甘,

长路漫漫,不服来战!

如果有一天我可以站在音乐之巅,

回望来路,无悔无怨,

不顾一切,不惧艰险,

哪怕跌落,也要笑看人间。

[唱到一半的时候,哥哥已然站上了最大的舞台,成为万众
瞩目的歌坛巨星,歌迷们群情激昂配合着偶像的情绪又唱

又跳。

［某位性感的娱乐女记者正在进行现场直播报道。

女记者　乐迷朋友们，感受到现场热烈的气氛了吗？感谢逃跑进行时乐队带来的成名曲《如果有一天我可以站在音乐之巅》，接下来乐队还会在今天榴梿音乐节的现场发布一首最新单曲，让我们拭目以待！好像音响出了一些问题，工作人员正在调试，来，大家跟我一起去采访一下乐队主唱怎么样？

［现场歌迷热烈响应。

女主持　请问，"逃跑进行时"的名字是怎么想到的？

哥　哥　灵感来源于我非常喜欢的一个乐队，在人生的关键时刻，是这个乐队的一首歌帮我做出了正确的决定。

女主持　请问是什么正确的决定？

哥　哥　逃离正常的生活，倾听内心最真实的声音，做一名歌手，唱歌给大家听，就像现在这样。

女主持　哇哇哇！

［摇滚风格音乐前奏响起，所有人开始热舞。

哥　哥　噢……噢噢噢……噢噢噢……

［开口的一刹那哥哥猛然发现自己在假唱，他举起右手。

［时间停止，所有扭动的身体戛然静止。

哥　哥　怎么回事？

［侧幕跑上一位现场导演。

导　演　怎么啦？

哥　哥　音响出什么问题了？为什么我听不到自己的声音？

导　演　我的哥呀，你第一次上台唱歌吗？经纪人呢？

［经纪人跑上。

1301

经纪人　哥哥,我们不是都说好的吗? 现场技术条件有限,主办方要
　　　　求必须假唱。

哥　哥　可这不是在愚弄观众吗?

导　演　你的声音,你的表演,哪里是愚弄观众? 拜托,赶紧! 几千
　　　　人在看呢! (对经纪人)回头给他找个好点的表演老师,假
　　　　唱也要看着像那么回事啊!

经纪人　好的好的。哥哥,我求求你了!

　　　　〔导演和经纪人迅速下,音乐再次响起,人们继续热舞。

　　　　〔歌曲 9:《真真假假》

哥　哥　(唱)有人弄虚作假,

　　　　　　　有人装聋作哑。

　　　　　　　真相是什么?

　　　　　　　谁来回答?

　　　　　　　曾经无所畏惧,

　　　　　　　追寻梦想,

　　　　　　　曾经海誓山盟,

　　　　　　　不负年华。

　　　　　　　曾经山河大海,

　　　　　　　潇潇雨下。

　　　　　　　曾经摩天大厦,

　　　　　　　一刻崩塌。

　　　　　　　真真假假,真真假假,

　　　　　　　我们在哪,听谁说话?

　　　　　　　真真假假,真真假假。

　　　　　　　好好回家,听妈妈的话!

　　　　他们弄虚作假，

　　　　我们装聋作哑。

　　　　真相是什么？

　　　　谁来回答？

　　〔唱到最后一句歌词时，哥哥突然把麦克风给向观众，但是
　　音响出来的声音跟之前毫无差别，人群开始交头接耳。

　　〔一曲结束，舞台暗场。

　　〔女记者上。

女记者　最新消息，逃跑进行时乐队在刚刚结束的榴梿音乐节上被
　　乐迷发现有假唱嫌疑，有关方面已展开调查，如果情况属
　　实，乐队和主办方或将面临小额罚款。娱乐资讯为您现场
　　报道。

　　〔哥哥在钢筋水泥的城市中退着跑。

哥　哥　（唱）真真假假，真真假假，

　　　　我们在哪，听谁说话？

　　　　真真假假，真真假假。

　　　　好好回家，听妈妈的话！

　　〔暗转。

第三幕　爸爸"梦想成真"——Mr. Somebody

　　〔妈妈从舞台左侧上，趁工作间隙给爸爸打电话。

　　〔爸爸从舞台右侧上，他正抱着三大盒进口水果。

妈　妈　我给你准备的那盒车厘子给你们主编送去了吗？

爸　爸　送去了……又拿回来了。

妈　妈　你什么意思？这点小事都办不好，又不是让你拓荒咯，就是

人家推荐了你,上门表示感谢,意思意思。

爸　爸　我也是这么说,谢谢主编推荐,让我在您离职后接替您的工作,您放心吧,您留下的这一亩三分地我一定会给您看好守好的,再争取发扬光大。

妈　妈　这不是挺好的吗? 然后呢?

爸　爸　然后主编感动得哭了,他一边哭一边拉着我的手说:你是个好同志,实话告诉你,我们报社马上要关了,我想尽快调走,想找个老实人接手这里的烂摊子,放眼整个部门,就你最靠得住。

妈　妈　别跟我开玩笑。

爸　爸　是真的,不信咱们来个视频,你看不仅车厘子还给我了,主编夫人还另外送了我两盒进口水果,也巧了,刚好是咱们儿子爱吃的澳洲猕猴桃和咱们女儿爱吃的美国大橙子……

妈　妈　别说了! 你要把我气死啊! 赶紧都扔了! (挂电话,转身下)

爸　爸　扔了?! 这是要扔水果呢,还是要扔老公呢?!

　　　　[歌曲 10:《呜呼哀哉》

爸　爸　(唱)我失业了! 呜呼哀哉!

　　　　　在四十岁的年纪! 呜呼哀哉!

　　　　　报社关门,并非意外,

　　　　　新媒体自媒体纷至沓来,

　　　　　传统媒体辉煌不再,

　　　　　谁让这个时代,变化太快!

　　　　　该来的总会来,

　　　　　没什么好奇怪,

　　　　　只是人到中年,惨遭淘汰。

叫我如何能看得开?

十字路口独自徘徊,

别问我初心在不在。

呜呼哀哉!

不是我的错,人生总是充满意外,

为了老婆孩子,

我——一定不能想不开!

我——一定不能失态!

我——为什么想哭却哭不出来!

〔爸爸把水果盒扔到地上,一本书从盒子中间滑落,他俯身
捡起。

爸　爸　《马云:未来已来》?

〔爸爸背靠一棵梧桐树坐下开始阅读。

〔光影变化,代表时间流逝。

〔歌曲 11:《未来已来》

爸　爸　(唱)哦,未来已来!

哦,时不我待!

不惧失败!

迎接挑战!

和过去说拜拜!

把包袱甩开,

把脑洞打开,

天生我才,

八方来财。

未来已来!

时不我待！

脑洞大开！脑洞大开！

把脑洞打开！把脑洞打开——

［歌曲 12：《以梦为马》

爸　爸　（唱）我不知道未来什么模样，

但是可以想象，

出门不带钱早已不是梦想，

各种奇葩 App 多得不成样，

商家不讲究质量只追求流量，

茫茫人海人才鱼泱鱼泱。

茫茫人海人才鱼泱鱼泱……

但总有人茫然无措，失去方向……

有什么办法能够物尽其用，人尽其才，

让看得见的实力横扫一切阻力？

对了！以梦为马！驰骋疆场！

要让每个人都能实现梦想。

以梦为马！驰骋疆场！

要给每个人安上飞翔的翅膀！

有了！有了！绝世良方怀中藏！

书生意气挥斥方遒势如破竹不可阻挡！

［创业真人秀现场。爸爸出现在舞台中央。

主持人　下面大家掌声欢迎 2046 号选手，项目陈述 3 分钟倒计时
　　　　开始！

爸　爸　我的创业项目往小了说属于人力资源范畴，往大了说是一
　　　　场关乎所有人和整个社会的人才革命。我们现在最大的问

题是社会无法提供一个真正公平的平台让所有人都能最大程度地发挥聪明才智实现人生价值。我们为什么不能创建一个大数据库,从出生开始,就将每个人的才能性格潜力等指标和身高体重一样进行分类量化,随着每个人的成长再做实时更新,然后一旦成年,什么人适合什么岗位都可以一目了然。

[3分钟倒计时还剩下不到1分钟,爸爸语速加快。

爸　爸　打个比方,我要让每一个萝卜都能找到最适合自己的那个坑。每个坑里都住着那只最合适的萝卜,然后一个萝卜一个坑,一个坑一个萝卜。最合适的两颗萝卜可以用最快的速度找到彼此携手同住一个坑,生下最合适的小萝卜,一代接一代。科学分析无比科学,大数据无比准确,从此,成才就业和恋爱婚姻的成功率都可以达到100%,人世间再也没有悔恨和遗憾。我的这个创业项目暂定为"人生大数据",这必将是一个兼顾社会效益和经济效益的史无前例的伟大项目,来吧,来做我的天使投资人,共同赚取第一桶金!

[三位现场评委紧急商量了一下。最后一个巨型的红色大×光影打在了爸爸身上。

[歌曲13:《算了吧》

评委甲　(唱)不切实际!

评委乙　(唱)无稽之谈!

评委丙　(唱)异想天开!

爸　爸　(唱)不试试怎么知道不行?

众评委　(唱)经验经验我们有经验,
　　　　　　眼光眼光我们有眼光!

爸　爸　（唱）你们有在四十岁的年纪猝然失业的经历吗？

　　　　　　你们有明明知道身边的另一半并不适合自己但事已至

　　　　　此得过且过的体验吗？

评委甲　（唱）什么"人生大数据"，这分明是一个失意者的控诉；

评委乙　（唱）一个失恋者的呓语；

评委丙　（唱）一个失败者的自怜。

主持人　（唱）创业大赛不是心理医院，

众评委　（合）我们的社会资源不能浪费在一个自卑又自大的白日梦

　　　　　想家身上。算了吧，忘了吧，放了吧！

主持人　（唱）算了吧，忘了吧，放了吧，再见吧。

　　　　　下一个！有请2047号选手！

爸　爸　（唱）给我一个机会试试吧！

众评委　（合）除非你是马爸爸（哈哈哈），

　　　　　算了吧，忘了吧，放了吧，再见吧！

　　　　　〔暗转。

　　　　　〔舞台一角，爸爸追光。

爸　爸　〔歌曲14：《If I were Mr. Somebody》

　　　　（唱）If—I—were—Mr—Somebody！

　　　　　〔爸爸喊出第一句时瞬间变身。几个西装革履的男人围上

　　　　　来，帮他换上西装，围上围巾，点上雪茄，戴上礼帽；几个妖

　　　　　娆的女人围着他跳舞。

爸　爸　（唱）If I were Mr. Somebody.

　　　　　I would be refused by nobody.（评委给出三个"Yes"）

　　　　　Money，money，fly to me so easy.

　　　　　Beauty，beauty，around me without hesitate.

If I were Mr. Somebody.

I would be so happy.

（合）You would be so happy，

so happy...

爸　爸　（唱）If I were Mr. Somebody.

I would make my dream come true so easy.

（合）You would make your dream come true so easy，

so easy...

爸　爸　（唱）If—I—were—Mr. Somebody!

〔有人递上支票本，爸爸签一张撕一张。

男人甲　希望小学需要捐款。

爸　爸　拿去，100 万。

男人乙　您的母校需要赞助。

爸　爸　拿去，500 万。

男人丙　中国贫困人口还有 1000 万。

爸　爸　拿去，10000 美元买张机票，把比尔·盖茨请来。

女人甲　Honey，Honey，巴黎老佛爷在降价耶！

爸　爸　是吗？派几个人去一趟，价格合适就收购了它。

女人乙　我刚刚看中了日本的一条锦鲤，不过去年差不多的一条拍

卖价都到 2000 万了。

爸　爸　这里是 5000 万，先买幢别墅把鱼池挖起来。

女人丙　我们半边天女子公益基金前期需要融资 10 个亿。

爸　爸　这里是 10 万，去买两斤明前龙井，开个慈善茶话会，时间地

点账号确认后，我会发条消息到朋友圈。

爸　爸　（唱）If I were Mr. Somebody.

I would make your dreams come true so easy.

（合）You would make our dreams come true so easy,

so easy...

爸　爸　（唱）If—I—were—Mr. Somebody!

［一位国王带着她美丽的公主和侍女、随从们上。

国　王　你好，我的朋友!

爸　爸　你好，我的朋友!

［两人夸张地拥抱，贴面亲吻。

国　王　谢谢你把我们国家的万金油介绍给了中国人民，现在在我的王国里，万金油比石油还要赚钱，为了表达我最诚挚的谢意，我想把我的女儿嫁给你。

［公主上前开始了宝莱坞风格的歌舞表演。

［歌曲15:《天竺少女》　作词:阎肃　作曲:许镜清

公　主　（唱）噢……沙里瓦噢……沙里瓦……

嗬……嗬……噢……嗬……噢……嗬……

是谁送我来到你身边，

是那圆圆的明月明月。

是那潺潺的山泉，

是那潺潺的山泉，

是那潺潺的山泉山泉。

爸　爸　（唱）你像那戴着露珠的花瓣花瓣，

甜甜地把我把我依恋依恋。

（合）噢……沙噢沙噢沙里瓦沙里瓦，

噢……沙噢沙噢沙里瓦沙里瓦，

噢……沙里瓦噢……沙里瓦，

嘀……嘀……噢……嘀……噢……嘀……

爸　爸　（唱）是谁送你来到我身边，

是那璀璨的星光星光，

是那明媚的蓝天，

是那明媚的蓝天，

是那明媚的蓝天蓝天。

公　主　（唱）我愿用那充满着纯情的心愿，

深深地把你把你爱恋爱恋。

（合）噢……沙噢沙噢沙里瓦沙里瓦，

噢……沙噢沙噢沙里瓦沙里瓦，

噢……沙里瓦噢……沙里瓦。

〔一曲唱毕，两人相见恨晚。

〔手机铃响，全场安静，妈妈从左侧上。

妈　妈　老师，不好意思，我正在赶过来，大概还要半小时，本来想让
我先生来接的，可他的电话一直打不通，对不起，请您等我
一会儿好吗？什么，您要去相亲？喂喂！喂喂！别挂电
话呀！

〔妈妈焦急地从人群中穿梭而过，因为爸爸全新的装扮，妈
妈从他面前经过却没有认出他。爸爸目送妈妈离开，所有
人跟着爸爸的眼光目送妈妈离开。

爸　爸　谢谢您的好意，可是您瞧，我已经结婚了，刚才那位是我的
太太。

公　主　啊！（扑入国王怀里）

国　王　您还爱您的太太吗？我的朋友？

爸　爸　这个……她不爱干家务，做的饭也不好吃，还总是埋怨我不

会赚钱。

众　人　啊？埋怨你不会赚钱?!

爸　爸　过去,曾经……

国　王　那您还犹豫什么,我的朋友？你可以跟她离婚呀——

　　　　〔歌曲 16:《离婚是一种奢侈的自由》

众男子　（唱）离婚！离婚！离婚是种自由,

　　　　　　　但 Mr. Somebody 绝对不可以有。

　　　　（合）No！No！

众女子　（唱）离婚！离婚！离婚不需要理由,

　　　　　　　但 Mr. Somebody 绝对不可以有。

　　　　（合）No！No！

男子甲　（唱）失去一半资产的滋味不好受不好受。

女子甲　（唱）任股份稀释领地失守不能够不能够。

男子乙　（唱）人设崩塌秒变渣男英雄气短万事休万事休。

女子乙　（唱）离婚是一种奢侈的自由就算越过山丘也永远是阶下囚
　　　　　　　阶下囚。

　　　　（合）No！No！知否知否？

　　　　　　　离婚是一种奢侈的自由！

　　　　　　　No！No！知否知否？

　　　　　　　离婚是一种奢侈的自由！

　　　　　　　No！No！

　　　　〔公司的一群人努力把爸爸和公主分隔开。国王的一群人
　　　　又努力帮助两人在一起。最后,爸爸突围成功,拉着公主一
　　　　起飞奔。

　　　　〔歌曲 17:《海市蜃楼》

1312

爸　爸　（唱）你美丽温柔，

情爱里游走。

我满面尘垢，

把浮生看透。

富贵难自由，

贫贱何足忧，

都是海市蜃楼。

知否知否人生百年难永寿，

知否知否歌舞升平几时休，

知否知否同船共渡前世修，

知否知否少年夫妻转白头。

富贵难自由，

贫贱何足忧，

都是海市蜃楼……

富贵风流，

知音难求，

我又怎能把她丢……

抽刀断水水更流，

往事悠悠，

都是海市蜃楼，

人生不如意十有八九，

见好就收，

莫奢求。

〔公主似乎听懂了爸爸的话，一边抽泣一边告辞离开。

〔爸爸被剥去富贵外壳，恢复常态。

1313

[所有人下。

[舞台一角,爸爸追光。爸爸拨通妈妈的电话。

爸　爸　孩子她妈……

　　　　[妈妈画外音:你要死啊! 现在才回电话,妹妹不见了,哥哥
　　　　和你都不接电话,你们这是要急死我呀——(大哭,崩溃)

爸　爸　别急别急,妹妹不会丢的,你就在学校门口待着哪里都别
　　　　去,我就来,至于哥哥,唉,见面了再跟你说。孩子她妈,别
　　　　哭了,我……爱你。

　　　　[妈妈画外音:去死! (或者上海话:十三点!)

第四幕　妈妈"梦想成真"——嫦娥

　　　　[芭蕾教室的大门被锁上了,不见了女儿的妈妈几近崩溃,
　　　　爸爸匆匆上,哥哥也赶来了。

　　　　[歌曲 18:《我不是个好妈妈》

妈　妈　(唱)我不是个好妈妈,

　　　　　　　我不该把妹妹一个人丢下。

哥　哥　(唱)咱们赶紧报警吧。

爸　爸　(唱)别急,先给芭蕾舞老师打个电话,

　　　　　　　她绝不会把孩子单独留下。

妈　妈　(唱)电话我一直在打,

　　　　　　　可她就是不接我好害怕。

哥　哥　(唱)号码给我,我来打。

妈　妈　(唱)我不是个好妈妈,

　　　　　　　我不该把妹妹一个人丢下。

爸　爸　(唱)不要自责不要害怕,

我们一定有办法。

妈　妈　（唱）我恨死了这个破公司，

双休日动不动就一通电话，

让你加班绝不能有二话。

我更恨自己野心太大，

又要工作又要照顾家，

分身乏术把一切搞砸。

爸　爸　（唱）我也不是个好老公好爸爸，

没有照顾好你和孩子还有这个家。

妈　妈　（唱）老天爷我任你罚，

千万保佑我的孩子我绝不能失去她。

　　　　〔爸爸甲带着妹妹和他自己的女儿上，他在两个胳肢窝里各

夹了一个小姑娘，两个姑娘正在放肆大笑。

　　　　〔妈妈赶紧冲了上去，抱紧妹妹，泪如雨下。

妈　妈　妹妹，你没事吧？

妹　妹　妈妈，我没事呀，我饿了，婷婷爸爸带我们去吃了肯德基，你

帮我把钱还给人家。

妈　妈　好……（紧紧抱住女儿努力平复情绪）

爸　爸　（给爸爸甲100元钱）谢谢你帮忙照看孩子。

爸爸甲　没事，不用给我钱。不要嫌我啰唆，我想跟你说几句话。

　　　　〔歌曲19:《爸爸带娃也不差》

爸爸甲　（唱）职场妈妈压力大，

又要工作又要照顾家。

其实爸爸带娃也不差，

要常给妈妈们放个假。

夫妻之间多包容多接纳，

家庭关系才融洽。

爸　爸　（唱）其实爸爸带娃也不差，

要常给妈妈们放个假。

夫妻之间多包容多接纳，

家庭关系才融洽。

爸爸甲　（唱）男人呢，不求风流潇洒飞黄腾达，

但愿老婆大人永不后悔把咱嫁！

［和众人告别后，爸爸甲和自己的女儿来了个高难度的花式托举动作然后下，把所有人都看傻眼了，特别是爸爸。

妹　妹　（唱）爸爸，我也要那样！

爸　爸　（唱）现在不行，回去咱们找个垫子好好练练。

［暗转。

［老洋房风格的巨幅落地玻璃窗，窗外月上中天，星光璀璨。铺着漂亮桌布的餐桌上放着一个点了蜡烛的生日蛋糕，全家人围坐在一起，给妈妈过 38 岁生日。

［生日快乐歌唱完，大家催促着让妈妈许愿。

妹　妹　妈妈，你要许什么愿呢？

妈　妈　每年我的生日愿望都是希望每一个我爱的人都能梦想成真。

哥妹爸　（异口同声）难怪！

妈　妈　什么？

哥　哥　妈，其实我的梦想……

妈　妈　没事，你爸跟我说了，你不想去美国留学，也对，中国正在崛起，很快就会超过美国的。妈妈不该把自己的梦想强加给

你,你愿意做什么就去做什么吧,我还是那句话,愿我所爱的人都能梦想成真。

哥　哥　其实,我后来还是去考了。

爸　爸　你想通了?

哥　哥　也不是,反正钱都付了,不考白不考,以后的事以后再说。

　　　　〔众人笑。

爸　爸　那个,老婆大人,今年不如换个愿望吧,换一个你 18 岁时的生日愿望,别管我们,好好为你自己许个愿。

哥　哥　对,妈妈为自己许个愿,比如,你最想变成谁?

爸　爸　不要好莱坞明星或者……公主这一类的,我配不上哈!

妹　妹　(拍手)不要听爸爸的,妈妈就要做公主,我以后也会变成公主,那哥哥就是王子了,耶! 妈妈快快,快许愿!

妈　妈　(深呼吸)那好吧。

　　　　〔妈妈双手合十,闭上双眼,认真地许了个愿。

　　　　〔神奇的音效。

　　　　〔爸爸、哥哥、妹妹都趴在桌上睡着了。

　　　　〔月亮从天而降,越来越大,最后挂在了窗外,落地玻璃窗被打开,银白色的光影从月亮上流出,仿佛一座桥通进室内。

　　　　〔美丽的嫦娥缓缓从月亮里走下来。

　　　　〔歌曲 20:《如果我可以变成嫦娥飞到月亮上》

妈　妈　(唱)18 岁的我曾许下愿望,

　　　　　有一天能变成嫦娥飞到月亮上。

　　　　　一身银霜,

　　　　　遍地流光,

　　　　　干一杯桂花酒把孤独品尝,

遥望人世沧桑。

嫦　娥　（唱）年少无知偷灵药，

　　　　　　　一飞飞到月亮上。

　　　　　　　一身银霜，

　　　　　　　遍地流光，

　　　　　　　碧海青天日夜盼望。

　　　　　　　重回人间比翼成双。

　　　　（合）啊！月亮之上，

　　　　　　　不可阻挡，

　　　　　　　心底最真的渴望。

　　　　　　　啊！月亮之上，

　　　　　　　插上翅膀，

　　　　　　　带我飞向远方。

　　［妈妈和嫦娥手拉手互相凝望，仿佛是久别重逢的好友。

　　［歌曲21:《别来无恙》

嫦　娥　（唱）亲爱的，别来无恙。

妈　妈　（唱）别来无恙？

嫦　娥　（唱）二十年前，我曾来过，为了你的梦想。

　　　　　　　可后来你有了孩子有了幸福的家。

妈　妈　（唱）是的，我有了孩子有了……幸福的家，

　　　　　　　他们的梦想成了我的梦想。

嫦　娥　（唱）为什么今天你又许下了18岁时的愿望？

妈　妈　（唱）因为，今天我听见了自己内心最真的渴望。

　　　　　　　尽管我成了妈妈，

　　　　　　　可还是应该有自己的梦想。

闭上眼睛,我飞上了月亮,回到了故乡。

嫦　娥　(唱)我也渴望回到故乡,

　　　　　我来就是想和你交换。

妈　妈　(唱)交换?

嫦　娥　(唱)窗外就是月亮,只要跨过窗台,你就可以实现梦想。

妈　妈　(凝望月亮,无限神往)真的吗?

　　　　[月光仿佛有一种魔力,妈妈一步一步地靠近窗台……

　　　　[妹妹在梦中轻轻地喊了一声"妈妈"。

　　　　[虽然声音很轻,但是妈妈停住了脚步。

嫦　娥　月亮上该有的全都有,不该有的一样没有。那是一个纯粹
　　　　的理想国,一个充满了自由与美好的伊甸园。

妈　妈　那正是我向往的地方……但是,我只能独自前往是吗?

嫦　娥　是的,你只能独自前往。但是你可以带一样东西。

妈　妈　什么?

嫦　娥　什么都可以,你好好想想要带什么,今晚 12 点之前必须做
　　　　出决定,我在外面——月亮上等你。

　　　　[嫦娥原路返回。

　　　　[妈妈在房间里来来回回。

　　　　[歌曲 22:《对不起》

妈　妈　(唱)对不起,

　　　　　梦想在即,我已决定远离。

　　　　　对不起,

　　　　　养儿育女责任太重,我只想喘口气。

　　　　　对不起,

　　　　　我知道我不是你理想的妻子,

请再找个人把我代替。

对不起，

我已竭尽全力。

爱你们，让我失去自己。

对不起，

我不该放弃，

可错过梦想会不会太可惜？

让我想想，我要拿一样什么东西永远陪伴自己？

让我在那里可以睹物思人把旧日时光反复温习？

〔妈妈从照片墙上取下哥哥的第一张奖状。

妈　妈　这是哥哥的第一张奖状，他画了一幅画《我的妈妈》。那幅画带给我为人母后最初的感动，是不是该带上它？

〔妈妈踩到了一样东西，俯身拾起，原来是妹妹的一只芭蕾舞鞋。

妈　妈　谢谢上帝又给了我一个女儿，她是天使，我曾经梦想要给她插上翅膀，让她飞到彩虹上。

〔歌曲 2：《我愿为你插上翅膀》(片段)

(唱)有一个美丽的小姑娘。

她爱吃冰激凌爱幻想，

幻想有一天能飞到彩虹上。

在彩虹上荡起秋千，

在彩虹上跳起舞蹈，

在彩虹上尽情奔跑，

在彩虹上回到故乡。

宝贝，我愿为你插上翅膀，

让你在天上尽情翱翔……

我愿为你插上翅膀，

看你在舞台中央，

闪闪发光！

[妈妈抱紧了妹妹的芭蕾舞鞋，又舍不得儿子的第一个奖状，从照片墙上拿下全家的合影，又割舍不下婚纱照里曾经的爱侣。她放下怀里的东西，拿出手机，点击观看刚才哥哥录完后发给她的全家唱生日歌的视频……

[妈妈热泪盈眶，泣不成声。

[歌曲 23：《我怎么能放弃》

妈　妈　（唱）我已决定远离，

　　　　　可为什么悲伤得不能自已？

　　　　　在这个不算大的家里，

　　　　　有那么多的回忆值得去珍惜，

　　　　　放弃，我怎么能放弃？

　　　　　分离，我又怎么舍得与你们分离？

　　　　　希冀，月亮上难道有超越一切的欢喜？

　　　　　悔恨，一念之差的逃避，难道要换来悔恨无边无际？

　　　　　我怎么能放弃？

　　　　　妹妹、哥哥还有老公你，

　　　　　你们是我此生、来世、永生永世的唯一。

　　　　　我怎么能放弃？

　　　　　你、你还有你？

　　　　　和你们无关的梦想真的不值一提。

　　　　　我不要远离，

我不能放弃，

我要和你们在一起。

永远永远在一起。

[月光收，玻璃窗轻轻关上，有嫦娥剪影的月亮渐渐远去。

尾声：完美家庭，幸福继续

[爸爸、妹妹、哥哥渐渐苏醒。

[玻璃窗外晨光熹微。知性又美丽的妈妈正在忙碌着为全家人做早餐。这一次，她自信满满，有条不紊。每个家庭成员面前都放上了丰盛的早餐，一人一个煎得正好的荷包蛋。

妹　妹　妈妈，你昨天到底许了什么愿？我长大了到底能不能当公主呀？

哥　哥　好好学你的芭蕾舞，别三天打鱼两天晒网的，让妈妈操心，学好了芭蕾，你就能当公主了。

妹　妹　耶！

爸　爸　我看呀，你妈一定许了愿想要变成田螺姑娘。

妹　妹　谁是田螺姑娘？

妈　妈　我是田螺妈妈。

[全家哄堂大笑。

[妈妈把一本书交给爸爸。

哥　哥　（抢过来看）《马云，未来已来》？

[有人在敲门。爸爸去开门，门外没有人。

[妹妹悄悄溜下餐桌走过去打开了落地玻璃窗。

[《小猪佩奇》里的人物一个个走了进来，妹妹吓坏了！

妹　妹　妈妈！你骗人，你的生日愿望没有变对吗？

妈　妈　变了,可我又后悔了,感谢上天给了我一个机会又重新许了
　　　　一次愿。

众　人　愿每一个我爱的人都能梦想成真?! 啊——

　　　　〔妹妹、哥哥、爸爸四散奔逃,跟他们预料的一样,所有他们
　　　　梦想中的人物一个个从窗口走了进来,歌舞不休。

　　　　〔剧终。

编剧：郑娇娇

百字剧五则

狐之恋

被逼深居读书的元丰偶然救下狐仙小翠。

元丰患怪病，小翠暗中施救，元丰醒来变痴儿。

小翠嫁元丰，施计惩恶人，闯祸。

元丰以死相护，小翠拼死相救。

元丰恢复，读书求功名，迎娶高官女。

小翠留下孩子，回归山林。

紫荆花开

宣宗宠爱孙皇后，在宫内种下其家乡常见紫荆花。

孙皇后建议庶子朱祁钰成为太子。

嫡子朱祁镇继位，为向母亲证明自己御驾亲征，被俘瓦剌。

太后命朱祁钰即位。

朱祁镇返京，夺门复位。

太后永居南宫不出，南宫种满紫荆。

清洁桶风波

花婶将村里为每家配置的清洁桶拿回家,为孙子装书。

卫生监督员赖爷上门要桶,二人争执,互揭陈年糗事。

赖爷女儿赖芳回家,劝架未果。

花婶孙子放学,发现赖芳是他的老师。

花婶反省,归还清洁桶。

一个人的彩色回忆

独居老人秦素萍零月租招租,要求未婚男女。

姚欢伪装成未婚女入住。

姚欢弄丢秦素萍的爱鸟。

刘乐救助秦素萍,入住秦家。

李存厚上门还鸟,老人结缘。

刘乐和姚欢是夫妻,决定离城返乡,李存厚家即将拆迁被儿子接走。

秦素萍的生活又回到灰色。

贤相晏婴

如玉行宫祭拜父亲遇险,为晋使所救,入晏府当眼线。

晏婴罢官在家,如玉通过所见对晏婴和夫人心生敬仰。

晋使来访,告知如玉晏婴乃杀父仇人。

晏婴朝堂怒斥弑君崔杼,嵇太史触柱而亡。如玉拾起太史的笔。

晏夫人临终托付如玉照顾晏婴。

如玉施小计,使晏婴直谏又遭罢免。

如玉得知真相,为晏婴抵挡晋国暗箭身亡,留下《晏子春秋》。

千字剧三则

借　钱

时　间　腊月二十八

地　点　李四家

人　物　李　四　男,42 岁。善良义气却好面子的公司老板,正面临一场严重的财务危机,却又不愿周围人知道,更不想开口借钱

张　三　男,40 岁。李四好友,年轻时穷困潦倒,后借李四十万南下深圳。十年未归,历经沉浮,现为成功商业人士

妻　子　女,38 岁。李四妻子,因为家庭财务危机而深深忧虑

〔客厅,李四坐沙发,听妻子打电话。

妻　子　妈,是我。那个,我爸明天过生日,我们回不去了。没事没事,都好着呢。李四啊(看李四),挺好的,都挺好,您放心。过年我们也回不去了,我们出去旅游!(李四敲桌子)妈,有人来了,我挂了啊。

〔妻子急忙挂电话,愁容满面。

李　四　咱爸妈没怀疑吧?

妻　子　没有。(爆发)都怪你,你说你怎么就那么容易相信别人呢?这下好了,钱都赔进去了,公司也要垮了——

李　四　（辩解）我不也是想多赚点钱，让咱家过得更好吗？

妻　子　好，这下好了，我爸过个生日，咱都不能去给他老人家祝寿，连过年——（转头见李四在账本上画着）翻翻翻，账本都快被你翻烂了！

李　四　王五2万，赵六2万，孙七5000已还——（惊喜）老婆，10万！还有人欠我们10万！

妻　子　（高兴）是哪个？

李　四　张三！

妻　子　（失望）等于白说。

李　四　借钱的时候，张三说过，十年为期。今年可就是第十年了！

妻　子　十年了，张三就跟人间蒸发了一样，连个电话都没打过，他能来还款？做梦吧你！

李　四　他之前没来，是因为约定的时间还没到嘛。你还记得他最后一次借钱是哪天吗？

妻　子　当然记得。十年前的今天，张三提着一个腊猪腿上门来了。那阵子，他一来就借钱，一借钱就提一个腊猪腿。十年了，到现在一闻到腊猪腿的味，我还恐慌！（四处闻）老公，你今天买腊猪腿了吗？

李　四　钱这么紧张，哪还敢买腊猪腿吃。

妻　子　（叹气）又不想让人家知道，又不愿开口借钱，这日子什么时候是个头哟。（拿起桌边的礼品）既然不去咱爸妈家了，这些礼品你拿去回收点，卖了吧。

李　四　（感动）老婆！

　　　　〔李四想从妻子手里接过礼品，妻子却又不舍得放手。二人拉扯，妻子放手，委屈大哭。

李　四　（难过，拥抱）老婆，等过了这个坎，咱一定给爸妈买更好的，补上！

　　　　〔敲门声响。二人迅速分开。

李　四　谁啊？

　　　　〔妻子边擦眼泪，边进厨房。李四开门。

　　　　〔张三提着腊猪腿上。

李　四　（疑惑）您找？

张　三　四哥，不认识我了？（提起腊猪腿提醒）

李　四　张三！（高兴）你小子没蒸发啊！

张　三　蒸发？

李　四　（冲厨房）老婆，快看谁来了。咱哥俩可是好多年不见了。

张　三　（感慨）是啊，十年了。

李　四　我就知道你今天会来！

　　　　〔妻子出。

张　三　嫂子！

妻　子　（意外）哎哟，你没蒸发啊？

　　　　〔张三并不在意。李四急忙将妻子拉到一边。

李　四　老婆，不管你以前对他有什么意见，今天人家来了，你热情点。

妻　子　热情？十年前我倒是挺热情的，他呢，一条腊猪腿就借走了10万。

李　四　（示意妻子小声）他这不是来还钱了吗？

妻　子　还钱？（打量张三，张三提起腊猪腿打招呼）天哪，我有种不祥的预感。

李　四　咱都这样了，还怕他借？（对张三）你嫂子看你来了，非说要炒几个菜。

张　三　（递腊猪腿）麻烦嫂子了，正好添个下酒菜。

　　　　〔妻子不情愿地接过腊猪腿。

妻　子　我这心怎么这么恐慌。（下）

张　三　这些年不见，李四哥还好吧？

李　四　好，挺好。

张　三　（感慨）十年前，我爹娘病重，最后人财两空。是李四哥你，借钱给我爹娘治病，又借我钱，支持我南下创业。

李　四　嗨，兄弟间帮忙，应该的。

张　三　那时候你公司刚开，手头也不宽裕。四哥，你对兄弟这份情谊，我这辈子也忘不了。

　　　　〔妻子端菜上。

张　三　（看着满桌青菜）都是健康食品啊。

李　四　天天山珍海味，换换口味，今天吃素的。（从礼品中拿出酒）来，咱哥俩喝这个。

张　三　好酒啊，四哥。

　　　　〔妻子瞪眼。

李　四　（悄声）他今天还了钱，咱再买几瓶给爸过寿去！

　　　　〔三人围坐餐桌。

张　三　这些年一直想跟四哥联系——

妻　子　想也没见你打个电话呀。

李　四　做生意忙，都理解。来，边吃边聊。

张　三　到了深圳，没有经验，做了几笔生意，一分没赚还把本钱都赔进去了。

　　　　〔李四正准备倒酒，大吃一惊。妻子一把夺过酒瓶。

妻　子　赔了!

张　三　你也赔了?

张　三　怎么,难道四哥你?

李　四　朋友,有个朋友,那几年在深圳,也赔了。

张　三　赔钱了,没脸跟四哥打电话。

李　四　这话怎么说的?

张　三　我知道,那些年,亲戚朋友都让我借怕了,别说上门,就是打
　　　　个电话,人家也害怕。

李　四　兄弟,这话怎么说的? 谁还没有个作难的时候?

张　三　谁还没有个作难的时候? 四哥当年这句话,我一直记在心
　　　　里。后来,我搬砖,扛水,只要能赚钱我就干,就靠心里这一
　　　　口气,兄弟又翻身了!

李　四　翻身了!

　　　　〔李四从妻子手中夺过酒瓶,倒酒。

李　四　兄弟,不容易,哥敬你一杯!

张　三　四哥,该我敬你,是你教会我,人都有作难的时候。

李　四　再难,挺一挺就过去了!

妻　子　我陪一个!

张　三　这些年,兄弟我生意越做越好,开了公司,越来越大。

妻　子　(高兴,悄声)有钱了!

李　四　我说他是来还钱的吧?

张　三　做生意钱来钱往,有时候你借我的,有时候我借他的。可是
　　　　这时候我又困惑了——

李　四　怎么感觉我不是喝酒,是在做心理辅导啊?

妻　子　转来转去,怎么还不提还钱的事?

张　三　四哥，你说，我穷的时候没人愿意借我钱。怎么我不穷了，借钱也难了呢？

妻　子　不穷你借什么钱啊？借钱你还是穷啊。

李　四　这你就不懂了，做生意啊，这叫资金周转。

张　三　怎么就没有人愿意帮我资金周转呢？

李　四　钱在自己腰包里，才最踏实嘛。

妻　子　有句老话，救急不救贫。

张　三　现在是连救急也没人愿意了。

妻　子　这个社会，谁还相信谁啊？

张　三　说得对，嫂子，干一杯！

　　　　〔张三和李四妻干杯。

李　四　哎，你们怎么越说越悲观了？我不同意你们的看法。起码在这个酒桌上，我相信你们，你们也相信我！

妻　子　你完全相信我吗，老公？

李　四　当然！你是我老婆！

张　三　你相信我吗，四哥？

李　四　当然，你是我兄弟！

张　三　好，为信任干杯！

　　　　〔三人干杯。

张　三　四哥，酒喝好了，话也要说开了。我告诉你，我今天来就是来借钱。

李　四　（高兴）我就知道你今天来是要来还——你今天来干什么？

妻　子　哎哟，我的心，恐慌！

张　三　四哥，我今天来想问你借钱，不多，10万。

李　四　借钱？

张　三　四哥不愿意?

李　四　不是不愿意,就是——

　　　　［李四看向妻子,试图寻求帮助。妻子站起来,拿起酒瓶晃
　　　　了晃。

妻　子　我这一瓶好酒哟!(下)

李　四　你生意做得这么好,为什么还要借钱?

张　三　做生意,资金周转嘛。

李　四　兄弟,我不是不想借给你,我——

张　三　钱在自己腰包里,才最踏实?

李　四　我没这个想法。

张　三　四哥,我真的是资金周转,最多一个月,我肯定连上次的钱
　　　　一起还你。

李　四　我这次借不了。

张　三　四哥,在我最穷的时候你借钱给我,现在问你借钱怎么难
　　　　了呢?

李　四　我有苦衷啊。

张　三　(苦笑)为信任干杯。

　　　　［李四端起空酒杯,倒向地面。

李　四　兄弟!

张　三　四哥,我不怪你,是我先没有遵守十年之约。(转身要走)

李　四　你别走!最近我的公司也出了问题,多年合作的老伙计,拿
　　　　着钱走了,一直没有音信。几个月了,我把我所有积蓄都拿
　　　　出来垫资了,老丈人的生日礼物都要拿出去卖了。可我不
　　　　想让大家知道这事,不想让大家为我担心,也是觉得面子上
　　　　过不去。我手上没有10万,可我能替你借10万!

张　三　四哥！

李　四　走，我去借钱！

　　　　〔妻子上，拿着酒瓶，端着腊猪腿。

妻　子　要走也等喝完这瓶酒，吃完这盘腊猪腿。

　　　　〔妻子倒酒，三人举杯。

李　四　老婆，对不起，明天咱爸的生日，咱还是去不了。

妻　子　谁说去不了？

李　四　(愣)好，去，礼品该拿的都拿上！

妻　子　(笑)拿什么拿啊？酒都让你喝了。

张　三　我出钱，给老爷子再买几瓶好酒！就当这些年借钱的利
　　　　息了！

　　　　〔张三掏出厚厚一沓钱。

张　三　四哥，十年之约，让你和嫂子久等了，这是我借你的 10 万，
　　　　今天如数奉还。

李　四　(惊讶)你这唱的是哪一出？

张　三　这都是嫂夫人一手策划的，我只是演员。

妻　子　老公，你说的，人都有作难的时候，再难，挺一挺就过去了。
　　　　可是你别忘了，还有爱你的家人，朋友，我们一起面对，就不
　　　　那么难了。我知道你脸皮薄，不好意思开口借钱，怕家人朋
　　　　友为你担心。这不，张三联系我还钱，我就请他配合我演这
　　　　么一出戏，亲人朋友之间，信任是有的，互相帮助也是应
　　　　该的。

李　四　老婆，一直以来，我都以为是我在撑着这个家，可是今天，我
　　　　觉得你才是这个家里的主心骨，顶梁柱！

妻　子　咱爸妈知道了，取了 20 万，让咱先用。既然张三这 10 万还

了,明天咱们就先拿 10 万吧。

李　四　（感动）嗯。

　　　　　［李四电话响,接电话。

李　四　王八蛋,你跑哪儿去了? 你可把我害惨了! 我不要听你解
　　　　释! 什么,20 万你带回来了? 那我不用借钱了?

　　　　　［李四激动得哭出声。

　　　　　［剧终。

一条流浪狗

时　间　周末清晨

地　点　某单位家属楼内

人　物　张科长　女,28 岁,某单位财务科科长

　　　　李主任　男,38 岁,某单位办公室主任,张科长同事,对门
　　　　　　　　邻居

　　　　王局长　男,58 岁,某单位一把手,张科长和李主任的上级

　　　　　［某单位家属楼楼层内景。

　　　　　［楼梯两侧,两扇紧闭的防盗门相对。防盗门内,还有一扇
　　　　厚厚的内门,仿佛将房间内的人与外界隔绝。

　　　　　［右侧门开,李主任手拿望远镜,蹑手蹑脚走出。他看了看
　　　　对门,看了看楼上,又拿起望远镜向楼下张望一阵,一副不
　　　　解的表情,关门回屋。

　　　　　［左侧门内一阵急促声。

张科长　哎呀哎呀,来不及了,来不及了。（边整理衣服边看手表）还
　　　　有十分钟。

[张科长正要出门，突然想起什么，转身回室内。拿一菜篮出。

张科长　这么重要的道具，差点忘了。

[张科长开门，突然惊叫一声，将门紧闭。

张科长　(捂着胸口)我的妈呀。(疑惑)大早上的，不会是我看花眼了吧？

[张科长小心翼翼打开内门，防盗门外，站着一条狗。

张科长　嗨，还真是一条狗。(向外张望)谁家的狗啊？这是谁家的狗啊？(无人回应，张科长仔细看狗)浑身脏兮兮的，是条流浪狗吧？

[张科长出门要走，狗将路挡住。张科长向左，狗往左走，张科长向右，狗往右走。

张科长　嗨，什么意思呀你？(拿菜篮撵狗，狗还是不走，张科长恼怒)好狗不挡道！你别逼我出手！

[张科长瞪眼，跺脚，想把狗吓走，狗自岿然不动。

[张科长看表，着急。忽然有了主意，返回屋内，拿出一根火腿肠。

[张科长倒退着，用火腿肠将狗引到邻居门口。狗欢快地吃着。

张科长　(得意地看了一眼邻居家门)哼！

[张科长正要下楼，邻居李主任的家门忽然打开，将张科长撞了个趔趄。

张科长　哎哟！(张科长揉着撞疼的后背)不长眼啊？没看见有人啊？

李主任　看见狗了！

张科长 怎么说话呢?算了,疯狗咬人,人不能咬狗。

　　　　〔张科长正要走。

李主任 大周末的,起这么早,干什么去啊这是?

张科长 单位里上班打卡归你管,这周末在家,您可就管不着了吧,李大主任?

李主任 可是有人把流浪狗往我家门口引,这我就得管管了。

张科长 (被识破,强装镇定)那狗腿长在狗身上——

李主任 少来这一套,刚才猫眼里,我都看见了!

张科长 你别冤枉人啊。

李主任 冤枉?人证物证俱在!

　　　　〔李主任举起张科长的手,张科长手中还有半截火腿肠。

张科长 (底气不足)我,我就是看见流浪狗挺可怜的,就想喂喂它。

李主任 张美丽啊张美丽,平时你在单位迟到早退,我给你记考勤,没少恨我吧?

张科长 (讥讽)哪能啊?您是办公室主任,谁迟到谁早退,就是您说了算啊。

李主任 我那是公事公办!报销差旅费的时候,你这个不合规定,那个票据不合格,净挑毛病,你说你一小丫头,你怎么这么狭隘呢?

张科长 狭隘?你说我狭隘?你一个大老爷们你才狭隘呢!单位里迟到几分钟的早走几分钟的人多了去了,你怎么不记他们光记我啊?去银行办个工资业务来晚了你都给我记上!别以为我不知道你心里怎么想的!

李主任 听听,听听,早就心怀不满了是吧?所以你就利用职务之便,对我进行财务打压是吧?所以一大早上,你就把这流浪狗往我家门口引是吧?

张科长　我——

李主任　美丽啊,咱们单位副局长这个位置空了好久了,我知道你想干,你呢,在心里把我看成你最强有力的竞争对手。当然,这个我也能理解,毕竟在咱单位中层里,我是能力最强,资格最老——

张科长　我看是倚老卖老——

李主任　哎,注意措辞!竞争就竞争,你不能搞人身攻击,更不能歪门邪道啊!

张科长　歪门邪道?

李主任　起这么早,还拿个菜篮子,你不就是为了等楼上——(用手指指楼上)

张科长　(假装不明白)天气这么好,我去早市买点新鲜蔬菜。

李主任　买菜?你张美丽睡懒觉吃外卖的人——

张科长　哎哎哎,一大把年纪的人了,怎么窥探别人隐私啊?

李主任　窥探?用得着吗?你家门口的外卖盒子堆那么高,那地沟油流得——难怪流浪狗在你门口蹲着。

张科长　(恼怒,一脚将狗踢开)滚!

　　　　〔流浪狗嗷嗷着跑下。

李主任　哎哟,被说中心事,恼羞成怒啊。

张科长　(看着李主任,忽然想到)哎,您李主任不是号称加班狂人吗?您不是一周七天吃住在单位、披星戴月呕心沥血吗?您今天没去加班,还穿着一身运动装,您也是为了等楼上——(用手指指楼上)

李主任　(假装锻炼,掩饰)天气这么好,我去锻炼锻炼——

张科长　别装了！（看手表，疑惑）六点二十了，不对啊。

李主任　（看表）是啊，以往都是六点准点出门啊。最近咋回事，完全没有规律。

　　　　［张科长和李主任对视，心照不宣。

李主任　今天没戏了。

张科长　（打哈欠）白起这么大早。

　　　　［二人分别准备回屋。张科长尖叫。

张科长　哎哟，这不讲究的狗！

　　　　［地上一堆狗屎。张科长绕过，准备回家。

李主任　站住！

张科长　（不耐烦）李主任又有何指示？

李主任　你把这狗屎清走。

张科长　凭什么？这是在你家门口。

李主任　狗可是你引到我家门口的！

张科长　可我没让它随地大小便啊。

李主任　你是没让它随地大小便，可是你喂了它火腿肠，它吃饱了所以——（指指地上的狗屎）

张科长　（不服气，有了主意）那，一人一半！

李主任　一半就一半！省得你回头说我大老爷们欺负你小姑娘。

　　　　［二人正准备回屋拿工具。王局长上。

王局长　（热情）小张，小李，早上好啊。

张、李　（惊恐）局长！

　　　　［二人来不及提醒，王局长一脚踩在狗屎上。

王局长　（尴尬，又不敢动）这，这一大早的——

李主任　局长您别动，让我来！

1339

［李主任冲回家拿来工具，三下五除二清理了局长脚下的狗屎。

李主任　（干劲十足）为领导分忧解难我们就该冲在第一线！

　　　　［张科长不甘落后，转身回家旋即冲出，手里拿着一双拖鞋。

张科长　局长，这双拖鞋是新的，您赶紧把鞋换下来，我拿回家给您刷一刷。（冲李主任）做工作啊，就得细致周到，不给领导留尾巴。

　　　　［张科长和李主任手忙脚乱，局长原地不敢动。

王局长　（抱怨）现在的人都是什么素质，怎么能让狗随地大小便呢？

　　　　［王局长拿眼睛看看张科长，又看看李主任。二人忽然紧张起来。

李主任　局长，这可不是我家的狗啊。

张科长　局长，我一人吃饱全家不饿，这狗也不是我家的。

李主任　咱这个楼上没人养狗。

张科长　我从小到大都不喜欢养狗。

李主任　刚才一条浑身脏兮兮的狗，跑到——

　　　　［李主任正欲伸手指对门，被张科长拦下。

张科长　是啊，是啊，跑到我们（我们重音）这层，是条流浪狗。

王局长　流浪狗？

张科长　（气愤）对，流浪狗，这物业也太不上心了，怎么能让流浪狗窜进家属楼里来呢？

李主任　等周一，不，我一会就去和物业负责人谈谈。

张科长　这些养狗的也太不负责任了。

李主任　养了就好好养，怎么能让狗乱跑呢？

王局长　（关心地）这只流浪狗什么样？

1340

张科长　局长,流浪狗还能什么样?

李主任　就是那种脏兮兮的——

　　　　〔王局长从口袋中掏出一张寻狗启事。

王局长　(急切地)你看看,和这条狗长得像不像?

张科长　好像是。

王局长　(微恼)什么好像是,你再认真看看!

张科长　(小心翼翼)局长,我不养狗,我看狗都长一个样。

李主任　(认真看,发现)哎,刚才那条流浪狗脖子上也戴着这样一个
　　　　项圈,就是它。局长,这个寻狗启事?

王局长　前一阵子我把老母亲接我家住,老人家非要带着她那条狗。
　　　　结果没来几天,那狗自己跑了,这找狗就成了老人家的一块
　　　　心病。这不,今天一大早我就出去贴寻狗启事了。那狗去
　　　　哪儿了,你们看见了吗?

李主任　原来是您家的狗啊!怪不得我看那狗那么聪明伶俐,不同
　　　　一般。

张科长　是啊是啊,那狗太可爱了,连我这个从没养过狗的人都喜
　　　　欢,我还给它喂了一根火腿肠呢。

李主任　王局长,您家阿姨来了,您说您怎么也不说一声呢?

张科长　是啊,王局长,您说这楼上楼下的,阿姨来了这么多天,我们
　　　　怎么就一点都不知道呢?

李主任　我真是太粗心了!

张科长　真是太不应该了!

李主任　什么时候方便,我也上楼去陪阿姨坐坐。

张科长　您和嫂子忙不过来的时候,招呼一声,我也给老人家表表
　　　　孝心。

王局长　够了！你们的心意我领了，可你们不要以为我不知道你们心里想的是什么。不爱锻炼的人每天开始晨跑了，不爱做饭的人每天开始买菜了，为什么？你们心里不就是盯着我，盯着咱单位副局长这个位置？你们都年轻，还有很长的路要走，我一直想找机会和你们谈谈，今天既然话说到这儿，我也就告诉你们，不要天天只盯着领导，盯着职务，干好本职工作，比什么都强！

　　　　［李主任和张科长沉默。

张科长　局长，您说的我都记住了。

李主任　有则改之，无则加勉。我会牢记领导教诲！

王局长　希望你们能好好琢磨我的话。好了，不说了，我得找狗去了。

　　　　［局长急切下。

　　　　［张科长和李主任站在门口，略显尴尬。

李主任　领导的话都听见了？

张科长　又不是光说我，你也有份。

李主任　你说，是不是这个副局长的位置，局长心里另有人选了？

张科长　你是说，有人行动在咱前头了？

　　　　［张科长和李主任茅塞顿开，捶胸顿足。

张科长　谁啊？凭什么啊？

李主任　不能就这样认了！

张科长　对！

　　　　［二人对视，取得了战线上的一致。然后各怀心事，回家，关门。

　　　　［少顷，张科长探头探脑出门，正要下楼。

　　　　　[李主任从家里冲出，二人争先恐后下楼，互不相让。

李主任　你挤什么挤啊？

张科长　是我先出来的！

李主任　小姑娘你城府够深啊。

张科长　哪有你老谋深算！哎哟！

　　　　　[李主任身强力壮，抢先，下。

　　　　　[张科长气馁，忽然想到什么，回家，旋即出门。手中拿着一
　　　　　把火腿肠。

张科长　局长，局长，您家的狗爱吃这个！（下）

　　　　　[剧终。

互　换

时　间　当下
地　点　龙龙家
人　物　爸　爸　38岁，管教孩子极严，同时也是妻管严
　　　　　龙　龙　男，10岁，某小学三年级学生
　　　　　奶　奶　女，60岁，视孙子为珍宝

　　　　　[龙龙家客厅。爸爸手拿酒瓶酒杯，哼歌上。

爸　爸　"解放区的天是明朗的天，解放区的人民好喜欢……"

　　　　　[坐沙发，倒酒。

爸　爸　（品酒，满足）美啊。要是每天都能在家这么小酌一杯……

　　　　　[电话响。爸爸未看手机便接起。

爸　爸　喂……

　　　　　[妈妈画外音：老公，在哪儿呢？

爸　爸　（紧张,不知将酒瓶往哪儿藏)在家呢,老婆你到哪儿了,快到家了吗?

　　　　[妈妈画外音:你傻啊,我在外地出差你忘了吗?

爸　爸　（松了口气)你看我这脑子。

　　　　[妈妈画外音:干吗呢,是不是趁我不在家又在喝酒?

爸　爸　没有,绝对没有! 我已悔过自新,再也不沾一滴酒!

　　　　[妈妈画外音:好了好了,我还忙着呢。龙龙的小测验成绩出来了,今天放学回家你给看看。

爸　爸　没问题,包在我身上,你放心,老婆……

　　　　[挂电话的嘟嘟声。

爸　爸　挂了?（松了一口气)吓我一跳,还以为暴露了呢。

　　　　[爸爸继续品酒。龙龙上,将耳朵贴在门上偷听,接着拨通电话手表。

龙　龙　奶奶,你到哪儿了?

　　　　[奶奶画外音:龙龙啊,奶奶一会就到家了。

龙　龙　奶奶,你快点啊。（挂电话,自语)上次语文小测验 75 分,我爸我妈把我狠狠批评了一顿。今天语文小测验成绩下来了,还不如上次呢。我妈出差不在家,只要我奶奶在啊,兴许今天能逃过一劫。

　　　　[龙龙敲门。

爸　爸　放学了?（将酒瓶等藏在茶几下,藏之前还不忘再喝一口)就这么点小爱好,还被扼杀。算了,家和万事兴,这地下工作,还是得继续。

　　　　[爸爸开门,龙龙进。

龙　龙　我回来了。

爸　爸　拿出来吧。

龙　龙　啥啊?

爸　爸　别装傻,语文小测验!

　　　　[龙龙从书包里掏出试卷。

爸　爸　(不相信)90?

龙　龙　(假装自信)嗯。

爸　爸　这是你的试卷吗?

龙　龙　上面不写着名字嘛。

爸　爸　你是不是抄了人家的?

龙　龙　爸!

爸　爸　上个星期才考了75分,这个星期就90,进步也太快了吧?

龙　龙　上次我跟妈妈发誓……

爸　爸　发誓能算吗? 我还跟你妈发誓再也不……(忽然意识到说

　　　　多了)我看看都是哪儿错的。

龙　龙　(紧张)爸,我饿了。

爸　爸　饿了等你奶奶回来做饭。

龙　龙　(捂肚子)爸,我肚子疼。

爸　爸　(放下试卷)肚子疼? 哪里?

龙　龙　(一会左边,一会右边)这儿,不,好像又是这儿。哎哟,疼死

　　　　我了。

爸　爸　(看出端倪)呀,好像是阑尾呀,赶紧去医院开刀!

龙　龙　(害怕)别别别,可能是吃坏肚子了。

爸　爸　(自语)小东西,一肚子坏水!

　　　　[爸爸拿起试卷看,龙龙悄悄溜走。

爸　爸　站住! 填空,选择,光这两项你就扣了十几分……(又看试

卷)好啊,你小子,这分数是涂改液改过的!(从茶几下拿出戒尺)看我今天怎么收拾你!

[龙龙吓得躲在沙发后面。父子俩追逐,爸爸逮住龙龙,用戒尺狠狠打屁股。

爸　爸　我看你长不长记性。

龙　龙　(哭)爸,我以后不敢了,再也不敢了。

[奶奶上,一把将龙龙拉到怀里。

奶　奶　干什么呢?

龙　龙　(哭)奶奶,你怎么才来啊?

爸　爸　妈,你别拦着,今天让我好好教训教训他。

奶　奶　你先把我气死,等给我收了尸再教育也不迟!

爸　爸　(无奈停手)妈!

奶　奶　(心疼地查看龙龙)宝贝,让奶奶看看。

爸　爸　妈,我没怎么打——

奶　奶　你给我住嘴!

龙　龙　奶奶,疼。

奶　奶　(心疼抹泪)你怎么就这么狠的心,你怎么下得去手?

[奶奶忽然抢过戒尺,追打爸爸。

爸　爸　妈,你这是干什么?

奶　奶　看看打你身上疼不疼。

[龙龙叫唤一声,奶奶打爸爸一下。

爸　爸　妈,你这样,我以后怎么教育孩子?

奶　奶　(扔戒尺)你怎么教育孩子我不管,你打我孙子,我就不同意!

爸　爸　可我小时候,也没少挨揍啊。

龙　龙　时代不一样了！

爸　爸　你给我闭嘴。

奶　奶　说得对！你不经常拿这话怼我吗？再说了，我打你，你成才了吗？

爸　爸　妈——

奶　奶　老话说，这个百善，百善——

龙　龙　百善孝为先！

奶　奶　对，都让你爸把我给气糊涂了。百善孝为先，百孝顺为首。

龙　龙　奶奶，后面这句有吗？

奶　奶　后面这句是奶奶的原创。孝顺，孝顺，顺着才孝。你要是孝顺，今天你就听我的，不能打我孙子。

爸　爸　妈，你先听我说为什么打他。

奶　奶　你先保证今天不打了。

爸　爸　（无奈）不打了。

龙　龙　以后也不许打。

奶　奶　对，以后也不许打！

爸　爸　不打！

龙　龙　发誓！

爸　爸　（见奶奶瞪眼）我发誓！

　　　　〔龙龙高兴地钻进奶奶怀里。

　　　　〔爸爸将试卷拿给奶奶。

爸　爸　妈，你看，这是龙龙这周的小测验。

奶　奶　哎哟，90分啊，我孙子真棒！（对爸爸）你还想怎么着？比你小时候强多了！

爸　爸　妈，你再仔细看看。这个卷子上这么多红×，他怎么能得

90 分?

奶　奶　龙龙?

　　　　　[龙龙低下头。

爸　爸　他自己把分数给改了!改分数,还撒谎,我能不生气吗?

奶　奶　(悄声对龙龙)哎哟,龙龙,考不好咱们下次再努力,改分数撒谎可是不对的呀。以后咱可不能这样了。

龙　龙　知道了,奶奶。

奶　奶　我看这事不能光怨孩子。肯定是你们平时对他太严了,把孩子吓着了,才会想这样的主意。

爸　爸　妈,您老给他找借口。

奶　奶　行了,行了。我去做饭,把排骨炖上,给我龙龙吃。吃了排骨啊,增加营养,下次一定能考 100 分!(欲下,又转身)别再吓唬孩子了!(下)

　　　　　[龙龙看着爸爸,还有点胆怯。

爸　爸　(愤愤地)看你妈回来怎么收拾你!

龙　龙　爸,你答应奶奶的。

爸　爸　我保证我不打你,不保证你妈不打你!

龙　龙　(丧气)爸!

爸　爸　(得意)臭小子,敢拿你奶奶来压我。(得意地哼起小曲)

　　　　　[忽然,爸爸打了一个嗝。龙龙用鼻子四处嗅。

龙　龙　什么味啊?

爸　爸　(掩饰)卷子上的错误都改过来了吗?

龙　龙　这个味道——

爸　爸　今天布置什么作业?

龙　龙　(忽然想起)好像是酒精。

爸　爸　什么酒精不酒精的,和你的作业有关系吗?

龙　龙　(凑近爸爸)味道好像在你身上,爸爸。

爸　爸　(躲)不可能,我——(又打了一个嗝,正好喷在龙龙脸上)

龙　龙　(捂住鼻子)爸爸,你喝酒了!

爸　爸　胡说! 我——(又一个嗝)

爸　爸　(解释)龙龙,我——

龙　龙　你在妈妈面前发过誓,再也不喝酒的!

爸　爸　(哀求)好儿子,可千万别让妈妈知道。

龙　龙　那可不行,要是妈妈知道我包庇犯罪——

爸　爸　好儿子,只要你不跟妈妈说,爸爸什么都答应你。

龙　龙　(若有所思)什么都答应我?

爸　爸　你想要什么爸爸都给你买。真的,爸爸就是喝了那么一点
　　　　点,真的就那么一点点。

龙　龙　爸,你放心,我是不会告诉妈妈的!

爸　爸　真的? 好儿子!

龙　龙　不过,你也得答应我,改成绩的事情不许告诉妈妈!

爸　爸　你小子,你这是捏住我的把柄要挟我!

龙　龙　等价交换嘛。

爸　爸　哪里学的歪门邪道? 有本事你告去!

龙　龙　真的?

爸　爸　谁怕谁啊? 我还就不惯你!

龙　龙　爸,我敬你是条汉子!

　　　　[龙龙作势要打电话手表。爸爸赶紧阻拦。

爸　爸　你还真打啊?

龙　龙　(理直气壮)来啊,互相伤害啊,大不了鱼死网破,同归于尽,

鸡飞蛋打,两败俱伤!

爸　爸　你说你这么好的口才,怎么就考个 70 分呢?(叹气)我同意! 我同意还不行吗!

龙　龙　(高兴地搂住爸爸脖子)真是我的好爸爸。

爸　爸　(无奈)谁让咱俩同病相怜呢!

〔奶奶端菜出。

奶　奶　吃排骨喽!(看爷俩亲密)哟,不打孩子了?

爸　爸　不打了!

奶　奶　这才对嘛。来,宝贝,多吃点排骨,补补钙。

龙　龙　爸,咱爷俩一块补补?

爸　爸　我是补不了了!

奶　奶　(看着二人)这爷俩!

〔奶奶疑惑,爸爸无奈,龙龙高兴。

〔剧终。

万字剧

戏曲·狐之恋

时　间　古代

人　物　小　翠　16岁,狐仙

元　丰　18岁,小翠丈夫

王太常　50岁,元丰父亲。出身贫寒,科举入仕在朝为官

王夫人　46岁,元丰母亲

王给谏　48岁,元丰父亲同乡,同年

兰姐姐　20岁,狐仙

众狐仙、家丁、奴仆、宦官、大臣等若干

第一场

[春回大地,万物复苏。

[王府后花园,柳翠莺啼,一派生机勃勃。

[伴随着串串银铃般的笑声,众狐仙嬉闹上。

狐仙甲　姐妹们,这人间竟有如此美景! 要是能在这修炼,别说几百年,就是几千年也愿意啊。

狐仙乙　这可比咱们的狐仙洞府好多了。

狐仙丙　多亏小翠,为我们寻着这么好玩的地儿。

狐仙丁　要论玩,谁也比不过那丫头。

[众狐仙笑,嬉戏追逐。

1351

[伴唱:草长莺飞四月天,

离了洞府到人间。

姹紫嫣红惹人醉,

不枉修炼数百年。

兰姐姐　姐妹们,你我私来人间,是瞒着狐母,此处虽好,不可久留。咱们还是回去吧。

狐仙甲　兰姐姐说的是啊。

[众狐仙不情愿。兰姐姐和狐仙欲下,忽然想起。

兰姐姐　小翠到哪里去了?

[众狐仙寻找呼唤小翠。

狐仙乙　(手指远处)在那呢!

[舞台后方假山高处,小翠背身,似在倾听。

小　翠　姐妹们,你们听。

[幕后传来读书声。

元　丰　"投我以木瓜,报之以琼琚。匪报也,永以为好也! 投我以木桃,报之以琼瑶。匪报也,永以为好也! 投我以木李,报之以琼玖。匪报也,永以为好也!"

小　翠　(沉浸其中)永以为好也——

狐仙乙　什么桃啊李啊,酸兮兮的。

[幕后传来先生与元丰对话。

先　生　你赠给我果子,我回赠你美玉。只要好好读书,自然会有回报。书中自有黄金屋,书中有女颜如玉。公子可懂?

元　丰　懂了。先生没有黄金屋,我也没有师娘,是否先生年少时不曾用功读书?

先　生　这——孺子不可教,不可教也! 待老夫去禀告乃父,禀告乃父！

小　翠　（模仿）待老夫去禀告乃父,禀告乃父！

　　　　　〔众狐仙乐得前仰后合。

小　翠　啊！（失足从高处跌落）

兰姐姐　妹妹！

　　　　　〔众狐仙正欲上前搭救,忽闻人声。

兰姐姐　人来了！

　　　　　〔众狐仙隐于一侧。元丰满面愁容上。

元　丰　（唱）书海苦读人困顿,

　　　　　　　不舍昼夜不知春。

　　　　　　　为求鲤鱼龙门跃,

　　　　　　　咬碎钢牙和泪吞。

狐仙甲　这就是刚才气走先生的那位吗？

狐仙乙　怎么愁眉苦脸的,刚才还说俏皮话来着。

元　丰　我并非有意气走先生,只是这读书读书读书,先生讲来父亲
　　　　讲,实在头痛。

　　　　（唱）想起父亲心激荡,

　　　　　　　有恨有怨情满腔。

　　　　　　　功名隔断父子情,

　　　　　　　开口闭口只文章。

　　　　　　　先生此去告一状,

　　　　　　　父亲他定然怒气张,

　　　　　　　轻则痛骂重则棒,

　　　　　　　自酿的苦果自己尝。

　　　　祸从口出,却也是真心话。罢了,刚才在书斋听闻异响,待

我查看查看。

兰姐姐　（紧张）小翠啊小翠，你可要把自己藏好，切莫被他发现。

　　　　〔元丰在花园一侧找寻。另一侧跌落的小翠现身。

小　翠　（唱）昏昏沉沉，混混沌沌。

　　　　　　　丢了魂魄，失了元神。

　　　　　　　小翠我用力将那心神稳，

　　　　　　　猛睁眼蓦然出现眼前人。

　　　　〔元丰发现小翠。

元　丰
　　　　（合）呀！
小　翠

狐　仙　（合唱）眼前一幕使人惊，

　　　　　　　　惊坏了园中寻春人。

狐仙甲　兰姐姐，这呆子会不会伤害小翠？

兰姐姐　人心叵测，是福是祸，看小翠的造化了。

元　丰　白狐！

　　　　〔元丰靠近小翠，小翠害怕却因腿伤无法逃走。

元　丰　小白狐，别害怕，我不会伤害你。（仔细查看）呀，原来是腿
　　　　受伤了。（思忖片刻，怀中掏出手帕）让我为你包扎起来。

　　　　〔元丰为小翠包扎。

　　　　〔伴唱：一方白手帕，

　　　　　　　　巧手细心扎。

　　　　　　　　拉近两颗心，

　　　　　　　　爱意悄悄发。

　　　　〔狐仙小翠摇摇尾巴。

元　丰　小白狐，你是在感谢我？让我将你带回书房，为你寻些水

喝吧。

　　　〔小翠欲跟元丰下,幕后人声:逆子元丰何在?

　　　〔元丰震惊,呆立。

元　丰　呀,小白狐,你我缘分尽矣。

　　　〔幕后人声:逆子元丰何在?

　　　〔元丰一边向场下张望,一边催促狐仙小翠。

元　丰　你快逃吧,若是被我父发现,我自身难保,你性命更是堪忧。

　　　　快走,快走啊。

　　　〔小翠摇摇尾巴,和众狐仙会合,欲下。临走回望元丰一眼。

元　丰　走吧,走吧。永远不要回这园子,回这牢笼里。

　　　〔王太常上。王夫人带人紧随其后。

王太常　逆子何在?

元　丰　(下跪)父亲!

王夫人　老爷,元丰已经知道错了。

王太常　逆子! 不好好惩治,怎能收心读书? 来人哪,将他给我关进

　　　　小书房,没有我的命令,谁也不许放他出来!

王夫人　(悲戚)老爷!

　　　〔元丰丧气跌坐。

第二场

　　　〔窄小的书房内,元丰独自读书。

元　丰　(唱)无意冲撞惹祸端,

　　　　　　　禁闭读书把人关。

　　　　　　无心读书肝肠断,

　　　　　　思念窗外芳满园。

这一本本的书,在眼前晃动,真让人头疼欲裂。(抚头叹息)休息一会总无妨吧。

〔元丰独坐小憩,恍惚如梦。梦中由演员扮演的"书人"出现。

书人甲　(念)世人皆称我为书,

书人乙　(念)前赴后继将我读。

书人丙　(念)读懂了青云能平步,

书人丁　(念)读不好,哼,落第的秀才不如猪!

书人甲　(看元丰)这又一个不好好读书的。

书人乙　来,让咱们帮助帮助他!

〔"书人"们载歌载舞,将元丰包围其中。

书　人　(合唱)读,读,读,

　　　　　　　　不分严寒酷暑。

　　　　　　　　书,书,书,

　　　　　　　　头悬梁锥刺股。

　　　　　　　　从晨起到日暮,

　　　　　　　　一刻不得马虎。

　　　　　　　　踏上读书康庄路,

　　　　　　　　朝前奔定有那好前途!

〔"书人"将元丰按在椅子上,下。元丰痛苦状。

〔王太常上,见元丰睡觉,大怒。

王太常　没救了!

元　丰　(惊醒)父亲!儿头痛欲裂,故而小憩一会。父亲大人息怒,息怒啊!

王太常　(嘲讽)头痛?是不是到花园里走一遭,游玩一番就可治愈?

元　丰　（不知父亲何意）父亲——

王太常　（冷笑）我有治你这病的良药，来人哪！

　　　　〔家仆（扮演书人的演员饰演）四人上，将元丰围在其中。

元　丰　书人！又是你们，你们干什么，干什么！走啊，你们走啊！

　　　　〔元丰发狂，撕书。

王太常　逆子竟然撕书，大逆不道！快快将他手中的书夺下，与我捆
　　　　绑起来！

元　丰　父亲不要绑我，不要绑我！儿读书，读书！

　　　　〔元丰狂乱中将书塞入嘴中。

家仆甲　老爷，少爷他把书都吃了！

王太常　将他的手绑起来，将他的嘴给我堵住！

　　　　〔混乱中，被捆手堵嘴的元丰昏倒在地。王太常惊。

　　　　〔光暗。

　　　　〔光启。王府内宅。纱幕后元丰卧床，王夫人床边低声哭泣。

　　　　〔幕后人声：王给谏王大人到！王给谏上。

王给谏　（唱）一条街上两家王，

　　　　　　　同年同僚加同乡。

　　　　　　　十八年前指腹婚，

　　　　　　　我家女配他家郎。

　　　　　　　如今花开俏模样，

　　　　　　　另攀高枝才不枉。

　　　　　　　今日借口来探病，

　　　　　　　趁机退婚把心愿偿。

　　　　王大人啊王大人，你莫要怪我，此一时彼一时啊。

　　　　〔王太常上。

王太常　年弟！

王给谏　年兄！

王太常　请！（二人落座）

王给谏　年兄，不知元丰侄儿的病情，可否好转？

王太常　（摇头）哎。

王给谏　小弟不才，结识几位名医，可请来家中为侄儿诊病。

王太常　多谢年弟。已遍请城中名医，竟无一人说出病因何在。

王给谏　竟至如此这般了吗？

王太常　是啊。

　　　　〔王太常和王给谏各怀心事。

王给谏　（唱）听闻病重我心内喜，

　　　　　　　莫怪我退婚另择佳偶。

王太常　（唱）他口口声声来探病，

　　　　　　　却好似心中盘算另一局棋。

王给谏　（唱）自古佳人择良婿，

　　　　　　　好姻缘如同登天梯。

王太常　（唱）同路人早已貌合神离，

　　　　　　　再不是亲密无间似往昔。

王给谏　（唱）一杆秤权衡利与弊，

　　　　　　　舍小情方能赢大局。

　　　　成大事者岂能拘于小情？（对王太常）年兄。

王太常　年弟。

王给谏　有句话不知——

王太常　但说无妨。

王给谏　家中小女虚度二九年华，已近桃李之年。如今元丰侄儿这般模样——

王太常　呀！

　　　　（接唱）我果真猜中他心意，

王给谏　（接唱）话说开不用再猜谜。

王太常　（静默片刻）犬子福薄命浅，切不可耽误了令爱。

王给谏　这，不用跟嫂夫人商议吗？

王太常　不必。

王给谏　为人父母，你我也是万般无奈呵。告辞。

王太常　不送。

　　　　〔王给谏下。王太常失魂落魄。

　　　　〔舞台后方，元丰病卧床榻，王夫人哭诉："我儿病重不醒，他就急着来退婚，这，这不是落井下石吗？"

王太常　（暴怒）哭，哭有什么用？

　　　　〔王夫人幕后："都怪你，把儿子逼成这样！儿啊，你醒醒吧，醒醒吧。"

王太常　（失落）元丰，吾儿！

　　　　（唱）儿啊你莫要将爹怪，

　　　　　　婚姻喜事被我拆，

　　　　　　另攀高枝他早想把婚事赖，

　　　　　　今日里不过是顺水推舟下台阶。

　　　　　　儿啊你莫要将爹怪，

　　　　　　爹心中流血如刀裁。

　　　　　　原本是望子成龙严管教，

　　　　　　谁承想遭这无妄灾。

　　　　　　儿啊你莫要将爹怪，

爹逼你功名路上登高台，

登高才不会任人踩，

自古人在低处多尘埃。

儿啊儿，

是爹我来将你害，

此时悔恨满胸怀。

真心诚意我将各路神灵拜，

祈求我儿早日康复魂兮归来。

再不逼你求功名，

再不逼你进书斋，

只求你平平安安，

娶妻生子，一生安稳乐开怀。

(跪地，拜)神仙保佑我儿！保佑吾儿！

〔小翠现身门外，兰姐姐悄然跟随其后。小翠正欲输送仙
气，兰姐姐上前制止。

小　翠　兰姐姐，我若不出手相救，元丰公子必将命赴黄泉！

兰姐姐　你我私来人间，已属犯错。如若施展修行，干扰人事，则是
犯了大忌！

小　翠　元丰公子与我有恩，我不能见死不救。

兰姐姐　姐姐知你性格倔强，千件万件姐姐都可依你，唯独这一件，
万万不可。

小　翠　好姐姐！

(唱)妹妹不求你千件万件，

只求将公子他性命延。

花园里出手相救他与我有恩，

修炼百年怎能有恩却不还?

兰姐姐　这——

小　翠　(接唱)连日来难忘临别那一眼,

　　　　　　含悲带怨好似笼鸟望着天。

　　　　　　是报恩是可怜? 是劫难还是缘?

　　　　　　没空想先过眼前这一关!

　　　　[小翠不顾阻拦,悄然向床榻上的元丰输送仙气。

　　　　[元丰呻吟渐醒。内声:公子醒了,公子醒了!

　　　　[王太常惊喜。

王太常　神仙有眼,我儿命不该绝!

　　　　[小翠无力倒在兰姐姐怀中。

兰姐姐　妹妹!

　　　　[伴唱:是报恩,是可怜?

　　　　　　是劫难,是宿缘?

　　　　　　人与狐情牵一线,

　　　　　　将两颗心儿紧拴。

第三场

　　　　[小翠上。

小　翠　(唱)为救公子元气伤,

　　　　　　洞府休养已无妨。

　　　　　　今日人间走一趟,

　　　　　　挂念他是否安康。

　　　　前几日我以真气输送公子救他,今日前来探望。兰姐姐叮
　　　　嘱,要我变为人身,以保平安。

[小翠打理容妆。幕后声:公子,公子! 元丰上,奶妈随后跟上。

小　翠　呀,是公子来了!

　　　　[小翠欲躲,却被元丰一把抓住。

元　丰　娘!

小　翠　(忍俊不禁)你叫我什么?

奶　妈　公子,这不是你娘! 别吓着人家姑娘! (施礼道歉)姑娘,老身给您赔礼了,我家公子(四望,悄声)是个傻子! 得罪,得罪!

元　丰　(对奶妈)你傻子,傻子! (拉小翠不放手)姑娘,姑娘!

小　翠　(惊)傻子?

奶　妈　原本不傻,得了一场重病,醒来就成这样了。哎,还不如不醒呢!

元　丰　(拉着小翠不放手)姑娘,姑娘!

　　　　[奶妈试图分开元丰和小翠。

奶　妈　(哄劝)走吧,乖乖回家,到家待我禀告夫人,给你讨个老婆,天天陪你玩!

　　　　[奶妈强拉元丰下,元丰恋恋不舍回头望小翠。

　　　　[小翠呆立原地。

小　翠　傻子? (回过神欲追,元丰已走远)公子!

　　　　(唱)我本是好心将他救,

　　　　　　不承想救了肉身却将魂儿丢。

　　　　　　看着他一脸呆相口水流,

　　　　　　小翠我又是悔来又是愁。

　　　　　　莫不是当初不该把他救?

1362

到如今悔也无用木已成舟。

系下的铃儿还需本人解，

不还他个自由身我绝不罢休。

公子如今这般模样，皆因我而起。解铃还须系铃人，待我再做打算。（下）

[伴唱：是报恩，是可怜？

是劫难，是宿缘？

人与狐情牵一线，

将两颗心儿紧拴。

[幕启。王府宅院。四媒婆上。

媒婆甲　媒婆媒婆，如簧巧舌。

媒婆乙　活的说死，死的说活。

媒婆丙　管它海右还是山左，

媒婆丁　再远的人儿也能撮合！

媒婆甲　别吹啦别吹啦，牛皮吹破，今天这关也难过。

媒婆乙　王太常家这谢媒钱，怕是赚不到手喽。

媒婆丙　一听是元丰公子，姑娘家人就把我往外撵。

媒婆丁　没挨打就不错啦，谁愿意把闺女嫁过去，那元丰公子，吃人！

[王太常上。

王太常　（怒斥）一派胡言！是何人造谣污蔑我儿？

媒婆甲　王大人，不怪我们，我们也是听说啊，听说——

[另一侧，王给谏上。媒婆溜下。

王给谏　元丰公子今日吃书，明日就能吃人啊。

王太常　（咬牙）是你！退婚已如你意，为何还要造谣生事？

王给谏　婚约难续，全因元丰病重，错不在我。

1363

王太常　你怕别人的闲话说你退婚，不惜造谣中伤我儿，甚至，甚至在官场上也步步紧逼。你，做不成亲家，难道要成仇家吗！

王给谏　自古官场只有强弱高低之分，何来恩仇之说？我已为小女另择佳婿。王大人，要怪只能怪你自己，门第还不够高。还是抓紧给元丰侄儿说个婚事，免得断了你王家烟火！哼！

　　　　（甩袖，下）

王太常　你，你——（气急，强撑未倒）

　　　　〔伴唱：举目四望心悲怆，

　　　　　　　祸事连连雪上霜。

　　　　　　　问天问地谁人帮？

　　　　〔追光中，小翠上。

小　翠　小狐仙出手不彷徨！

　　　　〔王太常和小翠对视，光灭。

　　　　〔光启。欢快乐声中，小翠着官服乘轿，带随从上。

小　翠　（唱）八抬大轿进窄巷，

　　　　　　　轿中坐着我小娇娘。

　　　　　　　大姑娘坐轿头一回，

　　　　　　　穿的却不是那嫁衣裳。

　　　　　　　乌纱帽，头上戴，

　　　　　　　大红袍，绣鸳鸯。

随　从　是锦鸡，不是鸳鸯！

小　翠　不是鸳鸯？

　　　　（接唱）鸳鸯今天把锦鸡扮，

　　　　　　　小翠我今夜将大官装！

　　　　〔停轿，随从报门："吏部尚书到访，请王大人出府迎接。"

1364

[王给谏带随从,衣衫不整,慌乱中上。

王给谏 大人深夜到访,下官有失远迎,还望见谅。

[小翠躲在轿中偷笑,并不出声。王给谏纳闷,又不敢抬头。

王给谏 下官王仁德,恭迎尚书大人。

[小翠轿中发话。

小　翠 我——

[听到女声,王给谏等人大惊。小翠忙改声音。

小　翠 (模仿男声)我要去王太常王大人家,你们怎么把我抬到了
王给谏门口?

[随从抬轿下。

王给谏 大人,大人——(欲追又止,命令随从)跟紧了,有消息速速
向我汇报。

[随从急下。王给谏抚须沉思,不解。

[光暗。

[光启。王太常家。王给谏上。

王给谏 (唱)两面高墙一窄巷,

一条街上两家王。

吏部天官来到访,

自家门前转了个圈,

却去了那边厢!

前几日吏部尚书深夜到访,还在对门的王府一夜未出——
(寻思)这王太常什么时候在我眼皮子底下傍上了吏部尚书
这棵大树?我与他因为退婚之事,生了嫌隙,万一他在尚书
大人面前恶言几句——

[舞台另一侧,王太常上,见王给谏,止步。

王太常　他果真来了!

　　　　（唱）想当初他步步紧逼多狂妄,

　　　　　　　全不顾昔日情谊把人伤。

　　　　　　　幸遇得天降奇女出异招,

　　　　　　　风水轮流,看他今日如何讲!

　　　　〔王给谏见王太常急忙上前示好。

王给谏　年兄!

王太常　（冷冷）不敢当啊。王—大—人!

　　　　（唱）年兄年弟成过往,

王给谏　（唱）他一张冷脸挂寒霜。

王太常　（唱）只因婵娟巧设计,

王给谏　（唱）上得门来探真相。

王太常　（唱）我含糊作答来应对,

王给谏　（唱）他遮遮掩掩不愿讲。

王太常　（唱）本就是镜花水月空一场,

王给谏　（唱）果真他攀了高枝步高堂?

王太常　（唱）官场上低头不见抬头见,

王给谏　（唱）做不成亲家也不能把面子伤。

王太常　（唱）虚心假意强带笑,

王给谏　（唱）该装时候还得装。

王太常/王给谏　哈哈!

王给谏　王大人,我此次是给元丰侄儿做媒来了!

王太常　王大人美意心领了。犬子,已有婚配!

　　　　〔王太常手指处,四媒婆上,二王下。

媒婆甲　（唱）东跑西颠累断腿,

媒婆乙　(唱)不如会说的一张嘴。

媒婆丙　(唱)成一段姻缘心里美，

媒婆丁　(唱)双方满意我腰包肥。

媒婆甲　原以为这桩婚事要砸了咱们的金字招牌。

媒婆乙　不承想，那小佳人自己送上门来了。

媒婆丙　这么般配的两人，可是多年不见，世间少有。

媒婆丁　一个傻乎乎，一个疯癫癫。

媒婆丙　一个人傻家世好，一个脑瓜活管她门第高不高。

媒婆乙　谁也不嫌弃，谁也不高攀，

媒婆甲　真是对天作之合好姻缘。

媒婆合　看，他们来了！

　　　　〔元丰新郎装扮，红绸牵新娘小翠上。

　　　　〔小翠自掀盖头，欣喜地看元丰。

小　翠　(唱)眨眼锦鸡变鸳鸯，

　　　　　　小狐仙变身俏新娘。

　　　　　我的他不是那状元郎，

　　　　　却是我自己爱来自己相。

　　　　〔元丰忽冒傻气，用力扯拽红绸，小翠被拽得前仰后合。

小　翠　(接唱)虽然是呆呆傻傻这模样，

　　　　　　就爱他心无尘埃明镜光。

　　　　　我是初涉人间小狐仙，

　　　　　偏遇个纯纯真真的少年郎。

　　　　　从此后一起傻来一起疯，

　　　　　莫管他周吴郑王是官是皇。

　　　　　品蜜糖，食糟糠，

酸甜苦辣我与他一起品来一起尝!

[元丰看小翠傻笑。

元　丰　嘿嘿,小翠,好看。

[三更鼓响。众人散去。小翠含羞向元丰步步靠近,元丰步
步躲。小翠恼,干脆抬腿放元丰身上。元丰大哭。

元　丰　小翠拿大腿压我,好沉啊,娘!

[小翠大惊,急忙收腿。旋即扑哧一笑。

[收光。

第四场

[数月后。王府后花园,夏日气象,郁郁葱葱。

[伴唱:春日初见后花园,

嫩芽青青结良缘。

如今花繁枝叶茂,

你侬我侬意拳拳。

[一阵女子嬉闹声中,众狐仙拥蒙着眼睛的元丰上。

狐仙甲　我在这呢。

狐仙乙　(另一侧)这里这里,来抓我啊。

[元丰四处转圈,却抓不住任何一个,众狐仙乐。

[小翠上,元丰一把抓住小翠。

元　丰　抓住啦,抓住啦。

狐仙甲　你猜抓住的是哪个? 猜对了就让她给你当新娘。

元　丰　(赶紧松手)不要不要,我有小翠,我只要小翠。

[元丰似有所感,转身慢慢走近小翠,靠近闻,又一把抓住
小翠。

1368

元　丰　（高兴）小翠，小翠！

　　　　〔小翠帮元丰解下蒙眼布，拍打衣裳。

小　翠　看你摔打的这一身土。

狐仙乙　你刚刚说的，不要这一个，我们一会就把小翠带走。

元　丰　（怕）小翠不走，小翠不走。

小　翠　（嗔怪）你们这些没良心的，又来戏耍他。

狐仙甲　（故意）哎哟哟，有了男人，连姐妹都不顾了！

小　翠　（笑骂）看你们哪个一辈子不找男人！

狐仙乙　（脱口而出）找也不找人类，人狐有别，哪个敢学你哦——

　　　　〔小翠惊，众狐仙沉默。

　　　　〔兰姐姐上，示意众狐仙下。

小　翠　（支开元丰）你去那边耍一会吧。

兰姐姐　妹妹——

　　　　（唱）良言一句三冬暖，

　　　　　　　无心之语是真言。

　　　　　　　人狐本是不同种，

　　　　　　　岂可通婚变了天？

小　翠　（唱）姐妹们为我把心操，

　　　　　　　小翠岂能不知晓？

　　　　　　　虽是日日欢笑百般好，

　　　　　　　想起那狐仙戒律也煎熬。

　　　　　　　我也知人狐本是不同种，

　　　　　　　我也知通婚变天罪难消。

　　　　　　　可一日夫妻百日恩，

　　　　　　　怎能狠心将他抛？

1369

　　　　识途老马,迷路的羊羔,

　　　　倦鸟归巢不怕路遥。

　　姐姐啊,

　　　　万般皆是命来皆是缘,

　　　　该走时绝不留转身离去任逍遥!

　　姐姐,现在我还不能走。元丰他离不开我。

兰姐姐　他有生他养他的父母亲,你又何必呢?

　　　　〔小翠欲答,听见人声。

小　翠　姐姐快走!(兰姐姐下)

　　　　〔王太常上,望向兰姐姐下的方向,蒙住眼睛的元丰抓住父
　　　　亲不放。

元　丰　抓住啦,抓住啦。(揭开眼罩,失望)呀,怎么是个老头!(放
　　　　手,四处寻找)姐姐,姐姐们在哪里?

王太常　(无奈,问小翠)刚才是何人在此?

小　翠　哪里有什么人,父亲是眼花了吧?(故意往远处一指)快看,
　　　　那是只什么鸟?

元　丰　鸟,鸟,我要捉鸟!

　　　　〔小翠赶忙带元丰下。王太常独留原地叹息。

王太常　一个傻,一个疯。如此下去,早晚捅下天来!(下)

　　　　〔暗转。

　　　　〔王府,王给谏来访。小翠和元丰身着玉米秸编制的服饰,
　　　　嬉闹过场,不小心撞到王给谏。

王给谏　(恼怒)无理小厮,转来!

　　　　〔二人回转身,元丰摘下玉米秸帽子。

王给谏　(转怒为笑)原来是元丰侄儿。

1370

元　丰　你怎么认得我？我认识你吗？

小　翠　岂止认识！咱们走！

　　　　　〔小翠拉元丰下。王给谏望着二人背影嗤之以鼻。

王给谏　（唱）一个疯来一个傻，

　　　　　　　疯疯傻傻成一家。

　　　　　　　可怜千般谋取巧谋划，

　　　　　　　到头来也就剩个渣。

　　　　　王太常啊王太常，你膝下一子，这般模样——

　　　　　（接唱）你费尽心思往上爬，

　　　　　　　为的甚，图个啥？

　　　　　　　为的甚，图个啥？

　　　　　　　这一问，既是问他也问自家。

　　　　　哎，想我膝下无子，只有一女——

　　　　　（接唱）还不是盼她吃香喝辣，

　　　　　　　送她攀高枝嫁个好人家。

　　　　　　　说到底功名利禄魅力大，

　　　　　　　成龙成凤无人愿当黑老鸦。

　　　　　自打吏部尚书到访王家，我就得了心病。因为婚约之事，我
　　　　　与王太常表面和气，却心存芥蒂。连月来茶饭不思，怕他报
　　　　　复，不得不时时前来探访，以为示好。等了许久，这王太常
　　　　　还不出来——

　　　　　〔小翠悄上，隐于舞台一侧。

小　翠　（唱）看到他我就直来气，

　　　　　　　长着狼心披人皮。

　　　　　　　肚里全是坏主意，

何必浪费时间装和气。

人善被欺马被骑,

不如主动来出击。

头脑一转施小计,

(对幕后输送仙气)

送他一个大惊喜!

〔元丰身着龙袍懵懂上。小翠一把将元丰推出,撞得王给谏掉了帽子,自己赶忙躲起来。

王给谏 哎哟!

〔王俯身捡帽,抬眼看到半截龙袍,大惊下跪。

王给谏 下官不知皇上驾临,罪该万死,罪该万死!

元　丰 (拍手笑)好玩,好玩!

〔王给谏抬头,发现是元丰,恼怒起身。

王给谏 (眼睛一转,转笑)元丰侄儿,这身衣服哪里来的啊?

元　丰 不给你! 我的!

王给谏 (右手握空拳)你把这身衣服给我,我手里有果子,给你换,可好?

元　丰 果子,吃果子!

〔王给谏不松手,待龙袍到手,转身就走。

元　丰 (追)果子,吃果子!

王给谏 (推元丰)什么果子! 到死牢吃你的断头饭去吧!

〔王太常上。

王太常 王大人——

王给谏 (冷笑)私藏龙袍,你就等着满门抄斩吧!（甩袖,下）

王太常 (震惊)龙袍?

1372

元　丰　（欲追）衣服，我的衣服！

　　　　　〔王太常一阵眩晕。

王太常　（唱）乍听见私藏龙袍，

　　　　　　　　又耳闻要将满门抄。

　　　　　　　　逆子果然闯祸端，

　　　　　　　　怕这回在劫难逃！

　　　　　王给谏与我素多龃龉，此番被他捉住把柄，定是在劫难逃！

　　　　　列祖列宗啊，我有何脸面见列祖列宗啊！（怒）来人，上家法！

　　　　　〔王夫人等闻讯赶来，家仆递家法给王太常。

王夫人　（哭）老爷，元丰犯了什么错，都由老身替他受罚吧！

王太常　都是你惯的他！将这不孝子给我绑起来！

　　　　　〔小翠上。

小　翠　父亲大人息怒！龙袍加身乃我一人主意，与元丰无关。让

　　　　　王给谏撞见也是我故意为之——

王太常　（恨）贱婢，我王家与你何仇何怨！

小　翠　父亲请容儿细禀！

王太常　黄泉路上为我们开路去吧！

　　　　　〔王太常挥起家法棒便打。元丰以身相护，被击中倒地。

王夫人　（惊呼）我的儿呀！

　　　　　〔众人惊。收光。

第五场

　　　　　〔光启。王给谏、宦官及二大臣。

宦　官　你状告王太常私藏龙袍，意图谋反，这便是你的证据吗？

　　　　　〔幕后扔出玉米秸编制的龙袍。

王给谏 玉米秸？我呈递的明明是龙袍啊？

宦 官 难道咱家还给你换了不成！

王给谏 （慌忙朝幕后下跪）陛下，我去王太常府中的时候，他儿子元丰龙袍加身，乃是臣亲眼所见啊！

大臣一 陛下，老臣听闻王太常膝下只有一子，是个痴儿。

大臣二 老臣也听说，那儿媳也是疯疯傻傻，小夫妻二人每日在家玩耍。想必这玉米秸就是二人玩耍之物，只是不知如何到了王给谏王大人之手？

王给谏 （慌乱）陛下，臣亲眼所见，亲眼所见啊——

宦 官 拖出去！

王给谏 陛下，陛下！

　　〔王给谏被拖下。

宦 官 奉天承运，皇帝诏曰：给谏王仁德状告太常王之恩私藏龙袍一事乃属恶意中伤，王仁德嫉妒同僚，祸乱朝廷，死罪可免，活罪难逃，发配边疆，无诏不可回京。王之恩虽遭构陷，皆因治家不严，严令整治家风，不可再犯。钦此。

　　〔宦官及二臣下。

　　〔大幕起。

　　〔小翠在花园中焦急徘徊，不时向内张望。

　　〔王夫人带人急匆匆上。

小 翠 母亲！

王夫人 哼！（甩袖，下）

小 翠 这人来人往，唯独不让我入门探视，真是急煞人也！

　　〔幕后传来王夫人哭声："我的儿呀，你怎么这么狠心就走了啊？"

1374

小　翠　（唱）猛听得内府传来阵阵哭，

公子他撒手离去踏归途。

只觉得天也转来地也转，

浑身冷如同坠入寒冰窟。

公子他挺身而出将我护，

遭受重创命呜呼。

我不能最后一程将他送，

心痛无言泪扑簌。

再不能晨起洗手采花露，

再不能夜夜闲话挑灯烛。

再不能一个疯来一个傻，

黄泉路听不见小翠声声呼。

公子啊，公子！是小翠害了你，小翠害了你啊！

（接唱）到如今眼前只有一条路，

舍道行百年修行将命赎。

黄泉路上你慢点走啊，

起死回生返人间，夫妻相伴再不负！

到如今，也只有舍我道行，换取公子性命了！

〔小翠欲施法，兰姐姐及众狐仙上。

兰姐姐　妹妹！万万不可啊！

众狐仙　（合）万万不可啊！

小　翠　姐妹们，元丰为我而死，我欠他一条命！

兰姐姐　就是欠他的，你也早还清了！小翠，我们走。

小　翠　走？

众狐仙　走吧！

小　翠　　（茫然）去哪儿？

众狐仙　　回狐仙洞府。

小　翠　　不，我不回。

兰姐姐　　小翠，当初你说该走时绝对不留，现在你——

小　翠　　当初我不能走，现在，我不能走，更不想走。

兰姐姐　　你好糊涂！

小　翠　　糊涂也好，清醒也罢，我现在只想和元丰公子做夫妻，做一
　　　　　对真正的夫妻。不是狐仙和凡人，不是疯子和傻子，而是人
　　　　　间千万种平平凡凡的夫妻！

兰姐姐　　可公子他已经死了！

小　翠　　我要他活！

狐仙甲　　怎么活？

小　翠　　用我百年道行换他一条命！

兰姐姐　　只怕你救了他的命，也丢了你的命。即使能保命，你重回狐
　　　　　身，如何做得人间夫妻？

小　翠　　（失神）做不得？

众狐仙　　做不得！

小　翠　　（下定决心）即使做不得，我也要给他一条命，他的命就是我
　　　　　的命，他的身体里流着我的骨血，他活着便是我活着！

兰姐姐　　（无奈）小翠！

小　翠　　兰姐姐，你是最了解我的。

兰姐姐　　别说了，什么都别说了。

　　　　　〔小翠开始施法，体力渐渐不支。众狐仙担忧。

　　　　　〔伴唱：有一种真情叫姐妹，

　　　　　　　　　一起欢笑一起流泪。

有一种真爱叫姐妹，

共同进退，无怨无悔。

兰姐姐　姐妹们，咱们一起来！

　　　　［众狐仙施法，助力小翠。

小　翠　（大惊）姐妹们，你们——

兰姐姐　我们每人输给你一百年修行，救活公子，也助你维持人身。

　　　　可是结果如何，就看你和公子的缘分与造化了！

小　翠　（感激）姐妹们！

　　　　［众狐仙与小翠施法痛苦状。

　　　　［伴唱：是报恩，是可怜？

　　　　　　　是劫难，是宿缘？

　　　　　　　人与狐情牵一线，

　　　　　　　将两颗心儿紧拴。

　　　　［幕后人声："公子醒了，公子醒了！"

　　　　［小翠和众狐仙停止。

小　翠　（喜）公子醒了！兰姐姐——

　　　　［兰姐姐极度虚弱，由一位狐仙搀扶。

兰姐姐　我没事，你快去看看公子。（小翠欲下，又被叫住）妹妹！

　　　　（欲言又止）去吧！

　　　　［小翠下。兰姐姐晕倒在狐仙怀中。

众狐仙　兰姐姐！

　　　　［舞台后方高处，小翠和公子携手的背影。

元　丰　娘子——

小　翠　（含羞）相公——

　　　　［收光。

第六场

[王府花园。入秋，色彩绚烂中显露出衰败气象，一阵雁叫声过。

[伴唱：浮云变幻意悠悠，

　　　　时而白云时苍狗。

　　　　菊花美酒何所求，

　　　　欲说还休，却道天凉好个秋。

[元丰和小翠携手上，情深意浓。

小　翠　（唱）九九重阳登高望，

元　丰　（唱）秋高气爽丹桂香。

小　翠　（唱）南归大雁排成队，

元　丰　（唱）地上人儿配成双。

小　翠　（唱）千难万苦成过往，

元　丰　（唱）换来眼前好时光。

小　翠　（唱）夫妻恩爱常相伴，

元　丰　（唱）幸福生活万年长。

　　　　[小翠与元丰深情对望。

小　翠　相公！

元　丰　娘子！

小　翠　相公，这几日花园里菊花正开，红的，黄的，粉的，绿的，甚是好看。你我何不前去赏花？

元　丰　（似有犹豫）赏花？

小　翠　（撒娇）去嘛，去嘛。

元　丰　罢了。走起。

［二人圆场，来到花园。

元　丰　（唱）菊花盛开多鲜艳，

　　　　　　　朵朵娇嫩惹人怜。

小　翠　（唱）花开不并百花丛，

　　　　　　　独立疏篱在秋天。

元　丰　（唱）那紫色暗暗淡淡，

　　　　　　　那黄色深深浅浅，

小　翠　（唱）那红色夭夭艳艳，

　　　　　　　那白色淡雅如莲。

元　丰　（唱）高低相错，

　　　　　　　层层渲染。

小　翠　（唱）远观近看，

　　　　　　　趣味盎然。

元　丰　（唱）这一个好似嫦娥奔月殿，

小　翠　（唱）那一个好似蛟龙欲升天。

元　丰　（唱）这一个云中仙鹤惹人醉，

小　翠　（唱）那一个百兽峥嵘吓坏咱。

元　丰　（唱）看不够层峦叠翠似画卷，

小　翠　（唱）赏不尽美不胜收香满园。

小　翠　相公，你可看见那一朵菊花？

元　丰　哪里？

小　翠　（指）那边。

元　丰　娘子喜欢？（小翠点头）待我为娘子采来。

小　翠　相公！

　　　　［小翠阻拦不及，元丰将菊花采摘到手。

1379

小　翠　可惜——

元　丰　呀,怪我没有看清,竟是一朵残花。待我重摘一朵,方与娘
　　　　子般配。

小　翠　(阻止)相公莫要!万物皆有生灵,花草亦是。我们人——
　　　　我们俩欣赏便是,何必一定为己所有?

元　丰　那这残花——

小　翠　宁可枝头抱香死,何曾吹落北风中。菊花虽残,却能以别种
　　　　形象示人,亦是可歌可叹。

元　丰　(由衷赞叹)娘子灵心蕙质,元丰得遇佳人,何德何能,何德
　　　　何能啊。

　　　　[元丰凝望小翠,二人渐渐靠近。王太常等人上。

王太常　(假咳)嘿!

　　　　[元丰和小翠迅速分开。元丰将残花丢弃。

元　丰　父亲,母亲。

王夫人　我儿也来赏菊吗?

元　丰　回禀母亲,正是。

王太常　听说你近日读书很刻苦。

元　丰　儿应当如此。

王夫人　(怜惜)也不必太辛苦。

王太常　你母亲说的对。

元　丰　父母教训的是,儿谨记在心。过去儿少不更事,加之生病,
　　　　耽搁了许多读书时间。如今既已痊愈,自当加倍努力。

　　　　[王太常和王夫人相视一笑,相当满意。

王太常　你有如此想法,不枉我与你母亲的一片苦心啊。

元　丰　父母年近花甲之年,膝下唯有元丰一子,如今儿已成家,立

业之事更应时时谨记。大考之期将近，儿定当加倍，誓要取
得功名，以慰父母操劳之心。

王太常　好，好！今日重九佳节，我已命人略备薄酒，一来庆祝节日，
二来也为你浪子回头、脱胎换骨表示宽慰。

元　丰　父母一片苦心，儿怎敢拒绝？只是今日赏花已耽误工夫，儿
当即刻返回书斋，加快进度，将之前赏花与稍后喝酒耽误的
读书时间都补上才是。儿告辞。

王太常　去吧！

　　　　〔小翠似有话说，又未出口。元丰下。王太常和王夫人望着
　　　　元丰的背影，感慨万千。

王夫人　我儿终于长大成人，你我有盼头了。

　　　　〔小翠捡起地上的残花，告辞欲下。

小　翠　父亲，母亲，儿也回房了。

王夫人　且慢。

　　　　〔王夫人走近小翠，绕圈打量，小翠不明所以，浑身不自在。

王夫人　这哪里有一点状元夫人的样？（语重心长）小翠，之前你和
元丰疯疯傻傻，我也未曾多言。可此一时彼一时，如今元丰
如此发奋，凭借他的聪慧，来日夺个状元也未可知。我知你
天性自然，可自古以来讲究夫唱妇随，你也应当追随元丰才
是。（略一思考）琴棋书画、插花这些技艺总该懂得一些，从
今日起，我会派人去教授与你。

小　翠　是，母亲。

　　　　〔众人下，小翠望着手里的残花，出神。
　　　　〔光暗。
　　　　〔光启。舞台一侧追光中，小翠孤单单对瓶插花。

小　翠　（唱）鲜花一支拿在手，

　　　　　　无限感慨在心头。

　　　　　　它本该昂首枝头香盈袖，

　　　　　　却无奈折枝断叶瓶中留。

　　　　　　纵然有千般呵护万般柔，

　　　　　　抵不过万类霜天竞自由。

　　　　　　说什么习得插花与刺绣，

　　　　　　不过是累短纤腰折断手。

　　　　　　那琴声叽叽喳喳来弹奏，

　　　　　　倒不如风声雨声鸟啾啾。

　　　　　　那棋谱排兵布阵使计谋，

　　　　　　怎比那山山水水乐无忧？

　　　　　　你看那画里的山也呆水也瘦，

　　　　　　鸟也无神，仕女也愁，

　　　　　　一个个无精打采，好似魂儿丢，

　　　　　　这般日子何时是个头？

　　　　是啊，这琴棋书画、插花刺绣，何日是头？花啊花，你莫怪
　　　我，我和你一样命苦哇。

　　　　　〔舞台另一侧追光起，光束中，元丰埋头苦读。

小　翠　相公！相公！

　　　　　〔元丰并未听见。小翠失望。

　　　　　〔窗外传来女子嬉笑声。

小　翠　兰姐姐？兰姐姐是你们吗？

　　　　　〔无人回应。

小　翠　（失落）兰姐姐，你们好久不来看我了，小翠想你们，好想你

们哪。

[天上雪花飘落。

[收光。

第七场

[伴唱:白茫茫一片真干净,

千里冰封冷寒冬。

如梦,似醒,

遥想当初春意浓。

[追光。风雪中,衣衫单薄的王给谏瑟瑟发抖。

王给谏　(咬牙切齿)王之恩,你害得我好苦!

[光灭。

[幕后不同人声:"臣有一本,太常王之恩为人狭隘……""臣也有一本,太常王之恩身居官位……""臣也有一本……"

[王太常上,惊慌失措。

王太常　(唱)一本本听得我直冒冷汗,

分明是无缘由把我来参。

多年来官场上谨行慎言,

却为何突然间遭此劫难?

热锅上的蚂蚁我团团转,

一时间手也忙来脚也乱。

为何这般? 如何过关?

只盼得高人来将迷津指点。

[幕后人声:王太常——

[王太常似在侧耳倾听。

王太常　（鞠躬）多谢提点，多谢提点！

　　　　（唱）原来是王给谏余孽泛滥，

　　　　　　　转回家细商议定将局势转！（急下）

　　　　[小翠独自对瓶插花，神情呆滞，动作迟缓。

　　　　[元丰急上。

元　丰　（唱）书斋内闻听得无风起浪，

　　　　　　　得父命赴前厅将对策商。

　　　　　　　娘子她人聪慧胸有智囊，

　　　　　　　特相邀共商计打退豺狼！

　　　　娘子！

小　翠　相公！

元　丰　娘子，王给谏余孽贼心不死，朝堂之上联合上书参奏我父，妄图混淆视听，栽赃陷害。现在父亲召唤，快与我同赴前厅，共商对策。

小　翠　（呆滞）又是他们？

元　丰　父亲操劳一生，却屡遭小人陷害。可叹元丰无能，至今无有一官半职，无法替父分忧解难。

小　翠　（叹息）冤冤相报何时了？

元　丰　当务之急乃是渡过此劫。走。

　　　　[元丰拉起小翠欲走，小翠退后。

元　丰　娘子，你？

小　翠　官场之事，小翠无有经验。将眼前插花做好，才是分内之事。相公快去吧！别让父亲久等。

元　丰　这——

　　　　[略显尴尬的沉默。小翠突然被花刺伤手。

小　翠　呀!

元　丰　娘子!（急忙拿出白手帕包扎）

　　　　［伴唱：一方白手帕，

　　　　　　　巧手细心扎。

　　　　　　　当初绵绵意，

　　　　　　　此刻心中花。

小　翠　当日你我结缘，便是因这一方白手帕——

元　丰　（不解）这一方手帕？过去许多事，元丰已不记得。听说过

　　　　去做下许多糊涂事，娘子不提也罢，不提也罢。

小　翠　相公还记得——

元　丰　娘子，前厅还有要事——

　　　　［小翠欲挽留，衣袖差点将眼前的花瓶带歪。

元　丰　娘子小心！这花瓶可是父亲多年珍藏。

小　翠　哦。你去吧。

　　　　［元丰下，独留失落的小翠。

　　　　［小翠突感不适，干呕。小翠喜忧参半。

小　翠　（唱）小翠我腹中已有三月喜，

　　　　　　　家中人尚未得知此消息。

　　　　　　　近日来心绪无常多思虑，

　　　　　　　莫名的一时晴天一时雨。

　　　　　　　相公他书斋勤读少言语，

　　　　　　　小翠我琴棋书画学规矩。

　　　　　　　外人道神仙羡慕好眷侣，

　　　　　　　却也是满腹心事无人提。

　　　　　　是小翠我变了？相公他变了？哎——

说什么平凡夫妻多欢喜，

却原来一言难尽几多叹息。

〔王太常、王夫人和元丰急上。

元　丰　（唱）父子同心将计商，

谋得良策退豺狼！

父亲，儿刚才的建议您意下如何？

王太常　投吏部尚书所好，近能解眼前之困，远亦能背靠大树好乘凉。嗯，吾儿虽深居书斋，却洞察官场，深谋远虑。吏部尚书既然喜好收藏玉瓶，吾儿刚才所说要敬献的玉瓶，现在何处？

元　丰　（手指小翠）就在此处！

〔小翠拿起插花的玉瓶左右欣赏，突然一阵恶心，单手抱瓶。

王太常　小心！

〔小翠受惊，手中玉瓶滑落，摔碎。众人大惊。

小　翠　（唱）一失手将玉瓶打碎，

王太常　（唱）眼见得良策化成灰。

王夫人　（唱）头顶仿佛起响雷，

元　丰　（唱）这，这样的结果该怪谁？

王太常　你怎能如此粗心大意？

王夫人　你摔碎的可是救命的玉瓶！

王太常　成事不足，败事有余！

王夫人　你为什么要一只手抱瓶？

小　翠　（手捂小腹，欲言又止）我，我——

王太常　还想强词夺理？

王夫人　打第一次见你就带着蠢笨的模样！

[小翠被围攻,茫然无助,她望向元丰,元丰低头。她仿佛失了魂。

[王太常和王夫人不停指责。

[幕后传来喧哗之声。

元　丰　园中喧哗,发生何事?

[家丁上。

家　丁　老爷,夫人,花园中猎得白狐一只!

元、翠　(惊)白狐?

王太常　什么时候了,还有心情猎狐! 还不快滚!

元　丰　慢!

[元丰上前观察白狐。小翠紧跟上前。

小　翠　(旁)兰姐姐?

元　丰　父亲,这白狐皮毛光亮,抚之顺滑,是难得的上等佳品。

王太常　我儿意思是?

元　丰　玉碎难圆,但可有替代之品。将这狐皮献给尚书大人,也是
　　　　挽回之计。

[小翠震惊。

王太常　来人哪!

小　翠　(以身护白狐)慢着!

王太常　你——

　　　　(唱)见此举难忍心中怒,

　　　　　　疯女子又来哪一出?

　　　　　　按下瓢来起葫芦。

　　　　　　再不能由她犯糊涂!

　　　　来人,上家法!

元　丰　父亲且慢！娘子她一时糊涂,让儿再劝上一劝。

王太常　哼!

　　　　〔元丰无奈,走近小翠。

元　丰　娘子!

　　　　(唱)娘子莫要再犯浑,

　　　　　　听我来将道理陈。

小　翠　(唱)什么道理我都懂,

　　　　　　以身护狐有事因。

元　丰　(唱)口口声声有事因,

　　　　　　说清道明才是真。

小　翠　(唱)说清道明恐不信,

　　　　　　白狐于我有大恩。

元　丰　(唱)有恩报恩人之信,

　　　　　　白狐何须讲人伦?

小　翠　(唱)相公此言真是混,

　　　　　　圣人闻言也伤心。

元　丰　(唱)好言好语全说尽,

　　　　　　你不听反将恶语喷。

小　翠　(唱)说不清道不明说出道出也无人信,

　　　　　　今日里小翠我与白狐共亡存!

　　　　〔小翠紧紧抱住白狐。

小　翠　兰姐姐,莫怕。今天就是到阴曹地府,也有小翠陪你。

王太常　(大怒)家法,家法何在?

　　　　〔家仆持棍棒上。

王太常　(高举棍棒)元丰,你还要护她到何时? 我王家眼见被此女

1388

毁矣！

　　　　　［众人看向元丰。

　　　　　［灯灭。两束追光，一束中是元丰，一束中是小翠和白狐兰
　　　　　姐姐。

兰姐姐　　小翠，你历尽千难万险和公子走到今天，不能为了我，毁了
　　　　　这一切。

小　翠　　没有兰姐姐，也没有小翠的今天。

兰姐姐　　姐姐好悔，姐姐好恨。姐姐不该来看你，可是知道你怀有身
　　　　　孕，我担心——

小　翠　　姐姐，这怪不得你。只是你为何真身来人间？

兰姐姐　　上次为了救公子，姐妹们修行大损。你丧失了法力，我也失
　　　　　去修炼得来的人身。数月来我在洞府苦苦修炼，只为了能
　　　　　早日修得人身，早日能探望妹妹，没想到——

小　翠　　（感动）姐姐！

兰姐姐　　姐姐多希望你能和公子做一对平平凡凡的恩爱夫妻，
　　　　　我——

小　翠　　姐姐，真的不怪你。

　　　　　［追光外声音：元丰，你还要护她到何时？

元　丰　　我——

　　　　　［元丰望向小翠，他似乎在犹豫。

　　　　　［元丰绝情转身。小翠失望。

　　　　　［伴唱：还是初见那双眼，

　　　　　　　　　彼时含情此时含怨。

　　　　　　　　　千里姻缘一线牵，

　　　　　　　　　到如今渐行渐远。

[小翠一阵恶心,捂口欲吐。

[追光收,光启。王太常手中的家法正要落下。

王夫人　且慢!(看小翠)你几时有了身孕?

[众人惊。

[光暗。

结　尾

[王府。张灯结彩,喜乐齐鸣。

[元丰新郎装扮,手牵红绸,红绸另一端,新娘袅娜出。

[众人向王太常、王夫人道贺。

宾客甲　太常之子,尚书之女。郎才女貌,佳偶天成啊。

众宾客　恭喜恭喜!

[舞台后方高处,小翠怀抱幼子和兰姐姐现身。

[幕后音:"投我以木瓜,报之以琼琚。匪报也,永以为好也! 投我以木桃,报之以琼瑶。匪报也,永以为好也! 投我以木李,报之以琼玖。匪报也,永以为好也!"

[小翠望向人间最后一眼,随兰姐姐下。

[伴唱:草长莺飞四月天,

　　　　回了洞府别人间。

　　　　姹紫嫣红惹人醉,

　　　　从此世事如云烟。

[剧终。

编剧：朱 为

百字剧五则

成 全

母亲患癌，一夜未眠的父亲打通妻子昔日恋人的电话。父亲带母亲出去旅游，只身回来，给儿女说妻子丢了。儿女报警，登报寻人未果，埋怨父亲，父亲大病一场。两年多过去了，儿女接到一位男人的电话，说母亲要见他们最后一面，孩子们忙和父亲赶过去，母亲递给孩子们两年多前的病情诊断书，给孩子们讲她年轻时候的故事，并对父亲说，带我回家吧。

站在六楼上的鸡

雾霾天，小区六楼雨棚上惊现一只鸡，鸡冠通红，眼睛发亮。平日里爱好算命的门房老伯，说这是菩萨显灵呢。晚上，那栋楼好多住户灯光亮彻通夜。第二天，501室住户失踪了，401室独居老人的儿子回来了，301室做网商的住户搬走了家里的货，201室的小包工头将电话黑名单的人拉了出来。人们大着胆子爬上楼想去为鸡上供时，发现它是一只玩具气球。

琴蛙声声

一只先天不会唱歌的小琴蛙很想加入歌唱队,在萤火虫的指引下,要到山谷里去找和它同名的琴蛙帮助它。小琴蛙在去找伙伴的过程中,帮助压在石头下却渴望长大的竹笋躲避蛇的追击、陪伴受伤的老树根,小琴蛙天天在山谷与它同名的琴蛙对话,但始终没有见到它。半年过后,小琴蛙想放弃时,却发现它会唱歌了。

塑 心

面塑李要在三天内到成都张府筹备宴席,徒弟为了自立门户从中作梗。面塑李路遇美国兵欺负老百姓打抱不平结下梁子,同时引起注意。老李发现材料进水却意外成就面塑材料特质。美国人得知老李那里有民间艺人信息,迂回找徒弟偷,徒弟拒绝。第二天人们在船上发现老李尸体,张府宴席如期举行,徒弟主厨。人们以为徒弟是凶手,不料徒弟打开师父的随身工具箱,讲出真相。

穿越黑洞之后

女孩知道异地恋的男朋友即将结婚,新娘不是自己。她决定加入首批穿越黑洞志愿者队伍,想回到过去弥补遗憾。时光倒流,女孩和男孩从小相识,一起长大。突如其来的大火烧毁了一切。人类发现的黑洞只是蜂窝煤的一个眼。

千字剧三则

借　钱

时　间　腊月二十八
地　点　李丽家
人　物　李　丽　女,33岁
　　　　张　三　男,35岁,李丽的前男友
　　　　王晓磊　男,33岁,李丽的现任男友

　　〔李丽收拾房间,手机响。

李　丽　亲爱的,你快到了啊,我都收拾好啦,在家等你啊!
　　〔张三上,按门铃,李丽兴冲冲地开门。

李　丽　(欢快)怎么……(意外)怎么是你?

张　三　不是说好了……今天还钱吗?

李　丽　(掏手机)那你转给我吧。

张　三　丽丽,咱们都两年没见了,我……可以进去坐坐吗? (跟着李丽进屋,扬了扬手里的猪蹄)我还特意带了你最爱的腊猪蹄。

李　丽　我现在不爱吃那玩意儿,说正事!

张　三　丽丽……

李　丽　(打断)都分手啦,别叫那么亲切!

张　三　我知道你还在生我的气,现在想想我也真不够男人,还把你

1393

牵进我的生意。

李　丽　别说那些,那时我只是想帮你……

张　三　你是个好女孩,也怪我不争气。

李　丽　你到底想说什么?(看表)

张　三　当时你那么信任我,我却拖了这么久都没还上,今年又……

李　丽　又还不了是吗? 每年你都这样说,九年了,我都习惯了,你
　　　　走吧!

张　三　我……我真是这几年喝凉水都塞牙缝……

李　丽　行啦,你就是不还我又能怎么样?(苦笑)上法院告你? 打
　　　　你一顿?

张　三　我……我给你补个欠条吧,这样对你也有保障。

李　丽　(愣了一下)行,算你有良心!(李丽给他纸和笔,张三写后
　　　　给她,李丽念)本人张三,今借到李丽20万……(对张三)不
　　　　是10万吗?

张　三　我……我是想说,能不能再借我10万?

李　丽　(怒)你当我是什么? 提款机还是你妈呀? 凭什么我再给
　　　　你?(拿着猪蹄塞给张三,推着他欲往大门走)走走走,我不
　　　　想再看到你!

张　三　丽丽,你听我说,我知道这样做有点过分,但是我实在没办
　　　　法了,你能不能再帮帮我?

李　丽　不能! 张三,我不是十年前那个傻子,你也应该成熟一点,
　　　　踏踏实实做点事!

张　三　我现在是真在做事情,我在咱们村……

李　丽　我不听! 我没钱! 你走吧。

　　　　〔李丽拉开门,王晓磊出现在门口,两人都惊了一下。

王晓磊　（拥抱丽丽）亲爱的，咱们是心有灵犀一点通啊。

李　丽　（冷静一下）我……我就是估计你快到了嘛。

　　　　〔王晓磊进屋，见到张三。

王晓磊　哟，来客人啦！

李　丽　嗯，他是我的……

张　三　我是他表哥，这不快过年了吗，给丽丽送点家乡的特产，这东西也送到了，我走了……

王晓磊　（热情地）表哥别走啊，快到饭点了，咱们喝两杯！

李　丽　吃什么饭啊，他还要回去。

张　三　对，我待会赶不上车了。

王晓磊　回不去就留下来……住我那儿！（把张三拖回来按在沙发上，悄悄话）你呀，就给我一个表现的机会呗。丽丽，陪表哥聊聊，我去做饭，风萝卜炖猪蹄！

　　　　〔王晓磊提着猪蹄兴冲冲进厨房，李丽和张三尴尬地坐着。

李　丽　哎呀，你留在这儿想和猪蹄一块炖吗？快走吧！

张　三　哎！（想走转身又回来）我刚才说那事……

李　丽　（大声地）没门儿！

　　　　〔王晓磊正好端着茶杯出来。

王晓磊　什么门？

李　丽　（掩饰地）表哥说要上厕所，我提醒他注意门。

张　三　对对，上厕所，上厕所……

王晓磊　（取下张三肩上的包）上厕所背什么包啊？给你放里屋，免得你惦记着回去，哈哈……表哥，第一次见面，无论如何要在家里吃顿饭。丽丽，好好招呼着。

　　　　〔王晓磊进厨房，张三出来到客厅。

张　三　得,潜逃未遂。

李　丽　你还是那么心大……喝点水吧!

张　三　(端详着递到手里的茶杯)这杯子,是上次我们去杭州玩买的吧?

李　丽　过去的事情还提它干吗?

　　　　〔王晓磊端着菜从厨房出。

王晓磊　过去的事怎么不提? 那你不是还经常和我说小时候在村里的事吗? 腊猪蹄炖着呢,咱们先喝点。

李　丽　赶紧吃了表哥还要赶路呢,喝啥酒啊?

王晓磊　这么冷的天,喝点暖和。

张　三　行,喝点。

　　　　〔李丽忙拉张三到一旁。

李　丽　你想干吗? 赶紧应付应付走啦!

张　三　哎,我知道怎么做。(转身回桌上)表妹夫,谢谢你的款待啊!

王晓磊　我还得谢谢你! 丽丽早就在和我念叨想吃老家的腊猪蹄,今天我们都有口福啦。

张　三　咱们老家没别的,就是山好水好食材好。

王晓磊　对对,姑娘也好! (看向丽丽)

李　丽　好什么好,鸟不拉屎的地方。

张　三　丽丽啊,我们村变化可大了,我进城的时候老支书还给我说,如果碰上你了给你带个好,让你有空的时候回去看看。

李　丽　你,什么时候回去了?

张　三　忘了给你说,我现在回村了。

李　丽　回村干吗? 你以前不是说,要在城里混出个人样吗?

张　三　我不是生意失败了吗？我想着从头再来,就回到村里找点
　　　　事做。

李　丽　村里能找什么事？

张　三　我在村里办了个竹制品加工厂。

王晓磊　现在在农村发展实业好啊,国家搞乡村振兴,有很多政策优
　　　　惠呢。表哥,有眼光。

张　三　万事开头难啊,我贷的款根本就不够厂子运作,所以我今天
　　　　来呢,也是想看丽丽这边,能不能借点钱给我？

李　丽　不可能,你以前……(突然收住)

王晓磊　丽丽,怎么一下子对表哥这样？ 他在乡里办厂子是好事啊,
　　　　到时候在外面打工的人回去了,乡里就热闹起来了啊。我
　　　　挺你!

李　丽　这事你别掺和! 我现在是有钱,结婚的钱,你借不借？

张　三　我就周转几个月,到时候年底结账了,一并还给你。

李　丽　那我是不是还要等着你还了我的钱才能结婚？

张　三　我不是……

王晓磊　丽丽,你今天怎么啦？

李　丽　我不想演下去了,晓磊,这个人,是我以前的男朋友,说好了
　　　　今天来还钱,可他不但没还,还要管我借钱,你说,我借还是
　　　　不借？

王晓磊　你还是个男人吗？ 还问自己的女人借钱？ 我都替你丢人!

张　三　我……我以前是挺混账的,可我这次真是想为村里做点事
　　　　啊。丽丽,咱们都是从农村走出来的,现在咱们村脱贫了,
　　　　可是,新修的水泥路没有人走了,新盖的房子没有人住了,
　　　　那么多那么好的土地没有人种了,我实在不想看着村里这

么空落落的呀！兄弟，丽丽是个好女孩，好好待她！

（准备走）

李　丽　站住，包拿上！还有这些牛奶，帮我给张大娘带回去。

张　三　张大娘没法享这个福了。

李　丽　为什么？

张　三　她半年前去世了。上山那天，村里想找几个壮劳力送她上
　　　　山，都找不到人啊！

　　　　〔李丽呆住，继而无声地哭泣起来，王晓磊把她揽住。

李　丽　张大娘把我从小带大，我居然连她去世了都不知道，我没有
　　　　去见她最后一面！我不孝啊！

王晓磊　好了别哭了，改天我和你一起回去看看她。

张　三　我也是听了老村长给我讲了以后，才下决心要为村里做点
　　　　事。哎……怪我没能力。丽丽，有空回去看看吧，大伙儿都
　　　　很想你。

　　　　〔拿着包准备走。

李　丽　等一下。晓磊，我也想为村里出点力，这个钱？

王晓磊　我同意！丽丽，谢谢你坦诚地告诉我，你做什么样的选择我
　　　　都支持你。

张　三　那这钱还是算我借的。我年底……

李　丽　好了好了，你也踏踏实实地做，什么时候厂子盈利了，你什
　　　　么时候还。

张　三　哎，那我走了。

王晓磊　慢着！既然都已经动筷子了，就吃了饭再走吧。

张　三　这个，不好吧？

李　丽　赶紧的，吃了快回去。晓磊，谢谢你！

[三人重回饭桌,定格。

[切光。

[剧终。

门

时　间　当代
地　点　张三家
人　物　李　四　男,32岁,张三的邻居,夜宵店店主
　　　　小　阳　女,30岁,家庭主妇,张三楼上邻居
　　　　王大妈　女,55岁,张三的妈妈
　　　　警察甲　男,35岁,小区片警
　　　　警察乙　男,28岁,小区片警

[幕启。

[舞台中间张三家客厅布置。

张　三　（内音）李哥,起床没？不好意思,我出来得急,不知道门有
　　　　没有关……对,家里大门。我有个很重要的会,不能迟到,
　　　　麻烦你帮我去看看。谢谢啊!

[李四穿着睡衣拖鞋懒洋洋地上。

李　四　（伸懒腰）刚刚躺上床,有人喊帮忙……哎呀,硬是没关
　　　　门呢。

[李四欲关门,厨房里有烧水壶烧开水的声音传来。

李　四　（留神听）糟了糟了!（慌忙进厨房关火）这个张三,恍兮惚
　　　　兮,火不关,门敞起,要是房子烧起来我还跑得脱啊?

[李四边说边走到张三家门厅,刚准备出门,一阵风吹来,自

1399

己家的门关上了。

李　四　哦豁！龟儿子妖风,逗起闹不扯票,该关的门不吹,不该关的门你要吹！(又一阵风起,李四作冷状)说你还不服气嗉!(走出张三家门,看了看身上的睡衣,摸身上)哎呀,手机和钥匙遭锁屋头了。用它？(想找东西把门撬开,突然想起什么,狠狠地打自己的手一下)不是说了不再碰这玩意儿了吗？咋整哦……

[李四进门,看见桌上摆了张三的生活照。

李　四　(对照片说)嘿嘿,张三兄弟,你看给你关个门,弄得我进不了门,就收留我一会儿啊！(看看门厅的凳子)我就在这里坐斗,不得到处跑。

[李四直直地坐在门厅小凳子上,打量客厅。

李　四　(对照片说)这个小凳子坐久了,害得我小蛮腰还有点痛,那个沙发看起来还巴适,我坐这算了。

[李四舒服地窝在沙发里,小阳上,敲门。

李　四　回来咯？(开门)

小　阳　你好！

李　四　(眼前一亮)你好？

小　阳　我是楼上的,刚才起风,把晾的衣服吹到下面雨棚上了,我能不能……

李　四　当然可以,进来嘛。

小　阳　(进屋)你家装修得不错哎。

李　四　(顺口)这不是……(突然想起)这都是随便整一整。

[小阳和李四走到客厅窗户边,张望。

小　阳　还有点远,得拿根棍子。

李　　四　（殷勤地四处找）对,晾衣棍……放哪儿了呢?

　　　　　　〔小阳看到角落里的晾衣棍。

小　　阳　就在这儿哪!

李　　四　对对,屋头乱七八糟的。

小　　阳　（边够衣服边说）没事,男孩子嘛……哎呀,还是够不到。

李　　四　（搬凳子）我来!

小　　阳　小心点,够到了。

　　　　　　〔李四小心翼翼地将衣服钩回,交给小阳。

小　　阳　谢谢,你可真热心! 谢谢您啊。

李　　四　举手之劳,不要挂……牙齿。

小　　阳　啊,你是想说不足挂齿吧? 哈哈……

李　　四　嘿嘿,对头,对头!

小　　阳　我走了,拜拜!

李　　四　哎,慢!

小　　阳　撒子哦? 惊飞火扯的。

李　　四　你电话能不能借我打一下?

小　　阳　（疑惑地）你的手机呢?

李　　四　我手机……没找到……

小　　阳　（戒备地）我的也没带,我走了啊!

　　　　　　〔小阳匆匆下。李四尚未察觉,颇为得意。

李　　四　（回味小阳的话）谢谢,你可真热心,谢谢您啊……掐灭了一
　　　　　　个火灾,帮助了一个美女,硬是一个安逸的早上!（轻松地,
　　　　　　看着手里的晾衣棍）这个是在哪儿拿的呢?

　　　　　　〔李四在客厅里回忆刚才晾衣棍放置位置的时候,王大妈
　　　　　　上,拎着东西开门进屋,李四听见响动转身,两人目光相对。

王大妈　你是？啊……小，小偷！

李　四　（忙手持晾衣棍迎上去解释）我不是，我不是！

王大妈　（防备状）你……你要干吗？（抄起门厅里的雨伞）

　　　　〔李四忙放下手里的晾衣棍，举起双手。

李　四　嬢嬢，不要惊爪爪的，我不是坏人……

王大妈　那那……你在我儿子家里干撒子？

李　四　我我……哎呀，我就住对门。刚才张三给我打电话，说他门
　　　　没关，让我过来给他关门，我就过来给他关门，然后我的门
　　　　就被风吹来关了门，我开不了自己门，就只有开他的门……
　　　　帮他关门。

　　　　〔这里有张三关门的动作。

王大妈　你说我儿子给你打了电话，证据呢？

李　四　我手机和钥匙锁屋头了。你给你儿子打个电话，不就晓得
　　　　了吗？

　　　　〔王大妈将信将疑地拨打电话，同时打量房间。

王大妈　没人接！

李　四　你要硬是怀疑我，那我就走。

　　　　〔李四准备出门，王大妈迅速地退到门边，将门挡住，并拨打
　　　　电话。

王大妈　110 吗？我家里进贼了，湖畔花园小区 2 栋 1503 室，快
　　　　点啊！

李　四　嬢嬢，你这是干啥子？我不是坏人！

王大妈　你不要动，保留作案现场！

李　四　我作啥子案嘛？我啥子没干呀！

王大妈　（指着窗户）窗户开着，下面有板凳，你还拿根棍子对着我，

还说你只是进来坐坐？

李　四　那是，那是刚才上头有个美女，说衣服掉雨棚上，进来捡衣服。

王大妈　巧！可真是巧！怎么正好你干"好事儿"的时候我就来了呢？是吧？

李　四　我不是那意思，你继续给你儿子打电话，我硬是闯斗鬼咯！

王大妈　不对，你闯斗的是治保会主任，大妈我今天绝不冤枉一个好人，也绝不放过一个（大妈脚踢两下，做武打动作）坏人！

　　　　〔警察甲乙上。

警　察　人在哪儿呢？

王大妈　屋里。

　　　　〔警察进屋。

李　四　哎哟，警察同志，我冤啊。

警　察　咋回事？

李　四　我住对门，张三，就是这家人，清早八晨给我打电话，喊我帮他关门，结果风吹来把我的门关了，我自己也回不去了。

警　察　打电话？手机拿来看看。

李　四　我手机锁屋头了。

警　察　你说你住对面，那你把门打开证明一下。

李　四　我钥匙锁屋头了。

警　察　那你为啥还在别人家里？

李　四　我这个样子咋个出去？

警　察　那你为啥不找其他人帮忙？

李　四　（有点崩溃）没有手机，找不到人，门关了，回不去，穿成这样，出不去！哎哟，我硬是霉起冬瓜灰了！

1403

警　察　注意说话语气!

王大妈　警察同志,我发现窗户下有小板凳,他想潜逃!

李　四　嬢嬢,这是十五楼,十五楼! 我咋个跑?

王大妈　警察同志,我进来的时候他手里还拿着棍子想袭击我!

李　四　那是楼上一个美女,刚才在这儿钩衣服呢。

警　察　楼上哪家?

李　四　我,不知道……

警　察　身份证!

李　四　没带。

警　察　号码!

李　四　530044……

　　　　〔警察拿出电话叫同事查李四。

警　察　李建中,小名李四,曾在三年前因入室盗窃被拘三个月……

王大妈　哟,我是说吗,还是个老手,你还逃得了我的火眼金睛?

李　四　是,我曾经是个混混,但是我现在已经脚踏实地、从头再
　　　　来了。

王大妈　是重操旧业吧? 警察同志,我强烈要求搜他身,看看他有没
　　　　有偷东西?

警　察　大妈,我们这是有程序的。(对李四)你跟我走一趟吧!

李　四　我啥也没干,我是好人!

王大妈　好人你还偷东西,好人你还在人家家里?

警　察　走,回局里说明情况。

　　　　〔小阳上,李四如见救兵,激动地。

李　四　美女,(对警察)就是这位美女,刚才来勾引我。喔,钩衣服。

警　察　你认识他吗?

小　阳	就刚才我下来钩衣服,他在屋头。
警　察	那你能证明他是住对面的吗?
小　阳	我可不能证明啊。
李　四	美女,刚才你来钩衣服,你还夸我热心啦? 还谢谢我啊……
小　阳	可是后来我就觉得奇怪,你还问我借电话……
王大妈	看吧,连人家都觉得你不像好人!
李　四	我……你们就不能相信我吗?
王大妈	曾经在那里面待过的,哪个能相信你喔!

〔李四被触到痛点,突然伸手从王大妈头上取下发卡。

警　察	
王大妈	(同时紧张地)你干吗?
小　阳	

　　〔李四大步跨出门,用发卡在自己的门锁上弄了几下,门
开了。

　　〔警察拦、大妈和小阳惊呼。

　　〔李四从自己屋里拿出钥匙、手机,摆在他们面前,然后举起
手里的发卡。

李　四	是啊,我是在里面待过的,我知道进去容易出来难,出来之后所有人的歧视,亲人的不理解,朋友的不信任,一次又一次把我推向门外,都说浪子回头金不换! 难道我,难道我,就不可以做好人了吗? 我曾经发过誓,再也不用这东西。但是今天为了证明我的清白,我……我又再一次用它开了门!

　　〔李四将手里的发卡折断,难过地蹲下。

　　〔王大妈电话响,接电话,免提。

[张三画外音:妈,你帮我谢谢李大哥,大清早的让他给我关门,也没让他睡好觉。给我谢谢他,谢谢他啊。

警　　察　(缓缓情绪,对李四)对不起同志,我刚才的处理欠妥,其实对每一个改过自新的人,我们都是尊重和信任的。

王大妈　(对李四)孩子啊,是我不好,让你受委屈啦! 你没有吃饭吧? 阿姨给你做好吃的。

李　　四　我,可以吗?

王大妈　不仅现在可以,以后撒子时候都可以!

[王大妈李四拥抱,定格。

[剧终。

那一盏兔儿灯

时　间　某年正月十四
地　点　城市街角
人　物　张　斌　男,24 岁,刚参加工作的大学毕业生
　　　　张世方　男,52 岁,张斌爸爸
　　　　笑　笑　女,6 岁
　　　　两个演员分饰路人甲、乙,大伟,笑笑妈妈

[幕启。

[舞台中间街角一小花园布置,旁边的绿化树上挂着灯笼。

[舞台一侧光区亮,张世方推着三轮车准备离家,张斌跑上。

张　　斌　(把车拉着)爸,今天就别去了吧。

张世方　每年就卖这几天,怎么能不去?

张　　斌　哎呀,你怎么说不明白呢? 咱现在又不差那钱!

张世方　那是钱的事吗？别管我,回去吧!

张　斌　(叹气)唉……我跟你一起去吧。

张世方　呵,这倒难得。走吧!

　　　　〔父子俩来到街角小花园。张世方摆出两只兔儿灯、零散制作工具和一只小板凳。

张世方　(将凳子递给张斌)早没说你要来,只带了一个凳子。

张　斌　你坐嘛,我站会。

张世方　我没事,还得把这摊子摆一下。

张　斌　(转念一想)那行,我来帮你"画兔点睛"。

张世方　嘿嘿,你小子,好多年都不跟我出来摆摊,今天怎么这么主动?

张　斌　那不是……在家里闲着也没事吗?

　　　　〔父子二人边对话边收拾,张斌拿起毛笔装模作样地在兔儿灯上画起来。

张世方　我记得你小时候就爱画画,可是那会咱家连水彩笔也买不起,更别说给你报培训班了。为这事,你还在我面前大哭大闹。

张　斌　那是以前。现在我不是工作了吗,你也有退休金了,何必还大冷天的在这儿卖兔儿灯?

张世方　这不都习惯了吗? 从我下岗到现在,三十多年啦,每年不做点来卖,感觉这个年都没过完。

　　　　〔路人甲、乙上,为年轻情侣装扮。

路人乙　(欣喜地跑向摊前)呀,还有卖兔儿灯的呀!

路人甲　还真的,好多年了,好像还是这个伯伯。

路人乙　还记得你送我的第一个礼物吗?

路人甲　当然,八年前的今天,我第一次约你出来,给你买了兔儿灯。

路人乙　今天我也想要。

路人甲　买! 兔儿灯多少钱一个?

张世方　你好,20元。

　　　　[路人甲掏钱,路人乙蹲下挑选。

路人乙　呀,这个兔儿灯怎么和以前不一样啦?

路人甲　怎么啦?

路人乙　你看这眼睛,大双眼皮,长睫毛,好像美女的眼睛!

路人甲　这怎么弄得不伦不类的? (挑选)哎呀,这个也是一样!

张世方　怎么回事? 我看看。

　　　　[张世方忙戴上老花镜拿起兔儿灯端详。

张　斌　(忙说)实在不好意思,我爸现在眼神不太好了,(递钱)要不
　　　　我把钱退给你。

路人甲　(接钱)价钱翻了一倍,还这么粗糙。大叔,不行就别做了。

张世方　这几个是没画好,你要愿意等等,我重新给你画一个?

路人乙　(将路人甲手中的钱拿走递到张世方手里)不用了,双眼皮
　　　　就双眼皮吧,大叔,你还挺紧跟潮流的。(对路人甲)不管它
　　　　丑还是乖,只要是你给我的兔儿灯,我就喜欢。

路人甲　好好好,你喜欢就行。

路人乙　大叔,谢谢你,再见!

张世方　再见! (转过头看着张斌,有些生气)你故意的吧? 把我这
　　　　兔子灯画这么丑,想砸我牌子?

张　斌　爸,人家话丑理正,现在20块钱都可以买一个比这个大的
　　　　玩具娃娃,又软和又耐用,你这个纯手工的确实比不上人
　　　　家……

张世方	(抢断话)我乐意做！我高兴卖！你不喜欢有人喜欢！去去去，别在这儿添乱。
张　斌	咱回去了吧,你看这几只被我画得,哈哈哈,欧式大双眼皮。
张世方	这些都没卖完,哪能回去！你看你给我废了几个,还好家里有储备,我回家拿去。
张　斌	哎哟,你别跑啦,我去吧。
张世方	我没事,没事！你别再动我的兔子啦,好好地看着摊,我一会就回。

〔张世方下。

张　斌	这倔脾气,还要全部卖完！(眼珠一转)卖完,这还不容易吗？(给发小打电话)大伟,江湖救急,赶紧来街心花园一趟。(大声吆喝)兔子灯兔子灯,全手工制作,买一送三啦！

〔路人乙扮妈妈,牵着笑笑上,张斌继续吆喝。

笑　笑	妈妈你看,好可爱的兔子。
路人乙	那是兔儿灯,在妈妈小时候啊,过年的时候也玩这个。
笑　笑	我也要,我也要。
路人乙	好,多少钱一个?
张　斌	20元一个,买一个得四个。
路人乙	你看我就一个孩子,只买一个多少钱?
张　斌	一个不卖,四个起卖。
路人乙	哎,你这人怎么不会做生意啊？卖一个少一个啊。
张　斌	大姐,我得赶紧卖完回家。
笑　笑	妈妈,那是兔兔一家人,笑笑,弟弟,爸爸,妈妈,我们不能把他们分开的。
路人乙	好,那咱们就买四个。

〔路人乙付钱,笑笑将一个兔儿灯牵着。

笑　笑　谢谢叔叔,再见!

张　斌　再见!

〔路人乙和笑笑下。张斌发小大伟上。

大　伟　(气喘吁吁)电话里十万火急的,怎么啦?

张　斌　我爸劝不住,非要摆这摊,还说今天要把这全部卖完才回家。

大　伟　他还真是闲不下来。

张　斌　可不是吗,这么冷的天,何必遭这个罪。赶紧的,把这些都弄走。

大　伟　这么一大筐,我弄去哪儿啊?

张　斌　楼上楼下,亲戚朋友的,总能送掉吧! 我爸这兔儿灯可是全市闻名啊。

大　伟　行吧,我就全部梭哈! 当心待会张叔怼你。

张　斌　我有办法,你赶紧走吧。保密,保密!

〔大伟拖着竹筐下,张世方上。

张世方　(放下手中的材料和灯,看到空空的三轮车)哎,灯呢?

张　斌　全卖完啦!

张世方　这么快?

张　斌　刚才来了两拨人,全买了,他们可喜欢了。(觉得嘴快自己说错了,暗暗打一下自己嘴巴)

张世方　(得意地)我就说这兔儿灯还是有人喜欢的嘛,看来今晚得熬熬夜,明天还要卖一晚。哎哟,歇歇!

〔张世方有些疲惫地坐下,收拾带来的东西。

张　斌　爸,你快六十岁的人了,熬夜多伤身体啊。

张世方 没事儿,我不做,孩子们玩什么呢?

张　斌 玩电脑、玩电游、玩手机……现在都什么年代了,你真以为这个兔儿灯还那么受欢迎?

张世方 (拿出杯子倒酒)不管什么年代,人们总要过年,过年就得玩兔儿灯,这是老祖宗的玩法。

张　斌 你怎么还喝上酒了呢? 昨晚咳得那么厉害!

张世方 没事儿,驱驱寒! 你也来点?

　　　　〔张世方端酒给张斌,张斌看到父亲手上的伤。

张　斌 (拉住父亲的手)你的手怎么啦?

张世方 (缩回手)没事儿,就是划篾片的时候不小心弄到的。

张　斌 (又心疼又愤怒)没事儿没事儿,大冬天的在街头卖兔儿灯你说没事儿,起早贪黑做兔儿灯你说没事儿,手上划拉了好几条口子你说没事儿,挣那几个钱有那么重要吗? 以前总是我听你的,可是从今天起,我不准你再卖兔儿灯了!

　　　　〔张斌收拾张世方的工具。

张世方 你干吗? 把工具给我!

张　斌 每年卖兔儿灯赚多少钱,我给你!

张世方 好啊,你现在张口闭口不差钱了,从三十年前,我做兔儿灯补贴家用,每年大概卖 4000 只,以前卖 1 元,现在卖 20 元,你算算,到现在该给我多少钱? 钱不给我,我还得卖!

　　　　〔张世方重新拿出兔子灯布置摊位,复坐在一旁制作。张斌在一旁气鼓鼓地踱来踱去。

张　斌 油盐不进,好歹不分,随你便吧。(欲走)

张世方 站住。去哪儿?

张　斌 回去挣钱,还你的账!

张世方 从小到大,你还得清吗?(从旁边端出一个小碗)特意为你
带了汤圆,趁热吃吧。

〔张斌慢慢转身,走到张世方身边接过碗。

张世方 自从你上了初中,就没再和我出来摆摊了。每年春节,别人
家都团团圆圆,就留你一个人在家里,爸对不起你呀。

张　斌 爸,我没怪过你,我现在只是……

张世方 我知道,你是心疼爸。三十多年前我学这门手艺的时候,是
为了挣钱,可现在,只是为了我瞎子师父的一句话。

张　斌 什么话?

张世方 当年我瞎子师父教会我这门手艺,还给我说,这是老祖宗的
玩儿法,得一代代传下去。可是我现在,找不到学这门手艺
的人。

张　斌 做这个东西又苦挣钱又少,谁愿意学这个?

张世方 所以啊,我就想只要我能做得动,年年还得来这儿卖。卖出
去的越多,知道兔儿灯的就越多,说不定这个手艺就能传下
去了呢!

〔笑笑一个人上。

笑　笑 (掏出一堆零钱)爷爷,这些钱,能再买个小兔兔吗?

张世方 放盒子里吧。这不是小兔兔,是兔儿灯,牵着它,它会跑,肚
子里还会发亮呢。

笑　笑 我知道,妈妈说,她小时候每到过年外公都会给她买。

张世方 那你知道为什么过年要玩兔儿灯吗?

笑　笑 嗯……因为它好看好玩!

张世方 真聪明!还因为过年拉着兔儿灯玩啊,就会把我们这一年
的路都照得亮堂堂的。

笑　笑　真的吗？那我每年都要来买兔儿灯！

张世方　好,明年过年,我还在这儿等你。

笑　笑　(伸出手)咱们拉钩钩！我妈妈叫我啦,爷爷再见！

　　　　[笑笑下。张世方目送笑笑。

张世方　(感慨地)三十多年,我看着这楼房越来越高,路越来越宽,
　　　　车越来越多。有些人年年都来买兔儿灯,有些人再也没能
　　　　见着。我为啥要顶着风冒着雪在这儿摆摊,就想让人们知
　　　　道,原来咱们的年还可以这样过。儿子,别怪爸爸过年没在
　　　　家里陪你,只要我们爷俩在一起,哪儿都是过年。

　　　　[张斌闻言感动,放下手中的汤圆碗,将酒瓶拧开,给自己
　　　　倒上。

张　斌　爸,来,我陪你喝酒。明晚,咱们也上这儿来——卖兔儿灯！

　　　　[张世方笑着将自己的围巾解下,给儿子围上。张斌主动向
　　　　张世方请教兔子灯的做法。

　　　　[路人甲、乙,笑笑上台,都牵着兔儿灯,作穿梭状。

　　　　[童谣响起:兔儿灯,兔儿灯,正月里来迎新春。

　　　　　　　穿新衣,戴新帽,走街串巷看热闹。

　　　　[光影变幻,人物定格。

万字剧

话剧·往事留芳

时　间　1940—1946 年

地　点　留芳饭店,码头,慧光寺门口,刘家院子

人　物　李二丫　女,12 至 18 岁

管星逸　男,17 至 22 岁,同济大学医学院学生,后留校任助教

哑　巴　男,14 至 20 岁,花生店伙计,李二丫好朋友

郝富贵　男,20 至 26 岁,镇上船运小老板,与土匪有往来

老　李　男,40 至 46 岁,留芳饭店老板,李二丫父亲

龙　嫂　女,35 至 41 岁,镇上居民,后在先生家里当保姆

张顺周　男,50 余岁,李庄当地士绅

罗成安　男,60 余岁,李庄当地士绅

洪发成　男,40 余岁,李庄袍哥

周胡子　男,当地土匪

芮逸夫　男,中央研究院史语所职员

王保仁　男,同济大学理学院院长

钱子宁　男,同济校友,宜宾中元纸厂厂长

魏　特　同济大学教授,波兰籍犹太人,留芳饭店老主顾

陶孟和　中央研究院社会所所长,留芳饭店老主顾

傅斯年　中央研究院历史语言研究所所长

梁思成　中国营造学社负责人

群众,学生若干

第一场

[1940年夏天。

[李庄镇留芳饭店。店里左边是一格小小的凉菜间。大堂里摆放着三五张木桌,大堂尽头的墙上挂着手书体"留芳饭店"木制招牌,招牌下面开了一扇窗,客人们透过这个窗口可以看到厨师忙碌的身影,也可以看到厨房里的新鲜食材点菜。窗口旁边有一道门,是厨房到大堂的通道。

[李二丫从门内出,手里捧着一叠碗。

二　丫　(向里)记住啦,记住啦。一会张家罗家都要来,勤快点,把细点。爸,有我在堂口,你还不放心呀?

[老李从厨房窗口伸出头。

老　李　我是怕你话多,没的规矩。这镇上谁不知道,张家的顶子,罗家的银子,洪家的定子,这几家人聚在一起,肯定有事情。你注意点。

二　丫　(俏皮地仿戏曲动作)小女子谨遵父命。

老　李　你呀……哎,龙嫂他们来了。

[龙嫂和哑巴拎着菜篮子上,老李从厨房出来,从龙嫂手中接过菜篮子。

老　李　张老爷他们说得急,我和二丫硬是忙不过来,负累你们了。

龙　嫂　李大哥,街坊邻居的,说这些客气话做啥子嘛!你厨房里还有没有我帮得上忙的?

[龙嫂边挽袖子边朝厨房走,老李忙跟在后面。

老　李　龙嫂,哎呀太谢谢你了。

[二丫给哑巴端来一杯水。

二　丫　给。

　　　　　[哑巴接过水,从包里取出一个纸包递给二丫。

二　丫　(接过纸包,展开)这是什么呀? 呀,黄葛兰! (拿起闻)好香呀! 给我的? (哑巴点头)我去拿针线穿起来。

　　　　　[二丫欲转身,哑巴又从包里掏出一小包纸袋,在二丫面前晃来晃去。

二　丫　(笑)我就知道,你准给我带了花生。(二丫欲拿,哑巴故意缩回手,二丫追着抢)给我! 给我!

　　　　　[两人追着玩时,张、罗、洪老爷和钱子宁、同济大学一行人上,哑巴不小心碰到走在前面的洪老爷。

洪发成　要玩外面玩去,别碍事!

随　从　(对哑巴)还不给洪老爷赔礼! (朝厨房)老李,客人来啦!

　　　　　[老李忙从厨房跑出来。

老　李　洪老爷,罗老爷,张老爷,诸位光临小店,不胜荣幸,里面请! (示意二丫)老爷们稍作休息,喝喝茶,润润口。

罗成安　老李,今天我们的客人可是从重庆、昆明远道而来的,就想品尝一点当地风味,把你的拿手菜都端上来。

老　李　乡村野店,承蒙各位看得起。凉菜准备妥当,热菜稍后,请入座。

　　　　　[众人入座,哑巴帮着二丫把碗筷茶水摆好,哑巴下。
　　　　　[龙嫂端出四样凉菜。

龙　嫂　(报菜名)卤猪耳、白斩鸡、油酥花生米、凉拌藤藤菜。

芮逸夫　(感慨)"烽火连三月,家书抵万金",我看是"烽火连三月,安宁抵万金"啊,上次像这样安安稳稳坐下来吃这么丰富的饭菜,我都不记得是什么时候了。

钱子宁	逸夫先生长期走访少数民族地区搜集民族文化素材,风餐露宿,其辛劳可想而知。这次到李庄,正好也可以深入了解一下西南地区的民风民俗。
芮逸夫	钱兄和我想到一块去了,如果这个事情能谈成,那正是一个好机会。
张顺周	先生,你们的来意子宁兄早已告知,今日我们碰头,你们有什么要求、有什么顾虑,都可以提出来,我们商量解决。
钱子宁	对对对,我先做个介绍。这三位是李庄当地最有威望的家族代表,罗成安、张顺周、洪发成……这边是同济理学院院长王保仁、中央研究院史语所芮逸夫先生,这位小兄弟是同济大学学生。在下钱子宁,同济大学毕业,现就职于中元纸厂。
张顺周	欢迎欢迎,幸会幸会,各位先生来到小镇,真是蓬荜生辉啊。我们……
洪发成	张老表,人家坐了半天的船,肯定饿了,少说点客套话,酒倒上,菜吃起,不耽搁摆龙门阵。
罗成安	哈哈,你这个急性子啊!各位,请! 〔洪发成示意二丫为各位倒酒。
张顺周	第一杯酒,为王院长、芮先生和这位小兄弟接风洗尘!
洪发成	来来来,碰一个。
钱子宁	感谢张兄、罗兄和洪兄的邀请和盛情款待,我们这次一来实地考察,二来对前段时间商议的事做一个周详安排。
张顺周	有劳子宁奔走联络。"同大迁川,李庄欢迎,一切需要,地方供给。"我们前期发出这十六字电文,就已经代表全镇表明态度,只要这次王院长和芮先生实地考察满意,贵校和单位

迁移的事情即可马上进行。

王保仁　想来我们的处境张先生已略知一二，自"八一三"淞沪抗战爆发后，我校全体师生冒着枪林弹雨步步逃离，金华、江西、广西、昆明，每至一处，稍作喘息，战火又紧随而来，就在上个月，我们的学生还在日军的空袭中被当场炸死。可是全校师生悲痛过后，仍然在残垣断壁中继续我们的教学……这次沿江而上找寻迁徙地点，只是想能在这非常时期寻得一处宁静的地方，不至于让学生们中断学业。

芮逸夫　同济之痛我们深有体会。日本人攻陷南京后，我们历史语言研究所也带着大量资料、文物辗转了半个中国，如今昆明岌岌可危，无法安心研学。傅斯年先生交代要寻一个在地图上找不到的地方，安顿同仁，保全文献，以免战火之扰。

罗成安　世事纷乱，战火无情，贵校却能在非常时期不废研学，坚守中华文脉，让我等钦佩。

王保仁　面对前线用生命去抗击外敌的战士而言，我们只是尽自己的职责，战火摧毁的是躯体、是城市，却不能摧毁我们中华文化。

张顺周　王院长所言极是。李庄人民定当全力以赴，与你们共克时艰！

芮逸夫　我来之前曾了解过，李庄靠长江而兴，上游 40 公里到宜宾，下游 100 公里是泸州，亦可顺江而下直通重庆、上海，水运便捷；李庄人大多为湖广填四川的后代，主要是黄、张、罗几大家族，人口构成较为单纯；更重要的是李庄历来有"米码头"之称，在物质的调配和供给上问题不大。

洪发成　逸夫先生厉害啊，我们祖上的老底都被你翻出来了。

1418

张顺周　逸夫先生从事人类文化研究,这对他来说只是小菜一碟。

芮逸夫　过奖过奖。

王保仁　我们今天顺江而下,见江流静缓,岸边村舍俨然,比之山河凌乱的前线,如世外桃源一般,倒是一个读书研学的好地方。

〔众人点头称是。

王保仁　不过,同济大学师生大约千余人,史语所职工和家属几百人,这个小镇房舍有限,如何安置?

张顺周　这个问题先生不必担心,镇上虽小,加上庙宇和家族祠堂,有九宫十八庙之说,我们可以腾空这些地方,安顿各位。

芮逸夫　李庄民风淳朴,人们对神灵庙宇都很敬畏,不知这样的举动,会不会引起他们反感?

洪发成　现在这个光景,只有顾活人啥! 要是他们哪个不服,我的兄弟们晓得去摆平!

王保仁　战事不知终日,我们搬迁内地也不是短期之举,用武力去降服恐怕不妥……

洪发成　你们读书人就是想得多,在这李庄坝还没有我们几家摆不平的事!

〔洪发成突然站起来,把正在倒酒的二丫吓一跳,酒壶摔碎在地上,二丫忙去捡,手被划了一条口子。

〔龙嫂闻声从厨房里出来。

龙　嫂　(看了看二丫的手)抱歉抱歉,小丫头笨手笨脚的,打扰你们了,热菜马上来,你们继续。(对二丫)走,跟我到后面用灶灰糊一下。

管星逸　(站起来)等等。(拽过二丫的手)她伤口有点深,血流不止,现在最重要的是先止血。(管星逸从包里拿了一块手绢,为二丫处理伤口,包扎)你好好坐着,不要动,把这只手举高点,一会就好了。

[二丫呆呆地看着管星逸为她处理伤口,听话地坐在一旁。龙嫂麻利地端上热菜。

张顺周 (圆场)吃菜,吃菜!腾空祠堂庙宇的事情我们会妥善处置,民心的安抚我们也会做工作,这个,王院长和逸夫先生不必顾虑。

芮逸夫 既然如此,我今日就致电傅所长,将议定事项详细汇报,争取早日入川。

钱子宁 好!好!李庄当地慷慨爽直,同济史语所一见倾心,也不枉我这一个多月以来的找寻奔波。我作为同济校友,以这杯中之酒,敬罗兄、张兄、洪兄之义举,深表感激。

张顺周 民族有难,中华儿女理应勠力同心。在这多难之秋,先生们和前线的战士们一样,都是中华民族的脊梁。要说感谢,应该我们感谢你们呀!

王保仁 那就无须多言,让我们一起举杯,为了同济入川!

芮逸夫 为了李庄支持!

罗成安 为了早日成行!

张顺周 为了中华民族!

管星逸 为了抗战胜利!

洪发成 雄起!

钱子宁 干!

合 干!

[罗成安母亲端着牌位,带领一群人上。

随　从	（对罗成安）老夫人来了！
罗成安	娘，你这是干什么？
罗　母	听说你要把你爹、你爷爷、你祖上的牌位挪走，把罗家祠堂腾出来？
罗成安	我……
群众甲	还有张家的！
群众乙	还有李家的！
群众丙	还有庙里的菩萨！
群　众	（七嘴八舌）菩萨咋能搬？要遭天谴的！没有菩萨坐镇，我们咋办？菩萨都走了，我们拜哪个？
洪发成	闹什么闹？这里还有客人，有啥子事明天再说。
罗　母	正好你们几个都在，好问问清楚。你们是不是在商量把九宫十八庙的菩萨和祖宗们的牌位都搬走？
张顺周	三姨，同济大学和中央研究院要从昆明搬过来，暂时在李庄落脚，外来人员比较多，我们只有把这些地方腾出来才行。
罗　母	那祖宗们的魂放在哪里？菩萨们的金身咋个安？我们几家自清朝来到李庄，生根发家，开枝散叶，全靠祖上庇护、菩萨保佑，你们这样做是要得罪先人的啊！
罗成安	娘，日本鬼子打到昆明了，这些学校和机构带着资料和学生们一路南迁，都难以找到安稳落脚的地方，现在找到我们李庄，为了这些教书的先生，为了这些读书的娃娃，我们不能坐视不管啊！
洪发成	就是啊，老太太，现在外面乱得来活人都顾不上，哪里还顾得上死人？
群众甲	你们几位家大业大，扯落藤藤都还能结瓜。我们小老百姓

就只是靠天吃饭,靠江谋生,这万一有点啥子闪失我们担不起啊!

张顺周　三姨,乡亲们。我们供菩萨、供祖宗是为了啥子?

群众乙　为了保佑我们平平安安,顺顺利利?

张顺周　日本人自从踏上我国的土地,杀我同胞,占我城市,菩萨有没有保佑我中华民族呢?

群　众　阿弥陀佛,说这话菩萨要怪罪你!

群众丙　这……至少我们李庄,现在还没的事嘛!

张顺周　以前日本人占领了东北,我们想,至少华东还安稳;占领了华东,我们想至少西南还安稳;现在日本人打到了昆明,谁在奋力抵抗?是我们的战士,誓死守护我们的国土,是他们这些读书人,辗转守护中华的文化。他们为了中华民族的尊严与未来,连生命都可以不要,我们将祠堂、寺庙拿出来安顿他们,有何不可呢?

罗成安　是啊,如果上天有眼、祖宗有灵,面临今天这样的抉择,也会欣然应允的。

洪发成　人家这是上海、南京的先生们,听说会发电、会读书,还有好多我们没见过的东西,这就是活菩萨啊!

李二丫　就是就是,他们人多好的,你看我刚才手被划了那么长一条口子,这个哥哥给我弄了一下,现在已经不流血了。你们看嘛。

　　　　〔哑巴听了,赶忙从人群里挤出来关切地查看二丫的伤口。

张顺周　总之,请各位放心,这些学校和机构来到李庄,我们会想办法平稳物价、筹集物资,不会对大家有太大影响。安置的地点也会优先考虑我们几家。镇上有大学了,对我们的娃娃也是好事嘛。接下来我们会专门召集家族代表开会商议，也希望大家团结一心，服从安排，让这些外来的先生和学生们安安心心住下来。

洪发成　对，谁要找他们麻烦，先来找我!

罗成安　娘，你先回去吧。

随　从　大家都散了吧，散了吧。

　　　　［罗成安等回到饭桌，继续商量迁移的事情，光渐收，二丫和哑巴目睹这一切，并肩坐在饭店门口。

李二丫　（对哑巴）你说，他们要来多少人呢? 九宫十八庙都要腾出来? （哑巴摇头）他们是些什么人呢? 比菩萨还了不起? （哑巴摇头）他们来了，会不会发生很多好玩的事儿? （哑巴摇头，又点头）

　　　　［暗转。

第二场

　　　　［随着船工号子吆喝声，光渐起。

　　　　［码头边黄葛树下，二丫和龙嫂并肩坐着。

龙　嫂　你这丫头，以前说教你绣花，怎么也坐不住，好好的怎么想通了?

二　丫　我就是突然想练练手呗。

龙　嫂　我把绣样带来了，先学哪个?

二　丫　（接过绣样）嗯，就从最简单的开始学吧。（挑选的样子）

龙　嫂　要绣的东西有多大?

二　丫　（用手比画）这样的……

龙　嫂　是手绢吧? 拿过来我帮你绣!

1423

二　丫　不，我要自己绣。

龙　嫂　(笑着望向二丫)我们的小姑娘长大了！

二　丫　(不好意思地岔开话)这个向日葵怎么样？你看，开得多有
　　　　劲儿。

龙　嫂　好，好。正好我把针线包也带来了，今天就教你这个。

二　丫　(拿出围腰)先绣在这上面。

　　　　〔两人正在绣花的时候，锣鼓声响起，前面一群青壮年拖着
　　　　几架板车，板车上装着木箱，板车后面跟着一群人，手捧香，
　　　　边走边念念有词。龙嫂看到了赶紧拉着二丫起来，跪着对
　　　　着板车拜了又拜，直到他们远去。

二　丫　他们要把菩萨运到哪儿去啊？

龙　嫂　造孽哦，那么多菩萨，说掀就掀了。还好罗家大娘出面来
　　　　说，东岳庙十二殿的菩萨要保住，不然我们镇上的人死了魂
　　　　都没得归宿。这才凑了人，给他们在村口看了块地，把他们
　　　　埋在地里。

二　丫　那二天我们要拜菩萨，要跑到那块地去这样拜？

龙　嫂　慧光寺的大和尚反倒宽慰我们，说啥子"心中有佛，佛即是
　　　　心"，还说我们要接纳"下江人"就是发大善心，做大善事。

二　丫　下江人？

龙　嫂　那个大学校，还有那个研究所，听说都是从南京、上海一路
　　　　迁过来的，那些地方都在这条江的下游，所以叫他们"下
　　　　江人"。

二　丫　南京？上海？这条江有多长啊？他们隔我们很远吗？

龙　嫂　我也不晓得啊，最远我只到过宜宾，都还要走一下午呢。

　　　　〔二丫想出了神，不由被手中的针扎了一下。

龙　嫂　绣花要专心,三心二意的话,针都饶不了你。

二　丫　晓得了。

　　　　　[哑巴背着背篓,和一群人上,那群人有拉着标语的,有拖着黄包车的,有抬着滑竿的。哑巴见二丫,高兴地迎上去。

龙　嫂　哑巴,这是干什么?

　　　　　[哑巴比画着。

二　丫　他说今天有"下江人"要来,是吗? 太好啦! 我要去,我要去!

龙　嫂　哎,二丫,你这花还没绣完呢。

二　丫　(急急跟着哑巴跑了)我回来再去找你。

　　　　　[龙嫂下,汽笛声响起,人们拉着标语,热情地喊着口号欢迎下船的人,有挑夫主动接过"下江人"手中的行李。二丫边喊边打量着下船的人们,仿佛在找某人。

　　　　　[人们陆陆续续走完了,二丫眼睛仍盯着船上。哑巴走过来。

　　　　　[一船员从船上下来。

船　员　小姑娘别看了,船上没客人了。

二　丫　怎么这次就来这么一点人?

船　员　听说有车坏在路上了,先到宜宾的就先把他们送过来。

二　丫　(追着船员问)车坏了? 那人有没的事啊? 还有那后面的人好久到啊?

船　员　我又没看到,咋晓得人有没的事呢? 听说最近一两个月都有人来。

二　丫　那你晓得那个大学的学生好久来呢?

船　员　哎呀肚皮饿了,先去吃顿饱饭再说。

［船员自顾自下。

［灯光转换，汽笛声响，二丫急匆匆地跑上，哑巴跟在后面。

挑　夫　二丫，每天这个"长远号"来了你都跑起来，未必这"下江人"
里头还有你熟人啊？

二　丫　没有啊，我就是没的事干，来看闹热嘛。

挑　夫　乱麻麻的，有啥子看头，这"下江人"未必还多长一个脑
壳啊？

二　丫　我跟着他们来欢迎欢迎，不可以啊？

挑　夫　也是哈，让他们觉得我们很喜客嘛！

［一群人下船，管星逸在前面，向同学们指点介绍。

［二丫想迎上去，却又躲在欢迎的人群里，直到管星逸从她
面前过。

二　丫　哎，你来啦！

管星逸　小姑娘，你好，我们又见面了。（对同学们）上次我和王院长
来，就是在她家店里吃饭的，他们家的菜好吃是好吃，就是
第二天"那个"很难受。

同　学　为什么？

管星逸　因为辣嘛！（众人笑）你好，我们是去刘家院子，你知道怎么
走吗？

二　丫　当然知道啦，走，我带你们去。

［二丫帮管星逸拿行李箱，被管星逸拒绝。

管星逸　女孩子，怎么好提重物？走吧。

［二丫和哑巴带着管星逸及同学往舞台深处小巷走去。只
看到他们的背影，听到二丫的声音。

二　丫　上次你们走了以后，那些菩萨、牌位我们搬了大半个月才弄

归一。我们镇不大，小半天就走完了。不过巷子很多，弯弯绕绕的，外面来的人就容易迷路。刘家院子是个四合院，听爸爸说清代就有了，房子老一点，但独门独院很清静。像它那样的院子我们这儿还有很多，估计都是分给你们住了。刘家院子离我们家也不远，走路十分钟就到……呃，对了，你叫什么名字呢？

管星逸 （声音）我叫管星逸，你呢？

二　丫 李二丫，他们都叫我二丫。

〔缥缈的民歌悠然响起，光渐收。

第三场

〔穿长衫的人、穿西装的人、穿学生装的人提着箱子、背着包陆续上岸。岸上有人接待、寒暄，引着他们往小镇走去。

〔挑夫甲、挑夫乙上场，坐在码头边黄葛树下歇脚。

挑夫甲 这天天跑几趟，整得脚都抽筋了。

挑夫乙 可不是，东西又多，箱子又沉，他们还宝贝得很呢，一个劲喊我们轻点轻点，好像那些东西是豆腐做的！

挑夫甲 这些下江人硬是讲究得很咯，说是逃难的，个个还穿得"周吴郑王"，说话"精灵桃榔"，比我们罗老爷张老爷还气派。

挑夫乙 肯定撒，听说这里面还有些大人物，平时都是和上面老总坐一起吃饭的。

挑夫甲 哎哎，我昨天还帮了一个外国人挑东西。

挑夫乙 外国人？啥样子？

挑夫甲 还不是两只眼睛一张嘴巴，头发焦黄，个子有这么高，鼻子跟刀削一样，一看到我就说"哈儿哦"，我心头想说背你妈的

1427

时，我又没惹着你，喊我哈儿！

挑夫乙　然后呢？

挑夫甲　结果他旁边那个人来喊我，说他是在用英语给我打招呼，喊我过去帮他挑东西。我就过去撒，老子也喊他"哈儿"！

挑夫乙　哈哈，你硬是吃不得亏哎！

挑夫甲　你说到底要来好多人？这些人搬家都搬了两三个月了，还有人来！

挑夫乙　那天我送一位先生去张家祠，听他跟张老爷说，除了之前说的大学和研究所，还有几个单位都要来呢。

挑夫甲　那这个街上不是天天比赶场还闹热？

挑夫乙　要不是外头打仗，哪个愿意从大上海来到我们这个乡卡卡？我昨天挑滑竿把那个太太抬到月亮田，那样漂亮的女人，脸白得就像白糕，还一路咳不停。造孽啊！

挑夫甲　船来了，有活路了！

挑夫乙　走！

　　〔两挑夫下，后区光起，春天，祖师殿。

　　〔背景音：老师用德语和不熟练的中文讲授课程。

　　〔学生们有的挎着竹凳，凳子里装有书，有的背着包，出入祖师殿。

　　〔管星逸和几位同学从殿内出来，同学乙匆匆往食堂方向跑。

同学甲　哎，你着什么急！

同学乙　抢饭去啊！

同学丙　凑了多少米票了？我们去撮一顿！

同学乙　今天第一次上解剖，我还没缓过劲儿呢。

管星逸	没关系,你可以选择不去。
同学乙	那不行,我都馋了一个多月的鱼香肉丝了(一提到"肉",又想呕吐)
同学丙	德性,那你去不去啊?
同学乙	我……我尽量忍着。
管星逸	行,把东西放了,留芬集合。

〔管星逸及同学们下,换场,留芬饭店。

〔哑巴在饭店门口卖花生,偶有人买花生,哑巴总在称好以后再抓一小把,相当热情。

〔魏特上场,进到店里。二丫见了,很热络地迎上来。

二　丫	(鞠躬,用生疏的英语)哈喽!
魏　特	Hi, girl!
二　丫	先生今天吃什么?(双手做鱼摆动的动作)今天有这个?
魏　特	(摆手)no, no...
二　丫	还是这个(指着自己的大腿,学猪叫),卤猪蹄?
魏　特	(摆手)no, no...this...(指着自己的腰杆)
二　丫	我知道了,还是你最喜欢的菜——炒—猪—肝!
魏　特	Yes! Yes!
二　丫	(向内)爹,魏先生的菜,一个炒猪肝,一个菜汤……魏先生里面请。

〔魏特进入侧屋,陶孟和等人进入饭店。二丫迎上来。

二　丫	先生们好! 先生们里面请!
陶孟和	小姑娘挺机灵的,你多大啦?
二　丫	13岁。
陶孟和	听他们说你们这家店的菜最好吃?

二　丫　那是先生们看得起!

陶孟和　会说话!(看菜单)我看看。来个凉菜,炒个小菜,再要红烧狮子头。

二　丫　好的,先喝点茶,菜一会就好!

职员甲　(对客人)董先生,今天托你们的福。我们在所里面早上豆浆馒头、晚上稀饭馒头,我人都快成馒头了!

陶孟和　知足吧,我们所好歹还有馒头,还能种番茄,我听说同济他们的稀饭,能照得见人影。

董先生　适才走田埂,上山丘到你们那儿,贵所驻地虽说有些偏远,倒也算遗世独立,避难研学已是相当难得了。

陶孟和　当地人叫我们那个地方叫"门官田",我们叫它"闷官田",取山坳里闷热潮湿,也可闷头工作之意。

　　　　〔众人笑,老李将一份白肉端上桌。

老　李　菜来了,请慢用!

职员甲　(叫住老李)掌柜的,这个凉菜,肉是不是忘切啦?

老　李　先生,这个菜就是这样的。

职员甲　这么大? 怎么吃?

二　丫　(调皮地笑)先生,要不要我教你啊?

老　李　二丫,没规矩!

陶孟和　掌柜的,我们平日做社会调查,常常要请教别人,不知为不知嘛! 小姑娘,你就来当我们吃菜的老师,好不好?

　　　　〔二丫拿起一双筷子,夹起一块肉,娴熟地一甩,一大片白肉稳稳地卷在筷子上。

二　丫　就是这样一甩,然后蘸这个蘸水。(将肉放在陶孟和碗里)这样就可以吃了。

陶孟和　（饶有兴趣地将一大块肉放进嘴里）咸辣适中,有蒜香回味,肥瘦相宜,入口化渣,好吃!

董先生　这个刀工也不简单啊,竟将猪肉片得像纸片一样薄! 好手艺!

老　李　谢谢先生们夸奖!

陶孟和　这道菜叫什么名字?

二　丫　叫蒜泥裹脚肉。

职员甲　（差点没被噎住）裹脚肉?

二　丫　因为它又宽又长,就像……以前的裹脚布。

陶孟和　欠雅,欠雅! 如此有特色的菜品,这样一个名字实在有伤食欲。

老　李　（灵机一动）先生见多识广,能不能请先生另起个菜名?

陶孟和　蒜泥为调料之精髓,而菜品的卖相却是全看师父的刀工,不如叫李庄蒜泥刀工白肉,如何?

董先生　孟和兄概括精当,又无粗鄙之气,妙! 妙!

老　李　李庄蒜泥刀工白肉! 好! 好! 请问先生尊姓,李某将铭记于心。

职员甲　这是我们中央研究院社会调查所所长陶孟和先生。

老　李　李某有幸,今天这份李庄蒜泥刀工白肉赠送给你们了,感谢陶先生赐名之举。

陶孟和　开店不易,赠送倒不必,能沿用这个名字,就是看得起陶某了。

　　　　［远处传来轰炸声,把在座的人吓了一跳。陶孟和疾步走到门外张望。

陶孟和　声音从东边传来,恐怕是下游的哪个城市又遭空袭了!

董先生　回响声如此巨大,规模不小啊,这日本人真是丧心病狂!

二　丫　先生,日本人会炸到我们这儿来吗?

陶孟和　(宽慰地)小姑娘,咱们李庄可是地图上也找不到的地方啊,暂时不会有危险的。

二　丫　暂时,那将来呢?

陶孟和　将来? 我们会胜利的!

职员甲　对,我们现在全国上下同仇敌忾,一定会胜利的。

陶孟和　(对职员甲)根据"一战"交战国各方的损失估计,我建议结合这几年我们所做的工厂迁移情况调查、沦陷区经济调查和战时物价变动调查,尽早进行系统的战时经济研究。

董先生　孟和兄高瞻远瞩,我们就是要让日本人知道,被拿走的,总会有理直气壮要回的一天。

陶孟和　好啦,继续吃饭,待会你还要坐船呢。

　　　　〔三人回到饭桌旁,管星逸和同学甲上。

二　丫　(欣喜地)管哥哥,你来啦。

管星逸　我们又想吃鱼香肉丝了。

二　丫　好好,里面坐,我给你们倒水,我马上让爸爸做。

管星逸　还有两个同学,等等也罢。

　　　　〔二丫摆碗筷,倒水,忙完后从柜台后拿了一个小本出来。

二　丫　管哥哥,这是上次你给我布置的作业,我把这首诗学会了。

管星逸　是吗,那你念给我听。

二　丫　"床前明月光,疑是地上霜。举头望明月,低头思故乡。"

管星逸　好极了! 我考你哦,这个字念什么?

二　丫　头。

管星逸　这个呢?

二　丫　　光。

管星逸　这个。(见二丫不好意思挠挠头,想逐字念)二丫,识字得学
　　　　会搬家,单拎出来你也能认,才真正是学会了。

二　丫　　我想来问你,爸爸又说你们很忙,让我不要来打扰你。

管星逸　没事,教你识字我还是有时间的,今后你随时都可以来
　　　　找我。

二　丫　　真的? 太好了!(说话间同学乙和同学丙上)哎,他们来了,
　　　　你们点菜吧。

同学甲　还是老规矩,一盘鱼香肉丝。

二　丫　　好……马上就来。

　　　　[陶孟和一行和管星逸他们点头打过招呼后,结账离去。

同学甲　星逸,你可以啊,来这儿当老师了。

管星逸　我这也是报恩嘛,教人家识字,也是给他们生存的技能,举
　　　　手之劳而已。

同学乙　哎,说到报恩,我有个想法。

同学甲　什么?

同学乙　昨天晚上,我家房东大娘突然腹痛,上吐下泻,去中医那里
　　　　拿了药,好像今天也没好转。

同学丙　对,我问了房东,她父亲就是这样发病,最后浑身乏力而死。

管星逸　有没有找到病灶?

同学乙　说是镇上有名的中医都看了,束手无策。

管星逸　好像我们在书上也没见过类似的病例。

同学丙　现在资料有限,哪里翻得到!

管星逸　上课的时候我们可以把这个病提出来,看老师有没有解决
　　　　的办法。(随手翻开德语字典背看单词)

同学乙　英雄所见略同！

同学甲　管星逸,你可真会争分夺秒啊！

管星逸　还说我,你们不也是晚上还在油灯下啃大部头吗？

　　　　〔大家心照不宣地笑了,二丫端上两盘菜。

二　丫　菜好了。

同学甲　怎么多了一道菜？

老　李　(从厨房出来)一个小菜,不成敬意,感谢大学生教我女娃子认字。

管星逸　李老板,你这个我怎么好意思呢？

老　李　大学生,我虽然是个粗人,但晓得天地君亲师。你们学生的伙食,我晓得,稀饭都清得照得见人影,不容易啊！这也算是——互相帮助嘛。

同学甲　投之以桃,报之以李,感谢李老板。

老　李　我先忙,你们慢用。

　　　　〔三名同学大快朵颐之时,郝富贵带着一名随从进入饭店。

二　丫　吃饭吗？里面请！

郝富贵　(见了二丫眼前一亮,对随从说)哟,我出去闯了两年,这留芳饭店的小丫头都长成大姑娘了！

随　从　这瓜啊,就快熟了！(两人不怀好意地笑)

郝富贵　(两人落座,郝富贵接过菜单)小妹妹,给我来份白肉,要像你一样又白又嫩的白肉。(手不规矩地想摸二丫,二丫机灵地躲过。)

二　丫　哎,我让爹来给你点菜。爹！爹！

老　李　(从厨房出来,见是郝富贵,殷勤地)郝当家的,这有日子没见,去哪发财了？

郝富贵	外面兵荒马乱的,发啥子财? 挣点小钱,养家糊口。老李,那是你家女娃娃?
老　李	我家丫头,不懂规矩,没惹你生气吧?
郝富贵	规矩嘛,可以学! 干脆来我家,我教教她?
老　李	(顿时领会)郝当家的,这丫头从小没娘,野惯了,别去了你家惹人笑话。
随　从	老李,我家老板看上你家丫头,那是她的造化,到了郝家,天天吃香喝辣,要啥子有啥子,总比你这个小馆子强!
老　李	(话里有话)我家丫头从小粗茶淡饭,这吃香喝辣,她恐怕没得这个福气啊!
郝富贵	嘿,还给脸不要脸啦! 我郝富贵看上的人还没有到不了手的。这规矩,我还就教定了!
	〔郝富贵给随从使眼色,随从欲去拉二丫,被管星逸拦住。
管星逸	吃点饭都不让人清静了。这位"坏当家"的……
随　从	我家主子姓"郝"!
管星逸	强人所难,欺负弱小,你还真对不起你这个姓!
郝富贵	你哪个? 我和李老板说话啥子事?
同学甲	我们是同济大学医学院的学生,你说你一个大老爷们,欺负一个小女孩儿算怎么回事?
随　从	(挥手一拳)这儿没你们说话的份儿!
管星逸	(眼疾手快地捏住随从的手腕)有这力气,留着去打日本人!
郝富贵	老子管不了外面的事,这镇上的事你们也别来掺和!
	〔郝富贵举起凳子想砸向管星逸,同学甲、乙分别把两人拦住。
管星逸	(气定神闲)坏先生,你最近是不是觉得有些时候头晕,提不

起精神？

郝富贵　我……你怎么知道？

管星逸　我见你眼袋低垂、肤色晦暗、口气浑浊，还是少惹是生非，大动肝火，免得有性命之虞啊！

郝富贵　说些鸟语，老子听不懂。老李，要想在李庄做生意，就识相点！老子今天就他妈惹是非了！

　　　　〔郝富贵和随从与管星逸他们发生冲突，哑巴也冲进来保护二丫。老李护着店子。形势十分紧张。

　　　　〔一人冲进店子。

路人甲　郝老板，郝老板，别打了，快别打了！

郝富贵　咋啦？

路人甲　你家里让我捎话，说你奶奶在家里晕倒了，让你赶快回去呢。

郝富贵　滚开！（一把将路人甲推开，飞奔而下。随从跟下。）

　　　　〔舞台后区定格，收光。二丫和哑巴走到舞台前区。两人并肩坐着。

　　　　〔哑巴把花生拿出来逗二丫，见二丫在发呆。哑巴作询问状。

二　丫　他怎么能说出那么多奇奇怪怪的话？但就觉得很厉害的样子。

　　　　〔哑巴不解。

二　丫　他的名字真好听，眼睛也好看，亮亮的就像天上的星星。

　　　　〔哑巴似乎有点明白了。二丫拿起手绢开始绣，《绣荷包》歌声起。

　　　　〔"正月荷包绣起头嘛，绣个荷包有人求。你要荷包你拿去，莫与奴家结冤仇。"

[收光。

第四场

[慧光寺门前茶摊。

[有学生看书,有几桌人喝茶,有群众在树下聚集聊天。哑
巴穿梭其间卖花生。

老　人　(神秘兮兮地)我就说把菩萨搬了有报应,现在报应来了撒。

妇女甲　啥子报应?

老　人　最近我们镇上好多人生怪病哦,张老汉都没得办法医的。
刘家大娘,还有张二爷都是得这个怪病死的。

妇女甲　我也听说了,他们说这个怪病叫"麻脚瘟"。

男　人　我姨妈就是,先是手脚没得力气,然后发烧呕吐,到昏倒了
基本上就没得救了。

妇女乙　那咋个整哎?我们又去把菩萨挖起来?

老　人　挖出来放哪里嘛,庙子都被那些人占起的。

妇女甲　那些人,说起了不得,不晓得干些撒子。特别是那个医学
院,送菜都只喊送到门口,不晓得一天到黑关起门干啥子。

[李瓦匠惊慌失措地上,在人群里拉起他老婆就准备跑。

妇女乙　你咋子?闯到鬼了啊?

男　人　(逗趣道)李瓦匠,你才跟你婆娘分开好久,就慌得很啊?

李瓦匠　呆不得了,李庄呆不得了!

男　人　(拦住)哎,你把话说清楚,咋个呆不得了?

李瓦匠　(看了看周围吃茶的人,将几个人喊到一起)我……我今天
去祖师殿捡瓦,你们猜我看到啥?

1437

众	啥子？
李瓦匠	我刚刚把瓦拿开，就看到一群人头碰头围在一起，下面躺着一个光叉叉的死人。
众	啊！
男　人	你……你说那些"下江人"？
李瓦匠	啊！
男　人	他们在爪子？
李瓦匠	我也想晓得，就麻起胆子看了一下。哎呀，不摆了！
众	快说嘛！
李瓦匠	他们有些拿着这么长的刀，有些拿着这么长的夹夹，正在那个死人身上划！
妇女甲	他们在吃人吗？
老　人	阿弥陀佛，菩萨搬起走了，又来一群魔障，这李庄坝怕是要变天了。
妇女乙	那我们咋个办？
男　人	把他们撵起走！

〔有学生离开茶摊，和人们礼貌地打招呼，人们如见鬼一般四散跑去。

〔郝富贵和周胡子也在喝茶，郝富贵准备跑，被周胡子拉住了。

周胡子	怕个铲铲，老子都是吃人的！
郝富贵	周大哥，你好歹在山上，还有个躲处，我就在街上，万一有啥子情况，跑都跑不脱。
周胡子	这李庄是老子们的地盘，未必他强龙还斗得过地头蛇？哎，刚才是哪个龟儿说自家的船遭征用了，要找他们麻烦的？

郝富贵	我！哎呀又遭你洗刷了。我是气不过撒，我就只有一只船，喊帮着他们装生活物资，还求钱没得。我不是看到洪老爷的面子上，能把船交出去？
周胡子	现在时机来了，只要把他们赶走，这船不就回来了？
郝富贵	咋个赶？
周胡子	下江人吃人！你再把这塘水弄浑点，我在山上拈点肥肉，来个借刀杀人！
郝富贵	借刀杀人？
周胡子	（环顾左右）走，到你屋头说。

〔两人下，哑巴从树后出来，望着他们远去的方向。

〔切光。

第五场

〔随着声声竹梆打更声，光渐亮。

〔紧闭的刘家院子门前，刘大娃和端公拿着做法事的器具上。端公准备推门而进，被刘大娃拦住了。

刘大娃	你硬是胆子大哦，没听说下江人要吃人啊，他们还在屋头。
端　公	不在你妈面前做，她的病咋个好得到？
刘大娃	一样的一样的，你多跳会，多念会嘛。

〔端公让刘大娃把照妖镜挂在门口，开始做法事，正把水洒在门上时，门"吱"一声打开了，水洒了管星逸一脸。

管星逸	你们……这是在干吗？

〔刘大娃吓得拔腿就跑，边跑边喊"下江人出门了"，关门声次第响起。

〔端公趁管星逸愣神的时候，眼疾手快地往他头上贴了道符,拿着桃木剑围着他跳起来,口中念念有词。

[两位同学听到动静出门,手拿扫把准备与端公对峙。二丫
跑上来。

二　丫　幺叔,幺叔你不要弄了!

端　公　二丫,你走开,我今天要把他们收了!

二　丫　他们是活生生的人,你咋个收?

端　公　他们要吃人! 是妖怪!

二　丫　你亲眼看到他们吃人了? 莫听他们乱说,走了走了!

[二丫把端公劝下。

二　丫　管哥哥,你没事吧?

管星逸　二丫,你怎么来了?

二　丫　哑巴告诉我,镇上有人在传你们的坏话,还想让你们在这里
待不下去,本来我想去找张老爷,结果就碰到你们。

同学甲　好好的,怎么一下子闹成这样?

同学乙　对啊,我们平日里也没怎么与他们有交集,上课做实验都是
把校门关起的,哪里得罪他们了?

管星逸　别管了,做好自己的事,校长他们知道处理的。

[管星逸从门内提出一个箱子。

同学甲　星逸,我和你一起去吧。

管星逸　不用,你不是要去河边背书吗? 我一个人能行。

二　丫　管哥哥,你去哪儿?

管星逸　板栗坳,把史语所的东西还给他们。

二　丫　(脱口而出)我和你一起去……我想,去看看龙嫂。

管星逸　走吧。

[换场,半山腰。

1440

管星逸	你刚才说的龙嫂,是谁啊?
二　丫	龙嫂啊,对我特别好,教我绣花,教我唱歌,帮我做衣服,有时还帮我编头发。
管星逸	感觉她很喜欢你。
二　丫	她对谁都和和气气的。其实龙嫂好可怜,听说她孩子不到十岁就病死了,后来老公在外面干活,被石头砸死了,可你看她整天都笑眯眯的,好像这些事情都没发生过一样。
管星逸	一味沉浸于苦难,只会被苦难压垮。不管怎样,未来的路总要走下去。龙嫂是个有智慧的人。
二　丫	现在她在板栗坳上帮一位先生洗衣服做饭,听她说先生太太对她特别好,吃饭都是一桌吃的。
管星逸	这很正常,人人生而平等,只是从事的工作不一样,予人尊重也是尊重自己。
二　丫	管哥哥,我发现你们……
	〔这时从拐弯处冲出来三个蒙着面的人,将管星逸和二丫围住。
	〔管星逸本能地将二丫护在身后。
蒙面甲	站住。
管星逸	好汉,我这里有钱,只要你不伤人,尽管拿去。
蒙面甲	你小子聪明,(接过管星逸的钱)你们学生不是还有米票吗?拿来!
二　丫	管哥哥,米票拿了你怎么办?
蒙面乙	(猥琐地)小妹妹,你身上有没得钱? 让我搜一搜。
管星逸	别碰她,你们要的米票,全部在这儿。可以放我们走了吧?
蒙面甲	你这箱子里,还有什么宝贝啊?

管星逸　这个你们不能拿!

蒙面甲　嘿,老子就要拿,给我!

　　　　[管星逸虚晃一招,想拉着二丫跑开,又被三人拦住,双方争抢箱子,不料箱子摔在地上,一个骷髅头滚出来。

　　　　[三人呆住,面露惧色。管星逸把骷髅头当宝贝似的捡起来。

蒙面乙　他们说下江人吃人,你看拿起死人脑壳耍,硬是真的哦。

蒙面甲　怕个球,跟老子上!

管星逸　(听到他们的对话,灵机一动,对蒙面甲)哎,我们还差一副胫骨,哦,就是你们说的筒筒骨,我看你这个身高,估计那个长短正合适。

　　　　[管星逸边挽袖子边向蒙面甲走去,吓得三人屁滚尿流地跑开了。

　　　　[管星逸蹲下来整理箱子,二丫远远地站着不敢过来。

管星逸　二丫,你没事吧。快过来。

二　丫　你……你箱子……

管星逸　别怕,这是远古人类的头盖骨,很珍贵的。要不是我来个顺水推舟,还不知道怎么赶跑他们。

二　丫　那你把它关上,我不敢看!

管星逸　好了。我们走吧。

二　丫　哎呀,你的胳膊受伤了。快快,那边凉快点。

　　　　[管星逸和二丫在黄葛树下坐下,二丫拿出身上的手绢,管星逸教他按压住伤口。

管星逸　咦,这块手绢,好像是我的?

二　丫　哦,拿错了,用这块!

管星逸　你怎么,还带了两块手绢?

二　丫　(又羞又恼)是你的是你的,我们第一次见面的时候,你帮我包扎伤口,现在还你! 不许打开!

管星逸　为什么? 我看看。

二　丫　让你别看就别看嘛!

　　　　[二丫一把按住管星逸的手,四目相对,两人都有些尴尬。

管星逸　(转移视线,远眺)这儿看得真远,江流天地外,山色有无中。多么宁静的世界,多美的江山啊!

二　丫　他们说你们从这条江的那一头过来,这条江有好长啊?

管星逸　从宜宾到上海,有两千多公里,从山川到平原,从腹地到海边。可就是这两千多公里,我们跌跌撞撞走了两年多。

二　丫　管哥哥,你以前住那个地方是什么样子啊?

管星逸　我的家在上海,十里洋场,全国最繁华最富有的地方。那儿高楼林立,汽车穿梭,外滩就像整日沸腾的开水,从白天到夜晚,永远都是热热闹闹的。可是在上海,最好的房子是外国人修的,最好的东西是从外国进口的,最好的待遇也是给外国人的——虽然我接受的是西方教育,但我更喜欢传统的中国,就像来到李庄,看到这青砖白瓦的小四合院,看到发着幽光的青石板路,看到一大片一大片生机勃勃的庄稼,看到穿着粗布衣服整日为生计忙碌的人们,我就想到了我的乡下老家,古旧又宁静,简朴却踏实。

二　丫　我真羡慕你,能去那么多地方。

管星逸　读万卷书,行万里路。如果不是这场战争,我还以为书中即是世界。可是当我经过了金华、经过了昆明、经过了泸州,到了李庄,一路上看到有那么多衣不蔽体的人,那么多生了病却只能煎熬的人,那么多失去孩子的母亲,我才知道我们曾经拥有的繁华是多么不真实,才更能理解鲁迅先生对中华民族恨铁不成钢的爱与痛。"有一分热,发一分光,就令萤火一般,也可以在黑暗里发一点光,不必等候炬火。此后如竟没有炬火,我便是唯一的光。"在这样兵荒马乱的年月,在中华民族最黑暗的时刻,我能做的就是学习、学习,用我的所学帮助人们,用我的所学报效祖国,我希望我能成为那一道光!

二　丫　管哥哥,虽然你说的话我不大听得懂,但我觉得,你一定会成为一个好医生。读万卷书,行万里路,可惜我不识字,也走不了那么远。

管星逸　二丫,你也可以啊。你的脚下就是你的世界,没有人可以限制你的脚步。等战争结束了,你也可以离开李庄,去看看江南,去看看大海,也欢迎你来我家玩。对了,说到上海,我倒想起一首词。

二　丫　什么词?

管星逸　我住长江头,君住长江尾,日日思君不见君,共饮长江水。

二　丫　管哥哥,这说的什么意思啊?

管星逸　等你长大了,就懂了。

〔两人并排坐着望向长江,随着悠悠的民歌响起,光渐弱。

第六场

〔南华官,地区专员、傅斯年、张顺周、罗成安、洪发成、同济大学代表等人开会。

傅斯年　这阵子我们遇到很大的危机,板栗坳已经被土匪骚扰了四次,我们的采购、我们的学生在半路上也被抢劫。

罗成安　镇上也不太平啊,"吃人"一说被传得沸沸扬扬,李庄居民人
　　　　人自危,甚至有人对外来的先生和学生们产生了强烈的抵
　　　　触情绪。

洪发成　他妈的,有人干脆把先生和学生们编成鬼怪,娃儿哭闹,说
　　　　一句同济大学生来了,娃儿马上就不哭了。

专　员　诸位说的这些情况我来之前就有所耳闻,鉴于目前的情况,
　　　　为保护在李庄的学校和机构,我建议,地方上要不惜一切代
　　　　价,加强监控,采取措施,对造谣生事者加以镇压。有一个
　　　　逮一个,有两个逮一双。一定要把这股风刹住!

罗成安　恕我直言,我认为此举不妥。

专　员　那你认为应当如何呢?

罗成安　在座诸位也相信,研究院、同济吃人吗?(众人摇头)牛肉馆
　　　　门前堆着牛骨头,猪肉馆院坝堆的猪骨头,你们研究院、同
　　　　济大学堆的是人骨头,乡间农民无知识,当然会以为研究院
　　　　吃人。

洪发成　罗老表说得有道理!

罗成安　解铃还须系铃人,民众以为很神秘,那我们就把它公开展
　　　　览,请他们来看个究竟。

傅斯年　(站起来大声地)好主意!我赞成罗兄的意见,堵塞不如疏
　　　　导,展览会需尽快筹备!那板栗坳上的土匪?

专　员　这个我已经向上级汇报了,接下来将派遣军队驻守板栗坳,
　　　　保护先生们的安全。

傅斯年　如此甚好,多谢!

洪发成　既然今天大家都在这里，我有件事也想提出来。说来也怪，自从菩萨搬走后，我们镇好多人都得了怪病，大家在说是不是菩萨在怪罪，这个事情我也想不通。

同济某老师　镇上这种流行病，早前已经听到学生们提及，而且我们也接触了部分病患，初步认为这种症状是轻度中毒，也许和饮食有关，正在进行研究。

张顺周　如果先生们尽早制定出治疗方案，对李庄人民来说可是一大功德啊！

同济某老师　职责所在！定当尽力！

专　员　诸位还有什么问题吗？那我们就开始筹备展览会的具体事项吧。

　　　　〔众人商议，切光。

　　　　〔幕后音：乡亲们注意啦，板栗坳上厅房在举办文物科普展览，全是宝贝，欢迎乡亲们前去参观。

　　　　〔光起，板栗坳上厅房，科普展览现场。人们穿梭其间，好奇且兴奋地看着展览的古化石、古兵器、青铜器、字画等。

　　　　〔几个讲解场面用光区处理。

讲解员甲　这个是甲骨，我们看到上面这些像符号一样的东西就是甲骨文，这是距我们三千多年前的文字，也是已知我们国家最早的汉字。我们研究甲骨文，就是为了破译我们祖先的文化密码，知道那时的人们在做什么、吃什么、穿什么。

讲解员乙　这个是类人猿化石。大家知道我们人是怎么来的吗？

群众甲　我妈生下来的。

群 众 乙　送子观音送来的。

群 众 丙　没见识，传说啊是女娲娘娘用泥捏的。

讲解员乙　都不是，我们人类是从类人猿进化来的。你们看这个化
　　　　　石，这就是证据。大约 600 万年前，类似黑猩猩的人类祖
　　　　　先为了适应环境变化，开始从四肢着地到直立行走，这块
　　　　　化石，就是这一过程的见证。

群 众 丙　哦，我明白了，女娲娘娘也是从猴子进……进化来的。

讲解员乙　大叔，你那只是传说，没有科学依据。我们搞科研，就是
　　　　　要靠实证来推动学术的前进。还有大家别小看这个化
　　　　　石，全中国只有三个，以前都放在中央博物院，这次随着
　　　　　文物西迁，才得以和大家见面，这也像是我们远古的祖先
　　　　　跋山涉水来告诉大家，我们是从哪儿来的。

群 众 甲　全国只有三个啊，稀奇哦！

群 众 乙　我要好好看看，回去好给人家吹牛！

群 众 丙　嗯，这个展览好，也不枉我走了好几十公里来。

讲解员丙　乡亲们，这是关于各种自然现象的图片，我们研究自然现
　　　　　象，就是为了减少自然灾害，而且在某种程度上还可以利
　　　　　用他们为我们的生产生活服务。

群 众 甲　这个就是"火闪"哒。

讲解员丙　对，这就是闪电的图片，你们知道闪电的原理吗？

群 众 甲　老人家说，是天上雷公雷母在打架！

群 众 丙　人家老师都说了，你那些是传说，要相信……撒子学？

讲解员丙　对，我们要相信科学。打雷和闪电是一种常见的自然现
　　　　　象，简单地说，就是天上带异种电荷的云层相互间距离因
　　　　　运动而缩小到一定距离时，产生的一种放电现象。打雷

和闪电是同时发生的,但因为光的传播速度比声音的传播速度快,所以我们是先看见闪电后听见雷声。

〔大家似懂非懂地点点头。

群　众　丙　哎呀,简单点说,不是雷公雷母打架,是两朵云在打架嘛。

讲解员丙　也可以这么解释,所以说当我们能了解科学知识以后,就知道没有鬼怪神仙,大家也不要那么迷信了。那边还有字画展,大家有兴趣可以去那边看看。

〔讲解员若干人下,二丫拉着哑巴上。

二　　丫　那个猴子头骨好吓人,龇牙咧嘴的! 还有那些兵器,我以前只晓得兵器有刀和箭,没有想到还有那么多花样! 还有我最喜欢慈禧那件衣服,好漂亮哦,上面有好多宝石!(哑巴点头附和,也跟着兴奋地比画。二丫看到了管星逸,高兴地跑过去打招呼)管哥哥,你也在?

管　星　逸　二丫? 你们来看展览啊? 正好我给你们介绍介绍! 你来看,这是我们解剖的尸体照片,这可不是我们在"吃人"哦,这是我们在上课。

二　　丫　(不敢看)为什么要解剖?

管　星　逸　我们解剖尸体,是为了研究人体内部结构,发现病理,为临床试验提供数据支撑。(二丫和哑巴听得似懂非懂)这是各种解剖工具……

二　　丫　你们不怕鬼吗?

管　星　逸　我们相信科学,不信鬼神! 再说,现在有些人比鬼还可怕。你看,这个是人体结构模型。

〔哑巴看到模型下意识地去挡住,二丫很害羞地转过身。

二　　丫　哎呀,你们真是,还把这个摆出来。

管星逸 这是我们的必修课。从骨骼、血管、神经、肌肉到皮肤，只有充分地了解人体各种组织，才知道我们的人体有多强大，又有多脆弱。哑巴，你别捂着了，我跟你说，就算你穿了衣服，在我面前也和这个差不多！

〔二丫和哑巴羞得跑开，管星逸处光区渐弱。

〔二丫和哑巴并排坐在河边。

二　丫 他可真了不起，能知道那么多事情。

〔哑巴比画。

二　丫 他说我还小，应该去读书。读了书，世界就会变得特别……特别大。

〔哑巴歪着头，继续听二丫说。

二　丫 你说，我如果能像那些女学生那样，别着好看的发夹，穿着好看的裙子，每天都抱着书，还可以去演戏、唱歌……那该多好！

〔哑巴比画，二丫情绪变得有点低落。

二　丫 我知道，你说我们不一样。他是天上的星星，我只是地上的小草，可是如果每天看着他，我就很高兴了。

〔二丫边说边绣荷包，哑巴为她采集江边的野花。《绣荷包》歌声起。

〔收光。

第七场

〔歌声贯穿，渐弱。慧光寺面前茶摊。

〔学生们有的背书，有的拿着标本在研究，有的和镇上居民在客气地交谈。

管星逸 "十九世纪的德国出了一个大胡子,一手拿着解剖刀,把社会的病根,解剖得清清楚楚;一手拿一支笔,把医疗社会恶疾的良方,具体地写下来……"

同学甲 星逸,小点声,被他们听到了不得了哦。

同学乙 怕什么? 这都写出来了,怎么不能念? 我们读书会就是要允许各种思潮碰撞,这才是自由之中国。

管星逸 对,前段时间我们读书会就平等与自由之中国做了讨论,我认为共产主义便是基于平等与公正的一个思想体系,这位同学我倒想见一见。

同学乙 我知道他是谁,你若想见他,我可以把他约出来。

管星逸 好啊,今天晚上,我们河滩上碰头。

　　　　[二丫上。郝富贵想招呼她,被二丫甩了个冷脸。

二　丫 管哥哥,我就知道你在这。这是前几天你教我的诗,我已经背好了,你看,还写下来了。

管星逸 二丫,你学得真快! 我想想今天教你什么呢? 嗯,今天我给你讲一个女词人,她写了一首特别好的诗。来,我给你写下来。"生当作人杰,死亦为鬼雄。至今思项羽,不肯过江东。"

　　　　[郝富贵凑了过来。

郝富贵 二丫,我前阵子去宜宾,看到这个雪花膏不错,特意给你买的。

二　丫 谢谢,我用不着。

管星逸　这首诗是说真正的男儿就要有所作为,不要苟活于世……

郝富贵　(打断)哎,我看城里姑娘们都兴用着玩意儿,肯定是好东西。拿着吧。

管星逸　宁可为国战死,也不要苟且偷生,畏畏缩缩……

郝富贵　哎,我说你一个读书人,不懂规矩啊,我在和二丫讲话,你讲你啥子狗屁文章?

管星逸　郝当家的,你讲讲道理好不啦? 我们在上课呢,你跑来插话。哎,你也来听听,这首诗对你很有启发的。

郝富贵　老子没那闲工夫!

二　丫　郝当家的,既然你没闲工夫,就请走吧。我就一乡下丫头,没那福气。

郝富贵　拿着吧,我特意为你买的。

管星逸　哎,我说郝当家的,人家不愿意,你何必强人所难呢? 雪花膏是个好东西,给你家里夫人用不好吗?

二　丫　你不走是吧? 你不走我们走!

〔两人径直走下。

郝富贵　嘿,还给我蹬鼻子上脸了! 乡下丫头,乡下丫头跟着背啥子诗? 硬是想当女学生啊? 硬是想跟着人家跑啊? 人家还未必看得上你!

〔两巡查上,把慧光寺墙上贴的那首诗撕了下来,还挨着清查学生们。

巡查甲　各位都听清楚哈,现在抗战当前,要么就安心读书,要么就给我上前线,不要谈什么主义、什么制度! 扰乱民心! 要是我们清查到了是哪个,就别怪我们不客气了!

〔有学生欲争论,被学生们劝走了。

1451

郝富贵　三哥，我有一条线索，刚才我听他们说，今晚河边……

　　　　　〔切光。

　　　　　〔晚上河边，黄葛树旁。管星逸上，吹了两声口哨。有两个人影闪出。

同学甲　星逸，这位就是我白天说的那位同学。

管星逸　你好，我是医学院管星逸。我知道你们，也在寻找你们。这儿有我的自荐材料，还有我平时写的一些文章，希望能经常与你们交流。

同学乙　好，我这里有一些手抄本，今天那首诗引起了一些人的注意，平时你也要多加小心，我们……

　　　　　〔有口哨声响起。

同学甲　不要，有人来了，快撤。

　　　　　〔巡查上来，发现地下有一块手绢。

　　　　　〔第二天，东岳庙门口墙上，人们围着看一张失物招领。有人念：今在河边拾得纯棉手绢一块，上有绣花一朵。望失主看到与治安大队联系。也希望有知道手绢主人的市民与治安大队联系。

　　　　　〔管星逸挎着凳子上，看了看失物招领，驻足片刻，准备离开。

同学甲　星逸，哎，星逸，我看那块手绢好像是你的呢！

管星逸　（使眼色）瞎说什么，我哪有那样的手绢。

同学甲　不对啊，我记得真真的，你看那朵向日葵……

　　　　　〔有巡查闻声而来。

巡　查　你见过这块手绢？

同学甲　啊，我好像在哪儿……

二　丫　刘三哥,那块手绢是我的!

巡　查　你说是你的,有证据吗?

二　丫　那向日葵是我绣的。

巡　查　你怎么证明是你绣的?

二　丫　(拿出围腰)手绢上的向日葵和我这上面的一模一样,一共
　　　　有九个花瓣,下面的叶子有三片,叶子的位置我先是绣错
　　　　了,还把线拆了重新绣的。你把手绢拿出来,让大伙儿看看
　　　　不就知道了。

　　　　[大家围拢看。

李大娘　嗯,我来看看,嗯,这针脚,这手工,是一个人绣的。

二　丫　大伙儿都给我作证,可以给我了吧?

巡　查　那你这块手绢在哪儿掉的?

二　丫　哎呀,我每天到处跑,在街上,在河边? 哪个晓得嘛……

巡　查　你再仔细想想!

　　　　[有老师和几位村民上。

老　师　乡亲们,根据我们的前期实验和临床治疗,现在已经找到了
　　　　治疗麻脚瘟——也就是你们说那个怪病的方法。

群众甲　是真的,我家婆娘没有上吐下泻了。

群众乙　昨天我娘都可以坐起来喝稀饭了。

众　　　(七嘴八舌)太好了! 真是我们的救命恩人啊! 硬是活菩
　　　　萨啊!

老　师　我们可不是菩萨,不过发现了你们吃的食盐里面金属元素
　　　　超标导致轻微中毒。现在我们向政府提出更换食盐供应
　　　　地,再对发病人群对症下药,将来在我们李庄,不太可能会
　　　　有麻脚瘟了!

众　　　太感谢你们了!

老　师　你们要感谢,就感谢管星逸他们吧。是他们先提出了这一
　　　　课题,才有我们后来的研究和治疗。星逸,这次期末,你们
　　　　交了一份漂亮的答卷!

管星逸　谢谢老师!

众　　　还是这些先生有办法! 先生学生们万岁!

　　　　〔群众将管星逸师生围住,二丫在一旁和巡查说话。

二　丫　三哥,你把手绢给我呗。

巡　查　这手绢真是你的?

二　丫　是啊,李大娘不都说了吗? 绣这花好费精力的,我手都被针
　　　　扎了好多次,昨晚发现手绢不在了,我一晚上都没睡好。三
　　　　哥,好三哥,快还我。不然,我告给刘幺孃听哈!

　　　　〔巡查乙上场。

巡查乙　刘三哥,听说日本人打进贵州了,头儿让我来找你说征兵
　　　　的事。

　　　　〔巡查把手绢递给二丫急下。

　　　　〔人们听到消息惊了。

群众甲　日本人打进贵州了?

群众乙　贵州就挨着我们哒!

群众丙　跟那狗日的拼了!

老　师　这一剑直插腹地,中国还能坚持多久?

　　　　〔切光!

第八场

　　　　〔光起。《中国不会亡》的歌声渐起,

[“中国不会亡,中国不会亡,你看那民族英雄谢团长;中国不会亡,中国不会亡,你看那八百壮士孤军奋守东战场。”同济大学的部分学生在留芳饭店聚集。张顺周、罗成安、洪发成等人也在席间。

同学甲 同学们,明天我们将要奔赴抗战前线,像八百壮士一样,为中华民族献出自己的青春乃至生命,同学们,你们准备好了吗?

齐 准备好了!

同学乙 国家兴亡,匹夫有责。现在我们的国家、我们的民族已经到了危急存亡的关键时刻,作为中华民族的一分子,我们不应局限于书桌,我们要投身战斗,这是我们的责任!

同学丙 对,我们时刻准备好,为中华民族的独立与自由奉献自己的力量。

齐 中国必胜! 中国万岁!

张顺周 同学们,老师们,今日在这里为你们饯行,我感慨万分。三年前也在这个饭店,我们与你们的学校结下了这段缘分,三年前,你们的执着感动了我们,今天,你们的热血更感动了我们。我在你们的身上,看到了中华民族振兴的希望,这杯酒,我敬你们,愿你们早日凯旋!

同学甲 谢谢张先生,我们不破楼兰终不还!

齐 中国必胜! 凯旋而归!

洪发成 这第二杯酒,我敬在座各位,我是个粗人,说不了那些文绉绉的话,就四个字,雄起! 保重! 上了战场,就不要当孬种,但是你们都是握笔的手,要舞枪弄棒的,还是要多动点脑筋哦!

同学乙　为民族独立而战，岂能限于职业？我们会雄起！也会保护好自己，洪先生放心吧！

罗成安　我代李庄人民敬大家第三杯酒，你们大多都在李庄待了三年有余，我们早已把你们当成自己的孩子，感谢你们对李庄人民所做的一切，也希望等海晏河清的那一天，你们能回来看看。

同学丙　会的，我们也把李庄当成自己的第二故乡，不管今后在哪里，我们一定会回来看你们！

同学丁　对，还来吃李老板的鱼香肉丝、李庄白肉，还有这李庄白酒！

罗成安　好！等你们回来，我们摆好庆功酒等你们！

齐　　　岂曰无衣，与子同袍……

　　　　〔二丫与哑巴帮着端菜，无意中听到同学们说到管星逸。

同学甲　哎，怎么没见管星逸呢？

二　丫　管哥哥怎么啦？他也要去前线？

同学乙　哪能少了他啊？他可是最早报名的！

二　丫　那他去哪儿了？

同学乙　我们出来的时候，他好像说肚子痛，在家里呢。

　　　　〔二丫一听，跑下。

　　　　〔切光。

　　　　〔黄昏，河边大树下。

　　　　〔管星逸捧着书，却心不在焉。

　　　　〔二丫抱着一个坛子，气喘吁吁地上。看到管星逸在发呆，走到后面去把书一下抢走。

管星逸　二丫，你怎么来了？

二　丫　你要去前线打仗了？

管星逸	太阳快下山了,回去吧。
二 丫	他们都在店里吃饭,你为什么不去?
管星逸	你看你跑得满头汗,来擦擦!
二 丫	(哭)你为什么不回答我? 你为什么要躲着我? 我跑到刘家院子找你,跑到学校找你,跑到茶摊找你,我一条巷子一条巷子地找你,都没见你? 要不是听他们说你参军了,要不是我在河边找到你,那是不是从明天起我就见不到你了?
管星逸	二丫,别哭了。我心里很乱,我不知道要怎么跟你说再见。
二 丫	为什么要说再见? 管哥哥,你带我走吧,你去前线,我也去!
管星逸	二丫,不要闹小孩子脾气,前线不是女孩儿去的地方。
二 丫	我不是小孩子了,我都十六岁了,我见过你们那些女学生做包扎、做护理,我可以学,我可以照顾……
管星逸	二丫,你听我说,日出前的时刻是最黑暗的时刻,挺过这一段,我们就要胜利了! 你安安心心地在这里,等着我们胜利的消息,好吗?
二 丫	那你还会回来吗?
管星逸	如果没有战死沙场……
二 丫	(一下子捂着管星逸的嘴,突然又不好意思地放下)我不要你说死,你一定要活着回来。你说要教我识字、念诗的,我都还没学多少,你可不能说话不算话!
管星逸	好,我答应你! 二丫,我……对不起……
二 丫	我知道,你不去和他们吃饭,是怕我伤心。喏,我把酒抱来了,张老爷说,壮士出征,都要喝饯行酒的。
管星逸	你去哪儿弄的?
二 丫	我家后院,我爹说,这酒是要留着等我……那一天才用,我

偷偷挖了一罐出来。

管星逸　哪一天？

二　丫　哎呀，你别管了，这还有花生，我想得周到吧？

　　　　　〔二丫把花生放在地上，打开酒坛，递给管星逸。

管星逸　（喝一口，心事重重）二丫，谢谢！没想到你会这样为我
　　　　　饯行。

二　丫　为什么不能？如果你要走，我一定要去送你的。就算你躲
　　　　　起来，我也会找到你！

管星逸　来李庄四年了，从学生到助教，原以为立足学问，也是救国，
　　　　　可现在必须要用我们的躯体，去保护我们的祖国。

二　丫　管哥哥，你害怕吗？

管星逸　说不害怕，是假的。但我是中国人，在祖国遭遇危难的时
　　　　　候，我不能袖手旁观坐以待毙。如果在胜利以后，回望这段
　　　　　岁月，我会骄傲地说，我参加了抗战，我曾经为中华民族的
　　　　　自由与独立而作战！我不需要勋章，这句话，这段经历就是
　　　　　勋章！

二　丫　管哥哥，我害怕，我怕你再也不回来了！我怕我们会失败！

管星逸　二丫，不用害怕，我们一定会胜利，我们的民族是一个百折
　　　　　不挠的民族。我们的民族，有埋头苦干的人，有为民请命的
　　　　　人，有舍身求法的人……还有许许多多像你们一样，善良淳
　　　　　朴、心怀大义的人，千千万万中国人拧成一股绳，我们一定
　　　　　会胜利！其实，我们一直在和日本人作战，用孜孜以求的科
　　　　　研成果、用煤油灯下书写的文字、用这辗转了大半个中国保
　　　　　留下来的文物和学校，你知道先生们在李庄，是怎样看待这
　　　　　段日子的吗？

[舞台后区亮，随着管星逸的叙述，依次出现林徽因、梁思永、童第周等人物。

林徽因 我的孩子问我，如果日本人打来，我们怎么办？我对他说，如果日本人打来了，我们的面前就是长江。

梁思永 这李庄的天气，夏天闷热，冬天湿冷，对我等研究学问更有刺激性，激发我们的拼劲儿！我这个肺病，来势凶猛，但只要无性命之虞，我仍旧可以在这病榻上完成书稿，这病榻，就是我的办公桌呀！

童第周 我在镇上旧货店淘到一架德国造双筒显微镜，我花了咱们两人两年的工资买下它，在这偏远的小镇，一架旧显微镜，几缸金鱼，一轮烈日，我拥有了自己的实验室。我又可以继续我的"金鱼试验"。李约瑟曾经问过我，布鲁塞尔有那样好的实验室，你为什么偏要到这样的荒地里进行试验呢？为什么？因为——这是我的祖国。

二　丫 我见过他们，在小巷里，在街边，在我们的饭店，我原以为他们，包括你们，都不太能吃这个苦，没想到你们还能做这么了不起的事情。

管星逸 在这场战争中，我们每个人都是战士，在前线的人奋勇御敌，在后方的人守护家园，所以我相信，我们一定会胜利！属于中华民族的自由与强大也一定会来临！二丫，到时候我带你去看看我们的祖国，去江南、去草原、去海边！你还记得我说过吗？读万卷书，行万里路，你一定要走出去看看我们的山河，去经历不一样的人生，才不枉在这世间走一遭啊！

二　丫 其实我觉得，不管在哪里，只要能在你身边，我就很开心。

管哥哥,你一定要回来。不过,你忘记回来也没关系,我知道你住长江的那一边,我顺着长江一直往下,就能找到你了。(从怀里掏出一个荷包)这个本来说绣完再送你的,来不及了,给。还有这块手绢,我帮你要回来了。

管星逸 对了,那天在慧光寺门口,你为什么那么笃定那块手绢是我的?

二 丫 我起初不知道是你的,但知道一定是你们学生们的。到了一看失物招领,那不就是我绣的花吗?而且这个失物招领也写得很奇怪,分明就像个圈套,所以我灵机一动,就自认下来啦。

管星逸 二丫,从我认识你的时候觉得你还是个小孩子,四年时间,你已经成长了很多。

二 丫 如果不是你教我识字、教我背诗、给我讲你们的故事,我或者还是以前那个一天到晚只知道疯玩的二丫,也不会在心里……(二丫打住话,不好意思地瞟了一眼管星逸)

管星逸 二丫,以前你不是问我那首词吗?今晚我就教你,好不好?

二 丫 好!

管星逸 我住长江头,君住长江尾,日日思君不见君,共饮长江水。此水几时休,此恨何时已,但愿君心似我心,定不负,相思意。

二 丫 (喃喃)但愿君心似我心,定不负,相思意。(就着酒坛喝一口酒,递给管星逸)但愿君心似我心,定不负,相思意。管哥哥,干!

〔切光。

第九场

[光起,码头。人们送别学生,出发的汽笛声响起,管星逸迟迟不上船,在人群中寻找二丫。哑巴跑来连比带画,星逸不懂。郝富贵见状过来。

郝富贵 哑巴说,二丫被爸爸关在家里,出不来了。二丫让你一定要平平安安回来。

管星逸 老李怎么会这样? 他把二丫关在家里干吗? (有同学催促管星逸登船)二丫有没有事啊?

郝富贵 (继续为哑巴翻译)二丫没事,就是被老李知道昨晚她和你在河边喝酒聊天,被教训了。我们会好好照顾二丫,你放心吧! (补充)我向你保证,我再也不会欺负二丫了。

管星逸 好,好,拜托你们了! 马上开船了,我走了! 哑巴,谢谢! (对郝富贵)谢谢!

[管星逸登船离开,二丫与龙嫂跑上来,二丫只见到远去的船影。

二 丫 管哥哥,管哥哥! 我等你回来! 等你回来!

[二丫哭着,龙嫂把二丫抱住。切光。
[第二年夏天,河边,二丫与哑巴并肩而坐。

二 丫 我爹托人给我说亲,(哑巴点头)就在明天? 店子里? (哑巴点头,二丫焦急地)我爹也太心急了吧! 我才不嫁人! 你说,我怎么办? (转头问哑巴,见哑巴目光看向远处)你在看什么? (哑巴有点不好意思地,二丫随哑巴看向的地方望过去)女学生在河里游泳嘛,管星逸说,这在外面很正常,你们别老是像看西洋镜一样。对了,我有办法了!

〔二丫跑下，哑巴跟下。

〔河边树下，一群村民在纳凉。

群众甲 (神秘带点兴奋)哎哎，今天我看那些女学生在河头洗澡，又多一个人！

群众乙 多个人有啥子稀奇的？

群众丙 那些女学生在河头洗澡——哦，他们说叫啥子——游泳，这又不是一天两天了。

群众甲 那个人，是我们镇上的女娃娃啊！

众 (好奇地)哪个？

群众甲 留芳饭店李老板的女娃子！

众 啊！(议论纷纷)这个李二丫在想啥子？白日黄天的下河洗澡，这样子还嫁得出去啊？啥子时代了，人家女学生不是一样下河洗澡吗？人家是大地方来的，能和我们小地方一样吗？

〔换场，留芳饭店。老李生气地坐在饭桌前，李二丫站在一旁。

老　李 我一大早开始准备，就等着说亲的人来，结果人家不敢来了！

二　丫 她……她不来，和我有什么关系？

老　李 好好生生的，你和那些女学生去河里洗啥子澡？你是女娃娃！

二　丫 她们还不是女娃娃！

老　李 她们是下江人！她们有知识，能服人！她们早晚都要离开的！你能和她们比？

二　丫 有什么不一样？我们都是平等的，都可以去过自己想要的生活！

老　李　别说那些我听不懂的！成天跟在她们后头,学些啥子自由、平等？你还没那个命！

二　丫　管哥哥说了,这个世界会发生很大很大的变化,只要我们有知识、有勇气,我也可以过上他们那样的生活。

老　李　别给我提你那个管哥哥！那天晚上的事——也不怕别人说闲话！

二　丫　允许你们给学生们饯行,就不许我给他饯行？

老　李　爹知道,女儿大了。所以我想着,给你找一户好人家……

二　丫　(又急又恼)我不嫁人！

老　李　说什么傻话？哪个女娃娃长大了不嫁人？

二　丫　我就守着爹,守着饭店！

老　李　别以为我不知道你心里想的什么,他不会回来了！就算打了胜仗,他们也不会回来了。

二　丫　就算,就算他不回来,我也不嫁人！(二丫话音未落,挨了老李一巴掌)

老　李　我是你爹,嫁不嫁人我说了算！从明天起,哪儿也不准去,大堂也别来帮忙,直到你想通为止！

　　　　〔二丫哭着要跑下时,哑巴冲上来,拖着二丫欲往外面跑。
　　　　〔老李把哑巴拦着,哑巴激动地比画。隐隐听到外面有人在喊"我们胜利了！我们胜利了！"
　　　　〔三人站住细听,更清楚地听见更夫敲着竹梆喊:"日本投降了！我们胜利了！"

二　丫　(问哑巴)抗战胜利了？(哑巴点头)

老　李　我们打胜仗了？(哑巴点头,老李一蹦而起,马上将店里的菜装在竹筐里,对哑巴和二丫说)把这几坛酒带上,还有这些菜,我们去江边!

［江边开阔的河坝已经聚集了不少人,有当地群众,有同济学生,有中央研究院的先生们,大家敲着脸盆,扬着随手抓来的床单,一边舞,一边敲,一边喊:"胜利了,胜利了,我们胜利了!"

［草龙舞舞起来了,人们拥抱在一起,边哭、边笑、边喊:"中华民族万岁!""胜利万岁!"

尾 声

［悠长的汽笛声后,读书声、木屐敲打着石板路的声音、吆喝声渐渐远去。二丫从小镇深巷里走出来,目之所及,慧光寺门口、刘家院子、南华宫等学生和先生们的身影在一一淡去。二丫与哑巴来到河边黄葛树下,仿佛又听到当初二丫接到管星逸时所说的话。"上次你们走了以后,那些菩萨、牌位我们搬了大半个月才弄归一。我们镇不大,小半天就走完了。不过巷子很多,弯弯绕绕的,外面来的人就容易迷路……对了,你叫什么?""我叫管星逸,你呢?""李二丫,他们都叫我二丫"……

二　丫　(喃喃)走了,都走了。龙嫂、筱蘡姐,还有他们……罗大爷说,他们是天上的魁星,下凡到李庄,等抗战胜利,他们就回去了。你说,他们还会回来吗?(哑巴摇头)他不是说,等我们胜利了,他会回来吗?(哑巴摇头又比画)我住长江头,君住长江尾,日日思君不见君,共饮长江水……你说,这条江有多长呢?(停顿,猛然站起)我要去找他,他说他的家乡就在长江那头,他说他妈妈上海等他回家,他说等战争结束了,要带我去看看上海、看看江南,我要离开这儿,马上!(哑巴焦急地比画)不要担心我,我现在能识字,我还有手艺,我能养活自己!如果我没有找到他,我就回来!

〔二丫跑下,只剩哑巴在黄葛树下呆立,光渐弱,民歌《槐花几时开》唱起。

〔剧终。

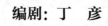

百字剧五则

陪　伴

　　小美发现父亲患上阿尔茨海默症,常将陌生人认成已逝母亲。于是她和丈夫定期陪父亲见雇来的"母亲",听他讲述家庭往事。一次偶然,小美发现父亲是装病,遂又回到忙碌的工作状态。父亲故伎重演,小美粗暴指责,检查单却显示这次是真病,小美痛哭流涕。医生丈夫揭露了真相,父亲生病仍是假,索取陪伴是真。

军功章

　　刘小诚单位竞选,得知领导喜爱军事收藏,偷将爷爷的军功章当礼品送了过去。不料,退役军人事务局上门登记老兵信息,刘小诚用各种招数试图隐瞒真相。在登记人员的询问中,大家被带回了爷爷那段惊心动魄的战争回忆中,也得知了这枚军功章的珍贵。正当刘小诚惭愧懊悔之时,领导送回了包装盒里的军功章。

爱的选择

大学生张茹和军人大林从鸿雁传书到日久生情,双方约定毕业就结婚。张茹赴南方实习,大林外出任务时,他父亲突然离世,母亲遭打击而中风。老乡小丽伸出援手,大林迫于老家的压力与小丽完婚,张茹难以接受。大林的母亲仍不久离世,大林在痛苦中想与张茹保持联系,张茹却在生活历练中理解了大林,选择相忘江湖。

暑期计划

张一飞酷爱看美国大片,崇拜超级英雄,暑期活动中渴望得到去美交流的机会,却接到去军属王小鹏家体验生活的任务。为了拿到优秀,他帮助小鹏照顾弟弟,陪王爷爷练书法国画,听王奶奶讲神话传说,还见到了回乡探亲的小鹏爸爸。第二年暑假他主动放弃去美国的机会,选择去军营中历练成长。

拯救小城

王小虎做数学题粗心大意,老师批评却不以为然。一次偶然,他掉入了一座美丽却又混乱的小城,在帮助维护秩序的过程中,发现竟然是自己做错的数学应用题在小城里得到了对应发生。他回去后,在学习上认真仔细,小城却仍改观不大。于是他在学校发起活动,和小朋友们一起拯救并守护起小城平安。

千字剧三则

分　手

时　间　当代

地　点　怡人婚庆公司

人　物　潇　潇　女,24岁,文艺女青年,性情中人

　　　　　赵　明　男,25岁,IT男,精打细算

　　　　　大　叔　男,45岁,婚礼策划师,平和有趣的大叔

[门牌上"怡人婚庆"四个大字,赵明在一排整齐挂好的婚纱前穿梭。

赵　明　这里的婚纱款式还挺多,不过我女朋友肯定会直接挑出最贵的那件!

[潇潇背包上,神情略显凝重。

潇　潇　赵明!

[赵明闻声藏进婚纱中。

潇　潇　(环顾四周)奇怪,刚才还听见他说话的。

[赵明忽然从婚纱中钻出,披着头纱。

赵　明　宝贝,我在这儿呢!

潇　潇　快别闹了。

[赵明摘下头纱,两人坐到一张圆桌前。

潇　潇　怎么定在这儿见面?

赵　明　给你一个惊喜啊！我调研了一星期,这家婚庆公司性价比最高,新年第一天首单打 65 折,我刚才都交定金了！还告诉你个好消息！

潇　潇　什么消息?

赵　明　上次你看中的那家价格坑人的婚宴酒店,我也托人订下来啦！饭菜、酒水都打 8 折,开心吧！

潇　潇　这么快就订好啦,其实……不用了。

赵　明　怎么又不用了,上个月可是你撂下的话,要是不在那家酒店办婚礼,这婚你就不结了。

潇　潇　是的,我不想结了……

赵　明　傻瓜,我是说我搞定那家酒店啦,不敢相信吧！(伸手要摸潇潇的头)

潇　潇　(躲过赵明的手)赵明,我想了很久……我们分手吧！

赵　明　你瞧你又多心了吧? 要是不喜欢那家了更好,咱再挑性价比更高的！

潇　潇　还要接着挑? 我受不了啦！赵明,我要的生活不是这样的！

赵　明　那你到底要哪样?

潇　潇　我们……还是分手吧！(起身欲走)

赵　明　潇潇！(起身)

　　　　〔大叔上。

大　叔　嗨,宝贝,这是怎么了?

赵　明　你敢叫她宝贝? 你谁啊?

大　叔　自我介绍一下——大叔大叔魅力大,小姑娘们爱找他！(指向自己)

赵　明　好你个潇潇,原来另有新欢啦！

潇　潇　你脑子不好吧,这是你找的婚庆店!

大　叔　小伙子别瞎说,我是前台给你们安排的VIP婚礼策划师。

赵　明　婚礼策划师,中年大叔?

大　叔　大叔怎么了,我们成熟稳重、经验丰富、饱经风霜、历久弥新……

赵明、潇潇　(异口同声)不需要了!

大　叔　不需要了?

赵　明　是的,婚礼被她取消了。

大　叔　(坐下)哈哈,像你们这样的年轻人我见多了。跟大叔说说,你是怎么想的?(看向潇潇)

潇　潇　还有这个必要吗?

赵　明　有必要,我想知道!

大　叔　坐下好好谈谈吧!

　　　　〔赵明、潇潇不情愿地坐下。

潇　潇　我感觉他变了,不像从前那么爱我了。我想分手!

赵　明　我变了? 为了给你一个满意的婚礼,我连续一个月挑灯夜战、实地考察,金马饭店、开元酒店、萧山宾馆;成都婚庆、亚马婚庆,还有这家——(望向门牌)怕人婚庆,我快从IT精英变成婚庆精英了!

大　叔　小伙子你眼神不好吧,我们家叫——怡人婚庆。

潇　潇　是的,你是很细心。可你为什么不尊重我的选择,每次我都挑好了,你还是要货比三家、四处对比。

赵　明　我们是要过日子的,潇潇你也要学会……

潇　潇　(打断)买房选个楼层是这样,装修挑个灯具也这样,买家具、家电更是比个没完,你就不能直接选我喜欢的吗? 婚礼酒店我当场就看中了,你还硬是又挑了一个月!

赵　明　那家坑人的酒店一桌饭菜 8800 还不包括酒水,可是最终我还是定下来了啊!

潇　潇　如果价格谈不下来,你是不会定的!

赵　明　潇潇,我尊重你的选择,但这些事总要精打细算、统筹规划吧!

潇　潇　你把结婚搞得像你做项目一样,可项目年年有,我的婚礼只有一次,我不想我的生活这么磨磨唧唧!

赵　明　(转向大叔)你看她,好心当作驴肝肺! 我们是要过日子的啊!

潇　潇　我不想这么过了,太累了!

大　叔　小伙子,你是男人,主动说声抱歉,缓和一下气氛嘛!

赵　明　她才没那么容易缓和。

大　叔　你先试试看啊!

赵　明　好吧! 对不起,潇潇,我有些……

潇　潇　这种事,你说对不起有用吗,说了很多次了,你不会改的。

赵　明　我费心费力还要道歉,我容易吗?

潇　潇　对,这样我们都很累,还是分开吧!

赵　明　分开就分开,我也没什么好留恋的!

潇　潇　也许这是最好的选择……(掏出纸巾抹泪)

赵　明　行!

　　　　[赵明从包里翻找出定金单,递给大叔。

赵　明　大叔,这婚我们不结了,请退回定金吧!

大　叔　(推回)这个嘛……你们能帮大叔一个忙吗?

赵　明　不能退定金?

大　叔　那倒不是,但你们是我公司新年第一单,这刚见过我就要退
　　　　订单,不太好吧。

潇　潇　我们和平分手了呀!

赵　明　还真是和平……

潇　潇　哼!

大　叔　半小时前才交的定金,见了我就一拍两散,又是新年首单,
　　　　这在我们婚庆圈里是很忌讳的。传出去,我这婚礼策划师
　　　　变成分手大师啦!

赵　明　难不成还要为了你而结婚?

大　叔　你们今天先当着大家的面,把各项环节走一下! 等我接到
　　　　新单子,你们再来跟前台说婚礼取消。怎么样?

潇　潇　分手了,哪还有心情做这些?

大　叔　实在不愿意我也不勉强,一会儿出了这个门儿,你们就要一
　　　　别两宽咯。

赵　明　我愿意! 潇潇,我们在一起4年,这可能是一起做的最后一
　　　　件事了!

潇　潇　好吧,就当再做个梦,也圆我自己一个梦。

大　叔　来来,先选婚纱。二人开开心心的,就当你们明天结婚!

　　　　［二人随大叔走到婚纱展示柜前。

大　叔　这些都是最新款,每一件穿上都风情万种哦!

潇　潇　你要不要先看看价格?

赵　明　瞧你说的,以前给你挑礼物,我啥时候看过价格?

潇　潇　是啊,可自从筹备结婚你就磨磨唧唧、本性暴露,是觉得我
　　　　没得跑了吧!

赵　明　明明是你变了! 以前挺善解人意、知书达理的姑娘,一挑起

结婚用品,不是选最贵的就是最奇怪的,而且看好必须三分钟就定下来!

潇　潇　怎么了,我喜欢不就行了吗? 你呢,张嘴就是"性价比,性价比"!

大　叔　(假装不耐烦)哎呀小朋友们,选哪件呢? 别忘了这只是假定婚礼啦!

潇　潇　就这件吧,我想试试可以吗?

大　叔　行吧!

　　　　[潇潇穿着婚纱从试衣间走出来。

赵　明　真美,我的——(反应过来,清嗓子)咳,我是说,前——未婚妻……

大　叔　(翻开价目表)真有眼光,这件礼服 6000 元一天,送伴娘服一套。

赵　明　6000 元租一天? 这是抢钱啊!

大　叔　是的,6000。

潇　潇　虽然挺满意的,但确实有点……太贵,再换一件看看吧。

大　叔　小朋友,假定婚礼啦!

潇　潇　假定婚礼我也要认真地挑,下次结婚还不知道啥时候呢!

赵　明　就这件吧,难得你真心喜欢,我就想看你穿着它!

大　叔　(无奈)得,你俩还真演上了!

潇　潇　你不过日子啦?

赵　明　反正——也不能和你过日子了。

　　　　[潇潇回头瞪赵明。

赵　明　其实贵点也无所谓,这三年里我一直幻想你为我穿上婚纱的那一刻。

[潇潇转身抹泪。

大　叔　好的,就这件啦! 再来选一下你们的婚礼风格。

[大叔打开大屏幕,一一展示。

大　叔　我们家的婚礼风格是相当全的,这些都是之前新人的婚礼
实例,有清新森系主题、有浪漫星空主题,还有童话城堡主
题、乡间田园风,等等,看你们喜欢哪种?

赵　明　看花眼了!

大　叔　很多新人喜欢这套童话城堡主题,看这造型——王子和公
主……

潇　潇　赵明,这些年你一直很细心,连我爸妈都照顾得很好。我还
以为我会永远是你的公主呢。

赵　明　我当然要对你好,那年我出车祸,你把出国进修的机会都放
弃了。还有那次……

潇　潇　赵明,其实一开始我想的是,只要和你在一起,什么形式的
婚礼,甚至办不办婚礼,我都无所谓。

赵　明　我知道,你是个好姑娘,不是爱慕虚荣的人。所以我总想把
我们的生活打理得井井有条,也向你证明我的能力。

潇　潇　我也不知道为什么,越临近结婚越是想无理取闹、任性而
为,就想试试你会不会一直在乎我?

赵　明　其实曾经我也觉得,只要你喜欢,不论付出多大代价我都想
给你。

大　叔　哈哈! 现在呢,要不要为她选这个8万8的哥特奢华主题
婚礼?

赵　明　潇潇她不喜欢这种,不然8万8我可以考虑一下。

大　叔　你不精打细算做规划啦?

潇　潇　赵明,还是你看看价格选一下吧。

赵　明　你来挑吧,看你喜欢的。

大　叔　哈哈,小姑娘你也看起价格啦？选哪个？

潇　潇　那——就这套乡村田园主题吧！

赵　明　这风格让我想起那年在农村支教,我们相识的场景。

大　叔　你们啊,可不要"等到风景都看透,才想陪对方细水长流"。
　　　　　(哼起歌来)有眼光,这套主题性价比高、实景效果好。套餐
　　　　　里还有很多细项,要仔细看看吗？

潇　潇　当然要,我也不想花冤枉钱。

大　叔　帅哥,也过来一起看看。

赵　明　潇潇喜欢就行,我不想再计较这些了。

潇　潇　(欣喜)赵明……

赵　明　就这么定了。

大　叔　完美,搞定婚礼所有流程,还是你们商量一致的结果。订单
　　　　　下好了,等我通知你们,下次直接去前台登记取消就行。

赵　明　那我们……

大　叔　你们可以走了,两位小朋友再见！
　　　　　〔赵明、潇潇坐着不动,局促不安。

大　叔　(对赵明)咦？你怎么还不走？

赵　明　我……

大　叔　(对潇潇)你怎么也不走？

潇　潇　我……

大　叔　哈哈,两位要是一直用这种平常心态办婚事,就不会导致分
　　　　　手吧？

潇　潇　(坚定)赵明,我不想分手了！

赵　明　（欣喜地）潇潇,我也没想分手!（握住潇潇双手,两人羞涩)

大　叔　其实啊,你们都经历过两人生活中的重重考验才决定携手
　　　　一生的,为什么还要用结婚前的这些小事来考验对方的真
　　　　心呢?

赵　明　大叔,你说得对! 定金不退了,我们的婚礼就这么办!

大　叔　（故作惊讶)真的?

潇　潇　真的!

大　叔　没问题,新年第一单,我再给你们申请折上 9 折!

赵　明　太好啦,我们请你去吃喜酒!

潇　潇　哦耶!

　　　　〔二人激动拥抱大叔,造型。

　　　　〔剧终。

门

时　间　阳光明媚的上午

地　点　某小区居民楼

人　物　李大姐　女,45 岁,小区工作人员
　　　　小　陈　女,22 岁,小区工作人员
　　　　小　刘　男,30 岁,住户
　　　　张大爷　男,72 岁,原住户
　　　　前房主　男,50 岁,原住户

　　　　〔小陈蹦蹦跳跳上,李大姐气喘吁吁跟在小陈身后。

小　陈　（看门牌)603 室,李大姐,六楼到啦!

李大姐　（喘气)年轻人就是有劲儿! 一大早电梯停电,累死我了!

小　陈　您慢着点儿！哎呀，这门还真没关上，就虚掩着。

李大姐　这个小刘，每次不是丢了手机就是忘了钥匙，这次连家门都没关上。

小　陈　还真有家门忘关的人，(掏手机拍照)拍照发个朋友圈，嘿嘿！

李大姐　小陈，把备用钥匙掏出来，帮他把门锁上。

小　陈　哦，好！(收起手机，掏出钥匙锁门)

李大姐　(掏出手机打电话)小刘，我是社区李大姐，你这粗心大意的毛病啥时候能改改，门真没关呐！幸亏咱们这儿治安好……哦，你要开会啦，好好好，下次一定注意啊！

小　陈　门锁好了，我们走吧！

李大姐　好，我们回去筹备一下小区义诊的事儿。

　　　　[二人聊着天欲下楼，门内传来"咚咚咚"捣鼓门锁的声音。

李大姐、小陈　(同时回头)咦？

　　　　[门内再次传来"咚咚咚"捣鼓门锁的声音。

李大姐　(对小陈)听见没？里面有人！

小　陈　(惊吓地往楼下跑)啊呀呀，我昨晚才看过一部恐怖片叫《门内有人》!

李大姐　欸欸，快回来，你李大姐还在这儿呢，大白天的怕啥？

小　陈　我胆儿小，从小连蚂蚁都不敢踩。

李大姐　把钥匙拿给我吧！

　　　　[小陈递上钥匙，迅速躲到一边。

李大姐　(紧张地一步步挪到门前开锁，故作镇定)不是大姐说你，就你这胆子怎么在物业服务大家呀？

　　　　[张大爷突然从门内走出，四目相对。

李大姐、张大爷　啊呀呀!

　　　　　[李大姐吓得躲到小陈身边。

小　陈　别怕别怕,是个老爷爷。

张大爷　你们锁我家门干吗,我正要出门呢!

李大姐　大爷,这是603室,您没走错门吧?

张大爷　603,没错儿,这是我儿子家!

小　陈　哦,您是小刘哥的爸爸呀!他今早门没……

　　　　　[李大姐拉拉小陈袖口,小陈赶紧住口。

李大姐　我们是小区工作人员,来帮他看看家,没听小刘说您要
　　　　　来呀?

张大爷　今天是我儿子生日,我来给他一个惊喜!

小　陈　原来是这样啊,小刘哥总是粗心大意的……

李大姐　(打断小陈)没事就好,那大爷我们走了哈!

张大爷　好的好的,再见!

　　　　　[张大爷关门。

小　陈　没事了,李大姐我们回去吧!(蹦跳着下楼)

李大姐　(紧张)慢着,回来!

小　陈　啊?又怎么了?

李大姐　从去年我调过来以来,从来没见过小刘爸爸。这大爷说要
　　　　　出门,怎么又进去了?

小　陈　做贼心虚?会不会是抢劫杀人的在逃犯藏进居民楼?这剧
　　　　　情我在电影里见过!

李大姐　我们在门口观察一下,看看到底怎么回事儿。

　　　　　[门开,张大爷看到小陈、李大姐。

张大爷　你们怎么还在门口呢?

小　陈　我们……找隔壁李婶,她家——

李大姐　她家下水道堵了,大爷您去哪儿啊?

张大爷　我去买点我儿子爱吃的菜,今天给他好好过生日。

李大姐　那大爷您慢点儿。

张大爷　好嘞,你们这管理还真负责。

　　　　[张大爷下。

小　陈　李姐,我们还要不要报警?

李大姐　这会儿又看不出啥情况了。

小　陈　他不是逃犯?

李大姐　你想啊,做贼哪有大大方方走出来的,小区监控都拍着呢!

小　陈　那肯定就是小刘哥爸爸咯,我们回去吧,别在这儿耽误时间了。

李大姐　行,我们走吧! 你把小刘的备用钥匙收好。(把钥匙递给小陈)

　　　　[李大姐、小陈欲下,张大爷上。

小　陈　大爷,您怎么又回来了?

张大爷　我忘了要下楼干吗?

李大姐　不是说去买菜嘛!

张大爷　哦,对! 去买菜,那我买菜干啥?

小　陈　不是给小刘哥过生日吗?

张大爷　(拍腿)哎呀,今天是我儿子 50 岁生日。

小　陈　(惊讶)小刘哥……50 岁?!

张大爷　不去了,不去了,菜市场我也找不着。(摸口袋)咦? 我没带钥匙。

小　陈　大爷,我给您开门。

李大姐　慢着——(警惕)大爷,您还是给小刘打个电话拿钥匙吧!

张大爷　打电话?(在口袋掏来掏去)我也没有手机啊,只有一张
　　　　名片。

李大姐　拿给我看看! ——(读卡片)张荣成,72 岁,夕阳红老年
　　　　公寓?

小　陈　大爷,您平时住老年公寓啊?

张大爷　我? 我忘了住哪儿了……

李大姐　那您儿子叫什么?

张大爷　叫张……张什么来着,哎呀,怎么想不起来了!(焦躁)

小　陈　这可怎么办呀!

李大姐　不行,我得赶紧打个电话!(看卡片)——喂,是夕阳红老年
　　　　公寓吧,你们是不是有位叫张荣成的老人。对,他在我们这
　　　　儿。他也是走失到你们那儿的? 好的,好的,我们这就把他
　　　　送回去,再见!

小　陈　大爷,您走错地方了。

李大姐　老年公寓正到处找您呢,我们送您回去吧!

张大爷　那可不行,我还没给我儿子过生日呢!

小　陈　大爷,小刘哥肯定不是您儿子。他不姓张,还不到 30 岁,还
　　　　没结婚呢!

李大姐　是啊,咱们走吧!

张大爷　(抱着门)不走,我不走! 我要见我儿子!

小　陈　这可怎么办啊?

　　　　[手机铃声响。

李大姐　喂,小刘啊,会开完啦? 请我吃饭就不用啦,有个新情况。
　　　　你家进来一位走失老人,说是给儿子过 50 岁生日的。啊?

哦！哦！好的,你抓紧!

小　陈　(安慰)大爷别着急,我们会帮您找到家的。

李大姐　有线索了,小刘说可能跟前房主有关,他这就联系看看。

小　陈　太好了!大爷,您耐心等等。

张大爷　哎,我就是想来给我儿子过个生日。

　　　　[手机铃声响。

李大姐　喂!对,老人叫张荣成,好的,不客气,不客气!(挂电话)对
　　　　上啦!老人的儿子就是前房主,他打电话说马上就来。

　　　　[小刘带着前房主上。

小　陈　小刘哥,你怎么回来了?

小　刘　你们在我家门口做了这么大的好事儿,我当然得回来!

　　　　[前房主上,看到张大爷热泪盈眶。

前房主　爸!

张大爷　儿子!

　　　　[二人拥抱。

前房主　爸!这几个月我们找遍了周边所有地方,可算找到您了!

张大爷　我就想给你过个 50 岁生日,在我们老家这可是个大日
　　　　子啊!

前房主　太感谢你们了!这里曾经是我结婚成家的地方,老爷子花
　　　　了一生积蓄帮我一起凑的首付款,没想到他能找到这儿来。

李大姐　一家人能团团圆圆就好,这都是我们应该做的。

小　刘　来来来,进家说,你们也难得回来看看。一会儿我请大家
　　　　吃饭!

小　陈　哦,太好咯!(拍手)

前房主　谢谢,谢谢!

张大爷　给我儿子过生日……

　　　　［大家都开心地等小刘开门。

小　刘　(不停掏口袋)哎呀,我一着急,又把钥匙落公司了,还得请你们开门!

李大姐　你呀!(假装欲打小刘)

大　家　哈哈哈!

　　　　［造型。

　　　　［剧终。

互　换

<pre>
时　间　夜晚
地　点　某市马路边
人　物　张大柱　男,32岁,社会人员,爱慕虚荣,偷奸耍滑
　　　　李晓明　男,23岁,一线交警,实践经验少,但责任心强
　　　　王大爷　男,61岁,质检局退休干部,乐观热心
　　　　赵警官　男,30岁,派出所值勤民警
</pre>

　　　　［张大柱夹着皮包,从一酒店出来,哼着网络神曲,走到一辆车边。

张大柱　好嗨哟,感觉人生到达了高潮,感觉人生到达了巅峰……(准备开车门的手停在半空)哎呀,今晚高兴和兄弟们多喝了几杯,这……管他呢,还走那条人少的道,见鬼的可能性更大,嘿嘿!(把皮包扔到后座,上车启动,油门轰鸣)

　　　　［急刹车。

李晓明　(敬礼)同志你好,请靠边停车! 我们正在查酒驾,请配合

1482

检查。

张大柱　　（懊恼地捶方向盘）我的天,还真是活见鬼了,就不该走这条道。

李晓明　　同志,哪条道都要依法驾驶。道路千万条,安全第一条……

张大柱　　（不耐烦）得了得了,你说怎么配合? 我还有大生意要谈!

李晓明　　（从车窗递进酒精测试仪）同志,请吹一下。

张大柱　　吹一下是吧!（推开测试仪）我家净资产有三个亿,我爹人称合肥王健林,我呢,人称合肥王思聪。你看我这车气派不气派,我家还有三辆法拉利,别墅五千多平,那泳池……

李晓明　　小王同志,你打住。

张大柱　　什么小王同志,我姓张! 你不是让我吹吗?

李晓明　　同志,我是让你吹这个测试仪,检查你是否饮酒。

张大柱　　你个小穷警察还没完没了了,耽误了我五百万的大生意,你担得起吗? ——（看到李的制服标志）哟,是交警二支队的,你知不知道你们陈队长和我是同学。

李晓明　　你还认识我们陈队长?

张大柱　　有眼无珠了吧,我经常去他那儿喝茶。

李晓明　　那我还真不知道,这是我上班第一个月。

张大柱　　（窃窃得意）嘿,一看就是个新兵蛋子,真被我碰上了。

李晓明　　同志,那边还有我的同事,你还是先测试一下吧。

张大柱　　做做样子是吧,行,量你也不敢做啥!（吹气）

李晓明　　（看着仪器）血液中酒精含量70毫克每毫升,属于酒驾!

张大柱　　（紧张地四处张望）嘘,你要是不想被穿小鞋,就小点儿声!

李晓明　　请出示行驶证和驾驶证,立即下车接受进一步检查。

张大柱　　小侠们,你还翻脸不认人了,我让陈队长……

1483

李晓明 陈队长一直教导我们,任何情况都要依法依规办事! 请下车!

张大柱 我就不下车,你能把我怎样?

李晓明 这是最后一次警告,否则我要采取强制措施破窗了。(掏出破窗锤)

张大柱 哎呀呀,交警大哥手下留情,我这车窗可贵得很!

李晓明 那你赶紧下车!

张大柱 我下车,我这就下车……

李晓明 你还在干什么?

张大柱 (假装翻找)交警大哥,我的行驶证和驾照找不着了,麻烦你帮我看看可在后排的皮包里?

李晓明 (打开后车门翻看)包里没有。

张大柱 是不是一颠簸掉座椅下面了? 麻烦你再找找。

李晓明 (无奈上车,弯腰四处摸索)都找了,还是没有呢。

张大柱 (按下一键关门,一脚油门)走嘞!

李晓明 (赶忙抬头扶稳)同志,你这是干什么,我命令你停车!

张大柱 哼,谁让你敬酒不吃吃罚酒。

李晓明 你这是要往哪儿开? 酒驾危险!

张大柱 带你去见这片儿的一把刀——我爹王二虎,江湖人称三阎王,谁见了他都得敬五分。

李晓明 一把刀,王二虎,三阎王,敬五分? 顺口溜呢!

张大柱 你还真不上道,待会儿有你好看的! (拨通电话)干爹,我是张大柱。您儿子我遇到麻烦了,碰到一个狠人。

李晓明 一个狠人?

张大柱 对,经常一言不合就撕票啊!

李晓明	哦,那是依据交通法规开具处罚单。
张大柱	他还威胁说要砸我车窗,干爹您可得给我出出气,让他见识见识您的厉害!
	〔张将车开得飞快,两人在车上东倒西歪。
李晓明	(扶紧座椅)同志,开车不要打电话,"汽车开得快,阎王最喜爱"啊!
张大柱	闭嘴,你马上就要见阎王了!(继续打电话)什么,现在扫黑除恶形势严峻,让我好自为之? 哪儿还有您治不了的人,不是,干爹,干爹!
李晓明	同志,看来我见不上你爹啦,快停车吧!
张大柱	这下完蛋了,我把交警都给带跑了……
	〔张大柱开车一紧张,车身剧烈摇晃。
李晓明	小心! 你可能不了解这一片的路况,离医院很远!
张大柱	我要进局子了,我该怎么办,呜呜呜……
李晓明	同志,想想你还有笔五百万的大生意要谈,可别自暴自弃!
张大柱	这你也信,我就是每晚要买一张彩票。
李晓明	为啥?
张大柱	做个中五百万的好梦啊!
李晓明	还真是痴人说梦话,你赶紧停车吧!
张大柱	那……你要把我今晚酒驾的事一笔勾销才行。
李晓明	咱们好好谈,只要你先停下来。
张大柱	我把你放下来,你自个儿下车吧!(减速)
李晓明	你把我带这么远,也不管顿饭呐?(一手悄悄靠近手刹)
张大柱	(刹车)少废话,快下车!
李晓明	好嘞!(一边拉紧手刹,一边趁张不备,迅速将其拉下车)

张大柱　你个骗子,言而无信!(拿起皮包想跑)

李晓明　我倒成骗子了,不然你能下车吗?(逮住)

　　　　〔提着菜篮的王大爷闻声赶来。

王大爷　这是怎么啦?

张大柱　大爷,这人假冒警察,拦我车抢我包呀,救救我!

李晓明　你怎么倒打一耙?

王大爷　(放下菜篮)住手!假警察!

李晓明　大爷,您误会啦!

王大爷　别说话!常看到新闻里说,有穿警服戴警证的假警察在路
　　　　上行骗,没想到真给碰上了!我退休前可是质监局专业打
　　　　假的。

张大柱　您身手好,帮我控制住他,我赶紧开车去喊人来帮忙。

李晓明　千万别让他走!

王大爷　(拉住张)同志你别怕,现在是法治社会,我们打110。

张大柱　别呀,我开车去找警察!

李晓明　大爷,别听他的,快打110!

王大爷　你们到底哪个是真话?都把我绕晕了!哎呀,有辆警车经
　　　　过,警察同志快停一停!

　　　　〔一辆警车路过,警察从车上下来。

赵警官　大爷,这边发生什么事情了?

王大爷　是这样的……

李晓明　(递上警官证,敬礼)同志,你好!我是交警二支队李晓明,
　　　　这个人酒驾逃逸,涉嫌危险驾驶罪,一直设法逃跑。

赵警官　(翻看证件后,敬礼)你好!我是附近派出所的值班民警。

王大爷　他的证件是真的?

赵警官	对,是真的。
王大爷	哎呀,你是真交警啊,小伙子,对不住了!
李晓明	大爷,还要谢谢您发挥余热。怪我经验太少,才被他带上车转了一大圈。
王大爷	这家伙太狡猾了!
李晓明	除了酒驾,这辆车是改装的,牌照好像也有问题。
赵警官	(给张戴上手铐)那我们要好好调查一下!
王大爷	小伙子,你年纪轻轻,一眼就能看出这车的问题?
李晓明	(羞涩)不瞒您说,我家有一辆同款原装车,太明显了!
张大柱	原来你才是真正的富二代啊,还麻烦您帮我向陈队长求求情!
李晓明	你不是说和我们队长一起喝过茶吗?
张大柱	那是有一次出交通事故,陈队长好心给我泡了杯茶。
李晓明	你不是说你俩还是同学吗?
张大柱	哎,他那天带我学习了大半天的《道路交通安全法》。
王大爷	那你今天还明知故犯,太不像话了!
李晓明	对了,他还说他有个干爹叫王二虎,他们疑似涉嫌黑社会组织。
赵警官	王二虎? 我们在扫黑除恶专项行动中正调查他的情况,这是新的线索!
张大柱	天呐,完了完了……
王大爷	你还敢用恶势力威胁警察,胆子也太肥了吧!
赵警官	走吧! (对王)大爷,麻烦您跟我们去做个笔录。
王大爷	好嘞,我们走! 今天是我退休一周年,虽然打假打错了,但也算做了件好事!

李晓明　您为社会治安做了件大好事！

王大爷　（提起菜篮）好嗨哟，感觉人生到达了新的高潮！感觉人生到达了新的巅峰！

〔李、赵押着垂头丧气的张大柱走在前，王大爷跟随下。

〔剧终。

万字剧

儿童剧·家有二宝

时　间　当代

地　点　某市居民小区住宅楼内

人　物　妮　妮　8岁,家中姐姐,小学二年级学生

爸　爸　35岁,严父,工作繁忙的职场人士

妈　妈　34岁,慈母,休产假在家

奶　奶　65岁,和蔼慈祥,常来妮妮家帮忙照顾小朋友

姑　姑　30岁,心直口快,常来妮妮家看望家人

闹　闹　半岁,家中弟弟,刚出生的宝宝

朵　朵　8岁,邻居小朋友

邻居叔叔、邻居阿姨等

序　幕

[幕启,儿童房间里,柔和的台灯下,妮妮拿着《小学生睡前故事》坐在床头,妈妈挺着大肚子靠在妮妮身边。

妈　妈　好了妮妮,我们今天睡前故事就讲到这儿吧!（抚摸妮妮的辫子）

妮　妮　(合起手中书本)妈妈,我今天把同桌马小帅教训了一顿。

妈　妈　你俩不是好朋友吗? 怎么吵架了?（把书本放到旁边书桌上）

妮　妮　他居然说我妹妹一出生,我在家就完蛋了。他就是赤果果

1489

地嫉妒我。

妈　妈　（大笑,拍妮妮肩膀）哈哈,宝贝,那读"赤裸裸"! 他嫉妒你什么呢?

妮　妮　他家有个小弟弟,每天跟他抢玩具,还把他的作业本画得乱七八糟的。我跟他说,我可不一样,我马上就有一个妹妹了!

妈　妈　（把妮妮的手放在自己肚子上）你很想要一个小妹妹吗?

妮　妮　当然啦,我可以给她扎小辫儿,帮她做布娃娃的衣服,我那件《冰雪奇缘》的爱莎公主裙都可以送给她。哎呀,妈妈,我感觉到妹妹又在动! （瞪大眼睛左右端详妈妈的肚子）

妈　妈　你看他这么调皮,说不定是个弟弟呢!

妮　妮　（把头凑近妈妈肚子）不会的,她每次动静都很小,一定是个女孩子。我才不要什么调皮捣蛋的弟弟!

妈　妈　妈妈知道你一直想有个妹妹,其实不管是弟弟还是妹妹都一样啊,你都是大姐姐!

妮　妮　才不呢,一定是妹妹,是妹妹!

　　　〔爸爸走进房间,给妈妈端来热牛奶。

爸　爸　妮妮妈,快把牛奶喝了吧!

　　　〔妈妈接过牛奶,抿了一口。

妮　妮　爸爸,你怎么不给我喝牛奶啊!

爸　爸　你妈妈肚子里还装着小朋友,需要补充营养,再说你不是刷牙了吗?

妮　妮　她还没出生你就只想着她,难道马小帅的话也有一定道理?

爸　爸　妮妮,你在说什么呀?

妈　妈　不会的,妮妮,爸爸妈妈对你的爱不会减少,反而还多一个人爱你。

妮　妮　爸爸,真的是这样吗?

爸　爸　那是当然,爸爸妈妈会一直陪在你身边,家里以后会更加热闹的!

妮　妮　那爸爸,你还会是我的保护神吗?

爸　爸　你是爸爸的小棉袄,爸爸永远守护你!

妮　妮　那我们拉钩!（爬出被窝,跳下床）

　　　　〔音乐起,妮妮左右手分别勾着爸妈的小拇指,三人幸福欢快地舞蹈。

三　人　（唱)金钩钩,银钩钩,

　　　　　　　　我们一起拉钩钩。

　　　　　　　　小小指头勾一勾,

　　　　　　　　许下承诺全都有。

　　　　　　　　金钩钩,银钩钩,

　　　　　　　　我们一起拉钩钩。

　　　　　　　　小小指头勾一勾,

　　　　　　　　多么幸福一家三口。

爸　爸　(兴奋地伸出拳头)马上我们就是一家四口啦,哦耶!（和妮妮击掌）

妮　妮　小妹妹快出来,我要跟你拉钩钩!（双手来回轻轻戳妈妈肚子）

妈　妈　(摸着肚子)哎哟!

妮　妮　妈妈,你怎么啦?

妈　妈　哎哟……我感觉一阵一阵的痛,恐怕是要生了。

爸　爸　那我们赶紧去医院,妮妮在家乖乖的,我给奶奶打个电话,让她来陪你。(扶着妈妈急忙下)

妮　妮　(朝着背影)爸爸! 妈妈! ……妹妹!

第一幕

[餐桌上摆着一碟包子和一杯牛奶,妮妮披散着头发,坐在桌前慢吞吞地吃着,若有所思。奶奶系着围裙,端来煎蛋。

奶　奶　妮妮,别发呆了,快把煎蛋吃了。

妮　妮　奶奶,都一个星期了,什么时候才能见到妈妈和小妹妹啊?

奶　奶　乖乖把早餐吃完,奶奶就带你去医院接他们回来。

妮　妮　(高兴地蹦起来抱住奶奶)真的吗?

奶　奶　奶奶还能骗你不成,快吃吧,一会儿都凉了。

妮　妮　哦耶,太棒啦! (坐下大口吃早餐)

奶　奶　一会儿到医院,妮妮要安静一点,你妈妈是高龄产妇了,做完手术身体很虚弱。

妮　妮　奶奶,我吃完啦,我们走吧! (嘴里塞满食物,含混不清)

奶　奶　瞧你,快喝点牛奶,别噎着了。(嗔怪着递上牛奶)

妮　妮　(摇着奶奶手臂扭来扭去)奶奶快走吧,我等不及了!

奶　奶　(解下围裙)好好,小乖乖,我们走!

妮　妮　等等! (飞奔到沙发上拿起芭比娃娃抱到怀里)带上这个。

奶　奶　你都上三年级了,去医院还抱个娃娃干啥?

妮　妮　这是上个月过生日,大姨买给我的,我把她送给妹妹,和她一起玩。

奶　奶　（摸摸妮妮的头）妮妮真懂事，知道做姐姐了，不过你妈妈生
　　　　　的是……哎呀，头发还乱糟糟的，奶奶帮你扎上小辫儿吧！

妮　妮　好吧，奶奶你可要快点儿！

　　　　〔妮妮取来梳子和发卡，抱着芭比娃娃坐在奶奶身前。

奶　奶　（仔细地梳理头发，编辫子）这头发真是又顺又滑。

妮　妮　（骄傲）我们老师都说，班里数我的辫子最长最好看。以后
　　　　　我也要给小妹妹扎辫子。

奶　奶　好了，我们走吧！

妮　妮　（摸摸自己的辫子，蹦起来）真好看，哦，去见妹妹咯！

奶　奶　（从口袋掏出一个大圆圈棒棒糖，递给妮妮）记着啊，一会儿
　　　　　去医院要安静，不要黏着妈妈。

妮　妮　知道啦知道啦，奶奶！（抱着娃娃，高举棒棒糖，摆造型）"甜
　　　　　滋滋轻飘飘，我带你飞！"（冲出家门）

　　　　〔音乐起，一路上有小花、小草、小鸟、小猫、小狗、太阳公公、
　　　　　白云妹妹、小区门口的保安叔叔、指挥交通的警察叔叔，妮
　　　　　妮与他们一一相逢，边舞边唱。奶奶在身后慢慢走，慈爱地
　　　　　看着他们。

妮　妮　（唱）太阳公公起得早，

　　　　　　　　天气晴朗心情好。

　　　　　　　　蓝天白云阳光照，

　　　　　　　　小花小草微微笑。

　　　　　　　　小猫畅快伸懒腰，

　　　　　　　　小狗欢快尾巴摇。

　　　　　　　　保安叔叔早上好，

　　　　　　　　我走出小区往医院跑。

　　　　警察叔叔早上好，

　　　　过了绿灯我争分夺秒。

　　　　转眼医院在眼前，

　　（回头喊）——奶奶，医院到啦！

　　（唱）等我见到妈妈不吵不闹，

　　　　　见到妹妹给她一个大大的拥抱！

　　　〔医院病房外。

奶　奶　（气喘吁吁）你这孩子,跑这么快！

妮　妮　（兴高采烈地一边回头,一边蹦跳）奶奶,您快点儿！

　　　　〔另一头,姑姑匆匆走过来,和妮妮撞个满怀。

妮妮、姑姑　哎哟！

姑　姑　（把妮妮搂到怀里,对奶奶）妈！（摸妮妮额头）瞧这孩子一
　　　　头的汗！

奶　奶　嗨,她跑得我都追不上。

妮　妮　姑姑,你怎么来啦?

姑　姑　接你妈妈出院啊,走,我们进去。

　　　　〔三人走进病房,妈妈靠在床头吃早饭,爸爸站在旁边的婴
　　　　儿床前。

爸　爸　你们都来啦,快来看看小宝宝,他刚睡醒！

　　　　〔奶奶和姑姑围到婴儿床边,和爸爸一起逗宝宝。

姑　姑　（兴奋）哎呀,看这孩子多可爱,脸蛋粉嘟嘟的！

奶　奶　是个双眼皮大眼睛的小天使！

爸　爸　长得像我吧,哈哈！

　　　　〔妮妮呆呆地独自站在床前,望着妈妈。

妈　妈　（放下碗，微笑着伸开双手）宝贝，快过来！

妮　妮　（含泪扑进妈妈怀里）妈妈，我想你！

妈　妈　妮妮乖！快去看看你弟弟！

妮　妮　（愣住）不是小妹妹吗？（手中的娃娃落到床上）

爸　爸　（抬头望向奶奶）妈，你还没告诉她？

奶　奶　来了不就知道了嘛！

妈　妈　有个小弟弟也很好啊，等他长大了可以保护姐姐呢！

妮　妮　（望着婴儿床）他真丑，浑身红彤彤、皱巴巴的！

爸　爸　你这孩子，你刚出生也长这样！

妈　妈

奶　奶　哈哈哈！

姑　姑

　　　　〔婴儿啼哭，奶奶将其抱起来摇晃。妮妮望向旁边堆满的各
　　　　式礼品——奶瓶、玩具、服装等婴儿用品，走过去摆弄起来。

妮　妮　（兴奋）妈妈，你住院能收到这么多礼物啊，比我生日收到的
　　　　还多呢！可以送给我吗？

爸　爸　好多都是送给你弟弟的，是小宝宝用的东西。我好不容易
　　　　整理打包好，你可别翻乱了！

妈　妈　妮妮，这些确实是大家送给弟弟的，你长大了用不了。

妮　妮　（失落地放下礼盒）这么多都没有我的……

姑　姑　我也带礼物来咯，当当当——

妮　妮　大红包！（妮妮伸手准备去接）

姑　姑　这次可不是给你的！（将红包塞到宝宝衣服里）是给你弟弟
　　　　的见面礼。

　　　　〔妮妮又失落地放下手。

妈　妈　我替宝宝谢谢姑姑啦!

妮　妮　呜呜……

　　　　[妮妮再也忍不住,哇哇大哭。大家赶忙上前安慰,给她擦
　　　　眼泪。

大　家　妮妮,你怎么啦?

妮　妮　妹妹没有了,多个小弟弟,你们还都只管他不管我,就像马
　　　　小帅跟我说的一样,我以后的生活肯定完蛋了!呜呜……

妈　妈　怎么会呢,妮妮,你是我们家第一个降临的小天使,永远是
　　　　老大啊!

妮　妮　我才不信呢!

奶　奶　妮妮,弟弟都是最喜欢姐姐的,你还记得经常来看我们的舅
　　　　爷爷吗?

妮　妮　记得——他总是给我带好吃的。

奶　奶　他就是我的弟弟呀,你看多幸福!

姑　姑　是啊,你看看现成的榜样,我和你爸爸关系多好!

爸　爸　你姑姑小时候呀,都由我撑腰,以后小弟弟也会和我一起保
　　　　护你的!

　　　　[妮妮停止了哭泣。

妈　妈　妮妮,弟弟到现在还没有名字,就等着你来给取呢!

妮　妮　看他虎头虎脑的,就叫闹闹吧!

姑　姑　儿女双全,团圆热闹。妮妮真聪明!来,我们和闹闹拍张合
　　　　影吧!(取出手机)

全　体　(聚到一起)一二三,茄子!(只有妮妮不笑)

　　　　[爸爸从奶奶手里接过弟弟,放进婴儿车,扶妈妈起床。

爸　爸　时候不早了,我们收拾好了,一起回家吧!

妈　妈　(起身拍拍妮妮肩膀)宝贝,你来推弟弟。

妮　妮　我……好吧!

　　　　〔妮妮走在最前面,爸爸一手提着东西一手挽着妈妈,奶奶
　　　　和姑姑提着桌上的大包小包随后,全家一起往外走。

爸　爸　(唱)从此以后一家四口,

妈　妈　(唱)相亲相爱永不分离。

奶　奶　(唱)姐弟两人共同成长,

姑　姑　(唱)互相帮助一起游戏。

妮　妮　(唱)妹妹变成弟弟了,不知是烦恼还是欢喜。(越推越慢,
　　　　走到了最后一个)

第二幕

　　　　〔小区里,妮妮背着书包往家走,遇到了邻居叔叔。

妮　妮　叔叔好!

叔　叔　妮妮放学啦,怎么一个人回家啊,你爸爸呢?

妮　妮　我爸爸要上班。

叔　叔　哦,我看到你奶奶最近过来了,她没去接你吗?

妮　妮　奶奶要照顾妈妈,妈妈要照顾弟弟。

叔　叔　(弯腰凑近)大家都关心弟弟去了,不会不喜欢你了吧?

妮　妮　(气愤)不会的!

叔　叔　叔叔开个玩笑,妮妮还当真了,哈哈!

　　　　〔妮妮回头看着邻居叔叔走远,狠狠地踢走脚边石子,继续
　　　　闷着头向前走,迎面走来邻居阿姨。

阿　姨　小妮妮!

妮　妮　阿姨好……

阿　姨　怎么了这是？跟霜打的茄子似的，蔫蔫儿的！

妮　妮　我……我只是刚上完体育课有点累。

阿　姨　哎哟，妮妮漂亮的小辫子呢，头发都乱了！（理了理妮妮头发）

妮　妮　大人们都没时间给我扎辫子了，我自己弄的。

阿　姨　也是，家里刚添了二宝，哪有空管你，回头去阿姨家，阿姨帮你扎！对了，你弟弟是不是很可爱呀？

妮　妮　（跑开）阿姨，我要回家吃饭了！再见！

阿　姨　（摇摇头）这孩子急个啥！

　　　　〔妮妮跑远，走到小区的景观池边，气喘吁吁地停下来。

妮　妮　（自言自语）真不想回家，爸爸妈妈好久都没有陪我一起玩儿了。

　　　　〔找来掉落的树枝，在池水中划来划去，许多小鱼静静地随之游来游去。

　　　　（唱）柔和的风儿轻抚我脸庞，

　　　　　　　吹去一切烦恼和忧伤。

　　　　　　　为什么花儿不再微笑，

　　　　　　　小鸟也停止了歌唱。

　　　　　　　小鱼小鱼你别躲躲藏藏，

　　　　　　　如今只有你们陪在我身旁。

　　　　〔站起身，摸摸肚子，肚子咕叽咕叽叫.

　　　　肚子好饿啊，算了，还是快回家吧！

　　　　〔暗转。

　　　　〔灯复明。

　　　　〔妮妮走到家门口，用脖子上挂的钥匙开门进入。

奶　奶　（系着围裙,端菜上桌)妮妮回来啦,快来吃饭!

妈　妈　（抱着弟弟,缓慢踱步)闹闹快看,姐姐回来啦! 姐姐好棒
　　　　呢,放学自己回家。

妮　妮　（看也不看弟弟,放下书包坐到餐桌前)妈妈,老师说明天上
　　　　午开家长会。

妈　妈　开家长会? 我不能出门,你爸爸最近做项目也不能请假呀!

奶　奶　让她姑姑带她去吧!

妈　妈　也只能这样了。

妮　妮　不! 别的同学都是爸爸妈妈去,我姑姑去,说不定大家会以
　　　　为是我后妈呢!

妈　妈　噗!（笑)你这孩子想象力真丰富。

妮　妮　本来就是嘛!

妈　妈　你可以给同学们解释清楚呀!

奶　奶　小孩子别瞎说,你妈妈只是这个月不能出去,下次不就可以
　　　　去参加了。（妮妮默默吃饭,妈妈进房间喂奶)

　　　　［叮咚,门铃响。妮妮跑去开门,邻居朵朵站在门口。

妮　妮　（兴奋)朵朵,你怎么来啦?

朵　朵　我妈妈给我买了巴拉巴拉小魔仙魔法棒,来和你一起玩!

奶　奶　朵朵来啦,快进来。（一边收拾碗筷)

朵　朵　奶奶好!

奶　奶　朵朵真懂事,你和妮妮好好玩,奶奶去洗碗。

　　　　［奶奶下。

妮　妮　快把魔法棒给我看看!

朵　朵　别急,看我给你展示一下她的魔力。

　　　　［朵朵打开按钮,魔法棒发出五颜六色的光。

妮　妮　呀，这么神奇，真好看啊！

朵　朵　还可以放音乐呢！（打开按钮，播放音乐）

妮　妮　太有意思了，快给我玩玩！（拿过魔法棒，调出一首一首不同音乐）

朵　朵　把你的芭比娃娃也拿出来给我玩玩吧！

妮　妮　（拿出娃娃，递给朵朵）喏，给你！还准备送给我妹妹，结果变成了弟弟，不给他了！

朵　朵　（拨弄着芭比娃娃）哈哈，男孩子才不玩这个，我哥哥天天在家捧着飞机、汽车、坦克，好没劲呢！我才懒得跟他玩！

妮　妮　就是就是，男孩天天举着那些玩具枪啊、车啊的，傻死了！

朵　朵　还是魔法棒和芭比娃娃好玩！

妮　妮　（举着魔法棒）巴拉拉能量——拉巴拉——把我弟弟变走！

朵　朵　（举着芭比娃娃）芭比芭比无敌女王复活——把我哥哥变成怪兽！

妮　妮　哈哈哈哈，真过瘾，打开音乐，让我们一起跳舞吧！

　　　　〔魔仙小蓝、魔仙小月、黑魔仙莉莉三位巴拉拉小魔仙们和芭比娃娃变成真人，和朵朵、妮妮一起唱跳。

魔　仙　（唱）我们是巴拉拉小魔仙，和小朋友们探索宇宙奇妙。

芭　比　（唱）我们是芭比娃娃家族，帮小朋友们实现公主梦想，

朵　朵　（唱）我和朵朵是好伙伴，一起玩耍一起分享。

妮　妮　（唱）巴拉巴拉魔法棒，女孩子的童话王国！

全　体　（唱）啦啦啦啦乌云躲避，

　　　　啦啦啦啦彩虹升起。

　　　　〔房门被打开，歌舞被打断，玩具真人们纷纷躲起来。妈妈走进房间。

妮　妮　（扑过去）妈妈，你来陪我了吗？

妈　妈　你们在玩什么呀，音乐声音太大了，闹闹好不容易睡着，又被吵醒了！

爸　爸　（拎着公文包）我在楼道都听见你们俩小丫头的声音了。

奶　奶　我的小祖宗，你们小点儿声吧！

朵　朵　我们只是在玩游戏呀，以前也是这么玩的嘛！

奶　奶　现在和以前不一样，你妈妈还在坐月子，弟弟还没满月，哪受得了这么大动静！

妈　妈　好了，妮妮知道了，我们进房间吧！

爸　爸　（关门）妮妮乖，小点声啊！

　　　　［爸爸、妈妈、奶奶下。朵朵和妮妮把藏在身后的魔法棒和芭比娃娃又拿出来无精打采地摆弄。

妮　妮　这么悄不声儿地玩儿真没劲！

朵　朵　你们家这氛围可真不比以前，我们撒着欢儿地玩也没被说过！

妮　妮　可不是嘛，都是闹闹这个小东西，不指望他陪我玩，还严重限制了我的自由！

朵　朵　真同情你，我在家也是我哥哥让着我呢，爸爸妈妈说了，男孩子就要让着女孩子。

妮　妮　那不是闹闹小嘛，妈妈说他眼睛都还看不见呢！

朵　朵　那倒也是，不过你家不会重男轻女吧？

妮　妮　重男轻女？你都看出来我在家里的地位落到闹闹后面了？

朵　朵　可不就是嘛，你要争取主权！我在家就和我哥哥明争暗斗，必要时候还要采取一些计谋！

妮　妮　计谋？什么计谋？

朵　朵　这都不懂,我来教教你。(凑近耳语)第一招不管用,就上第
　　　　二招。

妮　妮　这怎么行呢,他们会担心的。

朵　朵　怎么不行,就是要让他们重视你呀!

妮　妮　让我再想想吧……哎呀,糟了!(拍脑袋)

朵　朵　怎么啦? 一惊一乍的。

妮　妮　我今天的作业还没做,这都八点多了。你的都做完了?

朵　朵　我一回家,爸妈就辅导我做完啦!

妮　妮　我爸妈现在哪还能操心我的作业,睡前故事也不给我讲了。

朵　朵　真可怜,你可得好好争取一下你的家庭地位。我先回家了,
　　　　魔法棒就借给你玩两天。

妮　妮　你真好,你要是我亲妹妹就好了!

朵　朵　你赶紧做作业吧,不然明天去学校就要挨批了,再见!

妮　妮　(依依不舍地送朵朵到门口)再见……

第三幕

　　[儿童房间里,妮妮坐在书桌前做作业。外面不时传来婴儿
　　啼哭声和爸爸妈妈忙碌的声音。

妮　妮　(烦躁地捂住耳朵)闹闹还真是又吵又闹,他睡觉我不能打
　　　　扰他,我写作业他却不能安静点儿,真是个讨厌的家伙!
　　　　(合上书本,打开窗户,托着下巴发呆)今晚的夜色真美啊!
　　　　(唱)蓝蓝的天空银河里,
　　　　　　有只小白船。
　　　　　　船上有棵桂花树,

白兔在游玩。

[妈妈悄悄推门进来,走到妮妮身后。

妈　　妈　(唱)桨儿桨儿看不见,

　　　　　　　船上也没帆。

　　　　　　　飘呀飘呀飘向西天。

[妮妮回头看见了妈妈,高兴地伸出手,妈妈将妮妮搂在怀里。

妈　　妈　弯弯的月亮,小小的船,小小的船儿两头尖。

妮　　妮　我在小小的船里坐,只看见弯弯的月亮,蓝蓝的天。

妈　　妈　哈哈,你都记得!

妮　　妮　妈妈,这些是小时候你教我唱的,那时候我还不敢一个人睡觉,你告诉我夜晚没有那么可怕,每晚哼着这首歌,默念这首诗,就哄我睡着了。

妈　　妈　是呀,转眼妮妮都是大孩子了。

妮　　妮　弟弟睡着了吗?

妈　　妈　(慈爱地点点头)嗯!

妮　　妮　(悄声自语)太好了,赶紧使出朵朵说的第一招——撒娇卖萌!妈妈,你今晚能陪我睡觉觉吗?(在妈妈身上蹭来蹭去)

妈　　妈　刚还夸妮妮是大孩子了,怎么了这是?

妮　　妮　就准弟弟和爸爸妈妈睡吗? 今晚就把爸爸分给闹闹了,妈妈,我要你陪我睡觉觉,我要抱抱!(嘟嘴卖萌)

妈　　妈　好妮妮,弟弟还是个小宝宝,晚上还要喝奶呢!

妮　　妮　(爬到床上打滚)我也是宝宝,我也是宝宝!

爸　　爸　(匆忙跑进来)老婆快来啊,闹闹换了尿不湿还是哭,估计是饿了!

妈　妈　来啦来啦！(摸摸妮妮的头)宝贝,我叫奶奶来陪你啊!

妮　妮　不! 我要爸爸妈妈陪我。

爸　爸　你这孩子怎么不懂事呢,还是大姐姐呢!

　　　　〔外面又传来婴儿啼哭声,爸爸妈妈跑下。

妮　妮　(对着背影)爸爸妈妈!(哭)

　　　　〔奶奶走进房间。

奶　奶　(帮妮妮拭泪)怎么还哭了,是不是害怕啦,奶奶今晚来陪你
　　　　睡吧!

妮　妮　(哭)为什么爸爸妈妈又被闹闹抢走了!

奶　奶　小婴儿嘛,半小时、一小时哄睡,说醒就醒是很正常的。

妮　妮　真是矫情,为什么要这么惯着他!

奶　奶　哈哈,这不是矫情,快躺到床上来,奶奶给你讲讲。

妮　妮　好!(乖乖脱外套钻进被子里,依偎着奶奶)

奶　奶　(搂着妮妮)小宝宝原来在妈妈肚子里住了 10 个月,你想想
　　　　啊,你妈妈的肚子才多大的地方,宝宝在里面被温暖的羊水
　　　　包围着,出生以后进入这么大的空间,自然就没有安全感
　　　　了,所以很容易被惊醒。你小时候也是这样的哦!

妮　妮　我小时候? 我小时候也这么爱哭吗?

奶　奶　小婴儿都爱哭,他们还不会爬不会走,哭也是一种运动呢!
　　　　你是我们家第一个宝宝,爸爸妈妈为你操的心可不比闹
　　　　闹少!

妮　妮　真的吗? 那时候,爸爸妈妈也这样时时刻刻地哄我?

奶　奶　那当然,那时候他们也是第一次为人父母,对你的一举一动
　　　　特别的紧张,尤其是你爸爸,刚抱你的时候他都不会走路
　　　　了,弓着腰小心翼翼的,像个螃蟹似的只能横着走!

妮　妮　哈哈,他怕把我摔着!

奶　奶　还有一次啊,你妈妈病了要去医院,我们好不容易把你哄睡
　　　　出门,你爸拍着胸脯让我们一万个放心。结果接下来的那
　　　　半天啊,他给我和你妈妈轮番打了二十几个电话!

妮　妮　(笑得更厉害)哈哈哈! 让我来想象一下是这样吗?

　　　　[爸爸在舞台另一侧出现,手里抱着婴儿,十分紧张的样子。

爸　爸　(一边摇晃一边唱)睡吧睡吧,我亲爱的宝贝,最乖的妮妮!

　　　　[婴儿大声啼哭。

爸　爸　(看了一下手表)坏了,两个小时没喝奶了,准是饿了! (把
　　　　婴儿放到床上,手忙脚乱地冲奶粉,奶粉散落了一圈,急忙
　　　　拿起手机)喂,老婆! 妮妮饿了,奶粉是放 3 勺吧,加 400 毫
　　　　升水还是 450 毫升水啊! 哦? 也可能是拉屄屄了? 我来看
　　　　看(挂电话,一手捏着鼻子一手打开婴儿尿不湿)哎呀,太臭
　　　　了,好大一摊便便! (又拿起手机)喂,妈呀! 妮妮拉屄屄
　　　　了,尿不湿该怎么脱下来啊? 你们回来啦,太好了我来开
　　　　门! (急忙奔下)

妮妮、奶奶　哈哈哈!

奶　奶　他们就是这样子一步一步摸索,才慢慢学会做爸爸妈妈的,
　　　　可比现在对闹闹操心多了!

妮　妮　真想回到我小时候,让他们还围着我转。

奶　奶　时候不早了,妮妮快睡吧!

妮　妮　奶奶,你给我唱首歌吧!

奶　奶　(唱)摇啊摇,摇啊摇,摇到外婆桥,外婆叫我好宝宝……

　　　　[暗转。

　　　　[灯复明。

[儿童房间里,朵朵和妮妮抱着玩具坐在一起。

妮　妮　（靠在床边）又到周末了,要是以前,爸爸妈妈早就带我去游乐园了,或者到公园野餐、搭帐篷。可这两个月,全都窝在家里了。

朵　朵　下午我爸妈带我和哥哥去海洋馆,你和我们一起去吧!

妮　妮　不要,我只想让我爸妈带我去。

朵　朵　你的家庭地位还没得到提高啊,他们还没重视你?

妮　妮　上次撒娇卖萌失败了,我使出吃奶的劲也没那个小家伙要喝奶更重要。

朵　朵　那第二招用了吗?

妮　妮　你是说装病么,要是真被带去医院打针扎屁股怎么办?

朵　朵　你真笨,医生肯定会说没什么大事,多注意休息之类的。到时候你再说你是在家憋久了,他们一心疼你不就带你出去玩了?

妮　妮　好办法,我去拿个热水袋来!

[妮妮拿来热水袋,顶在额头上。

妮　妮　哎哟,这个天用热水袋,烫死我了!

朵　朵　哈哈,说你笨吧,你还怪聪明的!

妮　妮　那是当然,你快去喊我爸妈来!

朵　朵　好嘞,等我帮你把他们喊过来,我就回家,省得露馅儿!

妮　妮　嗯,快点快点,这热水袋太烫了!

[朵朵下。

[画外音:"叔叔阿姨,妮妮说她不舒服,你们快去看看吧!"

妮　妮　（偷笑）这下总比闹闹重要了吧!（赶紧取下热水袋藏到被子里）

　　　　　　〔爸爸、妈妈匆匆忙忙跑过来,妮妮躺在床上紧闭双眼。

妈　　妈　(焦急)妮妮,你这是怎么了?

爸　　爸　(摸摸妮妮额头)呀! 这孩子额头滚烫的,肯定是发高烧了!

妈　　妈　(摸摸妮妮额头)天哪,这么烫!

爸　　爸　闹闹也发烧,妮妮也发烧,这可怎么办?

　　　　　　〔妮妮听了惊讶地探起头,又赶紧闭眼。

妈　　妈　妈刚去菜市场了,还不知道啥时候才能回来,手机也没带。

爸　　爸　我带她去医院吧,你看着闹闹。

妮　　妮　妈妈,你也去!

妈　　妈　宝贝乖,你弟弟也发烧了,妈妈走不开啊!

妮　　妮　(哭闹)爸爸妈妈,我浑身难受,我要你们俩陪我。

妈　　妈　(焦急)好好好,你快躺好,瞧这一身汗。

　　　　　　〔爸爸妈妈面面相觑。

爸　　爸　这可怎么办才好?

　　　　　　〔姑姑挎着包,走进房间。妮妮又赶紧闭上眼。

姑　　姑　这是怎么了,外面大门都敞开着。

妈　　妈　可能是朵朵回家时忘了关吧,妮妮发烧了!

爸　　爸　闹闹也发烧了,哎!

姑　　姑　(摸了摸妮妮头,暗笑)我开车来的,我带妮妮上医院吧!

妮　　妮　我要爸爸妈妈!

第四幕

　　　　　　〔游乐园一角的长秋千上,妮妮啃着冰激凌,姑姑悠闲地刷
　　　　　　着手机,二人并排坐。

姑　　姑　你这小丫头,还不理我呢?

妮 妮　费了这么大工夫,爸爸妈妈一个都没出来! 都怪姑姑,早不来晚不来,我差点就成功了。

姑 姑　得了吧,你那拙劣的演技,我一眼就看见那个热水袋!

妮 妮　啊? 姑姑你真厉害,我爸爸妈妈都没发现。

姑 姑　他们是着急操心你们两个小祖宗,哪有心思破案! 他们要是知道你在撒谎,一定要好好教育你,还陪你玩呢,先来个混合双打!

妮 妮　混合双打? 好吓人,那看来还是姑姑解救了我。

姑 姑　当然啦,你不是还听过匹诺曹的故事么,连童话里撒谎的小孩都会变成长鼻子!

妮 妮　哎,我本来也没想撒谎,只是撒娇不管用啊!

姑 姑　任何情况下都不准再说假话,不然姑姑也不会帮你了,听到了没?

妮 妮　我知道错了,姑姑。

姑 姑　这态度还不错!

妮 妮　可是闹闹真讨厌,连发烧生病也跟我抢!

姑 姑　你弟弟那是真病了,你爸妈养两个孩子多不容易啊!

妮 妮　那为什么还要生弟弟? 有我一个不就够了吗?

姑 姑　你爸妈是为了你啊,等有一天他们老了,你还有个最亲的人陪着你。

妮 妮　你是说,他们怕我孤单? 可我还会比现在更孤单么!

姑 姑　那是闹闹太小了,等大一点就可以陪你玩了!

妮 妮　我才不要他陪我玩,长大一定是调皮捣蛋的家伙!

姑 姑　你会喜欢的,血浓于水,你们可是一个娘胎里出来的手足之情。

妮　妮　什么叫手足之情？

姑　姑　嗨，就好比你的手和你的脚啊，永远不会分开，永远骨肉相连。

妮　妮　那你和我爸爸也是手和脚的关系？

姑　姑　你还挺会类推嘛。对，我是白白嫩嫩的手，你爸爸就是大臭脚！

妮　妮　哈哈，那我也是白白嫩嫩的手，闹闹是大臭脚！

姑　姑　说正经的，你看看我和你爸爸就知道了。我们彼此有什么事情，都能互相帮助、互相依靠，这种感觉真的很好！

妮　妮　可我现在只感觉他抢走了爸妈的爱。

姑　姑　现在还早，我相信你以后会知道闹闹的好，会理解你爸妈的。

妮　妮　好吧！姑姑，我冰激凌吃完了，快带我去玩吧！

姑　姑　好嘞！

　　　　〔游乐园里的各种卡通人物动起来，一起歌舞。

妮　妮　（唱）周末时光真正好，
　　　　　　　游乐园里多奇妙。

姑　姑　（唱）旋转木马骑一骑，
　　　　　　　海盗船上摇一摇。

妮　妮　（唱）排起队来不拥挤，
　　　　　　　小朋友乖乖不吵闹。

姑　姑　（唱）过山车上转一转，
　　　　　　　蹦蹦床上跳一跳。

妮　妮　（唱）虽然没有爸妈陪，
　　　　　　　姑姑带我乐逍遥。

二　人　（唱）乐逍遥！

　　　　　　［暗转。

　　　　　　［灯复明。

　　　　　　［客厅里，沙发上的爸爸一脸怒气地拿着试卷，妮妮蹦蹦跳跳地进门。

妮　妮　爸，我回来啦！

爸　爸　（阴沉着脸）你又上哪儿玩去了？

妮　妮　和朵朵在楼下玩了一会。

爸　爸　你给我站过来！

　　　　　　［妮妮愣了一下，慢吞吞地移到爸爸面前。

爸　爸　爸爸妈妈最近忙着带弟弟没怎么管你，你就不好好学习了？

妮　妮　我不是每天都按时完成作业，按时交上去了嘛！

爸　爸　那你是怎么做的，动脑子了吗？

妈　妈　（抱着弟弟走出来）这是怎么啦？

爸　爸　妮妮的班主任叫我去了一趟学校，给我展示了她最近的作业和试卷，一塌糊涂！

妈　妈　我看妮妮每天都自觉地写作业，也没让我们辅导，已经不容易了，等我回头有空再给她补补课。

妮　妮　（嘟囔）就是，你们天天只顾着弟弟，都多久没管过我学习了。

爸　爸　你的意思是学习下降都怪爸爸妈妈不好？

妈　妈　妮妮，你也要认识到自己的错误。妮妮爸，你也别太生气了！

爸　爸　怎么能不生气，你看看她最近的作业都是怎么写的！"难过"造句，我家门前的臭水沟真难过。还有，"格外"造句，小明总是把字写到方格外。这都是些什么,马上期末考试了看你怎么办?

妈　妈　(扑哧笑出声)妮妮,你这是怎么想出来的?

妮　妮　(低头揉着衣角)就是自己努力想的呗!

爸　爸　(愤怒)你还挺骄傲啊,怎么变这么皮了! 还有这一题,成语欣欣向荣,弟弟长得欣欣向荣。你这都是怎么想的? 还有这张数学试卷,更是错误连篇,我都不想说了!

妮　妮　我那是夸弟弟嘛,看他长得这么快!

妈　妈　做数学是粗心了些,不应该啊,妮妮!(手里抱的婴儿着急了,哼哼唧唧啼哭)

妮　妮　烦死了,闹闹真吵!

爸　爸　你还有空管别人,你看看你每天蓬头垢面地在外面玩,这头发你也别每天早上瞎捯饬了,干脆剪了算了,多留些时间好好学习!

妮　妮　(愤怒)剪我的头发? 不! 这是我留了好几年的长头发,你凭什么说剪就剪! 我不要剪头发!

妈　妈　(对爸爸)这有点过了啊! 妮妮,不剪不剪,你给爸爸保证下次好好做作业。

爸　爸　你就不要护着她了!

妮　妮　护着我? 你们的心思都在这个烦人的闹闹身上,根本没考虑我的感受! 每天不辅导我功课也就算了,我每天在他的哭闹声里做作业也就算了,每个周末我只能在家里发呆去不成游乐园也就算了,为什么还要怪我?

爸　爸　你是小学生了,是少先队员,还是班干部,就应该自觉学习! 我在你这么大都会照顾妹妹了,你呢,每天看都不看一眼你弟弟！

妮　妮　（急哭）你们天天围着他一个人转，还需要我看他吗？

妈　妈　（帮妮妮擦眼泪）哎，妮妮的学习确实受了家里环境的影响。

爸　爸　别哄她，让她哭。她应该学会担当，学会适应环境！

妮　妮　你不是我爸爸了，你是闹闹一个人的爸爸！我讨厌闹闹，你们快把他送走，不然我就去奶奶家过，再也不回来了！（哭着跑下）

妈　妈　妮妮！哎，你去把她追回来吧！

爸　爸　（懊恼）她这会儿正恨我呢，估计是去朵朵家了。

妈　妈　（打开手机）幸亏戴着儿童手表，我来看看她的定位。你今天说得也确实太重了，妮妮这段时间正经历着家里情况的变化，已经很难了，不该再责怪她了。

爸　爸　哎，爱之深责之切，正是因为感觉愧疚，才希望她能尽快适应。

妈　妈　本来以为有个弟弟，妮妮多了个伴，这下好了，没想到妮妮反应这么大。

爸　爸　看来毕竟还是个小孩子，等闹闹大一点就好了，我们可以两头兼顾了。

妈　妈　你没听妮妮说嘛，让我们把闹闹送走，她再也不想看到闹闹了，恨他呢！

爸　爸　我们就来个将计就计吧！（凑近耳语）

妈　妈　看来也只有这样试试了！

第五幕

［儿童房间里，妮妮在做作业，爸爸妈妈走了进来。

妈　妈　妮妮真乖,写作业呢!

　　　　[妮妮头也不抬,没吭声。

爸　爸　妮妮,今天爸爸说你说太重了,爸爸给你道歉。

　　　　[妮妮仍没吭声。

妈　妈　妮妮,爸爸妈妈认识到最近对你的关心不够,做了一个
　　　　决定。

妮　妮　能有什么好决定,还不是闹闹一声哭,你们就得跑过去围着
　　　　他转。

爸　爸　我们决定,尊重你的意见!

妮　妮　(疑惑地转过头)啊? 我的什么意见?

妈　妈　我们准备把闹闹送走。

妮　妮　(愣住)真哒? 逗我玩儿吧!

爸　爸　爸爸妈妈什么时候骗过你?

妮　妮　(兴奋地蹦起来)把他送哪儿去?

妈　妈　把他送到……外公外婆家。

妮　妮　那么远,坐火车去?

爸　爸　是的,等爸爸忙完这段时间的工作,下月 1 号我们就把闹闹
　　　　送过去。

妮　妮　他不用喝奶了吗?

妈　妈　可以喝奶粉啊! 我们照顾不过来你们两个宝贝,只能让外
　　　　公外婆帮我们照顾闹闹了。

妮　妮　我还是不信!

爸　爸　我和妈妈确实精力不够,你妈妈下个月就要回单位上班了。
　　　　把闹闹送到外公外婆家,等到他大一点了,上幼儿园了再接
　　　　回来。

妮　妮　哇,那以后爸爸妈妈又可以按时给我辅导作业,陪我讲睡前
　　　　故事啦!

妈　妈　是啊,不过呢,还有一件事。奶奶年纪大了,照顾了这么长
　　　　时间需要回自己家休息休息。在闹闹被送走前的这一个
　　　　月,妮妮能帮助爸爸妈妈一起照顾他吗?

妮　妮　(犹豫)嗯……行吧,不就是一个月嘛,忍忍就过去了。

爸　爸　(笑着摸摸妮妮的头)那就一言为定了!

妮　妮　一言为定!(三人击掌)

　　　　〔暗转。

　　　　〔灯复明。

　　　　〔客厅里,妮妮在爬爬垫上带闹闹玩,在妮妮的逗弄下,闹闹
　　　　发出咯咯的笑声。

妮　妮　你这个家伙其实也挺可爱的。

　　　　〔爸爸下班回来,悄声走到妮妮身后,将妮妮举起来。

爸　爸　妮妮在带弟弟呀,是个好姐姐!

妮　妮　哈哈,爸爸你不应该先抱闹闹吗?

爸　爸　得有个先来后到,先抱大的再抱小的! 妈妈呢?

妮　妮　在厨房给我们做好吃的! 嘻嘻,这家伙现在一见我回来就
　　　　特别激动,手舞足蹈的。

爸　爸　那是,弟弟妹妹天生就喜欢哥哥姐姐,等他大一点还会整天
　　　　追在你屁股后面呢!

妮　妮　可是……他下个月就走了,等他回来上幼儿园还会记得我
　　　　吗?(失落)

爸　爸　呃……呵呵,先不说这个了,来给爸爸揉揉肩。(一边抱着
　　　　闹闹玩)

妮　妮　好嘞!(给爸爸揉肩)

　　　　(唱)我的好爸爸,

　　　　　　下班回到家。

　　　　　　工作了一天,

　　　　　　多么辛苦呀。

　　　　　　爸爸爸爸快坐下,

　　　　　　爸爸爸爸快坐下,

　　　　　　请喝一杯茶,

　　　　　　让我亲亲你吧,

　　　　　　让我亲亲你吧,

　　　　　　我的好爸爸!

爸　爸　哈哈,这是妮妮小时候每天都要唱的歌,爸爸妈妈下班回来
　　　　听到你的歌声,疲惫都消解了一半!

妮　妮　(拔了一根白发,递给爸爸)咦,爸爸你有白头发啦! 这边还
　　　　有好些呢!

爸　爸　每天上班,晚上还要给闹闹喂奶、换尿不湿,睡不好自然会
　　　　长白头发,你妈妈头上也长了不少。

妮　妮　爸爸,我好难过。我不要爸爸妈妈变老!

爸　爸　好孩子,这是自然规律,你长大一岁,爸爸妈妈就老一岁。
　　　　总有一天,爸爸妈妈会离开你们。

妮　妮　(急哭)不会的,不会有那一天的!

爸　爸　(接住妮妮)妮妮也不用害怕,你还有弟弟,到时候闹闹也长
　　　　大了,你们可以互相关心、互相照顾。

　　　　[妈妈悄悄走了过来,接过爸爸手中的闹闹。

妈　妈　闹闹是男子汉,长大要保护姐姐哦!

妮　妮　妈妈!(扑进妈妈怀里)他还是个小不点儿呢!

爸　爸　你曾经也是小不点儿啊,闹闹身上的衣服就是你小时候穿的。

妮　妮　(惊讶)我怎么不记得,原来他穿的都是我的旧衣服啊!

妈　妈　是呀,弟弟的衣服,都是姐姐小时候的;弟弟这些玩具,姐姐也玩过;以后姐姐没画完的彩笔、没做完的练习册等等都收起来,由弟弟画完做完。

妮　妮　闹闹都是捡我剩下来的东西用啊? 那他也怪可怜的!

爸　爸　哈哈,谁让他是弟弟呢! 现在我们是一家四口啦,要勤俭持家呀,家里最宽裕的这些年都给姐姐独享咯!

妈　妈　姐姐还独享过爸爸妈妈这么多年的爱,这是弟弟什么时候都赶不上的。

妮　妮　那这么说来我比弟弟更幸运哦!

妈　妈　哎呀,锅里的鸡汤要炖干了,我赶紧去关!

爸　爸　我来帮你,妮妮你就——

妮　妮　我来负责照顾弟弟!

爸　爸　欧耶!(与妮妮击掌)

　　　　[妮妮把闹闹抱到爬爬垫上,带他玩耍。

　　　　[音乐起,卡通造型的书本、拼图。

妮　妮　(唱)我是小姐姐你是我弟弟,

　　　　　　爸爸妈妈工作忙,

　　　　　　让我来照顾你。

　　　　　　喂你喝点儿水,

　　　　　　还带你玩游戏。

　　　　　　把我的玩具拿给你,

你的小脚左右乱踢。

把我的小书送给你，

你却用牙咬来咬去。

气得我都不想理你，

你还对我笑嘻嘻，

笑嘻嘻。

［妮妮轻轻摇着婴儿床，哄闹闹睡觉，自己也趴在旁边睡着了。爸爸妈妈出来看见这个画面，相视一笑。

［暗转。

［灯复明。

［儿童房间里，妮妮在书桌上写日记。

妮　妮　这个月，我和爸爸妈妈一起照顾闹闹。我发现闹闹虽然很吵闹，其实也挺可爱的。他真的太小了，软软的萌萌的，他只有通过哭来告诉我们他的需求，寻求我们的呵护。我们已经摸清了闹闹吃饭睡觉的规律，现在爸爸妈妈每天晚上轮流来陪我讲睡前故事。

［爸爸走进妮妮房间。

爸　爸　妮妮，我们准备睡觉啦。

妮　妮　爸爸，闹闹睡着了吗？

爸　爸　(点点头，为妮妮铺床)你妈妈陪着他呢！

妮　妮　(钻到被窝里)爸爸你工作忙完了吗，什么时候送闹闹去外公外婆家？

爸　爸　(靠在床头，搂着妮妮)差不多忙好了，后天是周末，后天送他去吧？

妮　妮　那明天就是闹闹在家的最后一天了？

爸　爸　是呀,以后就又是爸爸妈妈陪着妮妮一个人了。

妮　妮　我们照顾闹闹的时候,仿佛看到了我小时候你们照顾我的情景,爸爸妈妈真辛苦!

爸　爸　妮妮长大了,懂事了。

妮　妮　我本来应该高兴的,不知道为什么现在却感觉有些失落了。

　　　　〔暗转。

　　　　〔灯复明。

　　　　〔妮妮心情沉重地背着书包回家,在门口碰到朵朵。

妮　妮　朵朵,你怎么来了,你是来送闹闹的吗?

朵　朵　我是来陪你过生日的啊,我让妈妈又买了一根魔法棒送给你。(把魔法棒递给妮妮)

妮　妮　朵朵你真好! 可能只有你还记得我生日了。

　　　　〔奶奶、姑姑一起从妮妮身后走过来。

奶　奶　傻孩子,怎么会呢,我们也来给妮妮小朋友过生日呢!(递给妮妮礼物)

妮　妮　(拿着礼物)我以为有了闹闹,你们都不记得我的生日了。

姑　姑　我们可不会忘,妮妮,这是姑姑送你的大红包,这次没有你弟弟的。

奶　奶　快进门吧!

妈　妈　(端来生日蛋糕)生日蛋糕来咯,我们来点蜡烛吧!

爸　爸　(抱着闹闹)弟弟也来祝姐姐生日快乐啦!(弟弟抱着妮妮的脸亲了又亲)

妮　妮　真幸福啊,原来大家都还记得我的生日。

妈　妈　当然啦,你永远是爸爸妈妈亲爱的宝贝!

　　　　〔奶奶把生日皇冠戴到妮妮头上,姑姑点上生日蜡烛。

奶　奶　妮妮,快来许愿吧!

妮　妮　可是我的愿望很多,许哪一个呢?

姑　姑　当然是你最最想实现的那个啦!

　　　　〔妮妮闭上双眼,双手合十许愿,然后蹦跳着拉住爸爸、妈妈
　　　　的手。

妮　妮　爸爸妈妈,我许了一个心愿,你们能帮我实现么?

妈　妈　(摸着妮妮的头)宝贝,你说吧!

妮　妮　爸爸,你也要答应我。

爸　爸　今天是妮妮生日,爸爸肯定答应你!

妮　妮　我的心愿就是——你们不要把闹闹送走了。

爸　爸　(故作为难)这……不太好吧!

妈　妈　是呀,我们不都说好了吗,先照顾你。

妮　妮　我是姐姐,我和你们一起照顾弟弟,我要和闹闹一起长大。

姑　姑　你不怕他抢你的礼物啦?

　　　　〔妮妮朝爸爸手中的闹闹狠狠地亲了一口。

妮　妮　闹闹是我最亲爱的弟弟,是爸爸妈妈送给我最好的礼物!

爸　爸
　　　　妮妮!(三人幸福相拥)
妈　妈

　　　　〔大家一起欢乐庆祝。

　　　　〔歌舞:《童年快乐》

　　　　　　祝你生日快乐!

　　　　　　祝你生日快乐!

　　　　　　妮妮和闹闹共同成长,

　　　　　　童年的欢乐一起分享。

　　　　　　留下脚印一串串,

编织故事一摞摞，

把岁月绘成七彩的画，

用时光谱成动听的歌。

〔剧终。

图书在版编目(CIP)数据

"百·千·万字剧"编剧工作坊学员作品集 ：上、
下册 / 陆军主编. -- 上海 ：上海人民出版社，2024.
ISBN 978-7-208-18867-9

Ⅰ. I230

中国国家版本馆 CIP 数据核字第 2024HS4865 号

责任编辑　赵蔚华
封面设计　郭　垚

"百·千·万字剧"编剧工作坊学员作品集(上、下册)

陆　军 主编

出　　版　上海人民出版社
　　　　　（201101　上海市闵行区号景路 159 弄 C 座）
发　　行　上海人民出版社发行中心
印　　刷　江阴市机关印刷服务有限公司
开　　本　890×1240　1/32
印　　张　48
插　　页　10
字　　数　1,108,000
版　　次　2024 年 6 月第 1 版
印　　次　2024 年 6 月第 1 次印刷
ISBN 978 - 7 - 208 - 18867 - 9/J·710
定　　价　258.00 元(全二册)